● NC-9000F型数控火焰切割机

● 由1台J39C-500A型闭式四点单动落料压力机和开卷、校平、送料、磁性码垛等自动化装置组成的ZSK-3×1850开卷校平落料自动线(安装在长城汽车股份有限公司)。

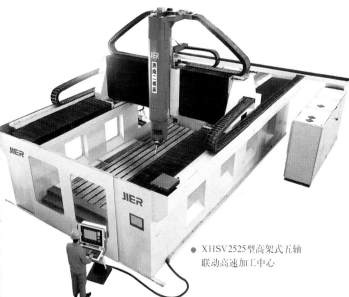

● XHSV2525型高架式五轴联动高速加工中心

● XKV2745A型机械式五轴联动定梁双龙门移动数控镗铣床,该数控机床填补了国内机械式五轴联动数控镗铣床的空白,不但满足了国内发电、船舶、军工、重型机械、模具等行业的需求,而且摆脱了对国外同类产品的依赖。(安装在鞍钢重型机械有限责任公司)

● XH2720A型定梁双龙门移动镗铣加工中心

● XK2845型数控梁龙门移动镗铣床(安装在中色科技股份有限公司

地址:山东省济南市机床二厂路2号
电话:0531—81616002(总机)
传真:0531—87118787
http://www.jiermt.com
E-mail: info@jiermt.com
邮编:250022

山东普利森

董事长：陈声环

山东普利森集团有限公司的前身是德州机床厂，始建于1945年，2002年国有资产全部退出，改制为有限责任公司。德州德隆集团机床有限责任公司为其下属子公司。

目前，普利森公司占地面积58万m^2，总资产5.56亿元，是中国机械500强之一、国家机床行业重点企业、山东省环保产业重点企业，下设机床、铸造、环保设备、特型液压缸等子公司和普利森技工学校，拥有主要生产设备1 500余台，工艺装备居全国同行业先进水平。公司现有员工2 000余人，其中高级、中级专业技术人员500人。公司设有省级企业技术开发中心和山东省深孔加工工程技术研究中心，产品开发全部采用CAD和CAPP等现代化手段。公司通过了ISO9001质量管理、ISO14001环境管理及OHSAS18001职业健康安全管理等3个体系认证，拥有自主进出口经营权。

公司主导产品有大中型普通车床、数控车床、深孔加工机床、加工中心以及其他各类专用机床共100多个品种、400多个规格，年生产机床能力达5 000余台，为航空航天、汽车、模具、矿山、工程机械等行业提供了大量优质装备。产品不但在国内享有盛誉，而且常年出口世界40多个国家和地区。

车床类产品回转直径260～2 500mm，加工工件长度最大可达16m，主导产品被评为山东省名牌产品。其中普通车床采用轴瓦结构，具有较好的抗振性，产品质量稳定，可靠性强，应用范围广；数控车床分为简易数控、经济型数控和全功能数控，可满足用户不同层次的要求，特别是全功能数控，具有高刚性、高精度和高转速的特点，能较好地实现以车代磨的加工，达到国内先进水平。深孔类产品主要用于钻镗、滚压和珩磨加工，加工直径自1.5～800mm，长度规格齐全，加工长度最大可达15m。公司深孔类产品在国内一枝独秀，填补了多项国内空白，技术水平和市场占有率居国内领先地位，特别是深孔珩磨的数控化和数控枪钻的多轴化已经达到国际先进水平。

公司以装备中国制造业为己任，致力于为国民经济各行业打造装备精品，提供超值服务。真诚希望与各界朋友开展合作，互利共赢，联袂发展。

集团有限公司

XH714立式加工中心

ZK2102×4四轴数控深孔钻床

数控导轨磨床

CK43125×4000数控车床

TGK20A数控深孔钻镗床

ZK2103C三坐标数控深孔钻床

卧式加工中心
龙门立式加工中心、五面体加工中心
数控车床、车削中心系列

电话(Tel): +86-574-86182588　传真(Fax): +86-574-86182518　邮编(P.c.): 315800

宁波海天精工机械有限公司

NINGBO HAITIAN PRECISION MACHINERY CO., LTD.

根植沃土，必有所得

2006年新加坡上市照片

与高校交流合作

折弯机

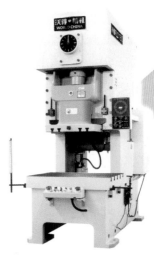

JH21系列开式固定台压力机

数控转塔冲床

　　沃得精机（中国）有限公司是江苏沃得机电集团全资子公司，公司坐落于物华天宝的江南名城——丹阳。自1953年创建以来，公司一直致力于机械压力机等金属成形设备的研发与制造，是国内锻压行业的领航者，主导产品有压力机（包含开式单点、开式双点、闭式单点、闭式双点、高速），数控转塔冲床，普通及数控剪板机、折弯机，油压机及伺服压力机。公司1998年改制为民营企业，改制后的企业发展迅速，在短短的10年内，产值增加了200倍，2006年4月，公司在新加坡成功主板上市，率先成为中国锻压行业的境外上市企业。同时，"沃得"品牌，已成为压力机用户的优选品牌。公司连续3年荣获"中国工业行业排头兵企业"。

　　2007年，经过培养与酝酿，新组建了光明沃得重型机床（中国）有限公司、光明沃得铸造有限公司、上海尚锻有限公司等子公司，购置了各类加工设备，拥有同行业中先进的加工专机及工艺，如：日本日立精机的五面体加工中心及导轨磨床、德国数控单臂铣床及滚齿机、德国Iebherr数控滚齿机、意大利PAMA落地镗铣床、昆明落地镗铣床、斗山数控车床、英国Sunderland数控刨齿机等等。精湛的制造技术和精益求精的精神，使"沃得"牌各种机床始终保持制造质量的领先水平。

　　伴随成功上市带来的更大的发展机遇，沃得精机目标非常明确：把沃得精机建成具有强竞争力的中小型压力机生产基地；一流的板料设备生产基地；有一定影响的大型压力机生产企业。在广大客户和广大股东的信任与支持下，沃得精机的经营团队将朝着这个目标坚实迈进。

地址：江苏省丹阳市埤城沃得工业园　　　　　　邮编：212311
电话：0511-86346999、86341823　　　　传真：0511-86342956、86342767
http://www.worldjj.com.cn

CK61100/61125/61160系列数控车床

主要技术参数	CK61100	CK61125	CK61160
最大旋径	1 000mm	1 250mm	1 600mm
刀架上旋径	630mm	880mm	1 250mm
两顶心间距离	1 500mm、3 000mm、5 000mm		
主轴孔径	130mm		
主轴转速	4.4～400 r/min		
刀具数量	4把、6把、8把、10把、12把		
主电动机功率	22kW		

CK61100/61125/61160系列数控车床

CK6142/6152系列数控车床

主要技术参数	CK6142	CK6152
最大旋径	420mm	520mm
刀架上旋径	200mm	300mm
两顶心间距离	500mm、750mm、1 000mm、1 500mm、2 000mm	
床身导轨宽度	400mm	
主轴孔径	58mm	86mm
主轴转速	27.5～2 200r/min	25～2 000r/min
刀具数量	4把、6把	
主电动机功率	7.5kW	7.5kW

CK6142/6152系列数控车床

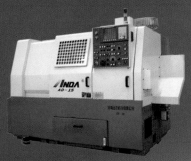  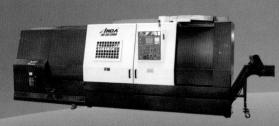

AD15系列卧式数控车床　　　　AD25系列卧式数控车床　　　　　　　AD35系列卧式数控车床

AD系列全功能数控车床

主要技术参数	AD-10	AD-15/15B	AD-25	AD-35	AD45
最大旋径	360mm	440mm	520mm	660mm	850mm
最大切削外径	300mm	300mm/320mm	420mm	550mm	800mm
两顶心间距离	600mm/850mm	600mm/850mm	625mm/1 000mm/1 500m	890mm/1 640mm/2 000mm	1 000mm/1 500mm/2 000mm/3 000mm
主轴孔径	50mm	62mm	87mm	92mm	131mm
主轴转速	50～5 000r/min	50～4 500r/min	35～3 500r/min	25～2 500r/min	0～2 000r/min
刀具数量	8把	8把	12把	12把	12把
主电动机功率	7.5kW/11kW	9kW/11kW	18.5kW/15kW	30kW/22kW	100kW

　　安阳鑫盛机床股份有限公司（安阳机床厂）坐落在河南省安阳市，始建于1946年，1958年开始生产车床，经过几十年的艰苦努力，已发展成为中国大型的车床生产厂家。建有数控机床制造基地、普通机床制造基地和铸造生产基地，年生产大中型机床6 000余台。产品服务于机械、汽车、交通、石化、航空、航天、环保及信息等高新技术产业。

　　公司生产的主要产品有CW系列卧式车床，C系列重型卧式车床，CK系列、CKA系列、CKJ系列、QKA系列、AD系列数控车床，MV系列数控铣床和加工中心等数十个品种600多种规格。产品行销全国各省区和世界30多个国家和地区。

　　公司奉行"用户需要的就是我们要做的"经营理念，不断谋求发展，努力提高职工素质，提高工艺水平，先后获得ISO9001质量管理体系认证、ISO14001环境体系认证和职业健康安全体系认证。

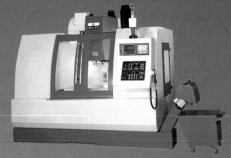

立式加工中心/数控铣床

主要技术参数	MV-55	MV-60	MV-70	MV-80
工作台面积	1 200mm×650mm	1 350mm×700mm	1 550mm×700mm	1 700mm×815mm
工作台最大荷重	1 200kg	1 600kg	2 000kg	2 100kg
主轴锥度	No.40BT-40	No.50BT-50	No.50BT-50	No.50BT-50
主轴转速	8 000r/min	6 000r/min	6 000r/min	5 000r/min
主轴功率(连续/30min)	11kW/15kW	11kW/15kW	11kW/15kW	15kW/18.5kW
刀库容量	24把	24把	24把	24把

立式加工中心/数控铣床

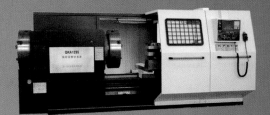

QKA1212/1219/1235系列数控管螺纹数控车床

主要技术参数	QKA1212	QKA1219	QKA1235
最大管子车削外径	120mm	190mm	340mm
床身旋径	770mm	770mm	1 100mm
床身导轨宽度	550mm	550mm	770mm
工件长度	1 500mm、2 000mm、3 000mm、4 000mm 1 500mm、3 000mm、5 000mm		
主轴孔径	130mm	200mm	355mm
主轴转速	25~800r/min	90~450r/min	5~320r/min
刀具数量	4把、6把、8把		
主电动机功率	11kW		18.5kW

QKA1212/1219/1235系列数控管螺纹数控车床

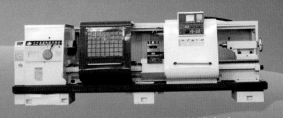

CK6163/6180/6194系列数控车床

主要技术参数	CK6163	CK6180	CK6194
最大旋径	630mm	800mm	940mm
刀架上旋径	340mm	510mm	650mm
两顶心间距离	750mm、1 000mm、1 500mm、2 000mm 3 000mm、4 000mm、5 000mm、6 000mm		
主轴孔径	100mm		
主轴转速	12.5~1 000r/min	10~800r/min	10~800r/min
刀具数量	4把、6把、8把		
主电动机功率	11kW		

CK6163/6180/6194系列数控车床

MK85系列数控立式曲线磨床

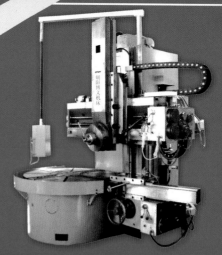

C5116单柱立式车床

M74系列立轴圆台平面磨床

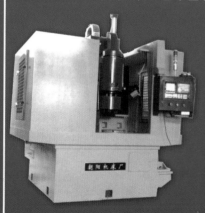

MK74系列数控立式磨床

朝阳博文机床有限公司（原朝阳机床厂），始建于1965年，于2003年转制为集科研、设计、生产和销售为一体的高新技术企业——朝阳博文机床有限公司。公司秉承"博大精深，文诚信远"的创新理念，技术力量雄厚，设备先进，有完善的新产品开发体系及质量保证体系，是中国机床工具工业协会和中国模具工业协会会员单位，公司于2005年通过了ISO9001：2000质量体系认证。

公司主导产品为金属切削机床，包括M74系列立轴圆台平面磨床、M74系列立轴圆台模具磨床、MK28系列数控立式内圆端面磨床、MK85系列数控立式曲线磨床、MK74系列数控立式磨床、C51和C52系列立式车床。每一种产品都经过严格的质量管理，其质量获国内外客户的肯定。

长期以来公司坚持技术创新与技术进步，用高新技术和先进实用的技术改造产业，注重产学研相结合。同时注重吸收国外先进技术，2007年，公司与德国锐锋机床公司（REFORM Maschinenfabrik）研制合作生产系列磨头移动式刀具磨床。

依靠科技求发展，不断为用户提供满意的高科技产品，是公司始终不变的追求。产品出口北美洲、亚洲、非洲，在国内外客户中享有盛誉。同时拥有年产量10 000t的树脂砂铸造生产线，可承揽各种铸件业务。博文员工奉行"进取、求实、严谨、团结"的方针，不断开拓创新，以技术为核心、视质量为生命、奉用户为上帝，竭诚为您提供高性价比的机床产品及无微不至的售后服务。

C5225双柱立式车床

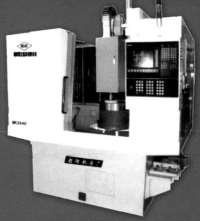
MK28系列数控立式内圆端面磨床

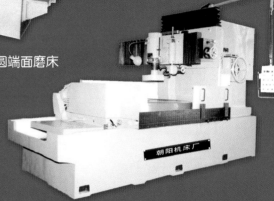
M74系列立轴圆台模具磨床

朝阳博文机床有限公司
Chaoyang Bowen Machine Tool Co.,Ltd.

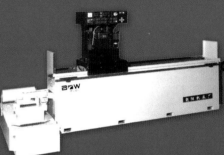
MA72100磨头移动式刀具磨床

MA72300磨头移动式刀具磨床

地址：辽宁省朝阳市友谊大街一段25号　　　邮编：122000
电话：0421-2720906、2720916　　　　传真：0421-2720884
http://www.cyjcc.cn　　　　E-mail:chycjc@163.com

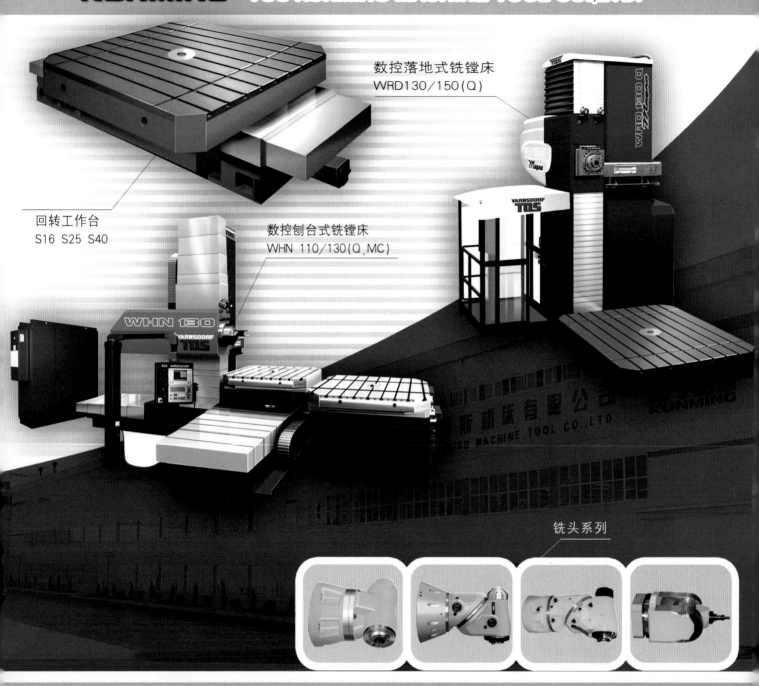

合肥锻压集团
HEFEI DUANYA GROUP

合肥锻压集团是我国大型机床自动化成套技术与装备的产业化基地和出口基地，是生产各类大型数控液压机、机械压力机、各类内燃及电动叉车的综合性机床制造企业。

集团核心企业合肥锻压机床有限公司是中国制造各类大型、快速、数控和专用液压机的重要基地。自1951年建厂以来，已生产32个系列420多个品种的液压机，有43种产品填补了国内空白，能够为客户提供100～50 000kN各种大型、数控、快速、专用、全自动液压机以及成套成线设备。作为国内率先引进德国液压机制造技术的工厂，其快速液压机研发技术已达到国际先进水平。

"十一五"期间，合肥锻压集团将投资6亿元提升数控机床制造水平，实现产值将超过35亿元。集团将以开拓者的气概和步伐，建设中国一流的数控压力机和亚洲杰出的成形机床生产基地。以世界高品质、可靠的服务网络，提供及时快捷的国际化服务，打造中国和世界机床行业知名品牌，成为振兴民族工业的脊梁。

产品名称：双点闭式压力机　　产品型号：JH36
吨　　位：2 500～10 000kN
适用领域：适用于金属薄板件的冲压成形、切边、落料、冲孔等工艺。

产品名称：四柱式封头液压机
产品型号：YH24
吨　　位：100～40 000kN
适用领域：主要用于压力容器封头的冷、热成形工艺，也可用于各类厚、薄钢板的压鼓、折边、校平等工艺。

产品名称：汽车纵梁液压机
产品型号：YH29
吨　　位：20 000～50 000kN
适用领域：主要用于汽车制造厂的汽车大梁等大型零件的冲压、弯曲、成形、冲孔、落料等工艺。

产品名称：框架式薄板拉伸液压机　　产品型号：RZU
吨　　位：100～50 000kN
适用领域：适用于可塑性金属薄板的拉伸、弯曲、翻边、成形、校正等工艺，具有低噪声冲裁、落料、切边、冲孔等功能。可完成先拉伸后冲裁等复合工艺，特别适用于汽车、摩托车、家电、军工等行业的冲压生产线。

地址：安徽省合肥市经济技术开发区紫云路123号
邮编：230601
电话：0551－5134522、5143094、5160108、5160109
传真：0551－5139633、3676808
http：//www.hfpress.com
E－mail：market@hfpress.com

产品名称：汽车内饰件液压机　　产品型号：YH98
吨　　位：200～5 000kN
适用领域：适用于汽车内饰件冷热压成形工艺。

上海机床厂有限公司是中国大型的精密磨床制造企业；在国内磨床业处于主导地位；产品品种齐全，应用领域广泛；国内磨床产品市场占有率名列前茅。现为中国机床工具工业协会理事长单位和中国磨床分会理事长单位。

主要产品有：外圆磨床、万能外圆磨床、平面磨床、轧辊磨床、曲轴磨床、双端面磨床、花键轴磨床、磨齿机、螺纹丝杆磨床、凸轮轴磨床等各类普通、数控、大型、专用等磨床。

公司技术力量雄厚，建有产品研发中心上海磨床研究所。该所是磨床行业的技术权威研究机构，在技术进步、行业发展、标准制定等方面起到带头、引导作用。全国金属切削机床标准化技术委员会磨床分会设立在该所。同时，该所拥有一批包括工程院院士、教授级高级工程师在内的专业技术人员，为产品研发提供技术支持。

公司以"塑造人品，制造精品"的质量理念贯穿于生产、经营、管理等全过程，相继获得：出口管理一类企业、中国机床工具行

MK84200／H大型数控轧辊磨床

业"精心创品牌十佳企业"、上海市文明单位、上海市质量管理奖、上海市高新技术企业以及"中国具有市场竞争力品牌"和2007年"中国名牌"等殊荣。

公司通过自主创新，瞄准国际磨床的先进水平，以提升国内机床行业的技术品位为己任，不断推动产品升级换代。

公司以"共创发展良机"为企业价值观，促进一切工作以客户为中心，以客户满意为宗旨，不断提高股东、顾客和员工的满意度。战略目标是：发挥上海电气机床产业的整体优势，国内市场重点瞄准军工、交通、能源、产业机械等行业对机床装备的需求，已经成为能为客户量体定做、提供成套机床装备，拥有国际、国内机床行业强势品牌，技术领先的制造商，力争做大做强。

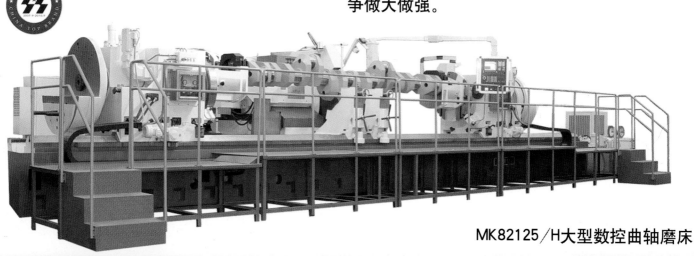

MK82125／H大型数控曲轴磨床

上海机床厂有限公司　Shanghai Machine Tool Works Ltd.

电话(Tel)：021-65338828　传真(Fax)：021-65340757

售后服务中心：021-65488300　021-65483006-3503

邮箱(E-mail)：smtw-sales@smtw.com

德 国 领 先 技 术
中 国 台 湾 德 马

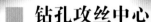

- 钻孔攻丝中心
- 立式加工中心
- 高速铣削加工中心
- 全动柱双工位立式加工中心
- 5轴立式加工中心
- 卧式加工中心
- 龙门加工中心
- 动柱式龙门加工中心
- 数控车床
- 重型数控车床
- 立式数控车床

TEMA

德馬科技股份有限公司
TEMATEC CORPORATION
中国台湾省台中县神冈乡光启路277-15号
TEL:(04)25634218(代表) FAX:(04)25634217
E-mail:tema.tw@msa.hinet.net
http://www.temacnc.com

德馬數控機床(南京)有限公司
TEMA(NANJING)CORPORATION
江苏省南京市江宁开发区静淮街99号　邮编：211100
TEL: 025-52761800(总机)　　FAX: 025-52761818
E-mail:tema.nj@163.com
http://www.temacnc.com

中国机械工业年鉴系列

中国机床工具工业年鉴

2008

中国机械工业年鉴编辑委员会
中国机床工具工业协会 编

机械工业出版社
China Machine Press

图书在版编目(CIP)数据

中国机床工具工业年鉴. 2008/中国机械工业年鉴编
辑委员会，中国机床工具工业协会编 . —北京：机械工业
出版社，2008.12

（中国机械工业年鉴系列）

ISBN 978 – 7 – 111 – 25666 – 3

Ⅰ. 中… Ⅱ. ①中…②中… Ⅲ. 机床—金属加工工业—
中国—2008—年鉴 Ⅳ. F426.41 – 54

中国版本图书馆 CIP 数据核字（2008）第 182544 号

机械工业出版社(北京市百万庄大街 22 号 邮政编码 100037)
责任编辑:袁士华
北京画中画印刷有限公司印制
2008 年 12 月第 1 版第 1 次印刷
210mm×285mm・27.5 印张・52 插页・1108 千字
定价:300.00 元

胡锦涛同志视察重庆机床（集团）有限责任公司

吴邦国同志视察大连高金数控技术有限公司

温家宝同志视察大连光洋科技工程有限公司

温家宝、李克强同志视察大连大森数控技术发展中心有限公司

贾庆林同志视察哈尔滨量具刃具集团有限责任公司

李长春同志观看济南二机床集团有限公司展品

领导关怀

李长春同志观看齐重数控装备股份有限公司数控重型曲轴旋风切削加工中心

李克强同志视察沈阳高精数控技术有限公司

中国机械工业年鉴
编辑委员会

中国机械工业年鉴系列

作为『工业发展报告』记录企业成长的每一阶段

中国机床工具工业年鉴
执行编辑委员会

李振雄　数显装置分会秘书长
陈德忠　特种加工机床分会秘书长
何耀天　木工机床分会秘书长
张　雄　钻镗床分会秘书长
钟　洪　主轴功能部件专业委员会秘书长
胡成渝　齿轮机床分会秘书长
高克超　小型机床分会秘书长
夏　萍　磨床分会秘书长
刘　森　中国机床工具工业协会市场部副主任
崔　宇　磨料磨具分会秘书长
董华根　机床电器分会秘书长
翟　巍　重型机床分会秘书长
魏而巍　铣床分会秘书长

执委会办公室

主　任　王黎明
成　员　刘　森　周秀茹

中国机床工具工业年鉴
编辑出版工作人员

总　编　辑　郭　锐
主　编　李卫玲
副　主　编　刘世博
责　任　编　辑　袁士华
编　辑　曹　军
录　入　排　版　刘　伟
编辑部主任　朱彩绵　电话(010)88379829　传真(010)68998970
广告部主任　赵　敏　电话(010)88379812　传真(010)68997968
发行部主任　肖新军　电话(010)68326643　传真(010)68326039
设计部主任　李　晶　电话(010)88379809
市　场　编　辑　田泽荣　陈志强　辛静琪　史丛敏
地　址　北京市西城区百万庄大街22号
邮　编　100037
E-mail:cmiy@mail.machineinfo.gov.cn
http://www.cmiy.com

中国机床工具工业年鉴

承载知名企业形象

助您树立行业地位

中国机床工具工业年鉴

『鉴』证行业发展
共建制造强国

中国机床工具工业年鉴
特约顾问单位

特约顾问单位	特约顾问	特约编辑
沈阳机床（集团）有限责任公司	关锡友	黄德威
沈机集团昆明机床股份有限公司	高明辉	谢 宏
济南二机床集团有限公司	张志刚	刘克强
上海机床厂有限公司	许郁生	范巧红
齐重数控装备股份有限公司	刘建荣	王 锐
齐二机床集团大连瓦机数控机床有限公司	常国跃	杨 旭
昆明道斯机床有限公司	赵乃斌	李 潇
合肥锻压集团	严建文	李 辉
陕西秦川机床工具集团有限公司	龙兴元	吴宝发
成都宁江机床（集团）股份有限公司	陈 江	邹海东
北京阿奇夏米尔工业电子有限公司	刘明军	王丽亚
机械工业第六设计研究院	赵景孔	刘筑雄
安阳鑫盛机床股份有限公司	韩长生	马天学
安阳欣宇机床有限责任公司	张银发	段新华
三门峡豫西机床有限公司	张炜东	张 宇
天津市第二机床有限公司	张广林	吴 琼
山东普利森集团有限公司	陈声环	刘 丽
济南四机数控有限公司	徐 斌	王志强
泰安华鲁锻压机床有限公司	刘庆印	韩 军
济宁市华珠机械有限公司	韩耀华	甄 恒
烟台环球机床附件集团有限公司	张万谋	何林武
重庆第二机床厂有限责任公司	张明智	刘婷婷
杭州机床集团有限公司	朱金根	王红黎
宁波海天精工机械有限公司	陈建康	陈建康
江苏金方圆数控机床有限公司	宓仲业	孟兆胜
南通科技投资集团股份有限公司	陈照东	陈 斌
江苏恒力组合机床有限公司	仲 秋	宋建武
德马数控机床（南京）有限公司	林玉燕	桂学达
沃得精机（中国）有限公司	邵建军	李二桂
扬州欧普兄弟机械工具有限公司	陈 军	邵 怡
安徽晶菱机床制造有限公司	张传明	金志平
安徽双龙机床有限公司	王宪民	晁明轮
朝阳博文机床有限公司	杨柏文	王晓丹
广东高新凯特精密机械股份有限公司	容秉铨	唐兵仿
保定向阳航空精密机械有限公司	李志杰	赵志刚
哈尔滨量具刃具集团有限责任公司	魏华亮	滕玉霞
成都成量工具集团有限公司	夏义宝	潘凡伟
桂林量具刃具有限责任公司	蒋朝许	李镇刚
靖江量具有限公司	杨小震	季宏毅
桂林广陆数字测控股份有限公司	彭 明	李振雄
苏州怡信光电科技有限公司	陆庆年	缪 磊
航天科工惯性技术有限公司	徐宗正	石晓明
无锡市瑞普科技有限公司	申文忠	蒋海慧
长春禹衡光学有限公司	林长友	杨玉柏
威勤测量系统(深圳)有限公司	曾锦东	张宇娟

前　　言

尊敬的各界朋友：

大家好！首先感谢您多年来对机床工具行业的关心、支持和帮助。

2007年，是国家实施"十一五"经济社会发展规划的重要一年，也是我国机床工具行业发展历史上具有重要意义的一年。国家领导多次对机床工具行业企业的视察和对行业发展的指示、《国家中长期科学和技术发展规划纲要》和《国务院关于加快振兴装备制造业的若干意见》的启动实施以及国民经济持续稳定地发展，极大地鼓舞了业内人士的斗志，促进了机床工具行业的快速发展。

2007年机床工具行业实现工业总产值（现价）2 747.7亿元，比上年增长35.5%；工业产品销售产值2 681亿元，比上年增长36.2%。

国内金属加工机床消费额161.7亿美元，其中金属切削机床消费额118.3亿美元，金属成形机床消费额43.4亿美元。

实现机床产量60.7万台，比上年增长11.7%；其中数控金属切削机床产量12.3万台，比上年增长32.6%。金属成形机床产量17.3万台，比上年增长9.2 %；其中数控金属成形机床产量0.3万台，比上年增长53.7%。

机床工具产品进出口总额169.7亿美元，其中进口117.7亿美元，出口52亿美元，进出口逆差65.7亿美元；金属加工机床进口70.7亿美元，出口16.5亿美元，进出口逆差54.2亿美元。其中数控机床进口53.6亿美元，出口5亿美元，进出口逆差48.6亿美元。

2007年机床工具行业坚持科学发展观，自主创新，继续为缩短与国外机床水平的差距、实现数控机床生产强国的宏伟目标而努力；不断推出高水平、具有自主知识产权、国民经济建设和国防现代化建设所需的高档产品，有21个科研项目获得"中国机械工业科学技术奖"，15家企业7类产品获得2007年"中国名牌产品"称号。企业改革重组和结构调整不断深化，产业结构和产品结构调整呈现崭新的局面。

多年来，机床工具行业的发展离不开广大机床用户和各界人士的关心和支持。因此，中国机床工具工业协会希望通过《中国机床工具工业年鉴》与广大用户和社会各界广交朋友，相互交流，增进了解，通过供需双方的共同努力把机床工具行业做大、做强，为实现成为世界机床制造强国的目标而努力！

《中国机床工具工业年鉴》是记载行业发展的工具书，为读者提供了有关机床工具行业较全面的年度经济运行和发展情况，希望对大家了解行业发展的近期情况和历史有所帮助。

在《中国机床工具工业年鉴》的编辑过程中，我们得到了机床工具行业各企业和相关用户给予的大力支持，在此一并表示感谢。中国机床工具工业协会将一如既往地为各界朋友和广大用户提供真诚的服务。

中国机床工具工业协会总干事长　吴柏林

2008年11月

广告索引

中国机床工具行业
先进会员企业专栏

2007年度中国机床工具行业 先进会员企业

自主创新先进会员企业

沈阳机床（集团）有限责任公司	齐重数控装备股份有限公司
大连机床集团有限责任公司	重庆机床（集团）有限责任公司
齐齐哈尔二机床（集团）有限责任公司	济南二机床集团有限公司
陕西秦川机床工具集团有限公司	江苏亚威机床有限公司
成都宁江机床集团股份有限公司	武汉重型机床集团有限公司
安阳鑫盛机床有限公司	上海机床厂有限公司
天水星火机床有限责任公司	无锡开源机床集团有限公司
株洲钻石切削刀具股份有限公司	武汉华中数控股份有限公司
大连光洋科技工程有限公司	哈尔滨量具刃具集团有限责任公司

数控产值先进会员企业

沈阳机床（集团）有限责任公司	大连机床集团有限责任公司
济南二机床集团有限公司	北京第一机床厂
齐重数控装备股份有限公司	齐齐哈尔二机床（集团）有限责任公司
宝鸡机床集团有限公司	陕西秦川机床工具集团有限公司
武汉重型机床集团有限公司	宁波海天精工机械有限公司

产品销售收入先进会员企业

大连机床集团有限责任公司	沈阳机床（集团）有限责任公司
陕西秦川机床工具集团有限公司	北京第一机床厂
江苏天工工具股份有限公司	江苏扬力集团有限公司
齐齐哈尔二机床（集团）有限责任公司	济南二机床集团有限公司
齐重数控装备股份有限公司	江苏飞达工具股份有限公司

产品出口先进会员企业

江苏天工工具股份有限公司	沈阳机床（集团）有限责任公司
江苏飞达工具股份有限公司	北京第一机床厂
中国磨料磨具进出口公司	大连机床集团有限责任公司
江苏扬力集团有限公司	河南黄河实业集团股份有限公司
重庆市博赛矿业（集团）有限公司	白鸽磨料磨具有限公司

综合经济效益先进会员企业

宁波海天精工机械有限公司	北京阿奇夏米尔工业电子有限公司
芜湖恒升重型机床股份有限公司	浙江日发数码精密机械股份有限公司
天水星火机床有限责任公司	天津市第二机床有限公司
武汉华中数控股份有限公司	宜昌长机科技有限责任公司
广州数控设备有限公司	北京精雕科技有限公司

精心创品牌活动先进会员企业
（有效期至2009年）

上海重型机床厂有限公司	浙江日发数码精密机械股份有限公司
南通科技投资集团股份有限公司	北京第二机床厂有限公司
上海第二锻压机床厂	陕西汉江机床有限公司
武汉华中数控股份有限公司	烟台环球机床附件集团有限公司
苏州远东砂轮有限公司	博深工具股份有限公司
沈阳机床（集团）有限责任公司	济南二机床集团有限公司
齐重数控装备股份有限公司	险峰机床厂
济南一机床集团有限公司	宝鸡机床集团有限公司
四川长征机床集团有限公司	沈机集团昆明机床股份有限公司
桂林机床股份有限公司	上海工具厂有限公司
河南黄河实业集团股份有限公司	长春禹衡光学有限公司

齐重数控

我国自主研制的数控重型曲轴旋风切削加工中心

数控装备

齐重数控装备股份有限公司
QIQIHAR HEAVY CNC EQUIPMENT CORPORATION LIMITED

　　齐重数控装备股份有限公司是全国机床行业大型重点骨干企业、中国重型机床行业中的"中国工业行业排头兵企业"。主要经济效益指数名列重型机床行业前茅，被列为创新型国家典型企业。"齐一"牌已经成为我国重型机床行业的知名品牌。公司主导产品为重型数控立卧式加工中心、深孔钻镗床、铁路车床、轧辊车床，新开发了高效数控风电专用机床、落地铣镗床、曲轴曲拐车床、龙门镗铣床、滚齿机等产品。公司通过高、精、尖、特、重、新等具有鲜明特色的产品，走入高端用户，把握国家风电、水电、核电、大飞机制造、载人航天等重大项目建设。公司高端产品现已全面打入30多个国家和地区。

地址：黑龙江省齐齐哈尔市安顺路89号

邮编：161005

电话：0452-2305329、2305281

传真：0452-2306643

http://www.qzsk.cn

中国齐一

齐重数控装备股份有限公司
QIQIHAR HEAVY CNC EQUIPMENT CORPORATION LIMITED

5m数控重型卧式车床荣获行业——春燕一等奖

数控重型动梁移动式镗铣床

超重型机加装配车间

数字化生态重型加工车间

数控装备 中国齐一

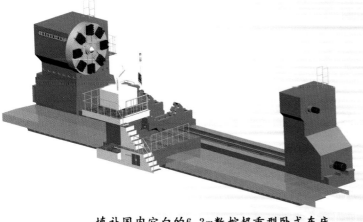

填补国内空白的6.3m数控超重型卧式车床

填补国内空白的数控立式磨床

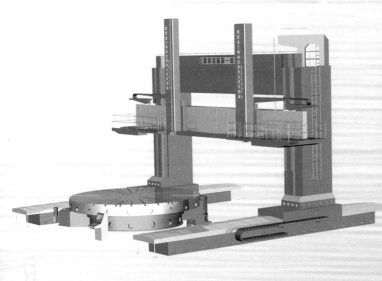

填补国内空白的25m数控超重型立式车床

Q1-105型数控曲拐专用车床荣获"中国机械工业科学技术奖"一等奖

精细化现场

3.5万m²柔性制造中心

商务中心

地址:黑龙江省齐齐哈尔市安顺路89号   邮编:161005

电话:0452—2305329、2305281   传真:0452—2306643

http://www.qzsk.cn

杭州機床集團有限公司

杭州机床集团有限公司（以下简称"杭机集团"）是国内大规模的平面磨床专业制造企业，1997年通过国家ISO9001质量体系认证。平面磨床、成形磨床产销量位居全国前列，是中国机床行业10强企业，列入中国机械工业500强。2006年6月杭机集团与欧洲4大磨床制造企业之一、具有百年历史的著名企业德国aba z&b磨床有限公司结成战略联盟，持有其60％的股权，一举跃入跨国公司行列。

◆ 集团旗下拥有20个子公司，其中欧美地区3个，形成跨国经营集团化运作模式；

◆ 集团是卧轴矩台、立轴矩台、强力成形、龙门式等4大类磨床产品国家标准和行业标准的制定者；

◆ 拥有自主知识产权新产品20余种和国家专利11项；

◆ 大型数控龙门磨床系列产品为国家新产品；

◆ 数控强力缓进给成形磨床技术占据了国内制高点，成功替代进口；

◆ 高效率的双端面磨床处于国内技术领先水平；

◆ 创造多项中国企业新纪录；

◆ 生产的精密铸件已进入日本、美国著名跨国公司的供应链；

◆ 销售服务网络遍布欧美、亚洲地区及国内；

◆ 在北京、广州、西安、成都、沈阳、武汉、无锡和浙江黄岩、浙江宁波等地设立了办事处和维修中心，为用户提供更便捷的服务。

HZ-078CNC数控直线滚动导轨磨床

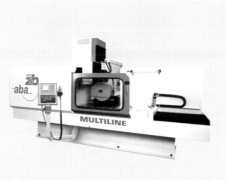

MULTILINE系列平面磨床

MUGK7120×5
超精密卧轴矩台平面磨床

MGK7350型
数控高精度卧轴圆台平面磨床

集团公司平面磨床产品系列：

◆小规格系列手动平面磨床，磨头移动式、十字拖板系列普通级平面磨床；

◆十字拖板系列精密、高精密、超精密级平面磨床，程控精密磨床；

◆大型数控龙门式系列平面磨床、系列导轨磨床；

◆数控强力成形系列平面磨床，数控磨削加工中心，数控剪刃磨床；

◆卧轴、数控立轴双端面系列磨床；

◆数控卧轴、立轴圆台平面磨床；

◆数控直线导轨、车床导轨、瓦楞辊、陶瓷切割、球面磨床等专用机床。

  集团公司成员企业——德国aba z&b磨床公司专门研发生产高精度平面磨床、数控强力成形磨床、旋转工作台磨床、直线滚动导轨磨床等专用磨床，是磨床数控编程软件开发和砂轮修整技术方面的主导者，该技术处于行业国际领先水平。

  杭机集团将利用德国的新技术和自身50年专业技术之积淀，研发制造新一代"杭州"牌磨床产品，力争成为国际知名机床企业。

  杭州机床集团期待着有机会向更多的客户提供机床和技术支持！

面向全球综合磨床供应服务商

地址：浙江省杭州市学院路50号   邮编：310012
电话：0571-87295050、87293747、28025050、87295819（总机） 技术服务热线：0571-28927130、28927132
传真：0571-87296277 http：//www.hzmtg.com E-mail：sale@hzmtg.com

德国aba z&b公司是欧洲著名的磨床生产厂之一，磨头移动式平面磨床是主导产品。其中STARLINE系列是通用平面磨床；ECOLINE是高效价廉的经济型系列，该系列工作台最大宽度为800mm；而另一个规格更大的MULTILINE系列，最大磨削宽度达1 100mm。早在1993年第三届中国国际机床展览会上，aba z&b公司曾展出1台FFU3000/700平面磨床，长度3 000mm，宽度700mm，机床的横向精度较高，在600mm的磨削宽度上平行度≤0.005mm，在3 000mm长度上磨削精度≤0.008mm，可满足高精度磨削要求。

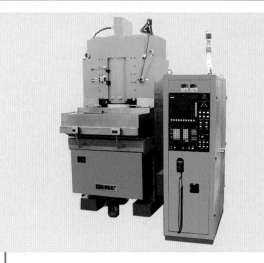

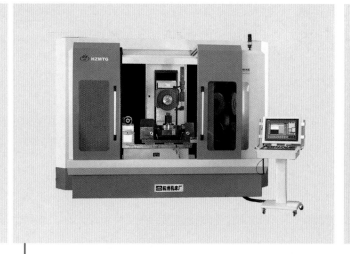

MMY7730数控立式双端面磨床采用切入式磨削方式，是公司近年开发和升级的新型产品。双端面磨床是汽车、拖拉机、轴承、压缩机、磁性材料等大批量生产工业部门的关键高效加工设备。适用于大批量、高精度、两个平行端面的同时磨削，零件变形小、生产效率高，工件不受材质限制，可实现自动上下料；对具有不同形状、尺寸、材料的工件，可同时磨削两端面。机床按布局形式有立轴和卧轴，按材料形式有圆盘式、贯穿式、往复式。该系列产品机床共有30多种型号，用户可按所加工的零件形状和尺寸洽谈订货，还可根据用户要求进行设计和生产。

产品适用行业及加工工件：

轴承行业：轴承环、滚子滚针、十字轴

压缩机行业：叶片、阀片泵体

汽车摩托车行业：连杆、活塞环、刹车盘

电子行业：磁钢、工业陶瓷

其他：具有不同形状、尺寸、材料的可同时磨削两端面的零件

MKH450成形磨削加工中心主要用于磨削航空发动机或燃汽轮机的叶片，能在一次装夹下实现叶片多部位、多道工序的集中磨削加工，能实现自动更换砂轮，砂轮库可装6片砂轮；机床还配有相应的砂轮修整中心，金刚滚轮——对应修整砂轮库中的砂轮，砂轮大小和位置参数以及对应的砂轮喷嘴位置参数均存储在数控系统中，会自动更新。冷却喷嘴随动，会随着砂轮修整尺寸变化而自动进行调整。机床采用西门子840D九轴数控系统，具有五轴联动功能，主要的六轴由高精度光栅位置反馈全闭环控制，砂轮速度由恒线速控制。机床造型新颖，采用全封闭罩壳。

该磨削加工中心的历史还不长，但它是当今磨削技术进步的主要标志，代表了磨床技术的发展方向；是一项集磨削技术、CNC控制技术、自动测量、砂轮交换等技术于一体的综合性技术。磨削加工中心类型有加工中心延长型和常规磨床延长型两种，以常规磨床延长型的磨削加工中心比较实用和可靠。该磨削加工中心是典型的复合磨削技术，把某一只工件的几道磨削工序集中在1台机床上完成，具有自主知识产权，有多项专利正在申请。

MMY7730数控立式双端面磨床

MKH450成形磨削加工中心

WWW.HZMTG.COM

杭州磨床 中德技术 精心制造 全球销售

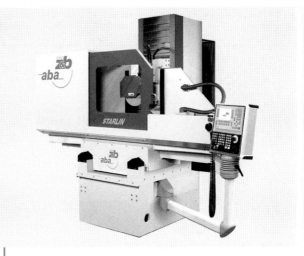

MGKF600高精度数控立轴复合磨床是公司新研发成功的高新技术产品,是数控复合磨床系列中的一种。机床的旋转工作台直径600mm,同系列磨床旋转工作台直径最大可达到3 000mm。为顺应世界机床工业"高速、复合、智能、环保"的发展潮流,该机床适合多品种小批量、变品种变批量的生产方式;可一次装夹工件,完成工件内圆、外圆以及端面的高精度磨削,同时还可通过数控联动实现砂轮的锥形修整和圆锥磨削;通过砂轮的成形修整,实现内外圆的成形磨削。可广泛地应用于圆柱、圆锥、球轴承内外套圈、滚道及端面各表面的精加工磨削;也适用于齿轮类、套筒类等零件的高精度磨削加工。机床经试磨,标准试件圆度达到1μm以下。

　　MGKF600高精度数控立轴复合磨床,是杭机集团转型成为面向全球综合磨床供应服务商的代表产品。

Starline 800A精密平面磨床是性价比高的基型机床,拖板移动式设计。适用于对精度要求很高的工具与机床制造,工作台高度适合精密加工,半封闭的机床罩壳具有容易接近性和容易维护性。机床具有静态和动态高刚度和高精度,在所有的轴向上都采用无间隙预加负载的直线滚动导轨,导轨之间尽可能大的间距,大多数零件由优质材料制成。机床采用用户友好型的Siemens LC控制,用触摸屏进行会话式编程,简单的手动操作功能和自动程序,有丰富的教示功能,能进行补偿的自动直缘砂轮修整程序。是aba z&b公司于2006年加盟杭机集团以后展出的机床,该机床完全是德国的原装机床,贯彻欧洲标准,加工精度、外形等具有明显优势。

MGKF600高精度数控立轴复合磨床

Starline 800A精密平面磨床

杭州機床集團有限公司

地址: 浙江省杭州市学院路50号　　　　　邮编: 310012
电话: 0571-87295050、87293747、28025050、87295819(总机)　　技术服务热线: 0571-28927130、28927132
传真: 0571-87296277　　http://www.hzmtg.com　　E-mail: sale@hzmtg.com

沈阳机床（集团）有限责任公司
SHENYANG MACHINE TOOL (GROUP) CO., LTD.

董事长 总经理 关锡友

占地面积74万m²的沈阳数控机床产业园区

数控机床总装现场

- 2007年经济规模突破100亿元
- 年产各种数控机床2万台
- 海外销售收入突破1.5亿美元
- 机床产销量、市场占有率名列国内同行业前茅
- 中高档数控机床批量进入国家重点行业的核心制造领域
- 为汽车、航空航天、电站能源、船舶等行业提供的数控机床占数控机床总销售量70%以上
- 主导产品数控车床、数控铣镗床均为中国名牌

沈阳机床（集团）有限责任公司
SHENYANG MACHINE TOOL（GROUP）CO.，LTD.

■ 获得中国工业大奖
■ 高档数控机床国家重点实验室落户沈阳机床

高档数控机床产品

沈机集团昆明机床股份有限公司
SHENJI GROUP KUNMING MACHINE TOOL COMPANY LIMITED

沈机集团昆明机床股份有限公司（简称昆机）是中国著名的大型精密机床制造企业，始建于1936年。1993年10月，随着公司股票在中国香港和上海上市，昆机率先成为中国机床行业中的上市公司，而且是同时在中国香港和上海上市的公司。2007年10月，公司更名为沈机集团昆明机床股份有限公司。

1954年，昆机在我国率先成功制造出卧式铣镗床。此后，昆机先后研制开发了200多种产品，填补了中国机械工业史上的众多"空白"，产品荣获2次国优金奖和3次国优银奖。昆机产品包括卧式铣镗床、刨台式铣镗床、落地铣镗床、龙门铣镗床、坐标镗床、加工中心、精密转台等。70余年的励精图治，昆机谱写了"镗床世家"的传奇。

近几年，昆机产销规模连续以年均50%的幅度快速增长，主要产品的市场占有率均占全国市场的30%以上，在全国率先开发出五轴联动数控落地式铣镗床，并率先实现落地铣镗床系列产品的数控化。昆机已成为高科技支撑、国际化布局、市场化运营的大型、精密、数控铣镗床（加工中心）的研发制造基地。

地址：云南省昆明市茨坝路23号
电话：0871－6166660、6166661、6166662
传真：0871－6166662、6166741
http://www.kmtcl.com.cn

数显卧式铣镗床

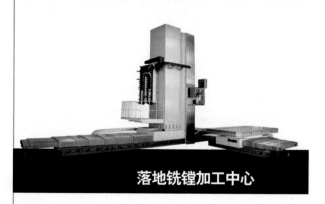

落地铣镗加工中心

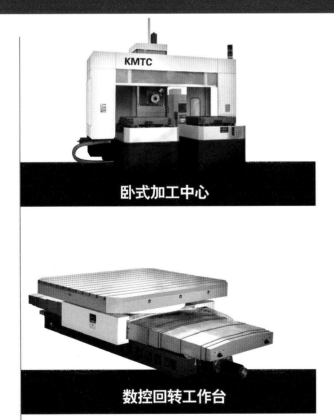

卧式加工中心

数控回转工作台

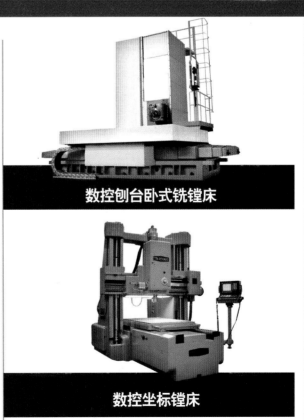

数控刨台卧式铣镗床

数控坐标镗床

中国名牌

秦川機床

GROUP
QCMT&T

陕西秦川机床工具集团有限公司
SHAANXI QINCHUAN MACHINE TOOL&TOOL GROUP CO.,LTD.

齿轮磨

秦川机床工具集团

旗下企业

股票代码：000837
秦川发展
陕西秦川机械发展股份有限公司
SHAANXI QINCHUAN MACHINERY DEVELOPMENT CO.,LTD.

汉江机床有限公司
HANJIANG MACHINE TOOL CO.,LTD

公司本部：陕西省宝鸡市姜谭路22号　　邮编：721009

中国名牌产品

LINKS 中国驰名商标

- 标准刀具及通用量具
- 刀具预调测量仪
- 精密测量仪器
- 数控机床及功能部件
- 数控刀具及工具系统
- 热套夹头及热套装置

中国哈量　国际品质

三坐标测量机 474CNC 型

本仪器是一种集光、机、电及计算机于一体的CNC型、移动桥式三坐标测量机。主要用于测量几何基本元素、距离、角度、形状误差、位置误差、相交、对称等，适合于工厂、计量室和车间生产现场使用。

并联机床 LINKS EXE700 型

21 世纪机床发展方向。本机床适合于航天航空领域、汽车制造领域、大型工程机械制造领域等需要实现敏捷加工、高速加工及数字化装配等场合。

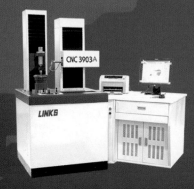

齿轮测量中心 CNC3903A 型

本测量仪的基本配置可测量各种形状的直齿圆柱齿轮，斜齿圆柱齿轮；可选配置可测量齿轮滚刀、蜗轮滚刀、径向剃齿刀、插齿刀等齿轮刀具，可选配置还可以测量蜗轮、蜗杆、直齿锥齿轮、斜齿锥齿轮、弧齿锥齿轮、凸轮等工件。

齿轮测量中心 L45 型

L45 型齿轮测量中心，基本配置软件可以测量圆柱齿轮，可选测量软件有：齿轮滚刀测量软件、蜗轮滚刀测量软件、剃齿刀测量软件、插齿刀测量软件、蜗杆测量软件、蜗轮测量软件、直锥齿轮测量软件、斜锥齿轮测量软件等，并可按照用户要求扩展。

台式投影仪 1302 型

本仪器主要用于测量机械零件的长度、角度、轮廓外形和表面形状等。其广泛适用于仪表、机械等行业，是测量小型复杂类零件的一种比较理想的光学计量仪器。

表面粗糙度测量仪 2205A 型

本仪器是评定零件表面质量的台式粗糙度仪，可对多种零件表面的粗糙度进行测量，包括平面、斜面、外圆柱面、内孔表面、深槽表面、轴承滚道等，实现了表面粗糙度的多功能精密测量。

哈量集团
HMCT GROUP

LINKS

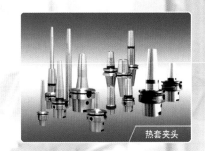
热套夹头

热套装置
i—tecXL 型

热套装置采用先进的热套装刀具技术，将刀具与刀柄完美地结合，使刀具性能大大提高，它以操作安全简便、舒适合理赢得顾客的青睐。由于含有 3 个热套装及冷却位置，热套刀具可以迅速的准备就位，感应线圈定位时，可通过转动手柄把立柱调到相应的操作位置。

数控刀具及工具系统

台式刀调仪
SECA E EasyVision

本类仪器具有 3 个模块 8 种类型。在拥有 C、E 型两种机械的基础上可实现 8 种测量方式的模块组合。主要特点：气动切换，全程快慢调整；密珠轴系，分度任意锁紧，真空拉紧刀柄；图像瞄准，重复测量精度可达 0.002mm，红外光源，无放热，免维护，寿命长。

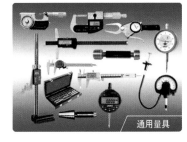
通用量具

立式刀调仪
KALIMAT A/MR

利用附加的安装机械手准确地自动操作。对于安装与调整刀具这样传统的手工操作，仍有一个未知的、需要合理化的趋势。该仪器利用相应的处理系统可以显著降低多刃盘铣刀的手动操作时间，提高工作效率。

标准刃具

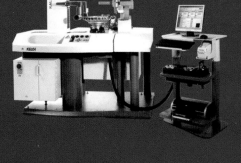

地　　址：黑龙江省哈尔滨市和平路 44 号
邮　　编：150040
电　　话：0451—86792688、82641836（销售）
传　　真：0451—82623555、82607698（销售）
E—mail：links@links—china.com

欢迎访问：www.links-china.com

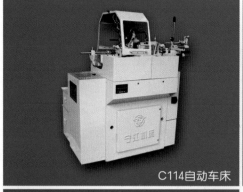

C114自动车床

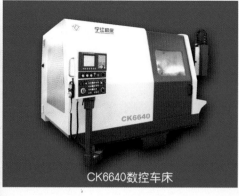

CK6640数控车床

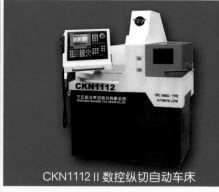

CKN1112Ⅱ数控纵切自动车床

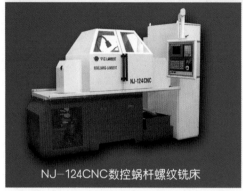

NJ-124CNC数控蜗杆螺纹铣床

中国驰名商标

四川普什宁江

5HMC40五轴加工中心

四川普什宁江机床有限公司位于四川省都江堰经济开发区，由四川省宜宾五粮液普什集团有限公司与成都宁江机床（集团）股份有限公司于2006年10月共同出资设立。公司通过了质量、环境、职业健康安全管理体系认证，"宁江"牌精密数控机床为四川省名牌产品，"宁江"牌商标为中国驰名商标。

经过短短两年的大规模建设，四川普什宁江机床有限公司已形成"一院两基地"（即宁江机床研发院，精密机床生产基地和大型数控机床生产基地）的生产格局。公司设有销售部和宁江机床研发院（省级技术中心、国家博士后工作站），专门从事机床的销售和新产品研制；设立了通用精密机床装配、精密零件加工、专机设备制造、大型机床制造、核电设备制造、铸锻件制造、机床附件制造等事业部、子公司，专门从事相关产品业务经营。

宁江机床经过40多年的技术沉淀，形成"精密、高效、集成、

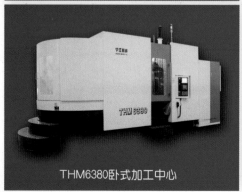

THM6380卧式加工中心

VMC-WMCL立式加工中心

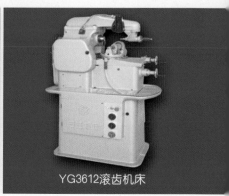

YG3612滚齿机床

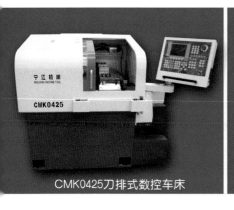

CMK0425刀排式数控车床

G996RT五轴铣削中心

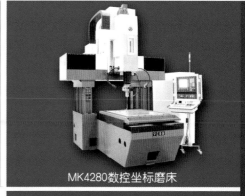

MK4280数控坐标磨床

汽车空调压缩机装配线

机床有限公司

智能化"的产品特色，产品主要包括以卧式加工中心、立式加工中心、坐标磨床、坐标镗床、数控车床、数控纵切自动车床、自动车床、小模数滚齿机、专用组合机床、自动组装及生产线为代表的精密机床系列；以数控龙门铣床、数控落地镗床、大型数控立卧车床、数控车铣复合中心为代表的大型机床系列。产品广泛应用于航空、航天、军工、船舶、核电、汽车、摩托车、模具、IT以及仪器、仪表、家电、五金、玩具等行业，并出口世界20多个国家和地区。

公司依托五粮液普什集团强大的资金优势和资源整合能力，充分发挥成都宁江机床（集团）股份有限公司的技术优势和品牌效应，以"做精、做大、做强，创建名牌企业"为发展战略，加快发展，向中国精密数控机床研发和制造大型企业集团迈进。

地址:四川省都江堰经济开发区安达路
电话:028-87132411
传真:028-87132467
http://www.ningjiang.com
E-mail: njzjb@ningjiang.com

汽车主轴承生产线

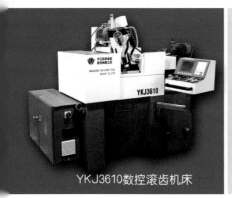

YKJ3610数控滚齿机床

更多信息请登陆公司网站：
www.ningjiang.com
或致电公司销售网点

数控定梁、动梁龙门式铣床

南通科技投资集团股份有限公司
TONTEC Technology Investment Group Co.,Ltd.

X5032立式升降台铣床

X53K立式升降台铣床

摇臂万能铣床系列

GMC龙门加工中心

VMC1650A立式加工中心

VGC1500龙门立式加工中心

SL50斜床身数控车床

南通科技投资集团股份有限公司
是国有控股上市公司,前身南通机床厂成立于
1956年,1994年5月在上交所上市,2007年2月更名为南
通科技投资集团股份有限公司。

公司是国内生产铣床、立式加工中心的重点骨干企业,国内
三大机床出口基地之一。主要产品有立卧式加工中心、龙门加工中
心、数控铣床、数控车床、摇臂万能铣床、升降台式立卧铣床、斜床身数
控车床等,产品产值数控化率超过50%。数控铣床和加工中心产销量自2004
年连续3年名列前茅。

公司不断创新研发模式,成功创建了北京通迈科数控研究院、常州研发室,
公司的研发力量空前增强,研发能力大大提高,既确保了现有立式加工中心系列产
品的改进和完善,又完成了卧式加工中心的延伸开发、龙门加工中心和T型立式加工
中心的研制。公司开发了5DGBC63五轴联动立式加工中心、5DMCH63五轴联动卧式加
工中心、动梁式龙门五面体镗铣加工中心等,并成功研制T型VGC1500立式加工中心、
MCH50卧式加工中心。MCH63精密卧式加工中心获2007年度机床行业十大新产品称号、
中国机械工业科学技术奖三等奖,并获得江苏省科技成果转化专项资金1 050万元,换
刀机构等申报了两项发明专利和两项实用新型专利;VMC1100和VMC1300A立式加工
中心获得江苏省高新技术产品称号;VMC系列立式加工中心获南通市科学技术进步奖
二等奖,并已被推荐申报江苏省科学技术进步奖;VMC600获江苏省火炬计划和南
通市拨款资助。公司在与南京航空航天大学、东南大学成功合作的基础上,又与
清华大学签订了"关于设立清华•南通联合实验室的框架协议",共同研究和开
发关键共性技术,对科研成果进行凝练,为组建国家技术中心提供智力支持。

目前,南通科技投资集团股份有限公司已启动退城进郊工程,征地
480万m²,投资15亿元,建成以立卧加工中心、数控车床和龙门加
工中心为主的总装基地和集铸造、锻造、热处理、粗加工于
一体的热加工中心,形成年产销额20亿元的规模。同时
建成集数控机床及其高端功能部件研发、试制、
试验和培训于一体的具有独立法人资格
的国家工程技术中心。

TONTEC 南通科技

地址:中国江苏南通市任港路23号 P.C.226006
Address.23 rengang rd.Nantong city.Jiangsu Province.China
Tel.0513—85516141   Fax.0513—85512271
http://www.tontec.net

天津市第二机床有限公司
TIANJIN NO.2 MACHINE TOOL CO.,LTD.

自主创新
打造品牌

国内创新
填补空白

2MK/M/G95系列数控立式万能磨床

产品说明：用于小批量，多品种生产线，适合轴承内外圈加工，各种大中型精密轴承内外环的内径、外径、端面及肩面和内外圆、端面上各种滚道的粗磨、半精磨和精磨；环类、盘类、套筒零件的加工；广泛应用于轴承行业、风电回转支承行业、齿轮行业，特别适合于风电发电设备中变桨轴承、偏航轴承沟道、内外圆及端面的磨削加工。

CKD系列大型数控卧式车床

产品说明：CKD系列大型数控卧式车床，大量采用德国先进的数控机床制造技术和高可靠性的配套件精心制造而成。它具有精度高、功率大、刚性高、制造精良、功能齐全、自动化程度高等特点。其主要部件和结构均经过优化设计，是加工轴、盘、套、特型面及螺杆类工件的优选设备。

CKJ61100/CKJ61125数控车床

产品说明：CKJ61100/CKJ61125数控车床可完成各种形状的轴类及盘类工件的内外圆、端面、圆锥面、圆弧面和各种公制、英制螺纹的加工。

地址：天津市津围公路东北辰科技园区景丽路38号　　　邮编：300409
电话：022-86993846（市场部）、86993809（总经理办公室）
传真：022-26391782（市场部）、26393789（总经理办公室）
http://www.tmtw2.com　　　　　E-mail:zjb@tmtw2.com

CD系列大型卧式车床

产品说明：CD系列大型卧式车床是多功能系列化卧式机床，承载能力18t。该系列机床精度高、可靠性高、制造精细、外形美观，可进行金属及非金属工件的粗加工、精加工，可车削工件的端面、外圆、内孔，用上刀架单独机动可车削短锥度，是造纸机械、胶辊制造、维修、铁路、模具、大型阀门、冶金轧辊等制造加工业的优选设备。

烘缸盖专机

产品说明：该专机为加工烘缸盖而专门设计制造的。它根据烘缸盖的结构特点，回转直径大，但重量相对较轻。我公司用∅1250车床改进设计，在床鞍伸出的一端增加了辅助导轨，因而加大了机床的回转直径，并能加工螺纹。

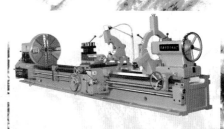

CT61100/T2-011T卧式车床

产品说明：CT61100、T2-011T卧式车床是在CQ61100、T2-011基础上进行结构改进设计的新产品，贯彻了新标准。改进后提高了主轴系统的刚性，适用于强力或高速切削，细化了纵向、横向刀给进量，适用于对铸件、钢件及有色金属的大、中型零件进行车削加工。可车削外圆、内圆、圆锥面、端面、切槽、钻孔、镗孔、套料，并能车削公制、英制、模数制等各种内外螺纹。特别适用于机械制造业及轻纺、石化、阀门、轧辊等各种机械加工行业。

天津市第二机床有限公司由原天津市第二机床厂改制成立，始建于1936年，是机床行业重点国有中型一类企业。2004年经上级主管机关批准整体改制为股份制企业，并迁厂于天津市北辰科技园区。良好的体制、灵活的机制以及高新技术产业园区提供的优雅环境与优惠政策为企业的再次腾飞打下坚实的基础。

公司拥有以老专家为核心、中青年为骨干的技术研发队伍，精良的机械加工设备200台（套），成熟的产业装配工人300多人。由原来只能生产符合国家GB4020普通车床标准的∅1 000mm及以上系列产品、各种专用机床，迅速扩展为研发、生产各种数控车床、大型数控精密立式万能磨床以及集车、铣、磨、镗、钻、制齿为一体的复合数控龙门式加工制造岛。同时成为世界500强德国西门子公司、美国奥的斯电梯公司等世界知名企业在中国主要的配套生产供应商。

天津市第二机床有限公司秉承"诚信为本，创新为先"的经营理念，始终坚持严格的质量管理，将质量文化视为企业文化的重要部分，并已通过ISO9001：2000质量体系认证。公司以"光大民族工业，打造世界品牌"为己任，为追逐振兴及创业的梦想而拼搏！

天津市认定
企业技术中心
天津市经济委员会 天津市科学技术委员会
天津市财政局 天津市地方税务局

荣誉证书
天津市第二机床有限公司
向全国轴承生产企业推荐的
轴承工艺装备制造企业
中国轴承工业协会
二○○六年十一月

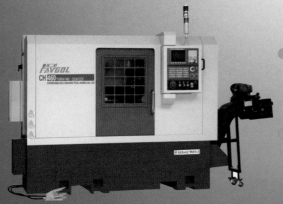
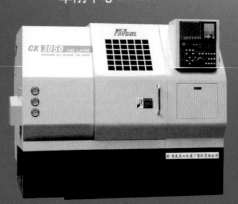

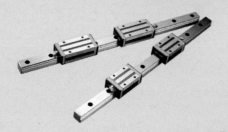

中国机床工具行业
优秀企业展示窗

济宁市华珠机械有限公司

董事长兼总经理
韩耀华

济宁市华珠机械有限公司属股份制企业，下辖丝杠分厂、主轴分厂、工程机械分公司、钢材分公司、济宁联众机床销售公司、曲阜市华珠机械有限公司。公司主要从事滚珠丝杠副、梯形丝杠副、机床主轴、直线导轨、直线轴承、钢材及机床的生产或经营。1998年正式加入中国机床工具工业协会滚动功能部件分会，并成为理事单位；2005年被评为常务理事单位；2007年被评为行业发展20年"十佳企业"。

公司主导产品是滚珠丝杠副、梯形丝杠副和精密导轴等，其中滚动往复丝杠副获得国家专利（专利号 ZL98 2 21017.5），精密滚珠丝杠副等获"山东省私营企业专利高新技术博览会"银奖。公司产品广泛应用于机床、印刷机械、化工机械、塑钢、铁路、仪器仪表等行业。2000年公司被济宁高新区创业中心评为"高新技术创业先进企业"。2003年4月，公司一次性通过了ISO9001质量管理体系认证。

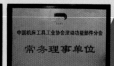

—— 荣誉的见证 ——

精密检测仪器

滚珠丝杠副预紧转矩测量仪　　2m丝杠激光综合测量仪

恒温车间　　先进加工设备　　万能工具显微镜

我 们 的 产 品

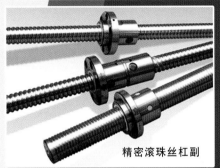

精密滚珠丝杠副

精密梯形丝杠副

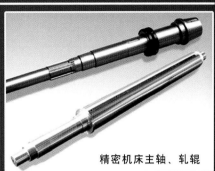

精密机床主轴、轧辊

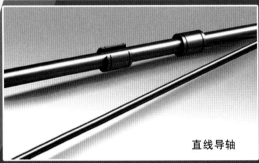

直线导轴

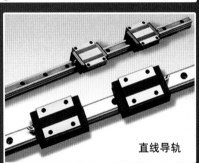

直线导轨

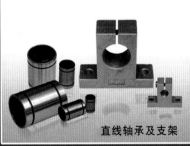

直线轴承及支架

数控中频淬火机床

公司生产2m、3m、5m卧式数控淬火
机床及各种型号立式淬火机床

HKD单元

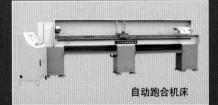

自动跑合机床

公司生产1.5m、2m、3m、5m、
10m等型号的自动跑合机床
主要功能：
- 滚珠丝杠副的自动计数跑合
- 梯形丝杠副的自动计数跑合
- 轴类零件的抛光等

液压校直机

公司生产20t、40t、100t等型号的
单臂液压校直机
主要功能：
- 校直滚珠丝杠、梯形丝杠
- 校直所有轴类产品
- 压装套类产品等

地址：山东省济宁市中区常青路41-43号　　　邮编：272037
电话：0537-2234567、2270598　　　传真：0537-2238648
http://www.jnhz.com.cn　　　E-mail：hyh@jnhz.com.cn

麒龙
QI LONG

安徽双龙机床制造有限公司

Shuanglong Machine Manufacturing

安徽双龙机床制造有限公司，是2003年9月由安徽六安机床厂改制后新成立的公司。原厂始于1969年，系定点生产车床的中等企业，是集机床开发、设计、制造、检测、售后服务为一体的专业生产厂。新区"双龙工业园"占地面积20万m²，位于六安经济开发区。

公司主要产品有"麒龙"牌普通车床、数控车床和数控高速花键铣床。此外，还开发生产大型卧式重型普通车床、普通立式车床以及卧式重型数控车床、数控管螺纹车床、数控立式车床、斜床身车削加工中心、立式加工中心等新产品。产品严格按照GB/T9061国家标准组织生产和检验，质量稳定、安全可靠。公司坚持"质量第一、服务至上"的经营理念，一切为用户着想，积极开拓市场，产品销往全国各地。全国大部分省市都有公司产品经销代理商，有稳固的客户群。同时，公司还具备自营出口权，每年都有部分产品出口国外市场。

公司多次为国家重点重大工程提供大型精良装备，产品畅销国内外，得到了用户的广泛认可。2004年7月，公司通过ISO9001：2000质量管理体系认证；2007年9月，公司产品获"安徽省名牌产品"证书；2007年10月，公司获"安徽省质量奖企业"证书。公司产品还多次获得"省优产品"和"消费者信得过产品"称号。

公司把"诚信务实双为本，与时俱进龙腾飞"的优良企业文化作为发展理念，正以崭新的姿态创造出新的辉煌。

安徽双龙机床制造有限公司新厂区鸟瞰图

CJK630数控车床

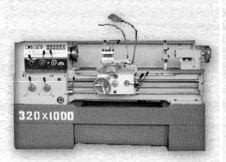

CW6232卧式车床

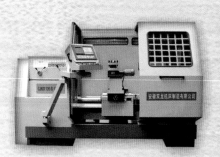

CJK61120数控车床

CW6180卧式车床

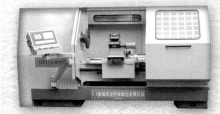

CJK6180数控车床

CJK6163数控车床

C630-1加长卧式车床

CW61100／CW61125卧式车床

CW6163B卧式车床

XK6012数控花键铣床

安徽省质量奖

安徽省经济委员会
安徽省质量管理协会
二〇〇七年

产品质量国家免检
（2007年—2010年）

中华人民共和国
国家质量监督检验检疫总局

安徽名牌产品证书

荣获2007年
度安徽名牌产品称号，特发此证。

出口产品质量许可证书

地址:安徽省六安市宁平路3号
销售热线:0564-3394181
电话:0564-3394916
传真:0564-3394916
E-mail:ahsl@ahsljc.com
http://www.ahsljc.com

泰安华鲁锻压机床有限公司
TAIAN HUALU METALFORMING MACHINE TOOL CO., LTD.

WE11N-30×21000船用卷板机

WD43M-50×3500校平机

WS11K-170×4000水平下调卷板机

QC12Y-16×8000剪板机

WS67K-1200/8000折弯机

TDT44-25×2500开卷校平纵横剪切生产线

泰安华鲁锻压机床有限公司位于雄伟的泰山脚下，始建于1968年，2003年由国有企业改为股份有限公司。系国家生产卷板机、矫平机、剪板机、折弯机、开卷矫平剪切生产线等锻压产品的重点骨干企业，拥有自营进出口权。

公司占地面积156万m²，生产面积10.8万m²，现有员工760余人，其中工程技术人员196人，聘请外国专家4人。拥有各种加工设备460多台，总资产2.4亿元，生产规模位居国内同行业前列。

公司是中国机床工具工业协会锻压机床分会理事单位、山东省高新技术企业，拥有省级企业技术中心，技术力量雄厚，创新能力突出。近年来以数控化、大型化、节能环保技术为方向，致力于船板卷制、厚板大锥度工件卷制、高强度板矫平、爆炸复合板矫平及零件矫平的研究，在引进、消化吸收德国先进技术的基础上不断创新，取得了丰硕的技术创新成果；获得国家专利40多项，其中部分申请国际专利；产品填补国内空白，达到国际先进水平，完全可以替代进口；承担多个国家火炬计划项目和国家重点新产品计划项目；多种产品荣获省级科技进步奖、省级优秀新产品等奖项。企业依靠自主知识产权技术提升核心竞争力，产品技术水平和国内市场占有率均处于行业的领先地位，不仅畅销全国，而且批量出口亚洲、非洲多个国家及俄罗斯等欧洲国家，在国际上具有较高的知名度。

公司始终坚持"品质第一、用户至上"的质量方针，以增强顾客满意为宗旨，以"缩小中国装备制造业与世界先进水平的差距、打造世界品牌"为奋斗目标，注重加强企业管理和技术创新体系建设，2000年通过ISO9001质量体系认证，2004年实施6S管理，"岱岳"牌商标被评为"山东省著名商标"，企业先后被授予"2006年山东省机械工业十大自主创新品牌企业"、"省级重合同守信用企业"等多项荣誉称号。

公司秉承"诚信、公正、求实、创新"的经营理念，热诚欢迎国内外新老朋友光临惠顾！

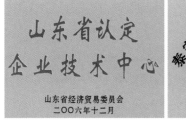

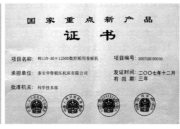

地址：山东省泰安市西南工业区泰玻大街　　邮编：271000
电话：0538-6629065、6629080　　传真：0538-6629010
http://www.taianduanya.com　　E-mail：hualuduanya@126.com

保定向阳航空精密机械有限公司
Baoding Xiangyang Aviation Precision Machinery Co., Ltd.

AVIC

保定向阳航空精密机械有限公司始建于1964年，隶属于中国航空工业集团公司，是国家大二型企业，高新技术企业。通过了ISO9001：2000质量体系认证、武器装备科研生产许可、国家安全质量标准二级企业和三级国防计量机构认证，拥有自营进出口权。

公司的生产规模和技术水平在国内同行业处于领先地位，产品覆盖我国航空航天、兵器、机械、纺织、铁路、医疗等行业，还出口欧美等国家和地区。

组 合 夹 具

应 用 实 例

柔 性 夹 具

应 用 实 例

精 密 平 口 钳

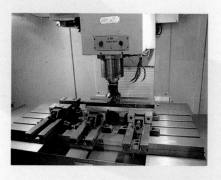

应 用 实 例

地址：河北省保定市向阳北大街88号　　　　邮编：071064
电话：0312－3099818、3099800　　　　　传真：0312－3099999

液 压 夹 具　　　　　　　气 动 、电 永 磁 夹 具

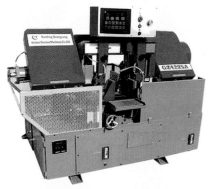
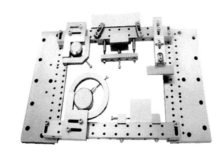

金 属 带 锯 床　　　　　　　电 加 工 夹 具

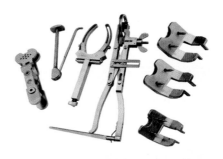

模 具 标 准 件　　　　　　　骨 科 手 术 器 械

数 控 、精 密 、复 杂 机 床 修 理 改 造

http://www.xiangyang.com.cn
E-mail:bdxy@xiangyang.com.cn

www.xiangyang.com.cn

安徽晶菱机床制造有限公司
ANHUI JINGLING MACHING TOOL MANUFACTURING CO.LTD.

DMV4000数控龙门铣床

MV-40加工中心　　MV65A数控铣床及加工中心　　MV-70加工中心　　MV-80加工中心

安徽晶菱机床制造有限公司是股份制民营企业。全国大规格升降台铣床专业生产厂家,中国机床工具工业协会会员单位、铣床分会理事单位,中国质量检验协会会员单位。2004年通过了ISO9001:2000质量体系认证,荣获2006年安徽省质量奖,荣获2007年安徽省"名牌产品"称号。

公司下设铣床厂、数控铣床厂、重型数控机床厂。生产各类"晶菱"牌机床,有立式、卧式升降台铣床,数控立式、卧式升降台铣床,床身数控铣床和立式加工中心,数控龙门镗铣床以及台钻等。目前公司拥有机加工设备220多台,其中精大稀设备28台。形成年产大规格升降台铣床700台,数控铣床300台,大型数控龙门镗铣床、数控落地铣镗床100台以及5 000台工业台钻的生产能力。

经过50多年的发展,公司在机床制造方面拥有完善的制造工艺、检测手段及研发设计。公司以现代企业管理理念,积极倡导以人为本人性化的管理理念,严格质量控制跟踪系统,不断对产品进行技术改进,积极为用户制造出精品设备;以用户至上的服务理念,切实落实质量"三包"承诺服务,多年来深受全国广大用户的高度赞誉。

企业宗旨:"造机床精品、创晶菱名牌"。

 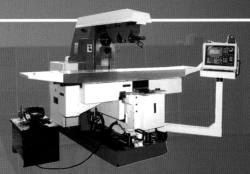 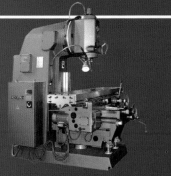

XH4225龙门镗铣床加工中心　　　　XK6042A卧式升降台数控铣床　　　　X5042A立式升降台铣床

地址:安徽省蚌埠市大庆路189号　　　　　　邮编:233010
电话:0552-4928963、4926146　　传真:0552-4928935、4926146
http://www.bbjljc.com　　　　E-mail:ahjljc@126.com

齐二机床集团大连

齐二机床集团大连瓦机数控机床有限公司（原瓦房店重型机床厂）是由齐二机床集团公司与大连瓦房店重型机床集团公司于2007年合资成立的。公司位于开放城市大连，地处辽东半岛南端，沈大高速公路穿境而过，中长铁路纵贯市区，依山傍水，风景秀丽，气候宜人。

公司是我国立式车床制造业的骨干企业之一，曾先后被评为全国500家大型机械工业企业之一，国家一级计量检测单位，部、省、市质量管理先进单位。2001年通过了ISO9001：2000质量体系认证。

50余年的机床研发与生产实践，使公司形成了技术力量雄厚、工艺装备精良、生产条件完备、检测条件完善、质量管理健全的"开发—制造—服务"全过程质量保证体系。

公司主导产品已形成最大加工直径400～6 300mm的单柱、双柱普通立式车床和单柱、双柱数控立式车床两大系列以及固定横梁立式车床、多刀半自动立式车床等系列产品。此外，还新开发了多功能复合加工机床——CKX5231和CQKX5240数控双柱立式铣车床，以及2MK9516数控立式万能磨床系列产品，填补了国内空白。

公司长期想用户之所想，坚持"数控化、多功能化、个性化"产品特色，在市场中独树一帜，对用户恪守信誉、承诺责任。在不断降低成本的基础上，力争以优质的产品、优惠的价格、周到的服务来赢得广大用户的好评。

公司产品遍布全国各地，并出口美国、意大利、日本、韩国等30多个国家和地区。多项产品填补国内空白，达到和赶上世界先进水平。我们真诚希望同新老客户和国内外有识之士建立良好的合作关系。愿与各界朋友携手共进、共创伟业！请君认准"瓦"字商标。

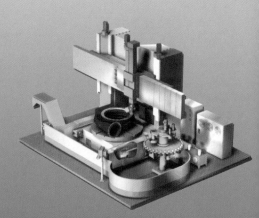

VMG立式车铣加工中心

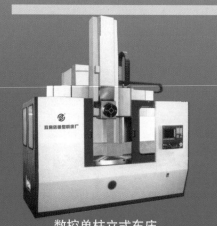

数控单柱立式车床

地址：辽宁省瓦房店市工业园区兴工大街11号　　邮编：116300
电话：0411－85567117、85567172　　传真：0411－85567176、85567170
http：// www.whmtw.com　　　E-mail: wfdmtw@mail.dlptt.ln.cn

瓦机数控机床有限公司

2MK9516数控立式万能磨床

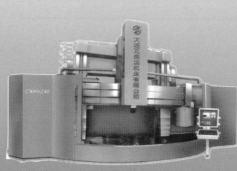

CXH5240数控立式车铣加工中心

装配现场

数控双柱立式车床

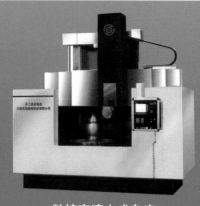

数控高速立式车床

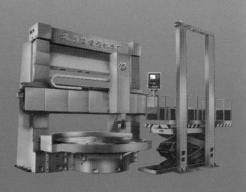

数控双柱立式铣车床

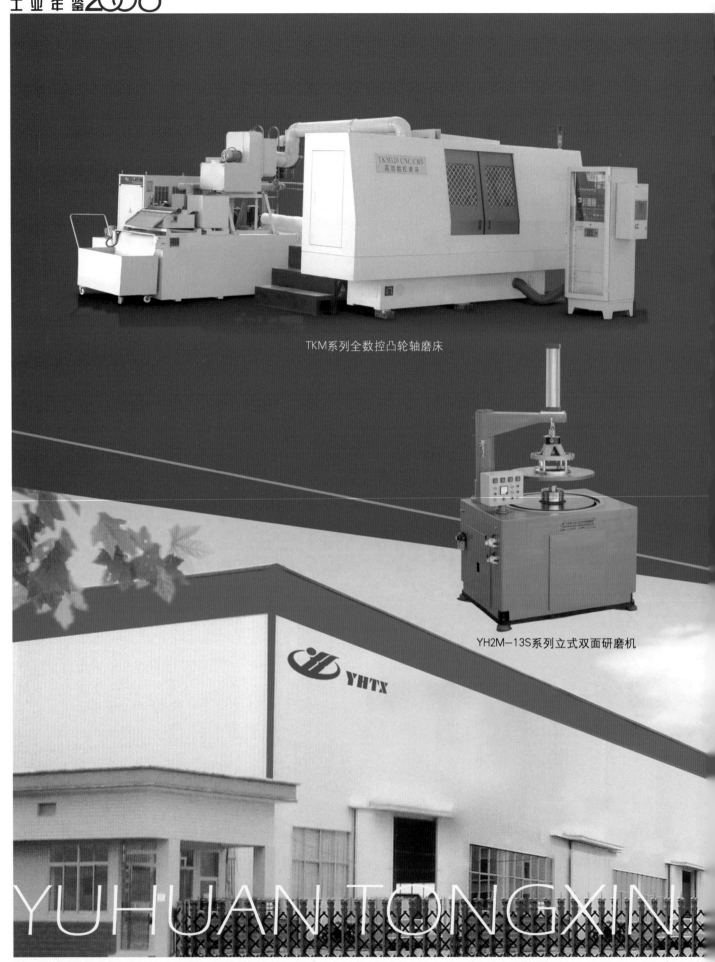

TKM系列全数控凸轮轴磨床

YH2M-13S系列立式双面研磨机

YHTX

YUHUAN TONGXIN

湖南宇环同心数控机床有限公司是研发生产精密、高效、数控系列磨床的国家重点企业。公司拥有较高水准、富于开拓创新的管理团队和技术研发中心，2001年全面通过ISO9001：2000国际质量管理体系认证，建立、健全了产品质量保证体系，制定了经技术监督部门批准登记的企业产品标准。公司集产学研于一体，是湖南省高新技术企业。

公司主要产品有YTMK750、580CNC／CBN系列高精度数控双端面磨床，TKM120CNC／CBN系列全数控凸轮轴磨床，YHCX5170立式仿形车铣床，YH2M-13S系列立式双端面研磨机，YHXK120数控精密自动修口机，YHM-135精密珩磨机系列以及喷砂机、角磨机和各种活塞环检测设备等6大系列26个品种。其中数控双端面磨床、TKM120CNC／CBN全数控凸轮轴磨床和YHCX5170立式仿形车铣床是湖南省高新技术产品、省级新产品。数控双端面磨床是国家新产品、湖南省名牌产品。产品品质、售后服务和诚信度一直受到业内人士的好评。

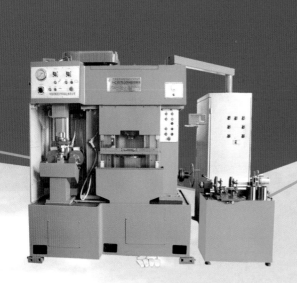

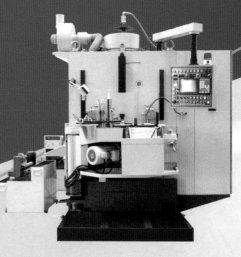

YTMK750、580CNC系列数控立式双端面磨床

YHCX5170立式仿形车铣床

湖南宇环同心数控机床有限公司

HUNAN YUHUAN TONGXIN NUMERICAL CONTROL MACHINE TOOL CO., LTD.

地址：湖南省长沙市浏阳制造产业基地纬二路　　电话：0731-3207288、3201588
http://www.yh-cn.com　　　　　　　　　　　E-mail: yh@yh-cn.com

江苏金方圆数控机床有限公司
Jiangsu JinFangYuan CNC Machine Co.,Ltd.

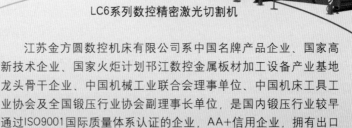

LC6系列数控精密激光切割机

VT系列液压数控转塔冲床

MT系列伺服主传动数控转塔冲床

　　江苏金方圆数控机床有限公司系中国名牌产品企业、国家高新技术企业、国家火炬计划邗江数控金属板材加工设备产业基地龙头骨干企业、中国机械工业联合会理事单位、中国机床工具工业协会及全国锻压行业协会副理事长单位，是国内锻压行业较早通过ISO9001国际质量体系认证的企业，AA+信用企业，拥有出口产品质量许可证和自营进出口权。2008年"金方圆"商标被认定为中国驰名商标。

　　公司产品水平代表了国内行业发展水平，数控化率100%，市场占有率在国内数控锻压机床行业名列前茅。主要产品：系列数控转塔冲床、折弯机、剪板机；LC6系列数控精密激光切割机、数控母线生产线、汽车大梁冲孔柔性加工单元、数控冲压激光切割复合机，FMS板材自动柔性生产线、APSS冲—剪复合生产线等。

APSS数控冲—剪复合板材柔性加工线

PR系列数控折弯机

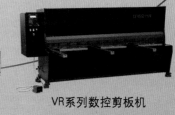

VR系列数控剪板机

企业负责人：宓仲业
地址：江苏省扬州市邗江工业园银柏路19号　　邮编：225127
电话：0514-87871337、87873787、87880637　　传真：0514-87871336、87777128
http://www.JinFangYuan.com　　　　　　　　　E-mail：yzjfy@126.com

济南四机数控机床有限公司

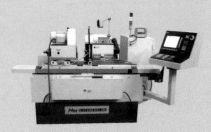

● J4K-082数控齿轮锥面专用磨床

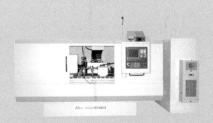

● J4K-310数控曲轴随动磨床

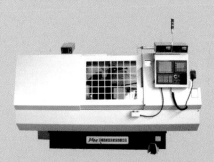

● MKS1632A数控高速端面外圆磨床

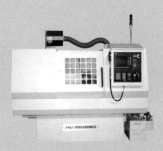

● MK2110数控内圆磨床

J4M
济南四机数控

    济南第四机床厂始建于1938年，从1958年开始研制生产外圆磨床，至今已有50年生产外圆磨床的历史，是我国外圆磨床专业生产厂。1998年改制成为现在的济南四机数控机床有限公司。

    公司拥有省级认定的技术中心——山东省数控磨床工程技术研究中心，有较强的设计开发能力。主要产品有数控外圆磨床、数控内圆磨床、数控专用磨床及通用外圆磨床，广泛应用于机械、汽车、交通、航空、航天及信息等高新技术产业。

    公司按ISO9001质量保证模式建立起了稳定的质量保证体系。近几年在生产经营上取得了快速发展，特别是数控外圆磨床发展最为迅速。公司奉行"四机技术、精益求精"的企业宗旨，产品以稳定的质量、适中的价格和公认良好的售后服务，已得到市场的普遍认可，被评为"全国机械工业用户满意产品"。

地址：山东省济南市工业南路机床四厂路1号
邮编：250101
电话：0531-88681424
传真：0531-88684978
http://www.j4m.cn
E-mail:sale@j4m.cn

安阳欣宇机床有限责任公司
（原安阳第二机床厂）

河南省安阳第二机床厂（国有企业）于2006年4月整体转制为安阳欣宇机床有限责任公司（民营企业），公司地址与联系方式不变，原单位与有关用户发生的业务关系和新的业务由安阳欣宇机床有限责任公司负责办理。

公司前身安阳第二机床厂是机械行业生产组合机床及加工自动线和通用部件的定点厂，有40多年的历史，是中国机床工具工业协会理事单位和组合机床分会副理事长单位，是河南省高新技术企业。经过几代人数十年的艰苦努力，已具有年产组合机床与加工自动线100多台（条）和通用部件千余台的生产能力，在国内市场享有一定的声誉。

公司愿与各兄弟单位密切合作、携手并进，为新老客户的需求与发展，为组合机床行业的兴旺与发展做出新的贡献。

公司的宗旨是"质量第一、用户第一、信誉第一、以人为本"，"科技兴厂，不断创新"，"开拓国内外市场，以优质的产品和优良的服务满足广大客户的需要"。

诚挚欢迎国内外朋友光临合作！

数控卧式铣削加工专机

卧式加工中心

数控前桥锁销孔加工专机

缸体加工自动线　发动机缸体总成装配生产线

地址：河南省安阳市胜利路北段
邮编：455000
电话：0372-2913420、2913414
传真：0372-2925146
http://www.ay2jc.cn
E-amil:ay2jc@ay2jc.cn

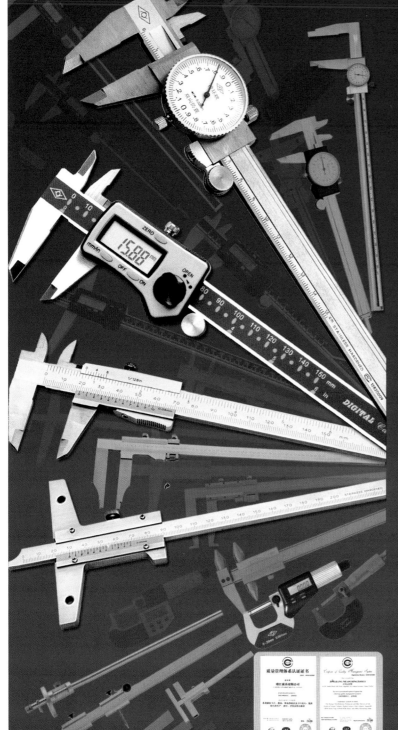

⬦ HEXAGON 海克斯康
METROLOGY

靖江量具有限公司
JINGJIANG MEASURING TOOLS CO., LTD.

总经理 杨小震

靖江量具有限公司是一家专业从事手动工量具研制、生产的国家中型企业，注册商标 ⬦（棱环牌），年产游标卡尺、带表卡尺、数显卡尺、深度游标卡尺、高度游标卡尺、千分尺和角尺等各类量具80余万件。

公司创建于1958年，1987年合资组建有限责任公司。2007年通过股权并购，加盟测量技术全球知名的瑞典海克斯康（HEXAGON）集团公司，成为HEXAGON旗下分布于瑞典、德国、法国、意大利、瑞士、美国、中国等30个国家的成员之一。

公司拥有先进的进口加工设备和检测手段，采用世界先进加工工艺组织生产。1997年通过ISO9001标准质量体系认证；1998年获得英国UKAS国际标准认证；2004年通过ISO9001：2000换版认证，并取得欧共体CE认证；2008年1月通过ISO14001环境管理体系认证。产品质量依据国际标准，得到了全面控制和可靠保证，多次荣获全国行业质量评比一等奖。公司产品远销欧洲、北美、东南亚等20多个国家和地区，出口量占生产总量的70%以上。

公司贯彻"以质量为生命、追求完美无止境"的宗旨，努力为国内外顾客提供满意的产品和服务。

公司位于江苏省江阴长江大桥北岸的靖江市境内，紧傍宁通高速公路。公司职员淳朴好客，欢迎国内外朋友光临、合作，共创美好未来！

地　址：江苏省靖江市季市镇新马路85号
邮　编：214523
电　话：0523-84542159、84544999、84543777
传　真：0523-84545166、84543311
http：//www.jmtc.cn
E-mail：sale@jmtc.cn　sala@jmtc.cn

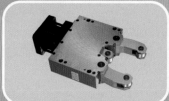

豫西机床

YX-CK168型中间驱动双头数控车床

董事长、总经理：张炜东

YX-XK173型数控凸轮铣床

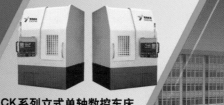
CK系列立式单轴数控车床

三门峡豫西机床有限公司(豫西机床厂)坐落在河南省三门峡市,始建于1970年,1983年开始生产数控车床。经过几十年的快速发展,已经发展成为国内专业生产立(卧)式数控机床、组合机床的重点制造企业。企业现有专业技术人员300人,占地面积24万m²,总资产1.5亿元。

公司主导产品为金属切削机床,包括4大类400多个品种:

●车床类:主要有立(卧)式半自动车床、数控车床、专用数控车床、车削中心、铣车中心等;

●镗铣类:主要有专用数控镗床、数控铣床、数控钻床、立(卧)式加工中心、数控镗铣床等;

●组专机和自动线:主要有组合机床及其自动线、柔性制造系统等;

●功能部件:主要有数控刀架、数控转台、数控滑台等数控功能部件、刀塔刀库、电主轴等。

目前,公司中高档机床已成批量进入国防军工、汽车制造、工程机械、轨道交通、农用机械、电动机制造、煤矿机械、石油机械等20多个行业。

2005年,公司生产的立式数控车床产品获"河南省优质产品"和"河南省名牌产品"称号。2007年,公司研发的YX—XK173型系列数控凸轮铣床和YX—CK168系列中间驱动双头数控车床等产品获得河南省富民强省优秀科技成果。

公司2001年获得"河南省五一劳动奖",2002年通过了ISO9001质量管理体系认证,2005年被授予"河南省科技企业",2007年被授予"河南省高新技术企业",2008年被授予"河南省科技创新优秀企业"。

三门峡豫西机床有限公司

地址:河南省三门峡市西站　　　　　邮编:472143

电话:0398—3804977、3807850　　销售热线:0398—3804947、3803668　　传真:0398—3811248

E—mail:office@yxjcc.com　　　　　http://www.yxjcc.com

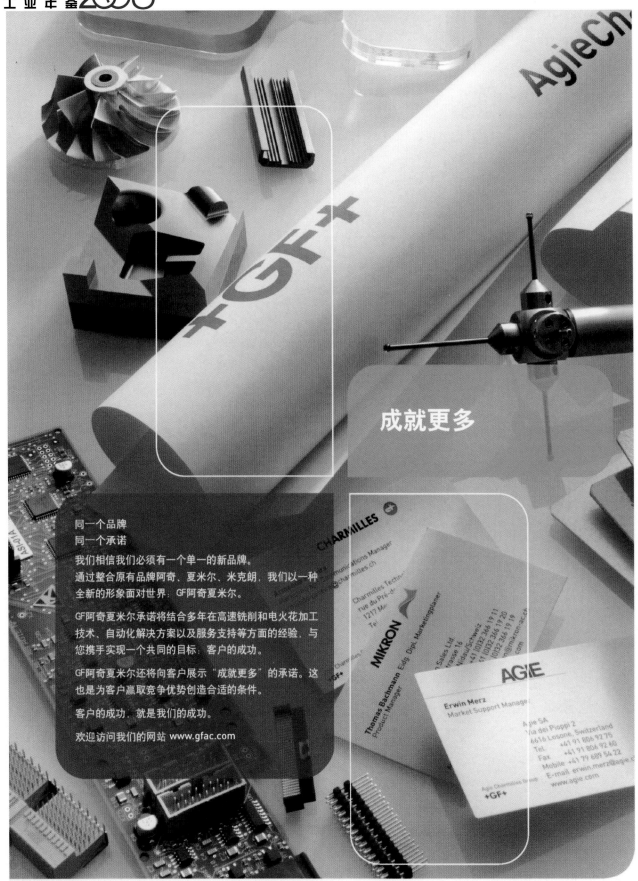

综合索引

『鉴』证行业发展
共建制造强国

中国工业年鉴出版基地

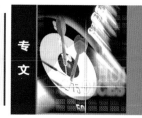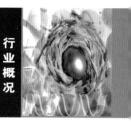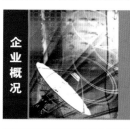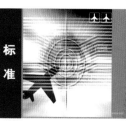

编辑说明

一、《中国机械工业年鉴》是由中国机械工业联合会主管、机械工业信息研究院主办、机械工业出版社出版的大型资料性、工具性年刊，创刊于1984年。

二、根据行业需要，1998年中国机械工业年鉴编辑委员会开始出版分行业年鉴，逐渐形成了中国机械工业年鉴系列。该系列现已出版了《中国电器工业年鉴》、《中国工程机械工业年鉴》、《中国机床工具工业年鉴》、《中国通用机械工业年鉴》、《中国机械通用零部件工业年鉴》、《中国模具工业年鉴》、《中国液压气动密封工业年鉴》、《中国重型机械工业年鉴》、《中国农业机械工业年鉴》、《中国石油石化设备工业年鉴》、《中国塑料机械工业年鉴》、《中国齿轮工业年鉴》和《中国机电产品市场年鉴》等。

三、《中国机床工具工业年鉴》于2002年创刊，2008年为第7期。该年鉴集中反映了机床工具行业的产品状况、技术水平、产销情况及发展趋势，全面系统地提供了机床工具行业企业的主要经济技术指标。

四、《中国机床工具工业年鉴》2008年刊由综述、专文、行业概况、市场概况、企业概况、统计资料、标准、大事记及附录等内容构成。

五、统计资料中的数据由中国机床工具工业协会提供，数据截止到2007年12月31日。

六、在编纂过程中得到了中国机床工具工业协会及多年从事机床工具工业研究的专家、学者和企业的大力支持和帮助，在此表示衷心感谢。

七、未经中国机械工业年鉴编辑部的书面许可，本书内容不得以任何形式转载。

八、由于水平有限，难免出现错误及疏漏，敬请批评指正。

中国机械工业年鉴编辑部

2008年11月

目　录

Contents

General Market Situation

General Enterprises Situation

Statistic Information

Standards

Major Events

Appendix

综述

专文

行业概况

市场概况

企业概况

统计资料

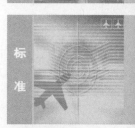

标准

大事记

综述附录

中国
机床
工具
工业
年鉴
2008

综 述

回顾总结2007年机床工具行业发展情况，分析现状、展望未来

Review and summary of the development of China machine tool industry in 2007, analysis of the present situation, looking into the future

本栏目编辑：袁士华

综
述

专　文

行业概况

市场概况

企业概况

统计资料

标　准

大事记

综述附录

中国
机床
工具
工业
年鉴
2008

综述

2007年中国机床工具行业发展综述

中国机床工业在连续多年快速发展的基础上,2007年继续保持了高速增长。各项主要经济指标高速增长,行业整体实力进一步增长,产品技术水平和自主创新能力进一步提高;产业结构和产品结构进一步优化,数控机床产业化进程加快,高附加值和高技术含量新产品进一步增多;高档数控机床研发能力进一步加强,关键技术和核心技术取得突破性进展;企业经济效益快速提升,企业体制改革继续深化,行业固定资产投资增长居高不下;企业产能迅速壮大,市场产销两旺。行业正处于黄金发展期。

一、2007年机床工具行业基本情况

1. 机床工具行业概况

2007年,中国机床工具行业保持了连续8年快速增长,各项主要经济指标以国内生产总值(GDP)增速的2~3倍速度增长,行业规模和整体实力在壮大,企业产能在增加。根据国家统计局的数据,2007年机床工具全行业产品销售收入在500万元以上的工业法人企业总数4 291个;平均从业人员约71.15万人;工业总产值2 747.7亿元,同比增长35.5%;完成固定资产投资额539.1亿元,同比增长43.8%;新增固定资产292.8亿元,同比增长36.6%。

机床工具行业连续多年快速增长,但是在国民经济中所占的比重并不高。2007年机床工具行业的工业总产值约占全国国民经济总产值(GDP)的1.1%;机床工具进出口总额约占全国进出口总额的0.8%,其中出口额约占0.43%,进口额约占1.23%;完成固定资产投资约占全国的0.4%。虽然机床工业在国民经济中所占比重不大(在工业发达国家也是如此),但是机床工业在国民经济发展和国防建设中的战略作用众所周知,大家已基本上达成共识。

按国家统计局的资料,机床工具行业分为金属切削机床、金属成形机床、铸造机械、木工机床(以上4个为主机行业)、机床附件、工具及量具量仪、磨料磨具、其他金属加工机械(以上4个为辅机行业或配套部件)等8个分行业。

2. 企业与从业人员数情况

根据国家统计局的资料,2007年机床工具行业的企业数量和从业人员数有较大增加(企业个数和从业人员比2006年有大幅度增加的原因是统计范围的变化)。分析可能有4个方面的原因:随着国民经济的发展,国家统计制度进一步规范;年销售收入超过500万元以上的大量小企业列入统计范畴;机床工具行业市场前景看好,进入机床工具行业的企业增多;部分配套部件小行业(如普通工具、普通磨料磨具)进入门槛较低(投资金额少、技术水平低)等。2007年机床工具各分行业企业数和从业人数情况见表1。

表1　2007年机床工具各分行业企业数和从业人数情况

分行业	企业数(个)	所占比例(%)	从业人数(万人)	所占比例(%)	企业平均人数(人)
金属切削机床	586	13.7	19.26	27.07	329
金属成形机床	444	10.4	7.81	10.98	176
铸造机械	415	9.7	4.79	6.73	115
木工机床	150	3.5	2.28	3.20	152
机床附件	276	6.4	3.42	4.81	124
刀具及量具量仪	718	16.7	14.43	20.28	201
磨料磨具	1 211	28.2	13.17	18.51	109
其他金属加工机械	491	11.4	5.99	8.42	122
合计	4 291	100.00	71.15	100.00	166

注:1. 表中数据根据国家统计局数据整理。
　　2. 从业人数和企业平均人数为2007年11月数据。

从表1中可以看出,金属切削机床分行业的从业人数共19.26万人,企业平均从业人员329人,两者都是分行业中最多的;磨料磨具分行业共有企业1 211个,在各分行业中是最多的,企业平均人数为109人,是分行业中最少的。在磨料磨具分行业中,除了几个较大的砂轮厂以外,大多是规模不大、生产普通磨料磨具的小企业。

3. 企业所有制情况

近几年,随着企业体制改革的深化,机床工具行业的企业体制发生了很大变化。通过改制兼并重组,大部分机床工具企业进行了股份制改造,国有资本逐渐从中小企业中退出,私有资本增加较快,企业资产所有制结构发生了巨大变化。根据国家统计局的数据,到2007年底,私人控股企业数量已经占全行业企业数的71.3%,工业总产值占全行业的56.3%,表明从工业总产值和行业从业人数方面来看,私人控股企业已经成为机床工具行业的重要力量。由于企业所有制发生了根本性的变化,必将影响国家制定有关机床工具行业方针政策时进行相应调整,并使发展思路和战略随之转变。2007年机床工具行业企业所有制结构情况见表2。

表2 2007年机床工具行业企业所有制结构情况

所有制性质	企业数		从业人员平均人数（万人）	工业总产值			产品销售产值		
	数量（个）	所占比例（%）		实际完成（亿元）	所占比例（%）	同比增长（%）	实际完成（亿元）	所占比例（%）	同比增长（%）
国有控股	313	7.3	16.98	482.0	17.5	26.7	470.2	17.5	28.3
集体控股	336	7.8	7.63	332.1	12.1	29.1	324.2	12.1	28.4
私人控股	3 059	71.3	37.19	1 546.1	56.3	41.5	1 506.5	56.2	42.7
港澳台商控股	251	5.9	4.58	152.0	5.5	27.6	148.1	5.5	25.7
外商控股	332	7.7	4.77	235.5	8.6	32.4	232.0	8.7	31.8
合计	4 291	100.0	71.15	2 747.7	100.0	35.5	2 681.0	100.0	36.2

注:1. 表中数据根据国家统计局数据整理。

　　2. 其中从业人员平均人数为2007年11月数据。

4. 固定资产投资情况

近几年,机床工具行业固定资产投资持续高速增长,分析其原因主要有以下几个方面:一是我国机床工业连续多年快速增长,发展前景看好,有很大发展空间,行业内企业纷纷加大投资来扩大产能,其他行业和国际资本也看好机床工业,积极投资机床工具行业;二是国内机床市场需求巨大,国家固定资产投资持续快速增长,拉动了对机床工具产品的需求,形成国产机床产品供不应求的局面;三是国家对装备制造业的重视,特别是将"高档数控机床与基础制造装备"列入国家重大科技项目,促进了对机床工具行业投资的积极性;四是近几年机床工具行业利润不断提高,利益驱动也起到吸引资金的作用;五是部分小行业,如普通磨料磨具、普通机床附件、普通工具等技术进入门槛较低等。

2007年,机床工具全行业完成固定资产投资额539.1亿元,同比增长43.8%;新增固定资产292.8亿元,同比增长36.6%。由此可见,机床工具行业的固定资产投资增长速度远远高于全国国民经济的社会固定资产投资的增长速度(24.8%)。机床工具行业是属于基础机械和重要装备产业,超前发展是必要的,高于国民经济GDP的增长速度也属于正常。从长远看,中国经济发展将保持快速增长,机床工具行业的发展前景是乐观的,目前正步入高速增长期,固定资产投资的高速增长,产能将迅速扩张。但是不排除局部或阶段性调整和波动,如果机床产能过大(近几年数控机床产量的增长速度,将是一个惊人的数字),而弹性应变能力和回旋余地有限的话,对机床工具行业发展的冲击将会较大。所以,当前机床工具行业固定资产投资的增长速度是否属于健康发展范围,是否偏热或过热,需要进一步分析和研究。2007年机床工具各分行业固定资产投资情况见表3。

表3 2007年机床工具各分行业固定资产投资完成情况

项目	金属切削机床	金属成形机床	铸造机械	木工机床	机床附件	工具及量具量仪	磨料磨具	其他金属加工机械
固定资产投资(亿元)	87.9	47.1	85.4	7.5	42.7	42.5	133.0	93.0
同比增长(%)	27.0	44.3	51.3	-13.0	56.2	38.0	57.9	41.7

注:表中数据根据国家统计局数据整理。

从表3中可以看出,固定资产投资高速增长的是磨料磨具、机床附件、铸造机械等分行业,其增速都超过50%。而木工机床行业则为负增长,主要是跟木材的替代材料增多及为了环保而减少木材的使用有关。

二、2007年机床工具行业经济运行情况

1. 机床工具行业经济运行情况

2007年,中国机床工具行业连续保持快速增长,主要经济指标增长速度高于前几年的平均增长速度,生产能力不断提高,行业规模持续扩大。

(1)全行业主要经济指标完成概况。2007年,机床工具全行业完成工业总产值2 747.7亿元,同比增长35.5%;工业产品销售产值2 681.0亿元,同比增长36.2%;工业产品销售率97.6%,同比增加0.5个百分点。金属切削机床产量60.7万台,同比增长11.7%,其中数控金属切削机床产量12.3万台,同比增长32.6%;金属成形机床产量17.3万台,同比增长9.2%;铸造机械产量9.1万台,同比增长15.4%;木工机床产量0.45万台,同比增长19.2%;金属切削工具产量30.5万件,基本与上年持平(降低0.4%)。

(2)各分行业主要经济指标完成情况。2007年,机床工具行业8个分行业的经济运行情况良好,各项经济指标也都以高速增长。工业总产值增长速度超过全行业平均增长速度的有4个分行业,分别是机床附件、铸造机械、磨料磨具和其他金属加工机械,增速最高的机床附件为51.4%;工业产品销售产值增长速度超过全行业平均增长速度(36.2%)的有4个分行业,增速最高的也是机床附件,为54.3%;产品市场销售都保持较高经营水平,平均产品销售率超过97%。2007年机床工具各分行业工业总产值、产品销售产值和产品销售率情况见表4。

表4 2007年机床工具各分行业工业总产值、产品销售产值和产品销售率情况

分行业	工业总产值		产品销售产值		产品销售率	
	数值(亿元)	同比增长(%)	数值(亿元)	同比增长(%)	数值(%)	同比增长百分点
金属切削机床	768.7	28.0	747.8	28.8	97.3	0.6
金属成形机床	268.7	32.4	261.3	32.7	97.2	0.2

项　目	工业总产值		产品销售产值		产品销售率	
	数值（亿元）	同比增长（%）	数值（亿元）	同比增长（%）	数值（%）	同比增长百分点
铸造机械	216.3	46.6	208.0	46.2	96.2	-0.3
木工机床	92.6	30.7	89.7	29.8	96.9	-0.7
机床附件	113.9	51.4	112.9	54.3	99.1	1.8
工具及量具量仪	429.2	31.1	418.3	32.9	97.5	1.3
磨料磨具	614.5	40.3	604.8	40.2	98.4	-0.1
其他金属加工机械	243.8	47.9	238.2	48.8	97.6	0.5

注：表中数据根据国家统计局数据整理。

从表4中可看出，在各分行业中，金属切削机床的工业总产值最高，其次是磨料磨具，而磨料磨具分行业的工业总产值之所以较高，除了其生产厂家较多外，更主要的是很多产品属于非机床工具行业。机床工具行业按主机和辅机来分，2007年主机行业（金属切削机床、金属成形机床、铸造机械、木工机床）的工业总产值为1 346.3亿元，约占全行业（2 747.7亿元）的49%，不到一半；辅机和其他的工业总产值为1 401.4亿元，约占51%。所以，机床工具行业在重视主机生产和开发的同时，必须重视包括关键功能部件在内的辅机的研究开发和生产能力的提高。

（3）机床工具行业按地区分的生产情况。机床工具企业在全国分布是不平衡的，主要集中在华东沿海和东北地区，其次是中部地区，西部地区相对较少，但是近几年中部和西部地区也发展较快。根据国家统计局的数据，2007年，全国生产金属切削机床的有27个省份，其中产量超过100 000台的有辽宁省（149 364台）、浙江省（109 366台）和山东省（108 714台）3个省份，产量在10 000～100 000台之间的有6个省份，产量不足1 000台的只有2个省份；全国生产数控金属切削机床的有26个省份，其中产量超过10 000台的有辽宁省（31 182台）、浙江省（28 545台）、江苏省（16 256台）和山东省（10 022台）4个省份，产量在1 000～10 000台之间的有11个省份。从整体上看，虽然我国各地区的机床生产不平衡，但是分布很广泛，而且已经形成了区域优势。

（4）机床工具行业的生产集中度不断提高。国内机床市场需求的持续旺盛和机床工具行业的快速增长，刺激了对机床工具行业的投资不断增加，加上企业重组、兼并的加快，在机床工具行业中形成了一批产能迅速增加和产值快速增长的企业。特别是金属加工机床行业尤为突出。

1）金属加工机床企业的生产集中度不断提高。2007年，金属加工机床企业工业总产值超过10亿元的企业有10家，其工业总产值合计占金属加工机床行业总产值的35.0%；工业总产值超过20亿元的企业有6家，约占行业总产值的29.3%。特别是大连机床集团有限责任公司和沈阳机床（集团）有限责任公司两家的工业总产值双双超过百亿元，约占行业的20.5%。该两家企业在行业中占有绝对优势，与排行第三位产值的差距有3倍之多，而且这种差距在不断加大。但是，其他企业也都不甘落后，已经把企业产值计划定在100亿元。我国金属加工机床的生产集中度在提高，在不断进行联合重组的情况下，集中度将会进一步提高。

2007年金属加工机床行业工业总产值超10亿元企业见表5。

表5　2007年金属加工机床行业工业总产值超10亿元企业

序号	企业名称	工业总产值（万元）	同比增长（%）
1	大连机床集团有限责任公司	1 073 102	30.1
2	沈阳机床（集团）有限责任公司	1 050 655	29.7
3	北京第一机床厂	246 879	37.7
4	齐二机床集团有限公司	234 056	50.2
5	陕西秦川机床工具集团有限公司	230 391	39.8
6	齐重数控装备股份有限公司	201 725	23.2
7	济南二机床集团有限公司	175 006	55.7
8	宝鸡机床集团有限公司	156 675	22.8
9	江苏扬力集团有限公司	155 576	25.0
10	上海机床厂有限公司	108 034	5.5
	合计	3 632 099	

注：表中数据根据机床工具行业重点联系企业统计数据整理。

2）机床工具企业在国内机械行业中的地位在提高。随着机床工具行业的快速发展，机床工具行业企业进入国家机械行业大型企业的数量逐年增加，特别是金属加工机床企业很突出。2007年进入"中国机械500强"的金属加工机床企业比2006年增加了9家。2007年进入"中国机械500强"的金属加工机床企业见表6。

表6　2007年进入"中国机械500强"的金属加工机床企业

企业名称	2007年排名	2006年排名	所属地区
大连机床集团有限责任公司	56	57	辽宁省
沈阳机床（集团）有限责任公司	63	86	辽宁省
齐二机床集团有限公司	215	371	黑龙江省
北京第一机床厂	216		北京市
江苏扬力集团有限公司	229		江苏省
齐重数控装备股份有限公司	238	316	黑龙江省

企 业 名 称	2007 年排名	2006 年排名	所属地区
陕西秦川机床工具集团有限公司	259		陕西省
宝鸡机床集团有限公司	294		陕西省
济南二机床集团有限公司	306	297	山东省
杭州机床集团有限公司	310	356	浙江省
重庆机床(集团)有限责任公司	344	404	重庆市
安徽中德机床股份有限公司	370		安徽省
北京北一数控机床有限责任公司	386		北京市
德州普利森机械制造有限公司	399	439	山东省
天水星火机床有限责任公司	436	455	甘肃省
成都宁江机床(集团)股份有限公司	438		四川省
上海冲剪机床有限公司	449		上海市
江苏亚威机床有限公司	451		江苏省
江苏省徐州锻压机床厂集团有限公司	458	479	江苏省
浙江凯达机床集团有限公司	459		浙江省
青海华鼎重型机床有限责任公司	467		青海省
桂林机床股份有限公司	475	465	广西区

注:根据"中国联合网"统计数据整理。

（5）中国机床工业在世界机床的地位。中国机床产值占世界机床产值的比重在逐年增加,企业产值快速增长并跻身前10名。

1）中国机床产值占世界机床的比重逐年增加。随着我国机床工业的快速发展,中国机床(包括金属切削机床和金属成形机床)在世界机床产业中的地位不断提高。2007年,中国机床产值107.5亿美元,同比增长52.3%,在世界机床生产国中排名第3位,占世界机床产值的15.2%,比2006年提高了3.3个百分点;2007年,中国机床产值与世界排名第2位德国的差距明显缩小,从2006年的30.6亿美元减少到2007年的19.75亿美元。2007年世界机床产值增长率为19.58%,以目前中国机床增长的速度,中国机床在世界机床行业的比重将很快增加。

2）中国机床企业产值快速增长并跻身世界10强。长期以来,被一批国际知名公司主导着世界机床的发展方向和价格。近两年我国已经有2家机床企业进入"世界机床产值排名前10位",2007年沈阳机床(集团)有限责任公司排名世界第8位,大连机床集团有限责任公司排名第10位,表明我国机床企业已具有了与世界大牌机床企业抗衡的能力。

2. 重点联系企业经济运行情况

机床工具行业重点联系企业包括金属切削机床、金属成形机床、铸造机械、木工机床、机床附件、刀具量仪、磨料磨具、机床电器、夹具、数控系统、数显装置、滚动功能部件和台钻等13个分行业。这些重点联系企业基本上涵盖了机床工具行业全部重点骨干企业,也基本上囊括了行业全部的重点产品。由于当前企业间的并购重组和企业发展有兴有衰,因此不同时期重点联系企业的数量有一定变化,每年有增有减,呈现动态状况。机床工具行业重点联系企业的统计是对国家统计局统计数据的补充,主要是为了及时了解重点骨干企业最新的、更具体的经济运行情况,更准确地掌握行业的经济运行情况,并向主管部门和企业反映有关信息,为国家宏观调控和决策提供依据。

（1）重点联系企业主要经济指标的完成情况。近几年,机床工具行业重点联系企业的经济运行情况与全行业的情况基本上同步,但是由于企业体制和规模大小构成的不同,两者部分经济指标的增长率有一定差别。

统计的重点联系企业数据显示,2007年,机床工具行业重点联系企业208家,占全行业企业数的4.8%;工业总产值782.0亿元,同比增长28.4%,比全行业平均增长率低7.1个百分点,占全行业工业总产值的28.5%;工业产品销售率97.8%,同比增长0.3个百分点,比全行业平均高0.2个百分点。2007年重点联系企业主要经济指标完成情况见表7。

表7 2007年重点联系企业主要经济指标完成情况

指标名称	单位	实际完成	同比增长（%）
产品销售收入	亿元	771.6	27.1
工业增加值	亿元	253.9	37.2
利润总额	亿元	51.7	54.4
销售收入利润率	%	6.7	1.2 个百分点
全员劳动生产率	元/人	122 158.0	34.1
从业人员平均工资	元	24 742.0	17.7
经济效益综合平均指数	%	178.4	29.7 个百分点
负债总计	亿元	575.1	22.7
资产负债率	%	64.6	-0.5 个百分点
出口额	亿美元	10.1	59.5

（2）部分重点联系企业分行业经济运行情况。在重点联系企业的13个分行业中,各分行业的企业数量相差较大,有的分行业重点联系企业较多,而有的分行业只有几个重点联系企业,因此不能反映分行业的整体情况,只能起到了解个别企业的作用。

1）金属切削机床行业。2007年,金属切削机床行业重点联系企业112家,完成工业总产值550.8亿元(占金属切削机床全行业的71.7%),同比增长28.7%,比全行业高0.7个百分点;产品销售率98.0%,同比增加0.04个百分点,比全行业高0.7个百分点;产品产值431.9亿元,同比增长32.9%;实现利润总额35.7亿元,同比增长56.4%。

2007年重点联系企业生产金属切削机床产量总计347 508台(占全行业的57.3%),同比增长13.7%,比全行业高2个百分点。在产量总计中,大型和重型机床11 480台(其中重型1 615台,同比增长27.4%),同比增长13.0%;高精度机床1 540台,同比下降10.6%;数控机床产量77 488台(占全行业的62.9%),同比增长42.5%,比全行业高9.6个百分点。

2007年底库存实物量45 123台,比年初下降1.22%,库存当量1.36个月,比上年底下降0.34个月;年底库存价值量48.5亿元,库存可供销售天数47天,比上年底减少5天。

2007年重点联系企业数控金属切削机床生产情况见表8。

表8　2007年重点联系企业数控金属切削机床生产情况

产品名称	产量(台)	产值(万元)
加工中心	8 453	587 010
其中:立式加工中心	6 400	255 247
卧式加工中心	812	114 910
龙门加工中心	618	132 279
数控车床	52 148	877 407
数控磨床	2 942	142 449
数控铣床	7 162	250 081

（续）

产品名称	产量(台)	产值(万元)
数控镗床	805	172 054
数控钻床	696	5 482
数控齿轮加工机床	1 336	112 783
数控锯床	62	2 837
数控特种加工机床	2 281	39 325
数控组合机床	854	240 534
其他数控机床	735	87 059

注:根据机床工具行业重点联系企业统计数据整理。

在机床工具行业中,金属切削机床企业的体制改革进度较快,重组和股份制改造力度较大,使部分企业实力增强,生产能力扩大,形成了一些行业的核心企业。2007年重点联系企业中,金属切削机床年产值超过10亿元的企业有6家,产值5亿~10亿元的企业13家。金属切削机床年产量超过千台的企业达到50家,超过万台的企业3家,最高产量达到8万多台。

2007年重点联系企业金属切削机床产值前10名企业见表9。

表9　2007年重点联系企业金属切削机床产值前10名企业

序号	企业名称	产值(万元)	产值同比增长(%)	产量(台)
1	沈阳机床(集团)有限责任公司	1 050 655	29.7	86 150
2	大连机床集团有限责任公司	762 712	47.1	51 049
3	北京第一机床厂	199 590	36.9	7 604
4	齐二机床集团有限公司	143 967	57.8	3 129
5	齐重数控装备股份有限公司	142 913	12.8	1 549
6	宝鸡机床集团有限公司	111 947	41.8	13 274
7	陕西秦川机床工具集团有限公司	91 593	41.7	1 449
8	武汉重型机床集团有限公司	80 000	23.8	194
9	安阳鑫盛机床有限公司	81 204	47.6	5 019
10	汉川机床集团有限公司	67 541	52.4	2 216
	合计	2 732 122		171 633

注:根据机床工具行业重点联系企业统计数据整理。

从表9中可以看出,2007年金属切削机床产值前10名企业产值合计273.212 2亿元,占金属切削机床重点联系企业的63.3%,表明我国金属切削机床生产集中度已经有很大提高。同时可以看出,不同企业之间产品结构的差别很大,有些企业以增加产量来提高产值,有的企业是以生产价值较高的大型和重型机床来增加产值。

近几年,数控金属切削机床产量和产值都在快速增长,使生产数控机床企业的数控化率不断提高。2007年,数控金属切削机床年产量超过千台的企业达到28家,超过2千台的企业12家,产量最多的超过2万台。数控产值不断增加,一大批企业的产值数控化率超过50%,2007年重点联系企业数控金属切削机床产值前10名企业情况见表10。

表10　2007年重点联系企业数控金属切削机床产值前10名企业情况

序号	企业名称	产值(万元)	产值同比增长(%)	产值数控化率(%)	产量(台)
1	沈阳机床(集团)有限责任公司	555 798	31.9	52.9	20 168
2	大连机床集团有限责任公司	538 498	50.2		8 976
3	北京第一机床厂	119 072		48.2	347
4	齐重数控装备股份有限公司	113 116	49.3	56.1	926
5	齐二机床集团有限公司	79 085	50.2	38.6	205
6	宝鸡机床集团有限公司	74 454	52.9	47.5	5 157
7	陕西秦川机床工具集团有限公司	68 002	76.0	29.6	413
8	宁波海天精工机械有限公司	63 076		100.0	562
9	武汉重型机床集团有限公司	60 660	5.4	73.6	109

排名	企 业 名 称	产值（万元）	产值同比增长（%）	产值数控化率（%）	产量（台）
10	济南一机床集团有限公司	48 326	55.9	67.6	3 851
	合计	1 720 087			40 737

注：根据机床工具行业重点联系企业统计数据整理。

从表 10 中可以推算出，数控金属切削机床产值前 10 名企业的数控金属切削机床产值合计占 112 家重点联系企业的 68.2%，表明数控金属切削机床的生产集中度比金属切削机床的生产集中度又提高了很多，这是一个非常好的发展趋势，必将进一步提高我国数控机床的国际竞争力。

2）金属成形机床行业。2007 年，金属成形机床重点联系企业 23 家，完成工业总产值 77.3 亿元，同比增长 33.3%，增幅比全行业高 0.9 个百分点；产品销售率 96.7%，同比增加 2.9 个百分点，比全行业低 0.5 个百分点；产品产值 65.305 3 亿元，同比增长 34.0%；实现利润总额 4.2 亿元，同比增长 58.4%。

2007 年，重点联系企业金属成形机床产量总计 64 340 台（占全行业的 37.2%），同比增长 17.3%，增幅比全行业高 8.1 个百分点。在产量总计中，大型金属成形机床 7 538 台（其中重型金属成形机床 1 264 台，同比增长 30.1%），同比增长 76.4%；数控金属成形机床产量 2 552 台，同比增长 1.3%。

2007 年，年底库存实物量 8 080 台，比上年底下降 8.5%，库存当量 2.43 个月，比上年底下降 0.07 个月；年底库存价值量 12.8 亿元，库存可供销售天数 45 天，比上年底减少 10 天。

2007 年重点联系企业各类金属成形机床产量、产值构成情况见表 11。

表 11　2007 年重点联系企业各类金属成形机床产量、产值构成情况

产品名称	实际完成		其中：数控	
	产量（台）	产值（万元）	产量（台）	产值（万元）
机械压力机	54 818	361 793	397	121 363
液压机	1 856	95 504	406	73 906
剪断机	2 934	42 036	321	9 611
整形机	3 524	95 082	1 389	59 354
锻（锤）机	7	632	1	499
自动压力机	95	4 121		
其他金属成形机床	1 106	53 885	38	1 482

注：1. 根据机床工具行业重点联系企业统计数据整理。
2. 数控整形机包括数控折弯机、数控弯管机、数控校正机等。

在机床工具行业中，金属成形机床行业通过重组和股份制改造，使部分企业实力增强，生产能力扩大，行业的生产集中度明显提高。2007 年重点联系企业生产金属成形机床年产值超过 10 亿元的企业 1 年产量超过千台的企业达到 6 家，其中超过万台的企业 1 家。

2007 年重点联系企业金属成形机床产值前 10 名企业见表 12。

表 12　2007 年重点联系企业金属成形机床产值前 10 名企业

序号	企 业 名 称	产值（万元）	产值同比增长（%）	产量（台）
1	江苏扬力集团有限公司	155 576	25.0	27 782
2	济南二机床集团有限公司	97 411	41.9	260
3	江苏亚威机床有限公司	46 754	45.3	1 569
4	天津市天锻压力机有限公司	41 872	46.3	395
5	合肥锻压集团有限公司	40 213	90.9	600
6	湖北三环锻压机床有限公司	35 118	37.2	1 003
7	江苏省徐州锻压机床厂有限公司	34 929	31.5	4 514
8	天水锻压机床有限公司	30 904	84.1	320
9	广东锻压机床有限公司	24 839	1.2	2 524
10	上海冲剪机床厂	21 068	-26.5	1 213
	合计	528 684		40 180

注：根据机床工具行业重点联系企业统计数据整理。

从表 12 中可以看出，2007 年第 10 名金属成形机床重点联系企业金属成形机床产值达到 528 684 万元，占 23 家重点联系企业的 81.0%，表明金属成形机床生产集中度已经有相当大的提高。在重点联系企业中，金属成形机床的生产集中度比金属切削机床高，主要与统计的金属成形机床重点联系企业数量较少有关。但是，在一定程度上也说明在我国金属成形机床行业已经形成了具有相当实力的企业。

3）铸造机械行业。2007 年铸造机械重点联系企业只有

3 家，相对于铸造机械行业 400 多家企业比重太小，没有行业代表性，在此不进行具体介绍。由铸造机械分会另外介绍。

4）木工机床行业。2007 年木工机床重点联系企业 5 家，完成工业总产值 8.008 亿元，同比增长 1.2%；产品销售率 94.8%，同比下降 2.4 个百分点；实现利润总额 0.3 亿元，同比下降 35.7%。2007 年重点联系企业木工机床产量 62 460 台，其中数控木工机床很少。2007 年木工机床重点联系企业主要经济指标完成情况见表 13。

表13　2007年木工机床重点联系企业主要经济指标完成情况

序号	企业名称	工业总产值(万元)	同比增长(%)	产品销售率(%)	同比增加百分点
1	山东百圣源集团有限公司	44 920	-2.6	95.8	-0.8
2	四川省青城机械有限公司	17 050	-5.3	99.8	-0.4
3	信阳木工机械股份有限责任公司	6 180	70.9	99.6	-17.2
4	牡丹江木工机械有限责任公司	6 064	-3.3	61.6	-14.8
5	烟台市达利木工机械有限公司	5 868	14.9	101.7	-1.7

注:根据机床工具行业重点联系企业统计数据整理。

在机床工具行业中,木工机床分行业的大部分经济指标增长较慢,甚至是负增长。分析其原因,主要是与社会和技术的进步有关:一方面,木材的替代材料快速增长,如建材和家具用金属(铝合金、不锈钢等)和塑料代替木材;另一方面,为了贯彻国家环保和气候政策的需要,保护森林和有计划采伐,使木工设备需求量减少,行业规模有继续萎缩的可能。虽然还不能说木工机床制造业是夕阳企业,但是其发展前景主要是依靠技术创新,开发适应市场需要的高档产品。

5)其他分行业。在机床附件、刀具量仪、磨料磨具、机床电器、组合夹具、数控系统、数显装置、滚动部件和台钻等几个分行业中,重点联系企业的厂家较少,大部分只有几家企业,不能反映该行业的基本情况。这些分行业的情况,由各分会单独进行介绍。

三、2007年机床行业进出口贸易

2007年,机床工具行业产品进出口贸易继续保持较快增长,进出口贸易总额169.74亿美元,同比增长13.50%。其中出口52.01亿美元,同比增长36.21%,保持高速增长的趋势;进口117.73亿美元,同比增长5.72%,增速有所下降。出口持续保持高速增长,进口增速下降,表明国产机床工具产品的市场满足度在提高,产品质量和综合水平全面提高。

1.出口

2007年,机床工具行业出口保持快速增长,特别是数控机床出口增速加快。全行业出口总额52.01亿美元,同比增长36.21%,增幅较上年增加了8.71个百分点。其中金属加工机床出口金额16.51亿美元,同比增长39.22%,数控金属加工机床出口金额4.95亿美元,同比增长48.24%。数控机床出口量21 634台,同比增长60.45%。除了个别产品外,各类产品出口金额普遍比上年有较大增长,如数控装置增长49.25%、木工机床增长43.06%、机床零部件增长41.70%、机床附件及夹具增长40.58%、刀具工具增长32.55%、磨料磨具增长27.24%,这些产品都属于高速增长。2007年机床工具行业分类产品出口额情况见表14。

表14　2007年机床工具行业分类产品出口额情况

产品名称	出口额(亿美元)	同比增长(%)
机床工具行业总计	52.01	36.21
金属加工机床合计	16.51	39.22
其中:数控	4.95	48.24
金属切削机床小计	12.19	31.59
其中:数控	4.12	49.38

（续）

产品名称	出口额(亿美元)	同比增长(%)
金属成形机床小计	4.32	66.46
其中:数控	0.83	42.82
铸造机械	0.44	12.73
木工机床	5.86	43.06
机床夹具、附件	1.13	40.58
机床零部件	5.00	41.70
数控装置	4.02	49.25
刀具、工具	9.07	32.55
量具	0.82	6.53
磨料磨具	9.15	27.24

注:根据国家海关统计数据整理。

我国机床工具产品出口已经连续两年快速增长,这仅仅是较快增长的开始,特别是数控机床正进入出口快速增长期,出口潜力还很大。

(1)金属切削机床。在机床工具行业中,金属切削机床出口金额最大。2007年,金属切削机床出口金额12.19亿美元,同比增长31.59%,其中数控金属切削机床出口金额4.12亿美元,同比增长49.38%;出口数量19 798台,同比增长65.44%。在金属切削机床出口中各分类产品普遍都有较大增长。

1)加工中心。2007年,加工中心出口金额5 237万美元,同比增长68.34%;出口数量744台,同比下降12.88%。出口金额大幅度增长,出口数量下降。但是出口加工中心的平均价格有较大上升,在同类产品不涨价的前提下,表明出口加工中心产品水平在提高,产品的附加值增加,出口产品结构在向优化的方向发展。2007年加工中心出口情况见表15。

表15　2007年加工中心出口情况

产品名称	出口额		出口量	
	金额(万美元)	同比增长(%)	数量(台)	同比增长(%)
加工中心出口合计	5 237	68.34	744	-12.88
其中:立式加工中心	2 551	36.05	558	27.11
卧式加工中心	1 180	79.60	70	52.17
龙门式加工中心	1 115	125.07	86	218.52
其他加工中心	391	367.84	30	-91.23

注:根据国家海关统计数据整理。

2)车床。2007年,车床出口金额34 533万美元,同比增长48.96%;出口数量106 380台,同比增长23.52%。其中数控车床出口金额15 540万美元,同比增长69.25%;出口数量7 121台,同比增长60.27%。在车床出口中,有两个突出的特点,一是数控车床出口增速远高于普通车床的出口;

二是出口金额增速高于出口数量的增速。说明出口车床产品整体水平在提高,出口车床产品结构在优化。2007 年车床出口情况见表 16。

表 16 2007 年车床出口情况

产品名称	出口额		出口量	
	金额 (万美元)	同比增长 (%)	数量 (台)	同比增长 (%)
车床出口合计	34 533	48.96	106 380	23.52
其中:数控	15 540	69.25	7 121	60.27
卧式车床	28 789	49.85	45 833	28.16
其中:数控	14 654	68.78	6 988	63.12
其他车床	5 744	44.65	60 547	20.22
其中:数控	886	77.35	133	-16.35

注:根据国家海关统计数据整理。

3)镗床。2007 年,镗床出口金额 2 066 万美元,同比增长 38.84%;出口数量 2 412 台,同比增长 22.44%。其中数控镗床出口金额 784 万美元,同比增长 62.19%;出口数量 62 台,同比增长 93.75%。2007 年镗床出口情况见表 17。

表 17 2007 年镗床出口情况

产品名称	出口额		出口量	
	金额 (万美元)	同比增长 (%)	数量 (台)	同比增长 (%)
镗床出口合计	2 066	38.48	2 412	22.44
其中:数控	784	62.19	62	93.75
铣镗床	940	73.30	173	82.11
其中:数控	691	47.86	41	41.38
其他镗床	1 126	19.07	2 239	19.41
其中:数控	93	472.70	21	600.00

注:根据国家海关统计数据整理。

4)磨床。2007 年,磨床出口金额 14 088 万美元,同比增长 21.63%;出口数量 3 644 374 台,同比增长 7.92%。其中数控磨床出口金额 677 万美元,同比减少 52.07%;出口数量 123 台,同比减少 39.71%。磨床出口数量如此大,主要原因是其中砂轮机 294 万多台、抛光机近 62 万台等低值机床的数量很大造成的。2007 年部分磨床出口情况,见表 18。

表 18 2007 年部分磨床出口情况

产品名称	出口额		出口量	
	金额 (万美元)	同比增长 (%)	数量 (台)	同比增长 (%)
平面磨床	1 341	26.79	2 277	36.35
其中:数控	96	62.37	25	-10.71
外圆磨床	885	62.17	368	46.61
其中:数控	203	235.14	31	34.78
内圆磨床	50	99.16	19	72.73

(续)

产品名称	出口额		出口量	
	金额 (万美元)	同比增长 (%)	数量 (台)	同比增长 (%)
其中:数控	20	115.17	4	100.00
轧辊磨床	68	66.75	74	80.49
珩磨机	139	211.31	187	25.50

注:根据国家海关统计数据整理。

5)其他金属切削机床。包括铣床、钻床、齿轮加工机床、特种加工机床和锯床等。

铣床:2007 年,铣床出口金额 6 760 万美元,同比增长 46.21%;出口量 41 806 台,同比增长 22.06%。其中数控铣床出口额 585 万美元,同比增长 15.83%;出口量 716 台,同比增长 96.70%。

钻床:2007 年,钻床出口金额 14 543 万美元,同比增长 25.79%;出口量 1 349 054 台,同比减少 0.45%。其中数控钻床出口金额 1 322 万美元,同比增长 234.65%;出口量 139 台,同比增长 127.87%。钻床出口数量很大,主要原因是台钻出口量很大造成的。

齿轮加工机床:2007 年,齿轮加工机床出口金额 1 555 万美元,同比增长 119.84%;出口量 30 439 台,同比增长 333.48%。其中数控齿轮加工机床出口金额 685 万美元,同比增长 153.77%;出口量 219 台,同比增长 143.33%。

特种加工机床:2007 年,特种加工机床出口金额 24 236 万美元,同比增长 28.11%;出口数量 192 559 台,同比增长 143.28%。其中数控特种加工机床出口金额 16 392 万美元,同比增长 33.96%;出口数量 10 674 台,同比增长 80.33%。特种加工机床出口数量很大,主要是由于等离子切割机出口量达到 168 915 台造成的。

锯床:2007 年,锯床出口金额 16 737 万美元,同比增长 5.56%;出口数量 2 572 127 台,同比减少 4.43%。锯床出口数量如此之大,其中可能包含了建筑及工程等行业用于加工非金属材料的大量锯床。

刨床、插床、拉床等出口数量和金额不大,在机床出口中所占比重很小。

总之,2007 年我国金属切削机床出口快速增长,其中最突出的特点是,大部分种类的数控机床出口增速高于本种类普通机床的增速,这是我国机床产品出口结构优化的明显信号,表明机床产品出口非常好的发展趋势。

(2)金属成形机床。2007 年,我国金属成形机床出口金额 4.319 5 亿美元,同比增长 66.46%,其中数控金属成形机床出口金额 0.83 亿美元,同比增长 42.82%,出口数量 1 836 台,同比增长 21.11%。出口的各大类金属成形机床产品普遍都有较大增长。2007 年金属成形机床出口情况见表 19。

表 19 2007 年金属成形机床出口情况

产品名称	实际完成				其中:数控			
	出口量 (台)	出口量同比 增长(%)	出口额 (万美元)	出口额同比 增长(%)	出口量 (台)	出口量同比 增长(%)	出口额 (万美元)	出口额同比 增长(%)
金属成形机床出口合计	338 765	39.37	43 195	66.46	1 836	21.11	8 300	42.82
锻造或冲压机床	2 757	25.26	3 968	55.40	227	20.74	1 584	61.94

产品名称	实际完成				其中：数控			
	出口量（台）	出口量同比增长（%）	出口额（万美元）	出口额同比增长（%）	出口量（台）	出口量同比增长（%）	出口额（万美元）	出口额同比增长（%）
成形折弯机	191 886	29.66	11 725	68.33	1 021	27.94	4 048	89.50
剪切机床	39 458	47.89	7 046	40.07	393	56.57	1 394	55.44
冲压机床	1 402	−8.72	2 186	110.01	195	105.26	1 274	81.96
液压压力机	63 454	163.16	6 866	125.25				
机械压力机	18 608	−0.26	5 074	34.69				
其他非切削机床	21 200	−3.12	6 331	78.61				

注：根据国家海关统计数据整理。

2007年，金属成形机床出口形势很好，大部分数控金属成形机床出口增长幅度大于普通金属成形机床出口，表明出口结构优化。根据我国金属成形机床的生产能力和制造水平预测，进一步扩大出口的前景广阔。

（3）铸造机械。2007年，我国铸造机械出口金额0.4367亿美元，同比增长12.73%；出口数量1 453台，同比增长85.33%。其中数控铸造机械出口金额0.1564亿美元，同比增长16.11%；出口数量694台，同比增长56.35%。在四大主机产品出口中，铸造机械出口增速相对较慢。

（4）木工机床。2007年，我国木工机床出口金额5.8596亿美元，同比增长43.06%；出口数量5 740 213台，同比增长58.62%。2007年木工机床出口情况见表20。

表20　2007年木工机床出口情况

产品名称	出口额		出口量	
	金额（万美元）	同比增长（%）	数量（台）	同比增长（%）
组合木工机床	7 124	274.03	347 103	342.62
锯切木工机床	30 029	50.90	3 660 598	41.58
刨铣木工机床	9 998	3.18	424 432	−12.43
磨削抛光木工机床	3 360	86.11	978 622	637.47
弯曲装配木工机床	691	75.21	587	31.03
钻孔凿榫木工机床	1 207	−31.17	24 517	−2.52
剖劈切削木工机床	2 915	−10.20	230 556	5.67
其他木工机床	3 272	44.42	73 798	−21.30
合计	58 596	43.06	5 740 213	58.62

注：根据国家海关统计数据整理。

2007年，我国木工机床出口量很大，其出口金额相当于金属成形机床和铸造机械两大主机出口之和，木工机床出口数量如此之大，主要是由于出口的大部分是家庭用或个体用的简易木工机床。

（5）配套部件。在机床工具行业出口中，除了机床整机出口以外，还有很多各种机床配套部件的出口，主要包括机床附件、零部件、数控装置、刀具、量仪、磨料磨具等产品。

1）机床附件及夹具。2007年，机床附件及夹具出口金额11 311万美元，同比增长40.58%；出口数量约3 295万件，同比增长36.23%。机床附件及夹具出口金额增长速度高于机床工具全行业的平均增速。

2）机床零部件。2007年，机床零部件出口金额50 027万美元，同比增长41.70%；出口数量25 888万件，同比增长31.51%。机床零部件出口金额增长速度接近于机床工具全行业平均增速。

3）数控装置。2007年，数控装置出口金额40 152万美元，同比增长49.25%；出口数量1 282万件，同比增长92.33%。2007年数控装置出口增长很快，在机床工具全行业出口中，属于增长较快的产品之一。

4）切削刀具及工具。2007年，刀具及工具出口90 720万美元，同比增长32.55%；出口数量13 393万件，同比增长24.49%。出口增长速度接近于机床工具全行业平均增速。

5）量具。2007年，量具出口金额8 241万美元，同比增长6.53%；出口数量2 363万件，同比下降9.64%。出口增长速度在机床工具全行业中属于较低的产品之一。

6）磨料磨具。2007年，磨料磨具产品出口金额91 540万美元，同比增长27.24%。长期以来，磨料磨具产品在机床工具行业中都是出口大户。2007年磨料磨具产品出口量较大的产品有：人造刚玉出口金额31 977万美元，同比增长42.15%，出口数量同比增长21.50%；碳化硅出口金额21 458万美元，同比增长18.32%，出口数量同比增长3.38%；粘聚磨料制砂轮出口金额13 532万美元，同比增长26.88%，出口数量同比增长22.05%。出口增速较快的有：合成或天然金刚石制品增速70.35%，人造刚玉出口增速也较快。

总之，2007年机床工具行业出口形势很好，正处于高速增长期，大部分产品出口创历史新高。出口的持续高速增长，已经成为拉动我国机床工业发展的重要因素之一。

2. 进口

从进口趋势看，2007年机床工具行业进口增长速度继续减慢，部分产品进口出现负增长。机床工具行业进口总金额117.73亿美元，同比增长5.72%。其中金属加工机床进口金额70.72亿美元，同比下降2.36%，数控金属加工机床进口金额53.64亿美元，同比增长0.90%；数控机床进口数量44 782台，同比增长12.27%。除了个别产品外，大部分产品进口金额增长不大，部分产品负增长。如特种加工机床进口金额同比下降39.27%、铸造机械进口金额下降22.19%等。2007年机床工具分类产品进口情况见表21。

2007年，虽然我国继续保持世界第一大机床进口国，进口额占全世界机床总进口额的24.87%，但是机床工具产品进口增长速度趋缓。这对国产机床企业是好消息，说明国产机床的市场满足度在提高，替代进口能力增加。由于中国机床市场需求巨大,替代进口的发展空间还很大。

表 21　2007 年机床工具分类产品进口情况

产品名称	进口额		进口量	
	金额(亿美元)	同比增长(%)	数量(台)	同比增长(%)
机床工具行业总计	117.73	5.72		
金属加工机床合计	70.72	-2.36		
其中:数控	53.64	0.90	44 782	12.27
金属切削机床小计	52.40	-4.32	77 076	4.32
其中:数控	44.31	-0.90	38 262	13.56
金属成形机床小计	18.32	3.68	30 596	-11.96
其中:数控	9.33	10.44	6 520	5.26
铸造机械	2.50	-22.19	1 123	-26.51
其中:数控	0.98	-8.31	296	-15.91
木工机床	8.00	21.71	28 689	31.41
机床夹具及附件	3.68	50.45		
机床零部件	6.64	12.55		
数控装置	12.00	40.71		
刀具及工具	9.84	19.22		
量具	0.32	-0.77		
磨料磨具	4.01	9.05		

注:根据国家海关统计数据整理。

(1)金属切削机床。在机床工具行业中,金属切削机床进口金额最大,约占机床工具行业进口总金额的 44.51%,约占金属加工机床进口金额的 74.10%。2007 年金属切削机床进口金额 52.40 亿美元,同比下降 4.32%。其中数控金属切削机床进口金额 44.31 亿美元,同比下降 0.90%;进口数量 38 262 台,同比增长 13.56%。2007 年金属切削机床进口情况见表 22。

表 22　2007 年金属切削机床进口情况

产品名称	进口额		进口量	
	金额(万美元)	同比增长(%)	数量(台)	同比增长(%)
金属切削机床合计	523 983	-4.32	77 076	4.32
加工中心	172 519	9.10	13 849	11.58
车床	71 772	13.15	14 391	-6.25
其中:数控	65 551	17.67	7 214	3.10
钻床	17 975	-15.19	5 427	6.37
其中:数控	15 148	-16.85	1 124	-17.90
镗床	12 014	-7.27	652	-14.66
其中:数控	10 324	-7.70	231	-11.15
铣床	36 462	42.01	6 840	43.04
其中:数控	31 908	50.12	4 119	123.98
磨床	91 876	-2.56	14 485	-5.98
其中:数控	62 048	15.17	2 609	1.95
齿轮加工机床	14 965	14.84	958	-7.26
其中:数控	13 354	23.42	266	-1.85
特种加工机床	74 162	-39.27	9 915	5.42
其中:数控	72 282	-38.73	8 850	10.82
刨床	689	-17.28	138	10.40
插床	65	-44.68	26	-36.59
拉床	1 299	-51.58	150	-2.60
锯床	10 213	-4.84	5 972	30.36
组合机床	9 969	-28.23	691	-4.43

(续)

产品名称	进口额		进口量	
	金额(万美元)	同比增长(%)	数量(台)	同比增长(%)
攻丝机床	6 287	56.13	2 016	-5.57
其他金属切削机床	3 716	-17.40	1 566	-16.26
砂轮机	571	-3.59	2 623	27.76
抛光机	7 659	-16.81	2 020	-23.46
其他钻床	1 715	-22.05	3 998	16.59

注:根据国家海关统计数据整理,合计数中不含砂轮机、抛光机和其他钻床。

2007 年,金属切削机床进口总金额同比出现负增长。在金属切削机床进口中,加工中心进口金额最大,占数控金属切削机床总进口额的 38.93%;进口金额增长速度最快的是数控铣床,增幅达到 50.12%。在进口的 15 类金属切削机床产品中,有 10 类进口额为负增长;在进口的 8 类数控机床产品中,有 3 类进口额为负增长。

(2)金属成形机床。2007 年,我国金属成形机床进口金额 18.323 7 亿美元,同比增长 3.68%;进口数量 30 596 台,同比下降 11.96%。其中数控金属成形机床进口金额 9.328 亿美元,同比增长 10.44%;进口数量 6 520 台,同比增长 5.26%。除了个别产品外,进口的金属成形机床各大类产品普遍增长不多。2007 年金属成形机床进口情况见表 23。

表 23　2007 年金属成形机床进口情况

产品名称	进口额		进口量	
	金额(万美元)	同比增长(%)	数量(台)	同比增长(%)
金属成形机床进口合计	183 237	3.68	30 596	-11.96
其中:数控	93 280	10.44	6 520	5.26
锻造或冲压机床	47 053	-8.29	6 604	-23.33
其中:数控	29 229	6.17	1 933	3.81
成形折弯机	24 254	2.16	3 658	-5.13
其中:数控	18 225	16.18	1 227	-0.81
剪切机床	17 105	30.67	1 252	-1.11
其中:数控	12 269	48.08	434	18.90
冲压机床	39 956	24.49	5 282	14.93
其中:数控	33 557	27.29	2 926	29.41
液压压力机	18 393	-8.87	2 158	-16.62
机械压力机	17 357	6.67	6 306	-18.40
其他非切削机床	19 119	-4.70	5 336	-12.58

注:根据国家海关统计数据整理。

2007 年,金属成形机床进口金额出现小幅增长,除了个别产品进口增幅较大以外,大部分金属成形机床进口增长幅度不大。在 7 类金属成形机床进口中,有 3 类进口金额为负增长,但是数控金属成形机床进口金额都是正增长。

(3)铸造机械。2007 年,我国铸造机械进口金额 2.50 亿美元,同比下降 22.19%;进口数量 1 123 台,同比下降 26.51%。其中数控铸造机械进口金额 0.98 亿美元,同比下降 8.31%;进口数量 296 台,同比下降 15.91%。出现进口金额和数量全面下降局面。

(4)木工机床。2007 年,我国木工机床进口金额 8.00 亿美元,同比增长 21.71%;进口数量 28 689 台,同比增长 31.41%。出现进口金额和数量全面增长的局面,且增长速

（5）配套部件。在机床工具行业进口中，包括各种机床配套部件的进口，主要有机床附件、零部件、数控装置、刀具、量仪、磨料磨具等产品。在2007年机床配套部件进口中，进口金额增长最大的是机床附件及夹具，同比增长达到50.45%，量具进口金额为负增长；进口金额最大的是数控装置，达到12亿美元(在大类产品中仅次于加工中心的17.25亿美元)，其次是切削刀具及工具，达到9.84亿美元。

总之，2007年我国机床工具行业产品进口量依然较大，但是进口增长速度趋于下降，增速较上年减少6.03个百分点。其中：金属加工机床进口金额已经连续6年排名世界第一，但是2007年进口已经是负增长，同比下降2.36%(2006年增长11.50%)。

3. 进出口贸易差额情况

在我国机床工业的发展史中，机床进出口贸易基本上都是逆差，没有出现过顺差，且这种贸易逆差不断扩大，呈快速增长。但是，随着我国机床工具行业出口的快速增长和进口增速的下降，2007年我国机床行业进出口贸易逆差出现增速下降的趋势。2007年，我国机床工具行业贸易逆差为65.72亿美元，与上年相比逆差减少了7.45亿美元，同比下降10.18%。其中：金属加工机床进出口贸易逆差为54.21亿美元，与上年相比逆差减少了6.36亿美元，同比下降10.51%。2007年机床工具行业分类产品进出口逆差情况见表24。

表24　2007年机床工具行业各类产品进出口逆差情况

产品名称	进出口逆差 (逆差+、顺差-) (亿美元)	增减金额 (增+、减-) (亿美元)	同比增长 (%)
机床工具行业总计	65.72	-7.45	-10.18
金属加工机床合计	54.21	-6.36	-10.51
其中：数控	48.69	-1.13	-2.27
金属切削机床小计	40.21	-5.28	-1.61
其中：数控	44.31	-1.77	-4.22
金属成形机床小计	14.00	-1.08	-7.16
其中：数控	8.50	0.63	8.01
铸造机械	2.07	-0.76	-26.97
木工机床	2.14	-0.14	-5.96
机床夹具及附件	2.57	0.93	56.50
机床零部件	1.64	-0.73	-30.73
数控装置	7.98	2.15	36.77
刀具及工具	0.77	-0.64	-45.38
量具	-0.51	0.05	11.72
磨料磨具	-1.14	-2.37	-67.57

注：根据国家海关统计数据整理。

从表24可看出，在2007年机床工具行业大类产品进出口贸易中，只有量具和磨料磨具两大类为顺差，其余皆为逆差。在进出口贸易逆差产品中，大部分逆差在缩小，逆差缩小较大的产品有刀具、机床零部件、铸造机械等；逆差进一步扩大并增加较大的有机床夹具及附件、数控装置等产品。在进出口贸易顺差产品中，量具产品的顺差在进一步增加，磨料磨具产品的顺差有较大的减少。

从总体上看，在2007年我国机床工具行业进出口中，虽然进出口贸易的逆差仍然很大，但是逆差增速在下降。我国机床工具产品出口金额已经连续多年快速增长，而进口金额增速在下降。估计今后一段时期内，机床进出口贸易逆差逐年减少将是总的发展趋势。应当说经过近10年的快速发展，进口机床威胁中国机床工业的局面得到部分解除，中国机床工具行业不仅在逐渐收复中国机床市场，而且反过来在快速走向国外机床市场。走向国外的不仅仅是中国的机床产品，中国企业也大胆走出国门去收购国外的机床企业，在海外建厂，将战线扩展到海外。这标志着中国机床工业在走向崛起。

4. 出口去向和进口来源情况

在2007年我国机床工具产品的出口和进口贸易中，只有金属加工机床及部分数控机床产品有出口去向和进口来源的资料。

（1）金属加工机床出口去向。2007年，我国金属加工机床出口有较快增长，出口去向(目的地)和份额也有较大变化，除了保持对出口量较大的美国、日本、德国等国家和中国香港地区的持续增长外，对一些新兴国家如印度、巴西、韩国、俄罗斯、澳大利亚等出口增长也较快。说明我国机床出口去向的结构进一步多样化，逐渐能够适应和满足更多国家的需求，有利于我国机床产品出口的长期持续稳定发展，符合我国的出口发展战略。2007年我国金属加工机床出口去向及份额情况见表25。

表25　2007年我国金属加工机床出口去向及份额情况

序号	国家(地区)	出口额 (万美元)	同比增长 (%)	所占比例 (%)
1	美国	18 870	6.21	11.43
2	日本	11 586	10.45	7.02
3	德国	9 679	47.68	5.86
4	中国香港	9 125	41.02	5.53
5	印度	7 444	87.90	4.51
6	巴西	6 100	57.62	3.69
7	韩国	5 752	81.39	3.48
8	俄罗斯	4 908	122.79	2.97
9	澳大利亚	4 596	43.53	2.78
10	土耳其	4 244	26.84	2.57
11	越南	3 995	29.25	2.42
12	泰国	3 883	29.67	2.35
13	英国	3 877	10.51	2.35
14	南非	3 665	57.99	2.22
15	意大利	3 623	55.95	2.19
16	墨西哥	3 378	96.78	2.05
17	马来西亚	3 298	19.32	2.00
18	加拿大	3 268	1.95	1.98
19	伊朗	3 127	84.16	1.89
20	印度尼西亚	3 052	63.09	1.85
21	其他	47 659		28.86
	合计	165 129	39.22	100.00

注：根据国家海关统计数据整理。

从表25中可以看出，2007年我国金属加工机床向各国家(地区)出口额增长最快的俄罗斯，增速达到122.79%，对墨西哥、印度、伊朗、韩国等国家的出口额增长也超过80%，

都属于快速增长,这些国家都将成为中国机床重要的出口目的地。部分金属切削机床出口去向介绍如下:

1)加工中心出口去向。2007 年,我国加工中心出口金额 5 237 万美元,同比增长 68.34%;出口数量 744 台,同比减少 12.88%。出口金额大幅度增长,出口数量在减少。2007 年我国加工中心出口去向及份额情况见表 26。

表 26　2007 年我国加工中心出口去向及份额情况

序号	国家(地区)	出口额 (万美元)	同比增长 (%)	所占比例 (%)
1	德国	941	146.80	17.97
2	印度	644	947.33	12.29
3	美国	519	-21.21	9.91
4	韩国	445	70.69	8.50
5	中国香港	340	8.39	6.49
6	意大利	290	252.38	5.54
7	巴西	242	-17.23	4.62
8	沙特阿拉伯	224	3 352.47	4.28
9	日本	131	190.57	2.50
10	俄罗斯	126	114.16	2.41
11	芬兰	93	863.47	1.77
12	泰国	83	73.03	1.58
13	哥伦比亚	80	16 217.34	1.53
14	越南	78	195.85	1.49
15	加拿大	72	60.52	1.38
16	其他	929		17.74
	合计	5 237	68.34	100.00

注:根据国家海关统计数据整理。

在 2007 年我国出口加工中心的前 15 个目的地国家(地区)中,向 9 个国家出口加工中心的金额增长在 1 倍以上,表明我国加工中心的国际竞争力和总体水平有很大提高。

2)数控车床出口去向。2007 年,我国数控车床出口金额 15 540 万美元,同比增长 69.25%;出口数量 7 121 台,同比增长 60.27%。出口金额和数量属于同时快速增长,表明我国数控车床产品出口基本趋于稳定。2007 年我国数控车床出口去向及份额情况见表 27。

表 27　2007 年我国数控车床出口去向及份额情况

序号	国家(地区)	出口额 (万美元)	同比增长 (%)	所占比例 (%)
1	日本	3 905	48.22	25.13
2	美国	2 558	106.82	16.46
3	中国香港	1 378	55.41	8.87
4	德国	825	47.53	5.31
5	缅甸	667	88.34	4.29
6	芬兰	663	108.71	4.27
7	韩国	634	483.75	4.08
8	俄罗斯	431	446.50	2.77
9	印度	325	-4.69	2.09
10	伊朗	303	73.48	1.95
11	意大利	263	6.20	1.69
12	土耳其	258	11.10	1.66
13	中国台湾	256	193.10	1.65
14	新加坡	249	68.77	1.60
15	巴西	247	223.00	1.59
16	其他	2 578		16.59
	合计	15 540	69.25	100.00

注:根据国家海关统计数据整理。

在 2007 年我国出口数控车床前 15 个目的地国家(地区)中,向 6 个国家出口数控车床金额增长在 1 倍以上,增长波动相对于加工中心较小一些。总体上看,2007 年我国数控车床出口形势较好,相对于其他数控机床出口波动较小。

(2)金属加工机床进口来源。2007 年,我国金属加工机床进口金额下降 2.36%,进口来源和份额除了个别变化较大外,大部分进口来源变化较小。2007 年我国金属加工机床进口来源及份额情况见表 28。

表 28　2007 年我国金属加工机床进口来源及份额情况

序号	国家(地区)	进口额 (万美元)	同比增长 (%)	所占比例 (%)
1	日本	245 605	0.23	34.73
2	中国台湾	138 070	8.59	19.52
3	德国	114 256	7.61	16.16
4	韩国	53 261	2.36	7.53
5	意大利	35 907	-10.29	5.08
6	瑞士	30 890	0.39	4.37
7	美国	26 771	-55.13	3.78
8	新加坡	6 804	-24.57	0.96
9	比利时	6 440	205.03	0.91
10	西班牙	5 994	22.63	0.85
11	中国	5 811	26.08	0.82
12	捷克	5 527	61.22	0.78
13	奥地利	4 457	2.31	0.63
14	法国	4 332	-25.37	0.61
15	泰国	4 237	10.57	0.60
16	英国	3 977	-59.12	0.56
17	俄罗斯	2 142	-19.79	0.30
18	澳大利亚	2 090	85.60	0.30
19	芬兰	1 977	51.77	0.28
20	瑞典	1 831	-11.12	0.26
21	其他	6 841		0.97
	合计	707 220	-2.36	100.00

注:根据国家海关统计数据整理。

从表 28 看出,我国金属加工机床进口来源相对比较集中,其中从日本进口金额所占比例超过 1/3,从前 3 个国家(地区)进口金额所占比例超过 70%,从前 7 个国家(地区)进口金额所占比例超过 90%。中国机床进口来源的过分集中,基本上可以说明几个机床强国(地区)在主导着世界机床市场。其中在数控机床进口中,加工中心进口金额最大,其次是数控车床。部分金属加工机床进口来源介绍如下:

1)加工中心进口来源。2007 年,我国进口加工中心金额 172 519 万美元,同比增长 9.10%;进口数量 13 849 台,同比增长 11.56%。虽然进口金额和数量的增速有所放慢,但由于我国加工中心的市场需求增加较多,所以国产加工中心市场占有率在增加。2007 年我国加工中心进口来源及份额情况见表 29。

表 29   2007 年我国加工中心进口来源及份额情况

序号	国家（地区）	进口额（万美元）	同比增长（%）	所占比例（%）
1	日本	80 886	29.49	46.89
2	中国台湾	35 618	14.06	20.65
3	德国	25 213	1.96	14.61
4	韩国	14 391	14.41	8.34
5	美国	4 887	1.74	2.83
6	瑞士	3 552	-35.96	2.06
7	意大利	3 313	-65.06	1.91
8	西班牙	1 079	13.85	0.63
9	新加坡	883	-20.23	0.51
10	法国	758	-64.10	0.44
11	奥地利	724	560.34	0.42
12	比利时	2 734	1 089.57	0.16
13	英国	270	-83.04	0.16
14	中国	187	156.64	0.11
15	加拿大	166	-47.61	0.10
16	其他	318		0.18
	合计	172 519	9.10	100.00

注：1. 根据国家海关统计数据整理。

2. 表中"中国"是指海外兼并的免税产品。

2007 年，我国加工中心进口来源非常集中，其中从日本进口金额所占的比例接近一半，表中前 3 个国家（地区）进口金额所占比例超过 80%，前 7 个国家（地区）进口金额所占比例超过 97%。中国进口主要机床产品的来源过分集中，基本上可以说明几个机床强国（地区）在主导着世界机床市场。

2）数控车床进口来源。2007 年，我国进口数控车床金额 65 551 万美元，同比增长 17.67%；进口数量 7 214 台，同比增长 3.10%。进口金额和数量的增速趋于减少，表明数控车床产品进口基本稳定，国产数控车床的市场占有率在提高。2007 年我国数控车床进口来源及份额情况见表 30。

表 30   2007 年我国数控车床进口来源及份额情况

序号	国家（地区）	进口额（万美元）	同比增长（%）	所占比例（%）
1	日本	19 549	2.57	29.82
2	中国台湾	14 292	7.76	21.80
3	德国	10 344	101.84	15.78
4	韩国	8 016	24.62	12.23
5	意大利	3 317	33.40	5.06
6	捷克	2 635	382.46	4.02
7	美国	2 623	-7.92	4.00
8	比利时	1 078		1.64
9	瑞士	1 040	-14.57	1.59
10	泰国	706	-24.54	1.08
11	中国	582	337.89	0.89
12	法国	384	-25.58	0.59
13	英国	225	-80.78	0.34
14	西班牙	213	-68.13	0.32
15	新加坡	205	69.38	0.31
16	其他	342		0.53
	合计	65 551	17.67	100.00

注： 根据国家海关统计数据整理。

2007 年，我国数控车床进口来源非常集中，其中从日本进口金额所占比例接近 30%，表中前 4 个国家（地区）进口金额所占比例接近 80%，前 7 个国家（地区）进口金额所占比例达到 92.71%。

四. 2007 年机床工具行业市场需求分析

进入 21 世纪以来，我国经济快速增长，内需不断扩大，拉动了国内机床市场需求扩大；同时全球制造业向中国转移，带动了我国机床产业的快速增长，国内外两个市场拉动了对机床需求的快速增长。

1. 市场消费情况

（1）国内市场消费。2007 年，中国机床工具产品总消费额 3 180.7 亿元（约 418.3 亿美元（按 2007 年平均汇率，以下同)），同比增长 48.45%；其中金属加工机床消费额 1 229.6 亿元（约 161.7 亿美元），同比增长 23.34%。在金属加工机床中，金属切削机床消费额 889.6 亿元（约 118.3 亿美元），同比增长 19.86%；金属成形机床消费额 330 亿元（约 43.4 亿美元），同比增长 33.95%。2007 年，中国消费数控金属加工机床约 14.5 万台，其中数控金属切削机床消费约 13.7 万台，同比增长约 27.6%；数控金属成形机床消费约 0.8 万台。

中国机床消费额从 2002 年起已经连续 6 年排名世界第一。2007 年，中国机床消费额大于世界排名第 2 位的日本和第 3 位的德国消费额之和。多年来，中国机床市场的消费量一直很大，虽然近几年国产机床市场占有率有所提高，但是市场满足度依然不高。2007 年，国产机床工具产品产值的市场占有率 71.8%，同比提高 12.2 个百分点；国产金属加工机床产值市场占有率 56.3%，同比提高 11.5 个百分点。在金属加工机床中，国产金属切削机床产值市场占有率 55.7%，同比提高 11.1 个百分点；国产金属成形机床产值市场占有率 57.8%，同比提高 12.4 个百分点。

虽然国产机床市场占有率仍较低，但是 2007 年已经有很大提高。多年以来，国产机床产值市场占有率一直徘徊在 40% 左右。2007 年，多种国产机床的市场占有率提高了 10 个百分点以上，首次突破 50%。特别是国产数控金属切削机床，市场占有率过去多年徘徊在 30% 左右，2007 年也超过了 50%，达到 51.63%。说明近几年我国数控机床在高速发展，产品水平及质量在迅速提高。但是，应当看到市场需求不可能总是直线快速增长，市场是变化莫测的。我们应当利用目前机床快速发展的大好时机，加强机床市场需求和产业发展战略的研究，增强国产机床的核心竞争力，提高国产机床的市场占有率。

（2）国际市场消费。2007 年，世界机床总消费额 676.7 亿美元，同比增长 17.05%。2007 年世界机床消费前 10 位国家（地区）情况见表 31。

表 31   2007 年世界机床消费前 10 位国家（地区）情况

序号	国家（地区）	消费额（亿美元）	同比增长（%）
1	中国	161.7	23
2	日本	76.2	-3
3	德国	72.5	41
4	美国	61.7	-3

排位	国家（地区）	消费额（亿美元）	（续） 同比增长（%）
5	意大利	50.6	34
6	韩国	41.5	3
7	中国台湾	37.9	31
8	巴西	18.2	28
9	印度	17.7	49
10	墨西哥	16.7	34

注：资料来源于美国卡德纳公司。

从世界机床消费布局来看，主要分布在东亚、中西欧、北美等3个区域。其中东亚区域主要包括中国、日本、韩国等国家和中国台湾地区；中西欧主要有德国、意大利、法国、瑞士、西班牙等国家；北美主要指美国、墨西哥、加拿大等国家。2007年，东亚地区机床消费占全世界总消费额近一半；中西欧地区占总消费额约1/3；北美地区占总消费额超过10%；其他国家消费额合计约占10%，包括消费较多的巴西和印度。机床属于基础机械，主要消费在经济发达和较发达地区。

从世界各国机床消费情况看，大部分机床消费较多的国家，也是机床生产大国。在机床消费大国中，机床消费与生产差距较大的是中国和美国，其国产机床的市场占有率较低，进口量所占比例较大；而日本则相反，国产占有率较高，出口量所占比例较大；其他发展中国家的机床消费主要依靠进口。

2.机床市场需求预测

（1）国内市场预测。随着国民经济长期、持续、快速增长，国家实施积极稳定的财政政策，社会固定资产投资快速增长，国家积极支持重大工程项目建设，拉动了我国机床工业快速发展。巨大的市场需求，推动了国产机床工具产品的快速增长。机床与其下游行业固定资产投资关系密切，在其下游产业中，固定资产投资的主要部分是用于购买机床设备。如汽车、发电、铁路、航空航天、传统机械等产业的固定资产投资增速远快于社会平均增长速度。由于下游行业固定资产投资的快速增长，带来对机床工具产品需求的大幅度增加。国内机床市场的消费额将继续保持世界第一。

虽然我国机床工具行业增长速度很快，但是仍然满足不了国内市场的需要，到2007年国产机床产值市场占有率刚刚超过一半，依然有一半市场被进口机床占有，说明我国机床市场增长空间仍然很大。预测2008年，如果国内对机床市场需求增长超过10%，则金属加工机床消费将达到180亿美元，其中金属切削机床消费将达到130亿美元；金属成形机床消费将达到50亿美元。预计数控金属加工机床消费将超过15万台，其中金属切削机床消费将达到14万台；金属成形机床消费将达到1万台。伴随着机床消费的继续增长，机床各类配套部件也将得到较快速度的增长。

（2）国际市场预测。随着世界经济增长速度的放缓，国际市场对机床的需求也难以有较大增长，预测2008年世界机床市场消费可能将与2007年基本持平，估计世界机床总消费额在680亿美元左右。其中大部分西方国家的需求将有所下降或持平；部分发展中国家，特别是"金砖四国"（巴西、俄罗斯、印度和中国）的需求将继续有较快增长。2008年国际市场对数控机床的需求将进一步增加，对普通机床的需求将有所下降。我国机床出口将继续快速增长，出口产品结构将不断调整优化，在国际机床出口所占的比例将进一步提高。

五.产业和产品结构调整

近几年，随着我国机床工业的快速增长，行业大部分企业根据市场需求结构的变化和增加，都在积极调整企业的产品结构和产业结构。

1.产业结构调整

由于机床市场需求的快速增长，促进了我国机床企业规模扩大，制造能力增强，技术水平和开发能力提高。企业多元化经营能力的提高，进一步打破了行业之间的界限，根据市场需求，进入不同产业生产的企业增加。一方面，不少机床企业生产非机床产品；另一方面，更多的非机床企业进入机床工具行业，生产机床工具产品。尤其是后者，近几年有不少其他行业的知名企业进军机床行业领域，而且形成一定的规模，成为生产机床产品的重要企业。如生产注塑机械的著名企业"海天集团"已经能够成批量生产大型数控龙门机床和加工中心；生产办公设备碎纸机等产品的"新瑞集团"也已经能成批量生产加工中心和其他数控机床，而且出巨资收购国内两个较大的机床厂；五粮液集团下属"普什机械集团"出巨资控股成都宁江机床集团股份有限公司等。其他行业企业进入机床产业，也是机床工具行业快速增长的原因之一。

2.产品结构调整

我国已经多年在世界机床的消费、进口、产量等方面占据"世界第一"，但是国际上机床的定价权掌握在别人的手里。深入分析其中原因，主要是由于我国机床产品结构不合理，中低档产品多，量大面广的普通产品多；缺乏开发产品和技术创新的能力，不能用高新及适用技术替换旧产品；加上工艺和装备的更新不够，使得低水平产品大量生产。我国虽然是个机床大国，但是产品结构不合理，必须要考虑其可能造成的严重后果。目前，我国机床拥有量已经相当庞大，特别是普通机床年产量还在不断增加，由于利益和生存的需要，将会催生更多低水平、低效益的普通机床生产，最终将影响我国机床行业的健康发展。我国机床产量如此之大，消耗了国家大量原材料和能源，"多"不应当再是我们追求的目标。为了保障机床工具行业快速健康发展，应考虑到普通机床不断大幅度扩张可能产生的风险。用新的思路转变增长模式，调整产品结构将成为重要的途径。中国机床工业的快速增长还能维持多久，很大程度上取决于产品结构调整问题，取决于能否真正满足和适应国内外两个市场对机床的需求。从近期看，调整产品结构，转变增长方式，是保持机床行业能持续增长的根基，这需要炼内功。

近几年，广大机床工具企业根据市场需求结构变化，主动加快了产品结构调整的步伐，更为重要的是很多企业认识到，被动的调整产品结构不如主动的调整。经过多年的努力,在调整产品结构方面取得了很大成绩,使得机床工具行业的产品结构不断趋于优化。

(1)数控机床产品比重增加。2007年,机床行业实现金属切削机床产量60多万台,同比增长11.7%,其中数控机床产量12万多台,同比增长32.6%;普通机床产量58万多台,同比增长1.5%,增幅与2006年相比下降约20个百分点。普通机床产量增速明显下降,而2007年数控机床增速高于普通机床30多个百分点,数控机床产量所占比例明显提高。数控机床产品比同规格普通机床省材料、省能源、效率高、附加值高、占地面积少,是机床行业产品结构调整的重要发展方向。同样,数控金属成形机床产品数量所占比例也有较大幅度提高,金属成形机床产品结构进一步优化。

(2)高档机床产品数量大幅度增加。长期以来,国内市场需要的高档数控机床主要依靠进口,国内能生产高档数控机床的企业很少,而且可靠性也不高,用户意见较大。2007年,国产高档数控机床的产量增长较快,技术水平普遍提高,用户满意度明显提高,替代了同类机床的进口,为国内一些重大工程建设项目提供了不少关键设备。部分高档数控金属成形机床,不仅能满足国内需求,而且能批量和成套出口,国际竞争力明显增强。其他机床配套产品的技术水平也有很大提高,数控系统、关键功能部件、超硬刀具等高档产品的生产能力在逐渐形成。进一步提高高档机床工具产品的生产能力,在行业企业中已经形成共识,也是机床工具行业调整产品结构的重点。

(3)机床工具产品的品种增加。产品品种是机床工具行业产品结构的重要方面。近几年,机床工具产品品种的市场满足度在提高。目前全行业几千种产品品种,基本覆盖了市场需求的绝大部分产品。过去大部分企业只愿意生产通用产品和系列产品,这样便于组织生产管理,产品质量也易于保证。随着用户企业规模的不断扩大,生产效率的提高,他们对高档专用机床的需求也在增多。机床工具行业企业开始重视专用机床的生产,使机床主机和配套产品的品种满足度有较大增加。当前的主要问题是要进一步增加产品品种和提高产品质量,要密切与用户加工工艺相结合,共同开发出市场需求的高水平机床品种。

当前,机床工具产品结构调整的主要趋势是:压缩减少普通机床生产,增加数控机床生产,巩固中低档数控机床质量,提高中高档数控机床水平和可靠性;在技术上不断加强精度、效率、柔性、复合、环保、智能、可靠等关键技术的研究;不断发展成套性、专用性、多样性、集成化等设备,以适应机床市场结构变化的需要。

六、行业技术创新和科技成果情况

我国机床工具行业在科学发展观的方针指导下,在振兴装备制造业政策的支持下,2007年机床工具行业在新产品开发和技术创新方面都取得了辉煌的成果。

1. 新产品开发

(1)企业开发新产品的能力提高。近几年,随着机床工具行业的快速增长,行业的整体技术水平在快速提高,企业的科研、设计、制造能力不断增强,全行业每年都能研制开发出一大批高水平新产品。2007年,机床工具行业有200多个重点联系企业,只有约1/4的企业报表中有新产品的生产研制情况。在统计的54个重点联系企业中,共完成机床工具"企业新产品"562台(套),平均每个企业有10个新产品研制成功,这是一个非常了不起的成绩。虽然不能代表机床工具行业新产品生产研制的全貌,但是表明了企业非常重视新产品研究开发,反映了企业开发新产品能力在普遍提高。当然,这562台(套)"企业新产品"并不等于"行业新产品",因为在所报的新产品中,部分企业自己报的所谓新产品,可能是别的企业已经生产过的已有产品。"行业新产品"应当是在行业中首次开发出来的产品,应当是真正填补国家(行业)空白的产品。

在562台(套)"企业新产品"中,属于企业全新设计的338台,占60.1%;改进设计182台,占32.4%;引进国外技术8台和国外技术合作产品15台,占4.1%。总体上看,这些新产品都具有向数控、精密、复合化、大型、柔性、专机、自动线等技术发展的趋势。其主要特点是大多数新产品都具有自主知识产权,是根据用户需求而研发试制,都经过用户的验收和使用验证,都是开发对路、具有市场前景的新产品。

(2)新产品技术水平大幅度提高。2007年,机床工具行业开发出一大批具有较高技术水平的新产品,而且在生产实践中得到验证,受到用户的认可和好评。很多企业在新产品开发方面取得很大成绩。部分企业新产品介绍如下:

沈阳机床(集团)有限责任公司共自报企业新产品74种,其中达到国际先进水平9项,填补国内空白2项,其余均达到国内领先、国内先进水平。有5轴联动机床6台,各种规格的龙门式数控机床10台,车铣加工中心7台。如HTM125600车铣复合加工中心、VTM100100立式车铣加工中心、GMC2060u桥式五轴加工中心及SUC6035a以车代磨柔性加工单元等。

齐重数控装备股份有限公司自报企业新产品35种,有不少新产品达到国际先进水平。如SMVT1600×125/600L—NC数控重型单柱移动立式车床、HT500×180/80L—NC数控重型卧式车床、CWT13×145/180L—MC数控重型曲轴旋风切削加工中心及XK2650×400数控双龙门移动式镗铣床等。

宁江机床(集团)股份有限公司自报新产品40种,其针对汽车行业的特点,研发了多种自动生产线产品。如FMS80柔性制造系统、NJ—SX029汽缸头生产线、曲轴箱体数控双向钻镗削组合机床、连杆五工位镗削组合机床及缸体和配流盘球面研磨机等。

济南二机床集团有限公司自报企业新产品12种,其中达到国际先进水平8种,达到国内领先水平4种。如PLS4—64000—5000—2600重型高速全自动冲压生产线、XK2845×160数控动梁龙门移动式镗铣床、XHSV2525×60高架式五轴联动镗铣加工中心、五轴联动龙门移动式镗铣床及LS4—2400B闭式四点多连杆数控压力机等。

上海机床厂有限公司自报企业新产品30种,大部分达到了国内领先或国内先进水平。如 MKZ8412 / H（MK84125/6000—H）数控轧辊磨床、MK8280B / H 数控曲轴磨床及 MK82125 / H 数控曲轴磨床等。

重庆机床（集团）有限责任公司自报企业新产品 13 种，其中 7 种达到国际先进水平，1 种填补国内空白，其余达到国内先进水平。如 YD31125CNC6、Y31160CNC6 全数控大型滚齿机，YS3140CNC6 六轴高速高效滚齿机及 YD4240CNC 重负荷数控剃齿机等。

杭州机床集团自报企业新产品 50 种，其中绝大多数达到国内领先水平和国内先进水平。如不同规格的数控龙门式导轨磨床以及车床床身导轨磨床、数控直线滚动导轨磨床等。

桂林机床股份有限公司自报企业新产品 46 种，以龙门数控机床为主。如五轴联动龙门铣床 2 台、多种龙门数控铣床、龙门加工中心、动梁龙门镗铣床、动梁动柱龙门加工中心等。

烟台环球机床附件集团有限公司自报企业新产品 28 种，都达到国内领先水平。如 TK122000 数控回转工作台、TK121000×1000R 数控回转工作台等。

此外，还有很多企业自报了高水平新产品。如北京第二机床厂有限公司的 B2—CG001 超高精度万能外圆磨床、B2—K1013/T1 超高速数控磨床、MKS1350×1500/T2 高精度数控曲面磨床等；江苏新瑞机械有限公司的 FMS—H63 柔性制造系统、H100PS 柔性制造单元、V5X—1800 五轴联动叶片加工中心等；江苏多棱数控机床股份有限公司的 TK4220/5X—40 五轴联动龙门镗铣床、XH2130P/H 动梁五面体龙门加工中心等；宝鸡机床集团有限公司的 FV—6 高速龙门型立式加工中心；宁波海天精工机械有限公司的 HTM—4228GFA 龙门五轴联动高速铣床；天津市天锻压力机有限公司的 S—THP34Y—1250 船体板材成形液压机、THP16—630 半固态金属模锻液压机、S—THP61—500＋1250＋1000 温冷挤压液压机生产线等；湖北力帝机床股份有限公司的 TCE30 金属打包液压机等。

2. 技术创新及科技成果

近几年，在贯彻科学发展观方针和提高自主创新能力的战略指导下，企业对科研开发越来越重视，在开发产品中加强自主技术创新。技术来源属于引进技术的越来越少，属于自主研发的越来越多。部分企业突破了关键技术，掌握了产品的核心技术，越来越多的企业生产具有自主知识产权的高端机床工具产品，我国机床工具行业进入自主术创新阶段。

（1）技术创新成果显著。近几年，机床工具企业普遍重视产品开发和研制，加大了科技投入。自主技术创新成为科研的主流，自主创新的高档数控机床产品不断涌现。部分企业承担了以自主创新为主的国家重大科技攻关项目和地方重点科研任务，很多企业主动开发出替代进口产品。2007 年机床工具行业自主创新开发出一大批在技术上国际先进和国内领先，或填补国内空白的技术和产品。部分企业自主技术创新成果介绍如下：

齐重数控装备股份有限公司自主研制的 CWT130×145/180L—MC 数控重型曲轴旋风切削加工中心。该加工中心是针对万匹马力以上船舶发动机大型曲轴加工需要而研制的高档数控重型机床，在此机床上一次装卡，可完成大型曲轴主轴颈、曲拐颈、法兰的加工，能够满足大功率船用柴油机半组合曲轴热装后的半精加工和精加工，加工精度达到国际同类机床先进水平。该加工中心的研制成功，填补了国内空白，从此打破了国外技术垄断和封锁，结束了大型曲轴全部依靠进口和经常出现"有船无轴"的被动局面。

齐齐哈尔二机床（集团）有限责任公司、清华大学和成都飞机设计研究所合作研制的新型并混联机构与装备。该项目经过多年研究和开发，成功自主开发出并混联机床、飞行品质模拟器运动控制系统、天文台馈源精调系统和可重构教学设备等产品，其中自主研制开发出多种结构的多轴联动并混联机床 8 台（套）。典型产品如 XNZD2415 重型五轴联动混联机床，主要可用于加工三维空间复杂曲面，如各种叶片、螺旋桨、大型模具等。在并混联机构和控制方面拥有发明专利 34 项，其中授权 22 项，公开 10 项，申请 2 项，获得软件著作权 3 项。

湖南大学和湖南宇晶机器实业有限公司联合研制的 XQ120 型和 XQ300 型数控多线切割机床。其中 XQ120 型切割机床加工的单片平行度 0.008mm，最小切片厚度 0.2mm，切片速度 0～50mm/h，切割线直径 0.10～0.18mm，切割线最大运行速度 280m/min，一次性最多切片数 240 片；XQ300 型切割机床的最大运行速度 580m/min，一次性最多切片数 890 片。该数控多线切割机床主要用于单（多）晶体、蓝宝石、水晶、磁性材料等半导体器件基片的切片加工。由于多线切割加工精度高、控制系统复杂、制造难度大，市场需求很大，过去国内不能提供，只有瑞士、日本等少数国家掌握其核心技术，垄断着国内外市场。该设备的研制成功，填补了国内空白，主要技术指标达到国际先进水平，具有明显的价格优势，已经批量生产，获得用户的好评，社会经济效益显著。

天津市天锻压力机有限公司开发的 S—THP34Y—1250 船体板材成形数控液压机生产线。该生产线具有 7 个自由度控制功能的船体板材成形数控液压机产品，由进料起吊装置、板材数控送料输送装置、具有 5 自由度的数控压制中心、出料起吊装置和板材下料数控输送装置等 5 部分组成。适用于大型船体复杂形状厚板的弯曲、弯边、压筋、折边、矫平等成形的连续加工。最大加工板材尺寸（厚×宽×长）60mm×4 500mm×22 500mm；压头移动定位精度和压制行程定位精度为 0.05mm。该生产线最大可加工 30 万吨级船体复杂形状的板材，能满足国际先进生产中心造船模式的需要。

陕西秦川机械发展股份有限公司研制的 YK7332A 数控成形砂轮磨齿机。该数控成形砂轮磨齿机是一种高效、精密齿轮磨削机床。可加工齿轮的最大工件外径 320mm，最大工件模数 10mm，最大齿宽 600mm，螺旋角 ±45°，工件精度 4 级。广泛用于汽车、航空、风电、机床等行业，特别适用于对齿形需要修整及对齿根、齿顶过渡部分有特殊要求的高精度齿轮。

（2）获得"中国机械工业科学技术奖"项目水平提高。机床工具行业获得的"中国机械工业科学技术奖"，是科学技术创新的重要成果之一。2007年机床工具行业获得"中国机械工业科学技术奖"共21项，其中一等奖1项，二等奖6项，三等奖14项，获奖项目的数量超过了历年。这些获奖项目大多属于自主创新和具有自主知识产权，在行业中具有一定代表性，其技术水平高，技术难度大，社会和经济效益好，对行业技术进步起到很大推动作用。同时，获奖项目激励了科学技术人员研究开发和自主创新的积极性，在提高科技人员社会地位，促进机床工业的技术进步和提高我国机床产品的国际竞争力等方面发挥着积极作用。

（3）自主创新企业成绩突出。技术创新是机床工具行业持续快速发展的动力，是提高产品国际竞争力的主要手段，提高技术水平竞争力的基础是创新能力的竞争。纵观当代世界机床企业，惟有技术创新，才能在激烈的国际竞争中占据主动，立于不败之地。为了促进和鼓励企业的自主创新，提升机床工具行业整体自主创新能力，2007年度中国机床工具工业协会评出18个企业为自主创新先进会员，分别是：沈阳机床（集团）有限责任公司、齐重数控装备股份有限公司、大连机床集团有限责任公司、重庆机床（集团）有限责任公司、齐齐哈尔二机床（集团）有限责任公司、济南二机床集团有限公司、陕西秦川机床工具集团有限公司、江苏亚威机床有限公司、成都宁江机床集团股份有限公司、武汉重型机床集团有限公司、安阳鑫盛机床有限公司、上海机床厂有限公司、天水星火机床有限责任公司、无锡开源机床集团有限公司、株洲钻石切削刀具股份有限公司、武汉华中数控股份有限公司、大连光洋科技工程有限公司和哈尔滨量具刃具集团有限公司。

上述企业只是机床行业开展自主创新较好企业中的一部分。实际上，自我国提出"建成创新型国家"后，在机床工具行业广泛开展了建设以企业为主体，市场为导向，产学研相结合的技术创新体系。企业真正成为技术创新的主体、创新成果应用的主体，全面提升了企业的自主创新能力。总之，用技术创新来统领机床工业的发展，对机床工具行业来说非常关键，机床工具行业的自主技术创新任重道远。

近几年，我国机床工具行业快速发展，机床工具企业普遍提高了自主技术创新能力，越来越重视产品的技术水平和新产品的研发。在贯彻科学发展观和"自主创新"精神指引下，机床工具企业加大了研发高档数控机床及其配套部件的力度，大大提高了开发高档数控机床的能力，自主研制开发出一批为发电设备、交通运输、航空航天、国防军工等国家重点工程项目所需要的重大装备。机床工具行业将进入一个新产品自主开发的新阶段，从而为机床工具行业能够持续、高速发展打下有利基础，为振兴装备制造业作出贡献。

七、标准化和质量工作

标准和质量是产品的基本要素，两者既有因果关系，也有依赖关系。

1. 标准化

截止至2007年底，机床工具行业（8个小行业）共有标准1 979项，其中国家标准506项（强制性标准24项）、行业标准1 473项。

（1）制定和修改机床工具行业标准。2007年，机床工具行业标准化工作，以树立科学发展观，以市场为导向不断创新发展，加速行业标准制定修订工作，调整标准体系结构。机床工具行业全年完成国家标准的制定修订任务144项，完成率95.8%；完成行业标准的制定修订任务146项，完成率98.6%。

（2）跟踪国际标准发展。以创新精神积极调整机床工具行业标准体系结构，积极主动参与国际标准化活动，及时跟踪正在进行的国际标准项目，分析国际标准，参加国际标准会议和国际标准制定。金属切削机床标准化技术委员会、工业机械电气系统标准化技术委员会积极组织标准化人员参与国际标准化活动和会议，加强对国际标准化工作的了解，增长见识和经验，对行业标准化工作起到了良好的推动作用，为行业制定相关标准起到参考借鉴作用。

（3）积极开展标准信息和咨询服务工作。各标准化技术委员会利用网站和网刊，积极向行业提供标准化工作信息，宣传国家标准化工作的方针政策，传递标准信息，并积极开展标准的宣贯、培训和咨询工作。大量的信息资料指导了企业标准化工作的开展。

（4）标准走向市场、走向贸易。商务部与金属切削标准化技术委员会一起组织编写了"数控机床出口技术指南"。该指南将为我国数控机床企业进出口经营提供指导，促进贸易发展。随着近年来国家对产品的质量和安全的重视，特种加工标准化技术委员会与特种加工机床分会一起共同开展了"贯标示范产品"活动，配合国家质量监督抽查，进行了标准咨询和测量方法完善工作，对标准的贯彻和实施起到了促进作用，受到企业的好评。

2. 质量

产品的基本要素一是技术水平，一是产品质量。但是在同一水平下，质量则是决定因素。所谓"名牌"产品，除了产品的技术水平高以外，最重要的是产品质量好。产品质量主要包括可靠性和寿命两个方面，即产品在单位时间内的故障率越低，则可靠性越高，表明产品质量越高；产品使用寿命越长，说明产品质量越好。

（1）我国机床工具产品质量大幅度提高。随着我国机床工具行业连续多年的快速增长，机床工具产品的产量大幅度增加。到2007年，已经有多种机床工具产品产量居"世界第一"，巨大数量的产品能销售出去，其最基本的要素是质量，表明我国机床工具产品随技术的发展和产量的增加，其产品质量也得到很大提高。如2007年仅数控金属切削机床产量就达到12万多台，其中出口超过21 634台，如此大量的数控机床能被市场接受，能得到用户的认可，本身就足以说明我国数控机床产品质量的提高。20世纪90年代，我国数控机床产量多年徘徊在几千台的水平，其根本原因是数控机床的质量不过关，现在一年能销售十几万台，这是国产数控机床质量从"量变"到"质变"的过程。又如2007年数控系统的产量达到约10万台(套),虽然中低档数控系统占绝大部分,但只有产品质量得到保障,才能被广大用户接受。

(2)创品牌成为行业的热点。在激烈的市场竞争条件下,品牌逐渐成为市场销售的主导,成为产品质量的代名词,对用户的购买影响力越来越大——品牌成为用户的首选。大部分企业已经不仅仅满足于按标准生产出合格品,而是对品牌越来越重视,把争创"世界名牌"或"中国名牌"作为企业追求的目标,不少企业开展了创名牌战略。2007年机床工具行业共有15家企业的7类产品获得"中国名牌"产品称号。

为进一步推进机床工具行业创品牌工作,中国机床工具工业协会评选出22个企业为开展"精心创品牌活动先进会员"单位。分别是:上海重型机床厂有限公司、浙江日发数码精密机械股份有限公司、南通科技投资集团股份有限公司、北京第二机床厂有限公司、上海第二锻压机床厂、陕西汉江机床有限公司、武汉华中数控股份有限公司、烟台环球机床附件集团有限公司、苏州远东砂轮有限公司、博深工具股份有限公司、沈阳机床(集团)有限责任公司、济南二机床集团有限公司、齐重数控装备股份有限公司、险峰机床厂、济南一机床集团有限公司、宝鸡机床集团有限公司、四川长征机床集团有限公司、沈机集团昆明机床股份有限公司、桂林机床股份有限公司、上海工具厂有限公司、河南黄河实业集团股份有限公司和长春禹衡光学有限公司。

创国家名牌和开展精心创品牌先进会员的活动,都使企业增强了品牌意识,促进了产品质量的提高,提升了企业知名度。

(3)2007年国家质检总局公布机床产品的抽查结果。为保障使用者的人身安全,促进机床工具行业的健康发展,每年国家质检总局都组织对部分机床产品的质量进行国家监督抽查。2007年,对机床行业的部分磨床产品进行了抽查,共抽查了天津、上海、江苏、浙江、山东、陕西等6个省、直辖市23家企业生产的23种产品(不涉及出口),产品抽样合格率为73.9%。当年国家质量监督检验检疫总局共抽查了3 652家企业生产的69类4 097种产品(不涉及出口产品),产品抽样合格率为80.5%。其中机床行业磨床产品的抽样合格率是比较低的。

抽查中发现的主要质量问题是:① 部分产品电击防护不合格。主要是380V电源进线端子裸露,未达到防护要求。② 部分产品电源开关不符合要求。主要是电源开关的型式不符合规定。电源开关主要是为了保护人员和设备的安全,如果存在问题,会造成人员伤害和设备损坏。③ 部分产品几何精度不符合标准要求。④ 部分产品保护接地连续性不符合标准要求。针对抽查中反映出的主要质量问题,国家质量监督检验检疫总局已责成各地质量技术监督部门按照产品质量法等有关法律法规的规定,对抽查中产品质量不合格的企业依法进行处理、限期整改。同时,对抽查中质量较好的企业,加大宣传力度,引导消费。国家质检总局将继续对该类产品质量进行跟踪抽查,促进磨床行业整体质量水平的不断提高。

八. 企业并购重组情况

经过30年的改革开放,机床工具行业各方面发生了巨大变化。尤其是近10年,机床工具企业不仅产品产量和产值高速增长,而且机制和体制也发生了很大转变。到2007年底,机床工具企业基本上都进行了体制改革,绝大部分企业完成了股份制改造,企业体制基本上趋于稳定,部分企业还需要继续深化改革。通过改制、重组、兼并和"上市"等方式,在机床工具行业中形成了一批实力较强的企业,这些企业不仅对国内企业进行兼并或控股,而且并购了一批境外知名机床工具企业,改变了过去只能"请进来",不能"走出去"的局面。近两年海外并购步伐趋缓,2007年进行海外收购没有实质性进展,也许是正处于对海外并购消化吸收和总结经验的过程。

2007年,机床工具行业的国内重组进一步深化,有机床工具行业内部的联合重组,也有其他行业的企业收购或控股机床企业。机床工具行业内几个企业重组成立的集团公司有多家,其中规模较大的有重庆机床(集团)有限责任公司、陕西秦川机床工具集团有限公司等;其他行业收购或控股机床企业的公司也有多家,如江苏新瑞机械有限公司兼并江苏多棱数控机床股份有限公司和宁夏长城机床厂,浙江天马轴承股份有限公司投资控股齐重数控装备股份有限公司等。2007年机床工具行业的上市公司有桂林广陆数字测控股份有限公司。

九、回顾与展望

1. 盘点2007年

2007年,中国机床工业持续快速健康发展,各项主要经济指标高速增长,经济效益大幅度提高;出口增速加快,进口增速趋缓,国内市场产销两旺,国产市场占有率过半;自主技术创新和开发新产品能力增强,替代进口和填补国内空白等高档产品的品种和产量增加,技术水平和质量提高,产品结构优化;固定资产投资热度不减,产能在继续增大,全行业整体实力得到加强;企业重组整合、体制改革继续深化,国内外市场竞争能力提高。总之,2007年我国机床工具行业得到"又好又快"的发展。

2. 预测2008年

2008年,中国经济继续向好的方向发展的态势没有变化,是发展的主基调,虽然宏观环境存在不确定因素,但是对机床工具行业还没有完全变成不利因素。因此,2008年中国机床工业将继续保持较快增长,市场将继续保持产销两旺,全行业的整体实力和综合素质将进一步提高。行业将进一步加强关键功能部件的发展,不断提高数控系统及刀具量仪的总体水平,使主机和相关配套部件等整体水平得到全面发展和提高。"高档数控机床与基础制造装备"重大科技专项的实施,将为中国机床工业的长远持续发展奠定基础。

〔撰稿人:中国机床工具工业协会王黎明、于思远〕

2007 年机床工具行业经济运行分析及 2008 年预测

2007 年我国经济延续了前几年快速增长的势头,GDP 同比增长 11.4%。全社会固定资产投资、外贸出口保持了较高速度的发展,拉动了市场对装备的需求。特别是国务院振兴装备制造业的有关文件和中长期科学和技术发展规划纲要中所确立的若干重点领域项目的启动,有力地促进了机床行业产品创新和高档产品的开发。2007 年,我国机床工具行业通过自身努力,在产业结构调整、产品结构调整和自主创新等方面取得了显著成绩。总之,2007 年是机床工具行业大发展的年份。

一. 经济运行基本情况

1. 工业总产值和产品销售产值

据国家统计局数据,2007 年,我国机床工具行业 4 291 家企业合计完成工业总产值 2 747.7 亿元,同比增长 35.5%;产品销售产值 2 681.0 亿元,同比增长 36.2%;产品销售率 97.6%,同比增加 0.5 个百分点。金属切削机床产量 606 835 台,同比增长 11.7%,其中数控金属切削机床产量 123 257 台,同比增长 32.6%;金属成形机床产量 172 766 台,同比增长 9.2%,其中数控金属成形机床产量 3 011 台,同比增长 53.7%;木工机床产量和铸造机械产量同比增长 19.2% 和 15.4%;金属切削工具产量同比减少 0.4%。2007 年机床工具行业各小制造业经济指标完成情况见表 1。

表 1　2007 年机床工具行业各小制造业经济指标完成情况

制造业	企业数(个)	工业总产值(现价)		产品销售产值		工业产品销售率	
		实际完成(亿元)	同比增长(%)	实际完成(亿元)	同比增长(%)	实际完成(%)	同比增加(百分点)
金属切削机床	586	768.7	28.0	747.8	28.8	97.3	0.6
金属成形机床	444	268.7	32.4	261.3	32.7	97.2	0.2
铸造机械	415	216.3	46.6	208.0	46.2	96.5	-0.3
木工机床	150	92.6	30.7	89.7	29.8	96.9	-0.7
机床附件	276	113.9	51.4	112.9	54.3	99.1	1.8
工具量具量仪	718	429.2	31.1	418.3	32.9	97.5	1.3
磨料磨具	1 211	614.5	40.3	604.8	40.2	98.4	-0.1
其他机械	491	243.8	47.9	238.1	48.9	97.6	0.5

注:表中金属切削机床和金属成形机床行业的"工业总产值(现价)"和"产品销售产值"中含非金属加工机床数据。

据机床工具行业部分重点联系企业 2007 年 1～12 月份统计月报资料,182 家企业共完成工业总产值 686.9 亿元,同比增长 27.9%,增幅比上年同期高出 4 个百分点;产品销售收入 685.3 亿元,同比增长 26.1%,增幅比上年同期高出 3.3 个百分点。金属切削机床产量 342 176 台,产值 421.1 亿元,分别比上年同期增长 13.4% 和 31.8%;其中数控金属切削机床产量 75 157 台,产值 238.4 亿元,分别比上年同期增长 34.1% 和 44.8%。金属成形机床产量 91 144 台,产值 70.8 亿元,分别比上年同期增长 14.8% 和 33.9%,其中数控金属成形机床产量 3 529 台,产值 32.1 亿元,分别比上年同期增长 38.6% 和 64.7%。

根据重点联系企业统计数据,金属切削机床产值数控化率为 43.7%,比上年同期增加 5.2 个百分点;金属成形机床产值数控化率 42.2%,比上年同期增加 7.0 个百分点。

2. 技术开发与科研

行业开发能力得到进一步提高,新产品开发受到空前的重视。据中国机床工具工业协会统计,数控机床已经成为机床企业开发新产品的主体,产品结构逐步优化。年产数控机床超千台的企业越来越多,沈阳机床集团 2007 年数控机床产量已超过 2 万台。

2007 年,机床工具行业共申报"中国机械工业科学技术奖"45 项,有 21 个项目获奖,其中一等奖 1 项,二等奖 6 项,三等奖 14 项。

3. 产业结构

产业结构调整为行业发展带来新的活力。通过改革和重组,行业企业中,国有和国有控股企业的比例逐步下降,非国有企业的比例迅速提高,三资企业的比例也有所上升,行业呈现出多元体制发展的良好格局。

通过重组和并购,发展了多家具有较强竞争力的大型机床制造企业集团。这些大型机床制造企业集团通过改制重组,将各个成员的优势整合到一起,提高了企业市场竞争力。2007 年下半年,桂林广陆数字测控有限公司在深交所成功上市,开创了工量具企业上市的新阶段。此外,在过去的几年间,我国机床行业企业通过收购国外机床企业,实现了优势互补,推动了技术进步,提高了经济效益,培养了国际化管理人才,提高了企业知名度和竞争力。

一批新兴机床工具企业显现出良好的发展势头。这些新兴企业既有原国有企业通过改制形成的民营企业,也有由其他行业民营企业投资而诞生的机床制造企业,还有一批以大学、科研院所、行业专家为依托的高新技术企业。这些新兴企业已经成为推动行业进步的重要力量,也成为行业发展新的亮点。

数控机床功能部件产业取得了长足的进步,功能部件品种基本齐全,产品水平和质量都有所提高,尤其是数控车铣复合刀架、刀库、机械手等产品,其主要性能和可靠性有较大提高。数控系统产品水平和质量不断提高,产量市场占有率突破50%。

4.进出口贸易

机床工具产品出口继续快速增长。2007年,机床工具产品出口52.0亿美元,同比增长36.2%;金属加工机床出口16.5亿美元,同比增长39.2%;数控金属加工机床出口5.0亿美元,同比增长48.2%,占金属加工机床出口金额的30.3%。其中,金属切削机床出口12.2亿美元,同比增长31.6%;金属成形机床出口4.3亿美元,同比增长66.5%。2007年1~12月机床工具和金属加工机床出口累计增幅变化情况见图1。

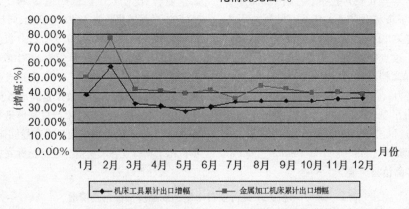

图1 2007年1~12月机床工具和金属加工机床出口累计增幅变化情况

机床进口自2007年6月份开始出现负增长,但是数控系统和零部件进口一直保持了高速增长。2007年机床工具产品进口超过百亿美元,达到117.7亿美元,同比增长5.7%;其中金属加工机床进口70.7亿美元,同比减少2.4%。加工中心、磨床、特种加工机床和车床进口金额之和占金属加工机床总额的一半以上。在大多数机床呈现进口同比减少的情况下,龙门加工中心、数控卧式车床、数控铣床、数控工具磨床、数控齿轮加工机床、数控折弯机、数控板带横剪机和数控冲床等进口继续保持高速增长。机床附件进口增长50.5%,数控装置进口增长40.7%,机床零部件和刃具也都保持两位数增长。2007年1~12月机床工具和金属加工机床进口累计增幅变化情况见图2。

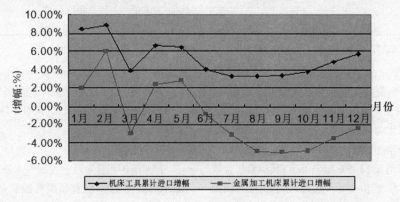

图2 2007年1~12月机床工具和金属加工机床进口累计增幅变化情况

2007年,我国金属加工机床外贸逆差达到54.2亿美元,低于上年同期60.6亿美元的水平。随着出口的高速增长,进口增幅趋缓,机床外贸逆差开始下降。

5.经济运行质量和效益

2007年1~11月份,机床工具大行业共实现利润144.6亿元,同比增长52.8%。其中磨料磨具、金属切削机床、金属成形机床、木工机床4个小行业的同比增长速度超过行业平均水平。

据机床工具行业部分重点联系企业1~12月份统计月报资料,5个小行业182家企业实现利润44.0亿元,同比增长60.7%。其中机床附件行业利润同比增长幅度最高,为166.7%,金属切削机床行业利润同比增长65.5%。金属切削机床、金属成形机床、机床电器、机床附件和量具刃具5个小行业工业产品销售率97.8%,比上年同期上升0.4个百分点。除机床电器产品销售率同比下降0.5个百分点外,其他小行业均呈增势。

企业经济效益逐月提高,全行业整体产值利润率已达6.4%,但随着贷款利率的不断上涨,必然会挤占贷款企业的利润空间。此外,欧美机床知名企业产值平均利润率超过20%,与国外同行业比,我国依然处于较低的水平。

二、经济运行特点

1. 国产金属加工机床市场占有率过半

市场需求的重点是中高端产品和大型机床。虽然2007年金属加工机床进口总量下降，但是龙门加工中心、龙门铣床、数控工具磨床进口量增速很快，平均单价上升较多，显示出我国市场对高端大型机床的旺盛需求。

为适应市场需求，企业开发新产品速度明显加快，创新能力大大提高，产品结构进一步优化。行业数控机床产量继续大幅度增长，数控金属切削机床产量同比增长32.6%，高于金属切削机床产量增幅20.9个百分点；数控金属成形机床产量同比增长53.7%，高于金属成形机床产量增幅44.5个百分点。一批重点发展的基础装备部门急需的高档数控机床相继开发成功，特别是其中的大型和重型机床，对替代进口发挥了重要作用。此外，国内企业的大型机床销售势头也很好。

2007年，随着我国机床行业产品结构的优化，市场竞争力进一步提升，从2001年以来国产机床市场占有率首次突破50%。2001～2007年国产金属加工机床市场占有率情况见表2。

表2 2001～2007年国产金属加工机床市场占有率情况

年份	市场占有率(%)
2001	39.3
2002	39.3
2003	38.6
2004	37.4
2005	39.7
2006	44.8
2007	56.3

2. 自主创新有突破

2007年，一批自主创新的新产品填补了国内空白，达到了国内领先或国际先进水平。在数控机床中，一批高精、高速、高效的新产品，一批多坐标、复合、智能的新产品，一批大规格、大尺寸、大吨位的新产品满足了重点用户的需求。一批新材料、新工艺、新技术的诞生为行业发展注入了活力。

3. 民营企业迅速发展并崛起

私人控股企业发展迅猛，企业数已占机床行业企业总数的71.3%，远远高于其他成份企业。2007年，私人控股企业完成产品销售产值占行业产品销售产值总额的56.2%，完成利润总额占行业利润总额(11月数据)的55.7%。除金属切削机床行业、工具量具仪行业外，其他小行业2/3以上的产值是由私人控股企业完成的。

按国家统计局机床工具行业数据，2007年新增固定资产投入292.8亿元，同比增长36.6%。金属切削机床和金属成形机床行业的新增固定资产投资增速超过50%；工具量具量仪、木工机床行业新增投资分别下降28.9%和25.4%。在国有、集体、私人、港澳台、外商控股5类企业中，私人控股企业投资额度非常突出，已占总额的2/3。

4. 出口快速增长

机床工具产品出口正处在迅速增长时期，数控金属加工机床出口保持了更高的增长速度，同比增长48.2%，出口

产品结构正在向好的方向发展。

国内中高档机床、合资独资企业产品日趋成熟并推向市场，与进口机床形成越来越强的竞争态势。2007年，我国金属加工机床进口在持续多年高速增长后，出现了负增长。机床工具和金属加工机床外贸逆差都首次出现下降。2001～2007年机床工具和金属加工机床外贸逆差情况见表3。

表3 2001～2007年机床工具和金属加工机床外贸逆差情况

（单位：亿美元）

年份	机床工具	金属加工机床
2001	25.3	21.2
2002	34.8	28.4
2003	46.8	37.5
2004	69.4	53.8
2005	69.8	56.8
2006	73.2	60.5
2007	65.7	54.2

三、问题和建议

1. 加快产品和产业结构调整

目前市场对高档和大型机床需求量很大，中小型和普通机床已出现库存迹象。对于这两种供需矛盾的突出问题，必须通过加快调整产品结构来解决。

企业要针对市场需求和本企业特色、产品特色进行产品结构调整。同时不断完善内部管理机制，培养人才，提高劳动生产率，重视产品质量和服务，在提高产品的稳定性和可靠性上下功夫。

2007年，我国金属加工机床进口额虽然下降，但数控系统、零部件、工具进口却依然保持强势增长，这突显了我国当前快速发展的中高端数控机床对国外功能部件的依赖性。要重视功能部件和数控系统的研发，进一步优化产业结构。在这个过程中，加大投入、提高自主创新能力是关键。近几年来，我国机床行业企业自身投入很大，要处理好扩大产能与产业升级、产品升级的关系。当前我国机床行业新增固定资产增速相当快，虽然暂时能缓解供需矛盾，但是单纯扩大产能却存在一定的隐患。一方面，国际竞争优势不再取决于资源禀赋和劳动力成本，科技创新成为国际竞争的决定性因素。仅依靠扩大规模，降低成本来扩大市场占有率不能从根本上提高竞争力。因此，我国企业必须尽快从资源和劳动力依赖型向创新驱动型转变。最近的统计数据反应，机床工具行业投资增速已高于产值的增速。说明企业投资过程中重硬轻软，对人力、工艺等投资滞后于对厂房、设备的投资。因此在企业运营过程中没有从根本上转变增长方式。转变经济增长方式要把"好"放在"快"的前面，要通过自主创新提高经济效益。另一方面，随着市场需求不断向高端发展，未来国内企业将越来越多地面对来自于国际上的竞争压力，如遇市场波动，竞争将进一步加剧。

国家为减顺差，出台了专项支持、鼓励进口先进装备和技术的政策，对进口先进设备和技术的贴息补贴额高达数十亿元，这很有可能对国内机床产业产生一定影响。因此，机床行业要分析形势，处理好扩大产能与产品开发的关系，通过提高自主创新能力，从根本上转变增长方式，力求获得最

大经济效益,使行业步入良性循环的发展道路。

2. 提高自主创新能力

2007 年,我国数控金属切削机床产量已经超过 12 万台,从数量上来说,已是世界第一,但其中经济型数控机床占比相当大,高档数控机床与国外仍有很大差距。高档数控机床是国家战略性物资,工业发达国家对我国进口高档数控机床的封锁和限制从来也没有停止过。因此,发展高档数控机床,必须主要靠提高自己的开发能力,靠"产学研用"等多方面的通力合作,靠引进消化吸收基础上的自主创新,同时也要靠国家政策和资金的支持。最重要的是调动用户使用国产数控机床的积极性,国产数控机床只有在用户使用中不断地改进和完善,才能在市场中逐步成熟发展,提高市场占有率。

发展自主品牌高档数控机床,离不开功能部件、数控系统以及一些基础共性技术的研发。功能部件和数控系统进口量持续高涨的一个原因是由于国产功能部件不能完全满足需求。功能部件已成为阻碍我国机床工具行业又好又快发展的瓶颈。多年基础共性技术研究方面投入不足是主要原因。

3. 提高企业诚信

中国机床工具工业协会近期对发电、化工、煤炭、船舶、铁路、环保、IT 产业、机械、航空、航天、兵器、纺织机械、农业机械、电工等行业用户做的调研显示,不能按期交货成为用户反映中最为突出的问题。

针对这些用户意见,行业企业应该认真对待,做到"重合同、守信用、提高履约率"的诚信经营。

4. 走绿色制造道路

中央在十七大文件中提出了经济建设要树立科学发展观,落实到机床工具行业,就是要在产品设计制造以及为用户服务中体现科学的、可持续的、以人为本的发展战略。这不仅仅要求产品在设计和制造过程中节能环保,在用户使用过程中,甚至在产品全周期内都要体现高效和环保,并且还要保证机床工具产品的宜人性,可再循环性。

欧盟在几年前已经开始着手研究机床的环保问题,正在制定能耗标准,这将有可能对国际贸易产生影响。不符合能耗或者环保要求的机床将难以进入国际市场或者需要征收高额关税,甚至在用户使用过程中,也要不断支付各种额外费用。我国适时地提出了科学发展观,走可持续发展的新型工业化道路。在机电产品中,降低或取消了部分"两高一资"产品的出口退税额度。国内机床行业应重视这个问题,在机床设计、制造和使用的各个阶段,必须考虑到能源利用率和环保,坚持绿色制造。这不仅是应对未来贸易壁垒的需要,更是我国机床行业科学发展的必经之路。

5. 积极开拓国际市场

在国内市场供不应求的情况下,不要忽视国际市场的开拓。国内市场不可能没有波动,在 10 年前的经济波动中,很多企业得以生存和发展正是依靠出口市场强有力的支撑。我国机床出口率(机床出口额与机床产值之比)每年都有所上升,当前大约是 15%,而世界机床强国一般在 40%以上,和这些国家相比,我国的差距还非常大。国际市场的开拓不是一朝一夕的事情,只有长时间坚持不懈的努力,才能使企业在国内外两个市场上协调发展。

四、2008 年展望

2007 年是机床工具行业的又一个丰收年,按照年平均汇率折算,我国机床销售产值达到 107.5 亿美元(由于人民币兑美元升值、统计企业数增加、企业机床类主营业务比例增加、出口增长拉动等因素影响,机床销售产值增幅较大。剔除上述因素,大行业机床销售产值实际同比增长 29.8%);进口 70.7 亿美元;出口 16.5 亿美元;消费 161.7 亿美元,国内市场占有率 56.3%。我国连续 6 年成为世界机床第一大消费国和第一大进口国,产值继续保持在世界第三的位置,出口排名世界第 8 位。

在今后的发展过程中,国家强调要加快转变经济发展方式,走中国特色新型工业化道路,促进经济增长,由主要依靠投资、出口拉动向依靠消费、投资、出口协调拉动转变,由主要依靠增加物质资源消耗向主要依靠科技进步、劳动者素质提高和管理创新转变。

2008 年,为了防止经济过热和通货膨胀,国家将实施从紧的货币政策,通过宏观调控,加强对资金流量和流速的调整,因此要提高资金使用质量。2007 年上半年和下半年机床消费增速相比,下半年已经出现增速下降的现象。一般项目投资减弱会对普通机床的市场造成影响,而 16 个重大科技专项和国家重点项目的陆续启动,将进一步带动市场对国产高档数控机床的需求。

为实现我国国际贸易平衡,国家在扩大高档设备进口的同时,也鼓励高技术产品出口,对"两高一资"产品出口不再给予鼓励。一方面,扩大进口,可能会影响国产数控机床的高端市场份额,因此要在加强机床可靠性、新产品开发速度上下功夫,以提高市场占有率。另一方面,进口机床将执行新的不予免税目录,免税程序更加严格,中低档产品将不再享受免税政策。在出口上,要重视开拓国际市场,把数控机床作为重要的增长点,进一步调整出口产品结构。

2008 年,中国经济将更加注意运行质量,又好又快地发展。预计 2008 年机床工具行业增速会在 20% 左右的水平,工业总产值将超过 3 000 亿元,数控金属加工机床产量将达到 15 万台;机床进口将继续平稳小幅波动;美国经济增速减缓会对我国出口产生一定影响,预计全行业出口超过 60 亿美元。

总之,2008 年机床行业要通过进一步深化改革,适应市场需求,积极调整产业和产品结构,转变经济增长方式,加速普及型数控机床产业化步伐,增强自主创新能力,加快高档数控机床及其功能部件的研发和市场开拓,提高产品质量和服务质量,大力发展服务业,提高竞争力。在国家政策和措施支持下,在全行业自身的不断努力下,我国机床行业会有更好的发展。

〔撰稿人:中国机床工具工业协会李　雷〕

进口增幅平稳回落 出口保持快速增长

——2007 年我国机床工具产品外贸逆差首次减小

2007 年机床工具行业对外贸易继续保持良好的发展势头,进口金额 117.7 亿美元,同比增长 5.7%;出口金额 52.0 亿美元,同比增长 36.2%。进出口总额达到 169.7 亿美元,比上年净增 20.2 亿美元,增长 13.5%。由于行业新品开发速度加快,产业结构和产品结构进一步优化,增强了企业竞争力,全行业出口快速增长,进口增幅回落。自 2000 年以来,持续多年不断扩大的机床工具产品进出口贸易逆差,2007 年首次出现减小。

一、进出口总体情况

1. 机床工具产品进口增幅回落

据海关统计资料,2007 年我国机床工具产品进口金额 117.7 亿美元,同比增长 5.7%,增幅比上年同期回落 6.0 个百分点。其中金属加工机床进口 70.7 亿美元,同比下降 2.4%,自 6 月开始连续 7 个月呈现出小幅度的负增长。2007 年机床工具分类产品进口情况见表 1。

表 1　2007 年机床工具分类产品进口情况

产品类别	进口金额 (亿美元)	同比增长 (%)	占比 (%)
合计	117.73	5.72	100.00
金属切削机床	52.40	-4.32	44.51
金属成形机床	18.32	3.68	15.56
铸造机械	2.50	-22.19	2.13
木工机床	8.00	21.71	6.80
机床夹具附件	3.68	50.45	3.13
机床零件部件	6.64	12.55	5.64
数控装置	12.00	40.71	10.19
刀具工具	9.84	19.22	8.36
量具	0.32	-0.77	0.27
磨料磨具	4.01	9.05	3.41

2007 年机床工具各类产品进口金额中,除金属切削机床、铸造机械和量具出现负增长外,其他各类产品都呈现正增长。在全年机床工具产品进口额增幅回落的状态下,机床夹具附件、数控装置、木工机床、刀具工具、机床零件部件等产品进口增幅均为两位数,最高增幅达 50.5%。金属切削机床进口金额同比出现回落,因其所占比例较大,可以说,这是造成全年机床工具产品进口额增幅回落的主要因素。

(1)金属加工机床进口情况。2007 年,金属切削机床进口数量 77 076 台,同比增长 4.3%;进口金额 52.4 亿美元,同比减少 4.3%。其中数控金属切削机床进口 38 262 台,同比增长 13.6%;进口金额 44.3 亿美元,同比下降 0.9%。数控金属切削机床进口数量和进口金额分别占金属切削机床进口数量和金额的 49.6% 和 84.6%,所占份额比上年同期

分别增加 4.0 个和 2.9 个百分点。

在 2007 年金属切削机床进口总体持续回落情况下,一些产品仍保持一定的增长。如进口龙门式加工中心 569 台,金额 1.9 亿美元,同比增长分别为 27.6% 和 48.7%;其他加工中心进口 486 台,金额 1.2 亿美元,同比下降 4.5% 和增长 8.3%;数控车床进口 7 214 台,金额 6.6 亿美元,同比增长分别为 3.1% 和 17.7%;数控磨床进口 2 609 台,金额 6.2 亿美元,同比增长分别是 2.0% 和 15.2%;数控齿轮加工机床进口 266 台,金额 1.3 亿美元,同比分别下降 1.9% 和增长 23.4%。

2007 年,金属成形机床进口数量 30 596 台,金额 18.3 亿美元,同比分别减少 12.0% 和增加 3.7%。其中,数控金属成形机床进口数量 6 520 台,金额 9.3 亿美元,同比增长分别为 5.3% 和 10.4%,其进口金额增幅比上年同期增加 11.7 个百分点。

无论是金属成形机床还是数控金属成形机床,进口金额同比增长均高于其数量的增幅,同时进口金额占比也高于其数量占比份额,说明金属成形机床整体进口档次较高。数控冲床进口金额继续保持高位增长,数控成形折弯机、数控剪切机床进口平均价格同比均以两位数的幅度增长。

(2)金属加工机床进口产品的主要来源地和主要进口省市。2007 年,金属加工机床进口产品的主要来源地集中度仍较高,日本、中国台湾地区、德国、韩国、意大利、瑞士、美国和新加坡排在前 8 位,其进口合计 65.2 亿美元,占金属加工机床进口总额的 92.1%。从韩国进口的金属加工机床金额由上年的第 5 位上升到第 4 位。

2007 年,进口金属加工机床的省市前 8 位依次是广东、江苏、上海、浙江、辽宁、天津、山东和北京,全部位于我国东部地区。其中江苏、天津、山东和北京进口出现负增长,减幅均在 10% 以上。江苏进口额所占份额较大,下降幅度达 20.2%,排位也从上年的第 1 位下降到第 2 位。前 8 位进口省市合计 56.7 亿美元,占金属加工机床进口总额的 80.2%。

(3)金属加工机床进口贸易方式和企业性质。2007 年,外商投资企业以设备进口作为投资方式进口金额 37.4 亿美元,同比下降 15.2%,占总进口额的 52.8%,比上年下降了 8.0 个百分点;一般贸易进口金额 22.4 亿美元,同比增加 32.0%,占总进口额的 31.7%,比上年提高了 8.3 个百分点。两者合计占金属加工机床进口金额的 84.5%,与上年基本持平。

国有企业进口金额 15.3 亿美元,同比增长 26.6%,由上年的第 3 位上升到第 2 位。列在前 3 位的外商独资企业和中外合资企业,进口金属加工机床金额增幅均以超过

10%的速度在下降,占金属加工机床进口金额的份额分别下降了4.5个和2.9个百分点。尽管外资企业进口金属加工机床所占份额有所下降,但仍保持较高的占比。

2. 机床工具产品出口保持较快增长

机床工具产品出口增势依然强劲,据海关统计资料,2007年机床工具产品出口金额52.0亿美元,同比增长36.2%。其中,金属加工机床出口金额16.5亿美元,同比增长39.2%。2007年机床工具分类产品出口情况见表2。

表2 2007年机床工具分类产品出口情况

产品类别	出口额（亿美元）	同比增长（%）	贡献率（%）
合计	52.01	36.21	—
金属切削机床	12.19	31.59	21.17
金属成形机床	4.32	66.46	12.47
铸造机械	0.44	12.73	0.36
木工机床	5.86	43.06	12.76
机床夹具附件	1.13	40.58	2.36
机床零件部件	5.00	41.70	10.65
数控装置	4.02	49.25	9.58
刃具工具	9.07	32.55	16.11
量具	0.82	6.53	0.37
磨料磨具	9.15	27.24	14.17

出口金额增幅较高的是金属成形机床、数控装置、木工机床、机床零件部件和机床夹具附件,增幅均超过了40%,其他产品出口增幅都低于机床工具产品出口的平均增长速度。

对机床工具产品出口增长贡献率排在前5位的是,金属切削机床、刃具工具、磨料磨具、木工机床和金属成形机床。

（1）金属加工机床出口情况。2007年,金属切削机床出口金额12.2亿美元,同比增长31.6%。其中数控金属切削机床出口快速增长,出口数量19 798台,出口金额4.1亿美元,同比分别增长65.4%和49.4%,出口金额占金属切削机床出口总额的33.8%,比上年提高4.0个百分点。

加工中心出口在数量同比下降12.9%的情况下,出口额增幅达到68.3%。同时,车床、镗床、铣床和磨床等产品出口金额增幅也均高于数量的增长。

2007年,金属成形机床出口338 765台,出口金额4.3亿美元,同比分别增长39.4%和66.5%。其中数控金属成形机床出口1 836台,出口金额0.8亿美元,同比分别增长21.1%和42.8%。

液压压力机、冲床出口增长迅速,出口金额同比增长超过100%;成形折弯机占金属成形机床出口金额比重的1/4以上,是金属成形机床出口的主要品种。数控金属成形机床增幅较快,各类产品同比增长均在55%以上。

（2）金属加工机床出口的主要去向地和主要出口省市。我国对外出口机床消费地呈现多元化,有近180个国家或地区。美国、日本、德国、中国香港地区、印度、巴西、韩国和俄罗斯排在前8位,出口额均有不同程度的增长。除美国外,其他7个消费地同比增长均在两位或三位数。出口到韩国和俄罗斯的金额快速增长,分别由上年第12、18位提高到第7位和第8位。前8位出口合计7.4亿美元,占金属加工机床出口总额的44.5%。

2007年,金属加工机床出口省市排名前8位的是江苏、浙江、辽宁、广东、山东、上海、北京和湖北,其增长速度均在10%以上。除湖北外,其他7个省市都来自我国东部地区。前8位省市出口合计14.2亿美元,占金属加工机床出口总额的85.8%,其中江苏省出口4.0亿美元,占出口总额的24.0%。

（3）金属加工机床出口贸易方式和企业性质。以一般贸易方式出口一直是金属加工机床出口的主要方式,全年出口13.0亿美元,同比增长45.0%,所占份额接近80%。列在第二位的是进料加工贸易,占比为15.0%,比上年有所下降。

国有企业出口额依然排在首位,私营企业金属加工机床出口发展迅速,出口金额达5.2亿美元,与国有企业仅差0.6亿美元,所占份额进一步提高,已超过30%,与列第一位的国有企业几乎是平起平坐。

二、进出口主要特点

2007年,我国机床工具进出口的特点是,出口增长保持快速,进口增速先扬后抑,贸易逆差首次回落;进口连续世界第一,出口保八逼近第七,全球地位有所提高。

1. 进口金额增幅下降,外贸逆差首次减小

持续多年的进口高增长速度趋缓。2007年机床工具行业进口额同比增长仅为5.7%,从2000年以来,增幅首次降到一位数。随着行业加快产业结构和产品结构调整的步伐,近几年国产数控机床发展迅速,产品品种、产品水平和产品质量有了长足的进步,逐步得到国内各行业的认可,许多产品已能满足国内的需求。

进口增速逐渐减缓,出口增幅保持快速。2007年除机床夹具附件外,各类机床工具产品出口额增速均高于进口额增长。全行业出口金额增幅高于进口金额增幅30.5个百分点,形成全年机床工具产品进出口贸易逆差回落,结束了近十年外贸逆差逐年扩大的趋势,首次出现逆差减小。2007年机床工具行业贸易逆差65.7亿美元,比上年同期减少了7.5亿美元。其中金属加工机床进出口贸易逆差,从上年同期的60.6亿美元回落到54.2亿美元,外贸逆差同比下降10.5%,首次出现负增长,成为拉动机床工具行业外贸逆差缩小的主要因素。

2. 进出口产品结构进一步优化,数控机床成为主流

2007年,金属加工机床进口金额中数控机床占比进一步提高,达到75.9%,比上年提高2.5个百分点。其中加工中心进口金额17.3亿美元,占金属切削机床进口额的32.9%,列金属加工机床进口的首位。龙门式加工中心、其他加工中心、数控车床、数控磨床和数控齿轮加工机床进口平均价格也以较快速度增长,增幅分别为16.6%、13.4%、14.1%、13.0%和25.7%。机床夹具附件、数控装置和木工

机床等产品进口增长依然强劲,进口额同比增长分别为50.5%、40.7%和21.7%。刀具工具进口平均价格同比增长22.8%。机床工具产品进口档次有所提高。

2007年,机床工具出口产品结构正在向好的方向发展。金属加工机床出口平均价格进一步提高,同比增长32.4%。其中加工中心出口平均价格已超过7万美元/台。数控金属加工机床出口全面发展,全年除数控磨床出口金额同比为负增长外,其他各类数控产品均以30%以上的速度增长,特别是数控齿轮加工机床出口额增幅高达153.8%。数控机床出口金额每年以1亿元的速度增加,从2003年出口额0.6亿美元到2007年接近5亿美元,增长了7倍多。同时其出口额占金属加工机床出口额的比重逐年上升,2007年达到30.0%,比上年增加1.8个百分点,数控机床成为拉动我国机床出口增长的重要因素。其他产品出口也有不同程度的增长,除量具外,各产品出口额增幅均为两位数。量具、刀具工具、机床零件部件和机床夹具附件出口平均价格比上年均有提高。

3.一般贸易在进出口两方面都实现较快发展

外商投资企业以设备进口作为投资方式仍占金属加工机床进口的主导地位,但所占比重在减少,从2006年的60.8%下降到2007年的52.8%。一般贸易进口增速明显,进口金额22.4亿美元,同比增长32.0%,所占份额超过30%。

在出口贸易中,一般贸易是金属加工机床出口的主体,增势依然强劲,出口金额13.0亿美元,同比增长45.0%,所占份额达到78.9%,比上年同期提高3.1个百分点。

4.东部地区外贸占绝对优势,中西部进出口有所增加

以长江三角洲和珠江三角洲为主的区域经济发展迅速。2007年,江苏、广东和上海金属加工机床进出口额排前3位,合计占进出口额的50%以上。出口前7位和进口前8位的省市集中在东部,东部地区合计占进出口总额的83.1%。

中西部地区进口额增长超过1倍的有重庆、内蒙古和新疆。出口额增长超过1倍的除天津和广西在东部地区外,山西、四川、黑龙江、贵州、新疆和宁夏均位于中西部地区。

三、2007年世界机床进出口情况和我国机床进出口在世界所处的地位

据美国卡德纳公司公布的2007年世界29个主要机床生产和消费国家或地区的数据,中国继续保持世界机床消费第一、进口第一、生产第三和出口第八的地位。虽然排位未变,但在生产和出口方面与前1位的距离进一步缩小。

1.世界机床进出口

2007年,29个国家或地区共计进口机床360.5亿美元,同比增加14.6%。中国机床进口额70.7亿美元,仍列世界第1位,进口额占世界机床进口额的比例从2006年的23.1%下降到2007年的19.7%。排在第2位到第5位的依次是:美国、德国、中国台湾地区和意大利,前5名进口额之和占世界机床进口额的55.0%。

29个国家或地区共计出口机床392.5亿美元,同比增长18.4%。德国是世界机床最大的出口国,出口机床91.7亿美元,以下依次是:日本、意大利、中国台湾地区和瑞士,前5名出口额合计占世界机床出口额的68.4%。中国机床出口额16.5亿美元,同比增长39.2%,处于世界第8位。

2.中国机床在世界的地位和影响力逐步提高

2007年,中国机床产值达到107.5亿美元,占世界机床总产值的比例从2006年的11.9%上升到15.2%,提高了3.3个百分点。同时进一步缩小了与世界排名第2位的德国的差距,差额由2006年的30.6亿美元减少到19.8亿美元。

中国机床出口继续保持世界第八的位置,其增幅为前10位之首,与第7位的差额由2006年的2.6亿美元缩小到0.1亿美元。列世界出口前5位国家或地区的出口额与产值之比均在50%以上,德国、中国台湾地区和瑞士更是超过70%。尽管我国机床出口额与产值之比逐年上升,已达到15%,但与世界机床强国的差距依然很大。

3.把握进出口政策,转变出口增长方式

2007年,我国机床工具出口形势喜人,但是要进一步缩小逆差,仍需进一步调整出口产品结构,转变出口增长方式,实现可持续发展。在出口高增长的同时,做好产业损害预警工作,避免和应对可能出现的贸易摩擦。

为了提高企业自主创新能力和国际竞争能力,减少贸易摩擦,促进进出口贸易平衡和外贸增长方式的转变,国家近期出台了一系列与行业发展相关的政策,主要包括:《关于调低部分商品出口退税率的通知》,主要是对属于高耗能、高污染和资源性的产品和技术含量较低、附加值较低的产品,实行取消或调低出口退税率;《国内投资项目不予免税的进口商品目录(2006年修订)》,严格了机床整机进口的关税政策;《鼓励进口技术和产品目录》,对国家鼓励进口的先进技术、重要装备等高端制造给予财政支持;《关于落实国务院加快振兴装备制造业的若干意见有关进口税收政策的通知》,对十六项重大技术装备进口的关键零部件给予政策支持。

2007年,机床工具行业又是一个高速增长年,这与国家重视、市场需求旺盛、企业自主创新、优化产业结构密不可分。从进出口贸易增长幅度来看,全年我国机床进口增幅在平稳回落,出口高幅增长,总的趋势在向有利于行业的方向发展。预计2008年我国机床进出口仍将保持稳定的态势。

2008年是实施"十一五"规划的关键一年,也是我国机床工业振兴的关键一年,机床行业面临着战略机遇,也面临着严峻挑战。在人大十一届一次会议上,温家宝总理在政府工作报告中,将发展高新技术产业,大力振兴装备制造业,推进高档数控机床和基础制造装备等关键领域自主研发和国产化,列为2008年的主要任务。加快振兴装备制造业,为机床工业提供了巨大的市场需求。与此同时,行业也面临着能源和原材料价格上涨、人民币升值、人力成本增加、出口退税政策调整等增加企业成本的因素,以及国际跨国公司竞争、技术创新能力不足等诸多挑战。

〔撰稿人:中国机床工具工业协会李卫青〕

2007 年度机床工具行业
"中国机械工业科学技术奖"获奖情况分析

"中国机械工业科学技术奖"自 2001 年设立以来已经 7 年了,在机床工具行业广大企业、科研院所及大专院校的关心和支持下,取得了很大成绩。在此期间,机床工具行业获得"中国机械工业科学技术奖"共 118 项,其中获得一等奖 9 项、二等奖 34 项、三等奖 75 项。这些获奖项目很大程度上代表了当今我国机床工具行业的主要科技成果,已经在机床工具行业中产生了较大影响,为近几年机床工业的快速发展发挥了重要作用,产生了良好的经济效益和社会效益。同时,表彰这些项目,激励了科学技术人员研究开发的积极性,在提高科技人员社会地位,促进机床工业的技术进步和提高我国机床产品的国际竞争力等方面发挥着积极作用。

一、2007 年度机床工具行业获得"中国机械工业科学技术奖"情况

2007 年,机床工具行业申报参加"中国机械工业科学技术奖"评审的项目共有 45 项,经中国机械工业科学技术奖评审委员会机床专业组的评审,并报中国机械工业科学技术奖管理委员会批准,授奖项目为 21 项,其中一等奖 1 项、二等奖 6 项、三等奖 14 项。2007 年度机床工具行业中国机械工业科学技术奖获奖情况见下表。

表 2007 年度机床工具行业"中国机械工业科学技术奖"获奖情况

序号	项 目 名 称	完 成 单 位	获奖等级
1	PPF 系列重型数控折弯成形机	湖北三环锻压机床有限公司	一等奖
2	YS3116NC7 七轴四联动数控高速干切自动滚齿机及其系列制齿装备研制	重庆机床(集团)有限责任公司	二等奖
3	车身覆盖件成形新技术及其装备	江苏大学、南京汽车集团有限公司	二等奖
4	高精度超薄超硬材料切割砂轮	郑州磨料磨具磨削研究所	二等奖
5	16MN 快速锻造液压机组	兰州兰石集团有限公司、华中科技大学	二等奖
6	XKU2645 数控双龙门移动镗铣床	武汉重型机床集团有限公司	二等奖
7	YK7236A 数控蜗杆砂轮磨齿机	陕西秦川机械发展股份有限公司	二等奖
8	DMVTM1600×55/250L—NC 数控龙门移动式车铣床	齐重数控装备股份有限公司	三等奖
9	SK7450×90000 数控(滚珠)丝杠磨床	安阳鑫盛机床有限公司	三等奖
10	15000kN 闸板缸动式液压机	天津市天锻压力机有限公司	三等奖
11	LS4—1800A 型 18000kN 闭式四点多连杆压力机	济南二机床集团有限公司	三等奖
12	孔径 0.9mm 高速邮票打孔器研制	北京机床所精密机电有限公司北京邮票厂	三等奖
13	数控电火花微细喷孔系列机床研究开发	山东鲁南机床有限公司、烟台大学	三等奖
14	NJ—5HMC40 五轴联动加工中心	成都宁江机床(集团)股份有限公司	三等奖
15	高速高精度数控无心磨床的开发及产业化	无锡机床股份有限公司、东南大学	三等奖
16	XAD100 车铣复合加工中心	天水星火机床集团有限公司	三等奖
17	大型数控高速斜切入端面外圆磨床的开发及应用	湖南大学、湖大海捷制造技术有限公司	三等奖
18	SKY2003 开放式数控系统	南京四开电子企业有限公司	三等奖
19	高档精密卧式加工中心	南通科技投资集团股份有限公司	三等奖
20	铝钛基涂层刀具	上海工具厂有限公司	三等奖
21	新型电涡流式位移传感器及新一代防水型数显卡尺的研制与开发	桂林广陆数字测控股份有限公司	三等奖

二、2007 年度机床工具行业获奖分析

2007 年,机床工具行业"中国机械工业科学技术奖"的申报项目和获奖项目数量是近几年最多的一年,申报和获奖项目的技术水平普遍有所提高,大多属于自主创新和具有自主知识产权,并有较好的经济效益和社会效益。

1. 申报和获奖项目增多

2007 年,机床工具行业"中国机械工业科学技术奖"申报 45 项,获奖 21 项,申报和获奖项目的数量都超过了历年。在此之前,获奖项目数量已经连续多年在 16 ~ 17 项徘徊不前。这表明"中国机械工业科学技术奖"在机床行业中得到

更多方面的认可;行业增加了对科学技术成果的重视;也是企业重视知识、尊重人才的具体体现。

2. 获奖项目技术水平普遍提高

前几年,机床工具行业能开发制造多轴控制五轴联动及高速度等高档数控机床的企业较少,所以申报这些五轴联动的高档数控机床项目获得一等奖和二等奖的较多。而现在申报高档数控机床的项目越来越多,申报同样水平的项目只能被评为三等奖或者不能获奖。表明机床工具行业的技术水平在全面提高,产品结构在优化。获奖项目在行业中都具有一定代表性,大多是行业的佼佼者。这些项目

技术水平高,技术难度大,社会和经济效益好,对行业技术进步起到很大作用。

3. 自主技术创新能力加强

从申报和获奖的项目来看,在贯彻科学发展观和提高自主创新能力的战略指导下,机床工具行业企业越来越重视对产品技术水平和新产品的研发,自主技术创新成为主流。获奖项目的技术来源属于引进技术的越来越少,属于自主研发的越来越多。大部分是突破了一些关键技术和掌握了部分核心技术、具有自主知识产权的高端机床工具产品,标志着我国机床工具行业逐渐进入一个加快新产品自主开发的新阶段。

4. 获奖项目的结构发生变化

自设立"中国机械工业科学技术奖"以来,在机床工具行业获奖项目中,金属切削机床占的比例很大,特别是此前获得一等奖的8个项目都是金属切削机床。而2007年获得一等奖的"PPF系列重型数控折弯成形机"项目属于金属成形机床(锻压机械),这是机床工具行业头一次由金属切削机床以外的产品获得一等奖。在获得二等奖的6个项目中也有3项不属于金属切削机床,这种情况在过去也是不多见的。近几年金属切削机床以外的获奖项目在逐年增多已是事实。从一定程度上也反映出机床工具行业的产品结构和产业结构都在发生变化,强弱在逐渐趋于均衡和向优化的方向发展。

三、重点获奖项目简介

2007年,机床工具行业获"中国机械工业科学技术奖"共21项,这些获奖项目在技术上大多是具有国际先进水平和国内领先水平,或填补国内空白的技术产品,且都产生了很好的经济效益,具有很大的推广应用价值。现对其中部分项目做简单介绍。

1. PPF系列重型数控折弯成形机

该项目是2007年机床工具行业唯一被评为"中国机械工业科学技术奖"一等奖的项目。该项技术成果是由湖北三环锻压机床有限公司完成,是根据锻压机床制造技术发展方向和用户(市场)的迫切需要,独立开发研制拥有自主知识产权的特大型板材折弯成形加工单元。在PPF3600—6000系列中,5 200t电液伺服数控折弯机曾被列入国家级重点新产品,被评为湖北省科技进步奖一等奖,其多项技术成果获得国家专利。该机由5轴数控主机、模具、输送辊道、6轴数控前后托料机、4轴数控前后送料机、侧出料机和数控系统组成。其主要技术参数:公称压力52 000kN;折弯长度12.2m;控制轴数15轴;定位精度0.05mm,重复定位度0.03mm;滑块由4缸同步驱动。该机结构先进,柔性化程度较高,可完成送料、托料、折弯成形、校圆合缝、出料等多种功能,能够连续自动生产出大直缝焊管,适用于多品种批量生产,是加工大直缝焊管等大型钢结构件的关键设备。

2. YS3116CNC7 七轴四联动数控高速干切自动滚齿机及系列制齿装备研制

该项目由重庆机床(集团)有限责任公司完成,获得2007年"中国机械工业科学技术奖"二等奖。主要技术参数:工作台最高转速:200r/min;滚刀主轴最高转速:2 000r/min;采用

干切滚刀切割速度:200~400mm/min;切齿精度可达6级(GB/T10095.1—2001)。其主要特点:①也是最主要的特点,适用于高速干切滚齿的工艺要求:无需冷却液,加工过程中无切削液的飞溅和油雾的产生。②具有多轴控制和多轴联动功能:该滚齿机可实现七轴控制(X、Y、Z、A、B、C、U轴)四轴联动,可进行多种齿轮的加工。③机床结构和性能优化:为满足高速干式切削加工的特殊要求,采取B轴和C轴高速同步及高刚性设计;为保证受热变形后的可靠夹持,采取刀架和夹具的同步设计;为保证齿轮加工的高精度,进行床身热平衡设计等。④自动化程度较高:机床带有料仓、自动上下料装置,可在一次装料后自动完成一批齿轮的加工和自动上下工件的工作,降低了劳动强度,减少了操作人员。

3. 车身覆盖件成形新技术及其装备

该项目由江苏大学和南京汽车集团有限公司合作完成,获得2007年"中国机械工业科学技术奖"二等奖。主要研究内容:研究焊缝移动的控制理论和方法,成形性能的关系,激光拼焊板成形有限元分析技术;研究覆盖件多步冲压成形技术及应用,模具开发的多步冲压工艺设计和回弹预测与控制;变压边力和变冲压速度的单动薄板成形试验机的研制等。其主要创新点:①具有自主知识产权的激光拼焊板冲压成形的控制焊缝移动方法和装置,获得国家发明专利和实用新型专利。②多步冲压工艺优化设计板料回弹补偿计算,并利用回弹补偿的原理进行模面设计。③研制出变压边力和变冲压速度的薄板撑形方法及其设备,获得国家发明专利。该设备填补了国内空白,并实现产业化。

4. 高精度超薄超硬材料切割砂轮

该项目由郑州磨料磨具磨削研究所完成,获得2007年"中国机械工业科学技术奖"二等奖。主要研究内容:砂轮结合剂及配方的系列化;基体结构设计及其加工方法;1A1、1A1R型砂轮基体与磨料工作层高强度粘结技术;超薄切割砂轮毛坯的成形、烧结和固化技术;超薄切割砂轮精密加工技术;新规格产品的检测技术及批量生产的检测方法和批量生产关键装备的设计制造。主要技术指标:砂轮规格中砂轮外径(51~254)mm±0.05mm;内径(10~88.9)mm+0.025mm;厚度(0.08~2.0)mm±0.003mm;平行度<0.004mm;同轴度<0.01mm;成品率95%。该项目的研制成功,解决了高精度超薄超硬材料切割砂轮产品系列化、产业化过程中的关键技术问题。

5. 16MN 快速锻造液压机组

该机组由兰州兰石集团有限公司和华中科技大学合作完成,获得"中国机械工业科学技术奖"二等奖。该机组主机为整体框架双柱下拉式结构,液压直接传动、微型计算机三级分布式控制,属于机、电、液一体化产品,填补了国内空白。主要技术指标:公称压力16MN,最大净空高2 900mm;最大行程1 400mm;柱间净空距2 000mm×1 000mm;允许锻造偏心距≤160mm;锻造次数为快锻80~85次/min,常锻20~45次/min;锻造控制精度±1mm;机组装机容量1 720kW。该机组运行速度快、控制精度好、机械化程度高、工艺应用广泛、节能节材效果显著,是大型自由蒸汽锻锤和水压机的

更新换代产品。

6. XKU2645 数控双龙门移动镗铣床

该镗铣床由武汉重型机床集团有限公司研制成功,获得 2007 年"中国机械工业科学技术奖"二等奖。该机床采用模块化设计和集成,并创新应用了多项先进的数控机床单项技术,是集机、电、液于一身,超大型、多工位、高效、高精功能复合加工机床,自动化程度高。其技术指标采用 ISO8636—2 国际标准设计制造,主要技术指标参照国际著名厂家的先进技术标准。机床定位精度 0.025mm/1 000mm;重复定位精度 0.015mm;反向间隙 0.01mm。该 XKU2645 数控双龙门移动镗铣床拥有自主知识产权,填补了国内空白。同时在此基础上,采用模块化设计形成了数控双龙门移动镗铣床系列产品。

7. YK7236A 数控蜗杆砂轮磨齿机

该磨齿机是陕西秦川机械发展股份有限公司开发的新产品,获得 2007 年"中国机械工业科学技术奖"二等奖。该机床具有以下关键技术和创新点:数控同步传动;可同时完成分齿传动、轴向差动、切向差动、齿向修形等动作;采用具有实时补偿功能的数控电子齿轮箱,可补偿齿向的各种误差,提高机床磨削精度和齿面质量;采用连续位移磨削,切向进给轴和旋转轴联动时处于连续位移状态;数控齿向修形,数控系统控制径向进给轴和轴向进给轴的运动关系,以磨削需要的齿向形状;具有自动磨削循环和手动磨削循环及砂轮自动休整循环;采用智能 CAM 控制软件与人机界面,具有参数、符号、图形化的人机界面,加工程序的生成与优化、误差修整、故障诊断等功能;砂轮与工件自动啮合及工件两侧齿面余量自动分配;静电吸雾装置及随机动平衡装置等附件功能完善。该公司已开发出系列数控蜗杆砂轮磨齿机,打破国外的技术垄断和价格操纵。

8. 获得 2007 年"中国机械工业科学技术奖"三等奖的项目

获得本年度"中国机械工业科学技术奖"三等奖的项目有 14 项,这些项目同样具有很高水平,不少属于填补国内空白的产品,并为机床工具行业的技术进步起到很大的推动作用。

近几年,我国机床工具行业快速发展,从 2007 年机床工具行业获奖项目来看,机床工具企业普遍提高了自主技术创新能力,越来越重视产品的技术水平和新产品的研发。在贯彻科学发展观和"自主创新"的精神指引下,机床工具行业将进入一个加快新产品自主开发的新阶段,为机床工具行业能够持续、高速发展打下了有利基础,为振兴装备制造业作出贡献。

〔撰稿人:中国机床工具工业协会于思远〕

2007 年中国机床工具行业十大新闻

1. 中央和地方省市主要领导频繁视察机床行业企业,国家为数控机床产业发展创造了空前良好的发展环境

胡锦涛、吴邦国、温家宝、贾庆林、李长春等党和国家领导人以及辽宁、黑龙江、山东、江苏、云南、湖北、广东、陕西、浙江、天津、重庆等省市主要领导相继视察了机床工具厂和数控系统厂。各级领导频繁视察,为数控机床产业创造了空前良好的发展环境。

2. 中央五大媒体带头首次在全国掀起大规模宣传中国数控机床产业发展的热潮

中央政治局常委李长春、国务院副总理曾培炎、全国人大副委员长顾秀莲、全国政协副主席徐匡迪等党和国家领导人莅临 CIMT2007 展会并作重要指示。新华社、人民日报、经济日报、中央人民广播电台、中央电视台等中央 5 大媒体对 CIMT2007 展会展示的中国机床工业的发展成果,在全国进行密集的宣传报道。下半年又扩大为中央 11 大媒体加入宣传行列。以空前的媒体阵容,在全国掀起了大规模宣传中国机床工业发展的高潮。

3. 第十届中国国际机床展览会隆重举办,中国机床工业的发展,特别是大重型数控机床的发展成果引起广泛关注

中国机床工具工业协会主办的第十届中国国际机床展览会(CIMT2007)以 28 个国家和地区的 1 100 多家参展商、观众 24.43 万人次和累计成交额 14.2 亿元等的规模和业绩创历史新高。展会显示的中国机床工业发展新貌,尤其是大重型数控机床的长足进步,引起中国国家高层和国际社会的广泛关注。

4. 中国数控机床产量突破了 10 万台大关

中国机床工业连续多年高速发展,数控机床更是以年均 30% 以上的速度发展,2007 年的数控机床产量突破了 10 万台大关,达 11 万多台,这标志着中国数控机床产业规模又上了一个新台阶。

5. 中国机床企业积极参与国际市场竞争迈出标志性的一大步

2007 年,86 家中国机床企业以较大阵容和较多的数控机床高调亮相欧洲国际机床展览会(EMO Hannover 2007),展出面积 3 332m²,展商数首次超过日本,展出效果甚佳。这标志着中国机床企业迈出了走向世界、参与国际竞争的一大步。

6. 2007 年中国机床工具行业打破国外技术封锁,自主创新取得重大突破,开发新产品速度明显加快

一批复合化、柔性化、多轴联动的高性能数控机床推向市场;一批大规格、大尺寸、大吨位数控机床满足用户需求。

如齐重数控装备股份有限公司的 CWT130×145/180L—MC 重型旋风曲轴加工机床,上海机床厂有限公司的大型数控曲轴磨床,济南二机床集团有限公司的伺服压力机,沈阳机床集团的主轴头带 A、B 摆角的龙门式加工中心等等,一批高档数控机床技术突破国外垄断,取得了重大进展,自主创新速度加快。

7.7 家数控系统生产厂向用户企业做出庄严承诺

武汉华中数控股份有限公司、广州数控设备有限公司、沈阳高精数控技术有限公司、北京航天数控系统有限公司、大连高金数控有限公司、大连光洋科技工程有限公司、大连大森数控技术发展中心有限公司等 7 家数控系统生产企业向机床生产企业和机床用户做出庄严承诺,用"贴身服务","系统召回","延长保养期","先试用后买、用好再买","全方位服务"等 5 项制度优惠用户,保证做好服务工作。

8. 2007 年中国数控机床出口增速加快,机床产品出口结构开始发生变化,进出口逆差首次缩小

2007 年,中国数控机床的出口增速明显加快,增幅达 30% 以上。沈阳机床集团出口 1.5 亿美元,大连机床集团出口 1.2 亿美元,其中都有不少数控机床出口。不仅一般数控机床出口,高档数控机床也相继出口,如四川长征机床集团的 GMC2000H/2 五轴联动高速、高精重型龙门加工中心出口美国艾勒德机械工程公司,齐二机床集团有限公司的

TK6920 重型数控镗铣床打入欧洲市场,济南二机床集团有限公司的冲压生产线出口巴西和美国等等,标志着中国机床产品出口结构开始发生变化。进口增幅回落,进出口逆差首次缩小。

9. 沈阳机床(集团)有限责任公司获中国工业大奖表彰奖

2007 年 12 月 26 日,中国工业大奖表彰大会在北京隆重举行。国家数控机床产业化基地——沈阳机床(集团)有限责任公司成为中国机床工具行业中唯一获得中国工业大奖表彰奖的企业。

10. 中国机床工具行业兼并重组深入发展,产业集中度明显提高

除已有的沈阳机床(集团)有限责任公司、大连机床集团外,2007 年齐二机床集团有限公司注资瓦房店机床厂,组建齐二机床集团大连瓦房店数控机床有限公司;由合肥锻压机床有限公司牵头,联合 6 家民营企业组建大型合肥锻压集团;以安阳鑫盛机床有限公司为龙头组建安阳鑫盛机械装备有限公司;新瑞兼并长城机床厂和江苏多棱数控机床股份公司后,组建江苏新瑞机械有限公司;以重庆机床厂为核心,组建重庆机床集团等,出现了一批大型机床集团,产业集中度明显提高。

〔供稿人:中国机床工具工业协会沈福金〕

2007 年机床工具行业中国名牌产品

据中国名牌战略推进委员会公告(2007 年第 6 号)公布,2007 年国家质量监督检验检疫总局授权中国名牌战略推进委员会对 162 类产品进行了中国名牌产品评价,最终确认了 856 个产品为 2007 年中国名牌产品,其中机床工具行业 15 家企业的 7 类产品获得 2007 年"中国名牌产品"称号。2007 年机床工具行业中国名牌产品及生产企业见下表。

2007 年机床工具行业中国名牌产品及生产企业

产品	注册商标	生产企业
压铸机	LK	力劲机械(深圳)有限公司
光电编码器	禹衡	长春禹衡光学有限公司
工业机器人	⬡	沈阳新松机器人自动化股份有限公司
数控磨床	锡机	无锡开源机床集团有限公司
	险峰	险峰机床厂
	上机	上海机床厂有限公司
硬质合金	钻石	株洲硬质合金集团有限公司
	长城	自贡硬质合金有限责任公司
人造金刚石	黄河旋风	河南黄河旋风股份有限公司
	中南	河南中南工业有限责任公司
数控车床(普及型及以上)	沈一机	沈阳机床(集团)有限责任公司
	DMTG	大连机床集团有限公司
	齐一	齐重数控装备股份有限公司
	济一机	济南一机床集团有限公司
	SPARK	天水星火机床有限责任公司

注:表中排序系中国名牌目录排序

〔供稿单位:中国机床工具工业协会行业部〕

中国
机床
工具
工业
年鉴
2008

专文

本栏目编辑：曹　军

通过机床与工具行业改革开放30年回顾与展望，对机床行业如何又快又好发展提出指导措施

Through the review of the past 30 years of reform and opening and the outlook of China machine tool industry, the instructional measures on how to develop the machine tool industry fast and well are put forward

综述

专文

行业概况

市场概况

企业概况

统计资料

标准

大事记

附录

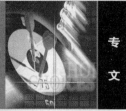

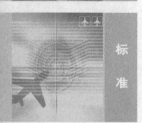

综　述

专　文

行业概况

市场概况

企业概况

统计资料

标　准

大事记

附　录

中国
机床
工具
工业
年鉴
2008

专
文

深入贯彻落实科学发展观
又好又快地发展机床行业

近几年,我国机床工具行业发生了广泛而深刻的变革,行业快速发展,技术进步显著,行业结构调整取得显著成效。目前,机床工具行业迎来前所未有的机遇,同时也面临严峻的挑战,必须坚定不移地坚持以党中央提出的科学发展观来指导行业的发展,抓住并充分利用好当前难得的发展机遇,锐意进取,开拓创新,加快振兴机床工具行业的步伐。

一、我国机床工具行业现状

1. 行业发展成就

2000年以来,我国国民经济发展迅速,对机床产品的需求不断扩大,2001~2006年,我国国内机床消费平均年增长22.8%。为顺应中国机床市场需求的变化,机床工具行业发展迅速,取得了很大的成绩。产业规模不断扩大。企业的科技创新能力得到加强。产业的结构调整取得了进步。产品的门类、技术含量、质量、可靠性等方面都取得了进步,产品竞争力得到了提高。

(1)行业规模继续扩大。2006年,全行业完成工业总产值1 656亿元,同比增长27.1%;产品销售收入1 586亿元,同比增长26.4%;机床产值70.6亿美元,数控金属切削机床产量8.6万台,同比增长32.8%。

2007年,我国机床工具行业4 291家,企业完成工业总产值2 747.7亿元,同比增长35.5%;产品销售产值2 681.0亿元,同比增长36.2%;金属切削机床产量606 835台,同比增长11.7%,其中数控金属切削机床123 257台,同比增长32.6%。由于市场需求拉动强劲,2007年,我国机床工具行业经济运行继续保持快速发展的态势。预计2008年,机床工具行业产值将超过3 000亿元,数控金属加工机床产量达到15万台。

(2)企业自主创新能力提高,新产品开发成果显著。近年来,行业自主创新能力有了显著提高,新技术应用、新产品研发成果明显增多。行业差不多每年都要向市场推出150种以上新产品,以满足国民经济发展和国防建设的需要。产品的数控化率也逐年提高,行业重点联系企业统计资料表明,金属切削机床产值数控化率37.8%,与2001年相比,提高了10个百分点。

行业科研成果增多,2005~2007年期间,机床工具行业荣获中国机械工业科学技术奖的科研项目就有55项。

五轴联动数控机床、多功能复合机床等高性能数控机床产品初具规模。在CIMT2007上,展出了70多台五轴联动数控机床,其中国产五轴联动机床有40多台;车铣复合、车磨复合、双主轴车削中心等各种类型的多功能复合机床10多台。

国产高档数控机床的产品性能、质量、可靠性不断提高,在重点领域用户中的应用日趋广泛。2006年,机床工具行业有20家企业的21个品牌入选了国家商务部发布的"最具市场竞争力品牌",2007年,机床工具行业已有12类38个产品荣获了中国名牌产品的称号。

总之,很多企业都根据市场需求,结合自身的特点,积极开发新产品,为企业进一步发展打下良好基础。其中相当一部分企业,新产品销售额已占年销售额的一半以上。

(3)企业改革重组以及结构调整深入开展,行业结构呈现崭新局面。近年来,机床工具行业企业的改革重组和结构调整有了进展。这既有政府推动原因,也有出于企业自身发展壮大的需要。通过改革和重组,行业企业中,国有和国有控股企业的比例逐步下降,非国有的比例迅速提高,三资企业的比例也有所上升,行业呈现出多元体制发展的良好格局。据2007年年底统计,机床工具行业企业4 291家企业,按所有制比例为:国有控股企业占7.3%,集体控股企业占7.8%,私人控股占71.3%,港澳台商控股5.8%,外商控股占7.7%。

通过重组和并购,发展了多家具有较强竞争力的大型机床制造企业集团,如沈阳机床集团有限责任公司、大连机床集团公司、济南二机床集团有限公司、陕西秦川机械发展股份有限公司、齐二机床集团有限公司、重庆机床集团有限责任公司、合肥锻压集团、江苏新瑞机械有限公司等。这些大型机床制造企业集团通过改革重组,将各个成员的优势整合在一起,提高了企业的市场竞争力。

齐齐哈尔第一机床厂、北京第一机床厂、武汉重型机床集团有限公司、汉川机床集团有限公司、宁江机床集团股份有限公司等一批老骨干企业经过改制重组和技术改造,进一步激发了企业的活力。改制后的这些企业展现出强劲的发展势头,继续发挥行业骨干企业的作用,在促进行业发展的进程中,作出了突出的贡献。

一批新兴企业显现出良好的发展势头。这些新兴企业有由国企通过改制形成民营企业的,如山东鲁南机床有限公司、安阳鑫盛机床有限公司、德州德隆(集团)机床有限责任公司、浙江凯达机床股份有限公司、天津精诚机床制造有限公司等;也有一些其他行业的民企投资机床工具行业而诞生的机床制造企业,如江苏新瑞机械有限公司、宁波海天精工机械有限公司、浙江日发数码精密机械股份有限公司、浙江杰克机床有限公司等;还有一批以大学和研究院所科研成果为依托的高新技术企业,如湖南中大创远数控装备有限公司、武汉华工激光工程有限公司(法利莱)、湖大海捷制造技术有限公司、济南捷迈机械有限公司、苏州中特机电科技有限公司等。这些新兴企业经过这几年的发展,已经成为推动行业进步的新兴力量，也成为了行业发展的新亮点。

功能部件生产企业有了长足的进步。数控机床功能部件一直是制约我国数控机床产业发展的一个重要因素，但我国机床功能部件企业，如烟台环球机床附件集团有限公司、呼和浩特众环（集团）有限责任公司、常州新墅数控设备有限公司、汉江机床厂、南京工艺装备厂、济宁丝杠厂、广东高新凯特精密机械有限公司等企业，经过这几年的发展，取得了很大的进步，功能部件品种基本齐全，产品水平和质量有一定的提高。数控系统是数控装备的核心部件，数控系统企业，如武汉华中数控股份有限公司、广州数控设备有限公司、大连光洋科技工程有限公司、上海开通数控有限公司、北京凯恩蒂数控技术有限责任公司、南京华兴数控技术有限公司等企业，这几年来和机床生产厂家通力合作，取得了很大的成绩，产品水平、质量以及市场占有率都得到了提高。

（4）我国机床工具行业的国际地位显著提高。我国机床产品产值在世界上排位从 2000 年第 9 位，上升到 2005 年的第 3 位。而在机床消费方面，从 2002 年起，我国连续 5 年成为世界机床消费第一大市场。我国机床工具行业出口也逐年增长，2007 年，全行业出口 52.0 亿美元，比 2006 年增长 36.2%。2007 年，我国大连机床集团和沈阳机床集团产值都跻身于世界机床工具行业前 10 名当中。到目前为止，已有 7 家企业并购了 10 家国外企业。

国际机床工具行业界的一些重要会议和重要活动，由过去将我国排除在外，到近几年把我国看成不可缺少的一员。在某些行业工作领域，如行业标准化工作等，欧洲、美国、日本等发达国家把我国当成竞相争夺的合作伙伴。近年来，我国协会已成为国际机床工具行业统计会议、国际制造技术经理人会议、机床协会总经理会议、未来生产系统研讨会等会议的重要成员。此外，在 CIMT2007 展览会期间，还成功举办了有来自 28 个国家和地区的机床协会代表以及嘉宾 100 多人参加的各国、各地区机床协会负责人联席会议，美国 AMT、欧盟 CECIMO 等世界机床制造业发达的国家和地区的机床协会领导人悉数到会。

在 EMO、IMTS、JIMTOF 等国际著名的机床展览会上，越来越多的中国机床工具行业企业参展。在最近举办的 EMOHannover2007 国际机床展览会上，中国参展企业达 86 家，位居第 5 位，仅排在德国、意大利、中国台湾和瑞士之后，首次超过日本。在中国近几届的 CIMT 展览会上，国产展品越来越抢眼，若干发达国家业内人士对中国机床工具工业的发展之快都感到惊讶。

2. 与世界先进水平的差距

在看到我国机床工具行业取得巨大进步的同时，也要看到与世界先进水平的差距。这些差距主要表现在，高档数控机床的品质和品种还远不能满足我国国民经济发展和国防现代化的需求，比如，在诸多装备领域中，核心零件的加工设备还有赖于进口；自主创新能力还不够；综合服务能力不强；产业结构还不尽合理，像数控系统、电主轴、刀库、换刀机械手等数控机床关键功能部件，仍然是薄弱环节。

二、前所未有的发展机遇，更加严峻的挑战

1. 好的发展机遇

（1）国家对发展机床工具行业非常重视。近年来，胡锦涛、温家宝、李长春、曾培炎等党和国家领导人多次到机床厂去考察，并作重要指示。贾庆林参观了第 9 届中国国际机床展览会，并作了指示；李长春参观了 2008 年 4 月在北京举办的第十届中国国际机床展览会，并作了重要指示。国家各大重要媒体一次又一次地掀起宣传国产数控机床发展的高潮。

《国家中长期科学和技术发展规划纲要》和《国务院关于加快振兴装备制造业的若干意见》两个文件的颁布实施，明确提出了要在 16 个重点关键领域实现技术突破，高档数控机床的发展就是这 16 个关键领域中重点突破的重要内容。

温家宝总理在第十届全国人代会第五次会议上作政府工作报告中指出，"制定加快振兴装备制造业的政策措施，推进关键领域重大技术装备自主制造"、"启动高档数控机床和重要基础制造装备等重大专项"。

国家对高档数控机床的重视，为机床工具行业的发展提供了前所未有的极好政策环境。

（2）市场机遇。国家"十一五"规划的实施，国民经济的稳定快速发展以及加快振兴装备制造业重点突破 16 个关键领域的启动，为机床工具行业提供了巨大的市场机遇。

机床工业作为装备制造业的基础，振兴制造业实现 16 个关键领域的重点突破，每个领域都需要机床，尤其是高档数控机床。

（3）坚实的基础。中国机床工具行业连续 7 年的高速发展，以及与重点领域用户之间建立长效机制所积累起来的经验，为提高行业技术水平、产品质量，更好地满足用户的需求奠定了基础。

在前所未有的大好发展机遇面前，要清楚地看到所面临的严峻挑战。

2. 严峻挑战

（1）激烈的国际竞争。快速发展的中国机床市场已经成为国际化竞争的主要目标。2002 年以来，中国机床市场连续 5 年成为世界第一大机床消费市场，世界知名的机床生产厂纷纷加大对中国市场的投资；不断增加销售和技术支持、售后服务网点；或者建立合资公司、独资公司，在中国境内开办生产工厂，采取各种措施来巩固和扩张在中国的市场份额。从国外一些发达国家机床协会提供的统计数据，也突出显示出近几年在中国机床市场的销售越来越多，基本上每年都以两位数的速度在增长。

此外，一些发达国家还在进一步加强对我国的技术封锁。如限制在中国市场销售高性能的数控系统、高精度的轴承等功能部件，禁止在中国销售高性能的多轴联动数控机床等。我国有些机床制造企业已经遭遇到了合作方单方面取消正在执行的多轴联动数控机床订购合同的事件。

（2）用户需求。用户对机床性能的要求越来越高，对机床制造商的要求也越来越高。今天的用户不仅要求提供更高性能的机床,而且还要求提供整体解决方案。

近年来,我国进口机床的产品性能、技术水平大幅提高。2006年,我国进口金属加工机床的数量同比下降了6.81%,进口金额同比却增加了11.50%,金属成形机床、压铸机械等也呈现相同的趋势。这也说明了机床用户对机床性能的要求在不断提高。

(3)面临着国际机床技术快速发展的挑战。从EMOHannover 2007展览会看,国外复合机床技术日臻成熟,有成为数控机床主流的趋势,复合化程度也越来越高;机床的柔性化自动化程度更高,工业机器人使用增多,生产线进一步精干;数控机床的智能化程度更高,使用更安全、舒适、可靠,更加宜人化;机床产品向实用化、市场化、个性化方向发展;机床的环保要求更加严格,绿色机床的提法开始出现;国外机床企业的技术保密更加严格;高质量、全方位的服务成为机床工具企业市场竞争的重要手段。

三、深入学习贯彻科学发展观,以创新务实的精神努力工作

胡锦涛总书记在十七大报告中指出,科学发展观,是立足我国社会主义初级阶段基本国情,总结我国发展实践,借鉴国外发展经验,适应新的发展要求提出来的;是我国社会主义经济发展的重要指导方针;是发展中国特色社会主义必须坚持和贯彻的重大战略思想。

温家宝总理在视察大连机床集团时指示:"数控机床的水平是一个国家机械化、现代化的重要标志,代表着一个国家的科学水平、创新能力和综合能力,中国要成为生产数控机床的大国。"

胡锦涛总书记的报告为行业发展指明了方向,温家宝总理的指示则为行业发展确定了任务,制定了发展目标。

中国机床工具行业承担着党和人民赋予的加速振兴我国装备工业的光荣历史使命,要努力完成发展目标,必须深入领会和贯彻落实科学发展观,以创新务实的精神做好各项工作:①努力提高自主创新能力,以技术创新为支撑,实现行业的科学发展。②加速产品结构调整,以市场为导向,转变经济发展方式,实现行业的科学发展。③科学地推进技术改造,提高行业的装备水平和信息化手段,实现行业的科学发展。④加强人才培养,以人为本是科学发展观的核心。人才是行业和企业发展的根本,要以专业人才培养为重点,加强技术创新人才的培养,特别要培养重大装备研制和系统设计的领军人物。企业要完善人才机制,营造出尊重人才的良好氛围,发挥人才作用,营造出人才辈出,人尽其才的环境。⑤继续深化体制、机制改革,加强企业管理,建立企业新型运营模式,实现行业的科学发展。

只要抓住当前的大好机遇,坚持以科学发展观指导工作,以创新务实的精神努力工作,就能实现把我国变成机床制造大国和强国的目标。

〔撰稿人:中国机床工具工业协会吴柏林〕

透过 CIMT2007 看我国机床工业

CIMT如实地反映了国际机床技术的最新发展。中国宏观经济的发展,带动了国内市场对机床工具的需求,刺激了我国机床工具市场的发展,这个市场对于国内外参展者最具有吸引力。CIMT2007是按照国际规范、国际水平组织的,汇集了最新的机床生产技术和机床产品。

一、我国机床业发展动态

CIMT2007反映了世界机床界的动态。透过CIMT2007,可以反映出我国机床工业有以下几方面的发展动态:

(1)机床行业是为机械制造业提供装备的行业。机械制造业的个性需求不断发展,机床行业怎样适应制造业个性需求的发展,就成为一个永恒的课题,也就是说,机床行业发展的主流动态是迎合制造业的个性需求。

(2)从制造业制造技术角度来讲,机床作为一种生产工具决定了用户工业的制造水平和精度,作为母机工业,精度要求不断提升。我国以北京机床研究所为代表开发的纳米级精密机床和一批高精度加工中心,上海机床厂有限公司的极限精度磨床,就是适应这种要求的代表性产品。提高加工效率,减少加工辅助时间,强调柔性化来满足生产和组织及管理的需要,都是发展动态中的重要内容。

(3)近年来,强调功能复合化。就是在同样一台加工设备上尽可能具备多任务工序的加工。工件一次装卡定位之后,完成多工序任务,使得加工精度提高,同时节省多次装卡的辅助时间。沈阳机床集团、大连机床集团的功能复合车床,秦川机床工具集团的带旋转工作台五坐标联动加工中心,可以用来加工大型弧齿锥齿轮。还有具备切齿、磨削、特种加工、测量功能的复合机床等。

(4)五轴(坐标)联动控制技术及五轴联动数控机床,成为世界机床制造业中的一个技术制高点。其突出特点是可以加工空间曲面零件,是航空工业关键设备。国外过去一直对我国封锁禁运,现在仍然有所限制。这次展览会上共展出70多台五轴联动数控机床,其中有40多台是中国自主开发的。中国机床工业已经向航空工业提供了这类产品,占领了这个制高点,这是一个很大的成就。展会由于场地限制,其中超大超长型只能展出机床局部。

(5)发展趋势是注重环保,涉及避免油污污染以及机床再生、回收等方面。

（6）智能化的发展是一个重要的发展动态。数控机床的控制系统逐步具备自我诊断、自我适应控制、逻辑分析判断等功能，使数控机床成为智能型生产工具。如，日本山崎马扎克公司开发的主动振动控制、智能热屏障、智能防撞屏障、语言提示；日本大隈公司开发的 Thinc 智能数字控制系统等。随着技术的发展，机床智能化的功能会越来越高、越来越多。

（7）机床结构出现革命性变革，出现了完全不同于所有传统机床结构的并联结构机床。并联结构机床，是通过多杆结构在空间同时运动来移动主轴头。与串联结构相比，具有更简单、刚度高、动态性能更好等一系列优点，世界有二三十家企业在从事这方面的研发。我国机床工具行业也有七八个团队在进行研发，其中哈尔滨量具刃具集团与哈工大合作研发的品种已批量生产，销售给汽轮机叶片加工用户，并成功用于生产。在这次展览会上，哈量集团数控设备公司展出了一种具有新突破的 LINKS - EXE700 并联结构机床，它是引进瑞典 EXECHON 公司新技术研发生产的机床新产品，其特点是结构进一步简化，加工范围增大，刚性和精度提高。五轴联动数控编程常规化，在工件特别装夹的情况下，还可作六面加工，这是目前任何机床结构都做不到的。

（8）出现了实现快速成形技术原理的机床新品种。它采用以电热、激光束、离子束、电子束作为能量源，以复合纸、高聚物、金属粉末、高温合金、复合陶瓷、铸造型砂等作为加工材料，改变现有金属切削机床和金属成形机床千篇一律的"材料去除"加工方法，采用"材料累加"方法（或"增材制造"方法）进行机械零件原型制造。我国在这个领域中，有华中科技大学、清华大学、西安交通大学、同济大学、中国科学研究院及上海联泰公司、北京瑞科达公司等民营科研单位，他们研发的产品已进入世界先进行列。

（9）水切割是革命性变革。工具的演变，从电化学到放电加工，从火焰切割到离子切割，发展到近年以水作为介质进行切割，已经与激光切割并驾齐驱，成为一门崭新的技术和新的机床门类。我国已有三四个单位从事这方面的研发，产品已上市。

二、关于我国机床工业整体情况

中国机床工业在综合规模、重点品种方面，都已进入世界前几名。世界机床工业总产量不过 500 亿～600 亿美元，有近 300 亿美元在世界市场上流通。某些国家，比如瑞士，出口占 80%，但不是一个完整体系。中国是个大国，机床工业必须具备一个完整体系。从历史上讲，我国整个制造业的装备，绝大部分是自己的机床工业提供，机床工业对工业化、农业现代化，甚至军工行业，有着不可替代的作用。2007年，我国机床工业为自己提供的金属切削机床数量是606 835台，其中数控机床123 257台，从数量上来讲，在世界上是少有的。国外的机床制造业各有所长，我国用户采用国外一些高端产品，是利用世界技术资源的一种方法。当中国的机床工业逐步进入了这些高端领域之后，对进口产品的依赖将会逐步降低。

还有很重要的一点，就是机床的品种，适应用户行业多样化需求。整体来说，我国有 3 500 多个品种，数控机床有 1 500 个以上品种，这些数字在世界上是有地位的。我国的数控机床品种很全，车床、铣床、磨床、特种加工机床以及各种门类金属成形机床，重型、超重型等都有。但中国的市场发展很快，需求量很大，我国金属加工机床国内市场占有率2007 年为 56.3%。

有一些世界水平的国产新产品值得关注。比如，济南二机床集团有限公司为航空工业开发的 XHF2707 五轴联动定梁龙门移动式仿形复合加工中心，为美国汽车工业提供的 5 000t 多工位压力机，为奇瑞汽车提供的 20 条近 200 台大型冲压生产线；上海机床厂有限公司为临港重型制造基地生产的数控轧辊磨床，加工直径达 2.5m；杭州机床集团的七轴五联动强力成形磨床；天津市天锻压力机有限公司研发的 THP10 - 10000 万 t 数控等温锻造液压机；大连机床集团为中国航空工业提供的 CHD25 九轴五联动车铣复合中心；沈阳集团为航天工业提供的 CMC 桥式高速龙门铣；齐齐哈尔第二机床有限公司生产的 SKLCR120/150 数控龙门式纤维缠绕机，可以实现 10 个坐标五轴联动；武汉重型机床集团有限公司为中国二重集团提供的 DL250 卧式数控车床，加工直径达 5m；齐重数控装备公司生产的超重型曲轴加工机床，可以加工大功率用于船舶柴油机的曲轴；武重及齐重正在为核工业制造的超高超重型立式车床等。在齿轮机床方面，重庆机床生产的七轴五联动滚齿机，秦川机床生产的七大系列直齿磨齿机，中大创远公司近三四年开发的弧齿锥齿轮铣削、磨削加工机床，在规格和技术原理上都已进入世界最前列。哈量集团公司测量直径 2m 的齿轮综合测量仪，属世界最大型齿轮量仪。在并联机床方面，哈量集团推出的新一代产品在这一领域中取得领先地位。北京机床研究所纳米级机床品种位居世界前列。

控制系统是数控机床最重要的一环，名列前茅的集团一个是武汉华中数控股份有限公司，2007 年年产 7 500 套，五轴联动系统已经提供给了航空工业；另一个是北京凯奇数控设备成套有限公司，现在每年向俄罗斯出口近 300 套高档数控系统。具备五轴联动功能的国产数控系统生产企业还有南京四开电子企业有限公司、北京航天数控系统有限公司、中国科学院沈阳计算技术研究所有限公司等。广州数控设备有限公司是研发中档、低档的数控系统卓有成效的企业，年产量36 000套左右。

与数控机床密切相关的功能部件产业，近年得到重视，一批老基地的改造和新厂建设已在加速进行。

三、我国机床业重组并购动态

CIMT2007 展会上，国内外投资商及其中介机构活动频繁。中国机床工业重组并购的动态值得注意。国内并购运作，一是民营资本，如江苏新瑞机械有限公司并购宁夏长城机床公司、江苏多棱数控机床股份有限公司，湖南友谊阿波罗集团并购长沙机床厂，杭州机床集团公司并购长春机床厂，杰克控股集团并购江西吉安机床厂等。二是以国有企业为主导的重组并购活动，如沈阳机床集团公司重组交大昆机科技股份有限公司、云南机床厂、秦川集团公司重组汉江机床集团公司、汉江工具厂,齐二机床集团有限公司并购福建三明机床厂等。特别是国家开发银行以贷款形式投巨资资助齐齐哈尔二机床集团有限公司、齐重数控设备股份有限公司,进行体制改革和技术改造,已取得成效。

中国机床工业利用国际资源,是从利用国际技术资源开始,已经跨过几个历史进程,进入了一个新的阶段。

第一阶段,在 20 世纪六七十年代,选购国外先进生产装备,同时引进先进生产技术;第二阶段,70 年代末至 90 年代初,进入单项技术引进领域;第三阶段,90 年代,采取国际技术合作方式即所谓合作生产或合作开发;第四阶段,从 21 世纪初,国内企业开始涉及国际并购或者称之为国际投资。

中国机床工业的国际并购,从最初国外企业在中国投资(并购)开始,逐渐发展到中国企业对外投资(并购)。

外资在中国投资并购一般分两大类。一是纯金融资本运作,以财团为首进行并购,这种类型在机床工业中尚未见先例,二是同行业来华投资,外资入境合资或独资建设新厂是主要形式。在此过程中也出现过外资并购的主要目的是为了消除强劲的中国竞争对手,而不是为了扩大自身生产能力,即所谓恶意并购。另外,外资在中国机床业的投资并购,不论起始如何,多数以外资最终控股或者形成独资而告一段落。这些趋势与影响已引起行业有识之士及相关政府部门的关注。

近年来,中国机床工业的国际并购也已有 10 余项。对外投资并购,基本上是以如何利用国际资源、增强国际竞争能力为主。目标,一是获取合作方国际品牌、相应的动态技术开发力量与国际市场销售的网络以及有效的经营管理体系;二是用以建立橱窗和桥头堡,来推荐具有市场竞争实力、但又缺少对外媒介和外销渠道的产品。

从境外并购项目的基本经验来看,一是选项充分掌握情况,严加筛选和对比分析;二是严格进行"尽职调查",利用国际咨询团队从资产、财务、债务、劳务、人力资源、历史经营状况与环境及法律各个方面,争取有利条件并规避风险;三是经营本地化,在合适条件下推行中外双总经理制是一种可取的方式。

CIMT2007 虽已落幕,各大新闻媒体,如人民日报、经济日报、中央电视台、中央人民广播电台及各地方相关媒体都从不同角度关切中国机床工业的发展,并给予充分肯定和鼓励。我国机床工业将不负众望,继续向前发展。

〔撰稿人:中国机床工具工业协会梁训瑄〕

中国机床工具行业如何进入快速发展新时期

中国机床工具行业自 2000 年走出低谷,经过恢复性增长进入快速发展新时期,已经连续 7 年保持两位数的快速增长。全行业工业总产值跃升到世界机床生产国的第 3 位,中国机床市场消费在 2001～2006 年间,平均年增长达到22.8%,中国成为当今世界最大的机床市场。在国家扩大内需、大力发展数控机床和振兴装备制造业等方针政策引领下,行业企业加快了产品结构调整的步伐,加速发展数控机床,积极推进新技术、新工艺的应用,新产品开发取得了显著成效,每年向市场推出的新产品有 150 种以上,数控金属切削机床的发展尤为可喜,2007 年产量达 123 257 台,预计 2008 年其产量达到 15 万台,特别是一批高档数控机床进入国家重点领域的生产现场投入使用,经受了严格考验,得到用户的认同。在这一大好形势下,迎来了 2008 年。机床工具行业将以何种姿态步入 2008 年,世界经济、中国发展以及资源环境将对行业发展有什么影响,确是世界高度关注的焦点。

一、世界经济与中国

世界经济"多极化"的发展日益显著,世界经济发展的热点地区在哪里? 也是众说不一,是美国、还是欧盟、日本、还是中国、印度以及东南亚等等。于是"金砖四国"、"展望五国"的提法引人关注。但是众多学者认为,当今美国仍是世界经济增长和创新的引擎。在全球品牌 100 强中美国占据了 51 个品牌,按营业收入划分的全球 500 强企业,有美国企业 170 家,美国对世界经济的影响力足以显示。但是,由于美国贸易赤字居高不下,储蓄严重不足,加之近期的美元弱势和 2007 年 3 月发生的次贷危机,势将对美国经济产生较大影响。与此形成对比的是东亚国家和石油输出国大量的贸易盈余和储蓄过剩。这一现状表明,世界经济的不稳定因素和不确定性在进一步增加,未来世界经济发展趋缓的可能性加大。

中国的发展离不开世界,中国经济同世界经济的联系日益紧密。中国经济增长面临的是"机遇前所未有,挑战也前所未有,机遇大于挑战"的形势,在经济全球化的条件下,我们要十分重视"外冷内热"的问题,要以更加广阔的视野审视内外环境的变化,客观地认识自己,冷静分析行业企业的传统优势,同时审时度势,扬长避短,发展建设机床工具行业。

二、开拓视野与创新

在贯彻落实科学发展观,加快振兴装备制造业的形势下,中国机床工具行业肩负着重要的使命。行业企业必须以战略思维审视自己、看待环境,这种带有全局性、根本性和长远性的思维方式,有助于推进企业发展和行业进步。

对此，有专家认为，企业的差距就是企业家的差距，企业家的差距就是企业家的视野差距。开拓视野、高瞻远瞩就是当今行业企业，尤其是企业的经营高层急需关注和解决的头等大事。在看到取得成绩与进步的同时，更要充分认识不足和差距。认识到差距就会产生赶超和缩小差距的动力。机床工具行业就整体而言，与世界机床强国、世界先进水平的差距仍然较大，国外20世纪70年代就已经解决的加工精度，至今在一些环节上仍困扰着我们的行业企业，在进入亚微米和纳米级精度的今天，行业中绝大多数企业还缺乏这种能力。要提高行业水平，特别是解决市场需求的高档数控机床，创新发展是行业的一个重要的途径。当今相当一部分企业的利润通常是由企业20%甚至更少的产品创造的。企业应善于发现这20%产品，把它作为企业的核心产品，发展含金量高的核心产品，抓住它，企业就可以获得较好的收益。同时，更要注重创新，通过寻找新的市场空间，开发新产品，以扩大行业的市场份额。现今行业中不少企业正处于"退市进园"的搬迁改造时机，这是企业发展核心产品，进一步突出企业特点的绝佳机遇。但是，多数企业的搬迁改造规划以扩大产能、增加品种为主导。这种改造势必会形成又一个竞争的密集带，产品雷同的问题将更为严重。

避开竞争密集带，突出企业的特色和产品特色，促进企业产品升级，关键在于开拓视野、推进创新。达尔文在《进化论》中有一段精辟的论述："能够生存下来的物种，并不是最强的物种，也不是最聪明的物种，而是最适应变化的物种"。所以，行业企业要利用好搬迁改造时机，把企业结构调整与转变发展方式紧密结合起来，正确认识和深刻理解正处于由要素驱动和投资驱动转向创新导向经济增长新时期的基本特征，把创新作为促进企业发展的主旋律，加速以企业为主体、市场为导向，产学研结合的创新体系建设，加强企业技术中心的建设，不断提升企业的自主创新能力，全面推进企业的技术创新、管理创新和制度创新。为此，行业企业要正确处理又好又快发展与做大做强的关系、自主创新与引进技术的关系、投入与产出的关系、科学决策与快速反应市场的关系，从而进一步激发企业的生机活力，增强企业的凝聚力、战斗力，扎扎实实地打好振兴装备制造业这一伟大的战役。

三、稳中求好的2008

2007年11月27日，在召开的中央政治局会议上，就新的一年经济工作提出了"四个坚持"、"两个防止"的工作方针。随后召开的中央经济工作会议，进一步阐述了2008年稳中求好的经济工作指导方针。2008年是实现"十一五"规划的重要一年，是承上启下的一年，特别是要在2008年8月份召开的北京奥运会，其重要意义显而易见。2008年强调进一步加强宏观调控，以防止经济增长由偏快转为过热，防止价格由结构性上涨演变为明显的通货膨胀；实施从紧的货币政策，意在抑制固定资产投资增速过快、信贷投放过多和贸易顺差过大。新形势、新变化和新情况迫使行业企业

必须认真面对，提高认识，加深理解。尽管一些专家预测2008年机床工具行业仍将保持两位数的增长，增幅在10%~15%，但是，实现这一目标的难度将大于以往的几年。这主要表现在：一是市场竞争将更加激烈，快速发展的中国机床市场已成为国际化竞争的焦点。外商的独资建厂，且不断扩大产能，产品直指国内企业起步占据的中档数控机床，以其产品技术的成熟度和技术、资本优势抗衡发展中的国产数控机床；国内企业面临原材料价格上涨的压力和劳动力成本的提高，以及新产品雷同和一定程度的重复建设，竞争更激烈。二是市场竞争优势的转化极为明显，行业原有的低成本优势正在衰减。行业企业转变发展方式、节能减排，以及推广应用新技术、新工艺，开展技术创新等项工作还处于起步阶段，新的竞争优势尚未形成。三是在高档数控机床上进口依存度较大，行业的发展明显滞后于市场需求。从近几年进口机床的分析来看，进口机床金额增长明显高于数量增长，2006年尤为显著，进口金属加工机床（含金属切削机床和金属成形机床）的数量同比降低了6.81%，而金额却增长了11.50%，进口机床的档次和水平在提高。再加上中国的贸易顺差过大，稍许放宽对数控机床的进口也是完全可能的。四是行业企业技术改造投入较大，投入产出比不甚合理。近年行业一些企业以几亿、十几亿元的资金投入技术改造，以提高产品质量和产能，促进产品升级，有其必要性。长期以来，机床工具行业企业技术改造严重不足，"老牛拉破车"现象十分突出。在产品转为以数控机床为主导的新形势下，为保证产品质量，增添必要的装备是完全需要的。但在技术改造中也不乏求大求洋的事例，投入加大了、产能提高了，企业的利润增长并不明显，这对于低利润的机床制造业来说无疑带来了较大的压力。除此之外，也还有一些难点应引起行业企业的关注。

针对这些情况，机床工具行业企业必须全面分析研究行业现状，认真研究面临的新情况，积极推进管理创新，向管理要质量、要效率，积极开展节能减排活动，从根本上杜绝浪费。为此，一要靠科学决策和正确的组织领导，二要靠充分利用企业的历史积累，三要靠始终不渝地坚持自主创新，四要靠全局一盘棋，五要靠建设一支高素质队伍，才能把企业发展的事做好。行业企业要充分认识到所肩负的使命，增强使命感和危机感，进一步加大企业的结构调整，努力改善影响企业发展的资源、环境约束的压力；坚持以人为本，为员工创造欢愉的工作环境，不断改善劳动条件和提高待遇；坚持从实际出发，制定并实施与行业发展相适应的战略规划；坚持改革开放，深化企业改革，完善有益于企业发展的运行机制；坚持自主创新，进一步提高企业的自主创新能力，增强技术进步在企业发展中的作用。以胡锦涛总书记在党的十七大报告中，关于"既不要妄自菲薄，自甘落后，也不要脱离实际，急于求成，而是要稳中求进、推进改革、谋求发展"的殷切告诫作为新一年的指导方针，切实解决好发展理念的转变，推进机床工具行业稳定健康地向前迈进。

〔撰稿人：中国机床工具工业协会佟璞玮〕

2007 年机床行业调研报告

一、行业发展新形势

1. 新产品开发成果显著

近两年来,企业对产品开发工作进一步重视,行业自主创新速度明显加快,新技术应用、新产品开发成果明显增多。为数控机床产业的发展,提供了较强的技术支撑。

从调研的企业反映:各企业相继研发了一批国民经济急需的重大新产品,为国家建设作出了贡献。如沈阳机床(集团)有限公司研发了带 A-B 轴的五轴联动立式铣车中心、大型五轴联动车铣复合加工中心和龙门式五轴镗铣加工中心等;大连机床集团有限公司研发了大型龙门式五轴联动加工中心、车铣复合加工中心、高精、高速加工中心等;上海机床厂有限公司研发出大型数控轧辊磨床、数控曲轴磨床、纳米磨床等;济南二机床集团公司研发出数控伺服压力机、高架式五轴联动高速镗铣加工中心等;北京第一机床厂研发出双主轴立式车削中心和 XHAE7610 卧式加工中心等;齐齐哈尔一机床厂有限公司研发出数控重型曲轴旋风切削加工机床,属于国内首创,该机床是用于大型低速柴油机曲轴制造的关键装备;齐齐哈尔二机床集团研发了重型数控落地镗床、龙门车铣加工中心等;秦川机床工具集团 2006 年推出的 YK7432B 数控剃齿刀磨齿机,采用了力矩电动机、直线电动机直接驱动技术,该项技术在齿轮磨床上是首次应用;武汉重型机床集团有限公司完成了 CKX5680 数控七轴五联动重型立式车铣复合加工机床、CKX5363 核电专机、DL250 数控 5m 卧式车床等国家重大国产化装备;重庆机床(集团)有限公司研发出六轴四联动数控滚齿机、四轴数控剃齿机、高效滚齿机和数控干切滚齿机等,使我国齿轮制造提高到一个新水平;青海华鼎重型机床有限公司研发了数控轧辊机床和重型车削中心等多类新产品;宁江机床(集团)有限公司研发了精密卧式加工中心、数控高效滚齿机、数控纵切车床等;长征机床集团公司研发了五联动高速、高精横梁移动式龙门加工中心和汽轮机转子槽数控专用铣床;上海工具厂有限公司开发了 79 种数控刀具产品,先后进入了大型汽车制造企业;湖北三环锻压机床有限公司出口到墨西哥的 6000t 重型数控折弯机生产线,代表了我国数控锻压机床的水平;山东德隆(集团)机床公司研发了加工直径 1.5~800mm 数控深孔加工机床;山东鲁南机床有限公司研发出数控喷孔钻床,加工微孔直径 0.05~0.5mm;苏州电加工研究所研发高精度低速走丝线切割机床;杭州机床集团、哈尔滨量具刃具(集团)公司、安阳鑫盛机床有限公司、宝鸡机床厂、天水星火机床有限公司、汉江机床有限公司、汉川机床有限公司、南通科技投资有限公司、北京第二机床厂有限公司、北京机电院高技术有限公

司、青海一机数控机床有限公司、青海二机床制造有限公司、中卫大河机床有限公司、天水锻压机床有限公司、天津第一机床总厂、天津锻压机床有限公司等大批企业,都相继研发了高水平的新产品,以满足市场需要。总之,每个被调研企业都根据自身的特点,结合市场需求,开发新产品,为企业进一步发展打下良好基础。

2. 市场需求拉动强劲

我国机床工具行业在"十五"快速发展的基础上,2006 年全行业完成工业总产值 1 656 亿元,同比增长 27.1%;产品销售收入 1 586 亿元,同比增长 26.4%;机床产值 70.6 亿美元,数控金属切削机床产量 8.6 万台,同比增长 32.8%。

2007 年,我国机床工具行业工业总产值2 747.7亿元,同比增长 35.5%;产品销售产值 2 681.0 亿元,同比增长 36.2%;金属切削机床产量 686 035 台,同比增长 11.7%,其中数控金属切削机床 123 257 台,同比增长 32.6%。由于市场需求拉动强劲,2008 年,我国机床工具行业经济运行继续保持快速发展。

经调研,企业普遍反映市场需求旺盛,企业订单饱满,产能压力大。广东一带还出现了以买进机床光机配上数控系统、防护罩(或刀库)进行总调试后,然后出售数控机床的另类制造销售模式。由于市场需求强劲,机床行业被调研企业经济指标都处于全面高速增长,一大批机床企业 2007 年销售收入同比大幅增长,处于历史最好水平。

3. 企业普遍扩大产能

近几年,由于市场需求旺盛,供不应求,一大批机床工具企业大量增加基本建设和技术改造项目。征地建厂房,扩大产能成为企业普遍行为。

主要形式有:大连、沈阳、北京、上海、武汉、杭州、南京等大城市的机床大厂通过异地搬迁建立新的基地,其中一些技术改造项目列入国家国债项目重点支持,购置了大批先进加工设备,生产能力和制造水平得到极大提高,为近几年取得的快速发展奠定了良好基础;一批中型机床企业,由于供需形势好,在保原生产能力前提下,另购土地扩大生产能力;部分企业,收购其他机械制造厂,改造成机床制造企业。当前,机床企业技术改造的倾向性是:①技术改造项目的产能目标过于宏伟;②技术改造项目产品的大型化、重型化明显;③提高高档数控机床制造能力和功能部件的投入不足。有些地区,由于机床铸件供应不足,企业拟自建大型铸造生产能力。

据初步预测:到"十一五"期末,机床行业年生产能力将超过 120 亿美元。

4. 产品出口有了新进展

2006 年以来,机床出口呈现好形势。2006 年,全行业出

口38.2亿元,同比增长27.5%。其中金属加工机床出口11.86亿美元,同比增长44.6%;数控机床出口3.34亿美元,同比增长63.1%。

2007年,金属加工机床出口16.51亿美元,同比增长39.20%。其中数控机床出口4.95亿美元,同比增长45%。

2007年,沈阳机床集团公司出口额达到15 008万美元,大连机床集团公司出口额达到6 741万美元,北京第一机床厂出口额达到9 443万美元,江苏扬力集团公司出口额达到2 924万美元;2006年,出口额超过1 000万美元的机床制造企业达到13家。经调研,许多企业重视机床出口,积极寻求新的出口渠道和出口需求地,2007年,国家公布调整低档工具类产品及普通插拉刨床降低出口退税比例政策,依然鼓励数控机床等高附加值的产品出口。2007年金属加工机床,特别是数控机床的出口有较大幅度增长。

5. 振兴战略进一步落实

进入"十一五"以来,国家相继颁布了"关于加快振兴装备制造业的若干意见"和"国家中长期科学和技术发展规划",振兴装备制造业已经成为国家发展的战略决策,数控机床作为振兴装备制造业的关键领域,得到了地方政府的重视和支持,中央的战略方针得到地方政府的贯彻和落实,为实施"高档数控机床"重大专项创造了坚实基础。如,辽宁省组织调研并提出《辽宁省数控机床产业发展调研报告》,设立辽宁省数控机床发展专项基金(每年5 000万元),提出加快发展辽宁数控机床的一系列政策措施;山东省政府制定"关于加快数控机床发展的意见"提出一系列措施,其中设立数控机床发展基金每年5 000万元,并随年度财政收入每年递增,用来支持全省数控机床发展;山东省腾州市政府,2006年拿出1 000万元资金支持本地区机床行业发展好的企业;陕西省政府出巨资支持秦川机床工具集团公司组建和发展;黑龙江省和湖北省政府积极支持省内有关重点机床企业进行体制改革和搬迁改造,减轻企业负担,为企业发展创造条件;北京市11家企业、院所成立"北京数控装备创新联盟",在北京市政府有关部门支持下,开展行业共性技术创新和攻关;广东省组织制定《广东省装备制造发展规划》,把数控机床列入重点发展领域,积极支持成立广州市机床工业协会,大力扶植广东数控系统和功能部件的发展;四川省各级政府相继出台一系列专项资金扶持政策,有力地支持发展数控机床;江苏省科技厅和苏州市经贸委大力支持苏州有关企业发展高档慢走丝电火花机床,项目列入科研计划,给予科技开发资金支持;浙江省发改委把杭州机床集团公司和凯达机床集团公司的大型生产基地建设列入省重点建设项目;浙江玉环县人民政府提出"关于扶持机床制造业发展的若干意见"。以上各种情况说明,中央振兴装备制造业加快发展数控机床的战略决策得到地方政府的贯彻落实,数控机床发展的政策环境越来越好。

三、产业格局的新变化

1. 产业调整和重组

近年来,机床行业结构调整和重组有了进展,出现了一批新的机床群体。产业重组主要有以下几种形式:

(1)政府推动国企重组。在政府推动下组建机床集团,如在陕西省政府推动下,由秦川机械发展有限公司、汉江机床有限公司、汉江工具有限公司组建秦川机床工具集团,并参股宝鸡机床厂;在重庆市政府有关部门推动下,由重庆机床厂、重庆第二机床厂和重庆工具厂组建重庆机床工具集团公司。

(2)企业自主调整重组。如齐齐哈尔二机床(集团)有限公司吸收福建三明机床厂、大连瓦机数控机床有限公司后扩大机床生产经营规模;安徽省合肥合锻压力机床有限公司、安徽晶菱机床制造有限公司、安徽双龙机床制造有限公司、安徽万马机床制造有限公司、蚌埠奥力锻压机床有限公司等企业自愿协商组成合肥锻压集团;天水星火机床有限公司并购兰州机床厂、天水市实验机有限公司、天水拖拉机厂后,扩大了生产能力。

(3)民营企业并购国企和其他企业。江苏新瑞机械有限公司(民营企业),并购宁夏长城机床厂(国企)和江苏多棱机床厂(国企),组建江苏新瑞机械(集团)有限公司;无锡开源机床集团有限公司由原无锡机床厂改制而成民营企业,先后收购江苏泰兴机床厂、江苏省无锡测绘仪器厂、无锡市灵达汽车配件厂等企业组成无锡开源机床集团公司;河南鑫盛机床有限公司联合12家协作企业组建了安阳鑫盛机械装备集团。

2. 多元体制的发展格局

我国机床工业已经呈现出多元体制发展格局。据2007年底统计,机床工具行业企业数量按所制比例为:国有控股企业占7.3%,集体控股企业占7.8%,私人控股占71.3%,港澳台商控股5.8%,外商控股7.7%。

(1)国企改制和机制转换带来活力。目前,机床行业除东北、北京、天津、济南、南京和上海一些重点企业以及武汉重型机床有限公司等基本保持国有企业体制外,其他地区机床企业基本上都进行了改制,大部分企业国有资本退出,转变成民营企业;有些企业继续保留国有资本股份,成为有限公司。国有企业改制为企业发展带来活力和动力,改制后企业表现出强劲的发展势头,如杭州机床集团公司改制成民营企业后,并购长春数控机床厂和控股德国aba公司,实现了国际化经营,集团生产规模和效益有了较快增长;江苏扬州扬力集团有限公司改制成民营企业后,超常发展,2006年产值超过14亿元,成为锻压机械行业产值的排头兵企业;广东锻压机床厂有限公司新建厂区19万m²,引进由3台重型落地镗床、1台重型龙门镗铣床和1台大型三坐标测量机组成的重型零件柔性生产线,以扩大大型压力机的批量生产能力;安阳鑫盛机床有限公司、天水星火机床有限公司、山东鲁南机床有限公司、德州德隆(集团)机床有限公司、威海华东数控股份有限公司、浙江凯达机床(集团)有限公司、浙江联强数控机床股份有限公司、安徽芜湖恒升重型机床有限公司等一大批国有企业改制后,都远远超过原国有企业的发展速度。

(2)民营企业发展成为新的亮点。浙江宁波海天集团是世界排名前列的塑料机械制造集团,投资机床制造仅几年,其下属公司宁波海天精工机械有限公司取得了快速发展,公司装备有先进的进口机床,资金实力雄厚,数控机床产品定位在中档及中档以上,技术较高,已经具备国内一流机床企业的制造能力;浙江新昌县日发集团投资的日发数码精密机械股份有限公司,产品研发速度快,近年来紧跟市场需求,已经研发出卧式加工中心系列、立式车床系列、龙门加工中心系列、磨床系列等产品,出口产品已经占到20%左右,发展态势良好;浙江杰克集团是生产工业缝纫机的大型企业集团,购买了濒于破产的江西吉安机床厂,改制为私营的杰克机床厂,主要生产磨床,发展态势良好;浙江玉环坎门机床厂是一家生产数控车床和仪表车床为主的私人企业,成为经济型数控车床生产产量较多的企业之一。民营企业在各自不同的起跑线上,紧贴市场需求,以适合于自身发展的最佳模式得到迅速发展。

3. 一批新生企业迅速崛起

一批具有大学和研究院所背景的新技术企业迅速崛起,成为机床行业高技术产品的研制生产基地,为产业提升作出了贡献。如,以中南大学为背景的湖南中大创远数控装备有限公司,掌握锥齿轮数控加工软件和五轴联动控制技术,成为国内数控锥齿轮磨齿机知名制造商,公司2005年11月投产,2007年实现工业总产值11 486万元,国内市场占有率52%;武汉华工激光工程有限公司(法利莱)是华工科技股份公司旗下的核心子公司,依托华中科技大学多学科交叉的整体优势,成为中国著名的激光设备制造商之一;湖大海捷制造技术有限公司以湖南大学"国家高效磨削工程技术中心"为依托开发了数控凸轮轴磨床,市场占有率达30%。济南铸锻机械研究所组建的捷迈机械有限公司,以发展数控锻压机械为主体;苏州电加工研究所下属的苏州中特机电科技有限公司,以研发生产高档、特种电加工机床为主体。

近几年,迅速崛起的企业还有广州数控设备有限公司、武汉华中数控股份有限公司、大连光洋科技工程有限公司、山东法因数控机械有限公司、天津精诚机床制造有限公司、北京精雕科技有限公司、深圳市大族激光科技有限公司等一大批机床工具的新生企业,他们在科研、新产品开发和产业化等方面成绩明显,进步喜人。

4. 产业集聚成为发展的新动向

改革开发以来,中国经济取得了爆发性的增长,珠江三角洲和长江三角洲产业集聚区发展迅速,成为中国经济的亮点。我国机床工业的主体力量还是集中在以重点骨干企业为基础的原有布局上,如东北地区沈阳—大连—齐齐哈尔—哈尔滨的数控车床、加工中心、钻镗床、重型机床和量具刃具;华北地区的铣床、磨床和齿轮机床;上海—杭州—无锡的磨床;山东的铸锻机械;武汉的重型机床;昆明的精密镗床;西北–西南地区的综合机床制造能力等。但近年来,新兴地区机床工业的发展,明显呈现地区集聚效应,如江苏扬州地区已经成为我国锻压机械制造的新兴产业集聚区;河南成为我国磨料磨具制造的产业集聚区;山东滕州市以山东鲁南机床有限公司和山威达重工有限公司为领头企

业,民营中小机床企业共有465家,2006年机床产值106亿元,已经成为新兴的机床制造集聚区;苏州—泰州地区为我国电加工机床制造领航地和集聚区;随着杭州机床集团全球经营计划的实施和友嘉实业集团的发展,杭州地区将发展成为全国数控机床制造新兴集聚区;浙江玉环县政府大力扶持发展机床制造业,2006年县经济型数控车床约占全国总量的1/4;广州—深圳地区的锻压机械、数控铣床、加工中心、数控车床的发展有其特殊模式;宁波地区号称为模具之乡,制造模具的高速机床和电加工机床在宁波也取得了快速发展;浙江缙云县壶镇聚集了几十家锯床制造企业,锯床产值占全国锯床总产值的一半以上;浙江雁荡山机床有限公司大力开发新产品,企业发展也很快。机床工业产业集聚的新发展,将改变我国机床工业的原有产业布局,为地区经济发展注入新的活力。

四、几个突出问题

1. 新产品开发能力不足

经调研,行业新产品的开发能力还不能适应国民经济快速发展的要求,国防军工生产科研和国家重大工程提出的一批高端数控机床如超重型双龙门镗铣床等由于机床行业开发能力不足或开发周期长,不能承接合同,一些数控专机也由于开发人员不足而拖延。总体表现在基础技术和关键技术研究薄弱,行业高级技术人员缺乏,科技投入和科研设施不适应等。

2. 制造厂装备数控化率低

"十一五"以来,机床市场需求火爆,全行业生产任务饱满,加班加点拼设备、拼人力成为常态。许多企业机床交货期尚不及时,影响机床行业形象,其主要原因有:市场需求增长太快是客观原因,但全行业装备数控化率低,也是导致劳动生产率低下的重要因素。据行业重点联系企业统计,设备台数数控化率不到10%。按照技术进步和科学发展观的要求,提高技术装备水平是行业技术改造的重要任务,企业技术改造的重点应放在提高装备水平上,做到主要关键零部件加工数控化,实现由普通机床生产数控机床,向数控机床制造数控机床的根本转变。

3. 功能部件发展滞后

根据行业调研企业反映:我国中高档数控机床的发展不快,其中一个重要原因就是数控系统和功能部件跟不上。目前,大多数中高档国产数控机床主要配套还是发那克和西门子等国外数控系统,国产中档数控系统配套率不到20%。我国滚珠丝杠、直线导轨、刀库机械手的主要生产厂家,如汉江机床有限公司、南京工艺设备制造厂、济宁博特精密丝杠有限公司、广东高新凯特精密机械有限公司、呼和浩特众环(集团)有限公司等生产发展很快,但还是满足不了数控机床发展需要。国产数控机床选配的功能部件,如刀库机械手、数控刀架、滚珠丝杠和导轨、数控转台和电主轴等,中档的功能部件很大部分配中国台湾地区的产品,高档的功能部件选日本和德国产品,由于价格、交货期等原因,对国产中高档数控机床的发展影响严重。发展功能部件需要国家特殊扶持政策支持,如对生产中高档功能部件

和数控系统的企业,实行增值税全部退税政策,支持企业科研开发和推广等项工作,同时要大力推广国产数控系统和功能部件的应用。

4. 首台套政策不配套

在调研中发现:由桂林机床有限公司配用华中数控的我国第一台五轴联动龙门铣床已经使用近两年,据操作工人反映,机床使用良好,能够满足五轴联动加工要求,为用户创造了相应价值。但是,用户以首套设备为理由,至今未付款。实际上,首台套国产数控重大装备的应用存在很大困难。由于国家对制造企业鼓励研发首台套数控装备政策不落实,《国产高档数控机床应用示范工程》尚未正式启动,

影响了机床制造企业高档数控机床新产品研发的积极性和产业化进程。

我国数控机床产业的发展已经到了一个新的起点。目前,经济型数控机床已经大批生产,满足国家经济建设的大量需求,并具备了出口的前景。普通型数控机床基本具备一定生产能力,但中高档数控机床依然大量进口。加快实施"高档数控机床"重大专项,解决国家急需的中高档数控机床的研发、制造和推广应用问题,已经时机成熟。组织好"高档数控机床"重大专项的实施,启动《国产高档数控机床应用示范工程》是机床行业共同希望,也是行业升级的紧迫任务。

〔撰稿人:中国机床工具工业协会邵钦作〕

中国机床工具行业 30 年回顾与展望

1978 年 12 月 18～22 日,中国召开了具有划时代意义的党的十一届三中全会。这次会议,打开了封闭几十年的国门,做出了我国改革开放的重大决策,实现了历史性的经济战略转折。30 年的求索与奋斗,使我国社会主义建设特别是经济建设取得了举世瞩目的成就,中国的面貌发生了天翻地覆的变化。回顾改革开放 30 年,中国机床工具行业走过的风雨历程:行业规模不断扩大、产品档次不断提升、产品质量不断提高、实现跨越式发展,为国家的改革开放和繁荣昌盛作出了突出的贡献。

一、机床工具行业 30 年取得的成绩

1. 机床工具行业快速发展,成绩突出

改革开放 30 年来,机床工具行业通过调整产业结构、

产品结构,提高自主创新能力,转变发展方式,借鉴国际先进制造技术,培育企业高水平的自主开发和创新能力。以精密、高效、柔性、成套、绿色需求为方向,以改革、改组、改造为动力,并购国际名牌企业和产品,努力提高国产机床市场占有率,不断拓宽机床工具产品的发展空间。

1977 年,中国机床产量只有 19.9 万台,工业总产值只有 11 亿元,到 2007 年,产量达到 60.68 万台,工业总产值达到 2 747.72 亿元,分别增长了 2.0 倍和 248.8 倍。单台机床价格增长很快,主要是数控机床近几年发展较快,2000 年数控机床产量为 1.4 万台,到 2007 年,达到 12.32 万台。1977～2007 年金属加工机床产量走势见图 1。1977～2007年机床工具行业工业总产值见图 2。

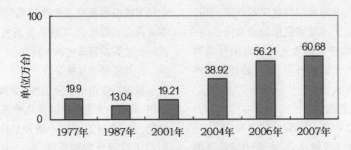

图 1　1977～2007 年金属加工机床产量走势

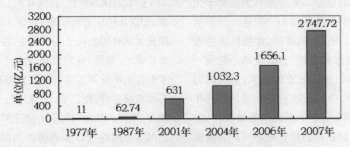

图 2　1977～2007 年机床工具行业工业总产值

进入21世纪，我国机床工具行业进入快速发展时期，连续7年的快速发展，工业总产值从2000年的539亿元，增加到2007年的2 748亿元，平均年增长率超过26%；机床产值从2000年世界排名第8位，到2005～2007年，连续3年世界排名第3位。产值数控化率从2000年的22%，达到2007年的44%。我国机床工具行业开始向结构优化、效益提高的方向迈进。全行业涌现出一批有实力的大型机床集团，如大连机床集团有限责任公司和沈阳机床（集团）有限责任公司，2007年销售额均超100亿元，双双进入世界机床企业排名前10名。此外，年销售额超20亿元的机床企业，有陕西秦川机床工具集团公司、北京第一机床厂、齐二机床集团公司；年销售收入超10亿元的企业，有济南二机床集团有限公司、齐重数控装备股份有限公司、上海机床厂有限公司、杭州机床集团公司等。大型机床集团的崛起，标志着我国机床行业国际竞争力的进一步提高。

2.数控机床发展迅速，自主创新成果突出

机床工业是装备制造业的基础产业，数控机床是机床工业的核心产品。数控机床综合了数字化控制技术和精密制造技术，是高新技术的重要载体，是典型的机电一体化产品。我国数控机床产业化的开发从"六五"开始起步，"七五"引进技术、"八五"消化吸收、"九五"攻关创新、"十五"开拓市场，通过二十多年的发展，初步建立了国产数控机床的生产体系。在二十多年的历程中，国家始终重视发展数控机床产业，给予了很大支持，组织了大规模的引进技术消化吸收、科技攻关、研制开发等工作，如"六五"国家支持引进数控系统技术，组织"数控一条龙"项目攻关；"七五"国家立项支持"CAD技术研究"，"柔性制造技术和柔性制造系统（FMS）研究"；"八五"国家立项开发自主知识产权的数控系统产品；"九五"国家立项支持"数控技术与装备工程化研究"等。在技术改造工作中，数控机床一直是国家支持的重点对象。

数控金属加工机床的年产量从2000年的1.4万台，达到2007年的12.3万台，提前3年超额完成"十一五"规划年产10万台的目标，数控机床年产量已居世界首位。国产机床国内市场占有率从2000年的40%，提高到2007年的56%，其中，国产数控机床市场占有率从21%提高到48%。

3.自主创新成果突出

数控机床的产品种类从几百种发展到2 000种，全行业开发出一批市场急需的新产品，填补了国内空白。一批高精、高速、高效，一批多坐标、复合、智能型，一批大规格、大吨位、大尺寸的数控机床新产品满足了国家重点用户需要。

4.产品出口逐年增长，国际化经营跨出新步伐

2001年，中国机床工具行业出口8.28亿美元，其中金属加工机床2.32亿美元；2007年机床工具行业出口52.0亿美元，其中金属加工机床16.5亿美元；分别增长5.3倍和6.1倍。2007年数控金属加工机床出口近5.0亿美元，比2006年增长48.2%，其中沈阳机床（集团）有限责任公司产品出口额达到1.5亿美元。

行业企业重视机床工具出口，积极寻求新的出口渠道

和出口需求地，2007年国家公布调整出口退税政策，对低档工具类产品和普通插拉刨床降低出口退税比例，但依然鼓励数控机床等高附加值的产品出口。2008年金属加工机床特别是数控机床的出口将有较大幅度增长。

二、机床工具行业取得的经验和成果

1.产业调整和重组取得成效

30年来，中国机床工具行业解放思想、转变观念，以经济建设为中心，行业企业结构调整和重组取得成效。出现了一批新的机床群体。产业重组主要有以下几种形式：

（1）政府推动国企重组。"十五"以来，在政府推动下组建了一批机床集团，如沈阳机床（集团）有限责任公司、大连机床集团有限责任公司、济南二机床集团有限公司、武汉重型机床集团有限公司、杭州机床集团公司、哈尔滨量具刃具（集团）公司等。近年来，又涌现出一批新机床集团，如在陕西省政府推动下，由秦川机械发展有限公司、汉江机床有限公司、汉江工具有限公司组建陕西秦川机床工具集团公司；在重庆市政府有关部门推动下，由重庆机床厂、重庆第二机床厂和重庆工具厂组建重庆机床工具集团公司。

（2）企业自主调整重组。如齐二机床集团有限公司吸收福建三明机床厂和大连瓦机数控机床有限公司以后，扩大机床生产经营规模；安徽省合肥合锻压力机床有限公司、安徽晶菱机床制造有限公司、安徽双龙机床制造有限公司、安徽万马机床制造有限公司、蚌埠奥力锻压机床有限公司等企业自愿协商组成合肥锻压集团；天水星火机床有限公司并购了兰州机床厂、天水市实验机有限公司、天水拖拉机厂。

（3）民营企业并购国企和其他企业。江苏新瑞机械有限公司（民营企业）并购宁夏长城机床厂（国企）和江苏多棱机床厂（国企），组建江苏新瑞机械（集团）有限公司；无锡开源机床集团有限公司由原无锡机床厂改制而成民营企业，先后收购江苏泰兴机床厂、江苏省无锡测绘仪器厂、无锡市灵达汽车配件厂等企业组成无锡开源机床集团公司；河南鑫盛机床有限公司联合12家协作企业组建了安阳鑫盛机械装备集团。

2.多元体制的发展格局

我国机床工业已经呈现出多元体制发展格局。据2007年年底统计，机床行业企业个数按所有制比例分别为：含国有经济成分的企业15.1%，私人控股企业71.3%，港澳台和外商控股企业13.6%。

（1）国企改制和机制转换带来活力。目前，机床工具行业除东北、北京、天津、济南、南京和上海一些重点企业以及武汉重型机床有限公司等基本保持国有企业体制外，其他地区机床企业大都进行改制，大部分企业国有资本退出，转变成民营企业；有些企业继续保留国有资本股份，成为有限公司。国有企业改制为企业发展带来活力和动力，改制后企业表现出强劲的发展势头，如杭州机床集团公司改为民营企业后，并购了长春数控机床厂和控股德国aba公司，实现了国际化经营，集团生产规模和效益有了较快增长；江苏扬州扬力集团有限公司改制成民营企业后，超常发展，2007年产值超过15亿元，成为锻压机械行业产值的排头兵企

业;天水星火机床有限公司、威海华东数控股份有限公司、浙江凯达机床(集团)有限公司、浙江联强数控机床股份有限公司、安徽芜湖恒升重型机床有限公司等一大批国有企业改制后,都远远超过原国有企业的发展速度。

(2)民营企业发展成为新的亮点。浙江宁波海天集团是世界排名前列的塑料机械制造集团,投资机床制造仅几年,宁波海天精工机械有限公司取得快速发展,有先进的设备,资金实力雄厚,数控机床产品定位在中档及以上,技术来源档次较高,已经具备国内一流机床企业的制造能力。民营企业在各自不同的起跑线上,紧贴市场需求,以适合于自身发展的最佳模式,而得到迅速发展。

3. 一批新生企业迅速崛起

一批具有大学和研究院所背景的新技术企业迅速崛起,成为机床行业高技术产品的研制生产基地,为产业提升作出了贡献。如,以中南大学为背景的湖南中大创远数控装备有限公司,掌握锥齿轮数控加工软件和五轴联动控制技术,成为国内数控锥齿轮磨齿机知名制造企业,市场占有率达52%;武汉华工激光工程有限公司(法利莱)是华工科技股份公司旗下的核心子公司,依托华中科技大学多学科交叉的整体优势,成为中国著名的激光设备制造企业之一;湖大海捷制造技术有限公司以湖南大学"国家高效磨削工程技术中心"为依托开发了数控凸轮轴磨床,市场占有率达30%;苏州电加工研究所下属苏州中特机电科技有限公司,以开发生产高档、特种电加工机床为主体。

近几年迅速崛起的还有广州数控设备有限公司、武汉华中数控股份有限公司、大连光洋科技工程有限公司等一大批机床工具的新生企业,他们在科研、新产品开发和产业化等方面取得突出成绩。

4. 新产品开发成果显著

近年来,企业重视产品开发工作,行业自主创新速度明显加快,新技术应用、新产品开发成果显著,为数控机床产业的发展,提供强有力的技术支撑。行业企业相继开发出一批国民经济急需的重大新产品,为国家建设作出了贡献。如沈阳机床(集团)有限责任公司首次推出带A、B轴的龙门加工中心,该机床已经应用于飞机复杂型面结构件的制造,以前此类机床全部依靠进口;大连机床集团有限责任公司开发了大型龙门式五轴联动加工中心、车铣复合加工中心、高精、高速加工中心等;齐重数控装备有限公司开发出数控重型曲轴旋风切削加工机床属于国内首创,该机床是用于大型低速柴油机曲轴制造的关键装备;齐二机床集团有限公司开发出五坐标控制、四坐标联动数控纤维缠绕机,用于航空工业新型飞机制造;济南二机床集团公司开发出独具技术特色的1 000t"混合驱动"重型伺服压力机;上海机床厂有限公司研制出纳米级精密微型数控机床,填补了国内空白;青海华鼎重型机床有限公司开发出数控铁路机床、数控轧辊机床和重型车削中心等多类新产品;上海工具厂有限公司开发出79种数控刀具产品,先后进入了大型汽车制造企业;山东德隆(集团)机床公司开发出加工直径1.5~800mm数控深孔加工机床;山东鲁南机床有限公司开发研

制出数控喷孔钻床,加工微孔直径0.05~0.5mm;苏州电加工研究所开发高精度低速走丝线切割机床;杭州机床集团、哈尔滨量具刃具(集团)公司等企业,都相继开发了高水平的新产品满足市场需要。国产数控系统、功能部件、数控刀具和数字化量具量仪等也取得多项自主创新成果。特别是近期一批世界首台(套)产品,如25m超重型立车、φ320mm超重型落地镗床、φ2.5m×15m超重型轧辊磨床、11m超重型龙门机床等投入研制,引起国际产业界的极大关注。

5. 促进对外开放,走向国际市场

2001年以来,机床工具行业国际并购重组、引进技术和合资合作空前活跃,我国7家机床骨干企业成功并购了10家国际机床工具著名企业,有效取得国际经营管理和先进技术的新途径,目前,国外并购企业经营状况良好。如大连机床集团有限责任公司并购了世界老牌的跨国公司英格索尔公司属下的两个工厂;沈阳机床(集团)有限责任公司并购了世界著名机床企业希斯公司;北京第一机床厂并购了世界重型机床的娇娇者德国瓦德里西科堡公司;上海重型机床厂并购了德国的沃伦贝克公司;陕西秦川机床工具集团有限责任公司并购了美国的UBA公司;哈尔滨量具刃具集团有限责任公司并购了德国的开斯公司等。

6. 数控机床的技术进步成效显著

近几年来,国家实施的一系列振兴装备制造业的战略举措,为中国机床工具行业带来空前的发展机遇和市场空间。高速、精密、复合、智能和绿色是数控机床技术发展的总趋势,机床行业在实用化和产业化等方面取得可喜成绩。主要表现在:

(1)机床复合技术进一步扩展。随着数控机床技术进步,复合加工技术日趋成熟,包括铣-车复合、车铣复合、车-镗-钻-齿轮加工等复合,车磨复合,成形复合加工、特种复合加工等,复合加工的精度和效率大大提高。"一台机床就是一个加工厂"、"一次装卡,完全加工"等理念正在被更多人接受,复合加工机床发展正呈现多样化的态势。

(2)智能化技术有新突破。数控机床的智能化技术有新的突破,在数控系统的性能上得到了较多体现。如自动调整干涉防碰撞功能、断电后工件自动退出安全区断电保护功能、加工零件检测和自动补偿学习功能、高精度加工零件智能化参数选用功能、加工过程自动消除机床振动等功能进入了实用化阶段,智能化提升了机床的功能和品质。

(3)机器人使柔性化组合效率更高。机器人与主机的柔性化组合得到广泛应用,使得柔性线更加灵活、功能进一步扩展、柔性线进一步缩短、效率更高。机器人与加工中心、车铣复合机床、磨床、齿轮加工机床、工具磨床、电加工机床、锯床、冲压机床、激光加工机床、水切割机床等组成多种形式的柔性单元和柔性生产线已经开始应用。

(4)精密加工技术有了新进展。数控金属切削机床的加工精度已从原来的丝级(0.01mm)提升到目前的微米级(0.001mm),有些品种已达到0.05μm左右。超精密数控机床的微细切削和磨削加工,精度稳定达到0.05μm左右,形状精度可达0.01μm左右。采用光、电、化学等能源的特种

加工精度可达到纳米级（0.001μm）。通过机床结构设计优化、机床零部件的超精加工和精密装配、采用高精度的全闭环控制及温度、振动等动态误差补偿技术，提高机床加工的几何精度，降低形位误差、表面粗糙度等，从而进入亚微米、纳米级超精加工时代。

（5）功能部件性能不断提高。功能部件不断向高速度、高精度、大功率和智能化方向发展，并取得成熟的应用。全数字交流伺服电动机和驱动装置，高技术含量的电主轴、力矩电动机、直线电动机，高性能的直线滚动组件，高精度主轴单元等功能部件推广应用，极大地提高了数控机床的技术水平。

〔撰稿人：中国机床工具工业协会宋齐婴〕

加速我国机床工具行业的发展

2007年9月7日，大连夏季达沃斯会议期间，温家宝总理在原辽宁省委书记李克强、省长张文岳等领导的陪同下，视察了大连机床集团双D港厂区。温家宝总理在工厂视察期间，参观了集团所属的华根机械公司和华根数控公司，观看了工厂近年来引进消化吸收和自主研发的大型五面龙门加工中心、大型数控五轴镗铣床、五轴联动卧式加工中心；五轴立式加工中心、数控柔性加工制造系统以及数控系统、电主轴、直线导轨、滚珠丝杠、刀库、刀塔等数控功能部件产品。温总理的视察一方面反映了国家对发展数控机床空前的重视，对机床行业重要地位的充分肯定；另一方面，反映了国家对机床行业发展提出了更高的要求，寄托了很大的希望。对立志致力于我国机床行业发展的人，给予了莫大的欣慰和鼓舞。

一、应着重把握的要点

1. 充分认识大力发展国产数控机床的重要性和肩负的重要责任

温家宝总理指出：数控机床的水平是一个国家机械化、现代化的重要标志，象征着一个国家的科学水平、创新能力和综合能力。过去，也讲机床行业在国民经济中的重要地位，也讲大力发展数控机床的重要性，都是对的。但是这些更多的是从行业的角度、从微观的角度来认识和看待问题。温家宝总理是从全球的高度、国家的高度、战略的高度，从国家的科学水平、创新能力和综合能力诸多方面，来全面肯定了数控机床的重要作用。这表明，国家把发展数控机床和机床行业的重要性，提到了国家地位和科学水平这个前所未有的高度。数控机床作为实现国家现代化的重要装备，越来越受到国家和领导的重视。国防的现代化离不开数控机床，工业的现代化离不开数控机床，高科技的发展也离不开数控机床。振兴装备制造业的各个领域，各个行业的产业升级，都需要大量的数控机床。数控机床综合了微电子技术、计算机控制技术、高速机械运动技术、精密机械制造技术，是典型的高技术产品和高新技术的载体。特别是高端数控产品，西方发达国家一直对我国实行限制和封锁政策。若掌握了这些先进技术和产品，将打破西方发达国家的限制和封锁，大大提升我国的科学水平、自主创新能

力和综合能力，提高综合国力，维护国家经济安全和国防安全，并能带来巨大的经济利益。因此，温家宝总理的讲话，意义非常重大。机床行业是实现这个具有重要意义目标的主体，肩负着非常重大的责任。这是非常光荣和重要的一项任务，关系到国家科技发展的水平，关系到国家的创新能力，关系到国家的综合能力。

2. 中国要成为数控机床大国

温家宝总理提出的数控机床大国，是一个综合性概念。既要有相当的规模，又要有一定的水平；既要在国内占据主导地位，又要在世界市场上达到一定的份额，是一个包含了生产规模、技术水平、国内和国外市场份额等诸多因素的要求。目前，中国数控机床水平虽然在不断提高，产量也在不断增长，但与数控机床大国的要求相距还很远。在数控机床中，主要还是中低档产品，真正中档产品的比例也不高，在国际市场上占据的份额不多。所以中国要真正成为数控机床大国，还有相当长的路要走，还要有相当多的工作要做，不能妄自菲薄。中国机床工具行业最近几年的快速发展和巨大进步，让机床工具行业看到了希望和光明。只要加倍努力，坚持不懈、扎扎实实做下去，就一定能够取得成功。2007年，大连机床集团有限责任公司在前几年发展的基础上，制定了加快发展、积蓄在未来竞争中与国际强手相抗衡能力的战略和目标。计划在"十一五"期末，达到具有同国际中档数控产品制造商市场竞争的能力；在"十二五"期末，达到同国际高档数控机床产品制造商市场竞争的能力。在行业共同努力下，拥有众多资源和深厚基础的中国机床行业，经过若干年的发展，一定会实现数控机床大国的目标。

3. 下决心实现世界领先地位

这是温家宝总理对我国机床行业提出的更高、更长远的发展要求。具备世界领先地位有这样四点：一是技术领先，在核心技术、关键部件和主要性能技术指标上达到世界先进水平，原创技术在世界机床行业起到引领作用，产品水平高；二是生产规模大，装备水平高、制造能力强，主要经济指标均排在世界前列；三是国内外市场占有率高，大部分机床用于出口，高档产品产量在世界主要生产国中名列前茅。四是中国机床世界名牌多，中国机床在全球赢得信赖和赞

誉。目前我国机床工具行业距离这个目标还有相当大的差距,从跟踪发展到实现世界领先地位,这是历史发展的规律和必然,中国人有雄心和能力达到;要有卧薪尝胆,不图虚名,扎扎实实,埋头苦干的决心;要有明知山有虎,偏向虎山行,自己给自己加压的决心;要有不达目的,决不罢休的决心。认定目标,执着追求,一步一个脚印地做好工作,为实现这个崇高的目标始终不渝、奋斗到底。

三、应着重抓好的几项工作

1.理清行业发展思路

温家宝总理指出:"中国要成为数控机床大国和下决心走在世界的领先地位",与以前提出的主要解决"满足内需,挡住进口"的目标显然是更进了一步。按照这一指示,理清机床行业的发展思路,确定行业的发展目标,对行业的发展做出新的规划部署。行业中的大企业,负有带动行业发展的重要使命,尤其要加快发展,率先达到国际机床大公司的产品水平和生产规模。中小企业要向精、特、专机床发展,在各自的产品领域达到世界先进水平。

2.学习国外先进技术,提高自主技术创新能力

为了尽快缩短与国际先进水平的差距,发挥后发再优势。"以我为主、为我所用、高点起步",通过技术引进,合资合作,并购企业等多种途径,学习利用全世界的技术成果,消化吸收再创新,迅速提高国内机床行业的产品技术水平,大大缩短各类高精尖产品的开发周期,使很多技术和产品尽快跨入国际先进行列。

以企业为主体,国家在资金和政策方面给予支持,整合国内外技术资源,聚集高水平人才队伍,提高自主技术创新能力,建立若干数控机床和数控系统、功能部件的研发中心,形成我国自主知识产权的产品开发体系。重点加强对数控机床关键技术、基础共性技术的研究开发,突破一批制约我国数控机床产业发展的核心技术,形成一批在国际市场上具有竞争力的高端产品,逐步形成中国自己的核心技术、核心产品、核心品牌、核心用户、核心市场和核心竞争力。加强对各层次技术人才的培养,建设面向全国的数控机床技术培训基地,培养各层次的数控机床制造、使用和维修服务人才。

3.加大技术改造力度,提高行业整体装备水平

结合国家振兴装备制造业的目标和实施重大技术专项,进一步加快企业的技术改造步伐,加快国家数控机床和功能部件产业化基地建设,大幅度提高数控机床和功能部件制造能力。在"十一五"到"十二五"期间,争取使行业的重点企业在装备能力上达到国外先进水平。

4.走出国门,向全球发展

实现"世界机床大国"和"走在世界领先地位",走出国门,向全球发展。不能满足于目前国内市场订货比较满,有活干的局面,应大力推进国际销售网络建设,培养走出去的人才,使中国机床产品大量地走向国际市场。国际销售网络比较健全的大企业,可以将销售平台向行业开放,要带动行业中小企业的产品出口。有条件的企业,还要建立国外技术研发中心,贴近世界机床技术前沿,按照国外的标准和习惯,同步开发适应全球市场的产品,满足国外用户高水平的要求。

5.加强行业协调和宏观控制,实现健康有序发展

实现温家宝总理提出的目标,不是一个和几个企业就能够完成的事情,它需要各个企业的加倍努力,也需要全行业协同作战。要在政府、协会的协调和规划下,积极探索适合我国机床行业整体发展的新路子。要减少低水平重复建设,不能做高水平的重复建设;要不打乱仗,健康有序地发展,形成科学合理的门类体系,全面提高我国机床行业整体的产品水平和生产制造能力;要增强行业发展紧迫感、使命感,努力加快自身发展,振兴我国机床制造业。

〔撰稿人:大连机床集团有限责任公司陈永开〕

我国数控机床工业进入新的发展阶段

数控机床是现代制造业的基础,是当前机床市场需求的主流产品。一个国家的数控机床水平高低和拥有量多少是衡量一个国家综合实力的重要标志,也直接关系到国家的经济命脉和国防安全。数控机床也是装备制造业的关键基础装备之一,是制造装备的工作母机,它的数量和水平直接影响到装备业的产品质量、劳动生产率和国际竞争力。用高新技术改造传统产业,提高其综合竞争力的很重要手段之一就是用数控机床武装和改造现有加工设备。当前国际制造技术发展的总趋势是适应产品多品种变批量生产的要求和个性化的需要,实现制造技术的数字化、信息化和网络化。

世界发达国家的机床工业实质上就是数控机床工业。我国机床工业从 2001 年以来实现连续 7 年的快速发展,机床工业已经发生根本的变化,2007 年机床产值超过 100 亿美元大关,逼近于德国,与日本、德国一起成为机床产值超过 100 亿美元的生产大国。

变化之一:产业总体规模和总量产生根本变化

我国机床产值从 2001 年 18.5 亿美元增加到 2007 年的 107.6 亿美元,其中金属切削机床产量从 2001 年的 19.2 万台增加到 2007 年的 60.68 万台,产值从 2001 年的 13.9 亿美元增加到 2007 年的 78.1 亿美元。从 2006 年开始,我国机床产值超过意大利,跨入了世界第 3 位。2007 年我国机床产值超 100 亿美元大关,产值逼近德国,成为机床产值超

百亿美元的三大生产国之一。

变化之二:数控机床产量大幅度增长,机床产值数控化率迅速上升

数控机床产业化步伐加快,数控机床产量大幅度增长,数控金属切削机床产量从 2001 年的 17 521 台增加到 2007 年的 123 257 台,成为世界上数控金属切削机床产量最大的生产国家。

机床产值数控化率迅速上升,从 2001 年的 30.4% 提高到 2007 年的 52.0%,其中金属切削机床产值数控化率从 2001 年的 32.5% 提高到 2007 年的 54.9%。

变化之三:产业集中度大幅度提高

机床工业调整加快,企业进一步兼并重组,收购国外知名的老牌机床企业,形成一批在行业中有影响、有创新力、有竞争力的机床产值迈上亿美元到超过 10 亿美元的大企业集团,如大连机床集团公司、沈阳机床集团公司、陕西秦川机床工具集团公司、齐重数控装备股份有限公司、齐齐哈尔二机床(集团)有限责任公司、江苏扬力集团有限公司、济南二机床集团有限公司、宝鸡机床厂、重庆机床(集团)有限公司、上海机床厂有限公司、杭州机床集团等等。大连机床集团公司、沈阳机床集团公司的机床产值跃入世界机床产值排名前 10 名内,分别列为第 8 位和第 9 位(按美国 GARDNER 出版社 2007 年年报,2006 年 3 月~2007 年 3 月)。

变化之四:企业创新能力提高,新产品开发加快,产品成套能力提高

行业每年开发机床新产品约 400 种,其中数控机床新产品 250 种以上。数控机床和大重型数控金属切削机床新产品开发成绩显著,一批国民经济急需的高档数控机床新产品开发成功,首次进入国民经济重要工业部门生产现场。目前,我国已初步建立门类比较齐全、品种比较完善的机床工业体系,可以基本满足国民经济各部门对机床品种的需要,可以提供汽车制造业发动机缸体缸盖生产、车体冲压生产、汽轮机的叶片加工设备、航空航天的机体、机框加工和发电设备、冶金矿山机械、船舶柴油机的大重型零件加工需要的各种数控机床

变化之五:中低档数控机床得到各行业用户普遍认可,关键高档数控机床取得了零的突破,逐步进入生产现场,替代进口产品

国产数控车床、加工中心、数控齿轮工机床、数控磨床、数控电加工机床、数控重型机床和各种数控成形机床,其中尤其是板材数控加工机床等取得国内各行业用户广泛的认可和信任,可以替代进口产品。

国民经济重要行业急需的、长期依赖于国外进口的关键高档数控机床的自主开发和生产应用取得了零的突破,如飞机制造业需要的主轴 A、B 轴摆动的五轴立式加工中心和五轴加工中心、汽轮机和发动机叶片加工用的五轴立式加工中心和五轴并联式加工机床、叶片榫槽加工用的精密成形平面磨床、各种型号的五轴龙门铣床和五轴龙门加工中心(工作台移动式、龙门移动式和横梁移动式)、船用螺旋桨加工用的和水轮发电机加工用的五轴大型龙门车铣床、曲轴加工用的大型五轴卧式车铣中心和大型旋风曲轴卧式数控车床、冶金矿山机械和发电设备业需要的重型和超重型卧式数控车床和立式数控车床(包括车铣床)、蜂窝加工用的专用数控电火花成形机等等。

变化之六:机床消费金额中,国产机床市场占有率快速提升,超过世界各国平均市场占有率

机床消费中,国产机床市场占有率快速提升,从 2001 年的 39.3% 上升到 2007 年的 56.3%(世界各国平均市场占有率为 50%)。其中,数控机床的市场占有率从 2001 年的 29.0% 上升到 2007 年的 47.5%。

7 年来,我国机床工业发展迅速,成绩显著,得到全球同行业的惊讶和赞许。虽然我国机床工业已经成为名符其实的生产大国,但是与发达国家的机床工业相比,还有不少差距,要真正成为世界机床生产强国,还要有一段很长的路要走,任务是相当艰巨的。我国机床工业与发达国家的机床工业相比主要差距是:

1. 机床工业综合经济指标的差距

(1)机床产值的数控化率低。进入 21 世纪以后,全球的机床工业实质上是数控机床工业,数控机床已成为机床的主流产品。世界机床生产强国,如机床生产产值排名第 1 位和第 2 位的日本、德国,数控金属切削机床产值已占金属切削机床产值的 90% 左右。2005 年各国金属切削机床产值的数控化率:日本为 88.2%、德国为 88.9%、美国为 61.8%、韩国为 91%、中国台湾为 68%、印度为 76.4%,而我国仅为 43.5%。

(2)人均机床产值低。2006 年世界机床产值前 6 名国家和地区的人均机床产值见表 1。

表1　2006 年世界机床产值前 6 名国家和地区的人均机床产值

国家或地区	人均机床产值(万美元)
日本	44.1
德国	15.8
中国	4.5
意大利	19.2
韩国	27.6
中国台湾	18.0

中国机床产值稳居世界第 3 位,但人均机床产值很低,为 4.5 万美元。与其他 5 个国家和地区相比,仅为 1/4 ~ 1/10。

(3)出口占生产比重低。2006 年世界机床产值前 6 名国家和地区出口占产值比重见表 2。

表2　2006 年世界机床产值前 6 名国家和地区出口占产值比重

国家或地区	出口/产值(%)
日本	50.9
德国	73.1
中国	15.4
意大利	59.8
韩国	38.6
中国台湾	80.1

中国出口占产值比重为 15.4%,世界机床出口占产值比重的平均值为 52%。

2. 机床产品的总体水平不高

机床产品总体水平较低。2007 年生产的金属切削机床

产量中，数控金属切削机床仅占20.3％。在数控金属切削机床产量中，经济型数控机床产量比重超过2/3。数控金属切削机床产量中，数控车床产量占数控金属切削机床产量比重过大，约占数控金属切削机床产量的69％；加工中心产量占数控金属切削机床产量比重偏小，仅为10％，而数控车床产量中，经济型数控车床约占90％。

3. 高档数控金属切削机床目前主要还依赖于国外进口

我国国民经济重要部门，汽车、航天航空、发电设备、冶金设备、船舶和军工等制造业需要的高档数控金属切削机床，如高速、精密、多轴、复合、高效自动等主要依赖于国外进口。某些品种，如高速加工中心、卧式车铣复合中心、五轴立式叶片加工中心、五轴龙门铣床和五轴龙门加工中心、多轴精密成形平面磨床等高档数控金属切削机床虽然已经开发成功，进入使用单位生产现场，但是还要有一个不断完善产品性能，取得用户认可和开创市场的过程。

4. 主要数控金属切削机床品种国内市场占有率较低

其中特别是数控磨床、数控铣床、加工中心和普通型数控车床。2006年主要数控金属切削机床品种国内市场占有率见表3。

表3 2006年主要数控金属切削机床品种国内市场占有率

类　　　别	国内市场占有率(％)
加工中心	30.9
数控车床(多功能)	62.7(34.1)
数控铣床	46.0
数控镗床	59.2
数控磨床	24.4
数控齿轮机床	56.9

目前，我国机床工业已进入一个新的发展阶段。在这个阶段中，要逐步缩小与发达国家的差距，使我国机床工业从生产大国逐步转变为生产强国。

机床工业要转变观念，从重视机床产量的发展转变到重视机床质量的提高，重视出厂机床产品的稳定性和可靠性，重视发展机床的高档品种，重视提高机床的精度和精度稳定性，以及重视提高机床的成套能力。

一、重点要解决的是出厂机床产品的稳定性和可靠性

国产中低档数控机床与从韩国和中国台湾进口的产品相比，国产数控机床如数控车床、加工中心等产品从安装试车到投产磨合期较长，在使用中不该发生的小故障较多，而韩国和中国台湾机床安装试车后，即可投入稳定生产。这种用户不良的反映，近几年没有根本改变。企业要加强管理，提高全体员工的质量意识，特别要严格进行部件试车和整机考机试车。这几年，由于国内劳动力成本的提高、原材料的提价、动力成本的增加，国产中低档数控机床（主要是数控车床和加工中心）与从韩国和中国台湾进口的产品相比，价格优势逐步不明显，相差无几，有的产品仅相差5％。要保持国产中低档数控机床的竞争优势，提高出厂机床产品的稳定性和可靠性，是近几年的首要任务。

二、要努力开发高档数控机床的市场

国民经济重要部门急需的高档数控机床品种近几年不断取得零的突破，例如汽轮机叶片的五轴加工中心、飞机机框、机梁加工用的五轴桥式数控龙门加工中心和 A、B 摆角五轴加工中心、叶片榫槽加工用的精密数控成形磨床、曲轴加工用的卧式车铣复合中心，以及水电和核电设备用的重型和超重型数控车床和数控龙门铣床等。这些产品虽已进入使用单位生产现场，但要在使用中不断改进和完善，还要进一步开发不同的市场，针对不同的用户，提高产品性能，使产品完善和成熟。

三、要加快普及型数控机床的产业化步伐

普通型数控机床，主要是普通型数控车床和加工中心，两者合计消费金额占数控金属切削机床消费总额近70％（按台数）和近55％（按金额）。目前，普通型数控车床和加工中心消费额中，国产机床的市场占有率都不高，约分别为34％和31％，2/3市场被国外机床占领。加快普通型数控机床的产业化步伐，采用当代先进管理技术和先进制造技术，形成一批年产1 000台和几千台的机床企业，对提高国产数控机床产品质量的稳定性，降低产品成本，提高国内外市场竞争力和进一步提高国产数控机床占有率关系重大。

四、要提高机床的精度和精度稳定性

加强院所和企业间协调攻关，研究提高机床精度和精度稳定性的措施，研究机床精度补偿技术，提高国产数控机床的精度和开发一批精密数控机床新品种，如精密加工中心、精密数控车床、精密数控内外圆磨床、精密齿轮磨床、精密数控坐标镗床等，改变国产数控机床与国外产品精度上的差距，改变精密数控机床依赖进口的局面。

〔撰稿人：中国机床工具工业协会丁雪生〕

关于加速发展中国数控系统产业的建议

数控系统是数控机床装备的核心关键部件。特别是对于国防工业急需的高档数控机床，高档数控系统是决定机床装备的性能、功能、可靠性和成本的关键因素。而国外对我国至今仍封锁限制，成为制约我国高档数控机床发展的瓶颈。

一、我国数控系统产业发展的成绩与差距

经过几个五年计划的奋力拼搏，我国数控系统产业在激烈的市场竞争中度过了最艰难的时期，曙光已经出现。

1. 国产经济型数控系统主导中国市场

国产经济型数控系统由于适应中国用户的实际使用水平和机床制造企业数控技术配套要求，得到了广大用户的认同，已形成了规模优势，目前约占到我国整个数控系统市场的60%左右。2006年，经济型数控系统产量达到6万套以上，市场占有率高达95%以上。

2. 国产普通型数控系统市场占有率不断提高，外国品牌依然占领国内市场

普通型数控系统是指与价格相对较低的数控铣、车削中心、立/卧式铣削中心配套的数控系统产品。国外典型的普通型数控系统产品有发那科的0i、西门子的802D、810等产品。

在国家支持下，通过联合攻关和行业努力，普通型数控系统产品开发和市场开拓取得一定成效。目前，行业主导企业普通型数控系统已实现批量生产，并且具备全数字交流伺服驱动系统和主轴伺服驱动系统等配套能力。可以为用户提供数控系统全套解决方案，在数控铣床、加工中心等中档数控机床得到批量配套应用，销售到最终用户后，市场反映良好。从技术水平上比较，国产普通型数控系统的功能、性能与国外相比并不差，价格和服务方面还有较大优势，可靠性与国外系统的差距也已显著缩小。目前，普通型数控系统市场主要被国外占领，是国产数控系统最难开拓的市场领域。

3. 国产高档数控系统技术有了突破，但差距较大

高档数控系统是指可与多轴、多通道、高速、高精、柔性、复合加工的高档、大重型数控机床和数控成套设备配套的数控系统，主要满足航空航天、军工、汽车、船舶等重要关键零件的加工。国外典型的高档数控系统产品有发那科的16i、30i，西门子的840D等产品。

在高档数控系统领域，国产数控系统与国外相比，确实还存在比较大的差距。虽然国产五轴联动数控系统技术上已经取得了一定突破，但功能还不够完善，在实际应用中验证还不全面。国产高档数控系统的差距，还表现在产品的系列化不全，如伺服电动机、伺服驱动各种规格由小到大，国外都有，而我的的规格有限；国外的伺服接口采用运动控制总线技术适应高速高精加工，而我国以模拟量或脉冲量接口居多；电主轴、直线电动机、力矩电动机这些功能部件，与国外有很大差距；在高速（快速进给速度40m/min以上）、高精（分辨率0.1μm以下）、多通道数控系统的功能、性能上，国产系统与国外系统有较大差距。2006年，国外公司在中国销售高档数控系统2 000台左右，约占市场份额的99.5%，而国产高档数控系统销售10台以上，约占市场份额的0.5%。由于受到西方出口许可限制的约束，中国市场销售的绝大部分高档数控系统是西门子的840D产品。

4. 整体看我国的数控系统

从整体情况看，我国数控系统技术集成、工程成套、远程服务技术等能力不强；应用软件设计还不如国外完善；品种覆盖率小，数控产品配套件尚未形成市场，许多配套件外观、质量均有缺陷，数控系统名牌效应差；数控系统产业集群化未能形成；以往历次攻关主要是从技术的角度关注数控产业问题，而不是从系统工程的角度去综合考虑影响数控产业化的诸多因素。从而导致数控技术研究、开发、生产等环节的脱节，数控装置、驱动、电动机的配套脱节，数控系统生产厂与主机生产厂脱节。

三、我国数控系统产业的发展思路和目标

21世纪将是我国国民经济持续稳定发展的黄金时期，国民经济建设的高速发展将进一步拉动数控机床的市场需求。预计2010年国内市场金属加工机床总需求将达到100亿~120亿美元，其中数控机床需求将达10万台以上，40%以上为中高档型，消费将达到60亿~70亿美元，将为国产数控系统产业创造广阔的市场空间。另外，航空航天、船舶工业、重大装备制造业、汽车及零部件制造业对高档数控机床及数控系统的需求也将急剧增加，如果这些关键装备及其控制系统一直依赖进口，势必影响国民经济和国防建设的持续健康发展。

建议国家"十一五"数控系统产业的发展战略：稳住经济型系统市场，努力提高技术；大力推动中档系统实现产业化，努力提高市场占有率；重点开发高档数控系统，实现技术上的突破和产品化。

"十一五"国产数控系统发展的重点目标：

1. 要集中力量组织实施高档数控系统关键共性技术、高档数控装置和驱动系统的研究开发和设计制造自主化。建立较为先进和完整的高档数控系统体系结构、规范和标准；加强高档数控系统的成套能力建设；加强工业用户应用验证，实现商品化，力争把与国外高档数控系统产品的技术差距缩小到3~5年，使国产高性能数控系统的市场占有率达到8%。高档数控系统是工作的难点和重点，主要发展为多轴高速精密（立、卧）加工中心、精密车削中心、多种复合加工机床和重型数控机床等配套产品。

2. 普通型产品实现产业化，完善数控产品标准体系，提高中档数控机床市场竞争能力和市场占有率，促进规模产业发展，满足国内市场需求50%以上。要以国外同类产品的技术水平为标杆，重点开发数控铣床、高速精密（立、卧）加工中心、车削中心等数控机床配套产品以及大功率伺服驱动单元、主轴单元等功能部件。

3. 对于经济型数控系统，要充分发挥市场机制作用，在市场竞争中不断提高技术水平，加强服务，巩固在国内市场的绝对优势，扩大国外市场份额。"十二五"期间的目标：建立起比较完备的自主创新数控系统，具有自主设计、开发和成套生产能力，使我国高档数控系统总体技术达到国际先进水平。创建国产自主牌产品，普通型数控系统市场占有率达70%以上，具有较强的国际竞争能力；国产高档系统市场占有率达到50%以上，主要品种基本实现自给，推动装备制造业现代化。

四、发展国产数控系统产业的建议

"十一五"期间，国家在数控系统方面投入10亿~15亿

元专项资金,在以下几个方面给予扶持:

1.政府主导,市场需求驱动,支持国产中高档数控系统加速占领市场

(1)设立"国产中高档数控系统可靠性示范工程"子项目。在数控机床的典型用户行业(如军工、重大装备制造业企业等,特别是数控机床生产企业),建立一批国产中高档数控系统应用验证示范点。充分利用国防军工行业与机床制造行业的合作平台,率先在军工行业推广使用自主化的数控系统。对国产数控系统的应用示范点,实行政府部门支付财政性资金购买国产数控系统,交用户单位使用的支持政策;或者实行用户"先试后买"的政策,让用户得到实惠,调动用户选用、试用国产数控系统的积极性,并积极做好数控系统的应用验证和可靠性考核。加强舆论宣传,客观反映国产数控系统的技术水平、质量和售后服务状况,引导用户选用"经济、实用、先进"的国产数控系统。

(2)对于首台首套高档数控机床装备研制项目申报,应优先立项支持选用国产数控系统的首台首套高端数控机床装备的研制,并在项目中分配专门经费支持所配套的高档数控系统的研发,推动自主研发的高档数控系统的应用验证和市场推广。应把数控机床厂、数控机床用户和数控系统厂联合申报,作为项目立项的重要条件。

(3)政府出台政策,将重点发展的中高档数控系统产品列入《政府采购自主创新产品目录》。在使用财政性资金采购数控机床的项目中,标书中不得指定国外系统,给国产数控系统产品建立公平的市场竞争机制。在同等条件下,应优先选用国产数控系统产品。

(4)支持数控系统厂、数控机床厂和职业院校建立"数控技术培训与服务中心",为数控机床生产和使用的企业,大量培训操作使用、工艺编程、维护维修人员。支持数控系统企业建设面向最终用户的销售服务网络,为用户提供应用国产数控系统的全方位解决方案,建立用户对国产数控系统的信心。

(5)支持国内数控系统企业开拓国际市场。如在中国对国外政府的贷款项目中或中国政府的对外捐赠项目中,推荐配套国产数控系统的机床产品;对国内数控系统企业出国参展、设立国外销售和技术服务中心,给予经费支持。

(6)政府政策导向,市场机制推动,鼓励数控系统厂家与机床厂、数控系统厂家之间进行资产的联合重组、资产置换。由行业协会组织、组建互惠共赢的产业战略联盟,促进数控系统和数控机床协同发展,实现产业规模效应。

2.国家加大科技投入力度,加强数控企业的自主创新能力建设

(1)加大在高档数控系统、全数字交流伺服驱动的核心关键技术研发的支持力度。面向高档重大数控装备的技术需求,以具有完全自主知识产权的商品化高档数控系统作为主攻方向。重点围绕高档数控系统体系结构、总线技术、协议和芯片研究;高速、高精轨迹插补控制技术的研究;高档数控系统软硬件平台研究;高档数控系统应用的编程、工艺与系统的集成技术;掌握全数字、高性能伺服系统高分辨率和高适应性编码器接口技术、基于现场总线的全数字伺服驱动平台;研究高速、高刚度、超精密机床主轴及其驱动技术,大推力直线电动机、力矩电动机及其驱动技术。缩小与国外高档数控系统的差距。

(2)组织开展数控系统共性技术攻关和数控系统标准研究和制定。以企业为主体,走产学研相结合的道路,集中国家财力支持建立由研究机构、大学、系统厂组成的技术联盟和研发平台,共同开展数控系统共性与关键技术的研发,加速制定下一代高档数控系统标准体系结构的规范和协议及相关技术标准,并在国产数控系统行业内推广和共享,实现中国数控厂商的共同发展。充分发挥高等院校的作用,选择若干个重点院校,加强数控系统学科建设,鼓励和支持高等院校同企业、科研机构建立多渠道、多形式的紧密型合作关系,共同培养创新型人才。

(3)加大力度支持数控系统产业化核心技术研发。如数控系统的动态性能评测技术;数控系统可靠性测试与提升技术;数控系统、伺服驱动、伺服电动机系列化产品开发;规模化生产工艺技术与质量控制技术;建立技术研发管理机制,建立软件开发的质量管理体系(CMM)。

3.从技术改造、税收和金融政策方面扶持,增强数控系统企业综合实力

(1)比照国家对软件企业的税收扶持政策,制定对数控系统企业的税收扶持政策。继续支持具有自主知识产权的国内数控系统生产企业增值税的50%先征后退政策;同时,增加对数控系统企业所得税的50%返还的政策;政府对所有返还税款,免征收所得税,用于企业研究开发和扩大再生产。同时,对那些采用从国外进口数控产品贴牌销售的企业,应严格禁止享受国内数控系统企业税金返还政策。

(2)1993年,数控系统的进口关税就已被调整到5%,而当时的电子元件平均关税约10%。因此,数控系统产业是最早实现与国际接轨的行业之一。建议国家对国外企业在中国总装生产数控系统的进口组件,按数控系统同等税率征收进口关税。同时,对国内数控系统企业进口关键电子元件实行零关税。

(3)调配多种资源,扶优扶强,支持骨干数控系统企业进行技术改造。在国家政策扶持下,以无偿资助、国家参股或以无息贷款或贴息贷款形式支持重点企业在数控系统规模化生产设备、工艺手段、数控系统部件(计算机装置,驱动装置,电动机)性能检测和可靠性考核设备、研发及中试条件和质量保证体系等方面,进行技术改造,大幅度提高数控系统生产设备的自动化水平,改善规模生产条件,保证批量产品的质量。

(4)解决数控系统企业中长期贷款难的问题。对数控系统产业的发展和建设提供更多的资金支持,并帮助解决数控系统企业抵押、担保方面的困难。如,国家开发银行贷款、国债项目支持、贷款贴息补助等相关措施。

〔撰稿人:武汉华中数控股份有限公司陈吉红〕

充分发挥价格在发展机床新产品中的调节作用

党的十七大进一步明确,高举中国特色社会主义伟大旗帜,深入贯彻落实科学发展观,继续解放思想,坚持改革开放,推动科学发展,促进社会和谐,为夺取全面建设小康社会新胜利而奋斗。机床行业从事产品价格研究工作,要深入学习全面落实十七大的各项要求,实现科学定价,充分利用市场机制,建立新的经营理念,创新发展模式,构建新的企业文化建设。企业要自觉利用价值规律,要充分发挥价格在发展机床新产品的调节作用,加快产品结构调整,促进产业升级,实现机床工业又好又快的发展。

一、价格在发展新产品中的作用

1. 价格是技术含量的标志,技术进步就是价值

新产品的性能比老产品要好,才能代替老产品。开发新产品的要求和着眼点应与技术进步相结合,质优、价廉、物美是基本要求。高新技术产品是实现上述要求的重要条件,技术先进体现了产品的价值和使用价值。价格是价值的货币表现,是技术含量的标志,技术进步体现了社会文明和发展。

2. 性价比的优势就是市场竞争力,有市场的产品才有效益

产品品质高就能获得市场认可,取得较高的诚信度。性价比的优势是提高市场占有率的重要条件,有市场的产品才能给社会和企业带来效益。因此,提高产品性价比的水平是新产品定价的重要依据。

3. 加快结构调整,转变发展方式

传统老产品一般是因技术落后而导致品质性能较低,在产品的生产和使用中存在着高能耗、高污染、低效能的弱点,因此,价格较低。而新产品的开发,提高了产品技术含量,使产品品质提高,能耗下降,污染环境的现象减少,价格也相对高一些,企业效益也会改善。这样,企业有生产积极性,有利于推动产业快速发展、转变发展方式、加快结构调整,形成可持续发展的态势。

4. 合理的价格可以促进经济发展、推动社会进步、提高人类文明

在市场经济条件下,有市场、成本又低的产品,会带来高于社会平均利润率的产品价格,也可以创造巨大的社会财富,为推动社会进步、创造人类文明发挥重要作用。

二、新产品定价原则

企业的品牌价值,最终转变为效益。加大新产品品牌建设的重要工作之一,就是要注重新产品价格的制定。经营者应当遵循公平、合法和诚信的原则,依据经营成本和市场供求状况,合理制定价格。除一般产品定价的因素之外,

特别要注意以下几个方面:

1. 技术创新价值

技术创新是人类艰苦奋斗、辛勤劳动的成果,新产品采用技术创新成果要付出人力、物力、资金等成本。技术创新不论自主研发创新、还是引进消化吸收再创新,在制定新产品价格时要充分考虑技术创新成本和其为用户和社会带来的价值。

2. 特殊新材料的采购成本

新产品的研发为了提高产品性能,难免要采用特殊的原材料和配套件,所以要充分了解这些物资的生产地、供应地,是现货还是期货以及国际市场价格。及时掌握信息,采取措施,在保证质量要求的前提下降低采购成本。

3. 高性能制造手段的费用提取

为提高新产品品质,在新产品制造时要达到高效、节能、减排的要求,生产企业需要进行技术改造和改进生产工艺,增换新的设备、工装、生产场地,这些都会增加产品的固定成本。在考虑产品售价时,要采取合理的折旧方法及折旧年限,确定折旧额,使企业既着眼当前利益,又考虑长远发展,又要具有发展后劲的原则,合理提取生产设备的折旧费用。

4. 新技术研发费用的投入

研发新产品除了固定资本的投入外,还需要有新技术研发费用的投入,目前国家在技术研发和引进,在税收上有优惠政策,制定价格时既要利用好国家税收优惠政策,同时也不要忽视新技术研发费用。在允许条件下,尽可能增加科研开发费用的投入,从新产品研发成本中合理计算费用。

5. 新技术保护措施的投入

中国加入WTO以后,要特别注意知识产权保护。应不惜一切代价从实际出发保护自己的知识产权,与政府和相关机构建立密切合作关系,及时进行专利申请和保护。专利申请保护及反倾销等发生的成本费用在制定价格时也要充分考虑进去。

6. 工程技术人员特殊补贴及相关费用的提取

工程技术人员为研发新产品要制定严谨、科学的技术方案,进行必要的科学试验,加班加点在所难免,要给予这些人员适当的关怀,创造良好的工作环境,提供必要的试验条件,经济上给予特殊补贴,这些费用在制定产品价格时也要充分考虑。

三、新产品成本的控制

根据市场对新产品需求,明确新产品的定价原则后,新产品的目标价格已初步形成。为了使新产品具有较大利润空间,带来较大经济效益,必须控制好新产品的制造成本。

1.优化设计控制开发成本

产品成本的高低由设计决定的因素占60%以上。产品的结构、加工工艺、选定的原材料、配套件要进行优化设计,既要满足新产品性能要求,又要最大限度地节约,同时还要考虑可回收和再利用资源的充分利用,形成循环经济。充分节约社会资源,建立可持续发展机制。

2.控制原材料采购成本

对新产品所需用的原材料、配套件要制定严格、科学、行之有效的衡量标准,严格按衡量标准采购和进行库存管理,采购中控制采购价格、储运费等成本。控制外协加工成本,会给企业带来可观的经济效益,如安阳鑫盛机床有限公司狠抓内部管理工作,2006年获得全国机床工具行业"综合经济效益十佳"企业称号,公司对大宗物资实行招标采购,年节约资金100万元以上,成立物资供应公司和钢材市场,采购中货比三家,年节约开支近1 000万元。内部实行严格的管理,公司财务部门根据每个生产单位的计划工作量,给予一定的消耗比例,实行全奖全罚,2006年公司资产利润率达到21.94%,是2006年银行一年期贷款利率的3.5倍。2007年在银行5次调高贷款利率的情况下还高于3倍。

3.控制新产品试制费用

处理好局部试验和成熟部件选用,可减少制造过程中新增费用和缩短制造周期。搞好模块化制造和整机性能试验的关系,是控制新产品试制费用的重要措施。

4.控制新产品制造周期,降低资金占用时间

新产品技术含量高,一般生产周期长,采用的新材料、配套件多,相对而言占用资金较多,采用先进加工、装配工艺,合理控制新产品的制造周期,降低资金占用时间,可以大大降低制造成本。

5.控制高技术人才的有效工作时间,合理利用高技能人才,降低技术人工成本。

四、新产品价格成本分析从三个方面入手

新产品价格确定后,要取得好的经济效益,只有不断降低成本。有效的降低成本要定期或不定期从不同的角度和方法进行成本分析,并进行不断改进,通常有以下三个方面:

(1)类比法分析。高于同类产品平均成本水平,进行差异化分析,重点研究可变费用的增加。

(2)计划与实际对照分析。实际成本与计划预期成本差异产生的原因,从中找出管理的薄弱环节。

(3)性价比分析法。性价比研究就是新产品利润空间分析的重要方法,重点是看新技术给用户带来的效益。

五、结论

1.研究目标成本

新产品目标成本的确定是十分重要的,目标成本是降低各项费用努力的方向,是效益的基石。企业应在价格领导委员会的领导下,组织技术、销售、生产、财务等部门的人员对目标成本进行研究,确定对价格水平、新产品主要销售区域、销售费用水平、市场占有率及未来经济效益的预测。

2.研究控制成本因素

目标成本确定后,要研究控制成本因素,包括形成成本的外部及内部因素。技术、供应、生产等部门主要控制内部因素,销售、外协、采购等部门主要控制外部因素,财务、综合部门对影响成本的各种因素都要定期、滚动式进行研究和控制,修正偏差,保证目标成本的实现。生产资料价格2008年是第5年上涨,2008年的涨幅放缓,低于食品类价格上涨幅度,平均人工成本因物价上涨而引发各种补贴上升而在上升。新形势下提出加强自主创新的一个重要背景,是由于劳动力、原材料、土地等生产要素价格在不断上升,持续了20年以上的生产要素低成本优势正在逐步削弱,需要培育以技术进步为基础的新竞争优势,实现竞争优势的转换,这是发展方式转变的重要内容。人均收入提高,也意味着生产要素成本上升。人民币升值也相应减弱了我国劳动力的国际比较优势。

3.定价要定在市场接受、用户认可的水平上

新产品定价时,机电产品与生活用消费品定价不一样。消费品类新产品进入市场时定价偏高,进入市场后,不断加大广告宣传力度,扩大销售量,当销售量上到一定水平时,价格下降,进一步扩大销售量,提高市场占有率。而机电产品属于耐用生产资料消费,消费群体相对较少,新产品的定价就要慎重从事,定价要定在市场接受,用户认可的水平上。依靠增值服务提高市场占有率。不少企业采用24h用户服务联系中心,加大通信通道,减少占线,使用户满意度提高;利用互联网增加新产品品质的信息发布,提高认知度,扩大市场占有率。

4.关注新产品对企业销售利润率、资产利润率和降低能耗、减少环境污染的贡献

以上对新产品从成本和市场的角度分析了产品定价,除此之外还要关注新产品对企业销售利润率、资产利润率的贡献。只有不断给企业带来效益,才能保证企业的可持续发展,只有低能耗、少污染、无污染的企业才能被社会接受而长期存在。产品定价时要考虑这些因素。目前,机床工具行业在振兴装备制造业中,企业的数控化率有了明显提高,新产品开发的步伐明显加快,行业总体经济效益有了明显提高,但销售利润率、资产利润率仍然低于银行1年期贷款利率是不正常的。资产周转率较低,有些企业总资产、销售收入都很高,但企业经济效益指标很低,这些企业在研究产品定价和降低成本上要认真对待。

新产品定价要在市场经济的条件下,充分发挥市场机制作用,实现科学定价,运用价值规律加快新产品开发,促进产业升级,加快发展。为了解决全行业效益低下,面对原材料、能源、人工费用、贷款利率等不断升高的严峻局面,科技投入不足,国产机床价格竞争优势在逐渐下降,必须采取有效措施,加快扭转目前被动局面,搞好新产品定价工作对行业发展具有十分重要的意义。

〔撰稿人:中国机床工具工业协会价格工作委员会高习武〕

现代高效刀具发展初具规模
实现制造强国仍任重道远

——中国工具行业30年发展回顾

我国工具行业已经发展到一个新高度,同时又站在一个新起点。和改革开放初期相比,当前的发展环境已发生了很大变化。一方面,经济全球化带来的历史机遇,极大地推动了我国工具业的发展和壮大。另一方面,我国经济融入全球化的过程,也不可逆转地带来了新的严峻挑战,实力雄厚的跨国工具企业,凭借技术优势和经济实力,大举进入中国。在20世纪90年代几乎全面占领我国制造业的高端工具市场,形成了空前强大的国际竞争压力。中国工具行业要求得生存和发展,只有面对经济全球化带来新环境,扬长避短,刻意进取,投入到竞争激烈、而又充满机遇和挑战的国际大市场中。回顾走过的道路,规划未来的发展,只有用全球化的视角来制订发展战略,才能保证实现又快又好的发展目标。

一、进入新世纪,我国工具行业跨出了时代意义的发展步伐——快速启动了从标准刀具向现代高效刀具的转轨进程

现代高效刀具在国内习惯称为数控刀具,它是现代数字化制造技术的一个有机组成部分。在现代高效刀具中,高效硬质合金刀具是主力产品。在发达国家,硬质合金刀具已占全部刀具销售的70%以上。直到20世纪末,我国在这一领域发展缓慢。但进入21世纪以来,随着我国新一轮的经济增长,制造业加速了现代化的步伐,我国数字化制造技术和装备(包括数控机床、配套功能部件和现代高效刀具)也获得了快速的发展。20世纪末,我国金属切削机床年产量已达19万台,其中数控机床仅1.4万台;当时,以新型硬质合金刀具为代表的现代高效刀具,亦不足全部刀具销售的15%。而2007年,我国数控机床产量已达到12.32万台,产值数控化率达到43.7%。与此相匹配的高效硬质合金刀具的比重,亦上升到占刀具销售的40.3%。由此可见,进入21世纪以来,我国数控机床和高效刀具,取得了快速、同步的发展。目前,国产化的现代高效刀具,已经批量进入了汽车行业、模具行业、航空航天、发电装备、通用机械等各个领域。部分产品的性能,已达到或接近国际先进水平,有效地打破了进口刀具在一些领域的垄断地位,为我国高效刀具市场的规范竞争作出了贡献。

更重要的是:国产高效硬质合金刀具的发展打破了长期徘徊不前的局面,获得高速发展。连续几年,增长率都超过30%,远高于传统高速钢刀具的增长速度。这种变化,标志着进入21世纪以来,我国工具行业已经快速启动了从传统标准刀具向现代高效刀具的转型步伐,进入了崭新的发展轨道。当然,工具行业近年来取得的进展,和制造业的发展需要相比,仍然有很大差距。

二、我国现代高效刀具发展和发达国家历史差距的形成及其经验教训

现代高效刀具是伴随着现代制造业的需要发展起来的。在国际上,随着各主要发达国家先后在20世纪六七十年代完成了后工业化发展阶段,进入新经济时代。信息技术迅速渗透到各行各业,制造业迅速以现代数字化制造技术和装备替代、更新传统技术和装备。在这个背景下,原来与之配套的传统标准刀具,已经完全不能适应制造业新发展的需要。大约在30年前,发达国家的工具行业在制造业新需求的强劲带动下,经历了一场从生产传统标准刀具到现代高效刀具的巨大变革。首先,在轿车制造业,大量采用"高精度、高效率、高可靠性和专用化"的现代高效刀具,替代了传统标准刀具。生产效率获得极大的提高。从此,现代高效刀具的发展势如破竹,迅速推广到各行各业,替代传统标准刀具,成为工具技术发展的主流。

发达国家工具行业经历这场大变革的时候,正值我国改革开发初期。一些信息也传到了国内。例如,德国一家生产标准刀具和专用装备的著名工具企业Rohde Doerrenberg公司,1984年突然宣布破产,该公司在20世纪60年代因发明麻花钻四辊轧制新工艺而闻名于世,但在这场技术发展的大变革中,却因墨守成规而被无情的市场淘汰出局。这些教训在今天看来仍然十分深刻,但在当时,其倒闭原因曾使国内工具业界大惑不解。据业界人士出国考察获悉,轧制钻头在国外被淘汰,是因为质量不好,显然,这个结论没有触及这场变革的深刻内涵。有关人士通过和国外同行的深入交流,发现四辊轧制工艺被淘汰的真正原因是,发达国家制造业发展已经进入新时期,对刀具也出现了新的需求——强调高效率和多样化,这种发展态势,导致只适合大批量生产标准刀具的轧制工艺被淘汰出局。这一变革,改变了国外工具企业的发展模式,迅速启动了从标准化向多样化的急剧转变,进入了一个崭新的发展时期。这在当时并未引起我国广大工具企业的足够重视,主要有两个原因:一是由于西方工具企业的转型,当时我国工具企业获得了大批量出口标准刀具(主要是轧制麻花钻)的机会,初期的利润可观,短期利益的追求掩盖了长远发展的理性思考;二是当时我国制造业整体水平较低,现代高效刀具的需求并未提上日程,例如20世纪80年代,中国一汽从美国Chrysler公司引进的第一条488发动机二手生产线,尚属70年代水平,线上的刀具基本上是传统的。所以,中国一汽牵头组织各方力量合力攻关,基本上实现了国产化。但给国内一些工具企业造成了一个错觉,似乎国外先进刀具也不过如此。然而,到20世纪90年代初,情况发生了根本变化,上海大众、一汽大众、上海通用等相继引进了当代先进的轿车生产线,线上使用的现代高效刀具,展示了"高精度、高效率、高可靠性和专用化"全新面貌,使国内工具业界感到自己的发展水平已被远远抛在后面,开始感到了差距和压力。但当时国内主要的国有工具企业,正面临进入市场经济初期的种种困扰,内部改革占用了主要的精力。想实现结构调整和产业升级,感到力不从心。直到进入21世纪后,才开始轻装上阵,急起直追,取得了较大的进展。但与国外同行相比,我们在现代高效刀具领域,至少晚起步20年。

现在看来,我国现代高效刀具发展落后的原因,除了受当时发展水平局限和信息不对称等客观因素影响外,在主观上,很多企业过分追求眼前利益,贻误了发展时机,时至今日,我国广大工具企业已认清形势,转变观念。

三、我国现代高效刀具的可持续发展,必须坚定不移走自主创新之路

改革开放以来,我国机床工具行业进步巨大,特别是近10年开始了发展方式的重大转变,这都是实实在在的成绩。但我国机床工具技术进入国际先进行列尚有距离,这是因为,我国近年发展数控机床和现代高效刀具,基本上采用引进消化、仿创结合的方式,虽然做出了一批高端产品、替代进口、满足制造业的需求,这种发展方式在技术上基本依赖发达国家,存在很大风险,例如现代高效刀具的基础制造技术主要有三大块:一是高水平的现代刀具材料;二是高水平的现代涂层技术和装备;三是高水平的刀具专用数字化制造技术的装备。可以说,这三大块的高端技术,我们还主要依靠引进,离开了这些"洋拐棍",高端产品是制造不出来的。进一步说,掌握现代加工技术的标志,不仅表现在高效刀具的制造能力方面,更表现在为制造业解决加工难题的综合能力方面。应该看到,我们在综合能力方面的差距更大。而这种差距,是基础不牢的表现,不能掉以轻心。当前,工具行业面临的挑战日益严峻,我国现代制造业的发展速度空前加快,汽车制造能力从20世纪90年代初的100万辆,发展到2007年约1 000万辆;发电设备的年产出能力达到1亿kW,居世界首位;代表当前航空工业发展水平的大飞机工程已经立项等。由此可见,我国制造业对工具行业的要求,显然不会仅仅是满足于能仿制、生产一批现代高效刀具来替代进口,而是要求我们有能力解决对刀具行业发展中不断出现的加工难题,对质量和效率的新需求。而恰恰在这一点上,我国工具行业还十分欠缺。如果先进制造装备和技术还可以买来的话,那么,解决现代加工技术问题的综合能力是买不来的。所以,停留在模仿是没有出路的,只有通过自主创新,不断积累,才能逐步建立自主发展的技术基础。

自主创新并非高不可攀。走自主创新之路,首先要转变观念,同时要方法得当,广大工具企业要勇于面对全球化的挑战,不固步自封,才会有创新的动力;其次在方法上要必须结合自身条件,确定主攻方向,从强化服务入手,深入服务对象,了解问题,研究问题,解决问题,不断积累技术和经验,有了深厚的服务基础,掌握用户的发展需求,自主创新才会收到事半功倍之效。

四、中国工具行业持续发展的动力源泉在于改革开放

历史经验证明,我国工具行业已经取得进步和发展,是改革开放的结果,是经济体制市场化改革的成果。今天,我们站在新的发展起点,面对种种新矛盾、新挑战,只有按照中央指出的方向,进一步深化改革,扩大开放。

工具行业还有相当一批企业,安于现状,企业没有真正成为市场的主体。因此,只有进一步完善市场化改革,才能使企业直面竞争,产生前进的动力。

与此同时,有更多的企业面对激烈的国际竞争环境,应对乏术,还没有真正学会从扩大开放带来的机遇中,获取发展的资源,为我所用。很多企业没有重视建立开放式的创新体系,把自主创新,误解为闭门造车,结果事倍功半,举步维艰。

由此可见,要保持行业又快又好的发展势头,破解出现的新矛盾、新挑战,只有通过进一步深化改革,扩大开放,才能不断获取前进的强大动力。

〔撰稿人:中国机床工具工业协会工具分会沈壮行〕

在新的历史起点上
对工具行业发展战略的再思考

进入新世纪以后,我国工具行业整体水平有了很大的提高。一大批原有的国有企业通过资产重组、内部体制和机制改革,解决了历史包袱,焕发了新的活力,重新成为行业发展的领跑者。冶金行业新建和改建了一批以发展现代高速、高效硬质合金刀具为主攻方向的工具企业,成为工具行业的生力军。此外,在逐步成熟的大量民营企业中,也涌现了一批有远见、有胆识、了解现代制造业发展需要的企业家,带领企业走向一个更高的发展层次。上述三类企业,在行业中首先走出了传统工具企业产品千篇一律、低水平重复的怪圈,为行业企业更好的发展探索了新路子,树立了榜样,增强了信心。有了这样一批企业作为领跑者,更多的企业逐步跟上来,中国工具企业就有可能在今后的国际市场上不断增强竞争实力,占有一席之地。

总的来说,中国工具行业企业正站在一个新的历史起

点上,准备和国际强手开展竞争。在这个背景下,重新审视、思考和选择正确的发展战略,便显得十分迫切和重要。

一、经济全球化为我国工具企业带来的发展机遇

从一般意义上说,国际产业链重组,就是发达国家把工厂搬到中国,降低生产成本,然后把产品返销回去。这给中国制造腾出了一个国际大市场。我国的纺织、家电、玩具以及中低端民用机电产品等行业都属于这样一种情况。

但是,对国际工具行业,情况不完全相同。目前,还没有出现产业链重组的明显迹象。国外的工具企业(包括跨国公司和私营企业),开发生产基地仍留在本国,近年来进入中国的是国外的销售系统,还有部分销售配套的服务和生产设施,但规模都不大。所以,出现了不同于其他行业的情况:第一,发达国家并没有为中国工具企业的进入腾出一块市场;第二,反之,由于国外制造业迅速发展,中国将成为与欧、美并重的国际工具大市场,必须大量进入,并予以占领市场。

通过这些情况分析,可以清楚地看到:经济全球化带给中国工具企业的机遇是在家门口正在形成和扩大的国际工具大市场。我国现在机床的消费是美国的1倍,而刀具消费只是美国的2/3,这个巨大的缺口,就是潜在市场。这是在考虑发展战略时,首先要认清的一个基本事实。

二、中国工具企业发展的主攻目标市场在中国

从国际、国内经济发展的全局来分析,摆在我国工具企业面前的战略选择已经十分清楚:首先,要在现代制造业迅速崛起的中国市场上一展鸿图,把竞争目标锁在国际强手,而不是打低水平的内战。虽然现在实力还不够强,但占了天时、地利、人和的优势,只要目标明确、措施得当、持之以恒,必然会取得进展。现在的中国工具市场,实际上是一个强手如林的国际市场。以中国工具企业现有的实力,不可能一蹴而就。不同时期要树立有限目标,根据企业的特长和优势,分步实施。第一批竞争对手是韩国、中国台湾(地区),然后是日本,最后是欧美国家。当然,和国际强手竞争,最终目标是要为自己的生存和发展赢得一个足够的空间。

说到中国工具在国际市场上的发展前景,通过前面的分析,已经十分清楚。当今发达国家的高端制造业,并没有向外转移。因为现代高效刀具和数字化测量技术,正是支撑其发展的一个重要手段,所以发达国家的高端制造业和工具行业之间长期形成的产业链,十分稳定,并无调整的迹象。以中国工具企业现有的水平和实力,要在其中打开缺口,大量进入,是不现实的。当前发达国家的工具市场给我国工具企业提供的机会是有限的,主要包括以下两方面:

1. 家用工具市场

我国当前大量出口的刀具和量具产品,绝大多数进入的是国外的家用工具市场。在20世纪80年代中期开始进入这个市场时,效果十分良好。但随后十年多,在这个领域里出现了盲目发展、劣质低价的恶性竞争。目前,达到刀具20亿件以上、量具10 000万件以上的出口规模,把国际、国内市场都搞乱了,已成为我国工具行业发展中的一个破坏

因素,完全违背了"科学发展观"的指导方针。这种状况肯定要花大力气纠正。工具企业走上劣质低价、盲目扩张的道路是没有前途的。

2. 工业用中、低端工具市场

我国目前已有部分刃具和量具产品进入这个市场,量仪也有少量出口。主要出口的是质优、价廉的标准化工具产品,在性价比方面占有优势,成为发达国家高端工具产品的一个补充。韩国、中国台湾(地区),甚至日本部分工具企业向欧美国家出口,主要以这类产品为主,效益也不错,但有一个艰苦的市场开拓过程。这些进入工业用途的出口产品,必须把售后服务跟上去,不能像家用工具那样闭着眼睛卖。

综上所述,我国工具企业的市场战略应该是:主打国内中、高端市场,择机进入国际中、低端工业市场,彻底纠正低档家用工具盲目发展、超低价出口的现状。

三、面对剧烈的国际竞争,我国工具企业调整产品结构已刻不容缓

要在家门口参与国际工具市场的竞争,竞争的内容是现代高效刀具,首先是高效硬质合金刀具。近年来,超硬刀具CBN/PCD也大幅度增长。全球刀具制造业发展的主要领域是现代高效刀具,其中以硬质合金刀具为主打产品,超硬刀具也在迅速发展,传统高速钢标准刀具数量不断下降,齿轮刀具、拉刀等仍然以高速钢为主要材料的切削刀具也在向高精、高速、高效方向发展,国外工具企业,正是凭借这些优势,长驱直入,进入中国市场。要在家门口打好这场硬仗,产品结构调整已刻不容缓。

四、提高中国工具企业竞争力的两个关键切入点

"提高效率,降低成本",是全球制造企业增强竞争力的一个永恒主题。不断发展高效刀具,为制造业"提高效率,降低成本"服务,则是工具行业的永恒主题。产品售价永远赶不上成本的增加,出现了一个所谓"生产率差距"。这是一个全球性的趋势。因此,企业必须要想办法,不断地提高劳动生产率,来弥补这个差距,来赢得效益和利润,这是提高企业竞争力的必由之路。

结合我国制造业和工具行业的具体情况,填补"生产率差距",提高企业竞争力,有以下两个主要切入点。

1. 不断强化企业的自主创新、特别是科技创新能力

发达国家长期保持经济强势,靠的就是科技创新的活力。据统计,全球科技开发投资中,西方七国占90%;其中企业的投入是主体,占70%以上。所以,全球的知识产权有80%为西方七国和跨国公司拥有。凭借这个优势,在产业链的高端获取最大的利益。就工具行业来说,最大的跨国集团Sandvik公司,每年研发投入占销售收入的3%,而集团公司内部的核心工具企业Sandvik Coromant公司,每年的研发投入为销售收入的6%,高出集团平均投入的1倍。因为现代工具产业,是一个知识密集型产业,承担着提高制造业劳动生产率的重任。所以发达国家加大投入,在新材料、新涂层、新设计、新工艺以及工具专用数字化制造技术方面进行着大量的研发。Sandvik Coromant公司每年要推出2 000

个新产品,满足市场需要。从这里,可以强烈地感觉到跨国公司强大竞争力背后的科技支撑力。2006年,Sandvik Tooling公司的销售利润率达到23.1%。尽管其销售份额只占集团公司的31%,但利润却占到集团公司的43%。可见在现代高效刀具领域内的大投入是有丰厚回报的。2006年5月,全球第二大富翁巴菲特旗下的Bershine Hathaway公司,出资40亿美元,收购了Iscar公司80%的股权。2007年10月,巴菲特又亲自前来我国大连,出席Iscar大连工厂的开业仪式。以巴菲特全球金融巨头的身份,出席一家注册资本仅1 200万美元的工具工厂开业典礼,引起了业界轰动。俗话说外行看热闹,内行看门道。这种投资方向,应该引起我国工具业界的认真思考。

我国工具业界还存在这种想法,认为我国制造业比较落后,对高效刀具的需求没有发达国家迫切。应该指出的是,我国制造业和现代接轨的步伐正大大加快。

全球切削刀具按制造业行业的销售情况,其中,汽车制造、通用机械(电站设备、工程、筑路机械、采掘设备、起重运输机械等)占销售额的70%。航空航天、大型精密模具制造业等也在快速发展。

制造业的新发展,新技术、新工艺、新材料的采用,为工具企业带来了前所未有的机遇,也提出了更严峻的挑战。破题之举就是认请发展形势,加大技术创新步伐。

当然,我国多数工具企业的基础还比较薄弱,科技创新也要循序渐进,不能一步登天。在这方面行业一些领跑企业已经积累了很多宝贵经验。企业在实践中体会到:自主创新的重要意义在于推动企业发展的一种理念,但不能理解为什么都靠自己去创造。和发达国家差距已经很大,关起门来做是赶不上去的。创新体系必须是开放的,吸收各种资源,坚持借鉴与创新并重,引进技术和消化吸收并重。而且要结合企业实际,扬长避短,正确定位,从有限目标开始,一步一个脚印坚持去做。但是,不管具体怎么操作,在经济全球化的背景下,每个企业自主创新的一步是必须跨出去的。停滞不前,无所作为,继续在传统产品中打转转,生存空间将愈来愈小。这种紧迫感和危机感,每个企业都要树立起来,使之成为不断创新的动力。

2. 在现代制造业分工日益细化的背景下,工具企业要延伸服务链、提高服务水平,这是提高竞争能力的关键之举

近年来,行业研讨发展问题,提高服务水平已经成为一个经常的话题。但对服务的认识还存在局限性。在传统观念中,服务往往是销售工作的延伸。服务好一点,产品容易卖出去,仅此而已。这种认识有局限性。因为,现代制造业的发展,服务的概念随着产业链的形成和发展已经大大深化了,远远超出了传统销售服务的范畴。由于制造业分工愈来愈细,社会化协作的要求愈来愈迫切,使得服务已经成为整个产业链中不可缺少的要素,是保证产业链有效运转的必备基础。可以说,离开服务,就没有现代制造业的发展。发达国家服务业的飞速发展,原因就在于此。

所以,现代制造业是在现代服务业支撑下发展起来的。相比之下,国内企业对服务业的重要性,认识非常不到位。因为在长期计划经济体制下,传统制造企业都是大而全、小而全,什么问题都在企业内部解决,对社会没有提出服务的需求。对工具行业相关的领域,各行各业的企业,都有自己庞大的工具车间,甚至是工具厂。除了在社会上买一点标准工具以外,所有的工具问题都是自己解决的,没有向工具企业提出服务的要求。可是,现在的情况已经大不相同。愈来愈多的制造企业,不仅没有工具车间,而且没有工具修磨服务机构。近年来,有的企业甚至连工具工程师、工艺工程师都在精简之例,目的是突出主业,加快发展,这是社会进步的表现。但是,制造企业内部有关工具、工艺业务还需要有人管。要专业化分工,这种分工要求工具企业延伸服务链,要跨越传统工具销售服务的老概念。深入制造企业内部服务,这就是现代制造业产业链运转需要的服务。但是,到目前为止,工具企业对这种服务需求的反应,还很不灵敏。

综上所述,在现代制造业的产业链中,工具企业的供应服务所扮演的角色,已经远远超出传统企业"生产和销售"活动的范畴,把服务深深融入到制造技术发展全过程。换句话说,在现代制造业的框架下,工具企业今后的发展,只有通过提升为制造业进行全方位服务的能力,才有可能成为各制造业产业链中稳定的合作伙伴,而获得稳定可靠的市场。传统的企业经营模式,由于企业与服务对象的关系是松散的,销售活动随机性很大,不符合现代制造业产业链发展需要,将日益受到被边缘化的危险。虽然制造业产业链还没有发展到如此成熟的地步,但是,和国际逐步接轨的趋势十分明显。所以,我国的工具制造商和分销商都要认识到现代制造业的产业特点,重视面临的新挑战,认真提高服务水平和延伸服务领域。若服务水准上不去,不是销售业绩好坏的问题,而是能否进入主流市场的问题。

当然,中国工具企业提高竞争能力,要做的事情很多。但技术创新和服务创新,是两个关键的门槛,要不断努力,不断跨越,才能使中国工具企业真正在现代制造业的产业链中占有一席之地,迎来更光明的发展前景。

〔撰稿人:中国机床工具工业协会工具分会沈壮行〕

中国机床工具工业年鉴 2008

行业概况

从生产发展、市场及销售、产品进出口、科技成果及新产品等方面阐述机床工具各分行业及企业2007年发展情况

Developments of the sub-industries and enterprises of machine tool industry in respect of production development, marketing and sales, product import & export, scientific and technological achievements are described

本栏目编辑：袁士华

综述

专文

行业概况

市场概况

企业概况

统计资料

标准

大事记

附录

综述

专文

行业概况

市场概况

企业概况

统计资料

标准

大事记

附录

中国机床工具工业年鉴
2008

行业概况

金属切削机床
锻压机械
铸造机械
木工机床
刀具量具量仪
数显装置
机床电器
机床附件
磨料磨具

快速发展中的数显装置行业

近年来，我国数显装置行业有了长足的发展，这集中体现在产品数量的增长和品种规格的外延方面。据不完全统计，2007年数显装置行业工业总产值已超过10亿元，形成了一批具有一定规模的企业。这些企业已具备向更高目标发展、研发更高水平新产品的综合能力，是数显行业发展的中坚力量。

通过行业企业的技术创新，数显装置产品的自主研发和生产取得了明显进步。2007年，行业企业更加注重具有自主知识产权新产品的开发，特别是对核心技术的研发。如桂林广陆数字测控股份有限公司在成功研制IP67防水型数显卡尺的基础上，加大了对其芯片的研发力度，并加快了工艺技术研究，同时又开展了用于数显量仪产品的激光位移传感器的研发，力争保持其在位移传感器领域研究的领先地位。又如广州市诺信（信和）数字测控设备有限公司在数控机床及数控系统的研发，苏州怡信光电科技有限公司、东莞市万濠精密仪器有限公司、深圳智泰精密仪器有限公司等在精密测量仪器的研发，莱格光电仪器有限公司在密封式钢带光栅传感器的研发，长春禹衡光学有限公司、无锡瑞普科技有限公司在圆光栅编码器的研发上都有新的进展。在上述新产品、新工艺、新技术的研发上，这些企业都有着独到之处。2007年桂林广陆数字测控股份有限公司成功上市、长春禹衡光学有限公司获得中国名牌等正是企业创新成果的具体体现。创新已经成为行业共识。

《中国机床工具工业年鉴》作为记录企业成长每一阶段的工具书，肩负着承载知名企业形象，帮助企业树立行业地位的重任。"数显专栏"的设立为数显行业企业提供了一个充分展示自己创新成果、经营理念及成长足迹的平台。愿《中国机床工具工业年鉴》与广大行业企业同成长！

2007广陆成功上市的背后

桂林广陆数字测控股份有限公司(股票代码002175)是高新技术企业,于2007年10月在中国深圳交易所上市。广陆的成长历程、成功上市将为广大科技型中小企业的发展起到很好的示范作用。

桂林广陆数字测控股份有限公司(以下简称广陆数字测控)多年来坚持走产品创新之路,对关键技术和生产工艺进行自主研发,掌握了一批具有自主知识产权、达到国际先进水平的核心技术。其中数显类量具技术达到国际同步、国内领先水平,电涡流位移传感器防水卡尺制造技术达到世界先进水平,填补了国内空白。公司已拥有38项专利权和14项专利申请,其中3项为国家发明专利。

广陆数字测控生产规模由小到大,已逐步成为我国数显量具量仪行业的龙头企业。公司年生产能力达135万套,70%以上的产品出口到欧美等30多个国家和地区,产量占全行业的50%以上,产量、出口量、销售量连续10年均以30%以上的速度增长,各项经济指标均居国内同行业前列。

自主创新与产学研相结合

创新是企业的灵魂。广陆数字测控取得的成果就来自于自主创新。从一开始,公司就紧紧抓住市场,以开发科技含量高的高新技术产品作为创业的起点。在传统机械产品里融入微电子技术、计算机技术,创造出光机电一体化新产品,即用高新技术改造传统产品。在新产品开发过程中,广陆数字测控认识到单纯依靠自身能力开发新产品具有的局限性,就转而采用"产学研"方式与全国高校及研究机构合作,由大学院校做最基础的开发,企业做二次开发,从而发挥各自的优势,走上了一条目标明确、快捷、效益高的发展道路。

专业化、规模化、差异化发展道路

企业的发展,往往是从专业化开始。广陆数字测控就是从专注于单一产品领域。在把产品做好、做精之后,转而以规模生产来降低成本,提高竞争力,从而适应了不同阶段的发展需求。

在做到专业化和规模化生产之后,广陆数字测控又积极探索差异化发展道路。在规格、品种及非标产品生产方面不断丰富自己的产品,并以能够守合同按时交货赢得客户的赞誉,从而在激烈的市场竞争中站稳了脚跟。

诚信为本——积极为客户服务的承诺

广陆数字测控将继续加强以"诚信为本,科技立业"为核心的企业文化建设,一切以为客户着想为前提,从小事做起,为客户解决一切困难,使产品使用价值最大化。

科学、合理的管理机制

广陆数字测控在规范员工行为的同时,加大对外交流,积极为员工创造各种发展机会,充分调动职工的积极性和创造性,增强了企业凝聚力和团队战斗力。公司建立了合理的企业法人治理结构,形成科学的企业决策体系和灵活有效的企业激励约束机制,不断进行企业制度创新,以适应激烈的国内外市场竞争。

广陆数字测控将不断拓展客户网络,加强客户管理,完善代理制度,通过高新技术产业化实现规模经济,为客户、为社会创造财富。公司今后将充分利用技术领先、管理科学、资本运营的优势,实现"国内先进、世界一流"的战略发展目标。

地址:广西区桂林市高新区5号区　　　　　　　邮编:541004
电话:0773-5845597　　销售热线:0773-5845587、5857632
传真:0773-5836599
http://www.guanglu.com.cn　　E-mail:LZX@guanglu.com.cn

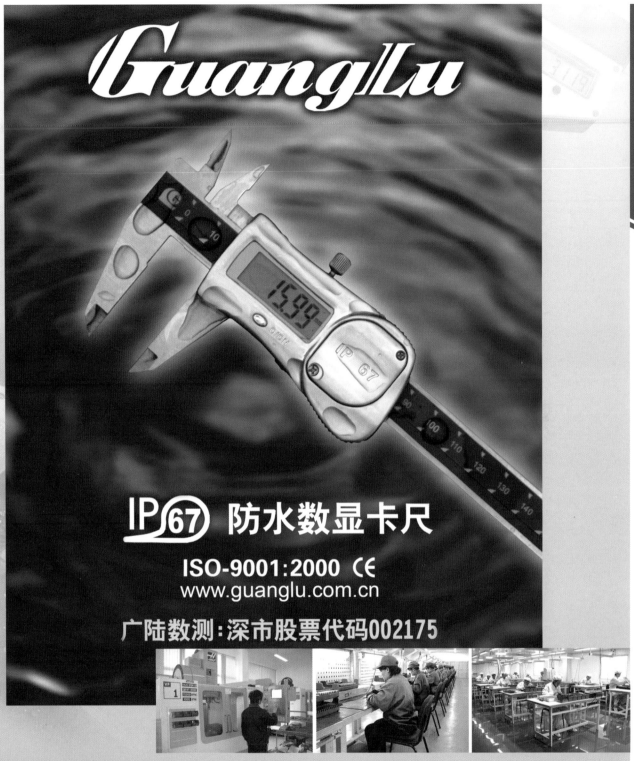

桂林广陆数字测控股份有限公司(股票代码002175)是高新技术企业,于2007年10月在中国深圳交易所上市。现有员工870人,其中科技人员约占30%。公司下辖无锡广陆数字测控有限公司、上海广陆测控技术开发有限公司和上海销售分公司。公司主要生产4大类产品:电子数显卡尺系列产品(通用和专用),电子数显千分尺系列产品,电子数显指示表系列产品,其他智能化、数字化精密仪器仪表系列产品。

公司目前是国内生产测量范围500mm以上的专用(非标产品)电子数显量具量仪的专业厂家。生产的系列产品被列入中国高新技术产品出口目录,荣获广西区2000年科技进步一等奖等多项荣誉奖励,其中SXR-02型容栅数显测量仪被列入2000年国家重点新产品。公司通过了ISO9000:2000国际质量保证体系认证、测量管理体系认证、环境管理体系认证和国际CE安全认证。

公司为国家机电产品出口生产基地,拥有自营进出口权,被中国银行评为AAA级信用单位,荣获广西经济效益先进单位称号,2003年和2006年连续两次被评为中国机床工具行业精心创品牌活动十佳企业,是中国机床工具工业协会数显装置分会理事长单位,全国量具标准化委员会数显装置分标委会秘书处挂靠单位。

我们热忱希望与国内外各界人士一起携起手来,真诚合作,共铸辉煌。

Yuheng Optics is the second-class produce permission company of measure instrument, the encoder test base and the research and development center, Postdoctoral Workstation Troubles and Postdoctoral research venture base in China. We have 123 term patents, and use ERP system in full operation. Yuheng encoder is the Chinese Famous Brand.

禹衡牌光电编码器
——编码器行业的中国名牌

2007年9月11日，在北京人民大会堂召开的"中国名牌产品暨中国世界名牌产品表彰大会"上，"禹衡"牌光电编码器被授予"中国名牌"称号。这一天对于长春禹衡光学有限公司（以下简称"禹衡光学"）乃至我国整个光电编码器行业来讲，都是一个值得纪念的日子——"禹衡"牌光电编码器率先被评为中国名牌，同时也是"禹衡光学"42年来，用创新引领中国光电编码器行业发展的历史见证。

"禹衡光学"是吉林省高科技企业，国家光电编码器定点生产厂家，拥有国家光电编码器工程中试基地和研发中试中心、博士后科研工作站，还先后被评为全国CAD应用工程示范企业，国家专利申报百强企业，列入长春国家光电子产业基地重点企业，在行业内率先被确定为博士后科研创业基地。这一系列的荣誉，不仅仅缘于公司员工的不懈努力，更是与省市各级领导部门对"禹衡光学"的大力支持与帮助分不开。

吉林省、市负责质量技术的相关部门，根据省实际发展情况，为中小企业先后制定了"吉林省'十五'期间名牌战略实施意见"、"吉林省名牌产品管理办法"和"吉林省'十五'期间中国名牌产品争创规划"等文件，提出了名牌战略工作的指导思想和目标任务，从2001年重新启动吉林省名牌产品的评选表彰工作后，相继出台了培育、推荐、评价、命名、表彰等相关配套政策和措施，建立健全了专家评审认定组织，完善了吉林省名牌产品档案和后续管理办法，多次组织学习，为省内中小企业申报名牌工作提供服务帮助及政策解析，为吉林省名牌产品的健康有序发展、为形成更多的中国名牌产品提供了较好的政策环境和制度保障。

"禹衡光学"人相信实力铸造品牌，专业成就精品。"禹衡光学"人始终坚持"诚信、快捷、双赢"的经营理念，走品牌发展之路，竭诚向顾客提供一流的产品与服务。

地址：吉林省长春市高新区飞跃东路333号
邮编：130012
电话：0431-88684373、88618174
传真：0431-88684371
E-mail:sales@yu-heng.cn
http://www.yu-heng.cn

禹衡光学

REP 无锡市瑞普科技有限公司
WU XI REP TECHNOLOGY CO., LTD.

　　无锡市瑞普科技有限公司是一家民营股份制企业，位于长江三角洲中心地带、风景秀丽的太湖之滨。公司始建于1995年，主营产品为光电轴角编码器，延伸产品有联轴器、计数器、高精度光栅等，多元化产品有电子光学尺、数显系统、高度尺、光学投影仪等。

　　实力铸造品牌，专业成就精品。公司禀承"管理高起点、产品高档次、员工高素质、服务高水平"的四高方针，于2004年10月顺利通过ISO9001：2000质量体系升级换版工作，严谨务实、精益求精的品质理念贯穿于产品的每一个环节。公司被保优打假维权中心授予"质量、信誉跟踪单位"，荣获相关部门颁发的"中国制造业1000家具成长性中小企业"荣誉称号；被评为"五星企业"，获得CE、计量许可等认证。公司及其产品也曾多次获得"高新技术企业认定"、"高新技术产品认定"类证书。

　　公司不断开拓进取，持续进行技改投入，增添设备、扩大提高产能，达到年产50万台编码器的生产能力。公司重视新产品开发、引进消化吸收国外先进技术，投入数百万元开发专用芯片，在国内率先采用模块IC集成光电技术，提高了编码器产品的可靠性和使用寿命(MTBF)，简化生产工艺提高了生产效率。公司技术中心在产品研发方面取得了不俗的成绩：申请了几十项国家专利；在主导产品增量式旋转编码器的基础上，推出交流伺服电动机用带U、V、W信号复合码的编码器，小型分体式编码器，高脉冲编码器，单圈高位绝对式编码器和多圈绝对式编码器等。

　　为用户提供优质产品，满足顾客需求，创造社会价值，质量第一、顾客至上是公司始终不懈追求的目标。

电　话：0510-85168888
　　　　　85628111
　　　　　85628222
传　真：0510-85628555
http://www.chinarep.com.cn
E-mail: sales@chinarep.com.cn

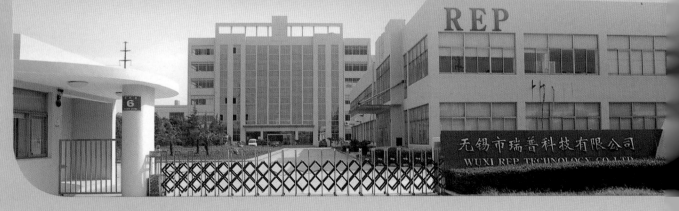

专业编码器制造商

公司专业从事光电编码器及其延伸产品的研发、制造、销售及服务。
主要产品：编码器、联轴器、光栅尺、磁尺、计数器、光栅尺数显系统、
高度尺、光学投影仪、接近开关、高精密度光学镀膜、光栅等。

http://www.chinarep.com.cn

CASIC 航天科工惯性技术有限公司

伴随球栅数显装置发展的航天惯性公司

航天科工惯性技术有限公司（以下简称公司）于2004年由中国航天科工集团公司第三研究院及所属第三十三研究所的若干实体整合改制而成，并于2008年6月吸收合并了原航天万新科技有限公司。

航天科工惯性技术公司承袭了三十三所和航天万新公司的核心技术，以惯性导航与自动控制技术及产品为主业，以军民结合产品研制生产为主体。产品技术水平居国内同行前列。

公司主要从事惯性传感器、定位定向系统、非标测控设备、专用电源电路的研发、生产，具有国内先进的惯控技术研发中心、精密机械加工中心、环境实验室和机电装配车间。产品主要包括高精度加速度计、石油钻井测井仪器、岩土仪器、非标测试设备、专用电源电路、卫星接收机、航空应急仪表、武装机器人、气压高度表、球栅数控数显装置等。

公司把航天军工技术应用于民用工业，在20世纪80年代研制出随钻测斜仪、连续测斜仪和钻孔测斜仪，打破了国外垄断；光纤陀螺连续测斜仪填补了国内技术空白；惯性管道测绘系统是输油管道轨迹测绘的专用测量装置，改写了该装置只能从国外进口的历史；岩土测斜仪和地质灾害监测系统用于水坝和滑坡监测，捐赠给四川。

20世纪80年代起，航天第三研究院自主研发了机床数控系统和数显装置，并且成立了专业化的数控数显公司，对其加工设备中的传统机床进行技术改造。专业化的数控数显公司后来归属于航天万新公司（中国机床工具工业协会会员，数显分会常务理事单位）及现在的航天科工惯性技术有限公司。

航天科工惯性技术有限公司是英国NEWLL公司在中国的销售技术服务中心，负责其产品在中国的技术支持、市场开发、分销、库存和售后服务。通过10多年来的努力，NEWLL球栅数显产品在航天航空、船舶、钢铁、冶金、石化、工程机械等行业有着广泛的应用，并被国内多家骨干机床厂用于新机床的配套。公司球栅数显的市场销售量在国内市场名列前茅，年销售收入达5 000万元。

公司在国内率先引进并推广应用英国NEWALL球栅数显装置。早在1993年，中国航天工业由于技术改造的需要，就引进了NEWALL球栅数显，首先用于航天工业各厂所的机床数显化改造。取得成功经验之后，球栅数显技术逐步推广到各行业的机床上使用。NEWALL球栅尺有多种规格，可以输出多种协议的位置反馈信号，能与大多数主流的CNC、NC、PLC以及PC产品连接。

1995年NEWALL公司又推出Microsyn直线编码器，即"微栅尺"。分辨率0.001mm，测量精度±0.005mm，最大测量速度45m/min，测量范围0.05mm～1m。

2002年，NEWALL公司在球栅尺和微栅尺的基础上开发了绝对式直线编码器，即绝对式球栅尺，这是球栅线性测量技术领域的一项重大突破。

伴随着球栅数显装置技术的发展，重组调整后的航天科工惯性技术有限公司也在快速发展。相信依托航天工业雄厚的技术基础和先进的加工设备，凭借现代化的管理手段和人才优势，航天科工惯性技术有限公司一定能打造成一个世界一流的高科技百年企业。

高可靠的长度传感器-球栅尺

英国新和球栅尺
数控数显

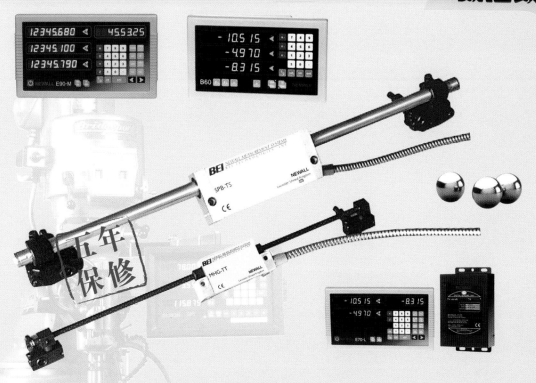

- 球栅尺高可靠，防水、防油、防尘、防铁屑、抗冲击、耐振动。
- 安装简便，对安装面无加工要求，不需日常维护。
- 模拟量或数字量输出，数控数显均可使用。
- 数显表独特的追数功能，追寻停电后位移。
- 数显表可显示长度或角度。

技术参数	球栅尺 SPHEROSYN	微栅尺 MICROSYN
测量分辨率	0.000 5mm/0.001mm/0.005mm	0.000 1mm/0.001mm/0.005mm
测量准确度	±5μm/±10μm	±3μm/±5μm
最大运行速度	2m/s	2m/s
有效行程	标准50~12 000mm(>12m分段接长)	50~1 050mm
信号输出	Selv/RS422-TTL/1Vpp/SSI/HTL/OC	Selv/RS422-TTL/1Vpp/SSI/HTL/OC
读数头尺寸	54mm×131mm×28mm	35mm×75mm×25mm
防护等级	IP67(IEC529)	IP67(IEC529)
抗冲击	100g(IEC69-2-6)	100g(IEC69-2-6)
耐振动	30g(IEC68-2-27)	30g(IEC68-2-27)

航天科工惯性技术有限公司 | NEWALL技术销售服务中心

地址：北京市丰台区海鹰路1号院2号楼 邮编：100070

电话：010-63791781、63791782   传真：010-63791783、63799330

http://www.cnasit.com   www.wonew.com

E-mail:wonew@wonew.com

NEWALL

Vulcan Measurement Systems

英国威勤测量系统有限公司（Vulcan Measurement Systems.Ltd. 以下简称威勤）成立于2005年4月，是一家专门从事数显系统研发、生产及销售的国际性企业。总部位于英国的曼彻斯特市，另在美洲、亚洲及大洋洲均有分支机构，以就近支援世界各地代理商。威勤的所有产品均已通过ISO9000质量体系认证、CE等多项国际认证。

威勤的母公司光系数码集团于2008年第四季度在中国深圳分阶段设立生产线，通过多种渠道，降低组装制造成本，使产品价格达到目前同类进口产品价格的一半，对开拓中国更大的市场和让企业买得起、用得起产品起到了至关重要的作用。在中国建立的威勤测量系统（深圳）有限公司，借本土化生产与服务的方式，减少运营成本，大大降低了产品价格；而产品完全按照欧洲行业标准和严格的质量控制体系生产，产品质量有可靠保证，有效填补了中国球栅尺的市场空隙。

威勤2005年正式进入中国市场以来，已经在华南、华东、华北、西南等地设立直属办事处、销售及服务中心23个，能快捷有效地为用户提供全面的技术保障和切实可行的周到服务。威勤对用户做出了延长保修期的承诺：数显表和读数头的保修期为5年，球栅尺尺身的保修期为10年，这在业内是十分少见的。威勤产品采用全密封设计，达到Ip67防护等级标准，其测量精度不受油、水、铁屑等车间常见污染物影响。威勤拥有超长测量行程的球栅尺，从单根测量行程50mm到12m，并且可以无限接长，为业界长行程的测量需要提供了优化的解决方案；产品热膨胀系数为$12 \times 10^{-6} K^{-1}$，与机床及加工件的系数非常接近，在实际加工环境中，大大降低了数显系统因温度差变化或出厂标示的精度环境不同所产生的热膨胀误差，这些都是威勤球栅尺受用户喜欢的因素。

目前中国市场正是经济快速上升阶段，强劲的市场需求拉动了整个机械制造业迅速扩张。但国际金融环境的变化，导致消费信心减弱，再加上机床行业的经济周期变化，上述因素对市场的影响值得我们关注。伴随中国机械行业的快速发展，威勤球栅尺在不断加快自身产品研发步伐的同时，将延续球栅尺产品独特的设计、精湛的工艺及卓越的耐用可靠性，缩短供货期。威勤计划用3年的时间，使威勤球栅尺产品在国内占有率达到30%～50%的份额。

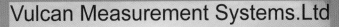

Vulcan Measurement Systems.Ltd

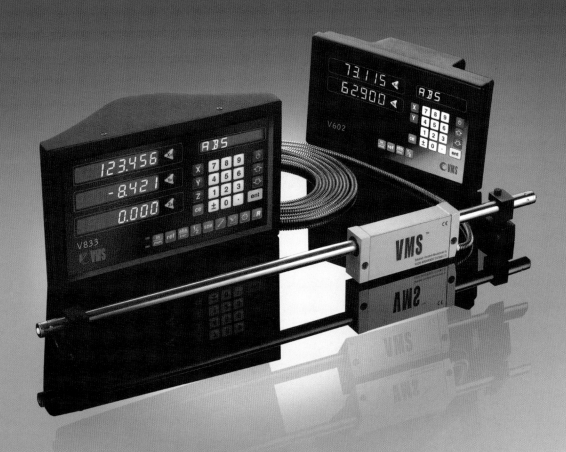

数显专栏

中国机床工具工业协会数显装置分会是以从事制造位移传感器及其数显表、数显量仪、数显量具的企业为主体，以及有关研究院所、高等院校、销售服务中心等单位和团体自愿组成的跨地区、跨部门和不受所有制限制的全国性组织。经过"十五"期间的高速发展和"十一五"期间的持续发展，数显装置分会会员单位80%以上为生产企业，并逐步形成了一批产品结构多元化、跨专业、跨行业的骨干生产企业。国产经济型的光栅、容栅、磁栅、感应同步器以及代理进口的球栅产品已经统占了国内市场；形成了中低端系列产品的市场体系；同时也研发出一批具有自主知识产权的新产品，为我国数显装置产业的自主发展奠定了一定的基础。

我们希望能有更多的数显装置产品应用在相关制造业的先进生产流水线上，来满足不断发展的先进制造业需求。期待更多新产品、更多中国名牌的出现！

金属切削机床

金属切削机床行业包括:车床行业、铣床行业、钻镗床行业、磨床行业、齿轮加工机床行业、特种加工机床行业、插拉刨床行业、锯床行业、组合机床行业、重型机床行业及小型机床行业。

一、行业基本情况

1. 国家统计局发布的金属切削机床行业基本情况

2007 年,金属切削机床行业共有企业 586 家,比上年增加了 135 家;产品销售产值 747.8 亿元,比上年增长28.8%;工业总产值(现价)768.7 亿元,比上年增长28.0%。

2. 年鉴统计的金属切削机床行业基本情况

2007 年,本年鉴共收集到金属切削机床行业 231 家企业资料,比上年企业数增加 21 家,占全行业企业总数的39.4%。产品销售产值 629.6 亿元,占全行业产品销售产值的84.2%。工业总产值(现价)643.7 亿元,占全行业工业总产值(现价)的83.7%。

金属切削机床行业统计口径分为 11 个小行业。由于各小行业的产品结构呈多元化,导致各小行业的机床工具类产品产值占工业总产值(现价)的比例各异,全行业机床类产品产值占工业总产值的比重平均值为80.4%。2007 年金属切削机床行业 11 个小行业的主要经济指标完成情况见表1。

表1　2007 年金属切削机床行业 11 个小行业主要经济指标完成情况

行业名称	企业数(个)	工业总产值(现价)(万元)	机床工具类产品产值(万元)	工业销售产值(现价)(万元)	机床工具类产品销售产值(万元)	工业增加值(万元)	利税总额(万元)	从业人员平均人数(人)	资产总计(万元)	流动资产平均余额(万元)	固定资产净值余额(万元)
合计	231	6 437 289	5 175 881	6 295 693	5 155 200	1 862 408	670 871	157 097	7 178 133	3 976 057	1 510 142
车床	34	1 274 122	1 153 614	1 252 938	1 139 126	424 307	129 721	35 727	1 583 373	849 576	343 939
铣床	23	766 581	636 725	714 847	610 692	268 974	112 206	19 829	1 163 146	678 777	276 564
钻镗床	21	900 522	814 649	897 223	897 223	311 471	84 708	16 629	941 674	532 403	233 434
磨床	34	556 116	390 848	548 781	418 021	148 845	63 615	20 217	658 539	393 505	151 256
齿轮加工机床	8	446 981	386 795	445 991	385 938	149 929	54 302	15 295	555 566	281 523	116 850
插拉刨	12	176 039	40 055	163 726	38 048	55 579	42 691	4 851	225 264	117 052	52 491
特种加工机床	35	233 766	211 838	233 795	180 380	107 223	18 826	4 777	69 344	50 407	26 377
锯床	24	117 077	95 560	108 927	93 301	30 114	8 917	3 863	89 773	36 705	22 842
组合机床	26	1 256 942	851 426	1 243 187	831 428	339 453	77 798	17 096	904 471	516 000	122 000
重型机床	8	635 575	552 052	621 396	528 187	3 421	69 288	15 547	884 739	477 086	145 310
小型机床	6	73 569	42 318	64 882	32 855	23 092	8 799	3 266	102 244	43 023	19 081

注:1. 资料来源于本年鉴统计资料。表中的机床产品产值含金属切削机床行业生产的非金属切削机床产值。

2. 表中数据由于四舍五入,合计数有微小出入。

二、行业生产情况

1. 国家统计局发布的金属切削机床基本生产情况

2007 年国家统计局发布的统计信息显示,共有 400 家企业生产金属切削机床,比上年增加了 40 家企业,其中有 200 家企业生产数控机床产品,比上年增加了 28 家。400 家企业共生产金属切削机床 606 835 台,比上年增长 11.7%,其中数控机床 123 257 台,比上年增长 32.6%。

2. 本年鉴统计的金属切削机床基本生产情况

2007 年,231 家企业共生产金属切削机床 473 335 台,比上年增长 42.3%,占全国总产量的 78.0%,其中数控机床 101 778 台,比上年增长 52.9%,占全国总产量的82.6%。

金属切削机床产值 486.395 7 亿元,比上年增长 46.2%,其中数控机床产值 279.054 7 亿元,比上年增长 55.9%;金属切削机床的产值数控化率为 57.4%。

各种机床产值构成比列前 5 名的是:车床第一,占37%;加工中心第二,占 13%;铣床、镗床第三,各占 10%;磨床第四,占 8%;组合机床第五,占 6%。各种数控机床产值构成比列前 5 名的是:数控车床第一,占 33%;加工中心第二,占 23%;数控组合机床第三,占 9%;数控铣床第四,占8.1%;数控特种加工机床第五,占 6.4%。2007 年(231 家企业)金属切削机床分类产品生产情况见表2。

表2　2007 年(231 家企业)金属切削机床分类产品生产情况

产品名称	实际完成			其中:数控		
	产量(台)	产值(万元)	产值构成比(%)	产量(台)	产值(万元)	产值构成比(%)
金属切削机床总计	473 335	4 863 957	100	101 778	2 790 547	100

产品名称	实际完成			其中:数控		
	产量(台)	产值(万元)	产值构成比(%)	产量(台)	产值(万元)	产值构成比(%)
加工中心总计	9 384	631 126	13.0	9 384	631 126	23.0
立式加工中心	7 622	321 043		7 622	321 043	
卧式加工中心	996	177 701		996	177 701	
龙门式加工中心	762	130 372		762	130 372	
其他加工中心	4	2 010		4	2 010	
车床	209 825	1 796 454	37.0	54 380	906 416	33.0
钻床	53 821	142 657	3.0	741	6 271	0.1
镗床	5 857	484 909	10.0	813	171 909	6.2
磨床	30 610	392 271	8.0	3 335	169 257	6.1
齿轮加工机床	5 783	210 579	4.0	1 554	125 582	4.5
铣床	48 839	462 801	10.0	8 064	226 713	8.1
特种加工机床	22 700	201 972	4.2	19 372	181 791	6.4
其他金属切削机床	10 113	151 624	3.2	779	103 527	3.4
插床	601	3 921	0.1			
拉床	110	4 323	0.1			
锯床	37 091	76 815	1.2	1 851	12 041	0.1
组合机床	2 754	285 832	6.0	1 477	251 378	9.0
螺纹加工机床	16 295	16 907	0.1	28	4 536	0.1
仪表车床	19 552	1 766	0.1			
台钻	127 736	20 188				

注:1. 资料来源于本年鉴统计资料。

　　2. 金属切削机床总计数中不含台钻产品。

三、出口情况

1. 海关总署统计的金属切削机床出口情况

2007 年,全国金属加工机床出口额 16.5 亿美元,同比增长 39.2%,数控金属加工机床出口额 5.0 亿美元,同比增长 48.2%,占金属加工机床出口额的 30.0%。其中金属切削机床出口额 12.2 亿美元,比上年同期增长 31.6%;数控金属切削机床出口额 4.1 亿美元,比上年同期增长 49.4%,占金属切削机床出口额的 33.6%。

2. 本年鉴统计的金属切削机床出口情况

2007 年,136 家企业共出口金属切削机床 59 350 台,占海关总署统计的 11.7%;出口额 5.6 亿美元,占海关总署统计的 45.9%。出口各种数控机床 5 958 台,占海关总署统计的 30.0%;出口额 3.3 亿美元,占海关总署统计的 80.5%。2007 年(136 家企业)金属切削机床分类产品出口情况见表 3。

表3　2007 年(136 家企业)金属切削机床分类产品出口情况

产品名称	实际完成		其中:数控	
	出口量(台)	出口额(万元)	出口量(台)	出口额(万元)
金属切削机床	59 350	422 071	5 958	253 629
加工中心	596	58 140	596	58 140
立式加工中心	428	13 975	428	13 975
卧式加工中心	123	23 733	123	23 733
龙门式加工中心	45	20 432	45	20 432
车床(不含仪表车床)	23 095	169 760	1 639	75 981
钻床(不含台钻)	7 822	14 831	2	68
镗床	428	10 997	30	3 458
磨床(不含砂轮机、抛光机)	1 476	13 607	47	3 178
齿轮加工机床	99	4 828	42	3 902
螺纹加工机床	6 160	1 411		
铣床	9 638	67 455	695	40 676
拉床	2	156		
特种加工机床	2 714	65 710	2 713	65 704
锯床	4 975	6 537	166	1 199
组合机床	4	782	4	782
其他金属加工机床	2 341	7 858	24	540

注:1. 资料来源于本年鉴统计资料。其中美元折算率为 2007 年平均值 7.604。

　　2. 表中数据由于四舍五入,合计数有微小出入。

四、新产品

2007年年鉴资料显示,金属切削机床行业共完成新产品719种,比上年增加138种,其中数控机床464种,比上年增加64种。其中磨床的新产品数量最多,共168种,占新产品总数的23.4%;加工中心第二,136种,占总数的18.9%;车床第三,占新产品总数的16.6%。在数控机床新产品中,加工中心数量第一,136种,所占比例29.3%;数控磨床107种,所占比例23.1%;数控车床88种,所占比例19.0%。2007年金属切削机床行业新产品分类完成情况见表4。

表4　2007年金属切削机床行业新产品分类完成情况

产品名称	新产品(种)	占新产品总数的比例(%)	其中:数控(种)	占数控新产品的比例(%)
金属切削机床	719	100.0	464	100.0
加工中心	136	18.9	136	29.3
车床	119	16.6	88	19.0
铣床	59	8.2	43	9.3
钻床	10	1.4	2	0.4
镗床	39	5.4	27	5.8
磨床	168	23.4	107	23.1
齿轮加工机床	28	3.9	20	4.3
特种加工机床	21	2.9	13	2.8
拉床	14	1.9		
刨床	3	0.4		
锯床	36	5.0		
组合机床	18	2.5	9	1.9
仪表车床	3	0.4	3	0.6
生产线	7	1.0	1	0.2
其他金属切削机床	58	8.1	15	3.3

注:资料来源于本年鉴统计资料。

车床行业、铣床行业、钻镗床行业、磨床行业、齿轮加工机床行业、特种加工机床行业、插拉刨床行业、锯床行业、组合机床行业、重型机床行业及小型机床行业详细情况见以下介绍。

〔本部分撰稿人:中国机床工具工业协会周秀茹〕

(一)车床

2007年车床行业产品仍是产销两旺,生产经营持续发展,车床行业企业以数控机床为重点,在新产品开发、科研项目完成及产品出口方面都取得了好的成绩。2007年车床行业产品产量、销量和各项经济指标均有较大提高。

1. 基本情况

车床分会生产企业在册会员单位53个,其中国有企业20个,集体控股企业15个,私人控股企业17个,港商控股企业1个,职工人数约3.6万人。

参加本年鉴汇总的车床行业企业34个(为了避免重复统计,本年鉴34个企业中的数据未包括大连机床集团有限责任公司、重庆第二机床厂有限公司、南昌凯马有限公司、北京京仪世纪自动化设备有限公司的数据,因其数据已上报其他分会),2007年车床行业完成工业总产值(现价)1 274 122万元,其中机床工具产值1 153 614万元;工业销售产值(现价)1 252 938万元,其中机床工具销售产值(现价)1 139 126万元;实现利税129 721万元;工业增加值424 307万元。由于2007年生产经营产销两旺,人均经济效益比上年有较大提高,人均工业总产值增长21.7%,人均工业销售值比上年增长6.1%,人均工业增加值比上年增长19.5%,人均利税总额比上年增长42.4%。

2007年车床行业(34个企业)主要经济指标完成情况见表5,2007年车床行业企业主要经济指标完成情况见表6。

表5　2007年车床行业(34个企业)主要经济指标完成情况

指标名称	单位	实际完成
工业总产值(现价)	万元	1 274 122
其中:机床工具类产品产值	万元	1 153 614
工业销售产值(现价)	万元	1 252 938
其中:机床工具类产品销售产值	万元	1 139 126
工业增加值	万元	424 307
实现利税	万元	129 721
从业人员平均人数	人	35 727
资产总计	万元	1 583 373
流动资产平均余额	万元	849 576
固定资产净值平均余额	万元	343 939

表6　2007年车床行业企业主要经济指标完成情况

序号	企业名称	工业销售产值(万元)	工业总产值(现价)(万元)	从业人员平均人数(人)
1	沈阳机床(集团)有限责任公司	486 801	478 187	7 716
2	宝鸡机床集团有限公司	151 473	156 675	2 543
3	安阳鑫盛机床有限公司	79 988	81 204	1 914
4	德州普利森机械制造有限公司	74 247	77 590	1 627
5	济南一机床集团有限公司	74 330	71 501	2 933
6	天水星火机床有限责任公司	62 744	67 334	1 314
7	山东鲁南机床有限公司	42 186	41 274	2 069
8	浙江凯达机床集团有限公司	35 196	36 018	1 141
9	广州机床厂有限公司	24 751	25 831	837
10	宁夏新瑞长城机床有限公司	18 401	22 945	368
11	南京第一机床厂	21 685	22 157	1 155
12	浙江联强数控机床股份有限公司	18 889	20 547	868
13	江苏齐航数控机床有限责任公司	16 648	16 651	760
14	太原第一机床厂	12 659	15 082	1 014

序号	企业名称	工业销售产值(万元)	工业总产值(现价)(万元)	从业人员平均人数(人)
15	盐城市机床有限公司	13 492	13 217	1 311
16	牡丹江迈克机床制造有限公司	10 199	12 264	622
17	长沙金岭机床有限责任公司	11 062	11 149	400
18	河北114机床厂	10 842	11 049	1 043
19	武汉汉口机床厂	9 079	11 002	1 087
20	天津市第二机床有限公司	8 597	10 347	296
21	安徽黄山第一机床厂	9 908	10 046	554
22	丹东机床有限责任公司	8 223	8 819	431
23	荆州荷花机床有限公司	6 765	8 323	389
24	马鞍山万马机床制造有限公司	5 966	6 760	466
25	福州机床厂有限公司	5 954	6 201	436
26	安徽双龙机床制造有限公司	5 888	5 985	380
27	山东沂水机床厂	5 554	5 809	498
28	广州珠江机床厂有限公司	5 445	5 609	379
29	上海重型机床有限公司	6 534	5 100	146
30	玉溪机床有限责任公司	3 033	3 007	352
31	湖北福欣机床制造有限公司	2 497	2 500	240
32	烟台富仕通机械制造有限公司	1 652	1 716	149
33	宜宾(监狱)机床厂	1 262	1 320	176
34	沈阳机床制造有限责任公司	988	903	113

2.生产情况

2007年,车床分会参加年鉴统计的34个企业共生产金属切削机床155 236台,比上年增长11.1%,其中车床143 730台,比上年增长14.2%;数控车床38 994台,比上年增长28.7%,车床产量数控化率27.1%;完成车床产值1 060 780万元,比上年增长14.8%,其中数控车床产值比上年增长18.4%,车床产值数控化率48.0%。

2007年车床行业分类产品生产情况见表7,2007年车床行业企业分类产品生产情况见表8。

表7 2007年车床行业分类产品生产情况

产品名称	实际完成		其中:数控	
	产量(台)	产值(万元)	产量(台)	产值(万元)
金属切削机床总计	155 236	1 158 809	41 554	574 147
加工中心	1 402	36 867	1 402	36 867
其中:立式加工中心	1 354	33 812	1 354	33 812
卧式加工中心	40	2 252	40	2 252
龙门式加工中心	8	803	8	803
车床(不含仪表车床)	143 730	1 060 780	38 994	509 437
钻床(不含台钻)	3 395	5 241	49	1 710
镗床	181	7 469	43	1 386
磨床(不含砂轮机、抛光机)	111	2 667	5	1 128
铣床	679	7 514	501	5 474
锯床	174	489		
组合机床	19	1 909	8	1 173
其他金属切削机床	5 545	35 873	552	16 972

表8 2007年车床行业企业分类产品生产情况

序号	企业名称及产品名称	实际完成		其中:数控	
		产量(台)	产值(万元)	产量(台)	产值(万元)
1	沈阳机床(集团)有限责任公司				
	金属切削机床总计	63 512	478 187	18 035	278 796
	车床	63 321	466 578	17 995	267 611
	锯床	151	424		
	其他金属切削机床	40	11 185	40	11 185
2	宝鸡机床集团有限公司				
	金属切削机床总计	13 274	111 948	5 157	74 173
	加工中心	506	14 379	506	14 379
	其中:立式加工中心	506	14 379	506	14 379

序号	企业名称及产品名称	实际完成		其中：数控	
		产量（台）	产值（万元）	产量（台）	产值（万元）
	车床	12 372	92 371	4 535	56 298
	磨床	98	527		
	铣床	256	2 697	108	2 323
	锯床	23	65		
	组合机床	19	1 909	8	1 173
3	安阳鑫盛机床有限公司				
	金属切削机床总计	5 019	81 204	1 083	20 838
	车床	5 019	81 204	1 083	20 838
4	德州普利森机械制造有限公司				
	金属切削机床总计	4 384	55 709	1 146	16 655
	车床	4 196	46 542	1 097	13 687
	钻床	19	1 048	19	1 048
	镗床	157	7 399	21	1 322
	磨床	6	566	3	444
	铣床	6	154	6	154
5	济南一机床集团有限公司				
	金属切削机床总计	7 253	63 186	3 851	48 325
	加工中心	137	4 126	137	4 126
	其中：立式加工中心	116	3 000	116	3 000
	卧式加工中心	21	1 126	21	1 126
	车床	7 116	59 060	3 714	44 199
6	天水星火机床有限责任公司				
	金属切削机床总计	3 296	67 334	127	8 119
	车床	3 289	65 760	125	7 435
	磨床	7	1 574	2	684
7	山东鲁南机床有限公司				
	金属切削机床总计	7 669	33 641	1 254	18 436
	加工中心	375	9 630	375	9 630
	其中：立式加工中心	350	8 064	350	8 064
	卧式加工中心	19	1 126	19	1 126
	龙门加工中心	6	440	6	440
	车床	2 001	7 938	404	3 930
	其他金属切削机床总计	5 293	16 073	475	4 876
8	浙江凯达机床集团有限公司				
	金属切削机床总计	9 416	36 018	2 496	20 432
	加工中心	210	4 323	210	4 323
	其中：立式加工中心	210	4 323	210	4 323
	车床	9 206	31 695	2 286	16 109
9	广州机床厂有限公司				
	金属切削机床总计	5 091	25 215	1 635	13 713
	车床	5 091	25 215	1 635	13 713
10	宁夏新瑞长城机床有限公司				
	金属切削机床总计	798	26 616	791	26 526
	车床	780	26 110	773	26 020
	钻床	18	506	18	506
11	南京第一机床厂				
	金属切削机床总计	342	6 365	194	3 870
	车床	297	4 730	194	3 870
	其他金属切削机床	45	1 635		
12	浙江联强数控机床股份有限公司				
	金属切削机床总计	4 687	23 951	2 962	18 876
	加工中心	167	4 203	167	4 203
	其中：立式加工中心	165	3 840	165	3 840
	龙门加工中心	2	363	2	363
	车床	4 063	16 107	2 367	11 201

序号	企业名称及产品名称	实 际 完 成		其中：数控	
		产量（台）	产值（万元）	产量（台）	产值（万元）
	镗床	24	70	22	64
	铣床	385	2 959	385	2 959
	其他金属切削机床总计	48	612	21	449
13	江苏齐航数控机床有限责任公司				
	金属切削机床总计	1 746	16 288	140	3 177
	车床	1 739	15 882	133	2 772
	其他金属切削机床	7	406	7	405
14	太原第一机床厂				
	金属切削机床总计	1 936	14 118	380	3 133
	车床	1 817	8 600	380	3 133
	铣床	30	1 666		
	其他金属切削机床	89	3 852		
15	盐城市机床有限公司				
	金属切削机床总计	5 594	13 202	256	1 257
	车床	4 713	12 292	256	1 257
	钻床	881	910		
16	牡丹江迈克机床制造有限公司				
	金属切削机床总计	3 235	12 264	243	1 976
	车床	3 235	12 264	243	1 976
17	长沙金岭机床有限责任公司				
	金属切削机床总计	1 019	11 149	96	1 505
	车床	1 019	11 149	96	1 505
18	河北 114 机床厂				
	金属切削机床总计	887	2 601		
	车床	887	2 601		
19	武汉汉口机床厂				
	金属切削机床总计	606	3 062	143	1 661
	车床	606	3 062	143	1 661
20	天津市第二机床有限公司				
	金属切削机床总计	302	9 413	10	360
	车床	293	7 389	10	360
	其他金属切削机床	9	2 024		
21	安徽黄山第一机床厂				
	金属切削机床合计	1 302	4 381	180	988
	车床	1 302	4 381	180	988
22	丹东机床有限责任公司				
	金属切削机床总计	2 494	8 849	50	444
	车床	1 913	7 196	38	288
	钻床	576	1 623	12	156
	其他金属切削机床	5	30		
23	荆州荷花机床有限公司				
	金属切削机床总计	1 885	8 323	558	3 680
	车床	1 885	8 323	558	3 680
24	马鞍山万马机床制造有限公司				
	金属切削机床总计	995	5 397	362	2 876
	加工中心	7	206	7	206
	其中：立式加工中心	7	206	7	206
	车床	986	5 153	353	2 632
	铣床	2	38	2	38
25	福州机床厂有限公司				
	金属切削机床总计	478	6 937	15	542
	车床	478	6 937	15	542
26	安徽双龙机床制造有限公司				
	金属切削机床总计	970	5 985	49	489
	车床	970	5 985	49	489

序号	企业名称及产品名称	实 际 完 成		其中:数控	
		产量(台)	产值(万元)	产量(台)	产值(万元)
27	山东沂水机床厂				
	金属切削机床总计	680	6 027	2	38
	车床	680	6 027	2	38
28	广州珠江机床厂有限公司				
	金属切削机床总计	2 745	5 609	216	2 206
	车床	844	4 455	216	2 206
	钻床	1 901	1 154		
29	上海重型机床有限公司(中小型车床类)				
	金属切削机床总计	1 512	6 888	18	366
	车床	1 512	6 888	18	366
30	玉溪机床有限责任公司				
	金属切削机床总计	681	2 903	9	56
	车床	672	2 847		
	其他金属切削机床	9	56	9	56
31	湖北福欣机床制造有限公司				
	金属切削机床总计	529	2 500	50	327
	车床	529	2 500	50	327
32	烟台富仕通机械制造有限公司				
	金属切削机床总计	356	1 651	11	127
	车床	356	1 651	11	127
33	宜宾(监狱)机床厂				
	金属切削机床总计	219	986		
	车床	219	986		
34	沈阳机床制造有限责任公司				
	金属切削机床总计	324	903	35	179
	车床	324	903	35	179

3. 出口

2007 年实现金属切削机床出口 20 994 台,出口额 129 191万元,其中数控机床出口 1 053 台,出口额 56 808 万元。车床出口 16 561 台,出口额118 491万元;数控车床出口 961 台,出口额 54 811 万元。加工中心出口 58 台,出口额 1 234 万元。金属切削机床出口量和出口额分别比上年增长 13.0 % 和61.5% ;数控机床出口量和出口额分别比上年降低 4.4 % 和增长 193.4% ;加工中心出口量和出口额比上年分别降低 38.9%和 63.2%。2007 年车床行业(34 家企业)分类产品出口情况见表9,2007 年车床行业(21 家企业)分类产品出口情况见表10。

表9　2007 年车床行业(34 家企业)分类产品出口情况

产 品 名 称	实 际 完 成		其中:数控	
	出口量(台)	出口额(万元)	出口量(台)	出口额(万元)
金属切削机床总计	20 994	129 191	1 053	56 808
加工中心	58	1 234	58	1 234
其中:立式加工中心	56	1 088	56	1 088
龙门式加工中心	2	146	2	146
车床(不含仪表车床)	16 561	118 491	961	54 811
钻床(不含台钻)	1 882	1 175		
镗床	3	241	2	133
磨床(不含砂轮机、抛光机)	9	79		
铣床	21	145	9	107
锯床	147	256		
其他金属切削机床	2 313	7 570	23	523

表10　2007 年车床行业(21 家企业)分类产品出口情况

序号	企业名称及产品名称	实 际 完 成		其中:数控	
		出口量(台)	出口额(万元)	出口量(台)	出口额(万元)
1	沈阳机床(集团)有限责任公司				
	金属切削机床总计	3 943	67 609	565	49 865
	车床	3 801	67 114	564	49 610

序号	企业名称及产品名称	实 际 完 成		其中:数控	
		出口量（台）	出口额（万元）	出口量（台）	出口额（万元）
	锯床	141	240		
	其他金属切削机床	1	255	1	255
2	宝鸡机床集团有限公司				
	金属切削机床总计	2 246	11 392	92	1 088
	车床	2 218	11 279	90	1 053
	磨床	8	24		
	铣床	14	73	2	35
	锯床	6	16		
3	安阳鑫盛机床有限公司				
	金属切削机床总计	105	1 577	18	396
	车床	105	1 577	18	396
4	德州普利森机械制造有限公司				
	金属切削机床总计	105	2 575	15	208
	车床	101	2 279	13	75
	镗床	3	241	2	133
	磨床	1	55		
5	济南一机床集团有限公司				
	金属切削机床总计	240	1 595	51	922
	加工中心	1	26	1	26
	其中:立式加工中心	1	26	1	26
	车床	239	1 569	50	896
6	天水星火机床有限责任公司				
	金属切削机床总计	92	2 960	10	483
	车床	92	2 960	10	483
7	山东鲁南机床有限公司				
	金属切削机床总计	3 048	9 455	63	1 117
	加工中心	31	736	31	736
	其中:立式加工中心	29	590	29	590
	龙门加工中心	2	146	2	146
	车床	711	1 756	10	113
	其他金属切削机床合计	2 306	6 963	22	268
8	浙江凯达机床集团有限公司				
	金属切削机床总计	6 232	16 447	141	1 729
	加工中心	26	472	26	472
	其中:立式加工中心	26	472	26	472
	车床	6 206	15 975	115	1 257
9	广州机床厂有限公司				
	金属切削机床总计	580	3 369	60	643
	车床	580	3 369	60	643
10	浙江联强数控机床股份有限公司				
	金属切削机床总计	354	1 125	14	114
	车床	347	1 053	7	42
	铣床	7	72	7	72
11	江苏齐航数控机床有限责任公司				
	金属切削机床总计	85	947	1	18
	车床	85	947	1	18
12	太原第一机床厂				
	金属切削机床总计	21	430		
	车床	15	78		
	其他金属切削机床	6	352		
13	盐城市机床有限公司				
	金属切削机床总计	1 501	5 353		
	车床	1 447	5 296		
	钻床	54	57		

序号	企业名称及产品名称	实际完成		其中：数控	
		出口量（台）	出口额（万元）	出口量（台）	出口额（万元）
14	牡丹江迈克机床制造有限公司				
	金属切削机床总计	89	346		
	车床	89	346		
15	长沙金岭机床有限责任公司				
	金属切削机床总计	53	830		
	车床	53	830		
16	荆州荷花机床有限公司				
	金属切削机床总计	38	192		
	车床	38	192		
17	马鞍山万马机床制造有限公司				
	金属切削机床总计	192	535	7	65
	车床	192	535	7	65
18	福州机床厂有限公司				
	金属切削机床总计	23	304		
	车床	23	304		
19	广州珠江机床厂有限公司				
	金属切削机床总计	1 900	1 484	16	160
	车床	72	366	16	160
	钻床	1 828	1 118		
20	上海重型机床有限公司（中小型车床类）				
	金属切削机床总计	30	129		
	车床	30	129		
21	玉溪机床有限责任公司				
	金属切削机床总计	117	537		
	车床	117	537		

4. 新产品开发

2007 年参加本年鉴汇总的会员企业共开发新产品 112 种（其中，通过上级鉴定的新产品 40 种，通过用户验收的 25 种，本企业鉴定的 37 种，未鉴定的 10 种）。在新产品开发中仍以数控机床为主，数控机床占新产品总数的 90% 以上。2007 年车床行业（34 家企业）新产品开发情况见表 11。

表 11 2007 年车床行业（34 家企业）新产品开发情况

序号	产品名称	型号	主要技术参数	产品性质	产品水平
沈阳机床（集团）有限责任公司					
1	数控车床	HTC160290	车削长度：2 900mm；回转直径：1 600mm；承重 10t	改进设计	国内先进
2	立式数控车床	GTC250110	加工直径 2 000mm；回转直径 2 500mm；承重 10t	全新设计	国内先进
3	立式车铣加工中心	VTM100100	床身上最大回转直径：1 250mm；最大车削高度：1 000mm；最大车削直径：1 000mm；主轴最高转速：500r/min；快速移动速度：（X 轴/Z 轴）：（50m/min）/（50m/min）；刀架形式：B 轴刀架；刀架转角范围：-30°～+120°；加工精度：IT6	全新设计	国际先进
4	车铣加工中心	HTM80600sub	床身上最大回转直径：1 000mm；最大车削长度：6 000mm；最大车削直径：800mm；主轴最高转速：2 000r/min；快速移动速度（X 轴/Y 轴/Z 轴）：（16 m/min）/（15 m/min）/（10m/min）；刀库形式：24×2；刀库转角范围：360°；加工精度：IT6	全新设计	国际先进
5	车铣复合加工中心	HTM125600	床身上最大回转直径：1 400mm；最大车削长度：6 000mm；最大车削直径：1 250mm；主轴最高转速：200r/min；快速移动速度（X 轴/Y 轴/Z 轴）：（15m/min）/（12.5m/min）/（15m/min）；刀架形式：左右滑枕双刀架；刀库转角范围：360°；加工精度：IT6	全新设计	国际先进
6	立式车削中心	GTC10080m	床身上最大回转直径：1 200mm；最大车削长度：800mm；最大车削直径：1 000mm；主轴最高转速：400r/min；快速移动速度（X 轴/Z 轴）：（10m/min）/（10m/min）；刀库形式：12 工位；刀库转角范围：360°；加工精度：IT6	全新设计	国际先进

序号	产品名称	型号	主要技术参数	产品性质	产品水平
7	数控立式车床	GTC10080	床身上最大回转直径:1 200mm;最大车削长度:800mm;最大车削直径:1 000mm;主轴最高转速:400r/min;快速移动速度(X轴/Z轴):(8m/min)/(8 m/min);刀架形式:立式4工位电动刀架;加工精度:IT6	全新设计	国内先进
8	卧式车铣加工中心	HTM63150	床身上最大回转直径:700mm;最大车削长度:1 500mm;最大加工直径:630mm;主轴最高转速:3 200r/min;快速移动速度(X轴/Y轴/Z轴):(50m/min)/(50m/min);刀架形式:B轴刀架;刀架转角范围:−120°~+120°;加工精度:IT6	技术引进	国内先进
9	车铣加工中心	HTM63150iy	床身最大回转直径:800mm;最大车削直径:630mm;最大车削长度:1 500mm;主轴最高转速:3 000r/min;主轴通孔直径:112mm;第二主轴额定功率:23.6kW;第二主轴额定转矩:450N·m;第二主轴最高转速:3 200r/min;Y轴行程:230mm;快速移动速度(X轴/Y轴/Z轴):(38m/min)/(26m/min)/(38m/min);刀具主轴最高转速:12 000r/min;刀架转角范围:±120°;控制系统:SIEMENS−840D;加工精度:IT6	全新设计	国内领先
10	数控管螺纹专用加工机床	SUC8127	床身上最大回转直径:800mm;最大车削长度:150mm;最大车削直径:340mm;主轴最高转速:400r/min;快速移动速度(X轴/Z轴):(8 m/min)/(10 m/min);刀架形式:后刀架为8工位电动转塔刀架;加工精度:IT6	全新设计	国内先进
11	数控管螺纹加工机床	SUC8128a	床身上最大回转直径:750mm;最大车削长度:150mm;最大车削直径:180mm;主轴最高转速:750r/min;快速移动速度(X_1轴/X_2轴/Z轴):(8 m/min)/(8m/min)/(10m/min);刀架形式:上刀架为DM6工位伺服转位刀架,下刀架为单工位刀架;加工精度:IT6	全新设计	国内先进
12	抽油杆数控加工专用机床	SUC8129	夹具回转直径:800mm;夹具直径:200mm;平旋盘行程:0~26mm;数控滑台定位精度:0.02mm	全新设计	国内先进
13	数控管接箍加工机床	SUC8150	床身上最大回转直径:800mm;最大车削直径:533mm;主轴最高转速:800r/min;快速移动速度(X轴/Z轴):(10m/min)/(10m/min);刀架形式:8工位数控转塔刀架;加工精度:IT6	全新设计	国内先进
14	数控管螺纹机床	SUC0208	旋盘直径:380mm;零件最大切削直径:114mm;主轴箱滑板最大纵向行程:300mm;主轴转速:200~800r/min;加工零件最大切削长度:160mm;加工零件最大长度:10 000mm;主电动机功率:15kW	改进设计	国内先进
15	数控管箍车床	STC1515pc	床身上最大回转直径:910mm;最大加工工件直径:157mm;最大加工工件长度:210mm;卡盘最高转速:650r/min;快速移动速度(X轴/Z轴):(4m/min)/(8 m/min);刀架形式:立式4工位刀架;卡盘(直径/型式):610mm/液压翻转卡盘;加工精度:IT6	全新设计	国内先进
16	数控管箍车床	STC1915pc	床身上最大回转直径:910mm;最大加工工件直径:198mm;最大加工工件长度:235mm;主轴最高转速:800r/min;快速移动速度(X轴/Z轴):(4m/min)/(8 m/min);刀架形式:立式4工位刀架;卡盘(直径/型式):700mm/液压翻转卡盘;加工精度:IT6	全新设计	国内先进
17	数控管螺纹车床	STC22100s pipe	床身上最大回转直径:800mm;最大切削长度:1 000mm;最大切削直径:219mm;主轴最高转速:400r/min;快速移动速度(X轴/Z轴):(4 m/min)/(8 m/min);刀架形式:卧式6工位电动刀架;加工精度:IT6;数控系统:SIEMENS 802D	改进设计	国内先进
18	数控管螺纹车床	STC1835pipe	床身上最大回转直径:700mm;最大车削长度:350mm;最大车削直径:180mm;主轴最高转速:610r/min;快速移动速度(X轴/Z轴):(4 m/min)/(8 m/min);刀架形式:立式4工位电动刀架;加工精度:IT6	改进设计	国内先进

序号	产品名称	型号	主要技术参数	产品性质	产品水平
19	数控管螺纹车床	STC34300a pipe	床身上最大回转直径:900mm;最大车削长度:1 000mm;最大车削直径:340mm;主轴最高转速:306r/min;快速移动速度(X轴/Z轴):(4 m/min)/(8 m/min);刀架形式:立式4工位电动刀架;加工精度:IT6;带光栅尺	改进设计	国内先进
20	12工位转台式数控组合机床	SUC6037a	工位数:12;转盘直径:800mm;分度盘分度精度:6″;分度盘重复定位精度:3″;数控滑台最大进给速度:36 m/min;机床总功率:25kW	全新设计	国内先进
21	以车代磨柔性加工单元	SUC6035a	A、B轴定位精度:±15″;A、B轴重复定位精度:±7.5″;A轴回转角度:360°;B轴回转角度:-10°~+10°;加工工件硬度:55~60HRC;定位精度(X轴、Y轴、Z轴):±0.005mm;重复定位精度(X轴、Y轴、Z轴):±0.003mm;U轴最高转速:3 000 r/min;U轴定位精度:±0.005mm	改进设计	国内先进
22	数控车床	CMK5085di	φ500 mm×850mm	改进设计	国内先进
23	数控车床	CMK5085dj	φ500 mm×850mm	改进设计	国内先进
宝鸡机床集团有限公司					
24	立式加工中心	VMC1050	工作台面尺寸:1 260mm×610mm;T型槽(宽×数量×距离):18mm×5×125mm;行程(X轴/Y轴/Z轴):1 050mm×610mm×580mm;主轴最高转速:8 000r/min;主轴电动机功率:7.5kW/11kW;刀库容量:20把	全新设计	国内先进
25	车铣复合中心	CX25Y	床身上最大回转直径:560mm;最大车削直径:330mm;最大加工长度:500mm;主主轴转速:40~4 000r/min;副主轴转速:50~5 000 r/min;主主轴电动机功率(连续/30min):12kW/15 kW;副主轴电动机功率:10.1 kW	全新设计	国内先进
26	数控管螺纹车床	QK1219	床身上最大回转直径:600mm;最大加工长度:600mm;最大接箍直径:365mm;最大管子直径:190mm;主轴通孔直径:196mm;主轴转速:150~800r/min;主电动机功率(选配):22 kW /30kW	全新设计	国内先进
27	高速门型立式加工中心	FV—6	工作台面尺寸:600mm×550mm;工作台最大负荷:500kg;行程(X轴/Y轴/Z轴):600mm /500mm/350mm;快速移动速度(X轴/Y轴/Z轴):(24m/min)/(24m/min)/(15m/min);刀柄型式:BT30;刀具储存容量:20 把;主轴转速:30 000 r/min;主轴功率:8.5kW	全新设计	国内先进
28	数控车床	CK7660LA	床身上最大回转直径:750mm;床鞍上最大回转直径:610mm;最大车削直径:630mm;主轴转速:22~2 200r/min;主电动机功率(连续/30min):30kW/37kW	改进设计	国内先进
29	数控立式车床	CK516	最大回转直径:850 mm;最大车削直径:750mm;床鞍最大车削直径:630mm;最大车削高度:600mm;主轴转速:10~1 600r/min,移动距离(X轴/Z轴):640mm /650mm,快速移动速度(X轴/Z轴):(14 m/min) /(14 m/min)	全新设计	国内先进
30	数控车床	HK63B	床身上最大回转直径:630mm;床鞍上最大回转直径:360mm;最大工件长度:1 000mm;最大车削直径:500mm;最大加工长度:760mm;快速移动速度(X轴/Z轴):(6m/min)/(8m/min)	全新设计	国内先进
天水星火机床有限责任公司					
31	大型数控超精密菲涅尔透镜加工设备	CLCK3300	φ3 300mm	全新设计	国际先进
32	数控车床	CNC600	φ600mm×2 000mm	技术引进	国际先进
33	数控双柱立式车床	CK5250	φ5 000mm×2 500mm	全新设计	国内先进
34	重型卧式车床	CC61125	φ1 250mm×5 000mm	全新设计	国内先进
35	卧式车床	CM61180	φ1 800mm×5 000mm	改进设计	国内先进
36	重型卧式车床	CC61400	φ4 000mm×6 000mm	全新设计	国内先进
37	卧式车床	CM61180	φ4 000mm×6 000mm	改进设计	国内先进
38	轴车床	C63100	φ1 000mm×6 000mm	改进设计	国内先进
39	数控端面车床	CK64150	φ1 000mm×6 000mm	改进设计	国内先进

序号	产品名称	型号	主要技术参数	产品性质	产品水平
40	数控车床	CKW61125	$\phi1\,250\text{mm}\times13\,000\text{mm}$	改进设计	国内先进
41	数控车床	CK61140	$\phi1\,400\text{mm}\times5\,000\text{mm}$	改进设计	国内先进
42	数控车床	CK61140	$\phi1\,400\text{mm}\times2\,000\text{mm}$	改进设计	国内先进
43	数控车床	CK61160	$\phi1\,600\text{mm}\times9\,000\text{mm}$	改进设计	国内先进
44	数控车床	CKW61100/II	$\phi1\,000\text{mm}\times15\,000\text{mm}$	全新设计	国内先进
45	数控车床	CKW61100	$\phi1\,000\text{mm}\times9\,000\text{mm}$	全新设计	国内先进
46	数控管子车床	CK6636	$\phi360\text{mm}\times5\,000\text{mm}$	改进设计	国内先进
47	数控管子车床	CKW6636	$\phi360\text{mm}\times1\,500\text{mm}$	改进设计	国内先进
48	管子车床	CW6636	$\phi360\text{mm}\times3\,000\text{mm}$	改进设计	国内先进
49	轧辊磨床	M8463	$\phi630\text{mm}\times5\,000\text{mm}$	改进设计	国内先进
50	轧辊磨床	M8480	$\phi800\text{mm}\times5\,000\text{mm}$	改进设计	国内先进
51	轧辊磨床	M84125	$\phi1\,250\text{mm}\times5\,000\text{mm}$	改进设计	国内先进
52	数控轧辊磨床	MK8463	$\phi630\text{mm}\times5\,000\text{mm}$	改进设计	国内先进
53	数控轧辊磨床	MK84125	$\phi1\,250\text{mm}\times5\,000\text{mm}$	全新设计	国内先进
54	数控车床	CK61100AG	$\phi1\,000\text{mm}\times9\,000\text{mm}$	全新设计	国内先进
55	数控车床	CK61125FJ	$\phi1\,250\text{mm}\times5\,000\text{mm}$	全新设计	国内先进
56	数控轧辊车床	CK84100	$\phi1\,000\text{mm}\times8\,000\text{mm}$	改进设计	国内先进
57	数控轧辊车床	CK84125	$\phi1\,600\text{mm}\times5\,000\text{mm}$	改进设计	国内先进
58	立式车床	C5225	$\phi2\,500\text{mm}\times1\,600\text{mm}$	改进设计	国内先进
59	立式车床	C5240	$\phi4\,000\text{mm}\times2\,500\text{mm}$	全新设计	国内先进
60	数控车床	CK6163	$\phi630\text{mm}\times8\,000\text{mm}$	改进设计	国内先进

山东鲁南机床有限公司

序号	产品名称	型号	主要技术参数	产品性质	产品水平
61	五轴联动加工中心	VHP800—5AX	工作台面尺寸:1 300mm×600mm;主轴转速:80~8 000r/min;最大快速移动速度:24 m/min;定位精度:±0.005mm;斗笠/盘式刀库:16 把/24 把	全新设计	国内先进
62	立式加工中心	XH7145A	工作台面尺寸:1 000mm×450mm;主轴转速:100~8 000r/min;最大快速移动速度:24 m/min;定位精度:0.005mm	技术引进	国内先进
63	立式加工中心	XH7132A	工作台面尺寸:800mm×320mm;主轴转速:100~10 000r/min;定位精度:±0.005mm;换刀时间:2s;盘式刀库	技术引进	国内先进
64	龙门加工中心	XH2412	工作台面尺寸:1 250mm×2 000mm;主轴转速:100~6 000r/min;刀库容量:16 把;定位精度:±0.012mm;重复定位精度:±0.006mm;行程(X轴/Y轴/Z轴):2 200mm/1 600mm/700mm	技术引进	国内先进
65	卧式加工中心	TH6363	回转工作台面尺寸:630mm×630mm;主轴转速:6 000r/min;工作台回转精度:±5″;圆盘刀库:24 把;电动机功率:11kW	全新设计	国内先进
66	数控强力铣床	XKC715	工作台面尺寸:1 500mm×500mm;主轴转速:4 000r/min;行程(X轴/Y轴/Z轴):1 000mm/500mm/580mm;主电动机功率:11kW	全新设计	国内先进
67	数控电火花喷孔钻床	ZK9306—EDM2	喷孔直径:0.1~0.55mm;主轴转速:3 000r/min;加工圆度:≤0.005mm;定位精度:0.01mm;加工时间:(20~40s)/孔	技术引进	国内先进
68	数控车床	CLK6440	最大加工直径:400mm;主轴转速:4 000r/min;快速移动速度(X轴/Z轴):(18m/min)/(24m/min);刀具数量:10 把	技术引进	国内先进
69	数控车床	CLK6140D	最大加工直径:400mm;主轴转速:3 000r/min;定位精度(X轴/Z轴):0.016mm/0.08mm;刀具数量:6 把	技术引进	国内先进
70	数控车床	CLK6140S	最大加工直径:400mm;主轴转速:4 000r/min;定位精度(X轴/Z轴):0.009mm/0.009mm;刀具数量:10 把	全新设计	国内先进

福州机床厂有限公司

序号	产品名称	型号	主要技术参数	产品性质	产品水平
71	数控车床	CW6180C	床身上最大回转直径:800mm;床鞍上最大工件回转直径:480mm;最大工件长度:5 000mm;主轴变速级数:两挡;最大变速范围:6.8~750r/min	全新设计	国内先进

太原第一机床厂

序号	产品名称	型号	主要技术参数	产品性质	产品水平
72	龙门铣床	X2020	$2\,000\text{mm}\times6\,000\text{mm}$	全新设计	国内先进
73	悬臂铣刨床	B1016	$2\,000\text{mm}\times4\,000\text{mm}$	全新设计	国内先进

序号	产品名称	型号	主要技术参数	产品性质	产品水平
74	重型卧式车床	CT61100	1 000mm×5 000mm	全新设计	国内先进
浙江凯达机床集团有限公司					
75	数控车床	CK7167	ϕ700mm×1 000mm	其他	国内领先
76	数控车床	KDCK—40	ϕ750mm×1 000mm	其他	国内领先
盐城市机床有限公司					
77	卧式车床	CWA61110	ϕ1 100mm×3 000mm	全新设计	国内先进
78	滚齿机	Y3140	ϕ400mm	改进设计	国内先进
79	滚齿机	Y3150	ϕ500mm	改进设计	国内先进
烟台富仕通机床制造有限公司					
80	数控滚子车床	FST009	加工棒料直径:25～56mm	全新设计	国内先进
马鞍山万马机床制造有限公司					
81	立式加工中心	VMC850	工作台面尺寸:1 050mm×500mm;工作台最大承重:600kg;行程(X轴/Y轴/Z轴):800mm/500mm/500mm;主轴端面至工作台面距离:120～620mm;主轴中心至立柱导轨距离:550mm;主轴锥度:BT40;主轴最高转速:6 000r/min;主电动机输出功率:7.5 kW /11kW	其他	国内先进
82	数控车床	CK800	最大回转直径:800 mm;主轴转速:12.5～1 000 r/min;最大工件长度:1 500mm/3 000mm;主电动机功率:11kW	改进设计	国内先进
江苏齐航数控机床有限责任公司					
83	管子数控车床	CKG6180	回转直径:800mm;工件加工长度:1 500mm	全新设计	国内先进
84	活塞数控机床	CKH6180	最大加工活塞外径:450mm;工件加工长度:800mm	全新设计	国内先进
84	卧式车床	CW61148 系列	回转直径:1 480mm;工件加工长度:2 000～12 000mm	改进设计	国内先进
86	数控车床	SK61168 系列	回转直径:800mm;工件加工长度:2 000～12 000mm	改进设计	国内先进
87	四导轨数控螺杆铣床	CNCL280	铣螺杆最大外径:400mm;铣螺杆长度:10 000mm	全新设计	国内先进
天津第二机床有限公司					
88	数控精密立式万能磨床	2MKM95160	工作台面直径:1 600mm,Z轴行程:630mm	全新设计	国际先进
89	数控高精度立式万能磨床	2MKG95160	工作台面直径:1 600mm,Z轴行程:1 400mm	全新设计	国内先进
90	数控精密立式万能磨床	2MKM95160	工作台面直径:1 600mm,Z轴行程:630mm(鼠牙盘结构)	改进设计	国内先进
91	数控车床	CKJ61125	床身上最大回转直径:1 250mm,最大工件长度:1 500mm、2 000mm、3 000mm	改进设计	国内先进
浙江联强数控机床股份有限公司					
92	动梁龙门式数控铣床	LXK2500	行程(X轴/Y轴/Z轴):2 500mm/600mm/250mm;主轴功率(30min/连续):3.7kW;换刀方式:标准BT30刀柄、气动松刀;主轴转速:200～8 000 r/min;快速移动速度:15m/min;定位精度:0.015mm(全长);重复定位精度:0.008mm;数控系统:FANUC 0 i-Mate MC	全新设计	国内先进
93	动梁龙门式数控铣床	LZK2500	行程(X轴/Y轴/Z_1轴/Z_2轴):2 500mm/600mm/250mm/250mm;主轴功率(30min/连续):5.5kW;换刀方式:标准ER卡套、手动松刀;主轴转速:1 000～15 000r/min;快速移动速度:15 m/min;定位精度:0.015mm(全长);重复定位精度:0.008mm;数控系统:FANUC 0 i-Mate MC	全新设计	国内先进
94	数控车床	LK050—Ⅱ	床身上最大回转直径:700mm;最大车削直径:500mm;最大车削长度:580mm;主轴最高转速:2 500r/min;主轴通孔直径:90mm;主电动机功率:18.5 kW /22kW;伺服电动机功率(X轴/Z轴):3.2 kW/3.2kW;快速进给(X轴/Z轴):(18 m/min)/(24 m/min)	全新设计	国内先进

序号	产品名称	型号	主要技术参数	产品性质	产品水平
95	数控车床	LK—030	床身上最大回转直径:400mm;最大加工直径:260mm;最大加工长度:360mm;主轴最高转速:4 500r/min;主轴通孔直径:52mm;主电动机功率:11kW/15kW;伺服电动机功率(X轴/Z轴):3.45kW/3.45kW;快速进给速度(X轴/Z轴):(18 m/min)/(20 m/min)	全新设计	国内先进
96	圆盘式多工位专机	YPZ4508—3	分度头回转直径:850mm;夹具中心回转直径:780mm;动力头套筒直径:105mm;加工节拍:22 s/件;分度盘转一工位时间:4s;分度盘转盘定位精度:±15″;液压站电动机功率:3.75kW	全新设计	国内先进
97	单方向圆盘式专机	LJ—P63041	分度头回转直径:630mm;夹具中心回转直径:500mm;动力头套筒直径:105mm;加工节拍:12s/件;分度盘转一工位时间:3s;分度盘转盘定位精度:±15″;液压站电动机功率:3.75kW	全新设计	国内先进

南京第一机床厂

序号	产品名称	型号	主要技术参数	产品性质	产品水平
98	数控三头螺旋铣床	N—097	ϕ250mm×12 500 mm	全新设计	国内先进
99	数控车床	N—098	ϕ400mm×400mm(750mm)	全新设计	国内先进
100	炮弹弹体专用数控车床	N—099	ϕ280mm×1 000mm	全新设计	国内先进
101	数控车床	CK1430	ϕ300mm×400mm	改进设计	国内先进
102	立式加工中心	VMC—860	1 000mm×650mm	改进设计	国内先进
103	双主轴双刀架数控车床	CKW1480	ϕ800mm×1 600mm	改进设计	国内先进
104	数控车床	CK1430	ϕ300mm×400mm	改进设计	国内先进
105	立式加工中心	VMC—860	1 000mm×650mm	改进设计	国内先进
106	双主轴双刀架数控车床	CKW1480	ϕ800mm×1 600mm	改进设计	国内先进

德州普利森机械制造有限公司

序号	产品名称	型号	主要技术参数	产品性质	产品水平
107	CK43125 数控曲轴连杆颈车床	CK43125	行程(X轴/Z轴):430mm/4 050mm;快速进给速度(X轴/Z轴):(16m/min)/(12m/min);主轴转速(脂润滑):800r/min		国际先进
108	CK61200W 数控重型卧式车床	CK61200W	主轴转速:1～180r/min;主轴孔径:120mm;工件长度:5 000mm	全新设计	国内先进
109	MK5216 数控龙门导轨磨床	MK5216	磨削长度:6 000mm、9 000mm、12 000mm;过门宽度:1 800mm;磨削高度:1 400mm	全新设计	国内先进
110	T2180 深孔钻镗床	T2180	钻孔直径:60～120mm;镗孔直径:800mm;镗孔深度:4～15m	全新设计	国际先进
111	TH63100 卧式铣镗加工中心	TH63100	切削进给速度范围(X轴/Y轴/Z轴):1～5 000 mm/min,B轴转速:1～2.5r/min;快速移动速度(X轴/Y轴/Z轴):(10 000 m/min)/(10 000 m/min)/(10 000 m/min)	全新设计	国内先进
112	ZK2103C 三坐标数控深孔钻床	ZK2103C	钻孔直径:3～30mm;钻孔最大深度(Z轴):1 100 mm;钻杆箱转速:300～7 000r/min	全新设计	国际先进

5. 科研项目

2007 年车床行业参加年鉴汇总的会员企业共进行和完成科研项目 34 项,科研项目主要围绕产品开发进行科技攻关,提高产品水平,项目的来源主要来自企业自主研发,2007 年车床行业科研项目情况见表12。

表12　2007 年车床行业科研项目情况

序号	科研项目名称	主要内容	投入资金(万元)	项目来源	完成企业
1	Y3140 滚齿机	新产品研制	200	自行	盐城市机床有限公司
2	CWA61110	新产品研制	100	自行	盐城市机床有限公司
3	VMC850 立式加工中心	工作台面尺寸:1 050mm×500mm;工作台最大承重:600kg;行程(X轴/Y轴/Z轴):800mm/500mm/500mm;主轴端面至工作台面距离:120～620mm;主轴中心至立柱导轨距离:550mm;主轴锥度:BT40;主轴最高转速:6 000r/min;主电动机输出功率:7.5 kW/11kW	113	自选	马鞍山万马机床制造有限公司

序号	科研项目名称	主 要 内 容	投入资金（万元）	项目来源	完成企业
4	CK800 数控车床	最大回转直径:800mm;主轴转速:12.5～1 000r/min;最大工件长度:1 500mm/3 000mm;主电动机功率:11kW	57	自选	马鞍山万马机床制造有限公司
5	CKG6180 管子数控车床	回转直径:800mm;工件加工长度:1 500mm	47	市场需求	江苏齐航数控机床有限责任公司
6	CKH6180 活塞数控机床	最大加工活塞外径:450mm;工件加工长度:800mm	60	市场需求	江苏齐航数控机床有限责任公司
7	CW61148 系列卧式车床	回转直径:1 480mm;工件加工长度:2 000～12 000mm	89	市场需求	江苏齐航数控机床有限责任公司
8	SK61168 系列数控车床	回转直径:800mm;工件加工长度:2 000～12 000mm	100	市场需求	江苏齐航数控机床有限责任公司
9	CNCL280 四导轨数控螺杆铣床	铣螺杆的最大外径:400mm;铣螺杆长度:10 000mm	130	市场需求	江苏齐航数控机床有限责任公司
10	2MK2218 数控珩磨机	适于加工各种通孔、盲孔及沟槽孔等	386	企业自选	宝鸡机床集团有限公司
11	数控车铣中心		369	企业自选	宝鸡机床集团有限公司
12	数控卧式车床		1 853	企业自选	宝鸡机床集团有限公司
13	数控立式车床	高效 CNC 车床,用来加工较重、不宜装夹的盘套类、短轴类零件	775	企业自选	宝鸡机床集团有限公司
14	数控管螺纹车床	斜床身,排式刀架,滚动直线导轨,全封闭防护,主轴变频调速	312	企业自选	宝鸡机床集团有限公司
15	数控组合机床		738	企业自选	宝鸡机床集团有限公司
16	加工中心	主轴回转精度高,高速运转性能稳定,自动换刀系统性能稳定可靠,全封闭防护	679	企业自选	宝鸡机床集团有限公司
17	大型数控超精密菲涅尔透镜加工设备	集数控技术、光电技术、在线测量技术、精密成形专有技术于一体,可以加工任意曲面,技术水平达到国际先进水平	653	国家高技术研究发展计划（863 计划）	天水星火机床有限责任公司
18	四轴联动数控车床	在一台复合车削中心上通过一次装夹能够完成车、镗、铣加工,具有多轴联动功能,共有四轴,可联动,实现对工件的任意曲面加工,使其技术指标接近国外先进水平,达到完全替代进口	1 000	甘肃省国际合作项目	天水星火机床有限责任公司
19	超重型数控精密船用板轧辊设备	可完成工件的自动测量、自动补偿磨削,实现数据自动反馈,增加了高精度顶尖磨削装置、横向闭式静压导轨、横向微进给机构等。技术指标接近国际先进水平,完全替代进口	1 200	甘肃省科学技术攻关计划	天水星火机床有限责任公司
20	大型数控五轴联动车铣复合加工机床关键技术研究	集新工艺、新材料制造技术、自动控制技术、传感技术、伺服驱动等技术为一体的智能化高技术产品,该机床床身采用人造大理石斜床身,实现全闭环全数字化五轴联动控制,盘类和轴类零件一次装夹	80	国家科技支撑计划	天水星火机床有限责任公司
21	数控轧辊车、铣、磨自动化成套设备产业化	新增建筑面积 9 100m²,新增 1 台五面体加工中心、1 台落地镗铣床、2 台卧式加工中心、2 立式加工中心、1 台成形磨齿机床、1 台数控龙门钻铣床、10 台大型数控车床、2 台数控排刀钻床、三坐标测量机等关键加工设备和检测仪器	7 600	第十批国债项目	天水星火机床有限责任公司
22	数控车床升级换代技术改造（兰州机床厂）	增加关键加工设备和检测仪器,提高工艺制造水平,实现 CK6163、CKW6163、CK6180、CKW6180 以及四轴联动数控车床产业化	1 200	自行研制	天水星火机床有限责任公司
23	KDHM630 卧式加工中心	研发工作台面尺寸 630mm×630mm 的卧式加工中心	500	浙江省重大装备专项	浙江凯达机床集团有限公司

序号	科研项目名称	主 要 内 容	投入资金(万元)	项目来源	完成企业
24	CK43125 数控曲轴连杆颈车床	采用双主轴同步加工功能、液压夹紧及分度定位偏心分度夹具、行星中心架、抗振刀杆、不平衡动态检测及调整、高精度在线测量等多项先进结构	360	山东省计划	德州普利森机械制造有限公司
25	CK61200W 数控重型卧式车床	床头箱采用液压换档,恒功率运转范围大,纵向采用斜齿轮齿条组传动,加光栅尺形成全闭环控制提高了机床的传动精度,机床功能完备,自动化程度高	200	山东省计划	德州普利森机械制造有限公司
26	MK5216 数控龙门导轨磨床	采用高强度基础件,大功率传动系统,加工效率比普通磨床提高 3～5 倍,配备 SIMENS 计算机系统,性能可靠,自动化程度高,是一种高性能的磨削加工设备	280	山东省计划	德州普利森机械制造有限公司
27	T2180 深孔钻镗床	采用高强度基础件、大功率传动系统,加工长度达到 15m,加工直径达到 800mm,承重 20t,技术水平达到国际先进水平	230	山东省计划	德州普利森机械制造有限公司
28	TH63100 卧式铣镗加工中心	采用高强度基础件,大功率传动系统,配备大传动比自动换档的 ZF 变速箱,采用贴塑导轨与滚动块相结合的复合导轨方式,采用定位准确的鼠牙盘式旋转工作台,加工精度高,稳定性好	490	山东省计划	德州普利森机械制造有限公司
29	ZK2103C 三坐标数控深孔钻床	采用高压泵新结构,滚珠丝杠预拉伸、滚动直线导轨、导向架新的移动方式及全封闭防护,是一种高精度、高效率、环保节能、性能稳定的理想深孔加工设备	105	山东省计划	德州普利森机械制造有限公司
30	江苏省精密复合数控机床工程技术研究中心	企业和高等学校合作共同构建一个服务于全省的集精密数控技术研究、开发、设计、制造和产业化为一体的技术平台,共建单位是东南大学和南京航空航天大学	500	江苏省级科技计划	南京数控机床有限公司
31	南京市工业科技三项费用技术创新项目(N—084A 系列数控车床)	最大车削直径 400mm,最大加工长度 500mm,8 工位或 12 工位自动回转刀架,加工精度 IT6。该机床能完成各种外圆、内孔、端面、圆弧、锥度和螺纹的加工,性价比高	200	南京市级科技计划	南京数控机床有限公司
32	江苏省新产品补贴项目(N—099 型炮弹弹体专用数控车床)	高效专用数控车床,七轴控制、四轴联动,专门用于加工大口径炮弹的弹体(战斗部),包括弹体外形的加工、端面铣削、中心孔钻削等。该产品对军工行业炮弹弹体加工具有很大的推广价值,填补国内空白,主电动机功率 110kW,主轴转矩 5 500N·m	200	江苏省级科技计划	南京数控机床有限公司
33	国家重点新产品计划项目(N—094 型数控双端面车磨复合加工机床)	五轴控制三轴联动的车磨复合加工机床,属国内首创的高新技术产品,最大车削及磨削直径 400mm,主轴无级变速范围 100～1 000r/min,适用汽车行业刹车盘的精加工,先完成刹车盘两端面的同时车削,再完成两端面的同时磨削,两端面的平行度达到 0.003mm,表面粗糙度小于 R_a0.4μm,并有装饰花纹	80	国家计划项目	南京数控机床有限公司
34	江苏省高新技术产品(N—098 型数控车床)	精度高、刚性好,两拖板采用交流伺服电动机与滚珠丝杆驱动,两轴丝杆均预加负荷,床身底座为一体,倾斜床身,直线滚动导轨,后置进口 8 工位回转电动刀架,液压动力尾座,能对回转直径在 400mm 以下零件的内外圆、端面进行车削加工,还可加工各种螺纹、钻、铰、镗孔等,适用于盘类、轴类零件加工,尤其适用于形状复杂、精度高、多工序、品种多变的单件或批量生产	20	自行开发	南京数控机床有限公司
35	长轴复合数控车床	具有加工外圆和加工内曲面、钻孔等功能,加工内曲面和钻镗可达 2m 以上	200	用户单位	福州机床厂有限公司

6. 获奖科研项目

2007 年车床行业共有 20 项获奖科研项目。2007 年车床行业获奖科研项目见表13。

表13 2007年车床行业获奖科研项目

序号	项目名称	主要内容及应用范围	获奖名称	获奖等级	主要完成单位
1	CY 系列卧式车床	新一代具有自主知识产权的车床	盐城市科技进步奖	二等奖	盐城市机床有限公司
2	CK6180 数控车床	机械加工	江苏省高新产品	省级	江苏齐航数控机床有限责任公司
3	CJKL300 数控螺杆铣床	机械加工	江苏省高新产品	省级	江苏齐航数控机床有限责任公司
4	CNCL 异形螺杆铣床	机械加工	镇江市十大职工技术创新成果	市级	江苏齐航数控机床有限责任公司
5	CK7530 数控车床	高性能、多功能数控车床,主要适用于汽车、造船、工程机械、机车车辆等机械行业中大规格回转零件的加工	宝鸡市科学技术奖	一等奖	宝鸡机床集团有限公司
6	CK7660L 数控车床	针对汽车、摩托车行业的轮毂车削加工而开发设计的全功能数控车床。机床主体结构采用平床身立柱式主体结构,可对12in至18in轮毂及内孔进行高速、高精度镜面稳定加工,也可对盘类零件的回转曲面、螺纹等进行车削加工	宝鸡市科学技术奖	二等奖	宝鸡机床集团有限公司
7	ZH7120 钻削加工中心	技术先进、性能优越、价格适中,广泛适用于汽车、摩托车、机车、航空航天、仪器仪表、轻工轻纺、电子仪器等行业中大量的中小型箱体、盖、板、壳、盘等零件的加工	宝鸡市科学技术奖	三等奖	宝鸡机床集团有限公司
8	CKW61100 超长型特种无缝钢管加工设备	超长型特种无缝钢管加工设备,属于机电一体化产品,是石油、化工、能源、冶金等行业加工细长轴、芯棒等特种零件的高效加工设备,工件加工长度可达22m,具有数控加工的所有功能	甘肃省科技进步奖	一等奖	天水星火机床有限责任公司
9	MK84160 超重型数控精密船用板轧辊设备	属于机电一体化产品,是船舶、塑料、造纸、印染和冶金等行业实现精密加工轧辊零件的重要精密加工设备,承重达到63t,具有可磨削任意曲线,自动化程度高,加工表面质量高的优点,产品技术水平达到国内领先	甘肃省机械工程学会科学技术奖	一等奖	天水星火机床有限责任公司
10	XAD100 车铣复合加工中心	广泛应用于机械、冶金、航空、轻工、矿山等行业批量加工复杂零件等,具有车削、铣削、齿形加工等多种切削加工功能,还具有高速精铣、精车铣或磨削的精加工功能,是可以替代进口的数控、精密、高效、节能机床。产品技术水平达到国内领先	中国机械工业科学技术奖	三等奖	天水星火机床有限责任公司
11	CKW61100 数控芯棒车床精度检验	企业主持颁布的Q/TXJ0247—2004《数控芯棒车床精度检验标准》,已经甘肃省质量技术监督局备案,在贯彻执行	2007 年中国标准创新贡献奖	三等奖	天水星火机床有限责任公司
12	数控机床主轴变速逻辑控制方法	利用主轴惯性实现自动变速,减少了能耗,节省了换挡时间,延长了机床使用寿命,有效避免了主轴变速时出现的"顶齿"现象,自诊断能力强,安全可靠	第十届中国专利奖	优秀奖	天水星火机床有限责任公司
13	KDX—6V 数控铣床	研发的数控铣床可进行铣、钻、扩、镗、攻螺纹等加工工序,并可加工三维曲面	浙江省科学技术奖	三等奖	浙江凯达机床集团有限公司
14	ZK21006 数控深孔钻床	用于加工孔径1.5~6mm的微小型深孔,一般钻孔的长径比可达100。主要应用于内燃机油泵油嘴的深孔加工、汽车、摩托车传动轴等零件的油孔加工、军用枪支的深孔加工	山东省机械工业科技进步奖	一等奖	德州普利森机械制造有限公司
15	TGK20 数控强力深孔镗床	采用数字控制和镗滚组合刀具进行深孔加工的高效率、高精度的数控深孔钻镗床。适用于工程机械、煤矿、军工等行业	山东省机械工业科技进步奖	二等奖	德州普利森机械制造有限公司
16	XH714 立式加工中心	是一种三轴联动、自动换刀的床身式铣床,可连续进行铣削、钻孔、镗孔等各种工序加工,适用于加工各种精度高、工序多、形状复杂的零件,如各类箱体、模具、样板、飞机零件和内燃机零件等	山东省机械工业科技进步奖	三等奖	德州普利森机械制造有限公司

序号	项目名称	主要内容及应用范围	获奖名称	获奖等级	主要完成单位
17	CH6171—4 四轴车铣复合加工中心	为解决半精车、精车轴类及盘类零件以及铣削外圆、端面而设计的四轴四联动数控车铣加工中心	德州市科学技术奖	三等奖	德州普利森机械制造有限公司
18	CK6163—2×2 双刀塔数控车床	为解决半精车、特别是精车套类和盘类轴类零件而设计的四轴四联动 CNC 车床	德州市科学技术奖	三等奖	德州普利森机械制造有限公司
19	N—094 型数控双端面车磨复合加工机床	属国内首创的高新技术产品。最大车削及磨削直径 400mm；主轴无级变速，变速范围 100~1 000r/min。适用于汽车行业刹车盘的精加工，先完成刹车盘两端面的同时车削，再完成两端面的同时磨削	江苏省科技进步奖 南京市科技进步奖	三等奖 二等奖	南京第一机床厂有限公司、东南大学

7. 企业简介

盐城市机床有限公司 公司始建于 1960 年 3 月，2000 年 10 月改制成有限责任公司，是国家级高新技术企业，拥有进出口自营权，通过了 ISO9001：2000 质量管理体系认证。现有员工 1 311 人，拥有固定资产净值 5 856 万元，占地面积 18 万 m^2，厂房面积 75 万 m^2。产品注册商标"飞球"牌，是江苏省著名商标。主要产品有 CWA、CD、CC、CA、CY、CL、CF 等系列卧式车床，CK、CDK、CDJK、CMK 等系列数控车床，Y3140 滚齿机，BD 系列台式车床，ZY3725 摇臂钻床及各类专用车床、动力头、铣削头等，共计 20 大系列，180 多种规格，年生产能力达万台以上，近年来还自主研发出拥有多项专利，形成系列的道路清扫车。公司产品销往国内 26 个省、自治区、直辖市，远销美国、德国、英国、瑞士和奥地利等 40 多个国家和地区。企业先后获得国家发明专利 3 项、国家实用新型专利 25 项，自行研制的 CK6140 数控车床被列入国家火炬计划。

宝鸡机床集团有限公司 公司是 2007 年 9 月在宝鸡机床厂原有基础上整体改制组建的。集团公司下属 2 个分厂，7 个合资公司，是一个具有外贸进出口自营权的国家大型工业企业，先后被授予"中国金属切削机床行业排头兵企业"、"全国五一劳动奖"等荣誉称号。1999 年公司通过了 ISO9001 质量体系认证，2005 年产品通过了出口欧盟国家的 CE 安全认证，2008 年获得国家质量监督检验检疫总局"出口免检"，"忠诚"牌商标获国家工商总局"中国驰名商标"。

近年来，企业坚持科学发展观，紧跟国家振兴装备制造业步伐，全力推进创新建设，打造西部数控机床制造基地，企业规模迅速扩张，各项经济指标飞速增长。"十五"期间，企业主要经济指标平均每年以 20% 以上的速度增长。2007 年，工业总产值突破 15 亿元，收入突破 14 亿元，出口创汇 1 600 万美元，机床产量 13 274 台，各项经济指标增长比例突破 30%，其中数控机床产量 5 159 台，增幅达 53%，取得了显著的经济效益和社会效益。

在自主研发的基础上，企业先后与美国、日本、韩国、中国台湾地区等进行技术合作，联合开发，共同研制推出柔性制造单元、复合车铣中心、车削中心、加工中心和数控车床等 12 大类 160 多个主导产品。企业产品畅销国内外市场，国内销售覆盖所有省份和地区，国外销往日本、美国、德国、加拿大、澳大利亚和阿根廷等 50 多个国家和地区，并在国内主要城市和美国、德国、马来西亚建立了营销服务网络。

产品多次荣获国家、省、部级奖励，其中"忠诚"牌 CS6266B 马鞍车床、CK75 系列数控车床荣获陕西省"名牌产品"，"忠诚"牌车床首批获得国家质量监督检验检疫总局"产品质量国家免检产品"，全功能数控车床荣获"全国用户满意产品"称号。"忠诚"商标连续 6 年被评为"陕西省著名商标"，"忠诚"品牌获国家商务部"最具市场竞争力品牌"殊荣。

天水星火机床有限责任公司 1970 年，天水星火机床厂成立，2002 年 6 月改制组建天水星火机床有限责任公司，是我国机床工具行业的重点骨干企业，我国大型数控车床、精密轧辊磨床主导生产企业，国家自动低压铸造机工业性试验基地，大型卧式回转机床领头羊企业和西北地区装备制造业龙头企业。公司注册资本 5 000 万元，资产总额 5.9 亿元。具有进出口自营权。

经营理念：和谐立本、创新为先、行者无疆。

产品研发：拥有国家认定的企业技术中心，研发方针：主线"高、大、精、专、非"，副线"普、特、难、套、量"。公司在西安、兰州、上海建立了 4 个联合技术中心和分中心。产品结构实现"四大"转变和拓展：从普通机床到数控机床的转变拓展，从轻型机床到重型机床的转变拓展，从卧式机床到立式机床的转变拓展，从一般机床到精密机床的转变拓展。

主要产品：大型数控车床、数控端面车床、大型卧式车床、数控轧辊磨床、数控轧辊车床、双柱立式车床、精密轧辊磨床、端面车床、轧辊车床、专用机床、重型卧式车床和自动精密低压铸造机 12 大系列，品种规格可重构组合。产品覆盖全国各地，销往全球 40 多个国家和地区。

德州普利森机械制造有限公司 公司前身德州机床厂始建于 1945 年，2002 年国有资产全部退出，改制为民营企业，德州德隆（集团）机床有限责任公司为其下属子公司。

目前，普利森公司占地面积 58 万 m^2，总资产 5.56 亿元，是中国机械工业 500 强之一，国家机床行业重点企业，山东省环保产业重点企业，下设机床、铸造、环保设备、特型油缸等子公司和普利森技工学校，拥有主要生产设备 1 500 余台，工艺装备居全国同行业先进水平。公司现有员工 2 100 余人，其中高中级专业技术人员 500 人，设有省级企业技术开发中心和山东省深孔加工工程技术研究中心。公司通过了 ISO9001 质量管理、ISO14001 环境管理及 OHSAS18001 职业健康安全管理等 3 个体系认证，拥有自主进出口经营权。

普利森公司主导产品有大中型普通车床、数控车床、深孔加工机床、加工中心以及其他各类专用机床，共 200 多个品种,500多个规格,机床年生产能力达5 000余台,为航空航天、汽车、模具、矿山和工程机械等行业提供了大量优质装备。产品不但在国内享有盛誉,而且常年出口到世界40多个国家和地区。2007年,出口创汇600多万美元,并且在43个国家和地区开始申请注册"普利森"商标。

普利森公司以装备中国制造业为己任,致力于为国民经济各行业打造装备精品,连续几年实现跨越发展。2007年,集团公司工业总产值7.6亿元,销售收入7.7亿元,利税1.3亿元。在技术研发方面,公司坚持高门槛、高科技含量的"双高"原则,发挥优势,自主创新,大力开发贴近市场、适销对路、有市场前景的产品。2007年,自主研发的高科技产品CK43125大型数控曲轴车床属国内首创的唯一数控曲轴车床,已于6月份成功通过验收。另外,全年有6种新产品通过省级鉴定,3种产品填补国内空白,达到国际先进水平,获省科技进步奖3项,优秀新产品奖3项,技术创新成果奖2项,国家重点新产品2项,山东省自主创新成果转化重大专项1项,获得专利授权8项,主导产品全部获"山东名牌产品"称号。公司被评为"山东省自主创新先进单位"、"全国机械工业质量效益型先进企业"、"全国机械工业管理进步示范企业"、"全国机械工业质量管理奖"、"全国用户满意企业"、"2007年全国实施卓越绩效模式先进企业"和"全国机械工业首批信用AAA企业"。

福州机床厂有限公司 公司是由原福州机床厂改制后,于2007年10月经工商行政管理部门批准正式成立的民营企业。公司集生产、科研、销售于一体,秉承"质量为本、顾客满意、以人为本、改进管理"的方针,努力研制和生产用户满意的产品。产品质量管理体系获得ISO9001:2000认证。

2007年,公司完成工业总产值7 347万元,实现销售收入8 596万元,从业人员441人。公司主导产品有CK6180、CK6280、CK6480系列数控车床,CW6180C、CW6280C系列卧式马鞍车床,F1—1023C球面车床等。其中,CW6180C、CW6280C系列卧式马鞍车床曾获得"部优"、"省优"、"福建省用户满意产品"、"福建省地产名货"称号。

公司正在福州义序工业园区建设新厂,新厂建成后将进一步扩大数控车床和传统产品的生产能力,使公司的生产管理更加完善。

黄山第一机床厂 始建于1955年,坐落在闻名遐迩的联合国文化与自然遗产——黄山南麓,新安江畔,有着40年以上生产车床产品的历史,属国有企业。而今已在国内外建立了稳固的市场销售网络与合作伙伴关系。

该厂设有5个专业化分厂和6个车间,具有专业的研究开发能力,并拥有技艺精湛的生产制造队伍,有主要生产设备300多台。多年来,公司推行全面质量管理工作,通过了ISO9001:2000版质量体系认证。生产的产品有"皖电牌"卧式车床、马鞍车床、数控车床等40多个品种规格。2007年该厂完成工业总产值10 046万元,销售产值9 908万元,从业人员平均人数554人,生产车床1 302台,数控车床产量增长迅速,达180台。

随着科技的发展,社会的进步,2008年改制后的黄山第一机床厂正致力于新的观念、新的创意及高新科技的运用,以研制开发出更多的高品位、高性能的新型产品,来参与国际竞争,全面融入全球经济。

烟台富仕通机床制造有限公司 公司建于1966年4月,其前身为烟台第二机床厂,2003年8月由全民所有制企业改为股份制企业,成为烟台富仕通机械制造有限公司下属最大的全资子公司——机床制造专业子公司。

公司是国内较早专业生产轴承加工设备、汽车零部件专用设备的主要厂家之一,是行业重点骨干厂,下设市场部、计划生产部和管理部。公司现有从业人员149名,其中工程技术人员25名,主要生产设备60余台。

公司主要生产各类专用液压半自动车床、液压自动车床、数控车床、刹车盘车磨床和各类轴承、气门车加工自动线。产品广泛应用于轴承、气门、刹车盘、刹车毂和缸套等行业。产品畅销全国27个省、市、自治区,并销往日本、韩国及东南亚、中亚和西亚地区,具有较高的声誉。

公司改制以来,一直在持续改进和创新,不懈地为国内外顾客提供质量可靠的产品和一流的服务。

〔本部分撰稿人:中国机床工具工业协会车床分会王兴海〕

(二)铣床

2007年是铣床行业持续、稳步、健康发展的一年。广大会员单位进一步贯彻落实科学发展观,加快产业结构调整,努力转变经济增长方式,各项经济指标创出历史新高。

1.基本情况

2007年,铣床分会会员单位有29家,其中有企业9家,台商控股企业1家,其他为股份制企业和民营企业,职工人数约20 000人。参加本年鉴汇总的铣床分会会员单位有25家,其中上海第三机床厂和福建省三明机床有限责任公司2家企业数据已上报其他分会,为避免重复,本年鉴铣床行业数据不包括这2家企业。

根据铣床分会23家会员单位资料统计,2007年完成工业总产值(现价)76.7亿元,比上年增长42%;产品销售产值61.1亿元,比上年增长60%;实现利税11.2亿元,比上年增长104%;从业人员平均人数19 829人,比上年增长6.3%。2007年铣床行业(23家企业)主要经济指标完成情况见表14。2007年铣床行业企业主要经济指标完成情况见表15。

表14 2007年铣床行业(23家企业)主要经济指标完成情况

指标名称	单位	实际完成
工业总产值(现价)	万元	766 581
其中:机床工具类产品总产值	万元	636 725
工业销售产值(现价)	万元	714 848
其中:机床工具类产品销售产值	万元	610 692
工业增加值	万元	268 974
实现利税	万元	112 206
从业人员平均人数	人	19 829
资产总计	万元	1 163 146
平均流动资产总计	万元	678 777
固定资产净值平均余额	万元	276 564

表 15　2007 年铣床行业企业主要经济指标完成情况

序号	企 业 名 称	工业销售产值（万元）	工业总产值（现价）（万元）	从业人员平均人数（人）
1	北京第一机床厂	206 752	246 879	2 614
2	杭州友佳精密机械有限公司	62 931	68 715	905
3	四川长征机床集团有限公司	64 735	65 288	1 557
4	宁波海天精工机械有限公司	61 240	63 076	671
5	北京精雕科技有限公司	41 165	46 262	759
6	南通科技投资集团股份有限公司	40 268	40 039	2 033
7	浙江日发数码精密机械股份有限公司	36 235	36 879	198
8	山东威达重工股份有限公司	26 100	26 100	1 381
9	桂林机床股份有限公司	24 095	25 701	1 923
10	北京机电院高技术股份有限公司	22 406	21 512	472
11	南昌凯马有限公司	21 429	21 072	1 813
12	北京京仪世纪自动化设备有限公司	20 789	18 046	690
13	杭州铣床制造有限公司	15 328	16 413	783
14	深圳市捷甬达实业有限公司	19 081	15 227	180
15	青海一机数控机床有限责任公司	11 086	12 016	851
16	江苏新瑞机械有限公司	10 140	9 874	379
17	安徽晶菱机床制造有限公司	8 963	9 295	462
18	黄山皖南机床有限公司	7 289	8 121	470
19	长春数控机床有限公司	6 864	6 836	340
20	河北发那数控机床有限公司	2 754	3 980	146
21	云南三龙机械集团有限公司昆明铣床厂	3 937	3 979	1 033
22	上海海成技术装备有限公司	1 140	1 141	53
23	武汉第四机床厂	121	131	116

2. 生产情况

2007 年铣床行业在市场经营中，产量、产值都比上年有较大增长。23 个企业共生产各种金属切削机床 44 725 台，比上年增长 20%；其中数控机床 11 130 台，比上年增长 49%，数控机床产量占金属切削机床总产量的 25%。机床总产值 63.1 亿元，比上年增长 65%；其中数控机床产值 41.9 亿元，比上年增长 102%，占机床总产值的 66%。在数控机床中，加工中心产量 3 691 台，比上年增长 39%；产值 19.2 亿元，比上年增长 60%。2007 年铣床行业分类产品生产情况见表 16。2007 年铣床行业企业分类产品生产情况见表 17。

表 16　2007 年铣床行业分类产品生产情况

产 品 名 称	实际完成		其中：数控	
	产量（台）	产值（万元）	产量（台）	产值（万元）
金属切削机床	44 725	631 206	11 130	419 081
加工中心	3 691	192 051	3 691	192 051

（续）

产 品 名 称	实际完成		其中：数控	
	产量（台）	产值（万元）	产量（台）	产值（万元）
其中：立式加工中心	3 059	119 540	3 059	119 540
卧式加工中心	268	37 925	268	37 925
龙门式加工中心	360	32 576	360	32 576
其他加工中心	4	2 010	4	2 010
车床	1 706	41 370	939	30 513
钻床	70	117		
镗床	81	429	59	229
磨床	464	14 993	100	13 777
铣床	38 383	380 312	6 196	181 057
特种加工机床	108	850	108	850
其他金属切削机床	222	1 085	37	605
金属成形机床	135	283		
机械压力机	135	283		

表 17　2007 年铣床行业企业分类产品生产情况

序号	企业名称及产品名称	实际完成		其中：数控	
		产量（台）	产值（万元）	产量（台）	产值（万元）
1	北京第一机床厂				
	金属切削机床总计	8 096	219 495	839	138 977
	加工中心	283	20 881	283	20 881
	立式加工中心	224	8 527	224	8 527
	卧式加工中心	43	6 349	43	6 349
	龙门加工中心	14	4 961	14	4 961
	其他加工中心	2	1 044	2	1 044
	铣床	7 573	180 730	421	100 481
	车床	105	4 766	57	4 601
	钻床	57	104		

序号	企业名称及产品名称	实际完成		其中：数控	
		产量(台)	产值(万元)	产量(台)	产值(万元)
	磨床	78	13 014	78	13 014
2	南通科技投资集团股份有限公司				
	金属切削机床总计	5 164	38 496	1 222	21 452
	加工中心	321	10 531	321	10 531
	立式加工中心	320	10 257	320	10 257
	卧式加工中心	1	274	1	274
	铣床	4 291	24 468	676	8 515
	车床	270	2 110	188	1 801
	磨床	242	772		
	其他金属切削机床	40	617	37	605
3	桂林机床股份有限公司				
	金属切削机床总计	1 258	19 940	184	10 714
	加工中心	16	3 327	16	3 327
	立式加工中心	4	127	4	127
	龙门加工中心	10	2 234	10	2 234
	其他加工中心	2	966	2	966
	铣床	1 227	16 595	168	7 387
	钻床	13	13		
	刨床	2	5		
4	青海一机数控机床有限责任公司				
	金属切削机床总计	471	10 719	345	9 924
	加工中心	102	6 391	102	6 391
	立式加工中心	46	1 423	46	1 423
	卧式加工中心	56	4 968	56	4 968
	铣床	369	4 328	243	3 533
5	四川长征机床集团有限公司				
	金属切削机床总计	3 443	53 566	446	19 272
	加工中心	190	10 736	190	10 736
	立式加工中心	178	6 995	178	6 995
	龙门加工中心	12	3 741	12	3 741
	铣床	3 250	42 808	253	8 513
	车床	3	23	3	23
6	云南三龙机械集团有限公司昆明铣床厂				
	金属切削机床总计	617	3 347	72	569
	铣床	538	2 943	13	340
	镗床	79	404	59	229
7	南昌凯马有限公司				
	金属切削机床总计	1 319	8 874	39	516
	铣床	612	5 121	10	385
	车床	525	3 261	29	131
	镗床	2	25		
	其他金属切削机床	180	468		
8	浙江日发数码精密机械股份有限公司				
	金属切削机床总计	645	36 897	645	36 897
	加工中心	302	19 926	302	19 926
	立式加工中心	245	13 817	245	13 817
	卧式加工中心	38	3 658	38	3 658
	龙门加工中心	19	2 451	19	2 451
	车床	343	16 971	343	16 971
9	杭州铣床制造有限公司				
	金属切削机床总计	2 750	8 670	173	1 110
	铣床	2 750	8 670	173	1 110
10	长春数控机床有限公司				
	金属切削机床总计	570	4 095	55	968
	加工中心	6	331	6	331

序号	企业名称及产品名称	实际完成		其中：数控	
		产量(台)	产值(万元)	产量(台)	产值(万元)
	立式加工中心	5	181	5	181
	卧式加工中心	1	150	1	150
	铣床	564	3 764	49	637
11	北京京仪世纪自动化设备有限公司				
	金属切削机床总计	434	2 682	55	707
	加工中心	4	79	4	79
	立式加工中心	4	79	4	79
	铣床	401	2 244	22	268
	车床	21	264	21	264
	磨床	8	96	8	96
12	黄山皖南机床有限公司				
	金属切削机床总计	1 343	7 004	173	1 569
	加工中心	13	345	13	345
	立式加工中心	13	345	13	345
	铣床	1 330	6 660	160	1 224
13	武汉第四机床厂				
	金属切削机床总计	15	58	5	15
	铣床	15	58	5	15
14	安徽晶菱机床制造有限公司				
	金属切削机床总计	617	4 786	7	177
	加工中心	3	110	3	110
	立式加工中心	3	110	3	110
	铣床	614	4 676	4	67
15	北京机电院高技术股份有限公司				
	金属切削机床总计	253	10 672	253	10 672
	加工中心	239	10 005	239	10 005
	立式加工中心	239	10 005	239	10 005
	磨床	14	667	14	667
16	宁波海天精工机械有限公司				
	金属切削机床总计	568	63 790	568	63 790
	加工中心	568	63 790	568	63 790
	立式加工中心	193	27 206	193	27 206
	卧式加工中心	117	20 815	117	20 815
	龙门加工中心	258	15 769	258	15 769
17	深圳市捷甬达实业有限公司				
	金属切削机床总计	4 121	15 149	321	5 339
	加工中心	148	3 860	148	3 860
	立式加工中心	146	3 650	146	3 650
	龙门加工中心	2	210	2	210
	铣床	3 743	9 995	65	629
	磨床	122	444		
	特种加工机床	108	850	108	850
18	上海海成技术装备有限公司				
	金属切削机床总计	12	206	12	206
	加工中心	12	206	12	206
	立式加工中心	12	206	12	206
19	江苏新瑞机械有限公司				
	金属切削机床总计	196	9 892	55	2 639
	加工中心	55	2 639	55	2 639
	立式加工中心	52	1 712	52	1 712
	卧式加工中心	3	927	3	927
	车床	141	7 253		
20	杭州友佳精密机械有限公司				
	金属切削机床总计	1 430	37 364	1 430	37 364
	加工中心	1 132	30 642	1 132	30 642

序号	企业名称及产品名称	实际 完成		其中:数控	
		产量(台)	产值(万元)	产量(台)	产值(万元)
	立式加工中心	1 123	29 858	1 123	29 858
	卧式加工中心	9	784	9	784
	车床	298	6 722	298	6 722
21	山东威达重工股份有限公司				
	金属切削机床总计	7 726	26 100	554	6 800
	加工中心	252	5 044	252	5 044
	立式加工中心	252	5 044	252	5 044
	铣床	7 474	21 056	302	1 756
22	北京精雕科技有限公司				
	金属切削机床总计	3 632	46 199	3 632	46 199
	铣床	3 632	46 199	3 632	46 199
23	河北发那数控机床有限公司				
	金属切削机床总计	45	3 210	45	3 210
	加工中心	45	3 210	45	3 210
	龙门加工中心	45	3 210	45	3 210

3. 出口情况

2007 年,铣床行业产品出口呈现出明显上升趋势,出口 70 147 万元,是上年的 3.4 倍。其中加工中心出口量大幅上升,共出口 223 台,比上年增长 105%;出口额 10 340 万元,比上年增长 193%。各类铣床出口 5 587 台,比上年增长 4%;出口额 57 543 万元,比上年增长 346%。由此可以看出,出口机床价值量的增长远远大于实物量的增长,说明铣床行业出口机床的技术含量和产品档次有较大提升。2007 年铣床行业分类产品出口情况见表 18。2007 年铣床行业企业分类产品出口情况见表 19。

表 18　2007 年铣床行业分类产品出口情况

产 品 名 称	实 际 完 成		其中:数控	
	出口量(台)	出口额(万元)	出口量(台)	出口额(万元)
金属切削机床	5 900	70 147	483	51 056
加工中心	223	10 340	223	10 340
其中:立式加工中心	217	7 893	217	7 893
卧式加工中心	6	2 447	6	2 447
车床	82	2 235	33	1 520
磨床	6	9		
铣床	5 587	57 543	226	39 179
其他金属切削机床	2	20	1	17

表 19　2007 年铣床行业企业分类产品出口情况

序号	企业名称及产品名称	实 际 完 成		其中:数控	
		出口量(台)	出口额(万元)	出口量(台)	出口额(万元)
1	北京第一机床厂				
	金属切削机床总计	54	38 957	8	37 828
	加工中心	1	551	1	551
	立式加工中心	1	551	1	551
	铣床	53	38 407	7	37 277
2	南通科技投资集团股份有限公司				
	金属切削机床总计	618	1 593	3	37
	铣床	576	1 384	2	20
	车床	35	183		
	磨床	6	9		
	其他金属切削机床	1	17	1	17
3	桂林机床股份有限公司				
	金属切削机床总计	127	1 531	1	138
	加工中心	1	138	1	138
	立式加工中心	1	138	1	138
	铣床	125	1 390		

序号	企业名称及产品名称	实 际 完 成		其中：数控	
		出口量（台）	出口额（万元）	出口量（台）	出口额（万元）
	刨床	1	3		
4	青海—机数控机床有限责任公司				
	金属切削机床总计	62	610	7	188
	加工中心	6	174	6	174
	立式加工中心	6	174	6	174
	铣床	56	436	1	14
5	四川长征机床集团有限公司				
	金属切削机床总计	76	4 086	76	4 086
	加工中心	14	3 545	14	3 545
	立式加工中心	10	1 288	10	1 288
	卧式加工中心	4	2 257	4	2 257
	铣床	62	541	62	541
6	云南三龙机械集团有限公司昆明铣床厂				
	金属切削机床总计	63	465	3	95
	铣床	63	465	3	95
7	浙江日发数码精密机械股份有限公司				
	金属切削机床总计	41	2 587	41	2 587
	加工中心	23	1 586	23	1 586
	立式加工中心	23	1 586	23	1 586
	车床	18	1 001	18	1 001
8	长春数控机床有限公司				
	金属切削机床总计	7	53		
	铣床	7	53		
9	北京京仪世纪自动化设备有限公司				
	金属切削机床总计	98	944		
	铣床	98	944		
10	黄山皖南机床有限公司				
	金属切削机床总计	120	611		
	铣床	120	611		
11	武汉第四机床厂				
	金属切削机床总计	8	32		
	铣床	8	32		
12	北京机电院高技术股份有限公司				
	金属切削机床总计	13	134	13	134
	加工中心	13	134	13	134
	立式加工中心	13	134	13	134
13	深圳市捷甬达实业有限公司				
	金属切削机床总计	4	121	4	121
	加工中心	4	121	4	121
	立式加工中心	4	121	4	121
14	江苏新瑞机械有限公司				
	金属切削机床总计	24	920	10	388
	加工中心	10	388	10	388
	立式加工中心	10	388	10	388
	车床	14	532		
15	杭州友佳精密机械有限公司				
	金属切削机床总计	73	2 296	73	2 296
	加工中心	58	1 778	58	1 778
	立式加工中心	56	1 588	56	1 588
	卧式加工中心	2	190	2	190
	车床	15	519	15	519
16	山东威达重工股份有限公司				
	金属切削机床总计	4 505	15 100	237	3 053
	加工中心	93	1 926	93	1 926
	立式加工中心	93	1 926	93	1 926

序号	企业名称及产品名称	实 际 完 成		其中:数控	
		出口量(台)	出口额(万元)	出口量(台)	出口额(万元)
	铣床	4 412	13 174	144	1 127
17	北京精雕科技有限公司				
	金属切削机床总计	7	105	7	105
	铣床	7	105	7	105

4. 新产品开发情况

2007 年在机床市场产、销两旺的形势下,铣床行业许多企业抓住机遇,加大新产品的开发力度,一方面针对当前市场的需要和不同用户的需求开发量大面广的产品及个性化产品,另一方面开发具有前瞻性和储备性的高档产品。企业通过不断创新,开发出具有当代世界水平的新产品,增加了企业的核心竞争力,推动了企业发展。据铣床分会资料统计,2007 年铣床行业完成新产品开发试制 89 项,其中加工中心 43 项,占 48.3%。2007 年铣床行业新产品开发情况见表 20。

表 20　2007 年铣床行业新产品开发情况

序号	产品名称	型 号	主要技术参数	产品性质	产品水平	生产企业
1	数控定梁龙门镗铣床	XKAE2420×40	工作台面尺寸:2 000mm×4 000mm;行程(X 轴/Y 轴/Z 轴):4 200mm/2 760mm/1 300mm	全新设计	国内先进	北京第一机床厂
2	数控定梁双龙门移动镗铣床	XKAU2750×220	工作台面尺寸:5 000mm×22 000mm;行程(X 轴/Y 轴/Z 轴):17 000mm/7 000mm/2 000mm;C 轴:n×360°连续;A 轴:±95°	合作生产	国际先进	北京第一机床厂
3	(重型)铣车复合加工中心	DMC1000	床身上回转直径:1 016mm;主轴功率:37kW/45kW	全新设计	国际先进	四川长征机床集团有限公司
4	重型核电专用双轴轴向轮槽数控铣床	CX056	加工转子外径:900～3 500mm;行程(X 轴/Y 轴/Z 轴):15 000mm/1 000mm/1 300mm	全新设计	国际先进	四川长征机床集团有限公司
5	五联动立式加工中心	LVC600	最大叶片加工直径:460mm;主轴最大功率:35kW	全新设计	国内先进	四川长征机床集团有限公司
6	高速立式加工中心	AVC1200HC	工作台面尺寸:560mm×1 250mm;行程(X 轴/Y 轴/Z 轴):1 200mm/600mm/600mm	全新设计	国内先进	四川长征机床集团有限公司
7	横梁移动龙门加工中心	GMC1600A	工作台面尺寸:1 600mm×3 000mm;行程(X 轴/Y 轴/Z 轴):3 000mm/1 600mm/1 000mm	全新设计	国内先进	四川长征机床集团有限公司
8	五联动横梁移动龙门加工中心	GMC1600H/2	工作台面尺寸:1 600mm×3 000mm;行程(X 轴/Y 轴/Z 轴):3 000mm/1 600mm/1 000mm	全新设计	国际先进	四川长征机床集团有限公司
9	五联动横梁移动龙门加工中心	GMC2000H/2	工作台面尺寸:2 000mm×4 000mm;行程(X 轴/Y 轴/Z 轴):4 000mm/2 000mm/1 400mm	全新设计	国际先进	四川长征机床集团有限公司
10	五联动横梁移动龙门加工中心	GMC2500H/2	工作台面尺寸:2 500mm×4 000mm;行程(X 轴/Y 轴/Z 轴):4 000mm/2 500mm/1 400mm	全新设计	国际先进	四川长征机床集团有限公司
11	数控横梁移动龙门五面体铣床	GMU3000×60	工作台面尺寸:3 000mm×6 000mm;行程(X 轴/Y 轴/Z 轴):6 000mm/3 500mm/1 400mm	全新设计	国内先进	四川长征机床集团有限公司
12	卧式加工中心	HMC800A	工作台面尺寸:800mm×800mm;行程(X 轴/Y 轴/Z 轴):1 300mm/1 100mm/1 100mm	全新设计	国内先进	四川长征机床集团有限公司
13	卧式五面体加工中心	HMCU630A	工作台面尺寸:630mm×630mm;行程(X 轴/Y 轴/Z 轴):900mm/800mm/800mm	全新设计	国内先进	四川长征机床集团有限公司
14	专用机械扫描装置	CX055	行程(X 轴/Z_1 轴/Z_2 轴):1 600mm/1 500mm/1 500mm;回转直径:1 000mm	全新设计	国内先进	四川长征机床集团有限公司

序号	产品名称	型号	主要技术参数	产品性质	产品水平	生产企业
15	专用单轴轴向轮槽数控铣床	CX058	加工转子外径:550～1 450mm;行程(纵向/横向/垂向):4 500mm/400mm/500mm	全新设计		四川长征机床集团有限公司
16	龙门加工中心	XH2640/8	工作台面尺寸:4 000mm×8 000mm		国内先进	桂林机床股份有限公司
17	加工中心	GLH7710SC/4.5	工作台面尺寸:1 000mm×4 500mm		国内先进	桂林机床股份有限公司
18	加工中心	GLH7710SC/6	工作台面尺寸:1 000mm×6 000mm		国内先进	桂林机床股份有限公司
19	卧式加工中心	XH756C/1	工作台面尺寸:500mm×500mm	改型设计	国内先进	青海一机数控机床有限责任公司
20	卧式加工中心	XHQ768/1	工作台面尺寸:800mm×800mm	改型设计	国内先进	青海一机数控机床有限责任公司
21	五坐标铣磨加工中心	XHA766	工作台面尺寸:630mm×630mm	全新设计	国内先进	青海一机数控机床有限责任公司
22	卧式加工中心	XH758C	工作台面尺寸:800mm×800mm	改型设计	国内先进	青海一机数控机床有限责任公司
23	精密卧式加工中心	MCH63	工作台面尺寸:630mm×630mm	全新设计	国内领先	南通科技投资集团股份有限公司
24	立式加工中心	VMC1100B	工作台面尺寸:550mm×1 200mm	改型设计	国内先进	南通科技投资集团股份有限公司
25	立式加工中心	VMC1100C	工作台面尺寸:550mm×1 200mm	改型设计	国内先进	南通科技投资集团股份有限公司
26	立式加工中心	VMCL1100	工作台面尺寸:550mm×1 200mm	改型设计	国内先进	南通科技投资集团股份有限公司
27	数控万能工具铣床	XKE8140	工作台面尺寸:400mm×800mm	改型设计	国内领先	昆明铣床厂
28	数控卧式精镗床	TK7050	工作台面尺寸:500mm×630mm	全新设计	国内领先	昆明铣床厂
29	数控万能工具铣床	XK8130	工作台面尺寸:300mm×750mm	全新设计	国内领先	昆明铣床厂
30	轴承座精镗床	KX—104	工作台面尺寸:400mm×650mm	改型设计	国内领先	昆明铣床厂
31	活塞销孔专用精镗床	KX—105	工作台面尺寸:400mm×400mm	改型设计	国内领先	昆明铣床厂
32	泵盖专用精镗床	KX—107	工作台面尺寸:500mm×630mm	改型设计	国内领先	昆明铣床厂
33	泵盖专用精镗床	KX—108	工作台面尺寸:500mm×630mm	改型设计	国内领先	昆明铣床厂
34	壳体专用精镗床	KX—109	工作台面尺寸:400mm×400mm	改型设计	国内领先	昆明铣床厂
35	数控落地轧辊铣床	JD212	工作台面宽度:8 000mm;行程(X轴/Y轴/Z轴):3 200mm /500mm /1 200mm	全新设计	国内先进	南昌凯马有限公司
36	数控双面镗床	JDK195	工作台面宽度:500mm;Y向行程:1 000mm	全新设计	国内先进	南昌凯马有限公司
37	动柱立式平面铣床	JD209	工作台面宽度:1 000mm;行程(X轴/Y轴/Z轴):3 500mm/1 000mm /1 000mm	全新设计	国内先进	南昌凯马有限公司
38	立式车床	RFCL40	最大加工直径:400mm			浙江日发数码精密机械股份有限公司
39	卧式加工中心	HMC63	工作台面尺寸:630mm×630mm;行程(X轴/Y轴/Z轴):920mm/750mm/800mm	全新设计	国内先进	长春数控机床有限公司
40	立式加工中心	XH718	工作台面尺寸:630mm×630mm;行程(X轴/Y轴/Z轴):920mm/750mm/800mm	全新设计	国内先进	长春数控机床有限公司
41	管端加工机床	CSK—T02	加工直径:48～168mm	全新设计	国内先进	长春数控机床有限公司
42	焊缝加工机床	CSK—T05	加工直径:48～216mm	全新设计	国内先进	长春数控机床有限公司
43	小型立式加工中心	XH7125	行程(X轴/Y轴/Z轴):400mm/260mm/350mm;主轴转速:8 000r/min	全新设计	国内领先	北京京仪世纪自动化设备有限公司

序号	产品名称	型号	主要技术参数	产品性质	产品水平	生产企业
44	小型精密数控车床	CK—20X	工作台面尺寸:250mm×200mm;主轴转速:6 000r/min	全新设计	国内领先	北京京仪世纪自动化设备有限公司
45	液压铣床	XY6025	工作台面尺寸:250mm×900mm	全新设计	国内一般	黄山皖南机床有限公司
46	万能升降台铣床	X6132×16	工作台面尺寸:320mm×1600mm	改型设计	国内一般	黄山皖南机床有限公司
47	立式加工中心	XH715	工作台面尺寸:500mm×1 050mm	全新设计	国内一般	黄山皖南机床有限公司
48	立式加工中心	XH714	工作台面尺寸:420mm×800mm	全新设计	国内一般	黄山皖南机床有限公司
49	数控床身铣床	XK713	工作台面尺寸:320mm×1 000mm	全新设计	国内先进	黄山皖南机床有限公司
50	加工中心	VS630	工作台面尺寸:400mm×600mm;行程(X轴/Y轴/Z轴):630mm/400mm/320mm;快速移动速度:80m/min;主轴转速:60~15 000r/min;电主轴功率:10kW	全新设计	国内先进	北京机电院高技术股份有限公司
51	五轴联动加工中心	XKH400	最大装夹长度:400mm;A轴最大回转半径:160mm;行程(X轴/Y轴/Z轴):500mm/300mm/400mm;A轴:360°;B轴:±40°	全新设计	国内先进	北京机电院高技术股份有限公司
52	数控高速立式车床	CKS5116×12/8	最大车削直径:1600mm	全新设计	国内先进	齐二机床集团有限公司
53	落地铣镗加工中心	TH6916/40×120	镗轴直径:160mm;主轴转速:1 200r/min	改型设计	国际先进	齐二机床集团有限公司
54	数控落地铣镗床	TK6926/140×60	镗轴直径:260mm;滑枕尺寸:600mm×400mm	全新设计	国际先进	齐二机床集团有限公司
55	卧式加工中心	XH756A	工作台面尺寸:500mm×500mm	改型设计		上海第三机床厂
56	卧式加工中心	RFMH100	工作台面尺寸:1 000mm×1 000mm	全新设计		浙江日发数码精密机械股份有限公司
57	五轴联动加工中心	XKH400	行程(X轴/Y轴/Z轴):500mm/300mm/400mm;A轴:360°,B轴:±40°	全新设计	国内先进	北京机电院高技术股份有限公司
58	龙门五轴联动高速铣床	HTM—4228GFA	工作台面尺寸:2500mm×4000mm;行程(X轴/Y轴/Z轴):4 200mm/2 800mm/1 000mm	全新设计	国内领先	宁波海天精工机械有限公司
59	龙门立式加工中心	HTM—3225G	工作台面尺寸:2 000mm×3 000mm;主轴转速:6 000r/min;快速移动速度:15 m/min	全新设计	国内领先	宁波海天精工机械有限公司
60	卧式加工中心	HTM—100H	工作台面尺寸:1 000mm×1 000mm;台面承重:3t;主轴转速:4 500r/min;快速移动速度:14m/min	全新设计	国内领先	宁波海天精工机械有限公司
61	卧式加工中心	HTM—140HS	工作台面尺寸:1 000mm×1 400mm;台面承重:3t;主轴转速:4 500r/min;快速移动速度:14m/min	改型设计	国内领先	宁波海天精工机械有限公司
62	五面体加工中心	HTM—28G×42	工作台面尺寸:2 500mm×4 000mm;主轴转速4 500r/min;快速移动速度:15m/min	全新设计	国内领先	宁波海天精工机械有限公司
63	五面体加工中心	HTM—28G×62	工作台面尺寸:2 500mm×6 000mm;主轴转速:4 500r/min;快速移动速度:15m/min	改型设计	国内领先	宁波海天精工机械有限公司
64	五面体加工中心	HTM—30G×42	工作台面尺寸:2 500mm×4 000mm;主轴转速:2 500r/min;快速移动速度:12m/min	全新设计	国内领先	宁波海天精工机械有限公司
65	五面体加工中心	HTM—30G×62	工作台面尺寸:2 500mm×6 000mm;主轴转速:2 500r/min;快速移动速度:12m/min	改型设计	国内领先	宁波海天精工机械有限公司

序号	产品名称	型号	主要技术参数	产品性质	产品水平	生产企业
66	五面体加工中心	HTM—28GFS	工作台面尺寸：2 500mm×4 000mm、2 500mm×6 000mm；主轴转速：2 500 r/min；快速移动速度：12m/min	全新设计	国内领先	宁波海天精工机械有限公司
67	石墨加工中心	VMC—7G1	主轴转速：18 000r/min	全新设计	国内领先	上海海成技术装备有限公司（上海海成机械制造有限公司）
68	数控卧式车床	FTC—350	行程（X轴/Z轴）：(175＋25) mm / 380mm；主轴转速：4 500r/min	技术引进	国内领先	杭州友佳精密机械有限公司
69	卧式加工中心	FMH—400	行程（X轴/Y轴/Z轴）：610mm/560mm/560mm；主轴转速：8 000r/min	技术引进	国内领先	杭州友佳精密机械有限公司
70	立式加工中心	NB—1100A	行程（X轴/Y轴/Z轴）：1 100mm/610mm/600mm；主轴转速：8 000r/min	技术引进	国内领先	杭州友佳精密机械有限公司
71	床身式万能铣床	X715	工作台面尺寸：2 100mm×500mm；主轴规格：IS050；承重 2t	全新设计	国内先进	山东威达重工股份有限公司
72	立式加工中心	XH1105	工作台面尺寸：1 000mm×510mm；主轴规格：IS040；主轴转速：12 000 r/min	全新设计	国内领先	山东威达重工股份有限公司
73	铣床	X6332Z	工作台面尺寸：1 320mm×320mm；主轴规格：IS040；最大钻孔直径：50mm	全新设计	国内先进	山东威达重工股份有限公司
74	立式升降台铣床	X5032	工作台面尺寸：1 320mm×320mm	改型设计	国内先进	山东威达重工股份有限公司
75	立式加工中心	XH716	工作台面尺寸：1 220mm×620mm；主轴规格：IS050；换刀时间：1.8s	改型设计	国内先进	山东威达重工股份有限公司
76	万能升降台铣床	X6132	工作台面尺寸：1320mm×320mm；主轴规格：IS050	改型设计	国内先进	山东威达重工股份有限公司
77	精雕数控雕刻机	Carver400G	行程（X轴/Y轴/Z轴）：400mm/400mm/200mm	全新设计		北京精雕科技有限公司
78	精雕数控雕刻机	Carver300P	行程（X轴/Y轴/Z轴）：400mm/400mm/120mm	改型设计		北京精雕科技有限公司
79	精雕数控雕刻机	Carver—S600	行程（X轴/Y轴/Z轴）：600mm/500mm/300mm	全新设计		北京精雕科技有限公司
80	精雕数控雕刻机	Carver—PMS	行程（X轴/Y轴/Z轴）：400mm/400mm/110mm	改型设计		北京精雕科技有限公司
81	精雕数控雕刻机	Light600P	行程（X轴/Y轴/Z轴）：620mm/620mm/85mm	全新设计		北京精雕科技有限公司
82	精雕数控雕刻机	PMS—T	行程（X轴/Y轴/Z轴）：400mm/400mm/110mm	改型设计		北京精雕科技有限公司
83	精雕数控雕刻机	XMS—V	行程（X轴/Y轴/Z轴）：400mm/300mm/170mm	改型设计		北京精雕科技有限公司
84	精雕数控雕刻机	LMS—T	行程（X轴/Y轴/Z轴）：460mm/600mm/80mm	改型设计		北京精雕科技有限公司
85	精雕数控雕刻机	Carver—S400	行程（X轴/Y轴/Z轴）：400mm/400mm/260mm	全新设计		北京精雕科技有限公司
86	精雕数控雕刻机	Carver600G	行程（X轴/Y轴/Z轴）：600mm/500mm/300mm	全新设计		北京精雕科技有限公司
87	精雕数控雕刻机	Sign—120ATC	行程（X轴/Y轴/Z轴）：1 200mm/1 200mm/190mm	全新设计		北京精雕科技有限公司
88	数控龙门铣床	XK2420/3	行程（X轴/Y轴/Z轴）：3 000mm/2 500mm/800mm	全新设计		河北发那数控机床有限公司
89	轻型数控龙门铣床	XKQ2420/4	行程（X轴/Y轴/Z轴）：4 000mm/2 500mm/800mm	改型设计		河北发那数控机床有限公司

5. 科研项目

2007 年铣床行业共开展科研项目 28 项，多为企业新产品开发中的关键技术攻关项目。其中北京第一机床厂与有关单位合作进行的"数控装备系统测试与评价共性技术的研究及应用"项目,是北京市科委的科研项目,该项目的完成将为整个机床行业提供可共享的产品测评规范。2007 年铣床行业科研项目情况见表21。

表 21　2007 年铣床行业科研项目情况

序号	科研项目名称	主 要 内 容	投入资金（万元）	项目来源	完成企业
1	大功率、大转矩摆角铣头关键技术研究	自主开发大功率、大转矩摆角铣头,解决铣头的设计、分析、制造、测试方面的关键技术,形成一批具有自主知识产权的关键技术	440	国家科技支撑项目	北京第一机床厂
2	数控装备系统测试与评价共性技术的研究及应用	面向数控装备制造业的高效精密数控装备新产品研发、产品市场适用性需求,研究新型试验技术、测试要素、评价模式、标准与试验方法等共性技术,得到可在整个数控行业共享的科学、客观的评价手段和方法	290	北京市科技支撑项目	北京第一机床厂
3	DMC1000 铣车复合加工中心	研制开发,完成技术资料及图样,并生产样机 1 台	1 063	四川省科技支撑项目	四川长征机床集团有限公司
4	CX056 重型核电专用双轴轴向轮槽数控铣床	研制开发,完成技术资料及图样,并生产样机 1 台	780	四川省科技支撑项目、省重大技术装备创新研制项目	四川长征机床集团有限公司
5	CX055 专用机械扫描装置	研制开发,完成技术资料及图样,并生产样机 1 台	118	企业自立项目	四川长征机床集团有限公司
6	五坐标联动电气调试及加工技术研究	完成五轴联动加工所需功能,如三维刀补、RTCP 技术等;以五轴联动加工软件为平台,突破五坐标联动机床加工编程瓶颈	55	企业自立项目	四川长征机床集团有限公司
7	进给系统热变形规律及补偿技术研究	完成机床进给系统热变形规律及补偿技术研究与应用	20	企业自立项目	四川长征机床集团有限公司
8	机床主要铸件应力消除及低应力、高强度铸铁新材料技术开发	完成机床主要铸件应力消除及低应力、高强度铸铁新材料技术开发	50	企业自立项目	四川长征机床集团有限公司
9	静压导轨技术开发	以 GF3000/80 数控龙门移动铣床为实验平台,设计 GF 系列产品 Y 向静压导轨系统	30	企业自立项目	四川长征机床集团有限公司
10	高档数控机床用的大功率 UPS 电源研究	大功率数控机床不间断电源系统装置	120	企业自立项目	四川长征机床集团有限公司
11	横梁移动龙门加工中心	横梁移动龙门加工中心系列化、产业化研究	162	国家火炬计划	四川长征机床集团有限公司
12	可转位直角铣头	可转位直角铣头的分度和定位装置通过齿牙盘实现 C 轴在 0°（360°）、90°、180°、270° 4 个位置分度、定位	10	自行开发	青海一机数控机床有限责任公司
13	MCH63 精密卧式加工中心	同步双驱高速高效精密卧式加工中心	1 200	江苏省科技成果转化专项资金项目	南通科技投资集团股份有限公司
14	石油钻杆摩擦焊前 - 焊后焊缝精加工机床	机床床身为铸造结构,安装在床身上的夹紧装置将钻杆夹紧定中心,机床夹具前端设有活动挡板将焊接件进行轴向定位后夹紧;镗外圆装置滑台安装在床身左侧导轨上,镗外圆装置带有 1 个空心轴并在加工侧设有 1 个车削头,与滑台进给进行插补加工;镗内孔装置滑台安装在床身右侧导轨上,镗孔主轴变频电动机传动,主轴内设有液压分油滑环液压缸,使刀具能进行无级可调径向进给对接头内孔进行加工,中间是夹紧装置	500	自主研发	长春数控机床有限公司

序号	科研项目名称	主 要 内 容	投入资金（万元）	项目来源	完成企业
15	GMCU2060 龙门五面体加工中心	该项目主要研制的关键技术是超重、超长垂直滑枕的液压平衡技术；横梁动、静刚度计算机数字模拟；横梁挠度变形数控补偿技术；双轴、双驱动、双反馈的同步控制技术在大型机床上的应用	220	自主研发	长春数控机床有限公司
16	LIN MC 6000 直线电动机驱动的立式加工中心	应用户需求及公司发展需要，自主设计和制造的直线电动机驱动的数控龙门五面加工中心，X 轴加工行程 6 000mm，Y 轴 2 800mm，Z 轴 950mm，属中大型龙门设备，可实现 40～60 把甚至更多数量刀具自动交换，在工件一次装夹过程中实现 5 个面的自动加工	67	国家"863"项目	北京机电院高技术股份有限公司
17	五轴联动机床的应用	应用三维设计软件模具造型，自动生成五轴加工软件，五轴加工机床的实际加工与检测	1 500	宁波市科技项目	宁波海天精工机械有限公司
18	五轴联动数控机床关键共性技术自主研制及产业开发	国产数控系统及驱动系统在五轴机床上的应用，主轴头和工作台摆动技术，高速高精度主轴设计技术，模块化设计技术，典型零件的工艺分析与研究	8 000	江苏省重大科技成果转化项目	江苏新瑞机械有限公司
19	国产智能化 FMS 系统的研究	主机制造技术，物流控制技术	1 500	常州市科技攻关项目	江苏新瑞机械有限公司
20	VM2050P 双交换五面体龙门加工中心	主卧自动换头技术，工作台平稳交换定位技术	1 000	自立项目	江苏新瑞机械有限公司
21	XH2412 龙门式数控加工中心	主轴转速：10～10 000r/min；工作台面尺寸：1 250mm×2 500mm	420	山东省重点技术创新项目	山东威达重工股份有限公司
22	X713 床身铣床	主轴转速：70～3 620r/min；工作台面尺寸：1 525mm×320mm	168	山东省技术创新项目	山东威达重工股份有限公司
23	TP611 型卧式铣镗床	主轴转速：12～950r/min；工作台面尺寸：1 320mm×1 010mm	280	山东省技术创新项目	山东威达重工股份有限公司
24	JDPaint5.50 精雕雕刻 CAD/CAM 软件	开发适用于小刀具加工的 CAD/CAM 软件	38	企业自立项目	北京精雕科技有限公司
25	JD62～120ATC 主轴系列	研制生产适用于高速切削的电主轴	232	企业自立项目	北京精雕科技有限公司
26	精雕45B 数控系统	开发适用于精雕数控雕刻机的数控系统	21	企业自立项目	北京精雕科技有限公司
27	精雕50 数控系统	开发适用于精雕数控雕刻机的高版本数控系统	99	企业自立项目	北京精雕科技有限公司
28	JDPaint6.0 精雕雕刻 CAD/CAM 软件	开发适用于小刀具加工的高版本 CAD/CAM 软件	74	企业自立项目	北京精雕科技有限公司

2007 年铣床行业共有 7 项科研项目获奖，南通科技投资集团股份有限公司 MCH63 精密卧式加工中心获中国机械工业科学技术奖三等奖，VMC 系列加工中心获江苏省科学进步三等奖。2007 年铣床行业获奖科研项目见表22。

表22　2007 年铣床行业获奖科研项目

序号	项目名称	主要内容及应用范围	获奖名称	获奖等级	主要完成单位
1	AVC1200 立式加工中心	研制开发，形成完整图样及技术资料，并生产样机 1 台；适用于叶轮行业、汽车、航天航空等行业复杂零件的加工	四川省科技进步奖	三等奖	四川长征机床集团有限公司
2	AV1200/2 五坐标联动立式铣床	研制开发，形成完整图样及技术资料，并生产样机 1 台；适用于叶轮、汽车、航天航空等行业复杂零件的加工	自贡市科技进步二等奖	二等奖	四川长征机床集团有限公司
3	ETC50 车削加工中心	研制开发，形成完整图样及技术资料，并生产样机 1 台；适用于汽车、摩托车、内燃机、模具、航空航天和通用机械等行业的零件加工	自贡市科技进步三等奖	三等奖	四川长征机床集团有限公司
4	五轴四联动复合加工中心	实现铣削、磨削的复合加工	企业技术创新优秀项目		青海一机数控机床有限责任公司

序号	项目名称	主要内容及应用范围	获奖名称	获奖等级	主要完成单位
5	VMC 系列加工中心	高速精密立式加工中心系列产品的研制,适用于各类机械加工行业	南通市科学技术进步奖	二等奖	南通科技投资集团股份有限公司
6	VMC 系列加工中心	高速精密立式加工中心系列产品的研制,适用于各类机械加工行业	江苏省科学技术进步奖	三等奖	南通科技投资集团股份有限公司
7	MCH63 精密卧式加工中心	同步双驱动高速高效精密卧式加工中心的研制,适用于各类机械加工行业	中国机械工业科学技术奖	三等奖	南通科技投资集团股份有限公司

6.企业简介

参加本年鉴汇总的铣床分会 23 个企业大部分是老会员单位,其企业简介在上几版年鉴中均已刊登,本年鉴中不再重复介绍,现只介绍 5 个新会员单位,其余企业经营状况见前表。

江苏新瑞机械有限公司 成立于 2002 年 11 月,注册资本 1 500 万元,拥有员工 1 200 人,是专业从事数控设备的研发、生产、销售和服务的现代化制造企业。2007 年,实现销售收入 4.6 亿元,利税 1.1 亿元。2008 年预计实现产品销售收入 9.2 亿元,利税 1.9 亿元,其中数控机床、加工中心出口达到 1 200 万美元。

2005 年 12 月,新瑞机械通过产权转让整体并购了宁夏长城机床厂,并正式成立宁夏新瑞长城机床有限公司;2007 年 4 月,新瑞机械又成功收购了江苏多棱数控机床股份有限公司。

新瑞机床目前有立式加工中心、卧式加工中心、龙门加工中心及数控镗铣床、落地镗铣床、钻床、卧式数控车床、立式数控车床、端铣面打中心孔机床、柔性制造单元和柔性制造系统以及卧式冷室压铸机等 10 大系列数控产品。新瑞机床目前已经广泛应用于我国汽车工业、兵器工业、航空航天、冶金工业、煤矿机械、石油机械、工程机械、铁路交通、职业教育等重点行业和领域。公司已被国家科技部认定为全国 CAD 应用示范企业、全国制造业信息化示范企业,还承担了制造信息化国家"863"项目"机床企业的 4CPE 集成"。

整合后组建的江苏新瑞机械有限公司,利用其资金优势和管理优势,优化销售、研发、制造人才资源,并组建东西两大研发、制造基地;对原有产品进行重新定位和升级,提高管理和装配水平,提升产品质量;以高新技术和前沿技术帮助客户提升传统产业,为客户提供最佳解决方案。

公司还计划总投资 9.5 亿元规划建设 20 万 m² 厂房,项目建成后年产值将达到 20 亿元规模,目前该项目已完成总投资 7.8 亿元,建成面积 9.2 万 m² 全空调联合式的恒温厂房。

山东威达重工股份有限公司 是拥有自营进出口权的股份制企业集团。公司下辖威达公司和威奥公司、山东威达重工技校、进出口公司、机床销售公司和省级企业技术中心。公司主要生产铣床、铣镗床、数控铣床和立式、卧式加工中心等铣削类加工设备。2006 年实现销售收入 1.5 亿元,出口创汇 758 万美元,2007 年实现销售收入 2.6 亿元,出口创汇 1 926 万美元。连续多年被枣庄市评为"百强企业"、"技术创新先进企业"、"出口创汇先进企业"。

公司拥有资产近 2 亿元,在枣庄高新技术开发区和滕州工业园区各有一座现代化厂房,拥有各类加工设备 1 055 台(套),其中多台数控龙门导轨磨床、卧式加工中心、大型龙门铣床等高档高精度加工设备。拥有激光干涉仪、金属线纹尺、三坐标检测仪等精密检测设备 160 台(套),加工及检测手段齐全。2007 年共生产金属切削机床 7 726 台,其中加工中心 252 台(套)。公司现有员工 1 380 人,人力资源丰富,结构层次合理,各类专业人员 542 人。

公司 2002 年 6 月取得了国家颁发的出口经营许可证及产品进入欧盟市场的"CE"认证,2003 年 5 月取得了国家质量认证中心颁发的 ISO9001:2000 质量管理体系认证。企业技术中心在 2007 年 9 月份被认定为省级企业技术中心。公司坚持走"产、学、研"相结合的发展之路,和山东省机械设计研究院建立了长期的友好合作关系,合作开发了 XH2412 龙门式数控加工中心、XMC630 卧式加工中心等系列的产品;和山东大学机械工程学院成立了科研试验基地。公司产品畅销欧洲、美洲、澳洲等 50 多个国家和地区,先后与德国克努特公司、土耳其福尔曼公司、韩国南北公司等国外多家知名的机床生产、销售公司建立了长期的合作伙伴关系。

杭州友佳精密机械有限公司 为台湾友嘉实业集团全资控股的外商独资企业,创立于 1993 年,注册资金 1 100 万美元,2005 年杭州友佳精密机械有限公司股票在香港成功上市,公司现有职工 1 221 人。2007 年,公司实现工业总产值 6.9 亿元,产品销售收入达 7.5 亿元,数控机床出口 131 台,出口额 377.6 万美元。公司以友嘉实业集团为依托,以国际化的研发团队,结合欧洲、美国、日本技术,专业生产中高档数控机床,主要产品为立式加工中心、卧式加工中心、数控车床与柔性制造单元等。

公司有卧式加工中心、龙门铣削中心等先进的加工设备 56 台(套);有三坐标测量机、激光干涉仪系统等先进的检测设备,具备年产 2 000 台机床的生产能力。公司坚持创新理念,自主研发新产品多项,共有 17 项专利产品。公司结合集团国际化先进运作经验,建立了一套完整的质量管理标准规范及相应的检测体系与评价系统,2003 年通过了 ISO9001 质量管理体系认证,2005 年通过了浙江省高新技术企业认定,2006 年通过了国家二级计量管理体系与标准化良好行为企业的认定,2007 年通过了 ISO14000 环境管理体系认证,加工中心已获国家"免检产品"。公司极其重视消费者意见和消费者投诉,建立多渠道和多级反馈与处理机制,除完整的售服体系和销售体系渠道外,还有专门的品质保障部门接受消费者投诉并监督相关单位的客诉处理过程,调查客户满意度。

北京精雕科技有限公司 公司简称"北京精雕",是专门从事研发和生产数控雕刻机的高新技术企业,1994 年 12 月成立,注册资金 4 000 万元,企业性质为有限责任公司。

目前,北京精雕拥有在职员工 882 人,其中大专以上学历 546 人,占员工总数的 62%以上;高级研发人员 86 人,其中硕士以上学历 54 人,占高级研发人员总数的 62.8%以上。研发和生产基地占地面积 6.8 万 m²,建筑面积 6.1 万 m²,可年产精雕机 5 000 台。已在全国建立 40 家全资分公司、1 个大区技术支持部、2 个加工公司、2 个培训中心、3 个大区维修中心和 1 个特色雕刻中心,成立了国际市场部和北京精雕香港公司,构建起完善的销售服务网络。

企业主导产品——"精雕 CNC 数控雕刻机"是一套以雕刻 CAD/CAM 为核心的加工系统,是精雕雕刻 CAD/CAM 软件 JDPaint、精雕数控系统、精雕机本体和精密高速主轴制造技术的综合运用和无缝集成。该产品由北京精雕独立开发、研制,拥有其全部知识产权,并荣获"国家重点新产品"证书。目前该产品共 60 多个型号,拥有"精雕"、"睿雕"、"麒雕"、"赛雕"等 9 个注册商标,广泛应用于五金工具、模具、纺织机械、工业模型、产品加工等 20 多个行业。2007年,北京精雕共完成新产品开发 18 项,申报专利 16 项,全年实现产品销售收入 41 165 万元,工业总产值 46 328 万元,产品销售利润 13 454 万元,企业利润总额 7 345 万元,利用自有产品出口创汇 14 万美元。

河北发那数控机床有限公司 是河北省专业生产数控龙门铣床、龙门加工中心的企业。公司拥有众多的技术人才和管理人才,公司员工中具有专业技术职称的人员达60%,大专以上学历占 70%以上。公司拥有各种先进的科研、检测和生产设备,强大的制造加工和科研开发能力。

公司采用自主知识产权专业制造数控龙门铣床和龙门加工中心,2007 年企业完成工业总产值 3 980 万元,比上年增加 1 130 万元;销售 45 台,销售收入 3 210 万元,比上年增加 360 万元。2007 年,公司自行设计开发新产品 XK2420/3 数控龙门铣床和 XKQ2420/4 轻型数控龙门铣床,并已销售数台,得到广大客户的认可。2008 年,公司推出新产品试制计划,产品型号 XK2930/8,计划完成时间 2008 年 10 月。

2007 年公司获得项目建设先进企业,并荣获产品信得过单位。

"诚实为本,质量为魂,求实、创新、开拓、进取,为客户创造最大价值"是公司的最高理念。公司贯彻执行 ISO9001: 2000 质量标准体系,秉承"客户第一、质量第一"的原则,竭诚为广大新老客户服务。公司将永远以一流的技术、一流的产品、一流的质量,向用户提供一流的服务、一流的增值,与用户同行,共铸 21 世纪的辉煌。

〔本部分撰稿人:中国机床工具工业协会铣床分会胡瑞琳　审稿人:中国机床工具工业协会铣床分会魏而巍〕

(三)钻镗床

1. 基本情况

钻镗床行业现有会员企业 78 家,其中包括国内一流的、具有雄厚技术实力和制造能力的多家国内著名企业,包括在国产高档数控机床领域极具创新能力的多家领头企业。近年来,随着企业机制和体制的深化改革,市场经济形势下新型企业制度的建立和不断完善,企业市场应变能力不断增强,核心竞争能力不断提高,一个具有国际竞争能力的行业正在稳步形成。可喜的是,在国家加快装备制造业发展政策的支持和鼓舞下,国有、集体控股企业焕发出勃勃生机,发展势头强劲,进入了一个最好的发展时期;近几年,在机床制造业中,民营企业正在迅速增加,企业数量已占本行业主要机床制造企业的 1/3 以上,达到 20 余家。民营企业资金投入量大,发展速度快,效益普遍看好。2007 年钻镗床行业主要经济指标完成情况见表 23。2007 年钻镗床行业企业主要经济指标完成情况见表 24。

表 23　2007 年钻镗床行业主要经济指标完成情况

指 标 名 称	单位	实际完成
工业总产值(现价)	万元	900 522
其中:机床工具类产品产值	万元	814 649
工业销售产值(现价)	万元	897 223
其中:机床工具类产品销售产值	万元	810 449
工业增加值	万元	311 471
实现利税	万元	84 708
从业人员平均人数	人	16 629
资产总计	万元	941 674
流动资产平均余额	万元	532 403
固定资产净值平均余额	万元	233 434

表 24　2007 年钻镗床行业企业主要经济指标完成情况

序号	企 业 名 称	工业总产值(万元)	工业销售产值(现价)(万元)	从业人员平均人数(人)
1	沈阳机床(集团)有限责任公司	572 468	556 500	7 872
	其中:交大昆机科技股份有限公司	103 539	99 392	2 375
2	山东福临机械制造有限公司	81 788	80 970	585
3	汉川机床有限责任公司	68 870	67 849	1 412
4	新乡市金刚机床有限责任公司	36 163	30 215	250
5	芜湖恒升重型机床有限责任公司	35 500	30 349	440
6	杭州西湖台钻有限公司	16 631	16 086	479
7	浙江西陵台钻制造有限公司	16 581	16 375	691
8	江苏多棱数控机床股份有限公司	15 002	15 976	572
9	江苏省南京第四机床厂	14 717	14 412	1 007
10	宁夏中卫大河机床有限责任公司	12 988	11 202	1 012
11	四川自贡机床厂	7 162	7 635	509

（续）

序号	企业名称	工业总产值（万元）	工业销售产值（现价）（万元）	从业人员平均人数（人）
12	宁夏银川大河数控机床有限公司	5 219	4 235	248
13	桂林正菱第二机床有限责任公司	4 301	4 241	488
14	安徽省黄山台钻有限公司	3 465	31 744	215
15	浙江吉成高科机床有限公司	2 901	3 031	222
16	翠山机械制造有限公司	2 201	2 056	170
17	福州台钻厂	1 827	1 738	124
18	云南丽江机床有限公司	1 448	1 448	120
19	运城市新器数控机床有限公司	1 000	960	118
20	西安专用机床厂	282	202	95

注：沈阳机床（集团）有限公司数据只是钻镗床，未含其他产品。

2. 生产情况

2007年，钻镗床行业的生产经营形势，整体上讲是持续、健康和快速的发展局面。据不完全统计，2007年，钻镗床行业完成工业总产值90.05亿元，比上年增长47%；产品销售收入92.04亿元，同比上年增长42%。生产金属切削机床（不含台钻）75 199台，比上年增长37.26%。其中镗床5 336台，比上年增长29%，价值量增长50%；钻床49 999台，比上年增长10%，价值量增长19%；数控机床4 352台，比上年同期增长96%，价值量增长64%；加工中心2 481台，比上年增长147%，价值量增长104%；台钻126 936台，比上年增长38%，价值量增长44%。产品销售率99.6%。2007年钻镗床行业分类产品生产情况见表25。2007年钻镗床行业企业分类产品生产情况见表26。

2007年，钻镗床行业生产情况有如下主要特点：

（1）数控机床发展迅速。数控机床产量、价值量大幅度提高，特别是加工中心，产量和价值量增速都在80%以上。这充分说明，用户对数控机床的认知度已大幅度提高，广泛购买和使用国产数控机床，改善加工条件。数控机床市场已经向国产数控机床放开，这是一个产用共兴旺，供需共赢的局面。

（2）大型机床深受用户青睐。与往年相比，大型或重型机床产量大增，大型机床销售一路看好，镗床、钻床的产销量都证实了这个特点。镗床产量增长幅度不大，但价值量却增长幅度较大，主要是大型镗床产量增加所致。钻床产量虽有降低，价值量却略有增长，主要也是大型钻床产量增加所致。

（3）机床质量、品质和性能有较大改善和提高。2007年，各企业质量意识普遍增强，采取多种措施，力求在产品质量上有新的突破，新的提高。一些产品产量增速不大，价值量却增速较大，说明产品功能提高，性能有较大改善，产品整体质量大幅度提升。

（4）国产高档数控机床引领行业发展。2007年，国产高档数控机床成为抢手货，从方案提出、技术设计到生产制造都有用户参与。这一年中仅钻镗床行业向国家重要部门、重要建设项目提供的国产高档数控机床就达到70余台，是2006年的4倍多，替代了许多进口产品，为我国高档数控机床的国产化做出了积极贡献。在这些高档数控机床中，有大型数控铣镗床和加工中心，五轴联动加工中心，带A、B轴的五轴联动加工中心，高速、高精的加工中心，柔性单元，柔性生产线和复合加工中心等。

（5）国产数控机床已大量使用国产配套件。数控机床的发展大大推动了国产功能部件的发展，同时国产功能部件的发展也大大促进了国产数控机床发展。数控系统、主轴部件、数控工作台、万能铣头、传动部件和液压部件已经大量地应用在钻镗床行业的数控机床和加工中心上。

表25　2007年钻镗床行业分类产品生产情况

产品名称	实际完成		其中：数控	
	产量（台）	产值（万元）	产量（台）	产值（万元）
金属切削机床	75 199	750 160	4 352	341 185
加工中心	2 481	233 577	2 481	233 577
立式加工中心	1 786	98 500	1 786	98 500
卧式加工中心	364	50 063	364	50 063
龙门式加工中心	331	85 014	331	85 014
车床	193	8 950	34	436
钻床	49 999	136 472	677	4 434
镗床	5 336	349 753	580	87 902
磨床	213	1 138	42	294
螺纹加工机床	16 038	3 094		
铣床	381	11 518	381	11 518
特种加工机床	44	312	44	312
组合机床	123	3 170	113	2 712
台钻	126 936	20 012		
其他金属切削机床	391	2 175		
金属成形机床	15 280	693		
剪切机床	15 280	693		

注：车床中不含仪表车床，钻床中不含台钻，磨床中不含砂轮机、抛光机。

表26　2007年钻镗床行业企业分类产品生产情况

序号	企业名称及产品名称	实际完成		其中：数控	
		产量（台、套）	产值（万元）	产量（台、套）	产值（万元）
1	沈阳机床（集团）有限责任公司				
	金属切削机床总计	22 638	572 468	2 133	277 002
	其中：大型机床	3 556	199 255		

序号	企业名称及产品名称	实 际 完 成		其中:数控	
		产量(台、套)	产值(万元)	产量(台、套)	产值(万元)
	其中:加工中心	1 815	207 590	1 815	207 590
	立式加工中心	1 218	81 150	1 218	81 150
	卧式加工中心	302	46 858	302	46 858
	龙门加工中心	295	79 582	295	79 582
	钻床	17 955	89 212	2	97
	镗床	2 868	275 666	316	69 315
2	交大昆机科技股份有限公司				
	金属切削机床总计	1 047	99 462	185	66 419
	其中:大型机床	855	32 548		
	重型机床	3	258		
	其中:高精度机床	7	495		
	其中:加工中心	29	10 528	29	10 528
	卧式加工中心	29	10 528	29	10 528
	镗床	1 018	88 934	156	55 891
3	汉川机床有限责任公司				
	金属切削机床	2 216	67 541	1 096	35 993
	其中:大型机床	1 118	31 489		
	重型机床	23	2 022		
	其中:加工中心	478	16 290	478	16 290
	立式加工中心	405	11 754	405	11 754
	卧式加工中心	54	2 617	54	2 617
	龙门加工中心	19	1 919	19	1 919
	钻床	46	541	46	541
	镗床	1 265	38 822	147	7 333
	铣床	381	11 518	381	11 518
	特种加工机床	44	312	44	312
	其他机床	2	58		
4	芜湖恒升重型机床有限责任公司				
	金属切削机床总计	569	30 467		
	其中:车床	159	8 514		
	镗床	410	21 953		
5	江苏多棱数控机床股份有限公司				
	金属切削机床总计	244	14 670	109	14 086
	其中:加工中心	35	4 187	35	4 187
	立式加工中心	15	483	15	483
	卧式加工中心	3	191	3	191
	龙门加工中心	17	3 513	17	3 513
	钻床	161	955	26	371
	镗床	48	9 528	48	9 528
6	中卫大河机床有限责任公司				
	金属切削机床合计	2 694	13 230	874	9 223
	其中:加工中心	58	1 396	58	1 396
	立式加工中心	58	1 396	58	1 396
	钻床	2 410	7 019	603	3 425
	镗床	58	1 396	58	1 396
	磨床	46	347	42	294
	组合机床	122	3 072	113	2 712
7	浙江西菱台钻制造有限公司				
	金属切削机床总计	26 684	11 415		
	其中:钻床	10 659	8 352		
	螺纹加工机床	16 025	3 063		

序号	企业名称及产品名称	实际完成		其中:数控	
		产量(台、套)	产值(万元)	产量(台、套)	产值(万元)
	金属成形机床总计	15 275	687		
	其中:剪断机	15 275	687		
	台钻	52 729	4 479		
8	山东福临机械制造有限公司				
	金属切削机床总计	1 965	10 151		
	其中:钻床	1 965	10 151		
9	江苏省南京第四机床厂				
	金属切削机床总计	1 839	6 567		
	其中:大型机床	15	162		
	其中:钻床	1 839	6 567		
10	四川省自贡机床厂				
	金属切削机床总计	1 267	5 245		
	其中:钻床	1 267	5 245		
	锯床	0	0		
11	银川大河数控机床有限公司				
	金属切削机床总计	417	4 958	90	3 864
	其中:大型机床	6	495		
	其中:加工中心	90	3 864	90	3 864
	立式加工中心	85	3 467	85	3 467
	卧式加工中心	5	397	5	397
	钻床	320	940		
	磨床	6	55		
	组合机床	1	98		
12	桂林正菱第二机床有限责任公司				
	金属切削机床总计	865	4 301		
	其中:钻床	865	4 301		
13	安徽省黄山台钻有限公司				
	金属切削机床总计	12 480	2 936		
	其中:钻床	12 480	2 936		
	机床部件	1 500	308		
14	浙江吉成高科技机床有限公司				
	金属切削机床总计	463	2 736		
	其中:钻床	32	254		
	磨床	29	334		
	螺纹加工机床	13	31		
	其他机床	389	2 117		
15	云南丽江机床有限公司				
	金属切削机床总计	283	1 385		
	其中:镗床	255	1 259		
	磨床	28	126		
16	西安专用机床厂				
	金属切削机床总计	525	1 075		
	其中:镗床	421	799		
	磨床	104	276		
17	运城市新器数控机床有限公司				
	金属切削机床总计	50	1 016	50	1 016
	其中:加工中心	5	250	5	2 250
	立式加工中心	5	250		250
	车床	34	436	34	436
	镗床	11	330	11	330
18	中山市翠山机械制造有限公司				
	金属成形机床总计	5	6		

（续）

序号	企业名称及产品名称	实际完成		其中:数控	
		产量(台、套)	产值(万元)	产量(台、套)	产值(万元)
	其中:剪断机	5	6		
	台钻	11 803	1 486		
19	杭州西湖台钻有限公司				
	台钻	103 122	16 631		
20	福州台钻厂				
	台钻	10 580	1 697		
21	新乡市金钢机床有限责任公司				
	台钻	1 431	198		

我国钻镗床行业持续、健康、快速、稳定发展的原因如下:

(1)国家政策的支持与鼓励,营造了机床行业快速发展的外部环境和氛围。国家制定的加快装备制造业发展的各项政策及重大专项政策,给企业开创了难得的发展机遇,极大地鼓舞着机床制造企业的干部和员工。各企业都加大资金投入,加快产品研发步伐,以求得发展。

(2)加大企业机制和体制改革的力度。有的企业国有资产一次性退出,民营资本进入,增强了企业快速反应市场的能力;建立了市场经济条件下的现代企业管理制度,改善了企业的经营模式,实现了以市场为导向,以为用户服务为根本的经营战略。2007年,经过深化改革,特别是企业体制和机制的改革,企业性质出现了多种形式——国有控股、集体控股和民营的个人控股等。民营性质企业进一步扩大,为增强企业的应变能力注入了新的活力。

(3)产业和产品结构的调整促进了企业的快速发展。为使产业结构更趋合理,企业进行了重组,强强联合。中捷机床有限公司、中捷摇臂钻床厂等搬迁至沈阳经济技术开发区,与沈阳第一机床厂、沈阳数控机床厂(原沈阳第三机床厂)进行重组,实现了按产品的专业组合,成立了中捷机床有限公司、中捷大型数控铣镗床事业部、中捷立式加工中心事业部、中捷镗床事业部和中捷摇臂钻床事业部;交大昆机科技股份有限公司由沈阳机床(集团)有限责任公司控股,成立沈机集团昆明机床股份有限公司;江苏多棱数控机床股份有限公司与江苏新瑞机械有限公司联合;海宁机床厂有限公司与浙江天成高科有限公司联合成立浙江吉成高科机床有限公司。2007年,企业的产品结构调整速度加快,企业生产以普通机床为主向以数控机床为主,以中小型机床为主向以大中型机床为主的产品结构调整过程已经开始,并取得了很好的效果。

(4)多年的技术改造投资初见成效。"十五"期间,是钻镗床行业各企业开始投入巨额资金进行技术改造,并开始实施技术改造项目的重要时期。经过几年的努力,进入"十一五"后,这些技术改造项目已相继基本完成或即将完成,为企业又好又快发展奠定了坚实的基础。技术改造的结果是,生产能力大幅度提高,技术水平有效提升,产品质量明显改善,创新成效硕果累累;促进了企业生产经营持续、稳定、快速发展,各项经营指标迅速上升。

3.出口

2007年,出口机床(不含台钻)12 551台,比上年增长574%。其中数控机床的增速比较大,立式加工中心、卧式加工中心和龙门式加工中心都有较大增幅。2007年钻镗床行业分类产品出口情况见表27。2007年钻镗床行业企业分类产品出口情况见表28。

表27 2007年钻镗床行业分类产品出口情况

产品名称	实际完成		其中:数控	
	出口量(台、套)	出口额(万元)	出口量(台、套)	出口额(万元)
金属切削机床	12 551	53 355	202	31 653
加工中心	171	29 615	171	29 615
其中:立式加工中心	96	2 858	96	2 858
卧式加工中心	33	6 610	33	6 610
龙门式加工中心	42	20 147	42	20 147
钻床	5 728	13 047	2	68
镗床	414	9 211	18	1 807
磨床	72	186		
螺纹加工机床	6 154	1 129		
铣床	4	96	4	96
特种加工机床	8	72	7	66
台钻	24 815	2 414		
机床部件	1 500			
金属成形机床	6 770	305		
剪切机床	6 770	305		

注:表中数据钻床不含台钻,磨床不含砂轮机、抛光机。

表 28　　2007 年钻镗床行业企业分类产品出口情况

序号	企业名称及产品名称	实际完成		其中:数控	
		出口量(台、套)	出口额(万元)	出口量(台、套)	出口额(万元)
1	沈阳机床(集团)有限责任公司				
	金属切削机床总计	1 916	44 139	159	29 964
	其中:大型机床	258	7 595		
	其中:加工中心	154	28 610	154	28 610
	立式加工中心	85	2 612	85	2 612
	卧式加工中心	32	6 563	32	6 563
	龙门加工中心	37	19 435	37	19 435
	钻床	1 674	8 578		
	镗床	88	6 952	5	1 354
2	浙江西菱台钻制造有限公司				
	金属切削机床总计	9 927	4 023		
	其中:钻床	3 773	2 894		
	螺纹加工机床	6 154	1 129		
	金属成形机床总计	6 770	305		
	其中:剪断机	6 770	305		
	台钻	18 877	1 592		
3	桂林正菱第二机床有限责任公司				
	金属切削机床总计	197	1 180		
	其中:钻床	197	1 180		
4	交大昆机科技股份有限公司				
	金属切削机床总计	10	1 312	2	844
	其中:大型机床	7	411		
	其中:高精度机床	1	57		
	其中:镗床	10	1 312	2	844
5	汉川机床有限责任公司				
	金属切削机床	45	1 300	37	1 102
	其中:大型机床	7	192		
	其中:加工中心	14	502	14	502
	立式加工中心	11	246	11	246
	卧式加工中心	1	47	1	47
	龙门加工中心	2	209	2	209
	钻床	2	68	2	68
	镗床	17	651	10	369
	铣床	4	96	4	96
	特种加工机床	8	72	7	66
6	西安专用机床厂				
	金属切削机床总计	342	1 257		
	其中:镗床	272	1 076		
	磨床	70	181		
7	江苏多棱数控机床股份有限公司				
	金属切削机床总计	3	503	3	503
	其中:加工中心	3	503	3	503
	龙门加工中心	3	503	3	503
8	云南丽江机床有限公司				
	金属切削机床总计	22	449		
	其中:镗床	22	449		
9	山东福临机械制造有限公司				
	金属切削机床总计	70	296		
	其中:钻床	70	296		
10	芜湖恒升机床有限责任公司				
	金属切削机床总计	12	89		
	其中:镗床	12	89		
11	运城市新器数控机床有限公司				
	金属切削机床总计	3	84	3	84
	其中:镗床	3	84	3	84

序号	企业名称及产品名称	实际完成		其中：数控	
		出口量（台、套）	出口额（万元）	出口量（台、套）	出口额（万元）
12	宁夏中卫大河机床有限责任公司				
	金属切削机床合计	14	36		
	其中：钻床	12	31		
	磨床	2	5		
13	杭州西湖台钻有限公司				
	台钻	5 938	822		
14	安徽省黄山台钻有限公司				
	机床部件	1 500	308		

4. 新产品开发

2007 年钻镗床行业共开发新产品 79 种,主要有高档数控机床、立式加工中心、卧式加工中心、龙门式数控铣镗床和加工中心、落地式数控铣镗床和加工中心,其中有多种大型数控铣镗床和加工中心。这些新产品中,全新设计产品共 48 种,占新产品 61%,其余新产品均为改型设计,已全部试制成功并向用户交付使用。2007 年钻镗床行业新产品开发情况见表 29。

表 29 2007 年钻镗床行业新产品开发情况

序号	产品名称	型号	主要技术参数	产品性质	产品水平
汉川机床集团有限公司					
1	双交换工作台卧式加工中心	TH6350/S	双工作台,工作台面尺寸::500mm×500mm	全新设计	国内领先
2	龙门式加工中心	XH2307B	工作台面尺寸:1 750mm×750mm;主轴最高转速:24 000r/min	改型设计	国内领先
3	立式加工中心	XH714G/Ⅱ	工作台面尺寸:400mm×900mm	改型设计	国内领先
4	立式数控铣床	XK714D/Ⅱ	工作台面尺寸 400mm×900mm	改型设计	国内领先
5	立式数控铣床	XK715D/Ⅱ	工作台面尺寸:520mm×1 200mm	改型设计	国内领先
6	数控龙门式铣床	XK2416B	工作台面尺寸:1 600mm×3 200mm	改型设计	国内领先
7	龙门式加工中心	XH2420B/6	工作台面尺寸:2 000mm×6 000mm	改型设计	国内领先
8	数控卧式铣镗床	TK611B/1	ϕ110mm	改型设计	国内领先
9	数控卧式铣镗床	TK6411C	ϕ130mm	改型设计	国内领先
10	数控卧式铣镗床	TK611C/1A	ϕ110mm	改型设计	国内领先
11	数控卧式铣镗床	TK611C/4A	ϕ110mm	改型设计	国内领先
浙江西菱台钻制造有限公司					
12	六角转塔式钻攻加工中心	VD—611F	行程（X轴/Y轴/Z轴）:300mm/250mm/250mm;工作台面尺寸:300mm×500mm	改型设计	
13	液压滑台式动力头自动钻攻两用机床	ZH30	最大钻孔直径:30mm;最大攻螺纹直径:30mm	全新设计	
江苏多棱数控机床股份有限公司					
14	落地卧式镗铣加工中心	TH6916—100	镗轴直径:160mm;铣轴端部直径:260mm;主轴锥孔:BT50;工作台面尺寸:4 000mm×2 250mm×350mm(4块);转台尺寸:2 500mm×2 500mm;行程（X轴/Y轴/Z轴/W轴）:10 000mm/3 000mm/1 000mm/900mm;刀库容量:60 把	全新设计	国内先进
15	五轴联动龙门镗铣床	TK4220/5X—40	工作台面尺寸:2 000mm×4 000mm;行程（X轴/Y轴/Z轴/A轴/C轴）:4 500mm/2 700mm/1 000mm/±100°/±200°;主轴最高转速:14 000r/min;主轴最大转矩:955N·m	改型设计	国内领先
16	动梁五面体龙门加工中心	XH2125/H—600	工作台面尺寸:2 500mm×6 000mm;主轴锥孔:BT50;行程（X轴/Y轴/Z轴/W轴）:6 500mm/4 000mm/1 000mm/1 850mm;刀库容量:60 把	改型设计	国内先进
17	动梁五面体龙门加工中心	XH2130P/H—140	工作台面尺寸:3 000mm×14 000mm(2 块);主轴锥孔:BT50;行程（X轴/Y轴/Z轴/W轴）:4 500mm/3 500mm/1 000mm/1 450mm;刀库容量:100 把	全新设计	国内领先
18	卧式镗床专机	ZY—B24001	镗轴直径:240mm;工作台面尺寸:1 500mm×1 900mm;主轴功率:28kW;主轴最大转矩:2 670N·m;行程（纵向/径向）:3 200mm/200mm	全新设计	国内先进

序号	产品名称	型号	主要技术参数	产品性质	产品水平
19	伺服单摆头	42250.611	最高旋转速度:5r/min;最大转矩:6 500N·m;旋转角度范围:±100°	全新设计	国内先进

宁夏银川大河数控机床有限公司

序号	产品名称	型号	主要技术参数	产品性质	产品水平
20	立式珩磨机床	2MB228×32	珩孔直径:10~80mm	全新设计	国内先进
21	立式钻床	Z5180	最大钻孔直径:80mm	全新设计	国内先进
22	立式加工中心	V900L	工作台面尺寸:1 100mm×500mm、线轨	全新设计	国内先进
23	立式加工中心	V1800A	工作台面尺寸:2 000mm×900mm、线轨	全新设计	国内先进

福州台钻厂

序号	产品名称	型号	主要技术参数	产品性质	产品水平
24	多轴台钻	Z4016B		改型设计	行业领先
25	半自动台钻	Z4425B		改型设计	行业领先
26	高速台钻	ZG406A		改型设计	行业领先

交大昆机科技股份有限公司

序号	产品名称	型号	主要技术参数	产品性质	产品水平
27	数显落地式铣镗床	TX6213T	主轴直径:130mm;行程(X轴/Y轴/Z轴/U轴):12 000mm/2 500mm/900mm/300mm	全新设计	国内先进
28	数显卧式镗床	TX6111C/3	主轴直径:110mm;直线坐标行程(X轴/Y轴/Z轴):1 600mm/1 300mm/1 400mm;主轴行程:600mm	改型设计	国内先进
29	数控落地式铣镗床	TK6216A	主轴直径:160mm;行程(X轴/Y轴/Z轴):3 000mm/1 600mm/900mm	全新设计	国内先进
30	数控落地式铣镗床	TK6922	主轴直径:225mm;滑枕端面:580mm×700mm;行程(X轴/Y轴/Z轴/V轴):12 000mm/5 000mm/1 250mm/1 250mm	改型设计	国内先进
31	龙门式镗铣床	XK2130	工作台面尺寸:16 000mm×3 000mm;两立柱间距:4 100mm;滑枕端面:480mm×580mm;行程(X轴/Y轴/Z轴/Z_1轴/W轴):16 500mm/5 000mm/1 250mm/1 000mm/2 500mm;镗轴直径:200mm	改型设计	国内先进
32	卧式加工中心	TH46100A/2	工作台面尺寸:1 000mm×1 000mm;交换工作台个数:2 个;行程(X轴/Y轴/Z轴/W轴):2 000mm/1 400mm/1 200mm/500mm	全新设计	国内先进
33	刨台式加工中心	TH65100A	工作台面尺寸:1 000mm×1 200mm;行程(X轴/Y轴/Z轴/W轴):1 600mm/1 200mm/1 200mm/500mm;圆滑枕直径:200mm	全新设计	国内先进
34	落地式加工中心	TH6216	主轴直径:160mm;铣轴端部直径:260mm;行程(X轴/Y轴/Z轴):3 000mm/1 600mm/900mm	全新设计	国内先进
35	刨台式加工中心	TH6516	主轴直径:160mm;滑枕端面:420mm×480mm;行程(X轴/Y轴/W轴):4 000mm/3 000mm/2 000mm;行程(Z轴/V轴):800mm	全新设计	国内先进
36	落地式加工中心	TH6913A	主轴直径:130mm;滑枕端面:420mm×480mm;行程(X轴/Y轴):4 000mm/2 000mm,行程(Z轴/W轴):800mm	改型设计	国内先进
37	数控落地式铣镗床	TJK6213A	主轴直径:130mm;行程(X轴/Y轴/Z轴):12 000mm/2 500mm/900mm	全新设计	国内先进
38	数控刨台式铣镗床	TJK6513	主轴直径:130mm;滑枕端面:420mm×480mm;行程(X轴/Y轴/W轴):4 000mm/3 000mm/2 000mm;行程(Z轴、V轴):800mm	全新设计	国内先进
39	数控刨台式铣镗床	TJK6516B	主轴直径:160mm;铣轴端部直径:260mm;行程(X轴/Y轴/W轴):4 000mm/2 500mm/2 000mm;主轴行程(Z轴):900mm	全新设计	国内先进

芜湖恒升重型机床有限责任公司

序号	产品名称	型号	主要技术参数	产品性质	产品水平
40	数控双柱立式车床	CAK5240			国内领先
41	数控双柱立式车床	CK5225			国内领先
42	双柱立式车床	CA5240-H2.2			国内领先
43	数控双面卧式铣镗床	TK6813×2			国内领先
44	数控双面刨台式铣镗床	TK6513×2			国内领先
45	数控落地铣镗床	TX6213A-X			国内领先

安徽省黄山台钻有限公司

序号	产品名称	型号	主要技术参数	产品性质	产品水平
46	台式攻丝机	HS4024	最大攻螺纹直径:24mm	全新设计	国内先进
47	精密高速台式钻床	Z4006A	最大钻孔直径:6mm;主轴转速:15 000r/min	改型设计	国内先进

序号	产品名称	型号	主要技术参数	产品性质	产品水平
48	油压自动进刀钻床	ZBY4025	最大钻孔直径:25mm	全新设计	国内先进

沈阳机床集团有限责任公司（钻镗床产品）

序号	产品名称	型号	主要技术参数	产品性质	产品水平
49	数控卧式铣镗床	THQP6513B/2	行程(X 轴/Y 轴/Z 轴/W 轴/U 轴):2 000mm/1 500mm/1 200mm/550mm/140mm;镗轴转速:10 ~ 2 000 r/min;快速移动速度(X 轴,Y 轴,Z 轴):9 000 mm/min;双交换工作台,工作台面尺寸:1 000mm × 1 000mm	改型设计	国内领先
50	双面卧式铣镗床	TK6813 × 2	行程(Z_1 轴、Z_2 轴):2 000mm,行程(Y_1 轴、Y_2 轴):2 500mm,行程(X 轴):6 000mm,行程(V_1 轴、V_2 轴):700mm,工作台面尺寸:1 600mm × 6 000mm,主轴转速:10 ~3 000r/min	全新设计	国内领先
51	落地铣镗床	TKP6213 × 90	行程(X 轴/Y 轴/W 轴/U 轴):9 000mm/1 800mm/800mm/200mm;镗轴转速:10 ~ 2 000r/min	全新设计	国内领先
52	数控卧式铣镗床	TK6516B	行程(X 轴/Y 轴/Z 轴):3 500mm/3 000mm/2 000mm;工作台面尺寸:3 000mm × 2 500mm;主轴转速:10 ~ 1 000 r/min	全新设计	国内领先
53	卧式加工中心	HMC125	行程(X_1 轴/Y_1 轴/Z_1 轴/W 轴):2 000mm/1 200mm/1 200mm/500mm;主轴转速:12 ~ 3 000 r/min;双交换工作台,工作台面尺寸:1 250mm × 1 250mm	全新设计	国内领先
54	数控卧式铣镗床	TH6816B	行程(X 轴/Y 轴/Z 轴/V 轴/W 轴):3 500mm/2 500mm/2 000mm/700mm/700mm;工作台面尺寸:3 000mm × 2 500mm,主轴转速:10 ~ 1 000 r/min	改型设计	国内领先
55	双面数控落地铣镗床	TK6930 × 43A × 2	行程(X_1 轴、X_2 轴):1 000mm,行程(Y_1 轴、Y_2 轴):2 000mm,行程(Z_1 轴、Z_2 轴):1 000mm;主轴转速:10 ~ 2 000r/min	全新设计	国内领先
56	数控落地式铣镗床	TH6216 × 80 × 2S	行程(X_1 轴、X_2 轴):8 000mm,行程(Y_1 轴、Y_2 轴):2 000mm,行程(W_1 轴、W_2 轴):1 000mm;主轴转速:10 ~ 1 500r/min;配 1 个数控转台,工作台面尺寸:2 000mm × 1 800mm	全新设计	国内领先
57	卧式加工中心	HMC80u	行程(X 轴/Y 轴/Z 轴):1 300mm/1 000mm/1 000mm;主轴转速:20 ~ 5 000r/min;快速移动速度(X 轴、Y 轴、Z 轴):24 000 mm/min;工作台面尺寸:800mm × 800mm;立转台尺寸:ϕ630mm	全新设计	国内领先
58	卧式加工中心	HMC160	行程(X 轴/Y 轴/Z 轴/W 轴):3 000mm/2 500mm/2 000mm/1 000mm;主轴转速:10 ~ 3 000 r/min;快速移动速度(X 轴、Y 轴、Z 轴):24 000 mm/min;工作台面尺寸:2 000mm × 2 500mm;工作台回转速度(B 轴):0 ~ 2r/min	全新设计	国内领先
59	数控落地式铣镗床	TKP6213 × 60	行程(X 轴/Y 轴/Z 轴/U 轴/V 轴):6 000mm/1 600mm/800mm/200mm/1 000mm,镗轴转速:10 ~ 2 000r/min;回转工作台:HTK160mm × 180mm	全新设计	国内领先
60	数控卧式铣镗床	TK6816A（沈阳鼓风机）	行程(X 轴/Y 轴/Z 轴/V 轴/W 轴):3 500mm/2 000mm/3 000mm/700mm/700mm;工作台面尺寸:2 000mm × 2 500mm;主轴转速:10 ~ 1 000 r/min	改型设计	国内领先
61	龙门移动式加工中心	GMC40120MR3	工作台面尺寸:4 000mm × 8 000mm;主轴转速:10 ~ 2 000r/min;最大行程(X 轴/Y 轴/Z 轴):12 800mm/5 200mm/1 500mm	全新设计	国内领先
62	龙门移动式加工中心	GMC40160MR3	工作台面尺寸:4 000mm × 8 000mm;主轴转速:10 ~ 2 000r/min;最大行程(X 轴/Y 轴/Z 轴):16 800mm/5 200mm/1 500mm	全新设计	国内领先
63	龙门移动式加工中心	GMC3080mr3	工作台面尺寸:3 000mm × 8 000mm;行程(X 轴/Y 轴/Z 轴):8 800mm/4 200mm/1 500mm;转速:20 ~ 2 000r/min	全新设计	国内领先
64	龙门移动式加工中心	GMC30120mr3	工作台面尺寸:3 000mm × 12 000mm;行程(X 轴/Y 轴/Z 轴):12 800mm/4 200mm/1 500mm;主轴转速:20 ~ 2 000r/min;三轴快速移动速度:10m/min	全新设计	国内领先

序号	产品名称	型号	主要技术参数	产品性质	产品水平
65	动梁龙门加工中心	GMC2560wr3	工作台面尺寸:2 500mm×6 000mm;主轴转速:10~2 000r/min;行程(X轴/Z轴):6 500mm/3 700mm/1 500mm;快速移动速度(X轴、Y轴、Z轴):10m/min,快速移动速度(W轴):2m/min	全新设计	国内领先
66	落地式加工中心	FBC160	镗轴转速:5~2 000r/min;镗轴、滑枕快速移动速度:12 000mm/min;主轴箱、立柱滑座快速移动速度:15 000mm/min;最大行程(X轴/Y轴):5 000mm/4 000mm,最大行程(W轴、Z轴):1 800mm	全新设计	国内领先
67	落地式加工中心	FBC200r	镗轴直径:200mm;铣轴直径:320mm;镗轴速度:10~1 000r/min(无级);行程(X轴/Y轴):6 000mm(可加长)/4 000mm(可加高);最大行程(Z轴/W轴):1 200mm/1 200mm	全新设计	国内领先
68	桥式五轴加工中心	GMC2060u	工作台面尺寸:2 000mm×6 000mm;转速:0~24 000r/min;行程(X轴/Y轴/Z轴):6 300mm/2 500mm/1 000mm,行程(B轴/C轴):(+95°~-110°)/±200°;快速移动速度(X轴、Y轴、Z轴):24m/min;快速回转速度(A轴/C轴):10r/min	全新设计	国内领先 国际先进
69	龙门五轴加工中心	GMC1230u	行程(X轴/Y轴/Z轴):3 700mm/1 900mm/650mm;摆角(A轴/B轴):±40°;主轴最大转速:14 000r/min;快速移动速度(X轴、Y轴、Z轴):20~30m/min;快速回转速度(A轴、B轴):10r/min	全新设计	国际先进
70	龙门五轴加工中心	GMC810u	工作台面尺寸:800mm×1 000mm;转速:20~15 000r/min;行程(X轴/Y轴/Z轴):1 200mm/1 000mm/600mm,行程(A轴/C轴):±110°/±360°;快速移动速度(X轴、Y轴、Z轴):30mm/min,快速回转速度(A轴、C轴):60r/min	全新设计	国内先进 国际先进
71	立式五轴加工中心	VMC25100u	工作台面尺寸:2 000mm×800mm;行程(X轴/Y轴/Z轴):2 500mm/(1 000+200)mm/850mm;转速:40~6 000r/min;进给速度(X轴/Y轴/Z轴):1~5 000m/min,进给进度(A轴/B轴):500/min	全新设计	填补国内空白
72	立式五轴加工中心	VMC13120u	工作台面尺寸:1 100mm×1 000mm;行程(X轴/Y轴/Z轴):1 300mm/1 200mm/1 000mm;转速:20~18 000r/min;进给速度(X轴/Y轴/Z轴):1~20m/min,进给速度(A轴/B轴):10r/min	全新设计	填补国内空白
73	龙门式镗铣加工中心	GMC2060	工作台面尺寸:2 000mm×6 000mm;主轴转速:24 000r/min;行程(X轴/Y轴/Z轴):6 300mm/2 500mm/1 000mm;快速移动速度(X轴、Y轴、Z轴):24m/min;定位精度(X轴/Y轴):0.03mm/0.02mm/0.01mm	全新设计	国内领先
74	立式钻攻中心	TC500	工作台面尺寸:650mm×400mm;快速移动速度(X轴、Y轴、Z轴):48m/min;行程(X轴/Y轴/Z轴):500mm/400mm/300mm	全新设计	国际先进
75	立式加工中心	VMC850	工作台面尺寸:500mm×1 000mm;快速移动速度(X轴/Y轴/Z轴):36m/min;行程(X轴/Y轴/Z轴):850mm/510mm/540mm	全新设计	国内先进
76	立式加工中心	VMC1100	工作台面尺寸:610mm×1 300mm;快速移动速度(X轴/Y轴/Z轴):(24m/min)/24m/min)/(18m/min);行程(X轴/Y轴/Z轴):1 100mm/610mm/610mm	全新设计	国内先进
77	立式加工中心	VMC1300	工作台面尺寸:700mm×1 400mm;快速移动速度(X轴/Y轴/Z轴):(24m/min)/(24m/min)/(18m/min);行程(X轴/Y轴/Z轴):1 300mm/700mm/710mm	全新设计	国内先进
78	立式加工中心	VMC1600	工作台面尺寸:800mm×1 700mm;快速移动速度(X轴/Y轴/Z轴):(18m/min)/(18m/min)/(15m/min);行程(X轴/Y轴/Z轴):1 600mm/800mm/80mm	全新设计	国内先进

序号	产品名称	型号	主要技术参数	产品性质	产品水平
	浙江吉成高科机床有限公司				
79	数控刨台卧式铣镗床	CPB130	主轴直径：130mm；主轴转速：5~2 000r/min；主轴锥孔：ISO50,7:24；行程（X 轴/Y 轴/Z 轴/W 轴）：2 300 mm/2 000mm/900mm/1 300mm	全新设计	国内领先

5.科技创新

2007年，钻镗床行业承担了多项国家火炬计划、国家863项目计划、国家支撑计划等是科技创新项目最多的一年。有专门研究实施五面加工技术的国家火炬计划，专门为航空工业特殊机构件高速加工的高速加工技术，有大型五轴加工的大型加工设备项目技术等；还有数十项省、市科技攻关项目和基础建设科技攻关项目等等。这些项目的研究实施，提高了企业的创新意识，丰富了企业的创新成果。特别是实现这些项目中的技术突破，使得钻镗床行业高档数控机床国产化的工作进展迅速，在许多领域取得了重大突破和跃升。2007年钻镗床行业科研项目情况见表30。2007年钻镗床行业获奖科研项目情况见表31。

表30　2007年钻镗床行业科研项目情况

序号	科研项目名称	主要内容	投入资金（万元）	项目来源	完成企业
1	桂林机床产业化提升工程	研制开发12台数控机床	1 015	桂林市级项目	桂林正菱第二机床有限责任公司
2	江苏省数控机床工程技术研究中心	数控共性关键技术研究	1 000	江苏省基础建设项目	江苏多棱数控机床股份有限公司
3	XH6650型高速卧式加工中心开发与产业化	样机研制及小批量生产	700	江苏省科技攻关	江苏多棱数控机床股份有限公司
4	龙门五面铣镗加工中心产业化	系列样机研制及批量生产	1 600	国家火炬计划	沈阳机床股份有限公司
5	面向航空结构件高速加工的并联主轴头研制	研制出1台面向航空结构件高速加工的并联主轴头	340	国家863计划	沈阳机床（集团）有限责任公司
6	航空大型结构件五轴联动加工技术与装备	开发出1台具有自主产权的大型五轴联动加工机床工程化样机	2 200	国家支撑计划	沈阳机床（集团）有限责任公司
7	CQK5250数控立式车床	单刀架二轴数控；西门子802D数控系统；最大加工直径：5000mm；最大加工高度：2500mm；工作台承重：30t	50	自主开发	芜湖恒升重型机床股份有限公司
8	CQK5850数控定梁立式车床	单刀架二轴数控；西门子802D数控系统；最大加工直径：5000mm；最大加工高度：1400mm；工作台承重：30t	40	自主开发	芜湖恒升重型机床股份有限公司

表31　2007年钻镗床行业获奖科研项目情况

序号	项目名称	主要内容及应用范围	获奖名称	获奖等级	主要完成单位
1	TH57200×400型龙门五面铣镗加工中心	该系列大型龙门五面加工中心采用滑枕式主轴，主轴为立、卧一体结构，通过主轴头C坐标回转实现工件一次装夹自动连续完成多个平面的铣、镗、钻、铰、锪多种加工工序的五面加工，且可实现坐标联动进行复杂三维曲面工件高速精密加工。广泛应用于机械、汽车、冶金、纺织、航天航空、造船等各行业的机械类零件的加工	沈阳市科学技术进步奖	二等奖	沈阳机床（集团）有限责任公司
2	龙门五面铣镗加工中心		第七届辽宁省优秀新产品	一等奖	沈阳机床（集团）有限责任公司

2008年，钻镗床行业仍然是一个持续、快速、健康发展的大好形势，虽然在增速上可能会略有放缓，但整体仍是一个健康发展的年头。依据是行业内各企业现有合同额，与上年同期相比有大幅度增加，有的在手合同额已达到全年的50%~80%。再一个重要标志就是，2008年1月份，绝大部分企业都实现了开门红，有的增速翻了一番，全年形势普遍看好。2008年仍处于产品供不应求的大好局面，特别是数控机床、大型机床看好，大型的高档数控机床更是看好。2008年，预计钻镗床行业工业总产值、销售收入增速都会超过25%，几家重点企业的增速会翻一番。

6.企业简介

桂林正菱第二机床有限责任公司　公司前身桂林第二机床厂建于1965年，于2004年4月改制为桂林正菱第二机床有限责任公司，在经营体制上从国有改为民营。公司是国家定点生产数控立式铣镗床、数控龙门钻镗床、数控龙门式钻床、摇臂钻床系列产品，并最早获得进出口自营权的单位。公司占地面积15万多 m^2，拥有5个生产车间和9个职能科室，在职员工460人，生产总值2亿元。主要加工设备近800台,其中有从日本、美国、意大利和瑞士等国引进的卧式、立式加工中心,精密万能磨床,导轨磨床,坐标镗床等先进加工设备,以及三坐标测量仪、激光测量仪、齿轮渐开线检查仪等完善的检测设备。

公司质量管理体系严格按照 ISO9000:2000 标准运行,2002 年通过中国质量认证中心(CQC)的 ISO9001:2000。2001 年获得国家科技部授予的"全国 CAD 应用示范企业称号";2003 年获得广西壮族自治区科技厅授予的"制造业信息化应用示范企业称号";2004 年,公司主导产品 Z3032、Z3050 系列摇臂钻床被中国机械工业质量管理协会评为"全国机械工业用户满意产品";2006 年获得广西壮族自治区经济委员会授予的"自治区级技术中心"、桂林市科学技术局授予"桂林数控钻床工程技术研究中心";2007 年与广西工学院合作成立"机械工程系产学研合作中心"。

公司主导产品有:数控车床、车床、立式铣镗床、数控龙门钻镗床、数控龙门式钻床、数控立式钻床、摇臂钻床、移动万向摇臂钻床、圆柱立式钻床、方柱立式钻床、台式钻床、钻铣镗磨多功能机床、端面铣床、单柱端面铣床和双端面铣床等 10 大类 100 余种规格产品,年生产能力 3 000 余台。其中 ZL3050X16、Z3032X10、Z3025X10A 和 Z32K 钻床,TKF54100 数控仿型立式铣镗床等产品获得机械工业部优质产品、广西壮族自治区优质产品、广西科技进步奖等荣誉称号及出口产品质量许可证书,产品畅销全国各地,远销欧洲、美洲、东南亚及西亚等地 50 多个国家和地区,深受国内外用户的好评。经自治区级鉴定的自主研发设计新产品 ZK9340/1 数控龙门式钻床也得到市场的认可。

公司总体发展战略目标是:不断完善企业内部管理机制,强化核心竞争力,坚定不移地把公司建成集摇臂钻床、立式钻床和数控钻床于一身的中国南方钻床开发、生产、销售基地和科技型、效益型的现代企业。

江苏多棱数控机床股份有限公司 原常州机床厂,2007 年被商务部评为"最具市场竞争力品牌"企业。公司于 2007 年 5 月正式与江苏新瑞机械有限公司实现强强联手。重组后,公司抓住国内数控设备行业发展机遇,并综合自身特点和优势,立志在国际和国内中高档数控机床领域谋求一席之地,公司预计在 5 年之内根据需要投入 16 亿元,其中第一年投资总额不低于 2.3 亿元,最终目标是提升江苏多棱和江苏新瑞的核心竞争力,在 3～5 年内建设成为国内乃至国外数控设备领域内数一数二的核心品牌,在常州地区做强做大机床产业,把研发、营销和总装全部建设成世界一流的水平,中高档数控机床业务总体年销售达到 20 亿元,并带动常州当地机械装备业的整体发展,从而形成常州市的产业支柱。

浙江吉成高科机床有限公司 原海宁机床厂有限公司,是经过改制,由天通股份控股的天通吉成机器技术制造有限公司的全资子公司,成立于 2007 年 6 月 1 日。公司拥有一支高素质的技术开发队伍和完整的机械加工生产线,主要生产制造"海机牌" M1083C 无心磨床、立式攻丝机等几十个品种的金属切削机床和专机以及各种规格、档次的系列粉末成形设备,是原机械部定点生产金属切削机床产品的厂家之一,公司所生产的各类机床产品及粉末成形设备深受用户好评。近年来,公司加速消化吸收国外先进技术,不断改革创新,正在为打造中国粉末冶金、磁性材料、陶瓷成形设备和装备制造基地而努力。

为迅速扩大生产,提高市场竞争能力,公司充分利用天通股份平台,加快产品升级转型,在引进高技术专业人才团队基础上,大力发展数控机床。目前已成功开发出具有自主知识产权的 CTB110、CPB130、CPB160 等数控刨台卧式铣镗床系列产品,并通过了省级新产品鉴定,填补了浙江省空白。公司在海宁经济开发区天通机电装备工业园征地 34 万 m²,近 6 万 m² 的大型数控铣镗床研发制造基地已开工建设,主要研发、生产大型、精密数控铣镗床。公司将围绕新产品开发、关键技术制造、产品装配调试监测和现代生产管理主线,打造全新的现代化先进研发制造业基地,对浙江省乃至全国先进装备制造业水平的提升都有着重要意义。

公司将利用国际国内的最新技术和海机 50 年专业技术积淀,不断创新,研发制造新一代数控装备产品,努力成为国内装备工业第一方阵的一员。

杭州西湖台钻有限公司 由原杭州西湖台钻总厂改制成立的股份制企业,是中国最大的台钻、铣钻床和攻丝机类产品制造企业,在 50 多年的发展过程中,企业制造水平、产品质量、品种规格、产销规模和市场占有率始终名列前茅。

公司产品使用"西湖"牌注册商标,是浙江省著名商标。自 1956 年始远销海外,已先后销往 60 多个国家和地区,是中国出口名牌机电产品之一。国内销售覆盖全国各地,在军工、航空、汽车、铁路、机械、模具、电子和仪表等领域广泛应用,深受国内外用户青睐。

公司大力实施科技兴企战略,注重提高自主创新能力和持续发展能力,在产品的设计制造方面有着雄厚的实力和丰富的经验。公司按专业化生产模式,建立和完善了三大生产基地:钻床类产品、自动攻丝机类产品和数控类产品生产基地。目前主要产品有:台式钻床、立式钻床、摇臂钻床、铣钻床、钻攻两用机、攻丝机、自动攻丝机、数控铣钻床、数控铣床、立式加工中心和钻削加工中心等 100 多个品种,以满足不同国家、地区用户对产品的不同需求。公司将持续创新,打造百年企业。

福州台钻厂 福建工程学院福州台钻厂,创建于 1958 年,是原机械电子工业部台式钻床定点生产企业,国家渔业机械仪器行业定点企业,曾被评为一级信用企业、福州工业利税"百强企业"、福建省小型工业企业"百佳明星"企业和出口创汇先进单位等。主导产品有:"武夷山"牌台式钻床系列和水产养殖设备。"武夷山"牌 Z4112、Z4012 台式钻床于 1980 年、1986 年和 1991 年被连续评为部优产品;"武夷山"牌增氧机获农业部"农业机械推广许可证书"。企业以本科院校为依托,具有雄厚的生产、技术和科研力量,产品以其精度高、品质稳定获得机床工具出口产品许可证。产品销往全国各地,并远销美国及西欧、东南亚和中国香港、澳门等地。

为加快建立现代企业制度的步伐，把企业做大做强，目前正逐步进行公司制改造。企业现有职工 125 人，其中专职高中级专业技术人员 17 名。拥有金属切削机床设备 100 余台，装配生产流水线及静电喷塑生产线各 1 条。企业还十分注重技改，如将普通车床、铣床分别改造成车镗专机和数控铣床等，以提高加工效率和产品质量。2007 年台钻产量 10 580 台，渔业机械 665 台，全年产值 1 827 万元，销售收入 1 738 元。企业在立足于"武夷山"牌台式钻床和渔业机械产品的基础上，增加系列产品的品种、规格。2007 年开发的新产品有台钻 ZK406—I、ZK4012—III、ZG406、Z406B。工厂生产的台式钻床精度高，刚性好，操作方便，是制造工业，尤其是工模具制造行业首选的孔加工工具。其中 ZM406 精密高速台钻最小钻孔尺寸达 0.15mm，最适合电子、仪器仪表、纺织以及汽配行业中精密小孔的加工。

福州台钻厂始终不渝地坚持质量第一的宗旨，以用户为中心，不断完善和提高售前售后服务质量。

芜湖恒升重型机床股份有限公司　是民营股份制企业，中国机床工具工业协会钻镗床分会副理事长单位、中国机床工具工业协会重型机床分会常务理事单位、安徽省机床工具协会副理事长单位。公司主要产品有落地式铣镗床、双柱立式车床、重型回转工作台、立式精镗床、卧式铣镗床、珩磨机床、数控铣镗床和加工中心等 8 大系列 30 多种数显、数控机床产品。企业研发中心是"芜湖市数控机床工程技术研究中心"。公司已通过 ISO9001：2000 质量管理体系认证。

恒升公司是芜湖市改制重组并退市进郊的第一家市属工业企业，于 2001 年落户于芜湖机械工业开发区，经过几年的发展，在新产品研发、生产管理和市场营销等方面不断创新，经营指标以年均 40% 的速度增长。改制重组后，企业产值和销售比改制前增长了 30 倍，上交国家税金增长了 40 倍，人均劳动生产率增长了 50 倍。2007 年生产各类数控、数显重型机床 600 多台，实现产值 4 亿元，位居全国机床工具行业"综合经济效益十佳企业"第 3 位。获得了"安徽省机械工业 50 强企业"、"安徽省民营 20 强企业"等称号。目前恒升公司正处在上市辅导期，企业将以上市为目标，加强管理，夯实基础，进一步完善各项运行管理体系。

运城市新器数控机床有限公司　前身是新绛县机器厂，成立于 1988 年。2006 年 5 月，为了公司自主研发的数控机床技术成果加快形成产业，经运城市发改委批准，并由省政府选为山西省"三轴以上联动数控机床产业化发展"两区建设项目，随即完成了资源整合，组建了运城市新器数控机床有限公司。公司于当年进驻新绛县轻纺工业园，占地面积 35 350 m²，年底完成 10 000 m² 的基础设施建设，并新增数控龙门铣床、数控导轨磨床、钻铣加工中心、卧式加工中心、数控车床等设备，2007 年 4 月投入试生产，截止至 12 月底完成工业产值 1 000 万元，实现销售收入 960 万元。现已初步形成年产各类数控机床 120 台的能力。

2007 年，在科技创新理念指导下，企业靠自身的创新能力不断提升和保持了项目成果的先进性，并自主研制出

TH6363 卧式加工中心和技术较为先进的数控车床。在数控机床技术上更突出了自己的特点，靠特色培育自己的品牌，以品牌追求市场占有率。数年来，坚持贯彻 ISO9001 质量管理体系标准，以优异的产品、优良的服务，持续提升的质量水平，不断满足客户要求，使质量管理提高到一个新水平。2007 年数控卧式铣镗床获得"出口产品质量许可证"，数控机床连续出口德国，出口量越来越大。

汉川机床集团有限公司　自组建成多元化股份制企业以来，以科学发展观为指导，以提高企业核心竞争力和自主创新能力为目标，以建设现代化经济体制为契机，紧抓机遇，加快发展步伐和速度，实现了又好又快的科学发展。2007 年，公司增资扩股，注册资金由原来的 1.5 亿元，增加至 3 亿元，并规划了汉川宏伟蓝图，计划在汉中市东经济技术开发区再建一个年产 40 亿元的"生产工艺手段先进、管理水平现代、产品水平一流"的现代化大型数控机床制造基地。同时，狠抓现有企业的生产制造体系升级，在持续进行技术改造的基础上，有计划、有目的加大技术改造投入力度，高水平、高起点的致力于公司机床制造能力和水平的提高与改进，在继 2006 年技术改造投入 8 000 多万元的基础上，2007 年又投入 8 000 多万元用于设备更新，使公司生产设备的数控化率达到了 30% 以上，生产能力也跃上了一个新水平。

技术和创新是永恒的主题，近年来，公司不断加大研发投入，前瞻性的实施人才战略，既取得了显著成绩，也为公司未来的战略经营奠定了坚实的基础。2007 年，高水平、高质量的完成了新产品研发项目共 46 项，创新应用了双驱动、电主轴、电转台、多点锁紧、液压平衡、直联主轴等国际前沿技术。公司 2007 年全年生产机床 2 216 台，完成工业总产值 68 870 万元，比上年增长 32.17%；完成销售收入 68 284 万元，比上年增长 40.65%；实现净利润 9 833 万元，比上年增长 69.07%；产品出口交货 45 台，创汇 1 299.7 万元。

山东福临机械制造有限公司　前身临清机床厂，于 2002 年改制为股份制企业。改制后，老企业焕发出勃勃生机。企业注册资金 6 000 万元，占地面积 15 万 m²，拥有员工 860 人，各类专业技术人员 126 人。2007 年，公司完成工业总产值 10 150 万元，销售收入 10 200 万元。公司已成为国内生产立式钻床、摇臂钻床的专业厂家，在同行业中具有较强的设计开发和制造能力，2006 年、2007 年连续获"中国机械工业排头兵企业"荣誉称号。

公司的快速发展，得益于持续不断的新产品开发。近几年，扩展立式钻床品种，填补摇臂钻床的空白，开发生产了 20 多个规格型号的新产品，快速抢占了市场；同时，公司注重质量第一，以质取胜，坚持"用户满意是我们的最终标准"的理念，把持续质量改进视为企业的生命源泉；以精益求精为宗旨，严把质量关，赢得了客户，各种型号的钻床已出口到美国、德国等发达国家。

经济的快速发展为公司带来了新的机遇，也带来了更大的挑战。福临公司会牢牢把握住历史机遇，不断开发出新的高精产品奉献给客户，造福于社会。

上海德驱驰电气有限公司 是一家集研发、生产、销售和贸易为一体的多元化新型企业。公司自创立以来立足地域优势,引进技术,加强与德国合作。经过多年的经营和积累,特别是近年来市场大潮的洗礼,生产规模日渐壮大,并且通过机制、体制和技术创新不断飞速发展,在同行中享有极高声誉。

公司技术力量雄厚,生产及检测设备齐全,同时拥有一支精锐专业的营销团队。公司严格执行 ISO9001 质量管理体系,奉行"品质第一,服务用心"的创业宗旨,严格履行管理承诺,不断追求产品质量和体系的持续更新,使产品的性能、质量、可靠性日益提高,从而赢得广大用户的青睐。

公司生产"德驱驰"牌 UA 系列、M2U2 系列、UABP 系列三相通用变频调速电动机、UBPT 系列三相主轴变频调速电动机、UBPS 系列三相主轴低惯量电动机、UBPD 系列水洗机专用电动机、UBPG 系列三相电主轴变频高速电动机、FD 系列扶梯专用电动机、TA 系列三相永磁同步电动机、LK 系列三相通用异步电动机、TP 系列三相永磁变频调速电动机等 10 多个系列 500 多个品种。产品具有设计新颖、造型美观、噪声低、效率高、体积小、起动性能好和使用维护方便等特点,适用于机床、纺织、印染、塑胶、造纸、包装、食品、化工、医疗、起重、仓储、风机、水泵及印刷等电气驱动无极调速的特殊场合。

公司秉承"不断进取,永不满足"的企业精神,坚持走高、新、专的发展道路。坚持以"诚信负责、团结感恩、创新共赢"的思想,贯彻"比努力的更努力,比用心的更用心"的经营理念,追求"服务零距离,品质零缺陷"的境界,不断提升企业综合运营能力及市场竞争能力,全力打造"德驱驰"强势品牌,一切以客户的价值为根本"让中国电机成为民族骄傲",是全体德驱驰人坚持不懈的原动力,同时这也激励着专业的德驱驰人奋勇拼搏,为中国电动机行业走向世界而努力奋斗。

〔本部分撰稿人:中国机床工具工业协会钻镗床分会常全富〕

(四)磨床

参加本年鉴统计的磨床行业企业有 34 家,这 34 家企业主要从事磨床设计开发和制造,是目前我国磨床行业的主要骨干企业,这 34 家企业提供的 2007 年度经济信息汇总统计,可以反映我国磨床行业的基本情况。在此需要指出的是 2006 年年鉴来自会员单位 37 家企业,用 2007 年 34 家企业的数据与 2006 年 37 家企业的数据对比,各项指标仍有一定增幅,可见磨床行业继续保持平稳有序地增长,经济运行质量在进一步提高。

1. 基本情况

磨床分会现有会员单位 55 家,其中磨床设计开发、制造企业 49 家,砂轮机设计开发、制造企业 5 家,磨床零配件生产及磨料磨具生产企业 1 家。目前磨床分会 55 家企业中,国有控股企业 19 家,集体控股企业 9 家,私人控股企业 26 家,外商控股 1 家。职工人数约 20 000 人。

2007 年,磨床行业 34 家企业共完成工业总产值(现价) 556 116 万元,比上年增长 12.2%;其中机床工具类产品总产值 390 848 万元,比上年增长 8.4%,机床工具类产品总产值占工业总产值的 70.3%,比上年降低 2.4 个百分点。工业销售产值 548 781 万元,比上年增长 12.5%,其中机床工具类产品销售产值 418 021 万元,比上年增长 20.9%;工业增加值 148 845 万元,比上年增长 2.8%;利税总额 63 615 万元,比上年增长 18.3%;从业人员平均人数 20 217 人,比上年减少 9.7%;资产总计 658 539 万元,比上年增长 13.5%;流动资产平均余额 393 505 万元,比上年增长 15.1%;固定资产净值余额 151 256 万元,比上年增长 11.6%;行业平均产销率 99.2%,比上年上升 0.8 个百分点。

2007 年磨床行业(34 家企业)主要经济指标完成情况见表 32。2007 年磨床行业企业主要经济指标完成情况见表 33。2007 年磨床行业工业总产值(现价)超亿元企业见表 34。

表 32　2007 年磨床行业(34 家企业)主要经济指标完成情况

指 标 名 称	单 位	实际完成
工业总产值(现价)	万元	556 116
其中:机床工具类产品产值	万元	390 848
工业销售产值(现价)	万元	548 781
其中:机床工具类产品销售产值	万元	418 021
工业增加值	万元	148 845
实现利税	万元	63 615
从业人员平均人数	人	20 217
资产总计	万元	658 539
流动资产平均余额	万元	393 505
固定资产净值平均余额	万元	151 256

表 33　2007 年磨床行业企业主要经济指标完成情况

序号	企 业 名 称	工业销售产值(万元)	工业总产值(现价)(万元)	从业人员平均人数(人)
1	上海机床厂有限公司	109 557	108 034	1 137
2	杭州机床集团有限公司	88 103	90 527	2 629
3	无锡开源机床集团有限公司	85 945	80 345	3 106
4	威海华东数控股份有限公司	38 506	39 287	1 080
5	陕西汉江机床有限公司	28 839	29 183	1 925
6	上海第三机床厂	28 696	29 176	748
7	营口冠华机床有限公司	20 523	20 523	496
8	桂林桂北机器有限责任公司	19 772	20 001	768
9	北京第二机床厂有限公司	16 816	16 129	924
10	湖南宇环同心数控机床有限公司	14 193	15 026	186

序号	企 业 名 称	工业销售产值(万元)	工业总产值(现价)(万元)	从业人员平均人数(人)
11	济南四机数控机床有限公司	13 270	13 949	519
12	新乡市日升数控设备有限公司	12 856	13 934	332
13	陕西秦川格兰德机床有限公司	10 644	10 323	629
14	无锡市明鑫机床有限公司	7 023	9 000	230
15	石家庄轴承设备股份有限公司	7 253	7 324	1 208
16	临清兴和宏鑫机床有限公司	6 569	6 635	340
17	四川磨床厂	6 471	6 159	615
18	浙江得力机床制造有限公司	5 151	6 000	180
19	朝阳博文机床有限公司	4 500	4 500	350
20	湖大海捷制造技术有限公司	2 378	3 380	186
21	咸阳机床厂	2 461	3 349	347
22	江西杰克机床有限公司	2 350	3 236	220
23	浙江吉成高科机床有限公司	3 031	2 901	222
24	上海精密机床厂有限公司		2 350	120
25	天津市津机磨床有限公司	2 560	2 329	229
26	重庆磨床有限责任公司	2 203	2 223	313
27	信阳机床厂	1 800	1 700	180
28	南通第二机床有限公司	1 663	1 663	300
29	江西昌大三机科技有限公司	1 000	1 600	98
30	台州北平机床有限公司	1 328	1 550	120
31	福建省建阳武夷磨床制造有限公司	1 140	1 200	160
32	郑州第二机床厂	1 000	1 200	60
33	上海崇明机床厂	520	700	60
34	荆州市沙市第二机床厂	660	680	200

表34　2007 年磨床行业工业总产值(现价)超亿元企业

序号	企业名称	工业总产值(现价)(亿元)
1	上海机床厂有限公司	10.80
2	杭州机床集团有限公司	9.05
3	无锡开源机床集团有限公司	8.03
4	威海华东数控股份有限公司	3.93
5	陕西汉江机床有限公司	2.92
6	上海第三机床厂	2.92
7	营口冠华机床有限公司	2.05
8	桂林桂北机器有限责任公司	2.00
9	北京第二机床厂有限公司	1.61
10	湖南宇环同心数控机床有限公司	1.50
11	济南四机数控机床有限公司	1.39
12	新乡日升数控设备有限公司	1.39
13	秦川格兰德机床有限公司	1.03

2. 生产销售情况

2007 年磨床行业 34 家企业共生产金属切削机床39 505台,比上年增长 11.1%;产值 39.2 亿元,比上年增长14.1%。其中数控机床4 016 台,比上年增长 44.5%;数控机床产值15.8 亿元,比上年增长 35%。

2007 年共生产磨床27 678 台,比上年增长 8.4%;产值为 32.08 亿元,比上年增长 9.2%。其中数控磨床3 054 台,比上年增长 75.5%;数控磨床产值130 041 万元,比上年增长 37.3%,数控磨床的产量和产值都有较大幅度的增长。

磨床产量占金属切削机床产量的 70.1%,产值占81.8%。磨床产量数控化率11%,比上年增长 4.2 个百分点;

磨床产值数控化率40.5%,比上年增长 8.3 个百分点。

2007 年磨床行业分类产品生产情况见表 35。2007 年磨床行业企业分类产品生产情况见表 36。2007 年磨床产值数控化率超 50% 的企业见表 37。

表35　2007 年磨床行业分类产品生产情况

产品名称	实际完成		其中:数控	
	产量(台)	产值(万元)	产量(台)	产值(万元)
金属切削机床	39 505	392 341	4 016	158 004
加工中心	211	16 836	211	16 836
立式加工中心	86	3 505	86	3 505
卧式加工中心	67	3 858	67	3 858
龙门式加工中心	58	9 472	58	9 472
车床	1 338	4 892	37	574
钻床	342	699		
磨床	27 678	320 826	3 054	130 041
齿轮加工机床	786	16 451	80	1 790
螺纹加工机床	135	6 922	14	2 268
铣床	6 159	18 494	294	5 339
特种加工机床	318	1 059	318	1 059
锯床	2 487	5 734	8	97
台钻	800	176		
其他金属切削机床	51	428		
金属成形机床	373	2 137	1	154
剪切机床	2	195	1	154
其他金属成形机床	32	255		

注:表中数据车床产品不含仪表车床,钻床产品不含台钻,磨床产品不含砂轮机、抛光机。

表 36　2007 年磨床行业企业分类产品生产情况

序号	企业名称及产品名称	实际完成		其中:数控	
		产量(台)	产值(万元)	产量(台)	产值(万元)
1	上海机床厂有限公司				
	金属切削机床总计	4 407	62 597	96	12 914
	磨床	4 407	62 597	96	12 914
2	杭州机床集团有限公司				
	金属切削机床总计	4 737	64 110	530	34 847
	磨床	4 314	61 112	107	31 849
	铣床	105	1 940	105	1 939
	特种加工机床	318	1 059	318	1 059
3	无锡开源机床集团有限公司				
	金属切削机床总计	3 271	42 517	1 040	21 667
	磨床	3 271	42 517	1 040	21 667
4	桂林桂北机器有限责任公司				
	金属切削机床总计	2 370	19 251	32	2 089
	磨床	2 370	19 251	32	2 089
5	湖南宇环同心数控机床有限公司				
	金属切削机床总计	145	15 026	129	13 932
	磨床	145	15 026	129	13 932
6	北京第二机床厂有限公司				
	金属切削机床总计	1 238	14 871	152	6 608
	磨床	1 238	14 871	152	6 608
7	新乡市日升数控设备有限公司				
	金属切削机床总计	802	13 934	802	13 934
	磨床	802	13 934	802	13 934
8	陕西秦川格兰德机床有限公司				
	金属切削机床总计	735	11 651	15	1 023
	磨床	735	11 651	15	1 023
9	济南四机数控机床有限公司				
	金属切削机床总计	903	10 734	178	7 079
	磨床	903	10 734	178	7 079
10	威海华东数控股份有限公司				
	金属切削机床总计	7 712	38 944	440	20 190
	加工中心	191	15 687	191	15 687
	立式加工中心	69	2 825	69	2 825
	卧式加工中心	64	3 391	64	3 391
	龙门加工中心	58	9 472	58	9 472
	磨床	1 750	10 688	107	2 719
	铣床	5 771	12 568	142	1 784
11	无锡市明鑫机床有限公司				
	金属切削机床总计	258	9 000	120	6 875
	磨床	258	9 000	120	6 875
12	上海第三机床厂				
	金属切削机床总计	3 466	18 240	114	3 466
	加工中心	20	1 148	20	1 148
	立式加工中心	17	681	17	681
	卧式加工中心	3	468	3	468
	车床	1 323	4 863	37	574
	钻床	282	689		
	磨床	1 569	7 606	10	128
	铣床	272	3 933	47	1 616
13	四川磨床厂				
	金属切削机床总计	949	5 019		
	磨床	949	5 019		
14	朝阳博文机床有限公司				
	金属切削机床总计	180	4 500	15	1 350
	磨床	180	4 500	15	1 350

序号	企业名称及产品名称	实际完成		其中:数控	
		产量(台)	产值(万元)	产量(台)	产值(万元)
15	咸阳机床厂				
	金属切削机床总计	579	3 349	22	713
	磨床	579	3 349	22	713
16	临清兴和宏鑫机床有限公司				
	金属切削机床总计	166	3 318	49	1 327
	磨床	166	3 318	49	1 327
17	湖大海捷制造技术有限公司				
	金属切削机床总计	128	3 052	35	2 172
	钻床	60	10		
	磨床	68	3 042	35	2 172
18	营口冠华机床有限公司				
	金属切削机床总计	1 316	19 188	124	2 874
	磨床	530	2 737	44	1 084
	齿轮加工机床	786	16 451	80	1 790
19	上海精密机床厂有限公司				
	金属切削机床总计	65	2 350	4	320
	磨床	51	2 238	4	320
	其他金属切削机床	14	112		
20	重庆磨床有限责任公司				
	金属切削机床总计	317	2 037	10	292
	磨床	317	2 037	10	292
21	天津市津机磨床有限公司				
	金属切削机床总计	84	1 795	5	446
	磨床	84	1 795	5	446
22	信阳机床厂				
	金属切削机床总计	215	1 700		
	磨床	215	1 700		
23	南通第二机床有限公司				
	金属切削机床总计	278	1 663		
	磨床	278	1 663		
24	陕西汉江机床有限公司				
	金属切削机床总计	272	8 868	17	2 691
	车床	15	29		
	磨床	98	1 632	3	423
	螺纹加工机床	122	6 891	14	2 268
	其他金属切削机床	37	316		
	金属成形机床总计	2	194.88	1	154
	剪断机	2	194.88	1	154
25	江西杰克机床有限公司				
	金属切削机床总计	191	1 632		
	磨床	180	1 579		
	铣床	11	53		
26	石家庄轴承设备股份有限公司				
	金属切削机床总计	107	1 316	64	1 017
	磨床	107	1 316	64	1 017
27	台州北平机床有限公司				
	金属切削机床总计	1 510	1 200	15	80
	磨床	1 510	1 200	15	80
28	江西昌大三机科技有限公司				
	金属切削机床总计	100	1 080		
	磨床	100	1 080		
29	福建省建阳武夷磨床制造有限公司				
	金属切削机床总计	230	800		
	磨床	230	800		
30	上海崇明机床厂				
	金属切削机床总计	35	620		

序号	企业名称及产品名称	实际完成		其中：数控	
		产量（台）	产值（万元）	产量（台）	产值（万元）
	磨床	35	620		
31	荆州市沙市第二机床厂				
	金属切削机床总计	90	580		
	磨床	90	580		
32	浙江吉成高科机床有限公司				
	金属切削机床总计	43	376		
	磨床	30	345		
	螺纹加工机床	13	31		
	金属成形机床总计	371	1 942		
	机械压力机	339	1 687		
	其他金属成形机床	32	255		
33	浙江得力机床制造有限公司				
	金属切削机床总计	2 541	6 000	8	97
	磨床	54	266		
	锯床	2 487	5 734	8	97
34	郑州第二机床厂				
	金属切削机床总计	65	1 024	20	400
	磨床	65	1 024	20	400
	台钻	800	176		

表37　2007年磨床产值数控化率超50%的企业

序号	企业名称	磨床产值数控化率（%）
1	新乡日升数控设备有限公司	100.0
2	湖南宇环同心数控机床有限公司	92.7
3	石家庄轴承设备股份有限公司	77.3
4	无锡市明鑫机床有限公司	76.4
5	湖大海捷制造技术有限公司	71.4
6	济南四机数控机床有限公司	65.9
7	杭州机床集团有限公司	52.1
8	无锡开源机床集团有限公司	51.0

3．出口情况

2007年，磨床行业出口金属切削机床5 106台，比上年增长8.8%，出口额21 717万元，比上年增长15.9%。其中数控机床90台，比上年增长57.9%；出口额3 932.1万元，比上年增长19.5%。在出口金属切削机床中，出口磨床1 296台，比上年增长54.8%；出口额12 180.2万元，比上年增长30.1%。其中出口数控磨床47台，比上年增长62.1%；出口额3 177.8万元，比上年增长24.2%，但磨床及数控磨床的出口量在金属切削机床出口量中所占比例还很低，发展的空间还相当大。

2007年磨床行业分类产品出口情况见表38。2007年磨床行业企业分类产品出口情况见表39。

表38　2007年磨床行业分类产品出口情况

产品名称	实际完成		其中：数控	
	出口量（台）	出口额（万元）	出口量（台）	出口额（万元）
金属切削机床	5 106	21 717	90	3 932
加工中心	3	201	3	201
立式加工中心	2	62	2	62
龙门式加工中心	1	139	1	139
车床	26	73		
钻床	212	609		
磨床	1 296	12 180	47	3 178
螺纹加工机床	3	141		
铣床	3 545	8 298	28	436
特种加工机床	4	20	4	20
锯床	17	195	8	97
其他机械配件		194		

注：表中数据车床中不含仪表车床，钻床中不含台钻，磨床中不含砂轮机、抛光机。

表39　2007年磨床行业企业分类产品出口情况

序号	企业名称及产品名称	实际完成		其中：数控	
		出口量（台）	出口额（万元）	出口量（台）	出口额（万元）
1	上海机床厂有限公司				
	金属切削机床总计	170	3 441	4	256
	磨床	170	3 441	4	256
2	威海华东数控股份有限公司				
	金属切削机床总计	4 002	10 815	48	886
	加工中心	3	201	3	201

序号	企业名称及产品名称	实际完成		其中:数控	
		出口量(台)	出口额(万元)	出口量(台)	出口额(万元)
	其中:立式加工中心	2	62	2	62
	龙门加工中心	1	139	1	139
	磨床	455	2 361	18	293
	铣床	3 544	8 254	27	392
3	湖南宇环同心数控机床有限公司				
	金属切削机床总计	11	1 630	11	1630
	磨床	11	1 630	11	1630
4	桂林桂北机器有限责任公司				
	金属切削机床总计	95	643	1	78
	磨床	95	643	1	78
5	陕西汉江机床有限公司				
	金属切削机床总计	50	733		
	磨床	47	592		
	螺纹加工机床	3	141		
6	南通第二机床有限公司				
	金属切削机床总计	67	488		
	磨床	67	488		
7	无锡市明鑫机床有限公司				
	金属切削机床总计	1	415	1	415
	磨床	1	415	1	415
8	陕西秦川格兰德机床有限公司				
	金属切削机床总计	33	386		
	磨床	33	386		
9	上海精密机床厂有限公司				
	金属切削机床总计	7	385	3	240
	磨床	7	385	3	240
10	江西昌大三机科技有限公司				
	金属切削机床总计	30	336		
	磨床	30	336		
11	济南四机数控机床有限公司				
	金属切削机床总计	32	249		
	磨床	32	249		
12	北京第二机床厂有限公司				
	金属切削机床总计	12	229	1	71
	磨床	12	229	1	71
13	台州北平机床有限公司				
	金属切削机床总计	250	220	3	12
	磨床	250	220	3	12
14	无锡开源机床集团有限公司				
	金属切削机床总计	6	207	2	117
	磨床	6	207	2	117
15	临清兴和宏鑫机床有限公司				
	金属切削机床总计	8	166	3	66
	磨床	8	166	3	66
16	杭州机床集团有限公司				
	金属切削机床总计	22	213	5	64
	磨床	17	149		
	铣床	1	44	1	44
	特种加工机床	4	20	4	20

序号	企业名称及产品名称	实际完成		其中:数控	
		出口量（台）	出口额（万元）	出口量（台）	出口额（万元）
17	咸阳机床厂				
	金属切削机床总计	32	133		
	磨床	32	133		
18	上海第三机床厂				
	金属切削机床总计	259	794		
	车床	26	73		
	钻床	212	609		
	磨床	21	112		
19	天津市津机磨床有限公司				
	金属切削机床总计	1	32		
	磨床	1	32		
20	浙江得力机床制造有限公司				
	金属切削机床总计	18	202	8	97
	磨床	1	7		
	锯床	17	195	8	97

4. 新产品开发

2007 年，磨床行业共开发新产品 192 种（这些产品全部为自行开发），比上年增长 22.3%；磨床类新产品有 153 种，比上年增长 11.7%，其中数控磨床新产品 102 种，比上年增长 5.2%，磨床新产品数控化率 66.7%。其中有些新产品填补了国家空白，有的新产品已接近或达到国际先进水平。

2007 年磨床行业新产品开发情况见表 40。

表 40 2007 年磨床行业新产品开发情况

序号	产品名称	型号	主要技术参数	产品性质	产品水平
上海机床厂有限公司					
1	数控曲轴磨床	MK8280B / H	ϕ800mm×3 000mm	改型设计	国内领先
2	数控双端面磨床	MKA7675 / H	ϕ750mm	改型设计	国内水平
3	金刚石砂轮修整机	SK014 / 1	半径 2.5~34mm	改型设计	国内水平
4	专用外圆磨床	H248 / 1	ϕ630mm×6 000mm	改型设计	国内水平
5	数控专用外圆磨床	H401—SB	半径 500mm×3 000mm	全新设计	国际水平
6	数控轧辊磨床	MK8480 / 4000—H（MKA8480/H）	ϕ800mm×4 000mm	改型设计	国内领先
7	专用外圆磨床	H315	ϕ800mm×5 000mm	改型设计	国内水平
8	数控丝杆磨床	SK7432 / 4000—H	ϕ320mm×4 000mm	全新设计	国内领先
9	专用内圆磨床	H313	ϕ500mm×3 000mm	改型设计	国内水平
10	数控外圆磨床	MK13125 / 6000—H	ϕ1 250mm×6 000mm	全新设计	国内领先
11	数控轧辊磨床	MKZ84125 / H（MK84125/6000—H）	ϕ1 250mm×6 000mm	全新设计	国内领先
12	万能外圆磨床	M1420A / 750—H	ϕ200mm×750mm	改型设计	国内水平
13	外圆磨床	M1320A / 750—H	ϕ200mm×750mm	改型设计	国内水平
14	外圆磨床	MC1332 / H	ϕ320mm×2 000mm	改型设计	国内水平
15	外圆磨床	MC1332 / 3000—H	ϕ320mm×3 000mm	改型设计	国内水平
16	数控轧辊磨床	MK82125 / H	ϕ1 250mm×5 000mm	改型设计	国内领先
17	半自动万能外圆磨床	MB1420 / 750—H	ϕ200mm×750mm	改型设计	国内水平
18	激光望远镜	1000mm（激光望远镜）	1 000mm	合作生产	国内水平
19	精密万能外圆磨床	MM1450×3000	ϕ500mm×3 000mm	改型设计	国内水平
20	专用外圆磨床	H248 / 2	ϕ800mm×600mm	改型设计	国内水平
21	专用万能外圆磨床	H319	ϕ800mm×3 000mm	改型设计	国内水平
22	数控曲轴磨床	MK82125 / H	ϕ1 500mm×8 000mm	全新设计	国内领先
23	万能外圆磨床	MC1432 / H	ϕ320mm×2 000mm	改型设计	国内水平
24	数控轧辊磨床	MKD8480/6000—H（MK8480/6000—H）	ϕ800mm×6 000mm	全新设计	国内领先
25	数控外圆磨床	MKA1380 / 3000—H	ϕ800mm×3 000mm	改型设计	国内水平
26	半自动外圆磨床	MB1332B / H	ϕ320mm×1 000mm	改型设计	国内水平
27	数控万能外圆磨床	MK1420 / 750—H	ϕ200mm×750mm	全新设计	国内水平
28	数控专用磨床	H405—BE	ϕ320mm×2 000mm	全新设计	国内水平

序号	产品名称	型号	主要技术参数	产品性质	产品水平
29	专用外圆磨床	H321	φ630mm×3 000mm	全新设计	国内水平
30	数控专用磨床	H405—BH	φ850mm×150mm	全新设计	国内水平
无锡开源机床集团有限公司					
31	自动通磨无心磨床	MZT10400	工件最大外径:400mm	全新设计	国内领先
32	数控无心磨床	MK10300	工件最大外径:300mm	全新设计	国内领先
33	数控无心磨床	MKS10100	工件最大外径:100mm	全新设计	国内领先
34	数控宽砂轮无心磨床	MK11150	工件最大外径:150mm	全新设计	国内领先
35	数控内圆磨床	MK215	工件最大内径:50mm	全新设计	国内领先
36	数控轴承内圈滚道磨床	3MK2140	工件最大内径:400mm	全新设计	国内领先
37	数控轴承套圈内圆磨床	3MK2040	工件最大内径:400mm	全新设计	国内领先
38	数控轴承外圈沟道超精机	3MZE3212	工件最大外径:120mm	全新设计	国内领先
39	数控轴承内圈滚道磨床	3MK2116A	工件孔径:60～160mm	全新设计	国内领先
40	数控轴承外圈挡边磨床	3MK2850	工件外径:200～500mm	全新设计	国内领先
41	数控轴承内圈挡边磨床	3MK2240	工件内径:200～400mm	全新设计	国内领先
42	数控轴承外圈滚道磨床	3MK2320A	工件外径:80～200mm	全新设计	国内领先
43	轴承内圈挡边超精机	3MZ3710	工件内径:30～100mm	全新设计	国内领先
44	轴承外圈滚道超精机	3MK3450	工件外径:200～500mm	全新设计	国内领先
45	轴承内圈滚道超精机	3MK3340	工件内径:200～400mm	全新设计	国内领先
46	数控深孔内圆磨床	MS2120S	工件内径:200mm;孔深度:750mm	全新设计	国内领先
47	无心磨床	WX3—18	工件直径:1～50mm	全新设计	国内领先
48	圆锥轴承车削自动线	SD—80A	工件直径:20～50mm	全新设计	国内领先
陕西汉江机床有限公司					
49	数控蜗杆磨床	SK7720A	φ200mm×750mm	全新设计	国内领先
50	丝杠磨床	HJ090	φ320mm×1 500mm	全新设计	国内领先
51	数控丝杠磨床	SK7450×100	φ200mm×10 000mm	全新设计	国际先进
52	数控蜗杆磨床	SK7732×30	φ320mm×3 000mm	全新设计	国内领先
53	数控搬运机床	LGZ—11	最大承载 1300kg	全新设计	国内领先
54	外圆磨床	M1432×3000	φ320mm×3 000mm	全新设计	国内先进
55	螺旋丝杠矫直机	XYG4000	φ4000mm	全新设计	行业先进
56	丝杠综合性能测试仪	HJY043		全新设计	行业先进
57	抛物面天线专用转台	HJY044		全新设计 合作生产	行业先进
58	平面近场扫描架	HJY045	φ15 000mm×11 000mm	全新设计 合作生产	行业先进
59	方位俯仰转台	HJY047	φ1 200mm×3 500mm	全新设计 合作生产	行业先进
60	扫描架	HJY048	φ9 000mm×8 000mm	全新设计 合作生产	行业先进
61	转台	HJY049	φ1 500mm×5 000mm	全新设计 合作生产	行业先进
62	丝缸摩擦力矩测量仪	HJZ044A			行业先进
63	直线导轨扭曲校直机	HJZ051			行业先进
64	拉刀磨床	M6110A	φ6 110mm×1 100mm(1 700mm)	改型设计	行业先进
65	拉刀磨床	M6110B	φ1 000mm×160mm(1 800mm)		行业先进
66	风帽单元专机	WB108		全新设计 合作生产	行业先进
67	大口径弹装配生产线	WB126		全新设计 合作生产	行业先进
68	引信拧紧机(底火)	WB137	φ1 135mm×765mm×1 770mm	全新设计 合作生产	行业先进
69	五坐标数控旋转挫磨床	5NG		全新设计	行业先进
70	抗凹实验机	HJS51	φ3 000mm×3 000mm	全新设计 合作生产	行业先进

序号	产 品 名 称	型号	主 要 技 术 参 数	产品性质	产品水平
71	数控床身铣床	XK714	$\phi 1\,000$mm$\times 400$mm	全新设计	行业先进

杭州机床集团有限公司

序号	产 品 名 称	型号	主 要 技 术 参 数	产品性质	产品水平
72	数控剪刃磨床	MKC7150×60	500mm×6 000mm	改型设计	国内先进
73	数控刀夹齿强力成形磨床	MKL7132×6/1	320mm×600mm	改型设计	国内领先
74	立柱移动式高速磨床	MKS7120×6	200mm×600mm	改型设计	国内先进
75	叶片榫齿强力成形磨床	MKL7140×10/1	400mm×1 000mm	改型设计	国内先进
76	数控龙门导轨磨床	HZ—KD4025	2 500mm×4 000mm	全新设计	国内领先
77	数控转向齿条成形磨床	MKL7150×10/1、2	500mm×1 000mm	改型设计	国内领先
78	数控精密立轴双端面磨床	MK7730A/2	$\phi 305$mm	全新设计	国内领先
79	数控叶片顶圆砂带磨床	SDM—1	$\phi 1\,300$mm	全新设计	国内领先
80	数控剪刃磨床	MKC7150×50	500mm×5 000mm	改型设计	国内先进
81	数控龙门导轨磨床	HZ—KD4020/1	2 000mm×4 000mm	改型设计	国内先进
82	数控龙门导轨磨床	HZ—KD3020×8	2 000mm×3 000mm	全新设计	国内先进
83	数控龙门式平面磨床	HZ—K4020/S	2 000mm×4 000mm	改型设计	国内先进
84	立轴矩台平面磨床	M7232×25	320mm×2 500mm	全新设计	
85	数控强力双头成形磨床	MKLD7140A/2	400mm×1 000mm	改型设计	国内领先
86	数控强力双头成形磨床	MKLD7140A/3	400mm×1 000mm	改型设计	国内领先
87	中走丝数控线切割机床	DK7725	250mm×320mm	改型设计	
88	数控龙门式平面磨床	HZ—K4020/1	2 000mm×4 000mm	改型设计	国内先进
89	数控精密卧轴平面磨床	MMK7132A	320mm×1 000mm	改型设计	国内先进
90	数控高精度平面磨床	MGK7120×6/F	200mm×600mm	改型设计	国内领先
91	车床床身导轨磨床	HZ—081	500mm×3 000mm	改型设计	
92	车床床身导轨磨床	HZ—071A/2	400mm×2 000mm	改型设计	
93	贯穿式卧轴双端面磨床	MZ7660A/209	$\phi 600$mm	全新设计	
94	数控高精度卧轴圆台	MGK7350/S、1	$\phi 500$mm	改型设计	国内领先
95	数控卡盘座成形磨床	MKL7132×12/1	320mm×1 200mm	改型设计	国内领先
96	数控龙门导轨磨床	HZ—KD6015×10	1 500mm×6 000mm	全新设计	国内先进
97	数控转向齿成形磨床	MKL7150×10/3	500mm×1 000mm	改型设计	国内领先
98	数控转向齿成形磨床	MKL7150×10/4	500mm×1000mm	改型设计	国内领先
99	数控龙门式平面磨床	HZ—K2010A	1 000mm×2 000mm	改型设计	国内先进
100	数控龙门式平面磨床	HZ—K1610/2	1 000mm×1 600mm	改型设计	国内先进
101	数控剪刃磨床	MKC7150×25	500mm×2 500mm	改型设计	国内先进
102	数控龙门式平面磨床	HZ—K2515	1 500mm×2 500mm	改型设计	国内先进
103	数控龙门式平面磨床	HZ—K2515A/1	1 500mm×2 500mm	改型设计	国内先进
104	数控精密平面磨床	MMK7140×8/1	400mm×800mm	改型设计	国内先进
105	立轴矩台平面磨床	M7232/HZ—5	320mm×1 250mm	改型设计	
106	数控强力成形磨床	MKL7132×6/3	320mm×600mm	改型设计	国内领先
107	连杆贯穿式双端面磨床	MZ7660A/209	$\phi 600$mm	全新设计	国内先进
108	数控直线滚动导轨磨床	HZ—078CNC	1 100mm×6 000mm	全新设计	国内领先
109	数控摇臂齿强力成形磨床	MKL7132×8/1	320mm×800mm	改型设计	国内领先
110	数控卧轴矩台平面磨床	MK7160×20/HZ	600mm×2 000mm	全新设计	国内领先
111	数控直线导轨磨床	HZ—050ACNC/3	1 100mm×3 000mm	改型设计	国内领先
112	数控直线导轨滑块磨床	HZ—051ACNC/3	400mm×1 000mm	改型设计	国内先进
113	贯穿式卧轴双端面磨床	MZ7675/101	$\phi 750$mm	全新设计	
114	圆盘式卧轴双端面磨床	MY7675/101	$\phi 750$mm	全新设计	
115	往复式双端面磨床	MW7650C/229	$\phi 500$mm	改型设计	国内先进
116	伐片圆盘式双端面磨床	MY7650B/420	$\phi 500$mm	改型设计	
117	短宽卧轴矩台平面磨床	HZ—501	500mm×1 600mm	全新设计	
118	短宽卧轴矩台平面磨床	HZ—502	500mm×2 000mm	全新设计	
119	平面成形磨削中心	MKH450	450mm×900mm	全新设计	国内领先
120	超精密卧轴矩台平面磨床	MUGK7120×5	200mm×500mm	全新设计	国内领先
121	数控端面外圆磨床	MK1632	$\phi 320$mm	全新设计	国内领先

北京第二机床厂有限公司

序号	产 品 名 称	型号	主 要 技 术 参 数	产品性质	产品水平
122	超高精度万能外圆磨床	B2—CG001	最大加工长度：1 000mm；$R_a \geqslant 0.4$	全新设计	国际先进
123	石油钻头专用磨床	B2—K1012	加工内孔直径：150mm；最大直径：350mm	全新设计	国际先进

序号	产品名称	型号	主 要 技 术 参 数	产品性质	产品水平
124	超高速数控磨床	B2—K10B/T1	最大加工直径:200mm;砂轮线速度:120m/s	改型设计	国际先进
125	高精度数控曲面磨床	MKS1350×1500/T2	最大加工直径:500mm;中心高:270mm	全新设计	国际先进
126	高精度复合磨削中心	B2—K3000	最大加工直径:200mm;最大加工长度:1 000mm	全新设计	国际先进
127	大型通用磨床开发	M1363×2500	最大加工直径:630mm;最大加工长度:2 500mm	全新设计	国内领先
128	凸轮轴砂带抛光机	B2—6006A	中心高 340mm,最大加工长度:650mm	改型设计	国内领先
129	双工位砂带曲轴抛光机	B2—6008A	中心高:280mm;最大加工长度:750mm	全新设计	国内领先
上海第三机床厂					
130	数控光学曲线磨床	MK9025A	行程(X轴/Y轴/Z轴):250mm×100mm×100mm	全新设计	国际20 世纪90 年代水平
131	数控管子螺纹车床	QK1325	刀架行程(X轴/Y轴):300mm×650mm	全新设计	国际20 世纪90 年代水平
132	数控床身型铣床	XK718A	工作台面尺寸:700mm×2 800mm	改型设计	国内先进
133	卧式加工中心	XH765B	行程(X轴/Y轴/Z轴):700mm×620mm×650mm	改型设计	国际20 世纪90 年代水平
134	卧式加工中心	XH7610A	工作台面尺寸:1 000mm×1 000mm	改型设计	国内先进
135	卧式车床	CA6163A×1500×3000	中心高:315mm;最大工件回转直径:630mm	改型设计	相当国内同类产品
136	卧式车床	CA6163B×1500×3000	中心高:315mm;最大工件回转直径:630mm	改型设计	相当国内同类产品
137	管子螺纹车床	Q1319A	中心高:300mm;最大工件回转直径:600mm	改型设计	相当国内同类产品
天津津机磨床有限公司					
138	精密卧轴矩台平面磨床	MM7150A/16		改型设计	国内先进
139	精密卧轴矩台平面磨床	MM7150/3M		改型设计	国内先进
140	万向节轴承单端面双磨头立式磨床	MS74100D(I)		改型设计	国内先进
141	数控卧轴圆台平面磨床	MK7340		全新设计	
142	双磨头立轴圆台平面磨床	MS74100/(Ⅰ)		改型设计	
143	精密卧轴矩台平面磨床	MM7150/16		改型设计	
144	精密卧轴矩台平面磨床	MM7150/3m		全新设计	
145	高精度卧轴圆台平面磨床	MG7363		改型设计	
146	卧轴矩台平面磨床	MT7180×16		全新设计	
陕西秦川格兰德机床有限公司					
147	数控高速端面外圆磨床	MKSE1632×500	φ320mm×500mm	全新设计	国内领先
148	高精度数控外圆磨床	MGK1332×1500	φ320mm×1 500mm	全新设计	国内领先
149	精密万能外圆磨床	MM1450×2000	φ450mm×2 000mm	改型设计	国内领先
150	数控曲轴止推磨床	GZ128	φ320mm×500mm	全新设计	国内领先
151	万能外圆磨床	M1463×2000	φ630mm×3 000mm	全新设计	国内领先
济南四机数控机床有限公司					
152	数控内圆磨床	MK2110	磨削孔径:10～100mm	全新设计	国际先进
153	数控高速外圆磨床	J4K—300	磨削直径:10～320mm	全新设计	国际先进
154	数控高速球面磨床	J4K—084	磨削球径:3～125mm	全新设计	国际先进
威海华东数控股份有限公司					
155	博格式轨道板专用数控磨床	BZM—650	最大加工面积:6 500mm×2 550mm	全新设计	国际领先
156	数控龙门导轨磨床	SGN30130A	三轴行程:13 000mm/3 000mm/1 200mm	全新设计	国际先进
157	数控外圆磨床	C—600	磨削长度:600mm;磨削直径:275mm	技术引进	国际先进
158	立式加工中心	VS30125	三轴行程:3 000mm/1 250mm/900mm	全新设计	国内领先
159	卧式加工中心	HC500	三轴行程:800mm/600mm/600mm	全新设计	国内领先
160	龙门加工中心	CPNT2080B	三轴行程:8 300mm/2 000mm/1 200mm	全新设计	国内领先

序号	产品名称	型号	主要技术参数	产品性质	产品水平
161	磁电式旋转编码器	多圈可编程 MODBUS 型	多圈计数 32 768 圈；单圈分辨率 13 位精度	全新设计	国际先进
162	磁电式旋转编码器	多圈 CAN 协议	总测量步数（圈数×线数）4 096×8 192；单圈分辨率 13 位精度	全新设计	国际先进

桂林磨床包装机械厂

序号	产品名称	型号	主要技术参数	产品性质	产品水平
163	程控卧轴矩台平面磨床	M7140/CK	最大磨削尺寸：400mm×1 000mm×400mm；工作精度：300：0.005mm；工件表面粗糙度：$R_a \leqslant 0.63\mu m$	改型设计	国内先进
164	程控卧轴矩台平面磨床	M7150×12/CK	最大磨削尺寸：500mm×1 250mm×400mm；工作精度：300：0.005mm；工件表面粗糙度：$R_a \leqslant 0.63\mu m$	改型设计	国内先进
165	燕尾导轨磨床	M7232—GM	最大磨削尺寸：1 000mm×320mm×400mm；工作精度：300：0.008mm；工件表面粗糙度：$R_a \leqslant 1.25\mu m$	全新设计	国内先进
166	数控龙门平面磨床	GM—KD4016	最大磨削尺寸：1 600mm×4 000mm×800mm；工作精度：1 000：0.015mm；工件表面粗糙度：$R_a \leqslant 0.63\mu m$	全新设计	国内先进
167	数控龙门平面磨床	GM—KD5025	最大磨削尺寸：2 500mm×5 000mm×1 000mm；工作精度：1 000：0.015；工件表面粗糙度：$R_a \leqslant 0.63\mu m$	全新设计	国内先进

上海精密机床厂有限公司

序号	产品名称	型号	主要技术参数	产品性质	产品水平
168	数控双端面磨床	MKY7660C	砂轮直径：600mm	改型设计	

福建省建阳武夷磨床制造有限公司

序号	产品名称	型号	主要技术参数	产品性质	产品水平
169	万能工具磨床	MQ6025G		改型设计	

营口冠华机床有限公司

序号	产品名称	型号	主要技术参数	产品性质	产品水平
170	高精度滚刀刃磨床	MG6425K	刃磨滚刀外径：50~250mm	改型设计	优秀
171	滚刀刃磨床	M6425K	刃磨滚刀（外径×长度）：500mm×600mm	改型设计	优秀
172	插齿机	Y5150K	最大加工工件外齿：600mm，内齿：500mm	改型设计	优秀
173	铣齿机	YK86160K、YK86500K	最大加工工件直径：1 600~5 000mm	全新设计	优秀

江西昌大三机科技有限公司

序号	产品名称	型号	主要技术参数	产品性质	产品水平
174	塑胶旋切机	PT1315/5	旋切直径：500mm；旋切宽度：1 430mm；旋切厚度：0.05~1.00mm	改型设计	
175	塑胶旋切机	PT1312/5	旋切直径：500mm；旋切宽度：1 150mm；旋切厚度：0.05~1.00mm	改型设计	

浙江吉成高科机床有限公司

序号	产品名称	型号	主要技术参数	产品性质	产品水平
176	数控刨台卧式铣镗床	CPB130	主轴直径：130mm；主轴转速：5~2 000r/min；工作台横向行程（X 轴/Y 轴/Z 轴/W 轴）：2 300mm/2 000mm/900mm/1 300mm	全新设计	国内领先水平

无锡市明鑫机床有限公司

序号	产品名称	型号	主要技术参数	产品性质	产品水平
177	数控立式磨加工中心	MX1800	磨削最大内孔：1 800mm	全新设计	填补国内空白

台州北平机床有限公司

序号	产品名称	型号	主要技术参数	产品性质	产品水平
178	圆锯片研磨机	PP—480	可研磨 450~480mm 圆锯片	全新设计	
179	3 轴数控工具磨床	PP6025—31CNC		全新设计	

新乡市日升数控设备有限公司

序号	产品名称	型号	主要技术参数	产品性质	产品水平
180	数控端面推力球轴承沟道磨床	3MK108B	加工范围：外径 14~85mm；加工精度：沟直径尺寸：±0.005 mm；表面粗糙度：$R_a \leqslant 0.4\mu m$	全新设计	国内领先
181	数控轴承内圈挡边磨床	3MK2210B	加工范围：外径 35~100mm；宽度：17~50mm	全新设计	国内领先
182	数控轴承内圈滚道磨床	3MK2110B	加工范围：外径 35~100mm；工作精度：圆度 1.5mm，凸度 3~10mm，尺寸差：±8，粗糙度 0.32μm		国内领先
183	数控轴承外圈滚道磨床	3MK2312B	加工范围：外径 120 mm；加工精度：圆度 1.5 mm；尺寸差 5mm；凸度：3~10mm；粗糙度：$R_a \leqslant 0.4\mu m$		国内领先

序号	产品名称	型号	主要技术参数	产品性质	产品水平
朝阳博文机床有限公司					
184	数控立式曲线磨床	MK8580	工作台直径:800mm	全新设计	国内领先
湖南宇环同心数控机床有限公司					
185	数控双端面磨床	YTMK750A—CNC/CBN	平面度:≤0.003mm,平行度:≤0.003mm,表面粗糙度:R_a≤0.2μm	全新设计	国内领先,填补国内空白,达到国际同类产品先进水平
临清兴和宏鑫机床有限公司					
186	卧轴矩台圆弧剪刃磨床	SDMCNC—17	工作台面尺寸:4 200mm×400mm	全新设计	
187	数控连杆磨床	MK7412	工作台面直径:400mm	全新设计	
188	数控立轴圆台磨床	MK74230	工作台面直径:2 300mm;磨削高度:600mm	全新设计	
189	数控立轴工具磨床	MK74225	工作台面直径:2 250mm	全新设计	
190	数控卧轴圆台磨床	MK7350	工作台面直径:500mm	全新设计	
郑州第二机床厂					
191	中小孔高精度数控内圆磨床	Z2—010	圆度:0.001 5mm,粗糙度R_a≤0.2μm	全新设计	国内先进
192	单轴数控内圆磨床	Z2—013	圆度:0.003mm,粗糙度R_a≤0.4μm	改型设计	国内先进

5.合资合作

2006 年,杭州机床集团有限公司以持有 60% 的股权与欧洲四大磨床公司之一的德国 aba z&b 磨床有限公司结成战略联盟,一举跃入跨国公司行列。2008 年,公司大力推进 aba z&b 磨床有限公司产品在杭州本土的批量生产,加强在中国和海外市场销售,扩大经营业绩。

桂林桂北机器有限责任公司与意大利逻迪机械股份有限公司在产品开发、产品生产方面进行合作,2007 年共合作生产了 20 多台平面磨床,并全部返销欧洲。

临清兴和宏鑫机床有限公司是由临清宏鑫机床有限责任公司与日本兴和工业株式社共同出资创建的中日合资企业,2007 年公司工业总产值 6 635.3 万元,销售产值 6 568.9 万元。

2007 年磨床行业合资合作销售额达 8 772.46 万元。2007 年磨床行业合资合作产品销售情况见表 41。

表 41   2007 年磨床行业合资合作产品销售情况

序号	产品名称	销售量（台）	销售额（万元）	生产企业
1	RT6035CN 卧轴矩台平面磨床	6	72	桂林桂北机器有限责任公司
2	RT8045CN 卧轴矩台平面磨床	6	90	桂林桂北机器有限责任公司
3	零部件		430	天津市津机磨床有限公司
4	Kc—无心磨床	36	4 692	无锡开源机床集团有限公司
5	直线导轨磨 SLM4000	1	1 590.65	杭州机床集团有限公司
6	拉刀磨 starline2000cnc	1	713.05	杭州机床集团有限公司
7	齿条磨 Twinmaster12.10	1	767.9	杭州机床集团有限公司
8	滑块磨 Starline800CNC	1	416.86	杭州机床集团有限公司

6.科研项目

2007 年磨床行业科研项目立项共有 68 项,是上年的 2 倍多;投入科研经费约 9 547.1 万元,是上年的 3 倍多。上海机床厂有限公司以极端制造技术为突破口,综合体现了机床设计与制造技术的创新能力,涉及到现代设计、智能控制、超精密加工等多项高科技。如该公司研发的超精密大口径光学玻璃专用平面磨床,技术水平达到国际先进水平,其中磨削过程状态监测及补偿技术,特别是磨削区域温度和热流的动态监测技术已经被引申为"干冻磨削技术",目前该技术已经申请专利并被列为国家科技支撑项目。杭州机床集团有限公司开发的七轴五联动 MKL7150×16/2 型数控缓进给强力成形磨床,采用了多项专利技术,如气压密封技术、五轴联动磨削软件、多砂轮连续修整技术及温度补偿技术,这种机床目前国际上只有少数几个工业发达国家能设计制造。

2007 年磨床行业科研项目情况见表 42。2007 年磨床行业获奖科研项目情况见表 43。

表 42   2007 年磨床行业科研项目情况

序号	科研项目名称	主要内容	投入资金（万元）	项目来源
杭州机床集团有限公司				
1	MKH450 平面成形磨加工中心	立柱全移动、转塔式砂轮库专利技术和砂轮自动交换	300	企业新产品开发计划

序号	科研项目名称	主要内容	投入资金（万元）	项目来源
2	MUGK7120×5 超精密卧轴矩台平面磨床	立柱中腰移动专利、工作台直线电动机驱动、亚微米进给、超精密磨削精度	260	企业新产品开发计划
3	SDM—1 数控叶片顶圆砂带磨床	全新自主创新设计、摆动式砂带、自动测量	180	国内中标项目
4	MKC7150×50 数控剪刀磨床	两轴联动、能磨削多种型面的剪刀	140	国内中标项目
5	PMS—021 数控刀片专用磨床	磨头纵向移动、工作台内置式、可转吸盘	80	市场需求项目
6	MKLD7140A/2、3 数控强力双头成形磨床	上下双磨头、主轴气压密封专利技术、叶片榫齿一次成形技术	210	国内中标项目
7	HZ—KD6525×16 数控动梁龙门导轨磨床	大规格 2 500mm×6 500mm、动梁式、双磨头	350	企业新产品开发计划
8	MK7730A/2 数控精密立轴双端面磨床	工位自转、切入摆动式磨削	50	市场需求项目
9	HC—004 数控复合磨床	卧式布局，外圆、内圆、端面等磨削功能复合	180	企业新产品开发计划
10	KVC650F 加工中心	主要规格 450mm×900mm 铣削加工中心	30	合作项目
北京第二机床厂有限公司				
11	汽车发动机曲轴高效精密加工成套装备		210	国家"863"计划
12	直驱技术在高精度复合磨削中心的应用研究		100	北京市科技计划
13	发动机曲轴主轴颈高效、精密磨削技术研究及应用		120	北京市科技计划
14	数控磨床测试与评价共性技术的研究与应用		50	北京市科技计划
15	超高精度磨削技术及超高精度万能外圆磨床的开发		88	企业自选
16	超高速磨削技术及超高速数控外圆磨床的开发		110	企业自选
17	高精度数控曲面磨床的开发及应用		90	企业自选
上海机床厂有限公司				
18	天文望远镜研制	针对用户的需要和中国科学院上海天文台联合研制 1 台 1m 口径激光测距天文望远镜。其精度指标:指向精度小于 5″,跟踪精度小于 1″	100	军工
19	虚拟样机技术在 MK84200 数控轧辊磨床刚性分析中的应用	针对机床结构设计方案,利用虚拟技术预测机床的静态与动态强度与性能。进行加工过程仿真,分析重载荷零件自重引起的变形,切削力引起的变形,分析这些变形对加工精度的影响,并在分析基础上提出改进方案	20	企业内部
20	精密分度台设计与开发研究	开展基于力矩电动机精密分度台的技术开发研究工作。目前定位精度 4.8″,重复定位精度 1.8″,可直接在高精度机床上推广	30	企业内部
21	高精度重载荷大规格轴承精化	结合正在开发制造大型轧辊磨床对高精度大型滚动轴承的需求,采购相应的大型轴承,并对其进行精化,以满足产品的需求	20	企业内部
22	薄膜反馈片精度稳定性试验	针对薄膜反馈片精度不稳定的现状,成立课题组进行技术攻关,通过对工艺路线的改进,所加工零件基本符合图样要求	8	企业内部
23	4+2 动静压轴钢性试验	为提高磨床砂轮主轴的动态特性,研究和设计制造了 4+2 动静压混合轴承,并获得稳定的回转精度,经过试验以后,已在产品中得到应用	5	企业内部
24	面向钢铁、汽车行业的高档数控磨床关键技术及装备开发	开发具有自主知识产权的重载荷数控轧辊磨床和凸轮轴高效砂带磨床,技术水平达到国际先进,满足相关产业需求。目前轧辊磨床已通过用户验收,凸轮轴磨床处于总装阶段	400	上海市科委
25	砂轮架微进给系统（100～30nm）的研究	研究开发高精度低速重载荷微量进给机构。目前,滚珠丝杠配闭式精压导轨机构,重复定位精度 ±0.45μm,定位精度 ±1μm;直线电动机配直线导轨直接驱动重复定位精度 ±0.13μm,定位精度 ±1μm	80	企业内部

序号	科研项目名称	主要内容	投入资金（万元）	项目来源
26	φ400 全数控齿轮磨床开发研制	采用八轴五联动技术和类似滚削法的连续展成磨削原理，结合数控同步传动，使机床具备高效率和高精度的特征	10	企业内部
27	干冻磨削方法及装置研究	研发采用 CBN 砂轮的强冷风磨削技术，把压缩空气冷却到低温状态，然后经喷嘴喷到磨削点上，在加工中不采用磨削液，以达到绿色环保的需求。目前正在方案讨论阶段	16	国家科技支撑计划项目
28	功能部件关键技术研究	面向航空航天、汽车高效加工和发展大型、精密、高速数控装备及功能组件的需求，研制最高进给速度大于 60m/min，定位精度大于 0.001mm，行程大于 600mm 的微进给系统	5	国家科技支撑计划项目
29	光学玻璃磨削	针对光学玻璃、激光玻璃进行磨削工艺的研究，并结合用户需求开发专用超精密平面磨床。目前磨削工艺的研究正在进行，对于 80mm 左右的光学玻璃，其表面粗糙度已达到 10nm 以内。正在进行专用超精密平面磨床的方案图样设计	50	上海市科委
30	MK1432 改制	针对 MK1432，进行 3 项试验工作：直线电动机微进给机构试验；非圆磨削试验；高速 CBN 砂轮试验	60	企业内部
河南新乡市日升数控设备有限公司					
31	数控水泵轴承沟道磨床系列产品 3MK133BSG3、MK136BSG	开发应用三菱伺服驱动技术、触摸屏人机界面技术、PLC 控制系统，采用全自动加工方式，提高汽车行业水泵轴承的精度，国产工业装备替代进口	200	用户
32	数控轴承外圈沟组合磨床 3MK1412SB	开发数字控制技术，PLC 工控双伺服驱动，人机界面技术等，组合机床占地面积小，分粗精磨共工序，1 台设备替代 2 台，全自动高精高效技术装备填补国内空白	200	用户
33	数控轴承内径组合磨床 3MK2010SB	开发数字控制技术，PLC 工控双伺服驱动，人机界面技术等，组合机床占地面积小，分粗精磨共工序，1 台设备替代 2 台，全自动高精高效技术装备填补国内空白	200	用户
济南四机数控机床有限公司					
34	J4K—300 型 CBN 数控高速外圆磨床	主要用于轴类、盘类和套类等金属零件的圆柱面、端面、圆锥面以及圆弧面的磨削加工。其 CBN 立方氮化硼砂轮、液体静压导轨、高精度电主轴单元以及高档数控系统等多项新技术的应用，将替代国内传统的加工方式，大幅度提高劳动生产率和产品精度，深受军工、航空航天、汽车及零部件等行业的广泛关注和欢迎，可替代同类进口机床	200	济南市科技攻关计划
35	MK2110 型数控内圆磨床	主要用于自身精度和相互之间位置精度要求很高的盘类、齿轮零件，其内孔、端面之间的组合磨削，替代不仅需要多台机床和多人操作，消耗较多的人力物力而且由于多次装夹，精度不易保证的单机单面的加工传统工艺。一次装夹实现孔与孔、孔与端面之间的组合磨削从而提高劳动生产率和产品精度。采用灵活的组合方式可适应各种不同零件的加工，使其具有较广的适用性	150	济南市高新区科技攻关计划
36	J4K—084 型数控高速球面磨床	用于航空航天、医疗器械、水暖器材等行业所用金属件的内球面、外球面的磨削加工，十字交叉滚柱导轨、高精度电主轴单元以及高档数控系统等多项新技术的应用，将替代国内传统的加工方式，大幅度提高劳动生产率和产品精度	200	济南市科技攻关计划
陕西秦川格兰德机床有限公司					
37	数控轴承磨床机械手	研制、生产数控轴承磨床 3MZKSD2116 机械手机构	40	公司计划
上海第三机床厂					
38	SHE—630	卧式加工中心	120	
39	XH7610	卧式加工中心	190	
40	CA6163A×1500	卧式车床	6.5	
41	CA6163A×3000	卧式车床	6.8	
42	CA6263A	马鞍车床	6.8	
43	QK1319A	管子螺纹磨床	6	
44	QK1325	管子螺纹磨床	50	
45	XK718A	数控铣床	110	
46	XH765B	卧式加工中心	100	
47	MK9025A	数控光曲磨床	5	
48	XK754A	数控铣床	35	
台州北平机床有限公司					
49	五轴高精度数控工具磨床		250	

序号	科研项目名称	主要内容	投入资金（万元）	项目来源
天津市津机磨床有限公司				
50	MK74160 数控立轴圆台平面磨床	粗精磨自动转换功能攻关		合作
威海华东数控股份有限公司				
51	高速铁路博格板乘轨台磨削加工装备的研制项目	对无渣Ⅱ型博格式轨道板进行成型磨削，雕刻轨道板的编号，激光测量和检验，自动化生产	1090	山东省科技攻关计划
52	大型数控龙门导轨磨床的研制	研制磨削长度13m、宽度3m，具有凸凹磨削功能的新产品	509	山东省科技攻关计划
53	精密数控外圆磨床的研制	研制全自动磨削外圆、内孔、端面及其他非圆曲面的精密数控外圆磨床	40	威海市技术创新计划
54	大型立式加工中心的研制	研制加工长度3m、宽度1.25m的大型立式加工中心	75	自定项目
55	新型卧式加工中心的研制	研制新型结构的卧式加工中心，规格500mm	42	自定项目
56	三动力头龙门加工中心的研制	研制具有3个动力、加工长度8.3m的龙门加工中心新产品	409	自定项目
无锡开源机床集团有限公司				
57	电主轴性能测试平台	电主轴的功率、温升、转速、刚度测试及寿命、润滑方式的试验	100	自主开发
58	磨削工艺仿真系统开发	建立磨削工艺数据库，为客户提供、推荐合理的工艺参数	30	自主开发
59	5SD系列电主轴B型产品开发	以满足高精度、大功率、高转速、高刚性的要求	50	自主开发
无锡市明鑫机床有限公司				
60	立式数控磨床	系列化	350	自定
湖南宇环同心数控机床有限公司				
61	CBN 高精度数控双端面磨床	高效、高精双端面同时磨削	216	国家"十一五"科技支撑计划
62	CBN 全数控曲轴随动高速精密专用装备	实现曲轴加工高精高柔性化的要求	328	国家"十一五"科技支撑计划
浙江得力机床制造有限公司				
63	M7130 多功能精密磨床	复合磨削加工	160	浙江省缙云县科技计划
64	可倾滑车数控立式带锯床	自动对线带角度金属锯切	550	星火计划
65	立式带锯床锯架旋转装置	锯架旋转	50	技术专利
66	双柱卧式带锯床圆柱直线导轨装置	锯架导轨	50	技术专利
郑州第二机床厂				
67	Z2—014 数控精密内圆磨床	磨汽车气门桥	30	用户需要
68	Z2—015 双工位数控精密内圆磨床	磨汽车摇臂	40	用户需要

表43　2007 年磨床行业获奖科研项目情况

序号	项目名称	主要内容及应用范围	获奖名称	获奖等级
上海机床厂有限公司				
1	MK82 系列数控曲轴磨床	磨削大型高速船用柴油机、机车的内燃机曲轴	中国国际工业博览奖	银奖
2	数控曲轴磨床	磨削大型高速船用柴油机、机车的内燃机曲轴，Y压缩机曲轴以及各种大型动力机械的曲轴，适用于单件生产、小批量生产的工厂及维修工厂等部门磨削曲轴主轴颈外圆、曲柄颈外圆以及曲轴轴肩的圆弧和端面	上海电气科技进步奖	二等奖
3	数控轧辊磨床	专用于轧辊制造厂新辊制造的磨削，主要承担热连轧机组、宽厚板机组支承辊、工作辊等大型轧辊制造的粗磨、精磨工序加工，完成辊身、辊颈、辊颈支承部位的外圆、辊颈锥面、辊身端面、辊身、辊颈之间过度圆弧、辊身表面复杂组合曲线等部位磨削	上海电气科技进步奖	二等奖
北京第二机床厂有限公司				
4	MK1450A/T 大型数控万能外圆磨床	军工行业	2007 年国产数控机床优秀合作项目	
新乡日升数控轴承装备股份有限公司				
5	中小型圆锥轴承套圈磨削生产线数控设备（3MK2312B 3MK2110B、3MK2210B）	主要用于轴承内外圈滚道及挡边的磨削加工，采用伺服技术，插补技术，磨削滚道表面凸度。加工范围：外径：120mm，宽度：29mm，凸度：3～10μm；工作精度：圆度1.5μm，尺寸差5μm；直径：35～100mm，宽度：17～55mm；挡边对端面跳动7μm；内径35～100mm，宽度：18～47mm，圆度：1.5μm，尺寸差：±8μm，凸度：3～10μm	新乡市科学技术进步奖	一等奖

序号	项目名称	主要内容及应用范围	获奖名称	获奖等级
上海崇明机床厂				
6	3M4995 卧式光球机		上海市重点新产品	
上海第三机床厂				
7	714 系列数控铣床,立式加工中心		上海电气工业设计实施成果奖	
8	CA6163A 型卧式车床		上海电气工业设计实施成果奖	
天津市津机磨床有限公司				
9	MK74160 数控圆台平面磨床	粗精磨自动转换功能攻关	质量攻关	三等奖
威海华东数控股份有限公司				
10	定梁式数控龙门导轨磨床	加工长度 3.5m,具有纵向凸凹磨削、万能磨头自动回转功能,适合磨削各种导轨	山东省技术创新优秀新产品	一等奖
11	立式加工中心	加工长度 2m,加工宽度 0.9m,属大型立式加工中心,适用于机械制造业	山东省技术创新优秀新产品	一等奖
12	卧式加工中心	具有高精度、高刚性、切削力大的特点,适应加工中小尺寸的厢体类零件	山东省技术创新优秀新产品	二等奖
13	定梁式龙门加工中心	加工长度 2.5m,采用大截面滑枕结构,适用于大型零件的铣、镗、钻加工	山东省技术创新优秀新产品	二等奖
14	VS2090 立式加工中心	加工长度 2m,加工宽度 0.9m,属大型立式加工中心,适用于机械制造业	威海市科学技术奖	三等奖
15	HC6350B 卧式加工中心	具有高精度、高刚性、切削力大的特点,适应加工中小尺寸的厢体类零件	威海市科学技术奖	三等奖
无锡开源机床集团有限公司				
16	高速高精度数控无心磨床开发	应用于轴承、纺机、汽车零部件行业的高速高精磨削	科技进步奖	三等奖
无锡市明鑫机床有限公司				
17	立式数控磨床		无锡市科技进步奖	三等奖
信阳机床厂				
18	M1080C - 1	万向节十字轴轴颈面磨削	技术进步	
湖南宇环同心数控机床有限公司				
19	CBN 全数控凸轮轴磨床	发动机凸轮轴	湖南省科技进步	二等奖
20	高精度数控双端面磨床	金属、非金属双端面平行磨削	湖南省名牌	
21	高精度数控双端面磨床	金属、非金属双端面平行磨削	湖南省科技进步	三等奖
22	高精度数控双端面磨床	金属、非金属双端面平行磨削	科技创新	一等奖
浙江得力机床制造有限公司				
23	可倾滑车数控立式带锯床	自动对线带角度金属锯切	浙江省星火项目	省级
24	多功能磨床	复合磨削加工	浙江省高新技术产品	省级
杭州机床集团有限公司				
25	HZ - 073 数控陶瓷切割机及其切割技术	多刀切割、涂覆技术和真空吸盘装夹、用于切割陶瓷刀片	浙江省机械工业科学技术奖	三等奖
26	MGK7350 数控高精度卧轴圆台平面磨床	立柱中腰移动,可二轴联动、高精度	杭州市科学技术奖	三等奖
27	MGK7350 数控高精度卧轴圆台平面磨床	立柱中腰移动,可二轴联动、高精度	杭州市优秀新产品新技术奖	
28	MKLD7140 数控强力比头成形磨床	上下双磨头、主轴气压密封专利技术	优秀军工合作项目	

序号	项目名称	主要内容及应用范围	获奖名称	获奖等级
29	加快杭州市先进机床装备制造业基地发展的建议	浙江省、杭州市机床装备制造业概况、现状、差距和建议	科技情报调研	三等奖
30	杭机信息化助力会当凌绝顶	计算机辅助工艺设计 CAPP 开发应用项目	中国制造业信息化最佳实践奖	

〔本部分撰稿人：中国机床工具工业协会磨床分会夏萍、俞中琦〕

（五）齿轮加工机床

进入"十一五"以来，国家先后颁布了《加快振兴装备制造业的若干意见》和《国家中长期科学和技术发展规划》，强调了装备制造业的重要地位，中国机床工业迎来快速发展机遇期。齿轮加工机床行业主要服务于汽车、摩托车、工程机械、风电设备等行业。近几年上述行业的飞速发展和产品的推陈出新极大地刺激了机床消费，使齿轮加工机床行业继续呈现快速增长态势，数控齿轮加工机床尤其突出。

1. 基本概况

齿轮加工机床分会现有会员单位 10 家，其中 1 家上市公司，1 家民营公司，其余为国有和国有控股的有限责任公司。按主导产品划分，齿轮加工机床设计开发、制造企业 10 家，车床设计开发、制造企业 3 家。

参加本年鉴统计的会员单位有 8 家，主要生产滚齿、剃齿、插齿、磨齿、冷轧、倒棱倒角、挤齿、锥齿轮机床和花键加工机床等成套齿轮加工机床产品，其产品产量总和约占全国齿轮加工机床总产量的 80% 以上，其品种市场满足度达 90% 以上，齿轮加工机床数控化率达到 68%，较上年提升 13 个百分点。

齿轮加工机床分会会员单位中共有 3 个"中国名牌产品"，分别是重庆机床集团的"重机"牌数控齿轮加工机床、秦川机床集团的"秦川"牌数控齿轮加工机床、天津第一机床总厂的"津一"牌数控齿轮加工机床；2 个国家级技术中心，分别是重庆机床集团技术中心、秦川机床集团技术中心。2007 年，重庆机床集团的"数控高效制齿机床成套技术研发及产业化应用"被评为"国家科技进步二等奖"，"重机"牌齿轮加工机床被评为"国家免检产品"。

齿轮加工机床行业从 2000 年以来，历经 8 年，生产、销售、效益呈逐年攀升之势，特别是近 3 年在国家宏观环境的强力支撑下，乘着中国汽车工业迅猛发展之势，行业内各项主要经济指标创下历史最好水平。2007 年，中国齿轮加工机床主要生产企业齿轮加工机床生产已达 5 300 台和 20 亿元以上。2000 ~ 2007 年齿轮加工机床生产情况走势见图 1。

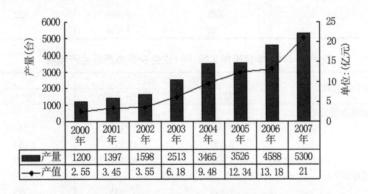

	2000年	2001年	2002年	2003年	2004年	2005年	2006年	2007年
产量	1200	1397	1598	2513	3465	3526	4588	5300
产值	2.55	3.45	3.55	6.18	9.48	12.34	13.18	21

图 1　2000 ~ 2007 年齿轮加工机床生产情况走势

2007 年，齿轮加工机床行业 8 家会员单位共实现产品销售收入 48 亿元，比上年增长 41%；利润总额 3.4 亿元，比上年增长 89%；拥有资产总额 56 亿元，员工 1.5 万人。

2007 年齿轮加工机床行业（8 家企业）主要经济指标完成情况见表 44。2007 年齿轮加工机床行业企业主要经济指标完成情况见表 45。

表 44　2007 年齿轮加工机床行业（8 家企业）主要经济指标完成情况

指标名称	单位	实际完成
工业总产值（现价）	万元	446 981

（续）

指标名称	单位	实际完成
其中：机床工具类产品总产值	万元	386 795
工业销售产值（现价）	万元	445 991
其中：机床工具类产品销售产值	万元	385 938
工业增加值	万元	149 929
利税总额	万元	54 302
全年从业平均人数	人	15 295
资产总计	万元	555 566
固定资产净值平均余额	万元	281 523

表 45　2007 年齿轮加工机床行业企业主要经济指标完成情况

企业名称	工业销售产值（万元）	工业总产值（现价）（万元）	从业人员平均人数（人）
陕西秦川机床集团有限公司	230 837	230 391	6 732
重庆机床（集团）有限责任公司	86 505	86 087	3 731

企 业 名 称	工业销售产值(万元)	工业总产值(现价)(万元)	从业人员平均人数(人)
南京第二机床厂有限公司	53 489	53 484	1 474
天津第一机床总厂	27 193	27 765	1 742
营口冠华机床有限公司	20 523	20 523	496
宜昌长机科技有限责任公司	13 000	12 302	474
湖南中大创远数控装备有限公司	9 590	11 486	138
上海第一机床厂	4 854	4 943	508

2. 生产情况

2007 年,齿轮加工机床行业企业最大的亮点就是数控机床产量的大幅度提高。

2007 年,齿轮加工机床行业 8 家企业共生产金属切削机床 12 468 台,产值 24.524 9 亿元,分别比上年增长 16% 和 43%;其中数控机床产量 6 005 台,产值 15.863 4 亿元,分别比上年增长 24% 和 68%;金属切削机床产值数控化率为 64.7%,比上年提升 10 个百分点。

按机床产值计算,各机床的构成比分别为:齿轮加工机床第一,占 72.3%;车床第二,占 13.2%;磨床第三,占 8.8%。2007 年齿轮加工机床行业分类产品生产情况见表 46。2007 年齿轮加工机床行业企业分类产品生产情况见表 47。

表 46　2007 年齿轮加工机床行业分类产品生产情况

产 品 名 称	实 际 完 成		其中:数控	
	产量(台)	产值(万元)	产量(台)	产值(万元)
金属切削机床	12 468	245 249	6 005	158 634
加工中心	38	2 220	38	2 220
立式加工中心	38	2 220	38	2 220
车床(不含仪表车床)	6 415	32 377	4 391	27 435
磨床	1 498	21 461	87	4 120
齿轮加工机床	4 197	177 259	1 353	120 680
螺纹加工机床	122	6 891	14	2 268
镗床	1	3		
铣床	147	3 999	122	1 911
其他金属切削机床	50	1 039		

表 47　2007 年齿轮加工机床行业企业分类产品生产情况

序号	企业名称及产品名称	实 际 完 成		其中:数控	
		产量(台)	产值(万元)	产量(台)	产值(万元)
1	重庆机床(集团)有限责任公司				
	金属切削机床合计	5 041	58 183	2 543	32 515
	车床	3 606	15 591	2 164	12 267
	齿轮加工机床	1 435	42 592	379	20 248
2	陕西秦川机床集团有限公司				
	金属切削机床合计	1 440	87 945	395	64 510
	加工中心	25	1 901	25	1 901
	立式加工中心	25	1 901	25	1 901
	车床	15	29		
	磨床	877	16 904	48	2 593
	齿轮加工机床	368	61 821	308	57 748
	螺纹加工机床	122	6 891	14	2 268
	其他金属切削机床	33	399		
3	南京第二机床厂有限公司				
	金属切削机床合计	3 665	36 783	2 627	27 917
	加工中心	13	319	13	319
	立式加工中心	13	319	13	319
	车床	2 794	16 757	2 227	15 168
	镗床	1	3		
	磨床	6	13		
	齿轮加工机床	729	17 780	265	10 519
	铣床	122	1 911	122	1 911
4	天津第一机床总厂				
	金属切削机床合计	387	18 053	191	11 611
	磨床	85	1 807	5	446

序号	企业名称及产品名称	实 际 完 成		其中：数控	
		产量（台）	产值（万元）	产量（台）	产值（万元）
	齿轮加工机床	260	13 518	186	11 165
	铣床	25	2 088		
	其他金属切削机床	17	640		
5	宜昌长机科技有限责任公司				
	金属切削机床合计	192	11 850	192	11 850
	齿轮加工机床	192	11 850	192	11 850
6	上海第一机床厂				
	金属切削机床合计	404	4 097		
	齿轮加工机床	404	4 097		
7	营口冠华机床有限公司				
	金属切削机床合计	1 316	19 188	34	1 081
	磨床	530	2 737	34	1 081
	齿轮加工机床	786	16 451		
8	湖南中大创远数控装备有限公司				
	金属切削机床合计	23	9 150	23	9 150
	齿轮加工机床	23	9 150	23	9 150

3. 出口情况

齿轮加工机床企业近几年通过不断的技术创新、管理创新和体制创新，促进了行业发展，成为中国机床工具行业中少数几个国内市场占有率较高的小行业之一，产品销往美国、日本、韩国、印度等国家及欧洲、中东地区。

2007 年，齿轮加工机床行业整体出口势头强劲，特别引人注目的是齿轮加工机床出口量的大增，而数控机床出口的快速增长成为本行业的又一亮点。

2007 年，齿轮加工机床行业实现出口交货值 9 977 万元，比上年增长 32%。其中金属切削机床出口 207 台，出口额 5 692 万元，占出口总值的 57%，比上年的出口量 137 台和出口额 3 396 万元，分别增长 51% 和 68%，其中数控机床出口额 2 797 万元，比上年增长 83%。

齿轮加工机床出口额达 4 333 万元，比上年增长 111%，其数控比重达 63%，行业数控滚齿机和数控磨齿机的高端产品已进一步打入国际市场，发展前景广阔。2007 年齿轮加工机床行业分类产品出口情况见表48。2007 年齿轮加工机床行业企业分类产品出口情况见表49。

表 48　2007 年齿轮加工机床行业分类产品出口情况

产 品 名 称	实 际 完 成		其中：数控	
	出口量（台）	出口额（万元）	出口量（台）	出口额（万元）
行业总计		9 977		2 797
金属切削机床	207	5 692	52	2 797
车床（不含仪表车床）	21	80	19	73
磨床	92	1 138		
齿轮加工机床	91	4 333	33	2 724
螺纹加工机床	3	141		
机械配件及铸铁件		3 763		
塑料加工机械	2	472		
刃具		50		

表 49　2007 年齿轮加工机床行业企业分类产品出口情况

序号	企业名称及产品名称	出口量单位	实 际 完 成		其中：数控	
			出口量	出口额（万元）	出口量	出口额（万元）
1	重庆机床（集团）有限责任公司			1 512	31	815
	金属切削机床合计	台	68	1 462	31	815
	车床	台	21	80	19	73
	齿轮加工机床	台	47	1 382	12	742
	刃具			50		
2	陕西秦川机床集团有限公司			3 260	5	962
	金属切削机床合计	台	100	2 241	5	962
	磨床	台	92	1 138		
	齿轮加工机床	台	5	962	5	962
	螺纹加工机床	台	3	141		
	塑料加工机械	台	2	472		

序号	企业名称及产品名称	出口量单位	实 际 完 成		其中:数控	
			出口量	出口额(万元)	出口量	出口额(万元)
	机械配件			194		
	铸铁件			353		
3	南京第二机床厂有限公司					
	金属切削机床合计	台	3	107		
	齿轮加工机床	台	3	107		
4	天津第一机床总厂			4 129		
	金属切削机床合计	台	13	913	13	913
	齿轮加工机床	台	13	913	13	913
	机床零部件	件	305	461		
	机床、机械零件	t	3 960	2 755		
5	宜昌长机科技有限责任公司					
	金属切削机床合计	台	4	790	4	790
	齿轮加工机床	台	4	790	4	790
6	上海第一机床厂					
	金属切削机床合计	台	19	179		
	齿轮加工机床	台	19	179		

4.新产品开发情况

国内齿轮加工机床生产企业为适应齿轮加工行业的需求，不断开发技术先进、性能可靠的新产品，缩短了与世界先进水平间的差距，个别产品在技术上已达到国际先进水平，如重庆机床（集团）有限责任公司的六轴四联动数控滚齿机、陕西秦川机床集团有限公司的七轴五联动蜗杆型砂轮磨齿机等，基本满足了国内大多数齿轮加工企业的要求。

重庆机床（集团）有限责任公司：①齿轮加工机床，包括YD31125/100CNC6 六轴数控大模数滚齿机、YKA31200 大型数控滚齿机、Y4226CNC1 一轴数控剃齿机、YD4240CNC4 四轴数控剃齿机、RT300 分度转台等的开发设计工作；②车床，包括 CHK460 全功能数控车床、C2—6436P 齿坯专机、CJK6132 型数控车床、CH460 型车削中心、CHK560 型全功能数控车床；③复杂刀具，包括干切滚刀（切削速度达185m/min 以上）、高速滚刀（切削速度 80～100m/min）、镶片插齿刀、盘形端面铣刀的开发。

秦川机床集团有限公司：2007 年通过强化市场营销、提高产品质量和大批量推向市场，为齿轮加工机床产品销售收入大幅提高奠定了基础。2007 年研发了 YK73200、YK7230 数控精密磨齿机，VTM180/5、VTM260 系列龙门式车铣镗复合加工中心，MPY300 发动机叶片数控磨抛机床，VM220 数控龙门铣床和 VT350NC 大型立式车床等新产品。

天津第一机床总厂：全年共开发、完善新品 30 余项，其中 YK5132A、YKA9550 机床属当年设计当年完成的产品。特别指出的是 YK2275 五联动锥齿轮铣齿机、YK2560 五轴控制新型研齿机、YKW5132 七轴控制数控插齿机等是瞄准国际先进水平进行重点研发的新产品，引领数控齿轮加工机床的发展。

上海第一机床厂：在新产品开发方面投入大量资金与人力，取得了一定的成绩。其中 Y31500 数控滚齿机和 Y22160 数控铣齿机在技术更新后，已被上海电气集团作为科技开发项目；另外，还完成了 H1—085 专用平面加工机、Y7163E 锥形砂轮磨齿机和 H1—003B 半自动铣齿机等产品的设计更新。

宜昌长机科技有限责任公司：坚持自主创新，承担了省、市两级攻关项目——YLK51350 数控齿轮插复合加工机床。目前该项目进展顺利，已申报 2 项专利均被受理，其中发明专利 1 项。公司新研制成功的 YK84250 数控高速铣齿机在 2007 年中国国际工业博览会上获得好评。

湖南中大创远数控装备有限公司：开发的新产品主要有 YK22100 型、YK2560 型和 YK2250 型机床。

青海第二机床制造有限责任公司：开发的新产品包括 YKX6016 数控花键轴铣床、YKX6040 大规格数控花键轴铣床、QH2—060A 数控曲轴（凸轮轴）铣床、QH2—041A 数控曲轴圆角滚压校直智能机床和 QH2—053A 数控转子专用铣床。

内江市鑫泰机床制造有限责任公司：2007 年开发了两项新产品：①YB9850 半自动弧齿锥齿轮齿顶倒棱机，该机通过机械传动和靠模分度，利用砂轮对弧齿锥齿轮齿顶全长进行倒角，倒角大小可以调节。②YKN2550 数控研齿机，该机采用数控三坐标联动系统，用改变锥齿轮副安装距和偏置距的原理代替传统的摆动小轮节锥的研齿原理，对锥齿轮副进行研齿。该机的创新点在于改变锥齿轮副的研齿原理。

2007 年，齿轮加工机床行业开发试制金属切削机床新产品 56 种，其中数控机床 50 种，占总量的 89%；在数控机床新产品中，齿轮机床有 38 种，占 76%。2007 年齿轮机床行业新产品试制完成情况见表 50。

表50　2007年齿轮机床行业新产品试制完成情况

序号	产品名称	型号	主要技术参数	产品水平
重庆机床(集团)有限责任公司				
1	全数控大型滚齿机	Y31125CNC6	$\phi1\,250mm \times M16mm$	国际先进
2	全数控大型滚齿机	YD31125CNC6	$\phi1\,250mm \times M20mm$	国际先进
3	全数控大型滚齿机	Y31160CNC6	$\phi1\,600mm \times M20mm$	国际先进
4	大型滚齿机	YA31200H	$\phi2\,000mm \times M24mm$	国内先进
5	五轴数控高速高效滚齿机	YS3118CNC5	$\phi180mm \times M4mm$	国际先进
6	六轴高速高效滚齿机	YS3140CNC6	$\phi400mm \times M12mm$	国际先进
7	二轴数控滚齿机	YKB3120A	$\phi200mm \times M6mm$	国内先进
8	一、二轴数控滚齿机(平台设计)	Y3120CNC2	$\phi200mm \times M4mm$	填补国内空白
9	滚齿机(平台设计)	Y3150E 系列	$\phi500mm \times M8mm$	国内先进
10	滚齿机(平台设计)	Y3180H 系列	$\phi800mm \times M10mm$	国内先进
11	二、三轴数控高效滚齿机	YKX3140(M)	$\phi400mm \times M12mm$	国内先进
12	重负荷数控剃齿机	YD4240CNC	$\phi400mm \times M8mm$	国际先进
13	一轴数控剃齿机	Y4226CNC1	$\phi200mm \times M4mm$	国际先进
14	数控车床	C2—6436P	$\phi320mm \times 750mm$	国内先进
15	数控车床	C2—404	$\phi200mm \times 300mm$	国内先进
16	数控车床	CHK460	$\phi460mm \times 420mm$	国内先进
17	数控车床	CHK560	$\phi560mm \times 750mm$	国内先进
18	数控车床	C2—360	$\phi300mm \times 750mm$	国内先进
19	数控车床	C2—6410K	$\phi400mm \times 750mm$	国内先进
20	数控车床	C6136	$\phi360mm \times 750mm$	国内先进
21	数控车床	C6140	$\phi400mm \times 1\,000mm$	国内先进
22	数控车床	CJK6132	$\phi320mm \times 750mm$	国内先进
陕西秦川机床集团有限公司				
23	数控蜗杆砂轮磨齿机	YK7236B	$\phi20 \sim 360mm$	国际先进
24	数控摆线齿轮磨齿机	YK7632	$\phi70 \sim 320mm$	国内先进
25	龙门式车铣镗复合加工中心	VTM180/5	工作台直径:1 800mm;最大车削直径:2 400mm	国内先进
26	数控龙门铣床	VM220	行程(X轴/Y轴/Z轴):5 000mm×2 500mm×1 000mm	国内先进
27	双工位塑料中空机	SCJ30×2A	口模直径:110 ~ 200mm	国内先进
28	双工位塑料中空机	SCJC50B×2	挤出机螺杆转速:6 ~ 50r/min;口模直径:110 ~ 200mm;	国内先进
南京第二机床厂有限公司				
29	数控滚齿机	Y3180CNC	最大加工直径:800mm;最大模数 14mm	国内领先
30	数控滚齿机	YX3132CNC	最大加工直径:320mm;最大模数 8mm	国内领先
31	数控滚齿机	Y3112CNC	最大加工直径:125mm;最大模数 4mm	国内领先
32	数控车床	TX50	$\phi500mm \times 2\,000mm$	国内同等
33	数控车床	CKX6150	$\phi500mm \times 650mm$	国内同等
34	龙门铣床	XH2420	工作台面尺寸:2 000mm×4 000mm	国内同等
35	高速加工中心	XH7251	主轴转速:24 000r/min;刀库容量:12 把	国内同等
天津第一机床总厂				
36	数控弧齿锥齿轮铣齿机	YKD2220A	$\phi200mm \times M4mm$	国际先进
37	数控弧齿锥齿轮铣齿机	YKW2280	$\phi800mm \times M15mm$	国内先进
38	数控锥齿轮铣刀盘刃磨机	MK6750A	$6''、9''、12''、18''$	国际先进
39	数控插齿机	YK5132	$\phi320mm \times M8mm$	国内先进
40	数控万能弧齿锥齿轮拉齿机	YKW2950A	$\phi500mm \times M12mm$	国内先进

5.科研项目及获奖情况

2007年,齿轮加工机床行业共进行科研项目32项,投入研制经费近3亿元。其中国家级项目6项,市级项目12项,基本上是新产品开发中科研攻关自行应用项目。据不完全统计,当年约有10项科研项目获奖,其中获国家级奖项1项,行业奖4项,市级奖5项。2007年齿轮加工机床行业科研项目情况见表51。2007年齿轮加工机床行业获奖科研项目见表52。

表 51　2007 年齿轮加工机床行业科研项目情况

序号	科研项目名称	主 要 内 容	应用状况	投入资金（万元）	项目来源
重庆机床(集团)有限责任公司					
1	数控滚齿机系列产品	研究高速切齿机床结构；数控高速滚齿机动刚性、静刚性；电子齿轮箱 EGB 控制方法；高速高精度的无隙分度系统；新型高精度主轴支承系统；刀架自动定位机构；低热变形的热平衡系统；高精度的直线进给系统；自动干式切削，绿色环保加工；模块化设计方法。满足汽车工业、工程机械等行业的需要	自行应用	5 000	国家科技项目
2	国家"十一五"科技支撑计划"机床再制造关键技术与应用"	废旧机床综合评价与再设计技术、废旧机床零部件绿色修复处理与再制造技术、环境友好性改进技术、节能性改进技术、信息化综合提升技术等关键技术攻关；集成以上关键技术，并集成数控化技术、自动化技术等技术，形成机床再制造与提升成套技术及技术规范；对机床再制造产业化模式进行研究，建立机床再制造应用示范工程，实现规模化生产	研制阶段	1 525	国家科技项目
3	国家新产品"Y4232CNC1～2 一至二轴数控剃齿机"	完成齿轮精加工机床的技术开发、批量生产，解决其中的关键技术，全面提高一轴数控剃齿机的各项性能指标，使其具有较高的性价比，在国内外同类型机床中处于领先水平。用于外啮合圆柱直齿、斜齿轮和联轴齿轮精密加工，通过仿形机构还可十分方便地加工鼓形齿与小锥度齿。该机床自动化程度高，刚性好、效率高、工作可靠、性能齐全，操作调整方便，可实现轴向剃齿和径向剃齿。适用于成批大量生产的汽车、摩托车、拖拉机、机床及一般机械制造行业	自行应用	500	国家科技项目
4	多轴联动数控齿轮加工机床系列出口产品共性技术研发	在机床加工精度、尺寸稳定性、可靠性、人机工程等方面赶上国际先进水平，提高机床关键零件的加工精度及尺寸稳定性；机床加工、装配工艺的改进；提高夹具的设计、加工(含热处理)、装配；进行机床的热变形研究，摸清楚机床热源、热变形的规律，机床按照热对称结构设计，编制出机床的热变形补偿程序，使机床具有很好的加工尺寸稳定性；完善机床的控制程序；完善及提高机床的人机工程学、安全环保性	研制阶段	950	国家科技项目
5	高档数控齿轮加工机床（出口示范）	该项目产品具有数控系统与人机界面友好，自动化程度高，易操作，高速、高效、高精度等信息化装备优点		3 000	国家科技项目
6	大型数控精密滚齿机研制	完成高速、大型精密数控滚齿机关键技术研制，技术性能达到世界先进水平，打破国外对精密大型数控滚齿机的垄断，满足国内风电设备、船舶工业、汽车、工程机械等行业对高速、精密大型数控滚齿机的需求，取代进口产品，并实现出口创汇。完成典型产品 Y31200CNC6 精密大型数控滚齿机的研制，并在其基础上开发其模块化及系列产品	研制阶段	800	地方科技项目
7	YS31 系列数控制齿装备	研制七轴四联动数控高速干切自动滚齿机、六轴四联动数控高速滚齿机、五轴四联动数控高速滚齿机及四轴四联动数控高速滚齿机、六轴四联动数控高速滚齿机等系列模块化数控机床。该系列滚齿机具有适合高速干切的高刚性机床结构、排屑系统、智能化控制系统、工件自动上下料系统及工件自动夹具系统等关键技术，主要特点是可实现七轴数字控制及四轴联动自动干式切削，不需要切削油，改善了工作环境和地球环境，实现了绿色环保加工，加工效率是湿式切削的 2～3 倍，单件成本仅为传统滚齿加工的 60%。产品水平达到当今国际先进水平，属国内首创	自行应用	800	地方科技项目
8	Y31125CNC6 六轴大型数控滚齿机	研发 Y31125CNC6 数控滚齿机，机床具有 6 个数控轴，采用立式布局，大立柱移动完成径向进给运动。最大加工工件直径 1 250mm，最大加工工件模数 12mm，主轴最高转速 275r/min，工作台最高转速 24r/min，坐标轴分辨率：回转轴 0.001°，直线轴 0.001mm，切齿精度可达6 级(GB/T10095.1—2002)。机床适用于重型汽车制造、起重机械、电梯、拖拉机、船舶制造等行业批量加工齿轮。工作台采用高精度双蜗杆双蜗轮副传动及静压轴承支承，消除传动间隙，具有很高的动刚性、静刚性，保证大负荷切削加工的要求；产品属国内领先，并达到国际先进水平，可参与国际竞争并替代进口，其精度、可靠性等技术指标与德国 HOFLER 公司、美国 GLEASON－PFAUTER 公司同规格产品相当	自行应用	380	企业科技项目

序号	科研项目名称	主要内容	应用状况	投入资金（万元）	项目来源
9	YD31125CNC6 六轴大型数控滚齿机	研发 YD31125CNC6 大型重载数控滚齿机,机床具有 6 个数控轴,采用立式布局,大立柱移动完成径向进给运动;主要用于加工模数大(20mm),齿数又相对较少的齿轮轴。用户的要求是机床占地面积小,机床的整体刚性好,能够进行高效切削工件加工。最大加工工件直径 1 250mm,最大加工件模数 20mm,主轴最高转速 275r/min,工作台最高转速 24r/min,坐标轴分辨率:回转轴 0.001°,直线轴 0.001mm,切齿精度可达 6 级(GB/T10095.1—2002),机床在国际上处于领先水平	自行应用	350	企业科技项目
10	YS31140CNC6 六轴数控滚齿机	研制 YS3140CNC6 轴重载数控滚齿机,最大加工工件直径 400mm,最大加工工件模数 12mm,主轴最高转速 700r/min,工作台最高转速 70r/min,坐标轴分辨率:回转轴 0.001°,直线轴 0.001mm,切齿精度可达 6 级(GB/T10095.1—2002)。该机床能强力、高效切齿,满足国内载重汽车、工程机械等行业对大规格高效数控滚齿机的需求,达到国际先进水平	自行应用	300	企业科技项目
11	YD4240CNC 数控剃齿机	面向装配设计和模块化设计,机床布局合理、结构紧凑、简单可靠、易于转配,同时能比较方便地实现多种机型的组合变换,适用于外啮合直齿、斜齿圆柱齿轮及联轴、台阶齿轮的剃削加工。可通过仿形机构完成鼓形齿与小锥度齿轮的剃削加工。机床刚性好,调整简单、生产效率高,特别适合切削较大模数及较大规格齿轮的汽车、拖拉机、载重汽车、工程机械等行业	自行应用	100	企业科技项目
12	Y4226CNC1 数控剃齿机	Y4226CNC1 数控剃齿机是一种高效齿轮精加工机床。机床为一轴伺服数控,采用伺服电动机滑板上下移动,采用变频电动机控制工作台的左右移动及剃刀的旋转。通过编制零件加工程序,能实现剃刀无级变速、刀具微量回程、粗—精剃转换等功能。机床滑板、工作台的移动采用了高精度、有预紧力的滚珠丝杆副,仿形机构采用了双支承直线滚动导轨。机床调整简单、生产效率高,特别适用于批量加工小规格齿轮的汽车、摩托车等行业	研制阶段	90	企业科技项目
13	RT300 数控转台	采用具有自主知识产权的"球面蜗轮副加工"发明专利技术,研发高精度、高转速、大承载数控回转工作台;解决精密轴承和蜗轮副的设计技术、力矩电动机及驱动技术、计算机自动控制伺服电动机驱动技术、高速回转精密定位技术等关键技术,掌握转台制造的核心关键技术,打破国外对高精度精密数控转台市场的垄断	自行应用	10	企业科技项目
14	C2—6436P 研发	数控车床	自行应用	15	企业科技项目
15	C2—404 研发	数控车床	自行应用	25	企业科技项目
16	CHK460 研发	全功能数控车床	自行应用	200	企业科技项目
17	CHK560 研发	全功能数控车床	自行应用	90	企业科技项目
18	CJK6132 研发	数控车床	自行应用	80	企业科技项目
19	C2—616KZ 研发	数控车床(专用)	自行应用	60	企业科技项目
20	C2—6140K 系列研发	普通车床	自行应用	20	企业科技项目
21	C2—360 系列研发	数控车床	自行应用	140	企业科技项目
22	C6136 研发	普通车床	自行应用	16	企业科技项目
23	C6140 研发	普通车床	自行应用	45	企业科技项目
24	特殊复杂刀具	提高滚齿效率,改善被剃齿轮齿面粗糙度	自行应用	236	企业科技项目
宜昌长机科技有限责任公司					
25	YKT5180 提拉式数控插齿机	采用可任意位置停止的刀架提拉机构,解决了传统插齿机不能解决的深孔内齿加工难题;共轭双凸轮让刀机构为深孔内齿和小间距高速加工提供了可靠的让刀及精度保证。机床采用四轴三联动,具备极高的柔性,可满足各种特殊工件的加工,其模块化设计,使机床具有极大的拓展变型空间。除用于加工圆柱齿、非圆齿外,还能加工滚齿、铣齿不能加工的结构特殊的内齿及空间较小的双联或多联齿轮。对许多双联或多联齿轮可实现一次装夹,多工位加工,尤其是为各齿轮间有严格相位要求的双联齿轮或多联齿轮提供了可靠的加工保证	自行应用	100	省攻关技术项目

序号	科研项目名称	主 要 内 容	应用状况	投入资金（万元）	项目来源
26	数控齿条插齿机的开发	该机床的研制成功可为国内机械制造业提供高精度、高效率的齿条加工关键设备，彻底解决国内对各种模数、大齿宽、大型齿条加工的技术难题，填补国内该装备的空白，挡住进口，技术水平达国内领先		90	省攻关技术项目
27	自动上下料机构研发		自行应用	50	企业科技项目
28	大型插齿机让刀及驱动箱结构的改进		自行应用	30	企业科技项目
29	NUM 系统在梳槽机上的开发与应用		自行应用	25	企业科技项目
天津第一机床总厂					
30	汽车螺旋锥齿轮高效精密加工成套设备	基于互联网的加工机床远程监视、故障诊断和智能维护的螺旋锥齿轮多轴智能数控技术	研制阶段	1 801	国家高技术研究发展计划
31	高效精密数字化齿轮加工成套装备研发及产业化	实现数控齿轮加工机床品种的成套化及产业化；重点开发数控滚齿机、数控弧齿锥齿轮倒角机及数控弧齿磨齿机床等；将工业技术设计融入机床外观之中，开发人机对话界面，使其更具宜人性、安全性	研制阶段	5 400	天津市自主创新重大项目
32	φ750mm 六轴五联动曲线锥齿轮铣齿机	进行切削参数统计、过程建模与优化、设计软件等综合开发	研制阶段	423	天津市科技支撑计划重点项目

表52　2007 年齿轮加工机床行业获奖科研项目

序号	项目名称	主要内容及应用范围	获奖名称	获奖等级	主要完成单位
1	数控高效制齿机床成套技术研发及产业化应用	研究高速切齿机床结构；数控高速滚齿机动刚性、静刚性；电子齿轮箱 EGB 控制方法；高速高精度无隙分度系统；新型高精度主轴支承系统；刀架自动定位机构；低热变形热平衡系统；高精度直线进给系统；自动干式切削，绿色环保加工；模块化设计方法。满足汽车工业、工程机械等重点行业加工齿轮产品的需要	国家科技进步奖	二等奖	重庆机床（集团）有限责任公司、重庆大学、重庆工学院
			重庆市科技进步奖	一等奖	重庆机床（集团）有限责任公司
2	YS3116CNC7 七轴四联动数控高速干切自动滚齿机及其系列制齿装备	机床具有 7 个数控轴，采用立式布局，大立柱移动完成径向进给运动；工作台最高转速 200r/min，滚刀主轴最高转速 2 000r/min，采用干切滚刀，切削速度可达 200～400mm/min，适合高速干切滚齿的工艺要求，切齿精度可达 6 级（GB/T10095.1—2001）。机床适用于汽车、轿车工业大批量加工齿轮的要求	中国机械工业科技奖	二等奖	重庆机床（集团）有限责任公司
			全国机械工业职工技术创新成果奖	银　奖	
3	Y31125CNC6 六轴高效滚齿机		国产数控机床春燕奖		重庆机床（集团）有限责任公司
4	CHK460 、CHK560 高速高精全功能数控车床	研制高速高精全功能数控车床，满足市场对大规格零件的精密高效加工需求	重庆市科学技术成果		重庆机床（集团）有限责任公司
5	特种复杂刀具	提高滚齿效率，改善被剃齿齿面粗糙度	重庆市科学技术成果		重庆机床（集团）有限责任公司
6	复杂机械系统多体动力学分析设计方法及其应用	基于传统的确定性多体理论，建立了不确定性动力学分析设计模型，提高了齿轮机床加工精度，量化了对接机构可靠性	天津市科学技术进步奖	一等奖	天津大学、天津第一机床总厂
7	YKW5132 多轴数控插齿机		国产数控机床春燕奖		天津第一机床总厂
8	YKT5180 提拉式数控插齿机	该机床除用于加工圆柱齿、非圆齿外，更适合于深孔内齿及具有特殊要求的双联、多联、人字齿及塔形齿轮的加工。广泛应用于工程机械、矿山机械、重型汽车、拖拉机和航空等制造业，并可根据用户需要提供相应的附件，用以加工齿条、斜齿圆柱齿轮、齿扇、锥度齿和鼓形齿等，采用特殊刀具和专用胎具，还可进行特殊齿形结合子等的加工	科技进步奖	一等奖	宜昌长机科技有限责任公司

6. 企业简介

重庆机床（集团）有限责任公司　以下简称"重庆机床集团"，是中国专业制造圆柱齿轮加工机床的国有大型企业，国家一级企业。1940 年建厂，1953 年试制成功中国第一台滚齿机，成为中国制齿设备诞生的摇篮，是国内最大的成套制齿装备生产基地，世界上齿轮加工机床产销量最大的制造商，建有国家级技术中心和博士后科研工作站，中国齿轮机床行业标准化委员会的归口单位，ISO9001：2000 质量认证企业。

重庆机床集团目前拥有资产总额近 10 亿元,资产负债率 48%。从业人员 3 731 人,各类专业技术人员 1 200 余人,博士 1 人,硕士 27 人,获国家特殊津贴的技术专家 8 人,省部级拔尖人才及专家 4 人,各专业技术带头人 12 名,数控专业人才 60 余人。2007 年实现主营业务收入 10.3 亿元。

公司以生产齿轮加工机床为主,产品覆盖车床、加工中心、汽车零部件、专用设备、切削工具、分度转台、金属铸锻件、普通机电产品的开发、制造、销售和维修,销售机床配件、汽车(不含小汽车)、货物及技术进出口。主要产品应用于汽车工业、摩托车工业、工程机械、电力、油田、船舶工业、冶金机械、矿山机械及国防工业等行业。产品销往美国、日本、韩国、法国等 50 多个国家和地区,成为中国齿轮机床的标志。

陕西秦川机床工具集团有限公司 原名秦川机床厂,1965 年从上海内迁至陕西宝鸡,是我国精密机床制造行业的龙头企业。公司现有员工 6 732 人(含控股子公司)。截止至 2007 年底,公司资产总额 23.35 亿元,形成了精密数控机床、塑料机械与环保新材料、液压与汽车零部件、精密特种齿轮传动、精密机床铸件、中高档专用机床数控系统及数控机床维修服务等六大主体产业群。

公司是国家级高新技术企业,拥有国家级企业技术中心和博士后科研工作站。具有动态条件下的三精(精密加工、精密装配、精密检测)优势。公司通过了 ISO9001:2000 版质量管理体系认证,2004 年取得 ISO/TS16949:2002 汽车行业质量体系认证。

40 多年来,先后开发 200 多项国内领先和国际先进水平的新产品,50 多项获国家、部和省级科技进步奖。其中精密数控磨齿机形成七大系列、200 多个规格产品,国内市场占有率达 75% 以上,2006 年被授予中国名牌产品,并出口到美国、韩国、日本及东南亚 20 多个国家和地区,产品技术水平接近或达到当今国际先进水平。

公司是国内最早研制中空机、发泡机、注塑机产品的企业。成功研制国内首台 SCJ230 塑料中空成型机,获得国家科技进步二等奖,成功研制的国内首台 SCJC500×6 多层中空成形机、木塑成形生产线设备,填补了国内空白,代表国内塑机产品及环保新材料的最高水平和发展方向。

通过战略性跨国并购,公司拥有齿轮磨床、外圆磨床、复合齿轮刀具、拉削工艺及设备等核心技术,具备向用户提供从图样到工件全套工艺设备解决方案的能力,形成独有的精密、复合、特种、大型产品定位优势,进军全球精密机床产业链的中高端。

南京第二机床厂有限公司 2007 年,公司在调整中稳步发展、推陈出新,实现销售收入 52 000 万元,比上年增长 22%,实现利润 1 430 万元。

公司通过充分发挥齿轮加工机床等主产品的龙头作用,推动了公司内部资源的合理利用和各控股、参股公司的共同发展。通过控股合作等方式,有效借助外力扩大了产能,为龙门铣床的批量生产,打造一个快速发展平台。

2007 年在齿轮加工机床和数控车床生产能力稳步提高的同时,数控铣床、加工中心也形成批量生产能力。

通过走借助外援和自主开发相结合之路,积极调整产品结构,以提高产品数控化率和性价比为突破口,使产品档次和产品品种多元化更趋完善。2007 年新推出两款刚性强的经济型数控滚齿机,受到用户普遍好评。2007 年数控车床产量已突破 3 000 台,数控铣床产品已达 20 余种,数控机床产值率达 75%。

天津第一机床总厂 始建于 1951 年,是中国机床行业骨干企业之一。厂区占地面积 26 万 m^2。建筑面积 17 万 m^2;拥有精良的生产、检测设备和仪器 900 多台(套),拥有一支由近 200 名工程技术人员和 700 多名技术工人组成的科技队伍及生产主力军。

公司主导产品有数控插齿机、铣齿机、磨齿机、刨齿机、研齿机、滚动检查机、淬火压床、倒棱机、倒角机、珩磨机、磨刀机、卧式加工中心、立式加工中心、特种精密减速机、涨减机架、定径机架、齿轮联轴器、丝锥磨槽机等 18 类 30 多个系列,150 多个品种和规格。产品行销国内 30 个省、市、自治区,并出口美国、德国、西班牙、日本、瑞典、俄罗斯、印度等 20 多个国家和中国台湾地区。2007 年企业所承担的"汽车螺旋锥齿轮高效精密加工成套装备"项目已通过了国家科学技术部的认定,被正式列入国家高技术研究发展计划(863 计划)项目。

宜昌长机科技有限责任公司 是始建于 1969 年的国家机床工具行业重点骨干企业,是中国全系列和最大型插齿机制造基地,拥有自营进出口权。公司通过 ISO9001 质量管理体系、ISO14001 环境管理体系和 OHSAS18001 职业健康安全管理体系 3 个国际标准认证。公司占地面积 18 万 m^2,厂房建筑面积 7 万余 m^2,总资产 2.2 亿元;各类先进加工及检测设备 400 余台(套),员工 500 余人,其中中高级专业技术人员 150 余人。

公司主导产品有加工直径为 200~3 500mm 的普通型、精密型、数控型插齿机,共 8 大规格、200 多种型号;ϕ2 500mm 以上的数控铣齿机、扇形齿轮插齿机和数控齿条插齿机等。所有产品均具有自主知识产权,产品广泛用于汽车、风电、矿山、港口等机械制造领域。产品不仅行销全国,还批量出口欧美及东南亚地区。

上海第一机床厂 始建于 1944 年,是上海机床工具(集团)有限公司下属单位,隶属于上海电气(集团)总公司,是专业从事齿轮加工机床、组合机床及自动加工生产线产品研究开发、生产、销售及服务的重点国有企业。

上海第一机床厂拥有一支技术精湛、经验丰富的工程技术人员和富有进取精神、善于经营的管理人才,具有世界先进的大型、精密加工设备和测试设备。为适应汽车工业高速发展,向汽车工业提供高效率、高精度、柔性组合机床及自动生产线,工厂引进了世界著名组合机床制造商GIDDINGS—LEWS(原 CROSS 公司)欧洲公司的组合机床及自动加工线的设计制造技术,是全国设计制造组合机床和自动生产线的主要单位之一。2000 年 1 月通过 ISO9001 质量体系认证,并于 2002 年 12 月通过 ISO9001 质量体系 2000 版的转版认证。

营口冠华机床有限公司 原营口机床厂。1998 年以来,经过两次体制改革,成为中外合资营口冠华机床有限公司,主要从事机床产品的设计、研究、开发制造和经营,于 2000 年通过 ISO9001 质量体系认证。

公司在产品设计、开发、制造上均采用先进设计加工制造工艺和流程,产品质量保证体系完善,产品向多元化、高档化和高精度化发展。主要产品可分为滚齿机、工具磨床、电解磨床和多用磨床 4 个系列 20 多个品种。

湖南中大创远数控装备有限公司 是 2004 年 4 月由湖南创远投资集团、中南大学、长沙科技风险投资管理有限公司共同出资组建的高新技术企业。主要从事数控螺旋锥齿轮加工机床的研发、制造和销售,并提供螺旋锥齿轮数字化精密加工成套技术服务。

公司整合中南大学等国内著名高校的技术资源,承担了“数字化制造基础研究”国家 973 项目、国家科技支撑计划、国家科技创新基金等重点专项;“全数控螺旋锥齿轮磨齿机系列产品的研究与制造”获得湖南省科技进步一等奖,全数控螺旋锥齿轮磨齿机被评为“湖南名牌产品”,全数控螺旋锥齿轮铣齿机、磨齿机、研齿机、检查机获得国家重点新产品证书。

〔本部分撰稿人:中国机床工具工业协会齿轮加工机床分会聂章梅〕

(六)特种加工机床

1.行业生产及发展概况

目前我国从事特种加工机床生产的企业约 150～160 家,从业人员 12 000 人左右,主要从事电火花线切割机床、电火花成形加工机床、电火花高速小孔加工机床的制造和销售。企业主要集中分布在江苏、北京、上海、广东、浙江等地区。

我国目前是全球生产电加工机床数量最大的国家,但主要生产中低档的电加工机床,销售价格较低,出口量也不大。

特种加工机床进口值占中国机床进口总值的 6% 左右。进口的电加工机床主要来自日本和瑞士制造的高档数控电火花线切割机床和数控电火花成形机床。中国已成为世界上最大的特种加工机床、电加工机床的消费国之一。

世界上最著名的电加工企业,如日本的沙迪克、牧野、三菱及瑞士的阿奇夏米尔都先后在中国的苏州、昆山、大连、北京建立了工厂。这些企业在产品产量上占我国电加工机床产量的 8%～9%,但产值却占了 30% 以上。

我国目前是世界上能制造电加工机床种类最多的国家之一,主要有:电火花成形机床、往复走丝电火花线切割机床、单向走丝电火花线切割机床、高速电火花小孔加工机床、电火花微孔加工机床、电火花小孔内圆磨床、电火花刀具磨床、电火花轮胎模加工机床、电火花金刚石砂轮修整机床、电解成形机床、电解镗线加工机床、电解去毛刺机床、电解磨床、电解抛光机、电解割印机、阳极机械切割机床、电弧取折断工具机床、电熔爆加工机床、高效放电铣机床、电火花蜂窝磨床等 20 多个种类的通用及专用电加工机床。

2007 年特种加工机床行业主要经济指标完成情况见表 53。2007 年特种加工机床行业企业主要经济指标完成情况见表 54。2007 年特种加工机床分类产品生产情况见表 55。2007 年特种加工机床行业企业分类产品生产情况见表 56。2007 年特种加工机床分类产品出口情况见表 57。2007 年特种加工机床行业企业分类产品出口情况见表 58。

表 53　2007 年特种加工机床行业主要经济指标完成情况

指 标 名 称	单位	实际完成
工业总产值(现价)	万元	233 766.3
其中:机床工具类产品产值	万元	211 838.4
工业销售产值(现价)	万元	233 795.4
其中:机床工具类产品销售产值	万元	180 380.4
工业增加值	万元	107 222.5
实现利税	万元	18 826.4
从业人员平均人数	人	4 777
资产合计	万元	69 343.7
流动资产平均余额	万元	50 407.1
固定资产净值平均余额	万元	26 376.7

表 54　2007 年特种加工机床行业企业主要经济指标完成情况

序号	企 业 名 称	工业销售产值(万元)	工业总产值(万元)	从业人员平均人数(人)
1	苏州沙迪克特种设备有限公司	67 280	67 280	241
2	北京阿奇夏米尔工业电子有限公司	29 605	29 892	288
3	三菱电机大连机器有限公司	27 788	27 828	192
4	苏州三光科技股份有限公司	16 488	15 163	215
5	上海斌盛电子机械有限公司	14 450	14 910	220
6	北京电加工研究所	11 240	10 814	413
7	江苏三星机械制造有限公司	5 536	5 653	145
8	苏州宝玛数控设备有限公司	4 875	4 875	218
9	泰州东庆数控机床有限公司	5 378	4 811	239
10	苏州电加工机床研究所	4 556	4 700	132
11	北京安德数字设备有限公司	4 230	4 230	75
12	杭州杭机数控机床有限公司	3 309	3 546	270
13	苏州市金马机械电子有限公司	3 114	3 196	80
14	常州市二机床有限公司	3 010	3 031	185
15	苏州普光机电有限公司	2 999	2 756	73

序号	企业名称	工业销售产值（万元）	工业总产值（万元）	从业人员平均人数（人）
16	苏州新火花机床有限公司	2 431	2 660	46
17	泰州集成数控机床制造有限公司	2 607	2 607	126
18	泰州市江州数控机床制造有限公司	2 583	2 583	139
19	北京凝华科技有限公司	2 520	2 518	200
20	苏州市鑫赢数控技术开发有限公司	2 300	2500	56
21	四川深扬数控机械有限公司	2 350	2 500	42
22	杭州华方数控机床有限公司	2 456	2 456	117
23	深圳福斯特数控机床有限公司	2 122	2 032	80
24	苏州工业园区华龙电加工机床有限公司	1 400	1 780	48
25	苏州江南赛特数控设备有限公司	1 416	1 631	74
26	江苏泰州正太数控机床厂	1 356	1 356	150
27	上海通用控制自动化有限公司	1 313	1 333	70
28	北京迪蒙斯巴克工控技术有限公司	1 286	1 286	56
29	南昌江南电子仪器厂	756	983	177
30	宁波海恩机床有限公司	774	800	125
31	天津市天仪数控机械股份有限公司	526	516	93
32	上虞市精德机械有限公司	500	500	30
33	淄博中威电加工机床有限公司	433	433	20
34	上海第八机床厂有限公司	330	308	38
35	国营成都无线电专用设备厂	480	300	104

表 55　2007 年特种加工机床分类产品生产情况

产品名称	实际完成		其中:数控	
	产量（台）	产值（万元）	产量（台）	产值（万元）
金属切削机床	22 743	211 838	19 545	200 688
加工中心	322	10 957	322	10 957
其中:立式加工中心	321	10 817	321	10 817
龙门式加工中心	1	140	1	140
车床	86	472	86	472
钻床	15	127	15	127
磨床	22	68		
铣床	68	464	68	464
特种加工机床	22 230	199 750	19 054	188 668

表 56　2007 年特种加工机床行业企业分类产品生产情况

序号	企业名称及产品名称	实际完成		其中:数控	
		产量（台）	产值（万元）	产量（台）	产值（万元）
1	苏州电加工机床研究所				
	特种加工机床	250	4 000	250	4 000
2	苏州三光科技股份有限公司				
	特种加工机床	1 136	16 488	1 136	16 488
3	北京阿奇夏米尔工业电子有限公司				
	特种加工机床	1 125	22 538	1 125	22 538
4	北京电加工研究所				
	特种加工机床	797	7 385	533	5 676
5	杭州杭机数控机床有限公司				
	特种加工机床	445	3 546	445	3 546
6	国营成都无线电专用设备厂				
	特种加工机床	96	300	96	300
7	南昌江南电子仪器厂				
	特种加工机床	387	968	387	968
8	深圳福斯特数控机床有限公司				
	特种加工机床	218	2 000	218	2 000
9	苏州新火花机床有限公司				
	特种加工机床	347	2 660	303	2 468

序号	企业名称及产品名称	实 际 完 成		其中：数控	
		产量(台)	产值(万元)	产量(台)	产值(万元)
10	北京凝华科技有限公司				
	特种加工机床	732	2 518	700	2 388
11	苏州江南赛特数控设备有限公司				
	金属切削机床	267	1 631	250	1 555
	加工中心	13	455	13	455
	其中：立式加工中心	13	455	13	455
	特种加工机床	254	1 176	237	1 100
12	泰州东庆数控机床有限公司				
	金属切削机床	1 553	4 230	1 510	4 166
	加工中心	16	322	16	322
	其中：立式加工中心	16	322	16	322
	特种加工机床	1 537	3 908	1 494	3 844
13	江苏三星机械制造有限公司				
	金属切削机床	2 090	5 653	1 930	5 043
	加工中心	21	864	21	864
	其中：立式加工中心	20	724	20	724
	龙门加工中心	1	140	1	140
	铣床	60	294	60	294
	特种加工机床	2 009	4 495	1 849	3 885
14	上海第八机床厂有限公司				
	特种加工机床	23	189	7	89
15	天津市天仪数控机械股份有限公司				
	金属切削机床	173	526	28	168
	磨床	22	68		
	特种加工机床	151	458	28	168
16	常州市二机机床有限公司				
	金属切削机床	760	3 006	34	311
	钻床	15	127	15	127
	特种加工机床	745	2 879	19	184
17	苏州市金马机械电子有限公司				
	特种加工机床	896	3 196	136	1 676
18	淄博中威电加工机床有限公司				
	特种加工机床	16	433	14	40
19	苏州沙迪克特种设备有限公司				
	特种加工机床	1 403	56 852	1 403	56 852
20	泰州市江州数控机床制造有限公司				
	金属切削机床	824	2 563	797	2 507
	铣床	8	170	8	170
	特种加工机床	816	2 393	789	2 337
21	杭州华方数控机床有限公司				
	金属切削机床	706	2 456	706	2 456
	车床	86	472	86	472
	特种加工机床	620	1 984	620	1 984
22	三菱电机大连机器有限公司				
	特种加工机床	678	27 828	678	27 828
23	苏州普光机电有限公司				
	特种加工机床	512	2 182	477	1 902
24	泰州集成数控机床制造有限公司				
	金属切削机床	552	2 607	552	2 607
	加工中心	18	426	18	426
	其中：立式加工中心	18	426	18	426
	特种加工机床	534	2 181	534	2 181
25	苏州宝玛数控设备有限公司				
	特种加工机床	1 893	4 875	1 893	4 875

序号	企业名称及产品名称	实际完成		其中:数控	
		产量(台)	产值(万元)	产量(台)	产值(万元)
26	北京迪蒙斯巴克工控技术有限公司				
	特种加工机床	60	1 320	60	1 320
27	宁波海恩机床有限公司				
	特种加工机床	367	800	227	422
28	苏州市鑫赢数控技术开发有限公司				
	特种加工机床	750	2 500	150	500
29	上海通用控制自动化有限公司				
	特种加工机床	135	1 313	120	1 280
30	上海斌盛电子机械有限公司				
	金属切削机床	1 560	14 910	1 530	14 790
	加工中心	254	8 890	254	8 890
	其中:立式加工中心	254	8 890	254	8 890
	特种加工机床	1 306	6 020	1 276	5 900
31	苏州工业园区华龙电加工机床有限公司				
	特种加工机床	400	1 780	300	1 500
32	上虞市精德机械有限公司				
	特种加工机床	200	500	200	500
33	北京安德数字设备有限公司				
	特种加工机床	250	4 230	250	4 230
34	四川深扬数控机械有限公司				
	特种加工机床	500	2 500	500	2 500
35	江苏泰州正太数控机床厂				
	特种加工机床	642	1 356	600	1 200

表57 2007年特种加工机床分类产品出口情况

（续）

产品名称	实际完成		其中:数控	
	出口量(台)	出口额(万元)	出口量(台)	出口额(万元)
金属切削机床	2 706	65 758	2 706	65 758
加工中心	4	140	4	140
其中:立式加工中心	4	140	4	140
特种加工机床	2 702	65 618	2 702	65 618

表58 2007年特种加工机床行业企业分类产品出口情况

序号	企业名称	单位	出口量(台)	出口额(万美元)
1	苏州电加工机床研究所			
	特种加工机床	台	32	26
2	苏州三光科技股份有限公司			
	特种加工机床	台	249	194
3	北京阿奇夏米尔工业电子有限公司			
	特种加工机床	台	607	1 268
4	北京电加工研究所			
	特种加工机床	台	115	184
5	杭州杭机数控机床有限公司			
	特种加工机床	台	3	3
6	深圳福斯特数控机床有限公司			
	特种加工机床	台	29	42
7	苏州新火花机床有限公司			
	特种加工机床	台	10	10
8	苏州江南赛特数控设备有限公司			
	特种加工机床	台	12	11
9	泰州东庆数控机床有限公司			
	特种加工机床	台	17	10
10	江苏三星机械制造有限公司			
	金属切削机床		21	47
	加工中心		4	20
	其中:立式加工中心		4	20
	特种加工机床		17	27
11	天津市天仪数控机械股份有限公司			
	特种加工机床	台	8	9
12	常州市二机机床有限公司			
	特种加工机床	台	7	5
13	苏州市金马机械电子有限公司			
	特种加工机床	台	20	15
14	苏州沙迪克特种设备有限公司			
	特种加工机床	台	672	4 008
15	泰州市江州数控机床制造有限公司			
	特种加工机床	台	31	12
16	三菱电机大连机器有限公司			
	特种加工机床	台	477	2 431
17	苏州宝玛数控设备有限公司			
	特种加工机床	台	106	102
18	上海斌盛电子机械有限公司			
	特种加工机床	台	100	35
19	北京安德数字设备有限公司			
	特种加工机床	台	70	143
20	四川深扬数控机械有限公司			
	特种加工机床	台	120	840

注:表中出口产品全部为数控产品。

2. 主要产品特点与应用领域

（1）单向走丝数控电火花线切割机床。主要用于精密模具制造，在汽车、飞机、发电等制造领域也有一定的应用。这种电加工机床近年来在中国大陆的市场需求增长很快。如 2003 年市场消费在 800 台左右，2006 年已达 3 200 多台，销售额超过 20 亿元，2007 年基本与 2006 年相当，略有增长。该机床目前主要由日本、瑞士在中国设立的工厂制造或进口，国内企业只能生产中端产品，销售额只占 15% 左右。主要生产企业有苏州三光科技股份有限公司和苏州电加工机床研究所。我国台湾地区的电加工企业也在大陆销售这类机床。

（2）往复（高速）走丝数控电火花线切割机。这是一种具有中国特色的电加工机床，广泛用于一般精度及表面质量要求不高的模具加工，也有一部分用于其他机械零件的加工和特殊材料的下料。估计我国企业在用的这种机床有 30 万台左右。

与单向走丝数控电火花线切割机床相比，该机床具有价格低，使用成本低，能进行大厚度、大锥度以及难加工材料切割等优点。但在加工精度、表面质量方面，达不到单向走丝数控电火花线切割机的水平，差距较明显。随着对模具质量要求的不断提高，这类机床必将会让出一块市场给单向走丝数控电火花线切割机。

（3）电火花成形机。我国目前制造的有各种普通、单轴数控、三轴及三轴以上数控的电火花成形机。主要应用于模具加工，也用于其他机械制造领域金属切削机床难以加工的特种材料、特种形状以及微细部位的加工。市场对数控电火花成形机的需求正在加大。

日本牧野公司、沙迪克公司、三菱公司以及瑞士阿奇夏米尔公司在中国设立的工厂在制造此类数控型机床。由于受到数控铣床、加工中心、雕铣机的强烈竞争，这种机床的市场份额在明显降低。主要用于模具的窄缝、窄槽、微细部分以及金属切削刀具难以伸及部位的加工，在小型模具的光整加工方面也具有优势。

（4）电火花高速小孔加工机床。这种机床已发展成第三大电加工主导产品，主要用于模具线切割加工的穿丝孔加工，已成为模具企业必配的设备，几乎所有的模具制造或加工企业都陆续配备了这种机床。

我国现在能够制造普通、单轴数控、三轴数控以及多轴数控电火花高速小孔加工机床。数控型机床越来越广泛地用于发动机、制药、食品、造纸、化纤行业的冷却孔、喷油孔以及滤网、筛网的大批量小孔加工。

（5）各种电加工专用设备。为满足用户特殊的加工要求，以苏州电加工机床研究所为代表的一些研发机构和企业，还研制一些专用的电加工设备，在制造业中发挥了很好的作用。这些专用电加工设备主要有：多轴数控高速电火花小孔加工机床，主要用于航天航空发动机零件的小孔加工；精密微孔数控电火花加工机床，主要用于发动机喷嘴精密燃油喷射孔及化纤喷丝板喷丝孔加工；数控高效放电铣削专用设备，主要用于航天航空制造业难加工材料制作零

件的高效去余量加工；阳极机械切割专用设备，主要用于难切削材料坯料的高效切割；电弧取折断工具专用设备，主要用于汽车发动机制造业中去除折断在工件中的工具，如钻头、丝锥等；电解去毛刺专用设备，主要用于汽车发动机零件内部毛刺的去除；电解叶片成形加工专机，主要用于航空航天发动机叶片的成形加工；电解镗线加工专机，主要用于炮管来复线的加工；数控电火花轮胎模加工专用设备，主要用于汽车、摩托车、力车轮胎模具花纹的加工；电火花金刚石砂轮修整专用设备，主要用于金属结合基金刚石砂轮的成形修整；数控电火花叶轮喷嘴加工专机，主要用于汽轮机大型叶轮喷嘴的加工。

3. 新技术新产品及其应用

（1）数控高效放电铣专项技术及设备。"数控高效放电铣技术及设备"是苏州电加工机床研究所针对航天航空制造领域的大量难加工材料制造零件需要高效加工技术而研发的。该项技术及设备不仅在国内是首创，而且在国际上也未见同类技术产品。主要用于难加工材料（如高温耐热合金、钛合金、不锈钢等）制造零件的复杂空间型面高效去余量加工。如航空、航天发动机的机匣、叶片、整体叶轮等等，也可用作封严槽的加工。

该技术采用放电加工的基本原理，以类似数控铣的方式对空间型面进行多轴联动的数控加工。加工中，采用简单的超长金属管作电极，由导向器导向，在电极与工件之间施加高效脉冲电源，主轴带动管状电极在伺服系统的控制下相对工件作伺服进给，在电极与工件之间产生高效脉冲放电，有控制地蚀除工件。由于加工中电流密度很大，加工蚀除物很多，为了保证高效加工的顺利进行，该项技术采用了电极管高压内冲液 + 电极管外包液 + 工件浸泡在工作液中的组合高效冷却、排除蚀除物的方法，取得了高效、稳定加工的效果。加工液采用一般水质工作液即可。

高效放电加工过程中电极损耗很大，必须解决电极损耗可以补偿及如何补偿的问题。该项技术创造性地提出了采用超长简单管状电极的方法，很好地解决了电极损耗可以补偿的问题。采用简单的管状电极，不仅使电极制造方便，造价很低，而且在加工过程中不需频繁换电极，可操作性、实用性很强。为解决电极损耗如何补偿的问题，采用了对电极损耗进行在线检测的技术。即在加工中按一定规律（如加工时间）对电极损耗进行检测，通过数控系统进行运算并在线学习，对电极损耗进行在线补偿，保证高效放电铣所需达到的加工精度。

该项技术，还研发了专用的数控系统、专用的高效高频脉冲电源及专项的工艺技术，从各个技术层面确保了整体技术构想的实用性、先进性。

（2）往复走丝数控电火花线切割的多次切割技术及其设备。具有中国特色的往复走丝数控电火花线切割由于设备价格低，使用成本低，在国内得到了非常广泛的使用，但由于其存在切割精度不很高，加工表面有条纹等缺陷，又限制了其更好的发展。

为解决这一问题，国内一些电加工研究机构和企业，学

习单向走丝电火花线切割机床技术,在机床上实施多次切割技术,取得了较好的效果。主要的技术措施有:对数控工作台通过数控系统进行螺距补偿,提高工作台精度;使电极丝运行速度可以调节,在二次、三次切割时降低走丝速度,并增加电极丝的恒张力机构,使电极运行平稳,减小位置跳动;研制微精加工的脉冲电脉,以改善加工的表面粗糙度;增强工作液系统的过滤能力,给多次切割提供更洁净的工作液;开发能够满足多次切割控制要求的数控系统。

这种通过系统性技术改进的往复走丝线切割机床性能指标得到了明显改善,切割精度能达到 ±0.01mm,切割表面粗糙度 $R_a \leq 0.10 \mu m$,表面条纹基本消除,但与单向走丝线切割机床相比还存在差距,需要不断改进提高。

(3)数控电火花轮胎模加工机床。这是为轮胎模具花纹加工研制的一种新型电火花成形加工技术及设备。

轮胎模具花纹的加工,可以采用数控金属切削设备加工、精铸、镶贴(焊)花纹等各种制作手段,其中采用电火花成形加工是主要的加工方法之一。与其他加工方法比,它具有可以获得较高精度、较好表面质量的复杂轮胎模具花纹,可以有效加工窄槽、薄筋片,可以进行硬质模具加工以及设备投资较小等优点。但采用通用的电火花成形机床配件分度夹具进行加工,不仅操作不方便,1个工人只能看管1台设备,劳动强度较高,而且加工模具的效率和质量也不高。针对这种状况,国内研究机构根据轮胎模具花纹加工的特点,对设备的整体布局、运动分配、加工工艺过程作了精心的考虑,研发出了数控轮胎花纹电火花加工专用设备。该设备除了装夹工件外,整个加工过程都实现了数控化自动完成,不仅一个工人能看管 10 台机床,而且加工效率和质量也明显提高。目前国内轮胎模制造行业有数百台这种设备在运行,有利地促进了行业的技术进步。2007 年特种加工机床行业新产品开发情况见表 59。

表 59 2007 年特种加工机床行业新产品开发情况

产品名称	型号	主要技术参数	产品性质	产品属性	产品水平
北京阿奇夏米尔工业电子有限公司					
浸水式精密数控慢走丝线切割机床	CUT 20	行程(X 轴/Y 轴/Z 轴/U 轴/V 轴):350mm/250mm/250mm/90mm/90mm;机床外形尺寸(长×宽×高):2 500mm/2 500mm/2 200mm	全新设计	企业新产品	
精密数控电火花成形机床	FORM 20 FORM 30	行程(X 轴/Y 轴/Z 轴)350mm/50mm/250mm;行程(X 轴/Y 轴/Z 轴):600mm/400mm/400mm	全新设计	企业新产品	
数控高速走丝电火花线切割机	FW1P、FW2P、FW3P	行程(X 轴/Y 轴):350mm/320mm 行程(X 轴/Y 轴):500mm/400mm 行程(X 轴/Y 轴):630mm/500mm	改型设计	企业新产品	
北京市电加工研究所					
聚晶金刚石(PCD)数控电火花加工机床	B40P	工作台面尺寸:600mm × 400mm;行程(X 轴/Y 轴/Z 轴):400mm/300mm/320mm;最大刀具直径:350mm;电极材料:石墨(Gr)、紫铜(Cu);定位精度:5μm/任意 100mm;重复定位精度:2μm;电极旋转轴径向跳动:≤3μm;工件旋转轴径向跳动:≤2μm;表面粗糙度(PCD):$R_a \leq 0.4 \mu m$;控制轴数:五轴数控,五轴联动;加工方式:局部冲液加工	改型设计	行业新产品	国内领先水平
精密线切割机床	BDK—7715M	工作台面尺寸:360mm × 500mm;行程(X 轴/Y 轴):100mm/100mm;最大切割厚度:100mm;最大承载量:100kg;表面粗糙度:$R_a \leq 1.6 \mu m$;反向差值:0.002mm;重复定位精度:0.002mm;不锈钢贮丝筒尺寸:Φ155mm × 256mm	合作生产	企业新产品	国内先进
木工刀具专用电火花磨床	BDM—903	工作台面尺寸:Φ250mm;工作台升降行程:140mm;工作台回转角度:0°~360°;电极主轴行程(X 轴/Y 轴):180mm/180mm;电极主轴转速:0~2 800r/min;电极主轴倾角:-30°~+30°;控制精度:直线轴 0.001mm,分度轴 1';储油箱容积:80L;最大加工电流:BG 电源 10A,C 电源 20A	改型设计	行业新产品	国内领先
江苏三星机械制造有限公司					
环保节能型线切割机床	DK77EA	精度允差:0.012m/m,实测 0.004 7m/m;表面粗糙度:$R_a \leq 2.5 \mu m$,实测 1.82μm;切割速度:40.3mm^2/min	全新设计	企业新产品	国内先进
超常浸水式线切割机床	DK77EB	切割长度:1.5m;表面粗糙度:$R_a \leq 2.5 \mu m$;精度 0.04mm;切割效率:80mm^2/min	全新设计	企业新产品	
三菱电机大连机器有限公司					
三菱数控线切割放电加工机	BA8	最大工件尺寸:700mm × 590mm × 215mm;工件最大承重量:500 kg;行程(X 轴/Y 轴/Z 轴):320mm/250mm/220mm			
三菱数控线切割放电加工机	FA10S ADVANCE	最大工件尺寸:800mm × 600mm × 215mm;工件最大承重量:500kg;行程(X 轴/Y 轴/Z 轴):350mm × 250mm × 220mm			

（续）

产品名称	型号	主要技术参数	产品性质	产品属性	产品水平
苏州沙迪克特种设备有限公司					
直线电机驱动数控高速成形放电加工机	AM36L	工作台面尺寸：560mm×400mm；行程（X轴/Y轴/Z轴）：360mm/250mm/250mm；最大悬垂重量：50kg；最大工件重量：600kg；最大加工电流：60A；总电气容量：13KCA	全新设计	企业新产品	国际先进
苏州宝玛数控设备有限公司					
数控加工中心	850	行程（X轴/Y轴/Z轴）：800mm/500mm/600mm；主轴转速：8 000r/min			
数控加工中心	650	行程（X轴/Y轴/Z轴）：600mm/500mm/500mm；主轴转速：8 000 r/min			
数控加工中心	1060	行程（X轴/Y轴/Z轴）：1 000mm×600mm×600mm；主轴转速：8 000r/min			
数控雕铣机	5040	行程（X轴/Y轴/Z轴）：500 mm×400 mm×260mm；定位精度：±0.01mm；重复定位精度：±0.005mm			
数控雕铣机	6050	行程（X轴/Y轴/Z轴）：500mm/600mm/260mm；定位精度：±0.01mm；重复定位精度：±0.005mm			
全数控高速穿孔机	CNC703	行程（X轴/Y轴/Z轴/W轴）：320 mm/400mm/300mm/260mm；定位精度：±0.02mm；重复定位精度：±0.03mm			
北京凝华科技有限公司					
电火花成形机	NH40	工作台面尺寸：700mm×450mm；行程（X轴/Y轴/Z轴）：400mm×300mm×300mm；最大工件重量：800kg；最大电极重量：50kg；工作液槽容积：100L	全新设计	企业新产品	国内高档
电火花成形机	NH7125CNC	工作台面尺寸：450mm×280mm；行程（X轴/Y轴/Z轴）：250mm×50mm×200mm；最大工件重量：100kg；最大电极重量：20kg；工作液槽容积：100L	改型设计	企业新产品	国内中档
苏州电加工机床研究所					
大型蜂窝环件数控电火花磨削加工设备	ZT027	最大工件直径：3 500mm；最大工件重量：20t；加工效率：800mm³/min	全新设计	行业新产品	国内领先
大型放电切割机床	D46110	最大切割工件直径：1 100mm；工作台面尺寸：2 500mm×1 200mm；切割效率：1 800mm²/min	全新设计	行业新产品	国内领先
数控高效放电铣削专用机床	ZT037	最大铣削直径：1 200mm；行程（X轴/Y轴/W轴/Z轴）：1 000mm/600mm/600mm/800mm；铣削效率：3 200mm³/min	改型设计	行业新产品	国际领先
大型环件线切割机床	ZT035	最大装夹工件直径：2 850mm；最大装夹工件高度：500mm；工作台直径：3 000mm；主机外形尺寸：5 000mm×3 150mm×2 460mm	全新设计	行业新产品	国内领先

4. 未来发展的主要方向和趋势展望

（1）电加工机床产品的发展。①单向走丝数控电火花线切割机代表了电火花技术的最高水平，市场需求增长很快。我国的研究机构和企业将致力于这种机床高端产品的开发，如细丝切割技术、自动穿丝技术、更高水平的脉冲电源、控制功能更完善的数控系统、更精密的主机等等。②更高水平的往复走丝数控电火花线切割机。该机床实施多次切割技术已取得了明显效果，将进一步加强技术细节的完善，使各项技术更加系统化，特别致力于各项加工性能稳定性的研究。既要保持其价格、使用成本低的优势，又要进一步提高其加工性能指标，明显提高其竞争力。③在电火花成形加工机床受到加工中心、数控铣床、雕铣机的严峻挑战，受到了强烈冲击的情况下，将加强对该产品在微细加工、大面积光整加工、难加工材料的高效加工及智能化数控系统的研究，根据电加工的自身特点，发挥其独有的竞争优势。④根据用户及细分市场的需求，进一步研发各种专用电加工机床。

（2）企业的发展。我国电加工机床种类位居世界前列，但跟其他国家比，中国电加工机床制造业还存在许多问题，如企业数量太多，企业创新能力、制造能力、技术人才都明显不足，许多企业只能生产中低端产品，进行低价竞争，严重制约了企业的可持续发展。以下几方面是中国电加工机床制造企业发展的思考重点。①加强产学研合作，加大研发投入，研发更高水平的产品，实现产品结构的升级调整；②进行企业之间联合、重组，实现优势互补，增加企业的整体竞争力；③向电加工机床产业链的两端拓展，开发数控铣床、雕铣机、加工中心等产品，开拓精密模具加工、特种零件加工等业务；④开拓细分市场，求得在某一方向做强，具有明显的竞争优势；⑤用质量优良、特色明显的产品开拓国际市场，在全球经济中寻得一席之地。2007 年特种加工机床行业科研项目完成情况见表60。2007 年特种加工机床行业获奖科研项目见表61。

表 60　2007 年特种加工机床行业科研项目完成情况

序号	项目名称	主要内容	应用状况	投入资金（万元）	项目来源	完成企业
1	电火花加工放电爆炸力对材料蚀除机理的研究	对测量电火花加工放电爆炸力的方法进行分析并确定其方法；拍摄不同加工材料、不同电火花加工参数电火花放电等离子体通道的扫描照片，研究等离子体通道半径的时间特性，并对电极放电痕的空间特性进行对比，建立单脉冲放电的物理模型；对等离子通道所产生冲击波的力学特性进行研究，建立电火花加工材料蚀除的力学模型	研制阶段	25	国家自然科学基金项目	北京市电加工研究所
2	三维紫外激光 LI-GA 微加工中的壁直技术	对金属零件衬底精密机械加工，以利后续所需紫外激光 LIGA 微加工的处理	研制阶段	2	国家自然科学基金项目	清华大学工程物理系、北京市电加工研究所
3	高精密电火花加工电源的研制	采用 FPGA 芯片和 IP 复合技术解决电火花加工控制中各种控制信号的产生和高速精确的控制；研制超精加工回路系统；研制超低压加工基础电源的高精度稳压；研制加工表面粗糙度 R_a ≤0.04μm 的镜面加工回路	研制阶段	10	北京市科学技术研究院萌芽计划项目	北京市电加工研究所
4	大面积聚晶金刚石电火花加工机理的研究	对大面积聚晶金刚石爆炸式机理进行研究；研究电火花放电的空间性和等离子体通道时间特性的关系，建立单脉冲放电的物理模型；对等离子通道产生冲击波的力学特性进行研究，建立电火花加工材料蚀除的力学模型	研制阶段	10	北京市科学技术研究院萌芽计划项目	北京市电加工研究所
5	集成电路精密引线模具微细特种加工关键技术研究	研究模具的微细特种加工技术（微细激光加工、微细超声加工和线抛光技术），研究具有自主知识产权的集成电路精密引线模具	其他		北京市自然基金重点项目	北京市电加工研究所
6	聚晶金刚石电火花加工放电爆炸力的测量技术	建立高速拍摄电火花放电等离子体通道的扫描照片系统，研究等离子体通道半径的时间特性，并与电极放电痕的空间特性进行对比，为建立单脉冲放电物理模型、建立不同材料电火花加工蚀除的力学模型提供测量结果	研制阶段	6	北京市科学技术研究院萌芽计划项目	北京市电加工研究所
7	金刚石拉丝模卧式超声波加工机的研制	研究不同加工设备对金刚石拉丝模产品质量的影响规律，并做出质量统计曲线；通过 Pro/E 建立三维模型图，设计卧式超声波加工机；构建 CCD 金属针损耗在线检测系统，提高模具超声加工的几何精度	研制阶段	6	北京市科学技术研究院萌芽计划项目	北京市电加工研究所
8	电火花微细加工中智能在线监控技术研究	对微细电火花放电状态进行分析，研究放电状态的智能在线控制策略，设计微细放电状态检测和智能在线控制硬件系统，实现微细电火花稳定加工的目的	研制阶段	6	北京市科学技术研究院萌芽计划项目	北京市电加工研究所
9	中型数控电火花精密子午线轮胎模具加工技术及设备	研究精密高效电火花轮胎模具加工工艺技术；精密主机结构；专用数控系统。该项目旨在研制新一代精密数控电火花高档轮胎模具加工设备，以增强我国自行制造高档轮胎的能力，更好地适应我国汽车制造业高速发展的要求	研制阶段	145	中国机械工业集团公司	苏州电加工机床研究所
10	高性能慢走丝电加工机床开发及产业化	研发具有无电阻防电解电源、配置 A 轴和 X-Y 轴采用直线伺服电动机驱动功能的高效、高精度、低粗糙度、高性能的高档数控低速走丝电火花线切割机床及相关技术，并实现产品化、产业化	研制阶段	619	江苏省科技项目	苏州电加工机床研究所
11	发动机喷油嘴精密微孔数控电火花加工工艺及设备	研究孔径在 0.05～0.5mm 精密微小圆孔的电火花加工以及符合这一工艺要求的 ns 级微精加工脉冲电源和高灵敏度伺服主轴头、高精度高频振动器及数控技术（包括微能量脉冲电源的干扰、传输、检测系统等）	研制阶段	100	江苏省中小企业创新基金	苏州电加工机床研究所
12	多电极、多回路、高压内冲液数控电火花高效群孔加工工艺及设备	通过对多电极多回路数控高效电火花群孔加工的综合技术及工艺研究，研制出能满足航空航天、军工及相关行业薄壁群孔加工需求的多电极多回路数控高效电火花群孔加工专项工艺技术及设备	研制阶段	181.15	科技部专项基金	苏州电加工机床研究所

序号	项目名称	主要内容	应用状况	投入资金（万元）	项目来源	完成企业
13	微细丝数控电火花线切割加工工艺及设备	研究微细丝线切割加工工艺技术；微能量高频脉冲电源；高精密主机结构；高灵敏、微当量进给机械传动；微张力、恒张力、恒速走丝系统；专用数控系统	研制阶段	266	科技部专项基金	苏州电加工机床研究所

表61　2007年特种加工机床行业获奖科研项目

序号	项目名称	主要内容及应用范围	获奖名称	获奖等级	主要完成单位
1	大面积聚晶金刚石（PCD）高效、绿色、精密特种加工技术	对大面积（直径≥50mm）PCD的整个加工过程进行系统研究，形成一套完整的具有自主知识产权的特种加工技术，建成世界最大的大面积PCD加工基地。该项技术制成的产品广泛应用于汽车和木材加工行业、石油地质钻探、航空航天和宝石加工等各个行业，实现了其他材料无法胜任的工业化加工任务	北京科技奖企业创新专项资金资助的奖励		北京市电加工研究所、北京迪蒙吉意超硬材料技术有限公司
2	多轴联动聚晶金刚石刀具电火花磨削机床的研究	在三轴数控精密电火花成形机床的基础上，对聚晶金刚石刀具的复杂空间曲线进行分析，确立了五轴数控硬件系统和联动的软件系统，并建立了加工工艺方法和加工参数数据库	北京市科学技术研究院2007年度优秀科技成果奖	十大科技成果奖之一	北京市电加工研究所
3	高效防电解无电阻电源低速走丝线切割机床研制	研发具有无电阻防电解电源、带有自动穿丝功能的高效、高精度、低粗糙度、高性能的高档数控低速走丝电火花线切割机床，满足国内模具制造业、航空航天以及其他相关行业对高档数控低速走丝电火花线切割机床日益增多的需求	中国机械工业集团科学技术奖	二等奖	苏州电加工机床研究所

5. 企业管理、质量管理情况

（1）开展"贯标示范产品"活动，推动全行业产品质量的提高。特种加工机床行业中，产品质量问题一直是全行业发展的重要问题。为此，特种加工机床分会开展了"贯标示范产品"活动，以推动产品质量的提高。这是一种以自愿为原则的行业自律行为，具有探索性和创新性。主要工作分以下几个方面：①制定行规行约，首先制定关于在特种加工机床行业开展"贯标示范产品（企业）试点工作的管理办法"行规行约。②制定"电火花加工机床贯标示范产品评定规范"，确定以"安全防护技术"、"精度检验"两类标准作为评定依据。③以行业分会会员单位为主体，发出关于开展"贯标示范产品活动的函"，附相关材料及申请表。④制定"贯标示范产品委托检验实施方案"，由机械工业电加工机床产品质量监督检测中心对申请产品按"评定规范"和"检验实施方案"严格进行检测。

2007年，在特种加工生产企业中，机床产品贯标水平最高、产品质量好的是低速走丝电火花线切割机床（LSWEDM），合格率为100%；其次是数控电火花成形机床（NCSEDM），合格率为66.7%；而高速走丝线切割机床（HSWEDM）的合格率仅为50%。

2007年贯标工作结果显示，"贯标示范产品"的实施，对企业产品质量有促进作用的有5家（其中1家有很大促进作用），占71.4%；效果一般的2家，占28.6%。获得"贯标示范产品"称号的产品，对销售有促进作用的有6家，占85.7%；效果一般的1家，占14.3%。2007年，国家产品质量抽查及"贯标示范产品"活动的实施，说明：①由特种加工机床分会和全国特种加工机床标准化技术委员会、机械工业电加工机床产品质量监督检测中心联合开展的"贯标示

范产品"活动，推动了试点企业产品质量的提高，促进了产品销售，提高了企业经济效益。②2007年国家产品质量抽查，强制性国家标准评定合格率为71.4%，而结合几何精度和加工精度评定总的合格率不高，这是由于以往国家质量抽查时，在精度项目方面只查几何精度，不查加工精度，而这次检测项目增加了加工精度，提高了检查要求。因此，虽然2007年抽查的平均合格率与2005年相比没有多大提高，但是实际产品质量有了一定进步。③通过国家产品质量抽查和"贯标示范产品"活动实施的结果，表明行业重点骨干企业是贯标的典范，是产品质量信得过企业。

（2）加强国际合作，积极参与国际标准制订。我国强制性国家标准GB 13567《电火花加工机床安全防护技术要求》已实施多年，在行业中发挥了重大作用。行业在制定该标准时，参照了欧盟"关于统一各成员国有关机械法律的指令（89/392/EEC）"。由于我国标准化工作国际地位的提高，2007年5月欧盟标准化官员来华协商，将我国现行GB 13567—1998标准和欧盟现行的EN12957：2001结合在一起，起草ISO电火花加工机床安全国际标准，并且建议全国特种加工机床标准化技术委员会（SAC/TC161）申请加入ISO/TC39/SC10组织。

6. 企业简介

特种加工机床分会会员企业目前都是电加工机床生产企业，而且基本上都是电火花加工机床的生产企业和配套件生产企业。当前激光切割加工机床、等离子弧切割加工机床、高压水射流切割加工机床生产企业，初步统计已有30多家，其中激光切割加工机床生产企业较多，这些企业都属于特种加工机床生产企业。

2007年，特种加工行业分会本着加强自身组织建设，进

一步拓展新领域,积极发展新会员的原则,发展了生产数控激光切割机和数控等离子切割机产品的武汉法利来切割系统工程有限公司,在拓展特种加工新领域方面进行了新的尝试。

苏州三光科技股份有限公司　是专业生产数控电加工机床的民营高新技术企业。公司拥有一支高素质、高技术的员工队伍和精良的加工设备、检测设备。公司年产各类机床1 000台左右,综合经济指标连续多年名列同行业前茅,被誉为中国电加工机床行业的排头兵。2007年再次荣获"中国机械500强企业"称号。

公司是由原来的苏州三光科技有限公司,在2007年经过资产重组,完成了股份制改造工作后,更名为苏州三光科技股份有限公司,现有参股、控股子企业3家。

公司主要产品是"三光"牌高速走丝电火花数控线切割机床、低速走丝电火花数控线切割机床及电火花高速穿孔机。"三光"牌产品融入了国际主流机床的特点,质量稳定、性能可靠,深受用户欢迎,还远销日本、德国、意大利、南非、波兰、韩国、马来西亚等几十个国家和中国香港地区。"三光"牌产品先后荣获过"国家银质奖"、"江苏省优秀新产品"(金牛奖)、"全国用户满意产品"、"江苏名牌产品"等诸多奖项。

目前,苏州三光科技股份有限公司正致力于发展智能精密无电解低速走丝电火花线切割机床。它是精密零件及模具制造的关键必备设备,可广泛应用于电子、汽车、家电、航空、航天、军工等行业。该产品的研发成功对于提升我国特种加工技术水平,提高我国国民经济和国防工业急需的先进制造技术水平,尽快赶上国际领先水平,替代进口,推动现代装备制造业的发展具有十分重要的意义。

苏州沙迪克特种设备有限公司　是日本株式会社沙迪克CPC出资的外商独资企业,现有员工250人。2007年完成工业总产值6.65亿元,销售产值6.59亿元。

公司主要生产低速走丝电火花线切割机床及数控精密电火花成形机床。月生产各种电加工机床150台。2007年共生产各种电加工机床1 403台,销售1 419台,销售额6.72亿元;其中出口672台,出口额4 008万美元。产品主要出口日本、欧洲及东南亚。公司产品全部采用日本沙迪克公司开发制造的直线电动机驱动,产品性能进一步提高。2007年开发出适应客户需要的直线电动机驱动的高速电火花成形机床AM36L,具有高速加工性能,并配置节能电源装置,已批量生产并投放市场。

北京凝华科技有限公司　原注册资本330.2万元,2007年达到660.4万元,固定资产1 300万元,员工200多人,占地面积8 818m²,科研办公综合楼2 600m²,高标准厂房4 700m²。2007年企业工业总产值达到2 517.6万元,销售收入2 519.6万元。

公司于2007年11月通过ISO9001:2000质量管理体系复评认证,同时提出将ISO 9001质量管理理念作为公司全面管理的指导思想。2007年,公司再次获得"高新技术企业"认证。

北京凝华以电加工产品市场为中心展开经营,主要产品有NH系列数控电火花成形机、NH系列数控电火花线切割机、工具机、高速电火花小孔机等产品。公司综合生产能力1 100台(套),2007年在满足成形机细分市场对特大机床的需求方面有了质的突破,并且积累了丰富的特殊产品生产经验。公司注重渠道建设,新设立25个办事处,遍布全国各地,有效实现了服务的本地化。

2007年,公司引进了高级管理人才和高级研发人员,通过规范管理和生产高端产品来提升凝华的核心竞争力,同时提出品牌经营理念。

北京市电加工研究所　隶属于北京市科学技术研究院,是集科研、开发、生产于一体的高新技术企业,是北京市重点研究所之一,建有北京市8个高技术实验室之一,即北京精密特种加工技术研究中心。随着体制改革的深入,按不同产品和研究方向,成立了8个股份制公司和5个实验室。

2007年,全所拥有513名员工,实现工业总产值1.61亿元,销售收入1.65亿元,出口创汇900多万美元。主要机床产品有精密数控电火花成形加工机、数控快速走丝线切割机、高速小孔加工机、电火花机械复合工具机床、工业金刚石拉丝模成套加工设备、BDMT—JP903型聚晶金刚石镜面抛光机以及应用于航空航天、军工等行业的专用设备;主要工模具产品有各种规格(φ0.05~25mm)金刚石精密拉丝模具,各种聚晶金刚石、立方氮化硼、金属陶瓷等刀具。精密拉丝模具已出口到美国、日本、奥地利、印度等国际知名企业,电加工机床已出口到欧洲、美洲和东南亚等地,并在欧洲和南美市场建立销售服务网络。

2007年,该所继续全面贯彻ISO9001质量管理体系,落实科学发展观,提高自主创新能力。B系列精密数控电火花成形机床又一次顺利通过国家机床质量监督检验中心2007年对产品的抽查;CTW系列数控快走丝线切割机顺利通过中华人民共和国出入境检验检疫局的监督检查,获得"出口企业升二级"的资质。2007年完成北京市自然科学基金项目3项、北京市科学技术研究院萌芽计划项目4项;获北京市科研院十大科技成果1项,"大面积聚晶金刚石(PCD)高效绿色精密特种加工技术"项目获得北京科技企业创新专项资金资助的奖励。

〔本部分撰稿人:中国机床工具工业协会特种加工机床分会孙　洁、叶　军〕

(七)插拉刨床

1.基本情况

根据《国务院关于加快振兴装备制造业的若干意见》精神,插拉刨床行业面对机遇积极推进企业产品结构调整:对外扩大开放,面向国际市场;对内深化行业企业改革、改制工作,提高行业竞争力和市场占有率。过去的一年是质量稳步提高、效益快速增长的一年。在国家经济宏观政策调控下,插拉刨床行业内各项经济指标均创下良好水平。插拉刨床行业是中国机床工具工业中一个特殊的小行业,拥有会员单位17家,虽然整体经济效益有所好转,但其中相当一部分企业经营状况不理想,行业前景仍不太乐观。

插拉刨床分会现有会员单位 17 家,其中国有企业 9 家,占 52.9%。2007 年参加年鉴统计的 12 家企业,实现工业总产值 17.6 亿元,比上年增长 32.7%,其中机床工具类产品总产值 4 亿元,比上年增长 6.67%;工业销售产值(现价)由上年的 120 065 万元上升到 163 726 万元,增长 36.36%;利税总额由上年的 35 479 万元上升到 42 691 万元,增长 20.33%;职工人数由上年的 5 138 人减少到 4 851 人。2007 年插拉刨床行业主要经济指标完成情况见表 62。2007 年插拉刨床行业企业主要经济指标完成情况见表 63。

表 62　2007 年插拉刨床行业主要经济指标完成情况

指 标 名 称	单位	实际完成
工业总产值(现价)	万元	176 039
其中:机床工具类产品总产值	万元	40 055
工业销售产值(现价)	万元	163 726
其中:机床工具类产品销售产值	万元	38 048
工业增加值	万元	55 579
实现利税	万元	42 691
从业人员平均人数	人	4 851
资产合计	万元	225 264
流动资产平均余额	万元	117 052
固定资产净值平均余额	万元	52 491

表 63　2007 年插拉刨床行业企业主要经济指标完成情况

序号	企 业 名 称	工业销售产值(万元)	工业总产值(现价)(万元)	从业人员平均人数(人)
1	山东通裕集团有限公司	106 203.00	116 823.00	850
2	新疆维吾尔自治区第三机床厂	19 005.00	20 436.00	457
3	山东省青岛生建机械厂	11 647.00	12 258.00	954
4	长沙机床厂	7 364.00	7 882.00	562
5	苏州新华机床厂	4 447.00	4 356.00	335
6	辽宁抚顺机床制造有限公司	4 641.00	4 034.00	379
7	南通茂溢机床有限公司	3 605.00	3 800.00	160
8	长沙机床厂机械刨床厂	3 400.00	3 200.00	220
9	甘肃省监狱企业集团公司天水机床有限责任公司	1 261.30	1 233.10	148
10	襄樊展宏工贸有限责任公司	1 027.00	1 011.00	32
11	贵州筑城机床厂	537.34	558.26	683
12	泉州中侨集团机械制造公司	588.10	447.60	71
	总计	26 870.74	26 521.96	2 590

2. 生产、销售及出口情况

2007 年插拉刨床行业 12 家企业实现机床产品产量 5 264 台,产值 4.38 亿元,其中金属切削机床产量 4 110 台,产值 3.42 亿元,其中数控机床 46 台,产值 1.17 亿元;生产金属成形机床 1 413 台,产值 1.05 亿元;其他产品 1 589 台,产值 1.79 亿元;还有铸铁件、锻钢件等 53 117t,产值 9.44 亿元。2007 年插拉刨床行业分类产品生产情况见表 64。2007 年插拉刨床行业企业分类产品生产情况见表 65。

表 64　2007 年插拉刨床行业分类产品生产情况

产 品 名 称	产量单位	实 际 完 成		其中:数控	
		产量	产值(万元)	产量	产值(万元)
金属切削机床	台	4 110	34 225	46	11 724
插床	台	601	3 921		
拉床	台	110	4 323		
锯床	台	164	355		
组合机床	台	6	204	6	204
其他金属切削机床	台	3 229	25 422	40	11 520
金属成形机床	台	1 413	10 521		
机械压力机	台	1 413	10 521		
系列工具机	台	1 509	17 399		
其他产品	台	80	500		
铸铁件	t	17 617	43 706		
锻钢件合计	t	35 500	50 650		

表 65　2007 年插拉刨床行业企业分类产品生产情况

序号	企业名称及产品名称	产量单位	产量	产值(万元)
1	山东通裕集团有限公司			
	金属切削机床	台	40	11 520
	其他金属切削机床	台	40	11 520
	其中:数控		40	11 520
	锻件	t	35 500	50 650
	铸铁件	t	17 600	43 700

序号	企业名称及产品名称	产量单位	产量	产值(万元)
2	长沙机床厂			
	金属切削机床	台	590	7 597
	拉床	台	110	4 323
	组合机床	台	6	204
	其中:数控		6	204
	其他金属切削机床	台	474	3 070
3	山东省青岛生建机械厂			
	金属切削机床	台	1 485	5 969
	其他金属切削机床	台	1 485	5 969
	金属成形机床	台	910	6 741
	机械压力机	台	910	6 741
4	辽宁抚顺机床制造有限公司			
	金属切削机床	台	436	2 685
	插床	台	431	2 671
	其他金属切削机床	台	5	14
5	苏州新华机床厂			
	金属切削机床	台	704	2 638
	其他金属切削机床	台	704	2 638
6	长沙机床厂机械刨床厂			
	金属切削机床	台	290	1 750
	其他金属切削机床	台	120	500
	插床	台	170	1 250
	其他产品	台	80	500
7	南通茂溢机床有限公司			
	金属切削机床	台	167	375
	锯床	台	164	355
	其他金属切削机床	台	3	20
	金属成形机床	台	503	3 780
	机械压力机	台	503	3 780
	系列工具机	台	102	396
8	襄樊展宏工贸有限责任公司			
	金属切削机床	台	259	919
	其他金属切削机床	台	259	919
9	甘肃天水机床厂			
	金属切削机床	台	122	699
	其他金属切削机床	台	122	699
10	泉州中侨集团机械制造公司			
	金属切削机床	台	12	44
	其他金属切削机床	台	12	44
	系列工具机	台	82	43
11	贵州筑城机床厂			
	金属切削机床	台	5	28
	其他金属切削机床	台	5	28
12	新疆第三机床厂			
	系列工具机	台	1 325	16 960
	铸件	t	17	6

金属切削机床中本行业主导产品插床、拉床、刨床产量3 940 台,占本行业全部金属切削机床产量的95.86%;产值3.37 亿元,占本行业全部金属切削机床产值的98.54%;销售各类机床产品5 305 台。2007 年插拉刨床行业12 个企业出口额20 069.5 万元,比上年增长388.22%,其中金属切削机床出口额314.5 万元,占本行业总出口额的1.57%;金属成形机床产品出口额675 万元,占本行业总出口额的3.36%;其他产品出口额19 080 万元,占本行业总出口额的95.07%。2007 年插拉刨床行业分类产品出口情况见表66。2007 年插拉刨床行业企业分类产品出口情况见表67。

表66　2007 年插拉刨床行业分类产品出口情况

产品名称	出口量单位	出口量	出口额(万元)
金属切削机床	台	27	314.5
拉床	台	2	155.6
其他金属切削机床	台	25	158.9
金属成形机床	台	125	675.0
机械压力机	台	125	675.0
铸铁件	t	4 300	9 030.0
锻钢件	t	6 700	10 050.0

表 67　2007 年插拉刨床行业企业分类产品出口情况

序号	企业名称及产品名称	出口量单位	实际完成	
			出口量	出口额（万元）
1	南通茂溢机床有限公司			
	金属成形机床	台	125	675
	机械压力机	台	125	675
2	长沙机床厂			
	金属切削机床	台	11	215
	拉床	台	2	156
	其他金属切削机床	台	9	59
3	长沙机床厂机械刨床厂			
	金属切削机床	台	16	100
	其他金属切削机床	台	16	100
4	山东通裕集团有限公司			
	锻件	t	6 700	10 050
	铸铁件	t	4 300	9 030

3. 新产品、新技术、新工艺发展情况

在国内外市场需求旺盛的条件下，汽车、航空航天、家电、船舶等行业的迅猛发展及自动化、专业化程度的不断提高，插拉刨床行业所生产的机床的市场需求量越来越大，在金属切削机床中所占的比重也越来越高，成了自动线生产中的关键设备。改变产品的结构，提高数控化程度，在行业内部已达成共识，专用机床特别是专用拉床、插床，已进入快速发展时期，但整个行业内的机床与国外机床相比，竞争力还不强。行业企业要抓住当前的发展机遇，深入分析行业发展的主要矛盾，采取有效措施，加快行业发展步伐，不断提高企业的竞争实力。

2007 年插拉刨床行业企业共开发新产品 11 种，其中数控机床 1 种。山东省青岛生建机械厂自行设计开发花键滚轧机、花键冷搓机、数控滚丝机、滚轧机等共 11 种；长沙机床厂自行设计专用拉床 14 种，数控深孔枪钻 4 种。2007 年插拉刨床行业新产品开发情况见表 68。

表 68　2007 年插拉刨床行业新产品开发情况

产品名称	型号	主要技术参数	产品性质	完成单位
专用拉床	CS5074—80、CS6031、CS7066—70、78		改型设计	长沙机床厂
数控深孔钻床	ZK2101（4）× 200—07、ZK2101（2）×500—10		改型设计	长沙机床厂
花键滚轧机	Z28—25	最大滚压力:250kN	改型设计	山东省青岛生建机械厂
花键冷搓机	LC610	刀具最大尺寸:610mm	改型设计	山东省青岛生建机械厂
花键冷搓机	LC1220	刀具最大尺寸:1 220mm	改型设计	山东省青岛生建机械厂
数控滚轧机	Z28KJ—35	最大滚压力:350kN	改型设计	山东省青岛生建机械厂
专用滚丝机	QSZ—073	最大滚压力:125kN	改型设计	山东省青岛生建机械厂
花键滚轧机	QSZ—88	最大滚压力:350kN	改型设计	山东省青岛生建机械厂
倒锥齿滚轧机	QSZ—083	最大滚压力:120kN	改型设计	山东省青岛生建机械厂
三轴滚丝机	QSZ—086	最大滚压力:160kN	改型设计	山东省青岛生建机械厂
汽门校直机	QSZ—064	最大滚压力:200kN	改型设计	山东省青岛生建机械厂
滚丝机	QSZ—085	最大滚压力:1 250kN	改型设计	山东省青岛生建机械厂
花键冷敲机	LQ300	加工件最大长度:300mm	改型设计	山东省青岛生建机械厂

4. 科研成果及其应用

多年来，插拉刨床行业企业以科技进步为中心，促进了企业的改革与发展。各企业都建立了技术创新体系，培养了一支较强的产品研究开发队伍。在企业人员构成上，工程技术人员占有较高的比例，聚集了一批技术开发高级人才，为企业发展提供了核心动力。2007 年，插拉刨床行业共完成 6 项科研成果。2007 年插拉刨床行业科研项目情况见表 69。

表 69　2007 年插拉刨床行业科研项目情况

序号	项目名称	主要内容	应用状况	项目来源	完成企业
1	花键滚轧机	Z28—25	自行应用	自选科研项目	山东青岛生建机械厂
2	花键滚轧机	QSZ—88	自行应用	自选科研项目	山东青岛生建机械厂
3	数控滚轧机	Z28KJ—35	自行应用	自选科研项目	山东青岛生建机械厂
4	倒锥齿滚轧机	QSZ—083	自行应用	自选科研项目	山东青岛生建机械厂
5	花键冷敲机	LQ300	自行应用	自选科研项目	山东青岛生建机械厂
6	风力电机主轴	600—1.5MW	自行应用	自选科研项目	山东通裕集团有限公司

5. 行业中企业管理、质量管理、体制改革

2007年，插拉刨床行业各企业转变观念，深化企业改革，建立现代企业管理制度，彻底改变传统的经济观和价值观，建立新的企业文化，使企业呈现出良好的发展态势，如长沙机床厂和辽宁抚顺机床制造有限公司。

长沙机床厂于2006年5月被湖南友谊阿波罗股份有限公司承债式兼并。改制后，按现代企业管理模式，优化配置人力资源、调整生产布局、机构调整和选择社会化加工伙伴，在生产经营、经济效益等方面都取得了丰硕的成果。该厂在巩固老产品的同时，努力发展创新，以市场为导向，加强销售渠道建设，用科学的发展观牢固树立"人才为先，科技为本"的理念，致力打造一批在专业技术上有创新能力和实践经验的技术骨干。加速产品升级，促进企业规模、效益、自我发展和市场竞争能力的全面提升，通过技术创新，逐步进入高端拉床市场，实现由传统的占领市场到以技术创新引领市场的战略转变，尽快扭转高端拉床依赖进口的局面。

在质量管理上，各企业建立了以 ISO9001：2000 为依据的质量管理体系，采取多项措施提高产品质量，依据市场和用户需求开发新产品，组织产品生产。各企业普遍加大了对原材料、生产过程及售后服务的质量控制，使产品质量和服务质量大幅度提高。

6. 企业简介

长沙机床厂　是拥有90余年历史的国有机床制造企业，全国插拉刨床行业技术归口单位，通过了 ISO9001：2000 质量体系认证。企业拥有固定资产净值2 364万元，全年从业平均人数562人，2007年完成工业总产值7 882万元，比上年增长56.52%；实现销售收入7 364万元，比上年增长30.2%。

企业集50多年拉床、液压牛头刨床、组合机床等丰富的制造经验和成熟技术，服务于众多工业领域，为切削加工行业提供加工设备，同时按用户个性化需求，采用经济方案解决复杂的加工工艺，为生产提供专用拉床。近年来，通过适时开发市场急需的专用机床、枪钻机床、大吨位立式拉床和数控螺纹拉床等，根据客户对产品不同品种、功能、档次的需求及时推出深受用户喜爱的新产品，同时通过在专机开发过程中的"用户合作模式"，实施为客户找产品，积极发展与客户长期的互利关系等措施。

工厂秉承"稳中求进"的发展思路，坚持"质量优先"的发展原则和坚持"以人为本"的工作方针，确立把握拉床市场，拓展新品研发，挖掘市场需求的经营宗旨，坚定不移地实施成本核算，强化基础管理等举措，实现了生产经营持续增长。

辽宁抚顺机床制造有限公司　原辽宁省抚顺机床厂，自1958年开始生产机床产品，逐步发展成为生产插床、牛头刨床为主，仿形步冲压力机为辅的机床工具行业的重点企业，具有从铸造、机加、组装配套的机械生产加工能力。

2007年公司实现工业总产值4 034万元，产品销售收入4 641万元，现有职工379人，拥有金属切削机床、锻压、起重运输、木工锻造、动力电气、冶炼热处理等设备（生产线）600台（套）。

50多年的发展历史，使工厂无论在铸造、锻造、铆焊、机械加工、热处理、电镀以及装配等方面已积累了丰富的实践经验，具备雄厚的技术力量，具有先进的工艺装备、精良的加工设备、完善的检测手段和科学的管理体系，已发展成为一个现代化的机床生产厂，并于2007年11月通过 ISO9001 质量管理体系认证，获得出口产品质量许可证。企业宗旨是："以用户为上帝、以质量求生存、以信誉求发展"。

山东省青岛生建机械厂　国有企业，国家机械工业重点骨干企业，主要生产金属切削机床和金属成形机床。

2007年，公司认真贯彻"十七大"精神，坚持"做精做细做强，力争做大我厂经济"的经营思想，以安全稳定为前提，外抓市场，内抓管理，促进了企业经济又好又快的发展，经济规模和效益均达到新的高度，创历史最好水平。

2007年，企业抓住机遇，完善措施，加强调控，使经济运行工作有条不紊地积极前行。在抓好生产与销售的同时，企业始终坚持将产品创新建设作为经济工作的重点，立足市场，开发适销对路的产品。企业还将眼光放长远，制定出新产品开发工作的长期、中期、短期规划与计划，为进一步巩固产品在行业中的领先地位夯实了基础。

2007年，企业完成工业总产值12 258万元，同比增长13.24%；产品销售收入10 676万元，同比增长4.83%；实现利润6 295万元，同比增长97.55%；工业增加值5 972万元，同比增长14.52%；生产总量2 395台，同比增长2.7%；销售总量2 297台，同比增长1.95%；年末从业人员941人。

苏州新华机床厂　是一家具有50余年专业生产机床历史的中型国有企业，在同行业中享有盛誉。

该厂生产设备齐全，技术力量雄厚，拥有金属切削机床400多台（套）。主要生产数控电火花线切割机床系列、牛头刨床系列。所生产的 DK7763 和 DK7740 等获得江苏省金牛奖，DK7763 被列为1995年度国家重点新产品，DK77120 为国内首创的特大型快走丝数控线切割机床。2007年完成工业总产值4 356万元，销售收入4 447万元。

该厂秉承"追求卓越，用户至上"的理念，严格执行 ISO9002 系列标准，坚持以技术创新为龙头，以产品结构调整为主线，以新品开发为抓手，着力完善产品系列图谱，提高企业柔性化生产能力。随着产品结构的优化和内部管理的加强，企业经济运行质量和效益进一步提高，各项经济指标居行业领先水平。稳定的产品质量和及时周到的售后服务赢得了良好的市场信誉，企业逐步形成了立足华东，辐射全国的市场网络体系。

甘肃省监狱企业集团天水机床有限责任公司　是国家金属切削机床定点生产企业，具有近40年专业从事机床研发、设计、制造和销售的历史。公司奉行"严格管理、稳定提高、持续改进、满足顾客"的质量方针，秉承"以不断提高的科技，致力满足客户需求"的经营理念，坚持走"以质量求生存、以品种求发展、以服务求市场、以管理求效益"的质量效益型之路。

公司技术力量雄厚,生产设备齐备。拥有铸造、锻造、焊接、金属材料热处理、高中频淬火及氮化表面处理、机械加工、产品装配、喷漆、包装等整套生产能力,并有功能齐全的省二级理化实验室和计量室。近年来,根据市场要求研制生产的 BY60100B、BYT60100C、BY60125、BY60125A 等系列液压牛头刨床,用于刨削各种平面和成形面,扩大了原有牛头刨床的加工范围和功能,适用单件和批量生产;机床采用液压传动,其速度可无级变速,具有过载保险装置,速度平稳、切削力大、精度稳定;刀架具有自动抬刀装置,进刀准确可靠;产品性价比高。为不断向顾客提供符合质量标准的产品和满意的服务,公司已通过 ISO9001:2000 质量体系认证。由于企业实力不断增强,知名度不断扩大,2007 年,被甘肃省天水市授予"十强五十户"明星企业称号,成为企业发展史上的里程碑,2007 年被授予甘肃省"经济先进单位"。

友好合作,共同发展是企业追求的目标,质量至上,热忱服务是企业永不改变的宗旨,热情欢迎各界朋友来公司观摩指导、合作发展。

贵州筑城机床厂 系中型国有企业,主要生产 C620—1C 车床、B60100 牛头刨床、B6050G 牛头刨床及外协机械加工等。

2007 年,企业拥有固定资产 391.81 万元,实现工业总产值 558.26 万元,实现销售收入 536.81 万元,全年从业平均人数 683 人。工厂拥有主要设备 207 台,其中金属切削机床 188 台,大型、精密、关键设备 18 台。

襄樊展宏工贸责任有限公司 系国有独资企业,始建于 1957 年,占地面积 327 万 m²,厂房面积 1.5 万 m²。拥有各类机加工设备 531 台,固定资产 683 万元,年生产各类机床 800 台。

工厂拥有近 50 年的丰富制造经验,主要产品有 B6050B 型、B6063D 型系列牛头刨床,BYE60100 型液压牛头刨床,X5325 系列摇臂万能铣床。其中,B6050B 型系列牛头刨床精度稳定、性能可靠、外形美观,在国际、国内市场享有盛名,远销加拿大、新西兰及东南亚等地 40 多个国家和地区,颇受国内外用户好评。

工厂认真贯彻"质量第一、顾客至上、不断进取、争创一流"的质量方针,通过 ISO9001:2000 质量管理体系认证。

山东通裕集团有限公司 是民营企业。重点高新技术企业、中国科技名牌 500 强企业、中国工业行业排头兵企业、中国专利山东明星企业、山东省企业(集团)200 强、省机械行业十大自主创新品牌企业、山东省环境友好企业,拥有省级工程技术研究中心和省级企业技术中心。公司占地面积 73 万 m²,总资产 15 亿元,有员工 1 500 人,其中中高级专业技术人员 280 人。现已形成集生物质热电、特钢、电渣重熔冶炼、铸锻造、热处理、机加工和生物化工于一体的完整的产业链条,形成了较强的产业优势。已成为可为国家经济建设提供核心产品及大型高技术重大装备的研发、制造基地。2007 年实现销售收入 11.7 亿元,利税 2.9 亿元,出口创汇 2 400 万美元。万元销售收入耗标煤 0.597 1t,达国内

同行业领先水平。

公司先后承担了国家"863"计划 1 项、国家重点新产品计划 3 项、国家火炬计划 1 项、国家中小企业技术创新项目 2 项、省技术创新计划 5 项,在行业中率先研究开发了球墨铸铁管管模、数控电梯导轨刨床、25MN 数控校直液压机、大型电渣重熔锻钢锭、MW 级风力发电机主轴、大功率船用全纤维曲轴及大型传动轴系锻件、大口径厚壁电站锅炉管等高新技术产品,均填补了国内空白。目前拥有自主知识产权核心技术的省级以上科技成果 13 项,专利 24 项,国家级重点新产品 3 项,省名牌产品 2 项。公司已通过 ISO9001 质量体系认证、中国船级社认证和法国 BV 船级社认证。

泉州中侨(集团)机械制造公司 是原泉州机床厂、泉州机器厂、泉州车辆厂经改制和资产重组的机械制造专业厂家,于 2000 年 1 月组建,注册资本 500 万港元,是泉州中侨集团股份有限公司的子公司。

公司从事机械制造 40 多年,企业设有检测中心,拥有完善的检测设备,具有规模生产能力和产品开发的实力。主要产品有牛头刨床,CBY 手动液压搬运车,CTJ 堆垛车,花岗石加工机械,EVA、EP 塑料切片机,环保机械等系列非标设备。其中 SSQP1800 塑料切片机,XQP720 切坡机,SQL600 塑料切料机,CBYD、CBYD6 搬运车是近年来新研制的产品,深受用户青睐,产品远销美国、英国、澳大利亚、巴西和南非等 10 多个国家和地区。其中 CBY—2T 搬运车荣获福建省第二届工业品银奖,第二届中国专利新技术、新产品博览会银奖,产品连续 5 年荣获福建省优质产品称号及质量稳定证书,1997 年 2 月通过德国 TUV 公司 GS 标准认证及 CE 安全认证。

南通茂溢机床有限公司 外商投资企业,始建于 1953 年,经过 50 多年专业、成熟、可靠的设计、开发、制造各类锻压机械的厚积,产品多次荣获部、省、市优质产品称号。1998 年被批准为机电产品出口的扩大外贸自主权企业,并通过 ISO9001:2000 版质量体系论证。

公司注重技术进步和科学人性的管理,采用先进的设备、生产工艺和严格可靠的检测体系,且具备为用户提供特殊规格产品的设计制造服务能力,锻压机械始终得到广大客户的青睐,畅销全国 31 个省、市、自治区,并远销美国、日本、加拿大、俄罗斯、澳大利亚以及东南亚地区等 20 多个国家和地区,在国内外用户中享有良好的声誉。

企业始终推崇"博采众长、永为人先、诚实守信、与时俱进"的质量方针,为广大客户提供优质产品和优良服务。

长沙星沙机床有限公司 属民营企业,原为长沙第四机床厂,由 50 名职工合股购买组建为长沙星沙机床有限公司,拥有固定资产 792 万元,主要产品有热处理、溶复焊接等多功能系列产品数控激光机床,B5032A、B5020H 插床。

鄂州市咏鑫特种铸造有限公司机床厂 鄂州市咏鑫特种铸造有限公司是一家拥有固定资产 3 000 万元的民营企业,专业生产铸造碳素钢、合金钢、不锈钢、精密件、耐热钢和模具钢,综合经营范围包括冶金、工矿、化工、水电机械制造及工程安装。2003 年 10 月,公司整体收购鄂州市机床

厂,经平稳交接,重新调整后于 2004 年 4 月重新恢复生产,在保持原机床厂牛头刨床产品生产外,2007 年综合总公司设备及生产能力和原机床厂设备及生产能力,开发了其他产品的生产。

长沙机床厂机械刨床厂　是一家集体企业,地处长沙市南城湖南省环保科技产业园内。现有员工 200 余人,其中高中级技术人员 80 余人。工厂具有较强的科研开发能力,先进的设计技术,精良的 CNC 机床和工艺装备,完善的检测手段,严细的管理体系,周到的技术服务和多年的生产经验。

主要产品为牛头刨床、数控龙门刨床、插床、龙门磨床、镗铣床、液压联合冲剪机、数控镗铣床和罗茨鼓风机等。企业在不断吸收消化国内外知名厂家先进技术的同时,结合国内实际,于 20 世纪 90 年代末开发、研制了数控刨床、数控龙门刨床、数控液压插床系列,填补了国内空白。同时,新开发产品数控刨床、数控龙门刨床、数控液压插床已进入生产阶段。随着国际业务的开展,工厂于 2003 年取得了自营进出口权,大大促进了企业的出口业务,为国家创造了更多的外汇收入。

在"言必行,行必果"的企业文化氛围中,工厂遵循"诚信为本,顾客至上"的宗旨,恪守"你忧即我忧,我忧为你忧"的管理方针,在机械行业的发展列入国家战略重点的大好形势下,凭借自身人才优势和先进的行业技术,不断创新,积极谋求企业和社会的可持续发展。

新疆维吾尔自治区第三机床厂　是国有中型企业,是新疆机械行业石油钻采专用设备的主要制造厂之一,主要从事抽油机生产、石油钻采配件、机械零配件加工等,拥有 40 项发明专利。该厂拥有金属切削设备 670 余台,现有从业人员 460 人。2007 年完成工业总产值 20 436 万元,实现销售收入 17 408 万元。

2007 年,工厂继续坚持"一个龙头,两个立足,两个延伸",即以科技为龙头,立足新疆,立足油田,向其他领域延伸,向国际市场延伸,成功开发了调径变距、下偏杠铃、悬挂偏置三大系列共 33 个规格型号的节能抽油机和装置。

工厂始终坚持以为用户提供高质量的产品为宗旨,几十年来为油田用户提供了大量的专利技术及成套设备,为国家资源的装备技术水平和产品质量提供了重要保证,为

加强综合国力和提高我国的战略地位做出了重要贡献。

〔撰稿人:中国机床工具工业协会插拉刨床分会贺　玲
审稿人:中国机床工具工业协会插拉刨床分会张又红〕

(八)锯床

1.行业基本情况

2007 年,参加本年鉴统计的有 24 家会员单位,其中私人控股企业 20 家,集体控股企业 2 家,国有控股企业 2 家。私人控股、集体控股、国有控股企业分别占参加年鉴统计数量的 83.4%、8.3%、8.3%,私有企业为绝对主流,与目前行业的大体结构一致。

2007 年,24 家企业共实现工业总产值 117 076.8 万元,实现工业销售产值 108 927.2 万元,工业增加值 30 114.1 万元,利税总额 8 917.03 万元,比 2006 年(17 家企业)的 63 956.4 万元、60 367.3 万元、18 318.1 万元和 6 838.3 万元;分别增长 83.1%、80.4%、64.4% 和 30.4%。实现企业平均工业总产值、工业销售产值、工业增加值、利税总额分别为 4 878.2 万元、4 538.6 万元、1 254.8 万元和 371.5 万元;比 2006 年的 3 762 万元、3 551 万元、1 077 万元和 402 万元,分别增长了 29.7%、27.8%、16.5% 和减少 7.6%,产销率达到 93.3%。从业人数由 2006 年的 2 831 人增加到 3 863 人,增长 30.1%;人均产值 31.79 万元,人均利税达 2.42 万元,分别比 2006 年增长 40.7% 和 0.4%。固定资产净值余额由 2006 年的 10 897.9 万元,猛增至 2007 年的 22 841.5 万元。2007 年锯床行业主要经济指标完成情况见表 70。2007 年锯床行业企业主要经济指标完成情况见表 71。

表 70　2007 年锯床行业主要经济指标完成情况

指 标 名 称	单位	实际完成
工业总产值(现价)	万元	117 076.8
其中:机床工具类产品产值	万元	95 560.3
工业销售产值(现价)	万元	108 927.2
其中:机床工具类产品产值	万元	93 301.4
工业增加值	万元	30 114.1
实现利税	万元	8 917.0
从业人员平均人数	人	3 863
资产总计	万元	89 772.9
流动资产平均余额	万元	36 705.2
固定资产净值平均余额	万元	22 841.5

表 71　2007 年锯床行业企业主要经济指标完成情况

序号	企 业 名 称	工业销售产值 (万元)	工业总产值(现价) (万元)	从业人员平均人数 (人)
1	浙江晨龙锯床股份有限公司	16 980	21 000	320
2	湖南泰嘉新材料科技股份有限公司(原湖南机床厂)	18 968	19 856	560
3	浙江锯力煌锯床股份有限公司	17 141	18 655	357
4	滕州市三合机械有限公司	12 632	12 632	369
5	浙江雁荡山机床有限公司	7 425	7 525	195
6	浙江得力机床制造有限公司	5 151	6 000	180
7	连云港机床厂有限公司	4 678	4 882	274
8	浙江伟业锯床有限公司	4 493	4 599	157
9	浙江丽水神雕机械有限公司	3 280	3 329	156
10	上海斯汇明机械有限公司	2 595	2 595	120
11	浙江省缙云县华东机床厂	2 091	2 360	140

序号	企业名称	工业销售产值（万元）	工业总产值（现价）（万元）	从业人员平均人数（人）
12	陕西省汉中天一机床有限公司	1 763	1 851	170
13	重庆江东锯带有限责任公司	1 728	1 590	210
14	浙江凯达机械工具有限公司	1 195	1 325	56
15	上海沪南带锯床有限公司	1 282	1 279	80
16	浙江三门剑齿虎机电制造有限公司	1 250	1 250	78
17	浙江华泰机械工具有限公司	1 077	1 075	68
18	缙云县伟仁机械有限公司	1 030	1 040	60
19	石家庄威锋机械制造有限公司	980	980	56
20	上海荷南带锯床机械有限公司	862	879	53
21	浙江沪缙机床有限公司	707	754	66
22	上海闵川带锯床制造有限公司	728	728	45
23	保定长城锯床有限公司	468	468	59
24	保定万维机床有限公司	424	424	34

24 家企业中产值超过 2 000 万元的由 2006 年的 8 家，增加到 2007 年的 11 家，其中 1 亿元以上的有 4 家；1 000 万元以上的由 2006 年的 11 家，增加到 18 家，500 万元以下的只有 2 家。

从以上数据看，锯床行业企业的工业总产值、工业销售产值、工业增加值、从业人数在大幅度的提高，当然这种大幅提高与参加统计的企业数量增加有关，但不可忽略的一点是按企业平均值计算，工业总产值、工业销售值、工业增加值的平均增长幅度最大达到 29.7%，利税总额企业平均值出现负增长。人均产值增长高达 40.7%；而人均利税总额的增长幅度很小。说明整个行业在发展壮大，而且发展得特别快，人均劳动生产率也得到了大幅度的提高；但作为劳动贡献率衡量指标的利税总额增幅基本为零，人均利税为负增长，表明市场份额的加大，促使行业企业拼命提高产量，抢占市场份额，加剧了竞争的力度，企业的利润大幅降低，效益在不断下降，企业面临新一轮的挑战。工业总产值、工业销售值的平均增长幅度不大，也从另一个侧面证明了 2006 年参加年鉴统计的 17 家企业在行业中具有一定的代表性。产业竞争的残酷现实，将使产业集中的趋势越来越明显。

2. 生产及出口情况

（1）生产情况。2007 年，参加年鉴统计的 24 家会员单位，生产锯床 34 430 台，产值 70 591.5 万元；其中数控锯床 1 843 台，产值 11 943.6 万元。与 2006 年相比，锯床产量增加了 17 696 台，产值增加 27 260.5 万元；其中数控锯床产量增加 1 734 台，产值增加 10 716.9 万元，同比分别增长了 105.7%、62.9%、1 590.8% 和 873.6%。单台锯床的平均价格由 2006 年的 2.59 万元/台，降低到 2007 年的 2.05 万元/台；行业企业的锯床全年最低平均单价由 2006 年的 1.22 万元/台降低至 0.75 万元/台。数控锯床的平均单价由 2006 年的 11.25 万元/台，降到 2007 年的 6.48 万元/台，同比降低 42.4%，其价格比通用型产品单价高出 2.16 倍。以上数据表明，尽管锯床市场需求在不断扩大，产量在成倍增长，通用型产品的市场竞争却在不断加剧，低端产品只有靠降低价格来抢占市场份额；而随着数控技术的不断成熟和发展，市场对数控锯床的需求也在不断增加，数控锯床的生产量 2007 年与 2006 年相比，可谓呈几何倍数的增长，增长 15.9 倍；数控锯床产量占锯床总产量的比例为 5.35%。随着数控锯床产量的急剧增加，其技术含量和数控装置的档次比 2006 年有较大幅度的降低。行业企业锯床全年最低平均价为 0.75 万元/台，主要是小规格锯床的市场需求旺盛，企业如果在产品结构和规格方面根据市场需求不断调整和优化，产品价格也还是有上升空间的。从目前的走势看，锯床行业产品数控化需求量加大已显睨端。2007 年锯床行业企业分类产品生产情况见表 72。

表72　2007 年锯床行业企业分类产品生产情况

序号	企业名称	实际完成		其中:数控	
		产量（台）	产值（万元）	产量（台）	产值（万元）
1	湖南泰嘉新材料科技股份有限公司	861	3 406	7	587
2	石家庄威锋机械制造有限公司	845	709	89	610
3	浙江雁荡山机床有限公司	1 446	4 678	27	135
4	上海荷南带锯床机械有限公司	366	806	26	115
5	上海沪南带锯床有限公司	528	1 245	18	147
6	上海闵川带锯床制造有限公司	189	728	176	680
7	浙江三门剑齿虎机电制造有限公司	551	1 216	23	162
8	浙江锯力煌锯床股份有限公司	5 691	14 517	85	1 270
9	浙江晨龙锯床股份有限公司	6 500	10 860	530	2 650
10	浙江伟业锯床有限公司	2 060	4 599	225	912
11	浙江得力机床制造有限公司	2 487	5 734	8	97
12	浙江省缙云县华东机床厂	1 120	2 091	31	140

序号	企业名称	实际完成		其中：数控	
		产量（台）	产值（万元）	产量（台）	产值（万元）
13	连云港机床厂有限公司	1 864	4 822	3	37
14	滕州市三合机械有限公司	4 113	3 100	10	162
15	保定万维机床有限公司	115	351	35	188
16	浙江沪缙机床有限公司	400	754	4	9
17	浙江凯达机械工具有限公司	476	975	53	179
18	浙江丽水神雕机械有限公司	1 832	2 129	74	292
19	浙江华泰机械工具有限公司	878	1 075		
20	重庆江东锯带有限责任公司	720	1 248		
21	上海斯汇明机械有限公司	372	3 026	32	2 088
22	陕西省汉中天一机床有限公司	380	1 461	380	1 461
23	缙云县伟仁机械有限公司	525	893	7	22
24	保定长城锯床有限公司	111	168		

注：表中各企业数据仅指锯床产品，不含其他产品。

（2）出口情况。2007 年，锯床行业共出口锯床 4 811 台，出口额 6 086.4 万元；其中数控锯床 158 台，出口额 1 102.2 万元。与 2006 年锯床出口 438 台，出口额 1 333.04 万元相比，出口量增加 4 373 台，出口价值量增加 4 753.31 万元；其中数控锯床正式启动出口。出口锯床的平均单价由 2006 年的 3.04 万元/台下降到 1.27 万元/台，出口数控锯床平均价值量为 6.98 万元，行业企业的锯床出口最低平均单价为 0.86 万元/台。从出口锯床的平均单价看，由于我国小规格的锯床价格低廉，产品的国际竞争力在不断增强，使得出口量在大幅度的增加，因此也拉低了出口锯床平均价值量，国内锯床的平均单价则高于出口平均单价。出口数控锯床平均价值量达到 6.98 万元，比国内数控锯床平均单价 6.48 万元要高出 7.7%，数控锯床出口量占锯床出口量的比重为 3.3%。说明出口数控锯床在技术含量和数控装置的档次方面要略高于国内需求，国外对低端数控锯床的需求明显低于国内的需求。2007 年锯床行业企业产品出口情况见表 73。

表 73　2007 年锯床行业企业产品出口情况

序号	企业名称	实际完成		其中：数控	
		出口量（台）	出口额（万元）	出口量（台）	出口额（万元）
1	湖南泰嘉新材料科技股份有限公司	30	103		
2	浙江雁荡山机床有限公司	17	135		
3	上海荷南带锯床机械有限公司	6	32	3	21
4	浙江三门剑齿虎机电制造有限公司	1	27	1	27
5	浙江锯力煌股份有限公司	23	65	6	36
6	浙江晨龙锯床股份有限公司	300	1 000	120	600
7	浙江伟业锯床有限公司	35	241		
8	浙江得力机床制造有限公司	17	195	8	97
9	连云港机床厂有限公司	287	722	2	88
10	滕州市三合机械有限公司	4 083	3 500	10	185
11	浙江丽水神雕机械有限公司	12	67	8	48

注：表中各企业数据仅指锯床产品，不含其他产品。

3. 新产品、新技术、新工艺发展情况

2007 年，锯床行业各企业进一步加大了自主创新力度，自行设计开发各种锯床新产品满足市场和用户的需求。24 家参加年鉴统计的单位设计开发新产品 39 台，其中卧式带锯床 20 台、立式带锯床 10 台、圆锯床 5 台、金刚石锯床 1 台、其他机床 3 台，所占比重分别为 51.3%、25.6%、12.8%、2.6%、7.7%。这些新产品中，属于企业全新设计开发的有 24 台，自行改进设计的 15 台，分别占新产品的 61.5%、38.5%；11 台为行业新产品，其余 28 台为企业新产品，绝大部分全新设计的新产品都是为满足特定用户独特的个性化需求而设计开发的。

从统计汇总情况来看，锯切规格（主参数）达到或超过 1 000mm 的锯床 6 台，占锯床新产品总数的 13.8%；达到或超过 500mm 的有 15 台，占新产品的比例为 38.5%；锯切线速度超过 1 000m/min 的锯床 6 台，占 13.8%；数控锯床 5 台，占 12.8%；实现角度锯切的锯床 6 台，占 13.8%；锯切有色金属的锯床 7 台，占 17.9%；非金属锯切机床 5 台，占 12.8%。由此可以看出锯床正在朝大型化、数控化、高速化方向发展，具有从切割黑色金属向有色金属和非金属方向延伸的趋势，而且趋势相当明显。

湖南泰嘉新材料科技股份有限公司（原湖南机床厂）为提高有色金属铜材的锯切效率，有意尝试铜材棒料的成排锯切方式，设计开发的 HN060 成排锯切卧式圆锯床将圆锯片、锯刀箱及进给机构置于工作台下方，由一组液压缸驱动做水平进给和快进快退运动；水平和垂直夹紧分别安装在横梁和工作台上，对成排工件的夹紧牢固可靠。采用微量油雾润滑、冷却防积屑瘤技术进行高速锯削的方式,实现了黄铜棒、黄铜板材的高效锯切。针对非金属材料锯切市场,成功开发的 GK57130 石墨碳块三轮立式带锯床,解决了高速锯切的平衡问题,使用特殊刀具和专用冷却技术,对高密度、高硬度的大型石墨块进行高速切割,切割表面质量高,锯切最大规格尺寸达 2 500mm×1 300mm×1 300mm,填补了锯切非金属材料领域大型带锯床又一个国内空白,具有完全知识产权。浙江雁荡山机床有限公司开发的 GZ42250 卧式带锯床锯切规格达 2 500mm,成为行业锯切规格最大的卧式带锯床设备。浙江晨龙锯床股份有限公司设计的纸蜂窝分切带锯床,采用高速切削技术,锯切速度达 2 800～4 500m/min,进给速度达 150～1 000mm,速度和效率相当可观。浙江三门剑齿虎机电制造有限公司在其新产品开发中,特别对送料机构进行设计,采用步进电动机、行星减速器、滚珠丝杆、直线滚动导轨结构控制送料尺度误差在0.1mm 以内,并安装锯切偏差控制装置,保证锯切精度控制在 0.1mm 以内。2007 年锯床行业新产品开发情况见表 74。

表 74　2007 年锯床行业新产品开发情况

序号	产品名称	型号	主要技术参数	企业名称
1	石墨碳块三轮立式带锯床	GK57130	最大锯切厚度:1 300mm;最大锯切宽度(喉深):1 500mm;最大锯切长度:2 800mm;锯条尺寸:34mm×0.9mm×11 000mm	湖南泰嘉新材料科技股份有限公司
2	成排锯切卧式圆锯床	HN060	最大锯片直径:610mm,锯片进给行程:500mm;最大锯切厚度:120mm	湖南泰嘉新材料科技股份有限公司
3	切铝圆锯床	HN061	圆锯片规格:ϕ615mm×3mm/ϕ760mm×7mm;最大切割尺寸:210mm×3 700mm;最小切割尺寸:10mm	湖南泰嘉新材料科技股份有限公司
4	型钢立柱卧式带锯床	G4250×75/XG	最大锯切圆料直径:500 mm;最大锯切方料:750mm×500mm;最小锯切宽度:350 mm;带锯条规格:41mm×1.25mm×7 000mm	湖南泰嘉新材料科技股份有限公司
5	立柱卧式带锯床	G42100A1	最大锯切圆料规格:ϕ1 000 mm;最大锯切方料(宽度×厚度):1 000mm×1 000mm;最小锯切方料(宽度×厚度):300mm×2 002mm;带锯条规格:54mm×1.6 mm×11 380mm	湖南泰嘉新材料科技股份有限公司
6	卧式带锯床	G4030A	最大锯切直径:300mm;最大锯切长度:610mm;带锯条尺寸27mm×0.9mm×3 820mm	湖南泰嘉新材料科技股份有限公司
7	铝扁锭专用立式带锯床	GL5250×150B	最大锯切规格(高×宽):500mm×1 560mm;最小锯切宽度:1 000mm;带锯条规格:约 41mm×1.25mm×11 100mm	湖南泰嘉新材料科技股份有限公司
8	立式带锯床	HN056B	最大锯切厚度:350mm;喉深:1 060mm;带锯条规格:27mm×0.9mm×5 490mm	湖南泰嘉新材料科技股份有限公司
9	高速带锯床	G544090	线速度:4 700m/min	石家庄威锋机械制造有限公司
10	数控转角带锯床	G423250/XLR		石家庄威锋机械制造有限公司
11	钢管倒棱机床	GXT100		石家庄威锋机械制造有限公司
12	汽车桥壳齐头机床	WF252		石家庄威锋机械制造有限公司
13	卧式带锯床	GZ42250	锯切直径:2 500mm	浙江雁荡山机床有限公司
14	卧式旋转带锯床	GZ4225×50	锯切直径:250mm×500mm	浙江雁荡山机床有限公司
15	卧式旋转带锯床	GZ4250×100	锯切规格:500mm×1 000mm	浙江雁荡山机床有限公司
16	立式锯铣床	G5332×40	锯切规格:320mm×450mm	浙江雁荡山机床有限公司
17	卧式带锯床锯石机	GB421080	锯切规格:800mm×800mm×(3～100)mm	浙江雁荡山机床有限公司
18	立式高速锯铝机	G5360×200—600	锯切规格:600mm×2 000mm×6 000mm	浙江雁荡山机床有限公司
19	卧式锯钻床	GZK50100	锯切规格:500mm×1 000mm	浙江雁荡山机床有限公司
20	龙门带锯床	GB42160	锯切规格:1 600mm×1 600mm	浙江锯力煌锯床股份有限公司
21	金刚石锯床	G5160×60—100	锯切规格:600mm×600mm×1 000mm	浙江锯力煌锯床股份有限公司

序号	产品名称	型 号	主要技术参数	企业名称
22	铝钢复合板锯切立式带锯床	G5325—65—750	最大锯削厚度：250mm；最大锯削宽度（喉深）：650mm；最大锯削长度：7 500mm；锯削速度：25～100 m/min；进给速度：25～95m/min；锯架快速移动速度：2 500mm/min	浙江晨龙锯床股份有限公司
23	纸蜂窝分切带锯床		最大锯切高度：500 mm；最大锯切宽度：1 200mm；带锯条规格（宽×厚）：27mm×0.9mm；带锯条锯削速度：2 800～4 500m/min（变频调速）；工作台进给速度：150～1 000mm/min；工作台快速移动速度：≥2 500mm/min	浙江晨龙锯床股份有限公司
24	带锯床	BS-315G	切割能力：圆钢φ100mm，方钢140mm×90mm	滕州市三合机械有限公司
25	切割机	TV300	切割能力：圆钢φ100mm，方钢140mm×80mm	滕州市三合机械有限公司
26	切割机	TV350	切割能力：圆钢φ120mm，方钢140mm×90mm	滕州市三合机械有限公司
27	数控镗铣床	TXK68	工作台面尺寸：820mm×920mm；主轴直径：80 mm；定位精度：+0.015mm	滕州市三合机械有限公司
28	数控锯床	GZK4025-1500	剪刀卧式全自动	保定万维机床有限公司
29	数控锯床	GS4030	双立柱全自动	保定万维机床有限公司
30	卧式带锯床	GB42120/180	锯切直径：1 800mm	浙江沪缙机床有限公司
31	卧式带锯床	GB42200	锯切直径：2 000mm	浙江沪缙机床有限公司
32	卧式带锯床	GX4030	可转45°～90°	浙江沪缙机床有限公司
33	卧式带锯床	GZ4030	锯切直径：300mm，数控型	浙江沪缙机床有限公司
34	卧式带锯床	GZ4230	锯切直径：300mm，数控型	浙江沪缙机床有限公司
35	数控纵横锯切金属带锯床	GD4245/50	纵切尺寸（高×宽）：450mm×500mm；横切尺寸（宽×长）：500mm×800mm；角度0°～90°	浙江丽水神雕机械有限公司
36	铝合金板材锯切机	G15/170	锯切尺寸（高×长）：150mm×1 700mm	浙江丽水神雕机械有限公司
37	自动卧式带锯床	GZK4235	锯切能力：φ400mm；锯切速度：（22m/min）/（46m/min）/（70m/min）；主电动机功率3kW；液压电动机功率1.5kW	浙江三门剑齿虎机电制造有限公司
38	自动卧式带锯床	GZ4235	锯切最大直径：350mm；成束锯切：308mm×150mm；自动送料高度：500mm；锯切速度：（22 m/min）/（46 m/min）/（70 m/min）	浙江三门剑齿虎机电制造有限公司
39	高速锯铝带锯床	G5360×70—100	锯切能力：高度圆料φ400mm，板料600mm；行程：1 000mm；锯切速度：720m/min；喉深700mm	浙江三门剑齿虎机电制造有限公司

4. 技术引进及合资合作情况

2007 年 8 月，湖南泰嘉新材料技术有限公司（2003 年 10 月由归国留学人员创建）与长沙中联重工科技发展股份有限公司湖机分公司并购重组，成立了湖南泰嘉新材料科技股份有限公司，成为国内唯一一家集生产双金属复合钢带、双金属带锯条和金属切割锯床为一体的企业，公司的 3 种产品互成犄角，相互关联，互相促进，形成极佳的产品链，在金属切削领域拥有无可比拟的优势。

5. 科研成果及其应用情况

（1）科研情况。2007 年，锯床行业各企业进一步加大了自主研发力度，24 家参加年鉴统计的单位共开展研究项目 22 项，其中 7 项处于研制阶段，14 项属于自行研制项目，4 项为技术转让，其他项目 3 项，共投入研究资金 4215 万元。项目来源主要有企业自主开发共 18 项，占 81.8%；技术转让 2 项，占 9%；星火计划 1 项，占 4.5%；县科技计划 1 项，

占 4.5%。与锯切刀具及材料有关的科研项目 4 项，占 18%；与产业化有关的科研项目 2 项，占 9%；与锯切理论、锯床关键部件或结构（含设备）有关的研究项目 15 项，占 67.5%；非锯床行业的科研项目 1 项，占 4.5%。

1）锯切刀具及材料方面。为改变双金属复合钢带落后的局面，湖南泰嘉新材料科技股份有限公司投资 1 000 万元重点进行了高速锯切特种双金属复合钢带的研制开发，同时加强双金属带锯条新材料、新工艺、新齿型的研究，切割高强度、高硬度金属的双金属带锯条正处于研制阶段。该产品的研制成功将使我国锯切刀具提升到一个新的高度。浙江雁荡山机床有限公司则在硬质合金带锯条方面开展研究工作，力图改变硬质合金带锯条依赖进口的状况。

2）锯切理论及锯床结构方面。湖南泰嘉新材料科技股份有限公司就有色金属锯切工艺及设备进行研究和攻关，从理论入手，在结构和工艺方面想方设法提高锯切速度，减

少积屑瘤,减少振动,提高锯切效率和平稳性。部分研究成果已应用到 GL5250×150 铝锭专用立式带锯床和 HN060 成排锯切圆锯床上。代表锯切领域最高水平,能解决我国钢铁行业对多根成排钢管成品、多根钢坯锯切的 GKT65 系列硬质合金立式圆锯床的研究和开发现在正在进行中。该项目能使钢管、钢坯的高精度、高效率、高稳定锯切成为现实,将大大提升生产线上管胚、管材、轨梁的锯切加工工艺技术水平,打破国内依赖进口的局面,在世界先进机械工业制造业方面占领一席之地。浙江三门剑齿虎机电制造有限公司则从数控送料装置和锯料偏差控制装置入手开展研究,研制的双辊式送料机构成功地解决了长期困扰锯床行业成束送料过程中经常出现的带料(尤其料弯曲时)问题。浙江锯力煌锯床股份有限公司将带锯床关键部件和带锯床数控技术的研制列为其研究项目,并应用于其设备上。浙江晨龙锯床股份有限公司实施带锯床微机控制技术、带锯床电路集成技术及带锯床锯偏检测的研发,重点是将"中置随动导向装置"与微机控制技术结合,最大限度地缩短锯条的导向距离,保证锯条在锯切大尺寸型材时有足够的刚度,对提高型钢锯切精度和锯切效率特别有效。采用集成电路技术,将带锯床现有的电路控制功能按照一定的逻辑关系组合在特定的芯片上,实现带锯床电路功能的简化,降低成本,增强带锯床的稳定性。带锯床锯偏检测将实时检测材料在水平和垂直两个方向的垂直度,确保锯切精度。2007 年锯床行业科研项目完成情况见表 75。

表 75　2007 年锯床行业科研项目完成情况

序号	科研项目名称	主要内容	投入资金(万元)	项目来源	完成企业
1	高速锯切用特种双金属复合钢带	先进制造技术	10 000	国外引进自主开发	湖南泰嘉新材料科技股份有限公司
2	切割高硬度金属带锯条的研究和开发	带锯条新材料、新制造工艺、刀具设计等的研究和试验	300	自主开发	湖南泰嘉新材料科技股份有限公司
3	有色金属锯切设备的研究和开发	有色金属锯切的试验和研究,从结构和应用上减少积屑瘤、减少振动的产生,提高切削效率和锯切平稳	100	自主开发	湖南泰嘉新材料科技股份有限公司
4	GKT65×× 系列硬质合金立式圆锯床(管排锯)的开发设计		500	自主开发	湖南泰嘉新材料科技股份有限公司
5	M42 高速钢扁丝(0.95mm×1.5mm、1.15mm×1.5mm)生产线的研制		230	自主开发	浙江雁荡山机床有限公司
6	高速带锯床的研制	使用硬质合金锯条	30	自主开发	浙江雁荡山机床有限公司
7	硬质合金带锯条的研制		150	自主开发	浙江雁荡山机床有限公司
8	数控送料装置的研制和开发			自主开发	浙江三门剑齿虎机电制造有限公司
9	锯料偏差控制装置的研制			自主开发	浙江三门剑齿虎机电制造有限公司
10	高速锯铝带锯床的开发			自主开发	浙江三门剑齿虎机电制造有限公司
11	带锯床关键部件的研制及带锯床数控技术的研究开发		705	自主开发	浙江锯力煌锯床股份有限公司
12	2007 年县科技计划项目	应对 RoHS 指令,带锯床环保工艺新技术开发	60	自主开发	浙江晨龙锯床股份有限公司
13	国家火炬计划重点高新技术企业研究开发项目	带锯床微机控制技术产业化	100	自主开发	浙江晨龙锯床股份有限公司
14	浙江省加快发展装备制造业重点领域首台(套)项目	G5325×65×750 铝钢复合板锯切立式带锯床产业化	50	自主开发	浙江晨龙锯床股份有限公司
15	带锯床电路集成技术研究开发	采用集成电路技术,将带锯床现有的电路控制功能按照一定的逻辑关系组合在特定的芯片上,实现带锯床电路功能的简化,降低成本,延长使用寿命,增强带锯床的稳定性	40	自主开发	浙江晨龙锯床股份有限公司
16	带锯床锯偏检测及纠偏技术开发	在带锯床锯切过程中,实时检测材料在水平和垂直两个方向的垂直度,确保锯切精度	40	自主开发	浙江晨龙锯床股份有限公司
17	数控纵横锯切金属带锯床的研发	工件一次装夹实现锯切凸字形工件或半凸字形工件,通过龙门架和锯架的双轴运动及锯带基于工作台扭转的角度,实现材料的角度锯切操作	72	自主开发	浙江丽水神雕机械有限公司

序号	科研项目名称	主要内容	投入资金（万元）	项目来源	完成企业
18	铝合金板材专用锯切机床研发	圆盘式高速铝合金板材锯切机（提高锯片线速度从而实现高生产率及低粗糙度加工表面）	28	自主开发	浙江丽水神雕机械有限公司
19	可倾滑车数控立式带锯床	自动对线带角度金属锯切	550	星火计划	浙江得力机床制造有限公司
20	立式带锯床锯架旋转装置	锯架旋转	50	技术转让	浙江得力机床制造有限公司
21	双柱卧式带锯床圆柱直线导轨装置	锯架导轨	50	技术转让	浙江得力机床制造有限公司
22	M7130多功能精密磨床	复合磨削加工	160	县科技计划	浙江得力机床制造有限公司

（2）获奖科研项目情况。2007年，参加年鉴统计的24家锯床行业企业科研项目共获奖5项，其中国家级奖项1项，占20%；省级奖项3项，占60%；县级奖项1项占20%。湖南泰嘉新材料科技股份有限公司研制开发的"高速锯切特种双金属复合钢带"项目被中华人民共和国科学技术部评为"国家重点新产品"；浙江晨龙锯床股份有限公司研制开发的"数控立式异形锯切带锯床研发及产业化"项目被浙江省科技厅评为重大科技专项；浙江得力机床制造有限公司研制开发的"可倾滑车数控立式带锯床"项目被浙江省科技厅评为浙江星火项目，研制的"多功能磨床"项目被浙江省科技厅评为省高新技术产品项目；浙江丽水神雕机械有限公司研制开发的"数控纵横锯切金属带锯床"，被缙云县科技局评为县级新产品。2007年锯床行业获奖科研项目情况见表76。

表76　2007年锯床行业获奖科研项目情况

序号	项目名称	主要内容及应用范围	获奖名称	主要完成单位
1	高速锯切用特种双金属复合钢带	用于机加工领域	国家重点新产品	湖南泰嘉新材料科技发展股份有限公司
2	数控立式异形锯切带锯床研发及产业化		浙江省重大科技专项	浙江晨龙锯床股份有限公司
3	数控纵横锯切金属带锯床	应用于一次装夹，实现不同表面免二次装夹操作，保证了工作精度及拓展，应用到双轴联动实现角度锯切的全新概念操作		浙江丽水神雕机械有限公司
4	可倾滑车数控立式带锯床	自动对线带角度金属锯切	浙江省星火项目	浙江得力机床制造有限公司
5	多功能磨床	复合磨削加工	省高新技术产品	浙江得力机床制造有限公司

6.企业管理、质量管理、体制改革情况

湖南泰嘉新材料技术有限公司、缙云晨龙机械有限公司、浙江锯力煌锯床股份有限公司，为推进企业规划化运作，朝现代企业迈进，3家企业均进行了企业改制改革，明晰产权，并引进战略投资者进行股份化改造后分别更名为：湖南泰嘉新材料科技股份有限公司、浙江晨龙锯床股份有限公司、浙江锯力煌锯床股份有限公司。通过改革和重组，实现了优势互补、提高了企业知名度和竞争力，推动了技术进步、提高了经济效益，行业呈现出多元体制发展的良好格局，为行业的快速发展带来了新的活力。

7.行业新增和改制企业简介

湖南泰嘉新材料科技股份有限公司　前身是2003年10月由归国人员创办的湖南泰嘉新材料技术有限公司，2007年8月通过重组并购中联重科湖机分公司（原湖南机床厂）的有效资产，公司在锯切领域的实力得到了明显提升和快速发展。公司主营产品由原来单一的双金属复合钢带延伸到双金属带锯条及金属切割锯床，复合钢带和带锯条市场占有率均居国内之首。2008年初，公司引进新的战略投资者，进行了股份化改造，成为中外合资的股份制企业，总注册资本10 000万元。

公司实行董事会领导下的总经理负责制，建立了完善的质量管理体系，并在行业内首家同时获得锯床、锯条ISO9001：2000国际质量认证。公司先后填补了我国在锯床锯带方面的22个空白，其中16项具有自主知识产权。

公司主要产品包括：双金属带锯条、带锯床、圆锯床、复合带材、对焊机等五大系列，近百个品种规格。在全国各地设有30余家销售分公司和经营处，能够快捷及时地为用户提供周到和全方位的技术咨询和售后服务。此外，公司产品还出口到南非、波兰、以色列、巴西、意大利、印度等25个国家和地区，深受用户好评。

浙江锯力煌锯床股份有限公司　原浙江锯力煌锯床集团有限公司，创建于1987年。公司占地面积15.6万 m^2，资产总值1.586亿元，连续多年带锯床产量和市场占有率国内同行名列前茅。

公司专业生产"锯力煌"牌系列带锯床及数控加工中心、数控车床、铣床等。企业通过ISO9001质量体系认证和机械安全认证，产品技术先进、性能稳定。部分产品列入国家科技部创新基金项目和2005年国家火炬计划，享受国家创新基金的无偿资助。产品在多家国内大型钢铁企业及部分权威机构、研究所、航空航天等企业应用，同时出口到日本、美国、德国、加拿大、西班牙、印度等19个国家和地区，深受用户好评。

公司设有CAD设计中心，配备先进的数控加工中心、数控车床等机械加工设备，自主研发、设计、制造各种新、奇、特锯床，最大限度地满足客户需求。所有产品严格按ISO9001质量体系规范进行生产、检验及售后服务。在全国设有50多个销售服务中心，以保证一流的产品质量及用户满意的售后服务。

浙江晨龙锯床股份有限公司 原缙云晨龙机械有限公司，是中国锯床行业协会常务理事单位。公司具有雄厚的技术力量、精良的生产设备和先进的生产工艺，企业推行"6S"管理，通过ISO9001质量体系认证和ISO14001环保体系认证，并坚持持续改进。2007年，完成工业总产值21 000万元、销售收入16 980万元，从业人员320人；出口锯床300台，价值1 000万元。公司被评为国家"火炬计划重点高新技术企业"，"晨龙"商标被评为中国驰名商标。

公司致力于为客户提供"一流的产品和优质的服务"，重视技术引进，邀请技术专家指导，聘请技术人员，与高校合作组建技术中心并加强合作。先后获得11项国家专利，并创造了直径2.5m的立锯等多项"全国首台套"设备纪录。2007年开发了铝钢复合板锯切立式带锯床、纸蜂窝分切带锯床等新产品。

浙江三门剑齿虎机电制造有限公司 是2001年由浙江三门机床厂改制后成立的新型股份制企业，公司通过自主创新和技术人才引进，先后开发了数控自动卧式带锯床、中大型龙门卧式带锯床、滑车式立式带锯床和高速锯铝立式带锯床等新产品。在新产品开发和产品改进时，采用步进电动机、行星减速器、滚珠丝杆、直线滚动导轨、光栅尺、人机界面、锯切控制器、锯切偏差控制、双辊式自动送料机构、红外线激光校正仪、变频无级调速等功能部件，有效提升了产品使用性能和可靠性，提高了锯切精度和生产效率。公司研制的双辊式送料机构，成功解决了长期困扰锯床行业的成束送料过程中经常出现带料现象（尤其料弯曲时）的问题，而且具有简单、成本低、易维护、效果显著等特点，填补了国内空白。

上海荷南带锯床机械有限公司 是国内较早研制、开发各种规格金属带锯床系列产品的专业生产厂，是中国机床工具工业协会锯床分会会员单位，中国锯床行业协会理事会员。公司加工设备齐全，技术力量精湛，生产工艺先进，引进国内外先进技术，不断开拓创新。产品具有精度高、质量好、品种多、规格齐全、交货期短等特点，已赢得国内外用户的广泛信赖。产品畅销国内外，市场占有率在同行业中名列前茅。产品被中国质量检验协会评为全国质量稳定合格产品。2007年工业生产总值879万元，销售收入862万元，从业人员53人。

公司产品有卧式、立柱卧式、立式3大系列，半自动、全自动40多个品种。其中大规格带锯床和全自动带锯床选

用了进口液压元件和电器元件，产品质量稳定性好，锯切精度高，是大批量下料的理想选择。

浙江伟业锯床有限公司 创办于1991年，拥有固定资产6 586余万元，职工300多人，厂房总面积3.1万m²，专业生产"伟业"牌各式金属带锯床、永磁吸盘等。公司创建以来，坚持走质量效益型、品牌效益型发展之路，一直注重科技创新，不断改进产品。公司全面开展质量管理工作，进行ISO9001质量管理体制和三级计量体系贯标、认证并有效实施。"伟业"锯床以卓越品质投放市场得到了顾客的一致好评。

公司面对激烈的市场竞争，建立了庞大的销售服务网络，在全国各省市设有50多个销售服务中心，并不断拓展国外市场，在提高质量的同时，搞好售后服务。

上海闵川带锯床制造有限公司 公司专业生产制造各种类型带锯床。产品行销国内，并远销海外市场，产品质量和信誉受到商家和用户的一致好评。公司拥有一整套科学技术质量管理体系，先进的生产设计制造工艺流程，优质的生产设备与设施，为公司产品市场运行提供保障，公司产品先后被国家机床质量监督检验中心抽查，检验九项指标全部达到规定要求。

滕州市三合机械有限公司 是拥有自营进出口权的股份制民营企业，是下辖分布在枣庄、滕州等地5个紧密型企业的市场组合型集团公司。拥有员工480人，其中各类专业技术人员96人，年产各类机械设备30 000余台（套）。公司在2005年11月与意大利MACC公司合资成立三意机械有限公司，主要生产高精度欧款锯床及锯切加工中心等。

公司坚持以市场为导向，注重新产品研发工作。每年约有10余种新产品推向国内外市场，企业质量管理体系和产品获得了权威认证。近两年，公司通过了德国莱茵技术（商检）有限公司的ISO9001：2000标准认证。所有金属带锯床、立式钻床、砂带机、圆锯机都通过了CE认证。现已建成机床、锻压机械、电动工具、机床附件及工具机、金属带锯床、OEM紧密铸造碳钢及不锈钢等六大系列产品的生产线。

公司始终坚持以外销为主的销售策略，积极参与国际竞争，不断开拓国际市场。产品远销美国、英国、德国、法国、荷兰、丹麦、瑞典、意大利、克罗地亚、日本、印度尼西亚、阿拉伯联合酋长国、沙特阿拉伯、埃及、南非、阿根廷、秘鲁、澳大利亚、新西兰等50多个国家和地区。出口量占生产量的90%。

浙江省缙云县华东机床厂 创办于1988年，专业生产用于锯切黑色金属、有色金属、塑料及其他非金属材料的卧式、立式、双立柱、龙门式金属带锯床。工厂占地面积20 000多m²，资产总值3 000多万元，有着十几年生产带锯床的经验及雄厚的技术设计能力，能提供超过40多款的优质带锯床，月产量达600多台。工厂在生产过程中不断进行技术改革与创新，产品具有结构合理、性能稳定、操作方便、维修简便等优点，通过了ISO9001国际质量体系认证及安全认证。

浙江沪缙机床有限公司 是股份制责任有限公司。公司自主开发生产卧式、立式、数控系列金属切削带锯床，及

侧面、双面铣、龙门系列铣床,同时承接生产各种特殊要求的专用锯床及铣床。2007年,为适应市场需求,公司自主研制、开发、生产了GB42200型特大龙门卧式金属带锯床,GX系列锯梁旋转锯床及GZ控锯床。产品投放市场后得到用户的肯定。同年,还为船舶螺旋冒口切削定制了多台专用锯床,占据国内螺旋桨冒口切削专用锯床的主导地位。

2007年,公司机床工具类产品产值达到750多万元,销售值700多万元。

公司在全国主要大中城市设立了营销网点,以便捷的服务、完善的售后服务体系为用户提供实惠、方便的服务。

浙江得力机床制造有限公司 创建于1988年,现有员工200多人。公司资产总值2 208万元,2007年产值达到6 000万元,销售收入5 151万元,上交税收300多万元,是浙江省机床行业的骨干企业,中国机床工具工业协会会员和锯床分会理事单位。

公司拥有现代化的厂房,一流的检测设备和一支高素质的员工队伍。专业从事带锯床及平面磨床的设计制造与开发;制造各类卧式,立式,双柱式大型、中型、小型"得力"品牌的GD系列带锯床以及M系列卧轴矩台平面磨床。

公司十分重视科技创新工作,聘请技术专家,建立了机床制造研发中心,成功申请4项专利,先后有多个产品通过省级鉴定,技术处于国内领先地位。

〔本部分撰稿人:中国机床工具工业协会锯床分会肖雪梅 审稿人:中国机床工具工业协会锯床分会叶 钧〕

(九)组合机床

1.行业企业结构及发展情况

2007年,伴随我国经济的高速增长,组合机床行业同全国的机床行业一样,销售收入和利润都创历史最高水平。行业企业结构发生了很大变化。组合机床行业现有会员45家,其中国有企业9家,占20%;外商合资企业3家,占6.7%;国有和民营混合企业5家,占11.1%;民营股份制企业28家,占62.2%,民营股份制企业在行业中已占主导地位。参加统计的企业26家,工业销售产值连续两年突破百亿元,2007年达124.318 7亿元,同比增长超过15%;工业总产值125.694 2亿元,其中机床产值85.142 6亿元,同比增长36.8%;利润总额5.2亿元,同比增长57.6%。产量增长,利润增长更快,改变了多年全行业产量增加而利润下滑的状况。全年从业人员平均人数17 096人;资产总计90.447 1亿元,同比增长15.6%;固定资产净值余额12.2亿元。行业完成销售收入前3位的企业分别为:大连机床集团有限责任公司110亿元,东风汽车有限公司设备制造厂3.75亿元,亿达日平机床有限公司3.4亿元,合计近120亿元,占组合机床行业销售收入总和的92.5%。以上3个企业利润总额分别为4亿元、0.49亿元和0.17亿元,合计4.66亿元,占组合机床行业利润之和的89.6%。行业的集中度非常高。2007年组合机床行业主要经济指标完成情况见表77。2007年组合机床行业企业主要经济指标完成情况见表78。

表77 2007年组合机床行业主要经济指标完成情况

指 标 名 称	单位	实际完成
工业总产值(现价)	万元	1 256 942
其中:机床工具类产品产值	万元	851 426
工业销售产值(现价)	万元	1 243 187
其中:机床工具类产品销售产值	万元	831 428
工业增加值	万元	339 453
实现利税	万元	77 798
从业人员平均人数	人	17 096
资产总计	万元	904 471
流动资产平均余额	万元	516 000
固定资产净值平均余额	万元	122 000

表78 2007年组合机床行业企业主要经济指标完成情况

序号	企业名称	工业销售产值(万元)	工业总产值(现价)(万元)	从业人员平均人数(人)
1	大连机床集团有限责任公司	1 073 239	1 073 102	7 981
2	东风汽车有限公司设备制造厂	32 790	39 692	1 242
3	亿达日平机床有限公司	33 800	35 855	513
4	一拖(洛阳)开创装备科技有限公司	14 489	14 489	690
5	长春一汽装备技术开发制造公司	12 822	13 006	961
6	江苏高精机电装备有限公司	9 625	10 586	308
7	江苏恒力组合机床股份有限公司	9 200	9 260	641
8	南京东华汽车装备有限公司	7 771	7 801	378
9	大连兴龙液压有限公司	5 425	6 752	350
10	老河口光华组合机床股份有限公司	6 130	6 130	460
11	安阳欣宇机床有限责任公司	4 815	4 836	330
12	扬州组合机床厂	4 698	4 800	135
13	南京聚星机械装备有限公司	4 320	4 320	108
14	海门液压件厂有限公司	3 388	4 125	175
15	保定标正机床有限公司(保定第二机床厂)	2 455	3 398	596
16	山东济宁特力机床有限公司	3 004	3 250	410
17	江西奈尔斯西蒙斯赫根赛特中机有限公司	3 000	3 000	126
18	洛阳汇翔精机有限公司	2 592	2 592	254
19	宁波赛德液压件有限公司	1 915	2 100	91
20	大连专用机床厂	2 022	2 022	125
21	宁波创力液压机械有限公司	1 643	1 643	130

序号	企 业 名 称	工业销售产值(万元)	工业总产值(现价)(万元)	从业人员平均人数(人)
22	河北省保定机床厂	1 636	1 636	757
23	福建省将乐庆航机床有限公司	1 186	1 186	55
24	常州市同力机械制造有限公司	668	668	156
25	重庆第三机床厂	354	493	101
26	襄樊第二高级技术学校实习工厂	200	200	23

2.产品产量及市场情况

组合机床、数控组合机床及其柔性自动线是集机、电、仪于一体和技术综合程度很高的高效自动化技术装备。这类技术装备是中大批量机械产品实现高效、高质量和经济性生产的关键装备。因而被广泛应用于汽车、拖拉机、内燃机、电动机、工程机械、压缩机、摩托车、阀门、制锁、仪表和缝纫机等工业生产领域。这些领域涉及交通、农业、能源、军工和轻工等各个工业部门。因此,组合机床、数控组合机床及其柔性线对增强我国机械加工工业的实力,对国民经济的发展和满足人们对物质和文化生活日益增长的需求具有重要意义。在中大批量生产产品的机械行业中,数控组合机床及其柔性线将占有很大比重。随着我国汽车工业的高速发展,以及一些工业部门向集团化规模经营的发展,中大批量生产的产品增多,对组合机床的需求量不断增加。随着汽车变型速度的加快,对柔性生产线的需求将急剧增多。开发柔性组合机床及柔性自动线是组合机床行业大势所趋。行业企业在开发生产具有国际先进水平的柔性组合机床及柔性组合机床自动线方面,取得了一些经验。

随着汽车进口关税的不断下调,我国汽车市场的竞争越来越激烈,在激烈的竞争中,价格无疑是竞争的重要手段。大多数合资汽车厂在建厂时都是引进国外的成套设备,价格很高,相应的汽车制造成本也高,整车的价格高于国外同类车的价格。中国加入WTO后,国际汽车巨头涌入我国,价格竞争日趋白热化,各汽车厂必须降低其采购成本。我国组合机床行业经过多年的努力,通过引进、合资合作、自主创新使组合机床的制造水平有很大提高,能为汽车厂提供成套高效的自动化专用设备,且价格比从国外引进低的多,在能满足汽车厂设备要求的情况下必然成为厂商

的首选。随着汽车车型周期的不断缩短、变型的加快,国产数控组合机床和柔性自动线将被大量采用。这些都给组合机床行业提供了良好的发展机遇。

2007年组合机床行业生产各类机床53 554台,产值85.280 3亿元。其中组合机床及柔性自动线产量2 510台,产值达27.48亿元,同比增长56.2%。产量增幅不大,但产值却大幅度增加,说明机床的附加值在大幅度提高。数控组合机床产量1 338台,产值24.491 9亿元,占组合机床总产值的89.1%,可见数控产品的附加值非常高,普及组合机床及柔性自动线是行业的当务之急。在出口方面也取得了可喜的成果,全年金属切削设备出口量6 399台,出口额近5.485 9亿元,组合机床产品的需求量在大幅度增加,行业发展前景广阔。2007年组合机床分类产品生产情况见表79。2007年组合机床行业企业分类产品生产情况见表80。2007年组合机床分类产品出口情况见表81。2007年组合机床行业企业分类产品出口情况见表82。

表79　2007年组合机床行业分类产品生产情况

产 品 名 称	实际完成		其中:数控	
	产量 (台)	产值 (万元)	产量 (台)	产值 (万元)
金属切削机床	53 554	852 803	9 864	592 999
加工中心	1 141	116 825	1 141	116 825
其中:立式加工中心	442	16 611	442	16 611
卧式加工中心	699	100 214	699	100 214
车床	49 380	389 607	7 307	165 393
组合机床	2 510	274 800	1 338	244 919
其他金属切削机床	523	71 571	78	65 862

注:表中数据车床产品中不含仪表车床。

表80　2007年组合机床行业企业分类产品生产情况

序号	产 品 名 称	产量单位	实际完成		其中:数控	
			产量(台)	产值(万元)	产量(台)	产值(万元)
1	大连机床集团有限责任公司					
	金属切削机床总计	台	51 049	762 712	8 976	538 498
	加工中心	台	1 052	96 417	1 052	96 417
	立式加工中心	台	441	16 537	441	16 537
	卧式加工中心	台	611	79 880	611	79 880
	车床	台	49 380	389 607	7 307	165 393
	组合机床	台	539	210 826	539	210 826
	其他金属切削机床	台	78	65 862	78	65 862
2	亿达日平机床有限公司	台				
	金属切削机床总计	台	171	32 864	171	32 864
	加工中心	台	89	20 408	89	20 408
	立式加工中心	台	1	74	1	74
	卧式加工中心	台	88	20 334	88	20 334

序号	产 品 名 称	产量单位	实际完成		其中:数控	
			产量(台)	产值(万元)	产量(台)	产值(万元)
	组合机床	台	82	12 456	82	12 456
3	东风汽车有限公司设备制造厂	台				
	金属切削机床总计	台	125	11 037	35	7 059
	组合机床	台	98	10 627	35	7 059
	其他金属切削机床	台	27	410		
4	江苏高精机电装备有限公司	台				
	金属切削机床总计	台	239	10 035	174	2 940
	组合机床	台	239	10 035	174	2 940
5	老河口光华组合机床股份有限公司	台				
	金属切削机床总计	台	102	4 684		
	组合机床	台	102	4 684		
6	南京聚星机械装备有限公司	台				
	金属切削机床总计	台	294	4 320	94	2 320
	组合机床	台	294	4 320	94	2 320
7	安阳欣宇机床有限责任公司	台				
	金属切削机床总计	台	98	4 182	19	867
	组合机床	台	98	4 182	19	867
8	江苏恒力组合机床股份有限公司	台				
	金属切削机床总计	台	174	3 940	174	3 940
	组合机床	台	174	3 940	174	3 940
9	江西奈尔斯西蒙斯赫根赛特中机有限公司	台	203	3 000	21	483
	金属切削机床总计	台	285	3 810	21	483
	组合机床	台	82	810	21	483
	其他金属切削机床	台	203	3 000		
10	河北省保定机床厂	台				
	金属切削机床总计	台	250	2 100		
	组合机床	台	250	2 100		
11	大连专用机床厂	台				
	金属切削机床总计	台	59	1 922		
	组合机床	台	59	1 922		
12	保定标正机床有限公司(保定第二机床厂)	台				
	金属切削机床总计	台	136	1 769	80	969
	组合机床	台	136	1 769	80	969
13	山东济宁特力机床有限公司	台				
	金属切削机床总计	台	94	1 730	42	946
	组合机床	台	94	1 730	42	946
14	福建省将乐庆航机床有限公司	台				
	金属切削机床总计	台	182	1 686		
	其他金属切削机床	台	182	1 686		
15	洛阳汇翔精机有限公司	台				
	金属切削机床总计	台	71	1 635	71	1 635
	组合机床	台	71	1 635	71	1 635
16	扬州组合机床厂	台				
	金属切削机床总计	台	26	1 477		
	组合机床	台	26	1 477		
17	长春一汽装备技术开发制造公司	台				
	金属切削机床总计	台	15	1 270		
	组合机床	台	15	1 270		
18	常州市同力机械制造有限公司	台				
	金属切削机床总计	台	33	613		
	其他金属切削机床	台	33	613		
19	南京东华汽车装备有限公司	台				
	金属切削机床总计	台	7	478	7	478
	组合机床	台	7	478	7	478

序号	产品名称	产量单位	实际完成		其中：数控	
			产量（台）	产值（万元）	产量（台）	产值（万元）
20	一拖（洛阳）开创装备科技有限公司	台				
	金属切削机床总计	台	140	411		
	组合机床	台	140	411		
21	重庆第三机床厂	台				
	金属切削机床总计	台	4	128		
	组合机床	台	4	128		
22	海门液压件厂有限公司					
	液压件及系统	件/台	35 757/2 876	7 165		
23	大连兴龙液压有限公司					
	液压件及系统	件/台	58 763/3 530	4 783		
24	宁波创力液压机械有限公司					
	液压件及系统	件/台	870/175	2 590		
25	宁波赛德液压件有限公司					
	液压件及系统	件/台	3 280/161	777		
26	襄樊第二高级技术学校实习工厂	件				
	机床配件	件	1 400	113		

表 81　2007 年组合机床分类产品出口情况

产品名称	实际完成		其中：数控	
	出口量（台）	出口额（万元）	出口量（台）	出口额（万元）
金属切削机床	6 399	54 859	718	27 971
加工中心	137	16 611	137	16 611
立式加工中心	53	1 935	53	1 935
卧式加工中心	84	14 676	84	14 676
车床	6 258	37 466	577	10 578
组合机床	4	782	4	782

注：表中数据车床产品中不含仪表车床。

表 82　2007 年组合机床行业企业分类产品出口情况

序号	企业名称及产品名称	实际完成		其中：数控	
		出口量（台）	出口额（万元）	出口量（台）	出口额（万元）
1	大连机床集团有限责任公司				
	金属切削机床总计	6 395	54 077	714	27 189
	加工中心	137	16 611	137	16 611
	立式加工中心	53	1 935	53	1 935
	卧式加工中心	84	14 676	84	14 676
	车床	6 258	37 466	577	10 578
2	亿达日平机床有限公司				
	金属切削机床总计	4	782	4	782
	组合机床	4	782	4	782

中国组合机床行业虽然在新技术的应用上比国外要滞后，但组合机床市场也在发生变化，传统的组合机床订货逐年减少，柔性生产设备在逐渐增多，国内有实力的组合机床生产厂家能开发制造大量的柔性生产线，而像潍柴动力股份有限公司、广西玉柴机器股份有限公司、保定长城汽车股份有限公司、上海通用汽车有限公司、上海大众汽车有限公司、沈阳航天三菱汽车发动机制造有限公司、一汽大众汽车有限公司、重庆长安汽车股份有限公司等大型汽车企业都已开始采用国产组合机床柔性生产线。

经过多年的技术创新，行业技术有了较快的发展。东风汽车有限公司设备制造厂、大连机床集团有限责任公司、大连亿达日平机床有限公司等厂家加强与国外合资合作，利用和学习国外先进技术，提高自身水平，通过对引进技术的消化吸收再创新，发展自己的产品。开发的柔性、高效、高精度系列加工单元及柔性自动线，加工精度、稳定性均达到国际同类产品水平，完全可以替代同类进口产品，已被几大发动机厂采用，标志着国产柔性加工自动线开始进入发动机制造装备的主流市场。2007 年组合机床行业新产品开发情况见表 83。

表 83　2007 年组合机床行业新产品开发情况

序号	产品名称	型号	主要技术参数	产品性质	产品属性	完成企业
1	卧式车床	CW61100M	床身最大回转直径：1 000mm；刀架最大工件回转直径：720mm；主轴转速：7.5 ~ 1 000r/min	全新设计	企业新产品	大连机床集团有限责任公司
2	立式车床	CD5112	立刀架最大切削直径：1 250mm；侧刀架最大切削直径：1 100mm；工作台直径：1 000mm；工作台转速：6.3 ~ 200r/min	全新设计	企业新产品	大连机床集团有限责任公司
3	全机能数控车床	DL50/4000	最大回转直径：1 000mm，最大加工直径：轴类 800mm，盘类 1 000mm；最大加工长度：4 000mm；主轴最高转速：1 200r/min	全新设计	行业新产品	大连机床集团有限责任公司
4	全机能数控车床	DL—32MY	床身上最大回转直径：680mm；最大加工直径：400mm/630mm；主轴转速：20 ~ 2 500r/min			大连机床集团有限责任公司

序号	产品名称	型号	主要技术参数	产品性质	产品属性	完成企业
5	小型纵切机床	DB16	最大加工直径：16mm；最大加工长度：75mm；主轴最高转速：8 000r/min	全新设计	企业新产品	大连机床集团有限责任公司
6	车—车—拉机床	TTB—300	最大加工直径：300mm；最大加工长度：800mm；正、副主轴（C_1、C_2）最高转速：2 000r/min	全新设计	行业新产品	大连机床集团有限责任公司
7	立式加工中心	VDL500	工作台面尺寸：700mm × 320 mm；行程（X轴/Y轴/Z轴）：450mm/350mm/380mm；主轴最高转速：(8 000r/min)/(10 000r/min)	改型设计	企业新产品	大连机床集团有限责任公司
8	卧式高速加工中心	MDH40P	工作台面尺寸：400mm × 400mm；刀库容量：40 把/60 把/80 把/120 把；坐标行程（X轴/Y轴/Z轴）：630mm/620mm/710mm；主轴转速：100 ~ 12 000r/min	全新设计	行业新产品	大连机床集团有限责任公司
9	立式加工中心	VDR1000	工作台面尺寸：1 120mm × 510mm；行程（X轴/Y轴/Z轴）：1 000mm/520mm/460mm；主轴最高转速：15 000r/min	技术引进	企业新产品	大连机床集团有限责任公司
10	立式加工中心	VDL1200P	工作台面尺寸（长 × 宽）：1 200mm × 580mm，行程（X轴/Y轴/Z轴）：1 200mm/620mm/675mm；主轴最高转速：6 000r/min	全新设计	企业新产品	大连机床集团有限责任公司
11	立式加工中心	VDF1200	工作台面尺寸：1 300mm × 660mm；行程（X轴/Y轴/Z轴）：1 220mm/680mm/680mm；主轴转速：45 ~ 6 000r/min	全新设计	企业新产品	大连机床集团有限责任公司
12	卧式加工中心	HDR50	工作台面尺寸：500mm × 500mm；行程（X轴/Y轴/Z轴）：680mm/680mm/680mm；主轴最高转速：10 000r/min	全新设计	企业新产品	大连机床集团有限责任公司
13	卧式加工中心	HDR63	工作台面尺寸：630mm × 630mm；行程（X轴/Y轴/Z轴）：850mm/800mm/850mm；快速移动速度：45m/min；主轴转速：10 000r/min	全新设计	企业新产品	大连机床集团有限责任公司
14	落地镗铣加工中心	IA5B	五轴联动，主轴最高转速：12 000r/min；主轴最大输出转矩：330N·m，主轴最大输出功率：29kW	技术引进	企业新产品	大连机床集团有限责任公司
15	落地镗铣加工中心	IA5F	工作台面尺寸：3 600mm × 1 270mm；主轴最高转速：4 000r/min；主轴最大输出转矩：1 000N·m，主轴最大输出功率：30kW	技术引进	企业新产品	大连机床集团有限责任公司
16	五轴联动定梁龙门加工中心	BK50	工作台面尺寸：5 000mm × 3 000mm；定位精度：± 20μm；主轴转速：(1 220r/min)/(5 600r/min)	技术引进	行业新产品	大连机床集团有限责任公司
17	缸体三轴孔、顶面、缸孔精加工自动线的研制	EQX121		全新设计	企业新产品	东风汽车有限公司设备制造厂
18	柴油机缸盖精加工敏捷制造系统的开发	EQRX02		全新设计	企业新产品	东风汽车有限公司设备制造厂
19	东芝加工中心电气数控系统改造	BTD—200QE		改型设计		东风汽车有限公司设备制造厂
20	发动机辅助冷却装置开发	1308C24—010		全新设计	企业新产品	东风汽车有限公司设备制造厂
21	发动机缸体挺杆孔精加工自动线的研制	EQX117		全新设计	企业新产品	东风汽车有限公司设备制造厂
22	发动机缸体凸轮轴孔衬套自动压装机的研制			全新设计	企业新产品	东风汽车有限公司设备制造厂
23	卧式加工中心	A2JPK957	工作台面尺寸：ϕ12 000mm；行程（X轴/Y轴/Z轴）：1 000mm/860mm/860mm；快速移动速度：10m/min；主轴转速：4 000r/min；重复定位精度：± 0.005mm；刀库容量：40 把；换刀时间：20s	改型设计	企业新产品	安阳欣宇机床有限责任公司
24	立式专用加工中心	A2JPK917	行程：600mm；快速移动速度：6m/min；主轴转速：4 500r/min；重复定位精度：± 0.004mm；刀库容量：16 把；换刀时间：9s	改型设计	企业新产品	安阳欣宇机床有限责任公司

序号	产品名称	型号	主要技术参数	产品性质	产品属性	完成企业
25	数控精铣缸盖面精镗缸套孔组合机床	TL—U674T	缸套孔圆柱度误差:0.006mm;精加工部位粗糙度:R_a≤0.08μm;镗削线速度:800m/min;缸孔与缸面垂直度误差:0.015mm	全新设计	行业新产品	常州市同力机械制造有限公司
26	数控立式车床	TN80/TN100	恒线速切削;平面度误差:0.025mm/300mm;垂直度误差:0.01mm/200mm;最大切削直径:800mm、1 000mm;定位精度:0.025~0.03mm;重复定位精度:0.01~0.015mm	全新设计	行业新产品	常州市同力机械制造有限公司

4. 行业技术引进及合资合作、外资独资进入行业情况

东风汽车有限公司设备制造厂通过其母公司与日本尼桑公司全面合资,长春一汽装备技术开发制造有限公司与德国 EX—CELL—O 公司合资,成立了"长春爱克塞罗一汽专用设备有限公司"。大连机床集团在成功收购美国英格索尔生产系统公司(Ingersoll Production Systems)和曲轴生产制造公司(Ingersoll CM Systems)后,2004 年又并购了在镗铣加工机床上国际有名的德国兹默曼公司(F. Zimmermann),与欧美及日本多家公司进行合作,实行全球化经营战略,提高自身的国际竞争力和国际知名度。江苏恒力组合机床有限公司与日本的山崎株式会社(YAMAZAKI)合作生产组合机床及其自动线和高性能的组合机床通用部件。江西中机科技产业有限公司与德国奈尔斯西蒙斯赫根赛特合资成立江西奈尔斯西蒙斯赫根赛特中机有限公司。2007 年组合机床行业合资合作产品销售情况见表84。

表84　2007 年组合机床行业合资合作产品销售情况

序号	合资合作产品名称	销售量(套)	销售值(万元)	生产企业
1	L42(F)焊装夹具合同		131	东风汽车有限公司设备制造厂
2	L42(F)夹具项目追加合同	1	7	东风汽车有限公司设备制造厂
3	L42F 俄罗斯追加夹具费用合同	2	6	东风汽车有限公司设备制造厂
4	P32L(E)夹具补充合同		31	东风汽车有限公司设备制造厂
5	P32L(E)追加夹具补充合同		21	东风汽车有限公司设备制造厂
6	X90 焊装夹具合同	15	271	东风汽车有限公司设备制造厂
7	L38 加工件项目合同		66	东风汽车有限公司设备制造厂

5. 行业科研成果及其应用情况

组合机床行业通过自主创新,大量采用数控技术,提高了产品水平,使产品的附加值有了大幅度提升。行业企业以科技进步为中心,来带动企业的改革与发展。各企业都建立了技术创新体系,有一支较强的产品研究开发队伍。在人员构成上,工程技术人员占有较高的比例,聚集了一批技术开发的高级人才,保证企业发展的核心动力。大力推进数控技术的应用,用数控技术改造传统的组合机床制造业,既可以提高组合机床的柔性,又可以使产品变得简单、可靠、可变;使产品的多品种加工和装备的可调可变形成统一,从而扩大了柔性制造的实用性。2007 年组合机床行业科研项目完成情况见表85。

表85　2007 年组合机床行业科研项目完成情况

序号	科研项目名称	主要内容	投入资金(万元)	项目来源	完成企业
1	EQX121 缸体三轴孔、顶面、缸孔精加工自动线的研制	该项目成功开发研制了以缸体曲轴孔定位的精密夹具、整体式坐标可调及角向位置可调滚动导套、专用精密铣削头、专用高精度浮动镗头、伺服径向走刀机构、高刚性带伺服移动工作台的整体焊接底座,采用了高速切削工艺及双刀分段分时在线二次补偿技术、曲轴孔镗刀杆滑块自动润滑及刀杆内部冷却技术,采取多项措施减少因温度变化对加工精度的影响等多项创新技术,并得到成功应用	1 800	广西玉柴设备定货	东风汽车有限公司设备制造厂
2	柴油机缸盖精加工敏捷制造系统的开发	自主开发了适用于大批量自动生产线用的卧式准高速加工单元、HSK63 接口的高效型精密电主轴及 HSK63 接口刀库、经济型敏捷物流系统、快速更换欧Ⅲ、欧Ⅱ缸盖加工的卧式加工中心夹具,并采用了加工空间角度的喷油嘴孔专有技术等多项创新技术	2 120	重汽集团杭发公开招标订购	东风汽车有限公司设备制造厂
3	东芝加工中心 BTD—200QE 电气数控系统改造	充分开发利用 FANUC 0i—MC 数控系统功能,成功改造东芝卧式加工中心的电气数控系统,解决了原机床存在的许多问题。该项目在新的数控系统中合理配置了伺服控制轴,显著提高了工作台 B 轴的回转精度,改善原主轴的高低速切换及定向性能		本企业	东风汽车有限公司设备制造厂

序号	科研项目名称	主要内容	投入资金（万元）	项目来源	完成企业
4	发动机辅助冷却装置开发	为东风"猛士"越野车通过定型试验提供了相关专项技术保障，同时该装置也可用于民用车辆的发动机辅助冷却系统，可满足特殊使用环境的需要		东风汽车有限公司技术中心	东风汽车有限公司设备制造厂
5	发动机缸体挺杆孔精加工自动线的研制	自主开发了举升、夹紧带自锁的复合运动装置、精密平移型微调精密专用浮动辅具、无前导向挺杆孔的精加工技术、精密立式滑台及高刚性整体焊接底座等部件	627	广西玉柴设备定货	东风汽车有限公司设备制造厂
6	发动机缸体凸轮轴孔衬套自动压装机的研制	自主开发研制机械手柔性浮动手爪与凸轮并用的上下料技术、薄壁衬套的浮动定位技术（申报了国家专利，已受理）及阶梯形压杆轴技术等多项创新技术	65	发动机缸体加工生产线	东风汽车有限公司设备制造厂

6. 企业管理、质量管理、体质改革情况

行业企业全部通过质量管理体系认证，运行效果较好。在现有质量管理体系基础上，建立现代企业管理制度，合理配置企业资源，重新识别业务流程，建立有情的激励机制和过程监测考核体系。按照已确立的规则和程序来推动企业管理，并在实施过程中，制定相应的监测机制，确保规则的有效运行。在运行过程中，不断改进和完善，以达到持续改进的目的。行业企业积极参加中国机床工具工业协会的"精心创品牌活动"，其中大连机床集团有限责任公司、大连亿达日平机床有限公司、东风汽车有限公司设备制造厂先后获得"精心创品牌活动十佳企业"。大连机床集团生产的数控车床（普及型及以上）产品获得"中国名牌"产品称号。

7. 企业简介

大连机床集团 是全国机床工具行业排头兵企业，连续几年进入中国企业 500 强、世界机床 10 强企业。集团资产总额近百亿元，下设营销、技术、人力资源、财务结算 4 大中心，30 余个全资、控股、参股子公司，其中与德国、日本、韩国和美国等组建的合资公司 8 个，美国独资子公司 2 个，德国 1 个。

集团公司主要产品有组合机床及柔性制造系统，立式、卧式加工中心，数控车床和车铣中心，高速精密车床及机床附件，汽车总成及传动部件等。2007 年实现销售收入 110 亿元，在完成工业总产值、实现利税、出口创汇、机床产量及出口量等方面都远远超过 2006 年。

企业销售收入已连续 7 年居全国机床行业首位。2007年，获全国同行业"销售收入""数控产值""出口创汇""精心创名牌"四项"十佳企业"称号。被商务部、中国机械工业联合会等授予"全国名优产品售后服务十佳企业"、"全国机械产品用户满意产品"、"全国机械工业质量效益型先进企业"称号，获全国金属加工机械制造效益十佳企业。"DMTG"数控车床获"中国名牌"产品。

江苏恒力组合机床有限公司 原国有中型企业盐城市红旗机床厂，于 1994 年改制成立，并于 2001 年完成二次改制。企业创建于 1958 年，是生产组合机床及通用部件的专业公司，省高新技术企业，省民营科技企业，省制造业信息化示范企业，省 CAD 应用推广示范企业，省 AAA 级"重合同守信用"企业。公司通过 ISO9001：2000 质量管理体系认证，具有中华人民共和国进出口企业资格证书，出口产品质量许可证书，公司内设大连组合机床研究所盐城分所、市级企业技术中心。

主要产品有数控龙门镗铣床及加工中心、高精度分度回转台、铣削组合机床、高精度数控铣削组合机床、转盘铣床、铣削头、镗削头、镗孔车端面头、钻削头、机械滑台及液压滑台等，还可根据用户需求设计、制造各类专用机床及生产线。

南京东华汽车装备有限公司 是南京汽车集团下属全资子公司。公司有着 40 多年从事非标设备制造和汽车零部件生产经验，是具有产品开发与设备制造综合能力的技术密集型企业。

公司占地面积 7.5 万 m²，建筑面积 3 万 m²。现有职工 400 多人，其中高级职称人员占 10%，工人技师 10%。公司拥有各种生产设备 400 多台，其中有从意大利、美国、德国、日本、瑞士等国家进口的多台数控加工检测先进设备。

公司在积累经验的同时，努力吸收行业先进技术，自行设计并制造了加工自动线、各类组合机床、数控机床及汽车零部件试验台、检测台等设备。同时公司还为南京菲亚特公司、南京依维柯公司、南汽跃进公司、江淮汽车公司等生产配套发动机机油泵和水泵、后桥齿轮及制动油管等。公司产品质量、技术水平、开发能力均处于行业领先水平，得到用户好评。企业被南京菲亚特公司和南京依维柯公司评为"优秀供应商"，被南汽跃进公司授予"特殊贡献奖"，江淮汽车公司认定公司产品为"免检产品"。

安阳欣宇机床有限责任公司 由原河南省安阳第二机床厂改制成立，河南省高新技术企业。现有职工 350 余人，其中工程技术人员 110 余人。拥有国内外生产的龙门导轨磨床、数控数显坐标镗床、龙门刨床、龙门铣床、卧式镗铣床和平面磨床等大型设备 22 台，高精度内外圆磨床、螺纹磨床、齿轮磨床、三坐标测量机等高精度加工检测设备 25 台。2007 年完成工业总产值 5 000 多万元，销售收入 4 000 余万元。主要生产各类钻、镗、车、铣、攻螺纹等组合机床，加工自动线、装配输送线以及镗削头、铣削头、动力箱、机械滑台、液压攻丝头，液压滑台及液压滑套头等通用部件和非标设备。组合机床和通用部件年生产能力在行业中处于领先地位。

企业全面应用 CAD、CAPP 现代化技术网络，组建了通用部件、夹具零件库，定位夹紧单元资料库，常用被加工零件方案资料库，三维 CAD 通用部件立体库等。

一拖（洛阳）开创装备科技有限公司 是以从事组专机

床及生产线、非标准设备制造、农业机械、工程机械驱动桥为主的国内知名企业。

公司加工设备精良，技术力量雄厚，建立了以计算机技术为支撑的现代化设计制造网络，拥有 28 000m² 的机械加工制造场所，其中恒温精加工场所 1 200m²。公司配备有加工中心、数控镗铣床、数控切割机、坐标镗床、精密内外圆磨床、精密导轨磨床等大型设备，高精密设备及通用机械加工设备共计 539 台，形成了高、大、精、稀和普通类型设备组合的完整加工体系。

公司在各类数控组专机床、非标准设备、轮式拖拉机及工程机械类驱动桥等产品领域内，具有设计、开发、制造能力。其中轮式拖拉机前驱动桥目前是全国最大的开发和生产基地，已形成了年产 1.5 万台（套）的生产能力。此外，还具备变速箱物流输送及轻型起重机械开发制造能力。产品共涉及到航空航天、轻工、化工、汽车、拖拉机、柴油机、交通、运输等多个行业，遍布全国 20 多个省市。

常州市同力机械制造有限公司 创建于 1994 年，主要从事组合机床及动力部件的设计开发和生产。具有年产 50~70 台组合机床与数控组合机床的生产能力。工业总产值可达 1 000 万元。公司是江苏常州最大的民营组合机床制造企业，占地面积 10 005m²，建造了 6 600 m² 的厂房和办公楼，固定资产 1 200 多万元。

公司于 2007 年自主研发生产了数控精铣缸盖面精镗缸套孔组合机床和数控立式车床。该机床采用国际先进数控系统，采用刀具动平衡等国内先进技术并符合环保要求，具备加工中心的部分性能。按照"质量第一、客户第一"的思路，公司产品与国内几十家发动机生产厂家和汽车生产厂家建立了长期的配套关系。公司以优质的产品质量、合理的价格、及时的交货期和热情的服务赢得了客户的满意和信任。

随着公司生产技术和管理水平的提高、销售渠道的畅通、产品市场影响的扩大，公司决策层将关注的重点转向加速新品开发和实施名牌战略，同心同力振兴数控组合机床，把企业做大做强。

亿达日平机床有限公司（YNC） 是由亿达集团与日本株式会社日平富山合资经营的现代化机床制造企业。地处大连软件园，占地面积 6 万 m²，投资总额 32 亿日元，注册资本 25 亿日元，公司员工 420 人。按照合资时董事会设想的战略目标"引进技术、引进管理、结合中国国情消化吸收，创建 YNC 品牌，不求最大，但求最佳"的思路，通过近 10 年的发展，公司从产品结构、技术含量到制造能力都得到质的飞跃，产品具有广阔的市场空间。

YNC 以每年 45% 的平均速度高速成长。产品出口日本、美国、英国、韩国、巴西等制造业国家；为国内大中型汽车制造企业、日资企业的汽车发动机、压缩机制造行业等提供高精度数控专机及自动线 450 余台，柔性加工自动线 50 余条。目前在汽车关键零部件加工行业，柔性加工中心系列产品的市场占有率为 10%，高精度组合机床的市场占有率为 15%，产品数控化率 85%。公司累计上缴税金 8 000

余万元，替代进口 2 000 余万美元。BH 系列 NC 控制三坐标柔性加工系列产品，荣获大连市科技进步一等奖。公司产品曾被授予"辽宁省名牌产品"及"大连市名牌产品"。

东风汽车有限公司设备制造厂 主要为汽车、内燃机、摩托车等行业提供专用设备、组合机床及其自动线、柔性加工设备、焊接设备及焊装自动线、装配设备和装配线，属于高技术密集型、单件小批量生产企业；同时可以为社会提供性能优良的平衡悬架、发动机平衡器、转向机支架等系列汽车零部件产品，集研发、制造、安装、调试为一体，可以为用户提供高柔性、高效率、高精度、高集成度、多品种序列装备产品，其技术水平、产品质量、开发能力、市场竞争力均居行业领先水平，并得到了市场的广泛认可。

2007 年，工厂继续加大市场开拓力度，市场占有率进一步巩固；快速响应市场，加大科技创新力度，新产品开发和新事业拓展成效显著，新品贡献率达到 46.29%。尤其在装备产品的集成化、柔性化和精加工等方面取得了明显成效，开发了一批高附加值、高科技含量的产品，全年完成 15 大类 28 项新品开发研制，获东风汽车公司科技进步二等奖 4 项，中国汽车工业科技进步奖三等奖 2 项，完成 12 项专利申报、受理。

一年来，工厂先后为中国重汽发动机公司、潍坊柴油机动力股份有限公司、江铃汽车股份有限公司、广州日产贸易有限公司、东风本田发动机有限公司、神龙汽车有限公司、东风康明斯发动机公司、东风本田发动机公司、广西玉柴机器股份公司等国内主要用户提供了发动机缸体精加工生产线、精加工设备、焊装设备、拧紧装备等产品，首次实现了向日产南非工厂、日产俄罗斯工厂的焊装夹具出口。

2007 年，工厂实现销售收入 3.67 亿元，实现税前利润 1 818 万元，荣获"中国机电行业影响力企业 100 强"、中国机床工具行业"精心创品牌十佳企业"等荣誉称号。

老河口光华组合机床股份有限公司 是生产组合机床及通用部件的专业厂家，湖北省高新技术企业，通过 ISO9000 国际质量认证。

公司占地面积 80 000m²，现有资产 8 309.7 万元，员工 576 人，专业技术人员占 32%。组合机床年产能力 500 台（含通用组合机床），通用部件年产能力 1 500 台（套），汽车变速箱壳体加工件 5 万件。产品遍及全国汽车、柴油机、纺织、冶金、电力、船舶等多个行业。2007 年完成工业总产值 6 000 万元，实现销售收入 4 000 余万元。

企业主要产品有铣削头、镗削头、镗车头、钻削头、机械滑台、液压滑台、铣削工作台、组合机床和数控组合机床。

公司坚持科学技术是第一生产力，致力于机床自动化，数控技术的开发与应用，努力为用户提供制造更新颖的、技术更为先进、更具有竞争力的产品，力争把企业建成经营多元化、产品系列化、科工贸一体化的一流现代企业。

保定标正机床有限责任公司 公司前身为原国有企业保定第二机床厂，2006 年 10 月改制为有限责任公司。公司员工人数 596 人。2007 年工业总产值 3 533 万元，销售收入 2 957 万元。

公司是国内组合机床主机生产及其通用动力部件制造行业的重要厂家。中国机床工具工业协会理事单位、国家科委技术创新示范企业、河北省精密数控专用设备中试基地。

改制后的保定标正机床有限责任公司在全面继承了原企业专业化实力的基础上，更加重视科研、设计、开发力量的增强，拥有自行研制的组合机床整机及主轴箱、电气液压等 CAD 系统，并部分实现了与生产车间加工中心的 CAD、CAM 一体化。公司拥有瑞士坐标镗床、英国全数控三坐标测量机、数控龙门导轨磨床等众多先进设备，加工制造及测试手段先进。

公司现具有年设计制造组合机床 400 台、通用动力部件 3 000 台的能力。组合机床产品已全部实现 PC 控制，标准数控机床已占一定比例，通用动力部件产品有 180 余个品种规模。公司产品广泛服务于汽车、农业机械、通用机械、摩托车、动力机械、矿山机械、泵体等规模生产企业，以其产品可靠性及良好的售后服务赢得了用户的信任。

长春一汽装备技术开发制造有限公司 原一汽专用机床厂，始建于 1953 年，是具有 50 余年专用机床及其自动线生产历史的大型国有企业。现有职工 782 人，工程技术人员 85 人，其中高级工程师 21 人。公司技术实力雄厚，设备齐全，具有承接国家大型综合配套项目的能力。公司曾为一汽大众汽车公司、哈东安汽车动力股份公司、珀金斯（天津）动力公司、江淮汽车厂、一汽集团各专业厂等提供缸体、缸盖、连杆、曲轮、凸轮轴等近千台专机和近百条自动线，汽车平衡轴产品已获得美国福特汽车公司的首肯并向其供货，公司是国内第一家向美国福特公司供货的厂家。公司已通过 ISO9001：2000 质量管理体系认证，通过汽车件产品的 QS9000 质量管理体系认证和出口件产品的 Q1 质量标准的审核。

南京聚星机械装备有限公司 由江苏聚星机械工程成套技术开发公司改制而来，是中国机床工具工业协会会员单位，组合机床理事单位，南京市高新技术企业。公司是专业从事组合机床及其生产线、自动线，装配专机及自动装配线，非标设备与专用工装，数控机床与汽车配套件生产的股份制企业，具有 40 多年的专机生产历史。

公司 2005 年通过 ISO9001：2000 质量管理体系认证，2007 年工业总产值达到 4 000 多万元。

江苏高精机电装备有限公司 公司系江苏省高新技术企业，组合机床行业理事单位。厂区占地面积近 8 万 m²，建筑面积 3.6 万 m²。现有员工近 300 人，其中专业工程技术人员 129 人。公司加工实力雄厚，加工检测手段齐全。主导产品有各类组合机床、数控机床、专用自动线、专用机床、非标工装设备及组合机床通用部件。

公司产品涉及发动机、汽车、工程机械、摩托车、纺织机械、轻工、模具等行业，尤其在发动机、工程机械、汽车配件等行业的专用机床制造方面已形成了系列化批量生产。公司近年来曾先后为上述行业企业提供了大量的铣、镗、钻、攻、铰类专机及通用部件，向南京依维柯有限公司提供的汽车后桥壳三面镗孔专机，向张家港盛美机械公司提供的各类针板专机，替代了进口产品，填补了国内空白。公司同时是上海柴油机股份有限公司专用设备生产基地、南京汽车集团工装生产基地。

公司通过引进美国和中国台湾地区的技术和元件，开发出加工中心刀库（圆盘式和斗笠式）和夹具（手动夹具、液压夹具、保压夹具等）产品，加强了与各加工中心制造厂和用户厂的合作，为客户提供了大量的刀库与夹具产品，具有良好的性价比，市场前景好。在为用户提供优质产品的同时，提升了企业信誉度。

山东济宁特力机床有限公司 由原济宁机床厂改制成立，是组合机床及组合机床通用部件专业化生产企业，山东省高新技术企业，省级重合同守信用企业，下属子公司有济宁精工机械设备公司和济宁新力数控机床有限公司。公司坐落在济宁市高新区机电工业园，占地面积 3.7 万 m²，建筑面积 1.8 万 m²。固定资产 6 000 多万元，净值 4 600 万元。公司现有员工 410 人，其中各类专业技术人员 156 人，高级技工 176 人。

公司具备为各行业设计制造各类组合机床装备的能力，可同时提供机械、液压、数控滑台等驱动部件，铣削头、镗削头、钻削头、镗车头、动力箱等动力部件，立柱、侧底座、中间底座等支承部件，并可提供集成块、叠加阀式液压站，可编程序 PLC 控制电箱和步进、伺服数控系统等。产品广泛应用于汽车、摩托车、内燃机、拖拉机、工程机械、纺织机械、电动机、阀门等行业，在行业内享有较高声誉。

大连专用机床厂 系原机械工业部生产组合机床定点专业企业，企业有雄厚的加工基础，产品检验手段齐全，各种加工设备 140 台（套），形成铸造、机加、装配、高频、热处理、钣金、电气等完整的生产体系和较强的制造能力，年产组合机床 80 余台、通用部件 400 余件。近年来，该厂又自主开发多功能数控镗铣钻床和双滚冶金粉末旋转压机。组合机床产品被汽车、工程机械等行业著名企业所选用，为山东华源莱动内燃机有限公司制造的 CZJ—U 型多轴多工位精镗数控组合机床，已通过大连市科技成果鉴定，替代进口设备，处于国内先进水平。

企业先后获得庄河市明星企业，大连市先进企业，多次荣获大连市、庄河市科技成果奖励，连续多年被评为大连市重合同守信用单位、大连市 AAA 级信用企业、一级纳税企业。公司于 2003 年通过 ISO9001：2000 质量体系认证。

大连兴龙液压有限公司 是大连市文明单位和高新技术企业，多次荣获大连市明星企业和 AAA 级信誉称号，并于 1999 年通过 ISO9001 质量保证体系认证。

公司为用户提供成套液压系统的设计、制造、安装与调试一条龙服务。公司生产的符合 ISO 标准的叠加阀 4 个通径系列和中高压新板式阀系列分别被国家定为 A 类产品和国家级新产品，具有产品工艺先进、性能可靠，安装尺寸完全符合 ISO4401 标准，是主机配套、设备维修和替代国外同类元件的理想产品。为 D155、D85、D80、D65、D60 推土机和 ZL15、ZL30、ZL50 装载机配套的工程液压阀和油箱总成全套引进日本小松公司技术,技术含量高、质量好、性能稳定。公司产品多次荣获国家、省、市科技进步奖和省级、部级优质产品奖。

江西奈尔斯西蒙斯赫根赛特中机有限公司 是研发制造铁道车辆制造维修用数控专用设备的高科技股份有限公司。2007年从业人员126人,完成工业总产值3 000多万元,实现销售收入3 000多万元。

公司主导产品是铁道车辆制造维修用系列数控设备,主要有车辆轮对数控动平衡去重机床,车辆轮对数控车床,车辆侧架组合铣床,车辆上下心盘型面加工数控立车,车辆中梁组合钻床,车辆扁销孔卧式双面铣床,钩体、钩舌双面铣床,数控龙门铣边机等专用设备。

公司是江西省高新技术企业、南昌市科技示范企业。公司开发车辆轮对动态检测装置、车辆车轴精铣端面精铰中心孔数控机床、车辆车轮自动去重机床是具有市场前景的高新技术产品,其中车辆轮对动态检测装置通过省级新产品新技术鉴定。

福建将乐庆航机床有限公司 由原福建将乐机床厂改制而成,是机械部定点组合机床及通用部件生产厂家。公司现有职工123人,其中技术人员25人,产品研发人员16人,高级工程师3人。

企业从事高效率、高精度组合机床、动力部件和组合机床的设计和制造,年生产能力200余台。主要产品有活塞环销孔、静压镗床,活塞环油孔铣床,XC—500(700)旋压机及TX25A—N(P)、TX32A—N铣削头。产品行销27个省市自治区。

湖北省襄樊市第二高级技工学校实习工厂 是全民所有制单位,从业人数20人。工厂可以依据用户的需要,生产各类制动器、离合器,各种组合机床专用油泵、夹具液压缸、机械滑套动力头、小型铣头、机械滑台传动装备等组合机床功能部件和通用部件。有完备的质量检验程序,产品质量可靠,在同行业中享有很高的信誉。2007年生产T35系列制动器、制动电动机2 000多台,总产值较2006年有很大提高;销售YKJ、YEJ制动器,制动电动机1 300多台。

保定机床厂 是1937年建厂的国有企业,国内数控铣床(数控雕铣机系列)、组合机床及动力部件生产规模较大、品种规格齐全的厂家之一,是河北省机械工业龙头企业。

经过半个世纪的建设和发展,工厂为用户设计制造了立式、卧式、倾斜式、单面、双面、多工位及回转台组合机床共10大类30余种产品,可用于铣、镗、钻、攻、铰等各种加工,适用于汽车、拖拉机、工业缝纫机、木工机械、矿山机具等各行业机件的加工,为多个厂家生产制造了不同用途的加工生产线或自动线。产品远销全国28个省、市、自治区,积累了丰富的机床制造经验。现已形成年产数控铣床100台、组合机床100台、动力部件1 000台的生产加工能力。可靠的产品和完善的售后服务赢得了用户的信任和赞誉,树立了良好的企业形象。

〔本部分撰稿人:中国机床工具工业协会组合机床分会刘庆乐、李秀敏〕

(十)重型机床

1.生产发展情况

重型机床行业共有10家国有或国有控股企业(公司),主要产品有重型立式车床、重型卧式车床、龙门镗铣床、卧式铣镗床、落地铣镗床、轧辊磨床、导轨磨床、车轮车床、大型滚齿机、锻压成形机床和各类专业机床等国家急需的重型数控机床产品。2007年,重型机床行业在2006年快速发展的基础上,工业总产值完成635 575万元,比上年同期增长34.33%;产品销售收入600 825.4亿元,比上年同期增长28.92%;实现利润33 402.3亿元,比上年同期增长49.9%;累计订货量1 125 784万元,比上年同期增长52.84%。行业内主要重型机床主机生产企业生产经营情况,在国家经济高速发展的带动下,呈现出良好的态势。目前,重型机床行业步入了利润增幅大于产品销售收入和工业总产值增幅的良性循环的发展轨道,累计订货量连续8年增幅在45%以上。这得益于前所未有的战略机遇,强劲的市场需求拉动,促进了我国重型机床行业出现产销两旺的局面,为我国重型机床产业发展提供了难得的市场机遇。国产数控重型机床在我国重大关键项目上所获得的订单,2007年比以往任何一年都增加了很多,为新产品开发提供了优越环境和创新机会。2007年9月29日,齐重数控装备股份有限公司与上海港机重工有限公司正式签订了世界规格最大、最先进的加工直径25m的数控重型双柱移动立式车铣床供购合约;齐齐哈尔二机床集团公司签订一台镗轴直径320mm的TK6932数控落地铣镗床,也是我国国产规格最大的落地式数控铣镗床;武汉重型机床集团有限公司连续签订加工直径2 500mm、3 600mm、4 200mm、5 000mm重型数控卧式车床6台订单,其中直径5 000mm数控超重型卧式车床,最大工件回转直径5m,最大承重量500t;是一种大承重、大切削力、高速、高精度及多功能的超重型机床,也是世界最大规格的卧式重型车床。武汉重型机床集团有限公司还完成了加工直径22m的数控车铣复合立式车床和加工核电设备堆内构件专用立式车床;承接了多台加工宽度在4m、5m的双龙门移动式数控龙门镗铣床;济南二机床集团有限公司签订了加工5m宽五轴联动的双龙门移动式数控龙门镗铣床;上海机床厂开发出磨削直径2 500mm,磨削长度15 000mm,承重250t的数控重型轧辊磨床。这充分反映出我国具有自主知识产权的数控重型机床和超重型机床产品正在得到国内用户的认可,并逐步地占领着国内市场。2007年9月18日国家科技部组织高新技术产品专家验收组对武汉重型机床集团有限公司开发的CKX5680数控七轴五联动车铣复合加工立式机床进行验收。这种配置大功率两坐标铣头的复合立式加工机床,是适应和满足重切削的大型船舶螺旋桨重型零件加工,代表着我国能够自己提供船舶、军工、能源、航天等行业所急需的高、精、尖加工设备,也标志着我国数控重型机床制造水平又上了一个新台阶。险峰机床厂和齐重数控装备股份有限公司分别获得2007年数控磨床和数控车床"中国名牌产品"称号。武汉重型机床集团有限公司XKU2645数控双龙门移动镗铣床和齐重数控装备股份有限公司研制的 DMVTM1600×55/250L 型数控龙门移动式车铣车床被评为 2007 年度中国机械工业科学技术奖。这充分说明国产重型机床产品的技术水平含金量在增加,用户信任度、市场占有率在提高。2007 年各厂的技术改造取得了可喜成绩,武汉重型机床集团有限公司开始了投资 20 亿元的搬迁改造工程,搬迁后,将扩大产能规模,新产品开发和制造周期将大大缩短;齐重数控装备股份有限公司,正在建设 3 万 m² 的现代化车间,新车间将全部采用国际最先进的加工设备和生产制造工艺,使齐重数控装备股份有限公司的大件全部采用生产线和柔性加工单元进行加工,装配采用流水线的方式进行生产,从而带动齐重数控装备股份有限公司制造工艺水平、产品质量全面达到国际先进水平。齐二机床集团公司完成总投资 1.5 亿元的"重型新型数控铣镗床制造基地建设"重点技术改造项目,共筹措技改资金 3 亿多元,计划重点完成重装厂房扩建等土建工程 4.2 万 m²;增添重型数控落地铣镗床、龙门数控镗铣床等关键设备及仪器 100 余台(套)。目前,公司拥有近 3 万 m²、最大起重能力为 160t 的重型装配和机加厂房,以及由 20 余台重型数控落地铣镗床和龙门镗铣床组成的铣镗群。经过技术改造,为重型机床行业承接国家重点工程项目提供了可靠保障,使新产品开发和制造周期大大缩短。我国重型机床制造业已完全可以承接国内各行业用户的重型机床订购任务。2007 年重型机床行业主要经济指标完成情况见表 86。2007 年重型机床行业企业主要经济指标完成情况见表 87。

表 86　2007 年重型机床行业主要经济指标完成情况

指 标 名 称	单位	实际完成
工业总产值(现价)	万元	635 575
其中:机床工具类产品产值	万元	552 052
工业销售产值(现价)	万元	621 396
其中:机床工具类产品销售产值	万元	528 187
工业增加值	万元	3 421
实现利税	万元	69 288
从业人员平均人数	人	15 557
资产总计	万元	884 739
流动资产平均余额	万元	477 086
固定资产净值平均余额	万元	145 310

表 87　2007 年重型机床行业企业主要经济指标完成情况

企 业 名 称	工业销售产值(万元)	工业总产值(万元)	从业人员平均人数(人)
齐二机床集团有限公司	229 376	234 056	4 076
齐重数控装备股份有限公司	200 051	201 725	3 939
武汉重型机床集团有限公司	84 537	87 035	2 640
青海华鼎重型机床有限责任公司	32 210	34 321	987
上海重型机床厂有限公司	25 465	27 599	832
险峰机床厂	24 723	26 010	1 421
大连瓦房店机床集团有限公司	15 732	15 072	1 063
都匀贵航东方机床有限公司	9 302	9 757	599

在 2007 年度中国机床工具行业十佳企业评选中,武汉重型机床集团公司、齐重数控装备股份有限公司和齐二机床集团有限公司获得"自主创新优秀企业"和"数控产值十佳企业"称号;齐重数控装备股份有限公司和齐二机床集团有限公司获得"产品销售收入十佳企业"称号;芜湖恒升重型机床股份有限公司获得"综合效益十佳企业"称号;上海重型机床厂有限公司、齐重数控装备股份有限公司、险峰机床厂、武汉重型机床集团有限公司、青海华鼎重型机床有限责任公司、齐二机床集团有限公司获得"精心创品牌活动十佳企业"称号。这些成绩,说明重型机床行业在产品开发、企业管理、机制改革、经济效益等方面都取得了可喜成绩。

2. 产品分类产量

重型机床行业主要生产国家急需的重型机床产品。主要产品有:立式车床、卧式车床、镗床、落地式铣镗床、龙门镗铣床、轧辊磨床、导轨磨床、大型滚齿机、车轮车床以及各种专用机床。重型机床产品分类及加工范围见表 88。

表 88　重型机床产品分类及加工范围

产品名称	系列名称	加工范围
立式车床	单柱立式车床	最大加工直径:1 600~3 150mm
	双柱立式车床	最大加工直径:3 500~12 500mm
	单柱移动式立式车床	最大加工直径:5 000~22 000mm
	双柱移动式立式车床	最大加工直径:8 000~25 000mm
卧式车床	大型卧式车床	最大加工直径:800~1 800mm
	重型卧式车床	最大加工直径:2 000~3 150mm
	超重型卧式车床	最大加工直径:4 000~6 300mm
龙门镗铣床	定梁工作台移动式镗铣床	最大加工宽度:1 600~5 000mm
	动梁工作台移动式镗铣床	最大加工宽度:1 600~5 000mm
	龙门移动式(桥式)镗铣床	最大加工宽度:1 600~11 000mm
	双龙门移动式镗铣床	最大加工宽度:3 500~8 000mm
	高架桥式龙门铣床	最大加工宽度:1 600~4 000mm
镗床	卧式镗床	镗杆直径:110~130mm
	卧式铣镗床	镗杆直径:110~130mm
	刨台式镗床	镗杆直径:130~160mm
	落地式铣镗床	镗杆直径:160~320mm
大型滚齿机	卧式滚齿机	最大加工直径:300~1 600mm
	立式滚齿机	最大加工直径:2 000~12 500mm
轧辊磨床		最大磨削直径:800~3 000mm
导轨磨床		最大磨削宽度:1 000~3 000mm

产品名称	系列名称	加工范围
金属成形机床	机械压力机 自动锻压机 液压机	4 000 ~ 20 000kN
其他专用机床	车轮车床、曲轴旋风铣床、车镗床、深孔钻床、回转工作台、大型数控缠绕机、重型数控转子槽铣床等	

（续）

重型机床产品在市场上占主导地位的主要是立式车床、卧式车床、落地式铣镗床、龙门镗铣床。尤其是龙门镗铣床，由于具有加工工艺范围广，可实现复合加工的优点，很受用户欢迎，国内外出现纷纷上马生产龙门镗铣床的局面。目前我国重型机床产品技术水平有了长足的进步，五轴联动、复合加工等先进技术在各种类型产品中都可实现。我国重型立式车床制造水平已经达到世界先进水平，完全可以满足国内市场需求，可以替代进口产品。其他产品与国外先进产品还有一定差距。2007 年重型机床行业数控产品产量占总产量的 20%，数控机床产值占总产值的 63.63%。2007 年重型机床行业分类产品生产情况见表 89。2007 年重型机床行业企业分类产品生产情况见表 90。

表 89　2007 年重型机床行业分类产品生产情况

产品名称	实际完成		其中：数控	
	产量 （台）	产值 （万元）	产量 （台）	产值 （万元）
金属切削机床	7 552	478 706	1 478	309 667
加工中心	50	15 240	50	15 240
立式加工中心	46	12 874	46	12 874
龙门式加工中心	4	2 366	4	2 366
车床	3 958	244 564	1 141	165 244
镗床	235	126 768	131	82 392
磨床	598	30 014	43	19 398
齿轮加工机床	29	9 252		
铣床	2 598	39 000	86	19 465
其他金属切削机床	84	13 868	27	7 927
金属成形机床	58	13 368	17	11 305
机械压力机	14	10 891	14	10 891
自动压力机	41	2 063		
其他金属成形机床	3	414	3	414

表 90　2007 年重型机床行业企业分类产品生产情况

序号	企业名称及产品名称	实际完成		其中：数控	
		产量（台）	产值（万元）	产量（台）	产值（万元）
1	齐二机床集团有限公司				
	金属切削机床总计	3 084	143 967	205	79 085
	加工中心	5	2 298	5	2 298
	立式加工中心	2	168	2	168
	龙门加工中心	3	2 130	3	2 130
	车床	406	30 136	39	5 198
	镗床	105	88 898	91	66 325
	铣床	2 558	21 313	66	4 069
	其他金属切削机床	10	1 323	4	1 196
	金属成形机床总计	58	13 368	17	11 305
	机械压力机	14	10 891	14	10 891
	自动压力机	41	2 063		
	其他金属成形机床	3	414	3	414
2	齐重数控装备股份有限公司				
	金属切削机床总计	1 549	142 913	926	113 116
	加工中心	28	8 096	28	8 096
	立式加工中心	28	8 096	28	8 096
	车床	1 491	121 042	898	105 020
	镗床	28	13 594		
	铣床	2	181		
3	武汉重型机床集团有限公司				
	金属切削机床总计	217	86 728	132	67 388
	加工中心	17	4 846	17	4 846
	立式加工中心	16	4 610	16	4 610
	龙门加工中心	1	236	1	236
	车床	75	31 372	49	26 212
	镗床	54	19 460	24	14 532
	齿轮加工机床	29	9 252		
	铣床	19	15 067	19	15 067
	其他金属切削机床	23	6 731	23	6 731
4	青海华鼎重型机床有限责任公司				
	金属切削机床总计	202	32 019	88	22 380
	车床	202	32 019	88	22 380

序号	企业名称及产品名称	实际完成		其中：数控	
		产量（台）	产值（万元）	产量（台）	产值（万元）
5	上海重型机床厂有限公司				
	金属切削机床总计	1 687	23 808	69	9 968
	车床	1 631	14 641	45	4 082
	镗床	48	4 817	16	1 536
	磨床	7	4 021	7	4 021
	铣床	1	329	1	329
6	险峰机床厂				
	金属切削机床总计	591	25 993	36	15 377
	磨床	591	25 993	36	15 377
7	大连瓦房店机床集团有限公司				
	金属切削机床总计	153	15 354	22	2 353
	车床	153	15 354	22	2 353
8	都匀贵航东方机床有限公司				
	金属切削机床总计	69	7 924		
	铣床	18	2 110		
	刨床	51	5 814		

2007 年，重型机床行业产品出口额比上年增长 163.87%，其中数控产品出口额同比增长高达 1 543.5%（即相当于上年的 15.43 倍），可见重型机床产品出口形势在好转，高端数控产品开始步入国际市场。2007 年重型机床分类产品出口情况见表91。2007 年重型机床行业企业分类产品出口情况见表92。

3. 新产品开发

我国重型机床制造业在市场培育下，最近几年发展很快，产品技术水平和制造能力有很大提高。产品规格已经达到世界水平，有些产品技术水平已跨进世界先进行列。立式车床，我国已经可以开发和制造出世界规格最大、加工直径 25m 的数控铣车复合加工中心，并完成了立式铣车加工中心五轴联动的开发和生产。重型数控立式车床系列产品，我国已经完全可以满足自己需要，并且有部分产品出口。数控卧式重型车床，我国已经开发和生产出加工直径 5m、加工长度 20m、加工零件重量达 500t 的超重型数控卧式车床，也是重型数控卧式车床系列世界上最大规格的产品。落地式数控铣镗床系列产品，已经开发生产出世界最大规格、镗杆直径 320mm 的重型铣镗床。在铣镗床系列中完成

了五轴联动开发并形成了批量产品。龙门式镗铣床，我国已经开发出多品种多规格数控机床。重型机床行业主要骨干企业：武汉重型机床集团有限公司、齐重数控装备股份有限公司、齐二机床集团公司、青海华鼎重型机床有限责任公司、上海重型机床厂有限公司、险峰机床厂等都承担着国家急需的重型机床开发研制任务。近年来，重型机床产品开发水平和质量都有很大提高。为国家经济建设做出了贡献也得到用户行业的认可和信任。2007 年重型机床行业新产品开发情况见表93。

表91　2007 年重型机床分类产品出口情况

产品名称	实际完成		其中：数控	
	出口量（台）	出口额（万元）	出口量（台）	出口额（万元）
金属切削机床	175	13 257	56	10 463
车床	111	11 114	46	8 945
镗床	10	1 518	10	1 518
铣床	53	516		
其他金属切削机床	1	109		
金属成形机床	1	161	1	161
机械压力机	1	161	1	161

表92　2007 年重型机床行业企业分类产品出口情况

序号	企业名称及产品名称	实际完成		其中：数控	
		出口量（台）	出口额（万元）	出口量（台）	出口额（万元）
1	齐重数控装备股份有限公司				
	金属切削机床总计	51	6 387	28	4 771
	车床	51	6 387	28	4 771
2	武汉重型机床集团有限公司				
	金属切削机床总计	12	3 228	12	3 228
	车床	12	3 228	12	3 228
3	上海重型机床厂有限公司				
	金属切削机床总计	54	1 859	14	1 525
	车床	45	965	5	631
	镗床	9	894	9	894
4	齐二机床集团有限公司				
	金属切削机床总计	55	1 198	1	624

序号	企业名称及产品名称	实际完成		其中:数控	
		出口量（台）	出口额（万元）	出口量（台）	出口额（万元）
	车床	2	220		
	镗床	1	624	1	624
	铣床	52	354		
	金属成形机床总计	1	161	1	161
	其他金属成形机床	1	161	1	161
5	青海华鼎重型机床有限责任公司				
	金属切削机床总计	1	315	1	315
	车床	1	315	1	315
6	都匀贵航东方机床有限公司				
	金属切削机床总计	2	271		
	铣床	1	162		
	刨床	1	109		

表93　2007年重型机床行业新产品开发情况

产品名称	型号	主要技术参数	产品性质	产品属性	产品水平
武汉重型机床集团有限公司					
重型七轴五联动车铣复合加工机床	CKX5680	最大车削直径:8 000mm;最大车削高度:2 000mm;工件最大重量:100t	全新设计	行业新产品	国际先进水平
专用数控单柱移动立式车铣复合机床	CKX5363	最大车削外径:6 300mm;最大加工工件高度:9 500mm;最大车削内径（内立柱）:4 200mm;最小车削内径（内立柱）:6 300mm	全新设计	企业新产品	国际先进水平
数控回转工作台	TDV10	工作台承重:10t;工作台面尺寸:1 400 mm×1 600mm	全新设计	企业新产品	国际先进水平
齐重数控装备有限公司					
数控重型单柱移动立式车床	SMVT1600×125/600L－NC	ϕ16 000mm×12 500mm	全新设计	行业新产品	国际领先
单柱立式车床	SVT125×10/5	ϕ1 250mm×1 000mm	全新设计	行业新产品	国内领先
单柱立式车床	SVT160×10/8	ϕ1 600mm×1 000mm	全新设计	行业新产品	国内领先
数控重型卧式车床	HT500×180/80L－NC	ϕ5 000mm×18 000mm	全新设计	行业新产品	国际领先
数控重型曲轴旋风切削加工中心	CWT130×145/180L－MC	（ϕ1 300m～4 100mm）×14 500mm	全新设计	行业新产品	国际领先
数控定梁龙门铣床	PFBM200×60/16Q－NC	2 000mm×6 000mm	全新设计	行业新产品	国内领先
数控定梁龙门铣床	PFBM200×80/16Q－NC	ϕ2 000mm×8 000mm	全新设计	行业新产品	国内领先
数控双龙门移动式镗铣床	XK2650×400	龙门跨距:6 000mm;工作台面尺寸:5 000 mm×40 000mm	全新设计	行业新产品	国内领先
铁路不落轮对车床	UWT140/L－NC	轨距:1 435mm;加工轮对直径:760～1 400mm	全新设计	行业新产品	国内领先
齐二机床集团有限公司					
并联机床	XNZ2430	3 000mm×8 000mm;行程（X轴/Y轴/Z轴）:9 000mm/3 000mm/2 500mm	合作生产	行业新产品	国际先进水平
五面加工机床	FM－30/80BT	3 000mm×10 000mm;行程（X轴/Z轴）:10 500mm/1 000mm	全新设计	行业新产品	国际先进水平
轧辊加工中心	XH3420	行程（X轴/Y轴/Z轴）:8 000mm/1 500 mm/700mm	技术引进	行业新产品	国际先进水平
数控落地铣镗加工中心	TH6916/H40	镗轴直径:160mm;最高转速:1 000r/min	全新设计	企业新产品	国际先进水平
数控落地铣镗床	TK6920/160×60	镗轴直径:200mm;最高转速:1 000r/min	全新设计	行业新产品	国际先进水平
数控落地铣镗床	TK6926/200×60	镗轴直径:260mm;最高转速:700r/min	改型设计	行业新产品	国内领先
高速数控落地铣镗床	FA－B160	镗轴直径:160mm;最高转速:2 000r/min	改型设计	行业新产品	国内领先
数控龙门镗铣床	XK2130	行程（X轴/Y轴/Z轴）:18 000 mm/6 425 mm/2 500mm	全新设计	行业新产品	国际先进水平
数控龙门镗铣床	XK2852	行程（X轴/Y轴/Z轴）:10 500mm/1 000 mm/1 000mm	全新设计	行业新产品	国际先进水平

产品名称	型号	主要技术参数	产品性质	产品属性	产品水平
数控定梁龙门铣床	XK2423	行程(X轴/Y轴/Z轴):5 500mm/500mm/1 250mm	全新设计	行业新产品	国际先进水平
卧式镗床	BMT110CNC	镗轴直径:110mm;最高转速:3 000r/min	全新设计	行业新产品	国际先进水平
立式床身铣床	XK7510	行程(X轴/Y轴/Z轴):1 500mm/1 500mm/800mm	技术引进	企业新产品	国际先进水平
转子槽铣床	XK9730	转子直径:3 000mm;行程(X轴/Y轴/Z轴):17 000mm/920mm/1 200mm	全新设计	企业新产品	国内领先水平
卧式数控铣床	XK978	行程(X轴/Y轴/Z轴):1 000mm/100mm/1 000mm	全新设计	企业新产品	国内领先水平
数控缠绕机	SKCR165/1200	最大缠绕直径:1 650mm;最大缠绕长度:5 500mm	全新设计	企业新产品	国内领先水平
数控缠绕机	SKCR100/600	最大缠绕直径:1 000mm;最大缠绕长度:3 000mm	合作生产	行业新产品	国内领先水平
数控电极加工专用铣床	TSK6115		合作生产	行业新产品	国内领先水平
关节轴承试验机	ZGPJ19201		全新设计	企业新产品	国内领先水平
轨道试验机	GDPMSJ100		全新设计	企业新产品	国内领先水平
单柱立式车床	C5116	最大车削直径:1 600mm;行程(X轴/Z轴):915mm/800mm	全新设计	企业新产品	国内领先水平
数控高速单柱立式车床	Q2 - W164	最大车削直径:1 600mm;行程(X轴/Z轴):($-20\sim1\,000$)mm/800mm	技术引进	企业新产品	国内领先水平
数控高速单柱立式车床	CKS5125×16/16	最大车削直径:2 500mm;行程(X轴/Z轴):($-20\sim1\,500$)mm/1 000mm	全新设计	企业新产品	国内领先水平
双柱立式车床	C5225D×16/10A	最大车削直径:2 500mm;(X轴/Z轴):1 415mm/1 000mm	全新设计	企业新产品	国内领先水平
闭式四点单动数控多连杆机械压力机	L4S1300 - MBC	工作台面尺寸(长×宽):4 000mm×2 200mm;公称压力:13 000kN	全新设计	企业新产品	国内领先水平
闭式四点单动数控多连杆机械压力机	L4S1000 - MF	工作台面尺寸(长×宽):4 600mm×2 500mm;公称压力:10 000kN	全新设计	企业新产品	国内领先水平
闭式四点单动数控多连杆机械压力机	L4S1000A - MB	工作台面尺寸(长×宽):4 000mm×2 200mm;公称压力:10 000kN	全新设计	企业新产品	国内领先水平
闭式四点单动数控机械压力机	E4S800B - MB	工作台面尺寸(长×宽):4 000mm×2 200mm;公称压力:8 000kN	改型设计	企业新产品	国内领先水平
多工位冷成形机	ZB46 - 200/4	公称直径:16mm;公称压力:200t	改型设计	行业新产品	国内领先水平
滚柱冷镦机	ZA31 - 25	公称直径:25mm;公称压力:220t	改型设计	企业新产品	国内领先水平
青海华鼎重型机床有限责任公司					
数显重型卧式车床	CX61250×18/120	最大回转直径:2 500mm;最大加工长度:1 800mm	全新设计	企业新产品	国内领先
数显重型卧式车床	CX61160×12/50	最大回转直径:1 600mm;最大加工长度:1 200mm	全新设计	企业新产品	国内领先
数控重型卧式车床	CK61250×15/125	最大回转直径:61 250mm;最大加工长度:15 000mm	全新设计	企业新产品	国内领先
重型卧式车床	C61320×5/12	最大回转直径:3 200mm;最大加工长度:6 000mm	全新设计	企业新产品	国内领先
车削中心	QZC125 - H	最大回转直径:1 250mm;最大加工长度:6 000mm	全新设计	企业新产品	国内领先
卧式镗铣床	W100A	镗杆直径:100mm;最大工件重量:3 000kg;工作台夹紧尺寸:1 250mm×1 250mm	全新设计	企业新产品	国内领先
数控不落轮对车床	DLC - 15G	轮对直径加工范围:600~1 100mm;轮对轴长范围:1 900~2 450mm;轨距:1 435mm	全新设计	企业新产品	国内领先
数控车轴车床	CK8132B - jx	加工轴长2 000~2 600mm;钻孔直径:18~22mm;夹紧直径:100~250mm	全新设计	企业新产品	国内领先
数控车轴端面三孔专用车床	QZ - 56A/ZX	直径:100~320mm;最大加工长度:1 500~2 600mm;直径:100~280mm	全新设计	企业新产品	国内领先
数控车轴端面铣及钻中心孔专用车床	QZ - 48A/ZX	加工轴长:2 000~2 600mm;铣削直径:210mm;夹紧直径:100~250mm	全新设计	企业新产品	国内领先

产品名称	型 号	主 要 技 术 参 数	产品性质	产品属性	产品水平
龙门镗铣床	LTX4×16	龙门宽度：4 000mm；最大加工长度：16 000mm	全新设计	企业新产品	
上海重型机床厂有限公司					
数控重型卧式车床	CK61160×8M	最大回转直径：1 600mm；过刀直径：1 300mm；加工长度：8 000mm；承重：20t	技术引进	企业新产品	国内领先
数控龙门齿条磨床	SHZ1057×2M	磨削齿条最大模数：10mm；模削齿条最大长度：1 200mm	全新设计	行业新产品	国内领先
大型超长数控龙门导轨磨床	MK5225A×16M	磨削宽度：2 500mm；模削高度：2 000mm；磨削长度：16 000mm；工作台速度：5～35m/min；承重：30t	改型设计	行业新产品	国内领先
数控重型深孔钻镗床	TK2140×2M	最大镗孔直径：400mm；最大钻孔直径：100mm；工件长度：2m	全新设计	行业新产品	国内领先
曲轴同步旋转支撑平台	SHZ1058×8M	最大回转直径：1 250mm；过刀架直径：900mm；加工长度：8 000mm；承重：10t	改型设计	企业新产品	国内领先
数控曲轴主轴颈车床	CK61125（Ⅲ）×6.5M	最大主轴颈：350mm；过刀架直径：1 000mm；加工长度：6.5m；承重：10t	改型设计	企业新产品	国内领先
重型数控轧辊车床	CK84100×6M	最大回转直径：1 000mm；加工长度：6 000mm；承重：25t	全新设计	行业新产品	国内领先
双主轴双刀架车削中心	HM－024	最大工件回转直径：500mm；最大车削直径：240mm；加工长度：500mm	全新设计	行业新产品	国内领先
险峰机床厂					
数控外圆磨床	XKK－160×120	磨削工件最大直径：1 600mm；顶尖距：12 000mm；工件最大重量：40 000kg；圆度：0.003mm；圆柱度：1 000mm：0.003mm；表面粗糙度：R_a0.1μm	改型设计	行业新产品	国内领先
数控无心磨床	MJK1080B	磨削工件最大长度：180mm；切入磨削工件最大长度：140mm；圆度：0.002mm；圆柱度：0.003mm；表面粗糙度：R_a0.32μm	改型设计	行业新产品	国内领先
数控轧辊磨床	MJK84125	磨削最大直径：1 250mm；磨削最小直径：300mm；工件最大重量：25 000kg；圆度：0.005mm；圆柱度：1 000mm：0.008mm；表面粗糙度：R_a0.2μm	改型设计	行业新产品	国际领先
数控轧辊磨床	MJK84160	磨削最大直径：1 600mm；磨削最小直径：300mm；工件最大重量：60 000kg；圆度：0.005mm；圆柱度：1 000mm：0.008mm；表面粗糙度：R_a0.2μm	全新设计	行业新产品	国际领先
全自动数控轧辊磨床	MKZ84160	磨削最大直径：1 600mm；磨削最小直径：300mm；工件最大重量：60 000kg；圆度：0.002mm；圆柱度：1000mm：0.002mm；表面粗糙度：R_a0.2μm	全新设计	行业新产品	国际领先
大重型数控轧辊磨床	MK84250	磨削最大直径：2 500mm；工件最大重量：300 000kg；圆度：0.002mm；圆柱度：1 000mm：0.002mm；表面粗糙度：R_a0.1μm	全新设计	行业新产品	国际领先
大连瓦房店机床集团有限公司					
数控双柱立式车床	CK5240M	加工直径：4 000mm；加工高度：2 000mm	全新设计	行业新产品	国内领先
数控立式磨床	2MK95160	加工直径：1 600mm；加工高度：700mm	全新设计	行业新产品	国内领先
数控车铣加工中心	CXH5240	加工直径：4 000mm；加工高度：2 500mm	全新设计	行业新产品	国内领先
双向切削数控龙门刨床	BK2010－S/3M	工作台面尺寸（宽×长）：900mm×3 000mm；最大加工尺寸（长×宽×高）：3 000mm×1 000mm×500mm；工作台承重：1 500kg/m			国内领先
钢轨刨床	DF－051	工作台面尺寸（宽×长）：1 120mm×12 000mm；最大刨削长度：12 000mm；最大刨削宽度：1 250mm		行业新产品	国内先进
双柱5m立车	CX5250	回转直径：5 000mm；载重：50t	全新设计	企业新产品	国内领先
交流伺服驱动普通立式车床	C5225E/6A	回转直径：2 500mm；载重：10t	改型设计	企业新产品	国内领先
都匀贵航东方机床有限公司					
带拉刀机构的数控立式车床	CH5225	回转直径：2 500mm；载重：20t	改型设计	企业新产品	国内领先
车磨一体数控立式车床	CK5225M/2A	回转直径：2 500mm；载重：10t	改型设计	企业新产品	国内领先

4. 对外合作

2007 年重型机床行业合资合作情况见表94。2007 年

重型机床行业合资合作产品销售情况见表95。

表94　2007 年重型机床行业合资合作情况

序号	项目名称	合资合作内容	合资金额(万美元)	外方企业名称	中方企业名称	合资年限
1	W100A 镗铣床	技术引进	7.5	捷克 TOS VARNS-DORF	青海华鼎重型机床有限责任公司	5 年
2	UGL15 数控不落轮对车床	合作生产	103.3	意大利善福公司	武汉重型机床集团有限公司	长期合作

表95　2007 年重型机床行业合资合作产品销售情况

序号	产品名称	销售量(台)	销售额(万元)	生产企业
1	V1000	4	209	上海重型机床厂有限公司
2	W490、W722、W802	9	223	上海重型机床厂有限公司
3	SLZ1500	1	115	上海重型机床厂有限公司
4	PT、PB、PC	12	1 237	上海重型机床厂有限公司
5	BMT110 型数控卧式铣镗床	1	200	齐二机床集团有限公司与罗马尼亚 WMW 公司
6	BP4340SS 型高速自动冷成形机	3	414	齐二机床集团有限公司与日本阪村株式会社
7	数控缠绕机	3	396	齐二机床集团有限公司与哈尔滨工业大学
8	直升机轴承试验机	1	30	齐二机床集团有限公司与燕山大学

5. 科研和获奖产品情况

在 2007 年北京国际机床展览会上,重型机床展台再一次显现出惊人的魅力和靓丽的风彩,吸引着国内外大量机床采购商和参观者。从展品雄伟高大的外观到展台和谐新颖的布局,都给人以重型机床行业正在飞速发展的深刻印象。重型机床新产品获得国家级、省市级科技进步奖的产品在机床行业中名列前茅,技术水平与国际先进水平的差距在缩小。重型机床产品的技术水平含金量在增加,用户信任度、市场占有率在提高。最近各厂的技术改造取得了可喜成绩,新产品开发和制造周期大大缩短,为承接国家重点工程项目提供了可靠保障。我国重型机床制造业完全可以承接国内各用户行业的重型机床订购任务。行业企业要以承担国家重点工程项目为契机,努力开发高档数控重型机床,为国产数控重型机床占领市场做更大贡献。

2007 年重型机床行业科研项目情况见表96。2007 年重型机床行业获奖科研项目情况见表97。

表96　2007 年重型机床行业科研项目情况

序号	项目名称	主要内容	投入资金(万元)	项目来源	完成企业
1	重型轧辊磨床磨头开发	研制适用于外径 1 200mm、宽 120mm 的重型砂轮磨头;研制主轴直径 200～220mm、偏心套筒 φ300～340mm 的砂轮动静压主轴系统	30		险峰机床厂
2	数控轧辊磨床软件开发	开发轧辊磨床磨削控制软件;建立数控轧辊磨床数据库中心;开发轧辊磨床的车间级数据管理系统;开发辊形生成软件;开发结果查看及打印软件	30		险峰机床厂
3	FANUC 数控系统在磨床领域的应用	FANUC 数控系统在无心磨床上的应用;FANUC 数控系统在轧辊磨床上的应用	35		险峰机床厂
4	2006 研 08	静压中心架性能实验研究	14	新产品研制项目	青海华鼎重型机床有限责任公司
5	2006 研 02	高硬度(HRC58 以上)淬火钢导轨的工艺实验研究	11	新产品研制项目	青海华鼎重型机床有限责任公司
6	2006 研 04	重载荷下直线导轨验证研究	12	新产品研制项目	青海华鼎重型机床有限责任公司
7	2005 攻 01	大型主轴的工艺制造试验研究	21	新产品研制项目	青海华鼎重型机床有限责任公司
8	2006 攻 03	淬火钢导轨铣削加工的工艺攻关	11	新产品研制项目	青海华鼎重型机床有限责任公司
9	2007 攻 04	减摩涂层在机床传动副蜗母牙条上的研究及应用	13	新产品研制项目	青海华鼎重型机床有限责任公司
10	2007 攻 02	床头箱噪声的控制与研究	11	新产品研制项目	青海华鼎重型机床有限责任公司
11	SY－(2007)572	液压夹盘增力卡爪试验	20	新产品研制项目	齐重数控装备股份有限公司

序号	项目名称	主要内容	投入资金（万元）	项目来源	完成企业
12	SY-(2007)573	SVT125 数控立式车床样机性能试验	25	新产品研制项目	齐重数控装备股份有限公司
13	SY-(2007)574	SVT160 数控立式车床样机性能试验	35	新产品研制项目	齐重数控装备股份有限公司
14	SY-(2007)575	卧车 201102140 模块柱塞泵可行性安装试验研究	30	新产品研制项目	齐重数控装备股份有限公司
15	SY-(2007)579	优励聂夫横梁升降箱升降试验	40	新产品研制项目	齐重数控装备股份有限公司
16	SY-(2007)580	静压耐磨涂料性能试验	25	新产品研制项目	齐重数控装备股份有限公司
17	SY-(2007)583	VCE 刀架油缸试验	10	新产品研制项目	齐重数控装备股份有限公司
18	MK5225A 大型数控龙门导轨磨床	大型数控龙门导轨磨床研制	1 119	上海市引进技术吸收和创新计划项目	上海重型机床厂有限公司
19	XK778 型数控滑枕床身铣床关键技术攻关	新型主轴结构设计及结构分析;主轴材质的选定、调质、氮化;小孔径主轴安装夹爪凸台及角度加工方法研究;滑枕进给孔系与主传动孔系同轴度 0.01mm 的加工工艺研究;直线导轨及铣头装配工艺研究		齐齐哈尔市重点攻关项目	齐二机床集团有限公司
20	重型数控龙门镗铣床横梁挠度的精度补偿	横梁变形原因分析、变形量测量与分析,包括变形与位置函数关系;变形与重心变化关系;控制方案的确定,包括反馈元件、程序控制器及相应软件,执行元件;机械执行机构的研制与实验;控制软件编制与调试		黑龙江省重点攻关项目	齐二机床集团有限公司
21	XK2860 型桥式数控动梁龙门镗铣床关键技术攻关	解决 X、Y 轴同步双驱,横梁变形,Y 轴移动对 X 轴导轨产生的变化载荷控制等技术难题攻关		本企业	齐二机床集团有限公司
22	FM-30/80BT 型本间五面加工机电气攻关	解决五面加工机装配、调试及数控系统和电动机匹配难题,并编制相应的控制软件		本企业	齐二机床集团有限公司
23	重型机床高精度摆角铣头关键技术研究	主电动机功率:22~63kW,主轴转速:10~2 000r/min,A 轴摆角:±110°,C 轴回转角度:±180°,C 轴最大回转速度:360°/S		黑龙江省重点攻关项目	齐二机床集团有限公司
24	开放式数控系统及开放式多坐标数控铣床研制	定位精度:0.015mm;重复定位精度:0.007mm;进给速度:15m/min;主轴功率:22kW;主轴转速:2 500r/min		黑龙江省重点攻关项目	齐二机床集团有限公司
25	重型数控铣镗床滑枕动、静态分析及变形自动补偿系统的研究与攻关	变形原因分析、变形量测量与分析,包括变形与位置函数关系;变形与重心变化关系;控制方案的确定,包括反馈元件、程序控制器及相应软件,执行元件;机械执行机构的研制与实验;控制软件编制与调试、综合实验		本企业	齐二机床集团有限公司
26	2MK9516 数控立式万能磨床的开发、研制	完成研发、设计、制造样机	542	市场调研	大连瓦房店机床集团有限公司

表97　2007 年重型机床行业获奖科研项目情况

序号	项目名称	主要内容及应用范围	获奖名称	获奖等级	主要完成单位
1	XKU2645 数控动梁双龙门移动镗铣床	国内首台首创超重型数控双龙门移动镗铣床,加工范围 5 m×38m,主要用于平面(曲面)和孔的加工。广泛用于机械、军工、工程机械、汽轮机、航空航天、模具加工等制造行业粗精加工,可实现工件一次装夹完成内外 5 面加工	中国机械工业科学技术奖　湖北省科学技术进步奖	二等奖　一等奖	武汉重型机床集团有限公司技术中心
2	TK6916B 数控落地铣镗床	为国内首台首创双丝杆驱动数控落地铣镗床,具有双丝杆主轴箱平衡补偿功能,镗轴挠度补偿功能,功能附件补偿功能等特殊功能。主要用于发电设备汽轮机高中压内缸、轴承箱箱体、阀体及各种箱体和大型零件的加工	武汉市科学技术进步奖	一等奖	武汉重型机床集团有限公司技术中心

序号	项目名称	主要内容及应用范围	获奖名称	获奖等级	主要完成单位
3	卧式铣镗床检验条件精度检验第3部分:带分离式工件夹持固定工作台的落地式机床	该标准是为我国机床行业制订的卧式铣镗床检验条件、检验标准,适用于国内机床行业企业,是机床贯标执行标准	武汉市科学技术进步奖	三等奖	武汉重型机床集团有限公司技术中心
4	DMVTM1600 × 55/250L—NC 型数控龙门移动式车铣床	适用于超大规模超重型工件的复杂回转表面加工	中国机械工业科学技术奖 齐齐哈尔市技术进步奖	三等奖 一等奖	齐重数控装备股份有限公司
5	QZ—CIMS 应用工程	制造业信息化工程项目	齐齐哈尔市技术进步奖	三等奖	齐重数控装备股份有限公司
6	HTM160 × 100/40L—NC 型数控重型卧式铣车床	适用于造船、电力、军工等	齐齐哈尔市技术进步奖	二等奖	齐重数控装备股份有限公司
7	QZ—CIMS 应用工程	制造业信息化工程项目	齐齐哈尔市技术进步奖	二等奖	齐重数控装备股份有限公司
8	高精度数控磨床技术改造	添置关键设备等	贵阳市优秀技改项目	一等奖	险峰机床厂
9	MK8463A 高精度数控轧辊磨床	研制高精度数控轧辊磨床	贵州省优秀新产品	二等奖	险峰机床厂
10	地坑轮对车床 DLC—15G	轮对直径加工范围:600～1 100mm;轮对轴长范围:1 900～2 450mm;轨距:1 435mm。应用于电力机车、内燃机车等各种机车、车辆轮对不解体加工,修理轮缘和踏面的加工修理	青海省高新技术产品 国家重点新产品		青海华鼎重型机床有限责任公司
11	数控重型卧式车床 CK61250 × 15/125	最大回转直径:2 500mm;最大加工长度:15 000mm。适用于能源、造船等行业的内外圆柱表面、锥面、螺纹、端面、切槽、切折线绳槽等进行粗精加工	青海省高新技术产品		青海华鼎重型机床有限责任公司
12	BP—440SS 型螺栓自动镦锻机	是一种采用四工位成形方法,用于镦制各种螺栓、长轴类等杆状异形零件为主的多工位自动冷成形机	齐齐哈尔市科技进步奖	三等奖	齐二机床集团有限公司
13	DZ—TK6913 型对置式数控落地铣镗床	由2台数控落地铣镗床采用对置式布局与工作平台组合构成的一种新型结构机床	齐齐哈尔市科技进步奖	二等奖	齐二机床集团有限公司
14	FA—130 型数控落地铣镗床	是一种高速型数控落地铣镗床,具有高转速、高进给速度、高精度等特点	黑龙江省机械工业奖	一等奖	齐二机床集团有限公司
15	TK6925 型数控落地铣镗床	技术领域属机电一体化机械设备,主机为方滑枕移动式主轴箱结构	黑龙江省优秀新产品奖	一等奖	齐二机床集团有限公司
16	XK2127 型数控动梁龙门镗铣床	主要用于加工带有复杂曲面形状的较大、较长类零件和大型箱体结构件	黑龙江省优秀新产品奖	一等奖	齐二机床集团有限公司

6.质量及标准

企业产品质量是占领市场的关键。2007年,各厂采取有效措施,抓产品开发、加工装配和用户安装调试各项关键环节,保证产品质量满足用户需要。重型机床产品质量在用户心目中已得到认可,在产品质量监督抽查中都达到了产品合格。

2007年,重型机床行业共完成2项国家标准和6项行业标准报批,9项行业标准征求意见稿。2007年重型机床行业标准制修订情况见表98。

表98　2007年重型机床行业标准制修订情况

序号	标准名称	备注
1	重型卧式车床 精度检验	国家标准
2	立式车床检验条件第1部分:单柱和双柱立式车床	国家标准
3	龙门铣刨床技术条件	行业标准报批
4	单柱、双柱立式车床第1部分:型式与参数	行业标准报批
5	板料边缘刨床精度检验	行业标准报批
6	悬臂刨床、龙门刨床参数	行业标准报批
7	重型卧式车床 第2部分:参数	行业标准报批
8	轻便悬臂刨床、龙门刨床 精度检验	行业标准报批
9	重型回转工作台参数	行业标准征求意见稿
10	重型深孔钻镗床第1部分:精度检验	行业标准征求意见稿
11	重型深孔钻镗床第3部分:参数	行业标准征求意见稿

序号	标 准 名 称	备 注
12	落地车床第4部分:精度检验	行业标准征求意见稿
13	落地车床第2部分:参数	行业标准征求意见稿
14	落地铣镗床主轴端部第1部分:镗轴端部尺寸	行业标准征求意见稿
15	落地铣镗床主轴端部第2部分:铣轴端部尺寸	行业标准征求意见稿
16	落地铣镗床主轴端部第3部分:主轴端面键尺寸	行业标准征求意见稿
17	落地镗床、落地铣镗床第1部分:型式与参数	行业标准征求意见稿

〔本部分撰稿人:中国机床工具工业协会重型机床分会翟巍　审稿人:中国机床工具工业协会重型机床分会徐宁安〕

(十一)小型机床

1.产品特点及构成

小型机床产品有10余大类,涵盖了机床中的大部分类别,产品范围较广,主要服务于钟表、照相机、光学仪器、电子、航空航天、石油化工、视听设备、办公设备、家用电器、家用维修、玩具、五金、汽车摩托车、IT等制造行业。通过几十年的发展,部分产品向中、大规格机床延伸。行业主要产品有:

(1)仪表车床(小型车床)。最大加工直径≤250mm,变型产品≤300mm及其以下尺寸规格。包括:台式车床、工具车床、小型车床、轴类车床、盘类车床、转塔车床、精整车床。主要用于小型回转零件的加工,产品结构简单并简化了制造工艺,因而产品的制造成本很低、附加值低,数控型有一定附加值。普通仪表车床的售价在500~3 000元,数控型售价在3万元以内,部分产品售价6万元左右,在乡镇企业、小型的私营企业及家庭作坊等劳动密集型生产单位使用较多。

(2)台式钻床、钻铣床。台式钻床和小型钻铣床主要用于小型零件的钻削、攻螺纹、铣削、磨削等加工,多用于精度要求不高的零件的辅助加工,如钻孔攻螺纹、普通维修等,加工零件较小。

(3)卧式车床。用于盘类、轴类零件的加工,与常规的数控车床、普通车床相同,最大加工直径≤500mm,包括短床身车床、数显车床、数控车床、车削中心、车削柔性单元、车削生产线及专用、专门化车床。

(4)单轴自动车床。主要有3种结构形式:主轴箱移动型(又称瑞士型)的机械凸轮式单轴纵切自动车床和数控型纵切自动车床,主轴箱固定型的单轴自动车床,盘料横切自动车床。前两类产品用于加工长棒料,后一类产品用于加工盘状棒料。单轴自动车床加工直径通常<30mm,主要是采用棒料大批量生产小型轴类零件,效率极高,全功能数控型最多可配置14把刀具,包括动力刀具,可以实现零件的背加工。

(5)小型铣床。用于小型零件的铣削加工,工作台面宽度<200mm。

(6)小型磨床。①平面磨床,主要用于中小规格零件的磨削加工,加工精度较高,工作台面宽度<200mm。②外圆磨床及万能外圆磨床,最大磨削外圆直径≤100mm;③内圆磨床,最大磨孔直径≤30mm;④坐标磨床,分单柱式和龙门式,最大工作台宽800mm,主要用于淬火零件的精密磨削,加工内容以精密孔系、精密孔和精密轮廓为主,也可进行精密轻铣,通常用于制造业的工具车间,也用于高硬材料如冲模加工,近年也逐步用于高硬精密零件的批量加工,如印刷机械中凸轮轮廓的精密磨削。

(7)用于加工小刀具、小刃具、小工具的机床。

(8)小模数齿轮加工机床。分普通型、数控型、全数控型,机床采用卧式结构,主要用于小型齿轮包括斜齿轮、蜗轮蜗杆等的精密加工和批量加工,最大加工直径≤150mm,加工精度最高可以达到5级。还有专门用于轿车蜗杆大批量加工的数控蜗杆铣床等。

(9)镗床。有坐标镗床、轴瓦镗床。坐标镗床工作台宽≤450mm,主要用于有精密孔系要求及精密孔要求的模板类零件的精密加工;轴瓦镗床用于轴承行业轴瓦的精密镗削加工。

(10)小型组合机床及自动线、自动装配线等专用设备。有回转工作台结构、直线移动型结构及多台组合机床组成生产线等方式,有普通型和数控型。组合机床及自动线适用于汽车摩托车、空调压缩机、家电行业各种中小型零件的大批量加工。自动装配生产线,通常由数十个装配单元组成,有中央总控装置,主要用于家电组部件的自动装配,生产效率极高。

(11)中小型加工中心及柔性加工单元、多台加工中心组成的柔性生产线。工作台面≤1 000mm的卧式加工中心系列和工作台宽≤450mm的立式加工中心,加工精度高,用于汽车摩托车、航天航空业等中小型箱体类零件的精密加工;五轴联动加工中心主要用于叶片类零件的精密加工。部分企业开发出了工作台在1 200mm的大型产品以及龙门结构的中等规格立式加工中心。

(12)多功能工具机。机床结构设计巧妙,通常具有车、钻、铣、攻螺纹等功能,产品70%以上供出口。主要用于家庭维修、制造和小型维修用。

(13)光学冷加工设备。主要是对光学玻璃、玛瑙、宝石、石英晶体、硅等材料进行抛磨、切片等,机床规格较小。

(14)弹簧夹头、转台、机床附件、机床配件及少量的木工机床、小型锻压机床等。

2.行业结构分析

进入21世纪后,由于中国经济的不断发展,各种物品的需求均在不断增长,机床行业连年保持高速增长,大批的民营企业不断涌现。在区域性小产品经济强势发展的情况下,廉价型的小型机床市场持续保持较高的需求,小型机床行业近年有较多的新企业出现,特别是温州、杭州等地,近年有很大发展,估计现有生产厂家超过150家,其中40余家为专业厂家,江浙地区有为数不少的私营企业,仅在浙江坎门及台州地区就有 60 多家从事仪表数控车床的生产厂家，有的年产值达数百万元。目前，小型机床分会有统计会员 20 家，主要有成都宁江机床集团股份有限公司、上海仪表机床厂、池州家用机床股份有限公司、山东临沂金星机床有限公司、温州仪表机床厂、杭州金宝机床有限公司、广州粤港工程技术有限公司、南京仪机股份有限公司、杭州金火机床有限公司等。

2007 年，小型机床分会会员企业有 10 个股份制企业，改制后基本为民营企业；2 家高校企业，3 家私营企业；上海仪表机床厂仍为国有企业，在并入上海明精公司后现为上海电气集团的下属企业；另外有研究所 1 家、主要以技术成套和销售为主的公司 1 家。会员单位所有制形式有私有化趋势，但总体变化不大。

2007 年小型机床行业主要经济指标完成情况见表 99。

2007 年小型机床行业企业主要经济指标完成情况见表 100。

表 99　2007 年小型机床行业主要经济指标完成情况

指标名称	单位	实际完成
工业总产值（现价）	万元	73 569
其中：机床工具类产品产值	万元	42 318
工业销售产值（现价）	万元	64 882
其中：机床工具类产品销售产值	万元	32 855
工业增加值	万元	23 092
实现利税	万元	8 799
从业人员平均人数	人	3 266
资产总计	万元	102 244
流动资产平均余额	万元	43 023
固定资产净值平均余额	万元	19 081

注：因池州家用机床股份有限公司没有上报统计数据，故本年度生产情况中所列数据不含该公司。

表 100　2007 年小型机床行业企业主要经济指标完成情况

序号	企业名称	工业销售产值（万元）	工业总产值（现价）（万元）	从业人员平均人数（人）
1	宁江机床（集团）股份有限公司	53 704	62 353	2 522
2	山东临沂金星机床有限公司	5 760	5 710	350
3	温州市仪表机床总厂	2 541	2 498	136
4	杭州金宝机床有限公司	1 526	1 568	107
5	江西盛鸿仪表机床有限公司	1 120	1 245	115
6	上海第十二机床厂	231	195	36

3. 经济运行情况

2007 年，小型机床行业完成工业总产值（现价）7.36 亿元，与上年同比增长 62.81%，增幅比上年有较大提高。行业出口交货值 4 167 万元，同比增长 11%，其中山东临沂金星机床有限公司出口增长 28.36% 的，另一个主要出口企业宁江机床（集团）股份有限公司出口略有减少。全年实现产品销售收入 6.98 亿元，与上年同比增长 46.63%；行业存货增长 71.98%，企业库存大幅度上升，同时工业中间投入同比增长 95.04%，说明销售情况不理想。

2007 年，小型机床产品产量 24 006 台（上年度为 24 794 台，扣除一个未报企业的产量后为 19 788 台），比上年增长 21.32%。产量有较大增长的原因，主要是普通仪表车床产品增产 3 500 余台，但从机床产品产值的上升幅度可以看出，产品档次在逐步提高、产品规格增多。全行业生产数控机床 2 097 台，同比增长 40.83%；数控机床产值 23 746 万元，同比增长 39%；完成数控机床销售 1 823 台，同比增长 28.74%；实现销售产值 14 669 万元。销售产值略有下降，说明数控机床销售集中在中小规格。

4. 生产、销售及出口情况

（1）仪表车床。2007 年，共生产 19 552 台小型仪表车床，比上年增长 8.08%；产值 1 766 万元，比上年下降 23.95%。主要生产厂家为温州仪表机床总厂、杭州金宝机床有限公司。当年销售仪表车床 23 438 台，比上年增长 20.33%，销售量高于产品生产量，产品库存有所下降。生产数控仪表车床 1 007 台，当年销售数控仪表车床 905 台，比上年增长 76.97%，说明数控仪表车床的市场前景很好。该类产品的主要生产企业为温州仪表机床总厂、杭州金宝机床有限公司。主要出口商池州家用机床股份有限公司没有填报报表，当年仪表车床没有出口。

（2）卧式车床。2007 年，共生产卧式车床 664 台，下降 21.88%，产值 4 241 万元，上升 37.24%，增长的均是简易型的数控车床。主要生产厂家为山东临沂金星机床有限公司、江西盛鸿仪表机床有限公司，山东临沂金星机床有限公司近年大力进行产品结构调整，逐步淘汰原来的台钻、普通工具机等产品，大力发展数控车床、数控铣床等产品，取得了较好成绩。2007 年，销售数控车床 1 023 台，不包括数控仪表车床，其中山东临沂金星机床有限公司的数控车床有较大增长，共销售数控车床 636 台；当年卧式车床无出口，行业原主要出口厂家及生产厂家上海仪表机床厂因并入上海明精公司未报数据，上海仪表机床厂数控车床年产量在 1 000 台左右。

（3）单轴自动车床。2007 年生产各种单轴纵切自动车床、单轴自动车床 1 580 台，产值 9 400 万元，销售 1 360 台，库存略有上升，生产厂家成都宁江机床集团股份有限公司，该产品在国内仍有较强的竞争能力；生产数控型自动车床 191 台。当年出口普通自动车床 36 台，其中数控纵切自动车床出口 1 台，出口金额约 302 余万，出口量比上年度下降 61.7%，出口金额比上年度下降 52.81%，出口形式为自营出口，主要由中国香港地区进行转口贸易。

（4）台式钻床、钻铣床。2007 没有生产，说明产品结构有所调整，淘汰了台钻产品。

（5）磨床。2007 年生产磨床共 26 台，产值 1 104 万元，主要为宁江机床集团股份有限公司生产的坐标磨床和小型外圆磨床，其中当年生产数控坐标磨床 4 台；当年销售各种磨床共计 19 台，销售量比上年增长 46.15%。

（6）组合机床及加工自动线、装配自动线等专用设备。

2007 年共生产 122 台（套）；产值 7 126 万元，同比增长 64.76%；当年销售 67 台（套）；主要产品为空调压缩机零件加工生产线、数控深孔钻床及其他组合机床等，当年生产数控专用设备 57（台）套，实现销售 32 台（套），同比略有下降。此类设备当年没有出口，生产厂家为宁江机床（集团）股份有限公司。

（7）齿轮加工机床。该类机床的生产以宁江机床（集团）股份有限公司为主，2007 年共生产小型卧式滚齿机 771 台，同比增长 47.7%；产值 7 617 万元，销售 577 台，比上年增长 3.6%。生产小型数控滚齿机 121 台，增长 63.50%；实现销售 91 台。目前在世界范围内小模数精密卧式滚齿机的生产中，宁江机床（集团）股份有限公司的生产批量是最大的。

（8）加工中心。本行业原来只有宁江机床（集团）股份有限公司一家生产加工中心，2007 年生产加工中心 48 台；产值 6 553 万元，实现销售 36 台，同比增长 38.46%，在制品数量略有下降。产品均为卧式，包括五轴加工中心、精密卧式加工中心。

（9）多功能工具机。2007 年，共生产多功能工具机 5 227 台，产量略有下降；产值 2 935 万元，下降约 27.97%。当年共计销售 5 435 台；其中出口 3 926 台，下降 36.73%，出口占总销售量的 72.23%，主要销往美国、欧洲、南非和南亚地区。当年没有数控多功能工具机生产。主要生产厂家为池州家用机床股份有限公司、山东临沂金星机床有限公司。

（10）镗床。2007 年，共生产镗床 23 台，产值 487 万元，主要产品为宁江机床集团的坐标镗床；当年共计销售 14 台；生产、销售比上年均有所下降。

（11）光学冷加工设备。该设备只有南京仪机股份有限公司生产，当年没有报送报表。

2007 年小型机床分类产品生产情况见表 101。2007 年小型机床行业企业分类产品生产情况见表 102。2007 年小型机床分类产品出口情况见表 103。2007 年小型机床行业企业分类产品出口情况见表 104。

表 101　2007 年小型机床分类产品生产情况

产　品　名　称	实 际 完 成		其中：数控	
	产量（台）	产值（万元）	产量（台）	产值（万元）
金属切削机床	24 006	39 778	2 097	23 746
加工中心	48	6 553	48	6 553
卧式加工中心	48	6 553	48	6 553
车床	3 019	13 441	1 451	6 912
镗床	23	487		
磨床	26	1 104	4	499
齿轮加工机床	771	7 617	121	3 112
铣床	424	1 500	416	1 485
组合机床	122	7 126	57	5 185
仪表车床	19 552	1 766		
其他金属切削机床	21	184		

表 102　2007 年小型机床行业企业分类产品生产情况

序号	企业名称及产品名称	实 际 完 成		其中：数控	
		产量（台）	产值（万元）	产量（台）	产值（万元）
1	宁江机床（集团）股份有限公司				
	金属切削机床	2 597	32 483	459	18 653
	加工中心	48	6 553	48	6 553
	卧式加工中心	48	6 553	48	6 553
	车床	1 586	9 412	229	3 304
	镗床	23	487		
	磨床	26	1 104	4	499
	齿轮加工机床	771	7 617	121	3 112
	组合机床	122	7 126	57	5 185
	其他金属切削机床	21	184		
2	杭州金宝机床有限公司				
	金属切削机床	7 587	1 491	373	939
	车床	373	939	373	939
	仪表车床	7 214	552		
3	山东临沂金星机床有限公司				
	金属切削机床	639	2 076	631	2 061
	车床	215	576	215	576
	铣床	424	1 500	416	1 485
	系列工具机	5 227	2 935		

序号	企业名称及产品名称	实际完成		其中:数控	
		产量(台)	产值(万元)	产量(台)	产值(万元)
4	江西盛鸿仪表机床有限公司				
	金属切削机床	527	1 094	186	756
	车床	307	1 041	186	756
	仪表车床	220	53		
	机床配件(车床机头)	280	32		
5	上海第十二机床厂				
	金属切削机床	90	136		
	车床	90	136		
6	温州市仪表机床总厂				
	金属切削机床	12 566	2 498	448	1 337
	车床	448	1 337	448	1 337
	仪表机床	12 118	1 161		

表103　2007年小型机床分类产品出口情况

产品名称	年度出口		其中:数控	
	出口量(台)	出口额(万元)	出口量(台)	出口额(万元)
金属切削机床合计	474	1 696	439	1 407
车床	36	302	3	55
镗床	1	27		
磨床	1	15		
齿轮加工机床	8	495	8	495
铣床	428	857	428	857

表104　2007年小型机床行业企业分类产品出口情况

序号	企业名称及产品名称	出口量单位	年度出口		其中:数控	
			出口量	出口额(万元)	出口量	出口额(万元)
1	宁江机床(集团)股份有限公司					
	金属切削机床	台	46	839	11	550
	车床	台	36	302	3	55
	镗床	台	1	27		
	磨床	台	1	15		
	齿轮加工机床	台	8	495	8	495
	机床附件	套	5	18	5	18
	机床配件	批		345		345
2	山东临沂金星机床有限公司					
	金属切削机床	台	428	857	428	857
	铣床	台	428	857	428	857
	系列工具机	台	3 926	2 108	3 926	2108

5. 新产品、新技术、新工艺发展情况

2007年,本行业以产品开发、科研试验和技术创新为主线,制定了新产品发展规划及技术创新计划。2007年全年完成机床新产品开发53项,包括通用机床产品、专用机床、生产线、装配生产线、物流线。围绕产品开发科研、基础试验、技术创新工作,完成项目共计44项。主要包括:柔性制造系统、精密卧式加工中心、数控定梁龙门镗铣床、数控卧式车床、五轴专用数控装置、数控纵切自动车床、高速五轴铣削中心、小型精密数控排刀车床、精密卧式五轴加工中心、数控主轴箱移动式卡盘车床、眼镜框方管数控回转工作台式组合机床、节叉数控双向两工位车镗削组合机床、曲轴去毛刺机、活塞生产线连线装置、气缸倒角机、轴承生产线连线装置、轴承数控平面珩磨机、轴承数控平面磨床等。

四川普什宁江机床有限公司成立后,为适应新的市场需求,公司在经营目标和产品结构、技术创新方面进行了较大的调整,开发了龙门加工中心(XH、XK系列)、高速铣床(G996系列)、主轴箱移动型数控车床、大型精密卧式五轴联动加工中心等产品。由于很多新产品是公司首次涉足的技术领域,对公司研发技术形成了重大考验,技术中心组织相关项目组进行了大胆创新,并结合产学研联合攻关,完成产品的设计工作。目前公司正在积极建立国家级博士后工作站,不断完善研发中心运行机制,加快外部开放式创新体系建设,充分发挥社会人力、物力和人才信息资源作用,增强社会资源的整合利用能力,推动产学研发展;增强公司技术创新能力和核心竞争力;不断完善企业技术创新体系,快速提升新产品研发能力,实现公司做精、做大、做强的发展目标。

2007年小型机床行业新产品开发情况见表105。

表 105　2007 年小型机床行业新产品开发情况

产 品 名 称	型　号	主要技术参数	产品性质	产品属性	产品水平
成都宁江机床集团股份有限公司					
小型精密数控排刀车床	CMK0220	最大加工直径:20mm	全新设计	行业新产品	国内先进
小型精密数控排刀车床	CMK0232	最大加工直径:32mm	全新设计	行业新产品	国内先进
数控纵切自动车床	CKN1120IV	最大加工直径:20mm	全新设计	行业新产品	国内先进
小型精密数控卡盘车床	CMK0425	床身上最大直径:250mm	全新设计	企业新产品	国内先进
数控纵切自动车床	CKN1107	最大加工直径:7mm	全新设计	行业新产品	国内先进
数控卧式滚齿机	YK3610	最大加工模数:2.5mm	全新设计	行业新产品	国内先进
精密卧式加工中心	THM6380	工作台面尺寸:800mm×800mm	全新设计	企业新产品	国内先进
精密卧式加工中心	THMA6350	工作台面尺寸:500mm×500mm	全新设计	企业新产品	国内先进
精密卧式加工中心	THMA6363	工作台面尺寸:630mm×630mm	全新设计	企业新产品	国内先进
数控纵切自动车床	DELTA13	最大加工直径:13mm	合作生产	行业新产品	国内先进
柔性制造系统	FMS80	其中含 3 台 THM6380,1 条运输线	全新设计	行业新产品	国内先进
管组件双向镗削组合机床	NJ—H130		全新设计	企业新产品	国内先进
活塞销孔钻镗削组合机床	NJ—H127		全新设计	企业新产品	国内先进
连杆五工位镗削组合机床	NJ—H128		全新设计	企业新产品	国内先进
曲轴去毛刺机	NJ—SX001		全新设计	企业新产品	国内先进
活塞生产线连线装置	NJ—SX002		全新设计	企业新产品	国内先进
气缸倒角机	NJ—SX003		全新设计	企业新产品	国内先进
轴承生产线连线装置	NJ—SX004		全新设计	企业新产品	国内先进
缸盖数控钻镗削组合机床	NJ—HK022		全新设计	企业新产品	国内先进
缸体、配流盘球面研磨机	NJ—043		全新设计	企业新产品	国内先进
曲轴箱刷光机	NJ—044		全新设计	企业新产品	国内先进
管组件磨合检测机	NJ—046		全新设计	企业新产品	国内先进
手柄压装机	NJ—045		全新设计	企业新产品	国内先进
化油器本体回转工作台式组合机床	NJ—H125		全新设计	企业新产品	国内先进
枪管双轴深孔钻床	NJ—H129		全新设计	企业新产品	国内先进
TBZ100—HB 汽缸头生产线	NJ—SX029		全新设计	企业新产品	国内先进
减速器壳体双方向镗削组合机床	NJ—H124		全新设计	企业新产品	国内先进
导电嘴深小孔数控组合钻床	NJ—K034		全新设计	企业新产品	国内先进
星轮片数控双轴铣床	NJ—K035		全新设计	企业新产品	国内先进
轴承精密数控车床	NJ—K037		全新设计	企业新产品	国内先进
固体数控激光加工机	NJ—K039		全新设计	企业新产品	国内先进
轴承数控平面珩磨机	NJ—K040		全新设计	企业新产品	国内先进
轴承数控平面磨床	NJ—K041		全新设计	企业新产品	国内先进
缸盖数控钻镗削组合机床	NJ—HK023		全新设计	企业新产品	国内先进
168FA 曲轴箱体数控双向钻镗削组合机床	NJ—HK025		全新设计	企业新产品	国内先进
ZS188F 曲轴箱体数控双向钻镗削组合机床	NJ—HK026		全新设计	企业新产品	国内先进
ZS188F 曲轴箱盖数控双向钻镗削组合机床	NJ—HK027		全新设计	企业新产品	国内先进
眼镜框方管数控回转工作台式组合机床	NJ—HK028		全新设计	企业新产品	国内先进
汽车主轴承盖生产线	NJ—SX031		全新设计	企业新产品	国内先进
定子线圈成形机	NJ—SX032		全新设计	企业新产品	国内先进
山东临沂金星机床有限公司					
数控车床	CK6130	工作台面尺寸:302mm×300mm			
多用车床	CQ9112	中心高:210mm			

6. 科研成果及其应用

四川普什宁江机床有限公司研制的 TH(M)6380、TH(M)63100 精密卧式五轴联动加工中心获 2007 年度"四川省重大技术装备创新研制项目"。该项目填补了我国高速、精密、大规格卧式五轴联动加工(工作台宽度 1 000mm)技术的空白,其主要性能指标具有国际先进水平。广泛应用于汽车工业、航空航天、国防、军工、船舶、电力、工程机械、模具、泵体阀门、轻纺机械、工业缝纫机、五金工具等行业复杂零件的机械加工,能满足中小型箱体零件和空间曲面多品种加工的需要。另有数控机床、专用机床、组合机床、加工生产线等数十项产品获四川省技术创新项目计划。

四川普什宁江机床有限公司依靠自有技术,在基础研究工作和新产品开发中继续加强与大专院校和科研院所的合作,加快产品研究开发和基础试验工作。与四川大学合作了 NJRA3－1 小型多关节装配机器人的视觉系统研究，基于制造执行系统原理的 FMS80 生产作业管理软件系统研究，基于制造系统原理的 FMS80 运行控制软件系统研究工作；与西华大学合作了动梁龙门加工中心的横梁、主轴箱及滑枕有限元分析；与重庆大学合作研究 YK3610 数控滚齿机床的相关基础实验；与 SIEMENS 公司进行了 CKN1112 嵌入

式编程系统软件开发；与成都广泰数控公司合作开发 NJRA3－1 小型多关节装配机器人数控系统开发。同时结合公司科研项目与技术发展规划，与省内多家院校和科研院所进行合作，开展多项科研试验工作。

2007 年小型机床行业科研项目情况见表 106。2007 年小型机床行业获奖科研项目情况见表 107。

表 106　2007 年小型机床行业科研项目情况

序号	项目名称	主要内容	应用状况	投入资金（万元）	项目来源
四川普什宁江机床有限公司					
1	TH（M）6380、TH（M）63100 精密卧式五轴联动加工中心	具有高速、精密、多轴、柔性等特点。可倾回转工作台（A 轴、B 轴）A 轴定位精度 10″，B 轴连续分度工作台定位精度 8″；直线轴定位精度 0.008mm（采用标准 ISO230—2：1997），重复定位精度 0.004mm；机床快速移动速度 40m/min；主轴转速 8 000r/min；刀库容量 40 把；换刀时间 3s	研制阶段	2 500	四川省重大技术装备创新研制项目
2	空调压缩机加工生产线	由气缸加工生产线、曲轴加工生产线、轴承加工生产线、主壳体加工生产线及活塞加工生产线组成。零件输送采用机械手自动线输送方式或步伐式输送方式，组成了完整的自动生产线，零件一次装夹可自动完成工序卡规定的加工内容。整线生产节拍：17s/件。稼动率（单位时间内）、设备使用率 85% 以上。曲轴零件表面的加热喷涂（硫化处理）与超精抛光加工在 1 台设备上自动完成。加热温度控制在 95℃±5℃，加热喷涂时间 10s，曲轴零件表面粗糙度 $R_y \leqslant 1.0\mu m$	研制阶段	1 600	国家重点新产品项目
3	精密数控加工中心	主要研究高速加工技术、精密技术、五轴控制技术、误差补偿技术、五轴加工智能编程、丝杠驱动和冷却技术以及工作台力矩电动机驱动技术等技术集成，应用在规格 800mm 和 1 000mm 的大规格卧式五轴联动加工中心上。实现可倾回转工作台（A 轴、B 轴）A 轴定位精度 10″，B 轴连续分度工作台定位精度 8″；直线轴定位精度 0.008mm（采用标准 ISO230－2：1997），重复定位精度 0.004mm；机床快速移动速度 40m/min；主轴转速 8 000r/min；刀库容量 40 把；换刀时间 3s	研制阶段	2 500	四川省科技支撑项目

表 107　2007 年小型机床行业获奖科研项目情况

项目名称	主要内容及应用范围	获奖名称	获奖等级	主要完成单位
NJ—124CNC 数控蜗杆螺纹铣床	是专为加工蜗杆、精密螺纹设计制造的一种产品，主要用于加工模数小于 2mm 的蜗杆或相应的精密螺纹。该机床的研制成功，填补了国内空白，可以替代进口。可广泛用于汽车、医疗器械、微电动机、电动工具、渔具、仪器仪表及日用品等行业的各种不同精度的蜗杆高效加工以及大批量生产	成都市科技进步奖	二等奖	四川普什宁江机床有限公司
空调压缩机加工生产线	由气缸加工生产线、曲轴加工生产线、轴承加工生产线、主壳体加工生产线及活塞加工生产线组成。零件输送采用机械手自动线输送方式或步伐式输送方式，组成了完整的自动生产线，零件一次装夹可自动完成工序卡规定的加工内容。技术水平处于国内领先水平，属国内首创。主要用于空调压缩机行业里关键重要零件的加工生产	四川省科技进步奖	三等奖	四川普什宁江机床有限公司
NJ—5HMC40 五轴联动加工中心	五轴五联动（X 轴、Y 轴、Z 轴、B 轴、C 轴）机床，采用模块化设计结构。工作台为连续分度的回转工作台（C 轴 0～360°）、主轴头为连续分度摆动头（B 轴 0～110°），机床快速移动速度达到 60m/min 和 1g 的加速度。机床采用半干式冷风（－20℃～－10℃）。该产品技术水平处于国际先进水平，可替代同类产品的进口。产品主要用于空间曲面的叶片、叶轮、模具轮廓的加工，及中小型壳体、箱体类零件的五面加工，最典型的零件是蜗轮叶片的加工。可广泛应用于航空、航天、国防、军工、模具、汽车工业等领域精密复杂零件加工，以及一般机械制造业加工	中国机械工业科学技术奖	三等奖	四川普什宁江机床有限公司

7. 企业简介

成都宁江机床集团股份有限公司的前身原宁江机床厂建立于1965年，专业从事精密机床的研究与设计制造，2000年企业转制为股分制企业，国有资产全面退出。2007年，成都宁江机床（集团）股份有限公司实现工业总产值6.23亿元；销售收入5.91亿元，同比增长54%；实现利税8 153万元，同比增长21%，公司主要经济指标连续8年保持快速增长。公司产品以"精密、高效、成套、智能化"为特色，主要包括柔性制造系统、加工中心、数控车床、坐标机床、自动车床、滚齿机床、专用机床、自动化生产线和装配线等8大系列100多个品种，服务领域遍及航空、航天、船舶、汽车、摩托车、电子、仪器仪表、家电、工具、玩具等行业。2007年公司主要产品生产设备达600多台，全年共生产金属切削机床2 597台。

四川普什宁江机床有限公司成立后，原成都宁江机床（集团）股份有限公司主营业务及技术中心（技术研发机构）都转入了四川普什宁江机床有限公司，该公司延续了宁江机床的特色。2007年，四川普什宁江机床有限公司取得了可喜成绩，顺利完成当年经营目标。公司实现销售收入56 000万元，实现利税总额5 911万元，利润总额4 116万元。公司在全国机床行业中工业总产值、销售收入排名前18位，在全国小型机床行业中各项指标均名列前茅。公司经营稳步发展。

山东临沂金星机床有限公司是由原国有企业山东临沂机床厂于1994年改制成立的。企业创建于1965年，是以研发、生产制造机电一体化产品数控机床和特色出口产品等为主营业务的高新技术企业。公司位于山东省临沂市高新技术开发区，厂区面积7万 m²，厂房建筑面积3万多 m²。

公司现有职工350人，其中工程技术人员62人，拥有资产7 866万元。2007年实现销售收入5 760万元，实现利税436万元，出口创汇300万美元，具有生产立式加工中心、数控车床、数控铣床和轻型多用机床等各类机床1万台的综合生产能力。公司通过ISO9001国际质量体系认证，享有自营进出口权，为山东省专利明星企业。公司不断强化技术创新，发展核心竞争力，在上海浦东建立了新产品开发基地，借助上海的人才、技术、信息、市场优势，加快新产品的开发步伐。同时，不断扩大与国外公司以及国内大专院所的合作生产和产学研联合，在实施高技术嫁接的同时，加强自主创新开发，先后研制生产了CQ系列轻型多用车床、CK系列数控车床、XK系列数控铣床和XH系列加工中心等10大系列50多个品种的产品。公司研发的CQ系列轻型多用车床获5项国家专利，先后荣获山东省科技进步奖和山东省优秀新产品奖。企业研制开发的数控雕刻机填补了省内空白，有14种数控机床产品被山东省科技厅认定为高新技术产品。2007年，公司自主研发了CK6130数控车床和XH7132立式加工中心，合作开发了CQ9112轻型多用车床，其中XH7132立式加工中心被临沂市政府列为科技攻关计划项目。2007年投入600余万元新建7 000多 m²的数控新车间，购置导轨磨床、数控车床、数控铣床和激光干涉仪等设备，提升了质量保证手段，扩大了生产规模。企业先后荣获"临沂市机电产品自营出口创汇先进企业"、"中国专利山东明星企业"等荣誉称号，产品畅销全国各省市，并外销美国、德国等30多个国家和地区。

〔本部分撰稿人：中国机床工具工业协会小型机床分会王 燕、刘惠君 审稿人：中国机床工具工业协会小型机床分会高克超〕

锻 压 机 械

一、生产发展情况

根据有关统计数据表明，全国有销售收入在500万元以上的锻压设备生产企业近460家，中国机床工具工业协会锻压机械分会会员单位有83家。锻压设备生产企业中大型企业较少，绝大多数为中小型企业。锻压设备生产企业一半以上集中在江苏、山东、上海和浙江等省市。按生产的产品种类分，生产机械压力机的企业占40%以上，生产液压机的企业约占15%，生产剪切、弯曲、校正机的企业在30%左右，生产其他锻压设备的企业约占15%。

根据中国机床工具工业协会锻压机械分会对36家企业的统计，2007年完成工业总产值1 021 779万元，比上年42家企业的965 010万元增长5.9%；工业增加值324 600万元，比上年42家企业的279 720万元增长16%；实现利税112 741万元，比上年42家企业的106 344万元增长6%。2007年锻压机械行业主要经济指标完成情况见表1。

表1 2007年锻压机械行业主要经济指标完成情况

指标名称	单位	实际完成
工业总产值（现价）	万元	1 021 779
其中：机床工具类产品产值	万元	1 021 779
工业销售产值（现价）	万元	983 478
其中：机床工具类产品销售产值	万元	983 478
工业增加值	万元	324 600
实现利税	万元	112 741
从业人员平均人数	人	29 926
资产总计	万元	949 540
流动资产平均余额	万元	521 054
固定资产净值平均余额	万元	213 126

由以上数据可以看出,在过去的一年里,锻压机械行业保持持续增长势头,且经济运行质量有进一步的提高。企业更加注重内部管理,充分消化不利因素,提高了企业的总体效益。2007年锻压机械行业企业主要经济指标完成情况见表2。

表2 2007年锻压机械行业企业主要经济指标完成情况

序号	企 业 名 称	工业销售产值(万元)	工业总产值(万元)	从业人员平均人数(人)
1	济南二机床集团有限公司	170 858	175 000	4 725
2	江苏扬力集团	156 081	155 576	4 500
3	沃得精机(中国)有限公司	57 394	67 128	2 035
4	湖北三环锻压机床有限公司	57 307	57 926	1 609
5	扬州锻压机床集团有限公司	55 700	55 737	544
6	合肥锻压集团	42 155	47 375	815
7	江苏亚威机床有限公司	43 958	46 754	646
8	天津市天锻压力机有限公司	40 019	42 739	906
9	天水锻压机床有限公司	24 886	30 904	1 009
10	上海冲剪机床厂	23 947	26 377	447
11	江苏省徐州锻压机床厂集团有限公司	24 139	26 051	607
12	山东高密高锻机械有限公司	25 809	25 477	1 008
13	广东锻压机床厂有限公司	24 509	24 839	935
14	安阳锻压机械工业股份有限公司	23 910	24 198	577
15	浙江锻压机械集团有限公司	22 254	22 829	733
16	泰安华鲁锻压机床有限公司	20 960	18 920	469
17	青岛青锻压机械有限公司	16 965	16 265	971
18	荣成锻压机床有限公司	15 418	16 230	598
19	徐州压力机械股份有限公司	14 847	15 306	844
20	宁波奥玛特高精冲压机床股份有限公司	12 587	14 287	128
21	浙江萧山金龟机械有限公司	12 051	12 224	439
22	湖北力帝机床股份有限公司	11 640	11 166	366
23	山东宏康机械制造有限公司	11 098	11 098	585
24	宁波精达机电科技有限公司	10 215	10 655	270
25	无锡市蓝力机床有限公司	9 863	10 000	268
26	长治钢铁集团锻压机床有限公司	9 106	9 022	485
27	四川内江四海锻压机床有限公司	7 823	8 669	594
28	上海第二锻压机床厂	6 932	6 800	289
29	梧州市万顺锻压机床有限公司	6 043	6 002	400
30	湖北富升锻压机械有限公司	4 681	4 863	185
31	无锡市华通气动制造有限公司	3 656	3 892	205
32	营口锻压机床有限责任公司	3 924	3 355	255
33	靖江市三力锻压机床制造有限公司	3 015	3 080	330
34	沈阳重锻锻压机制造有限公司	2 227	3 039	114
35	哈尔滨锻压机床有限责任公司	1 723	1 796	80
36	河北天辰锻压机械有限公司	1 437	1 479	277
37	北京市良乡锻压机床厂	1 550	1 450	180
38	天津市第二锻压机床厂	1 099	1 437	99
39	洛阳机床有限责任公司	1 226	1 123	349
40	西安冲剪机床制造有限公司	466	711	50

二、产品分类产量

2007年,锻压机械总产量为92 170台(套),比2006年的69 246台(套)增长33.1%。在锻压机械总产量中,机械压力机79 178台(套),占总量的85.9%。2007年数控锻压机械产品2 268台(套),占总量的2.5%,产品数控化率仍很低,数控化进程仍相当缓慢。2007年锻压机械分类产品生产情况见表3。

表3 2007年锻压机械分类产品生产情况

产 品 名 称	实际完成		其中:数控	
	产量(台)	产值(万元)	产量(台)	产值(万元)
金属成形机床合计	92 170	857 519	3 431	311 633
机械压力机	79 178	477 848	380	127 762
液压机	4 252	154 723	420	80 846
剪切机床	3 071	51 211	510	10 720

产 品 名 称	实 际 完 成		其中：数控	
	产量（台）	产值（万元）	产量（台）	产值（万元）
弯曲、折叠、矫直（平）机	3 772	106 826	958	29 557
其他金属成形机床	1 897	66 911	1 163	82 748

　　由表3可知，在锻压机械的产品分类中，86%是机械压力机占第一位，液压机位居其次占4.6%，剪切机床和弯曲、折叠、矫直（平）机分别占3.3%和4.1%，其他锻压机械产品占2%。2007年锻压机械行业企业分类产品生产情况见表4。

表4　2007年锻压机械行业企业分类产品生产情况

序号	企业名称及产品名称	产量（台）	产值（万元）	序号	企业名称及产品名称	产量（台）	产值（万元）
1	天津市天锻压力机有限公司			14	湖北力帝机床股份有限公司		
	液压机	395	41 872		金属成形机床	241	10 144
	其中：数控	160	34 645		液压机	117	1 848
2	长治钢铁集团锻压机床有限公司				剪切机床	117	2 374
	弯曲、折叠、矫直（平）机	91	7 306		其他金属成形机床	7	5 922
3	山东宏康机械制造有限公司			15	无锡市蓝力机床有限公司		
	弯曲、折叠、矫直（平）机	90	14 490		液压机	284	5 000
4	上海冲剪机床厂			16	扬州锻压机床集团有限公司		
	金属成形机床	1 213	21 068		机械压力机	5 213	55 737
	剪切机床	369	4 129	17	广东锻压机床厂有限公司		
	弯曲、折叠、矫直（平）机	844	16 939		金属成形机床	2 199	20 878
5	上海第二锻压机床厂				液压机	1 423	19 504
	机械压力机	501	6 586		其他金属成形机床	776	1 374
6	江苏省徐州锻压机床厂集团有限公司			18	安阳锻压机械工业股份有限公司		
	金属成形机床	4 437	33 254		金属成形机床	829	24 197
	机械压力机	4 433	33 015		液压机	193	15 700
	其他金属成形机床	4	239		剪切机床	2	46
7	合肥锻压集团				其他金属成形机床	634	8 451
	液压机	597	39 659	19	河北天辰锻压机械有限公司		
	其中：数控	190	34 895		机械压力机	167	1 864
8	济南二机床集团有限公司			20	沃得精机（中国）有限公司		
	机械压力机	260	115 255		金属成形机床	16 956	62 461
	其中：数控	140	105 749		机械压力机	16 934	62 162
9	青岛青锻锻压机械有限公司				液压机	22	299
	金属成形机床	164	13 772	21	湖北富升锻压机械有限公司		
	其中：数控	18	3 853		机械压力机	114	4 160
	机械压力机	157	13 140	22	山东高密高锻机械有限公司		
	其中：数控	18	3 853		机械压力机	103	4 309
	其他金属成形机床	7	632	23	哈尔滨锻压机床有限责任公司		
10	湖北三环锻压机床有限公司				机械压力机	132	2 034
	金属成形机床	1 003	35 117	24	靖江市三力锻压机床制造有限公司		
	液压机	21	1 902		金属成形机床	359	3 013
	剪切机床	492	10 141		剪切机床	207	1 652
	弯曲、折叠、矫直（平）机	426	19 851		弯曲、折叠、矫直（平）机	152	1 361
	其他金属成形机床	64	3 223	25	江苏亚威机床有限公司		
11	四川内江四海锻压机床有限公司				金属成形机床	1 569	46 754
	机械压力机	1 522	8 669		其中：数控	829	14 960
12	天水锻压机床有限公司				剪切机床	695	8 149
	金属成形机床	320	30 900		其中：数控	313	3 667
	其中：数控	52	6 251		弯曲、折叠、矫直（平）机	737	15 905
	剪切机床	122	3 274		其中：数控	516	11 293
	其中：数控	8	620		其他金属成形机床	137	22 700
	弯曲、折叠、矫直（平）机	121	6 710	26	荣成锻压机床有限公司		
	其中：数控	44	5 631		金属成形机床	516	12 765
	其他金属成形机床	77	20 916		机械压力机	501	12 596
13	洛阳机床有限责任公司				液压机	3	71
	其他金属成形机床	84	868		剪切机床	12	98

（续）

序号	企业名称及产品名称	产量（台）	产值（万元）	序号	企业名称及产品名称	产量（台）	产值（万元）
27	泰安华鲁锻压机床有限公司				液压机	321	4 516
	金属成形机床	404	18 920		其中:数控	56	4 366
	液压机	267	5 677		剪切机床	858	7 999
	剪切机床	137	13 243		其中:数控	189	6 433
28	天津市第二锻压机床厂				弯曲、折叠、矫直(平)机	1 259	22 430
	液压机	269	1 437		其中:数控	398	12 633
29	西安冲剪机床制造有限公司			34	梧州市万顺锻压机床有限公司		
	剪切机床	7	27		机械压力机	917	5 625
30	浙江萧山金龟机械有限公司			35	无锡市华通气动制造有限公司		
	机械压力机	16 962	4 972		机械压力机	129	50
31	徐州压力机械股份有限公司			36	沈阳重锻锻压机制造有限公司		
	液压机	319	15 306		液压机	21	1 932
	其中:数控	14	6 940	37	宁波精达机电科技有限公司		
32	浙江锻压机械集团有限公司				金属成形机床	217	8 720
	金属成形机床	5 166	18 863		机械压力机	58	4 300
	机械压力机	5 113	18 784		弯曲、折叠、矫直(平)机	52	1 834
	剪切机床	53	79		其他金属成形机床	107	2 586
33	江苏扬力集团			38	北京市良乡锻压机床厂		
	金属成形机床	27 782	155 576		机械压力机	480	850
	其中:数控	865	25 248	39	营口锻压机床有限责任公司		
	机械压力机	25 344	120 631		机械压力机	138	3 109
	其中:数控	222	1 816				

此外,锻压机械产品仍以中小型设备为主,大型锻压机械仅9 049台(套),占总产量的11.6%,其中重型锻压机械1 206台(套),仅占总产量的1.55%,大型锻压机械的数量比上年增加近1倍,而重型锻压机械的数量和占总量的比例与上年持平。从锻压机械价值量分析,产量占总量86%的机械压力机,价值量仅占55.7%;剪切机床,弯曲、折叠、矫直(平)机和液压机三者产量占总量的12%,其价值量占总量的36.5%。仅占总量4.4%的数控锻压机械产品,其价值量为311 633万元,占总价值量的40%以上。由此可见,减少普通机械压力机特别是小型、低档机械压力机的比例,提高大中型锻压机械的产量,多生产高技术附加值的锻压机械产品,努力提高锻压机械的数控化率,是今后相当长一段时间内锻压机械行业的重要目标。

三、市场及销售

2007年共出口锻压机械4 827台(套),出口金额77 960万元,数量与价值量比上年增长约1倍,锻压机械产品出口主要仍是机械压力机,数量占出口总数的58%,金额占出口总数的48%,出口产品的结构没有明显改善。在出口的锻压机械中,大重型锻压机械391台(套),就数量而言虽然只占出口总数的14%,但出口金额却达21 507万元,占锻压机械出口金额的44%。值得一提的是,2007年数控锻压机床出口226台(套),出口金额18 091万元。数量仅占4.7%的数控锻压机床,出口金额占到总数的37%,这是锻压机械行业技术与观念进步的可喜开端。

2007年锻压机械分类产品出口情况见表5。2007年锻压机械行业企业分类产品出口情况见表6。2007年锻压机械行业销售收入前10名企业见表7。2007年锻压机械行业出口额前10名企业见表8。

表5　2007年锻压机械分类产品出口情况

产 品 名 称	实际完成		其中:数控	
	出口量（台）	出口额（万元）	出口量（台）	出口额（万元）
金属成形机床	4 827	77 960	226	18 091
机械压力机	2 821	37 390	15	8 893
液压机	179	8 386	27	2 667
剪切机床	800	10 146	0	0
弯曲、折叠、矫直(平)机	835	20 187	184	6 531
其他金属成形机床	192	1 851		

表6　2007年锻压机械行业企业分类产品出口情况

序号	企业名称及产品名称	出口量（台）	出口额（万元）	序号	企业名称及产品名称	出口量（台）	出口额（万元）
1	天津市天锻压力机有限公司				剪切机床	32	444
	液压机	23	1 378		弯曲、折叠、矫直(平)机	15	473
	其中:数控	7	983	4	上海第二锻压机床厂		
2	山东宏康机械制造有限公司				机械压力机	86	786
	剪切机床	1	798	5	合肥锻压集团		
3	上海冲剪机床厂				液压机	34	1 928
	金属成形机床	47	917		其中:数控	20	1 684

序号	企业名称及产品名称	出口量（台）	出口额（万元）	序号	企业名称及产品名称	出口量（台）	出口额（万元）
6	济南二机床集团有限公司				剪切机床	1	91
	机械压力机	19	9 036		其他金属成形机床	141	578
	其中：数控	15	8 893	16	沃得精机（中国）有限公司		
7	青岛青锻锻压机械有限公司				机械压力机	32	420
	机械压力机	6	371	17	靖江市三力锻压机床制造有限公司		
8	湖北三环锻压机床有限公司				金属成形机床	120	1 089
	金属成形机床	545	12 208		剪切机床	93	819
	其中：数控	184	6 531		弯曲、折叠、矫直（平）机	27	270
	剪切机床	292	4 344	18	江苏亚威机床有限公司		
	弯曲、折叠、矫直（平）机	236	7 006		金属成形机床	117	3 739
	其中：数控	184	6 531		剪切机床	26	310
	其他金属成形机床	17	858		弯曲、折叠、矫直（平）机	91	3 429
9	四川内江四海锻压机床有限公司			19	浙江萧山金龟机械有限公司		
	机械压力机	29	153		机械压力机	954	186
10	天水锻压机床有限公司			20	江苏省徐州压力机厂集团有限公司		
	金属成形机床	18	730		液压机	14	646
	剪切机床	8	113	21	浙江锻压机械集团有限公司		
	弯曲、折叠、矫直（平）机	10	617		机械压力机	87	205
11	洛阳机床有限责任公司			22	江苏扬力集团		
	其他金属成形机床	1	13		金属成形机床	1 903	27 300
12	湖北力帝机床股份有限公司				机械压力机	1 173	14 800
	金属成形机床	142	2 057		液压机	16	2 500
	液压机	61	830		剪切机床	266	2 000
	剪切机床	81	1 227		弯曲、折叠、矫直（平）机	448	8 000
13	扬州锻压机床集团有限公司			23	无锡市华通气动制造有限公司		
	机械压力机	252	5 286		机械压力机	48	20
14	广东锻压机床厂有限公司			24	宁波精达机电科技有限公司		
	金属成形机床	144	4 794		金属成形机床	40	2 340
	机械压力机	118	4 412		机械压力机	13	1 593
	液压机	12	335		弯曲、折叠、矫直（平）机	8	392
	其他金属成形机床	14	47		其他金属成形机床	19	355
15	安阳锻压机械工业股份有限公司			25	营口锻压机床有限责任公司		
	金属成形机床	161	1 438		机械压力机	4	122
	液压机	19	769				

表7 2007 年锻压机械行业销售收入前 10 名企业

序号	企 业 名 称	产品销售收入（万元）
1	济南二机床集团有限公司	170 858
2	江苏扬力集团	156 081
3	沃得精机（中国）有限公司	57 394
4	湖北三环锻压机床有限公司	57 307
5	扬州锻压机床集团有限公司	55 700
6	江苏亚威机床有限公司	43 958
7	合肥锻压集团	42 155
8	天津市天锻压力机有限公司	40 019
9	广东锻压机床厂有限公司	24 509
10	江苏省徐州锻压机床厂集团有限公司	24 139

表8 2007 年锻压机械行业出口额前 10 名企业

序号	企 业 名 称	出口额（万元）
1	江苏扬力集团	27 300
2	湖北三环锻压机床有限公司	12 208
3	济南二机床集团有限公司	9 036
4	扬州锻压机床集团有限公司	5 286
5	广东锻压机床厂有限公司	4 794

序号	企 业 名 称	出口额（万元）
6	江苏亚威机床有限公司	3 739
7	宁波精达机电科技有限公司	2 340
8	湖北力帝机床股份有限公司	2 057
9	合肥锻压集团	1 928
10	天津市天锻压力机有限公司	1 378

2007 年，进入销售收入前 3 名的企业与上年相同，位次有所变化。济南二机床集团有限公司升至首位，销售收入突破 17 亿元大关，江苏扬力集团销售收入 156 081 万元居第 2 名，沃得精机（中国）有限公司为第 3 名。湖北三环锻压机床有限公司和扬州锻压机床集团有限公司销售收入均超过 5 亿元，分列第 4 名和第 5 名。第 6 名至第 8 名的合肥锻压集团、江苏亚威机床有限公司和天津市天锻压力机有限公司销售收入均突破 4 亿元。广东锻压机床厂有限公司首次进入十强，而上海第二锻压机床厂和上海冲剪机床厂双双退出 10 强行列。

在出口方面，前 3 名企业与上年相同，江苏扬力集团稳居榜首，出口额为 27 300 万元，是上年的 2 倍多；湖北三环锻压机床有限公司居第 2 名，出口额为 12 208 万元，也是上年的近 2 倍；济南二机床集团有限公司名列第 3，出口额为 9 036 万元，增长了 55%。扬州锻压机床集团有限公司和广东锻压机床厂有限公司首次进入出口 10 强的序列，分别以 5 286 万元和 4 794 万元的出口额列第 4 名和第 5 名。

值得指出的是，锻压机械行业出口的整体水平有所提高，出口额度绝对值有较大增长，前 2 名出口额均突破亿元大关。前 5 名出口额均在 4 000 万元以上，前 10 名都超过 1 000 万元，达到了锻压机械行业的最高水平。

四、新产品、新技术、新工艺发展情况

锻压机械行业注重新产品开发，据不完全统计，2007 年企业开发新产品近 200 项。除部分改型设计、属企业新产品外，不乏自行开发、有自主知识产权、具有国内领先水平或国际先进水平的新产品。2007 年锻压机械行业新产品开发情况见表 9。

表 9　2007 年锻压机械行业新产品开发情况

序号	企业名称及产品名称	型　号	主要技术参数	产品性质	产品属性	产品水平
合肥锻压集团						
1	钢管模压校直机	YH42—2000	公称力:20 000kN;滑块行程:800mm	全新设计	行业新产品	国内领先
2	精密校直机	YH40—160	公称力:1 600kN;滑块行程:350mm	全新设计	行业新产品	国内领先
3	食品油脂压榨机	YZJ—1100	公称力:11 000kN;滑块行程:500mm	全新设计	行业新产品	国内领先
4	闭式双点机械压力机	JH36—630	公称力:6 300kN;滑块行程:500mm	全新设计	行业新产品	国内领先
泰安华鲁锻压机床有限公司						
5	数控水平下调卷板机	WS11K—120 × 4000	最大卷板厚度:120mm;最大卷板宽度:4 000mm	全新设计	行业新产品	国内先进
6	精密高强板料校平机	WD43M—40 × 2000	最大校平板厚:40mm;最大校平板宽:2 000mm	全新设计	行业新产品	国内先进
7	数控水平下调卷板机	WS11K—16 × 6000	最大卷板厚度:16mm;最大卷板宽度:6 000mm	全新设计	行业新产品	国内先进
8	精密高强板料校平机	WD43M—20 × 2000	最大校平板厚:20mm;最大校平板宽:2 000mm	全新设计	行业新产品	国内先进
9	船用卷板机	WE11N—32 × 12500	最大板厚:32mm;最大板宽:12 500mm	全新设计	行业新产品	国内先进
10	精密校平机	WD43M—60 × 3000	最大校平板厚:60mm;最大校平板宽:3 000mm	全新设计	行业新产品	国内先进
11	精密校平机	WD43M—50 × 3500	最大校平板厚:50mm;最大校平板宽:3 500mm	全新设计	行业新产品	国内先进
12	船用卷板机	WE11N—25 × 12500	最大板厚:25mm;最大板宽:12 500mm	全新设计	行业新产品	国内先进
13	数控水平下调卷板机	WS11K—80 × 3700	最大卷板厚度:80mm;最大卷板宽度:3 700mm	全新设计	行业新产品	国内先进
14	船用卷板机	WE11N—35 × 13500	最大板厚:35mm;最大板宽:13 500mm	全新设计	行业新产品	国内先进
15	船用卷板机	WE11N—30 × 17000	最大板厚:30mm;最大板宽:17 000mm	全新设计	行业新产品	国内先进
16	精密校平机	WD43M—30 × 1800	最大校平板厚:30mm;最大校平板宽:1 800mm	全新设计	行业新产品	国内先进
济南二机床集团有限公司						
17	3000kN 闭式双点压力机	ES2—300	公称力:3 000kN	全新设计	行业新产品	国际先进
18	闭式四点多连杆数控压力机	LS4—2400B	公称力:24 000kN	全新设计	行业新产品	国际先进
19	闭式四点多连杆数控拉伸压力机	LS4—2000H	公称力:20 000kN	全新设计	行业新产品	国际先进
20	64000kN 重型高速全自动冲压线	PLS4—64000—5000—2600	工作台面尺寸:5 000mm×2 600 mm	全新设计	行业新产品	国际先进
21	机器人冲压生产线	ZRH—2.5×4000	板料宽度:800~4 000mm;板料长度:800~4 000mm	全新设计	行业新产品	国际先进
22	数控高速精细等离子切割机	FINE—8000P	双精细等离子切割枪头同步启弧控制	全新设计	行业新产品	国内先进
23	数控动梁龙门移动式镗铣床	XK2845×160	固定工作台宽度:4 500mm 固定工作台长度:16 000mm	全新设计	行业新产品	国内先进

序号	企业名称及产品名称	型　号	主要技术参数	产品性质	产品属性	产品水平
24	高架式五轴联动镗铣加工中心	XHSV2525×60	主轴端部到工作台面距离：200～1 700mm	全新设计	行业新产品	国内先进
25	数控动梁龙门镗铣床	XK2145×120	主轴端部至工作台面距离：0～4 500mm	全新设计	行业新产品	国内先进
26	数控五轴联动龙门移动式镗铣床	XKV2735×40	主轴端部到工作台面距离：50～1 750mm	全新设计	行业新产品	国内先进
27	数控定梁龙门移动铣钻床	XZK2745A×80	工作台面尺寸（宽×长）：4 500mm×8 000mm	全新设计	行业新产品	国内先进
28	数控落地铣镗床	φ200	镗轴直径：200mm	全新设计	行业新产品	国内先进
山东高密高锻机械有限公司						
29	闭式双点压力机	J36—400E	公称力：4 000kN；滑块行程长度：400mm；滑块行程次数：16 次/min	全新设计	行业新产品	国内领先
30	闭式单点压力机	JG31—500C	公称力：5 000kN；滑块行程长度：400mm；滑块行程次数：16 次/min	全新设计	行业新产品	国际领先
31	闭式双点压力机	J36—630E	公称力：6 300kN；滑块行程长度：500mm；滑块行程次数：10 次/min	全新设计	行业新产品	国内领先
32	闭式双点压力机	JD36—250E	公称力：2 500kN；滑块行程长度：400mm；滑块行程次数：25 次/min	全新设计	行业新产品	国际领先
33	闭式双点压力机	JH36—400E	公称力：4 000kN；滑块行程长度：400mm；滑块行程次数：16 次/min	全新设计	行业新产品	国内领先
34	闭式双点压力机	JH36—800C	公称力：8 000kN；滑块行程长度：500mm；滑块行程次数：10 次/min	全新设计	行业新产品	国内领先
35	闭式双点压力机	JH36—630C	公称力：6 300kN；滑块行程长度：500mm；滑块行程次数：10 次/min	全新设计	行业新产品	国内领先
36	闭式双点压力机	JH36—250A	公称力：2 500kN；滑块行程长度：400mm；滑块行程次数：17 次/min	全新设计	行业新产品	国内领先
37	闭式双点压力机	JH36—800E	公称力：8 000kN；滑块行程长度：500mm；滑块行程次数：10 次/min	全新设计	行业新产品	国内领先
38	闭式双点压力机	JH36—630E	公称力：6 300kN；滑块行程长度：500mm；滑块行程次数：10 次/min	全新设计	行业新产品	国内领先
39	液压机	Y27—800E	公称力：8 000kN；滑块行程长度：1 300mm	全新设计	行业新产品	国内领先
湖北三环锻压机床有限公司						
40	多向精锻压机	YK34J—1600/1250	公称力：1 600t；侧挤压力：1 250t	全新设计	行业新产品	国际先进
41	剪切折弯加工中心	HGS70/13＋PPEB500/80	最大板料尺寸：10mm×7 000mm×1 800mm	全新设计	行业新产品	国内先进
42	肋骨机	JXS—800	最大推拉力：800kN	全新设计	行业新产品	国内先进
43	四转压头柜式油压机	Y46—800	最大压制尺寸：3mm×12mm；公称力：8 000kN	全新设计	行业新产品	国内先进
天津市天锻压力机有限公司						
44	板材成形液压机	RS—THP37—150	1 500kN	全新设计	行业新产品	国际先进
45	船体板材成形液压机	S—THP34Y—1250	12 500kN	全新设计	行业新产品	国际先进
46	半固态金属模锻液压机	THP16—630	6 300kN	全新设计	行业新产品	国际先进
47	温冷挤压液压机生产线	S—THP61—500＋1250＋1000	5 000kN ＋12 500kN ＋10 000kN	全新设计	行业新产品	国际先进
48	车门包边液压机	THP37—200J	2 000kN	全新设计	行业新产品	国内领先
49	单动薄板冲压液压机	YT27—2400	24 000kN	全新设计	行业新产品	国内领先
50	双动厚板拉伸液压机	YT28—1700/2500	17 000kN、25 000kN	全新设计	行业新产品	国内领先
51	移动回转压头框式液压机	THP34Y—2000	20 000kN	全新设计	行业新产品	国内领先
52	板材成形液压机柔性制造系统	RS—THP37—150	公称力：1 500kN	全新设计	行业新产品	国际先进
53	板材成形液压机柔性制造系统	RS—THP37—150	公称力：1 500kN	全新设计	行业新产品	国际先进

序号	企业名称及产品名称	型　号	主要技术参数	产品性质	产品属性	产品水平

序号	企业名称及产品名称	型　号	主要技术参数	产品性质	产品属性	产品水平
54	船体板材成形数控液压机生产线	S—THP34Y—1250	公称力:12 500kN	全新设计	行业新产品	国际先进
55	船体板材成形数控液压机生产线	S—THP34Y—1250	公称力:12 500kN	全新设计	行业新产品	国际先进
宁波精达机电科技有限公司						
56	高速精密自动冲压生产线	GD125	公称力:1 250kN;滑块行程:30mm;行程次数:150～400 次/min;工作台面尺寸:1 300mm×650mm	全新设计	行业新产品	国内先进
57	高速精密自动冲压生产线	GC125S	公称力:1 250kN;滑块行程:40mm;装模高度:270～320mm;行程次数:150～350 次/min;工作台面尺寸:1 355mm×320mm	全新设计	行业新产品	国内先进
青岛青锻锻压机械有限公司						
58	双盘摩擦压力机	J53—8000	公称力:80 000kN;最大压力:112 000kN;运动部分能量:1 100kJ;滑块行程:800mm;行程次数:8 次/min	全新设计	行业新产品	国际先进
59	双盘摩擦压砖机	JA67—1000	公称力:1 000kN;最大压力:20 000kN;滑块行程:600mm;行程次数:11 次/min	全新设计	行业新产品	国内领先
60	数控辗环机	D53—3500	轧环外径:600～3 500mm;最大轧件重量:4 500kg;轧环高度:100～550mm;径间轧制力:2 000kN;轧制线速度:1.3m/s;芯辊行程:800mm	全新设计	行业新产品	国际先进
61	电动螺旋压力机	EP—400	公称力:4 000kN;允许力:6 300kN;滑块行程:400mm;行程次数:24 次/min;最小装模高度:430mm;主电动机功率:55kW	全新设计	行业新产品	国内领先
62	双驱式双盘摩擦压力机	J53—1600D	公称力:16 000kN;允许部分能量:280kJ;滑块行程:700mm;行程次数:10 次/min;装模高度:550mm	全新设计	行业新产品	国内先进
江苏省徐州锻压机床厂集团有限公司						
63	半闭式精密压力机	JE31—315	公称力:315 t;行程次数:25 次/min	全新设计	行业新产品	国际先进
64	闭式单点压力机	JH31—630	公称力:630t;滑块行程:400mm	全新设计	行业新产品	国际先进
65	半闭式精密压力机	JE31—400	公称力:400 t;行程次数:20 次/min	全新设计	行业新产品	国内先进
66	闭式单点高性能压力机	JH31—160	公称力:160t;行程次数:25 次/min	全新设计	行业新产品	国内先进
67	闭式单点高性能压力机	JH31—400	公称力:400t;行程次数:20 次/min	全新设计	行业新产品	国内先进
68	闭式双点压力机	JH36—630	公称力:630 t;行程次数:14 次/min	全新设计	行业新产品	国内先进
69	开式多工位压力机	SD—160	公称力:160t;滑块行程:180mm;工位数:11	全新设计	行业新产品	国内领先
营口锻压机床有限责任公司						
70	闭式双点压力机	JH36—800	公称力:80 000kN	全新设计	行业新产品	国内先进
71	闭式双点压力机	JG36—1250	公称力:12 500kN	全新设计	行业新产品	国内先进
72	闭式双点压力机	JH36—630	公称力:6 300kN	全新设计	行业新产品	国内先进
73	开式固定台压力机	JH21—400	公称力:4 000kN	全新设计	行业新产品	国内先进
74	闭式多工位压力机	JC71—80	公称力:80 000kN	全新设计	行业新产品	国内先进
75	自动冲压弯曲机	W—35—360	公称力:350kN	全新设计	行业新产品	国内先进
76	闭式多工位压力机	JA71—250	公称力:2 500kN	全新设计	行业新产品	国内先进
77	闭式单点压力机	JF31—400B	公称力:8 000kN	全新设计	行业新产品	国内先进
78	闭式单点压力机	JF31—1250B	公称力:12 500kN	全新设计	行业新产品	国内先进
79	闭式单点压力机	JD31—630B	公称力:6 300kN	全新设计	行业新产品	国内先进
扬州锻压机床集团有限公司						
80	空调翅片高速冲压自动生产线	YKC—48A		全新设计	行业新产品	国内先进
81	闭式高性能压力机	YSI—400		全新设计	行业新产品	国内先进
82	双点高速精密压力机	J76—300		全新设计	行业新产品	国内先进
83	双点高速精密压力机	J76—80		全新设计	行业新产品	国内先进
浙江锻压机械集团有限公司						
84	开式固定台压力机	JZ21H—200	公称力:2 000kN	全新设计	行业新产品	国内先进
85	开式固定台压力机	JZ21H—200C	公称力:2 000kN	全新设计	行业新产品	国内先进

序号	企业名称及产品名称	型　号	主要技术参数	产品性质	产品属性	产品水平
86	高性能开式可倾压力机	JZ23—100	公称力:1 000kN	全新设计	行业新产品	国内先进
87	高性能开式可倾压力机	JZ23—80	公称力:800kN	全新设计	行业新产品	国内先进
88	半闭式固定台压力机	JZ31—150	公称力:1500kN	全新设计	行业新产品	国内先进
89	半闭式固定台压力机	JZ31—250	公称力:2500kN	全新设计	行业新产品	国内先进
90	开式深喉口固定台压力机	J21S—125A	公称力:1 250kN	全新设计	行业新产品	国内先进
91	开式深喉口固定台压力机	J21S—165A	公称力:1 650kN	全新设计	行业新产品	国内先进
天水锻压机床有限公司						
92	钢管整形矫直机	TDY44—50 × 1422/12200	可矫直钢管:长度 800 ~ 1 220mm;直径 406 ~ 1 422mm	全新设计	行业新产品	国内先进
93	龙门移动式液压机	Y45—1600/5000 ×6000	公称力:1 600kN;工作台长:6 000mm	全新设计	行业新产品	国内领先
94	钢管平头机	BGPT—40/1422 ×18500	可加工钢管:长度 9.5 ~ 18.5m;直径 508 ~ 1 422mm	全新设计	行业新产品	国际先进
95	钢管水压机	Y93—4000/1626	可加工钢管:长度 8 ~ 12.5m;直径 406 ~ 1 626mm	全新设计	行业新产品	国内领先
96	高速钢板铣边机	XBJ—4600	可加工钢板:宽度 1 130 ~ 4 600mm;厚度 6 ~ 50mm	全新设计	行业新产品	国内先进
湖北力帝机床股份有限公司						
97	废钢剪断机	Q43Y—95C	剪切力:4 200kN;剪切长度:1 000mm	全新设计	行业新产品	国内先进
98	废钢剪断机	Q43Y—70C	剪切力:2 000kN;剪切长度:1 000mm	全新设计	行业新产品	国内先进
99	金属液压打包机	Y81—135	料箱尺寸:1 400mm ×500mm ×500mm;公称力:1 350kN	全新设计	行业新产品	国内先进
100	金属液压打包机	Y81F—200	料箱尺寸:1 800mm ×1 400mm ×800mm;公称力:2 000kN	全新设计	行业新产品	国内先进
101	金属液压打包机	Y81—125B	料箱尺寸:1 200mm ×700mm ×600mm;公称力:1 250kN	全新设计	行业新产品	国内先进
102	金属液压打包机	YB81—250C	料箱尺寸:1 800mm × 1 250mm × 1 100mm;公称力:2 500kN	全新设计	行业新产品	国内先进
103	金属液压打包机	TC—E30	料箱尺寸:3 000mm ×1 800mm ×10 400 mm;公称力:2 500kN	全新设计	行业新产品	国内先进
沃得精机(中国)有限公司						
104	液压折弯机	WS67Y—200/2500	公称力:2 000kN;行程:225mm	全新设计	行业新产品	国内先进
105	数控液压剪板机	QC12JK—6 ×2500		全新设计	行业新产品	国内先进
106	单动薄板拉伸液压机	Y27—1000	公称力:10 000kN;行程:1 500mm	全新设计	行业新产品	国内先进
107	高速精密压力机	J21G—25		全新设计	行业新产品	国内先进
108	闭式单点压力机	J31—500	公称力:5 000kN;行程:250mm	全新设计	行业新产品	国内先进
109	数控转塔冲床	VSH300		全新设计	行业新产品	国内先进
安阳锻压机械工业有限公司						
110	空气锤	C41—1500	打击能量:1 500kJ	全新设计	行业新产品	国内先进
111	模锻电液锤	C66—350	打击能量:350kJ	全新设计	行业新产品	国内先进
112	单臂自由锻电液锤	C61—175	打击能量:175kJ	全新设计	行业新产品	国内先进
113	操作机	T31DHH—5	夹持重量:5 000kg	全新设计	行业新产品	国内先进
114	锻造操作机	T31DHZ—8	夹持重量:8 000kg	全新设计	行业新产品	国内先进
115	热锻压力机	Y13—800	公称力:8MN	全新设计	行业新产品	国内先进
116	锻造液压机	Y13—2000	公称力:20MN	全新设计	行业新产品	国内先进
117	数控锤	C92K—16	打击能量:16kJ	全新设计	行业新产品	国内先进
118	装取料机	ZHJ—5	夹持重量:5 000kg	全新设计	行业新产品	国内先进
119	装取料机	ZHJ—8	夹持重量:8 000kg	全新设计	行业新产品	国内先进
120	数控锤	C92K—31.5	打击能量:31.5kJ	全新设计	行业新产品	国内先进
121	数控锤	C92K—50	打击能量:50kJ	全新设计	行业新产品	国内先进

序号	企业名称及产品名称	型　号	主要技术参数	产品性质	产品属性	产品水平
	山东宏康机械制造有限公司					
122	落地镗铣床	TX16、TX13		全新设计	行业新产品	国内先进
123	精密带钢冷轧机	850—X		全新设计	行业新产品	国内先进
124	液压多马达主传动高速剪板机	QC 6×200		全新设计	行业新产品	国内先进
125	拉伸弯曲矫平机			全新设计	行业新产品	国内先进
126	数控大型横剪生产线	TH44—4～25.4×2150		全新设计	行业新产品	国内先进
127	金属板材飞剪生产线控制系统			全新设计	行业新产品	国内先进
128	金属板材飞剪生产线液压控制系统			全新设计	行业新产品	国内先进
129	金属板材飞剪生产线	TF44—6～12×500～2000		全新设计	行业新产品	国内先进
130	外环成形机			全新设计	行业新产品	国内先进
131	液压闸式宽厚板高速剪切机	QC32×1500		全新设计	行业新产品	国内先进
132	机械闸式高速剪板机	QCY11 3.2×1550		全新设计	行业新产品	国内先进

济南二机床集团有限公司在大重型机械压力机的开发方面始终处于国内领先水平。对通用压力机进行升级换代开发，为上海通用东岳汽车有限公司提供了 5 条 20 000kN 压力机生产线，为长春一汽大众汽车公司提供了 12 条 21 000kN 和 20 000kN 压力机生产线；成功开发了国内规格最大的 24 000kN 重型冲压生产线，研制了 LS4B—2500 型 25 000kN 四点多连杆压力机、S4—1000 型 1 000 美 t 闭式四点冲裁压力机、LS4—2250 型 22 500kN 闭式四点多连杆压力机以及 JF39—1000C 型 10 000kN 闭式四点压力机；此外，成功研制了 XH2425×50 型数控定梁龙门加工中心、XK2125×100 型数控动梁龙门镗铣床、XK2136×180 型数控动梁龙门镗铣床、XKS2420×60 型数控高速定梁龙门镗铣床、XK2420C×60 型数控定梁龙门镗铣床、XZK2745X80 型数控定梁龙门移动铣钻床、GIMAX180A 型数控落地铣镗床和 GIMAX180A 数控落地铣镗床等。XKV2420×40 型五轴联动数控龙门镗铣床通过国家"863"计划验收。通过自主创新，品牌和技术领先优势不断扩大。向市场推出了具有国际先进水平的五面龙门加工中心、大型全自动开卷落料线和国内第一条压力机自动化生产线、智能化控制的一级精度重型冲压线等高技术装备。先后承担并完成了 3 项国家"863"计划项目，均属先进制造与自动化技术领域、机器人技术主题，济南二机床集团有限公司也是行业内唯一同时承担三项"863"研究项目的企业。目前，"JIER"品牌的数控冲压设备产品主要技术、质量指标达到国际先进水平，主导着国内行业技术发展方向，被评为"中国名牌产品"。大重型数控金属切削机床的设计、制造技术居国内前沿，是国内主要重型数控机床制造基地之一，于 2006 年被评为"中国名牌产品"。

济南铸锻所捷迈机械有限公司开发的 PS31250 型数控冲剪复合机公称力（冲/剪）300kN /280kN；最大加工板材尺寸 1 250mm×5 000mm，最大加工板材厚度 6mm/4mm（冲/剪），最大加工板材重量 150kg；工作台最大行程（X 轴/Y 轴）2 500mm/1 400mm，工作台最大移动速度 100m/min；冲压部分模位数 32（含两套自动分度模），最大单次冲孔直径 88.9mm，最大冲压速度 900 次/min；剪切部分最大单次剪切尺寸 800mm×1 250mm，Y 轴单次剪切长度 1 250mm，X 轴方向可连续半剪实现任意长度剪切，最小剪切板厚 0.5mm；数控系统为日本 FANUC 18i 系统，控制轴数 5（X、Y、T、C、B），具有工件图形显示功能和 RS232C 接口。冲、剪滑块上死点、下死点位置可自动设定，剪切刀具间隙可编程控制，冲、剪工序由程序控制自动转换；冲剪一体化自动编程软件可将工件图形文件生成加工程序，并可对冲压路径、模具规格、排料等进行优化，提高了加工效率和材料利用。该机可配备板材立体仓库、上料、下料、分选、堆垛等装置组成复合加工生产线。

江苏金方圆数控机床有限公司开发的 APSS 型数控冲剪复合加工线，由 1 台数控冲剪复合机与定位台、自动上料机械手组成，加工板材最大尺寸 1 250mm×2 500mm，板材最大厚度 6mm。数控冲剪复合机冲压部分，公称力 300kN，24 个标准工位，其中 2 个自动分度工位，一次冲孔最大直径 88.9mm；最大送料速度 X 轴 80m/min，Y 轴 75m/min，最大合成速度 110m/min；最高冲切频率 1 000 次/min。数控冲剪复合机剪切部分，公称力 250kN；最大单次剪切尺寸 800mm×1 250mm，Y 轴的单次剪切长度 1 250mm，X 轴方向可连续半剪实现任意长度剪切，最小剪切板厚 0.5mm。采用德国 BOSCH—REXROTH 公司的液压系统驱动，智能型夹钳可由编程实现自动位移，并有板料脱落报警功能。自动上料机械手配备喷气分层装置，喷出的压缩空气使粘连的板料脱开，避免发生吸双料现象。机械手上装有人工仿真定位驱动装置，保证将板材精确送到主机的夹钳口和原点销上。

江苏亚威机床有限公司与日本 NISSHINBO 公司合作生产，开发的 HIQ—3048 型 300kN 数控转塔冲床，最大加工板材尺寸 1 250mm×5 000mm，最大加工板材厚度 6.36mm；其液压系统、数控系统和转盘等主要部件均来自日本 NISSHINBO 公司。液压系统可对行程、速度、压力编程控制，冲头下死点位置精度达 0.01mm，并可实现下死点保压；6 个联动数控轴（X、Y、Z、T_1、T_2、C），伺服电动机 T_1、T_2 分别驱动上下转盘；3 只夹钳的位置均可编程设定、自动调节，以适应不同尺寸板料的需要；脱模自动检测装置对故障自动检测并中断加工程序，以避免机构损坏和出现废品；56 个工位，带 2 个自动分度工位，最大模位直径 88.9mm；板料最大移动速度 X 轴 75m/min、Y 轴 70m/min；最高冲程次数 1 500 次/min，最高冲孔频率 X 轴 750 次/min、Y 轴 700 次/min（步距 1mm、行程 8.6mm）。该公司开发的 HPI—3044 型 300kN 数控转塔冲床，采用德国哈雷（H＋L）公司生产的液压冲头和液压驱动系统，西门子（SIEMENS）公司的数控系统，日本 NISSHINBO 公司提供转盘和旋转模具组件等关键部件。该机系闭式床身结构，具有良好的刚性和导向性；36 个工位，带 2 个自动分度工位；板料最大移动速度 X 轴 75m/min，Y 轴 70m/min；最高冲程次数 1 000 次/min，最高冲孔频率 X 轴 580 次/min，Y 轴 540 次/min（步距 1mm、行程 6mm）。

湖北三环锻压机床有限公司与比利时 LVD/Strippit 公司技术合作，开发出 Parma 1225 型和 Verona 1225 型 200kN 数控转塔冲床，是高性能和经济型的有效结合。Parma 1225 型 200kN 数控转塔冲床最大加工板材尺寸 1 250mm×2 500mm，采用二次定位可加工更大的板材；毛刷型工作台全速运行时最大承载力为 49kg，低速运行时为 73kg；21 工位厚型转盘可配置 12.7mm 模具和 31.7mm 模具各 8 个、50.8mm 可自动分度的模具 3 个、88.9mm 模具 2 个，自动分度模具可实现自动编程，模具可在任意位置实现任意形状冲裁，也可安装滚动切割或滚动刻字模具；该机机身采用单体桥式框架结构，工作台采用有效的定位系统，保证了全行程定位精度 ±0.10mm、重复定位精度 ±0.05mm；采用日本 GE Fanuc 0iP 数控系统，操作者可在机床加工过程中进行编程、输入或输出加工程序，随机式或重复式格式简化了编程并缩短了程序长度；该机步距 1mm、冲程 2mm 时的最大连冲速度为 600 次/min，步距 25mm、冲程 2mm 时的最大步冲速度为 270 次/min，板料最大移动速度 86m/min。Verona 1225 型 200kN 数控转塔冲床技术参数高于前者，毛刷型工作台全速运行时最大承载力为 85kg，半速运行时为 146kg；34 工位厚型转盘可配置 12.7mm 模具 16 个、31.7mm 模具 12 个、50.8mm 可自动分度的模具 2 个、88.9mm 模具 4 个；步距 1mm、冲程 2mm 时的最大连冲速度为 1 000 次/min，步距 25mm 冲程 2mm 时的最大步冲速度为 425 次/min，板料最大移动速度 128m/min。

在数控激光切割机的开发方面，济南铸锻所捷迈机械有限公司开发的 LCF—1530 型数控激光切割机，采用飞行光路切割系统和高速运动定位系统，配备集成在 Z 轴上的数控焦点补偿轴（C 轴），使聚焦镜可相对于切割嘴运动，便于针对不同板材选定不同的焦点位置。江苏金方圆数控机床有限公司开发的 LC6—3015 型数控激光切割机，采用了悬挂式龙门梁飞行光路结构等光程控制技术，以减少高速

振动、保证切割质量稳定。江苏扬力集团开发的 ML—1530 型数控激光切割机，采用德国 PRECITEC 切割头，随动系统采用电容式传感器，具有良好的防碰撞功能。上海冲剪机床厂开发的 JGJ—3015 型数控激光切割机，是该厂首次开发的有自主知识产权的设备，采用横梁双电动机驱动技术，具有运动速度快且运行平稳的特点。

高速精密压力机及其生产线的开发与生产形势喜人。扬州锻压机床集团有限公司开发的 J76—125B 型 1 250kN 高速精密冲压线，由 1 台 J76—125 型 1 250kN 闭式双点高速精密压力机主机和双头料架、S 型校平机、凸轮驱动送料机构组成。主机公称力 1 250kN、滑块行程 30mm、滑块行程次数 160～500 次/min；机身采用螺栓拉紧的组合式结构，具有刚性好、角变形小的优点；四点式曲轴支承结构提高了曲轴的刚性和抗偏载能力；进口组合式气动干式摩擦离合器—制动器，噪声低、传动转矩大、制动角度小、使用寿命长；导柱导套式的导向结构，消除了连杆摆动时对滑块产生的侧向力，保证了滑块运动精度；完善的动平衡系统和气囊式平衡装置，减少了振动与噪声，保证了高速下整机运行平稳；温度自控系统和热补偿技术的应用，提高了滑块下死点的位置精度。徐州锻压机床厂集团有限公司开发的 JF75G—80A 型 800kN 高速精密冲压线，由 1 台 JF75G—80A 型 800kN 闭式双点高速精密压力机主机和 S 型送料矫正机构组成。主机公称力 800kN、滑块行程 30mm、滑块行程次数 200～400 次/min；组合式预应力整体框架机身，四根拉紧螺栓的预应力为公称力的 2 倍，刚性好；采用动平衡结构，同时使用平衡缸，动态精度佳；主轴采用高精度滚动轴承多点支撑，提供了运动平稳性，减少了机床总间隙和支撑部位的发热量。该公司 SH—35 型 350kN 开式高速压力机，公称力 350kN、滑块行程 20mm、滑块行程次数可达 200～1 100 次/min；采用高强度合金铸造机身，具有强度高、刚性好、减振性好等优点；滑块采用三导柱无间隙导向形式，解决了高速运行的高精度难题；装在曲轴上的反向平衡装置，有效减小了运转时上下、前后的振动力；循环油冷系统，通过控制热膨胀提高滑块下死点位置精度；液压式滑块调整锁紧装置，可使滑块获得下死点精度的稳定性。

天水锻压机床有限公司的 TDW12NC—25×2000 型数控四辊卷板机，金属板材一次上料，不需调头即可完成板材端部预弯和卷制成形。该机上工作辊为主驱动辊，下辊、侧辊为被动辊，下辊、侧辊升降为液压驱动、升降位移由计算机控制，自动调平，同步精度可达 ±0.20mm。翻转轴承体的翻转和复位由液压驱动，上辊尾部装有平衡机构，卷制后的工件可以方便卸出。数控系统除具有工艺参数的输入、编辑、计算、修改和存储功能外，还有人机对话、断电记忆和故障自诊断等功能。泰安华鲁锻压机床有限公司开发了 WS11K—100×3000 型、WS11K—150×3800 型和 WS11K—170×3200 型 3 个规格的水平下调三辊卷板机，WD43M—40×3000 型、WD43M—40×2000 型和 WD43M—16×2000 型 3 个规格的高强度板校平机，WE11N—35×13500 型数控船用卷板机以及 WB12N—60×3500 型数控四辊卷板机等。

五、技术引进及合资合作

锻压机械行业通过技术引进及与外资外商合资合作，对提高技术水平和产品结构起到积极作用。

江苏亚威机床有限公司与瑞士 SMS 公司组建的中瑞合资江苏亚威爱普特锻压机床有限公司，专门从事数控折弯机、数控剪板机等板材加工机床的生产。与意大利 SELEMA 公司组建的中意合资亚威赛力玛锻压机械有限公司，从事数控开卷校平剪切线生产；与日本日清纺合作生产的高速数控转塔冲床，均有较好的销售业绩，充分显示了合资合作产品在国内外市场的竞争力。

湖北三环锻压机床有限公司与德国汉斯舍恩公司（HANS SCHOEN）各出资 50% 成立黄石汉斯舍恩机械设备制造有限公司，开发生产系列液压精冲机，用于金属板材的精冲加工。该公司开发的 HFZP500 型 5 000kN 数控液压精冲机，冲裁力 5 000kN，压边力 2 000kN，顶出力 1 000kN，快速上行及快速下行速度均为 245mm/s，冲裁速度 5 ~ 48mm/s，最大冲裁次数为 55 次/min。该机克服了液压精冲机承偏载能力差的弊端，使之更能满足连续模和连续复合模的工艺需要。采用多级液压泵驱动、液压缸无充液阀、比例阀控制系统和蓄能器，确保滑块运动速度的优化与快速；压力检测系统监控滑块的正常工作，反馈扫描系统可识别模具上未被去除的零件或废料，以保护造价昂贵的精冲模具；配备了数控前送料及后出料单元、废料剪切机、零件吹出装置、零件废料分选器、隔声装置等各种附件。

济南二机床集团有限公司技术合作与创新开发取得重要成果。与德国 KOHLER、美国 ISI、法国 FOREST - LINE 公司，在高档自动开卷落料线、压力机自动上下料装置、数控落地铣镗床等领域的合作取得重要进展。成功研制具有国际先进水平的出口美国 2 000t 重型机械压力机、龙门移动式五轴联动数控镗铣床、大功率铣头等，核心技术发展取得重要进展。3 项重大装备项目列入国家"863"计划，大型压力机开发项目列入国家级技术创新计划。该公司与诺冠、山德维克、米勒·万加顿以及 AISAKU 等公司合资企业生产的产品，产生了较好的品牌效应。

此外，山东宏康（集团）机械制造有限公司与韩国、日本等企业合作生产的钢卷护圈生产线、捆扎钢带生产线和数控开卷矫平横剪生产线等产品的知名度也在不断提高。

六、科研成果及其应用

企业的科研工作是与新产品开发密切联系的，科研成果又直接为新产品开发服务。济南铸锻所捷迈机械有限公司开发的 C1 型数控冲剪复合柔性加工线，江苏亚威机床有限公司开发的 HIQ—3048 型和 HPI—3044 型 300kN 数控转塔冲床，江苏金方圆数控机床有限公司开发的 APS3 型数控冲剪复合加工生产线，济南二机床集团有限公司开发的 LS4—2250 型 22 500kN 闭式四点多连杆压力机、JF39—1000C 型 10 000kN 闭式四点压力机以及 XH2425×50 型数控定梁龙门加工中心等新产品，都是在进行了大量试验研究工作的基础上完成的。

据不完全统计，2007 年全行业投入 38 700 万元用于科研项目，完成和在进行的项目在 100 项以上。其中，以济南二机床集团有限公司、天津市天锻压力机有限公司、合肥锻压集团、泰安华鲁锻压机床有限公司、江苏亚威机床有限公司、青岛青锻锻压机械有限公司、江苏省徐州锻压机床厂集团有限公司、湖北三环锻压机床有限公司、济南铸锻所捷迈机械有限公司、重庆江东机械有限责任公司、江苏金方圆数控机床有限公司和扬州锻压机床集团有限公司等企业的科技投入力度特别突出。这些企业表现出了对产品开发的远见卓识。

锻压机械行业的科研成果也十分可喜。据不完全统计，全行业 2007 年有 20 多个项目获国家级、省市级科技进步奖和其他奖励。其中，济南二机床集团有限公司的 LS4B—2500 型 2 500 美 t 闭式四点多连杆压力机荣获国家科技进步奖二等奖；PLS4—3200—4500—2500 全自动快速柔性冲压生产线荣获山东省科技进步奖一等奖；江苏省徐州锻压机床厂集团有限公司的 SD—110 型数控开式多工位压力机荣获江苏省级科技进步奖三等奖；合肥锻压集团的 YH73 系列热压成形液压机和 RZU1000HG 快速液压机荣获安徽省科技进步奖三等奖；天津市天锻压力机有限公司的 15 000kN 闸板缸动式液压机荣获中国机械工业科学技术奖三等奖；此外，还有多个项目获市级科技进步奖和其他奖励。

2007 年锻压机械行业科研项目情况见表 10。2007 年锻压机械行业获奖科研项目情况见表 11。

表 10　2007 年锻压机械行业科研项目情况

序号	项目名称	主要内容	应用状况	投入资金（万元）	项目来源
合肥锻压集团					
1	锻压机床快速优化设计系统开发	研制锻压机床快速响应设计模式及软件系统	研制阶段	41.5	国家"863"计划
2	精密校直成套设备研究及产业化	该项目以产业化为最终目标，研制开发系列成套自动精密校直设备，并开展相关产业化技术研究，主要研究内容包括：校直工艺理论及数据库研究；在线数字检测系统开发；智能控制系统开发；高性能电液伺服系统开发；经济型主机结构和送料装置设计开发；产业化中的产品三维数字化设计和制造工艺研究开发	研制阶段	46.3	安徽省科技攻关计划
3	内高压成形关键技术研究	对内高压成形关键技术进行研究，典型空心轻体构件（江淮 SRV 前梁）工艺性分析，按内高压成形工艺要求对零件重新设计，开发可行的内高压成形件	研制阶段	64.5	安徽省科技攻关计划

序号	项目名称	主要内容	应用状况	投入资金（万元）	项目来源
泰安华鲁锻压机床有限公司					
4	数控水平下调卷板机 WS11K—120×4000	最大卷板厚度:120mm;最大卷板宽度:4 000mm	自行应用	26.3	部省级计划
5	精密高强板料校平机 WD43M—40×2000	最大校平厚度:40mm;最大校平板宽度:2 000mm	自行应用	28.2	部省级计划
6	数控水平下调卷板机 WS11K—16×6000	最大卷板厚度:16mm;最大卷板宽度:6 000mm	自行应用	10.8	自主研发
7	精密校平机 WD43M—30×1800	最大校平厚度:30mm;最大校平板宽度:1 800mm	自行应用	9.6	自主研发
8	精密校平机 WD43M—20×2000	最大校平厚度:20mm;最大校平板宽度:2 000mm	自行应用	8.7	自主研发
9	船用卷板机 WE11N—32×12500	最大卷板厚度:32mm;最大卷板宽度:12 500mm	自行应用	32.0	自主研发
10	精密校平机 WD43M—60×3000	最大校平厚度:60mm;最大校平板宽度:3 000mm	自行应用	17.2	自主研发
11	精密校平机 WD43M—50×3500	最大校平厚度:50mm;最大校平板宽度:3 500mm	自行应用	18.3	自主研发
12	船用卷板机 WE11N—25×12500	最大卷板厚度:25mm;最大卷板宽度:12 500mm	自行应用	29.6	自主研发
13	数控水平下调卷板机 WS11K—80×3700	最大卷板厚度:80mm;最大卷板宽度:3 700mm	自行应用	18.9	自主研发
14	船用卷板机 WE11N—35×13500	最大卷板厚度:35mm;最大卷板宽度:13 500mm	自行应用	30.7	自主研发
15	数控水平下调卷板机 WS11K—100×2500	最大卷板厚度:100mm;最大卷板宽度:2 500mm	自行应用	19.7	自主研发
16	数控水平下调卷板机 WS11K—100×3200	最大卷板厚度:100mm;最大卷板宽度3 200mm	自行应用	18.7	自主研发
17	数控水平下调卷板机 WS11K—110×2500	最大卷板厚度:110mm;最大卷板宽度:2 500mm	自行应用	31.0	自主研发
18	船用卷板机 WE11N—30×17000	最大卷板厚度:30mm;最大卷板宽度:17 000mm	自行应用	49.1	自主研发
19	数控水平下调卷板机 WS11K—120×3200	最大卷板厚度:120mm;最大卷板宽度:3 200mm	自行应用	31.0	自主研发
20	三辊卷板机 WD11—150×3200	最大卷板厚度:150mm;最大卷板宽度:3 200mm	自行应用	29.0	自主研发
21	精密校平机 WD43M—50×3000	最大校平板厚度:50mm;最大校平板宽度:3 000mm	自行应用	19.1	自主研发
22	船用卷板机 WE11N—30×12500	最大卷板厚度:30mm;最大卷板宽度:12 500mm	自行应用	20.7	自主研发
23	精密校平机 WD43M—16×3000	最大校平板厚度:16mm;最大校平板宽度:3 000mm	自行应用	17.6	自主研发
24	校平机 WB43M—12×1800	最大校平板厚度:12mm;最大校平板宽度:1 800mm	自行应用	8.7	自主研发
25	液压摆式剪板机 QC12Y—25×2500	剪板厚度:25mm;剪板宽度:2 500mm	自行应用	6.1	自主研发
26	水平下调卷板机 WS11N—20×1500	最大卷板厚度:20mm;最大卷板宽度:1 500mm	自行应用	5.3	自主研发
27	数控折弯机 WS67K—200/8000	折弯厚度:200mm;折弯宽度:8 000mm	自行应用	31.2	自主研发
28	精密校平机 WD43M—40×2500	最大校平板厚度:40mm;最大校平板宽度:2 500mm	自行应用	14.6	自主研发
29	数控折弯机 WD67K—250/3200	折弯厚度:250mm;折弯宽度:3 200mm	自行应用	11.3	自主研发
30	液压摆式剪板机 QC12Y—16×8000	剪板厚度:16mm;剪板宽度:8 000mm	自行应用	9.2	自主研发

序号	项目名称	主要内容	应用状况	投入资金（万元）	项目来源
泰安华鲁锻压机床有限公司					
31	三辊卷板机 WD11—6×9200	最大卷板厚度:6mm;最大卷板宽度:9 200mm	自行应用	9.7	自主研发
32	水平下调卷板机 WS11N—80×3200	最大卷板厚度:80mm;最大卷板宽度:3 200mm	自行应用	12.3	自主研发
33	开卷校平纵剪生产线 TDT44—6×2100	校平板厚度:6mm;校平板宽度:2 100mm	自行应用	20.1	自主研发
34	三辊卷板机 WD11—50×3000	最大卷板厚度:50mm;最大卷板宽度:3 000mm	自行应用	9.8	自主研发
35	数控四辊卷板机 WB12N—36×3200	最大卷板厚度:36mm;最大卷板宽度:3 200mm	自行应用	9.6	自主研发
36	开卷校平纵剪生产线 TDT44—14×1500	校平板厚度:14mm;校平板宽度:1 500mm	自行应用	11.2	自主研发
37	液压摆式剪板机 QC12Y—8×6000	剪板厚度:8mm;剪板宽度:6 000mm	自行应用	8.1	自主研发
38	数控折弯机 WS67K—400/8000	折弯厚度:400mm;折弯宽度:8 000mm	自行应用	9.2	自主研发
39	水平下调卷板机 WS11N—40×4000	最大卷板厚度:40mm;最大卷板宽度:4 000mm	自行应用	13.0	自主研发
40	水平下调卷板机 WS11N—110×3200	最大卷板厚度:110mm;最大卷板宽度:3 200mm	自行应用	18.7	自主研发
41	校平机 WC43M—16×3000	最大校平板厚度:16mm;最大校平板宽度:3 000mm	自行应用	12.6	自主研发
42	三辊卷板机 WD11—32×3200	最大卷板厚度:32mm;最大卷板宽度:3 200mm	自行应用	9.3	自主研发
43	校平机 WC43M—20×2000	最大校平板厚度:20mm;最大校平板宽度:2 000mm	自行应用	8.2	自主研发
44	水平下调卷板机 WS11K—30×3000	最大卷板厚度:30mm;最大卷板宽度:3 000mm	自行应用	9.8	自主研发
45	水平下调卷板机 WS11K—110×3000	最大卷板厚度:110mm;最大卷板宽度:3 000mm	自行应用	10.6	自主研发
46	数控四辊卷板机 WB12N—40×2500	最大卷板厚度:40mm;最大卷板宽度:2 500mm	自行应用	12.3	自主研发
47	数控折弯机 WS67K—500/6000	折弯厚度:500mm;折弯宽度:6 000mm	自行应用	21.3	自主研发
48	水平下调卷板机 WS11K—60×2500	最大卷板厚度:60mm;最大卷板宽度:2 500mm	自行应用	9.5	自主研发
49	校平机 WC43M—10×3000	最大校平板厚度:10mm;最大校平板宽度:3 000mm	自行应用	9.3	自主研发
50	数控四辊卷板机 WB12K—50×3200	最大卷板厚度:50mm;最大卷板宽度:3 200mm	自行应用	12.8	自主研发
51	校平机 WC43M—10×800	最大校平板厚度:10mm;最大校平板宽度:800mm	自行应用	9.3	自主研发
济南二机床集团有限公司					
52	LS4—2000H 闭式四点压力机		技术转让	187.0	山东省技术创新计划
53	LS4—2400B 闭式四点压力机		技术转让	110.0	山东省技术创新计划
54	ES2—300 开式压力机		技术转让	54.0	山东省技术创新计划
55	XH2720×250 数控机床		技术转让	95.0	山东省技术创新计划
56	XKV2735×40 数控机床		技术转让	85.0	山东省技术创新计划
57	XZK2745A×80 数控机床		技术转让	85.0	山东省技术创新计划

序号	项目名称	主要内容	应用状况	投入资金（万元）	项目来源
58	TK6920×104 数控机床		技术转让	74.0	山东省技术创新计划
59	XKV2745×200 数控机床		技术转让	75.0	山东省技术创新计划
60	XK2845×160 数控机床		技术转让	80.0	山东省技术创新计划
61	FINE—4×14F 数控切割机		技术转让	52.0	山东省技术创新计划
62	JH39—1000C 压力机		技术转让	96.0	自行开发
63	LS4—2000G 压力机		技术转让	140.0	自行开发
64	JF39—1000D 压力机		技术转让	130.0	自行开发
65	LS4—1600K 压力机		技术转让	120.0	自行开发
66	JE36—1000B 压力机		技术转让	110.0	自行开发
67	S4—1000A 压力机		技术转让	105.0	自行开发
68	JF39—630B 压力机		技术转让	105.0	自行开发
69	JF39—800D 压力机		技术转让	95.0	自行开发
70	JG39—800 压力机		技术转让	92.0	自行开发
71	LS4—2400C 压力机		技术转让	160.0	自行开发
72	JF39—1000F 压力机		技术转让	85.0	自行开发
73	LS4—1200G 压力机		技术转让	96.0	自行开发
74	JF39—1000E 压力机		技术转让	95.0	自行开发
75	LS4—2500B 压力机		技术转让	150.0	自行开发
76	S4—500B 压力机		技术转让	65.0	自行开发
77	S4—500C 压力机		技术转让	55.0	自行开发
78	S2—600B 压力机		技术转让	65.0	自行开发
79	S2—800B 压力机		技术转让	89.0	自行开发
80	S4—800C 压力机		技术转让	55.0	自行开发
81	S4—1000A 压力机		技术转让	89.0	自行开发
82	LS4—1600L 压力机		技术转让	110.0	自行开发
83	J21—250L 压力机		技术转让	45.0	自行开发
84	JS2—250B 压力机		技术转让	45.0	自行开发
85	XHSV2525×60 数控机床		技术转让	95.0	自行开发
86	XKS2140B×120 数控机床		技术转让	105.0	自行开发
87	TK6920×124 数控机床		技术转让	115.0	自行开发
88	TK6916×84 数控机床		技术转让	92.0	自行开发
89	TK6916×144 数控机床		技术转让	110.0	自行开发
90	TK6916×104 数控机床		技术转让	85.0	自行开发
91	XH2130×100 数控机床		技术转让	84.0	自行开发
青岛青锻锻压机械有限公司					
92	HP—2500 型副螺杆式液压螺旋压力机	解决国内缺少万吨螺旋压力机的问题，该机因加长了导轨导向，因而设备精度高，锻件精度好，余量小，节约原材料	研制阶段	40.0	自主开发
93	EP—1000 型电动螺旋压力机	解决摩擦压力机效率不高问题，满足国家倡导的建设节约型社会的基本要求	研制阶段	28.0	自主开发
94	MP—630 型热模锻压力机	适应多模腔模锻；滑块导向精度和行程次数高，打击速度快；锻件精度高，加工余量小，显著提高劳动效率	研制阶段	30.0	自主开发
天津市天锻压力机有限公司					
95	半固态金属模锻成套装备全自动生产线	半固态金属模锻成形工艺和模具的研究；采用 CAD/CAE/CAPP/CAM 集成技术开发全新机身结构的半固态金属模锻成形液压机；开发具有集成参数设定和跟踪的液压机生产线控制系统；计算机异地通信和诊断控制系统；全自动生产线联线装置；充型滑块行程控制装置；锁模滑块四角调平电液控制装置；制定半固态模锻液压机精度标准	自行应用	2 000.0	天津市科技攻关计划项目

序号	项目名称	主要内容	应用状况	投入资金（万元）	项目来源
96	液压机产品数字化快速设计及管理信息化系统建设	电子文档多线入库流程"移交单"控制方法;Dotnet 局域网软件加密服务端激活方法;Dotnet 远程数据检入检出方法;局域网中绑定用户计算机硬件登录服务的实现方法;图文档入库流程中的打印方法	自行应用	180.0	天津市信息化项目
江苏省徐州锻压机床厂集团有限公司					
97	数控大型闭式高速精密压力机		研制阶段	7 875.0	江苏省经贸委
98	JF75G—125A 型闭式双点高速精密压力机		自行应用	5 000.0	中华人民共和国科学技术部
99	DP 型高精度伺服电动机驱动数控压力机产业化		自行应用	4 500.0	中华人民共和国科学技术部
100	高速数字锻压机械工程技术研究中心		自行应用	1 600.0	江苏省科技厅
101	压力机专用数控系统及精密数控伺服压力机规模产业化		研制阶段	12 250.0	江苏省科技厅
浙江萧山金龟机械有限公司					
102	高性能精密台式压力机		自行应用	500.0	自行开发
山东宏康机械制造有限公司					
103	TX160 型落地镗铣床	镗轴直径:130mm、160mm、200mm	自行应用	158.0	地方科技项目
104	850—X 型精密带钢冷轧机	工作辊辊面长:850mm	自行应用	192.0	地方科技项目
105	QC 液压多马达主传动高速剪板机	板厚:6mm;板长:200mm	自行应用	45.0	本企业自选科技项目
106	拉伸弯曲矫平机	板厚:0.1～2mm	自行应用	189.0	本企业自选科技项目
107	TH44—4～25.4×2150 数控大型横剪生产线	板厚:1～25.4mm;板宽:2 150mm	自行应用	119.0	其他企业委托科技项目
108	金属板材飞剪生产线控制系统	50～150kW	自行应用	45.0	本企业自选科技项目
109	金属板材飞剪生产线液压控制系统设计试验		自行应用	23.0	本企业自选科技项目
110	外环成形机	板厚:0.2～3mm;直径:1 200～1 800mm	自行应用	56.0	本企业自选科技项目

表 11   2007 年锻压机械行业获奖科研项目情况

序号	项目名称	主要内容及应用范围	获奖名称	获奖等级	主要完成单位
1	YH73 系列热压成形液压机	可实现单台液压机自动循环,适用于玻璃钢制品、汽车内饰件及高密度纤维板的成形工艺,也可用于金属薄板的弯曲、拉伸、压制等工艺	安徽省科技进步奖	三等奖	合锻集团技术开发有限公司
2	RZU1000HG 快速液压机	为大型汽车冲压线的拉伸液压机,主要用于汽车零件冲压工艺,满足汽车冲压线的生产组织和习惯	安徽省科技进步奖	三等奖	合锻集团技术开发有限公司
3	WD43M—80×2200 型七辊板料矫平机		泰安市科技进步奖	二等奖	泰安华鲁锻压机床有限公司
4	WS67K—800/8000 数控板料折弯机		泰安市科技进步奖	三等奖	泰安华鲁锻压机床有限公司
5	LS4B—2500 型 2 500美t 闭式四点多连杆压力机	开发大吨位、大行程六连杆技术;主传动抗偏载新技术;横梁体防变形二次焊接技术;滑块体网格状箱型台阶结构设计技术;主电动机控制滑块运行位置精度补偿技术	国家科技进步奖	二等奖	济南二机床集团有限公司
6	PLS4—3200—4500—2500 全自动快速柔性冲压生产线	具有多工位压力机的高生产率和串联式压力机灵活性的特点,是多项新技术的集成创新,是具有革新意义的冲压生产线。该研发项目的技术指标和整体功能及性能均达到当今世界领先水平	山东省科技进步奖	一等奖	济南二机床集团有限公司
7	XH2120×50 动梁龙门镗铣加工中心	是针对汽车模具、柴油机制造行业复杂箱体类零件的加工对经济型动梁龙门镗铣床的需求而开发设计的	济南市科技进步奖	三等奖	济南二机床集团
8	J53—6300 型 63 000kN 双盘摩擦压力机	适合大型锻件的模锻、墩锻、矫正、精压等成形工艺,可广泛应用于火车、汽车、拖拉机、船舶、航空、机械制造等行业	青岛市科技进步奖	三等奖	青岛青锻锻压机械有限公司

序号	项目名称	主要内容及应用范围	获奖名称	获奖等级	主要完成单位
9	RS—THP37—150 板材成形液压机柔性制造系统	公称力 1 500 kN，滑块压制行程 1 450mm，滑块下平面至工作台上平面最大距离 2 150mm。是现代汽车、飞机、家用电器及军工等领域所急需的高新技术和装备	天津市技术创新优秀项目	一等奖	天津市天锻压力机有限公司技术中心液压机研究所
10	THP71SA—1500 15 000kN 闸板缸动式液压机	公称力 15 000kN，液体最大工作压力 25MPa，回程力 3 150kN，预压力 4 500kN，最大开口高度 4 000mm。是航天航空、轨道交通、船舶、汽车、建筑、石化等工业领域玻璃钢制品制造的关键装备	天津市技术创新优秀项目	三等奖	天津市天锻压力机有限公司技术中心液压机研究所
11	15 000kN 闸板缸动式液压机	公称力 15 000kN，液体最大工作压力 25MPa，回程力 3 150kN，预压力 4 500kN，最大开口高度 4 000mm。是航天航空、轨道交通、船舶、汽车、建筑、石化等工业领域玻璃钢制品制造的关键装备	中国机械工业科学技术奖	三等奖	天津市天锻压力机有限公司技术中心液压机研究所
12	RS—THP37—150 板材成形液压机柔性制造系统	公称力 1 500kN，滑块压制行程 1 450mm，滑块下平面至工作台上平面最大距离 2 150mm。是现代汽车、飞机、家用电器及军工等领域所急需的高新技术和装备	天津市科学技术进步奖	三等奖	天津市天锻压力机有限公司技术中心液压机研究所
13	复杂机械系统多体动力学分析设计方法及其应用	采用概率论、模糊数学等方法建立了计算机模糊特性多体系统的广义不确定性动力学模型、多体动力学刚柔耦合模型、流体环境下多体—流体耦合模型。广泛应用于机床、工程机械、航空航天、船舶舰船、车辆、海洋设备等装备制造领域	天津市科学技术进步奖	一等奖	天津市天锻压力机有限公司、天津大学、天津第一机床总厂
14	VH 型开式高速压力机	广泛应用于汽车、家电、电子、电动机、电器、IT、五金、农业机械、军工、仪器仪表、航空等行业	徐州市科技进步奖	二等奖	江苏省徐州锻压机床厂集团有限公司
15	JH36 型闭式双点高性能压力机	广泛应用于汽车、家电、电子、电动机、电器、IT、五金、农业机械、军工、仪器仪表、航空等行业	徐州市科技进步奖	三等奖	江苏省徐州锻压机床厂集团有限公司
16	JE25 型开式双点高性能压力机开发	广泛应用于汽车、家电、电子、电动机、电器、IT、五金、农业机械、军工、仪器仪表、航空等行业	江苏省监狱管理局	一等奖	江苏省徐州锻压机床厂集团有限公司
17	SD—110 型开式多工位压力机开发	广泛应用于汽车、家电、电子、电动机、电器、IT、五金、农业机械、军工、仪器仪表、航空等行业	江苏省监狱管理局	二等奖	江苏省徐州锻压机床厂集团有限公司
18	JF75G—300 型数控大型闭式高速精密压力机	广泛应用于汽车、家电、电子、电动机、电器、IT、五金、农业机械、军工、仪器仪表、航空等行业	江苏省科技进步奖	二等奖	江苏省徐州锻压机床厂集团有限公司
19	SD—110 型数控开式多工位压力机	广泛应用于汽车、家电、电子、电动机、电器、IT、五金、农业机械、军工、仪器仪表、航空等行业	江苏省科技进步奖	三等奖	江苏省徐州锻压机床厂集团有限公司
20	SH—25B 型超高速精密压力机	广泛应用于汽车、家电、电子、电动机、电器、IT、五金、农业机械、军工、仪器仪表、航空等行业	江苏省机械工业科技进步奖	二等奖	江苏省徐州锻压机床厂集团有限公司
21	JH36—400 型闭式双点高性能压力机	广泛应用于汽车、家电、电子、电动机、电器、IT、五金、农业机械、军工、仪器仪表、航空等行业	江苏省机械工业科技进步奖	二等奖	江苏省徐州锻压机床厂集团有限公司
22	VH—65 型开式高速压力机	广泛应用于汽车、家电、电子、电动机、电器、IT、五金、农业机械、军工、仪器仪表、航空等行业	江苏省机械工业科技进步奖	三等奖	江苏省徐州锻压机床厂集团有限公司
23	17—65/70 × 1650 型精矫机	是冷轧优质薄钢板精整（开卷、矫平、剪切）成套设备的主机。用于矫平钢板的表面形状误差。改辊式弯曲矫平原理为弯曲拉伸矫平原理，（是在辊式矫平机的基础上增设了张力装置）。同时采用液压快速升降装置、浮动弯辊结构、工作辊快换装置等先进技术。跟传统矫平机相比，该机的矫平精度能大幅度提高。经武钢集团试用，该产品适应冶金行业发展需求，可以替代进口	泰安市科学技术进步奖	二等奖	山东宏康机械制造有限公司

七、企业管理、质量管理、体制改革

坚持不懈地加强质量管理，提高产品实物质量和生产过程管理质量，是获得稳定的国内市场份额的有效途径，这一理念已被锻压机械行业广大企业充分认识并普遍接受。

据不完全统计，锻压机械行业 90% 以上的企业都通过了 ISO9001 质量体系认证。较早获 ISO9001 国际质量标准认证的企业，在质量体系运行的过程中不断自我完善，形成了产品质量提高、质量成本下降的良性循环。按 1994 年版 ISO9001 国际质量标准进行认证的企业，以及认证有效期接近届满的企业，已完成了 2000 年版的认证和转换工作。从 2007 年度企业运行情况来看，锻压机械行业对质量与质量管理工作的重视程度进一步提高，"质量就是企业的生命"

不再是一句空话。企业普遍开展了创优质名牌活动，并获得显著的综合效益。以改革促发展，以创新求效益是锻压机械行业又一特点。

济南铸造锻压机械研究所在完成由事业单位转为企业的改造后，仍走在锻压机械行业技术进步的前列。该所整合济南捷迈铸造机械工程有限公司、济南捷迈锻压机械工程有限公司、济南捷迈数控机械工程有限公司及济南捷迈液压机电工程有限公司等4个股份制公司，成立了济南铸锻所捷迈机械有限公司，充分发挥现代企业的优势，形成了特有的综合优势。以高层次技术人员开拓市场，以技术成套项目为龙头，以技术进步为依托，不断开发高技术附加值的产品，销售及技术服务领域已涉及机械、电子、汽车、家电、电力、通信、轻工和纺织等诸多行业。

济南二机床集团有限公司注重加强企业信息化建设，提升现代化管理水平。坚持用现代网络信息技术改造提升传统产业，紧密结合企业流程再造，推进企业信息化建设。自主开发建立了办公自动化系统，开发并不断完善MRPII系统，并逐步向ERP升级。开发完善工序成本核算系统，主要生产厂均实现了计算机辅助工序成本核算，推动了企业管理不断深化和细化。全面实施CAD，加快"三维"设计步伐，CAD应用跃到全国同行业领先水平。通过生产计划管理信息化为中心，将销售管理、产品开发、技术准备、采购管理、生产计划、成本核算、财务管理、人事管理和综合查询等模块和各个子系统，整合形成高效的一体化信息系统，实现了信息共享、快速传递，提升了技术开发能力、敏捷制造能力和企业核心竞争力。在国内大型离散型制造企业中，济南二机床集团有限公司是成功运行以生产计划和财务成本为主体的MRPII/ERP为数不多的企业之一，已通过山东省信息化应用试点示范工程企业验收，并蝉联"中国企业信息化500强"。企业信息化建设分别被评为中国机械行业和山东省的管理现代化创新成果二等奖。

合肥锻压集团重组后，首先对人力资源进行了整合，对部门负责人全部实行竞聘上岗，采购部和市场部实行全员竞聘上岗；其次，对公司组织机构进行了调整，将原有的11个部门并为6个主要部门，将原有的8个车间合并为4个车间。通过资产重组，整合资源，公司以提高经济效益为中心，以企业可持续发展为目标，按照现代企业制度的要求，采取了一系列强有力的举措，在生产经营、经济效益等各方面都取得了丰硕成果。

江苏亚威机床有限公司与时俱进，坚持科学发展观，走可持续发展之路。该公司在地方政府直接指导下，进行了彻底的资产置换和职工身份置换。与瑞士合资成立了江苏亚威爱普特锻压机床有限公司，与意大利合资成立了江苏亚威赛力玛锻压机械有限公司，使江苏亚威机床有限公司成为纯民营、投资多元的国际化股份制公司。

江苏金方圆数控机床有限公司是股份制高科技民营企业，在管理上突出技术创新和管理创新，形成公司发展的新思路；坚持品牌战略，依托市场求发展，加速高科技产品市场化的进程。公司注重科技开发，在加强自身科技队伍建设的同时，坚持产学研联合，建立了畅通的新产品开发信息源系统，每年推出2～3个新品投放市场，投入科技费用占当年销售额的7%左右。公司重视人才的引进、开发，把教育培训工作作为一项重要的工作，在日常工作中充分发挥人力资源的创造力和工作潜力，做到人尽其才，才尽其用。

江苏省徐州锻压机床厂集团有限公司积极走新型工业化道路，以信息化促工业化，全面提升企业的综合竞争能力。在生产管理上运行了MRP系统，在技术管理上运行了PDM系统，在企业管理上运行了OA系统和金蝶K3系统。ERP系统投入运行后，实现了物流、资金流、信息流的同步运行，使企业资源得到了充分利用，能更加快捷有效地为用户提供优质服务。

八、企业简介

济南铸造锻压机械研究所 始建于1956年，是原机械工业部直属一类研究所，国务院批准第一批转制的242个研究所之一，现隶属于中国机械工业集团公司。现有在职职工500余人，其中专业技术人员350余人，具有中高级专业职务的200余人。该所分北、南、西3个工作区，占地面积19.3万m²。该所对原有的济南捷迈铸造机械工程有限公司、济南捷迈锻压机械工程有限公司、济南捷迈数控机械有限公司、济南捷迈液压机电工程有限公司进行整合，成立了济南铸锻所捷迈机械有限公司。该公司与济南铸造锻压机械研究所控股的扬州捷迈锻压机械有限公司，均被授予省级高新技术企业。济南铸造锻压机械研究所行业工作机构有国家铸造锻压机械质量监督检验中心、铸锻机械杂志编辑室、国家铸造机械标准化技术委员会、国家锻压机械标准化技术委员会、中国机床工具工业协会铸造机械分会及锻压机械分会等。主要经营范围包括铸造机械及铸造工程机械化、自动化成套技术及装备，锻压机械及锻压工程机械化、自动化成套技术及装备，数控锻压和激光加工技术及设备，数控板材加工成套装备，液压元件及系统的新技术新产品开发、设计、制造，铸造锻压机械产品质量检测以及相关技术的咨询服务，具有科技产品自营进出口权。凝聚着科技人员智慧和良好信誉的济南铸造锻压机械研究所，坚持"以市场为导向，以产品为龙头，以科技为后盾，面向国内外两个市场"的企业方针，努力提高产品科技含量，打造具有产业特色的核心竞争力。

济南二机床集团有限公司 是由原济南第二机床厂按现代企业制度试点要求整体改制而成的国有独资公司，全国520家重点企业、山东省高新技术企业，中国锻压行业排头兵，曾研制出中国第一台龙门刨床、第一台大型闭式机械压力机，世界最大的龙门刨床，具有国际先进水平的汽缸体平面拉床、中国规格参数最大的重型数控冲压线、重型多工位机械压力机、重型数控龙门镗铣床等关键设备，是中国机床行业"十八罗汉厂"之一。现有生产用地65万m²，在岗职工4800余人，总资产逾15亿元。主要生产重型数控冲压设备、大型数控金属切削机床两大类主导产品和自动化、铸造机械、环保建材、数控切割机等新门类产品。2007年，实现销售收入171 658.5万元，同比增长70.68%；完成工业总产值 175 006.2 万元,同比增长 55.71%;完成出口交货值 11 611 万元,同比增长 19.8%;实现利税 20 265 万元,同比增长 24.6%;实现利润 10 198 万元,同比增长 43.6%。主要经济技术指标快速增长,企业综合实力和抗风险能力显著增强。

近年来,曾先后承担完成 3 个国家"863"计划项目和 1 个国家级技术创新计划项目,还承担了 40 余项省市科技创新、攻关计划。数控冲压机床、数控金属切削机床分别荣获"中国名牌"称号,是国内机床行业唯一拥有金属成形、金属切削两块"中国名牌"的企业。凭借技术开发、质量管理、制造能力等方面的优势,被美国客户誉为"世界五大数控冲压装备制造商之一"。被国务院授予"国内重大技术装备领域突出贡献企业"、"全国技能人才培养突出贡献奖"。日前,出口美国 2 500t 多连杆机械压力机,荣获国家科技进步二等奖,是济南市当年度获得的最高奖项。

湖北三环锻压机床有限公司 是国有大型跨行业集团型公司,全国机械工业最具核心竞争力 30 佳企业,国家科学技术成果推广示范企业,国家"863"工程应用示范企业,湖北省高新技术企业,湖北省博士后产业基地。公司主要生产剪板机、折弯机、自动冷镦机、液压机、转塔冲床、精冲机、开卷校平剪切生产线等锻压机床以及金融卡类产品,是我国唯一生产制造 16m 超宽台面数控剪板机和 6 000t 重型数控折弯机的生产企业。2007 年企业平均从业人员 1 609 人,其中工程技术人员 189 人,拥有总资产 57 916 万元,流动资产 36 094 万元,主要生产设备 317 台(套),其中大型数控落地镗铣床、大型数控平面磨床、导轨移动式铣镗加工中心等关键生产设备 70 余台(套),最大起重能力达到 150t;全年生产各类锻压机床 858 台,其中大型产品 342 台,重型产品 50 台,数控产品 263 台,完成工业总产值 57 926 万元,实现销售收入 57 307 万元。

江苏金方圆数控机床有限公司 系中国名牌产品企业、国家高新技术企业、中国机械工业联合会理事单位、中国机床工具工业协会及全国锻压行业协会副理事长单位、国家火炬计划邗江数控金属板材加工设备产业基地龙头骨干企业、扬州市邗江锻压协会理事长单位,国内锻压行业较早通过 ISO9001 国际质量体系认证的企业及 AA + 信用企业,拥有出口产品质量许可证和自营进出口权。公司员工 300 余人,其中高级工程师以上职称 7 人,中级职称 22 人,初级职称 57 人,其他专业技术人员 55 人,技术人员占公司员工的 48%。公司坚持"人才兴企、科技兴企"的道路,有较强的产品研究、开发和新技术、新工艺、新材料应用能力。数控板材加工工程技术中心拥有完善的网络资源共享平台,采用三维 CAD 设计制图,跟踪世界先进水平,大力进行技术创新和新产品开发,每年推出 2～3 个新品。主要产品为 VT、ET、RT 系列数控转塔冲床,PR 系列数控液压折弯机、VR 系列数控液压剪板机、JLC 系列数控精密激光切割机、MCZ 数控母线生产线,FMC 汽车大梁冲孔柔性加工单元、PL 数控冲压激光切割复合机、FMS 板材自动柔性生产线、APSS 冲—剪复合生产线等高新技术产品。数控压力机

产量约占国内同行业的 60%,国内市场份额的 30%,产品出口美国、西班牙、新加坡、俄罗斯、南非、印度、沙特阿拉伯和巴基斯坦等国家。

上海冲剪机床厂 是上海电气(集团)总公司、上海力达重工制造有限公司下属的国有企业,上海市高新技术企业,原机械工业部骨干企业。该厂创建于 1931 年,占地面积 7 万多 m²,建筑面积 4 万 m²,职工 349 人,其中各类专业技术人员 93 人;已通过 ISO9001 质量体系认证,被评为 2001 年度、2002 年度、2004 年度"数控产值十佳企业",2002 年度"精心创品牌十佳企业";专业生产各类液压、数控剪折机械及专用锻压设备,已形成系列化的数控剪板机、数控折弯机产品,产值数控化率达 60% 以上,年生产数控产品 600 多台(套)。产品除满足国内外需求外,还销往世界 30 多个国家和地区。该厂设剪折机械研究所,采用计算机辅助设计和辅助制造技术,已开发和生产 300 余种锻压机械,多数产品为国内首创,填补空白。产品多次荣获国家金质奖、国家银质奖和部优质产品称号以及上海市科技进步奖、上海市优质新产品奖、国家新产品奖。1996 年与日本 AMADA 公司合资建立上海天田冲剪有限公司。2007 年完成工业总产值 26 377 万元,实现销售收入 25 088 万元。

安阳锻压机械工业有限公司 原安阳锻压设备厂,是原机械工业部生产锻压设备的定点企业,河南省科技型企业,国内专业生产锻锤的生产厂家,已有近 50 年发展历史。主要产品有数控全液压模锻锤、电液模锻锤、电液自由锻锤、空气锤、电液动力头、锻造操作机、金属屑压块机、金属液压打包机、液压铆接机、闭式单点压力机、棒料精密剪断机等系列产品,并能根据用户需要,设计、制造多种产品的加工流水作业线,不仅适用于机械行业,而且还能满足电力、钢铁、汽车、矿山、金属回收、轻工、轴承等行业发展的需要。其中 150kg 空气锤和 315kN 液压铆接机分获国优和省优称号。产品畅销国内 30 多个省、市、自治区,并远销美国、德国、英国等 56 个国家和地区。2007 完成工业总产值 24 198 万元,实现销售收入 20 364 万元。

长治钢铁(集团)锻压机械制造有限公司 原长治锻压机床集团有限公司,始建于 1957 年,是原机械工业部骨干企业,国家技术进步示范企业,我国设计水平、制造能力最强的弯曲校正类产品的研发、生产基地,并承担国家弯曲校正类产品行业技术标准的制修订工作。公司占地面积 32 万 m²,生产建筑面积 6.1 万 m²;各类设备 760 余台,主要设备 371 台,其中金属切削用设备 258 台,数控及大精尖设备 85 台;公司设"八科一院",7 个生产车间和二级理化计量中心,2001 年通过了 ISO9000 质量体系认证。公司生产 20 个系列 200 多个规格的产品,已形成大中小规格,高中低档次,数控、液压、机械结构乃至单元(线)的矩阵式产品结构。主要产品有:三辊、四辊卷板机、CNC 弯管机以及管形测量机、管端成形机、管材校直机、管材柔性加工单元;板材校平机、棒料校直机、板料折弯机、型材弯曲机、瓦楞成形机、CNC 开卷校平自动定尺剪切线;大口径直缝埋弧焊管生产线、型材校直成形生产线;烧结机、高炉设备、转炉设备、棒线材轧机以

及环保机械、煤矿机械、金属结构制品等。2007 年平均从业人员 485 人，完成工业总产值 9 022 万元，实现销售收入 9 106 万元。

重庆江东机械有限责任公司 是国有控股公司，2001 年改制成有限责任公司。公司占地面积 30 万 m²（448 亩），生产厂房 8 万余 m²，其他建筑面积 2 万 m²，公司主要生产设备 454 台（套），从业人员 700 余人。公司主要产品为液压机械、汽车连杆，具有生产各类大中型液压机、年产 200 万件精锻汽车连杆和 80 万件精加工汽车连杆的生产能力，现为西部地区最大的液压机生产厂家和川渝地区最大的汽车连杆生产厂家。公司已通过 ISO9001：2000 质量体系认证和 ISO/TS 16949：2002 质量体系认证，具有完善的质量保证体系，确保产品从原材料采购、技术原理试验检测、产品生产过程控制检测、产品的试制到出厂检验的质量控制。公司具有较强的产品开发能力和市场开拓能力，有自营进出口权。产品远销 20 多个国家和地区。

合肥锻压集团 是我国机械工业重点联系企业、中国液压机国家标准的起草单位之一、全国液压机标准委员会副主任委员单位和全国机械压力机标准委员会委员单位。集团现有在岗职工 1 100 人，拥有研究生学历的 32 人、高中级技术职称 50 余人，享受国务院特殊津贴的 2 人、享受安徽省政府特殊津贴的 3 人、享受合肥市拔尖人才津贴的 4 人，90% 以上的技术设计人员具有本科以上学历。公司经营范围包括生产、销售、安装、维护各类锻压机械、工程机械、机床配件、机器设备及零部件、液压件以及机械压力机、叉车等。公司拥有多台进口大型数控落地镗铣床、数控龙门镗铣床、数控火焰切割机、重型车床、重型磨床和大型淬火机床等关键设备，工艺装备处于国内同行业顶尖水平。1997 年通过 ISO9001 质量体系认证，2007 年通过了 ISO9001：2000 质量管理体系、ISO14001：2004 环境管理体系、OHSAS18001：1999 职业健康安全"三合一"管理体系认证，并被授予"全国履行社会责任贡献突出奖"、"合肥市科技创新型试点企业"和"国家火炬计划重点高新技术企业"等荣誉称号。2007 年实现销售收入 46 055 万元，出口创汇 257 万美元，实现利税 4 304 万元。

济南铸锻所捷迈机械有限公司（JFMMRI—JIEMAI）是以济南铸造锻压机械研究所（JFMMRI）和其他自然人为出资方，按照现代企业制度组建的高科技企业，为国家大型中央企业"中国机械工业集团公司"所属二级子公司。根据企业发展的需要，按照国机集团和济南铸锻所发展战略的要求，捷迈铸造、捷迈锻压、捷迈数控、捷迈液压机电有限公司合并重组为济南铸锻所捷迈机械有限公司，原公司注销转为新公司的直属业务部门或分支机构。公司主要产品有：自动化造型生产线、大型数控辗环设备、数控开卷校平生产线、辊型线、各种砂处理制芯清理熔化浇注设备、机电液一体化集成系统、数控转塔冲床、数控直角剪板机、数控激光切割机、数控激光焊接机、数控汽车纵梁冲孔线、板材柔性加工系统（FMS）、自动化立体仓库、数控折弯机和数控剪板机等各类数控板材加工设备等。公司具有先进的研发、加工、检验手段和完善的质量保证体系，是我国目前技术水平最高、产品品种最全、综合实力最强的铸造锻压机械研发生产企业。

江苏省徐州锻压机床厂集团有限公司 前身为江苏省徐州锻压机床厂，始建于 1951 年，系认定的首批机械压力机定点生产企业，国家二级企业，1995 年被认定为国有大型工业企业。公司占地面积 25 万 m²，建筑面积 15 万 m²；拥有资产 3.3 亿元。现为中国机床工具工业协会锻压机械分会常务理事单位，连续多年被评为 AAA 级资信企业，江苏省质量诚信企业；2001 年通过 ISO9001 质量体系认证，2005 年通过环境保证体系和职业健康安全管理体系认证；2006 年被认定为省级高新技术企业；连年被评为中国机械行业 500 强企业。

公司始终坚持"做精品机床、树一流品牌"的经营方针，不断加大产品结构调整力度。主要产品包括：开式机械压力机，开式高性能机械压力机，开式双点机械压力机，闭式、半闭式单双点机械压力机，开式高速机械压力机，闭式高速机械压力机，数控回转头压力机，精密数控伺服压力机，液压机，汽车钢圈成套制造设备等 28 个系列 170 余个规格。产品广泛应用于汽车、家电、电子、电动机、电器、IT、五金、农业机械、军工、仪器仪表和航空等行业。公司重视质量工作，建立了完善的质量管理与控制体系，多个产品荣获国优、省优、部优称号。2006 年公司与东南大学联合开发的 DP21—63 型精密数控伺服压力机获得 2 项发明专利和 9 项实用新型专利，被列入省科技攻关项目。"环球"牌压力机自 1997 年以来已连续 10 年被评为江苏省名牌产品，"环球"商标 2004 年被评为江苏省著名商标。2007 年平均从业人员 607 人，完成工业总产值 26 051 万元，实现销售收入 24 139 万元。

江苏亚威机床有限公司 是定点生产锻压机床的省属企业、国家二级企业、高新技术企业、江苏省双文明单位和江苏省博士后技术创新中心单位，2004 年中国机床工具行业"数控产值十佳"企业，2005 年 9 月获数控冲压类产品首批中国名牌称号。主要产品有两大类、百余个规格品种，数控转塔冲床、数控折弯机、数控剪板机属国内同类产品一流水平，卷板加工生产线产销名列前茅。"亚威"商标被评为"江苏省著名商标"，生产经营连续 5 年以 30% 左右的速度稳定发展。企业于 1999 年成功改制为股份制公司，积极开展国际合作，组建了中瑞合资江苏亚威爱普特锻压机床有限公司和中意合资江苏亚威塞力玛锻压机械有限公司。前者从事数控折弯机、数控剪板机的开发与生产，产品巩固了"亚威"折剪机床一流品牌的地位，并为攀升世界知名品牌奠定了基础；后者从事数控开卷校平剪切线、分条卷取线等卷板加工机械的开发与生产，使亚威在该领域的领先地位得以巩固和加强。此外，亚威与日本 NISSHIBO 公司建立了紧密合作关系，采用 NISSHIBO 的先进技术和主要部件，结合亚威的制造优势，生产国际先进水平的数控转塔冲床，为客户提供一流产品与服务。2007 年平均从业人员 646 人，完成工业总产值 46 754 万元，实现销售收入 43 958 万元。

江苏扬力集团 前身为江苏扬力锻压机床有限公司，始创于1966年，注册资本5 380万元。集团下辖江苏富力数控机床有限公司、江苏国力锻压机床有限公司、江苏扬力铸锻有限公司、江苏扬力模具有限公司和江苏扬力坚城锻压机床有限公司6家控股子公司，总注册资本1亿元。公司主要生产400多个品种的高中低档压力机；数控转塔冲床、数控闸式剪板机、数控折弯机、汽车纵梁平板冲孔自动生产线、全电伺服数控转塔冲床、全电伺服数控折弯机、机器人柔性数控板材加工生产线等数控产品；液压板料折弯机、经济型数控液压板料折弯机、液压闸式剪板机、经济型数控液压闸式剪板机、液压摆式剪板机、经济型数控液压摆式剪板机、双机联动液压板料折弯机、深喉口液压摆式剪板机、四柱式液压机和数控精密框架式液压机。产品广泛应用于航空、汽车、造币、农业机械、电器、仪表、医疗器械和五金等生产领域，并远销东南亚、欧美等10多个国家和地区。企业先后荣获"江苏名牌产品"证书、"扬州市知名商标"、"江苏省著名商标"、"AAA企业资信等级"证书、"国家重点高新技术企业"、"中国机床工具行业销售收入十佳企业"等相关荣誉。2007年公司平均从业人员4 500人，完成工业总产值155 576万元，实现销售收入156 081万元。

青岛青锻锻压机械有限公司 始建于1946年，前身为青岛锻压机械集团公司，是原机械工业部骨干企业、国家机床工具行业重点骨干企业、国家一级计量单位，2004年改制为民营企业，现为全国锻压机械标准化技术委员会锤与锻机分技术委员会秘书处单位，中国机床工具工业协会锻压机械分会常务理事单位，青岛市高新技术企业。2007年公司完成工业总产值16 265万元，销售收入19 687万元。

公司现主要生产锻压机械、包装机械11个系列45个品种和规格的产品。锻压机械主导产品有双盘摩擦压力机、不锈钢复底锅压力焊接机、离合器式（高能）螺旋压力机、压砖机、碾环机、电液锤和带式落锤。自主设计的国内外规格最大，具有国际先进水平的J53—8000型80 000kN双盘摩擦压力机，填补了国内外空白。"青锻"牌螺旋压力机代表我国国家水平，产品销往全国各省市及香港、台湾地区，并销往东南亚、印度、韩国、意大利、日本、中亚、东欧等30余个国家和地区，产品市场占有率连续多年保持行业第一。

上海第二锻压机床厂 创建于20世纪60年代初期，现隶属上海电气（集团）总公司旗下的上海力达重工制造有限公司，国家二级企业。企业注重产品质量全过程管理，已通过了ISO9001质量体系认证，是第一批获得"出口机电产品质量许可证书"的企业，JH21系列开式固定台压力机第一批列入国家取代进口机电产品目录。该厂主要产品有JH73系列110型和160型开式多工位压力机，可实现带料到成品一次冲压完成；JH21系列25—315型9种规格开式固定台压力机，采用气动摩擦离合器－制动器，传动转矩冲击韧度大、结构紧凑、灵敏可靠；JH25系列110—250型四种规格开式双点压力机，具有宽台面和较强的刚度，精度稳定，传动平稳，动作灵敏，操作方便；JH31系列110—250型四种规格闭式单点压力机，可按用户需求增加多连杆机构，满足拉伸

工艺空程快速、冲压慢速的要求，提高产品质量和生产效率。2007年平均从业人员289人，完成工业总产值6 800万元，实现销售收入6 932万元。

天津市天锻压力机有限公司 是天津市机电工业控股集团公司按照现代企业制度规范，投资组建的液压机专业制造厂家。公司占地面积17万㎡，在册职工868人，其中研发技术人员101人，占企业员工总数的12%；中高级技术职称111人；享受政府特殊津贴专家12人；授衔专家4人。截止到2007年共申报专利304项，其中发明专利65项。企业连续3年增长率达到40%以上，2007年实现工业总产值41 782万元，实现销售收入40 101万元，利税2 320万元，人均劳动生产率57万元。大重型数控液压机国内市场占有率达10%以上，占我国液压机制造行业的25%以上。公司目前生产42个系列，400余种产品，规格从80kN至100 000kN。产品广泛应用于汽车制造、航空航天、船舶板材成形、锻造成形、玻璃钢制品、模具磨料、粉末冶金、金属挤压、轻工家电等领域。产品出口到亚洲、澳洲、欧洲、美洲及非洲的30余个国家和地区。1996年率先在同行业中通过ISO9001质量体系认证，同年获得自营进出口权。2006年取得CE认证。液压机产品处于国内主导地位并可替代进口。

西安通力锻压机床有限公司 前身西安锻压机床厂始建于1956年，于2000年改制为有限责任公司。公司经40余年的积累，已发展成为拥有固定资产6 000多万元，年生产各类压力机500余台（套），在我国中西部地区生产机械压力机品种规格最多、规模最大的专业化企业。企业占地面积15.6万m²，拥有各类加工设备300余台（套），下设铸造、锻造、焊接、热处理、机械加工、工具和总装7个分厂。公司十分重视质量工作，1999年通过了中国进出口质量认证中心对企业的ISO9001质量体系认证，现已完成2000年版换版工作；主要生产17个系列100多个品种规格的高中低档机械压力机，以及数控步冲压力机、精密冲压（单元）生产线，液压、机械弹壳引伸机、收口机、液压折弯机、液压剪板机等。

厦门锻压机床有限公司 前身为厦门锻压机床厂，始建于1958年，现为国有控股企业，是国内中小型机械压力机的重点生产企业，福建省唯一压力机生产专业厂。公司生产的"力"牌（Power Brand）机械压力机，主要有开式可倾压力机、高性能开式固定台压力机、开式固定台高速精密压力机、多工位自动压力机以及轻工机械、包装机械等。公司坚持"用户至上，科技兴业"的方针，严把产品质量关，信守对用户的服务承诺，"力"牌（Power Brand）压力机产品以其优异的性能价格比获得用户的青睐，畅销全国各地并远销海外。

扬州锻压机床集团有限公司 前身扬州锻压机床厂始建于1958年，是国家定点生产机械压力机的专业厂，国家重点火炬项目高新技术企业，国家技术进步示范企业，国家火炬、星火计划重点实施单位，已通过ISO9001质量体系认证，拥有外贸自营权。公司占地面积22万m²，建筑面积15万m²，拥有固定资产9 000万元，职工540余人，其中工程技术

人员 118 人，主要生产通用压力机和空调翅片冲压生产线、定转子高速冲压生产线等专用设备。公司生产的"鼎"牌产品，以其优异的质量、可靠的性能、精湛的工艺和完善的售后服务远销美国、德国、澳大利亚、泰国、马来西亚等 20 多个国家和地区。公司与济南铸造锻压机械研究所合资组建了"扬州捷迈锻压机械有限公司"，与港商合资组建了"扬州鼎牌机械有限公司"，与新加坡合资成立了"比纳克（扬州）有限公司"，2004 年与南京理工大学合作建立了"压力机技术及装备工程研究中心"。2007 年平均从业人员 544 人，完成工业总产值 55 737 万元，实现销售收入 55 700 万元。

浙江锻压机械集团有限公司　原浙江锻压机床厂，创建于 1951 年，拥有资产 1.81 亿元，占地面积 28 万 m²，各类专业技术人员 200 余人，系锻压机械专业生产企业。公司注重技术进步和科学管理，企业技术水平、产品质量、生产规模、售后服务在同行业中处于先进水平，是压力机行业标准起草单位。公司生产的高性能开式固定台压力机、快速返程开式压力机、开式可倾压力机、开式深喉口压力机、高速精密压力机、数控精密快速返程压力机及数控剪板机和数控折弯机等 10 大系列 50 余种锻压机械产品在国内外客户中有良好的声誉。公司通过了 ISO9001：2000 质量体系认证，拥有自营进出口权。"ZD"牌机械压力机为浙江省名牌。公司奉行"质量、创新、诚信"的经营理念，坚持"不断改进，做得更好"的质量方针，严格按 ISO9000：2000 标准组织生产经营，研制开发市场需求的产品，向客户提供优质产品和良好服务。2007 年平均从业人员 733 人，完成工业总产值 22 829 万元，实现销售收入 22 254 万元。

浙江萧山金龟机械有限公司　系生产机械压力机和精密冷冲模架的专业企业，浙江省高新技术企业，国内台式压力机龙头企业，国内最大精密冷冲模架生产基地。公司占地面积 2 万 m²，建筑面积 1.6 万 m²，拥有各类加工设备 150 余台（套），员工 440 余人，其中大专以上学历占员工总人数的 20%以上，年产机械压力机 1 万余台、精密冷冲模架 15 万套。公司拥有杭州萧山精密模具标准件厂、杭州萧山模具公司、杭州萧山金大机电物资有限公司等控股子公司。公司技术中心为浙江省中小企业技术中心，具有较强的设计开发能力，已拥有 15 项国家专利。公司主要产品有台式压力机、高速压力机、手动压力机、辊式送料装置、高速精密辊式送料装置及千余种规格的精密冷冲模架。2007 年平均从业人员 439 人，完成工业总产值 12 224 万元，实现销售收入 12 051 万元。

广东锻压机床厂有限公司　始建于 1958 年，是华南地区最大的集设计、开发、制造、服务于一体的锻压设备生产厂家。公司占地面积 18 万多 m²，现有员工 930 多人，其中工程技术人员 110 多人，高级职称 6 人。公司建立了"高速精密锻压机械工程技术研究开发中心"，具备自主开发精密、高速、大型机械压力机和液压机的能力。公司已通过 ISO9000、CQC 产品认证及机械安全认证，拥有"国家生产锻压设备骨干企业"、"国家出口基地"、"广东省高新技术企业"、"广东省民营科技企业"、"国家火炬计划佛山自动机械

及设备产业基地骨干企业"、"顺德先进民营企业"等称号。主导产品为高性能机械压力机、液压机和自动转序冲压线。公司注重科技创新，近 10 年获得国家专利 9 项，科技进步奖 10 多项，列入国家级、省级重点新产品 10 多项。公司建立了完善的销售网络，产品以珠江三角洲为中心，辐射全国并远销印度尼西亚、日本、菲律宾、马来西亚、美国等 10 多个国家和地区。2007 年平均从业人员 935 人，完成工业总产值 24 839 万元，实现销售收入 24 509 万元。

河北天辰锻压机械有限公司　是由原沧州市锻压机械厂改制而成的股份制企业，始建于 1952 年，已有 40 余年的压力机生产历史，是原机械工业部定点生产压力机的专业厂家。公司占地面积 5 万 m²，主要机加工制造设备 170 台（套），拥有先进的 CAD 辅助设计系统和可靠的检测检验手段，可为用户设计制造各种功能和用途的专机和模具，2001 年通过了 ISO9001：2000 质量管理体系认证。公司主要生产十几个系列百余种规格型号的"铁狮"牌机械压力机和专用压力机成套设备及模具，年生产能力 1 000 余台（套），是我国生产压力机的骨干企业，河北省机床制造业的龙头企业之一。产品广泛用于汽车、家电、五金、电子、仪器仪表、航空等领域，畅销全国各地。"铁狮"商标为河北省著名商标。2007 年平均从业人员 277 人，完成工业总产值 1 479 万元，实现销售收入 1 437 万元。

湖北富升锻压机械有限公司　系原鄂州市锻压机床厂转制企业，始建于 1966 年，是原机械工业部定点生产螺旋压力机的三大企业之一。公司拥有湖北琛华机械有限公司和湖北星烨机械有限公司两个子公司，为铁道部提供新型铁路组合式制动梁锻造和加工。公司占地面积 8 万 m²，建筑面积 3 万 m²，各类加工设备 220 台（套），起吊能力达 75t，具有完善的冷热加工能力及先进完善的检验、检测手段，2004 年通过了 ISO9001：2000 质量体系认证。公司注册商标为"精锤"牌，主要产品有新型数控电动螺旋压力机、双盘摩擦压力机、高能螺旋压力机、副螺杆式液压螺旋压力机、双盘摩擦压砖机等 6 个系列 43 个品种和规格的产品。产品广泛应用于飞机、汽车、摩托车、建筑管桩、五金工具、耐火材料、医疗器械、铁路、纺织机械等行业的锻造加工，适用于模锻、精锻、冲压、下料、弯曲、切边、校正、成形等锻造工艺。2007 年平均从业人员 185 人，完成工业总产值 4 863 万元，实现销售收入 4 681 万元。

湖北力帝机床股份有限公司　是中国最大的专业化生产环保回收机械的企业，主要开发研制金属回收加工机械、非金属回收机械、液压机械、垃圾处理机械等产品，共有剪断、打包、压块、剥离、破碎等 5 大系列上百种规格。公司引进德国技术生产的 Q91Y 大型系列剪断机已达国际先进水平，近年来引进美国技术开发出当前世界上最先进的废钢铁加工设备——废钢破碎生产线；由公司制造的国内首条 PSX—6080 废钢破碎生产线试制成功并通过国家经贸委新产品鉴定，引进消化全部国产化的第二台废钢破碎生产线也在山东正式投产运行。公司研制的金属打包液压机、废钢剪断机、金属屑压块机、非金属打包液压机、导线剥皮机

等主导产品,具有门类齐全、规格多样、功能完善、自动化程度高等特点。产品出口欧洲、美国、俄罗斯、东南亚及中国香港、澳门地区。2007年平均从业人员366人,完成工业总产值11 166万元,实现销售收入11 640万元。

江苏省无锡振华机器厂 始建于1984年,是锻压机械功能部件专业生产厂。该厂不断汲取国外离合器和凸轮控制器的先进技术,凭借雄厚的人才优势,致力于新产品的开发与制造,形成了一套集产品开发、制造、维修和技术服务于一体的优化生产体系以及一套完整的质量控制体系,2001年通过了ISO9002质量体系认证。该厂主要产品有LZ系列离合器和LSK系列凸轮控制器两大类几十个规格,广泛应用于锻压机械、纺织机械、包装机械及机械自动生产线上。江苏省无锡振华机器厂承诺为用户提供具有上乘性能价格比的产品和优秀的售前技术服务,同时提供产品售后的现场技术指导和服务,使客户得到一个从产品选型到现场使用连续快捷的技术支持和服务。

靖江市三力锻压机床制造有限公司 系原机械工业部定点生产各类锻压机械的专业公司,具有自营进出口经营权,已通过ISO9001:2000质量体系认证。公司占地面积2.8万 m²,建筑面积1.6万 m²,员工330余人,其中工程技术人员78人。公司现有机加工、热加工、机修、总装等5个车间和6个职能科室,并外设钣金、铸锻、热处理3个专业化分厂。主要生产各种规格的机械、液压联合冲剪机,6 000kN以下板料折弯机,20mm以下液压摆式剪板机,开卷校平剪切生产线以及数控折弯机和剪板机等。公司机械、液压联合冲剪机国内市场占有率在80%以上,远销美洲、欧洲、东南亚的20多个国家和地区。2007年平均从业人员330人,完成工业总产值3 080万元,实现销售收入3 015万元。

辽阳锻压机床股份有限公司 是一个集科研、开发、制造为一体,以引进国内外高新技术产品为主的中国机械行业重点企业之一。公司占地10.3万 m²,有员工近600余人,具有中高级职称的技术人员78人。齐全良好的机加设备,保证了产品的精度及质量,"辽锻"品牌得到广大用户的认可。主要产品有J53系列双盘摩擦压力机、J54系列精压机、J93系列压砖机、J67系列摩擦式压砖机、JA69系列复合式压砖机,产品遍及全国各地。

黔南锻压机床有限责任公司 前身黔南锻压机床厂始建于1951年,系原机械工业部定点生产锻压设备的专业厂,2002年改制后成为民营企业,现为中国机床工具工业协会锻压机械分会理事单位,贵州省唯一生产锻压机械的企业。2006年通过中国质量认证中心ISO9001:2000质量管理体系认证。公司主要生产Q11系列剪板机、Q11Y系列液压剪板机、QC11K系列数控剪板机、WC67Y系列液压折弯机、WS67K系列数控折弯机以及压力机、卷板机、油压机等10多个系列近100个规格的锻压设备;此外,还生产各种规格型号的钢管杆塔,并可为客户设计、制造各种非标锻压设备,最大限度满足用户的不同需求。

荣成锻压机床有限公司 原荣成锻压机床厂,始建于1958年,是生产锻压、剪切、折弯设备的专业工厂,国家二级

企业。占地面积2.3万 m²,建筑面积8万 m²;员工600余人,其中工程技术人员100多人;拥有主要生产设备300余台(套),其中精大稀设备30余台。公司主要生产闭式单点压力机、闭式双点压力机、闭式四点及多连杆压力机、开式固定台压力机、开式可倾压力机、开式双点压力机、剪板机、折弯机、油压机等近90个品种以及三层复合自润滑材料等产品。其中为一汽集团生产的JD31—630E闭式单点机械压力机,为重庆大江信达车辆股份有限公司和吉利集团豪情汽车制造公司生产的JD36—630E闭式双点机械压力机冲压线等产品采用了当今最先进的机电仪一体化技术;JA21—400A型开式固定台压力机是目前国内公称力最大的开式固定台压力机;J28系列开式柱型工作台压力机系独具风格的系列产品。公司坚持"以产品质量求生存,以高新技术促发展"的方针。2000年通过了ISO9001质量体系认证,使产品质量在国际市场得到了认可。2007年平均从业人员598人,完成工业总产值16 230万元,实现销售收入15 418万元。

山东宏康(集团)机械制造有限公司 创建于1982年,是一家创新型现代化民营企业;占地面积12万 m²,建筑面积7万多 m²,中试基地5 000m²;固定资产3 800万元;加工设备300多台(套),其中精、大、希设备60余台(套);从业人员600余人,其中技术人员50余人。主导产品为金属板材开卷矫平剪切生产线成套设备和轧钢机械,产品出口韩国、日本、澳大利亚、西班牙等国家。公司自行研制的宽厚板开卷矫平剪切生产线成套设备已成为国内替代进口的主导产品,"宏康"牌板材开卷矫平剪切成套设备荣获"山东名牌产品"称号。公司建立了完善的质量管理体系,2002年通过了ISO9001:2000质量体系认证。公司与清华大学、山东大学、济南铸造锻压机械研究所等高等院校、科研院所建立了长期稳定的合作关系,与韩国大铉株式会社联合成立了山东大铉机械有限公司,共同承揽境内外客商的产品开发和制造业务。2007年平均从业人员585人,完成工业总产值11 098万元,实现销售收入11 098万元。

四川内江四海锻压机床有限公司 前身系内江锻压机床厂,始建于1958年,是原机械工业部定点生产开式压力机和精密冲裁液压机的专业厂,2003年改制重组为民营企业。公司占地面积13万 m²,生产建筑面积5万 m²,拥有总资产8 000余万元,从业人员600余人,其中专业技术人员150人,各类加工设备180多台(套),其中大中型、精密设备45台(套)。公司主要生产普通型开式压力机、安全型开式压力机、高性能开式压力机、深喉口开式压力机、开式双点压力机、精压机、精密冲裁液压机和剪板机等8大系列100余种不同规格的产品。公司已通过ISO9001:2000质量体系认证,并获得了产品自营进出口权。2007年平均从业人员598人,完成工业总产值8 669万元,实现销售收入7 823万元。

天水锻压机床有限公司 为全国金属加工制造行业自主创新能力十强企业,甘肃省制造业信息化示范企业和劳动关系和谐企业,主导产品为剪板机、折弯机、龙门移动式压力机和制管成套设备,是国内唯一一家能生产大型数控

剪切中心和全套大口径直缝埋弧焊管生产线的企业。2007年公司深化改革改制工作取得了历史性突破。随着存续企业政策性破产的终结，企业职工的国有身份得以彻底置换；同时通过进一步明晰公司股权和优化股权结构，初步建立了符合市场经济运行规律的现代企业制度。2007年公司新产品开发和技术创新方面取得了新进展，大型制管成形机自动定位装置的开发成功，实现了公司制管设备向全线自动化的跨跃。研制的精整矫直机、1600t龙门移动压力机、4000t水压机、钢管平头机、高速铣边机等5种产品，通过了甘肃省科技厅组织的科技成果鉴定，其中2种属国际先进水平，3种属国内领先水平。全年共申报发明专利4项，实用新型专利19项。2007年平均从业人员1 005人，实现工业总产值2.3亿元，同比增长37.3%；完成销售收入1.96亿元，同比增长55%，主要经济指标增速连续两年达30%以上。

无锡金球机械有限公司 创建于1968年，2001年改制为股份制企业。公司占地面积8万 m^2，员工500余人，专业技术人员100余人，其中中高级职称人员20余人。具有年生产折弯机、剪板机1 000台（套）的能力，是江苏省高新技术企业。公司20世纪70年代开始生产折弯机、剪板机，是我国生产折、剪机床的重点骨干企业。1996年获国家自营出口权，产品远销美国、加拿大及中东、东南亚、欧洲、非洲等国家和地区。公司较早通过了ISO9001：2000质量体系认证，最早成为省级"重合同守信用企业"。产品多次荣获部、省优质产品、国家重点产品和国家级质量信得过称号，"金球"牌折弯机、剪板机为国家名牌产品。公司开发的电液同步数控折弯机和具有国际水平的板材高速成形机，填补了我国空白。

无锡市德华机械有限公司 长期从事机床功能部件的开发和制造。公司占地面积7 000 m^2，建筑面积3 500 m^2，员工55名，其中大中专以上学历者16名。主要产品有气动干式、湿式摩擦离合器—制动器，气袋式鼓形离合器，气动和液压夹钳，可调式凸轮控制器以及各种规格旋转接头。产品广泛应用于机械压力机、剪板机械、数控冲床、纺织机械、包装机械、冶金机械和矿用机械等多种行业，用户覆盖全国20多个省市自治区，深受用户好评。公司已通过了ISO9001：2000质量体系认证，并取得了国内和国际双重认证证书。

梧州市万顺锻压机床有限公司 公司有着30多年生产锻压设备的技术和经验，拥有精密加工设备、机床装配设备和计量检测设备等主要生产设备346台（套），其中包括大精尖设备42台（套），有年生产1 000多台（套）机械压力机的能力。公司主要生产气动高性能开式固定台压力机、高性能开式双点压力机、开式可倾压力机、开式固定台压力机和开式固定台深喉口压力机等3大系列20多个规格品种。2007年平均从业人员400人，完成工业总产值6 002万元，实现销售收入6 043万元。

徐州压力机械股份有限公司 前身为徐州锻压设备制造厂，始建于1959年，享有进出口自主权。企业质量保证体系通过ISO9001质量认证，公司现有职工800余人，其中技

术人员146人，中高级技术人员92人。公司主要生产50 000kN以下单动、双动和四柱及单柱液压机，并生产电热镦机、摆动辗压机及各种大型通用、专用锻压设备共6大系列50多个品种。近年来，公司以市场为导向，将产品技术开发的重点放在数控技术和机电一体化上，在技术上依托济南铸造锻压机械研究所，年均开发新产品和变型产品50个左右，其中开发设计的10余种数控液压机技术水平分别达到了国内先进和国际20世纪90年代同类产品水平，填补了国内空白。2007年平均从业人员844人，完成工业总产值15 306万元，实现销售收入14 847万元。

扬州捷迈锻压机械有限公司 是济南铸造锻压机械研究所与扬州锻压机床有限公司共同组建的股份制公司。公司主要产品是12 500kN以下闭式压力机、30 000kN以下液压机及金属板材加工自动化生产线。扬州市大型锻压设备及成套化、集成化工程技术研究中心和扬州市级企业技术中心设在该公司。公司坚持科技领先策略，立足高科技，依托济南铸造锻压研究所雄厚的技术实力，与多所大专院校合作，积极走产学研一体化道路，先后研制出多项高新技术产品投放市场，收到很好的经济和社会效益。公司将继续走科技兴企之路，瞄准国际先进水平，开拓创新、打造精品，用高科技产品从适应市场需求逐步发展为引导市场需求。

营口锻压机床有限责任公司 原营口锻压机床厂建于1949年。公司厂房面积35 000 m^2，其中装配车间2 000 m^2，最大起重能力75t，可生产从6.3t至1250t共28个系列180多种规格的机械压力机，并取得生产许可证和出口许可证，产品畅销国内外。公司技术力量雄厚，设有锻压机械研究所、工业自动化研究所，具有现代化的设计手段和完善的产品检测设备，具备较强的科研技术开发能力，计量工作达到国家二级水平，通过了ISO9001：2000质量体系认证，多种产品被评为国家、部、省、市优质产品。2007年平均从业人员255人，完成工业总产值3 355万元，实现销售收入3 924万元。

浙江流遍机械润滑有限公司 原永嘉机床附件厂，于1980年建厂，1994年～2006年与日本リエ—ベ（株）合资建立永嘉流遍机械润滑有限公司，2007年与香港惠丰国际集团有限公司共同组建浙江流遍机械润滑有限公司。拥有总资产8 500万元，厂房面积36 000 m^2，员工308人，工程技术员98人，通过ISO9001：2000质量体系认证，部分产品获得CE认证。主要产品为机、电、液一体化润滑装置产品，拥有抵抗式、定量式、递进式成套稀油、油脂集中润滑两大类型产品；油气润滑、干切削润滑及双线干油润滑产品，具有70多个产品系列，300多个规格的润滑装置及润滑元件产品。广泛用于金属切削机床、铸造锻压、汽车底盘、工程机械、冶金、矿山、轻纺、塑料、印刷、化工、食品等各行业数控机械设备的润滑系统，并出口美国、日本、韩国等国家及东南亚地区。公司具有完善的销售网络，设有上海、济南、青岛、天津、北京、大连、沈阳、西安、杭州、宁波、山西榆次等10余个销售分公司，为国内外用户提供一流的产品与服务。

长沙锻压机床有限公司 系国家中型二级企业，已有40余年的建厂历史。公司技术力量雄厚，生产设备齐全，加

工工艺先进,检测手段完善,有一套完整的质量保证体系和管理体系。产品具有生产许可证和出口质量许可证。主要产品有:液压数显辗环机;高性能机械压力机;160～1 600kN机械压力机以及板料开卷校平剪切生产线等锻压设备。产品适用于汽车、拖拉机、电动机、电器、轴承、航空、集装箱、仪器仪表以及军工和日用工业等行业的金属材料辗环扩孔、板材落料、冲孔、成形和浅拉伸加工。

佛山市康思达液压机械有限公司 由原佛山通用机械厂、佛山液压件厂、岭南液压缸厂和南粤轻工机械厂合并而成,是国内首创四柱拉伸液压机的专业厂。公司建筑面积5万 m²,各类加工设备500多台(套),已通过ISO9001质量体系认证。公司主要产品有 YZ28G 系列四柱拉伸液压机、YDK 系列框架型液压机、双头外圆半自动抛光机、立式注塑机和硫化橡胶制品液压机等,广泛应用于不锈钢制品、铝制品的加工生产和家用电器、钟表、眼镜、砂轮、小五金、饰品等的加工生产。该公司还承接各类非标液压机的设计与制造,并具有为不锈钢薄板制品或铝质制品的冲压车间及抛光车间提供整厂、整线生产设备的设计、制造和配套能力。公司产品畅销全国20多个省市自治区,并出口日本、东南亚和中国香港地区。

江都市锻压机床总厂 是锻压机械行业具有一定规模的专业厂,占地面积4万 m²,建筑面积1.5万 m²;现有职工480人,工程技术人员100余人,其中具有高级职称的10人;有先进的检测设备,是国家二级计量单位,已通过ISO9001质量体系认证;具有进出口企业资格证书。主要生产液压板料折弯机、机械剪板机、摆式剪板机和液压机械压力机等,并可根据用户要求设计生产特殊机床,产品销往国内20多个省市自治区并出口东南亚国家和地区。

沃得精机(中国)有限公司 前身为丹阳锻压机床厂,始建于1953年,一直致力于锻压设备的研发制造。公司技术力量雄厚,生产设施齐全,工艺先进,测试手段完善;产品引领市场需求,设计新颖,结构合理,性能可靠。公司与上海第二锻压机床厂联合,从技术合作到品牌合作,使丹阳成为"凹凸"牌压力机的主要制造基地,并在国内建立了完善的营销网络。公司主要产品有8大系列80多个规格的压力机,适用于金属板料剪切、冲孔、落料、浅拉伸、弯曲、校正等冲压工艺,广泛用于各大工业部门。同时,公司可根据用户需要,定制各种特殊工艺要求的产品,满足个性化需求。产品畅销全国并出口东南亚、南美、南非等地区,其中高性能产品还出口欧美地区。2007年平均从业人员2 035人,完成工业总产值67 128万元,实现销售收入57 394万元。

洛阳机床有限责任公司 前身洛阳机床厂始建于1951年,是原机械工业部卷簧机定点生产厂,弹簧设备制造骨干企业,卷簧机国家标准制定单位,河南省、洛阳市制造业信息化示范企业。公司占地面积6万 m²,职工350余人,工程技术人员113人,拥有先进全的机械加工设备,完善的检测手段,健全的企业管理和质量管理保证体系。公司主要产品系引进德国和日本技术生产的自动卷簧机、数控卷簧机、数控成形机、磨簧机、数控双端面磨簧机、弹簧疲劳试验

机和电动料架等7大类,30余个品种。产品畅销全国各地,并出口到26个国家和地区。2007年平均从业人员349人,完成工业总产值1 123万元,实现销售收入1 226万元。

南通江海机床有限公司 即南通市江海机床厂,始建于20世纪70年代初,系江苏省生产剪折机床的重点企业。公司占地面积4万 m²,建筑面积2.7万 m²;拥有各类加工设备150多台(套),专业技术人员100余人,具有自主研制开发及生产制造各类锻压机械的能力。主要生产"江海"牌剪板机、液压折弯机以及数控板料开卷校平剪切生产线。产品畅销国内和欧美、中东、南非、东南亚的30多个国家和地区。

山东高密高锻机械有限公司 始建于1952年,厂区占地面积32万 m²,其中厂房建筑面积11.5万多 m²,总资产2.2亿元,拥有主要加工设备620台(套),其中大型关键设备90台(套);共有员工1 000余人,其中专业技术人员240余人,中高级技术人员106人。主要生产机械压力机、油压机、数控冲模回转头压力机、冲压自动化生产线、混凝土砌块生产线、彩色混凝土屋面瓦生产线和汽车部件等产品。企业在同行业中率先通过了 ISO9001:2000 和 ISO/TS16949 国际质量管理体系认证。"高锻"牌被评为山东省著名商标,"高锻"牌机械压力机被评为山东省名牌产品。2007年平均从业人员1 008人,完成工业总产值25 477万元,实现销售收入25 809万元。

上海新力机器厂 是隶属于中国航天科技总公司上海第八研究院的中型企业,长期从事航天产品、民用机械产品的研制与生产,是我国较早从事研制、开发和生产精密数控型、普通型折弯机和剪板机的企业之一,是锻压机械行业的骨干企业。该厂利用自身技术优势和质量保证体系,开发、生产各种型号的折弯机、剪板机。产品不仅畅销国内各省市自治区,而且远销美洲、非洲和东南亚地区。该厂先后荣获"全国用户满意企业"、"上海市重合同、守信用企业"、"精神文明单位"、"争创中国名牌先进单位"等称号,其产品多次荣获"航天部科技进步奖"、"上海市优秀新产品奖","上力"牌折弯机获"全国用户满意产品"称号。为保证机床的性能稳定可靠,数控液压板料折弯机采用瑞士 Cybelec 公司或荷兰 Delem 公司数控系统和德国 BOCH 公司液压系统。

沈阳重锻锻压机制造有限公司 前身为沈阳液压机厂,始建于1965年,2004年改制为有限责任公司,是机械工业部锻压机械行业骨干企业,东北地区唯一从事液压机开发与生产的厂家。公司占地面积2万 m²,生产建筑面积6 400m²;现有员工130余人,专业技术人员26人。生产21个系列60多个品种的液压机,能为国内外用户提供大重型50 000～200 000kN 钢丝缠绕式板材成形液压机,2007年为国家重点工程3.6万 t 挤压机制造了主要部件。公司始终以"服务、质量、开拓、效益"为宗旨,不断进行技术改造和产品升级,决心将沈阳重锻锻压机制造有限公司打造成一流的液压产业制造基地。2007年平均从业人员114人,完成工业总产值3 039万元,实现销售收入2 227万元。

泰安华鲁锻压机床有限公司　前身为泰安锻压机床厂,创建于 1968 年,2004 年改制为有限责任公司。公司率先通过了 ISO9001:2000 质量体系认证,拥有国家认可的"自营进出口权",系山东省高新技术企业、省级文明单位,并拥有省级技术中心。公司主要产品为"岱岳"牌校平机、卷板机、折弯机、开卷校平剪切生产线等 5 大类,20 多个品种,200 多个规格。目前已有 26 种产品或成果获得国家专利,部分填补国内空白,WS67K—800/8000 折弯机更是达到世界先进水平,100×2200 校平机、35×13500 船用卷板机、170×3200 水平下调卷板机等都属目前国内最大规格,达到国内领先水平,成为公司标志性产品。2007 年平均从业人员 469 人,完成工业总产值 18 920 万元,实现销售收入 20 960 万元。

泰安联达锻压设备制造有限公司　前身泰安锻压设备厂,原机械工业部定点生产锻压设备的专业厂。公司占地面积 5.22 万 m^2,建筑面积 1.62 万 m^2;固定资产总额 4 650 万元,各类加工设备 60 余台(套)。公司具有独立开发新产品的能力,生产液压折弯机、数控折弯机、双机联动折弯机、剪板机、摆式液压剪板机、闸式液压剪板机、卷板机、折边机、数控步冲机、列校平机、冲剪机以及开卷校平剪切生产线等 10 个系列 160 多个规格的产品,同时可承接大型非标专用产品的开发设计与制造。产品畅销全国 30 个省市自治区,并出口到德国及非洲、东南亚地区。公司生产的 QC11 系列剪板机荣获山东省优质产品称号,W62—4×3000型折边机荣获全国星火计划博览会金奖,Q21—5B 型冲剪机获山东省科技进步二等奖。

天津市第二锻压机床厂　是定点生产液压机的主要专业厂家之一,占地面积 3.5 万 m^2,已有 40 余年生产液压机的历史。主要生产 9 个系列、8 个派生系列的液压机床。产品用户遍及军工、农业机械、纺织机械、航空航天、家用电器、机床、汽车、轻工、磨料磨具等行业。该厂已成为国家重点项目和国内大型合资企业配套生产专用液压机的主要生产基地,产品销售覆盖全国并销往国外,享有较高的声誉。2007 年平均从业人员 99 人,完成工业总产值 1 437 万元,实现销售收入 1 099 万元。

无锡市蓝力机床有限公司　创建于 1987 年,是原机械工业部定点专业生产液压机的企业。公司占地面积 3.8 万 m^2,其中生产建筑面积 2.5 万 m^2。公司年销售机床 500 余台,销售额 3 800 万元左右。公司通过 ISO9002 质量体系认证,部分产品通过 CE 认证。主要产品有单柱万能液压机、双柱液压机、四柱液压机、框架式液压机、台式单柱压装液压机、气动压力机系列、塑料制品液压机、压装机、液压校直机和压力管理系统液压机等。此外,还生产铝筒浇铸机、铝筒多轴钻孔机、铝筒气密实验机、自动涂胶机、定量注油机、发动机测试台、手动液压千斤顶、全自动堆高车、电升手推堆高车、手动液压升高车、手动液压搬运车、电动液压托盘车以及封口机等。产品不仅畅销国内,而且出口俄罗斯、埃及、丹麦等国家和东南亚地区。2007 年平均从业人员 268 人,完成工业总产值 10 000 万元,实现销售收入 9 863 万元。

诸城亿沣机械有限公司　原诸城锻压机床厂,始建于 1952 年,是原机械工业部定点生产锻压机械的专业厂。公司占地面积 3.9 万 m^2,建筑面积 2.8 万 m^2;拥有总资产 4 200 万元,主要生产设备 149 台(套),其中精大稀设备 39 台(套);从业人员 500 余人,工程技术人员 38 人;产品注册商标"金刚牌"。公司主要生产开式可倾压力机、高性能开式固定台压力机、高速精密间歇传动凸轮分度机构和玻璃机械生产线 4 大系列产品。J23 系列开式可倾压力机获国家颁发的生产许可证,其中 JB23—63 型开式可倾压力机获国家"机械行业可靠性认定产品"证书,GJC 系列高速精密间歇传动凸轮分度机构获山东省发明一等奖、国家科技进步三等奖,作为国家级新产品被科技部列为"星火计划"项目推广。

西安冲剪机床制造有限公司　前身系西安冲剪机床厂,创建于 1954 年,是原机械工业部定点生产剪板机、折弯机的专业厂。公司占地面积 1.3 万 m^2,建筑面积 0.6 万 m^2,下设总厂、剪板机分厂、防盗门分厂和锻压分厂。公司有 40 余年生产剪板机、折弯机的历史和经验,产品规格齐全,设计合理,结构紧凑,操作简便,灵活可靠,维修方便,能满足航空、汽车等行业机械制造的需要,并可根据用户要求生产特殊的非标产品。该厂产品畅销国内并出口美国、法国、俄罗斯、印度、泰国等国家。公司一贯奉行"质量第一、信誉第一"的宗旨,以优良的质量,优惠的价格,优质的服务积极参与市场竞争。2007 年平均从业人员 50 人,完成工业总产值 711 万元,实现销售收入 466 万元。

株洲锻压机床厂　始建于 1952 年,系原机械工业部生产锻压机械的定点企业,湖南省最大的锻压机械生产厂家。占地面积 12 万 m^2,在职职工千余人,各类专业技术人员 300 余人。1993 年取得产品出口证书,1994 年评为湖南省工业企业经济活力百强企业,1997 年全国机床行业综合指数统计排名第 86 位,1998 年获企业自营进出口权,银行信用等级为"AA"级。主要产品有机械闸式剪板机、液压摆式剪板机、板料折弯机、空气锤、联合冲剪机和坡口机。此外,还生产三辊卷板机、四辊卷板机、开卷校平剪切落料生产线和纵剪生产线等系列产品。产品注册商标为"金光"和"剑锋"。产品覆盖全国各地,并远销北美、欧洲、北非、东南亚等 30 多个国家和地区。

宁波精达机电科技有限公司　系民营股份制有限公司,占地面积 5.6 万 m^2,厂房面积 3.7 万 m^2,固定资产净值 5 076 万元,从业人员约 270 名。公司主要生产 GC 系列空调翅片高速自动生产线和 GD 系列高速精密自动冲压生产线,全自动发夹型弯管机、小弯头自动成形机和数控三维弯管机以及其他金属成形机床。公司自 1990 年创建以来,以"科技为本,精密求精"为宗旨发展,目前已具有多项发明或实用新型专利,并通过了 ISO9001:2000 质量管理体系认证和 CE 安全认证。2007 年平均从业人员 270 人,完成工业总产值 10 665 万元,实现销售收入 10 215 万元。

北京市良乡锻压机床厂　位于北京市房山区,厂房面积 5 000 余 m^2,职工 180 余人,拥有大型立车、龙门铣床、平面磨床、组合机床、数控机床等机械加工设备 70 余台(套),年产值 1 500 余万元。主要生产 J23 系列机械压力机和 Z525B 等钻床。公司于 2006 年通过了 ISO9001、14001、18001 三体系认证。近年来,公司不仅自己培养了一批具有大专以上学历的专业人才,而且还聘用了一批具有专业技术和管理经验的人才。公司以不断创新的精神,以产品质量为生命线,努力开拓进取。2007 年平均从业人员 180 人,完成工业总产值 1 450 万元,实现销售收入 1 550 万元。

宁波奥玛特高精冲压机床股份有限公司 是精密高速冲床专业制造商,生产基地由坐落在宁波经济技术开发区的装配基地和位于宁波市东郊的加工基地组成,拥有特大型和大量的数控加工设备,各种精密检测仪器和理化设备等质量控制手段齐全,实现了 ERP、PDM、CAM 等信息化工程。公司资产总额 2 000 多万元,在册员工 100 余人,其中工程技术人员 20 余名。公司生产的冲压设备规格为 15 ~ 1 000t,产品销售全国各地以及欧美、中东、东南亚等 30 多个国家和地区,在世界各地已拥有 100 多个服务网点,能迅速为用户提供最快捷良好的服务。2007 年平均从业人员 128 人,完成工业总产值 14 287 万元,实现销售收入 12 587 万元。

〔撰稿人:中国机床工具工业协会锻压机械分会王春生〕

铸造机械

一、生产发展情况

根据有关统计数据,销售收入在 500 万元以上的铸造设备生产企业全国近百家,中国机床工具工业协会铸造机械分会会员单位 40 家。铸造设备生产企业,绝大多数为中小型企业,一半以上集中在山东、江苏、上海、浙江等省、直辖市。

根据中国机床工具工业协会铸造机械分会对 6 家企业的统计,2007 年铸造机械行业主要经济指标完成情况见表 1。2007 年铸造机械行业企业主要经济指标完成情况见表 2。

表 1　2007 年铸造机械行业主要经济指标完成情况

指标名称	单位	实际完成
工业总产值	万元	48 392
工业增加值	万元	12 857
工业销售产值	万元	47 011
实现利税	万元	1 884
固定资产净值平均余额	万元	17 177
流动资金平均余额	万元	59 971
资产合计	万元	79 905
从业人员平均人数	人	2 938

表 2　2007 年铸造机械行业企业主要经济指标完成情况

序号	企业名称	工业销售产值(万元)	工业总产值(万元)	从业人员平均人数(人)
1	保定维尔铸造机械有限公司	17 376	17 909	1 150
2	潍坊宏盛铸造机械有限公司	9 765	9 861	426
3	青岛铸造机械集团公司	9 178	9 299	577
4	双星漯河中原机械有限公司	5 342	5 180	420
5	潍坊机床二厂有限公司	2 794	3 510	171
6	临海铸造机械厂	2 556	2 633	194

与 2006 年相比,2007 年铸造机械行业保持持续增长势头。虽然 2007 年参与统计的企业数较少,但若按人均数据比较,工业总产值、产品销售收入、工业增加值和全员劳动生产率均有所增长。但是,与国内其他行业或国外同行业比较,铸造机械行业总体水平仍较低,加强内部管理、注重产品结构调整、消化不利因素、提高企业经济运行质量和总体效益水平仍是铸造机械行业的主要目标。

二、产品分类产量、市场及销售

2007 年铸造机械分类产品生产及占比情况见表 3。2007 年铸造机械行业企业分类产品生产情况见表 4。

表 3　2007 年铸造机械分类产品生产及占比情况

产品类别	产量(台、套)	产量构成比(%)	产值(万元)	产值构成比(%)
混砂机	221	4.84	1 886	4.16

(续)

产品类别	产量(台、套)	产量构成比(%)	产值(万元)	产值构成比(%)
造型及制芯机	2 789	61.07	16 325	35.97
落砂设备	79	1.73	1 012	2.23
清理设备	395	8.65	17 535	38.64
其他铸造设备	1 083	23.71	8 627	19.00
合计	4 567	100.00	45 385	100.00

表 4　2007 年铸造机械行业企业分类产品生产情况

序号	企业名称及产品名称	产量(台)	产值(万元)
1	青岛铸造机械集团公司		
	清理设备	98	9 299
2	保定维尔铸造机械有限公司		
	混砂机	92	1 431
	造型及制芯机	2 359	14 251

（续）

序号	企业名称及产品名称	产量（台）	产值（万元）
	落砂设备	79	1 012
3	临海铸造机械厂		
	造型及制芯机	430	2 074
	落砂设备	1	4
	其他铸造机械	51	351
4	潍坊宏盛铸造机械有限公司		
	清理设备	238	7 680
5	双星漯河中原机械有限公司		
	混砂机	129	455
	清理设备	59	556
	其他铸造机械	82	4 167
6	潍坊机床二厂有限公司		
	其他铸造机械	950	4 107

表3中数据表明,2007年铸造机械总产量为4 567台（套）,按台（套）数计占总量61.07%的造型及制芯机,其价值量仅占总量的35.97%,可见造型及制芯设备以小型单机为主,高水平的造型线及大型制芯设备为数较少。按台（套）数计占总量8.65%的清理设备,其价值量占总量的38.64%,表明大型清理设备发展迅速,清理设备的整体水平有很大提高。

由此可见,减少小型、低档铸造设备的比例,提高大中型铸造设备以及生产线的产量,努力开发数控铸造设备,是今后相当长一段时间内铸造机械行业的重要目标。

2007年,铸造机械共出口88台（套）,其中清理设备13台,其他铸造设备75台;完成出口额1 138万元,其中清理设备778万元,其他铸造设备360万元。2007年铸造机械行业企业产品出口情况见表5。

表5　2007年铸造机械行业企业产品出口情况

序号	企业名称及产品名称	出口量（台）	出口额（万元）
1	青岛铸造机械集团公司		
	清理设备	13	778
2	潍坊机床二厂有限公司		
	其他铸造机械	75	360

三、新产品、新技术、新工艺

青岛铸造机械集团公司注重科研和新产品开发,2007年针对国内外市场对抛喷丸清理设备的需求,投入2 000多万元,引进和自行开发了吊钩抛丸清理机、履带式清理机、台车式抛丸清理机、飞机起落架清理机、钢瓶抛丸清理机、钢板清理线、板链连续抛丸清理机、螺旋弹簧抛丸清理机等26个项目。其中QZJ071型板簧应力抛丸强化机,QZJ2605型复杂铸件内腔强化机,QZJ76100、QZJ76150型台车抛喷丸清理机等3个项目获得青岛市科技进步奖。

保定维尔铸造机械有限公司2007年开发了垂直分型无箱射压自动造型线、水平分型无箱射压自动造型线、双工位静压造型线、静压造型线和大型粘土砂砂处理线等新产品。

2007年铸造机械行业新产品开发情况见表6。

表6　2007年铸造机械行业新产品开发情况

序号	产品名称	型号	主要技术参数	产品性质	产品水平
青岛铸造机械集团公司					
1	吊钩抛丸清理机	QZJ3740	工件运行速度:1min/m;每组钩最大吊重:2×2 000 kg;抛丸器的抛丸量:12×230 kg/min;抛丸器功率:12×15kW;机器总功率:300kW	全新设计	国内领先
2	履带式清理机	15GN—7M2	滚筒装载容积:0.43m³;最大装载量:1 362kg/筒;抛丸量:480kg/min;功率:30kW;机器总通风量:5 300m³/h	改型设计技术引进	国内领先
3	履带式清理机	15GN—7M1	滚筒装载容积:0.43m³;最大装载量:1 362kg/筒;抛丸量:480kg/min;功率:30kW;机器总通风量:5 300 m³/h	改型设计技术引进	国内领先
4	吊钩抛丸清理机	QZJ7540	生产率（二班制）:44 000 件/a;工件运行速度:1min/m;抛丸器的抛丸量:12×280kg/min;抛丸器功率:12×18.5kW;总除尘通风量:88 000 m³/h;机器总功率:415kW	全新设计	国内领先
5	台车式抛丸清理机	QZJ7610A	清理尺寸:φ1 500mm×2 000mm;抛丸器的抛丸量:12×280kg/min;抛丸器功率:2×22kW;总通风量:67 645m³/h;总功率:224.50kW	全新设计	国内领先
6	吊钩抛丸清理机	QZJ3720C	清理工件最大外形尺寸（直径×高）:2 000mm×2 400mm;吊钩数量:2 台;每个吊钩最大载荷:2 000kg;回转速度:4r/min;清理一钩工件需用的时间:一般工件5～15 min;抛丸器的抛丸量:4×260 kg/min;抛丸器功率:4×18.5kW;所需弹丸直径:0.8～1.5mm;气动系统压力:0.5～0.8 MPa;总功率（不包括除尘系统）:98 kW;全机总通风量:14 500m³/h	全新设计	国内领先
7	吊钩抛丸清理机	QZJ3710	清理尺寸:φ900mm×4 000mm;抛丸器的抛丸量:4×160kg/min;抛丸器功率:4×11kW;总通风量:10 500m³/h;总功率:62kW	全新设计	国内领先
8	带钢抛丸清理机	QZJ067A	清理尺寸:φ900mm×4 000mm;抛丸器的抛丸量:4×160kg/min;抛丸器功率:4×11kW;总通风量:10 500m³/h;总功率:599kW	全新设计	国内领先
9	转台强化机	ZJ044K	大转台:φ1 600mm;间歇速度0.7r/min;抛丸器的抛丸量:2×300kg/min;总通风量4 000m³/h;总功率:43kW	全新设计	国内领先

序号	产品名称	型号	主要技术参数	产品性质	产品水平
10	飞机起落架清理机	QZJ073	针对飞机起落架的结构特点，设有小孔旋转喷头、深内孔喷头和外壁喷头分别对含有直径≥13mm 小孔、深度≥900mm内孔和复杂外壁进行喷丸强化处理。丸粒流量均采用电磁流量阀数字控制。使用 2 台自动充料喷丸器,1 台设外壁喷头和深内孔喷头喷射 S230 钢丸;另 1 台设小孔旋转喷头喷射 S110 钢丸	全新设计	国内领先
11	钎杆强化清理机	QZJ062B2	清理尺寸:$\phi(32\sim81)$mm × $(1\,500\sim6\,000)$mm;抛丸器的抛丸量:$2×380$kg/min;抛丸器功率:$2×30$kW;总通风量:73 750m³/h;总功率:71.5kW	全新设计	国内领先
12	钢瓶抛丸清理机	QZJ049D1	清理尺寸:$\phi219\sim325$mm,$L=600\sim2\,000$mm;清理速度:$2\sim3$m/min;抛丸器的抛丸量:$2×380$kg/min;抛丸器功率:$2×30$kW;总通风量 7 200m³/h;总功率:54kW	改型设计	国内领先
13	钢板清理线	XQZJ6930A4	清理尺寸:7 000mm×900mm×1 730mm;抛丸器的抛丸量:$2×380$kg/min;抛丸器功率:$2×30$kW;总通风量73 750m³/h;总功率:71.5kW	改型设计	国内领先
14	板链连续抛丸清理机	QZJ658	清理尺寸:$\phi260\sim200$mm;清理速度:$0.6\sim5$m/min;抛丸器的抛丸量:$4×300$kg/min;抛丸器功率:$4×18.5$kW;总通风量 11 000m³/h;总功率:~95kW	全新设计	国内领先
15	螺旋弹簧抛丸清理机	ES1422E	弹簧直径:$76\sim203$m;弹簧材料直径:$9\sim22.6$m;弹簧长度:≤400mm;抛丸器的抛丸量:420kg/min;功率:30kW;机器总通风量:590m³/h	改型设计技术引进	国内领先
16	板簧强化抛丸机	ZJ067C2	清理尺寸:$(60\sim100)$mm×$(180\sim2\,000)$mm;清理速度:$3\sim6$m/min;抛丸器功率:$2×37$kW;总通风量 8 000m³/h;总功率:185kW	全新设计	国内领先
17	吊钩抛丸清理机	QZJ6720	清理件最大外型尺寸:3 300mm×1 500mm×1 500mm,最大吊重:2t,抛丸量:280kg/min;台车的最大载重量:3 t/台;电气采用 PLC 控制;总风量:50 000m³/h;总功率:约390kW	全新设计	国内领先
18	抛丸清理室	T2257	被清理工件最大外形尺寸:3 700mm × 1 700mm × 1 500mm,最大重量:<5t;抛丸量:$12×320$kg/min;喷丸量:约18 000kg/h;总功率:约376kW;总通风量:52 000m³/h	全新设计	国内领先
19	抛丸清理室	T2267	被清理工件最大外形尺寸:7 500mm × 3 500mm × 1 800mm,最大重量:<5t;抛丸量:$12×320$kg/min;喷丸量:约18 000kg/h;总功率:约419.6kW;总通风量 94 480m³/h	全新设计	国内领先
20	台车式抛丸清理机	QZJ7630BWH	实体有效容量:5 000mm×5 000mm×3 400mm;被清理工件最大外形尺寸:$\phi4\,000$mm × 2 000mm;台车转速:2.01r/min;最大重量:<30t;抛丸量:$4×280$kg/min;总功率:约106.7kW;总通风量:31 750m³/h;首次弹丸加入量:6 000kg	全新设计	国内领先
21	转台强化机	ZJ044J	大转台:$\phi1600$mm;间歇速度:0.7r/min;抛丸器的抛丸量:$2×300$kg/min;总通风量 4 000m³/h;总功率:43kW	全新设计	国内领先
22	带钢抛丸清理机	QZJ067A1	清理尺寸:$\phi900$mm × 4 000mm;抛丸器的抛丸量:$4×160$kg/min;功率:$4×11$kW;总通风量:10 500m³/h;总功率:62kW	改型设计	国内领先
23	履带式清理机	15GN	滚筒装载容积:0.43m³;最大装载量:1 362kg/筒;抛丸量:480kg/min;功率:30kW;机器总通风量:5 300m³/h	改型设计技术引进	国内领先
24	履带式清理机	28GN	滚筒装载容积:0.43m³;最大装载量:1 362kg/筒;抛丸量:340kg/min;功率:22kW;机器总通风量:6 000m²/h	改型设计技术引进	国内领先
25	吊钩抛丸清理机	QZJ7550	被清理工件最大外形尺寸:$\phi3\,000$mm × 3 500mm,吊钩最大吊重:5t;抛丸量:$5×200$kg/min;喷丸量:1 500kg/;总功率:约93kW,总通风量:23 000m³/h	全新设计	国内领先
26	吊钩连续浮标预处理线	XQZJ79100	清理件最大外形尺寸:$\phi3\,050$mm×6 200mm;最大吊重:10t;抛丸量:$7×165$kg/min;喷丸量:3 550kg/h;总通风量:119 200m³/h;总功率:约875kW	全新设计	国内领先
保定维尔铸造机械有限公司					
27	垂直分型无箱射压自动造型线	X—ZZ418	生产率:240 型/h;砂型尺寸(宽×高×厚):800mm × 600mm × (170~420)mm		
28	水平分型无箱射压自动造型线	SWZ7272	最大生产率:100 型/h;砂型尺寸:720mm × 720mm × (180~250)mm		
29	双工位静压造型线	WJZ13080	生产率:80 箱/h;砂箱内尺寸:1 300mm×800mm		
30	静压造型线		生产率:360t/h		
31	大型粘土砂砂处理线		包括(40~70)t 振实台,(80~100)t/h 双臂连续式混砂机(移动式、固定式),70t 顶杆式起模机		

四、技术引进及合资合作

铸造机械行业通过技术引进及与外资外商合资合作，对提高技术水平和产品结构起到积极作用。

济南铸锻所捷迈机械有限公司开发生产静压造型线，就是与德国 HWS 公司合作的成果。通过技术合作，不仅使国内企业学习、掌握了当今国外的先进技术，而且取得了显著的经济效益。

原青岛第二铸造机械厂与日本新东工业株式会社合资建立的青岛新东机械有限公司，利用中方的场地、设备和人力资源，利用日方的资金和技术优势，引进先进的管理模式，生产出一流的铸造设备，使合作双方都取得了较好的技术经济效益。

此外，保定维尔铸造机械有限公司与英国斯潘塞公司合作生产抛丸清理设备，生产与销售形势俱佳。

以项目为载体进行合作也是一种好的形式。国外企业提供关键技术或部分关键设备，国内企业承担部分设备的开发与制造，并负责国内用户的安装调试和技术服务。这样不仅取得了经济方面的效益，而且掌握了一定的先进工艺与技术。

五、科研项目

2007 年铸造机械行业科研项目情况见表 7。2007 年铸造机械行业获奖科研项目情况见表 8。

表 7　2007 年铸造机械行业科研项目情况

序号	项目名称	主要内容	应用状况	投入资金（万元）	项目来源
青岛铸造机械集团公司					
1	QZJ3740 型吊钩抛丸清理机	主要用于铸锻件、铆焊件的表面抛丸清理	自行应用	136.0	自主开发
2	15GN—7M2 型履带式清理机	可用来清理铸件、锻件及焊接件，去除工件表面的砂粒和氧化皮	自行应用	29.0	引进技术
3	15GN—7M1 型履带式清理机	可用来清理铸件、锻件及焊接件，去除工件表面的砂粒和氧化皮	自行应用	26.0	引进技术
4	QZJ7540 型吊钩抛丸清理机	主要用于铸锻件、铆焊件的表面抛丸清理	自行应用	173.0	自主开发
5	QZJ7610A 型台车式抛丸清理机	用于铸件、锻件以及大中型铆焊件的表面清理	自行应用	106.0	自主开发
6	QZJ3720C 型吊钩抛丸清理机	主要用于铸锻件、铆焊件的表面抛丸清理	自行应用	40.0	自主开发
7	QZJ3710 型吊钩抛丸清理机	主要用于铸锻件、铆焊件的表面抛丸清理	自行应用	36.9	自主开发
8	QZJ067A 型带钢抛丸清理机	主要用于带钢的表面除锈及清理氧化皮。通过抛丸清理提高表面质量，可单机使用，也可组机使用	自行应用	103.5	自主开发
9	ZJ044K 转台强化机	适用于齿轮、连杆、轴类等零件的表面抛丸强化或中小型零件的表面处理	自行应用	37.8	自主开发
10	QZJ073 型飞机起落架清理机	主要用于飞机起落架内外表面的喷丸强化处理	自行应用	47.5	自主开发
11	QZJ060B2 型钎杆强化清理机	清理外表面的锈蚀层等附着物	自行应用	23.0	自主开发
12	QZJ049D1 型钢瓶抛丸清理机	为清理钢管外壁而专门设计的，同时也适用于清理钢制圆柱型外壁	自行应用	31.3	自主开发
13	XQZJ6930A4 型钢板清理线	具有清理钢板、型钢和钢结构件的多种功能	自行应用	136.8	自主开发
14	QZJ658 型板链连续抛丸清理机	主要清理模锻齿轮	自行应用	34.2	自主开发
15	ES1422E 型螺旋弹簧抛丸清理机	螺旋弹簧抛丸强化机用来对一定规格的螺旋弹簧进行表面强化处理	自行应用	37.8	自主开发
16	ZJ067C2 板簧强化抛丸机	可对汽车板簧表面进行强化处理	自行应用	32.5	自主开发
17	QZJ6720 型吊钩抛丸清理机	主要清理大型钢结构件的表面	自行应用	113.5	自主开发
18	T2257 抛丸清理室	主要用于铸锻件、铆焊件的表面抛丸清理	自行应用	117.0	自主开发
19	T2267 抛丸清理室	主要用于铸锻件、铆焊件的表面抛丸清理	自行应用	162.9	自主开发
20	QZJ7630BWH 型台车式抛丸清理机	具有对大中型钢结构件和组合件等不同形状相同外形尺寸工件的表面清理	自行应用	69.0	自主开发
21	ZJ044J 转台强化机	适用于齿轮、连杆、轴类等零件的表面抛丸强化或中小型零件的表面处理	自行应用	37.8	自主开发
22	QZJ067A1 型带钢抛丸清理机		自行应用	102.5	自主开发
23	15GN 型履带式清理机	可用来清理铸件、锻件及焊接件，去除工件表面的砂粒和氧化皮	自行应用	29.7	引进技术
24	28GN 型履带式清理机	可用来清理铸件、锻件及焊接件，去除工件表面的砂粒和氧化皮	自行应用	43.2	引进技术
25	QZJ7550 型吊钩抛丸清理机	主要用于铸锻件、铆焊件等表面抛喷丸清理	自行应用	66.3	自主开发
26	XQZJ79100 型吊钩连续浮标预处理线	主要用于长江航标表面清理的喷漆和烘干	研制阶段	398.7	自主开发

表8　2007年铸造机械行业获奖科研项目情况

序号	项目名称	主要内容及应用范围	获奖名称	获奖等级	主要完成单位
1	QZJ071型板簧应力抛丸强化机	主要用于对汽车板簧表面应力强化的处理。主要由外辊道、上料压机、横移上料机、上料辊道、抛丸机、气动系统、液压系统、卸料辊道、横移卸料机、卸料压机、电气系统和除尘系统等组成	青岛市市北区科学进步奖	三等奖	青岛铸造机械集团公司
2	QZJ2605型复杂铸件内腔强化机	主要用于大型柴油机连杆、齿轮内腔及其外表面的喷丸强化，使工件表面处于应力状态，从而使工件的耐疲劳寿命提高几倍。主要由喷丸室、回转台车、喷枪升降结构、自动充料喷丸机、电磁流量阀、空压机、空气过滤储气罐、滚筒筛、旋振筛、除尘系统和电气系统、气孔系统组成	青岛市市北区科学进步奖	三等奖	青岛铸造机械集团公司
3	QZJ76100、QZJ76150型台车抛喷丸清理机	主要应用机械抛喷丸原理清理各类大型铸件、焊接件。主要由抛丸器、喷丸器、回转台车、清理室、除尘系统和电气系统组成。台车承载100(150)t，回转直径达8m，即可往复行走又可回转，电气控制采用PLC可编程控制，自动化程度高，实现了机电一体化	青岛市科学进步奖；机械制造工艺科技奖	三等奖	青岛铸造机械集团公司

六、企业简介

保定维尔铸造机械有限公司　原保定铸造机械厂，始建于1955年，是国内大型铸造机械专业生产厂家。公司现有员工1 500人，其中各类专业技术人员521人（高级职称35人，中级职称167人，初级职称181人，工人技师138人）。近几年，公司投资1亿多元进行了大规模技术改造，使生产能力和水平显著增强，现拥有各种生产设备800余台，资产总额2.43亿元。厂区占地面积40.5万 m²，建筑面积18.4万 m²，配有铁路专用线。2001年12月，依照国家有关政策完成股份制改造之后，经几年运行，公司焕发了新的生机并取得了长足发展，市场业绩辉煌，产销量跃居同行业第一的位置，更加受到国内外业界的关注。公司辖有保定维尔工程设计有限公司及9个分厂、3个子公司，是集科研、生产、经营为一体的产业实体，具有年产铸造机械5 000余台(套)的生产能力，具有承接铸造工厂(车间)钥匙工程的能力。公司通过ISO9001质量体系认证之后，不断持续改进，进一步完善质量管理体系，确保产品质量。

公司产品有砂处理设备(大型粘土砂、树脂砂、水玻璃砂生产成套设备)，造型、制芯设备(各种造型机、机械化造型线、水平分型和垂直分型自动造型线、静压造型线)，落砂、清理设备(系列惯性振动落砂机、系列振动输送落砂机、各种抛丸清理设备、清理滚筒)，环保及辅助设备等4大类，上百个品种近260个规格。其中有33种产品获省、部优产品称号和省、部、国家级优秀新产品奖、科技成果奖。建厂50多年来生产的近75 000台(套)铸造机械为国内外汽车、铁路、机床、泵阀、重型机械、冶金设备、轻工机械、电力设备、交通车辆、石化设备、仪器仪表等行业的上万个企业提供了铸造设备。多年来，主导产品大型树脂砂生产成套设备、X—ZZ41系列垂直分型无箱射压造型线、WJZ13080静压造型线、大型粘土砂机械化造型线等成套设备有600余条在用户中成功使用，国内市场占有率达70%以上。产品出口到东南亚国家，同时被合资、独资企业选用，标志着公司大型成套设备已具备竞争国际市场的实力。

公司本着"顾客至上、诚信为本、优质高效、持续改进"的原则，弘扬"做诚心企业、树一流品牌"的企业精神，开拓奋进，以更加完善的产品和服务，竭诚与国内外客商加强合作，谋求共同发展壮大，为经济全球化发展作出更大贡献。

青岛铸造机械集团公司　是以青岛铸造机械厂为主体，集科研、生产、经营为一体的大型集团，属国有企业。从业人员546名，技术工程人员159人，其中研发人员33人（高级工程师17名）。

公司拥有铸造、铆焊、机械加工、热处理等生产设备303台，其中大型设备40台、高精度机床4台、加工中心2台、数控机床3台，具有年产1 200台产品的生产能力。

2007年，公司的研发方向定位在高新技术含量高、附加值高的大中型清理或砂处理成套(生产线)设备。服务领域重点瞄向汽车、西部大开发项目设备、船舶、钢管、钢结构件等装备制造业及冶金、矿山等需进行金属材料表面处理及防腐处理的行业。开发中心(省级)开发新产品(非标)26项，其中3项新产品通过青岛市科技局的成果鉴定，7项新产品通过青岛市经贸委的成果鉴定，有3项新产品分别获得青岛市科技进步三等奖及中国机械制造工艺科技奖。

2007年，公司承担了行业标准《履带抛丸清理机　技术条件》、《单钩抛喷丸清理机　技术条件》两项标准的主持工作和《铸造用除尘器　通用技术条件》参与工作。承担了国家标准《抛喷丸设备安全要求》、《抛喷丸设备》、《通用技术条件　铸造机械术语》和《铸造机械噪声测量方法》工作。荣获中国机床工具工业协会"精心创品牌活动"十佳企业称号。

2007年，公司向新加坡出口QZJ6925B1型辊道连续钢材预处理线1条，向巴西出口ET60抛丸清理室12台。

潍坊机床有限公司　始建于1951年，前身为潍坊机床二厂，2008年1月企业进行股份制改造，更为现名。1975年开始生产铸造机械、矿山机械，并成为定点生产砂箱、铸造输送机的专业厂家。公司占地面积3万 m²，建筑面积2.4万 m²，总资产3 400万元，现有职工200人，各类专业技术人员40余人，该厂开发生产的主要产品有造型线砂箱，小车，XZ系列步移式铸型输送机及各种造型线辅机，Z14系列气动威震造型线，BLT、JYB系列鳞板输送机，各类平板输送机，辊子输送机，I25系列落砂机等各种铸造设备。

公司设备精良，技术力量雄厚，检测手段完善。2007年，公司通过了 ISO9001 质量管理体系认证。数十年来，积累了丰富的制造经验，具有较高的制造能力和水平，已为我国汽车、内燃机、拖拉机、纺织机械、机床、冶金设备及专业铸造厂等行业的技术改造提供了大量的装备。第一汽车厂铸造厂、东风公司铸造厂、北内集团总公司、北京汽车厂、天津汽车厂、上海汽车铸造总厂、沈阳鸿本、天津勤美达等国内众多著名企业及德国 KW 公司、印度公司、乌克兰波尔塔瓦公司等国外企业都有该公司的设备。

多年来，公司始终坚持追求优良的产品质量和优秀的售后服务，将质量视为企业的生命，产品销往国内 28 个省市自治区及国外，获得用户的信赖和支持。为提高企业对市场的综合应变能力，公司通过改进企业管理，加强生产成本控制，优化产品工艺设计，逐步降低成本，保持了比较合理的产品价格。公司在全国性铸造设备招标中屡屡中标，凸显了市场竞争能力。2007 年实现工业总产值 4 107 万元，实现销售收入 2 816 万元。

浙江临海市铸造机械厂　始建于 1953 年，1975 年开始生产铸造机械，是专业生产铸造机械的定点厂。工厂占地面积 1.6 万 m^2，建筑面积 8 000m^2，拥有主要加工设备 95 台（套），固定资产总额 1 100 万元。现有职工 200 多人，其中工程技术人员 14 人。2002 年 4 月通过了 ISO9001 质量体系认证。

工厂主要生产造型、制芯、输送、砂处理和金属型铸造 5 大系列 60 多个品种规格的产品，并能承担非标铸造机械、设备以及铸工造型生产线的设计和制造。按照"设计创新、制造认真、质量可靠、用户满意"的十六字方针，竭诚为客户提供优质的产品和服务。

工厂能提供适用于各种中小型铸件造型的震压式造型机，5～30kg 的各种热芯盒射芯机和壳芯机（包括水平分型和垂直分型两种形式），各种铸工造型输送设备和金属型铸造设备，可承接非标铸造设备和铸工造型生产线的设计、制造、安装和调试。

主要产品之一的 Z148C 型造型机多次荣获国家、行业优质产品称号。ZJ036 型高效活塞环造型机和 Z5810 型铁模覆砂造型机均为国内首创产品，深受用户欢迎。

苏州铸造机械厂有限公司　前身为苏州铸造机械厂，始建于 1962 年，是原机械工业部定点生产铸造机械的骨干企业。2003 年 6 月完成了整体改制，成为股份制有限责任公司，更为现名，是我国造型和制芯设备的制造基地。

公司具备专业化生产能力，拥有龙门式加工中心、龙门铣床、落地镗铣床等大精尖机床和各类加工设备 20 多台，并拥有一大批通用机床，加工实力雄厚。

公司设有研究所，其中工程技术人员 40 多人，高级工程师 10 多人，教授级高工 3 人，可提供造型机、射芯机、造型线的设计、制造、安装调试以及售后服务等交钥匙工程。

同时运用网络化管理推动整体管理水平的提升，有一支训练有素的员工队伍。公司按"一铸为主，一主多辅"的发展思路，开发新产品的同时，注重拓展非铸机产品。近年来开发的铸机新品 SZD0806A 气动多触头微震造型机，获得了 2 项实用新型专利；Z84 系列冷芯盒射芯机、2t 浇注机和静压造型机填补了国内空白；Z86 系列热芯盒射芯机产品曾获得国家质量银质奖；Z14 系列造型机等产品先后获得部、省、市科技进步奖。

公司不断引进各种先进的管理方式，在 2000 年取得 ISO9001 质量管理体系认证后，不断改进，进一步完善质量管理体系，确保产品质量，最终满足和超越顾客的要求。2002 年 1 月荣获江苏省"高新技术企业"称号。

公司产品不仅畅销国内，在产品出口方面也有了新的突破，并且获得了客户的认可和高度评价。凭借自身良好的品牌形象，公司在国内外知名汽车企业的招标中屡屡中标，显现了良好的市场竞争能力。

公司于 2004 年 3 月落户苏州国家高新技术产业开发区。设施一流、功能齐全的花园式工厂，吸引了更多行业精英，人才的引进给每一位投身于民族工业的员工提供了良好的发展机会。

潍坊宏盛铸造机械有限公司　创建于 1996 年，是一家铸造机械专业企业，占地面积 26 000m^2，建筑面积 12 000m^2。现拥有总资产 8 000 万元，其中固定资产 3 200 万元，流动资产 4 800 万元。现有员工 426 人，其中工程技术人员 38 人。具有年生产各种抛喷丸设备 300 台（套），电热远红外型烘干设备 80 台（套），耐磨铸铁 1 000t 的能力，年产值 9 000 万元。产品畅销全国 28 个省市自治区，深受用户赞誉。多年来，公司与济南铸造锻压机械研究所、山东大学合作开发了一批高效、节能的新产品，进一步满足了市场需求。其中与济南铸造锻压机械研究所联合为马鞍山钢铁公司初轧厂设计制造的 Q662 型钢坯清理机，为上海新华铸钢厂和柳州工程机械厂生产的 Q583 型步进式抛丸机等 10 余个产品填补了国内空白，其中 6 项分别荣获部省级科技进步奖。钢管内外壁清理设备是近年来开发的新项目，先后为胜利油田、中原油田、辽河油田以及中油管道防腐公司、亚东防腐公司、华龙防腐公司等 60 多个单位提供设备 130 多套。公司与济南铸造锻压机械研究所联合开发的钢板预处理生产线先后在渤海油田建造公司、唐山冶金机械厂等单位使用。

为进一步满足市场需求，公司除提供标准设备外，还积极承接各种非标设备的设计与制造。为向用户提供可靠的售后服务，公司在哈尔滨、长春、上海、杭州、重庆等地设立了办事处，可随时为客户服务。

〔撰稿人：中国机床工具工业协会铸造机械分会王春生〕

木工机床

一、行业概况

1. 行业现状

我国木工机床行业从无到有、从小到大、从弱到强，逐渐形成一个完整的行业体系。目前，我国有约 1 200 家生产企业，具有一定规模的有 200 家左右。从业人员 10 万人，其中工程技术人员 6 000 多人，工业总产值 100 亿元，能够向用户提供约 1 500 多种产品。可提供胶合板、细木工板、集成材、纤维板、刨花板、中密度板、刨花模压制品、贴面板、华丽板、保丽板、家具、实木门、地板及各种木制品等成套设备。

我国木工机床行业呈"三足鼎立"的格局。一是国有企业。企业规模大，历史久，固定资产雄厚，技术基础好，以生产大中型设备及生产线为主，具有较强实力，如原林业部直属的几家企业和上海人造板机械厂等。二是乡镇企业。以经营机制灵活，产、供、销、人、财、物等诸多方面自主权大，产品价廉、实惠、技术含量低、结构简易、供销灵活的优势而得以发展，如威海木工机械厂、威海工友集团等。三是民营、合资、独资企业。以多种经济成份并存为特征的社会主义市场经济，为其生存与发展创造了广阔的空间。企业规模虽小，但对市场适应性强，具有生产灵活，可塑性大、生存力强，能迅速吸纳世界最新技术成果、经验和信息，广招天下能人，开发转换快、浪费小、效益高、体制新，即享受"政策"又无"包袱"，发展迅猛，如华南马氏木工机械厂、迈克·威力烟台机械有限公司、台湾台中精机公司等。

近几年对台湾地区的优惠政策及大陆廉价的劳动力、原材料等因素，促使台湾木工机械企业，分别在北京、上海、苏州、广东、大连等地建厂。台湾地区木工机械厂的进入，对大陆木工机床行业的发展起到了推动作用，同时也加剧了竞争。

2. 木工机床行业面临的主要问题

(1) 产品技术创新能力差，是行业致命的大问题。一些企业从别人那里"拿来主义"，或者连人带资料一块买过来，吃现成饭。造成了全行业产品同构化、同质化严重，由此成为价格战愈演愈烈的根源。

(2) 产品质量水平低，也是行业的突出问题。同构化、同质化成为价格竞争的根源，低价位形成的低利润又反作用于质量，导致产品安全性、可靠性、精度保持性等质量问题出现。

(3) 品种多但缺乏特色，市场占有率低，更是行业的潜在问题。不少企业在品种上走大而全、小而全的发展之路，想包打天下，市场占有率低、风险大，对企业的伤害是致命的。

(4) 市场渠道不畅，是行业的又一难题。这一问题的形成与代理商角色的缺位或错位、厂家急功近利的营销策略和缺少或无视市场经济规律有较密切的关联，对整个行业的发展形成很大的制约。

(5) 人才流动频繁是行业内普遍存在的问题。这个问题导致员工思想波动；人才流失、技术泄密和资料外流，导致恶性竞争的连锁反应，对企业的杀伤力极强，教训惨重。

3. 木工机床行业发展的思考

据 2004 年有关统计资料，我国木材总消费量仅次于美国居世界第二位，家具出口额超过意大利成为世界第一出口国。建筑业和人造板业平均每年以 20% 的速度增长；木材产品、人造板产品、家具等消费总量、产量、进口量都居世界前列，我国已经成为一个木材生产加工和消费大国，促进了木工机床行业的发展。

(1) 转变机制，加强管理，发挥优势，促进发展。木工机床行业"三足鼎立"之格局仍将保持。国有企业要在转换机制上加快步伐，乡镇企业要在产品结构调整上下大力气，民营、合资、独资企业则要在技术开发，产品创新能力上加大投入，个别企业不能停留在翻新二手设备上。无论哪种体制的企业，都要加强管理，充分发挥各自优势，分工协调、优势互补、联合经营、走专业化道路，走产学研一体化道路，培育自己的品牌，促进木工机床行业的发展，以适应国际竞争的需要，走可持续发展道路。

(2) 引进吸收国外先进技术，走自我发展之路。全球木工机床向着提高木材利用率，提高木材加工精度，提高生产效率和自动化程度，节能、环保、安全无公害方向发展。从历年参展的国际木工机床中可以看出，快速原型制造技术、计算机数控技术和柔性制造技术等，是目前我国木工机床产品亟待引进的先进制造技术。在国内木工机床中，数控机床约占 2%，木制品制造业（制材、家具等）在 2010 年以前要达到 10% 的拥有量，这是一个极具潜力的市场需求。

(3) 向标准化、模块化、专门化生产迈进。由于木工机床产品品种繁多，机床产品生产的专门化势在必行。各企业发挥自身优势，选择合适的产品，在做精、做专上下功夫。珠江三角洲、长江三角洲、胶东半岛等地区相继出现木工机械产品的专门制造厂。如秋林机械有限公司是研发、制造各类液压机械的专业公司。该公司充分发挥液压技术优势，引进吸收国外先进技术，结合国内实际情况，研制生产贴面压机系列产品，获得市场的广泛认可。顺德富豪木工机械制造有限公司的四面刨，东莞市南兴木工机械有限公司的多排钻，青岛千川木业设备有限公司的砂光机，均获得较好的品牌效应和经济效益。

(4)重产品质量、建营销网络、打品牌战略。质量、品牌是占有市场的首要条件。在提高产品质量和努力创造名牌产品的同时，要大力发展差异化技术和产品，适应不同层次消费者的需要，进一步扩大市场占有率。

总之，时代为木工机床行业提供了巨大的市场空间。我国木工机床行业要抓住机遇，不断创新，提高竞争能力，保证以高水平、高质量的产品去抢占市场，又快又好地发展，使中国成为木工机床制造的强国。

二、行业发展情况

2007年，为木工机床分会信息统计网提供统计数据的有8家成员单位。全年共实现工业总产值54 671万元；生产各类主要木工机床产品33 339台，产值24 738.3万元；生产各类木工刀具154万件，产值5 034.15万元。出口各类木工机床14 557台，出口交货值6 787.2万元；出口各类木工刀具3万件，出口交货额2054.3万元。2007年木工机床行业主要经济指标完成情况见表1。2007年木工机床分类产品生产情况见表2。2007年木工机床行业分类产品出口情况见表3。2007年木工机床行业新产品开发情况见表4。

表1 2007年木工机床行业主要经济指标完成情况

指标名称	单位	实际完成
工业总产值（现价）	万元	54 671
其中：机床工具类产品产值	万元	42 438
工业销售产值（现价）	万元	52 808
其中：机床工具类产品销售产值	万元	52 808
工业增加值	万元	14 362
实现利税	万元	6 184
从业人员平均人数	人	3 101
资产总计	万元	75 689
流动资产平均余额	万元	39 006
固定资产净值平均余额	万元	29 450

表2 2007年木工机床分类产品生产情况

产品名称	产量单位	产量	产值（万元）
木工刨床	台	1 016	5 047.70
木工辅助机	台	782	215.50
木工锯机	台	7 294	11 106.40
木工联合机	台	23 403	5 476.80
木工磨光机	台	110	734.80
木工铣床	台	10	15.00
其他木工机床	台	724	2 142.10
木工刀具	万件	154	5 034.15

表3 2007年木工机床行业分类产品出口情况

产品名称	出口量单位	出口量	出口额人民币（万元）			出口额美元（万美元）			销往国家和地区
			合计	收购的交货值	自营出口额折算的人民币	合计	收购的交货值折算的美元	自营出口额	
木工辅机	台	576	76.30	32.20	44.10	10.10	4.20	5.90	圭亚那 斯里兰卡
木工锯机	台	19	7.90		7.90	1.00		1.00	意大利
木工联合机	台	13 378	3 556.40	920.60	2 635.80	468.00	121.20	346.80	圭亚那 尼日利亚 印度尼西亚
其他木工机床	台	584	3146.60	1537.80	1608.80	425.60	202.60	223.00	
木工刀具	万件	3	2054.30	46.30	2008.00	271.40	6.40	265.00	德国

表4 2007年木工机床行业新产品开发情况

产品名称	型号	主要技术参数	产品性质	产品属性	产品水平
单卡轴旋切机	BQ1126	2 600mm×800mm	全新设计	企业新产品	国内先进
梳齿榫开榫机	MXB3512	360mm	全新设计	企业新产品	国内先进
纵向接木机	MHZ1560	6 000mm×150mm	全新设计	企业新产品	国内先进
喷气网带式薄木干燥机	BG1628	2 800mm	全新设计	行业新产品	国际水平
无介质复合轧制高速钢刨切刀	HT				国际领先
无介质复合轧制高速钢刨木刀	MT				国际领先
无介质复合轧制高速钢刨木刀	NF				国际领先

三、企业简介

南通茂溢机床有限公司 创建于1953年，经过近50年的艰苦创业，现已发展成为具有相当规模的合资企业，1988年被批准为机电产品出口扩大外贸自主权企业，并通过ISO9001质量体系认证。

公司拥有雄厚的技术力量和精良的设备，集设计、制造、安装为一体。主导产品有开式压力机、四柱液压机、跑车木工带锯机、牛头刨床和全钢抗静电高架活动地板5大系列100多个规格，产品销往全国31个省市自治区，并远销美国、日本、加拿大、俄罗斯、东南亚等20多个国家和地区，在国内外用户中享有良好的声誉。

四川省青城机械有限公司 是专业生产木工机械设备的厂家，在全国同行业中率先通过ISO9001国际质量体系认证，在全国同行业中率先公开承诺产品质量召回制度。开发并且批量生产有国际领先水平的MJ木工单片锯、多片锯、MB四面刨、BB单板刨切机、MB木工双面刨等木工机械设备。公司先后投入巨资，从日本引进先进设备与技术，组成国内一流的生产线，使生产力和技术水平不断攀升。公司已成为规模化、技术化的木工机床制造公司。

公司在哈尔滨、牡丹江、长春、沈阳、大连、北京、济南、郑州、武汉、昆明、重庆、贵阳、成都、新疆、福建、广东建立和健全经销及售后服务网络。公司生产的木工机械已经成功出口到俄罗斯、西班牙、德国、意大利、罗马利亚、阿联酋、泰国等国家和地区。

上海爱凯思机械刀片有限公司 是德国爱凯思克林贝格有限公司在上海的合资企业，德方控股80%。德国爱凯思克林贝格有限公司是国际著名的机械刀片生产销售跨国公司；中方的前身是上海机械刀片总厂，该厂已有60余年历史，是国内最大的机械刀片生产厂家，在国内具有较大的市场占有率。合资公司建立后，充分发挥了中德双方各自的优势，向国内外市场提供优质机械刀片。

公司生产经营的机械刀片有五大类：印刷机械和纸加工机械刀片、木工机械刀片、冲剪机械刀片、轻工机械刀片和破碎机刀片。

公司用于制造各类机械刀片生产的冷、热加工关键设备均从国外引进。其中包括从德国进口的可加工6m长刀片的平面刀口磨床、数控钻铣床和从法国进口可减少热处理变形的压力淬火机。公司投资千万元引进了程序自动控制复合轧制生产线，在印刷机械刀片和木工机械刀片这两大类产品上采用了复合轧制新工艺，使产品的内在质量有了本质的提高。

烟台市利达木工机械有限公司　始建于1960年，1994年改制为企业内部员工持股的股份制企业。1990年取得出口商品质量许可证，1996年获取进出口企业资格证书，2003年通过ISO9001：2000质量管理体系认证。公司现有员工398人，各类专业技术人员56人，厂区占地面积2.4万 m²，建筑面积1.6万 m²，拥有固定资产1 216万元，年销售收入5 000万元，其中外贸出口交货值达4 000多万元。

公司主要生产"利达"牌系列木工机械，现有40多个品种规格，广泛应用于家具、建筑、装潢等行业。产品自1988年首次被评为山东省优质产品以来，荣获过国家级新产品奖、山东省优秀新产品奖、国家星火计划成果洽谈会金奖、烟台市科技进步奖等诸多奖项，获国家专利15项，有近20种产品获得"CE"认证。"利达"商标被评为首届烟台市著名商标。产品畅销全国各地，远销东南亚、欧洲、非洲、大洋洲、南美洲的20多个国家和地区，深受广大用户信赖。

牡丹江木工机械（厂）有限责任公司　前身牡丹江木工机械厂始建于1946年，2004年改制后，由黑龙江大湾集团收购重组并组建了牡丹江木工机械（厂）有限责任公司。公司现任中国机床工具工业协会木工机床分会理事长单位、秘书处挂靠单位。公司占地面积9万 m²，建筑面积4万 m²；注册资本4 700万元，资产总额10 010万元。

公司技术力量雄厚，内设省级木工机械技术开发中心，主要产品有各类木工机床、板式家具生产线设备、人造板设备、木材干燥设备、集成材生产线设备和木工刀具刃磨设备等6大类160多个品种。有4种产品荣获国家木工机械产品最高奖——银质奖；10种产品荣获国家级新产品奖。公司产品品质优良、性能可靠，产品技术水平居国内领先，销售渠道遍布全国各地并远销越南、马来西亚、俄罗斯、澳大利亚、智利、圭亚那等国家和地区。自主研发生产的4m刨切单板生产线成套设备，填补了国内空白，达到国内领先水平，申报了国家7项专利，并被列入国家级火炬计划。

"MA"牌商标是著名商标，"MA"牌木工机床产品被中国质量检验协会授予"中华之光名牌产品"。公司被黑龙江省科技厅认定为黑龙江省高新技术企业，具有对外贸易经营权和出口商品质量许可证，通过了ISO9001：2000质量管理体系认证。

公司将紧紧抓住东北老工业基地振兴的机遇，进一步提升规模，扩大在全国的影响力，并诚邀国内外有实力的战略投资者，通过合资、参股等多种形式开展合作，共创企业发展的美好明天。

天津林业工具厂　是中国福马林业机械集团有限公司直属国有企业。始建于1957年，建筑面积4.8万 m²，现有职工700多人，其中各类专业技术人员150多人。工厂拥有精良的设备，先进的加工工艺，实行科学管理，是国内综合能力最强的林业工具生产厂家之一。

主要产品有木工带锯条、硬质合金圆锯片、钢管锯，各种木工刀具、导板、锯链、弯把锯等产品。此外，大批量生产伐木用工具，如油锯链、导板、弯把锯；木材深加工用各种刀具，如司太立合金带锯条、木工圆锯片、TCT锯片、排锯片、硬质合金铣刀、地板块铣刀、指接刀、刨刀、钻头、车刀等；石材加工用刀具，如金刚石圆锯片、锯片基体；园艺工具，如高枝剪、手工锯等。工厂为适应市场需求，又开发出了皮革加工用环形带刀，装潢用卷帘门弹簧、印刷机用墨刀片、人造板生产用调胶设备、木材雕刻用曲线锯床等产品。优良的品质和优质的售后服务，使"林工"品牌在国内用户中赢得了非常好的信誉。

信阳木工机械股份有限公司　原林业部信阳木工机械厂，属国家大型二类企业，是国内本行业中首批获得产品自营进出口权的企业。公司各类专业人才占员工总数的32%，其中高级人才占13%。可为用户提供各种人造板加工生产线与木制品的工艺设计、设备选型、安装调试及技术改造、技术咨询等服务。

公司建立30多年来，始终坚持以质量求生存，以品种求发展的基本战略方针，与多所大专院校及设计院所有着长期的友好合作关系，现已成为国内最大的人造板与木工机械研究、生产和出口基地之一。

公司以生产人造板成套设备及特色木工机械为主，先后推出了100多种具有国内领先水平的人造板机械和木工机械。主要产品有胶合板成套设备、制材成套设备、刨花板成套设备、均质刨花板成套设备、定向刨花板成套设备、中密度纤维板成套设备、水泥刨花板成套设备、石膏刨花板成套设备、指接集成材成套设备、短周期二次加工贴面成套设备、细木工板成套设备、重组木成套设备以及木工机床等共计300多个品种。产品遍布全国各地，远销30多个国家和地区。其中刨花板、胶合板制材成套设备技术处于国内领先地位，带锯机、旋切机、热压机、铺装机、纵横齐边锯、喷气式干燥机、压刨床等9种产品被评为国家级新产品。近几年公司在非木质人造板工艺及设备的研制上有了突破：年产5万 m³ 中密度稻草板成套设备，年产3 m³ 模压水泥刨花板成套设备为国内首创。

公司为省级重合同守信用单位，"飞洋"牌商标为河南省著名商标。公司已通过ISO9001质量体系认证。公司将以雄厚的技术实力、强大的发展潜力实施名牌战略。以一流的服务和质量满足市场的需求,与社会各界精诚合作,共创中国人造板与木工机械发展的美好未来。

哈尔滨第二工具有限责任公司　前身为原哈尔滨第二工具厂,始建于1956年,是全国五大工具厂之一,国家大型企业,出口自营企业。经过50多年的发展,已成为国家金属切削刀具和木工工具的重点企业。公司内部设立了全国唯一的木工刀具研究机构——哈尔滨木工刀具研究所,拥有产品技术知识产权和国家及行业标准的制定、修订权。

公司主要产品为金属切削刀具和木工切削刀具两大类,10个小类,98个品种,5 974个规格。金属切削刀具包括机用锯条,高速钢车刀,锥柄、直柄立铣刀,直齿三面刃铣刀,镶齿三面刃铣刀,锥柄麻花钻(含直柄与加长刃)和机用铰刀。木工切削刀具包括①锯削类:硬质合金圆锯片、木工圆锯片;②铣削类:硬质合金槽铣刀(H.S.S或硬质合金)、指接刀(H.S.S或硬质合金)、凸凹半圆铣刀(H.S.S)、硬质合金镂铣刀和组合式硬质合金地板块铣刀;③机用刨刀类:机用直刃刨刀、组合刨刀、削片刀和刨片刀;④木工钻头。产品销往全国29个省、市、自治区的5 000多个用户和亚洲、欧洲、美洲、非洲、大洋洲的26个国家和地区。

东莞市南兴木工机械有限公司　公司成立于1996年,经过10多年的努力,已经发展成为专业设计生产木工机械的规模企业。2005年被认定为"广东省民营科技企业",2007年被认定为"广东省高新技术企业"。

公司可生产裁板机、精密推台锯、直线直面封边机、直线曲面封边机、单排多轴钻和多排多轴钻等单机设备,同时也可生产板式家具生产线成套设备。2007年产量2 600台,产值13 300万元;出口760台,出口额650万美元;利税总额1 235.36万元。

2007年,公司与华中科技大学合作承担了省部产学研重大科技研发项目——高速木材复合加工中心的研制工作,现已进入控制软件的开发阶段。"南兴"牌板式家具生产线成套设备被广东省质量技术监督局授予"广东省名牌产品"。"南兴"牌商标被认定为"广东省著名商标"。

截止到2007年末,公司占地面积已达25万m²,厂房及相关建筑面积6.9万m²。公司共计开发生产30多个品种规格的板式家具生产设备,固定资产总额8 135.2万元,基本上形成了年产板式家具生产线设备5亿元的生产能力。

〔撰稿人:中国机床工具工业协会木工机床分会徐江英〕

刀具量具量仪

一、刀具量具量仪

1. 行业发展情况

《国家中长期科学和技术发展规划纲要》(2006～2020年)将高档数控机床与基础制造技术列入国家十六个重大科技发展专项中,将"重点研究开发重大装备所需的关键基础件和通用部件,设计、制造和批量生产关键技术,开发大型及特殊零部件成形及加工技术"等列入制造业重点领域基础件和通用部件优先主题。为确保数控机床充分发挥效益,工具技术必须同时配套发展,而且急需发展与高档数控机床配套的高速高效工具。

2007年,由国家科学技术部、中国机械工业联合会领导牵头,组织工具行业部分重点骨干企业、科研院所及高等院校,采用"产学研用"密切合作的方式,形成创新技术联盟式的自主创新体系,利用综合技术和实力,承担国家"高速高效切削工具的研究开发"项目。结合《规划纲要》中有关先进制造技术重点领域及其优先主题的任务,开展高速高效切削机理与刀具优化设计技术研究,攻克一批高速高效刀具关键共性技术,建立高速高效刀具的研发平台;针对能源、汽车、航空航天、高速轨道交通、高档数控机床等国家优先发展领域和若干重大专项急需,研究开发一批高性能数控刀具;发展先进切削工艺,突破高速高效刀具重点应用技术的主要瓶颈,开发具有自主知识产权、可持续发展的工具

设计与制造技术;培养一批高性能刀具研究、设计、制造和应用的高级科技人才。

"高速高效切削工具的研究开发"项目将对高速高效工具的设计制造、刀具材料、高速切削工艺与切削试验、高速切削安全与检测等技术进行重点开发研究,攻克一批高速高效工具关键共性技术,建立高速高效工具研发平台,并以这些突破技术为基础,开发出高性能数控加工工具系列产品,形成批量生产能力,满足我国数控加工的急需,降低对进口刀具的依赖程度,形成产学研用紧密结合的技术联盟,全面提高我国工具的整体研发能力,提升我国工具行业整体技术水平。目前,我国高档数控机床的高档数控刀具基本上被国外产品垄断,2007年花费7.5亿美元引进国外先进刀具,而且常常满足不了国防军工等特殊行业的需要。因此,研究开发和应用"三高一专"的高速高效切削工具技术是当前必须和亟待解决的重大问题。

进入21世纪以来,我国工具行业年销售收入呈现年均增长20%以上的发展态势。不仅在国内、国外市场巩固了传统标准刀具的优势地位,而且在国内市场上,现代制造业急需的"高精度、高效率、高可靠性和专用化"的现代高效刀具开始占有了一席之地。工具企业根据自身条件,找准市场定位,在"发挥优势,主攻专长,强化服务"方面下功夫。四大工具厂从过去全能型开始向专业化方向发展,例如上

海工具厂有限公司的发展定位在"现代高效孔加工刀具和圆形刀具";哈尔滨量具刃具集团有限公司正在逐步淡出传统刀具领域,主攻量具、量仪和数控工具系统;哈尔滨第一工具厂和汉江工具厂把重点放在齿轮刀具和拉削刀具方面,逐步退出通用刀具领域。而更多的中小型工具企业在某个特定领域做优做强,开辟出了一片新天地。

我国工具行业相关企业通过与国外同行交流、技术合作、创办合资企业等多种方式,加强了对现代化工具企业全方位运作经验的吸收和了解。例如哈尔滨量具刃具集团有限公司收购了德国 kelch 公司,上海工具厂有限公司和意大利 SU 公司创办了齿轮刀具合资企业,哈尔滨第一工具厂和美国 Gleason 公司创办了齿轮刀具合资企业,汉江工具厂和德国 Saacke 公司深化了双边合作,民营企业成都英格公司和美国 Centrix 公司合资生产高效硬质合金刀具等,在国际合资合作方面取得了进展。

我国工具行业重点骨干企业在产品开发方面,主要生产孔加工刀具、螺纹刀具、硬质合金刀具、超硬刀具、涂层刀具、齿轮刀具、铣削刀具、拉削刀具、刀柄刀杆、量具等以及各类异型刀具,开发了各类可转位硬质合金刀具、整体硬质合金刀具、超硬刀具和数控刀柄等,并在 Ti—Al—O—N 硬质复合涂层、TiN/SiO 纳米多层膜等方面取得了发明专利。在开发设计技术方面,使用计算机网络技术和先进设计技术,建立了基于网络技术的 CAD/CAM/CAPP 平台,运用反求工程技术、三维实体建模进行新刀具的开发设计,使非标准复杂刀具设计周期缩短到先前的 1/5。运用面向企业整体应用的产品数据管理 PDM 软件系统,实现产品技术数据共享。

我国工具行业加强产学研结合,与大学联合建立了数控刀具切削试验室,共同进行高效精密刀具和复合涂层技术研究和开发。具有当代国际先进水平的数控刀具几何参数测量中心、激光扫描检测系统、高速切削加工中心、切削力检测系统、切削温度测量系统、刀具磨损分析检测系统等,通过构建高速高效切削刀具的设计和制造平台,开发出拥有自主知识产权的多种精密复合孔加工刀具和高效复合涂层刀具,包括氮碳铝钛复合硬涂层整体硬质合金铣刀,富铝涂层整体硬质合金钻头等,达到了国际先进水平,满足了快速多变的市场需求。

我国工具行业各企业在制造工艺装备方面,通过技术改造项目的实施,引进数控工具磨床、五轴数控轮电蚀和线电蚀磨床、数控丝锥磨床、数控滚刀铲磨床、圆磨法滚刀生产线、数控剃齿刀磨床和数控剃齿刀梳槽机、数控花键磨床、数控拉刀磨床等关键数控加工设备、数控测量中心,引进了德国 Saacke 公司刀具热处理技术,瑞士 balzers 公司复合涂层生产线、复合纳米复合镀层设备和技术等一批具有当代国际先进水平的刀具制造设备和量具、量仪等检测仪器,改变了长期以来我国刀具制造业装备和工艺大大落后于国际先进水平,难以进行产品更新换代的困难局面。我国工具行业初步具备了高速高效复杂刀具的研发、生产能力。

工具行业在技术引进方面,重点引进了一系列复杂刀具成形制造技术、三维仿真磨削技术、数控多轴电蚀磨技术和多元复合工具硬膜涂层技术等具有当今世界先进水平的制造技术,系统掌握了涂层的理论知识和工艺技术。通过吸收消化先后开发了 TiAlN、TiCN 和 TiAlCN 等多元复合镀和纳米复合镀等新一代涂层工艺技术,并申请了多项国家发明技术专利,达到了该领域国际同期先进水平,同时推动了我国涂层技术的升级换代和新一轮的技术应用研究。

党的十七大报告明确提出:"加快建立以企业为主体、市场为导向、产学研相结合的技术创新体系,引导和支持创新要素向企业集聚,促进科技成果向现实生产力转化"。这是我国新时期作出的具有全局意义的重大抉择。决定产学研结合能否健康发展的关键在于明确企业的主体地位,因为在技术创新诸多参与者中,企业是面对市场竞争、整合创新资源、实现创新价值和显示创新实力的主体。只有以企业为主体,才能坚持技术创新的市场导向,有效整合产学研的力量;只有产学研结合,才能更有效地配置科技资源,激发科研机构的创新活力,并使企业获得持续创新的能力。

我国工具行业将结合国家发展的重大需求,针对高效高速数控工具设计开发过程中的关键技术进行重点研究,要在刀具材料、刀具设计、刀具制造技术、表面涂层技术和机床检测技术方面取得创新成果,要为高速高效切削刀具的设计、制造与应用提供共性关键技术。开发一批适应上述重点领域急需的成套高性能加工刀具产品,对于提升我国刀具行业整体技术水平,节省国家外汇和企业生产成本,带动装备制造业健康快速发展,为经济与社会发展及刀具行业技术进步提供支撑技术,均具有重大的现实意义。工具行业各企业将充分发挥自身联系广泛、机制灵活、人才集聚的特点和优势,利用多种形式,努力搭建富有生机与活力的产学研合作平台,为推动我国产学研合作创新、科技成果转化、产业升级和跨越发展做出应有的贡献。2006~2007年工具行业经济效益指标情况见表1。

表1　2006~2007年工具行业经济效益指标情况

指 标 名 称	单位	行业标准值	权数	2007年行业平均值	2006年行业平均值	同比增长值
总资产贡献率	%	10.7	20	14.3	12.6	1.7
资本保值增值率	%	120	16	168	131.5	36.5
资产负债率	%	≤60	12	62.4	67.9	-5.5
流动资金周转率	次	1.5	15	1.66	1.65	0.01
成本费用利润率	%	3.7	14	10.1	8.75	1.35
全员劳动生产率	元/人	16 500	10	102 043	73 857	28 186
产品销售率	%	96	13	97.8	96.7	1.1
经济效益综合指数	%			1.93	1.48	0.45

2. 生产发展情况

据对工具行业协会 73 家会员企业的综合统计,2007 年工具行业完成工业总产值(现价)1 796 536.36 万元,比上年增长 39.4%;工业销售产值(现价)1 779 165.54 万元,比上年增长 30.5%;工业增加值 548 462.6 万元,比上年增长 26.14%;2007 年,工具行业企业亏损面为 13.7%;利润总额 149 632.62 万元,其中 63 家赢利企业利润总额为 152 045.33 万元,10 家亏损企业亏损总额 2 412.71 万元。根据工具行业 73 家会员企业的统计,2007 年工具行业职工平均人数 53 768 人,比上年增加 991 人;职工工资总额 101 129.41 万元,比上年增长 19.6%;职工年人均收入 18 808.48 元,比上年增长 18.1%;全员劳动生产率(按工业增加值计算)102 005 元/人,比上年增长 24.7%;固定资产原值 591 099.69 万元,比上年增长 18.6%。

工具行业 29 家重点骨干企业 2007 年工业总产值(现价)341 933.03 万元,比上年增长 15.8%;工业销售产值(现价)347 460.19 万元,比上年增长 19.5%;29 家重点骨干企业中 3 家亏损企业共亏损 195.6 万元,占全行业亏损额的 8.1%,其中 26 家赢利企业利润总额 30 324.85 万元。29 家重点骨干企业 2007 年职工人数为 24 296 人,比上年增加 2 562 人;重点骨干企业职工工资总额 43 268.54 万元,比上年增长 13.5%;全员劳动生产率 55 550 元/人,比上年增长 22.6%;职工人均收入 16 889 元,比上年增长 17.5%。

3. 产品分类产量

2007 年工具行业生产各类刀具 175 302.44 万件,比上年增长 11.3%;生产各类量具 1 320.45 万件,比上年增长 1.74%;生产各类量仪 28 545 台(套),比上年增长 11.4%。其中 29 家重点骨干企业生产各类刀具产品 21 173.66 万件,占全行业生产量的 12.1%;生产各类量具产品 860.01 万件,占全行业生产量的 65%;生产各类量仪产品 27 943 台(套),占全行业生产量的 97.9%。

2007 年,工具行业刀具产品出口量占销售量的 58.9%,出口额占销售额的 45.1%;量具产品出口量占销售量的 36.7%,出口额占销售额的 38.8%;量仪出口量 1 968 台(套)。

2007 年工具行业分类产品生产、销售及出口情况见表 2。2007 年工具行业重点骨干企业主要产品出口情况见表 3。2007 年工具行业部分重点骨干企业主要产品产销存情况见表 4。

表 2 2007 年工具行业分类产品生产、销售及出口情况

产品类别	产量(万件)	产值(万元)	销售量(万件)	销售额(万元)	出口量(万件)	出口额(万元)
刀具	174 471.53	735 749.26	171 922.16	727 470.35	101 341.89	332 485.54
高速钢刀具	152 594.46	570 282.83	150 353.36	563 660.43	99 830.84	317 331.38
钻削刀具类	137 097.77	389 039.61	135 141.39	388 102.82	96 216.31	289 943.31
铣削刀具类	2 978.93	385 838.42	2 921.30	37 410.59	952.36	10 993.80
刀条刀片	378.38	6 536.73	404.06	5 499.37	32.90	442.67
螺纹刀具类	11 243.26	68 663.53	11 009.41	67 277.17	2 480.89	13 823.58
拉削刀具类	4.14	10 582.18	4.24	10 427.60	0.03	20.53
齿轮刀具类	26.39	22 903.55	28.84	22 697.80	1.12	240.99
木工刀具类	102.37	1 563.16	104.10	1 544.16	80.37	715.04
锯条	671.05	25 554.65	647.67	23 724.57	42.49	949.86
其他	92.17	6 901.00	92.35	6 976.35	24.37	201.60
硬质合金类刀具	21 839.34	143 055.95	21 530.31	141 801.10	1 509.38	14 471.06
立方氮化硼刀具	20.39	5 734.52	19.89	5 624.34		
金刚石刀具	1.26	2 038.22	1.26	2 038.22		
工具系统类刀具	16.08	14 637.74	17.34	14 346.26	1.67	683.10
量具	1 320.45	91 158.16	1 256.48	88 814.91	460.68	34 466.75
卡尺类	278.13	25 891.68	272.15	25 306.46	85.64	8 282.88
千分尺类	153.98	12 409.03	160.76	12 749.62	38.04	4 720.55
指示表类	228.35	17 154.95	222.84	16 963.94	75.06	4 434.24
块规及量规	421.67	11 035.91	371.19	10 456.03	94.33	1 468.89
角度测量类	5.72	887.67	5.74	871.92	1.69	213.92
数显量具类	172.06	16 038.01	163.98	15 677.33	145.42	13 632.85
辅助测量器具	10.39	443.59	9.96	368.71	0.79	119.42
其他	50.15	7 297.32	49.86	6 420.90	19.71	1 594.00
量仪(台、套)	28 545	36 593.29	28 425	36 921.21	1 968	1 524.04

表 3 2007 年工具行业重点骨干企业主要产品出口情况

序号	产品名称	出口量单位	出口量	出口额					
				人民币(万元)			美元(万元)		
				合计	收购的交货量	自营出口额折算	合计	交货量折合美元	自营出口额
1	上海量具刃具厂 量具	万件	10.14	785.10	785.10		94.59	94.59	

序号	产品名称	出口量单位	出口量	出口额					
				人民币(万元)			美元(万元)		
				合计	收购的交货量	自营出口额折算	合计	交货量折合美元	自营出口额
	上海工具厂有限公司								
	刃具	万件	1 965.18	8 444.49	468.99	7 975.50	1 070.27	58.52	1 011.75
2	桂林量具刃具厂								
	量具	万件	33.28	3 220.00	2 144.00	1 076.00	417.00	277.00	140.00
3	成都成量集团公司								
	量仪	台、件	36	24.34	22.89	1.45	3.24	3.05	0.19
	量具	万件	4.71	560.76	318.60	242.16	76.61	40.73	35.88
	刃具	万件	221.58	1 734.13	423.91	1 310.22	222.32	56.49	165.83
4	重庆工具厂								
	刃具	万件	0.31	59.42	59.42		18.14	18.14	
5	关中工具制造有限公司								
	刃具	万件	33.04	188.49	132.94	55.55	25.82	18.21	7.61
6	哈尔滨量具刃具集团公司								
	量仪	台、件	20	900.80		900.80	112.50		112.50
	量具	万件	2.30	418.88	115.34	303.54	52.40	14.40	38.00
	刃具	万件	1.67	683.10		683.10	85.38		85.38
7	哈尔滨第一工具有限公司								
	刃具	万件	0.53	88.54	10.34	78.20	11.58		11.58
8	哈尔滨第二工具厂								
	刃具	万件	2.90	46.30	46.30		6.40	6.40	
9	汉江工具有限责任公司								
	刃具	万件	0.02	31.30		31.30	5.00		5.00
10	韶关工具厂								
	刃具	万件	2.64	893.47		893.47	124.96		124.96
11	株洲钻石切削工具公司								
	刃具	万件	674.40	8 105.00		8 105.00	1 141.00		1 141.60
12	兰州量具刃具厂								
	刃具	万件	8.30	33.31	33.31		4.39	4.39	
13	靖江量具有限公司								
	量具	万件	48.48	5 853.87	3 226.42	2 627.45	805.55	443.99	361.56
14	威海市量具总厂有限公司								
	量具	万件	30.32	1 982.30	1 982.30		271.50	271.50	
15	青海量具刃具有限公司								
	量具	万件	57.54	7 580.15	6 158.37	1 421.78	1 001.31	803.92	197.39
16	中原量仪股份公司								
	量仪	台、件	1 885	48.90		48.90	6.46		6.46
17	陕西品鼎硬质合金有限公司								
	刃具	万件	7.80	538.00		538.00	70.00		70.00

表4　2007年工具行业部分重点骨干企业主要产品产销存情况

序号	产品名称	实物量单位	年初库存		年末累计生产		年末累计销售		年末累计库存	
			实物量	价值量(万元)	实物量	价值量(万元)	实物量	价值量(万元)	实物量	价值量(万元)
1	上海量具刃具厂									
	量仪	台、件	21	93.93	13	93.00	15	4.00	19	182.93
	量具	万件	9.98	1 261.90	58.27	4 321.70	61.24	4 690.30	7.01	893.30
	刃具	万件	29.12	287.01	39.39	241.00	29.20	244.40	39.31	283.61
2	上海工具厂有限公司									
	量具	万件	0.81	160.57	5.82	895.33	6.63	1 055.90	0.81	160.57
	刃具	万件	1 367.84	7 648.97	7 508.17	47 054.27	7 800.86	44 852.34	1 075.15	9 850.90
3	太原工具厂									
	刃具	万件	11.38	1 744.49	15.93	3 961.28	13.41	4 124.67	13.90	1 581.10

序号	产品名称	实物量单位	年初库存		年末累计生产		年末累计销售		年末累计库存	
			实物量	价值量（万元）	实物量	价值量（万元）	实物量	价值量（万元）	实物量	价值量（万元）
4	桂林量具刃具厂									
	量具	万件	7.90	1 400.15	104.34	8 628.85	101.51	8 579.00	10.73	1 450.00
5	成都成量集团公司									
	量仪	台、件	20	3.98	1 280	422.36	1 258	422.08	42	4.26
	量具	万件	42.51	2 631.13	194.07	12 258.95	175.49	11 720.47	61.09	3 169.61
	刃具	万件	796.24	5 437.85	2 655.84	13 948.23	2 849.52	13 561.33	602.56	5 824.75
6	重庆工具厂									
	刃具	万件	89.10	4 254.03	58.54	5 170.10	42.96	4 753.23	104.68	4 670.90
7	贵阳工具厂									
	量具	万件	0.09	77.10	0.14	156.10	0.14	156.10	0.09	77.10
	刃具	万件	17.52	1 046.41	20.48	3 388.03	20.48	3 388.03	17.52	1 046.41
8	关中工具制造公司									
	刃具	万件	335.09	4 291.67	826.29	8 098.02	952.13	9 992.09	209.25	2 397.60
9	青海量具刃具厂									
	量具	万件	12.84	1 011.31	76.83	6 049.75	80.06	6 191.86	9.61	869.20
	刃具	万件	561.91	885.32	807.92	658.86	1 086.04	1 189.19	283.79	354.99
10	北量机电工量具公司									
	量具	万件	11.80	331.00	16.40	501.10	15.70	596.10	12.50	236.00
	刃具	万件	92.20	115.50	162.30	1 890.00	200.70	1 779.00	53.80	226.50
11	北工雄峰机电工具公司									
	刃具	万件	2.09	132.00	2.21	219.13	2.27	223.03	2.03	128.10
12	哈尔滨量具刃具公司									
	量仪	台、件	287	2 319.80	1 318	25 038.23	1 471	25 854.93	134	1 503.10
	量具	万件	48.60	8 544.51	110.42	12 730.07	106.58	12 221.40	52.44	9 053.18
	刃具	万件	2 022.43	18 950.69	3 800.84	26 290.96	4 966.07	28 964.73	857.20	16 276.92
13	哈尔滨第一工具公司									
	刃具	万件	510.60	5 588.18	728.85	15 460.61	763.26	14 218.69	476.19	6 830.10
14	哈尔滨第二工具厂									
	刃具	万件	157.10	5 156.80	89.31	3 773.90	106.75	3 319.00	139.66	5 611.70
15	衡阳量具刃具总厂									
	刃具	万件	62.29	339.90	11.01	669.70	11.89	670.40	61.41	339.20
16	本溪工具有限责任公司									
	刃具	万件	32.70	702.30	194.10	12 073.30	186.80	11 715.80	40.00	1 059.80
17	汉江工具厂									
	刃具	万件	15.88	5 096.60	22.71	18 759.50	22.71	18 759.50	15.88	5 096.60
18	中原量仪股份公司									
	量仪	台、件	4 620	765.33	25 332	3 302.70	25 090	3 328.20	4 862	739.83
19	四平市兴工刃具厂									
	刃具	万件	201.93	2 315.71	219.00	7 507.00	198.60	7 164.00	222.33	2 658.71
20	长春量具刃具厂									
	量具	万件	1.67	0.20	60.40	0.20	61.27		0.80	1.67
	刃具	万件	20.20	460.43	71.20	1 399.70	72.30	1 467.23	19.10	392.90
21	上海刃具厂									
	刃具	万件	959.45	2 817.77	1 593.12	4 044.68	1 289.69	4 090.40	1 262.88	2 772.05
22	常熟量具刃具厂									
	刃具	万件	10.83	235.00	324.54	6 659.00	325.33	6 617.00	10.04	277.00
23	靖江量具有限公司									
	量具	万件	8.01	955.05	80.73	8 486.19	79.71	8 128.64	9.03	1 312.60
24	山东工具制造有限公司									
	刃具	万件	35.93	113.15	971.62	4 972.58	929.70	4 763.49	77.85	322.24
25	兰州量具刃具厂									
	刃具	万件	426.80	912.00	210.00	1 630.00	516.80	1 540.00	120.00	1 002.00
26	株洲钻石切削工具公司									
	刃具	万件	1 245.70	9 065.90	13 139.70	93 128.10	13 045.90	92 198.00	1 339.50	9 996.00

序号	产品名称	实物量单位	年初库存		年末累计生产		年末累计销售		年末累计库存	
			实物量	价值量（万元）	实物量	价值量（万元）	实物量	价值量（万元）	实物量	价值量（万元）
27	韶关工具厂 刀具	万件	74.52	1 089.92	41.89	4 033.93	45.13	4 130.03	71.28	993.82
28	陕西品鼎硬质合金有限公司 刀具	万件	14.90	976.00	30.20	1 981.00	31.90	2 151.00	13.20	806.00
29	威海市量具厂有限公司 量具	万件	7.78	757.80	49.01	3 917.80	48.89	3 774.00	7.90	901.60

4. 市场及销售

根据海关统计数据和中国机床工具工业协会工具分会的综合分析，2007 年进口刀具的增长幅度有所上升，刀具进口约 75 000 万美元，比上年增长 34%；进口各类量具、量仪约 3 213.1 万美元，比上年增长 7.52%。

2007 年工具行业产品销售收入前 10 位企业见表 5。
2007 年工具行业产品出口额前 10 位企业见表 6。

表 5　2007 年工具行业产品销售收入前 10 位企业

序号	企业名称	产品销售收入（万元）
1	江苏天工集团有限公司	417 129.09
2	江苏飞达工具集团公司	409 915.59
3	厦门金鹭特种硬质合金有限公司	133 009.09
4	株洲钻石切削刀具股份有限公司	92 198.00
5	南昌硬质合金有限责任公司	82 893.33
6	哈尔滨量具刃具厂	67 170.00
7	中国贵航集团西南工具总厂	50 308.25
8	上海工具厂有限公司	47 713.80
9	成都成量集团公司	37 959.03
10	深圳市金洲精工科技股份有限公司	27 076.00

注：表中数据包括部分非工具产品的销售收入。

表 6　2007 年工具行业出口额前 10 位企业

序号	企业名称	出口额（万元）
1	江苏天工集团有限公司	241 935.00
2	江苏飞达工具集团公司	194 620.50
3	厦门金鹭特种硬质合金有限公司	84 239.96
4	南昌硬质合金有限责任公司	70 061.70
5	青岛优先出锐工具有限公司	14 340.40
6	桂林广陆数字测控股份有限公司	10 631.40
7	株洲钻石切削刀具股份有限公司	9 509.30
8	上海工具厂有限公司	8 366.80
9	上海申利螺纹工具有限公司	8 092.80
10	靖江量具有限公司	5 853.87

注：表中数据包括部分非工具产品的出口额。

5. 科技成果及新产品

成都工具研究所（国家精密工具工程技术研究中心）2007 年进行了多项科研项目和新产品开发：①"数控机床转台检测系统的开发研究"项目，成功研制出 1 台数控转台测量系统样机。该仪器以圆光栅传感器为测量元件，采用独特的定心结构与软件修正技术，具备与机床数控系统的数据传输和实时采样功能，可快速进行数控转台的静态、动态误差测量及系统误差和回程误差的修正，可测量 JB/T 4370—1996《回转工作台》标准中规定的转台分度精度，检

测效率高，仪器测量综合精度高，是提高数控转台产品质量和动态特性研究的重要检测工具。②"双纵模稳频激光干涉仪的开发研究"项目，成功研制出新型双纵模稳频激光干涉仪，并研制出 3 套生产测试设备：激光拍频装置、激光输出增益曲线测量装置和激光波前检测装置。该仪器已通过计量院检测认可，并得到工厂使用验证，具备一定的抗干扰能力，能够适应现场环境。③"大截面复杂形状金属陶瓷数控加工成形刀具的开发"项目，成功研发出 1 种纳米增强型 TiCN 基金属陶瓷材料，并形成了适用于批量生产金属陶瓷数控成形刀具的完整工艺及相关技术。研发出的 TiCN 基金属陶瓷轴承刀具，其使用寿命超过了韩国同类刀具水平，达到了日本同类刀具寿命的 80% 以上，具备了金属陶瓷轴承刀具产业化能力；提出并建立了大截面大刃倾角复杂形状成形刀具的三维设计数学模型，采用 CAD/CAM 技术解决了复杂成形刀具几何参数的三维零误差设计及数控加工代码自动生成的技术难题。④"石油管螺纹梳刀专用新型硬质合金基体材质的研制及应用"项目，成功研发出 2 种高钢级石油管螺纹梳刀专用的混晶组织硬质合金材料。经现场使用验证，其刀具寿命超过了该所现有同类产品，达到了国内领先水平，具有较高的应用价值。⑤"新型通用 PCI 接口光栅数据采集卡的开发"项目，开发出一种具有较高的通用性和互换性的新型通用 PCI 接口光栅数据采集卡，并已在该所量仪产品上进行了使用验证，可以取代原 ISA 总线的数据采集卡。⑥"ERW 钢管高效系列刀具成套技术的研究开发"项目，正在研发具有高抗冲击韧性、红硬性和热稳定性的高效系列刀具，满足数控加工生产节拍要求的 ERW 钢管刀具，并形成系列化、规格化，达到产业化水平。⑦"批量微小齿轮高效测量技术的研究"项目，项目完成时将研制出 1 台 CNC 微小齿轮精度高效测量装置。该仪器采用差动式单面啮合滚动点扫描齿轮整体误差测量原理，能满足在生产现场对精密微小齿轮精度的高效、精密、快速测量和质量评定。⑧"CZ450 齿轮整体误差测量仪的改型设计"项目，项目完成时，经改造的 CZ450 齿轮整体误差测量仪测量精度保持原有指标，稳定性及可靠性将大幅提高，并可替代该所现有产品，实现批量化生产。

陕西渭河工模具总厂全新或改型设计开发了 5 项新产品：①M1.4 四棱挤压丝锥。丝锥圆周曲线为四棱结构，扩大其铲磨量达到 0.05～0.07mm，角度为 6°，在加工相同产品时，平均每支可加工 0.8～0.9m。②M1.4～2.5 用于加工不锈钢材料丝锥。它减少了切削锥角，增大切削锥长度，出

削量加大,利于加工。③DK7746 电火花线切割机。其工作台行程 X 向 460mm,Y 向 560mm,最大切削高度 600mm,切割精度 0.012mm,扩大了加工范围及性能。④精密滚珠模架。其总装平行度 0.01mm/100mm,导柱组装垂直度 ϕ0.01mm/100mm,导向件配合过盈量 0.01~0.02mm(导柱直径 d ≤30mm),0.015~0.03mm(导柱直径 d >30mm),其技术水平达到同类日本 FUTABA 滚珠模架标准的水准。⑤新型超精密дерматор夹平口钳。钳口上磨削的 V 形模用于夹紧圆形工件,可以从四面加工,精度在 0.005mm/100mm 范围内,最大夹紧宽度 80mm。

厦门金鹭特种合金有限公司目前正在研究开发 2 项国家科技支撑计划项目:"高效、高精度硬质合金刀具设计和加工技术开发"和"表面涂层技术研究及其在切削工具上的应用",项目投入资金 5 257 万元。

泰安泰山福神齿轮箱有限责任公司投入资金 280 万元,全新设计完成 50~100t 履带起重机卷扬、变幅、回转、行走减速机系列产品(QBL260—800、HS160—450 及 XBL800—1000)。其主要参数分别为 i=26.4~185.4、i=68~170.9、i=86~214,技术水平处于国内先进。

太原工具厂自主开发了 3 项新产品并通过厂内鉴定:①右旋密式螺旋立铣刀(ϕ50mm×140mm);②CB 型面铣刀(ϕ120mm);③可转位链窝面铣刀(ϕ110mm)。产品均达到国内先进水平。

上海工具厂有限公司全新设计开发 5 项企业新产品:①硅铝合金直槽钻,精度 0.003mm;②硬质合金模具钢高速铣刀,精度 0.003mm;③ER、高精密弹簧夹头,精度达到 0.000 5mm;④镶硬质合金立铣刀,精度 0.005mm;⑤镶硬质合金拉刀,精度 0.005mm。其前 3 项产品技术处于国际先进,后 2 项产品技术处于国内先进。

成都成量工具集团有限公司改型设计完成石油油管螺纹塞规、石油套管圆螺纹塞规、石油油管螺纹环规和石油套管圆螺纹环规等新产品,通过美国 API 石油协会鉴定,产品均达到国内先进水平。设计、生产并通过厂内鉴定的新产品有:单参数量规、高速钢环规、高速钢塞规、PD 系列数控刀片(E 级精度)、铝材车削刀片(G 级精度)、T 形数控刀片(E 级精度)、C 型数控刀片(M 级精度)、D 型数控刀片(M 级精度)、叶片千分尺、板厚千分尺、内冷机用丝锥、石油管管线螺纹丝锥、汽车行业间隙塞尺、刀口形直角尺、宽座直角尺、开式 IP54 电子数显卡尺、电子数显百分表、金属外壳电子卡尺和电子数显深度卡尺。其技术水平均为国内领先。

威海新威量具有限公司设计开发出弯杆内径指示表(50—160×0.01×60)、带表内卡规(135—215×0.01)、带表外卡规(100—200×0.01)、大量程带表外卡规(0—90×0.1)和改型设计完成的闭式防尘帽指示表(0—10×0.01)等 5 项新产品。

江苏天工工具有限公司开展了 3 项科研项目:①投入资金 2 000 万元,研发高纯净优质稀土高速钢工具钢项目,通过加稀土有效提高高速工具钢性能;②投入资金 1 500 万

元,研发 TG 低合金高速工具钢项目,通过提高铬的含量以降低合金钨、钼的含量;③M2 高速工具钢项目,通过改进生产工艺提高了其性能,进行了 W7 丝锥专用材料(W7Mo3Cr5V)新产品的开发。

河南一工工具有限公司研发完成的 ϕ32~50mm 轧锥钻装备及制造技术、高效复合船用铰刀及轿车发动机气门导管专用枪铰刀,符合用户需求,达到国内领先水平,荣获河南省高新技术产品奖。

南昌硬质合金有限责任公司完成 3 项科研新成果:①整体硬质合金复合钻,直径 12mm 以下,具有两级或两级以上台阶,台阶刀具的台阶角度范围为大于等于 60°、小于等于 180°,能一次加工完成;②深沟立铣刀,2 flutes 平头石墨加工用铣刀和球头石墨加工用铣刀形成了标准化和批量生产,产品质量满足客户需求,一次交检合格率达到 96% 以上;③铝及其合金加工用立铣刀,2 flutes、32flutes 标准长和加长型铣刀形成标准化,已批量生产,产品质量满足客户需求,一次交检合格率达到 96% 以上。以上 3 项科研新成果均为江西省重点新产品。

哈尔滨量具刃具集团有限责任公司研制出 5 项新产品:①小模数齿轮测量机。用于测量齿轮模数 0.4~6mm,可测齿轮最大外径 200mm;②高速数控机床用 HSK 工具系统。HSK 锥柄多次重复安装的回转精度不大于 0.002mm,HSK 锥柄内孔专用检具的精度为 0.01mm;③热缩刀柄。用检验棒检测距离端面 3 倍处的径向跳动为 0.003mm,基准柄的锥度公差为 AT3(与国际标准相符,高于国家标准),动平衡精度为 G2.5 级(25 000r/min);④内容屑丝锥。该产品采用了国家机械部行业标准 JB 5611—1991,此标准适用于加工普通螺纹的内容屑丝锥,其中螺纹部分按 GB 192~193、GB 196~197;⑤并联加工机床。其电主轴功率为 32kW,电主轴最大转速 18 000r/min;机床运动速度 X 轴、Y 轴、Z 轴分别为 125 m/min、125 m/min、45m/min,机床最大加速度 X 轴、Y 轴、Z 轴分别为 3 g、3 g、1g,机床最大行程 X 轴、Y 轴、Z 轴分别为 2 000mm、2 000mm、500mm。

山东工具制造有限公司进行了多项科研项目和新产品开发:①螺纹刀具计算机辅助设计,采用 CAPP&CAD 等工具,进行工艺及其产品图样的设计;②数控螺旋槽磨床改进,使其槽形更加准确,效率提高;③油田专用深孔钻,可加工 400m 深孔,特殊设计前后角以及内冷却孔,处于国内先进水平。

陕西航空硬质合金工具公司设计开发了宝桥可转位扩孔钻(主要技术参数 γ-8°,α-8°,λ-12°)和 SE 钻尖台阶钻(主要技术参数 β25°,α12°)两项新产品。

6. 质量及标准

中华人民共和国国家标准批准发布公告 2007 年第 6 号(总第 106 号),国家质量监督检验检疫总局批准公布 14 项刀具国家标准。国家发展与改革委员会 2007 年第 16 号公告,批准公布 7 项刀具行业标准。全国刀具标准化技术委员会讨论了由其归口的《切削刀具 高速钢分组代号》等 23 项国家标准草案。

国家标准委 2007 年第 4 号公告,批准公布 4 项量具量仪国家标准。国家发展与改革委员会 2007 年第 32 号公告,批准公布 6 项量具量仪行业标准。国家发展与改革委员会发改办工业〔2007〕第 1415 号,批准 13 项量具量仪行业标准项目计划。全国量具量仪标准化技术委员会完成了 8 项国家标准的审查任务。国家质量监督检验检疫总局制定颁布新《计量基准管理办法》,自 2007 年 7 月 10 日起实施。

陕西渭河工模具总厂通过了 ISO9001:2000 国际质量认证及 GJB 9001A—2001 国军标质量认证。

山东工具制造有限公司 2007 年在 ISO9002 质量体系认证的基础上,通过了新版 ISO9000 质量体系认证。

7. 基本建设及技术改造

成都工具研究所投资 700 万元新建 50t 硬质合金石蜡工艺生产线。现已完成全部设备的调试工作,正在进行工艺路线贯通试验。项目的完成能有效缓解该所刀片产能的不足,同时,采用新的生产工艺后,也将进一步提高该所刀片的质量水平,增强产品的市场竞争力。

太原工具厂投入资金 45 万元购置国产 MV—40B 加工中心。设备已投入使用,效果良好,预计年产值增加 240 万元。

上海工具厂有限公司投入技改资金 1.3 亿元,启动数控刀具生产技术改造项目。该项目引进的国外先进生产设备目前处于安装调试阶段,计划到 2008 年底,新增数控刀具 320 万件,新增产值 1.3 亿元。

厦门金鹭特种合金有限公司斥资 6.2 亿元引进"高精密硬质合金切削刀具"项目一期工程正在顺利进行中,计划于 2008 年底完成。项目达产后,预计将为该公司新增销售收入 10 亿元。

江苏天工工具有限公司投资 1.2 亿元启动工、模具扁钢项目,引进天津津重扁钢生产线。该项目已于 2007 年 12 月完成调试生产,实现年生产能力 8 万 t。

河南一工工具有限公司于 2007 年 8 月,投入 24 万欧元,引进德国萨克公司五轴五联动数控工具磨床,现已形成生产能力。

山东工具制造有限公司 2007 年共投入资金 2 200 万元,引进美国全自动丝锥沟槽磨床以及多功能螺纹磨床,用于扩大高性能机用丝锥生产线。目前该项目正在进行中,达产后将新增生产能力 200 万件,新增产值 5 000 万元,新增利润 1 800 万元。

哈尔滨量具刃具集团有限责任公司投资 200 万元引进瑞典艾克斯康的大型并联加工机床。公司在引进使用国际并联机床最新专利技术的基础上,通过消化吸收再创新进行设计制造,突破了阻碍并联机床发展与广泛应用的诸多瓶颈和障碍,机床的性能指标大幅度提高;完成了 UGS 软件在西门子 840D 的五轴加工后处理编辑器,为下一步工作奠定了坚实的基础;设计了 CAPTO C6 夹刀装置,这一装置,许多德国和台湾厂家都没有能够完全解决,2007 年完成 1 台样机的制造。

8. 对外合作

上海工具厂有限公司与意大利 S.U 公司合资合作,出资 250 万欧元成立了上海上优工具有限公司,主要生产、制造金属切削工具,目前已生产 2 000 件,实现销售收入 1 500 万元。

江苏天工工具有限公司与 Erasteel 合作实施天工爱和特钢项目,研制生产高性能高速钢,合资年限 30 年。截至 2007 年,已生产完成 5 万 t,实现销售收入 1.5 亿元。

9. 企业简介

陕西渭河工模具总厂 是机械电子行业工模具及谐波齿轮减速器专业生产企业,兴建于 1960 年,原名国营渭河工具厂、陕西渭河精密工模具总厂,占地面积 34.5 万 m^2,固定资产原值 1.5 亿元,现有员工 1 700 人,其中专业技术人员 170 人。主导产品有:精密模具及冲压件、精密冷冲模架、量刃具、电子专用工具、硬质合金烧结及深加工制品、成形磨削夹具、精密齿轮及谐波齿轮传动装置、线切割机床及机床零部件等 8 大类产品,共 3 000 余种规格。该厂拥有金属切削设备 800 余台、精密设备 120 余台、国际国内顶级设备 50 余台,为精密特形件加工提供了可靠的保证。

厦门特种合金有限公司 是一家中外合资的国家高新技术企业,成立于 1989 年,主要从事钨粉、碳化钨粉、硬质合金、切削刀具等钨系列产品的生产;是中国最大的钨粉、碳化钨粉供应商和出口商,是高品质合金及其精密切削工具制造商。

自 2005 年公司切削刀具中试生产线上马以来,已形成年产 50 万支精密整体硬质合金刀具、200 万片可转位刀片、550 万支 PCB 用微型钻的综合生产规模。开发出 9 大系列 5 000 多种规格精密刀具,其中超细晶金刚石涂层铣刀填补了国内空白,达到世界领先水平。产品以卓越的加工性能及完善的售后服务,赢得了多家大型企业的信任,公司将为客户提供更好的机械加工解决方案。

10 多年来,公司立足自主创新,艰苦创业,不断开发新产品、新技术、新设备、新工艺,完成了"国家科技攻关计划"项目、"火炬计划"项目和"国家重点新产品"项目等 13 项国家级重点科技计划项目,以科技进步和技术创新成就了企业的跨跃式发展。

该公司销售收入逐年上升,2007 年实现工业总产值 117 134 万元,销售额 133 009 万元,从业人员也发展至 1 225 人,其中工程技术人员占 30%。

泰安泰山福神齿轮箱有限责任公司 原名山东新汶工具厂、山东齿轮箱厂,系国家中型一类企业、省级先进企业,为中国工程机械工业协会工程起重机分会理事单位。总资产 1.2 亿元,现有员工 800 余人。主要生产工程机械配套产品、各类标准非标准刃具、丝锥、发动机高精度齿轮和农业机械配套产品。

2007 年,企业从调整产品结构入手,坚持自主创新,将企业经营策略和产品发展战略调整为"稳定齿轮、加大刀具,重点发展工程机械配套产品"。牢牢抓住汽车起重机和履带式起重机产品高速发展及配套产品大量国产化的机遇,一举开发成功了 50 ~ 100t 履带式起重机系列产品及 50~100t 汽车起重机机构,短时间内赢得了国内工程机械行业各大龙头企业的广泛认可。全年实现工业总产值14 530万元、销售收入10 055万元。其中刀具产品产值超1 000万元,保持了稳步增长。2008年,企业确定了实现工业总产值2.6亿元的目标。

为全面提升技术研发水平,企业组建了技术中心,走"产学研一体"之路。3年内完成省级技术中心的认定,两年内完成减速机产品"山东省名牌"的创建工作,着力加强产品品牌建设。2008年,企业将进一步加大新产品开发力度,逐步切入风力发电驱动装置领域,这必将成为企业一个新的增长点。

上海工具厂有限公司 坚持"以人为本,诚信为魂,用户唯上,共谋多赢"的企业价值观,在连续3年经济实现跨越式增长的基础上,2007年各项经济指标又上了一个新台阶。2007年公司实现销售收入44 804万元,净利润3 911万元,工业总产值42 000万元,主要经济指标增速不仅创造了公司发展历史上的新记录,同时体现了经济又好又快内涵式的发展要求。

成都成量工具集团有限公司 前身为成都量具刃具厂,始建于1956年,为国家"一五"时期重点建设项目,是国家工量具的重点生产企业和基地企业。经过近50年的发展,该公司已成为国内生产量刃具及数控刀具产品品种全、信誉优的企业之一,主要生产销售"川"牌量具、刃具、精密测量仪器、数控刀具系列、硬质合金五大类产品,其主要产品技术水平为国内先进水平,并享有较高声誉。主导产品中先后有6种获中国国家金、银奖,23种获原中国机电部、四川省优质产品称号,"川"牌量具、刃具产品获四川省名牌产品称号。目前,该公司有员工2 404人,其中专业技术、管理人员570人(工程技术人员188人),高级职称19人,中级职称81人。2007年,资产总额67 005万元,固定资产原值25 070万元,固定资产净值余额6 268.89万元,完成工业总产值32 098.8万元,销售收入37 721.4万元,工业增加值12 128.7万元,利税总额6 562.67万元。

衡阳瑞杰量具刃具有限公司 是由原衡阳量具刃具总厂改制后,按照现代企业制度建立的国有新公司。该公司于2007年10月18日开始运行,总资产3 000万元,职工总人数1 125人,其中在册职工682人,在岗职工136人,离退休职工443人。2007年实现工业总产值670万元,销售收入691万元。

公司主导产品为硬质合金可转位立铣刀、套式面铣刀、模块式面铣刀、阶梯重切面铣刀、两面刃、三面刃错齿铣刀及系列产品,各类硬质合金可转位铣刀刀片,加工中心用各类联接数控刀柄,各类镗床、铣床联接刀柄,铁路机车行业专用挤压丝锥、复合铰刀,塑料行业使用的菠萝刀等。其中硬质合金可转位立铣刀为部优产品;模块式面铣刀获中国机床工具工业协会"春燕奖"和"攻关奖"。产品广泛被国家特大型、大型、重型、铁路机车、发电、石化和汽车等行业编入工艺。

江苏天工工具有限公司 是中国最大的高速钢及高速钢切削工具综合一体化的生产企业,也是自2001年起中国最大的高速钢生产企业。主营产品为高速钢切削工具、高速钢、模具钢。企业是国家重点高新技术企业,"TG"牌孔加工刀具产品直柄麻花钻荣获"中国名牌产品"称号,"TG"注册商标被认定为中国驰名商标。天工国际于2007年7月26日成功在香港联交所主板上市。

公司拥有从废料循环利用到特冶业、工具业一体化的生产销售体系,是资源节约型、生态环保型、生产综合型企业。公司发展目标是成为全球领先的综合高速钢及高速钢切削工具制造企业。

河南一工工具有限公司 原河南第一工具厂,是国家定点生产金属切削刀具的专业单位。工厂始建于1959年,是全国刀具标准化技术委员会委员单位、中国刀具协会理事单位、中国机床工具工业协会工具分会理事单位、国家批准进出口自主权企业单位、省级科技企业、省级技术中心、省级制造业信息化示范企业、国家二级计量单位、豫北地区热处理中心。年产值8 000万元。

企业设备精良,检测手段完备,拥有优秀的专业技术人员团队。工厂现有德国萨克公司的CNC五轴五联动数控工具磨床、进口瑞士的高精度内外磨床及各种机床500余台,同时具有液氮深冷处理工艺装备,在高精、高效、高可靠性孔加工专用刀具的开发生产及刀具国产化方面尤具特色。现有教授级高工1名、高级工程师10名、工程师及技术人员135名。公司拥有国家专利12项,国家重点新产品4个,部优产品1个,省优产品3个,高新技术产品4个,其主导产品锥柄麻花钻连续3年销量位居全国前3位,是中国工业锥钻的4大知名品牌,加长钻、阶梯钻、扩孔钻等在全国销量名列前茅。企业主导产品为锥柄麻花钻、丝锥、非标准复杂刀具、标准刀具、专用机床制造及机床辅具工装等。

南昌硬质合金有限责任公司 始建于1966年,现由中国五矿集团公司下属的有色金属股份有限公司、日本泰珂洛公司、江西省冶金集团公司共同组建中外合资企业。

公司依托江西丰富的钨资源优势,具有从处理钨精矿到生产硬质合金及其深加工产品的综合生产能力,是中国生产钨制品和硬质合金及其工具的主要生产贸易企业。主要产品有仲钨酸铵;钨粉,碳化钨粉,氧化钨,普通合金,异型硬质合金棒、管、带材;硬质合金微型钻、微型铣刀、开槽钻、孔加工工具及特殊用途刀具等5大类近千个型号。

现有年生产能力:仲钨酸铵5 000t,氧化钨7 000t,钨粉、碳化钨粉1 500t,硬质合金450t,硬质合金微型钻600万支,孔加工用整体硬质合金整体刀具35万件。

2007年实现工业总产值96 112万元,销售收入82 893万元,从业人员平均人数710人,资产总计44 984万元。

2007年荣获"江西省重点出口企业"、"优秀高新技术企业"、"纳税百家企业"、"2006年度出口创汇先进企业奖"、"南昌工业企业销售20强"(排名14)、"南昌工业企业纳税20强"、"南昌工业企业出口创汇10强"(排名第4名)、"江西企业100强(第51位)"、"江西矿业企业30强第8名"。

哈尔滨量具刃具集团有限责任公司 简称哈量集团,前身为哈尔滨量具刃具厂,始建于1952年,是我国"一五"

时期 156 项重点工程中唯一制造工量具产品的企业。经过 50 余年的发展,企业已经成为我国工量具行业中产品品种最全、生产规模最大、技术力量雄厚、品质一流的排头兵企业和国家装备制造业的重点骨干企业。

哈量集团现占地面积 20 余万 m^2,拥有员工 3 000 余人,总资产达 10 亿元,净资产 4 亿元,集团下设 5 个国内子公司、1 个境外子公司和 11 个生产专业厂,拥有国家级科研机构和黑龙江省博士后产业基地。哈量集团现主要生产精密量仪、数控刀具、数控机床、通用量具和标准刀具 5 大类产品。多年来,多项产品填补国内空白,市场遍布欧美、东南亚等 30 余个国家和地区,产品、技术装备和研发能力均位于国内领先水平。2007 年成为"中国机械工业 500 强企业"、"中国优秀诚信企业",并再次被认定为"中国工业行业排头兵企业",2008 年初,企业品牌又被认定为"中国驰名商标"。

山东工具制造有限公司 由原山东工具厂重组而成,现为股份制企业。2007 年实现工业总产值 4 500 万元,销售收入 4 200 万元,利税 550 万元,工业增加值 2 200 万元,目前拥有固定资产 2 650 万元,员工 1 050 人,技术人员 125 人。

公司是山东省最大的生产螺纹刀具以及其他刀具的专业厂,有 50 多年的生产历史,有各类设备 660 余台(套),精大稀设备 50 余台(套)。主要生产手用丝锥、机用丝锥、圆板牙、孔加工刀具、齿轮刀具、合金类铣铰刀、光滑环塞规和螺纹塞规和针规等。公司注重技术进步、设备更新改造,目前拥有美国丝锥沟槽磨床、意大利无心磨床、国内先进的丝锥磨方机、螺纹磨床以及真空淬火炉、回火炉、激光检测仪等设备,螺纹类生产能力为 1~240mm。

2007 年企业连续获得济宁市技术创新先进企业、环境达标企业、设备管理先进企业,山东省级体制改革先进企业、技术创新先进企业、质量管理先进企业等。

2007 年企业出口额同比提高 230%,达到 100 万美元,产品远销德国、美国、俄罗斯、日本、印度尼西亚、巴基斯坦及中国香港。

河冶住商工模具有限公司 简称河冶住商,是河冶科技与住友商事共同出资成立的中日合资企业。河冶住商依托河冶科技高速钢材料的品质优势,生产全磨制立铣刀、机用锯条、木工刀具、白钢刀、模具刀板和异型刀片等高速钢刀具。其中立铣刀和机用锯条产量位居国内第一。产品以出口为主,销往北美、欧洲、东南亚地区。2002 年通过 ISO9001:2000 标准的转版认证,可为用户持续提供满意产品和优质的服务。

2006 年公司从德国引进 CNC 五轴联动工具磨床和专用刀具测量机,组成精密数控刀具生产线,生产标准和非标整体硬质合金刀具、粉末高速钢刀具和含钴高速钢刀具。实现从传统高速钢刀具向精密硬质合金刀具的历史性跨跃,进入高档精密刀具市场。2007 年生产总量 505 万支,工业总产值 7 624 万元,销售收入 8 044 万元,从业人员 348 人。

常熟量具刃具厂 始建于 1971 年,系专业生产"丰"牌工量具的原国有中型企业,厂区占地面积 6.5 万 m^2,固定资产 3 918 万元,职工 320 多人,各类专业技术人员 57 人。

企业主要产品有数控机床刀具铣铰刀类、各种标准及非标准铣刀、模具铣刀、孔加工刀具,非标准丝锥、螺纹滚刀、齿轮滚刀、链轮滚刀、蜗轮滚刀等。其中直柄立铣刀、锥柄立铣刀、外径千分尺、特种零级测微头等主导产品曾分别荣获部省优质产品称号。企业综合经济效益指标连续多年在全国同行业中名列前茅,其中优质产品锥柄立铣刀、键槽铣刀的产销量及市场占有率达 25% 以上。

工厂贯彻"满足顾客的需求是企业的追求"的服务宗旨,致力于"优质'丰'牌产品永恒的承诺"质量方针的实施。产品技术标准符合 GB 和 ISO 之要求,2000 年企业通过质量体系认证,2003 年 10 月通过 ISO9001:2000 版质量体系的转版审核认证,产品质量稳定,体系运行正常,顾客接收率达 100%。2006 年 1 月 18 日企业被中国机床工具工业协会评定为 2005 年度"精心创品牌活动十佳企业"。

〔撰稿人:中国机床工具工业协会工具分会黄宁秋 审稿人:成都工具研究所商宏谟〕

数 显 装 置

2007 年,数显装置行业继续保持产销两旺的势头,工业总产值及销售额、利润、税收等各项经济指标均有较大幅度增长,企业经济效益进一步提高;行业生产企业坚持走自主创新之路,在产品技术、生产规模、市场满足度等方面都取得了可喜的成绩;加强了行业标准化工作和统计工作,取得了突破性的进展;形成了一批产品结构多样化、跨专业、跨行业的数显装置行业生产骨干企业。桂林广陆数字测控股份有限公司成功上市,成为我国数显行业第一家上市公司。长春禹衡光学有限公司荣获"中国名牌产品"称号,是我国数显装置行业第一家获此殊荣的企业。

1. 行业基本情况

经过"十五"期间的高速发展,和"十一五"期间的持续发展,数显装置行业分会的会员单位 80% 以上为生产企业,并逐步形成了一批产品结构多元化、跨专业、跨行业的数显装置行业生产骨干企业。国产经济型的光栅、容栅、磁栅、感应同步器以及代理进口的球栅产品已经统占了国内市场;形成了中低端系列产品的市场体系;同时也研发出一批具有自主知识产权的新产品,为我国数显装置产业的自主发展奠定了一定的基础。

据不完全统计,2007 年年工业总产值(销售收入) 1 亿~2 亿元的企业有 4 家;4 000 万~10 000 万元的企业有 6 家;1 000 万~2 000 万元的企业有 4 家;450 万~1 000 万元的企业有 5 家;450 万元以下的企业有 4 家。这些企业的经济实力已具备了向更高目标发展、研发更高水平新产品的综合能力,特别是名列前 10 名的生产企业是数显装置行业发展的中坚力量。

通过自主研发,在数显装置产品的研发和生产上取得了明显进展。2007 年,行业生产企业更加注重具有自主知识产权新产品的研发,特别是对核心技术的研发。如桂林广陆数字测控股份有限公司在成功研制 IP67 防水型数显卡尺的基础上,对其芯片加大了研发力度,并加快了工艺技术研究,同时又开展了用于数显量仪产品的激光位移传感器的研发,力争保持在位移传感器领域研究的领先地位。又如广州市诺信(信和)数字测控设备有限公司在数控机床及

数控系统的研发方面,怡信集团、东莞市万濠精密仪器有限公司、深圳智泰精密仪器有限公司等在精密测量仪器的研发方面,莱格光电仪器有限公司在密封式钢带光栅传感器的研发方面,在上述新产品、新工艺、新技术的研发上,这些企业都有着独到之处。

本年鉴收录了国内 23 家生产数显装置、数显量仪、数显量具生产企业的数据和信息。2007 年数显装置行业主要经济指标完成情况见表 1。2007 年数显装置行业企业主要经济指标完成情况见表 2。

表1　2007 年数显装置行业主要经济指标完成情况

指 标 名 称	单位	实际完成
工业总产值(现价)	万元	105 301
其中:机床工具类产品产值	万元	97 666
产品销售收入(现价)	万元	98 934
其中:机床工具类产品销售收入	万元	90 320
工业增加值	万元	37 634
利税总额	万元	9 851
全年从业人员平均人数	人	3 999
固定资产合计	万元	73 655
流动资产平均余额	万元	46 160
固定资产净值平均余额	万元	13 040

表2　2007 年数显装置行业企业主要经济指标完成情况

序号	企 业 名 称	工业总产值(现价)(万元)	工业销售产值(万元)	从业人员平均人数(人)
1	桂林广陆数字测控股份有限公司	19 500	18 330	870
2	怡信集团公司	14 960	13 952	589
3	广州市诺信数字测控设备有限公司	14 660	13 451	524
4	东莞市万濠精密仪器有限公司	12 684	10 732	550
5	长春禹衡光学有限公司	8 000	8 000	400
6	上海平信机电制造有限公司	5 508	5 508	106
7	贵阳新豪光电有限公司	5 000	5 500	150
8	四川中科倍特尔技术有限公司	5 000	4 500	
9	无锡市瑞普科技有限公司	4 587	3 732	180
10	深圳智泰精密仪器有限公司	4 585	4 965	180
11	深圳市博望精密仪器有限公司	2 000	2 000	
12	北京航天峰光电子技术有限责任公司	1 950	1 880	120
13	无锡市科瑞特精机有限公司	1 847	1 817	
14	长春光机数显技术有限责任公司	1 320	556	93
15	桂林精达数字产品有限公司	629	631	50
16	成都成量工具有限公司(电子量具公司)	562	562	
17	莱格光电仪器有限公司	500	300	35
18	武汉湖滨仪器有限责任公司	490	460	112
19	北京中科恒业科技有限公司	490	490	
20	北京航天精密机械研究所	260	260	
21	无锡市红新电器厂	220	204	
22	威勤测量系统(深圳)有限公司	386	941	30
23	四川省机械电子技术应用开发中心	163	163	10

注:由于本年鉴 2006 年收录了 17 家会员单位的统计数据,故本表不作与上年度的同比增长分析。但总体来看,2007 年与 2006 年从工业总产值和销售收入两个指标对比,增长幅度均达 80% 以上。

2. 生产发展情况

机床工具行业是国民经济的基础装备产业,也是事关装备制造业发展的关键产业。我国机床行业沿着高效、高速、成套的趋势蓬勃发展,迅速进入了以数字化制造技术为主导的发展时期,为装备制造业的发展注入了强大的动力,也有效地拉动了机床工具行业各配套小行业的技术进步,

同样给数显装置行业生产企业新一轮的发展创造了有利条件。我们侧重分析了珠江三角地区和长江三角地区数显行业生产企业 2007 年的生产情况,其中有 3 点是比较突出的:

(1)面对国内外行业发展趋势和激烈的竞争态势,企业必须根据自身条件重新准确定位,选择合理的发展模式,扬长避短,积极调整产品结构,更新传统的数显产品,并不失

时机地进入新的技术领域,走出一条适合本行业、本企业发展的道路。

（2）综观数显行业企业 2007 年的生产发展情况,总体上看保持着较高速度的增幅,从产品结构来看,数显量仪和数控机床(数控系统)的增长比重较大。

（3）从地域分布来看,2007 年数显行业发展的重心仍在珠江三角地区和长江三角地区,从行业前 10 名的生产企业来看,大部分企业都分布于上述两个地区。

2007 年数显装置行业分类产品生产情况见表 3。

表 3　2007 年数显装置行业分类产品生产情况

产品名称	产量单位	产量	产值(万元)
量具	万件	270.08	20 617
卡尺	万件	33.82	3 049
量表	万件	17.86	917
电子数显量具	万件	208.12	10 861
其他量具	万件	10.28	5 789
量仪	台	5 892	19 302
数显装置			
光栅尺	支	336 634	10 647
光栅数显表	台	97 130	5 841

（续）

产品名称	产量单位	产量	产值(万元)
磁栅尺	支	8 600	1 290
磁栅数显表	台	620	248
球栅尺	支	1 700	581
球栅数显表	台	927	360
感应同步数显表	台	2 200	440
容栅尺	支	30	150
容栅数显表	台	2 638	2 092
圆光栅编码器	万只	4 300	16 367
圆感应同步器	只	100	60
其他	件	1 753	1 677

3. 市场及出口情况

统计数据表明,2007 年数显装置行业生产企业仍然保持着较高的产销率,国内外销售市场旺盛。这是很好的趋势。尽管 2007 年由于美元的下跌、人民币的升值,给出口企业带来了一定的经济损失,但企业加强了内控、调节,采取节能降耗、挖潜等措施,从全局看,行业出口的势头仍然看好。

2007 年数显装置行业合资合作产品销售情况见表 4。2007 年数显装置行业分类产品出口情况见表 5。

表 4　2007 年数显装置行业合资合作产品销售情况

序号	产品名称	销售量(台)	销售值(万元)	生产企业
1	数控加工中心	336	6 884.2	广州市诺信数字测控设备有限公司
2	光栅尺	87 395	1 408.3	广州市诺信数字测控设备有限公司
3	数显表	35 614	1 914.7	广州市诺信数字测控设备有限公司
4	SONY 数显表	1 250	437.5	上海平信机电制造有限公司
5	SONY 磁栅尺	3 950	1 382.5	上海平信机电制造有限公司
6	SONY 转接接口	3 500	1 232.0	上海平信机电制造有限公司

表 5　2007 年数显装置行业分类产品出口情况

产品名称	出口量单位	出口量	出口额(万元)
量具	万件		
电子数显量具	万件	192	15 377
其他量具	万件	11	5 789
量仪	台	809	2 129
数显装置			
光栅尺	支	37 243	1 966
光栅数显表	台	7 506	850
容栅尺	支	10 000	4
容栅数显表	台	100	3
圆光栅编码器	万只	43 750	1 279

4. 科技创新与新产品、新技术、新工艺发展情况

数显装置行业主要生产企业经过近年来的高速发展,都深切认识到,企业在做好自己的主导产品和坚持多元化产品方向之外,更重要的是还必须具备自主知识产权的技术创新能力,不断提高产品的技术水平,推动企业技术进步,实现可持续发展及与国际先进技术接轨。据不完全统计,2007 年数显装置行业共开发新产品 39 项。2007 年数显装置行业新产品开发情况见表 6。

2007 年,数显装置行业共完成科研项目 24 项。其中由桂林广陆数字测控股份有限公司和上海交通大学完成的"新型电涡流式位移传感器及新一代防水型数显卡尺"获中国机械工业科学技术奖三等奖。该项目提出基于电涡流位移传感器的新型防水型数显卡尺原理,突破传统的利用容栅位移传感器制作便携式数显量具的技术原理,可完全解决常规电子数显卡尺不能防水的问题,防护等级达到 IP67。各项技术指标达到国内领先,处于国际先进水平。2007 年数显装置行业科研项目完成情况见表 7。

表 6　2007 年数显装置行业新产品开发情况

序号	产品名称	型号	主要技术参数	产品性质	产品属性
桂林广陆数字测控股份有限公司					
1	数显千分尺系列产品	211—101E	精度:0.002mm	改型设计	行业新产品
2	单柱带手轮数显高度尺系列	131—603	精度:0.02mm	改型设计	行业新产品
北京航空精密机械研究所					
3	三坐标测量机	PEARL	精度:$(1.5 + L/300)\ \mu m$;有效行程(X 轴/Y 轴/Z 轴):$(700 \sim 1500)\ mm/(500 \sim 900)\ mm/(400 \sim 800)\ mm$	全新设计	行业新产品

序号	产品名称	型号	主要技术参数	产品性质	产品属性
4	三坐标测量机	CENTURY	精度：$(1.0 + L/350)\,\mu m$；有效行程（X轴/Y轴/Z轴）：$(700 \sim 1\,900)\,mm/(500 \sim 1\,100)\,mm/(500 \sim 1\,100)\,mm$	改型设计	行业新产品
5	三坐标测量机	CIOTA	精度：$(2.5 + L/300)\,\mu m$；有效行程（X轴/Y轴/Z轴）$(500 \sim 3\,000)\,mm/(600 \sim 1\,500)\,mm/(400 \sim 1\,500)\,mm$	改型设计	行业新产品
6	三坐标测量机	LM	精度：$(5.5 + L/200)\,\mu m$；有效行程（X轴/Y轴/Z轴）：$(3\,000 \sim 12\,000)\,mm/(2\,000 \sim 5\,000)\,mm/(1\,500 \sim 3\,500)\,mm$	全新设计	行业新产品
7	滚动光栅	MG—2500	测量精度：$\Delta \leqslant 0.01 + 0.003 \times L/250 +$ resolution 无限测长	全新设计	行业新产品
8	容栅角度传感器	RSH—80	分辨率：$3s$、$0.01°$；精度：$6s$、$0.02°$	全新设计	行业新产品
9	十六路输出检测仪	SHLJCY—16	有效行程：50mm；并行输出、USB接口，光盘图型软件	全新设计	行业新产品
北京航天峰光电子技术有限责任公司					
10	带超速报警的数显卡尺		1.5V/3.0V，$20\,\mu m$、1.2m/s；能输出超速度报警信号	全新设计	行业新产品
11	带预置的千分尺数显组件		测量范围：$0 \sim 300mm$，1.5V，$20\,\mu m$，0.001mm	改型设计	行业新产品
东莞市万濠精密仪器有限公司					
12	CNC影像测量仪	VMS－6060H	行程：$600mm \times 600\,mm$；精度：$(3 + L/200)\,\mu m$	全新设计	企业新产品
13	手动影像测量仪	VMS Ⅱ—2515/3020	行程：$(300mm \times 200mm)/(350mm \times 250\,mm)$；精度：$(3 + L/75)\,\mu m$	全新设计	企业新产品
14	H系列CNC影像测量仪	VMS—2515H/3020Y/4030H	行程：$(220mm \times 120mm)/(270mm \times 170mm)/(370mm \times 270mm)$；精度：$(3 + L/75)\,\mu m$	全新设计	企业新产品
15	手动三坐标测量机	CMS Ⅱ—664M	行程：$500mm \times 500mm \times 400mm$；精度：$(3.5 + L/250)\,\mu m$	全新设计	企业新产品
16	手动三坐标测量机	CMS—8106M	行程：$800mm \times 1\,000mm \times 600mm$；精度：$(3.5 + L/200)\,\mu m$	改型设计	企业新产品
17	复合型CNC三坐标测量机	CMS—554CVM	行程：$500mm \times 500mm \times 400mm$；精度：$(3 + L/300)\,\mu m$	改型设计	企业新产品
18	CNC三坐标测量机	CMS—10158C	行程：$1\,000mm \times 1\,500mm \times 800mm$；精度：$(3.5 + L/200)\,\mu m$	改型设计	企业新产品
19	光栅信号转换盒	USB—302、303、308	将二轴/三轴光栅信号通过USB送入电路	全新设计	企业新产品
20	八轴数显表	WE8000	可以连接八轴光栅信号	全新设计	企业新产品
21	全自动影像测量软件	QIM5008	可测量14种元素，有自动对焦、自动变倍率功能	全新设计	企业新产品
22	SPC统计分析软件	SPC	配套QIM5008使用	全新设计	企业新产品
莱格光电仪器有限公司					
23	密封式钢带光栅传感器	JGX—501、502、503	分辨率：$5\,\mu m$；精度：$10\,\mu m/m$；长度：50m	全新设计	行业新产品
24	敞开式钢带光栅传感器	JGX—SK	分辨率：$1\,\mu m$；精度：$3\,\mu m/m$	全新设计	行业新产品
25	数控型光栅线位移传感器	JGX—KJ	分辨率：$1\,\mu m$；精度：$3\,\mu m/m$	全新设计	行业新产品
26	数控钢质柱面光栅传感器	JGX—JZ	分辨率：$1\,\mu m$；精度：$3\,\mu m/m$	全新设计	行业新产品
无锡市瑞普科技有限公司					
27	超薄伺服电动机旋转编码器			全新设计	行业新产品
28	超薄型分体式反射编码器			全新设计	行业新产品
29	超薄型分体式模块反射编码器			全新设计	行业新产品
30	超薄型缝纫机光电编码器			全新设计	行业新产品

序号	产品名称	型号	主要技术参数	产品性质	产品属性
31	超薄型空心轴单圈串行绝对式编码器			全新设计	行业新产品
32	复合编码器			全新设计	企业新产品
33	手动脉冲发生器动光栅			全新设计	企业新产品
34	手动脉冲发生器静光栅			全新设计	企业新产品
35	一种手持脉冲发生器			全新设计	企业新产品
深圳智泰精密仪器有限公司					
36	全自动光学影像测量仪	QVC	精度：$(2.5 + L/200)\mu m$	全新设计	企业新产品
37	点激光测量仪	VCL	精度：$5\mu m$	全新设计	企业新产品
怡信集团公司					
38	三坐标测量机	ES—CMM654	精度（E）：$(3.5 + L/300)\mu m$；行程：500mm × 600mm×400mm	全新设计	企业新产品
39	光学式刀具预调仪	ET—400HR	光学放大倍率：$20 \times$，旋转分划板技术，角度/弧度分划曲线度	全新设计	企业新产品
广州诺信数字测控设备有限公司					
40	数控磨边机	SDS9—4CNCF1	X、Z、C 三轴驱动转矩0.5N·m，采用400W电动机，额定转矩1.3 N·m；C 轴分度精度：最大36 000 脉冲/r，即分辨率0.01°；C 轴转动速度：$0 \sim 10r/min$；X 轴最大移动速度 $0 \sim 15m/min$；Z 轴最大移动速度 $0 \sim 10m/min$	全新设计	行业新产品
41	光栅尺	KA—200	移动速度：40m/min；分辨率：$5\mu m$、$1\mu m$、$0.1\mu m$；其他技术指标符合 JB/T100802.2—2000 标准	全新设计	企业新产品
威勤测量系统（深圳）有限公司					
42	V600 系列数显表	V601/V602/V603	解析度：$1\mu m$、$5\mu m$、$10\mu m$、$20\mu m$、$50\mu m$	改型设计	企业新产品
43	V630 系列数显表	V632/V633	解析度：$5\mu m$、$10\mu m$、$20\mu m$、$50\mu m$	改型设计	企业新产品
44	V800 系列数显表	V801/V802/V803	解析度：$1\mu m$、$5\mu m$、$10\mu m$、$20\mu m$、$50\mu m$	改型设计	企业新产品
45	V830 系列数显表	V832/V833	解析度：$5\mu m$、$10\mu m$、$20\mu m$、$50\mu m$	改型设计	企业新产品

表7　2007 年数显装置行业科研项目完成情况

序号	项目名称	主要内容	应用状况	投入资金（万元）	项目来源	完成单位
1	基于 CCD 和 PSD 的自适应激光位移传感器研制	该项目是针对国内外激光位移传感器存在的原理性缺陷展开研究，攻克关键技术难关，总结出基于 CCD 和 PSD 自适应激光位移测距的理论方法，获得自主知识产权，提供在线检测关键技术和部件	研制阶段	300	自选	桂林广陆数字测控股份有限公司
2	磁栅数显系统	开发磁栅信号与数控系统的兼容性及提高系统精度	自行应用	153	上海市科委	上海平信机电制造有限公司
3	鞋楦机数控装置	开发鞋楦的自动加工	自行应用	62		上海平信机电制造有限公司
4	三坐标 X 向导轨重力分析与测试研究	测试分析导轨变形	自行应用		自选	东莞市万濠精密仪器有限公司
5	WD006 反射光栅	设计排版测试	研制阶段		自选	东莞市万濠精密仪器有限公司
6	WD102 菲佑干涉仪相位头控制器	干涉条纹分析	研制阶段		自选	东莞市万濠精密仪器有限公司
7	WVDM0701、0702、0704、0705 影像仪运动控制系统	影像仪运动控制测试	研制阶段		自选	东莞市万濠精密仪器有限公司
8	WD035 快速程控光源	表面光的控制	研制阶段		自选	东莞市万濠精密仪器有限公司
9	WD023 影像仪操纵杆	影像仪控制测试	自行应用		自选	东莞市万濠精密仪器有限公司

序号	项目名称	主要内容	应用状况	投入资金（万元）	项目来源	完成单位
10	WD021 九轴数显表	设计、调试、测试	其他		自选	东莞市万濠精密仪器有限公司
11	WD008、09 弦波信号转接盒	处理光栅弦波信号	其他		自选	东莞市万濠精密仪器有限公司
12	WD012 伺服功率放大器	与运动控制器配套设计、调试	自行应用		自选	东莞市万濠精密仪器有限公司
13	密封式钢带光栅传感器	用于大、中型数字加工设备	自行应用	500	科技部	莱格光电仪器有限公司
14	敞开式钢带光栅传感器	用于高精度数字化检测装备	自行应用	100		莱格光电仪器有限公司
15	数控型光栅线位移传感器	满足数控机床需要	研制阶段	100	自选	莱格光电仪器有限公司
16	数控钢质柱面光栅传感器	无内置轴承	研制阶段	500	北京市科委	莱格光电仪器有限公司
17	带微处理器的专用集成电路	1.5V/3.0V，20Ma。用于开发多功能的数显量具		20	自选	北京航天峰光电子技术有限责任公司
18	多路数据接口	1~8 路（可选）用于数显量具的数据采集和传输		10	自选	北京航天峰光电子技术有限责任公司
19	三坐标测量机	外观设计		18		怡信集团公司
20	光学式刀具预调仪 ET—400HR	旋转式分划板，角度/弧度分划线		5		怡信集团公司
21	二次测量影像	自动对焦系统		12		怡信集团公司
22	EV 系列	自动变焦系统		16		怡信集团公司
23	EDM 大型龙门	规格：2 500mm×1 200mm		30		怡信集团公司
24	CNC 高速雕铣床	5 轴高速				怡信集团公司

5. 标准化工作

标准化是科学技术的结晶，是先进生产力的重要标志。全国量具量仪标准化技术委员会数显装置分技术委员会的获准成立，标志着我国数显行业的标准化技术工作将跃上一个新的台阶，为加速我国数显装置行业技术进步和行业的更大发展创造了更为有利的条件。

6. 技术改造

随着"十一五"规划的实施，新的一轮技术创新、技术改造项目的启动，数显装置行业大多数生产企业都不同程度地开展了技术改造工程。据不完全统计，如桂林广陆数字测控股份有限公司在无锡的全资子公司——量仪生产基地，位于无锡工业新区的第一期基建工程已竣工并已搬入新厂房投产；广州市诺信数字测控设备有限公司年产 1 000台数控机床（加工中心）生产基地的建设项目已竣工，并投入使用；无锡市瑞普科技有限公司新生产基地建设项目，苏州怡信光电科技有限公司新生产基地建设项目，珠海市怡信测量科技有限公司新生产基地建设项目，东莞市万濠精密仪器有限公司在苏州的新生产基地建设项目均先后竣工并投入使用。可以预期，这批技术改造建设工程项目的竣工并投入使用，将对数显装置行业的发展和技术进步产生重大影响和做出重要贡献。

7. 建议

近几年来，一方面机床工具行业的市场持续火热，给数显装置行业带来了机遇，在企业经营形势喜人的同时，还应看到行业企业存在的不足。在中、高端数显产品方面，我们与发达国家相比，差距依然很大。行业企业必须加大对中、高端数显技术的研发力度，在技术改造中先进设备的采购，要有解决长远问题的前瞻性，逐步增加高精尖关键设备仪器，做到产值水平与技术水平的协调发展。另一方面，随着外资企业进入和加大对中国市场的分割，竞争是不可避免的。行业企业要加强内部管理，提高对产品质量、性能、可靠性等各类用户不满意问题的技术攻关能力，以赢得客户、赢得市场。在行业高速发展的态势下，面对多变的大环境因素，必须尽快提高企业的应变能力，对2008 年的经济走向必须有一个较为准确的形势估计，以确保企业可持续性发展。

8. 企业简介

桂林广陆数字测控股份有限公司 是高新技术企业。于 2007 年 10 月在中国深圳交易所上市（股票代码002175），现有员工 870 人，其中科技人员约占 25%，注册资本 5 693 万元。公司下辖无锡广陆数字测控有限公司、上海广陆测控技术开发有限公司和上海销售分公司。公司主要生产4大类产品:电子数显卡尺系列(通用和专用),电子数显千分尺系列,电子数显指示表系列,以及其他智能化、数字化精密仪器仪表系列产品。生产规模已达年产135万套,70%以上的产品出口到欧美等30多个国家和地区,产量占全行业的50%以上,产量、出口量、销售量连续10年均以30%以上的速度增长。2007年实现工业总产值2亿元,销售收入1.83亿元,实现利税3 000多万元,居国内同行业前列。

公司目前是国内测量范围在500mm以上的专用(非标产品)电子数显量具量仪的唯一生产厂家,生产的系列产品被列入中国高新技术产品出口目录。公司通过了ISO9000:2000国际质量保证体系认证、ISO10012:2003测量管理体系认证、ISO14001:2004环境管理体系认证和国际CE安全认证。

公司为国家机电产品出口生产基地,拥有自营进出口权,被中国银行评为AAA级信用单位,荣获广西经济效益先进单位称号,2003年和2006年连续两次被评为中国机床工具行业"精心创品牌活动十佳企业",是中国机床工具工业协会数显装置分会理事长单位,全国量具标委会数显装置分标委会秘书处挂靠单位。

长春禹衡光学有限公司 前身为长春第一光学有限公司,始于1965年,是吉林省科委认定的高科技企业,原国家机械部重点企业,国家光电编码器定点生产厂家,拥有国家光电编码器工程中试基地和研发中试中心,拥有行业内博士后科研工作站,曾先后被评为全国CAD应用工程示范企业,国家专利申报百强企业,被列为长春国家光电子产业基地重点企业,并确定为博士后科研创业基地。

42年来,公司坚持走自主研发和技术引进相结合的企业发展之路,不断进行技术创新,逐步掌握了光电编码器的自主知识产权并形成自主品牌。近年来,根据市场变化和用户要求,公司及时调整了产品结构,最终形成了目前以光电编码器为主导产品,光学仪器并重的发展格局。1986年,公司引进日本编码器制造技术后,经过消化吸收和自主创新,已开发并生产出了50多个系列,几百个品种的光电编码器,形成了自己的知识产权和品牌。产品除满足国内需求外,还大量出口国外,如日本、韩国、英国和新加坡等。多年来,禹衡光学的光电编码器一直占据着我国60%以上的市场。

2007年"禹衡牌"光电编码器被评为中国名牌产品,实现了公司阶段性目标,同时也是各项工作的一个新起点。公司很快就提出了"开展精品工程,走品牌发展之路"的战略思想,采取多项措施,从精品定义、精品研发、精品制造、精品营销、精品服务5个环节打造精品,要求全体员工在精品工程的创造中做到精心、精确、精细和精致,从而给用户带来全新的品牌感受。

怡信集团公司 是以工业为主的综合工业集团,拥有10家工厂,超过20万m²的生产区域。2008年初,珠海怡信自动化设备有限公司启动后,集团总员工数已升至589人。公司研发和技术部门拥有超过180名大学或以上学历的技术开发队伍。

怡信集团公司旗下拥有10家公司(厂)和1个跨国合资公司。其中苏州市怡信光电科技有限公司主要生产3D激光扫描仪、三坐标测量机、通用长度测量仪、刀具预调仪;珠海市怡信测量科技有限公司主要生产光栅电子尺数显系统、光学投影仪、影像测量仪。

10余年前,怡信集团公司从光栅尺起家,产品单一。经过多年努力,发展到现在已拥有测量仪器、机械加工、机床、数控控制等多品种、多层次产品。产品畅销国内,远销欧洲,深受用户好评。2007年,集团实现销售收入13 952.6万元,又登上了一个新的台阶。

公司的战略定位:在2009~2012年争取上市,并逐步从人才培养、产品升级、新品研发等方面做好充分准备,力争做大做强。公司的4大产品定位是:机床、自动化元件、测量仪器和顾问服务。

贵阳新豪光电有限公司 是研制、生产、销售光栅传感器数显系统产品的中外合资高新技术企业,是中国机床工具工业协会数显装置分会理事单位、常务理事。公司拥有20多年的数显产品生产历史和经验,是中国较早的传感器生产和研发企业。公司依托高新区及贵阳新天光电科技有限公司智力密集、人才荟萃、技术力量雄厚的优势,始终以"高、新、精"作为产品研发的方向和目标,积极瞄准世界数显产品最新动态。高精度、高可靠、性能优良的光栅数显系列产品,不但广泛用于国内外机械行业、国防工业及科研所的位移测量和试验控制,还远销东南亚地区和韩国、英国、美国及意大利、法国、德国等欧洲国家。

公司主导产品有光栅传感器、光栅玻璃尺、数显表及光电检测仪器等4大系列。品种规格齐全,功能强,安装使用方便,具有较高的性价比。

公司以"用户至上,质量第一"为企业宗旨,始终将"用户满意,不断创新"作为企业永无止境的追求。

北京航空精密机械研究所(303所) 是中国航空工业第一集团公司所属的综合性应用技术研究所,作为以精密、超精密加工技术著称的科研生产基地,具有很强的多学科综合研究开发能力。建所40多年来,在制造技术领域重点开发机电一体化技术新产品,为航空、航天、汽车、船舶、机电、轻工、新型材料等行业提供了大量加工、检测设备和技术。该所是航空机载设备制造技术研究开发中心,主要承担精密制造和精密检测技术及其设备的研制和开发。该所占地面积约14万m²,职工700余人,其中研究员、高级工程师150余人。研究所下设3个研究室、3个事业部、2个生产试制部、1个精密加工中心和1个高新技术开发公司,具有自营外贸进出口权。

主要产品有:①航空产品。包括伺服转台、速率位置转台、惯导测试转台、角振动转台、线加速模拟转台和多轴飞行模拟与运动仿真转台等;综合环境试验装置、疲劳试验装置、振动试验装置等。②非航空产品。包括各种规格的精密型、生产型三坐标测量机,超精密加工机床和研磨机,数显高度仪,电液伺服阀,各种长圆光栅、容栅、感应同步器等精密元部件。同时,还能在精密加工、精密检测、特种加工、非标与专用设备等方面提供技术服务。部分产品销往国外。

目前,本所在超精密加工技术与设备、精密数控加工技术、数控三坐标测量机技术与设备、惯导测试与运动仿真技术与设备等技术领域处于国内领先或先进地位。建所40多年来,科研成果获部级以上奖励200余项,其中国家发明奖15项,国家科技进步奖8项,全国科技大会奖14项。

威勤测量系统(深圳)有限公司 是英国威勤测量系统有限公司(Vulcan Measurement Systems Limited)位于中国的总部,专门从事数显系统的销售,并在北京、上海、东莞等地设立办事处及多处销售中心。

英国威勤测量系统有限公司,是专门从事数显系统研发、生产及销售的企业。威勤团队有10多年在数显行业的经验,对球栅的研发、生产尤为专精,并以提供可靠耐用、质优价廉的产品为服务宗旨。

威勤团队凭着数显行业10多年的丰富经验,结合欧洲的研发及日本的生产技术,研制出了一系列可靠耐用、质优价廉的产品。一队经验丰富、技术高超的服务团队是公司生存发展的关键所在,如何协助客户提高生产率、提升生产效能,是威勤公司所有产品研发及服务计划的核心。

威勤生产的球栅系统,用户遍及全世界,质量稳定,价格合理,倍受客户好评。威勤产品已通过ISO9000质量体系,CE、UL等多项国际认证。威勤将继续专注于发展新技术,改进生产系统,增加产品系列的多元性并提升产品质量。

智泰集团 于1996年11月创立,主要致力于光、机、电一体化技术。主要产品有:光学影像量测仪、光学影像投影仪、三维激光扫描仪、三坐标测量仪、RoHS荧光分析仪和X-Ray无损探伤仪总共60多种机型,可广泛应用于航天、汽车、机械、模具、电子、电器、PCB板和塑胶等行业。

智泰集团在大陆的研发基地和管理总部智泰科技南京有限公司,主要从事光学影像量测仪,三维激光抄数机的光学系统、机电控制系统、微电控制系统、激光控制系统以及仪器相关软件的研究和开发。

在大陆的生产基地有:深圳智泰精密仪器有限公司和昆山智泰光电科技有限公司。前者是智泰集团在大陆华南地区的生产基地,由品管、电子、组装、加工等多个部门组成。拥有整套完善的生产加工设备,并已通过ISO9001:2000质量管理体系认证。后者是由智泰集团在中国大陆华东地区投资的独资企业,是一家正在迅速成长的高新技术公司。

面对机遇和挑战,智泰集团将本着"品质、技术、创新、永无止境"的经营理念,紧扣市场需求,不断推出新产品,满足客户需求。

〔撰稿人:中国机床工具工业协会数显装置分会李振雄〕

机 床 电 器

一、机床电器

机床电器是各类机械、机床和自动化装置的控制电器,是机械工业基础元件。我国机床电器行业经过50多年的发展,已在企业、产品、标准和检测等方面形成了较为完整的体系,产品系列品种、技术性能、产品质量和生产能力等方面能够基本满足国民经济快速发展的需要。目前机床电器产品可分为:接触器、起动器、继电器、电磁铁、电磁离合器、行程开关、转换开关、按钮开关、机床变压器、断路器及其他机床电器元件等10余大类。

自2001年以来机床电器行业进入了快速发展的时期,这一阶段是新中国成立以来机床电器行业及产品发展最快的时期。快速发展的主要标志是:①"十五"期间(2001~2005年)机床电器行业总产值连续增长,目前仍保持快速发展的势头,机床电器行业的春天还在继续;②机床电器行业的制造水平明显提高,包括模具制造能力、零部件加工设备、自动检测线及关键部件自动装配线、生产设备等;③机床电器设计水平取得明显突破,现代设计技术开始应用,具有自主知识产权的产品逐步增加;④我国机床电器产品总体水平快速提高,新一代机床电器产品研发工作正式启动;⑤机床电器质检工作更加规范,原有生产许可证、长城认证和出口许可证统一为3C认证;⑥机床电器标准化工作快速发展,逐步跟上IEC步伐。

在我国机床电器行业快速发展的同时,外资企业不断向中国扩张,机床电器主要原材料价格仍居高不下,机床电器产品新一轮的价格竞争还在继续,这使得我国机床电器行业及产品发展面临一系列问题。要想克服上述问题,机床电器行业企业必须持续加大产品研发投入,提升产品技术含量,开发具有自主知识产权、差异化的产品。

1.行业结构及基本情况

参加本年鉴汇总的机床电器行业企业共计25家,其中国有企业2家,占8%;股份制企业(含改制企业)17家,占68%;集体所有制企业1家,占4%;民营企业5家,占20%。企业的地区分布主要集中在京津、沈阳、江浙和上海等地区。

从行业的企业性质构成看,当前股份制公司(含改制企业)在机床电器行业中占有相当大的比重。行业中的绝大多数原国有企业都已改制,通过股份制改造使得国有资本全部退出,进而实现了资产和人员的优化,以此应对激烈的市场竞争。同时,一大批民营企业正迅速发展壮大,并大力扩张其在机床电器产品市场的影响力,现已成为行业发展中的重要力量。

行业各企业在 2007 年共计实现工业总产值(现价)32.88亿元,工业销售产值(现价)31.47亿元,实现利税4.17亿元,全年从业人员平均人数 9 455 人。

本次汇总统计中工业销售产值上亿元的企业是:耀华电器集团有限公司(15.18 亿元)、九川集团有限公司(2.96 亿元)、天水二一三电器有限公司(2.66 亿元)、华威控股集团有限公司(2.19 亿元)、桂林机床电器有限公司(1.54 亿元)、上海二工电气有限公司(1.52 亿元)和北京机床电器有限责任公司(1.13亿元)。

实现利税上千万元的企业是:耀华电器集团有限公司(2.51 亿元)、天水二一三电器有限公司(0.45 亿元)、九川集团有限公司(0.37 亿元)、华威控股集团有限公司(0.23 亿元)和上海二工电气有限公司(0.17 亿元)。

2007 年机床电器行业继续保持着稳步增长的势头。随着经济全球化的影响,我国正日益发展成为全球制造业中心,国内机床行业形势喜人,直接带动了机床电器行业的振兴,行业重点骨干企业的各项主要经济指标上升趋势明显。但值得注意的是,由于近期国内原材料价格持续走高,加之机床电器产品低价竞争的压力,直接导致了机床电器行业利润空间的压缩。为此,众多企业主动采取各种行之有效的应对措施以规避经营风险。2007 年机床电器行业主要经济指标完成情况见表1。2007 年机床电器行业企业主要经济指标完成情况见表2。

表1 2007 年机床电器行业主要经济指标完成情况

指标名称	单位	实际完成
工业总产值(现价)	万元	328 810
其中:机床工具类产品产值	万元	303 846
工业销售产值(现价)	万元	314 677
其中:机床工具类产品销售产值	万元	291 550
工业增加值	万元	76 694
实现利税	万元	41 653
从业人员平均人数	人	9 455
资产总计	万元	215 439
流动资产平均余额	万元	140 871
固定资产净值平均余额	万元	37 977

表2 2007 年机床电器行业企业主要经济指标完成情况

序号	企业名称	工业销售产值(万元)	工业总产值(现价)(万元)	从业人员平均人数(人)
1	耀华电器集团有限公司	151 800	158 860	3 176
2	九川集团有限公司	29 643	31 003	971
3	天水二一三电器有限公司	26 589	26 516	880
4	华威控股集团有限公司	21 923	22 836	308
5	上海二工电气有限公司	15 200	16 000	498
6	桂林机床电器有限公司	15 380	15 360	502
7	北京机床电器有限责任公司	11 314	12 289	319
8	无锡市明达电器有限公司	9 412	10 368	464
9	沈阳二一三电器有限公司	9 104	9 677	406
10	苏州机床电器厂有限公司	5 358	5 798	289
11	天津机床电器有限公司	5 038	5 600	266
12	北京第一机床电器厂有限公司	2 164	2 545	162
13	无锡市正煌电器有限公司	1 483	1 545	105
14	上海第二机床电器厂有限公司	1 477	1 466	101
15	福建光泽机床电器有限公司	1 151	1 318	89
16	北京电器有限公司	1 310	1 310	75
17	北京第三机床电器厂	914	960	55
18	西安腾达电器有限责任公司	850	855	60
19	南通明月电器有限公司	989	850	80
20	乐清市华达电子器材厂	760	845	75
21	四川省彭山长寿电器有限责任公司	801	810	231
22	荆州市中宇机床电器有限公司	557	562	92
23	上海第三机床电器厂有限公司	560	533	50
24	营口科宇数控机床电器有限公司	500	500	100
25	沈阳市建新机床电器厂	400	404	101

2.行业生产情况

2007 年行业机床电器产品产量达 6 229.427 9 万件,产值达30.38 亿元。其中,断路器产品的产量(2 428.92 万件)和接触器产品的产值(9.97 亿元)在机床电器产品中所占比例最大。2006～2007 年机床电器行业分类产品生产情况见表3。2007 年机床电器行业企业分类产品生产情况见表4。

表3 2006～2007年机床电器行业分类产品生产情况

产品名称	产量单位	产量		产值(万元)	
		2007年	2006年	2007年	2006年
机床电器	万件	6 229.4	5 361.8	303 846	281 828
接触器	万件	1 231.7	1 100.0	99 712	81 588
起动器	万件	16.8	14.6	4 211	3 980
继电器	万件	446.4	424.6	11 227	10 818
电磁铁	万件	112.4	167.0	5 073	5 882
电磁离合器	万件	31.1	26.1	8 968	7 745
行程开关	万件	294.2	223.9	7 130	5 770
转换开关	万件	111.1	105.7	7 765	6 952
按钮开关	万件	639.7	618.3	10 762	9 911
机床变压器	万件	152.2	121.4	12 406	9 475
断路器	万件	2 428.9	1 950.7	68 364	70 405
控制柜	台	542 579	503 482	7 242	9 939
其他机床电器元件	万件	710.7	559.1	60 987	59 364

表4 2007年机床电器行业企业分类产品生产情况

序号	企业名称	产量(万件)	产值(万元)
1	耀华电器集团有限公司	2 847.4	158 860
2	天水二一三电器有限公司	410.7	26 516
3	九川集团有限公司	326.3	25 721
4	华威控股集团有限公司	260.0	16 790
5	桂林机床电器有限公司	560.0	15 360
6	上海二工电气有限公司	832.0	14 585
7	沈阳二一三电器有限公司	159.0	9 677
8	无锡市明达电器有限公司	349.6	8 711
9	天津机床电器有限公司	9.5	5 600
10	北京机床电器有限责任公司	62.2	5 243
11	苏州机床电器厂有限公司	93.3	3 400
12	北京第一机床电器厂有限公司	51.4	2 545
13	无锡市正煌电器有限公司	9.0	1 517
14	上海第二机床电器厂有限公司	117.0	1 466
15	北京电器有限公司	3.3	1 310
16	北京第三机床电器厂	6.5	960
17	西安腾达电器有限责任公司	41.8	855
18	南通明月电器有限公司	41.8	850
19	四川省彭山长寿电器有限责任公司	4.9	810
20	福建光泽机床电器有限公司	20.1	713
21	乐清市华达电子器材厂	17.7	710
22	荆州市中宇机床电器有限公司	1.1	562
23	上海第三机床电器厂有限公司	2.8	533
24	营口科宇数控机床电器有限公司	1.5	500
25	沈阳市建新机床电器厂	0.4	53

注:表中各企业数据仅指机床电器,不含其他产品。

机床电器行业的产品主要面向国内市场,整体出口量较小。此次统计的出口企业共有7家,2007年共计出口机床电器产品688.75万件,出口额3.35亿元。其中,接触器产品的出口量(202.42万件)和断路器产品的出口额(1.43亿元)在机床电器产品中所占比例最大。出口额超千万元的企业是:耀华电器集团有限公司(2.18亿元)、九川集团有限公司(0.90亿元)、沈阳二一三电器有限公司(0.13亿元)。2006～2007年机床电器行业分类产品出口情况见表5。2007年机床电器行业企业分类产品出口情况见表6。

表5 2006～2007年机床电器行业分类产品出口情况

产品名称	出口量(万件)		出口额(万元)	
	2007年	2006年	2007年	2006年
机床电器	688.8	676.7	33 482	42 173
接触器	202.4	125.2	7 463	4 578
起动器	0.9	0.5	1 204	627
继电器	41.1	51.5	478	1 213.7
电磁离合器	0	0.2	0	16.9
行程开关	25.0	20.0	600	484.8
转换开关	65.5	50.0	2 015	1 539.0
按钮开关	95.0	114.0	597	786.8
机床变压器	25.7	15.4	3 312	2 188.0
断路器	144.0	194.6	14 286	25 371.6
其他机床电器元件	89.1	105.2	3 527	5 367.1

表6 2007年机床电器行业企业分类产品出口情况

序号	企业名称	数量(万件)	金额(万元)
1	耀华电器集团有限公司	282.5	21 804
2	九川集团有限公司	285.0	9 020
3	沈阳二一三电器有限公司	15.0	1 300
4	上海二工电气有限公司	75.0	600
5	荆州市中宇机床电器有限公司	0.7	432
6	无锡市明达电器有限公司	28.3	241
7	苏州机床电器厂有限公司	2.3	85

注:表中各企业数据仅指机床电器,不含其他产品。

3.行业新产品、新技术、新工艺发展情况

2007年,机床电器行业开发的新产品共有29种。面对激烈的市场竞争,行业企业越来越注重新产品的开发及新技术、新工艺的应用。在巩固传统产品市场的同时,有实力的企业竞相开发附加值高的新产品,努力提高产品质量与技术性能,抢占机床电器产品的高端市场。2007年行业新产品开发仍以自行设计为主,占全年新产品开发数的89.7%,这表明机床电器行业企业的自主研发能力已经有了很大的提高,机床电器行业的整体技术水平也已跃上了一个新的台阶。2007年机床电器行业新产品开发情况见表7。

表7　2007年机床电器行业新产品开发情况

序号	产品名称	型　号	主要技术参数	产品性质	产品水平
北京第一机床电器厂有限公司					
1	安全开关	BYDX8	交流:$U_e=380V$,$I_e=2.5A$;直流:$U_e=220V$,$I_e=4A$	全新设计	
2	行程开关	BYDX7	交流:$U_e=380V$,$I_e=0.7A$;直流:$U_e=220V$,$I_e=0.13A$	全新设计	
3	微动开关	BYDX4	交流:$U_e=220V$,$I_e=1.5A$;直流:$U_e=220V$,$I_e=0.25A$	全新设计	
北京电器有限公司					
4	双电源自动转换开关	CCQ1—63~225	使用类别:AC－33B;额定工作电压:400V、230V;额定频率:50Hz;转换延时:1~5s可调;电压显示程度:2.5级	合作生产	国内先进
天津机床电器有限公司					
5	牙嵌式电磁离合器	DLY3—63AW	额定传递力矩:630N·m	改型设计	国内领先
沈阳二一三电器有限公司					
6	转换开关式接触器	C130/180	单极,$I_e=180A$,$U_e=DC\ 80V$	全新设计	国际先进
7	转换开关式接触器	C130/250	单极,$I_e=250A$,$U_e=DC\ 80V$	全新设计	国际先进
上海第三机床电器厂有限公司					
8	湿式多片电磁离合器	DLM3	额定电压:DC 24V;额定动力矩:25 N·m、50 N·m、100 N·m、160N·m;额定静力矩:40 N·m、80N·m、160N·m、250N·m	其　他	
上海二工电气有限公司					
9	按钮	LA39—G	$I_{th}=5A$;AC－12,220V/3A;DC－12,24V/3A;带灯钮:AC/DC 6V、12V、24V	全新设计	
无锡市明达电器有限公司					
10	电子式时间继电器	MT7P	延时范围:0.3s~12h;额定控制电压:AC 24~220V,DC 12~110V;触点输出容量:AC 220V/5A,DC 24V/5A	改型设计	国内先进
南通明月电器有限公司					
11	直流阀用电磁铁	MFZ1—4K/15/30	额定吸力:50N/15N/30N;线圈电压:24V	全新设计	国内领先
12	汽车用直流干式电磁铁	MDC—10D	额定吸力:20N;线圈电压:12V、24V通用	全新设计	国内领先
九川集团有限公司					
13	环保型交流接触器	JCC8	$I_e=7~95A$;$U_e=400V$;$U_i=690V$;通断次数:300万次以上;防护等级:IP50	全新设计	I 级
耀华电器集团有限公司					
14	微机保护装置	HAB1	过载能力:(交流电压回路)长期运行时$12U_n$;(交流电流回路)长期运行时$2I_n$,运行10s时$10I_n$,运行1s时$40I_n$	技术引进	
桂林机床电器有限公司					
15	漏电保护开关	GB1—32L	$U_e=230V$,$I_e=32A$,$I_m=1\ 500A$	全新设计	国内领先
16	切换电容交流接触器	GC3—UQC	$U_i=690V$;$U_e=400V$;$I_e=6.3~95A$	改型设计	国内领先
17	大容量交流接触器	GC3—40~170	$I_e=40~170A$;$U_i=660V$	改型设计	国内领先
18	微型交流接触器	GC9—12,16	$U_e=240V$;$I_e=12,16A$	全新设计	国内领先
荆州市中宇机床电器有限公司					
19	三相干式主电源变压器(出口型)	SG—200TH 0.4kV 级 AF(冷却方式)	220V/380V;风冷(AF);绕组温度预设保护;额定容量:三相200kV·A,50~60Hz	全新设计	
天水二一三电器有限公司					
20	交流接触器	GSC3—09~18	额定绝缘电压:690V;额定工作电压:380V、660V;额定工作电流:9A、12A、18A;机械耐久性:800万次;电耐久性:80万次	改型设计	国内领先
21	交流接触器	GSC3—25~38	额定绝缘电压:690V;额定工作电压:380V、660V;额定工作电流:25A、32A、38A;机械耐久性:600万次;电耐久性:至60万次	改型设计	国内领先
22	接触器式继电器	GSJ3	额定绝缘电压:690V;额定工作电压:AC380V、DC22V;额定控制电源电压(50Hz/60Hz):24V、36V、48V、110V、220V、380V;约定发热电流:10A;额定工作电流:AC－15,380V时为19A,AC－13,220V时为0.27A;电耐久性:不低于100万次;机械耐久性:不低于800万次	改型设计	国内领先
序号	产品名称	型　号	主要技术参数	产品性质	产品水平

序号	产品名称	型号	主要技术参数	产品性质	产品水平
23	交流接触器	GSC3—40/65EC、80/95EC	额定绝缘电压:690V;额定工作电压:660V、380V;控制电压:220V、380V;额定工作电流:40A、50A、65A、80A、95A;电耐久性:50万次;机械寿命:500万次;操作频率:600次/h	改型设计	国内领先
24	电子式过载继电器	GSR3	主电路额定绝缘电压:690V;主电路额定工作电压:380V、660V;辅助电路额定绝缘电压:380V;辅助电路额定工作电压:AC 380V、DC 220V;辅助电路约定自由空气发热电流:5A;过载保护次数:不低于1 000次;机械耐久性:不低于1 000次;电耐久性:不低于1 000次	全新设计	国内领先
25	剩余电流动作断路器	GSL1—100、225	额定绝缘电压:800V;额定工作电压:400V;额定工作电流:GSL1—100型为16A、20A、25A、32A、40A、50A、63A、80A、100A,GSL1—225型为100A、125A、140A、160A、180A、200A、225A;额定短路分断能力:50 kA/35kA(400V);额定剩余动作电流:100mA/300mA/500mA;延时时间:0.25s/0.9s/1.9s	改型设计	国内领先
26	剩余电流动作断路器	GSL1—400/3、4 GSL1—630/3、4	额定绝缘电压:800V;额定工作电压:400V;额定工作电流:GSL1—400/3、4为225A、250A、315A、350A、400A,GSL1—630/3、4为400A、500A、630A;额定短路分断能力:50 kA/35kA(400V);额定剩余动作电流:GSL1—400/3、4为100mA/300mA/500mA,GSL1—630/3、4为300mA/500mA/1 000mA;延时时间:0.25s/0.9s/1.9s	改型设计	国内领先
27	过电压抑制器	YZG3	额定绝缘电压:300V;额定工作电压:AC 50(60Hz)24～240V,DC 24～240V;保护特性:控制系统接接YZG3过电压抑制器后,其产生的过电压小于$3U_s$	改型设计	国内领先
28	塑壳式断路器	GSM8—80	额定绝缘电压:690V;额定工作电压:415V;额定工作电流:25～80A;约定发热电流:80A;额定运行短路分断能力:8～18 kA;额定极限短路分断能力:15～35 kA;冲击耐受电压:6kV;机电耐久性:50 000次	改型设计	国内领先
29	单极直流接触器	GSZ2—200S、400S	额定绝缘电压:60V;额定工作电压:48V;额定工作电流:200A、400A;额定控制电压:24V、48V;吸合电压范围(室温):$0.45U_s$～$0.70U_s$;释放电压范围(室温):$0.105U_s$～$0.40U_s$	改型设计	国内领先

4. 行业合资合作情况

2007年沈阳二一三电器有限公司继续与德国沙尔特宝电气公司合作设计制造直流接触器,与美国通用电气公司合作来样制造断路器(套件)产品。2007年机床电器行业合资合作产品销售完成情况见表8。

表8　2007年机床电器行业合资合作产品销售完成情况

序号	合资合作产品名称	数量(万台)	价值量(万元)	生产企业
1	直流接触器	5	500	沈阳二一三电器有限公司(与德国沙尔特宝电气公司合作)
2	断路器(套件)	10	800	沈阳二一三电器有限公司(与美国通用电气公司合作)

5. 行业科研成果及其应用情况

2007年机床电器行业共完成科研项目4项。行业企业日益重视科研项目对自身发展的指引作用,并从人力和财力上逐步加大对科研项目的投入力度。2007年机床电器行业共有9项科研项目获奖。2007年机床电器行业科研项目完成情况见表9。2007年机床电器行业获奖科研项目情况见表10。

表9　2007年机床电器行业科研项目完成情况

序号	项目名称	主要内容	投入资金(万元)	项目来源	完成企业
1	DLY3—63AW牙嵌式电磁离合器	对产品原有结构进行设计改进	4	企业自选	天津机床电器有限公司
2	新型智能塑壳断路器	具有过载长、反时限、定时限、瞬时等功能;过热自检、微机自诊断功能;带微机通信数据接口	190	校企合作项目	耀华电器集团有限公司
3	高性价比微电子型电动机保护器产业化	采用以微处理器为核心的控制系统,完善基于人工智能技术制定的保护特性	70	福建省科技计划项目	福建光泽机床电器有限公司

序号	项目名称	主要内容	投入资金(万元)	项目来源	完成企业
4	微电子型多功能继电器	采用以微处理器为核心的控制系统,扩展了继电器的功能	200	福建省南平市科技型中小企业技术创新资金项目	福建光泽机床电器有限公司

表10 2007年机床电器行业获奖科研项目情况

序号	项目名称	主要内容及应用范围	获奖名称	获奖等级	主要完成单位
1	JW2系列组合行程开关	适用于交流50Hz(或60Hz),电压至220V或直流电压至220V的电路中,做控制运动机构和变换其方向或速度之用。其组合型式的开关可用于顺序控制	质量技术奖	二等奖	北京第一机床电器厂有限公司
2	北一电牌行程开关	适用于交流40Hz至60Hz,电压至500V或直流电压至600V的电路中,用来控制机械运动的行程、速度、变换其方向或做程序控制之用。根据结构的不同,可广泛应用于机械、电子、矿山、纺织、木工、印刷和军工等各个行业。带有肯定断开机构的行程开关可用于安全电路之中,组合型式的行程开关可用于数控设备	公司用户满意产品		北京第一机床电器厂有限公司
3	JW2系列组合行程开关	适用于交流50Hz(或60Hz),电压至220V或直流电压至220V的电路中,做控制运动机构和变换其方向或速度之用。其组合型式的开关可用于顺序控制	北京市优质产品		北京第一机床电器厂有限公司
4	GCK低压抽出式成套开关与控制设备	应用于低压成套、配电领域	北京市朝阳区政府科技成果奖	三等奖	北京机床电器有限责任公司
5	控制变压器的工艺改造	工艺改造	北京市朝阳区政府科技成果奖	三等奖	北京机床电器有限责任公司
6	DLY3—63AW牙嵌式电磁离合器	根据用户的需求,对原有产品进行改进。主要用于舞台设备、印刷机械和纺织机械等领域	传动联结件行业优秀新产品	优秀奖	天津机床电器有限公司
7	环保型交流接触器的开发	该产品在设计上采用模块设计,可以任意组合,组成多容量、多用途的电器组件,材料在加工中不会产生加工污染,采用提高人身安全的人性化设计,有效防止人员误操作造成的触电事故。产品在各行各业中有着广泛的使用,代替了老产品,市场需求量十分巨大,出国创汇前景广阔	国家级星火计划项目	国家级	九川集团有限公司
8	JB/T7435—2006《CJX系列交流接触器》	本标准适用于CJX系列交流接触器,其主触头额定工作电压至1 000V,在AC-3使用类别下额定工作电压为380V时额定工作电流至630A的电路中,供远距离接通和分断电路,并适用于频繁地控制交流电动机,也可与适当的热过载继电器组成电磁起动器,用以保护可能发生操作过负荷的电路及断相的电路	科技进步奖	三等奖	成都机床电器研究所等
9	具有控制与保护功能的机床智能继电器	机床控制	实用新型专利证书		福建光泽机床电器有限公司、福州大学

6. 行业标准化工作情况

2007年成都机床电器研究所继续加强机床电器行业标准化工作,先后组织召开了机床电器行业标准化工作会议、行业标准宣贯会议等。

2007年由成都机床电器研究所负责归口的5项标准(《行程开关》、《阀用电磁铁插头座》、《CJX系列交流接触器》、《牵引电磁铁》、《牙嵌式电磁离合器》)都已正式实施,同时还上报完成了3项标准(《机床电器产品型号编制方法》、《机床电器 按钮开关》、《机床电器 信号灯》),另有多项机床电器行业标准正在抓紧时间编制。

2007年着手筹备全国金属切削机床标准化技术委员会机床电器分技术委员会的组建工作,并计划报请上级审批。机床电器分标委会的组建必将进一步完善机床电器标准化组织体系,有力促进机床电器行业的技术水平跃上一个新的台阶。

7. 企业简介

2007年机床电器行业企业情况可参阅前述各表及上一年年鉴。在此只介绍新参加本年鉴的企业。

华威控股集团有限公司 始创于 1998 年,前身系浙江磐石集团,企业性质为有限责任公司,注册资金 7 001 万元。公司拥有现代化新厂房 28 900m²,年产值约 2.3 亿元。现有员工 1 600 余人,技术人员 120 余人,其中高级技术人员 26 人。公司秉承"以人为本、科技创新"的理念,不断加快技术创新步伐,持续稳步发展。

公司现已发展成为以高低压工业电器、成套电气、电线电缆、汽车配件和仪器仪表等制造业为主,以第三产业为辅的跨地区、跨行业的无区域大型企业集团。下属成员企业 70 余家,协作企业 280 余家。全国各地设有 350 多个销售网点,并与全国 40 余家大中型企业如宝钢、武钢、齐鲁乙烯、中原油田和大庆油田等建立了稳定的销售网络。产品广泛应用于电力、冶金、矿山、机械、港口、石化及民用建筑等国家重大建设项目。

多年来,公司以优良的经营信誉和高品质的产品面向社会,深受社会各界的赞赏和用户的好评。同时,公司拥有强健的资产群体、精良的设备和优秀的科技人才,为企业的发展和创新建立了强有力的后备基础。在质量管理上,企业通过了 ISO9001:2000 质量体系认证。企业目前拥有 80 多个系列 218 个品种,其中国家要求强制性认证的产品已全部通过"3C"认证。企业连续多年被评为市级"先进企业"、"重合同、守信誉单位"和"AAA 级资信企业",并列入原国家经贸委两网改造和原国家电力部入网推荐目录。

在"质量立市、科技兴业"精神鼓舞下,公司坚持强化质量意识和创新意识,建立现代化企业管理制度,坚持高标准、高起点,确立长远品牌战略规划。竭诚欢迎海内外客商携手共展宏图。

〔本部分撰稿人:中国机床工具工业协会机床电器分会熊 伟 审稿人:中国机床工具工业协会机床电器分会董华根〕

二、数控系统

数控系统是数控机床的关键部件,其技术水平直接影响数控机床的性能质量和市场占有率。数控机床的技术水平和拥有量,已经成为衡量国家制造水平、工业现代化程度和国家综合竞争力的重要标志。为深入贯彻落实党中央、国务院关于加快振兴装备制造业和加强自主创新能力建设的战略部署,促进我国机床工具制造业和装备制造业持续健康发展,我国数控系统行业坚持走自主创新之路,齐心协力,奋发图强,为民族数控系统产业的发展做出了较大的贡献。

1.行业基本情况

2007 年,国产数控系统厂家加快了自主技术研发的技术和资金投入,在数控系统的开发和生产上取得明显进展,国产数控系统市场占有率稳步提高。

(1)形成了一批数控系统骨干企业。目前国产数控系统(包括数控装置、伺服驱动、主轴电动机和伺服电动机等)主要生产企业有 30 多家。2007 年国内数控系统的市场销售量约为 190 525 套,其中国产数控系统销售量达到 153 225 台,形成了国产数控系统"南北中西东"(广州数控设备有限公司、武汉华中数控股份有限公司、沈阳高精数控技术有限

公司、大连光洋数控系统工程研究中心有限公司、大连大森数控技术有限公司、北京航天数控系统有限公司、北京凯恩帝数控技术有限责任公司、北京凯奇数控设备成套有限公司、上海开通数控有限公司、成都广泰实业有限公司、绵阳圣维数控有限责任公司等)的有利局面,一批具有自主竞争力的国产数控系统企业得到蓬勃发展。

(2)通过自主研发,在中档、高档数控系统的开发和生产上取得明显进展。如武汉华中数控股份有限公司、北京航天数控系统有限公司、沈阳高精数控技术有限公司、大连光洋数控系统工程研究中心有限公司等单位先后开展了开放式数控系统体系结构和软硬件平台的研究,并在开放式平台上派生了多种数控系统。我国企业在高档数控系统方面取得了突破,开发出了九轴联动,可控 16 轴的高档数控系统,打破工业发达国家对我国的技术封锁和价格垄断。同时在此基础上进行功能裁减,开发了满足普及型中档数控机床配套的车床控制系统和铣床控制系统。

(3)适应数控系统的配套要求。武汉华中数控股份有限公司、广州数控设备有限公司、北京凯奇数控设备成套有限公司等一批企业相继开发出交流伺服驱动系统和交流主轴伺服控制系统,完成了 20~200A 交流伺服系统和与之相配套的交流伺服电动机系列型谱的开发,并形成了系列化产品和批量生产能力。武汉登奇机电技术有限公司、武汉华大新型电动机有限责任公司等单位形成了交流伺服电动机规模生产能力。

(4)形成数控系统理论研究及产业化队伍。通过技术研究、工程化、产业化攻关,在高校、研究所、企业中初步形成一支从事数控基础理论、数控主机、数控系统及其工程化、产业化的研究开发和经营管理的队伍;数控系统企业的开发和成果转化能力得到提高。

2007 年数控系统行业主要经济指标完成情况见表 10。

表 10　2007 年数控系统行业主要经济指标完成情况

指 标 名 称	单位	实际完成
工业总产值(现价)	万元	304 599.2
其中:机床工具类产品产值	万元	241 555.4
工业销售产值(现价)	万元	289 175.7
其中:机床工具类产品销售值	万元	231 792.0
工业增加值	万元	108 415.0
利税总额	万元	26 347.7
全年从业人员平均人数	人	5 530
固定资产合计	万元	111 537.5
固定资产净值平均余额	万元	54 346.7

2.生产情况

目前,我国数控系统主要生产企业有 30 多家,形成了东(上海开通数控有限责任公司、南京华兴数控设备有限责任公司、南京新方达数控有限公司、江苏仁和新技术产业有限公司等)、南(广州数控设备有限公司、深圳珊星电脑有限公司)、西(成都广泰实业有限公司、绵阳圣维数控有限责任公司)、北(北京凯恩帝数控技术有限责任公司、沈阳高精数控技术有限公司、大连光洋数控系统工程研究中心有限公司、北京航天数控系统有限公司、大连大森数控技术有限公

司、北京凯奇数控设备成套有限公司等)、中(武汉华中数控股份有限公司)为龙头的布局。这些企业的发展,奠定了我国数控系统产业的基础,使我国具备了与国外企业竞争的实力。

2007 年数控系统分类产品生产情况见表 11。

表 11　2007 年数控系统分类产品生产情况

产品名称	产量(台、套)	产值(万元)
数控装置	152 801	109 350.7
经济型主控单元	95 736	42 130.0
三轴、四轴主控单元	56 509	64 399.4
五轴以上主控单元	556	2 821.1
驱动和电动机	324 223	194 653.9
主轴驱动单元(驱动器)	18 795	16 112.2
进给伺服驱动单元(驱动器)	144 317	20 896.3
步进电动机驱动器	17 752	604.0
主轴电动机(交流主轴及变频)	22 179	6 003.4
伺服电动机(永磁同步)	116 527	22 022.7
步进电动机	4 653	129 015.3

3.产品出口情况

近年来,我国一些具有国际视野的数控系统企业已经认识到走出国门、参与国际竞争的重要性,在海外建立技术服务、人员培训中心,依托当地企业,拓展国际市场,取得了较好的成绩。例如北京凯奇数控成套有限公司,长期占领俄罗斯主导市场。国内数控系统企业还应继续加大海外市场营销力度,把握海外发展中国家经济发展迅速的契机,和主机厂合作在海外开展营销活动,或参加中国政府的援助项目,积极承办发展中国家数控技术培训班,有计划地参加国际展览,争取在国际市场占有一席之地。

2007 年数控系统分类产品出口情况见表 12。

表 12　2007 年数控系统分类产品出口情况

产品名称	出口量(台、套)	出口额(万元)
数控装置	1 532	3 353.6
经济型主控单元	93	110.6
三轴、四轴主控单元	1 246	2 360.0
五轴以上主控单元	193	883.0
驱动和电动机	935	275.7
进给伺服驱动单元	387	116.7
伺服电动机	548	159.0

4.新产品开发情况

据统计,2007 年数控系统行业各企业结合国内市场实际需求,共开发 37 种新产品。

2007 年数控系统行业新产品开发情况见表 13。2007 年数控系统科研项目完成情况见表 14。

表 13　2007 年数控系统行业新产品开发情况

序号	产品名称	型号	主要技术参数
武汉华中数控股份有限公司			
1	世纪星系列数控装置	HNC—210A、HNC—210B、HNC—210C	该系列产品是华中数控系统中的高端产品,采用一体化模具设计,工程操作面板采用独立安装的形式;集成进给轴接口、主轴接口、手持单元接口、内嵌式 PLC 接口于一体,采用电子盘程序存储方式以及 CF 卡、USB 盘、DNC、以太网等程序扩展及数据交换功能,TFT 彩色液晶显示屏有 8.4in、10.4in、15in 3 种规格;最大控制轴数:32 轴(4 通道,每个通道八轴联动)。主要应用于车削和车削加工中心数控机床,以及铣削和铣削加工中心数控机床
2	总线数控系统	HNC—28	该系列产品是华中数控系统中的高端产品,采用高可靠性工控机为硬件平台,支持高速以太网、MACRO 光纤总线、高速 I/O、多路 A/D 转换;系统最多可控制 32 轴。目前主要广泛用于车铣复合加工中心,大型车铣加工中心,双通道、双刀架车、双电动机驱动龙门加工中心等。该系统具有精密铣削、车削加工中心的功能和加工重叠部分的功能,可以实现大型工件的一次装夹后多表面加工,使零件的型面加工精度、各加工表面的相互位置精度得到保证
3	现场总线数控系统	HNC—32	是华中数控系统中的高端产品,是依托 IT 行业和现场总线技术的最新研究成果,是紧跟数控系统发展趋势,开发出的新一代总线型高档数控系统。该系统基于工业 PC,采用多处理器及总线结构为硬件平台,以实时操作系统为开放式软件平台,利用硬件高处理速度与软件开放灵活的优势,实现多轴、多通道高速、高精运动控制。最大支持 4 通道,32 个进给轴,4 个主轴;每个通道最大支持九轴联动
4	世纪星数控装置	HNC—18i、HNC—18xp、HNC—19xp	该系列产品是针对普及型数控系统市场的主力产品,主要应用于各类数控车床、数控铣钻床、数控磨床(平面磨床、外圆磨床等)的控制,支持 USB 热插拔,高速以太网数据交换功能,具有低价格、高性能、结构紧凑、易于使用、可靠性高的特点
5	大功率数字交流伺服驱动单元	HSV—18D(100A、150A、200A)系列	该系列产品是华中数控推出的新一代大功率高压进给驱动产品,采用 AC380V 电源输入;具有结构紧凑、使用方便、可靠性高等特点;采用 DSP、FPGA 和 IPM 等当今最新技术设计,具有很宽的功率选择范围。可广泛应用于数控机床、建材、塑料机械、纺织、冶金、轻工机械、输送线等需要交流伺服驱动系统的场合
6	特种数字交流伺服单元和系列特种交流伺服电动机	HJSV 系列	有 HJSV—18D、HJSV—20D 型伺服单元和 J—GK6 系列特种交流伺服电动机等多型号规格;全数字控制,调速范围宽,控制精度高,操作简单、灵活,一体化结构,紧凑牢固、抗干扰性强、可靠性高,具有多达 15 种故障报警及保护功能,并可选择性屏蔽保护,可在 −40℃ ~ +60℃ 内工作。J—GK6 型交流伺服电动机防护等级达到 IP66
7	数字交流伺服驱动单元	HSV—160	该产品采用新一代的智能化功率模块(IPM),对控制电源和强电电源电路进行了优化设计,结构更加紧凑、体积小巧、方便安装。适用于对数控系统开环系统、半闭环系统、闭环系统的各种伺服电动机的驱动使用

序号	产品名称	型号	主要技术参数
8	数字交流伺服驱动单元	HSV—162	HSV—162 数字交流伺服驱动单元具有单驱动双轴控制功能，采用 IPM 模块控制设计，可同时控制两台交流伺服电动机，可与华中数控 HNC—18i（T）、HNC—980/TD、HNC—18xp/TD，HNC—19xp/TD、HNC—21TD 等系统配套使用。适用于对数控系统开环系统、半闭环系统、闭环系统的各种伺服电动机的驱动使用
成都广泰实业有限公司			
9	工业机器人控制器	GREAT–1997RB	6.4in 真彩 LCD 触摸屏；控制轴数：6 轴；联动轴数：6 轴 6 联动；插补功能：关节空间直接插补、空间直线插补、空间圆弧插补；I/O 接口：40 点输入、40 点输出（用户程序用）；末端合成最大速度 90 000mm/min；最小编程尺寸：0.001°或 0.001mm；系统具有立体空间干涉监视功能
10	工业机器人本体	GREAT—RB6	关节数量：6 关节（6 自由度）；手腕额定负荷质量：6kg；重复定位精度：±0.1mm；本体质量：<200kg；运动范围：最大回转半径 1 370mm；最小到达距离：490mm
11	工业机器人本体	GREAT—RB6B	关节数量：6 关节（6 自由度）；手腕额定负荷重量：6kg；重复定位精度：±0.1mm；本体质量：<180kg；运动范围：最大回转半径 1 370mm；最小到达距离：490mm
12	工业机器人本体	GREAT—RB8	关节数量：6 关节（6 自由度）；手腕额定负荷质量：8kg；重复定位精度：±0.1mm；本体质量：<180kg；运动范围：最大回转半径 1 370mm；最小到达距离：490mm
大连电机有限公司			
13	交流异步伺服驱动器	DMS 系列	2.2～100kW
14	永磁同步伺服驱动器	DMC15、DMC20、DMC30、 DMC50、DMC70	8.4～42.3A
15	交流异步伺服电动机	YSFZ、YSFJ、YSFP、YSFT、YSFDZ	1.1～100kW、100～4 500W、100W～315kW、2.2～55kW；基频：10～100Hz
16	永磁同步伺服电动机	2ST006—4ST100	60～1 000W,3 000r/min
17	永磁同步伺服电动机	110/130/150ST—1000—3000	400～4 500W
大连光洋数控系统工程研究中心有限公司			
18	总线开放式高档数控系统	GDS07H	
19	总线开放式伺服驱动器	GDS07—S	
大连大森数控技术有限公司			
20	数控装置	DASEN3i—g	
21	数控装置	DASEN3i—h	
22	数控装置	DASEN—18	
南京新方达数控有限公司			
23	机床数控系统	CNC—60TC	16 位 DSP 高速软插补；大规模门陈列芯片为外围扩展芯片；内嵌式防电磁干扰箱体结构
24	双向数控曲面刨床	BS—6090	获尾端可移动的电动伸缩门实用新型专利；获双支撑刨床实用新型专利；获双向刨刀装置实用新型专利；双支撑刨床获国家知识产权发明专利
杭州现代数控技术有限公司			
25	数控三轴螺旋槽铣床		
深圳固威特科技有限公司			
26	84 款车床控制系统	HANUC08B	
27	84 款铣床控制系统	HANUC08A	
28	丝杆磨床控制系统	HANUC2000M	
29	尾料车控制系统	HANUC09–T20A	
30	凸轮车控制系统	HANUC06A—T20C	

序号	产品名称	型　号	主要技术参数
沈阳高精数控技术有限公司			
31	数控系统	GJ—201M	三轴联动
32	数控系统	GJ—201T	车床专用
33	伺服驱动器	GJ—010ADA	1.0kW
34	伺服驱动器	GJ—015ADA	1.5kW
35	伺服驱动器	GJ—020ADA	2.0kW
广州数控设备有限公司			
36	车床数控系统	GSK980TD	控制轴：2 轴；位置指令范围：－9 999.999～9 999.999mm；最小指令单位：0.001mm；电子齿轮：指令倍乘系数 1～255，指令分频系数 1～255；最高移动速度：16 000mm/min（可选配 30 000mm/min）；快速倍率：F0、25%、50%、100% 4级实时调节；切削进给速度：最高 8 000mm/min（可选配 15 000mm/min）或500mm/r（每转进给）；进给倍率：0～150% 16 级实时调节；手动进给速度：0～1 260mm/min 16 级实时调节；手轮进给：0.001mm、0.01mm、0.1mm 3 档；加减速：快速移动采用 S 型加减速，切削进给采用指数型加减速
北京航天数控系统有限公司			
37	2000TD 主机系统	2000TD	

表14　2007 年数控系统科研项目完成情况

序号	科研项目名称	主要内容	应用状况	投入资金（万元）
广州数控设备有限公司				
1	基于 X86—DSP 的 CNC 专用平台	进行 X86—DSP 的 CNC 专用平台的研发	研制阶段	10
2	GSK 系列加工中心数控系统生产线改造	对加工中心数控系统生产线的技术改造	自行应用	680
3	广东省省级企业技术中心	建立广东省省级企业技术中心的技术研发机构	研制阶段	450
4	NURBS 实时插补算法的研究	对 NURBS 实时插补算法的研究及应用实践	研制阶段	50
5	精密装备部件关键技术产业化	对中高档数控系统、主轴驱动装置、主轴电动机进行产业化工作	研制阶段	510
武汉华中数控股份有限公司				
6	高性能数控系统产业化	对世纪星数控系统生产线进行技术改造，扩大产能	自行应用	100
7	新一代数控系统——STEP—CNC 的研究与开发	STEP 数控系统的研究与开发	自行应用	10
8	异构数控机床车间网络化集群管理系统研究	数控机床车间网络化集群管理系统软件开发	自行应用	20
9	高速卧式加工中心的关键技术和数控系统开发	高速卧式加工中心的关键技术研究，并开发专用数控系统	研制阶段	150
10	先进数控技术推广与应用	华中数控系统应用示范	其他	200
11	嵌入式数控系统软件开发	新一代数控系统软件平台开发	研制阶段	30
12	全数字交流伺服驱动系统产业化	对伺服、主轴驱动单元，伺服、主轴电动机进行产业化工作	研制阶段	556
13	国产中高档数控系统可靠性应用示范工程	华中数控中高档数控系统典型用户的可靠性应用示范	研制阶段	100
14	适用于电子行业的高性能数控系统产业化	开发适用于电子行业的高性能数控系统并产业化	自行应用	100
15	大型舰艇螺旋桨用重型七轴五联动车铣复合加工机床	重型七轴五联动车铣复合加工机床的关键技术研究，并开发专用数控系统	自行应用	100

注：表中科研项目来源均为本企业自有技术、国家科技项目。

5. 企业介绍

武汉华中数控股份有限公司（简称"华中数控"） 是从事数控系统及其装备开发、生产的高科技企业，以华中科技大学和国家数控系统工程技术研究中心为技术依托，拥有强大的科研、开发和产业化实力。近 3 年来公司业绩连续保持大幅增长。

华中数控被中国机床工具工业协会评为 2007 年度机床行业"自主创新优秀企业"、"综合经济效益十佳企业"和"精心创品牌十佳企业"。2007 年，科技部、国务院国资委、中华全国总工会正式批准华中数控成为国家首批 91 家"创新型企业"之一。华中数控同时也是中国机床工具工业协会数控系统分会、数控系统现场总线技术标准联盟理事长单位和全国机床数控系统标准化技术委员会秘书处单位。

华中数控面向国家重大高档数控装备的技术要求，通过自主创新，在我国中高档数控系统及高档数控机床关键功能部件产品研制方面取得重大突破，重点突破了一批数控系统的关键单元技术；攻克了规模化生产工艺和可靠性关键技术，形成了系列化、成套化的中高档数控系统产品产业化基地。华中数控具备较强的系统配套能力，可生产HNC—18i/19i、HNC—21/22、HNC—210 等普及型、中档、高档数控系统，以及全数字交流伺服主轴系统、全数字交流伺服驱动系统等产品。公司建成了先进的质量检测中心，具有电磁兼容性、冲击、振动和环境试验设备。公司通过了ISO9001：2000质量体系认证。

华中数控以国家数控系统工程技术研究中心为技术依托，在高档数控系统的平台技术、可靠性技术、单元技术、成套化技术、复合加工技术、智能化技术、加工工艺与编程技术等方面已经取得重大突破，并已在航空、船舶、发电、汽车、军工等领域获得批量应用。

广州数控设备有限公司　是目前国内最大的数控系统研发及制造企业，十几年来致力于专业研发、生产机床数控系统、伺服驱动装置与伺服电动机，推广机床数控化普及，拥有强大的研发队伍和产业化实力。近年来花巨资引进的一大批国内外先进的制造和检测设备，为产品研发试验及制造验收提供了有效手段，促进了产业化生产能力的提高，确保了产品质量的可靠性。

公司形成了车床数控系统、铣钻床数控系统、加工中心数控系统、磨床数控系统以及交流伺服单元、主轴伺服单元、进给伺服电动机和主轴伺服电动机等近20个产品系列、几十个品种，可满足不同用户的使用需求。具有自主知识产权的GSK数控系统已与国内机床行业多个主流厂家，如沈阳机床（集团）有限责任公司、济南一机床集团有限公司、大连机床集团有限责任公司等实现了批量配套。2002～2007年间，产品销售量、产品销售收入、利税年均增长率达40%以上，其中2007年数控系统销售量近5万套，占据了"中国设计与制造"数控系统总产销量的半壁河山，实现产值7亿元。

2008年初，在广州开发新区竣工使用的GSK数控产业化基地新厂区，使广州数控的制造能力得到进一步增强。到2010年，广州数控的GSK系列数控系统年产量将由目前的5万～6万台（套）提高到10万台（套）以上，进入世界产量的前3名，成为"中国设计与制造"数控系统的领头企业。

沈阳高精数控技术有限公司　是由中科院沈阳计算技术研究所、沈阳机床（集团）有限责任公司等社会优势资源共同投资组建的从事数控系统及其配套产品研究、开发和生产的高科技企业。公司以高档数控国家工程研究中心为技术依托，具有强大的研发能力和良好的测试、验证环境。在国家发改委高技术产业化示范工程项目的支持下，在沈阳浑南国家级高新技术开发区建成了大型化和专业化的成套数控技术产品研发中心和生产、装配、检测及销售和服务基地，形成年产1.6万套数控产品的生产能力。为了确保系统研发与生产的顺利进行，在数控产品研发体系中开展了CMMI的认证工作，在管理和生产体系中建立了ISO9000标准规范。

沈阳高精数控技术有限公司注重数控产品创新能力的提升，在数控系统的核心技术方面，拥有31项国家专利，取得了高档数控软件版权；在数控产品的研发与生产方面，优先发展高档数控系统，同时兼顾普及型数控系统的市场需求，形成多个系列10余种型号的数控系统和配套伺服驱动单元、主轴驱动单元等产品，其中有5项产品获国家级新产品。产品广泛应用于大型、多功能复合加工中心、小型加工中心、铣床、车床、雕铣机床与木工机械等装备的数字化控制。

大连光洋数控系统工程研究中心有限公司　公司是大连市高新技术企业、软件开发生产企业，总资产4.8亿元，主营工业控制自动化领域和数控领域产品。是一家集研发、生产、制造、销售于一体的高科技民营企业，有员工397人。公司2007年工业总产值2.8亿元，销售收入2.76亿元，其中数控产业销售收入8 975万元。经过多年的努力，在我国高档数控系统及关键功能部件研发及产业化方面取得重大突破，形成第一代高档数控系统、第二代全数字总线式高档数控系统、总线式伺服驱动器、伺服电动机一体化驱动器、高分辨率编码器、手摇手脉、机床电器附件、高档数控机床用单双轴转台、双摆角铣头整个数控产业化的生产配套能力；研制开发了五轴联动高速立式加工中心、五轴龙门铣床、高速雕铣机、高速高精度全功能数控车床等数控机床整机产品，在总线式数控技术研究方面填补国内空白。经专家评定公司研制的总线开放式高档数控系统达到国际先进水平。公司先后参与了数控系统和总线式数控技术的国家标准制定工作。公司还被授予"中国工业经济先锋全国示范单位"。

大连高金数控技术有限公司　创建于2000年，隶属于大连高金数控集团。公司现有员工近200人，由研发部、市场部、工程部、生产部以及机床事业部等部门构成。公司从事数控系统、交流伺服驱动器及电动机的研发、生产和销售，现已形成了数控系统装置、伺服驱动器、伺服主轴电动机和伺服电动机等几十种具有自主知识产权的数控产品，并已实现批量配套和广泛的市场销售。

时光科技有限公司　是由中国航天科技集团公司第一研究院航天发射技术及特种车事业部和北京科技大学共同出资在北京中关村高科技园区注册成立的高新技术企业。公司致力于伺服驱动控制系统领域的发展，自主研发的"全数字化交流伺服控制技术"，采用32位微处理器为基础的系统级芯片和智能化功率器件，成功实现了对三相交流异步电动机（鼠笼式电动机）的高精度伺服控制。公司基于此项技术研制生产的IMS系列伺服控制器通过编程方式，灵活、准确地对电动机的位置、转速、加速度和输出转矩实现了高精度控制。公司现有3个系列54个型号的交流伺服产品广泛应用在各种领域。其中针对机床领域可实现数控铣床、车床、龙门系列、刨床、加工中心、镗床、钻床等主轴（电主轴）、工作台进给的驱动；实现机床的精密加工、准停定位、刚性攻螺纹、C轴功能、低速强力切削、铰孔、螺纹加工等。在其他领域如冶金机械、电梯、包装机械、印刷机械、塑料机械、搬运机械、电动车及自动化生产线等也有广泛应用。

武汉登奇机电技术有限公司　是专业从事交流伺服电动机、交流伺服变频（主轴）电动机及相关成套系统开发、生产、销售、服务的股份制高科技企业。其GK6系列交流伺服电动机从$0.3N \cdot m$（60W）到$1\,000N \cdot m$（200kW），GM7系列交流伺服主轴电动机$2.2 \sim 100kW$，力矩电动机$100 \sim 40\,000N \cdot m$，适用于国内及欧洲、美国、日本、韩国各类伺服驱动装置，是国内产品类别、品种、规格最全的专业生产厂。

为客户实现一站式采购，方便配套，节省人力物力，实现客户利益最大化创造了有利条件。

公司已有数十万台产品在包括机床、冶金、建材、塑料机械、印染、纺织、雷达、火炮、装甲车等运动控制领域及各类自动化装备中使用，并以优良的性能、可靠的品质、贴心的服务赢得了好评。

2004 年，公司通过了 ISO9001:2000 质量管理体系认证，公司产品被国家科技部评选为国家级重点新产品；2005年取得企业出口自主经营权；2006 年 4 月获得国家进出口检验检疫局颁发的出口质量许可证；2006 年 5 月通过了向欧盟市场销售产品的 CE 认证。

大连大森数控技术发展中心有限公司　成立于 1995年，是大连市民营高新技术企业，注册资金 500 万元。公司占地面积 42 652m²，现有员工 126 人，其中技术人员 58 人，占全部员工的 46%。公司主要从事数控系统、伺服电动机、刺绣机器人产品的研发、生产与销售，2007 年实现销售各类数控装置 8 875 套，销售收入 33 725 万元。

公司产品主要为中档、中高档和高档数控系统，其中2006 年末成功研制接近国际先进水平的五轴联动数控系统 DASEN—18，已销售 6 台。该系统为完全自主知识产权的国产五轴数控系统，已申请取得了其软件著作权。在此基础上，公司正在狠抓国内首台十三轴五联动车铣复合加工中心用数控系统 DASEN—20。该系统具有多轴控制（13轴）五轴联动、双通道控制、倾斜轴功能、RTCP 功能、3D 刀具补偿功能、螺旋线、样条插补、坐标变换等功能。该系统的研制将有效打破国外对我国高档数控系统的技术封锁。

公司产品开发采取走国际化开发路线，以"主导知识产权"为宗旨，采取"走出去"（在国外办研发机构）、"引进来"（聘请国外专家）的做法，始终将产品开发定位在追赶世界先进水平，进而巩固和增强了公司产品的技术先进性，保证了产品在市场上具有差异化（即：产品性能优越、性价比高）。

武汉华大新型电机科技股份有限公司（简称华大电机公司）　由原武汉华大新型电机有限责任公司股份制改造组建，公司注册资金 2 500 万元。

华大电机公司主要从事控制电动机及节能电动机的研发、生产和销售。公司主导产品为三相交流永磁同步伺服电动机（简称伺服电动机），现有 80、110、130、150 系列的伺服电动机。

伺服电动机是一种旋转式控制电动机，它可以精确控制电动机的输出转矩、转速及转角，是机械自动化关键的执行元件，广泛应用于机床、机械、纺织、印刷、包装等行业。

华大电机公司在 20 世纪 80 年代承担了国家大自然科学基金重大项目中伺服电动机研发课题，产品通过了省科委组织的专家鉴定，并于 1989 年推向市场。由于产品的高性价比及高质量，受到国内客户的欢迎。公司伺服电动机产品一直居国产伺服电动机市场销售之首。

2007 年，公司共生产、销售伺服电动机 6 万余台。产品具有明显的技术优势及产品优势。

沈阳高精数控技术有限公司　是由中科院沈阳计算所、高档数控国家工程研究中心联合其他社会优势资源共同投资组建的一家专业从事数控系统和配套产品的研发、生产、销售以及技术服务的高新技术企业。

"蓝天数控"产品品牌历经 10 余年的发展，创造了国内数控领域的多项第一，多次荣获国家及省部级奖励。产品完全拥有自主知识产权，获得 31 项国家专利，拥有 6 项国家级新产品，在国内机床、军工、汽车等工业制造领域得到广泛应用并率先实现了批量出口。

公司继承了高档数控国家工程研究中心的技术成果并以其为技术依托，以中高档数控系统为主要方向，在多轴联动控制、智能化开放式数控平台、运动控制总线技术等方面处于国内领先水平。公司已形成六大系列 19 个型号的数控系统产品，覆盖高档、普及型和专用型等多个应用领域，同时还可为用户提供伺服单元、主轴单元、机床电气、技术培训等数控成套技术解决方案。

2007 年，公司与沈阳机床（集团）有限责任公司成功实施"国产数控机床应用国产高档数控系统"示范工程，首次实现了国产高档数控系统在国内机床生产厂家的批量应用，取得了良好的经济效益和社会影响。

〔本部分撰稿人：中国机床工具工业协会数控系统分会肖明　审稿人：中国机床工具工业协会数控系统分会伍　衡〕

机 床 附 件

一、通用机床附件

2007 年是国家实施"十一五"经济发展规划的重要一年。《国家中长期科学和技术发展规划纲要》和《国务院关于加快振兴装备制造业的若干意见》文件中提出振兴装备制造业 16 个重点突破领域的重点项目陆续启动，机床工具行业持续稳定发展，为机床附件行业的发展创造了新机遇。

机床附件行业企业以科学发展观为指导，产品结构调整不断深化，工业总产值等各项经营指标均有较大增幅，行业企业继续保持着稳定增长的态势。

1. 行业发展概况

参加本年度《年鉴》汇编的企业共有 47 家，其中国有企业 8 家、民营企业 35 家、合资企业 4 家。按机床附件小行业分类:卡盘行业企业 9 家,夹头、顶尖、刀杆、变径套、铣镗插头行业企业 17 家,数控刀架行业企业 4 家,分度装置行业企业 2 家,数控机床用刀库行业企业 3 家,普通(快换)刀架行业企业 3 家,普通虎钳行业企业 5 家,电磁吸盘行业企业 4 家,过滤排屑设备行业企业 7 家,导轨防护装置行业企业 2 家,其他机床附件类企业 3 家(注:部分企业的产品跨小行业),基本代表了机床附件行业的经营情况。汇编企业合计工业总产值同比增长 17.3%,行业企业各项经营指标再创历史新高。2007 年机床附件行业主要经济指标完成情况见表 1。

表 1　2007 年机床附件行业主要经济指标完成情况

指标名称	单位	实际完成
工业总产值(现价)	万元	245 421
其中:机床工具类产品产值	万元	205 271
工业销售产值(现价)	万元	239 405
其中:机床工具类产品销售产值	万元	212 244
工业增加值	万元	89 356
实现利税	万元	24 472
从业人员平均人数	人	15 968
资产总计	万元	262 215
流动资产平均余额	万元	148 935
固定资产净值平均余额	万元	84 137

另据机床附件分会对部分重点骨干企业(机床工具类产品总产值占 47 家参加《年鉴》汇编企业的 50% 以上)进行的季度经营数据统计,这些企业的经营情况与 2006 年比较,同比增长情况为:工业总产值增长 23.2%,工业销售产值增长 22.2%,全员劳动生产率提高 10.4%,人均实现销售收入增长 20.9%。经济效益综合指数、职工平均工资、产品销售率等各项经济指标均有较大提高。

2. 产品品种及配套情况

(1)产品品种。主要包括两类:

1)数控机床附件。①为经济型数控车床配套的立式或卧式数控刀架,为数控立车配套的数控刀架、动力卡盘及油缸等。②为普及型数控车床配套的全功能数控刀架、动力卡盘、数控自定心中心架、各类刀夹、动力卡盘及油缸等。③为车铣中心配套的数控动力刀架、刀库、动力卡盘及油缸;B 轴或 B、Y 两轴运动的铣镗滚齿用数控铣头;各类小规格多角度铣头、角度转换镗头;为立式数控车铣中心配套的各类车铣复合铣头等。④为加工中心配套的各类数控分度头、数控转台、数控可倾转台、力矩电动机直接驱动的高速数控转台、数控交换工作台、数控立卧转换铣头、数控平旋盘、立式或卧式多联虎钳、大型数控镗铣床用 A－C 轴双摆动数控铣头(包括力矩电动机直接驱动及机械传动两类)、各种数控机床用刀库、数控刀杆、各类高速防振刀杆等。

2)普通机床附件。①分度类机床附件:万能机械分度头、等分分度头、各类(立式、卧式、可倾式)机械回转工作台、等分转台、机动回转工作台等分度装置。②夹持(固定)工件类机床附件:三爪卡盘、四爪卡盘等各类手动卡盘,各类动力卡盘及油缸等,各类平口钳,各类(立式、卧式、可倾

式、圆形、方形)电磁吸盘、永磁吸盘、电永磁吸盘,各类固定顶尖、回转顶尖、中心架、弹簧夹头等。③夹持刀具类机床附件:各类钻夹头、铣夹头、丝锥夹头、镗铣插头、刀杆,各类普通(快换)刀架等。④各类排屑器、过滤机、分离器、恒温装置等机床辅机。

(2)产品分布概况。各类产品生产企业分述如下:

1)分度类的机床附件产品。如机械分度头、机械回转工作台、数控分度头、数控转台、数控刀架、数控自定心中心架、数控交换工作台等产品主要由烟台环球机床附件集团有限公司生产。

2)数控刀架类产品。主要由烟台环球机床附件集团有限公司、常州市新墅机床数控设备有限公司、常州宏达机床数控设备有限公司等企业生产。

3)卡盘类产品。主要由呼和浩特众环(集团)有限公司、烟台艾格瑞精密机械有限公司、无锡建华机床厂、瓦房店永川机床附件厂、浙江人和机械有限公司、甘肃省平凉机床附件有限责任公司、浙东机床附件有限公司、浙江圆牌机床附件厂、天一机床附件有限公司等企业生产。

4)数控机床用刀库。主要由呼和浩特众环(集团)有限公司、常州市新墅机床数控设备有限公司、常州宏达机床数控设备有限公司生产。

5)电磁吸盘、永磁吸盘类产品。主要由无锡建华机床厂、临清兴和宏鑫机床有限责任公司、浙江人和机械有限公司、河北黑马机械有限公司等企业生产。

6)钻夹头、铣夹头、丝锥夹头、弹簧夹头、顶尖、刀杆、数控刀夹类产品。制造这类产品的企业较多,主要有山东征宙机械有限公司、北京机床附件厂有限公司、大连现代轴承有限公司、西安机床附件厂、山东济宁大象机械集团公司、威海天诺数控机械有限公司、武汉昌合阿美斯塔机械有限公司、烟台同心卡具有限公司、临沂市圣鑫机械制造有限公司、山东天源机床附件有限公司、台州华鑫机械制造有限公司、浙江贝力得工业有限公司、杭州阿尔玛工具有限公司、上海双峰机床附件有限公司、上海金玉篮精密机床配件有限公司、烟台长生机床附件有限公司等企业。

7)台虎钳类产品。主要由山东征宙机械有限公司、甘肃省平凉机床附件有限责任公司、南京吉鸿机床附件制造有限公司、莱州市金丰机械有限公司、北京京密云发机床附件有限公司等企业生产。

8)普通(快换)刀架。主要由山东征宙机械有限公司、武汉昌合阿美斯塔机械有限公司、威海天诺数控机械有限公司等企业生产。

9)排屑及过滤装置。主要由烟台开发区博森机床辅机有限公司、烟台艾格瑞精密机械有限公司、烟台杞杨机械有限公司、烟台一新祥宇精密机械有限公司、烟台福山众力机床辅助设备厂、上海浦东同乐机床附件厂、烟台市芝罘新宇机床辅助设备厂等企业生产。

10)其他类机床附件。包括上海浦东同乐机床附件厂、上海江川机件厂生产的链板、防护罩类产品,北京新兴超越离合器有限公司生产的各种规格的离合器产品,武汉长联

数控机械有限公司生产的各类联轴器、涨紧套等产品。

（3）产品配套情况。就各类机床附件大类而言，大部分品种我国机床附件行业都有生产，基本属于专业化生产模式，能够满足机床主机的需要。国内一般档次的数控机床主机基本采用国产数控机床附件。普通机床附件不仅能满足国产主机的要求，并有较大的出口量。

为中档数控机床配套的数控机床附件，如全功能数控刀架、动力卡盘、数控自定心中心架，为加工中心配套的各类数控分度头、数控转台、数控可倾转台、数控交换工作台、数控刀杆、动力卡盘及油缸（气缸）、数控机床用刀库等产品，国产与进口的机床附件均有配套，海外产品与大陆产品在中档数控机床附件市场方面竞争最为激烈。

加工中心用角度转换镗铣头、力矩电动机直接驱动数控转台、大型数控镗铣床用 $A-C$ 轴双摆动数控铣头，为车铣中心配套的 B 轴或 B、Y 两轴运动的铣镗滚齿用数控车铣复合动力刀架等高端技术的数控附件，主机配套仍以进口为主。但2007年开始，国内部分企业对这类产品加大了研发制造力度，并取得了很大进展。

3. 生产及市场情况

（1）生产情况。2007年，各类机床附件的产量及产值均有较大提高，机床附件类产品总产值同比增长14.2%，其中数控机床附件继续保持较快的增长趋势，总产值同比增长32.4%，普通机械类机床附件的总产值同比增长12.1%，远小于数控机床附件的增长速度，这也反映了行业企业在产品结构调整，加大数控机床附件产值比例方面取得了较大进展。2006～2007年机床附件分类产品生产情况见表2。

表2   2006～2007年机床附件分类产品生产情况

产品名称	产量(台、套、件)		产值（万元）	
	2007年	2006年	2007年	2006年
数控刀架	71 114	61 725	16 549	12 982
数控动力刀架	47	15	355	122
刀库及换刀机构	800	150	560	150
数控转台	854	756	3 220	2 702
导轨防护装置	1 823	1 108	1 289	922
滚珠丝杠副	28 000	21 000	2 787	1 820
机械分度头	11 870	11 428	3 182	3 174
数控分度头	614	847	612	761
机械回转工作台	10 054	10 192	1 456	1 374
自定心卡盘	1 083 642	1 001 529	48 042	42 964
单动卡盘	151 096	133 932	6 236	5 818
动力卡盘	16 843	9 941	3 873	2 350
其他卡盘	23 585	13 856	1 834	1 626
普通（快换）刀架	54 923	40 537	3 215	6 775
普通虎钳	164 783	143 073	4 063	3 495
固定顶尖	216 480	197 680	1 245	900
回转顶尖	171 404	140 922	2 701	2 274
钻夹头	9 315 000	9 563 865	15 486	17 535
丝锥夹头	12 739	11 475	1 096	966
弹簧夹头	1 090 066	957 018	2 925	2 522
铣夹头	148 445	133 307	2 846	2 639
变径套	902 077	803 746	1 694	1 426
电磁吸盘	70 749	59 067	7 321	5 889
永磁吸盘	16 009	18 204	1 834	1 553
铣、镗插头	4 236	2 930	1 197	847
数控刀杆	56 534	51 899	1 576	1 429
普通刀杆	46 103	49 328	346	370
其他	930 351	856 280	67 733	54 336
机床附件合计	14 600 241	14 295 810	205 271	179 721

（2）市场及出口情况。2007年，机床附件行业受机械加工业市场的强劲拉动，继续保持市场繁荣的局面，各类机床附件的国内外市场持续向好。但各类产品的市场特征及其发展趋势不同，普通快换刀架、回转顶尖、钻夹头、丝锥夹头、弹簧夹头、变径套等传统类机床附件，国内市场比国外市场的增长率小。该类产品属劳动密集型产品，在国内的产业化基础较好，近年来又有很多新生民营企业纷纷加入钻夹头、刀杆等传统类机床附件的生产领域，总产量急剧上升，而国内市场容量基本与普通机床主机的增长速度相同，致该类产品的出口比例较大。2006～2007年机床附件分类产品出口情况见表3。

表3　2006～2007年机床附件分类产品出口情况

产 品 名 称	出口量（台、套）		出口额（万元）	
	2007 年	2006 年	2007 年	2006 年
数控刀架	2 306	1 691	356	245
数控转台	7	13	34	39
机械分度头	5 865	5 852	683	655
数控分度头	135	152	103	124
机械回转工作台	4 646	4 091	535	473
自定心卡盘	232 154	193 614	9 523	13 418
单动卡盘	47 140	40 334	2 038	1 949
其他卡盘	6 582	7 268	2 333	368
普通快换刀架	69 818	27 250	1 987	1 497
普通虎钳	110 200	90 012	2 110	1 801
固定顶尖	46 055	52 038	185	199
回转顶尖	67 708	48 020	696	524
钻夹头	5 506 000	5 896 000	8 733	6 993
丝锥夹头	20 072	15 422	613	489
弹簧夹头	657 100	505 611	1 643	1 264
铣夹头	15 350	12 814	1 334	1 312
变径套	199 770	144 855	693	464
电磁吸盘	1 507	1 350	251	281
永磁吸盘	6 710	7 400	528	515
铣镗插头	185	160	50	43
数控刀杆	4 545	3 904	96	90
普通刀杆	30 427	31 569	228	236
其他	726 974	693 615	9 345	9 179
机床附件合计	7 761 256	7 783 035	44 097	42 158

4. 新产品开发情况

机床附件行业的新产品开发主要集中于骨干企业，2007年共开发新产品19项。行业企业在保证大量市场订单的同时，比较重视新产品开发，但需要改进开发新产品的观念。要切实加强在新产品开发工作中的各类实验工作，增加新产品开发用实验设备的投入，强化将新产品快速转化为产业化生产模式的能力，以适应快速发展的机床工具行业。

行业企业在新产品开发方面虽然取得了一些成绩，但是离国际水平还有很大差距。数控主机配套用高端技术的数控附件类产品还大量依赖进口。在市场竞争日趋激烈的全球经济一体化的今天，行业企业在市场竞争方面要放眼国外市场及国外竞争对手，高度重视应用技术发展的加速度特性，在提高技术水平和产品质量方面下大工夫，提高研发制造水平，不断提高数控机床附件的市场竞争能力。

2007年机床附件行业新产品开发情况见表4。

表4　2007年机床附件行业新产品开发情况

序号	产品名称	型号	主要技术参数	生产企业
1	数控回转工作台	TK122000	台面尺寸：ϕ2 000mm	烟台环球机床附件集团有限公司
2	数控回转工作台	TK121000×1000R	台面尺寸：1 000mm×1 000mm	烟台环球机床附件集团有限公司
3	闭环数控回转工作台	TK13400RN	台面尺寸：ϕ400mm	烟台环球机床附件集团有限公司
4	闭环数控回转工作台	TK13500R	台面尺寸：ϕ500mm	烟台环球机床附件集团有限公司
5	数控可倾回转工作台	TK14250WX	台面尺寸：ϕ250mm	烟台环球机床附件集团有限公司
6	立式数控回转工作台	TK16500B	台面尺寸：ϕ500mm	烟台环球机床附件集团有限公司
7	数控等分回转工作台	TK51800X4N	台面尺寸：ϕ800mm	烟台环球机床附件集团有限公司
8	数控等分回转工作台	TK56630×630B	台面尺寸：630mm×630mm	烟台环球机床附件集团有限公司
9	数控等分回转工作台	THK561000X1350	台面尺寸：1 000mm×1 350mm	烟台环球机床附件集团有限公司
10	数控随动尾座	PK36400B	台面尺寸：ϕ400mm	烟台环球机床附件集团有限公司
11	数控自定心中心架	PK11140X40A	夹持直径：40～140mm	烟台环球机床附件集团有限公司
12	数控自定心中心架	PK11550X290U	夹持直径：290～550mm	烟台环球机床附件集团有限公司
13	数控自定心中心架	PK13160X70U	夹持直径：70～160mm	烟台环球机床附件集团有限公司
14	数控平旋盘	Z24500	平旋盘直径：500mm	烟台环球机床附件集团有限公司
15	三爪分离爪卡盘	K11320C	最大夹持直径：320mm	江苏无锡建华机床厂
16	三爪分离爪卡盘	K11500C	最大夹持直径：500mm	江苏无锡建华机床厂
17	四爪单动卡盘	K722000	最大夹持直径：2 000mm	江苏无锡建华机床厂
18	高速中空楔式动力卡盘	K55254C/A$_2$8	最大夹持直径：254mm	江苏无锡建华机床厂
19	圆形电磁吸盘	X211800	最大吸持直径：1 800mm	江苏无锡建华机床厂

5. 标准化工作情况

2007 年，机床附件行业标准工作会议讨论了《数控回转工作台》、《机械安全 卡盘设计和结构安全要求》标准草案。研讨了关于采用国际标准 ISO3089：2005 转化为国家标准存在的问题，讨论并确定了标准制修订的框架及内容。审查通过了《机床安全 卡盘设计和结构安全要求》和《工具柄用 8°安装锥的弹簧夹头 弹簧夹头，螺母和配合尺寸》2 个（GB）国标。审查通过了《数控回转工作台》、《回转顶尖》、《楔式动力卡盘 梳齿卡爪互换性尺寸》、《强力电磁吸盘》、《回转工作台》、《铣头》、《钻夹头用烧结钢螺母和齿圈》、《机床附件 随机技术文件的编制》8 个（JB）行业标准。

组织宣贯 ISO3089：2005 国际标准，组织卡盘制造企业为采用 ISO3089：2005《机床 整体爪自定心手动卡盘检验规范》国际标准进行试验验证。根据验证数据，推进产品制造企业研究今后卡盘产品生产工艺过程，为将（ISO）国际标准转化制定为（GB）国家标准做好准备。

6. 技术改造概况

2007 年机床附件行业企业继续加大技术改造力度。为适应专业化生产模式，企业新建厂房、增加数控及大型、精密设备，不断上水平、上能力。例如烟台环球机床附件集团有限公司新征 40 000m² 场地，建设数控刀架、数控回转工作台生产基地，解决场地不足制约发展的问题。新增金属切削设备及仪器 40 多台（套），提高制造水平和生产能力。山东征宙机械有限公司完成了近 6 000m² 的精密平口钳厂房建设，并已投入使用，进一步扩大了精密平口钳的生产能力。黑马机械有限公司扩建第三制造厂房，并新购 1.5m×3m 高精度龙门铣床、1m×3m 高精度龙门磨床、850 加工中心及多台数控铣床，提高制造能力。莱州市金丰制钳有限公司投入资金，对旧设备进行了 30 多项改造，购置了 20 多台数控机床、磨床、静电喷涂等设备，对原有的工艺方法进行调整完善，提高制造工艺水平。台州华鑫机械制造有限公司投资 2 000 万元建造新厂房，采购各类精密机床设备、加工中心等数控机床 20 余台，新增专业化生产线，扩大生产规模。总体看来，机床附件行业企业为满足市场需求，在产品生产上能力、上水平方面做了大量的技术改造工作，为规模化、专业化生产机床附件打下了基础。

7. 建议

近几年来，机床工具行业的持续稳定发展，为机床附件行业的发展提供了良好的机遇，机床附件行业企业的经济效益也不断提高。同时，机床附件行业也面临着更加严峻的挑战：产品多集中在卡盘、钻夹头、丝锥夹头、变径套、刀杆、各类顶尖等手动机械产品领域，技术含量不高，激烈的竞争使利润空间变小。而在高端技术数控机床附件方面，同发达国家的差距依然很大。因此，行业企业要加大力度，认真对产品质量、性能、可靠性等各类用户不满的质量问题进行技术攻关；在设备采购方面，要逐步增加高精尖等关键设备仪器，减小与国外先进企业在关键设备能力方面的差距，提高高精度产品的制造能力；在上产量的同时，充分考虑产值与技术水平的协调发展，重点考虑今后发展的装备技术水平；在技术改造及新产品开发方面，高度重视后续产品的技术水平和市场竞争潜力，把产品质量搞上去，把产品品牌做好，坚持可持续发展的经营理念，在激烈的市场竞争中稳步发展。

8. 企业简介

烟台环球机床附件集团有限公司 原烟台机床附件厂，是我国专业生产机床附件的重点骨干企业，拥有 50 多年的生产历史，全国机床附件行业的归口研究机构（机床附件研究所）设在该企业。主要产品是"环球"牌数控刀架、数控分度头、数控转台、数控自定心中心架、机械分度头、机械转台、机动转台、立铣头、平旋盘、数控专用机床等，数控机床附件已成为企业的主导产品。2007 年，公司工程技术研究中心被中国机械工业联合会批准为机械工业数控机床附件工程研究中心；公司 ERP/OA 信息化管理工作在烟台市示范企业的基础上，又获得省企业管理现代化创新成果和优秀应用成果二等奖。企业通过开展"6S"管理活动，提高了产品质量和清洁有序的作业环境，全面启动了"精心创品牌，争创驰名商标"的品牌建设工作，产品质量水平不断提高，获得中国机床工具工业协会精心创品牌活动先进会员企业的荣誉。在技术改造方面，购置关键设备 40 多台（套）。新征土地 40 000m²，建设数控转台、数控刀架产品生产基地。在精密检测技术方面，自行研制了数控转台分度误差统计分析检测仪和数显蜗杆副检测仪等精密检测设备，制造与检测的装备水平显著提高。2007 年完成工业总产值 1.9 亿元，产品销售收入 1.8 亿元。

呼和浩特众环（集团）有限责任公司 原呼和浩特机床附件厂，是全国机械工业重点骨干企业、内蒙古自治区 13 户建立现代企业制度试点企业及 37 户重点企业之一，1989 年 1 月 1 日起更名为呼和浩特机床附件总厂，1995 年整体改制为呼和浩特众环（集团）有限责任公司。主要产品是：三爪卡盘、四爪卡盘和中高档动力卡盘、油缸、气缸、刀库等 8 个品种 50 多个系列 500 多个规格。企业拥有完善的机械加工、铸造、锻造和热处理设备。为了适应市场需求，公司组建了呼和浩特众环数控机床装备有限责任公司，负责数控装备的研制开发。企业完成多项机床附件新品开发，涉足到数控装备领域，与数控主机厂进行多项技术合作，开发生产了数控机床用斗笠式刀库、圆盘式刀库和链式刀库。企业不断深化改革，在质量管理、技术改造、用户服务等方面取得了成就。企业通过了 ISO9000 认证和 CE 安全认证，产品的质量和安全性达到标准要求。

江苏省无锡建华机床厂 始建于 1951 年，是具有 50 多年机床附件生产历史的国有企业。是机床工具行业重点骨干企业之一，中国机床工具工业协会机床附件分会常务理事单位。主要产品为动力卡盘及其配套回转油缸、三爪自定心卡盘、四爪单动卡盘、磁力吸盘、电永磁吸盘等机床附件，机床附件年生产能力达 20 余万件。企业设备齐全，拥有各类生产设备 1 000 余台（套），其中专机及数控生产设备超过 50%，固定资产 8 700 余万元。企业坚持与时俱进的理念，健全完善的质量体系，顾客至上的服务宗旨，产品多次荣获省市优质产品称号。2007年,荣获"全国优质服务月活动先进单位"、"江苏省文明单位"、"江苏省机械行业文明单位"等荣誉称号。全年投入300多万元用于企业科技创新,研发卡盘、吸盘等新产品技术120多项,其中有10个项目通过了江苏省经贸委的鉴定,承担了江苏省经贸委的动力卡盘科研课题。该厂于2001年通过ISO9001质量体系认证,2005年通过OHSA18000职业健康安全体系认证。2007年完成主营业务收入1.64亿元,实现新产品销售收入4 700余万元,实现利税1 256万元。

山东征宙机械有限公司 原平原机械厂,建于1958年,是我国专业生产机床附件的骨干企业,1998年改制为股份有限公司。主要产品是"征宙"牌弹簧夹头、铣夹头、快换夹头、攻丝夹头、万能镗头、刀柄接杆、各类顶尖、变径套、磨刀器、分度头、快换刀架、精密平口钳、回转工作台等。企业拥有完善的机械加工、锻造、热处理、检测设备,主要设备700余台。2007年完成了近6 000 m²的精密平口钳厂房建设,并已投入使用,扩大了平口钳的生产能力。公司拥有自营进出口权,获得出口产品质量许可证和ISO9001质量体系认证,是省级重合同守信用企业,"征宙"商标获山东省著名商标,弹簧夹头获"山东省名牌产品"称号,公司被认定为山东省高新技术企业。企业在行业内的特点是品种多、规格全、出口量大。公司产品远销至美国、德国、法国、英国、加拿大、南非、澳大利亚、东南亚等50多个国家和地区,是我国机床附件行业产品出口创汇较多的企业之一。

北京机床附件厂有限公司 建于1951年,是专业生产机床附件的国有企业。2003年改制为有限责任公司。主要产品是"三箭牌"铣夹头、用于钻床加工的多种规格可逆式丝锥夹头、用于数控机床的工具系统(包括JT、BT、CAT、ANS、XT、NT各种标准系列刀柄)、自动流水线作业和专用机床用攻螺纹快换夹头等,部分产品出口欧美等国家和地区。企业加工设备配套齐全,已形成规模生产能力,检测手段完善,通过了ISO9001质量体系认证。面对激烈的市场竞争,企业坚持以质量为核心的管理模式,坚持"实施精品战略,规范管理,创造一流质量,推动持续发展"的方针,产品质量水平不断提高。2007年,完成工业总产值1 121万元,产品销售收入1 259万元,实现利税162万元。

浙江人和机械有限公司 是浙江人和集团的私营有限责任公司,公司前身是浙江省东阳市机床附件有限公司,2003年更名为浙江人和机械有限公司。主要产品包括吸盘、卡盘两大类,50多个系列,400多个品种,产品远销日本、美国、中国台湾地区和欧洲等地。企业改制后公司注重引进先进技术,通过技术改造提升技术水平、产品质量。产品设计采用三维CAD技术。公司通过了ISO9001:2000质量体系认证。公司遵循"诚信、务实、创新、进取"的企业精神,坚持以诚取信,以质取胜的经营方针,赢得了用户对产品质量的信赖。2007年公司被评为"金华市安全生产示范企业",东阳市超百万纳税大户,东阳市劳动关系和谐企业,并被推荐为AAA级"守合同重信用"单位及金华市非公有企业党建工作示范企业,完成工业总产值2 747万元,销售收

入2 503万元,出口交货值283万元,税收192.5万元。

烟台艾格瑞精密机械有限公司 原烟台第二机床附件厂,具有40多年专业生产卡盘的历史。公司主要产品为手动卡盘、高速动力卡盘和过滤排屑设备。现有员工420余人,厂区占地面积7.5万m²。2007年,针对市场和高速动力卡盘制造技术的需要,进行了超高速动力卡盘的技术改造;购置了高精度加工中心、数控磨床、高速回转试验台等高水平制造、检测设备,开发了K3T—06A5、10A8、08A6中空高速液压动力卡盘,YTB—1875、1246、1552中空高速回转油缸。企业处于行业领先地位,产品列入国家"十一五"科技计划。设计开发的轨道板污水过滤系统获国家专利,对京津高速铁路建设做出重要贡献。研发的CZP—1000X、YT-DF—100等大流量高精度过滤机,过滤精度达到0.005mm,为高精度、低粗糙度磨削加工提供了保证,属国内领先水平。由于产品质量不断提升,公司产品被许多厂家选择为标准配置,使市场影响力进一步扩大。2007年被山东省列为重点扶持的数控功能部件生产企业,被烟台市总工会评为劳动关系"AAA"级和谐企业。全年完成工业总产值6 057万元,实现销售收入6 028万元。

瓦房店永川机床附件有限公司 原瓦房店机床附件厂,创建于1958年,是大连机床集团有限责任公司下属的全资子公司。主要产品是K11160、K11140三爪自定心卡盘,K72200—K721000四爪单动卡盘及中高速液压动力卡盘,电动卡盘,气动、液压管子卡盘,中高速回转油缸,数控电动刀架,机床零部件。公司从业人数486人。拥有金属切削设备420台,年生产能力达20万台。2007年实现工业总产值1.15亿元,销售收入1.18亿元,实现利税1 000万元。

威海天诺数控机械有限公司 原威海精密机床附件厂,创建于1958年,是专业生产机床附件的企业。公司占地面积9.46万m²,建筑面积5.81万m²,注册资金1 200万元,拥有各类设备285台,其中数控机床及精密机床66台。员工400余人,其中技术人员80余人,95%的技术工人是高级技工学校毕业的优秀人才,人才和设备为生产高质量产品提供了保证。机床附件类主导产品是镗铣类数控机床用工具系统,公司生产的工具系统产品是引进美国DEVLEG公司技术,有20多个品种1 000多个规格。锥柄形式有ISO、美国CT、德国DIN、日本BT和中国GB标准,可满足数控机床实现镗、铣、钻、扩、铰、攻螺纹等加工需要。公司还生产万能镗头、齿式快换刀架、楔式快换刀架、柱塞式快换刀架、双V型快换刀架、快换铣夹头、平行块、台式钻床和半自动平压模切机。公司生产的平压模切机,自1977年引进国外技术以来,经过不断改进及创新,产品的安全性、稳定性和强压切力等技术指标均有较大提高。产品结构新颖,特别适用于企业多品种瓦楞纸包装箱的生产。公司产品畅销国内外,深受广大用户的信赖,在国内外市场享有较高声誉。

临清兴和宏鑫机床有限公司 是由临清宏鑫机床有限责任公司与日本兴和工业株式会社于2005年12月合资成立的"中日合资企业",总占地面积90 000 m²,现从业人员

361 人。企业总投资 4 231 万元,其中中方投资 2 231 万元人民币(控股 51%),日方投资 2 000 万元人民币(控股 49%),公司下设机床、电磁吸盘两个分厂。主要产品:立式数控加工中心,M71、M72、M73、M74 等系列平面磨床,各类电磁吸盘、数控龙门铣床等 4 大系列上百个品种,产品远销至欧洲及东南亚等国家和地区。公司各类机械加工设备齐全,检测手段先进,建有省级磁力工程技术研发中心,运用 ERP 管理网络,CAC、CAD 设计工艺网络。企业通过了 ISO9001:2000 国际质量体系认证和 CE 认证。公司是"山东省高新技术创新企业"、"山东省专利明星企业"、"山东省科技型中小企业",国家级科技成果重点推广依托单位。2007 年度实现销售收入 8 508 万元,利润 1 480 万元。

甘肃省平凉机床附件有限责任公司 原平凉机床附件厂,是国有独资公司,已有 40 多年的机床附件生产历史,是西北地区专业生产机床附件的企业。公司拥有各类金属切削机床 350 多台,锻压设备 15 台,从业人员 600 多人,年产机床附件产品能力可达 5 万台。

主要产品有"三台"牌三爪自定心卡盘、四爪单动卡盘、楔式动力卡盘、管子卡盘、精密机用虎钳及各类专用虎钳等 10 多个品种 50 多个规格。还可根据用户需要,设计生产特殊用途卡盘及其他机床附件产品。2007 年企业自主开发生产了直径 800～1 250mm 的大规格三爪、四爪卡盘和各种规格的钻机用卡盘,产品各类技术指标均达到国家标准,主导产品采用国际标准。

西安机床附件厂 是股份制企业,已有 30 多年的机床附件生产历史。主要产品是"华山"牌轻型、中型、重型回转顶尖及公制 80 锥度的回转顶尖,同时还生产普通顶尖、合金顶尖、半缺顶尖、外拨顶尖等系列产品,共 21 个品种 60 多种规格。可根据用户需求,设计制造特殊的轴套类产品。产品各种批量生产方式的工艺方法先进,产品精度高、寿命长、性能可靠。不仅销往国内各个省市,还为主机厂配套销往国外。企业重视企业文化建设,倡导"溶于企业,奉献于企业,与企业共荣辱"的企业精神,努力打造和谐企业。企业重视技术工人的培训工作,注重培养职工的各种技能和操作经验。企业本着"信誉第一,用户至上"的原则。近年来,根据机床顶尖类产品向重载方向发展的需求,添置数控车床和高精度机床,目前生产的高精度机床顶尖直径达到 200mm。

常州新墅机床数控设备有限公司 属私营有限责任公司,于 1992 年成立。现有从业人员 200 人。公司主要产品是数控车床用电动回转刀架及加工中心用刀库。公司现有加工中心、专用端面齿铣磨设备 40 多台,通用设备 100 余台。在科技创新理念的指导下,在制造工艺、技术改造等方面进行了自主创新,消化吸收外部先进技术。通过不断努力,公司研发制造的斗笠式刀库、圆盘式刀库产品获得"江苏省高新技术产品"称号。目前,企业年生产能力达到电动刀架 3.2 万台、各类刀库 800 台。2007 年,公司在科技创新方面进行大量投入,大量的先进设备、仪器设施提高了企业的综合能力,产品质量得到明显提升。年内研发的新产品 SBWD 全功能刀架通过了江苏省高新产品的验收,并促使公司通过了江苏省高新技术企业的测评。2007 年完成工业总产值 7 250 万元,其中新产品收入比重明显增长;实现销售收入 7 000 余万元,其中外贸出口有较大增幅,达 600 余万元。

台州浙东机床附件有限公司 是专业化生产"福尔大"(FUERDA)系列机床卡盘产品的民营企业。企业总占地面积 5.16 万 m^2,建筑面积 3.29 万 m^2,年生产能力达到 25 万套卡盘产品。公司现有员工 600 余人,其中各类技术工程师占 19%。企业引进欧洲先进制造工艺,拥有经验丰富的产品研发人员,产品质量达到国内先进水平,通过了 ISO9001:2000 质量体系认证,产品出口销往欧洲、美洲、中东、东南亚等国家和地区,并设有代理商和分销商,而且也为欧洲很多著名机床公司配套。其中 K01—50 系列与 K03—80 系列卡盘产品获得科技新产品发明奖,目前也是国内最为袖珍的卡盘产品。公司致力于提高产品质量,提升制造水平,不断推进技术升级,努力使产品接近于欧美水平。2007 年完成工业总产值 8 000 余万元,销售收入 9 700 余万元。

烟台同心卡具有限公司 始建于 1954 年,已有 54 年的历史,是专业化生产重型锥孔钻夹头的企业。2003 年企业改制为有限责任公司,现有从业人员 110 人,各类机床设备 100 多台,拥有完善的质量管理体系和质量检测手段。主要产品是"同心"牌机床钻夹头,夹持范围 J216H—B10(0.6～6mm)至 J2120H—B22(5～20mm)6 种规格。为适应机床的精密加工,每个规格还对应制造了精密型产品。公司致力于技术革新和设备改造,进一步提高零件精度和性能指标,提高了产品的精度及耐用性;建立了完善的售后服务和质量信息反馈制度,赢得了用户的信任,使企业获得了较快发展。2007 年,完成工业总产值 744 万元,实现销售收入 632 万元。

常州市宏达机床数控设备有限公司 创建于 1995 年,属股份制私营企业。占地面积 4 万多 m^2,建筑面积 1.5 万 m^2,固定资产 2 400 多万元,现有员工近 200 人,其中科研人员 46 人。公司已通过 ISO9001 质量管理体系认证。主要产品是滚珠丝杠及数控刀架。为提升产品质量水平,提高市场竞争能力,公司 2007 年在科研及技术改造方面投入近 450 万元,新增加工中心,数控磨齿机以及激光检测仪等先进设备和仪器。在全体员工共同努力下,公司 2007 年取得了较大成绩:自行设计、自行制造的伺服刀塔产品申请国家专利,专利号 200820033047.8,取得江苏省科技厅颁发的"高新技术企业"证书。2007 年生产各类刀塔 3.15 万台,滚珠丝杠 2.8 万套,完成工业产值及销售产值 8 600 万元,利税总额 1 600 万元。

山东济宁大象机械有限公司 原山东机床附件总厂,已有 50 多年的机床附件生产历史,占地面积 33 万 m^2,加工设备 600 多台(套),其中引进德国、美国、西班牙的夹头专用设备 50 多台(套)。公司现有员工 1 600 名,其中工程技术人员 196 名。主要产品:"象"牌自紧、手紧、锥孔、螺纹孔 4 大系列钻夹头(年产量超过 1 000 万件),"象"牌系列三爪卡盘、端面拔动顶尖、回转顶尖、铣刀杆、接杆变径套、弹簧夹头、铣夹头等机床附件产品。公司是集科、工、贸、教于一体的企业,下辖济宁金象机械电子制造有限公司、泗水圣泉机械有限公司、技工学校及机床工具供应站等4个子公司,是机床附件行业的主要生产企业之一。

浙江园牌机床附件厂 是承接原黄岩机床附件厂"园牌"商标的民营企业,现有从业人员285人。为扩大规模、提高产量,2000年在台州经济开发区征地3万多 m^2,投资5 000多万元,新建23 300多 m^2 标准厂房,增添了大量先进设备。企业已通过 ISO9001:2000 质量体系认证和 CE 认证。为了提高产品技术水平,2004年作为浙江大学的研发基地,大学的科技理论与企业的实践经验相结合,在卡盘产品设计研发、制造等方面有了较大进展。产品由以前的10多种规格,增加到 K10 二爪自定心卡盘 80~400mm、K11 三爪自定心卡盘 80~800mm、K72 四爪单动卡盘 80~800mm、K12四爪自定心卡盘 80~800mm、K11/A、C、D 短圆锥连接卡盘160~800 mm、K72/A、D 短圆锥连接卡盘 160~800mm 等6个系列150余种规格,还可根据用户需要设计生产各类专用卡盘。2007年工业总产值和销售产值达到 6 000 多万元。

大连现代轴承有限公司 原大连机床附件厂,始建于1952年,2002年由国有控股企业改制为民营企业。公司占地面积 7 363 m^2,机械加工设备 160 余台,现有员工 139 人。主要产品分为两大类,机床附件(注册商标 DJF)类产品共31个系列,135 种规格,包括回转顶尖、固定顶尖、变径套、重型回转顶尖、精密高速回转顶尖套等产品,有11种产品多次获国家、省、市名优产品称号;汽车转向器轴承(注册商标 DL)类产品为汽车行业配套。公司生产设备、检测仪器齐全先进,通过了 ISO9001 和 TS16949 质量体系认证。2007年完成工业总产值 952 万元,销售收入 996 万元,

无锡银通工具手套厂 是私营企业,现有从业人员65人。专业生产各类机床夹具,各种劳保、浸胶手套,在非标产品研制方面有较强的实力。公司产品按照 JB/T8004~8045—1999 行业标准生产,检测手段完善,各类产品规格齐全。多年来,企业吸收国内外同类产品的先进之处,精心设计制造。产品远销欧洲、美洲、澳洲、东南亚等国家和地区,在用户中有较高声誉。2007年完成工业总产值 750 万元,销售产值 700 万元。

烟台一新精密机械有限公司 是专业生产机床辅机的私营企业。从业人员 55 人,拥有数控折弯机、数控激光切割机、氩弧焊机、二氧化碳保护焊、数控车床等设备。主要产品为链板排屑器、刮板排屑器、磁性排屑器、螺旋排屑器、磁性分离器、纸带过滤机、磁辊纸带过滤机、滚筒刮板过滤机、硅藻土过滤机、鼓形纸带过滤机、离心过滤机、涡流分离器、导轨防护罩等产品。公司坚持"开拓创新、稳步发展"的企业精神和"质量第一、用户至上"质量方针,为广大用户提供服务。产品销往全国20多个省、市、自治区,部分产品还随主机出口日本、意大利等国家和地区。2007年完成工业总产值 1 060 万元。

烟台杞杨机械有限公司 是创建于2000年的私营有限责任公司,现从业人员78人,主要生产设备包括剪板机、折

弯机、压力机、电焊和金属切削机床等,具备年产排屑机700余台、过滤机 900 余台的生产能力。主要产品有 KFZG 系列纸带过滤机、KP 系列链板、刮板、螺旋输送机、KFCT 系列磁性分离器等。公司秉承"学习、提高、创新、发展"的企业精神,产品种类逐年增加,质量水平不断提高。产品随主机销至美国、英国、意大利等国家和地区。2007年工业总产值达1 420 万元,销售收入达 1 467 万元,出口产值 70 多万元。

山西惠丰机械工业有限公司 是专业生产钻夹头的企业,公司拥有加工中心和数控生产线。主要产品有扳手式、手紧式和自紧式3大系列几十个品种的钻夹头系列产品和其他电动工具产品,同时可按客户要求的特殊结构开发和生产,年产钻夹头 1 000 万支以上。公司将产品质量作为企业发展的根本,以"追求卓越、造就精品"为企业理念,通过了 ISO9001:2000 质量保证体系认证。通过科学管理、技术创新和品牌建设,不断提升市场竞争能力,走科技创新道路,全力打造"Feng"品牌。

临西县黑马机械有限公司 原临西精密机床附件厂,中国机床工具工业协会会员企业。主要产品有电磁吸盘、永磁吸盘、电永磁起重器、永磁起重器、各种退磁器及磁性工具,并可根据用户需求设计制造专用电磁吸盘,产品规格品种达 400 种,拥有专利。公司发展较快,2007年发展扩充到第三制造厂房,并新购 1.5m×3m 高精度龙门铣床、1m×3m 高精度龙门磨床、850mm 加工中心及多台数控铣床,提高了制造工艺水平及产品质量。公司已通过 ISO9001 质量管理体系认证,多年来部分产品以 OEM 方式销往日本、德国、美国等多个国家和地区。

浙江天一机床附件有限公司 位于浙江省台州市,是专业生产各类卡盘的企业,现从业人员 200 余人,技术人员17 人,具有较强的研发设计能力。2006年企业重新扩股,由原来的固定资产 200 万元增加到 1 000 万元,对大量专机进行了数控化改造、购置专用机床及新设备,促进产业结构的优化升级。2007年开发了 ϕ800~1 000mm 三爪自定心卡盘,同时开发了 ϕ50mm 的微型三爪、四爪自定心卡盘和四爪单动卡盘,对老产品(普通规格)进行了质量的升级。企业已通过ISO9001 质量管理体系认证和产品 CE 认证。2007年完成工业总产值 2 350 万元,销售收入达到 2 000 万元。

烟台开发区博森机床辅机有限公司 始建于1993年,是生产排屑及过滤设备的专业厂家,现从业人员 168 人。主要产品有链板式排屑装置、刮板及磁刮板式排屑装置、永磁式排屑装置、复合式排屑装置、螺旋式排屑装置、磁性分离装置、涡旋分离装置、纸带过滤装置、反冲滚筒过滤装置、综合式排屑、过滤、冷却系统等机床辅机。企业通过了ISO9001:2000 质量体系认证,现已成为国内大规模生产排屑过滤设备的主要企业之一。公司重视技术创新工作,2007年为汽车制造业的铸铁屑长距离输送项目研发制造了"模锻链刮板排屑机",在招标中一举中标,标志着公司具备了承揽大项目的研发制造能力;生产的"双链板复合式排屑机"申请了国家专利;自主研发并生产的"浮动式刮板排屑机",是目前亚洲最大的单体排屑机;"数控机床自动排屑及

综合过滤装置"荣获"山东省科技进步三等奖";"数控机床自动排屑及综合过滤装置"通过了山东省科技厅鉴定。企业注重产品标准化工作,2007年对"产品企业标准"备案注册。2007年公司获"烟台市AA劳动关系和谐企业"荣誉;入选山东省中小企业"成长计划",成为山东省重点扶持企业。2007年完成工业总产值及销售产值4 470万元。

山东天源机床附件有限公司 原山东泗水县机床附件厂,2001年10月改制完成。拥有加工设备、检测仪器188台,年生产能力100万件(套),从业人员300人,技术人员95人。目前是生产"天鸢"、"泗附"牌机床附件、汽车配件、农机配件和微型电动机为主的综合性机械制造企业。通过了ISO9001质量体系认证,OHSAS18001职业安全健康体系认证,电机CCC产品认证。主要机床附件产品有回转顶尖、固定顶尖、变径套、弹簧夹头、数控刀杆等系列产品,产品销往全国各地,并出口欧美、澳大利亚、东南亚等国家和地区。公司是山东省科技厅命名的"山东省高新技术企业",济宁市"质量管理先进单位"。2007年完成工业总产值1 580万元,销售收入1 470万元。

北京新兴超越离合器有限公司 成立于1994年,2004年改制为民营企业,是北京中关村高新技术企业。公司共有员工36人,其中具有高级职称人员占30%。主导产品为机床附件中的超越离合器,注册商标为"KCK"和"新兴超越",产品畅销国内30个省、市、自治区。企业通过了ISO9001质量管理体系认证。2007年4月,公司荣获"影响中国——中国机电行业影响力企业100强"称号,公司产品荣获"中国名优精品";2007年6月,公司荣获北京市第七届科技之光"百强创新品牌企业奖"等。2007年销售收入530余万元。

烟台众力机床辅助设备厂 是专业生产排屑及过滤等设备的企业,现有从业人员55人。主要产品为链板式排屑装置,刮板及磁刮板式排屑装置,永磁式排屑装置,螺旋式排屑装置,纸带过滤机,磁辊纸带过滤机,涡旋分离器,除浮油装置等机床功能部件。公司拥有设计研发能力,凭借良好的信誉和优质的产品质量,产品销往国内许多机床主机厂、汽车、发动机等生产行业,并随主机出口。2007年完成工业总产值1 060万元,

上海金玉篮精密机床配件有限公司 是专业生产制造高精度弹簧夹头的企业。现有生产工人28人,工程技术人员8人,拥有各类专用设备40台,年生产弹簧夹头能力达5万只。公司注重开发弹簧夹头的制造工艺技术,对产品进行多道热处理去除应力工序,保证了弹簧夹头每瓣弹开量均匀一致和夹头的重复装夹精度。公司以生产非标精密弹簧夹头的优势(弹簧夹头同心度可达0.002mm)得到了用户的信任。

武汉长联数控机械有限公司 组建于2006年10月,是由国有企业改制的民营企业,目前从业人员35人。主要产品是数控机床附件联轴器、胀紧套等,规格齐全、结构紧凑、调试方便,广泛用于冶金、化工、纺织、电子、轻工机械等行业。改制后的公司注重提升产品质量和水平,在市场竞争中不断发展。公司的服务宗旨是"诚信为本、质量为主、长

期合作、联手共进"。

烟台长生机床附件有限公司 属私人控股企业,现有从业人员110人。企业有几十年生产机床附件的历史,产品质量稳定。现有数控车床、磨床等70多台金属切削机床设备。主要产品有数控顶尖、回转顶尖、固定顶尖、铣夹头、数控刀夹等机床附件产品。产品除为国内主机厂配套以外,还部分销往国外。公司2007年研制的载荷量35t的100号活顶尖属国内首创。2007年完成工业总产值1 400万元、销售收入980万元,出口额120万元。

上海双峰机床附件有限公司 属于私营企业,现有从业人员120人,设备总数100余台,通过了ISO9001:2000质量体系认证。主要产品有快换钻孔攻丝夹头、快换铣夹头、镗铣类数控刀柄、高精度重型控力活顶尖。数控车刀具等。公司以真诚、守信、勤奋的企业精神为本,不断研发创新,开发了高精度重型控力活顶尖,技术及精度水平先进;研制了先进数控刀具,其加工能力为同类产品的1.5倍,寿命为1.8倍。企业通过了重合同守信用"A级"论证,获得了全国产品质量稳定合格企业称号。2007年工业总产值达到1 100万元,销售总收入为980万元。

上海江川机件厂 是中德合资企业,专业生产钢制、塑制拖链产品,现有从业人员100余人。企业通过了ISO9001:2000质量体系认证,产品标准采用德国BKD公司拖链产品技术标准。产品不仅为国内许多机床行业企业配套,还远销德国、日本、马来西亚、印度等国家及中国台湾地区。2007年,新增拖链规格20多种,为冶金、矿山、汽车、机床加工行业等配套服务,满足了用户的需要。2007年完成工业总产值1 500万元,销售收入1 450万元,出口额400万元。

莱州市金丰制钳有限公司 是改制的股份制企业,主要产品是平口钳、台钳等各类虎钳。在设备更新改造方面,2007年,投入大量资金,对旧设备进行了30多项改造,引进了20多台数控机床、磨床、静电喷涂等设备;对原有的工艺方法进行了全面调整完善,提高了制造水平,进一步稳定了产品质量。企业在新产品研发和工作环境等方面发生了质的飞跃,为以后的发展打下了坚实的基础。2007年,实现工业总产值3 000多万元,销售收入2 700万元。

温岭市戈力机械有限公司 属私营企业。现有从业人员50多名,技术人员6名。企业拥有加工中心、龙门铣床、数控车床、外圆磨床、内圆磨床、拉床等金属切削机床。主要产品是驱动顶尖、内拨顶尖、外拨顶尖、丝锥夹头等机床附件。1994年以来,企业遵循"专业制造,打造精品"的原则,开发了一系列新型机床附件,并获得多项技术专利。企业建立了完善的质量检验系统,注重提高制造技术。2007年完成工业总产值和销售收入700万元。

浙江贝力得夹头工业有限公司 创建于1999年,是专业生产钻夹头系列产品的企业,现有员工480名。主要生产"贝力得"牌重型、轻型、手紧型系列钻夹头,拥有成套装配流水线及金属切削加工等制造检测设施,年生产钻夹头能力达到1 500万支。产品销往国内许多城市,还出口中东、欧洲、东南亚等20多个国家和地区。企业通过了ISO9001:

2000 质量体系认证、ISO14001 环境管理体系认证,通过欧盟 GS、CCC、PAHS、ROHS 等认证。"贝力得 BRIED"钻夹头品牌 2006 年被评为台州市著名商标,2007 年获台州市名牌产品。多次获得台州市级"优秀企业"称号和浙江省工商企业重合同守信用单位。2007 年完成工业总产值5 500万元,销售收入 5 018 万元。

上海浦东同乐机床附件厂 属民营企业。主要产品是链板式排屑装置、磁性排屑装置、刮板排屑器装置、磁性刮板式排屑装置、螺旋式排屑装置和车间集中排屑处理装置、导轨防护罩、钢制拖链、管缆防护套、盒式防护卷帘、机床防护裙帘、刮屑板等机床配套用钣金类产品。企业拥有数控折弯机、数控激光切割机、氩弧焊和 CO₂ 保护焊等加工设备。企业通过了 ISO9001 质量体系认证。2007 年完成工业总产值 3 000 万元,销售收入 2 700 万元。

南京吉鸿机床附件制造有限公司 是由原南京机床附件厂改制的有限责任公司。企业占地面积 1 万 m²,现有职工 270 余人,技术人员近 40 人。主要产品是"钟山"牌机用平口钳、高精度虎钳等各类虎钳,品种规格齐全。企业具备多年的制造经验和技术研发能力,拥有机用虎钳类产品生产流水线。产品远销亚洲、欧洲、美洲等地。2007 年生产各类虎钳13 000台,实现工业总产值 860 万余元,销售收入 800 万元。

烟台市芝罘新宇机床辅助设备厂 是专业从事机床辅机研发制造的厂家,现有职工 60 余人。企业已通过 ISO9001 质量管理体系认证。主要产品是过滤排屑设备等产品,200 余个品种规格。产品为国内几十家企业配套,部分产品随主机出口到日本、澳大利亚、韩国等国家和地区。公司坚持"质量第一,用户至上"经营宗旨,完善售后服务工作。2007 年完成工业总产值 870 万元,销售收入 850 万元。

北京市长城机床附件有限责任公司 是专业生产机床用减振垫铁的厂家,生产 15 个系列、60 多个规格的定制产品,单位承载值为 50～40 000kg,适用于金属切削机床、锻压机械、橡塑机械、制药机械、包装机械、电动机、工程设备的隔振减振,为各类机床设备及振动机械提供消除振动的解决方案。企业是参与制定"机械行业圆形机床垫铁 JB/T6607"标准的成员单位,是中国环境保护产业协会噪声与振动控制委员会委员单位,高新技术企业和信用 A 级企业,通过了 ISO9001:2000 质量体系认证。产品为国内许多主机厂配套,并出口美国、法国、加拿大、德国、西班牙、意大利等国家和地区。2007 年完成工业总产值 900 万元,销售收入 850 万元。

杭州阿尔玛工具有限公司 创建于 1993 年,是专业生产加工中心等数控机床用工具系统类产品的厂家,现有从业人员 180 名。主导产品有 TSG82 工具、TMG50 工具系统、TMG21 工具系统、可转位镗刀、可转位铣刀、快换夹头、丝锥夹头、弹簧夹头等。在技术研发方面以请进来、送出去的办法,通过各种渠道吸引先进技术,使企业有了质的飞跃。公司坚持"科技兴业、质量第一、用户第一、服务至诚"的方针,产品质量水平不断提高。2000 年企业加大了技术改造的投资力度,投资 800 万元增加生产设备,扩大生产规模,2007 年完成工业总产值 2 000 万元。

台州华鑫机械制造有限公司 创建于 1994 年,是专业生产机床附件的合资企业。主要产品是自紧式钻夹头、扳手钻夹头、弹簧夹头、攻丝夹头、数控刀柄、回转顶尖、固定顶尖、变径套以及数控机床使用的 7:24 锥度刀柄,也可按客户要求进行特殊结构研发生产。2007 年,公司投资 2 000 万元建造的新厂房正式投入使用,采购各类精密机床设备(加工中心等数控机床)20 余台,新增数条专业化生产线,扩大生产规模,大幅度提升了制造能力和效率。公司奉行"质量第一,用户至上,信誉为本"的宗旨,不断提高产品质量,坚持技术创新,可根据客户的要求开发设计和制造用户所需产品。产品畅销美国、欧盟、中东、东南亚等几十个国家和地区。

烟台铣床附件厂 成立于 1958 年,公司占地面积 10.5 万 m²,建筑面积 4.8 万 m²,公司拥有各类设备 500 余台,总资产 1.5 亿元,职工 800 人,其中工程技术人员 147 人。公司主要产品有万能铣头、立铣头、插头等机床附件产品,另外还生产农用齿轮箱、拖拉机前桥等。公司已形成完善的产品研发、生产、检测体系。近年来,公司又投资技术改造,提高产品生产专业化水平。2007 年实现销售收入 8 075 万元。

武汉昌合阿美斯塔机械有限公司 是由武汉昌合机床特殊附件有限公司和德国 SRW—AMESTRA 机械有限公司合资成立的企业,现有员工 110 人。公司主要产品有快换刀架系列、数控刀夹系列和软爪系列,适用于各类车削加工中心、数控车床。其中快换刀架包括40 工位欧式快换刀架、成套楔式快换刀架、成套柱塞式快换刀架和双 V 定位式快换刀架;数控刀夹包括 DIN69880 VDI 数控刀夹、DIN69881 VCI 数控刀夹和楔式数控刀夹。其他产品有切管器、钻头刃磨机、微调镗刀、排刀架等,企业通过了 ISO9001 质量体系认证。2007 年开始实行"6S"化管理,并自主创新,引进新技术新工艺,开发了以动力数控刀夹为主的一系列新产品。公司被武汉市经济开发区评为优秀技术企业。2007 年工业总产值 1 790 万元,销售收入 1 660 万元,公司产品出口同比增长 12.3%。

临沂市圣鑫机械制造有限公司 是专业生产自紧钻夹头及木工机床附件的股份制企业。占地面积 4.6 万 m²,建筑面积 5 000m²;现有员工 580 人,高中级专业技术人员 62 人。主要产品有自紧钻夹头、攻丝夹头、快换扳手、木工机械夹头、木工机械顶尖等。主导产品自紧式钻夹头,有重型、轻型、螺纹孔型 3 大系列 80 多个品种。拥有加工中心、数控机床、专用机床、三坐标测量机等设备仪器。企业通过了 ISO9000 质量体系认证。产品销往欧、美及东南亚等 20 个国家和地区。公司设计年产能力 30 万只,现已达到年产 10 万只的生产能力。

北京京密云发机床附件有限公司 由原北京燕山机床附件厂改制的民营企业,位于北京市密云县,占地面积 53 000m²。企业生产平口钳已有 30 多年的历史。主要产品有"双三角"牌机用平口钳、简易镗刀架、阶梯式可调压板、机床垫铁等机床附件产品。

〔本部分撰稿人:中国机床工具工业协会机床附件分会张越东 审稿人:中国机床工具工业协会机床附件分会王兴麟〕

二、夹具

1. 夹具行业的规模和市场

目前国内生产各种机床夹具、组合夹具、焊接与检验夹具以及各种夹具标准件和功能部件的企业约有20家。有10家企业加入夹具分会，其中4家股份制企业、6家民营企业，都属于中小型企业。2007年夹具行业主要经济指标完成情况见表5。

表5 2007年夹具行业主要经济指标完成情况

指标名称	单位	实际完成
工业总产值	万元	12 084
工业销售产值	万元	12 332
其中：出口额	万元	1 632
实现利税	万元	1 185
从业人员人数	人	1 204
资产总计	万元	18 202

行业各企业通过深化改革、加快体制和机制改革的步伐，以及加大产品结构的调整和扩大服务领域的力度，促进了夹具行业的发展。2007年，夹具行业10家企业与2006年相比，工业总产值增长13%，工业销售产值增长18.8%，夹具产品出口增长42%，实现利税增长146.3%。夹具行业工业总产值和销售收入增长幅度比较平稳，但是总体经济效益显著增长。夹具行业长期处于微利的状况开始好转，各企业的经济运行情况良好。多数企业不同程度地进行了技术改造，添置或更新了设备。全行业资产总计增长8.8%，制造能力增强，管理水平提高。在夹具行业的产品销售中，近期开发的电控永磁夹具、孔系焊接夹具、槽孔结合的组合夹具、数控对刀仪和医疗器械等新产品，已逐步打开市场，即将成为夹具行业新的效益增长点。2007年，精密平口钳出口扩大，年末孔系焊接夹具承接了国外订货，夹具产品的出口打开了新的途径。

由于夹具行业企业都是中小企业，有些是新兴的民营企业，企业的规模较小，基础薄弱，产品开发和制造能力有限，因此与机床工具其他行业相比差距很大。以科学发展观分析行业的前景和市场，抓住我国数控机床发展的机遇，加大夹具产品创新与开发力度，加快夹具产品的升级换代，扩大服务领域，培育和开拓夹具市场，提升夹具行业的发展速度，是行业关注的焦点。

2. 产品分类、生产和出口情况

（1）夹具产品分类。由于企业改革和重组，以及新建的夹具企业进入行业，使得夹具行业制造的产品类别扩大，按产品的功能和使用范围归纳为以下5大类产品。

1）夹具和夹具功能部件产品。包括槽系列组合夹具、孔系列组合夹具、槽孔结合组合夹具和孔系焊接组合夹具，各种机床夹具、电控永磁夹具、线切割电加工机床夹具、检验和专用焊接夹具，系列化气压、液压夹紧功能部件和铰链杠杆夹紧功能部件，系列化精密平口钳和系列化多齿分度台等产品。

2）机床附件产品。包括系列卡盘、数控系列刀柄，数显转台、万能光学转台、光学分度头，凸轮轴自动检测仪、导程测量仪、机外数显刀具预调仪和重型刀具预调测量仪等产品。

3）数控机床配套功能部件。包括平面镶钢导轨、交换工作台、滚珠丝杠、加工中心主轴和数控主轴，数控冲床配套凸凹模和数控三点折弯机配套凸凹模等产品。

4）机床产品。包括金属带锯机和机床改造与维修。

5）其他产品。包括清洗机、胶印机、退磁器；组合冲模、模具和模具标准件；医疗器械和铝合金型材制品等产品。2007年夹具行业主要产品产量和产值情况见表6。2007年夹具行业企业主要经济指标完成情况见表7。

表6 2007年夹具行业主要产品产量和产值情况

序号	产品名称	产量（台、件）	工业总产值（万元）
	合计		12 084
1	夹具和夹具功能部件	750 786	6 072
2	机床附件（光学仪器）	43	218
3	数控机床功能部件	29 394	2 919
4	金属带锯机	288	744
5	其他产品	31 058	2 131

表7 2007年夹具行业企业主要经济指标完成情况

序号	企业名称	工业总产值（万元）	工业销售产值（万元）	实现利税（万元）	从业人员人数（人）
1	天津市泽尔数控机床成套有限公司	4 964	4 980	270	493
2	保定向阳航空精密机械有限公司	6 493	6 431	893	599

（2）出口情况。保定向阳吉拉蒂机械有限公司是保定向阳航空精密机械有限公司与意大利吉拉蒂公司合资的企业，该公司生产的精密平口钳、多工位组合平口钳、四面夹紧钳和数控柔性钳等系列化产品，达到国际先进技术水平，在国内居领先地位，是夹具行业主要的出口产品。2007年保定向阳吉拉蒂机械有限公司出口精密平口钳44 282台，出口额1 631.59万元。

3. 企业简介

天津市泽尔数控机床成套有限公司　是由天津组合夹具厂、天津机床附件厂、天津丝杠厂和数控机床配套公司改制重组的新企业。该公司将天津市组合夹具、机床附件、数控机床配套产品的设计研发、生产能力、先进设备以及市场服务等优势资源整合为一体，成为我国北方生产数控机床配套产品的主要基地，是夹具行业的骨干重点企业和中国机床工具工业协会夹具分会的理事长单位。主要产品有槽系、孔系组合夹具和组合冲模，各种机床夹具、焊接夹具、电控永磁夹具，系列化多齿分度盘、系列卡盘、数控系列刀柄，数显转台、万能光学转台、光学分度头，凸轮轴自动检测仪、机外数显刀具预调仪，平面镶钢导轨、滚珠丝杠、加工中心主轴和数控主轴，数控三点折弯机配套凸凹模以及清洗机、退磁器等产品。天津市泽尔数控机床成套有限公司以"泽人强己，同兴共荣"理念，竭诚为广大客户服务，共开拓、同

发展,同抓机遇,共创辉煌。

保定向阳航空精密机械有限公司 是夹具行业的骨干重点企业和中国机床工具工业协会夹具分会的副理事长单位。公司下设组合夹具厂、模具标准件厂、锯床厂、医疗器械厂、宇航设备分公司。主要产品有组合夹具,柔性夹具,线切割机床电加工夹具,专用夹具,系列化精密平口钳,气压、液压夹紧功能部件;模具标准件、组合冲模和专用模具;交换工作台、金属带锯机和骨科医疗手术器械等产品。在精密机床的维修、改造方面拥有很强的实力。该公司与意大利外商合资建立了保定向阳吉拉蒂机械有限公司,中外合作生产的系列化精密平口钳达到国际先进水平,每年出口在1 500万元左右。

保定向阳航空精密机械有限公司坚持"团结、诚信、实干、创新"的向阳精神,紧跟国外夹具技术发展的步伐,夹具产品出口走在行业的前列。

贵阳兴航工装元件厂和贵阳清江组合夹具元件厂 这两个企业发扬改革创新、拼搏实干的精神,不断壮大企业实力,扩大服务领域和市场。不仅是夹具行业设计、制造小型组合夹具和小型组合冲模的基地,又是向仪器仪表、电子电器和军工等行业提供工艺装备的专业化生产企业。

宁波鄞州飞翔组合夹具厂和宁波鄞州富利精密机械厂 这两个企业瞄准纺织机械行业的需求,改进组合夹具产品,开发多种适合纺织机械制造的夹具功能部件。在满足纺织机械行业夹具需求的基础上,逐步打开市场,不断充实企业的制造能力。提高技术水平和加强管理,已经具备生产多种夹具产品的条件和能力。

南昌洪都组合夹具元件厂 该厂的主要产品是组合夹具元件和摩托车配件。企业根据自身条件,遵照小而精和专业化生产的模式,确定产品的发展方向。工厂制造的钻套、定位键、定位套等夹具元件,以优质、优价和及时供货满足用户需求,并与各夹具厂建立协作配套和联营的关系,将小产品开拓成大市场。

贵阳兴航工装元件厂、贵阳清江组合夹具厂、宁波鄞州飞翔组合夹具厂、宁波鄞州富利精密机械厂和南昌洪都组合夹具元件厂都是民营企业,近几年发展的都比较快。主要产品有中小型组合夹具、小型组合冲模元件,纺织机械行业组合夹具功能部件,钻套、定位键、定位销及各种压板、螺栓、螺钉和螺母等夹具元件。这5个小而精的民营企业虽然规模不大,但是在行业各厂协调配套供货,及时满足用户需求方面,起到至关重要的作用。

深圳市天凌高实业发展有限公司(简称 TIPTOP) 该公司是夹具行业的新兴企业,是一家集研、产、销为一体的工装夹具专业提供商,生产工装夹具标准件,承接工装夹具、工业工程项目和技术服务。经营宗旨是专注专业、品质品牌,为机械制造业提供最可靠的工艺装备系统及解决方案。

TIPTOP 围绕市场与客户的需求核心,不断加强产品自主创新能力,成功地掌握了工装夹具生产领域的核心技术,TIPTOP 的工装夹具产品有肘节夹具,气压、液压转角缸夹

具,机床快换夹具,三维组合夹具系统等4大系列1 000多种规格。多项产品取得了国家专利权和被评为高新技术产品,并已广泛用于电子电器、车体和航天器制造、工程机械、钣金加工、设备装配、检测平台、医疗器械、机器人等制造领域。近期自主研制的三维柔性焊接工装夹具系统,填补了我国夹具技术的空白,产品质量达到了欧美同类产品标准。与普通专用工装夹具相比,三维工装系统具有经济性、精确性、耐用性和柔性化等特点,符合绿色经济和循环经济的社会发展需求。

北京蓝新特柔性装备技术有限公司 2002年建于北京亦庄经济技术开发区,是从事现代机床夹具设计、生产的高新技术企业。公司主要产品是具有自主知识产权的LXT-J夹具元件系统。这种新式的槽、孔混装的组合夹具有小型(M8)、中型(M12)、大型(M16)、重型(M20)4种型号。目前已在航空、航天、军工、船舶、汽车、电子、纺织等大型企业以及科研院校推广应用,取得很好的成效。北京蓝新特柔性装备技术有限公司是北京市科学技术委员会及国家发改和改革委员会认定的高新技术企业。该公司从高新技术起步,积极地开展与国内外厂商合作,互动双赢、共谋发展。

〔本部分撰稿人:中国机床工具工业协会夹具分会刘贵宝〕

三、主轴功能部件

1. 行业企业结构

主轴功能部件是机床的重要组成部分,长期以来一直是机床的核心部件。当轴承专用机床使用电主轴时,开始出现机床主轴功能部件行业的雏形。

20世纪70年代至今,以电主轴和静压、动静压精密主轴为主构成的机床主轴功能部件行业已经基本形成规模。目前国内这些专业生产企业成为精密机床和数控机床主轴部件的主要供应商,国内产品市场占有率逐年提高。

主轴功能部件行业结构具有如下特点:在市场需求方面,主机厂主轴部件采用配套生产方式是当前的主导方式;在技术水平方面,电主轴支撑大多数采用滚动轴承,目前已经出现了采用动静压滑动轴承支撑的卧式和立式电主轴产品,空气轴承和磁悬浮轴承处于样品研制阶段;在应用范围方面,静压技术在低速重载转台产品中的应用越来越多,随着静压技术应用领域的扩展,在机床直线运动方面也有了进一步的应用,已经出现了应用静压技术的导轨和螺母产品。

参加主轴功能部件专业委员会的企业包括了国内所有大中型企业,加上已申请入会的企业共21家,除两家配套企业外有19家。由于主轴功能部件行业是在市场经济下随市场需求发展起来的,按所有制分,私有控股企业16家,国有控股企业1家,集体控股企业3家,外资控股企业1家,私有控股企业占多数。

2007年主轴功能部件行业主要经济指标完成情况见表8。2007年主轴功能部件行业企业主要经济指标完成情况见表9。

2. 产品生产及出口情况

滚动轴承主轴功能部件主要应用于铣床、磨床、数控机床、加工中心、木工机床等机床的主轴系统。滑动轴承主轴功能部件主要应用于精密轴系，包括内圆磨床、平面磨床、外圆磨床、精密车床、金刚镗床等精密机床的主轴系统。

主轴功能部件行业产品构成包括以下 4 种：①一对轴承加主轴。当前主要是主机厂选购轴承组装，已有专业化生产主轴、轴瓦等配件的企业，按主机厂要求的图样生产，并有国内主要机床主轴图样的样册，但未见标准。②主轴单元。由套筒、轴承、主轴、端盖等零件组成的部件是当前市场的主导产品之一。③主轴功能部件。由箱体、轴承、主轴、端盖及电动机、保护装置、刀具或加工零件装卡装置等组成的部件也开始成为市场的主导产品，用于机床配套和增加机床功能的技术改造。④电主轴，实际上是带直联电动机的主轴功能部件。目前，市场上仍然是以滚动轴承支撑的电主轴为主，油膜轴承支撑的电主轴产品已开始应用在精密机床和专用数控机床上。随着市场对主轴功能部件需求的增大，已经出现了减去压力油源的长寿命动压主轴单元、动滚组合主轴单元等多种结构的产品。

表8　2007 年主轴功能部件行业主要经济指标完成情况

指标名称	单位	实际完成
工业总产值（现价）	万元	88 247
其中：主轴部件产值	万元	25 896
工业销售产值（现价）	万元	85 286
其中：主轴部件产值	万元	33 488
工业增加值	万元	22 695
实现利税	万元	10 726
从业人员平均人数	人	2 487
资产总计	万元	96 383
平均流动资产总计	万元	55 651
固定资产净值平均余额	万元	30 829

表9　2007 年主轴功能部件行业企业主要经济指标完成情况

序号	企 业 名 称	工业销售产值（万元）	工业总产值（万元）	从业人员平均人数（人）
1	上海原创精密机床主轴有限公司	849	866	29
2	北京航空精研机电技术有限公司	88	123	22
3	岳阳科梦机电技术有限公司	278	380	12
4	北京北航精密机电有限公司	1 433	1 800	40
5	北京东方精益机械设备有限公司	1 304	1 304	50
6	湖南普来得机械技术有限公司	580	580	53
7	广州市天凿精机机械有限公司	168	200	10
8	洛阳轴研科技股份有限公司	22 469	22 469	650
9	无锡博华机电有限公司	720	750	48
10	江苏星晨高速电机有限公司	4 200	4 800	216
11	安阳莱必泰机械有限公司	4 200	4 700	220
12	无锡开源集团磨头制造有限公司	1 687	1 675	75
13	无锡市新风轴瓦厂	1 000	1 100	60
14	烟台海德机床有限公司	29 000	30 000	482
15	三河市同飞制冷设备有限公司	9 510	9 700	220
16	上海唯冠油压机械公司	7 800	7 800	300

辅助配件主要包括压力油源（静压、动静压主轴功能部件配备）、油雾润滑装置（高速电主轴配备）。随着主轴的高速化发展，恒温控制和制冷设备也成为重要的辅助配件。

主轴功能部件行业还处于发展阶段。这里所统计的包括国内从事专业生产的大部分企业，工业总产值 88 247 万元，其中用于机床主轴功能部件行业的 25 896 万元。国内从事电主轴生产的主要企业（不包括合资企业）大约 70% 参加了统计，工业总产值约 34 400 万元，其中用于机床主轴功能部件行业的约 13 600 万元；从事油膜主轴生产的国内主要企业基本参加了统计，工业总产值约 5 200 万元，其中用于机床主轴功能部件行业的约 4 800 万元；部分从事主轴元件的生产企业参加了统计，工业总产值约 31 100 万元，其中用于机床主轴功能部件行业的约 1 100 万元。与上年比较，都有所增加，增幅为 15% ～25%。

2006 ～2007 年主轴功能部件分类产品生产情况见表 10。2007 年主轴功能部件分类产品出口情况见表 11。

表10　2006 ～2007 年主轴功能部件分类产品生产情况

产 品 名 称	产量单位	产量	产值（万元）
机床主轴功能部件合计			26 342
主轴元件	件	148 778	13 731
主轴单元	套	3 143	2 522
主轴功能部件	套	3 464	2 280
电主轴	台	26 418	4 225
机械主轴	台	13 156	3 584

表11　2007 年主轴功能部件分类产品出口情况

产 品 名 称	产量单位	出口量	出口额（万元）
机床主轴功能部件合计			1 109
主轴元件	件	595	430
主轴单元	套	300	200
主轴功能部件	套	300	150
电主轴	台	10 415	329

3. 新产品、新技术、新工艺发展情况

2007 年，成规模的电主轴生产企业比上年明显增多。电主轴支撑大多数采用滚动轴承，少数部分采用动静压滑

动轴承和空气轴承。

应用静压、动静压技术的主轴功能部件产品从产品性能、制造质量及品种等方面都有了较大的进展。在应用范围上从以往的以磨床主轴为主的单调品种扩展到各类机床的应用;在驱动方式上从带传动或马达直联式到内置式电主轴门类俱全。

行业的发展和巩固需要标准来指导。为了提高行业总体水平,提高企业产品质量的稳定性以适应市场需求,2007年开始筹备由本行业企业自愿组成、总结各企业经验、制定本行业标准的工作组。其主要任务是制定产品技术、生产、检验的行业标准,并在本行业内贯彻,以达到提高产品水平的目的,更好地为装备制造业,特别是数控机床产业发展服务。

在制定行业标准的同时,积极取得上级部门的指导。行业标准若归属于国家标准化管理委员会成立的专业标准化技术委员会者,则主动联系,申请立项,尽早制定相关的国家标准。行业标准若归属于国家标准化管理委员会尚未成立的专业标准化技术委员会者,则按通知规定的程序,尽快申请成立专业标准化技术委员会。

4.企业简介

主要从事静压、动静压混合油膜轴承及其主轴功能部件生产、研制和开发的厂家有:上海原创精密机床主轴有限公司、北京航空精研机电机术有限责任公司、岳阳科梦科技有限责任公司、北京北航精密机电有限公司、北京东方精益机械设备有限公司、湖南普来得机械技术有限公司、广州市天凿精机机械有限公司、重庆科菲精密机械有限公司、北京环岛机电技术公司、杭州求精机床研究所和美国得宝机床(北京)有限公司上海办事处等单位。主要从事滚动轴承支承为主的电主轴生产、研制和开发的厂家有:洛阳轴研科技股份有限公司、无锡市博华高速机电设备有限公司、江苏星辰高速电机有限公司、安阳莱必泰机械有限公司、山东济宁博特科技有限公司、无锡开源集团磨头制造有限公司、南京工艺装备制造厂、北京机床所精密机电有限公司、汉川机床(集团)有限责任公司、大连高金数控集团有限公司和上海富田电气技术有限公司等。主要从事主轴及其配套件生产、研制和开发的厂家有:无锡市新风轴瓦厂和烟台海德机床有限公司等。下面就参加年鉴统计的主要生产企业做综合介绍。

在专门从事静压、动静压混合油膜轴承及其主轴功能部件生产、研制和开发的专业公司中,上海原创精密机床主轴有限公司是由我国精密机床动静压轴承的创始、开拓者与机床主机厂合资成立的,具有自主开发的技术力量和相当规模的加工制造、试验实力。北京北航精密机电有限公司是国内成立最早的、北京航空航天大学的校办高科技企业。岳阳科梦科技有限责任公司是全国率先以静压主轴部件研究开发为专业,以推广应用静压技术为己任的企业之一。北京东方精益机械设备有限公司是北京市科委批准和资助的专业生产形式多样的机床用主轴单元的高新技术企业。湖南普来得机械技术有限公司是中外合资企业,主要

致力于高精密机床主轴的研发、生产和销售。北京航空精研机电技术有限公司是以我国航空技术和人员为依托,以机械数控技术和动静压、静压轴系及电主轴为发展方向的高新技术企业。广州市天凿精机机械有限公司是专业制造工程机械和动压、静压轴承主轴功能部件的高新技术企业。

在专门从事滚动轴承支承为主的电主轴生产、研制和开发的专业公司中,洛阳轴研科技股份有限公司是从事高速、高精度精密轴承、特大型轴承开发,高速机床电主轴、轴承成套专用磨削超精设备、机电一体化轴承专用检测仪器等研究、开发、生产、试验的综合型和科技开发型的上市公司。无锡博华机电有限公司是高速精密主轴专业制造商。江苏星辰高速电机有限公司是集科研、产品开发、生产为一体的高科技、独资的专业化生产电主轴的私营有限公司。安阳莱必泰机械有限公司是科技型主轴生产企业,是拥有电主轴、机械主轴设计和生产技术的专业公司。无锡开源集团磨头制造有限公司主要生产、经营和开发高速电主轴及带传动砂轮轴、深孔磨头两大系列产品。

在专门从事主轴及其配套件生产、研制和开发的专业公司中,无锡市新风轴瓦厂是全国最早离心浇注双金属及整体轴瓦,从事各类机床主轴、动压轴瓦、静压轴瓦、动静压轴瓦、蜗轮、蜗杆、螺母、丝杠、操纵箱等配件生产企业。烟台海德机床有限公司是专门从事机床主轴及主轴箱、齿轮及齿轮箱等关键零部件生产和热处理加工的企业。三河市同飞制冷设备有限公司是集科研、开发、制造、销售、服务为一体的,主要生产工业制冷设备、除湿机、热交换器、衣物消毒设备等五大系列产品的,是主轴功能部件配件的配套伙伴的现代化科技产业公司。

〔本部分撰稿人:中国机床工具工业协会主轴功能部件专业委员会武弘毅〕

四、滚动功能部件

1.行业发展情况

以滚珠丝杠副和滚动直线导轨副为主要特征的滚动功能部件,是应我国数控机床和机电一体化产品的发展而出现的一个新兴产业。

滚动功能部件属于技术密集型、资本密集型、管理密集型产品,它具备标准化、系列化、通用化的特征。其最佳生产方式为高集中度的专业化,大批量生产。在装备制造领域,滚动功能部件不但是数控机床的关键零部件,而且也是符合21世纪生态环保理念的绿色产品,是机械制造的重要基础部件。

20年来,滚动功能部件产业规模由小到大,企业由少到多。协会成立之初只有近10家企业,发展到今天全行业有企业近80家之多。目前滚动功能部件分会会员企业有29家,滚动功能部件产业总产值约20亿元。

这20年,是艰苦创业、与时俱进的20年。制造技术由试制、模仿到自主开发,产品由单一品种到多品种、全系列,生产规模由小批量、单件生产发展到目前的大批量专业生产,专业化生产水平不断完善,制造技术不断提升,产品质量也因而不断得到提高。

滚动功能部件行业在我国机床工具行业 25 个分行业之中是较小的一个行业。行业虽小，但除了有一个自己的专业协会外，还有一个归属于全国金属切削机床标准化技术委员会的滚动功能部件分技术委员会。20 年来先后制定了一整套与国际标准基本接轨的、较为完整的滚动功能部件标准体系，包括国家标准与行业标准。行业产品的标准化、系列化、通用化具有较高的水平，这是组织专业生产，迈向规模产业化生产的重要前提。

滚动功能部件行业产业还拥有包括 CNC 主机和高精度大型专用动态检测仪器的研发和生产基地，"中国制造，装备中国"，行业各企业中关键设备的国产化率在 60% ~ 80%。

进入 21 世纪，滚动功能部件产业迎来了快速发展的黄金机遇。据 2007 年全国范围的调查结果显示，国产滚动功能部件的市场占有率，滚珠丝杠副为 62%，滚动直线导轨副为 46%。国产滚动功能部件为我国数控机床和装备制造业的发展做出了很大的贡献。

在当今这个经济全球化、科技现代化、市场国际化的时代，我们清楚地看到，我国的滚动功能部件产业 20 年虽然取得了很大进步，但与国际先进工业国家的同行相比，与海峡彼岸的同仁相比，还存在相当大的差距，这些差距主要表现为：行业内还没有形成足够大的产业规模；产业集中度差；专业化生产水平不高；信息化管理滞后；产品的性能指标需要提升；产品的技术含量不高，缺少有国际竞争力的品牌；个性化服务跟不上；人力资源不足；高档产品尚处在研发和试制阶段，尚不能满足国产高档数控装备配套的需要，影响了国产化的进程，成为制约国产高档数控机床发展的瓶颈。

另外受中国市场的吸引，我国滚动功能部件行业还面临海外各滚动功能部件制造企业大量进军中国市场的强大压力。而另一方面，国产数控机床及各类自动化装备对滚动功能部件旺盛的配套要求也引起政府有关方面的高度重视。《国务院关于加快振兴装备制造业的若干意见》[国发(2006)8 号文件]确定了振兴装备制造业的 16 个关键领域，其中与滚动功能部件有直接关系的第 12 项是："发展大型、精密、高速数控装备，数控系统和功能部件，改变大型、精密、高速数控机床大部分依靠进口的现状，满足机械、航空航天等工业发展的需要"。为落实 8 号文件，国家发改委又主持制定了《数控机床发展专项规划》。国家的利好政策和规划为滚动功能部件产业发展绘制了蓝图，提出了奋斗目标，指明了发展方向，这将成为推动滚动功能部件行业实现国产化、产业化的强大动力。滚动功能部件产业将把"大型、精密、高速"三大领域作为突破的重点，通过不断技术创新，实现中高档滚动功能部件的国产化、产业化，替代进口，夺回"高端失守"的阵地，满足我国大型、精密、高速数控装备的配套需要。

参加 2007 年年鉴统计的企业为 23 个，其中行业协会会员单位 19 个，占会员总数的 70%，另 4 个即为 2008 年准备吸收的新会员单位。具有规模生产能力的企业基本上都收录在内。

2007 年，全行业滚珠丝杠副总产量约为 630 847 套，比上年 354 223 套增长 78.1%；滚珠丝杠副总产值约为 78 817.9 万元，比上年 45 335 万元增长 73.9%。全行业滚动直线导轨副总产量达到 206 270m，比上年 141 589m 增长 145.7%；滚动直线导轨副总产值达到 21 318 万元，比上年 15 041 万元增长 41.7%；其他功能部件产值约 5 181.87 万元。

2007 年，全行业工业总产值达到 189 808 万元，其中功能部件总产值超亿元的企业有 5 家，比上年增加了 2 家；总产值在 0.5 亿 ~ 1 亿元的企业有 3 家，总产值在 0.2 亿 ~ 0.5 亿元的企业有 8 家，比上年增加 1 家。

2007 年滚动功能部件行业主要经济指标完成情况见表 12。2007 年滚动功能部件行业企业主要经济指标完成情况见表 13。

表 12　2007 年滚动功能部件行业主要经济指标完成情况

指标名称	单位	实际完成
工业总产值(现价)	万元	189 808
其中:机床工具类产品产值	万元	155 935
工业销售产值(现价)	万元	186 918
其中:机床工具类产品销售产值	万元	152 898
工业增加值	万元	76 858
实现利税	万元	28 067
从业人员平均人数	人	7 551
资产总计	万元	173 377
流动资产平均余额	万元	127 898
固定资产净值平均余额	万元	63 518

表 13　2007 年滚动功能部件行业企业主要经济指标完成情况

企业名称	工业总产值(万元)	其中:机床类产品总产值(万元)	工业销售产值(万元)	其中机床类产品销售产值(万元)	工业增加值(万元)	实现利税(万元)	从业人员平均人数(人)
陕西汉江机床有限公司	29 183	29 183	28 839	28 839	18 743	7 629	1 925
南京工艺装备制造有限公司	25 740	16 846	25 020	15 822	10 478	3 617	1 006
山东博特精工股份有限公司	12 493	12 493	12 996	12 996	7 833	6 120	820
广东高新凯特精密机械有限公司	6 017	6 017	4 856	4 856	3 884	682	179
北京精密天工滚珠丝杠有限公司	1 780	1 780	1 500	1 500			95
上海中恒导轨有限公司	1 707	1 707	1 589	1 589	963	388	112
济宁市华珠机械有限公司	3 100	3 100	2 737	2 737	659	603	260
西北机器有限公司滚珠丝杠厂			1 820	1 820		426	142
山西新益精密机械股份有限公司	2 278	2 233	2 321	2 276	683	250	50

企业名称	工业总产值（万元）	其中：机床类产品总产值（万元）	工业销售产值（万元）	其中机床类产品销售产值（万元）	工业增加值（万元）	实现利税（万元）	从业人员平均人数（人）
启东润泽机床附件有限公司	8 000	6 500	7 500	6 300	2 000	4 200	250
汉江机床厂昆山分厂	4 577	4 577	3 680	3 680	3 449	1 109	296
上海汉口机床附件厂	1 959	1 959	1 736	1 736	1 231	570	93
江苏瑞安特机械集团有限公司	28 000	8 000	27 750	7 000	6 160	2 100	358
南通市精华滚动功能部件厂	2 191	2 191	2 191	2 191	1 504	131	65
青岛飞燕临港精密钢球制造有限公司	2 729	882	2 145	856	1 120	132	207
大连高金数控集团有限公司	41 913	41 913	41 913	41 913	14 670	1 605	1 050
上海雄联精密机械配件有限公司	2 884	2 118	2 783	2 054			112
常州市宏达机床数控设备有限公司	8 627	8 627	8 627	8 627	1 096	1 627	198
深圳市威远精密技术有限公司	3 000	3 000	3 000	3 000	700	420	102
启东市浩森丝杠制造有限公司	1 900	1 900	2 256	2 256	1 355	680	105
温州雄豹自动化设备制造厂	1 150	630	1 100	600	330	110	75
青岛菲特精密钢球制造有限公司	580	280	560	250			51

（续）

2. 生产情况

滚动功能部件行业的主要产品包括：①各类滚珠丝杠副，如精密、高速、大导程、冷机、重载、超大型、微型、行星滚柱等滚珠丝杠；②各类滚动直线导轨副，如精密、高速、重载、超大型、微型、滚柱型、圆弧型等滚动直线导轨副；③滚动元部件类，如滚珠花键、滚动直线导套、滚珠蜗母条，还包括十字坐标工作台，精密线性工作台等；④外围配套元件，如自锁器、制动器、防护装置、高刚度专用轴承等。

2007年滚动功能部件行业分类产品生产情况见表14。2007年滚动功能部件行业企业分类产品生产情况见表15。

表14　2007年滚动功能部件行业分类产品生产情况

产品名称	产量单位	年度生产	
		产量	产值（万元）
滚珠丝杠副	套	630 847	78 817.9
滚动导轨副	m	206 270	21 318
其他	件、套		5 181.87

表15　2007年滚动功能部件行业企业分类产品生产情况

序号	企业名称及产品名称	产量单位	产量	产值（万元）
1	陕西汉江机床有限公司			
	滚珠丝杠副	套	126 298	16 110
	滚动导轨副	m	21 439	2 416
	其他	件	4 668	161
2	南京工艺装备制造有限公司			
	滚珠丝杠副	套	54 442	9 919
	滚动导轨副	m	30 435	5 514
	其他	件		152
3	山东博特精工股份有限公司			
	滚珠丝杠副	套	22 078	6 128
	滚动导轨副	m	12 768	1 486
	其他	件	31 398	1 531
4	广东高新凯特精密机械有限公司			
	滚动导轨副	m	56 398	6 017
5	北京精密天工滚珠丝杠股份有限公司			
	滚珠丝杆副	套	8 900	1 780
6	上海中恒导轨有限公司			
	滚珠导轨副	m	28 134	1 707
7	济宁市华珠机械有限公司			
	滚珠丝杠副	套	18 252	1 521
	滚动导轨副	m	18 357	633
	其他	件	16 764	381
8	石化机器有限公司滚珠丝杠厂			
	滚珠丝杠副	套	16 520	1 817
9	山西新益精密机械股份有限公司			
	滚珠丝杠副	套	25 580	2 233
10	启东润泽机床附件有限公司			
	滚珠丝杠副	套	60 000	6 500
11	汉江机床厂昆山分厂			
	滚珠丝杠副	套	40 640	4 151
	滚动导轨副	m	1 139	85

序号	企业名称及产品名称	产量单位	产量	产值(万元)
12	上海汉江机床附件厂			
	滚珠丝杠副	套	17 728	1 959
13	江苏瑞安特机械集团有限公司			
	滚珠丝杠副	套	40 000	6 500
	滚动导轨副	m	5 000	500
14	南通市精华滚动功能部件厂			
	滚珠丝杠副	套	10 950	2 190
15	青岛飞燕临港精密钢球制造有限公司			
	钢球	千粒		2 145
16	北京新兴超越离合器有限公司			
	离合器	套	9 248	532
17	大连高金数控集团有限公司			
	滚珠丝杠副	套	50 700	7 605
	滚动导轨副	m	24 600	2 460
18	上海雄联精密机械配件有限公司			
	滚珠丝杠副	套	17 653	2 118
19	常州宏达机床数控设备有限公司			
	滚珠丝杠副	套	28 000	2 787
20	深圳市威远精密技术有限公司			
	滚珠丝杠副	套	50 000	3 000
21	启东市浩森丝杠制造有限公司			
	滚珠丝杠副	套	38 106	1 900
22	温州雄豹自动化设备制造厂			
	滚珠丝杠副	套	5 000	600
	滚动导轨副	m	8 000	500
23	青岛菲特精密钢球制造有限公司			
	钢球	粒	15 000	280
	合计			
	滚珠丝杠副	套	630 847	78 818
	滚动导轨副	m	206 270	21 318
	其他(离合器、钢球、五轴单元等)	件		5 182

3. 产品出口情况

2007 年,滚动功能部件产品出口有明显的减少,只有 5 个企业有少量或零星的出口量,并且品种也比较单一,只有滚珠丝杠副。2007 年滚珠丝杠副出口量为 1 229 副,比上年 4 237 副减少 70%。

2007 年滚动功能部件分类产品出口情况见表 16。2007 年滚动功能部件行业企业分类产品出口情况见表 17。

表 16 2007 年滚动功能部件分类产品出口情况

产品名称	出口量单位	出口量	出口额(万元)
滚珠丝杠副	套	1 229	293.03
其他(钢球)	千粒	98 588	474.75

4. 新产品开发与科研项目

2007 年滚动功能部件行业有 2 家单位共开发了 4 种新产品,比上年有所减少。

2007 年滚动功能部件行业科研项目完成情况为一个单位自行研制开发自用的检测仪器 2 种。

新产品开发与科研项目的统计工作,由于各企业单位没能认真做好统计,故造成此种情况。实际情况是各单位都做了大量的工作,并在实际生产中得到应用。

2007 年滚动功能部件行业新产品开发情况见表 18。2007 年滚动功能部件行业科研项目情况见表 19。

表 17 2007 年滚动功能部件行业企业分类产品出口情况

序号	企业名称及产品名称	出口量单位	出口量	出口额(万元)
1	陕西汉江机床有限公司			
	滚珠丝杠副	套	40	3.7
2	南京工艺装备制造有限公司			
	滚珠丝杠副	套	357	176.0
3	青岛飞燕临港精密钢球制造有限公司			
	钢球	千粒	98 588	474.8
4	上海雄联精密机械配件有限公司			
	滚珠丝杠副	套	532	83.3
5	深圳威远精密技术有限公司			
	滚珠丝杠副	套	300	30.0

表18　2007年滚动功能部件行业新产品开发情况

产品名称型号	主要技术参数	产品性质	产品属性	产品水平	完成企业
双面六列滚动导轨副 D35		全新设计	企业新产品	国内领先	陕西汉江机床有限公司
滚动直线导轨副 LGS15	C = 758 G = 1470	全新设计	企业新产品	国内领先	广东高新凯特精密机械有限公司
滚动直线导轨副 LGS25	C = 1890 G = 3340 ~ 4550	全新设计	企业新产品	国内领先	
滚柱直线导轨副 LGR35	C = 4480 G = 10350 ~ 14230	全新设计	企业新产品	国内领先	

表19　2007年滚动功能部件行业科研项目情况

序号	科研项目名称	应用状况	投入资金(万元)	项目来源	完成企业
1	导轨磨削在线测量仪	自行应用	25	自用	广东高新凯特精密机械有限公司
2	沟槽专用轮廓测量仪	自行应用	20	自用	广东高新凯特精密机械有限公司

〔本部分撰稿人:中国机床工具工业协会滚动功能部件分会陈孝富〕

磨 料 磨 具

一、概况

2007 年对于磨料磨具行业而言是一个不平静之年。《财政部、国家税务总局关于调低部分商品出口退税率的通知》从 7 月 1 日起,对行业的出口造成了相当大的冲击。由于行业中有相当多的产品属于资源性、低附加值产品,以往靠退税来维持利润的状况将不复存在,从而加大了出口型企业经营压力。此外,国家加大对"两高一资"(指高污染、高耗能和资源性)产品的调控和环保治理力度,小火电,小冶炼炉在治理之列,这都对行业产品,如刚玉、碳化硅等普通磨料的生产产生较大影响,很多企业或停产或减少产量,磨料价格出现快速上涨,这对下游结磨具的生产厂家造成了巨大的成本压力。但这个过程也是整个行业结构性调整的必经之路,我们要切切实实地贯彻执行国家关于节能减排的政策方针,不能再以消耗资源为代价来实现行业的经济增长,应加快产品升级,提升内在品质,走良性发展的道路。

2007 年的产业结构调整也为行业发展带来了新的活力。随着改革的深入,行业中国有和国有控股企业的比例逐步下降,非国有企业的比例迅速提高,三资企业也有所增加,呈现出多元体制发展的格局。新兴的民营规模企业出现良好的发展势头。还有一批以大学、科研院校为依托的企业及聘有行业的离退休专家的企业被评为省市级高新技术企业,部级、省级及市级行业产品研究中心也纷纷落户该类型企业。这些企业已经成为推动行业进步的重要力量,也成为行业发展新的亮点。

2007 年年鉴统计样本在上年基础上有一些变动,共收录企业 227 家,样本总数比上年减少 12 家,减少 5.0%。减少的 12 家企业,大部分因生产停顿、经营困难导致 2007 年财务报表无法正常报送。本年度样本概括了行业内的主要大型企业,反映的数据比较有代表性。2007 年报送材料的个别企业名称有所变动。2007 年企业名称变动情况见表1。

表1　2007年企业名称变动情况

现　　　名	原　　　名
晶日科美超硬材料有限公司	三河燕郊晶日金刚石工业有限公司
杭州思达研磨制品有限公司	杭州钱塘砂布实业有限公司
平顶山煤业(集团)易成碳化硅制品有限公司	平顶山易成碳化硅制品有限公司
郑州太巴客腾达磨料有限公司	郑州腾达磨料磨具有限公司
焦作凯马煤冶化有限责任公司	焦作凯马磨料磨具有限责任公司
郑州祺祥工贸有限公司	郑州亨达特种磨具有限公司
广州市荔湾区力比高磨具厂	广州市芳村区力比高磨具厂
贵阳新生磨料磨具有限公司	贵阳新生磨料磨具厂

按所有者权益法,统计样本中第三砂轮厂归贵州达众磨料磨具有限责任公司,故其数据汇总于贵州达众磨料磨

具有限责任公司。河南伊川县磨料磨具联合会 2007 年的汇总数据中包含单独报表的伊川 3 家骨干企业:河南伊龙高

新材料股份有限公司、伊川县东风磨料磨具有限公司和洛阳鑫祥刚玉有限公司的数据。重庆市博赛矿业(集团)有限公司、金瑞新材料科技股份有限公司、河南黄河实业(集团)股份有限公司和宁夏金旌矿冶有限公司等各项指标中包含非磨料磨具产品的产值,其非行业产品的数据无法剥离,也将其汇总在合计值中。2003～2007年磨料磨具行业企业数按产品分布情况见表2。

表2 2003～2007年磨料磨具行业企业数按产品分布情况 （单位:个）

年份	企业数	普通磨料企业	普通磨具企业	涂附磨具企业	超硬材料企业	超硬材料制品企业	原辅材料企业
2003	279	71	97	45	49	45	30
2004	281	78	92	44	48	40	27
2005	264	66	83	39	42	41	23
2006	239	60	75	39	32	38	15
2007	227	58	74	39	29	36	11

注:由于综合厂生产多种产品,故表中各年的企业合计数大于企业总数。

二、生产发展情况

2007年磨料磨具行业(227家企业)主要经济指标完成情况见表3。2006～2007年磨料磨具行业主要经济指标同比对情况见表4。

表3 2007年磨料磨具行业(227家企业) 主要经济指标完成情况

指标名称	企业数(个)	单位	实际完成
产品销售收入	227	万元	2 308 978
销售成本	209	万元	1 895 486
销售费用	193	万元	103 688
销售税金及附加	192	万元	18 863
管理费用	206	万元	101 641
财务费用	186	万元	38 327
其中:利息支出	137	万元	29 296
利润总额	209	万元	161 799
资产总计	204	万元	1 948 480
流动资产年平均余额	199	万元	858 286
应收帐款余额	200	万元	231 977
存货	204	万元	329 920
其中:产成品	187	万元	178 166
固定资产净值年平均余额	204	万元	666 309
应付账款	198	万元	195 189
负债总计	201	万元	997 596
流动负债年平均余额	193	万元	810 502

（续）

指标名称	企业数(个)	单位	实际完成
销项税额	197	万元	220 953
应交增值税	197	万元	106 646
工业中间投入	154	万元	1 021 148
工业总产值	191	万元	2 158 806
工业销售产值	191	万元	2 117 149
其中:出口交货值	85	万元	298 895
本年累计定货量	96	万元	525 386
从业人员平均人数	206	人	58 993
从业人员工资总额	202	万元	79 002
平均资产总额	183	万元	1 820 900
出口创汇额	70	万美元	33 646
工业增加值	150	万元	653 514
所有者权益	198	万元	951 240
流动比率	185	%	163
速动比率	182	%	91
债务股权比率	180	%	207
总资产贡献率	179	%	11.7
资本保值增值率	177	%	119
资产负债率	198	%	58
流动资产周转率	193	次	2.22
工业成本费用利润率	204	%	3.28
工业全员劳动生产率	137	元/人	77 905
产品销售率	182	%	99
工业经济效益综合指数	154		123

表4 2006～2007年磨料磨具行业主要经济指标对比情况

指标名称	同比企业数(个)	2006年(万元)	2007年(万元)	2007年比上年增加(万元)	2007年增长率%	2006年增长率(%)
产品销售收入	222	1 608 695	2 033 615	424 920	26.4	22.1
产品销售成本	203	1 267 325	1 686 517	419 192	33.1	22.6
产品销售费用	184	52 919	83 229	30 310	57.3	22.8
产品销售税金及附加	187	10 089	13 766	3 677	36.4	28.2
管理费用	200	91 157	99 703	8 695	9.4	9.9
财务费用	176	25 525	36 369	3 557	42.5	15.5
其中:利息支出	125	15 575	20 244	4 669	30.0	21.4
利润总额	202	111 218	151 081	39 863	35.8	13.0
资产总计	199	1 760 190	1 913 548	153 358	8.7	12.0
存货	199	274 059	320 912	46 853	17.1	10.6
其中:产成品	180	138 375	173 185	34 810	25.2	4.9
固定资产净值年平均余额	197	568 684	657 784	89 100	15.7	13.2
负债总计	197	925 498	977 699	52 201	5.6	10.6

指标名称	同比企业数（个）	2006年（万元）	2007年（万元）	2007年比上年增加（万元）	2007年增长率%	2006年增长率（%）
从业人员平均人数（人）	199	55 658	57 361	1 703	3.1	3.5
从业人员工资总额	196	67 729	76 753	9 024	13.3	16.5
工业总产值	185	1 590 383	1 992 264	401 881	25.3	23.9
工业销售产值	185	1 533 092	1 956 864	423 772	27.6	22.1
平均劳动生产率（元/人）	134	69 039	77 587	8 548	12.4	3.7
人均工资（元/人）	194	12 654	14 363	1 709	13.5	11.8

由表3的数据与机械行业标准值相比,总资产贡献率、流动资产周转率、产品销售率、全员劳动生产率和工业经济效益综合指数均高于标准值,说明本行业经济运行水平高于机械行业平均水平,处于良好状态。工业成本费用利润率为3.28,小于平均值3.71,说明企业生产成本压力依然很大,尤其最近两年原辅材料、能源持续涨价对行业影响非常大。资本保值增值率为119%,略低于120%的标准值,但增幅提高8%,这说明行业企业正逐渐在重视企业资本的运营效益和安全状况,资本运营水平和质量都有一定的提高,但还有差距,这方面还要加强。表中报送2007年利润指标的209家企业中,盈利企业总数176个,占84.2%;亏损企业33个,占15.8%;盈利在5万元以下（不含5万元）的企业18个,占8.6%,与上年比（2006年分别为80.9%、19.1%及9.8%）,盈利企业数增加3.3个百分点,亏损持平企业数下降3.3个百分点,这已是连续3年盈利企业数增长2个百分点以上,盈利在5万元以下的企业数下降1.2个百分点。盈利千万元以上企业25家,比上年多出7家,这25家企业利润额14.5亿元,占总量的89.9%。

从表4可以看出,185家企业工业总产值199.2亿元,比上年增长25.3%,增幅比上年提高1.4个百分点;185家企业工业销售产值195.7亿元,比上年增长27.6%,增幅比上年提高5.5个百分点;202家企业利润总额15.1亿元,比上年增长35.8%,增幅比上年提高22.8个百分点;199家企业库存增长17.1%,产成品增长25.2%,增幅分别比上年提高6.5个百分点和18.3个百分点;203家企业销售成本增长幅度为33.1%,增幅比上年提高10.5个百分点;200家企业管理费用增长9.4%,增幅比上年下降0.5个百分点,说明管理在优化;199家企业资产总计增长8.7%;197家企业固定资产净值增长15.7%;194家企业人均年工资为14 363元,比上年的12 654元增长13.5%,工资增长幅度高于国民经济GDP增长幅度。

从以上数据分析,2007年整个行业发展速度加快,但能源及通胀等不确定因素的存在可能导致2008年速度会减缓,换言之,也许2007年是行业发展的阶段性高峰年。

三、产品分类产量

2007年磨料磨具行业（227个企业）主要产品分类产量见表5。2003~2007年磨料磨具产品产值构成比见表6。

表5　2007年磨料磨具行业（227个企业）主要产品分类产量

产品名称	单位	产量
普通磨料合计	t	1 044 146
棕刚玉	t	658 695
白刚玉（含WA微粉）	t	52 691
黑碳化硅（含C微粉）	t	45 525
绿碳化硅（含GC微粉）	t	56 885
其他①	t	51 411
磨料商品块	t	178 939
普通磨具合计	t	151 221
陶瓷磨具	t	79 763
树脂磨具	t	66 008
橡胶磨具	t	973
磨石		3 175
其他		1 302
硅碳棒	万标支	2 389
涂附磨具合计	万m²	36 636
干磨砂纸	万m²	3 278
干磨砂布	万m²	2 751
耐水砂纸	万m²	17 904
全树脂砂布卷	万m²	5 565
砂带	万m²	2 789
页轮	万m²	621
其他②	万m²	3 728
超硬材料合计	万克拉	462 095
人造金刚石③	万克拉	436 000
立方氮化硼	万克拉	26 095
超硬制品合计	片	42 056 668
金刚石制品④	片	41 637 177
CBN制品	片	419 491

① 含天然磨料、铬、黑、单晶、微晶刚玉,碳化硼及其他。

② 含超涂层砂纸,半树脂砂布卷,耐水耐油砂布卷,磨金属砂布卷,特柔软砂布卷,其他卷状、带状产品及砂盘、碟盘、磨片、弹性海绵磨块及其他等产品。

③ 金刚石实际统计数为653 081万克拉,436 000万克拉为测算后更接近实际运行情况的修正数据。

④ 含金刚石锯片、刀头、钻头、砂轮磨石、磨辊、磨轮、磨块、电镀制品、研磨膏和刀具等,单位有付、支、个、件和片等,这里统一用片表示。

表6　2003~2007年磨料磨具产品产值构成比

年份	普通磨料（%）	普通固结磨具（%）	涂附磨具（%）	超硬材料（%）	超硬材料制品（%）	硅碳棒（%）
2003	33.1	11.5	12.1	28.7	14.0	0.5
2004	33.9	10.0	12.0	30.7	12.9	0.4
2005	26.5	10.8	20.1	29.7	12.4	0.4

年　份	普通磨料(%)	普通固结磨具(%)	涂附磨具(%)	超硬材料(%)	超硬材料制品(%)	硅碳棒(%)
2006	22.8	10.6	21.1	30.8	14.3	0.4
2007	30.4	8.5	20.2	26.2	14.4	0.3

注:普通磨料含商品块。

（1）普通磨料。2007 年普通磨料类统计到的生产厂家有 55 家,产品产量合计 104.4 万 t(含商品块),比上年 67.2 万 t 增加了 37.2 万 t,这里需要说明,由于伊川县磨料磨具联合会 2006 年数据未报(仅收录了伊川县 3 家骨干企业的数据),2007 年所报棕刚玉产量为 36.9 万 t,导致磨料总产量大幅提高。白刚玉、黑碳化硅、绿碳化硅产量比上年都有增长,白刚玉增长 6.3%,黑碳化硅、绿碳化硅(均含商品块)增幅分别为 19.8% 和 62.1%。碳化硅产品产量的不断大幅攀升,给普通磨料市场产品的结构调整带来了新的动向,随着市场对专用化程度和加工要求的不断提高,作为有万能磨料之称的刚玉,应用领域正在相应收窄。

本年鉴统计到的产品种类除各种刚玉和碳化硅之外,还包括天然磨料、碳化硼等。2003～2007 年普通磨料按产量计产品构成比见表 7。

表 7　2003～2007 年普通磨料按产量计产品构成比

年份	棕刚玉(%)	白刚玉(%)	黑碳化硅(%)	绿碳化硅(%)	其他(%)
2003	69.9	5.7	13.6	5.6	5.2
2004	70.2	3.1	17.2	6.1	3.4
2005	68.4	4.6	15.2	7.2	4.6
2006	54.4	7.4	21.2	10.1	6.9
2007	63.1	5.0	16.3	10.5	5.1

注:本表含微粉及商品块,其他项为天然石榴石、铬刚玉、单晶刚玉、微晶刚玉、黑刚玉、碳化硼及其他。

由表 7 可知,磨料大户棕刚玉经历了 2006 年的低谷开始探底回升,这主要是由于国家对冶炼污染等行业的综合治理力度在不断加大。比如占全国棕刚玉产量 1/3 以上的洛阳伊川县在 2006 年环保治理过程中很多企业停产,这之后具备条件的厂家先后开工生产,2007 年产量逐渐增加。但由于电力紧张、铝矾土资源紧张等因素,产量与前几年相比处于下降的状况,但其价格在不断增长,由几年前的 2 700 元/t 涨到 2007 年底 4 000 元/t,而且这种上涨趋势在 2008 年依然未变。同样,碳化硅的主产区西北地区各省也由于国家对高耗能行业实施宏观调控,对电价作调整,生产成本在加大,此外原材料石油焦的价格上涨也导致碳化硅价格出现波动,我们统计到的绿碳化硅价格达到 7 900 元/t,同比增长 33.1%。总之,原辅材料的上涨、国家取消对普通磨料的出口退税及对高耗能产业的限制,都将导致磨料产品涨价的趋势不可避免。

（2）普通固结磨具。2007 年普通固结磨具类统计到的生产厂家为 72 家,产品产量合计 14.7 万 t,同比增长 1.1%。2003～2007 年普通固结磨具按产量计产品构成比见表 8。

表 8　2003～2007 年普通固结磨具按产量计产品构成比

年份	陶瓷磨具(%)	树脂磨具(%)	橡胶磨具(%)	油石(%)	其他(%)
2003	56.9	38.5	0.7	1.3	2.6
2004	54.9	41.4	0.8	1.8	1.1
2005	56.2	40.1	0.6	2.0	1.1
2006	52.5	44.1	0.6	2.2	0.6
2007	54.2	42.1	0.6	2.2	0.9

由表 8 可以看出,陶瓷磨具与树脂磨具依然占据市场主导地位,比例高达 96.3%,树脂磨具所占比例略有降低。由于普通磨料和其他原辅材料包括煤、电、运价格不断上涨,固结磨具企业生产成本负担加重;跨国集团如圣戈班也将触角伸入内地市场,并不断扩大规模,对行业企业也造成巨大的心理压力。此外,由于磨具行业企业厂家众多,龙头企业数量少,企业实力比较分散,因此对下游机加工等行业转嫁成本上涨的自主提价能力不强,相互观望,不敢轻易提价。这样的后果是企业利润下降、生产规模不敢扩大,影响行业持续发展。针对这种状况,行业企业应根据国家宏观经济的发展,尤其是节能减排的政策来调整企业长远发展的思路,要淘汰原有高耗能、高污染、生产工艺落后的设备,从而实现产品的升级。如将普通磨料磨具做为支柱产业的山东省莒南县就推倒了 332 座落后的倒焰窑,取而代之的是 20 多条大型燃气节能环保隧道窑。在这次整治和建设过程中,山东新亚新磨具有限公司拆除了全部 7 座倒焰窑,新建 108m 隧道窑第一批产品目前已经出窑。改造前,该公司每座倒焰窑容量为 16t,每窑烧制砂轮成品需 18 天,热能利用率仅为 15%,产品质量合格率仅为 60%。改造后,该公司一条燃气节能隧道窑日产砂轮产品就达 25t,产品质量合格率为 98%,热能利用率为 70%。由于新建的隧道窑全部采用气、电等清洁燃料,有效降低了大气污染物的排放量。随着产品质量的提高,成本的下降和竞争力的增强,企业能够在复杂的环境中实现长期稳定健康发展。

（3）超硬材料。2007 年超硬材料类统计到的生产厂家有 36 家,其中生产金刚石的有 26 家。2007 年金刚石、CBN 产量及单价情况见表 9。

表 9　2007 年金刚石、CBN 产量及单价情况

名称	产量(亿克拉)	产量增长率(%)	增长率比上年提高百分点	企业数(个)	单价(元/克拉)	单价增长率(%)
金刚石	43.6*	24.3	24.291	26	0.45	−10.0
CBN	2.61	18.1	6.2	5	1.05	−10.3

注:实际统计数为 653 081 万克拉,此为测算后更接近实际运行情况的修正数据。

金刚石行业经过前两年的短暂调整，又回到高速发展轨道，虽然统计到的生产企业数从上一年的 32 家减至 26 家，但产量已经摆脱前两年徘徊的局面，达到创记录的 43.6 亿克拉。在这 32 家企业中河南黄河旋风股份有限公司和南阳中南金刚石有限公司两大公司的产量占总产量的 2/3，共有 9 家产量过亿克拉的企业，比上年多出 2 家。从以上数据的对比分析可以得出，金刚石生产已经逐步进入寡头垄断初期，小企业纷纷倒闭停产，大型企业正逐步扩大自己的市场份额。

CBN 的生产依然集中在少数几家企业，但其竞争也十分激烈，在原辅材料和能源不断上涨的情况下，价格下降幅度和金刚石一样都在 10% 左右。

2007 年，行业自主创新，结出了许多硕果。南阳中南金刚石有限公司通过对合成设备、传压介质、合成芯柱制造和组装结构的优化设计、合成温度的有效控制解决了一系列技术难题，成功研制出 20/30 粗颗粒高品级人造金刚石；郑州中南杰特超硬材料有限公司通过对高压设备及顶锤进行优化设计，解决了用六面顶压机高压合成 30/60 高品级粗颗粒立方氮化硼的一系列技术问题，实现了高强度粗颗粒立方氮化硼的商业化生产。这两项技术均打破了国外长期垄断的局面，填补了国内几十年不能生产这一粒度段粗颗粒高品级金刚石和立方氮化硼的空白。

在 2007 年，行业主要厂家的金刚石生产各项指标：合成腔体为 45 ~ 57mm，单次产量 100 ~ 350ct，抗压强度 40 ~ 60kg，最高热冲击韧性值 TTI（1100℃）到 90，而锤耗则小于 1 kg/万 ct，平均成本小于 0.40 元/ct。这充分反映了行业不断进步的成果。

众多中小企业重点开发特种产品、走差异化发展道路，才能在市场竞争中立于不败之地。如专业生产磨削用高脆性 80/100 以上细粒度、高强度金刚石的企业，峰值粒度可根据市场变化控制在 140/170、170/200，个别企业峰值粒度可控制在 230/270、270/325 甚至更细，批量供货粒度可达 600 目，最细至 800 目。该类产品生产要求不同于锯切级金刚石的合成、提纯、分选和检验等特殊技术和工艺。这不仅反映出了技术的进步，也体现出了市场和产品结构在向更理性的方向调整取得了成效。该类企业中单台压机每年产生的效益要远高于生产锯切级料的压机。

（4）超硬材料制品。2007 年超硬材料制品分类产量、产值情况见表 10。企业数量虽然少，但这些企业都具有代表性，权重比大，能够反映出行业的运行状况。

表 10　2007 年超硬材料制品分类产量、产值情况

	同比企业数	数量	产量比上年增长（%）	产值（万元）	产值比上年增长（%）	单价（元/件）	单价比上年增长（%）
锯片（片）	13	30 775 903	9.7	135 252	19.9	44	10
钻头（只）	10	884 696	9.7	14 834	18.4	168	8.4
金刚石砂轮（片）	15	513 558	17.8	18 030	29.2	351	9.7
CBN 砂轮（片）	9	53 700	11.9	5 730	22.0	1 067	9.0

由表中数据可知，与上年的高速增长相比，2007 年更趋理性，4 类产品的增长均在一个良性增长区间。其中锯片增长 9.7%，增幅回落 11.4 个百分点；钻头增长 9.7%，增幅回落 66.0 个百分点；金刚石砂轮增长 17.8%，增幅回落 4.9 个百分点；CBN 砂轮增长 11.9%，增幅回落 17 个百分点。

2007 年制品行业也有相当多的亮点。金刚石工具胎体采用预合金粉末已经十分普遍。预合金粉末使胎体具有高硬度和冲击强度，大大提高了烧结制品的抗弯抗压强度和对金刚石的把持力，能够延长工具使用寿命；烧结活性高，降低烧结温度、缩短烧结时间，节省能源；还有以铁基或铜基取代贵金属钴基，不易氧化，简化工具生产工艺，降低金刚石浓度 15% ~ 20%，降低生产成本等诸多优点。

金刚石单层钎焊工具。金刚石单层钎焊可实现金刚石、结合剂和金属界面上的化学冶金结合，结合强度高，磨粒出刃高度可达其粒径的 70% ~ 80%。因此比传统电镀工具、比钎焊工具具有锋利、容屑空间大，加工效率高，使用寿命长，工作面不易堵塞，磨粒利用充分，节约金刚石用量，降低生产成本等优点，已呈逐步取代传统电镀工具的发展趋势。

金刚石多层有序排列的锯片、锯片基体结构改进、激光焊接超薄工程钻头、用于 IC 和 IT 行业精密微细切断与开槽的多规格大批量高精度超薄切割砂轮、用于电子元器件晶圆生产线的系列硅片减薄砂轮等高新技术产品不断涌现。其质量水平达到发达国家产品水平，已大量供应国内外市场，只是不少产品仍属贴牌产品，国际市场上真正打上国内自主品牌的产品不多。

（5）涂附磨具。2007 年统计到的涂附磨具生产厂家共有 39 家，产品产量合计 3.68 亿 m²，比上年的 2.97 亿 m² 增长 23.9%；产值 31.7 亿元，比上年增长 30.9%。价格增长幅度大于产量的增长幅度，呈现出产销两旺的局面。统计产品类别分：①张页式产品，包括干磨砂布、干磨砂纸、耐水砂纸及超涂层干（湿）砂纸；②卷状和带状产品，包括半树脂卷状砂布、全树脂卷状砂布、半树脂卷状砂纸、全树脂卷状砂纸、超涂层卷状全树脂砂布、超涂层卷状全树脂砂纸及上述各种卷状产品制成的砂带；③各种异型产品，包括各种页轮、弹性磨盘、不干胶磨片、尼龙搭扣等。上述产品将其归纳为普通产品（干磨砂纸、砂布等）、耐水砂纸和高档产品（卷状、带状及异型产品）。2003 ~ 2007 年涂附磨具分类产量产值构成比见表 11。

2007 年，3 类产品所占比例同上年相比没有太大的变化，高档产品所占比重稍有提高。各企业加大新产品科研投入，如江苏三菱研制的新产品木材加工磨削用砂带、钛合金、不锈钢磨削用砂带，碳素钢、金属板材拉丝用砂带，超宽人造板材加工磨削用砂带，无纺布磨布等；湖北玉立研制的高档砂带生产线,网格砂布生产线及其工艺技术,钢纸砂盘;佛山齐泰砂带加工厂的半脆刚玉砂带等等,这些产品带动了行业高档产品的不断进步,其市场份额也在稳步攀升。

表 11　2003～2007 年涂附磨具分类产量产值构成比

年份	普通产品		耐水砂纸		高档产品	
	产量（%）	产值（%）	产量（%）	产值（%）	产量（%）	产值（%）
2003	24.0	22.2	59.7	29.8	16.3	48.00
2004	23.4	18.8	56.8	22.6	19.8	58.6
2005	25.0	19.0	47.4	22.5	27.6	58.5
2006	19.3	11.0	49.7	22.7	31.0	66.3
2007	19.6	14.5	48.7	17.9	31.7	67.6

四、销售及进出口市场

2007 年,磨料磨具行业产品销售率≥90% 的企业比例为 80.8%,比上年增加 3.5 个百分点,这说明 2007 年的销售状况同比又有一定的提高,在销售强劲的带动下,对企业生产产生极大的促进,引领着行业各项主要指标连创新高。2007 年磨料磨具行业(182 家企业)产品销售率见表 12。

表 12　2007 年磨料磨具行业(182 家企业)产品销售率

产品销售率(%)	≥100	99～90	89～80	≤80	合计
企业数(个)	83	64	26	9	182
所占百分数(%)	45.6	35.2	14.3	4.9	100

2007 年磨料磨具行业产品销售收入前 10 名企业中,普通磨料磨具和涂附磨具综合性企业 1 家、普通磨料磨具企业 2 家、超硬材料企业 5 家、涂附磨具企业 2 家,前 10 名企业销售收入合计 1 337 612 万元,占行业总量的 57.9%。磨料磨具行业工业总产值前 10 名企业分布情况与销售收入相同,只是个别企业顺序有些变化,前 10 名企业工业总产值合计 1 415 141 万元,占行业总量的 65.1%。由于磨料磨具行业对资源和能源的依存度较高,随着行业大型企业的

健康稳定发展,规模化、效益化必将对现有资源进行重新配置,这也有助于行业长期持续的发展。2007 年磨料磨具行业产品销售收入前 10 名企业见表 13。2007 年磨料磨具行业工业总产值前 10 名企业见表 14。

表 13　2007 年磨料磨具行业产品销售收入前 10 名企业

序号	产品销售收入(万元)
1	517 419
2	308 029
3	139 214
4	96 655
5	67 354
6	52 682
7	49 107
8	40 905
9	36 101
10	30 146
合计	1 337 612

表 14　2007 年磨料磨具行业工业总产值前 10 名企业

序号	工业总产值(万元)
1	521 029
2	335 504
3	152 754
4	89 475
5	87 265
6	82 358
7	49 580
8	35 009
9	32 152
10	30 015
合计	1 415 141

2007 年磨料磨具产品进出口情况见表 15。2007 年磨料磨具产品主要进出口国家或地区(按进出口量顺序)见表 16。

表 15　2007 年磨料磨具产品进出口情况

产品名称	出口				进口				进口单价/出口单价
	数量(t)	比上年增长(%)	金额(万美元)	比上年增长(%)	数量(t)	比上年增长(%)	金额(万美元)	比上年增长(%)	
合计	1 224 305	16.0	87 053	26.8	114 354	-17.7	36 730	8.8	4.5
普通磨料	1 114 391	16.4	57 413	26.8	90 216	-22.3	6 766	-17.3	1.5
天然磨料	24 160	-0.1	378	-24.7	7 393	45.7	484	18.8	4.2
人造刚玉	843 854	21.5	31 977	42.1	81 598	-25.3	5 793	-18.1	1.9
碳化硅	242 868	3.4	21 457	18.3	1 223	-32.4	479	-31.5	4.4
碳化硼	3 508	-6.5	3 601	-13.4	1.2	-43.4	10	159.0	8.1
普通磨具	68 405	9.6	11 155	21.6	7 407	36.7	8 165	35.4	6.8
普通砂轮	48 519	10.1	8 442	23.0	6 695	40.4	6 679	37.6	5.7
天然石制砂轮	10 573	16.3	1 934	17.5	412	34.2	1 015	58.1	13.5
磨石	9 313	0.5	779	17.7	300	-12.6	471	-11.6	18.8
金刚石	185 417	34.2	7 687	41.4	11 783	16.7	1 951	68.2	4.0
金刚石制品	8 138	81.7	1 819	70.3	1 188	-2.2	5 997	17.9	22.6
涂附磨具	33 185	8.2	8 979	16.7	15 531	-4.7	13 852	4.2	3.3
砂布	16 454	14.0	4 627	23.2	7 309	-0.3	5 673	4.9	2.8
砂纸	15 768	2.2	3 355	11.4	6 581	-11.8	5 086	-1.9	3.6
其他	964	16.3	997	7.7	1 642	8.9	3 093	14.5	1.8

表 16　2007 年磨料磨具产品主要进出口国家或地区（按进出口量顺序）

产品名称	出口国家或地区	进口国家或地区
普通磨料		
天然磨料	阿拉伯联合酋长国、日本、加拿大、美国、韩国、马来西亚、新加坡、越南、印度尼西亚、澳大利亚、荷兰、中国台湾、印度	印度、日本、阿拉伯联合酋长国、美国、中国台湾、乌拉圭、加拿大、印度尼西亚、韩国、缅甸、法国、德国、新加坡
人造刚玉	美国、日本、荷兰、印度、韩国、意大利、俄罗斯联邦、中国台湾、泰国、波兰、德国、土耳其	日本、德国、荷兰、印度、韩国、美国、俄罗斯联邦、奥地利、澳大利亚、法国、比利时、意大利
碳化硅	美国、日本、韩国、中国台湾、墨西哥、印度、土耳其、泰国、澳大利亚、挪威、俄罗斯联邦、荷兰、巴西	日本、德国、挪威、中国台湾、比利时、马来西亚、荷兰、美国
碳化硼	美国、德国、日本、英国、中国台湾、印度、韩国、荷兰、俄罗斯联邦、巴西、澳大利亚、加拿大	德国、韩国、日本
普通磨具		
普通砂轮	美国、印度、泰国、日本、印度尼西亚、巴基斯坦、马来西亚、新加坡	中国台湾、日本、美国、奥地利、瑞典、德国、泰国、意大利
天然石制砂轮	印度、波兰、巴基斯坦、加拿大、阿拉伯联合酋长国、泰国、新加坡	德国、日本、中国台湾、奥地利、瑞典、韩国、美国、意大利
磨石	印度尼西亚、泰国、越南、马来西亚、美国、日本、菲律宾、韩国	中国台湾、日本、韩国、美国、德国、意大利、荷兰、中国香港
金刚石	美国、印度、中国香港、爱尔兰、韩国、意大利、日本、英国、乌克兰、瑞士、比利时、土耳其、以色列	爱尔兰、美国、韩国、日本、意大利、中国台湾、瑞士、以色列、印度尼西亚、德国
人造和天然金刚石制品	印度、日本、波兰、马来西亚、越南、新加坡、中国香港、泰国、韩国、印度尼西亚、阿拉伯联合酋长国、美国	中国台湾、泰国、日本、奥地利、韩国、德国、美国、意大利
涂附磨具		
砂布	越南、韩国、印度尼西亚、埃及、美国、波兰、泰国、阿拉伯联合酋长国、孟加拉国、德国、土耳其	韩国、日本、德国、中国台湾、印度尼西亚、瑞士、美国、泰国、意大利、土耳其、荷兰、法国
砂纸	越南、英国、印度尼西亚、荷兰、美国、阿拉伯联合酋长国、德国	韩国、日本、德国、加拿大、意大利、瑞士、瑞典、中国台湾
其他	美国、埃及、中国香港、加拿大	中国台湾、美国、德国、韩国

2007 年我国磨料磨具出口呈现出快速增长态势,出口数量和出口金额均创历史新高,总的进口单价/出口单价由 2006 年 3.7 倍上升至 2007 年 4.5 倍。虽然上年的数据显示差距有些缩小,但在 2007 年又有扩大,这说明出口产品还是以资源类产品和中低端产品为主,另一方面也说明国外产品在技术上仍拥有很强的优势。缩小与国外产品的技术差距仍任重道远,而且在此过程中还会不断出现反复,不能因一时取得的成绩就沾沾自喜,认为很快就能赶超,这是行业同仁时刻要清醒面对的事实。总体来看,出口形势依旧良好,保持强势,但进口产品价格高于同类产品出口价 4.5 倍,说明技术差距依然很大。

从具体产品来看,普通磨料磨具出口又创历史新高,出口总额达到 6.85 亿美元。对普通磨料磨具历年出口分析认为,至 2007 年底,已经显示出良好的趋势。近 30 年出口大致分为 3 个阶段:从改革初期至 1992 年的 14 年间,是出口起步和初步发展阶段,磨料出口量逐年增长,平均出口价在 400 美元/t 左右,磨具出口起步平均价在 1 800 美元/t;之后的 11 年间,出口量增长而平均价格下滑,处于恶性竞争中,特别是磨料,刚玉最低在 200 多美元/t,碳化硅也降到 300 多美元/t,这其中有初级产品(原始块)和低成分碳化硅大量出口的因素影响,但低水平重复建设导致恶性竞争是不争的事实,其间磨具出口平均价亦降为 1 300 多美元/t;2003 年下半年,刚玉出口平均价格在 300 美元/t,至 2007 年增加至 379 美元/t。实际上棕刚玉粒度砂已达到 650 美

元/t,碳化硅平均价格也由 2003 年的 521 美元/t 逐年迅速递增,至 2007 年达到 883 美元/t。普通磨具出口平均价格也稳步回升,至 2007 年达到 1 469 美元/t。说明行业出口产品结构调整、品质稳定提高以及市场意识的增强均取得积极成果,出口显示良好趋势。

人造金刚石 2007 年的出口量为 9.27 亿克拉,出口额 7 687 万美元,比上年分别增长了 34.2% 和 41.4%,增幅虽都有所回落但仍属高速增长,这种高速增长从 2005 年至今已经延续了 3 年,都是 30% 以上的增长。根据美国和日本 2007 年海关数据显示,我国产金刚石已占美国进口总量的 59.1%,占日本进口总量的 40%。而且在美国 80 目以上进口金刚石的市场,中国已经超过了爱尔兰 20%,说明中国的锯切类金刚石水平在逐年提高,愈来愈被美国用户所认同。中国金刚石在国际市场的地位也已经得到认可,市场占有率逐年扩大。金刚石出口单价为 0.083 美元/克拉,从 2004 年低谷的 0.064 美元/克拉已经连续 3 年出现上涨,但如果考虑到人民币的不断升值因素,可以讲我们的价格还没有实质性的提高。2007 年进口单价/出口单价为 4 倍,比上年的 2.9 倍又有提高,而且进口数量也比上年增长了 16.7%,这都说明在外贸领域中,我们与国外产品的差距依然很大,出口的仍以中低档产品为主,而高端产品仍然需要大量进口。我们要转变国际市场认为中国金刚石就是低价产品代名词的意识,个别企业巨大的技术进步在短时间内还未在国际市场中反映出来,前进的道路依然曲折。

金刚石制品方面,2007 年出口量出现高速增长,达 81.7%,出口额增长 70.3%,这是继 2005 年美国反我金刚石锯片倾销案出现负增长后连续两年大幅增长,制品行业出现了难得的又一个发展高峰。在进口方面,进口量出现了负增长,下降了 2.2%,但进口金额并未同比下降,反而增长了 17.9%。这说明进口产品高附加值的特点更加突出,而且进口单价/出口单价为 22.6,比 2006 年的 17.6 提高了 28.4%,差距又有扩大的趋势。我国制品发展的进步虽然有目共睹,但在国际市场上还是以量取胜,这种局面的长期存在应引起行业企业的高度关注,靠价格拼国际市场的份额最终是一条死胡同。国家出口退税的降低也是引导企业不能一味以价格为武器,要靠技术进步和整个行业的团结来共同应对外贸市场。

涂附磨具 2007 年出口量增长了 8.2%,出口额增长了 16.7%,增幅回落。这其中附加值较高的砂布出口量增长 14.0%,而附加值偏低的砂纸增长仅为 2.2%,这反映出出口产品结构调整已初见成效;在进口数量方面,砂布、砂纸同比是负增长,这是连续两年进口数量出现下降。在单价比方面,同比变化不大,说明国内外涂附磨具技术水平都在相对平稳的发展,但在市场占有率方面,国内产品逐渐在扩大,占有优势。涂附磨具出口已近 9 000 万美元,又创历史新高,相信在不断的努力下,涂附磨具行业会越来越强大。

2007 年磨料磨具出口创汇前 10 名企业中,综合性企业 1 家、普通磨料磨具企业 1 家、超硬材料企业 7 家、涂附磨具企业 1 家。超硬材料行业在 2006 年有 5 家企业进入前 10 名,2007 年又增加了 2 家,这说明与普通磨料磨具和涂附磨具行业相比,超硬材料行业整体水平发展更快,在开拓国际市场方面的能力也更强。2007 年磨料磨具出口创汇前 10 名企业见表 17。

表 17　2007 年磨料磨具出口创汇前 10 名企业

序号	出口创汇额(万美元)
1	6 536
2	3 000
3	2 573
4	1 860
5	1 600
6	1 450
7	1 396
8	1 162

（续）

序号	出口创汇额(万美元)
9	910
10	901
合计	21 388

五、质量管理及标准化工作

国家磨料磨具质量监督检验中心先后完成以下主要工作:①积极开展砂轮产品生产许可证第三次换发证实地核查工作及申证材料汇总上报工作。砂轮是全国工业产品生产许可证办公室指定的 5 个试点产品之一,近两年是生产许可证换发证高峰期。为了做好第三次发证、换证工作,保证工业产品生产许可证管理制度的有效实施,确保砂轮产品的质量安全,设在国家磨料磨具质量监督检验中心的砂轮产品生产许可证审查部,认真开展了换发证的准备工作。②认真完成换发砂轮生产许可证的产品检验工作。2007 年共完成 500 多批产品样品检验,并准确及时地出具了检验报告,其中 17 家企业的产品检验结论为不合格。③积极完成河南省产品质量定期监督检验任务。该项工作从 3 月 27 日开始,至 6 月 10 日全部完成。实际抽查了省内 13 个地市的 153 家砂轮生产企业的 179 个产品,加班加点完成对产品的检验,并及时做好数据库的录入、总结和上报工作,按计划如期完成了监督检查任务。④质检中心通过扩项和监督评审并确保实验室各项工作规范有效运行,对质量手册、程序文件进行了修订改版。根据市场需求和新标准变化,对磨料磨具原材料分析及新的检测项目提出了扩项申请,并于 2007 年 4 月份通过了扩项评审和监督评审。⑤切实做好委托等产品检验工作和检验技术培训工作。全年共完成磨料磨具产品检验 2 561 个批次,培训检验技术人员 62 名,其中磨料理化检验人员 8 名,磨具检验人员 54 名。⑥认真开展对不正当交易行为的自查自纠工作。⑦科研工作。按计划完成 3 项标准制修订,即国家标准《刚玉磨料中 α – Al_2O_3 相 X 射线定量测定方法》,国家标准《普通磨料 白刚玉》和国家标准《涂附磨具用磨料 粒度分析 第 2 部分:P12—P220 粗磨粒粒度组成的测定》。作为科技部所属的郑州高新区科技型中小企业技术创新资金项目的检测技术服务平台及郑州市有关项目已获批准。

全国磨料磨具标准化技术委员会 2007 年共完成标准制修订工作 24 项,其中国家标准 20 项,行业标准 4 项。2007 年磨料磨具行业完成标准制修订情况见表 18。

表 18　2007 年磨料磨具行业完成标准制修订情况

标 准 名 称	标准级别	备注
普通磨料 棕刚玉	国家标准	修订
普通磨料 白刚玉	国家标准	修订
普通磨料 碳化硅	国家标准	修订
刚玉磨料中 α – Al_2O_3 相 X 射线定量测定方法	国家标准	修订
涂附磨具用磨料 粒度分析 第 2 部分:粗磨粒 P12 ~ P220 粒度组成的测定	国家标准	修订
固结磨具 尺寸 第 4 部分:平面磨削用周边磨砂轮	国家标准	修订
固结磨具 尺寸 第 5 部分:平面磨削用端面磨砂轮	国家标准	修订
固结磨具 尺寸 第 6 部分:工具磨和工具室用砂轮	国家标准	修订
固结磨具 尺寸 第 7 部分:人工操纵磨削砂轮	国家标准	整合

标 准 名 称	标准级别	备注
固结磨具 尺寸 第10部分:珩磨和超精磨磨石	国家标准	修订
固结磨具 尺寸 第11部分:手持抛光磨石	国家标准	修订
固结磨具 尺寸 第12部分:直向砂轮机用去毛刺和荒磨砂轮	国家标准	修订
固结磨具 尺寸 第13部分:立式砂轮机用去毛刺和荒磨砂轮	国家标准	修订
固结磨具 尺寸 第14部分:角向砂轮机用去毛刺、荒磨和粗磨砂轮	国家标准	修订
固结磨具 陶瓷结合剂强力珩磨磨石与超精磨磨石	国家标准	整合
碳化硅特种制品 反应烧结碳化硅制品第1部分:方梁国家标准	国家标准	制定
碳化硅特种制品 反应烧结碳化硅制品第3部分:辊棒国家标准	国家标准	制定
碳化硅特种制品 重结晶碳化硅 方梁	行业标准	制定
碳化硅特种制品 硅碳棒	行业标准	修订
超硬磨料锯片基体 尺寸 第1部分:用于建筑和民用工程的人工操纵切割	国家标准	修订
超硬磨料锯片基体 尺寸 第2部分:用于建筑和民用工程的手持式切割	国家标准	制定
金刚石或立方氮化硼与硬质合金复合片品种、尺寸	行业标准	修订
钢纸砂盘支撑托盘	国家标准	制定
涂附磨具 砂卷	行业标准	修订

六、科研项目完成情况

2007年磨料磨具行业共完成科研成果项目(指通过地市级以上鉴定或验收的项目)3项。

(1)树脂结合剂弹簧砂轮项目,由沈阳市盛世磨料磨具有限公司完成,沈阳市科学技术局于2007年12月29日鉴定验收。该项目产品主要应用于铁路弹簧工件的磨削加工,其研究是基于磨料磨具加工原理和机械活动原理。砂轮硬度h2.92~1.95(N),最高线速度45m/s。该产品采用工作面、非工作面相结合,外观形状有利于与母机配套,磨料配方提高磨削效率,填加内部增强材料等,具有强度高、自锐性好和磨削效率高等优点。经用户使用,该产品比原使用的普通砂轮节约耗电量30%~40%,磨削效益是原普通砂轮的2倍以上。

(2)20/30粗颗粒高品级人造金刚石项目,由南阳中南金刚石有限公司完成,河南省国防科学工业委员会于2007年8月25日鉴定验收。该项目是在30/40高品级人造金刚石合成技术的基础上,进一步向大腔体粗颗粒发展的自主研发项目,经国家权威机构检测,产品达到国外同类产品的技术水平。该项目填补了国内人造金刚石行业在20/30粒度段几十年来不能生产出中高品级金刚石产品的空白,不但能替代进口,而且还因成本和价格优势,逐步形成对国际市场较强的冲击力。与现有产品相比,项目产品晶粒粗大,晶形完整,光泽透明,内部杂质少,耐高温、耐冲击、强度高,能满足恶劣条件下锯切高强度物料的要求。

主要技术性能:①合成单次产量不低于140ct;②峰值粒度20/30的比例不低于50%,其中SMD级以上不低于35%,SMD30级以上不低于15%;③粒度组成、抗压强度、冲击韧性和堆积密度等均达到JB/T 7989—1997标准。

20/30粗粒度高品级人造金刚石项目已在公司φ550mm缸径的六面顶压机上小批量推广应用,为今后合成更大颗粒的高品级金刚石奠定了基础,为提高整个民族金刚石工业的技术水平起到了极大的推动作用,具有广阔的应用前景。

(3)高品级粗颗粒30/60立方氮化硼创新基金重点项目,由郑州中南杰特超硬材料有限公司完成,河南省国防科学工业委员会于2007年8月25日鉴定验收。该项目是郑州高新区2006年度高科技型中小企业创新基金重点项目,通过对高压设备及顶锤进行优化设计,解决了用六面顶压机高压合成30/60高品级粗颗粒立方氮化硼的一系列技术问题,静压强度＞80N,产品得率＞35%,实现了高强度粗颗粒立方氮化硼的商业化生产。该项技术填补了国内空白,在国内处于领先水平,其产品所制成的工具已经达到国外工具的先进水平,完全可以替代进口。

七、新产品开发

2007年磨料磨具行业完成新产品开发(指通过地市级以上鉴定或验收的项目)7项。

(1)高精度双端面磨削用树脂超硬材料磨盘,由郑州磨料磨具磨削研究所完成,河南省科学技术厅于2007年12月28日鉴定验收。该项目研制的高效、高精度树脂超硬材料磨盘,主要用于空调压缩机核心部件、高压叶片泵核心部件、密封件等的高精度双端面磨削。该产品的主要创新点:①开发了适应磨削多种不同材料(铸铁、高速钢、陶瓷等),满足进口数控双端面磨床高效精密磨削要求的改性树脂结合剂;②开发出保证φ305~710mm大直径磨盘均匀磨损的成形工艺技术,保证了磨盘的长寿命和高耐用度;③采用立式修整技术,一次装夹能完成端面及内外圆的修整,保证磨盘加工的高精度;④开发出间歇式接触磨盘检测技术,具有高的检测精度和重复精度,能对磨盘的平行度进行有效的判定。通过开发上述先进的成套工艺技术,研制出替代进口的磨盘产品。该产品具有高效率、高加工精度和低成本的特性,主要磨削性能达到进口同类产品水平。

(2)木材加工磨削用砂带,由江苏三菱磨料磨具有限公司完成,江苏省经贸委于2007年11月12日鉴定验收。该产品适用于木材的磨削抛光,在磨削持续锋利性、防堵塞、水洗和重复使用方面是其他产品无法替代的。其磨削效率高,使用设备简单,使用安全,操作方便。

(3)钛合金、不锈钢磨削用砂带,由江苏三菱磨料磨具有限公司完成,江苏省经贸委于2007年11月12日鉴定验收。该产品适用于不锈钢、高镍合金、钴铬合金、镍、铬合金和钛合金的加工,是其他国内同行产品无法替代的。其磨削效率高,使用设备简单,使用安全,操作方便。

(4)碳素钢、金属板材拉丝用砂带,由江苏三菱磨料磨具有限公司完成,江苏省经贸委于2007年11月12日鉴定验收。该产品适用于金属如碳素钢、金属板材的宽幅砂带加工,是其他产品无法替代的。其磨削效率高,使用设备简单,使用安全,操作方便。

(5)钢纸砂盘,由江苏三菱磨料磨具有限公司完成,江苏省经贸委于2007年11月12日鉴定验收。该产品适用于钢材、有色金属和木材复杂型面的去焊疤、毛刺及面磨加工,是其他产品无法替代的。其磨削效率高,使用设备简单,使用安全,操作方便。

(6)超宽人造板材加工磨削用砂带,由江苏三菱磨料磨具有限公司完成,江苏省经贸委于2007年11月12日鉴定验收。该产品适用于中高密度板、刨花板的宽带磨削加工,是其他产品无法替代的。其磨削效率高、使用设备简单、使用安全、操作方便。

(7)无纺研磨布,由江苏三菱磨料磨具有限公司完成,江苏省经贸委于2007年11月12日鉴定验收。①NA 棕刚玉型:适用于各种金属、木材表面的精抛光、除锈、线纹修饰以及漆面处理。②NC 碳化硅型:主要用于木工市场、塑料的粗抛光、表面上漆前的处理以及一些复杂部位的处理,是其他产品无法替代的。其磨削效率高,使用设备简单,使用安全,操作方便,既适合于手工操作,又适合配套电动工具使用。

八、获奖科研项目

2007年磨料磨具行业获奖科研项目(指获得地市级以上的奖项)5项。

(1)微纳超硬材料粉体的表面镀覆与应用研究,由燕山大学完成,2007年11月被河北省人民政府授予河北省自然科学奖三等奖。该项目研究了超硬材料(金刚石、立方氮化硼及碳纳米管)微纳粉体表面镀覆的三种镀覆方法:①纳米粉体的准原子层镀覆技术:采用真空循环充气—热解的准原子层镀覆方法,实现了在不同尺寸纳米金刚石及碳纳米管表面镀覆硅、钛镀层。镀覆后纳米金刚石和碳纳米管的抗氧化性大大提高,可以大大提高纳米粉体制品的性能。②适用于超硬材料微粉的真空微蒸发镀覆技术:在真空条件下加热使得活性金属如Ti、Cr、W微量蒸发并且与超硬材料缓慢反应,形成带有界面化合物的镀层。③刚玉微粉颗粒涂覆的超硬材料粉体:超硬颗粒表面涂覆刚玉微粉和硼硅玻璃粉末的混合物,经烧结使熔融的玻璃相将刚玉微粒固结于金刚石颗粒表面。

(2)建筑行业高性能新型金刚石工具的研发及应用,由桂林矿产地质研究院完成,2007年3月被桂林市政府授予桂林市科学技术进步奖一等奖。该项目属超硬材料制品研究开发与应用领域,这类金刚石工具都是利用粉末冶金的原理和方法来制造。主要内容及特点:① 激光焊接超薄金刚石钻头。研究内容包括激光焊机的改进,超薄、高齿结构的优化设计,胎体配方及基体结构的优化设计,焊接过渡层

配方及焊接工艺的研究等。技术指标中,焊接强度达到德国标准协会标准(弯曲法检验,其拉应力达 $60kN/cm^2$ 时不破坏);钻切常规钢筋混凝土墙寿命不低于 25m,平均钻速 5.16cm/min。②金刚石绳锯。研究内容包括胎体配方及冷压成形、热压烧结工艺,串珠等磨耗工作层设计,串珠固定技术,塑料隔套,注射成形技术等。技术指标中,锯切中硬花岗岩,$\phi8mm$ 的寿命为 $10.2m^2/m$,效率为 $1.12m^2/h$。③金刚石磨轮。研究内容包括设备和工装夹具的改进、设计,金刚石表面处理技术,胎体、磨轮结构设计,实现"零磨合期"的"柔性"开刃技术等。技术指标(以 $\phi150mm$ 的直线磨轮加工 6mm 玻璃为例)中,磨削效率 7m/min;寿命 80 000 m/个;加工成本为 0.009 元/m。④激光焊接高性能圆锯片。研究内容包括激光焊机的改进,专用工装夹具设计,高效切割胎体配方设计,高碳钢基体激光焊接技术,圆锯片消声结构设计及工艺等。技术指标中,焊接强度达到德国标准协会标准(弯曲法检验,其拉应力达到 $60kN/cm^2$ 时不破坏);$\phi350mm$ 锯片切割熟水泥路面,切割效率 $10.2m^2/h$。此研究成果已在国家特种矿物材料工程技术研究中心工程化,并在桂林特邦新材料有限公司和桂林创源金刚石有限公司成功应用。已投资 1 700 多万元建成了超薄钻头、绳锯、磨轮、激光焊接圆锯片的金刚石工具生产线,年新增生产能力 6 200 万元,2003～2005 年底累计实现销售收入 5 000 多万元,利税总额 1 400 万元。在近 3 年的时间里,绳锯、磨轮在国内已全面替代进口产品,同时项目产品已进入美国、德国等十几个国家的高端用户,推广应用成果显著。

(3)高精度双端面磨削用树脂超硬材料磨盘研制,由郑州磨料磨具磨削研究所完成,2007 年 8 月 1 日被郑州市人民政府授予科学技术进步奖一等奖。该项目在改性树脂结合剂研制、解决磨盘工作面均匀磨损、磨盘精密加工和修整工艺、磨盘平面度检测等方面具有创新性。研制的磨盘产品能满足多种材料(铸铁、高速钢和陶瓷等)的双端面高效精密磨削加工要求,磨盘的磨削性能,如磨削效率、耐用度、工件加工精度和表面质量等指标达到进口同类产品水平,工件的综合磨削成本明显低于同类进口产品。该项目解决了相关磨盘产品的关键技术难题,研究开发出了树脂磨盘的成套制造技术,项目研究成果处于国内领先水平。

(4)汽油工程钻,由石家庄博深工具集团有限公司完成,2007 年 8 月 17 日被石家庄市政府授予石家庄市科学技术进步奖三等奖。该项目是根据实际施工需要开发的一种由汽油机作为动力并由皮带传动的新型实用钻机。其除具有一般钻机的功能外,在特殊施工环境下还具有一般钻机不可比拟的优势,如在无电源、无水泵或无自来水的情况下,仍能充分发挥其效用,与金刚石薄壁钻头配套使用,广泛应用于路面、野外岩石和混凝土构件的钻孔和取芯。

(5)高精度超薄超硬材料切割砂轮,由郑州磨料磨具磨削研究所完成,2007 年 12 月 30 日被中国机械工业联合会、中国机械工程学会授予中国机械工业科学技术进步奖三等奖。该项目通过对砂轮配方、基体结构及加工方法、砂轮基体与磨料层高强度粘结技术、砂轮毛坯成形、烧结和固化工

艺、砂轮精密加工技术、新产品的检测技术及批量化产品检测方法等系统研究,解决了 1A8、1A1 和 1A1R 型金属和树脂结合剂超薄切割砂轮系列产品产业化生产中的关键技术。在国内首次开发了压制法规模化生产超薄超硬材料切割砂轮成套制造技术,产品精度高(厚度精度 ±0.003mm、平行度 0.004mm)、厚度薄(0.08mm)、外径范围大(φ51 ~ 254mm)。

九、发明专利

2006 年磨料磨具行业发明专利情况见表 19。

表 19　2006 年磨料磨具行业发明专利情况

序号	专利名称	专利号	专利权人
1	一种超细碳化硅粉末提纯方法	CN200610115158.9	铁生年
2	常压烧结碳化硅生坯制品的模压成形方法	CN200610107003.0	郑州华硕精密陶瓷有限公司
3	常压烧结碳化硅制品的快速烧结法	CN200610107002.6	郑州华硕精密陶瓷有限公司
4	一种碳化硅精细微粉的生产方法	CN200510047465.3	夏玉策
5	一种再结晶碳化硅制品的制备技术	CN200610136881.5	湖南大学
6	利用铝灰生产棕刚玉的方法	CN200610148219.1	上海交通大学
7	碳化硅微粉回收的方法	CN200610058746.3	张捷平
8	一种低温合成碳化硅的原料配方及方法	CN200710008663.8	福州大学
9	反应烧结碳化硅的生产方法	CN200710014368.3	山东金鸿集团有限公司
10	采用超高温竖窑生产烧结板状刚玉的工艺方法	CN200610042970.3	汉中秦元新材料有限公司
11	一种专用于加工针头的砂轮	CN200610023138.9	张洪杰
12	高速磨轴承内圈外沟的砂轮及生产工艺	CN200610040220.2	黄润
13	细粒度立方氮化硼单晶的生产方法	CN200610017867.3	郭志军
14	人造金刚石合成料提纯工艺	CN200510017833.X	郑州人造金刚石及制品工程技术研究中心
15	一种金刚石纳米粉的分散方法	CN200510098707.1	中国科学院过程工程研究所
16	厚度可控的三层式金刚石薄膜的制备方法	CN200610029240.X	上海大学
17	间歇式循环工艺生长金刚石薄膜的方法	CN200610029238.2	上海大学
18	金刚石合成块料提纯方法	CN200510107220.5	郑州人造金刚石及制品工程技术研究中心
19	外间接加热式金刚石合成块	CN200610017366.5	郑州人造金刚石及制品工程技术研究中心
20	表观粒度可控制的超细超分散纳米金刚石微粉及生产方法	CN200610017374.X	河南省联合磨料磨具有限公司
21	金刚石膜或天然金刚石的表面改性的方法	CN200610131606.4	吉林大学
22	一种合成金刚石用石墨与触媒复合材料的制备方法及设备	CN200610156071.6	江苏天一超细金属粉末有限公司
23	金属基底上合成纳米金刚石的方法及应用	CN200710051245.7	武汉理工大学
24	导电金刚石的合成方法	CN200610128330.4	河南黄河旋风股份有限公司
25	一种高纯金刚石微粉及其提纯方法	CN200610128334.2	河南省联合磨料磨具有限公司
26	一种环保型超细金刚石的提纯方法	CN200710051872.0	中国地质大学(武汉)
27	高速生长金刚石单晶的装置和方法	CN200710055326.4	吉林大学
28	金刚石对顶砧上样品厚度的测量方法	CN200710055497.7	吉林大学
29	电解提纯金刚石工艺方法	CN200710054424.6	河南中南工业有限责任公司
30	高温高压法改善金刚石膜综合性能的方法	CN200610039409.X	南京航空航天大学
31	优质高产合成人造金刚石细—微细粒金刚石的生产工艺	CN200610031569.X	方啸虎、彭国强
32	高透明度优质细—微细粒人造金刚石的生产工艺	CN200610031570.2	方啸虎、彭国强
33	人造金刚石提纯工艺方法	CN200710054425.0	河南中南工业有限责任公司
34	粗粒度立方氮化硼的合成方法	CN200710054426.5	天津瑞祺超硬材料磨具有限公司
35	金属结合剂超硬材料砂轮离心热压烧结方法及装置	CN200510017879.1	郑州磨料磨具磨削研究所
36	金刚石微刀具阵列的制造方法	CN200610010488.1	哈尔滨工业大学
37	一种能使金刚石刀头冷却的药剂	CN200610045565.7	王绍孟
38	电镀阶梯形金刚石锯片及其制造方法	CN200610124463.4	中国地质大学(武汉)
39	金刚石锯片及其加工工艺	CN200610086230.X	马若飞
40	微晶玻璃金刚石磨边轮生产工艺	CN200610053515.3	德清县风火轮金刚石磨具厂
41	金属—金刚石钎焊用铜锰基预合金粉末及其制备方法	CN200610104846.5	西安交通大学
42	用于大尺寸金刚石膜平坦化磨削的砂轮制作方法	CN200610134177.6	大连理工大学
43	一种金刚石串珠的制造方法	CN200510112728.4	石家庄博深工具集团有限公司
44	金刚石圆锯片	CN200510112727.X	石家庄博深工具集团有限公司
45	一种硬脆晶体基片超精密磨削砂轮	CN200610134248.2	大连理工大学
46	金刚石布拉磨具及其生产方法	CN200610135222.X	泉州金山石材工具科技有限公司

序号	专利名称	专利号	专利权人
47	一种超硬碳化硅陶瓷纳米镜面的磨削方法	CN200610124235.7	华南理工大学
48	金刚石绳锯注塑加热方法及装置	CN200710048519.7	桂林矿产地质研究院
49	磨削与抛光复合砂轮	CN200710008638.X	厦门大学
50	多孔基体与非等弧长节块复合结构的减振降噪金刚石圆锯片	CN200610141704.6	广西大学
51	金刚石钻头及其制造方法	CN200710048823.1	桂林创源金刚石有限公司
52	一种高纯度纳米金刚石抛光液及其制备方法	CN200710051871.6	中国地质大学（武汉）
53	一种新型钎焊金刚石串珠及使用此串珠的绳锯	CN200710008871.8	中国地质大学（武汉）
54	立方氮化硼砂轮陶瓷结合剂	CN200710057009.6	天津瑞祺超硬材料磨具有限公司
55	钎焊—热压烧结金刚石工具节块	CN200710008988.6	张小军
56	金刚石锯片节块	CN200610017667.8	郑州人造金刚石及制品工程技术研究中心
57	新型金刚石丝锯	CN200710009082.6	张小军
58	重研削用立方氮化硼磨块装置及其基座和磨块的制备方法	CN200710042128.4	上海达特精密机械配件有限公司
59	一种金刚石刀头	CN200710009127.X	泉州市洛江众志金刚石工具厂
60	金刚石条直线排列砂轮修整器	CN200710201081.1	崔洲平
61	一种金刚石锯片	CN200710009128.4	泉州市洛江众志金刚石工具厂
62	六面顶金刚石合成压机的超高压模具	CN200610128454.2	张甜、蔡芩
63	一种金刚石压机的终端压力精确控制装置及控制方法	CN200610167505.2	许宏
64	金刚石粉改性方法及改性设备	CN200710051630.1	武汉理工大学
65	用印刷方式制造磨盘的方法	CN200710048748.9	谢泽
66	一种新型高强度聚脂砂布制作方法	CN200710079553.0	张刚
67	一种砂布及其制造方法	CN200610043470.1	阮克荣
68	曲面砂带磨削柔性磨轮	CN200710022695.3	江南大学

〔撰稿人：中国机床工具工业协会超硬材料分会宜云雷、李志宏　磨料磨具分会陈和生　涂附磨具分会尹传忠〕

综述

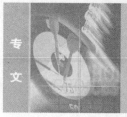

专文

行业概况

中国
机床
工具
工业
年鉴
2008

市场概况

市场概况

通过分析机床行业发展现状，从用户角度提出机床工具各分行业的发展对策

Through the analysis of the development status of machine tool industry, the development countermeasures of the sub-industries of machine tool industry are put forward from the angle of users

企业概况

统计资料

标准

大事记

本栏目编辑：曹　军

附录

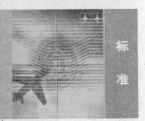

机床行业进一步扩大国际合作

——从引进来到走出去

机床工业是一个国家的基础工业,对国民经济和国防安全起到重要作用。发达国家都非常重视本国的机床工业发展,我国也一直非常重视机床工业发展。20世纪60年代机床业界就开始进行国际合作,特别是改革开放以来,机床行业国际合作取得了快速发展,大致经历了引进技术、项目合作、合资经营自主开发几个阶段,国际合作作为我国机床工业的发展,作出了重大贡献。事实证明,加强国际合作是加快技术进步、实现产业快速发展的有效途径之一。

一、我国机床行业基本情况

我国机床工具行业涵盖了金属切削机床、成形机床、铸造机械、木工机械、机床附件、工具量具量仪、磨料磨具、机床电器和其他机械等9个小行业,目前从业人员超过71万人。建国以来,我国机床工业经历了经济恢复时期和10个五年计划阶段,特别是通过改革开放近30年来的艰巨努力,我国已建立起规模产品门类齐全、完整的机床工业生产体系,形成了较好的、有利的技术发展基础,并具备了一定的竞争实力。

1. 机床工具行业快速发展

2007年1~12月行业4 291家企业工业总产值2 747.7亿元,同比增长35.5%;出口52亿美元,同比增长36.2%,其中数控金属加工机床出口5亿美元,同比增长48.2%。国产机床市场占有率近年来首次超过50%。2007年中国继续保持了机床消费世界第一(连续6年)、进口第一、生产第三和出口第八的位置。

2. 自主创新有突破

在全行业的努力下,技术进步成果显著。全行业荣获国家商务部公布的"最具市场竞争力品牌"21项,荣获国家名牌产品30项。2007年,一批自主创新的新产品填补了国内空白,达到了国内领先或国际先进水平。在数控机床中,出现了一批高精、高速、高效新产品;一批多坐标、复合、智能的新产品;一批大规格、大尺寸、大吨位的新产品;满足了重点用户的需求。一批新材料、新工艺、新技术的诞生为行业发展注入了活力。

2007年,机床行业新开发的、具有代表性的新产品有:沈阳机床集团GMC1230u型龙门加工中心,主轴带A、B坐标双摆角铣头,摆角达±40°,该机床是航空、航天、模具等行业加工的关键设备;齐重数控装备有限公司CWT130×145/260L—MC型数控重型曲轴加工机床的研制成功填补了国内空白,成为船舶工业发展的关键装备;济南二机床集团公司推出了国内首台1 000t重型伺服压力机,在国外也只有少数公司掌握该项技术,与传统机械压力机相比,生产效率大幅度提高;上海机床厂有限公司纳米级精密微型数控磨床的研制成功,标志着我国机床行业开始进入纳米级精密机床的领域;四川长征机床集团公司推出的DMC1000型八轴五联动车铣复合加工中心,可用于大型曲轴车铣复合加工,它标志着我国机床工业在多轴、复合、重型机床方面的发展进入了新阶段;宁江机床集团公司THM63100型卧式加工中心,工作台直径达1 000mm,五轴联动,定位精度0.008mm,重复定位精度0.004mm,该系列精密卧式加工中心的发展,标志着宁江机床集团公司在精密机床制造方面上了新台阶;南通科技投资公司MCH63型精密卧式加工中心,采用了双丝杠、双驱动、箱中箱结构、力矩电动机驱动转台,它标志着我国高速、精密卧式加工中心技术水平有了新的提高;汉江机床有限公司推出的SK7450×10m数控丝杠磨床,磨削直径500mm,磨削长度10 000mm,磨削精度3级,该磨床是我国最大规格的数控丝杠磨床,填补了空白并为我国超重型精密丝杠加工提供了关键设备;齐齐哈尔二机床集团公司推出SKCR165/1200型数控纤维缠绕机,可实现圆筒、圆锥、球、双曲面回转体等构件缠绕,也可实现多维复杂曲面和组合体形状构件缠绕,此类机床的开发应用标志着数控机床进入了新的加工领域;武汉重型机床集团公司CKX5680型七轴五联动数控重型车铣复合加工中心,最大加工直径8m,高度2m,加工件重量100t,该机床是远洋巨轮等超重型螺旋桨加工的关键设备。

这些新产品的开发,大多数是在引进、消化吸收再创新和总结国内外技术发展的基础上实现集成创新的,充分证明了开展国际合作的重要性。

3. 企业构成和产业结构发生很大变化

民营企业迅速发展崛起,企业数量已占全行业的71.3%,完成销售产值占56.2%,利润占55.7%。2007年固定资产投入292.8亿元,同比增长33.6%,在国有、集体、私人、港澳台、外商控股5类企业中,私人控股投资占总额的2/3。

4. 行业存在的主要问题

我国机床行业虽然新产品频出,开发速度加快了,但是整体自主开发能力薄弱,引进技术的消化吸收不够,所以新产品开发水平不高、开发速度还不够快、成本过高。目前,我国尚未形成专业化配套体系,数控系统和其他重要功能部件在水平、质量以及生产能力等方面都不能满足国内主机发展的需求,因此,在某种程度上讲,我国中高端机床对进口功能部件的依赖程度还很高。此外,中高档数控机床产业化水平低、制造厂设备数控化率低,也是制约行业发展的主要问题。总之,我国机床工具行业对用户的综合服务能力不强,售前、售中、售后的服务水平都尚待大幅提高。

二、关于引进技术的问题

1.引进技术

从1978年起,国内一批机床企业相继和国外企业合作,如济南第一机床厂、南京机床厂、上海重型机床厂、黄石锻压机床厂等企业,采用贴牌生产、联合设计等方式,生产出了符合合作方质量要求的机床,并通过合作方销售渠道进入国际市场,这在改革初期是很不容易的。通过合作,使我们了解到我国机床行业在主要工艺方面与国外的差距,使企业在工艺改进上有了目标和方向。合作方企业对返销产品严格的质量要求,使国内制造企业增强了质量控制意识,同时也了解到一些国际市场情况,这为后来开拓国际市场和满足国内市场需求打下了基础。

来图加工毕竟局限在一般普通机床,为使机床行业的整体水平尽快提高,也有不少企业引进国外先进技术,如济南二厂引进了压力机、东方机床厂引进了数控切割机、大连机床厂引进了加工中心和FMS技术,从FANUC和西门子引进数控系统技术,机床电器行业全方位从国外引进了技术等等。这些项目大多是从德国、日本、美国等国家知名企业引进的,产品基本是国外当时正在生产的产品,技术水平较高。在消化吸收国外技术的过程中,企业克服了重重困难,但同时也使企业设计、工艺、质量、管理等各方面水平得到提高。引进产品的面市使我国机床行业的产品技术水平上了一个大台阶,不仅满足了国内市场的需求,也挡住了一部分进口。

2.合资、合作

20世纪80年代末,市场对重型机床的需求较大,对这类产品的合作生产是一个比较有效的方式。以市场换技术,技贸结合的方式对制造厂、外商和用户三方都有利。对生产厂来讲,技术先进,整机质量由外方总负责,外方对中方制造部分的质量要求严格,促使生产企业认真消化、改进生产工艺,扎实地掌握技术,获得先进的设计思路和制造工艺技术及严格的方法。对外国厂商来讲,看重的是中国机床大市场,宁可无偿提供一部分技术,也要达到占领市场的目的。对用户来讲,得到的是以国外先进技术标准制造的、具有价格优势的先进设备。当时绝大多数机床企业都乐于采用这种形式进行合作,如北京第一机床厂、齐齐哈尔第一机床厂、齐齐哈尔第二机床厂、武汉重型机床厂、上海重型机床厂、济南第二机床厂和险峰机床厂等都有合作生产项目,并取得了可喜的成果。有的企业还举一反三,进行二次开发,使自己的产品技术得到提高,能够生产出市场所需的机床产品。另外许多外国公司纷纷在主要城市增设办事处,委托咨询公司对中国市场调研访问,办事处扩大经营范围,设立投资公司开展贸易,加大广告宣传,在各种杂志媒体做广告。他们看中了中国的市场,用各种方式加大市场开拓的力度。

3.独资建厂

我国机床行业和国外合作的合同大部分是在"六五"、"七五"期间签订的,到目前为止,大部分合同已经到期。20世纪80年代,一大批外商之所以积极和中国企业合作,是因为当时对中国市场情况了解甚少,同时又看中了中国劳动力低廉,生产成本低,他们想通过合作而进入中国市场。到20世纪90年代,随着改革开放的深入,成立了一些合资、合作企业,像前哨布朗夏普公司、北京阿奇夏米尔公司、苏州沙迪克公司等都是成功的例子。他们不但实现了产品本土化,而且还进入了国际市场。虽然合作模式各不相同,但结果都是双方受益,共同发展。到20世纪90年代末,由于中国已开放多年,一些国外大公司进入中国市场比较早,对市场情况已比较熟悉,再加上观察和总结前阶段中外合作的经验和教训,一些国外有实力的厂商开始在中国建立独资企业。如德国吉特迈集团在上海建厂,韩国大宇综合机械株式会社在烟台建厂,日本牧野公司、意大利利雅路公司等也在中国先后建立了独资企业,韩国YGI在青岛保税区设立独资厂,这些独资厂一般注册资本在1 000万~1 200万美元之间。国际上不少国家的政府和协会,也采取了很多措施协助和支持本国企业进一步占领中国市场:继意大利政府贷款在北京机床研究所建立机床培训中心,2003年4月西班牙政府贷款在天津市建立西班牙机床技术培训中心之后,美国也将在上海成立机床展示中心。上述独资企业对我国机床企业形成强大的竞争压力。不过有竞争才能进步,激烈的市场竞争又促使了中国机床工业的发展。

由于中国机床工业的发展和中国机床市场的扩大,一些国外机床企业愿意和中国企业合资合作。在合资方面最近几年也有一定发展,由于中央和地方制定了很多吸引外资的政策,普遍建立了开发区,对合作高新技术产品实行减免税政策、土地使用优惠政策、银行贷款优惠政策,促进了合资合作企业在中国各地的发展。一些新的合资合作项目相继产生,如北京第一机床厂和日本大隈公司;大连机床集团和德国Index公司;沈阳机床集团和德国BW公司;意大利菲地亚;曼图实业公司重组合肥锻压机床有限公司;亚威机床有限公司与瑞士SMS及意大利SELEMA公司合作;上海机床工具集团2003年积极与国外公司洽谈项目,力达公司与日本亚西亚国际商事株式会社洽谈合作生产数控剪、折、冲板料机;上海冲剪机床厂与加拿大ACUPRESS公司合作生产数控剪折弯机;上海工具厂有限公司与意大利SAMPUTENSILI公司签订了齿轮刀具合资意向;上海量具刃具厂已与英国、中国香港LK公司、慧源国际有限公司签定了三坐标测量机合资意向;上海第三机床厂已与捷克ZPS公司在合作生产加工中心等。

三、关于走向国际市场的问题

1.扩大产品出口

做好新形势下机床工具产品出口工作,首先要树立科学发展观。要促进机床工具产品出口工作中速度与效益、规模与结构、局部与全局、经济与社会、人与自然等协调发展。要逐步把先进的节能、低噪、环保技术应用到机床工具产品中,提升产品的价值,减少对环境和人的侵害。

其次要加快技术创新步伐。企业要在现有生产条件下进行产品创新和技术改造,提高出口产品的质量水平,从而提高出口产品的经济效益。要借助国家对出口产品共性技术研发的资助,以及对机床及功能部件产业技改进口设备的贴息等政策,提高企业持续创新能力,强化自主创新。要坚持市场导向,培育适应国外用户需求、市场竞争力强、成长性好的出口产品。要贯彻实施市场多元化战略,力争在开拓国际市场中取得新的进展。在巩固重点市场的同时,大力开拓目前有潜力的印度、土耳其、独联体国家等市场。

2. 境外并购建厂

目前国家鼓励与支持有条件的企业在国际机床市场上有选择地收购外国企业,提升竞争力,同时也使我国出口产品水平能有较大突破。国内已经有一些机床厂开始收购国外工厂,这些被收购厂都有着悠久的历史,有知名的产品品牌。兼并收购要注意是否真正拿到技术,若能掌握到核心技术,就意味着我们站在了巨人的肩膀上,不仅能够将其先进的技术应用到我们的机床设计中,还能利用这些知名品牌大踏步地开拓国际市场。

2002 年以来,我国机床工具行业共有 7 个企业先后并购控股了 10 家境外企业。由于机床工具行业的战略地位,行业企业大规模的境外并购搞得好就能对我国机床产业,乃至整个国民经济和国防军工现代化产生重大而深远的影响。

参与并购的国内企业大都是机床工具行业实力较强的国有或国有控股企业,并且在并购过程中得到了国家发改委、商务部、国家外汇管理局和有关省市领导的支持,特事特办,抓住了有利时机,使境外并购得以顺利实施。

大连机床集团公司于 2002 年 10 月、2003 年 7 月、2004 年 9 月分别并购美国英格索尔生产系统有限公司(100% 股权)、美国英格索尔曲轴制造系统有限公司(100% 股权)、德国兹默曼公司(70% 股权),这些公司可以提供专用机床及集成制造系统、柔性制造、曲轴加工系统、大型龙门五面铣床、数控床身铣床、铣削中心等。

沈阳机床集团公司 2004 年 10 月并购德国希斯公司,拥有 100% 股权。希斯公司是一家具有 140 多年历史的著名重型机床制造企业,主要产品包括重型龙门铣车中心、大型立式车铣加工中心、落地铣镗加工中心等。

上海明精机床有限公司 2003 年开始并购德国沃伦贝格公司,拥有 100% 股权。沃伦贝格公司是一家著名的重型数控车床和数控专用机床生产企业。与此同时,还并购了日本池贝公司,拥有 65% 股权,主要生产数控车床、车削中心、加工中心等。

秦川机械发展股份有限公司 2004 年 6 月并购联合美国工业公司,拥有 60% 股份。联合美国工业公司是一家已有 80 多年历史的家族式企业,以先进的 4 拉(拉床、拉刀磨床、拉刀、拉削工艺)和 1 技术(完整拉削工艺技术)著称。

哈尔滨量具刃具集团有限公司 2005 年 3 月并购德国凯狮公司,拥有 100% 股权。凯狮公司是德国著名的精密数控刀具和量仪产品制造商,拥有多项专利,并在欧美等地拥有完善的市场销售网路。

北京第一机床厂 2005 年 10 月并购德国科堡公司,拥有 100% 股权。科堡公司是世界著名企业,其重型、超重型数控龙门镗铣床,数控龙门立式车床,落地铣镗床,重型卧式加工中心及导轨磨床系列等产品处于世界先进水平。

杭州机床集团有限公司 2006 年 6 月出资收购德国 aba z&b 公司的 60% 股权。德国 aba z&b 磨床有限公司是欧洲四大平面磨床制造企业之一,具有 100 多年专业制造磨床的历史,生产高精度平面、成形、强力数控磨床,有旋转工作台的磨床等。

从目前境外收购企业的经营状况来看,在 9 家企业(除杭州机床集团有限公司)中,有 6 家处于赢利状态,2 家效益持平,1 家亏损。其中沈阳机床集团收购的德国希斯公司,2006 年经营效益能够持平,且订单中 50% 是中国订货;哈尔滨量具刃具集团有限公司于 2005 年 3 月全资收购德国凯狮公司,5 月进入生产状态,2007 年效益持平,2008 开始赢利。目前大部分境外并购企业订货量有较大幅度提高,生产任务饱满。其中大连机床集团收购的美国英格索尔生产系统有限公司近来收到美国的专用机床订货 3 000 万美元。

3. 积极创造发展国际贸易的条件

我国机床行业产品出口、境外建厂的目的是打入国际市场。我国机床产品出口数量在不断快速增长,国际市场占有率也逐渐增加,2007 年我国机床出口额已占世界机床出口额的第 8 位。但这并不能证明竞争力的强弱。瑞典海克斯康总部才十几个人,几间办公室,但是却在全球吸收了很多工厂进入这个集团,拥有几千名员工。这个瑞典公司通过资本运作增强了竞争力,占领了国际市场。美国的肯纳金属公司,通过参与 ISO 标准的制定,把自己的产品系列作为世界标准,从而占领了更为广阔的市场。因此,中国企业在"走出去"的战略中,不能单纯考虑能有多少产品出口,而是要站在战略的高度,争取在国际市场上拥有话语权。欧盟不断推出的非贸易壁垒,如安全标准,环保标准等,就是为了保护欧盟企业对市场的控制能力。

我国加入 WTO 之后,贸易政策更加透明,市场更加开放。中国企业要努力学习掌握 WTO 规则,利用这个法规,争取自身利益。在开拓国际市场的征程中,遇到如贸易壁垒、非贸易壁垒、反倾销问题、产业损害问题,都可以在 WTO 框架内通过谈判和运用法律手段加以解决。我们应该利用 WTO 来和发达国家共同制定公平的贸易规则,为我国进入国际市场扩大国际贸易,取得合法的公平贸易权。

四、进一步提高国际合作的水平

市场前景必将更加开放,贸易将更加透明,国际间的交流与合作会更加频繁。总结我国经历的若干年国际合作的经验和教训,我们要进一步提高国际合作的水平。因此,无论是"引进来",还是"走出去",都要在初期产品调研、法律咨询、经营条件、培养人才、国内创收能力以及市场前景等几个方面,作出比以往更加缜密的计划。

1. 初期产品调研

对产品的调研,尤其是对产品核心技术的了解非常重要。通过拥有或控股境外先进机床工具制造企业,要能使我国机床工具行业具备提供高档机床工具的条件,国内外结合,更能提升重大机床设备的自我装备能力。对先进技术进行"消化吸收再创新",也就具备了技术来源。

例如,前面所述被并购的各外方企业,都具有较先进的机床工具制造技术,问题是核心技术是否能被掌握。由于拥有或控股了国外先进机床工具制造企业,具备了为国内提供高档机床工具的条件,因此必须掌握关键的设计技术和制造技术——并购不是目的。如航空工业急需的数控龙门加工中心的关键,带 A、B(A、C)摆角的主轴铣头,国内尚处于研制阶段。而科堡公司(北京第一机床厂并购)、希斯公司(沈阳机床集团并购)和兹默曼公司(大连机床集团控股)都能稳定生产。沈阳机床集团、大连机床集团和北京第一机床厂等3家企业都表示,上述产品暂时先由海外企业供货,以后这种带 A、B 摆角的 5 轴联动龙门加工中心,都要立足国内制造,目前这 3 个厂涵盖了轻、中、重型龙门铣床的供货。凯狮公司(哈量集团控股)生产高档对刀仪,不仅为国内市场提供了先进的技术和装备,而且为扩大出口提高了市场竞争力。国内外结合为提升我国数控产业化水平和提供高档成套设备的能力创造了条件。

2. 法律与文化

深入细致地了解当地法律法规,才能使合作和并购安全有序进行,这需要聘请专门的法律机构进行咨询;与合作方的文化融入对项目的成功也起到重要作用。在哈量集团公司并购凯狮公司过程中,集团领导努力学习国外企业文化和涉外企业的法律知识,认真研究德国工人特点,努力拉近双方距离。并购成功后,他们选拔 2005 年表现突出的德国职员来中国,和中国职员一起开运动会,使外国员工了解并融入"哈量文化"。实践证明,法律框架是开展国际合作成功的重要保证,文化的高度融合,感情的投入也是促进合作顺利进行的重要条件。

3. 营造经营条件

充分利用好海外企业原有的销售渠道和网络,内外配合,能扩大营销效果。被并购的企业,之前由于劳动力成本高、欧洲机床工具市场近几年有所萎缩,而经营不好,甚至宣告破产。并购后,中方企业都能充分发挥国内低成本优势,使产品能和国外企业配合,充分发挥各自的优势,联合开拓市场,改善企业经营情况,提高市场竞争力,不仅为企业在中国境内开拓了销路,而且为扩大出口打下了基础。充分发挥国内外开发、制造、销售基地的综合作用,更有利于企业的快速发展。

4. 培养人才

学习国外先进的管理经验,可以提高国内管理水平,与此同时,先进技术的真正掌握也要靠人。各厂完成并购后,对培养人才工作都特别重视。大连机床先后派出 400 多人次去海外企业,并成立研发中心联合开发新产品,开发了一批拥有自主知识产权的新产品,提高了自主创新能力。借鉴国外管理理念,来提高企业的管理水平,培养了一大批管理专家、一大批高技术开发人才和一大批维修服务的高档技术工人。

5. 提高创收能力和市场前景分析

中国企业并购国外企业,这足以令世界震惊。在并购初期,很大程度上需要靠国内市场来维持企业的正常运作,而国外企业一般经营成本都大大高于国内企业,因此在合作并购前期,要充分考虑并购之后企业如何经营、如何盈利的问题。创造近期盈利对提高企业发展信心非常重要,同时要考虑企业长远市场的定位问题,为企业生存、发展创造条件。

总之,通过并购,我国机床工具企业收获了许多:近距离地了解发达国家同行业生产企业的实际状况,同时也看到了我们的差距。获得了国际知名品牌、核心技术、销售和采购渠道、技工队伍及生产诀窍,赢得了参与国际竞争的实践,实现了跨国经营。通过"走出去",实现了"引进来",锻炼了队伍,培养了人才,推动了企业管理、技术研发,进一步明确了发展方向,提高了企业的核心竞争力。

〔撰稿人:中国机床工具工业协会法景涛〕

从大连机床集团的发展经历看机床行业的发展

一、抓住机遇,增强发展的紧迫感、使命感

2007 年,机床行业的各个企业订货都比较满,形势较好。但也有疑虑,关心这种好形势还能够持续多少时间。因为这直接关系到未来经济的走势、关系到企业对未来的经营决策,对企业的经营管理者非常重要。无论从国内看还是国际看,对机床工具行业来说,在相当长一段时间内,这种趋势是不可逆转的。

主要有四个方面:一是从社会经济规律上看,中国目前人均收入已经达到 2 000 多美元,具有代表性的消费品轿车已经开始进入普通家庭。根据一般规律,在这个阶段,经济发展潜能将会进一步释放,经济增长将会稳定相当长的时期。特别是中国这样一个具有众多人口的大国,经济水平呈阶梯型分布,这种影响和趋势更将会持续较长时期;二是从产业发展看,机床行业为之服务的汽车、铁路、造船、航天、航空、发电、机械、电子、冶金、石油、工程都在蓬勃发展。在中国同世界经济关系越来越密切的情况下,国家为了维护国防安全和经济安全,将会越来越多地加大对国防军工领域的投入;三是从世界经济看,随着经济分工的转移,中国已经成为世界工厂，在华生产制造的各种零部件越来越多，这在国内外已经形成共识；四是从中国机床在国际发展空间上看，近10年来，中国机床行业经过恢复和发展，无论从总量还是从水平上都有了明显的进步，在世界机床行业的位置逐年前移。中国机床、特别是中档以下的数控机床在国际上开始崭露头角，国际市场对中国机床已经展现出广阔的发展空间。近几年，外商到中国采购机床的越来越多，未来的中国机床在国际上一定会大有作为。

以上四个方面都会带来大量的机床需求，中国机床工具行业已经进入了历史上最好的发展时期，而且在国际机床领域，也出现了对中国机床发展特别有利的机遇。中国机床工具行业的全体同仁一定要增强紧迫感、使命感，以自立世界民族之林的精神，从不同的领域多加努力，为民族机床工具行业的振兴、为提高中国机床工具行业在国际上的地位作出贡献。

"十一五"期间，大连机床集团发展的总体目标是：以机床集团为核心，以数控机床为主导，以自主创新为动力，建设"一个中心、两个基地"，积极推进数控机床、数控系统和功能部件规模化制造，努力实现大中小规格、高中低档次、国内外市场全面发展，培育数控产业集群，建设世界级公司，进入世界机床行业前5位。

二、坚持创新、努力实现数控机床的规模化

我国国民经济发展和国防建设亟需大量的数控机床装备。国务院关于加快振兴装备制造业的16个重点关键领域，每个领域都需要大批先进数控机床。我国机床行业企业，必须要快速提高数控机床水平，形成大规模的制造能力，满足国民经济各行业对先进数控装备的需要。有两个任务：一是提高水平；二是扩大能力。

在提升产品水平方面，大连机床集团按照国家的要求，坚持以高档数控机床为主导，进一步加快各类数控机床开发，提高数控机床的性能、品种和质量，提高功能部件的水平和自主配套能力。特别是在2006年，机床工具行业组织50多名集团和所属企业领导、技术开发人员，带着如何缩小同发达国家机床差距的课题，参观了美国芝加哥机床展。让大家看发达国家的机床，再对比国内参展的产品，回来再讨论。在讨论会上，大家触动很大，都感到非常着急。他们能干出来，我们为什么干不出来，我们是有水平问题，但近年来，通过合资合作，我们已经引进消化了很多先进技术和产品，干不出来主要是责任心和不良习惯影响。要求全集团从产品开发、生产工艺、质量控制、员工技能和工作细节等方面，开展全方位的优化升级活动，从细节抓起，严格管理，下功夫把产品水平提升上去。应该说，2006年开展的全面升级工作，对产品水平的提高和制造工艺的改进起了很大的作用。龙门五面加工中心、数控镗铣床、五轴联动立、卧式加工中心、车削中心等一批高档数控新产品相继问世，新老产品都得到了优化，产品面貌焕然一新，使大连机床的产品整体得到了提升。现在到大连机床看，过去的老产品已经不多了。计划再用1年的时间，基本上把老产品换掉，包括普通车床。

为国民经济各部门提供大量的中低档数控机床，并让用户买得起，用得住，同样是我们的责任。大连机床在规划上，制定了"四个一"发展目标，即年产平床身数控车床10 000台、斜床身数控车床10 000台、立式加工中心10 000台、卧式加工中心和重大型数控机床1 000台。为实现这一目标，在平床身数控车床、斜床身数控车床、立式加工中心的制造上，准备继续采用规模化生产的模式，对主要零件加工实行专机生产，以提高效率，降低成本，保证质量，满足国内用户物美价廉的要求，增强数控机床的国际竞争力。

三、实事求是，走多样化的发展道路

中国是一个大国，中国机床工具行业企业数量众多，门类齐全，发展水平也不尽相同。既有综合性产品的大公司，也有专门化产品的小企业；既有采用先进技术，能够与国外抗衡的高水平产品，又存在普通机床大量生产这一现实；既有"大而全、小而全"，又有"两头在内，中间在外"；既有国有骨干企业，又有多种经济成分。地区经济和发展阶段的不同，企业规模和产品水平的差异化，决定机床行业发展的多样性。要鼓励行业企业依据自身的基础和条件，选择适合自己的产品和方式，走自己的道路，实行创新发展。如大连机床在通用机床的生产上，打破了被世界机床行业奉为经典的单件和中小批生产方式，实行规模化生产模式，大批量生产机床，从而极大地提高了劳动生产效率，降低了制造成本，在机床生产方式的变革上取得了成功，得到了行业和领导的肯定。同样，在鼓励数控机床出口的同时，不能忽略目前国产机床在国际市场上的主体部分还是普通机床这个现实。事物的发展都是从低级到高级，中国机床行业在整体上达到国际先进水平，还有相当漫长的道路。在加快行业企业技术和产品进步、大力提高国产数控机床水平的同时，对其他机床，只要有市场竞争力，都应该实事求是地支持其发展，形成国产机床高中低档次的梯次结构和多样化发展的格局。在发展模式上，大企业可以选择向世界级综合性大公司发展的目标，如日本马扎克公司和美国英格索尔公司的模式。同样，规模小一点的公司可以搞专门化，在某些领域里做精做细，成为小而强的公司。

四、练好内功、发挥特色和优势

中国机床工具行业究竟靠什么参与国际竞争，优势在哪里，这是我们自己必须要弄明白的问题，否则人云亦云、邯郸学步，就会迷失方向。从整体上看，我们在技术上目前还落在欧美和日本的后面，没有达到领先的程度；我们在装备上的优势也不多，很多厂还在大量地使用多年前的通用设备；我们的原材料材质也只能满足一般的要求，稍微高一点的要求，就达不到。我们的优势究竟在哪里？我们的真正优势在劳动力和成本方面。现阶段，我们在国际市场上还没有实力在高档产品方面与欧美和日本企业正面交锋，必须扬长避短，发挥我们在普通产品和中低档数控方面的优势。为此，我们一方面要提高技术创新能力，加快新产品开发，提高产品水平档次，逐渐赶上发达国家的水平；另一方面，必须把企业内部的人力资源和成本的文章做足做实，在普通机床和中低档数控机床上把价格的优势真正发挥出来,积蓄能力,保证立于不败之地。要练好内功,强化内部管理,精简机构和人员,提高劳动生产率,从各方面入手,优化产品结构,降低制造成本,形成和保持竞争优势。中共中央政治局常委李长春,在2007年4月第十届中国国际机床展览会考察时召开的座谈会上,要求办一个数控技术培训中心,为全国培养数控机床制造、安装调试和维修服务高级人才。充分说明了人力资源对发展数控机床的重要作用。目前我们已经做了规划,并向国家有关部门做了汇报,争取早日投入建设和使用。

五、走出国门,实现国际化发展

中国机床行业最终是要走出国门,向世界发展。这一点,通过其他行业的事例和本行业的领导专家的论证已经十分的清楚了。关键的是要真正的走出去,而且是行业从整体上走出去。2002年大连机床集团在行业中率先并购了美国英格索尔生产系统公司,实现了中国机床行业并购发达国家企业的历史性突破;而后又连续出击,于2003年并购了在曲轴成套加工设备处于世界领先地位的美国英格索尔曲轴加工系统公司;于2004年10月,收购了在大型龙门五面加工中心技术处于领先地位的德国兹默曼公司的70%股权。几年来,大连机床集团以控股的方式,与世界一流的企业成立了8家合资公司。通过实施跨国并购、合资合作和消化吸收,大连机床集团拥有"组合机床及集成制造系统"、"高速加工中心及柔性单元"等177项核心技术专利,开发出"VD系列立式加工中心"、"HDS630高速加工中心机床"等289种新产品;高速加工中心、九轴五联动车铣复合中心机床等产品不但具有自主知识产权,而且接近或达到世界先进水平。可以为国内军工、航天航空等关键领域和重大成套项目提供先进装备,替代进口;可以参与国际机床重大项目招标和竞争,改变多年来我国机床行业被排除在外的境地。如2005年初,在上海通用汽车公司高速加工中心项目招标中,大连机床集团国内生产企业与并购的美国英格索尔生产制造系统公司联手合作,在同德国、美国等知名机床公司的竞争中一举胜出,实现了中国机床企业首次中标国际汽车大公司高档数控机床项目的历史性突破。

最近,大连机床又得到美国通用公司一笔4 000多万的订单,成为通用公司正式的设备供应商。目前,大连机床已形成以国外制造体系和销售体系为主导,自营出口、国内外贸公司代理、国外并购企业销售机构、国外合作伙伴和国外专业机床销售公司等五方面组成的国外销售网络,构建了跨国制造销售的经营格局。特别是近年来,在数控机床的出口上取得了新突破,全功能数控车床、立式加工中心已经大批量出口国外。2004年大连机床集团首先进入了"中国企业500强",2005年在世界机床企业排名第8位。将大连机床的国外销售平台对国内同行业企业开放,帮助国内机床行业产品出口,为实现中国机床国际化发展提供服务。

在振兴东北老工业基地,振兴装备制造业的政策推动下,在党和国家领导的亲切关怀下,中国机床工具行业获得了持续快速的发展。我们一定要紧紧抓住这一千载难逢的机遇,和全行业一道,努力加快国产数控产业化基地建设,加快我国机床工具产业的发展,为国民经济和国防建设提供更多的先进产品,振兴民族机床制造业,跻身世界机床先进行列。

〔撰稿人:大连机床集团有限责任公司陈永开〕

中国汽车工业"十一五"规划要点及对机床设备需求分析

根据中国汽车工业协会发布的最新统计显示,2007年中国汽车产量为888.24万辆,同比增长22.02%,比上年净增160.27万辆;汽车销量879.15万辆,同比增长21.84%,比上年净增157.80万辆。汽车销量比2003年的439万辆翻了一番。其中乘用车的国内总产量为638.11万辆,同比增长21.94%;乘用车的国内总销量为629.75万辆,同比增长21.68%。国内汽车市场仍然呈现快速发展的趋势,亦为机床设备的主要市场。

一、汽车工业"十一五"规划要点

(一)汽车工业"十一五"规划主要目标

1. 自主开发预期目标

大型汽车企业集团应具备自主产品的平台开发能力,骨干汽车企业应具备主导产品车身开发及底盘匹配能力;主要总成与关键零部件生产企业应掌握产品核心技术,具备与整车的同步开发能力。

2. 结构调整预期目标

提倡公平竞争,鼓励兼并重组,形成若干家具有市场竞争力的汽车生产企业(集团),提高产品市场集中度;调整产品结构,增加节能与新能源产品的比重,推广新材料和轻量化技术应用,力争当实现汽车保有量翻番时,燃油消费增长不超过50%的目标;发展自主品牌,不断提高自主品牌产品的国内市场占有率,其中自主品牌乘用车国内市场占有率提高到60%以上。

3. 产业增长预期目标

根据国内汽车市场需求预测,"十一五"期间年均增长率在10%左右,2010年市场需求在850万辆左右(实际上2007年已突破)。国内汽车保有量将达到5 500万辆左右,汽车化水平将达到40辆/千人。兼顾国际市场需求和产品出口的可能,2010年国产汽车产量将达到900万辆左右。汽车工业生产总值达20 000亿元左右,汽车工业增加值将达到4 500亿元左右,汽车工业增加值占国内生产总值的比重将达到2.5%。

4.产品出口预期目标

积极开拓国际市场,2010年实现10%的汽车整车产量和30%摩托车产量的出口目标,主要汽车零部件企业进入国际汽车配套体系。

(二)自主发展

1.提高自主创新能力

全面增强企业自主创新能力。

全面提高企业研发能力。汽车生产企业(包括中外合资企业)要建立、健全产品研究开发机构。充分利用国内、外各种资源,采用多种方式开展产品研发和技术攻关活动,不断积累研发经验,注重培养、使用各类专业人才。加快形成各类汽车产品及发动机等重要动力总成、零部件的自主研发能力。"十一五"期间企业发展新产品应以自主研发为主,改变依靠全套引进的发展模式。

建立新技术评价体系。

加强共用技术研究平台的建设。

2.大力发展自主品牌

自主品牌是指具有自主知识产权的知名品牌。自主品牌是我国汽车产业自主发展的集中体现,汽车生产企业应具有自主品牌的产品。

汽车生产企业应制定自主品牌发展战略。

提高自主品牌市场份额。乘用车企业应针对多层次市场需求,抓住经济型乘用车成为消费市场主流产品的有利时机,积极发展自主品牌的产品,在市场竞争中不断培育自主品牌,扩大自主品牌产品的市场份额。商用车企业应在适应中国市场需求特点的基础上,加快自主品牌产品的升级换代,进一步提高产品市场竞争力,巩固自主品牌产品在国内市场的主导地位,并积极开拓出口市场。

以生产企业为核心建立品牌营销服务体系。

3.全面提升零部件产业竞争力

以提高汽车零部件的国际竞争力为目标,以提高研发能力为重点,利用各类零部件的现有基础,发挥比较优势,全面提升零部件竞争力。

分类引导零部件产业发展。机械类零部件企业,要不断提升技术水平、节材降耗,培养自主品牌,扩大国内外配套(OEM)份额,进一步做大做强。机电类零部件企业,要加快形成产品研发能力,提高电子技术含量和产品质量、降低成本,开拓配套及出口市场,形成一批具有一定国际竞争力的零部件企业。电子类零部件企业,应充分利用国内外各种技术资源与途径,以自主品牌的商用车和经济型乘用车配套为突破口,尽快掌握核心技术,以质量、成本优势逐步扩大市场份额,形成一批能够为多家配套、自主发展的高新技术零部件企业。

依托自主品牌的整车产品积极参与整车企业的产品开发。按照系统开发、模块化配套的发展趋势,零部件骨干企业应与整车企业建立长期战略伙伴关系,积极参与整车企业的产品开发,融合相关零部件资源,不断提高系统零部件开发水平,形成零部件模块化配套能力。

(三)结构调整

1.优化产业结构

我国汽车产业要坚持把产业结构的优化升级作为发展与调整的主线,形成国有企业、民营企业和中外合资企业等多种所有制企业协调发展的产业格局。

以国有资本为主导的企业要提高核心竞争能力。企业应推进体制改革、机制转换,提高综合经济效益,加快兼并重组、强强联合的步伐。企业要构筑自主发展的平台,建立自主创新体系,形成自主研发能力,提高自主开发产品的比例,成为汽车产业自主发展的主力军。

民营企业要建立长远发展战略目标。民营企业要充分发挥自身优势,建立现代化的管理方式,提高专业化、规模化生产水平,积极参与国有企业改制、改造,加快产品技术升级步伐,面向国内外两个市场,成为汽车产业发展的重要力量。

合资企业要坚持双赢的发展原则。我国汽车产业对外合作的重点是发展好已有中外合资企业,倡导合资企业打造自主品牌产品。合资企业要认真总结合资、合作的发展经验,夯实长远合作发展的基础,逐步实现中外双方在产品发展、市场开拓、资源配置等方面互利共赢的目标。

2.优化产品结构

引导国内市场消费,优化产品结构,形成双低油耗、低污染、高安全性、高回收利用率汽车为主体的产品结构,实现可持续发展。

重点发展高效、节能产品。重点发展经济型乘用车和大功率、高效率商用车;推动混合动力汽车和柴油乘用车的发展;增加高技术含量的专用汽车品种,提高专用车比重。重点发展适应节能、环保要求的高水平动力总成。

提高整车产品出口比重。整车企业要制订产品出口战略,在满足国内市场的同时,积极发展可以批量出口的经济型乘用车和商用车;摩托车企业要有针对性地开发适应国际市场的产品,通过技术进步提高出口产品的附加值,稳定并扩大国际市场份额。

(四)技术进步

1.促进节能、环保、安全技术的发展

提高整车技术水平。提高整车结构、车身造型设计、整车匹配、降低噪声技术,采用新工艺、新材料降低车辆重量,研究推广混合动力技术;注重提高经济环保型乘用车整体水平及实用性、安全性、乘用舒适性技术。到2010年实现新车平均单车百公里油耗比2005年降低15%的目标。

积极发展新能源汽车。在具有资源优势的地区,地方政府应加大天然气、液化石油气、乙醇汽油燃料汽车的推广力度,企业应根据市场需求积极做好产业化工作。对于具有发展前景的燃料电池、纯电动、合成燃料等新能源汽车,国家支持企业加大研究开发投入,并在有条件的地区开展示范运行,为产业化打下基础。

进一步提高汽车排放水平。"十一五"末期,汽车生产企业均应掌握国家第四阶段排放标准的相关技术,并积极跟踪世界前沿排放控制技术。同时,企业应加强汽车噪声排放控制技术的研究与应用,到"十一五"末期国产汽车的噪声排放控制基本达到世界先进水平。

加强汽车安全技术的研究与应用。企业应积极研究、应用先进的汽车主动安全技术,如牵引力控制技术(TCS),动态稳定控制技术(DSC),横向稳定技术(ESP),轮胎气压报警技术等;积极研究、应用先进的汽车碰撞被动安全技术,降低汽车碰撞乘员伤害指数,提高产品安全性。

2.促进高新技术发展

高新技术已成为进一步提高汽车产品节能、环保、安全及使用性能的主要手段,是自主创新的核心内容。提高发动机技术水平、发展汽车电子技术和新材料技术是汽车产业技术进步的主攻方向。

提高车用发动机的技术水平。"十一五"期间新投产汽油发动机项目产品应达到国际21世纪初期先进水平,升功率应不低于50kW/L。企业应在汽油发动机上采用电子控制各缸独立点火、可变进气系统、电子油门控制、稀薄燃烧、增压与中冷等技术。"十一五"期间新上柴油发动机项目产品应达到国际21世纪初期先进水平,3L以下柴油发动机升功率应>40kW/L,3L以下柴油发动机升功率应>30kW/L。在柴油发动机上采用电控燃油直接喷射系统、多气门、电子油门控制、泵喷嘴、高压共轨等技术。提高发动机机内净化技术水平,全面提高发动机燃油效率。

大力发展汽车电子技术。重点发展提高整车性能所必需的电子控制产品如电子控制自动变速箱、发动机管理系统、电子转向(EPS)、电子随动灯光系统、电子导航系统、总线技术等。2010年,高档乘用车的汽车电子产品占单车成本的30%以上,经济型乘用车和载货车占20%以上。

积极开发应用新材料。企业应树立发展循环经济的理念,在汽车产品设计、生产中广泛应用各种新材料,充分考虑其报废后的可回收性和可利用性。推广应用高强度材料及轻质、环保、复合材料,限制使用铅、汞、镉及六价铬等对环境污染或安全有危害的材料。到2010年,汽车整备质量减轻10%;新产品的回收利用率超过80%,其中材料再利用率超过75%。

二、"十一五"汽车工业对机床设备的需求

(一)汽车工业对机床设备需求各类分析

汽车工业对机床设备的需求种类主要有锻造冲压机床和金属切削机床。

1.锻造冲压机床

对锻造行业来说,汽车工业是最大用户,模锻件60%~70%是汽车工业使用的。汽车锻造厂都在逐步采用高效、高精度锻造装备提高锻件的产量和锻件精度,热模锻压力机和摩擦压力机及高能螺旋压力机等的需求不断增加,需要锻造曲轴、前轴、转向节和连杆等锻件的锻造设备和生产线。另外,采用楔横轧成形工艺轧制汽车变速箱的轴类零件,比在平锻机和模锻设备锻制具有高效、节能、锻件精度

高等优点,不仅适于中小锻造厂使用,目前大型件锻造厂采用得也愈来愈多。

另外,冷、温锻造设备具有生产效率高、节能节材、锻件尺寸精度高等特点,将有大量需求。

冲压工艺装备主要需要开卷落料及开卷剪切自动线;全自动(或半自动)冲压生产线;大型三坐标多工位压力机和上下料自动化,实现压力机的自动化连线生产;另外需要钣料清洗、涂油机、拆垛机、堆垛机、中间传送装置及冲压机器人等先进装备。

2.金属切削机床

金属切削机床在汽车工业主要用于发动机、变速箱、底盘、零部件及模具制造。

由于近年金属切削机床高速化、柔性化、精益化的发展趋势,国内汽车行业对金属切削机床的需求有新的变化。

对于发动机缸体、缸盖及变速箱壳体等箱体类零件制造,现在除关键工序外基本上由高速加工中心替代原专用机床,所以高速加工中心成为发动机工厂最大的需求。高速加工中心的主轴转速已提高到10 000~15 000r/min,甚至更高;快速进给速度已达到60~100m/min,且快速进给加速度提高到$(1~1.5)g(9.8~14.7m/s^2)$;换刀时间1.0~1.5s。其他设备还有一些专用机床,如珩磨机、精镗机床、精铣机床。

发动机曲轴生产线需要的主要生产设备有:数控车床、内铣床、高速外铣床、车-车-拉机床、高效柔性两端孔钻床、高效柔性油孔钻床(或高速加工中心)、主轴径磨床、连杆径磨床、随动磨床、端面外圆磨床、抛光机床、圆角滚压机床、动平衡机等。

发动机凸轮轴生产线需要的主要生产设备有:数控车床、高效柔性两端孔钻床、凸轮轴无心磨床、凸轮磨床、端面外圆磨床、抛光机床、重熔硬化设备等。

发动机连杆生产线需要的主要生产设备有:双端面磨床、胀断设备、立式拉床、钻镗专机或加工中心、精镗机床、珩磨机。

加工齿轮需要的设备有:数控滚齿机、数控插齿机、数控珩齿机、数控磨齿机、立式拉床、内孔端面磨床、综合检查机等。

在汽车底盘及零部件的制造中,需要的设备与发动机、变速箱需要的设备种类差不多,只是数量更多,规格更多,这里不再仔细分析。

(二)"十一五"汽车市场需求预测

根据汽车工业"十一五"规划目标,到2010年国内汽车产量达到900万辆。而2007年的产量国内产量已接近这一目标,达880万辆。按每年不低于10%的年增长率(考虑到受能源环保压力影响,否则增长率会更高),2008年国内汽车产量可达1 000万辆以上,到2010年可达到1 200万辆以上,将超过美国成为世界第一汽车生产国。考虑到一定的富余生产能力和国外市场发展,国内汽车生产能力还要高。但即使这样,从现在到2010年,国内至少还有300万辆的建设规模。

（三）"十一五"期间汽车工业对主要机床设备的需求

1. 对大中型冲压设备的需求

按照国内汽车工厂平均20万辆生产能力计算，国内还需新建15个新的工厂（在现有汽车集团内）。按每个厂设4条大中型冲压线，每条线4台大中型机械式冲压机计算，到2010年至少需要60条大中型冲压线或240台大中型机械冲压机床。

若考虑中小件冲压（扩散到专业协作厂的车身件或零部件）以及锻造毛坯，那需要的中小冲压设备更多。

2. 对发动机制造设备的需求

按照平均20万台规模建设发动机厂计算，到2010年还需建设15个发动机工厂，也就是还需要建设15条发动机的缸体、缸盖、曲轴、凸轮轴、连杆生产线。除了那些专用设备外，主要需要的是高速加工中心，按照20万台产量发动机工厂缸体、缸盖及曲轴需要60台调整加工中心计算，到2010年需要1 200台高速加工中心。其他专用设备可按生产线计算。

考虑到变速箱、零部件需要的金属切削机床设备更多，这里不再一一计算。

需要指出的是，由于我国汽车工业是建立在引进国外技术，合资企业居多的情况，发动机制造设备大多引进国外，发动机缸体、缸盖、曲轴、凸轮轴等零件的主要生产设备80%是从国外引进的，国内机床生产厂家的份额较小。根据上面所述，"十一五"期间主要支持自主品牌发展，包括国内非合资的国营、民营汽车生产企业，以及国内各大型企业集团。这样由于自主品牌的决策人员是中国人，完全自己做主，就避免了以前合资企业一边倒采用国外设备的局面，从而为国产设备大量进入汽车行业提供了契机。

〔撰稿人：中国汽车技术研究中心侯益青〕

重点用户基础装备需求分析

为深入了解重点用户行业对机床的需求，进一步密切产需关系，加强与用户的沟通，以便更好地为用户服务，中国机床工具工业协会于2007年下半年组织大量人力对与机床有关的部分重点用户行业进行调研。通过调研进一步了解当前重点用户行业对机床需求情况，以及中长期发展对机床的需求预测，落实"高档数控机床与基础制造装备"重大专项方案的实施，以及加快振兴机床装备制造业有推动作用；对企业的发展方向、开发新产品的决策有导向作用。现将各行业对机床设备的需求情况简要介绍如下：

一、各行业重点需求情况

1. 航空工业

航空工业所涉及的范围越来越大，产品越来越多，其主要产品分为军用飞机、民用飞机、机载设备、非航空设备四大类，其重点是前两类。

飞机制造所需要的机床主要用于加工发动机、机身（含机头、机翼、尾翼等）、机载设备（控制仪表、救生、通信、战术导弹等设备）。

（1）发动机加工设备。飞机的发动机种类很多，加工方式大同小异，所需设备以高精度数控机床为主，如加工箱体的四轴以上联动卧式加工中心和立式加工中心、加工叶片的五轴联动叶片加工中心、加工主轴用数控车床、高精度数控磨床等。

（2）机身（包括机头、机翼、尾翼等）加工设备。该类零部件主要是大型框架结构，材料以铝合金、钛合金等为主。其加工工艺也是大同小异，设备以数控龙门式机床为主，如数控龙门镗铣床、数控龙门加工中心、数控落地铣镗床、数控五轴联动龙门加工中心等。

（3）机载加工设备。由机载设备种类很多，所需设备也比较复杂，一般需要规格较小的高精度、高速数控机床，如中小型高精度立式加工中心、高精度数控车床、数控磨床等。

（4）飞机起落架的加工设备。飞机起落装备所需材料比较特殊，起落支架采用高强度的钛合会等材料，加工难度大。其毛坯需要万吨压力机锻造成形，机械加工需要数控落地铣镗床、龙门五轴联动加工中心等设备。

2. 兵器工业

兵器工业中高新技术武器装备，坦克和装甲车发动机的五大零部件，变速箱、驱动轴等加工与大型汽车的加工设备有不少相同之处，需要大量各种高档数控机床，只是因批量较少使用单机加工的较多。此外，特殊材质厚钢板的加工，需求大量各种切割机床和板材焊接设备等。

（1）高新技术武器装备。包括精确打击、两栖突击、远程压制、防空反导、信息夜视、高效毁伤等武器，大多需要高精度数控机床，如高精度加工中心、高精度数控车床、高精度数控磨床以及精密数控齿轮加工机床等。

（2）各种大型火炮等重武器制造设备。主要需要大型立式和卧式加工中心、数控龙门镗铣床、数控车床、数控深孔钻等。

（3）中小型武器加工需要的设备。这类武器的特点是要求加工精度高、功能多的五轴联动机床，以及大批量高效率生产，自动化程度高的机床。

（4）其他需要的设备。如，工业CT检测仪、光学镀膜机、多自由度振动台和一些分析仪器、检测仪器等。

（5）专用机床。枪炮来复线的拉线机，枪弹生产的多工位压力冲床，加工小直径长孔的深孔钻机床等。

3. 船舶工业

根据《船舶配套业发展"十一五"规划纲要》，到2010年实现优势产品生产能力大幅度提高，基本掌握重点产品的关键制造技术，自主研发取得一定突破。主要是产业规模快速扩大，本土生产的船用设备装船率60%以上，实现船用设备年销售收入500亿元，形成一批具有较强国际竞争力的船用设备专业化生产企业。

船舶工业需要的主要有船体加工设备、焊接设备、涂装设备、机械加工设备和检测设备。

（1）船体加工多为专用设备。如，卷边设备、校平设备、压力机、折边机、型钢弯曲机、剪板机、刨边机、光电跟踪切割机、数控切割机、抛丸除锈设备等。

（2）船用柴油机机体制造设备。主要是重型和超重型龙门镗铣床、数控落地铣镗床、大型数控卧式镗铣中心，多轴五联动数控镗铣床、数控立式车床、大型数控成形砂轮磨齿机。

（3）曲轴等零件加工设备。主要是曲轴铣床、大型曲轴车铣中心、大型曲轴磨床等。

（4）螺旋推进器制造设备。需要大型五轴立式车铣中心、多轴五联动数控落地铣镗床、多轴五联动数控铣镗中心、大型数控立式车床等。

（5）船用机械和仪表制造设备。需要五轴立卧转换加工中心、五轴车铣中心、卧式加工中心、大型数控落地铣镗床、数控立式车床、各种规格的数控车床和车削中心等。

4. 汽车工业

汽车产业对数控机床的基本要求，可以归纳为：高效柔性、精密可靠、环保成套。汽车产业发展对机床行业有着巨大影响。汽车生产按工艺流程，大致可分为十几条生产线，如发动机（缸体、缸盖、曲轴、凸轮轴、连杆等）、变速箱、底盘零件、冲压、焊接、涂装、总装及铸造、锻造、热处理等生产线。

（1）发动机制造设备，主要是加工缸体、缸盖、曲轴、凸轮轴、连杆等生产线设备。该类设备大多是高效、高性能、高可靠性数控机床和专用数控机床。其中：缸体、缸盖及变速箱体加上柔性生产线多数由卧式加工中心组成；变速箱加工设备基本上与缸体的加工设备类似；曲轴加工设备主要是车-车-拉机床、数控曲轴内铣或外铣床、数控曲轴磨床、曲轴抛光机等设备；凸轮轴加工设备是凸轮轴数控车床、凸轮轴磨床等；连杆加工多数为专用设备，如双端面磨床等。

（2）大型覆盖件冲压、涂装、焊接、总装等设备。其中冲压设备主要是用于加工大型覆盖件，如车门、侧围、前后盖、顶盖等板材类零件，大型覆盖件多用冲压生产线加工，可分为人工上下料和自动上下料两种，也有采用大型多工位压力机代替生产线；涂装设备多采用机器人自动喷涂生产线的方法；焊接设备中部件焊接多数采用悬挂式点焊机手工焊接的方法，部分整车车身总成焊接采用焊接机器人的方法焊接；总装设备多数采用人工装配和机器人相结合的方法。

（3）铸造、锻造、热处理设备。其中铸造设备主要是铸造发动机缸体、缸盖及变速箱等铸件。其设备多数采用气

冲造型自动生产线，从上料、造型、浇注、清砂等整个过程全自动化，部分中小铸件采用压铸或其他精密铸造的方法；热处理设备主要采用高频淬火、渗碳渗氮、电镀、涂层及发蓝等方法。

（4）汽车各种零配件生产设备。汽车的零部件有几千种，需要的机床各种各样，基本上覆盖了所有的机床品种。

5. 电力工业

电力工业装备主要包括两大部分，即发电设备和电网设备。其中，发电设备分为火电、水电、核电、风电和气电等；电网设备主要为超高压输变电设备，包括变压器、断路器、电抗器、互感器、电容器、隔离开关等。总之电力工业需要的重点机床比较复杂。

（1）火电、核电和水电等发电设备。当前，我国仍然以火力发电为主，水力发电在快速增加，并将逐渐增加核能发电，这些发电机组的生产都需要大型、重型加工设备。加工1个重达200t以上的60万kW汽轮机转子，需要回转直径3.5~4.0m、长15~20m的重型卧车；加工蜗轮叶片需要五轴联动加工中心；加工中压缸、高压缸，需20m数控立车，镗杆直径200~260mm的数控落地铣镗床，龙门宽7.5~8m、长22m的数控龙门镗铣床等。

（2）风力发电设备。近几年风力发电发展很快，内蒙古、新疆以及山东、江苏、广东等省、自治区都做了大规模发展风力发电的规划。内蒙古自治区已上报国家和自治区的风电项目规模达139万kW，获得国家和自治区核准、批复的有10项，规模约达64万kW，其中有6个风力发电项目已经开工建设，投资约40亿元。风力发电机组要求可靠、寿命周期长，因此零部件的精度、功能要求高，如变速箱中的箱体孔、轴、齿轮等的精度要求达到5级，内齿轮的精度要求达到6级，寿命>20年，保用期5年。目前，主要采用圆柱齿和圆锥齿两种，需要加工的零部件主要为变速箱体、箱盖和大型齿轮、齿圈，所需要的主要设备为各种大型卧式加工中心、龙门加工中心和龙门镗铣床、落地铣镗床、大型立式滚齿机、插齿机等。此外，需要制作长达几十米的叶片（目前达到半径超过60m），制作高达几十米（目前已超过80m）和直径几米（其内部具有人可以上下的装备）的大型塔柱等，需要各种大型成形加工设备。

（3）电网输变电设备。输变电设备在电力行业中的作用越来越重要，为了减少在输送电过程中的损耗，电压越来越高，规格做得越来越大。所需要的相应设备主要有加工变压器硅钢片的冲压设备，钢结构加工的数控成套设备，如铁塔型钢成套加工设备，包括切断、数控角钢冲孔、钻孔、开槽复合机等，为成形机床行业提供了广阔的市场空间。

6. 工程机械

工程机械的产品种类较多，主要包括：挖掘机械、铲土运输机械、工程起重机械、工业车辆、压实和路面机械、桩工机械、混凝土机械、凿岩机械、军用工程机械等。

工程机械行业是机床行业的重要用户之一。需要较多的机床，如各种规格的立、卧加工中心（加工壳体，变速箱）、数控车床、数控磨床、齿轮加工机床、数控专用机床等；需要

大量锻压设备,如大型数控剪板机、数控折弯机、数控切割机、自动上下料的各种压力机等。此外,还需要焊接机械手、机器人、喷漆与表面处理等设备。

7.重型机械

重型机械制造业主要是为矿山、能源、原材料等工业和国防工业提供重大技术装备和大型铸锻件,也属于重要基础装备业之一。主要为国家重大工程项目服务,如钢铁行业的大型冷热轧机、石油化工的钻探和加工设备、大型电站设备、地下核试验、航天发射、各种大型军工装备(如核潜艇压力壳、大型军舰等),为汽车工业、水利建设等部门提供了大量的技术装备。为完成如此多的重大工程项目任务,需要大量高档数控机床,如数控重型立式和卧式车床、大型立式和卧式加工中心、数控龙门加工中心(含龙门五面体加工中心)、数控重型落地铣镗床、大型深孔钻床、大型立式和卧式滚齿机、大型数控轧辊和数控导轨磨床,以及大型机械压力机、大型油压机、大型水压机、锻锤等大型锻造设备。

8.农业机械

我国农业在由人力向农业机械化和自动化发展。农机产品结构发生了很大变化,国内对农机产品的需求增加,出口也大幅度增加。而且,农机由低档产品向大型、高效、成套及智能化等高档产品发展。如多功能通用型高效联合收割机、大中型拖拉机和自走式联合收割机、水稻插秧机和联合收割机、玉米联合收割机、纤维作物联合收割机、大型自走式喷灌机等。所有这些自动化程度高的大型农业机械的制造,都需要高水平数控机床才能完成。如生产大型拖拉机、联合收割机等,需要的设备同汽车生产的设备差不多,多数以生产自动线为主,所需设备如各种数控车床、立式和卧式加工中心、数控铣床、各种数控磨床、数控齿轮加工机床、各种组合机床等金切机床;板材加工的各种成形机床,如数控剪扳机、数控折弯机、数控压力机及锻造机等。

9.铁路行业

近几年,我国铁路建设速度加快,2005年和2006年铁路行业投资大幅度增加,分别达到约1 360亿元和2 080亿元。从2006~2020年,铁路建设投资将继续大幅度增加,投资总额将超过2万亿元。铁路制造业将迎来一个新的行业发展时期。

高速列车的车体和机车的制造,需要大量高档数控机床。机车主要是电动机车和内燃机车的制造,以及转向架、制动系统等的加工,需要的数控机床主要有各种大中型立式和卧式加工中心、数控铣镗床、数控立式车床、数控磨床及数控专用机床等。高速机车对车体和大型覆盖件的要求越来越高,开始采用铝合金或不锈钢等材料,表面加工要求很高,主要需要大量板材加工设备,如数控压力机、数控剪板机、数控折弯机和锻压机;高速动车组的车轮系统主要是动轮和车轮及车轴的加工,制造厂由于批量较大,多采用专用自动生产线,车轮加工多采用以数控立式车床组成,并带有自动上下料和翻转机构的自动线;车轴加工多数采用由数控卧式车床和上下料机构组成的自动生产线。大修机务段加工车轮,主要使用数控专用仿形车轮车床或数控不落轮对车床,加工车轴多数采用数控车轴车床。此外,铁轨的接头和道岔加工多数采用数控道岔铣床等。

二、典型高档数控机床的技术水平要求

承担“重大专项”有关部门和行业所需要的数控机床设备,虽然对品种需求有很大区别,但是都具备技术水平要求很高的 共同特点。也就是说,基本上都属于高档数控机床,其中有很多产品也是“高档数控机床与基础制造装备”重大专项中所要发展的高档数控机床产品。所以,实施“重大专项”将促进我国高档数控机床的发展。在调研中,一些行业部门对需要的高档数控机床,提出了具体的技术要求,现将部分典型高档数控机床的技术指标要求简单介绍如下:

1.数控车床和车削中心类

(1)精密数控车床和精密多轴控制(7~8轴)车削中心。主要技术参数:车削直径150~300mm、主轴转速5 000~8 000r/min、刀具转速8 000~12 000r/min、快速移动速度 >60m/min、主电动机功率7.5~15kW、上轴径向和端面跳动0.001mm。

国外可供参考的产品有德国Spinner公司的SB/CNC精密数控车床、美国Hardinge公司的QUEST系列精密车削中心、瑞士Bumatec公司的S-189CNC精密车削中心。

(2)大功率高转矩数控车床和车削中心。主要参数:车削直径310~715mm、主轴转速2 000~4 500r/min、主电动机功率37~52kW(100%)、转矩2 250~3 300N·m。

国外可供参考产品有德国Boehringer公司VDF C系列数控车床和车削中心。

(3)再切削和大重型车铣中心。主要适用于大重型曲轴等零件加工。主要参数:最大回转直径700~1 600mm、长度1 500~10 000mm、主电动机功率60~70kW、铣主轴电动机功率30~45kW。

国外可供参考产品有Niles-Simmons公司C系列车铣中心、奥地利WFL公司M系列车铣中心和德围Waldrieh-Siegen公司MultiRond重型车铣中心。

2 加工中心类

(1)高速五轴立式加工中心。主要适于模具高速加工用的,机床采用门式结构。主要参数:工作台尺寸(320mm×320mm)~(1 200mm×1 000mm)、主轴转速30 000~42 000r/min、主电动机功率14~25kW、快速移动速度40~60 m/min。

国外可供参考产品有德国Roders公司RFM系列高速五轴立式加工中心和Herrnle公司C系列高速五轴立式加上中心、瑞士Mikron公司HSM系列、XSM系列高速五轴立式加工中心和意大利FIDIA公司、RAMBAUDI公司的高速五轴立式加工中心。

(2)立卧转换精密镗铣中心。主轴头立卧转换,可以进行五轴加工。主要参数:工作台直径600~1 500mm、主轴转速6 300~18 000r/min(可选)、主轴功率约20kW、快速移动速度30~60 m/min。

国外可供参考产品有德国DMG公司DMU P系列立卧转换镗铣中心、瑞士Mikron公司UCP系列立卧转换镗铣中心。

（3）小型精密五轴加工中心。适于电子和航天制造业，用于小型精密零件加工。主要参数：圆工作台直径 150 ~ 600mm、主轴转速 12 000 ~ 30 000r/min、主轴功率 10 ~ 16kW、快速移动速度 30m/min、工作台 C 轴摆动 360°、主轴 B 轴摆动 - 10° ~ + 110°（或工作台 4 轴摆动）。

国外可供参考产品有瑞士 Willemin - Macodel 公司 W 系列五轴精密加工中心。

（4）五轴立式加工中心（主轴 4、B 轴摆动）。主要用于飞机机体整体框架、壁板、梁等零件的加工。主要参数：工作台宽度 700 ~ 900mm、长度 1 500 ~ 4 000mm、主轴转速 6 000r/min 或 12 000r/min、主轴功率 22 ~ 30kW、A、B 轴摆动角度 ±25° ~ ±30°。

国外可供参考产品有美国 Cincinnati Lamb 公司 V5 系列五轴立式加工中心、意大利 Sachman Rambau. dj 公司 Ranmlatic 系列五轴立式加工中心。

（5）五轴龙门加工中心（主轴 4、B 轴摆动）。主要用于飞机机体大型整体框架、壁板、梁等零件的加工。主要参数：工作台宽度 2 000 ~ 3 000mm、长度 3 000 ~ 8 000mm、其他参数同上。

国外可供参考产品有法国 Forest Line 公司和意大利 Saehman Ram—baudi 公司的五轴龙门加工中心。

（6）叶片加工中心。主要用于高效加工燃气轮机和发动机叶片。

国外可供参考产品有瑞士 Starrag 公司 HX 系列单主轴和多主轴叶片加工中心、意大利 C. B. Ferrari 公司叶片加工中心。

（7）精密卧式加工中心。国产卧式加工中心与国外卧式加工中心的主要差距之一是机床没有温度补偿系统，精度稳定性相对较差，特别是大规格的卧式加工中心（工作台尺寸 >1 000mm）。国外精密卧式加工中心的定位精度已接近坐标镗铣床的精度，如瑞士 Starrag 公司的 STC 系列和 HEC 系列产品、瑞士 Dixi 公司 DHP 系列产品。

3. 数控铣床类

重点是开发 3 000mm 以上大规格桥式和龙门移动式五轴龙门铣床，满足航空航天工业的需要。其中关键技术之一是力矩电动机驱动的双摆角铣头，目前国内机床厂大多选用从德国 Cytec 公司进口。高效数控专用铣床也是急需开发的，如 Boehringer 公司 VDF315 OM - 4 数控曲轴高速外铣床和 VDF KWl325 数控曲轴内铣床、Ex - ce - llo/公司 XK22.5 球道保持器数控铣床等。

4. 数控磨床类

（1）高精度数控万能磨床。工件头架拨盘径向和端面跳动 0.000 2 ~ 0.000 5mm，砂轮架具有垂直回转的 B 轴，四轴联动（X、Z、C、B 轴），数控分辨率 0.000 1mm。

国外可供参考产品有瑞士 Studer 公司高精度万能数控磨床、瑞士 Kellenberger 公司 KEL 系列高精度万能数控磨床。

（2）高精度阀座和中空座面复合磨床。国外可供参考产品有美国 HARDINGE TRIPET 公司 TST 系列数控精密内孔磨床、瑞典 UVA 公司 NOMYLINE 系列数控精密内孔磨床。

（3）数控凸轮轴磨床。用于汽车和船用发动机凸轮轴高速精加工（采用 CBN 砂轮，线速度 >100m/s，单磨头或双磨头）。

国外可供参考产品有德国 Studer SCHAUDT 公司 PF 系列、德国 Emag Kopp 公司 SN 系列、德国 Junker 公司 JUCAM 系列。

（4）数控曲轴磨床。用于汽车和船用发动机曲轴精加工，特别是大型数控曲轴磨床，可在一次装卡下磨削主轴颈和曲轴颈。

国外可供参考产品有德国 Naxos 公司 PMS 系列数控曲轴磨床、意大利 Vereco 公司数控曲轴磨床。

（5）五轴数控刀具磨床。目前进口较多，国内尚无生产，是急需开发的产品。可参考以下公司的产品，德国 Walter 公司、Saacke 公司和 Michael Deckel 公司；瑞士 Schneerberger 公司等的产品。

（6）数控复合磨床和数控专用磨床。如数控内外圆复合磨床、精密数控中孔座面磨床、数控油针磨床等。

5. 数控齿轮加工机床类

数控齿轮加工机床，国产机床的满足率很高，只有少数品种需要开发，如硬齿面齿轮的加工机床和高精度齿轮磨床（加工精度 3 级）。

硬齿面齿轮插齿机可参考德国 Liebheer 公司 LFS 系列，但是，国内需要量不多。高精度成形砂轮齿轮磨床，主要指加工精度稳定在 3 ~ 4 级的各种齿轮磨床（如美国 Gleason 公司、德国 Niles 公司、瑞士 Oerlikon 公司），目前航空航天工业、船舶工业进口较多。

6. 电加工机床类

国产中低档电加工机床基本上可以满足国内市场的需求，特别是瑞士阿奇夏米尔公司、日本沙迪克公司和三菱机电公司等在中国创建的独资企业投产后，使中国生产的中低档电加工机床达到世界水平，部分已出口国外。目前进口的主要是精密慢走丝线切割机床和精密电加工成形机，多数从瑞士阿奇夏米尔公司进口，如精密慢走丝线切割机床，加工形状精度为 0.003 ~ 0.005mm，表面粗糙度 $R_a 0.1 \mu m$，机床具有浸水加工、双丝加工、细丝加工、拐角自动控制、超精加工回路以及专家系统等功能。

7. 重型数控机床类

大型数控机床的需求量越来越大，产品种类和型号也越来越多。如加工直径 >2m 的数控重型卧式车床、加工直径 >10m 的双柱及直径 >16m 的单柱数控重型立式车床、加工宽度 >2m 的各种数控龙门加工机床、磨削直径 >16m 的数控重型轧辊磨床和磨削宽度 >2m 的导轨磨床、镗杆直径 >220mm 的数控重型落地铣镗床以及公称压力 >10 000kN 的各种数控重型压力机、折弯宽度 >10m 的折弯机等。

我国在重型机床方面具有较强的开发能力，有一批在世界上举足轻重的大型重型机床厂，基本上能满足大部分国内市场的需要。目前急需开发的是航空工业需要的工作台宽度 >3m 的数控五轴桥式和龙门式高速铣床、船舶工业大型柴油机制造用的工作台宽度约 7m 的超重型龙门移动式或工作台移动式龙门镗铣床等产品。

8. 数控成形机床类

数控成形机床分为冲压和锻造两种，它们都是具有材料省、效率高、可一次成形等众多优点的加工设备，使用的范围越来越广，市场需求量越来越大。在"重大专项"中，急需开发的成形机床是精密、高效、大型等高档数控成形机床。其主要产品有数控机械压力机、数控油压机、数控多工位压力机、数控回转头及复合冲压机、数控折弯机、数控剪扳机、数控精密高速冲床、各种板材加工自动生产线和数控激光切割机等。除了中小型普通压力机以外，需求量较多的数控压力机是公称压力在 6 000 ~ 25 000kN 之间，并可以进入自动加工线的各种压力机；需求较多的数控精密高速冲床的冲孔速度是 600 ~ 1 500 次/min、冲孔精度高于 0.05mm 等。使用高档数控成形机床的行业主要集中在航空航天、兵器、电力、船舶、汽车等行业。

三、"重大专项"所需机床装备的特点

国家"重大专项"所需的重点和关键机械设备基本上都属于高档数控机床产品。本次调研的几个"重大专项"重点行业部门，虽然各行业需要的机床设备的重点各有不同，但是这些机床装备有着共同的技术特点。归纳起来，主要有以下几点：

1. 新技术、新材料、新工艺的广泛应用

新技术、新材料、新工艺的广泛应用，对加工制造这些产品的机床装备提出了更高的要求。机床行业应尽快适应这种由于技术进步带来的变化要求，研究用户由于采用新技术给机床性能提出的新要求；采用新材料对机床的加工方法和刀具的新要求；采用新工艺对机床结构的新要求等。如飞机制造就是非常典型的例子，由于要求飞机性能的提高，采用新的复合材料（如碳纤维）代替铝合金或钛合金材料，特别是军用飞机使用复合材料的比重在迅速增加，复合材料不仅减轻了飞机的重量，防止雷达的发现，而且其各种物理性能比合金更好，使飞机的件能大幅度提高。复合材料与金属材料的加工方法完全不同，使得机床结构、刀具、加工工艺等都要适应这种变化。

2. 大规格、大尺寸、大吨位数控机床的需求增多

近几年，各类机床向大规格化发展成为突出特点。"重大专项"中所需高档数控机床的规格越来越大型化。需要的大型数控金属切削机床中，数控重型卧式车床的加工直径达到 5m，数控重型立式车床的加工直径 >16m，数控龙门镗铣床的加工宽度 >5m，数控镗床镗杆主轴直径达到 320mm，立式和卧式加工中心的工作台尺寸 >1m 的越来越多；需要的大型锻压机械中，数控折弯机的折弯长度达到 12m，数控机械压力机公称压力达到 50 000kN，数控液压机的公称压力达到 10 万 kN。除了大型加工中心以外，我国在重型机床生产中具有绝对优势，如数控重型卧式和立式车床基本上可以满足国内需要，各种数控龙门式机床产量逐年增加，国内约几十家机床厂能够生产。数控机床的大规格化主要是市场需求推动的结果。如发电设备：火电机组

>60 万 kW、水电机组达到 70 万 kW、核电机组 >100 万 kW，这些发电机组的转子加工需要数控重型卧车，定子的加工需要数控重型立车、数控重型铣镗床等；大型客机、船舶等加工制造需要大量数控龙门镗铣床、龙门五轴联动加工中心等。

3. 复合化、柔性化和多轴联动等功能要求普遍

为了加工复杂零部件，提高制造精度和效率，对数控机床提出要具有多功能复合化、柔性化和多轴联动加工的要求。

（1）复合化。如加工中心通过多种功能的组合完成车、铣、钻、镗、铰、攻螺纹等功能。这样减少了装夹次数，提高了加工精度和生产效率。此外，还可以在同一台机床上实现机械加工、激光加工、光学加工等不同工种的加工。机床的复合化不仅可以提高加工精度和保证精度的一致性，还有利于进一步提高加工质量，而且实现复合化后，可以节省加工的辅助时间，提高加工效率。

（2）柔性化。为了提高生产过程的自动化和柔性化，对数控机床的智能化程度提出了更高的要求。机床的柔性化关键在于复杂的结构设计和软件控制技术，使机床具备更多的柔性功能和优化功能。同时，在网络技术的支持下，使数控机床不但能进线，而且能进网，达到具有远程控制、远程诊断、远程编程、远程维护和远程服务等功能。随着机床柔性化水平的提高，数控机床将进一步发展成为一种智能型的加工工具。

（3）多轴联动。本次调研的所有行业部门，几乎都提出需要五轴联动数控机床，尤其是航空、船舶、发电、兵器、汽车等行业需要多轴联动数控机床很多。其中使用多轴联动加工各种叶片、叶轮最为典型。

4. 高精度、高速度、高效率等特点突出

高精度、高速度、高效率是数控机床长期的发展方向，使用数控机床的主要目的，是完成普通机床不能完成的功能和提高加工精度、生产效率。

（1）高精度。提高加工精度是现代制造业对数控机床的普遍要求，高精度是体现数控机床性能的主要技术指标，也是机床生产厂家追求的重要目标之一。

（2）高速度。主要是提高数控机床的主轴转速、快速进给、加速度，缩短换刀时间等。为此，各国都在大力发展高速电主轴、磁悬浮主轴、直线电动机、高速滚动部件、高速控制和伺服驱动等技术。要求数控机床高速度加工，最典型的行业是飞机制造业和模具加工业等。

（3）高效率。提高效率是所有用户都追求的目标，它有多种渠道。首先，提高切削效率：如金属切削机床提高主轴转速和进给速度、大功率强力切削等；其次，提高自动化程度：如采用自动化生产线（包括 FMC、FML、FMS 等），缩短加工辅助时间（包括提高快速移动速度、缩短换刀、装夹工件、物流系统和上下料的时间等）。各行业根据不同需要选用不同的方法，如飞机制造业多数采用高速加工，汽车制造业多数采用自动化生产线等。

〔撰稿人：中国机床工具工业协会于思远、符祚钢〕

船舶工业快速发展对机床市场的需求

2007 年上半年,我国船舶工业继续保持快速增长势头,各项指标再创历史新高。全国造船完工量 755 万载重吨,同比增长 43%;新承接船舶订单 4 262 万载重吨,同比增长 165%;手持船舶订单首次超过 1 亿载重吨大关,达 10 540 万载重吨,同比增长 107%。根据英国克拉克松研究公司对世界造船总量的统计数据,我国造船完工量、承接新船订单和手持船舶订单分别占世界市场份额的 19%、42% 和 28%(上年同期中国份额 15.3%、27.1% 和 20.3%)。新承接船舶订单和手持船舶订单均超过日本,位列世界第二。

新时期船舶工业发展的目标是,到 2010 年造船产量超过日本,然后再用 5 年多的时间,到 2020 年前赶上韩国,成为名副其实的世界造船强国。

2007 年上半年,国际新船价格大幅上涨,船东需求旺盛。我国已有 4 家造船企业手持船舶订单入围世界造船前 10 强,骨干造船企业订单已经排到 2011 年以后。从当前国际造船市场形势看,船东订船积极性还很高,预期下半年世界新船订单还会踊跃成交。

"十五"技术改造为船舶工业的快速发展提供了强有力的支持,围绕"十一五"发展目标、国家重大装备项目船舶专项规划,骨干船厂纷纷改扩建、新建造船基地,主要船舶配套企业也在抓紧改造和新增生产线,许多地区还投资新建船舶配套园区。我国船舶工业将进一步加快技术改造速度,加大技术改造力度。

由于造船量的快速增长,船舶配套业发展严重滞后。关键船用配套设备仍然依赖进口,船用柴油机、中低速柴油机曲轴等关键零配件出现了全球性供应紧张,也成为当前我国造船发展的瓶颈问题。目前主要中低速柴油机生产厂正在加大技改速度,推进柴油机曲轴等关键件的国产化研制,这也给机床行业带来了新的机遇。

柴油机的曲轴、机体、缸盖、连杆、凸轮轴 5 大件的机械加工、热处理和计量检测能力是技改设备投入的重点。曲轴的加工需要曲轴车床、曲轴铣床、曲轴磨床、卧式车铣中心等设备。低速机曲轴曲柄单件加工,热装后整体加工,还需要数控曲柄立式车床、数控立车和数控落地镗铣床等设备。齐重数控装备股份有限公司开发的数控重型曲轴旋风切削加工中心,床身上最大回转直径 4 100mm,加工件最大长度 14 500mm,工件最大重量 180t,机床总重 400t,就是用于低速柴油机曲轴热装后整体精加工设备。目前国产最大低速柴油机功率为 49 680 马力,机长 15.6m、高 12.4m、缸径 900mm、自重达 1 253t,曲轴重 211t。机体的加工设备主要是数控龙门镗铣床、龙门加工中心,规格以 2m 宽到 5m 宽用的较多。目前国内加工柴油机机体最大宽度要求 7 ~ 8m。该类机床要求刚性好,精度高,附件头制造难度大。如 2.5m × 8m 龙门加工中心,重复定位精度 ≤0.01mm。缸盖的加工主要是卧式加工中心、立式加工中心。卧式加工中心以 500、630、800 规格需求较多,特点也是精度要求高,如 630 卧式加工中心 X、Y、Z 轴定位精度 ≤0.008mm、重复定位精度 ≤0.004mm。也有采用立式车铣中心加工缸盖,立式加工中心加工连杆,还需要凸轮轴铣、凸轮轴磨等设备。

船用螺旋桨的加工机床五坐标联动数控龙门铣床,一直代表着机床行业的发展水平,也是船舶工业发展需要的关键设备。目前世界上可加工螺旋桨最大的设备为直径 11m,韩国生产。此前德国和日本生产的设备可以加工最大螺旋桨直径为 10.4m,我国还有很大差距。

为此,我们必须快速提高国产机床的制造水平,提高船舶工业技术改造建设使用机床的国产化率,使用国产机床制造的船用设备零件早日达到世界先进水平。

〔撰稿人:中国船舶工业物资总公司王彦〕

我国重型机床制造业面临的发展机遇与挑战

当今,世界重型机床制造业的竞争格局已发生了重大变化,主要体现在生产厂家的高度集中,产品技术水平差距越来越小,用户个性化需求突出,市场需求由量的需求发展到质的需求,对重型机床产品技术要求更高。

近几年,随着市场需求的变化,国内重型机床行业竞争

格局被打破,生产厂家由原来的几家发展到几十个厂家,且产品技术水平发展很快,与国外的产品相比,差距越来越小,我国重型机床行业的发展进步,受到世界同业的高度重视。对当今重型机床市场竞争形势和国内重型机床制造业在国际市场中所处的位置和竞争力如何正确认识和做出准

确的定位,以便在与国外厂家竞争中不断提高竞争能力,是行业当前要思考的问题。

现在,国内重型机床制造业正面临着良好的发展机遇,同时也面临着更加严峻的挑战,如何抓住这一发展机遇,应对激烈的市场竞争,是重型机床企业必需面对的现实。

一、发展机遇

(1)自20世纪90年代开始,国外著名重型生产厂家纷纷转换门庭,尤其是曾堪称世界领先水平的德国重型机床制造业,由于世界机床市场的长期不景气而衰退,如席士(Schiess)、柯堡(Couburg)、基根(Siegen)等著名厂家作为独立市场竞争主体已不存在,世界重型机床竞争对手相对减弱。

(2)中国已在向重化工业迈进,国家振兴装备制造业的政策将进一步拉动市场需求,成为世界最大的机床消费市场,有利于加速机床行业的发展。

(3)中国正逐步融入世界经济一体化,国外著名商家纷纷来华投资建厂。中国已成为世界最大的加工厂,作为装备基础工业,理应有着良好的发展前景。

(4)国内重型机床产品技术已趋成熟,与国外先进技术水平的差距正在缩小,大部分产品能满足用户需要。其制造能力已进入世界前列,而国外重型机床厂家的制造能力正在削弱。

二、面临挑战

(1)国内重型机床生产厂家越来越多,既有内资企业,也有合资企业,还有兼并国外著名厂家的内资企业,市场竞争更加激烈,必将迎来新一轮市场重新洗牌定位的格局。

(2)中国机床市场已成为国际化竞争的目标,世界机床生产厂家纷纷看好,将面临国际竞争的巨大压力。

(3)重型机床产品与国外先进水平相比,其技术水平略逊一筹,主要体现在制造工艺水平和可靠性方面,成为与国外先进产品竞争的最大障碍。

(4)国内重型机床制造企业的制造能力很强,但是,做大而没做精,其主要原因还是加工设备落后,数控化率很低,尤其是缺乏高精水平的加工设备。

(5)国内企业自主创新能力不足,必须迅速改变这种状况,因为重型机床单件小批量的市场需求特点,决定了对技术创新的要求更高更快。

三、国内外厂家竞争态势

(1)国外重型机床主要生产厂家。德国重型机床生产厂家已不多,主要是以多列士 - 沙尔曼(Dorries - Scharmann)、瓦德里西 - 基根(Waldrich - Siegen)等为代表的重型机床生产厂家;意大利以茵塞(Innse)、帕玛(Pama)、曼德里(Mandri)、焦布士(Jobs)等为代表的重型机床厂家,法国以贝蒂(Berthiez)、法雷斯特 - 里列(Forest - linie)、皮特罗(Pietreo)等;另外,西班牙还有不少厂家以及捷克的斯柯达(Skoda)等欧洲生产厂家。美国的吉丁斯 - 路易斯(G&L)、日本的东芝(Toshiba)、三菱(Mitschbishi)等厂家。

(2)国内主要生产厂家。主要有武汉重型机床集团有限公司、齐重数控装备股份有限公司、齐二机床集团有限公司、青

海重型机床有限责任公司、上海重型机床有限公司、险峰机床厂、北京第一机床厂、济南二机床集团有限公司等10多家。

(3)竞争优势比较。多年以来,国外重型机床进入中国市场主要以德国、意大利为主。受世界机床市场不景气的影响,德国重型机床制造业逐步走向衰退,一些闻名于世的企业均遭兼并或倒闭的厄运。但是,意大利重型机床企业在享受政府的补贴关照下,始终处于发展之中,尤其是近几年,发展非常迅速,大有替代德国之势。而西班牙的重型机床制造业的发展也着实让人刮目相看,无疑对国内企业会造成一定威胁。因此,在今后的市场竞争中,我国重型机床企业主要面临德国、意大利及西班牙的竞争。在进口重型机床产品中,绝大部分是中、高档数控型产品,其中,德国和意大利的产品较多,并代表着世界先进水平。与国外产品相比,国内产品与国外产品在结构上的差别并不大,采用的新技术也相差无几,最大差别是核心传动部件的运行速度、精度与可靠性,以及整个机床的制造工艺水平与质量,这就是国外产品的最大优势。国内厂家尽管技术略逊于国外先进水平,但也有一些有利于竞争的优势,在制造能力和价格上有很大的优势。尤其是超重型机床已达到当代国际先进水平,16m数控单柱立车国内已生产了近10台,国外生产却甚少。现在,武汉重型机床集团有限公司正在为上海港机厂生产1台20m数控单柱立式铣车床,工作台承重550t;为浙江富春江一家民营企业生产1台18m数控单柱立车,工作台直径达10m,承重600t;还为东方电机厂生产一台世界最大的超重型数控卧车,加工直径5m,长度20m,承重500t。而德国席士 - 庄明(Schiess - Brighton)公司与上海电气集团(临港核电加工基地)签订了1台22m数控立式铣车床,工作台直径12.5m,主功率240kW,承重600t,带 C 轴铣头,其中90%的零部件为中国制造。

国内重型机床制造业要赶超国外先进技术水平,首先要强化"自主创新,精细制造"的理念,加快自主创新步伐,改变国内产品落后于国外的先天不足,不能总跟在别人后面模仿;其次强化精细化制造,提高产品的制造工艺水平与质量,包括各种功能部件及相关配套件,这是制造数控机床的两条根本保证,从而使中国制造的重型机床尽快打入国际市场,增强国际竞争力。

四、重型机床的发展趋势

重型机床现已基本实现柔性、复合加工,今后主要以发展大型组合式复合加工机床为发展方向,即由2台主机组合成复合加工机床,因为需要重型机床完成的加工零件多为单件小批量,其工艺复杂,辅助时间和加工周期长,由1台机床完成所有加工工序受到限制,而由2台组合加工中心就完全可以实现。如2台数控龙门镗铣床组成复合加工中心,并共用床身及导轨,分别配1个矩形工作台和1个回转工作台(分度),可进行镗、铣加工;1台落地式铣镗床与1台数控单柱立车组成大型复合加工中心,共用床身导轨,配1个落地平台和1个回转台,可完成车、镗、铣、钻等加工,回转台可分度。还有2台大型落地铣镗床共用床身导轨等多种组合形式。这样即节约了占地面积,降低成本,也提高了

加工效率。目前,武汉重型机床集团有限公司已开发完成了几种这类具有当代国际先进水平的产品。今后重型机床发展的方向,主要是满足发电设备,尤其是大型核电设备的加工以及船舶、军工、重化等装备行业。

〔撰稿人:中国机床工具工业协会重型机床分会徐宁安〕

机械工业中机床相关行业的基本情况

一、机械工业总体情况

2007 年,中国机械工业认真贯彻党中央关于大力振兴装备制造业的战略部署,落实中央关于加强和改善宏观调控的各项措施,坚持科学发展,致力自主创新,发展质量明显提高,综合实力取得长足进步,机械工业大而不强的局面正在改变,为国民经济建设、为全球机械工业发展的贡献不断提高。

(一)经济运行概况

1.产销持续平稳高速发展

(1)有效贯彻宏观调控措施,行业经济平稳高速运行。2007 年,中国机械工业高速发展,运行平稳。从季度看,4 个季度机械工业总产值(未剔除价格因素)增速分别为31.94%、32.50%、32.01% 和 33.91%,稳定在 32% 左右;工业增加值增速分别为 31.82%、33.82、38.99% 和 35.59%。

(2)产销增速连续 6 年超 20%。2007 年,中国机械工业总产值 7.36 万亿元,同比增长 33.91%;增加值 1.95 万亿元,同比增长 35.59%;主营业务收入 7.16 亿元,同比增长 33.35%。总产值和主营业务收入从 2002 年开始,已经连续 6 年以高于 20% 的增速高速发展。

(3)各行业、各地区全面协调高速发展。2007 年,机械工业 13 个行业工业总产值均以两位数高速增长。除文化办公设备只增加 10.81% 和工程机械增速高达 46.36% 外,其他 11 个行业中有 7 个都以 30% 以上速度增长。汽车、电工电器两大产值大户,同比分别以 32.51% 和 34.8% 的高速增长;两行业产值分别占机械工业总产值的 29.45% 和26.93%,共占 56.38%;对机械工业增长的贡献率分别为28.48% 和 27.41%,共为 55.89%。2007 年机械工业分行业总产值见表1。

表1 2007 年机械工业分行业总产值

行 业 名 称	企业数（家）	工业总产值（亿元）		
		2007 年	2006 年	同比增长（%）
全国合计	72 956	73 567.4	54 906.5	33.99
非汽车行业合计	62 612	51 904.7	38 558.9	34.61
农业机械	1 859	1 495.2	1 273.3	17.43
内燃机	562	861.2	679.9	26.67
工程机械	964	1 496.2	1 022.3	46.36
仪器仪表	3 842	2 775.9	2 156.4	28.73
文化办公设备	439	1 450.8	1 309.3	10.81
石化通用机械	8 793	6 539.5	4 808.4	36.00
重型矿山机械	2 879	3 711.9	2 771.8	33.92
机床工具	4 945	3 148.0	2 272.9	38.50
电工电器	18 545	19 814.9	14 699.4	34.80
通用基础件	11 436	5 715.0	4 044.1	41.32
食品包装机械	616	358.0	293.7	21.89
其他民用机械	7 732	4 538.1	3 227.4	40.61
汽车	10 344	21 662.7	16 347.6	32.51

(4)重要产品产量再上新台阶。在统计的 95 种主要产品中,同比增长的产品有 82 种,占总计的 86.32%;以两位数速度增长的产品有 77 种,占 81.05%,而前两年分别只有60 种和 65 种,占总计的 63.16% 和 68.42%。许多重要产品高起点、大跨越,大大超过了年初的预期。

发电设备:2006 年生产发电设备 12 991 万 kW,再创新高,已连续两年总产量超过世界各国(除中国)产量总和。

汽车:2007 年中国汽车产量首次突破 800 万辆,累计生产 888.24 万辆,同比增长 22.02%;其中轿车 479.77 万辆,同比增长 23.99%。据报导,2006 年、2007 年全球汽车产量分别为 6 900 万辆和 7 300 万辆,中国分别为 727.47 万辆和888.24 万辆;同期净增产量,全球为 266 万辆和 379 万辆,中国为 157 万辆和 160.27 万辆,中国对全球汽车净增产量的贡献率分别为 59.02% 和 42.29%,举足轻重。中国汽车已连续 9 年,年增速在两位数以上。

数控机床:2007 年从 3 月份开始,月产量都在万台以上。2007 年产量 12.33 万台,比 2006 年产量 8.58 万台净增加 3.75 万台。

几年之间,发电设备、数控机床产量已跃居世界第一,汽车产量居第三位。现在很多机械产品不仅数量增加,质量和技术水平也在提高。2007 年机械工业主要产品产量增长情况见表 2。

表 2　2007 年机械工业主要产品产量增长情况

产品名称	单位	2007 年	同比增长(%)	在世界的位次
大中型拖拉机	万台	20.31	2.68	1
内燃机	万 kW	56 530.00	26.86	
混凝土机械	万台	18.28	23.96	
叉车	万台	15.08	41.14	
铲土运输机械	万台	19.70	18.73	1
自动化仪表	万只(套)	5 502.00	14.67	
照相机	万台	5 630.00	17.11	1
其中:数码相机	万台	7 493.00	26.88	1
复印机械	万台	452.36	-3.30	1
泵	万台	5 947.00	58.48	
塑料加工设备	万 t	73.69	26.29	1
采矿设备	万 t	221.40	21.25	
起重设备	万 t	368.54	33.84	
金属切削机床	万台	60.68	11.67	1(销售额)3(产量)
其中:数控机床	万台	12.33	32.57	
发电设备	万 kW	12 991.00	11.10	1
变压器	万 kV·A	91 021.00	20.65	1
轴承	亿套	110.23	24.55	3
液压元件	万件	7 909.50	31.05	
汽车	万辆	888.24	22.02	3
其中:轿车	万辆	479.77	23.99	
摩托车	万辆	2 485.40	20.10	1

2. 经济效益全面向好

2007 年尽管原材料涨价,运营成本提高,但经济效益仍是历史最好水平。2007 年与 2006 年机械工业分行业利润总额汇总对比见表 3。

表 3　2007 年与 2006 年机械工业分行业利润总额汇总对比

行业名称	2007 年			2006 年		
	绝对额(亿元)	同比增加(亿元)	同比增长(%)	绝对额(亿元)	同比增加(亿元)	同比增长(%)
全国合计	4 587.02	1 541.97	50.64	3 045.05	848.76	38.65
非汽车行业合计	3 270.16	1 024.99	45.65	2 245.17	596.95	36.22
农业机械	78.21	19.85	34.01	58.36	16.46	39.28
内燃机	55.30	13.19	31.32	42.11	16.29	63.09
工程机械	152.95	85.47	126.66	67.48	35.05	108.08
仪器仪表	220.55	58.76	36.32	161.79	44.63	38.09
文化办公设备	55.76	14.16	34.04	41.60	7.59	22.32
石化通用机械	466.54	153.89	49.22	312.65	76.63	32.47
重型矿山机械	233.49	70.54	43.29	162.95	54.46	50.20
机床工具	197.95	76.07	62.41	121.88	30.94	34.02
电工电器	1 180.33	336.88	39.94	843.45	229.62	37.41
通用基础件	378.38	121.65	47.38	256.73	63.22	32.67
食品包装机械	23.53	4.36	22.74	19.18	4.14	27.54
其他民用机械	227.17	70.17	44.70	156.99	17.92	12.89
汽车	1 316.86	516.98	64.63	799.88	251.81	45.94

3. 对全国工业快速发展的贡献率有较大提高

2007 年机械工业生产、效益大幅增长对全国工业高速发展的贡献又有新的提高。

(1)生产。根据 2007 年 1~11 月的数据及国家统计局公报,预计全国工业(规模以上企业,下同)和机械工业 2007 年分别新增工业增加值 14 750 亿元和 5 000 亿元以上,机械工业对全国工业新增增加值的贡献率为 34% 左右,比上年 31% 提高 3 个百分点;机械工业对全国工业新增工业总产值的贡献率超过20%,比上年有所提高;机械工业新增新产品产值对全国工业新增新产品产值的贡献率 42.09%。2007年机械工业规模以上企业产值对全国工业产值增长的贡献率见表4。

表4 2007年机械工业规模以上企业产值对全国工业产值增长的贡献率

项　　目	指标值(亿元)	比重(%)	同比增长(%)	增加额(亿元)	贡献率(%)
一、工业增加值					
全国工业	94 500	100.00	18.50*	14 750	100.00
其中:机械工业	19 533	20.67	35.58	5 126	34.75
二、工业总产值					
全国工业	404 509	100.00	27.77	87 920	100.00
其中:机械工业	73 567	18.19	33.98	18 660	21.22
三、新产品产值					
全国工业	39 802	100.00	31.21	9 467	100.00
其中:机械工业	14 809	37.21	36.82	3 985	42.09

注:*国家统计局公报数,机械工业数为年报统计数据。

(2)效益。2007年,机械工业主营业务收入、利润总额及税金总额,对全国工业相关指标增长的贡献率大约为20%、20%和16%,比上年都有提高。由于全国工业实现利润、税金的全年数目前未公布,故采用1~11月统计快报数分析。2007年1~11月机械工业规模以上企业经营效益对全国工业发展的拉动情况见表5。

表5 2007年1~11月机械工业规模以上企业经营效益对全国工业发展的拉动情况

项　　目	指标值(亿元)	比重(%)	同比增长(%)	增加额(亿元)	贡献率(%)
一、主营业务收入					
全国工业	354 518	100.00	27.56	76 602	100.00
其中:机械工业	62 785	17.71(17.18)	33.11(29.57)	15 619	20.39(19.99)
二、利润总额					
全国工业	22 951	100.00	36.70	6 159	100.00
其中:机械工业	3 887	16.96(15.79)	47.79(36.00)	1 257	20.41(17.67)
三、税金总额					
全国工业	15 256	100.00	25.29	3 079	100.00
其中:机械工业	2 103	13.98(13.73)	29.73(24.33)	482	15.65(14.49)

注:表中数据为国家统计局快报数;( )为2006年数。

(二)结构调整与经济发展方式转变

2007年,机械工业产业结构整体水平全面提升。坚持需求导向、积极面向市场要求调整产品结构、企业结构和资本结构,经济发展方式转变取得初步成效。

以科技创新提升整个机械产品结构,高附加值、高加工度的精品多了,节能降耗的产品多了。2007年,机械工业新产品发展快于整个生产的增长,新产品产值同比增长36.81%,比同期工业总产值增速33.99%快2.82个百分点;新产品产值率20.13%,比上年的19.72%快0.41个百分点。产品结构调整取得积极进展。

(1)电力设备。发电设备产量持续增长,但为节能减排,水电和风电等可再生能源发电设备的发展大大快于一般燃煤发电设备;而在燃煤发电设备中新研制完成的高参数、大容量机组快速转入商品生产,已成为新一代主力机组。

2007年生产水电设备2 239.4万kW,同比增长53.3%,占发电设备总量的比重由上年的13.16%提高到18.3%,提高了5.14个百分点。2005年研制成功的、拥有自主知识产权、效率较高的三峡右岸型70万kW机组生产了11套,除用于右岸电站外,还用于龙滩水电站。

风力发电已成为世界上公认的最接近商业化、市场竞争力最强的可再生能源技术之一。我国风电热到来速度之快,让人始料不及。2007年我国风电设备制造企业近100家,其中整机制造企业40多家,制造出兆瓦级机组并在风电市场中安装使用的企业有11家。现在国产1MW、1.5MW和2MW的国产风电机组已经问世,甚至更大级别的已经开始研发,2006年没有生产记录,2007年仅东方汽轮机有限公司、华锐风电科技有限公司和湘潭电机有限公司3家企业生产了186.82万kW。

2007年生产火电设备9 849万kW,同比增长2.9%,大大低于水电设备的增速。但燃煤机组中超临界、超超临界的60万kW和100万kW机组发展快。超超临界100万kW机组、60万kW机组和国产30万kW空冷机组、循环流化床锅炉等都是在2006年或2005年才研制成功,2007年就迅速投入使用,并已批量生产。如超临界、超超临界60万kW和100万kW机组生产了52套、3 360万kW,已占火电设备总量的34.02%。60万kW机组由2004年占火电新增装机比例的6.7%提到2007年上半年的48.4%;当前,我国新上火电机组单机容量均为60万kW及以上机组。超临界和超超临界60万kW以上机组已取代30万kW机组成为新一代主力机组。2007年超临界、超超临界发电设备生产情况见表6。

表6 2007年超临界、超超临界发电设备生产情况

项　　目	2007年			2006年			2007年同比增长（%）
	台	万kW	比重（%）	台	万kW	比重（%）	
电站汽轮机总计	9 877		100.0	9 650		100.0	2.4
其中：超临界、超超临界机组合计	52	3 360	34.0	44	2 800	29.0	20.0
超临界60万kW机组	38	2 280		40	2 400		
超超临界60万kW机组	8	480					
超超临界100万kW机组	6	600		4	400		

（2）汽车。轿车在汽车产量中的比重继续增加，2007年已达54.01%，比上年提高了0.86个百分点。轿车在汽车产量中的比重增长情况见表7。

表7 轿车在汽车产量中的比重增长情况　　　　（单位：万辆）

项　　目	2003年	2004年	2005年	2006年	2007年
汽车产量总计	444.44	507.05	570.77	727.97	888.24
其中：轿车产量	201.89	231.63	276.77	386.94	479.77
轿车比重	45.43	45.68	48.49	53.15	54.01

2007年，轿车生产继续保持较快增长，但与上年比小排量车比重下降。1.3L轿车占总量的11.60%，下降了3.7个百分点。其中排量小于1L系列同比下降30.90%，显然不利于节能。

2007年，清洁能源汽车（又称新能源汽车，含混合动力、纯电动、燃料电池电动、氢发动机、其他新能源的汽车等），许多企业都在积极行动，取得一系列研发成果，但产量还不多，尚处于产业化初期准备阶段，还不足以影响汽车产品结构的改善。

自主品牌在商用车中已占主导地位。自主品牌轿车共销售124.22万辆，占轿车销售总量的26.28%，略低于日系车28.91%的比重，居第2位。当前主要是经济型轿车，已开始向中高档车进军。

（3）机床。数控机床已经成为机床企业开发新产品的主体，一批自主创新的数控机床新产品填补了国内空白，达到了国内领先或国际先进水平。在数控机床中，出现了一批高精、高速、高效的新产品；一批多坐标、复合、智能的新产品；一批大规格、大尺寸、大吨位的新产品，尽可能满足重点用户的需要。数控化率比较能代表机床产品结构的水平，2007年按产量计算的机床数控化率由上年的15.26%提高到20.31%，提高5.05个百分点，按产值计算数控化率由上年的38.5%提高到43.7%，提高了5.2个百分点，是提高最快的一年。成形机床的产值数控化率也由上年的35.2%，提高到42.2%，提高了7个百分点。

（三）对外贸易情况

1．概况

2007年，中国外贸进出口总额21 738.33亿美元，同比增长23.5%，其中出口12 180.15亿美元，同比增长25.7%，进口9 558.18亿美元，同比增长20.8%。同期，机械产品进出口总额3 616.89亿美元，同比增长30.77%，增幅高于整体贸易7.27个百分点，占全国外贸进出口的比重为16.64%，比上年提高0.51个百分点。其中机械产品出口1 929.15亿美元，同比增长40.90%，比上年增幅36.28%提高了4.62个百分点，创历史新高；增幅高于整体贸易出口15.20个百分点。机械产品进口1 687.74亿美元，同比增长20.84%，比上年增幅19.59%提高了1.25个百分点；增幅高于整体贸易0.4个百分点。

顺差大幅增加，由上年的7.5亿美元，增至241.41亿美元，增长30多倍；占全国外贸顺差的9.2%，对新增顺差的贡献率达27.61%。2007年首次实现一般贸易占比大于加工贸易。

外贸出口产品结构得到加快改善，汽车、电力设备、石油设备和工程机械等技术密集型产品大幅增加。2007年机械产品外贸发展情况见表8。

表8 2007年机械产品外贸发展情况

指　标　名　称	全国外贸		机械产品		机械比重（%）
	金额（亿美元）	同比增长（%）	金额（亿美元）	同比增长（%）	
进出口总额	21 738.33	23.46	3 616.89	30.77	16.64
进口	9 558.18	20.740	1 687.74	20.84	17.66
出口	12 180.15	25.69	1 929.15	40.90	15.84
顺差	2 621.96	47.74	241.41	3 208.8	9.21

从分季度情况看，机械产品无论出口还是进口，增幅逐季提高，与全国外贸和机电产品外贸出口增速有所减缓，进口逐季提高的态势不完全一样，反映机械产品外贸出口前景向好。2007年全国外贸、机电产品及机械产品进出口分季度增幅对比见表9。

表9　2007年全国外贸、机电产品及机械产品进出口分季度增幅对比　　　　（单位:%）

季度	全国外贸		机电产品		机械产品	
	出口	进口	出口	进口	出口	进口
1～3月	27.8	18.2	28.51	-0.14	37.81	17.10
1～6月	27.6	18.2	27.03	14.28	39.73	18.42
1～9月	27.1	19.1	28.01	16.09	40.85	18.51
1～12月	25.7	20.8	27.62	16.66	40.90	20.84

机械产品对外贸易高速发展,对全国外贸增长做出重要贡献。2007年机械产品对外贸易对全国外贸增长的贡献率:进出口为20.57%、出口22.49%、进口17.69%。2007年机械产品外贸对全国外贸增长的贡献率见表10。

表10　2007年机械产品外贸对全国外贸增长的贡献率

指　标　名　称	进出口总额	出口	进口
全国外贸净增额(亿美元)	4 136.47	2 490.29	1 645.78
机械外贸净增额(亿美元)	851.05	559.99	291.07
机械外贸增长对全国外贸增长的贡献率(%)	20.57	22.49	17.69

2.各行业进出口贸易普遍高速发展

(1)出口。各行业均以两位数速度发展,增幅在60%以上的有工程机械行业(2006年为65.28%、2007年为63.57%)和农业机械行业(2006年为40.26%、2007年为60.76%),增幅在50%以上的有食品包装机械(58.57%)、汽车(54.50%)、重型矿山机械(52.51%)和内燃机(50.03%)4个行业,其他7个行业增速都在30%以上。电工行业出口额最高达498.64亿美元(上年为377.03亿美元),其次为石化通用机械行业达331.17亿美元(上年为232.68亿美元),汽车行业253.39亿美元、文化办公设备

217.92亿美元、其他民用机械行业110.11亿美元,除食品包装机械行业只有10.67亿美元外,其他8个行业出口额都在30亿美元以上。

(2)进口。除机床行业增幅由上年的11.78%下降至9.72%外,其他行业均以两位数增长,文化办公设备行业增长96.28%(主要是来料加工件)、汽车行业(35.89%)、内燃机行业(30.37%)、基础件行业(23.74%)增幅超过20%,其他行业都在20%以内。进口额超过100亿美元以上的有电工电器行业(393.53亿美元)、仪器仪表行业(238.04亿美元)、汽车(216.86亿美元)、石化通用机械行业(195.24亿美元)、其他民用机械行业(162.96亿美元)及机床(114.6亿美元)6个行业;除农业机械行业、食品包装机械行业分别为11.03亿美元和20.88亿美元外,其他5个行业进口额都在40亿美元以上。

(3)进出口贸易平衡。有8个行业实现顺差,顺差100亿美元以上的有石化通用机械(135.90亿美元)、文化办公设备(132.47亿美元)、电工电器(105.12亿美元)等3个行业;逆差的行业有5个,其中仪器仪表(89.88亿美元)、机床工具(69.32亿美元)差额最多,还有其他民用机械、内燃机和食品包装机械行业也是逆差。2007年机械工业分行业进出口情况见表11。

表11　2007年机械工业分行业进出口情况

行　业　名　称	进出口总额		出　口		进　口		顺差额
	金额(亿美元)	同比增长(%)	金额(亿美元)	同比增长(%)	金额(亿美元)	同比增长(%)	(亿美元)
进出口总额合计	3 616.89	30.77	1 929.15	40.90	1 687.74	20.84	241.41
农业机械	53.29	48.44	42.27	60.76	11.03	14.74	31.24
内燃机	99.27	37.29	38.20	50.03	61.07	30.37	-22.87
工程机械	121.02	45.38	77.79	63.57	43.23	21.14	34.56
仪器仪表	386.19	20.58	148.15	33.28	238.04	13.83	-89.88
文化办公设备	303.38	50.07	217.92	37.39	85.46	96.28	132.47
石化通用机械	526.41	34.18	331.17	45.62	195.24	18.40	135.92
重型矿山机械	103.93	33.79	57.18	52.51	46.74	16.32	10.44
机床工具	159.88	16.60	45.28	38.62	114.60	9.72	-69.32
电工电器	892.17	25.36	498.64	32.28	393.53	17.56	105.12
机械基础件	196.48	29.03	98.38	34.78	98.11	23.74	0.27
食品包装机械	31.55	26.53	10.67	58.57	20.88	14.69	-10.20
汽车	470.26	45.32	253.39	54.50	216.86	35.89	36.53
其他民用机械	273.07	17.54	110.11	34.64	162.96	8.26	-52.85

二、汽车行业

2007年,国家宏观经济运行继续保持快速增长的强劲势头,城乡居民收入进一步提高,汽车尤其是乘用车价格下调也在很大程度上刺激了消费需求,受此影响汽车工业整体延续了上年良好发展势头。截至2007年底,汽车产销分别达到888万辆和879万辆,均创历史新高。

(一)2007年汽车工业发展主要特点

1.产销继续保持较快增长,商用车总体表现更为突出

2007年,汽车行业继续呈现产销两旺的较好发展态势。其中:汽车生产888.24万辆,同比增长22.02%,比上年净增160.27万辆;销售879.15万辆,同比增长21.84%,比上年净增157.60万辆。另外,2007年产销衔接情况依然良

好,各月汽车产销率均超过90%,其中,5月、8月、9月和12月产销率均超过100%。从各季度产销情况来看,2007年各季度产销总量均超过200万辆。2007年一季度,汽车产销219.28万辆和212.37万辆;二季度汽车产销226.39万辆和225.01万辆,产销分别比一季度净增7.11万辆和12.64万辆;三季度汽车产销205.29万辆和208.42万辆;四季度汽车产销237.28万辆和233.35万辆。

2007年,商用车总体表现明显好于上年同期,截至2007年底,商用车产销250.13万辆和249.40万辆,同比增长22.21%和22.25%;与上年同期相比增幅提高6.96和8.02

个百分点,高于全行业增幅0.19个百分点和0.41个百分点。乘用车产销分别达到638.11万辆和629.75万辆,同比分别增长21.94%和21.68%,产销增幅比上年有所减缓。主要原因是由于小排量乘用车品种需求低迷导致乘用车增速总体放缓,据统计,2007年,排量小于1.3L乘用车品种与上年相比呈现下降趋势,其中排量小于1L降幅更为显著。2007年,排量小于1.3L的乘用车共销售164.39万辆,占乘用车销售总量的26%,与上年同期相比,市场占有率下滑6个百分点,其中:排量小于1L的乘用车共销售74.80万辆,同比下降17.19%。2007年分车型产销增长贡献度见表12。

表12　2007年分车型产销增长贡献度

主要车型	产量			销量		
	2007年(辆)	同比增加(辆)	贡献度(%)	2007年(辆)	同比增加(辆)	贡献度(%)
汽车合计	8 882 456	1 602 738	100	8 791 528	1 576 003	100
基本型乘用车(轿车)	4 797 688	928 297	57.92	4 726 617	898 297	57.00
多功能乘用车(MPV)	224 733	30 023	1.87	225 745	34 655	2.20
运动型多用途乘用车(SUV)	360 060	121 947	7.61	357 366	119 260	7.57
交叉型乘用车	998 635	67 820	4.23	987 810	69 907	4.44
客车	242 022	46 689	2.91	247 490	56 468	3.58
货车	1 522 605	204 465	12.76	1 516 375	199 063	12.63
半挂牵引车	178 040	87 025	5.43	177 776	85 116	5.40
客车非完整车辆	101 983	3 695	0.23	101 990	4 106	0.26
货车非完整车辆	456 690	112 777	7.04	450 359	109 131	6.92

特别指出的是,汽车工业总体呈现良好发展态势,已连续9年增幅保持两位数快速增长,2000年销量突破200万辆后,在2002年、2003年、2004年、2006年和2007年,每年销量均跃升到新的百万辆级规模,2007年销量水平比2003

年翻了1番,汽车工业不仅为国民经济又好又快发展贡献力量,同时也在国际上的生产大国地位日趋稳固。2000～2007年汽车销量变化情况见图1。

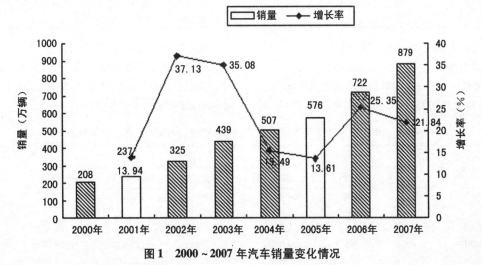

图1　2000～2007年汽车销量变化情况

注:图中斜线部分表示当年汽车销量跃升新的百万辆级

2. 乘用车市场需求呈稳定增长,轿车销量首次突破470万辆

(1)基本型乘用车(轿车)市场需求增速依然明显,自主品牌轿车累计销量超过120万辆。

2007年,轿车市场需求继续保持较快增长。截至2007年年底,轿车销量达到472.66万辆,同比增长23.46%。在

轿车主要品种中,1.6L以上各系列轿车品种与上年相比增幅较为明显。其中:1.6L＜排量≤2.0L系列销售144.55万辆,同比增长45.67%;2.0L＜排量≤2.5L系列销售51.66万辆,同比增长26.56%。此外,3.0L＜排量≤4.0L系列相比较而言增幅更为迅猛,截至2007年底,该系列共销售1.21万辆,同比增长4.5倍。然而,小排量轿车市场需

求仍然较为低迷,据统计,2007 年排量小于 1.3L 轿车品种共销售 73.02 万辆,占轿车销售总量的 11.60%,与上年同期相比,市场占有率下降 3.70 个百分点。其中,排量小于 1L 系列销售 25.17 万辆,同比下降 30.90%。

2007 年,在轿车品种中,三厢车仍为市场主导,两厢车市场份额与上年相比略有下降。截至 2007 年,三厢车共销售 387.08 万辆,占轿车销售总量的 82%,两厢车共销售 85.58 万辆,占轿车销售总量的 18%,与上年同期相比,所占比重下滑 3 个百分点。

从变速箱方式来分,手动档轿车继续占较大市场份额,截至 2007 年底,手动档轿车共销售 286.44 万辆,同比增长 20.31%,占轿车销售总量的 61%;相比较而言自动档轿车增幅更为明显,2007 年自动档轿车共销售 172.45 万辆,同比增长 29.12%,增幅高于手动档轿车 8.81 个百分点。

值得注意的是,尽管 2007 年油价居高不下,汽油轿车品种同比继续保持稳定增长,而柴油轿车市场需求仍有一定下降,2007 年汽油轿车共销售 470.86 万辆,同比增长 23.64%;柴油轿车销售 1.77 万辆,同比下降 1.21%。2007年,销售排名前 10 位的轿车品牌依次为:桑塔纳、捷达、凯越、凯美瑞、夏利、QQ、福克斯、伊兰特、雅阁和福美来,10 个品牌共销售轿车 151.10 万辆,占轿车销售总量的 32%。

2007 年,自主品牌轿车市场表现总体也较为出色,截至 2007 年年底,自主品牌轿车累计销量达到 124.22 万辆,占轿车销售总量的 26%,其中销量排名前 10 位的自主品牌依次为:夏利、QQ、福美来、旗云、F3、骏捷、自由舰、A520、奔奔和吉利金刚,10 个品牌共销售自主品牌轿车 88.91 万辆,占自主品牌轿车销售总量的 72%。

2007 年,销量排名前 10 位的轿车生产企业依次为:一汽大众、上海大众、上海通用、奇瑞、一汽丰田、东风日产、广州本田、吉利、长安福特和神龙,分别销售 45.83 万辆、44.58万辆、43.20 万辆、32.15 万辆、26.91 万辆、26.12 万辆、24.95 万辆、21.95 万辆、21.31 万辆和 20.73 万辆。与上年同期相比,吉利和神龙增幅相对略低,其他企业均呈现较快增长,其中一汽大众、上海大众、东风日产和长安福特增幅更为明显。10 家企业共销售 307.73 万辆,占轿车销售总量的 65%。

2007 年基本型乘用车(轿车)分排量产销增长贡献度见表13。

表 13　2007 年基本型乘用车(轿车)分排量产销增长贡献度

主要品种	产　量			销　量		
	2007 年(辆)	同比增加(辆)	贡献度(%)	2007 年(辆)	同比增加(辆)	贡献度(%)
轿车合计	4 797 688	928 297	100	4 726 617	898 297	100
排量≤1L	246 356	−120 000	−12.93	251 734	−112 558	−12.53
1L<排量≤1.6L	2 516 263	459 429	49.49	2 472 628	435 617	48.49
1.6L<排量≤2.0L	1 465 085	460 633	49.62	1 445 526	453 195	50.45
2.0L<排量≤2.5L	523 824	110 744	11.93	516 598	108 414	12.07
2.5L<排量≤3.0L	31 069	5 358	0.58	27 238	3 751	0.42
3.0L<排量≤4.0L	13 906	11 576	1.25	12 072	9 892	1.10
4.0L 以上	1 185	557	0.06	821	−14	0

(2)运动型多用途乘用车(SUV)需求呈高速增长,城市 SUV 市场表现最为突出。

2007 年,运动型多用途乘用车(SUV)市场需求呈高速增长势头,累计销量达到 35.74 万辆,同比增长 50.09%,高于乘用车行业增幅 28.41 个百分点。

2007 年运动型多用途乘用车(四轮驱动)分排量产销增长贡献度见表14。2007 年运动型多用途乘用车(两轮驱动)分排量产销增长贡献度表15。

表 14　2007 年运动型多用途乘用车(四轮驱动)分排量产销增长贡献度

主　要　品　种	产　量			销　量		
	2007 年(辆)	同比增加(辆)	贡献度(%)	2007 年(辆)	同比增加(辆)	贡献度(%)
SUV 合计	185 134	64 224	100	185 173	62 801	100
1L<排量≤1.6L	240	−47	−0.07	295	−1	0.00
1.6L<排量≤2.0L	63 315	25 837	40.23	63 267	26 421	42.07
2.0L<排量≤2.5L	79 346	29 936	46.61	78 826	29 347	46.73
2.5L<排量≤3.0L	27 994	6 478	10.09	28 004	5 596	8.91
3.0L<排量≤4.0L	11 853	2 791	4.35	12 268	2 026	3.23
4.0L 以上	2 386	−771	−1.20	2 513	−588	−0.94

表 15　2007 年运动型多用途乘用车(两轮驱动)分排量产销增长贡献度

主　要　品　种	产　量			销　量		
	2007 年(辆)	同比增加(辆)	贡献度(%)	2007 年(辆)	同比增加(辆)	贡献度(%)
SUV 合计	174 926	57 723	100	172 193	56 459	100
1L<排量≤1.6L	13 989	6 807	11.79	14 777	8 519	15.09

主要品种	产量			销量		
	2007年(辆)	同比增加(辆)	贡献度(%)	2007年(辆)	同比增加(辆)	贡献度(%)
1.6L<排量≤2.0L	59 713	32 412	56.15	56 225	29 470	52.20
2.0L<排量≤2.5L	89 776	18 068	31.30	89 770	17 949	31.79
2.5L<排量≤3.0L	11 099	87	0.16	10 953	53	0.09
3.0L<排量≤4.0L	349	349	0.60	468	468	0.83

（3）多功能乘用车（MPV）需求总体稳定，奥德赛、别克GL8和瑞风三大品牌始终占据市场主导地位。

2007年，多功能乘用车（MPV）市场需求总体继续保持稳定增长，共销售22.57万辆，同比增长18.14%。在MPV主要品种中，1.6～2.5L各系列品种在保持较高市场占有率的同时继续维持快速增长，其中，1.6L<排量≤2.0L系列销售5.28万辆，同比增长17.19%；2.0L<排量≤2.5L系列销售11.94万辆，同比增长53.42%。截至2007年底，上述两大系列共销售17.22万辆，占MPV销售总量的76%。然而，上年呈高速增长的2.5L<排量≤3.0L系列进入2007年市场需求有所下降，截至2007年年底，该系列销售3.91万辆，同比下降22.22%。

在多功能乘用车（MPV）主要品牌中，奥德赛、别克GL8和瑞风依然稳居主导，分别销售4.58万辆、4.25万辆和4万辆，同比分别增长28.09%、11.80%和16.55%。2007年，上述三大品牌共销售12.83万辆，占MPV销售总量的57%。此外，风行、阁瑞斯、骏逸和途安销量也超过万辆，分别达到1.84万辆、1.19万辆、1.07万辆和1.06万辆，与上年相比，风行略有下降，途安和骏逸增幅较为明显。然而，长安旗下的CM8销售情况仍不理想，2007年，CM8共销售6 732辆，同比下降51.60%。

2007年多功能乘用车（MPV）分排量产销增长贡献度见表16。

表16　2007年多功能乘用车（MPV）分排量产销增长贡献度

主要品种	产量			销量		
	2007年(辆)	同比增加(辆)	贡献度(%)	2007年(辆)	同比增加(辆)	贡献度(%)
MPV合计	224 733	30 023	100	225 745	34 655	100
1L<排量≤1.6L	12 954	−3 811	−12.69	14 329	−2 987	−8.62
1.6L<排量≤2.0L	54 465	7 390	24.61	52 783	7 743	22.34
2.0L<排量≤2.5L	120 783	43 399	144.55	119 368	41 562	119.93
2.5L<排量≤3.0L	36 398	−16 829	−56.05	39 136	−11 179	−32.26
3.0L<排量≤4.0L	133	−126	−0.42	129	−484	−1.40

（4）交叉型乘用车市场需求增幅稳中略降，上汽通用五菱主导地位依旧稳固。

2007年，交叉型乘用车销售98.78万辆，同比增长7.62%，与上年同期相比增幅下降2.78个百分点。在交叉型乘用车主要品种中，排量≤1L系列市场需求继续呈一定萎缩，截至2007年年底，该系列销售49.63万辆，同比下降7.92%，1L<排量≤1.6L系列同比保持较快增长，共销售48.57万辆，同比增长31.03%。这充分说明，随着城镇特别是农村居民收入的逐步增加，购车需求逐渐增强，而微型车逐步走向"大型化"、"多功能化"必然成为今后乃至未来刺激市场需求的主要因素。

2007年，在交叉型乘用车主要生产企业中，上汽通用五菱仍旧稳居市场主导地位，共销售46.41万辆，同比增长25.98%，占交叉型乘用车销售总量的47%；长安有限（注：不包括南京长安汽车有限公司，不是集团口径）和哈飞继续位居第2位和第3位，分别销售23.88万辆和12.24万辆，与上年同期相比，长安呈稳定增长，哈飞有所下降。截至2007年底，上述3家企业共销售82.53万辆，占交叉型乘用车销售总量的84%。

3.商用车行业呈现良好发展态势，货车、客车和半挂牵引车等主导品种表现均较为出色

（1）货车市场需求整体继续保持稳定增长，重型货车良好表现成为市场最大亮点。

2007年，GDP的持续快速增长带动了投资需求，同时为完成"五纵七横"国道主干线目标，公路建设力度也进一步加强，另外物流产业的较快发展也在很大程度上刺激了公路运力的需求，受此影响货车市场延续了上年快速增长的势头，其中：货车销售151.64万辆，同比增长15.11%，与上年同期相比，增幅提高1.82个百分点；货车非完整车辆（货车底盘）销售45.04万辆，同比增长31.98%，与上年同期相比，增幅提高17.33个百分点。

在货车主要品种中，随着计重收费政策在全国范围内的大范围实施和2008年将实施国Ⅲ排放标准，这也可能促进一些运输企业对于中型尤其是重型货车品种在2007年提前购买，综合以上因素进入2007年后重型货车市场需求受到极大激发，截至2007年底，重型货车（总重量>14t）共销售9.31万辆，同比增长69%。与上年相比，重型货车主要品种均呈现明显增长，其中26t及以上品种销量同比增幅更为迅猛。截至2007年底，14t<总重量≤19t系列销售1.61万辆，同比增长29.63%；19t<总重量≤26t系列销售4.34万辆，同比增长64.25%；26t<总重量≤32t系列销售3.17万辆，同比增长1倍多；总重量>32t系列销售1 885辆，同比增长2.1倍。2007年，重型货车非完整车辆（重型

货车底盘)共销售 21.66 万辆,同比增长 35.76%。在重型货车非完整车辆主要品种中,除 14t＜总重量≤19t 系列与上年相比略有下降外,其他品种均呈明显增长,其中 26t＜总重量≤32t 系列增幅最为快速。另外,在重型货车(含底盘)主要生产企业中,与上年相比,重汽超过东风销量位居第 1 位,东风和一汽分列第 2 位和第 3 位。截至 2007 年底,上述 3 家企业共销售 17.74 万辆,占重型货车销售总量的 57%。

2007 年,中型货车需求较上年略有下降。截至 2007 年底,中型货车(6t＜总重量≤14t)共销售 13.13 万辆,同比下降 4.40%。在中型货车主要品种中,10t＜总重量≤12t 需求与上年相比降幅较为明显,12t＜总重量≤14t 系列增幅最为显著。与整车形成对照,中型货车非完整车辆(中型货车底盘)则呈现较快增长,2007 年,中型货车非完整车辆共销售 10.55 万辆,同比增长 63.20%。其中:6t＜总重量≤8t 系列销售 1.45 万辆,同比增长 34.02%;8t＜总重量≤10t 系列销售 5.17 万辆,同比增长 71.85%;10t＜总重量≤12t 系列销售 1.40 万辆,同比增长 29.05%;12t＜总重量≤14t 系列销售 2.53 万辆,同比增长 96.23%。在中型货车(含底盘)生产企业中,与上年相比,东风、一汽继续稳居前两位,成都王牌取代江淮名列第 3 名,3 家企业共销售 15.31 万

辆,占中型货车销售总量的 65%。

2007 年,国家对"三农"的投入不断加大,同时随着铁路不断提速也为"门到门"短途运输提供了机会,受此影响,轻型货车在 2007 年也呈现明显增长。截至 2007 年底,轻型货车(1.8t＜总重量≤6t)共销售 100.53 万辆,同比增长 17.64%。与上年相比轻型货车各品种中均呈较快增长,其中 4.5t＜总重量≤6t 系列增幅更为明显。2007 年,轻型货车非完整车辆(轻型货车底盘)销售 9.96 万辆,同比增长 3.35%。与上年相比,1.8t＜总重量≤3.5t 略有下降,其他品种保持稳定增长。在轻型货车(含底盘)生产企业中,与上年相比销售排名前 3 名的企业依然是北汽福田、东风和江淮,3 家企业共销售 54.66 万辆,占轻型货车销售总量的 49%。

2007 年,微型货车(总重量≤1.8t)需求总体保持平稳,共销售 28.68 万辆,同比增长 6.04%;微型货车非完整车辆(微型货车底盘)销售 2.87 万辆,同比增长 38.69%。在微型货车(含底盘)生产企业中,长安集团、上汽通用五菱和哈飞销量继续稳居前 3 名,与上年同期相比,哈飞增幅较为明显。截至 2007 年底,上述 3 家企业共销售 17.50 万辆,占微型货车销售总量的 55%。

2007 年货车分车型产销增长贡献度见表 17。

表 17　2007 年货车分车型产销增长贡献度

主要车型	产量			销量		
	2007 年(辆)	同比增加(辆)	贡献度(%)	2007 年(辆)	同比增加(辆)	贡献度(%)
货车合计	1 522 605	204 465	100	1 516 375	199 063	100
重型货车	93 237	40 452	19.78	93 087	38 005	19.09
中型货车	129 718	－ 5 263	－ 2.57	131 256	－ 6 035	－ 3.03
轻型货车	1 019 313	166 299	81.33	1 005 264	150 755	75.73
微型货车	280 337	2 977	1.46	286 768	16 338	8.21

(2)客车行业总体呈良好发展势头,大、中和轻型客车市场需求均呈现较快增长。

2007 年,为了有效缓解城市交通的瓶颈,建设部实施了公交优先政策,另外交通部对公路客运、旅游客运的逐步规范和对农村客运市场的政策倾斜也显著加强了公路客运特别是农村客运的发展;另一方面,公路通车里程特别是高速公路快速增长,客车产品升级换代不断加强都在很大程度促进了市场对于客车的需求,因而 2007 年客车销量较上年呈现明显增长,共销售 24.75 万辆,同比增长 29.56%,与上年同期相比,增幅提高 22.62 个百分点。相比较而言,客车非完整车辆(客车底盘)市场需求增幅明显低于客车整车,截至 2007 年底,客车非完整车辆销售 10.20 万辆,同比增长 4.19%,增幅低于客车整车 25.37 个百分点。

在客车主要品种中,大、中和轻型客车均呈现不同程度增长,为带动行业发展起到了较好的推动作用。2007 年,大型客车(车长＞10m)共销售 3.02 万辆,同比增长 43.26%。在大型客车主要品种中,10m＜车长≤12m 继续保持稳定增长,共销售 2.53 万辆,同比增长 25.86%,占大型客车销售总量的 84%。此外,车长＞12m 系列销量同比增幅更为迅猛,截至 2007 年底,该系列共销售 4 909 辆,同比增长近 4 倍。2007 年,大型客车非完

整车辆(大型客车底盘)共销售约 1 万辆,同比下降 6.45%。在大型客车非完整车辆主要品种中,与上年同期相比,各品种均呈现一定下降,其中车长＞12m 系列降幅更为明显。从大型客车(含底盘)生产企业市场表现来看,销量位居前 3 位的企业依次为:宇通、黄海和一汽,与上年同期相比,黄海销量同比有所下降,宇通呈快速增长,3 家企业共销售 1.75 万辆,占大型客车销售总量的 43%。

2007 年,中型客车(7 m＜车长≤10m)销售 3.79 万辆,同比增长 25.32%。与上年相比,中型客车主要品种继续保持明显增长。其中,7m＜车长≤8m 系列销售 1.83 万辆,同比增长 18.40%;8m＜车长≤9m 系列销售 1.21 万辆,同比增长 37.14%;9m＜车长≤10m 系列销售 0.75 万辆,同比增长 25.70%。2007 年,中型客车非完整车辆(中型客车底盘)销售 4.08 万辆,同比增长 4.53%。在中型客车非完整车辆主要品种中,除 8m＜车长≤9m 系列销量较上年略有下降外,其他品种均保持稳定增长。2007 年,在中型客车(含底盘)生产企业中,销量排名前 3 名的企业与上年相比没有变化,依然是东风、苏州金龙和江淮,3 家企业共销售 3.51 万辆,占中型客车销售总量的 45%。

2007 年,轻型客车(7m 以下)销售 17.95 万辆,同比增

长28.42%。与上年相比,轻型客车主要品种均呈现明显增长,其中:车长≤6m系列销售16.94万辆,同比增长29.62%;6m<车长≤7m系列销售1.01万辆,同比增长11.05%。轻型客车非完整车辆(轻型客车底盘)销售5.13万辆,同比增长6.27%。在轻型客车非完整车辆主要品种中,与上年相比,车长≤6m系列呈现快速增长,共销售3.62万辆,同比增长86.09%;6m<车长≤7m系列呈明显下降,共销售1.51万辆,同比下降47.54%。2007年,在轻型客车(含底盘)生产企业中,与上年相比,销量位居前3位的金杯、东风和江铃优势地位依旧明显,3家企业共销售11.96万辆,占轻型客车销售总量的52%。

2007年客车分车型产销增长贡献度见表18。

表18　2007年客车分车型产销增长贡献度

主要车型	产量			销量		
	2007年(辆)	同比增加(辆)	贡献度(%)	2007年(辆)	同比增加(辆)	贡献度(%)
客车合计	242 022	46 689	100	247 490	56 468	100
大型客车	30 821	9 753	20.89	30 169	9 110	16.13
中型客车	38 442	8 205	17.57	37 884	7 653	13.55
轻型客车	172 759	28 731	61.54	179 437	39 705	70.32

(二)2007年全国汽车商品出口形势分析

(1)汽车累计出口再创历史新高,各主导品种出口均有上佳表现。2007年,汽车出口总体延续了上年高速增长势头,其中出口量超过60万辆,达到61.27万辆,同比增长78.95%;出口额超过70亿美元,达到73.12亿美元,同比增长1.3倍,出口量及出口额再创历史新高。在统计的10大类主要汽车出口品种中,除汽车底盘、其他载人机动车、未列名载人机动车与上年相比有所下降外,其他品种均呈快速增长。其中载货车出口总量依旧名列第一位,共出口24.77万辆,同比增长59.28%;轿车表现同样出色,累计出口18.86万辆,同比增长1倍多;客车和越野车也继续保持迅猛增长,分别出口8.51万辆和2.57万辆,同比分别增长2.1倍和2.2倍;牵引车、自卸车和专用车出口表现也比较突出,分别出口1.58万辆、1.26万辆和1.03万辆,同比分别增长1.4倍、63.65%和1.3倍。

2007年汽车主要品种出口增长贡献度见表19。

表19　2007年汽车主要品种出口增长贡献度

产品名称	出口量			出口额		
	2007年(辆)	同比增加(辆)	贡献度(%)	2007年(万美元)	同比增加(万美元)	贡献度(%)
汽车合计	612 740	270 337	100	731 162	417 614	100
载货车	85 108	57 958	21.44	125 406	72 814	17.44
轿车	188 638	96 143	35.56	140 184	77 365	18.53
客车	25 671	17 684	6.54	27 194	17 208	4.12
越野车	6 256	-1 522	-0.56	5 507	-1 113	-0.27
牵引车	726	-2 353	-0.87	425	-2 675	-0.64
自卸车	247 723	92 199	34.11	230 549	131 313	31.44
专用车	15 835	9 172	3.39	52 870	31 651	7.58
其他载人机动车	12 557	4 884	1.81	42 875	23 661	5.67
未列名载人机动车	10 278	5 801	2.15	95 564	62 331	14.93
底盘	19 948	-9 629	-3.56	10 588	5 059	1.21

(2)摩托车出口同比增幅有所放缓,累计出口超过940万辆。2007年,与上年相比,摩托车出口总体呈稳定增长但同比增幅有所回落,其中出口超过940万辆,达到945.99万辆,同比增长10.29%,与上年相比增幅回落8.4个百分点;出口额36.57亿美元,同比增长20.14%,与上年相比增幅回落15.2个百分点。在摩托车出口主要品种中,50mL<排量≤100mL和500mL以上品种同比呈一定下降,其他品种依然保持不同程度增长;从出口总量来看,100mL<排量≤125mL系列继续占据最大比重,2007年该系列出口超过400万辆,达到404.77万辆,同比增长13.21%,占摩托车出口总量的43%;出口额16.42亿美元,同比增长21.18%,占摩托车出口总额的45%;此外,排量≤50mL系列出口也超过200万辆,达到203.31万辆,同比增长7.28%,占摩托车出口总量的21%;出口额接近7亿美元,同比增长46.58%,占摩托车出口总额的19%。150mL<排量≤200mL系列在摩托车出口品种中同比增幅最为显著,2007年,该系列出口32.35万辆,同比增长83.65%,高于摩托车出口总体增幅73.4个百分点;出口额1.71亿美元,同比增长86.41%,高于摩托车出口总体增幅66.3个百分点。

2007年摩托车主要品种出口量和出口额增长贡献度见表20。

表 20　2007 年摩托车主要品种出口量和出口额增长贡献度

主 要 品 种	出 口 量			出 口 额		
	2007 年(辆)	同比增加(辆)	贡献度(%)	2007 年(万美元)	同比增加(万美元)	贡献度(%)
摩托车合计	9 459 891	882 740	100	365 676	61 299	100
排量≤50mL	2 033 126	138 012	15.64	69 997	22 244	36.29
50mL＜排量≤100mL	1 706 771	−141 906	−16.08	49 302	−7 838	−12.79
100mL＜排量≤125mL	4 047 655	472 459	53.52	164 186	28 699	46.82
125mL＜排量≤150mL	1 251 976	235 631	26.69	57 017	8 718	14.22
150mL＜排量≤200mL	323 494	147 350	16.69	17 085	7 920	12.92
200mL 以上	96 869	31 194	3.53	8 089	1 556	2.54

三、工程机械行业

（一）主营业务销售收入、利润总额、主要产品销售量完成情况

2007 年是工程机械行业的发展年和效益年，主营业务销售收入实现 2 223.20 亿元，比上年增长 37.17%；实现利润总额 198.26 亿元（含资本市场运营收入约为 25 亿元），同比增长 67.73%，扣除资本运营收入后，同比实际增长 46.58%，比主营业务销售收入增幅高出 9.41 个百分点；实现销售利润率 7.79%，比上年提高 0.5 个百分点，说明行业总体经营效益有提高。2006～2007 年工程机械行业各类产品的主营业务销售收入与利润总额完成情况见表 21。

表 21　2006～2007 年工程机械行业各类产品的主营业务销售收入和利润总额完成情况

产 品 类 别	主营业务销量收入			利 润 总 额		
	2006 年(亿元)	2007 年(亿元)	同比增长(%)	2006 年(亿元)	2007 年(亿元)	同比增长(%)
合 计	1 620.80	2 223.20	37.17	118.10	198.26	67.73
液压挖掘机	231.70	366.40	58.14	22.10	30.44	37.74
装载机、推土机、平地机、工程自卸车、铲运机等	335.20	474.90	41.68	18.10	30.50	68.51
轮式起重机、履带吊、塔机、高空作业车、清障车等	175.60	236.70	34.79	11.00	18.02	63.82
压实与路面施工机械、养护机械等	65.50	77.30	18.02	0.10	1.60	150.00
叉车、正面吊、牵引车、托盘搬运车、堆垛机等	74.40	113.10	52.02	6.70	9.50	41.79
混凝土机械、桩工机械、施工升降机、装修机械等	241.20	348.70	44.57	20.10	60.70	201.99
凿岩机械与风动工具、掘进机等	25.70	28.40	10.51	1.00	1.50	50.00
载客电梯、自动人行道、货梯、医用梯等	408.40	490.00	19.98	34.80	39.00	12.07
配套零部件及其他	63.10	87.70	39.21	4.20	7.00	66.67

近几年来，由于企业扩张重组并购发展较快，各企业的产品类别不断增加，企业之间产品销售交叉已普遍存在，一个企业的产品生产属性已很难划分在某一个产品领域内，因此给产品分类统计年销售总额时，如果按企业产品属性来划分统计，无法准确到位。表 21 中分类产品销售额和利润总额根据协会历年统计资料分项测算出来的，仅供参考。从表 21 中看，2007 年液压挖掘机、装载机、平地机、移动式和履带式工程起重机、叉车（含正面吊运送机、堆垛机）、混凝土机械、桩工机械中的旋挖钻机等产品年销售额增长幅度超过 40%，从而带动行业高速发展。利润总额增长幅度达到 67.73%，又创出行业发展历史新高。当然，有些企业是从资本市场盈利所得占有相当大的比例，但 2008 年随着资本市场的走弱，这部分盈利不会再出现，相应利润总额增幅就会下降。

2007 年主要产品销售量是根据行业协会统计的主要企业年报资料汇总分析出来的，其销售量约占行业的 90%。由于统计的企业数口径有差异，与业内其他人士撑握的情况不完全一致，但完全可以反映行业的发展趋势，供参考应用。2007 年工程机械行业主要产品销量见表 22。

表 22　2007 年工程机械行业主要产品销量

序号	产品类别及名称	2006 年销量(台)	2007 年销量(台)	比上年增长量		其中：出口增长量	
				(台)	(%)	(台)	(%)
1	塔式起重机	19 422	31 020	11 598	59.72	1 259	10.85
2	移动式起重机及高空作业机械	18 194	27 327	9 133	50.20		
	其中：轮式起重机	14 154	20 862	6 708	47.40	2 619	39.10
	轮胎起重机	158	721	563	356.33		
	履带式起重机	506	906	400	79.05	344	86.00
	高空作业车（含举高消防车等）	785	1 339	554	70.57		
	随车起重机	2 591	3 499	908	35.04		

序号	产品类别及名称	2006 年销量（台）	2007 年销量（台）	比上年增长量		其中:出口增长量	
				（台）	（%）	（台）	（%）
3	液压挖掘机	52 014	71 697	19 683	37.84	703	3.63
	其中:履带式液压挖掘机	48 625	67 670	19 045	39.17		
	轮式挖掘机	3 166	3 256	90	2.84		
	挖掘机装载机	223	771	548	246.00		
4	铲土运输机械	138 733	173 327	34 594	24.94		
	其中:推土机	6 087	7 207	1 120	18.40	1 422	126.96
	装载机	129 793	161 628	31 835	24.53	13 950	43.82
	平地机	2 277	3 893	1 616	70.97	877	54.27
	非公路自卸翻斗车	576	599	23	3.99	54	234.78
5	工业搬运车辆	1 372 986	1 833 297	460 311	33.53		
	其中:内燃叉车	77 247	123 378	46 131	59.72	13 478	29.86
	电动叉车	14 694	23 600	8 906	60.61	8 800	98.81
	堆垛机	14 728	16 342	1 614	10.96	227	14.06
	托盘搬运车	1 266 317	1 669 977	403 660	31.88	436 013	108.01
6	载客电梯、货梯、医用梯、扶梯及自动人行道	168 000	215 000	47 000	27.98	9 157	19.48
7	压路机	9 176	9 437	261	2.84	2 564	982.36
	其中:静碾压路机	1 442	908	−534	−37.03		
	振动压路机	7 019	7 508	489	6.97		
	轮胎式压路机	668	918	250	37.43		
	其他变型产品	47	103	56	119.15		
8	凿岩机械	257 357	247 490	−9 867	−3.83		
	其中:凿岩钻机及钻车	11	170	159	1 445.45		
	内燃凿岩机	20 151	12 416	−7 735	−38.38		
	电动凿岩机	5 195	5 032	−163	−3.14		
	手持式凿岩机	108 792	100 616	−8 176	−7.52		
	气腿式凿岩机	123 208	129 256	6 048	4.91		
9	桩工机械	3 092	3 362	270	8.73		
	其中:柴油打桩锤	1 193	1 173	−20	−1.68		
	振动与液压打桩锤	380	398	18	4.74		
	钻孔机械	526	522	−4	−0.76		
	旋挖钻机	349	546	197	56.45		
	压桩机	242	415	173	71.49		
	桩架	395	235	−160	−40.51		
	连续墙抓斗	7	73	66	942.86		
10	商品混凝土机械	12 440	19 400	6 960	55.95		
	其中:混凝土搅拌楼	1 992	1 847	−145	−7.28		
	混凝土搅拌车	5 450	9 693	4243	77.85	2 074	47.07
	混凝土拖式泵	3 108	3 975	867	27.90	744	85.81
	混凝土泵车(含车载泵)	1 890	3 885	1 995	105.56		
11	路面机械(部分企业)	1 724	1 894	170	9.86		
	其中:沥青混凝土搅拌设备	360	324	−36	−10.00		
	摊铺机	1 129	1 284	155	13.73	111	71.61
	稳定土厂拌设备	137	158	21	15.33		
	稳定土路拌机	80	104	24	30.00		
	稀浆封层机	18	24	6	33.33		

　　从表 22 中列出的主要机种塔式起重机、移动式起重机、液压挖掘机、铲土运输机械、叉车、压路机、桩工机械、商品混凝土机械、路面机械九大类产品 2007 年销售量已达到 50 万台，比 2006 年的 36 万台增长了 38.89%，与全行业 170 家主要企业主营业务销售总额(见表 3)增长 39.09%，形成了相应的对照，产品销售价格略有回升，体现出工程机械行业仍然呈现出强劲的发展走势。但是认真分析，除了液压挖掘机、塔式起重机以外，其他产品销售对出口市场的依存度进一步提高，例如推土机出口增长占总增长量 126.96%，实际国内市场需求下降了 320 台；装载机出口销售量增长占销售总量增长部分的 43.82%，也就是说近一半是靠出口拉动的；平地机达到了 54.27%是靠出口拉动；再如压路机主要靠出口市场拉动发展，而国内市场销售量 2007 年还下降了 2 303 台；移动式工程起重机和叉车产品

也是这样。因此我们必须关注国际市场的变化,只靠国内市场已经很难维持行业继续保持高速增长趋势。

(二)2007 年工程机械销售发展走势

据中国工程机械工业协会对 40 个主要企业的月报抽样统计,以 2007 年 1 月份 40 个企业的销售总额为 100%,根据每月销售额变化,就可计算出其他各个月的销售指数,并将其指数绘成销售额变化走势图,2007 年 11 月工程机械销售指数见图 2。

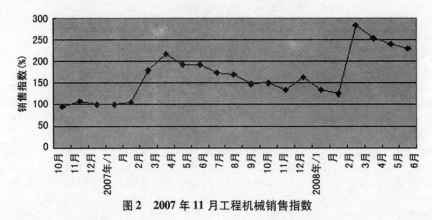

图 2　2007 年 11 月工程机械销售指数

从图 2 看出,我国工程机械销售仍然以波浪式上涨走势发展,年终和年初均为销售低谷,秋季为销售淡季,春季销售达到高峰,全年平均跨上一个新台阶。特别是进入 2008 年 3 月开始,销售额比上一年度同期高点又提高了 58.10%。这些情况说明工程机械行业发展仍然以稳步、快速、健康地向上发展。

(三)经济运行分析

根据对行业 178 家主要企业的年报统计,统计的销售收入份额约占本行业的 83%,所反映出来的各项经济指标具有较全面的代表性,可供参考。其中销售收入(含其他业务收入)为 14 677 602 万元,同比增长 39.09%,利润总额 1 300 424 万元,同比增长 92.52%,与全行业比较,增长幅度分别高出 1.91 和 24.79 个百分点。这是因为统计的 178 家主要企业中优质企业比较多,特别是利润总额中包含着 2007 年证券市场火爆后的资本盈利丰厚,使少数个别企业利润总额出现突发性的增长,并不代表全行业的发展趋势。

四、模具行业

(一)生产发展情况

2007 年,我国模具行业继续产需两旺,持续快速发展,行业结构进一步改善,集群生产进一步发展,企业改革进一步深入。据国家统计局资料,规模以上企业中国有、民营、三资企业数量比例为 3∶58∶39,其产值比例为 3∶41∶56。显然,在全行业 3 万多家生产厂点中,"三资"和民营企业已占绝对优势。由于原材料、能源涨价及人工成本的增加,模具企业利润空间进一步被压缩,亏损企业的亏损总额大幅度上升。

2006~2007 年规模以上模具企业主要指标见表 23。

表 23　2006~2007 年规模以上模具企业主要指标

年　份	企业数（家）	工业总产值（亿元）	产品销售收入（亿元）	利润总额（亿元）	亏损企业亏损总额（亿元）	职工人数（万人）	人均年产值（万元/人）
2007	1 767	817.27	798.68	71.49	5.84	31.54	25.91
2006	1 314	555.61	539.58	46.75	3.56	24.42	22.75
同比增长(%)	34.5	47.1	48.0	52.9	64.0	29.2	13.9

注:表中销售收入不完全是模具产品,包括部分模具制品及其他产品。

根据中国模具工业协会(以下简称中国模协)对全国 311 家主要模具生产企业统计,2006 年和 2007 年两年都列入统计的企业共 237 家,2006~2007 年 237 家主要模具生产企业可比数据见表 24。

表 24　2006~2007 年 237 家主要模具生产企业可比数据

年　份	工业总产值（亿元）	产品销售收入（亿元）	利润总额（亿元）	职工人数（万人）	人均年产值（万元/人）
2007	133.7	122.0	16.1	7.2	18.6
2006	111.0	102.2	12.7	7.0	15.7
同比增长(%)	20.5	19.4	26.8	2.9	18.5

在中国模协统计的 311 家企业中,模具产值超过 3 000 万元的有 114 家,同比增长 8.6%;其中超过 1 亿元的企业有 28 家,同比增长 27.3%。

根据各方面汇集的资料,经研究分析,中国模协发布 2007 年全国模具产品销售额约为 870 亿元,同比增长 20.8%。

2007年12月,四川成飞集成科技股份有限公司股票在深圳证券交易所成功上市,这是我国模具行业第3家上市公司。

(二)市场及销售

2007年,由于我国汽车、电子电器及装备工业等模具主要用户行业的高速发展及我国模具产品国际竞争力的提高,模具市场继续呈现繁荣景象。不计自产自配部分,我国国内模具市场总需求约为920亿元,同比增加15%;国产模具自给率约为83%,同比提高3.2个百分点。自给率不足主要反映在以大型、精密、复杂、长寿命为主的高技术含量的模具上,无论是水平和能力,仍旧跟不上市场需求,而中低档模具市场仍旧供过于求。2007年,模具行业纳入著名

的国际跨国公司全球采购供应体系的企业比上年有较多增加,这促进了我国的模具出口。

根据海关统计资料,2007年我国模具进出口总额为34.66亿美元,同比增长12.24%。其中进口总额为20.53亿美元,同比增长0.29%;出口总额为14.13亿美元,同比增长35.73%。出口继续保持强劲的上升趋势,逆差进一步下降,总的情况良好。有关情况如下:

(1)按模具种类分,进出口最高的仍是塑料橡胶模具,分别占了进出口额的51.89%和69.21%,其次是冲压模具,分别占了进出口额的40.69%和23.06%。2007年各类模具进出口情况见表25。

表25　2007年各类模具进出口情况

模 具 种 类	进 口		出 口	
	金 额 (亿美元)	所占比例 (%)	金 额 (亿美元)	所占比例 (%)
合 计	20.53		14.13	
塑料橡胶模具	10.65	51.89	9.78	69.21
冲压模具	8.35	40.69	3.26	23.06
其他模具及模具标准件	1.53	7.42	1.09	7.73

(2)按进口货源地分,进口模具主要来自日本、韩国、德国、美国、新加坡、意大利加拿大、法国,以及中国台湾和中国香港。2007年进口模具主要货源地见表26。

表26　2007年进口模具主要货源地

货 源 地	日本	韩国	中国台湾	德国	美国	新加坡	意大利	中国香港	加拿大	法国
进口量(亿美元)	7.43	4.26	2.39	1.35	0.51	0.45	0.37	0.32	0.29	0.23
所占比例(%)	36.21	20.75	11.65	6.56	2.47	2.17	1.80	1.58	1.39	1.14

(3)按出口目的地分,我国出口模具的市场主要是美国、日本,德国、法国、泰国、印度、马来西亚和西班牙等国家,以及中国香港和中国台湾。2007年出口模具主要目的地见表27。

表27　2007年出口模具主要目的地

目 的 地	中国香港	美国	日本	中国台湾	德国	法国	泰国	印度	马来西亚	西班牙
出口量(亿美元)	3.34	1.50	1.49	0.58	0.53	0.41	0.38	0.36	0.25	0.17
所占比例(%)	23.64	10.62	10.54	4.10	3.75	2.90	2.69	2.55	1.77	1.20

(4)按进口目的地分,进口最多的是广东、江苏和上海,其次是天津、北京、山东、辽宁、浙江、福建和湖南。2007年进口模具最多的10个省市见表28。

表28　2007年进口模具最多的10个省市

目 的 地	广东	江苏	上海	天津	北京	山东	辽宁	浙江	福建	湖南
进口量(亿美元)	4.76	4.25	2.48	2.38	1.24	1.11	1.00	0.59	0.33	0.32
所占比例(%)	23.19	20.70	12.08	11.59	6.04	5.41	4.87	2.87	1.61	1.56

(5)按出口货源地分,出口模具主要来自广东、浙江和江苏,其次为上海、天津、山东、福建、辽宁、北京和吉林。2007年出口模具最多的10个省市见表29。

表29　2007年出口模具最多的10个省市

货 源 地	广东	浙江	江苏	上海	天津	山东	福建	辽宁	北京	吉林
出口量(亿美元)	5.83	2.12	1.92	1.66	0.51	0.44	0.40	0.34	0.17	0.13
所占比例(%)	41.26	15.00	13.59	11.75	3.61	3.11	2.83	2.41	1.20	0.92

从上述数字可以看出,2007 年我国模具外贸虽然存在 6.4 亿美元的逆差,但已同比减少 3.66 亿美元,同比下降 36.4%。逆差的缩减,不但说明了模具出口的前景很好,中国的模具正在稳步融入世界,而且也说明了我国模具水平不断提高。2007 年模具进出口比例为 1.45:1,与上年 1.96:1 相比可以看出,模具进出口结构也在进一步改善。

2007 年,我国模具总销售额为 870 亿元,其中出口模具如果按美元与人民币的汇率为 7.5:1 计算,则可折合为 106 亿元,出口模具已占模具销售额的 12.2%,比上年的 11.5% 上升了 0.7 个百分点。

五、重型机械行业

(一)行业总体经济发展情况

1. 近 5 年重型机械行业总体发展简况

从本义(狭义)上讲,重型机械行业(以下简称重机行业)系指重型机械装备制造业,因中国重型机械工业协会归口全国冶金设备(代码 3615)、矿山设备(代码 3611)、有轨工矿车辆(代码 3712)及起重运输机械制造业(代码 353)等行业的管理工作,所以从广义上讲,重机行业又是全国冶金、矿山机械、有轨工矿车辆和起重运输机械等多种制造业的代称。没有特别的说明,就是指行业归口的广义概念。

因国家统计局行业统计资料是全国范围的资料,其中,起重运输设备制造业包括了叉车等工业车辆、汽车起重机等流动式起重机、塔式起重机及电梯与自动扶梯等,所以,如今的重机行业产业结构与原机械工业部时期有重大区别。按照行业特点的不同,将重机行业分成冶金矿山机械行业(属于专用设备制造业,原机械工业部系统八大重机厂为代表的重型装备制造业都归属此行业)和物料搬运(起重运输)机械行业(属于通用设备制造业)两大行业来叙述,更能反映本行业的发展实际和特点。

由于有轨工矿车辆行业生产销售总值占重机行业比重不足 1%,工业车辆、流动式起重机、塔式起重机及电梯自动扶梯等产品的具体行业管理,目前仍由中国工程机械工业协会及中国电梯协会归口,故本文对这些产品制造业的发展不作详细介绍。2005~2006 年重机行业主要经济指标占全国机械工业比重见表 30。

表 30 2005~2006 年重机行业主要经济指标占全国机械工业的比重

年份	行 业 名 称	企业数 (家)	占行业 比重 (%)	工业总产值 (当年价) (亿元)	占行业 比重 (%)	主营业务 收入 (亿元)	占行业 比重 (%)	利润 总额 (亿元)	占行业 比重 (%)	资产 总值 (亿元)	占行业 比重 (%)
2005	全国机械工业	55 782	100.00	41 786.70	100.00	40 779.6	100.00	2 196.3	100.00	38 126.2	100.00
	重型机械行业	2 179	3.91	2 138.85	5.12	2 071.75	5.08	108.49	4.94	2 121.38	5.56
	冶金矿山机械行业	931	1.67	784.18	1.88	765.17	1.88	30.32	1.38	973.61	2.55
	物料搬运机械行业	1 225	2.20	1 334.98	3.19	1 289.04	3.16	77.91	3.55	1 131.61	2.97
2006	全国机械工业	63 001	100.00	54 906.5	100.00	53 708.1	100.00	3 045.1	100.00	45 905.9	100.00
	重型机械行业	2 494	3.96	2 771.78	5.05	2 634.46	4.91	162.95	5.35	2 586.78	5.63
	冶金矿山机械行业	1 131	1.80	1 098.62	2.00	1 019.42	1.90	54.51	1.79	1 238.65	2.70
	物料搬运机械行业	1 336	2.12	1 654.64	3.01	1 599.52	2.98	108.93	3.58	1 333.04	2.90

注:全国机械工业数据来源于中国机械工业联合会年报资料。

2. 2007 年重机行业总体发展情况

2007 年重机行业产品进出口见表 31。

表 31 2007 年重机行业产品进出口

行 业 名 称	出口额 (亿美元)	同比 增长 (%)	进口额 (亿美元)	同比 增长 (%)	进出口 总额 (亿美元)	同比 增长 (%)	进出口 差额 (亿美元)	同比 增长 (%)
重型机械行业	87.73	51.91	51.03	0.14	138.76	27.64	36.70	439.71
冶金矿山机械	14.42	47.59	21.38	-4.55	35.80	11.28	-6.96	-44.94
物料搬运机械	73.31	52.76	29.65	3.85	102.96	34.52	43.66	124.70

注:表中原始数据来源于国家海关总署 2007 年统计数据,由编者整理。

2007 年重机行业总体经济发展主要特点:

(1)2007 年,重机行业总体合计工业总产值 3 711.86 亿元,同比增长 33.92%;工业销售产值 3 605.29 亿元,同比增长 34.56%;主营业务收入 3 535.41 亿元,同比增长 34.24%;利润总额 233.49 亿元,同比增长 43.29%;行业总体生产销售再创历史新高,经济效益继续提高。

(2)2007 年,重机行业合计出口额为 87.73 亿美元,同比增长 51.91%;进出口顺差为 36.70 亿美元,同比增长 439.71%,均比上年大幅度增长,但冶金矿山机械进出口仍为逆差。

(二)冶金矿山机械行业经济发展情况

冶金矿山机械行业是以提供炼焦、烧结、冶炼、轧制、矿山开采、提升、破碎粉磨、煤矿采掘、洗选、竖井及隧道挖掘等大型成套设备及相关配套产品,并为能源、原材料、化工、造船和军工提供所需大型铸锻件为主导产品的机械制造行业。该行业不仅在国民经济建设中占有十分重要的地位,而且是体现国家制造实力的重要表征。

1. 2007 年行业主要经济指标完成情况

2007 年冶金矿山机械行业主要经济指标见表 32。

2007 年冶金矿山机械行业主要产品产量见表 33。2007 年　　　冶金矿山机械主要产品进出口见表 34。

表 32　2007 年冶金矿山机械行业主要经济指标

行业、企业名称	企业数（家）	同比增长（%）	工业总产值（现价）（亿元）	同比增长（%）	出口交货值（亿元）	同比增长（%）	工业销售产值（亿元）	同比增长（%）	工业增加值（亿元）	同比增长（%）	主营业务收入（亿元）	同比增长（%）
冶金矿山设备行业	1 386	22.55	1 520.89	38.44	62.72	38.44	1 464.87	40.47	426.12	32.01	1 385.24	35.89
其中：大型企业	23	4.55	654.33	40.75	33.11	40.75	623.81	44.50	158.08	43.06	565.73	34.60
中型企业	121	11.01	347.24	27.33	16.37	27.33	334.67	28.32	107.65	8.96	328.04	28.34
小型企业	1 242	24.20	519.32	43.85	13.24	43.85	506.39	44.56	160.39	41.31	491.47	43.08
其中：国有企业	96	-25.00	641.75	31.97	30.77	31.97	615.68	36.48	159.13	15.98	556.38	27.79
私营企业	711	34.91	305.27	47.12	2.34	47.12	296.25	47.46	92.57	49.07	288.80	46.30
其他内资企业	477	19.85	430.68	38.35	9.64	38.35	411.45	37.52	130.93	47.77	397.87	34.62
三资企业	102	30.77	143.19	52.98	19.96	52.98	141.49	54.30	43.48	24.94	142.20	55.75
其中：国有控股企业	153	-11.56	823.31	32.66	37.69	32.66	787.43	36.15	214.26	20.07	726.29	28.45
私人控股企业	1 011	34.09	490.95	45.63	7.27	45.63	475.17	44.99	148.85	48.14	456.22	43.89
三资控股企业	86	34.38	121.75	64.30	16.79	64.3	120.21	65.86	36.28	48.09	121.10	69.61

行业、企业名称	主营业务利润（亿元）	同比增长（%）	利润总额（亿元）	同比增长（%）	资产合计（亿元）	同比增长（%）	全员劳动生产率（万元/人） 2007 年	2006 年	主营业收入利润率（%） 2007 年	2006 年	主营业收入利润总额率（%） 2007 年	2006 年
冶金矿山设备行业	243.61	49.55	100.38	84.18	1 584.28	27.90	13.16	10.71	14.74	15.98	7.25	5.35
其中：大型企业	100.17	62.61	40.33	174.35	832.38	29.92	15.40	11.02	12.41	14.56	7.13	3.50
中型企业	62.53	34.47	26.70	44.32	406.44	18.50	11.36	10.90	16.94	18.20	8.14	7.24
小型企业	80.92	47.66	33.35	56.57	345.47	35.53	12.70	10.27	15.95	15.95	6.79	6.20
其中：国有企业	95.72	50.79	37.07	131.68	863.21	17.73	13.93	10.73	12.72	14.59	6.66	3.68
私营企业	46.39	42.74	18.63	41.14	174.11	44.25	13.37	11.69	15.93	16.46	6.45	6.68
其他内资企业	70.73	50.17	27.18	74.23	408.51	35.35	11.00	8.52	15.05	15.96	6.83	5.29
三资企业	30.77	55.40	17.49	80.31	138.46	66.82	20.45	21.36	19.36	21.65	12.30	10.59
其中：国有控股企业	129.29	50.39	51.30	132.97	1 096.6	22.25	13.59	10.78	13.20	15.20	7.06	3.89
私人控股企业	75.33	48.12	28.59	46.29	314.32	37.58	12.35	10.35	15.96	16.04	6.27	6.24
三资控股企业	27.97	63.57	16.63	87.49	119.29	75.43	20.93	20.24	20.27	23.95	13.73	12.42

表 33　2007 年冶金矿山机械行业主要产品产量

产品名称	单位	产量	同比增长（%）
冶炼设备（58 个企业）	万 t	43.65	26.10
金属轧制设备（65 个企业）	万 t	49.41	27.17
矿山设备（299 个企业）	万 t	221.40	21.25
水泥专用设备（58 个企业）	万 t	46.99	51.67

表 34　2007 年冶金矿山机械主要产品进出口

海关货物名称	出口额（亿美元）	出口额同比增长（%）	进口额（亿美元）	进口额同比增长（%）	进出口总额（亿美元）	进出口总额同比增长（%）	进出口差额（亿美元）	进出口差额同比增长（%）
冶金矿山机械合计	14.42	47.59	21.38	-4.55	35.80	11.28	-6.96	-44.94
冶金设备合计	9.79	45.47	13.76	-15.69	23.55	2.17	-3.97	-58.71
炼焦炉、海绵铁回转窑	0.34	-44.26	0.28	366.67	0.62	-7.46	0.05	-90.91
金属冶炼设备及零件	4.57	68.63	1.71	-49.85	6.28	2.61	2.86	-502.82
金属轧机及零件	4.75	42.64	11.10	-6.96	15.85	3.87	-6.35	-26.16
拉丝机、拔丝机等	0.13	62.79	0.67	-27.17	0.80	-19.00	-0.54	-34.94
矿山设备合计	4.63	52.30	7.62	25.33	12.25	34.32	-2.99	-1.64
采掘设备、钻机及零件	0.96	39.13	4.28	81.36	5.24	71.80	-3.32	99.40
筛选、洗涤、破磨机器	3.53	52.16	3.31	-10.78	6.84	13.43	0.22	-84.29
矿山卷扬设备	0.14	483.33	0.03	172.73	0.17	385.71	0.11	614.29

注：表中原始数据来源于国家海关总署统计资料，编者按国内外通行的产品分类及名称作了适当调整和修改。

2. 2007 年行业经济发展的基本特点

（1）行业生产销售情况继续保持快速增长态势，主要经济指标再创历史新高，经济效益水平继续提高。2007 年行业工业总产值 1 520.89 亿元，同比增长 38.40%；主营业务收入 1 385.24 亿元，同比增长 35.90%，主要经济指标均创历史新高。

2007 年，行业主营业务利润 243.61 亿元，同比增长 49.50%；利润总额 100.38 亿元，同比增长 84.20%；全员劳动生产率 13.16 万元/人，同比增长 22.88%；主营业务收入利润（总额）率 7.25%，同比增长 1.90 个百分点，特别是 23 个大型企业，利润总额为 40.33 亿元，同比增长 174.40%，占行业利润总额的 40% 以上，其主营业务收入利润总额率也从上年的 3.5% 提高到 7.13%。

工业总产值超过 10 亿元的重点骨干企业有：第一重型机械集团公司（104.32 亿元）、大连重工·起重集团有限公司（101.44 亿元）、北方重工集团有限公司（100.47 亿元）、太原重型机械集团有限公司（82.35 亿元）、第二重型机械集团公司（70.50 亿元）、中信重工机械股份有限公司（60.07 亿元）、鞍钢重型机械有限责任公司（24.06 亿元）、中钢集团邢台机械轧辊有限公司（23.51 亿元）、上海重型机器厂有限公司（23.02 亿元）、北京首钢机电有限公司（11.31 亿元）和上海建设路桥机械设备有限公司（10.58 亿元）等 10 多家企业，其中，超过 50 亿元的企业有 6 家。

（2）产品出口额高速增长，进口额同比减少，进出口逆差继续大幅减少。2007 年，冶金矿山机械出口额 14.42 亿美元，进出口总额 35.80 亿美元，分别比上年增长 47.5% 和 11.28%。进口额 21.38 亿美元，进出口逆差 6.96 亿美元，分别比上年下降 4.55% 和 44.94%。产品出口额高速增长，进口额减少，进出口逆差继续大幅度减少。

冶金矿山机械出口的国家地区有 169 个，其中出口额超过 1 000 万美元的国家地区有 31 个，超过 1 亿美元的有 3

个。印度（2.24 亿美元）、日本（1.24 亿美元）和美国（1.11 亿美元）。

进口的国家地区有 42 个，其中进口额超过 1 000 万美元的国家地区有 17 个，超过 1 亿美元的国家有 4 个：德国（7.80 亿美元）、美国（3.88 亿美元）、日本（2.51 亿美元）和意大利（1.68 亿美元）。

2007 年冶金机械出口额超过 1 000 万美元的商品代码有 18 个，其中，超过 1 亿美元的有 3 个；

矿山机械出口额超过 1 000 万美元的商品代码有 9 个，其中超过 1 亿美元的有 1 个。

（3）行业大型企业和国有及国有控股企业处于行业相对主导地位。2007 年，行业大型企业有 23 个，占行业企业总数的 1.66%，但占行业工业总产值的 43.02%，工业销售产值的 42.58%，主营业务收入的 40.84%；国有企业（含国有独资公司和国有联营企业）96 个，占行业企业总数的 6.93%，但占行业工业总产值 42.20%，工业销售产值 42.03%，主营业务收入的 40.16%；国有控股企业 153 个，占行业企业总数的 11.04%，但占行业工业总产值 54.13%，工业销售产值 53.75%，主营业务收入的 52.43%，均处于行业相对主导地位。

（4）行业生产销售增长率有所回升。自 2004 年初国家采取宏观调控冶金、水泥行业投资过热的措施以来，行业生产销售同比增长率连续下降，2004 年为 45%～47%，2005 年为 41%～43%，2006 年为 32%～34%，原预测 2007 年生产销售同比增长率会继续较大幅度下降至 20% 左右，而实际上，高于 2006 年同比增长率，特别是水泥设备增长速度达 51% 以上，出乎预料。

3. 产业结构、经济类型情况

2007 年冶金矿山机械行业产业结构情况见表 35。2007 年冶金矿山机械行业经济类型情况见表 36。

表 35　2007 年冶金矿山机械行业产业结构情况

行　业　名　称	企业数（家）	占行业比重（%）	工业总产值（现价）（亿元）	占行业比重（%）	主营业务收入（亿元）	占行业比重（%）	资产总计（亿元）	占行业比重（%）	利润总额（亿元）	占行业比重（%）
冶金矿山机械行业	1 386	100.00	1 520.89	100.00	1 385.24	100.00	1 584.29	100.00	100.38	100.00
其中：冶金机械行业	388	27.99	595.54	39.16	526.93	38.04	717.85	45.31	42.53	42.37
矿山机械行业	998	72.01	925.35	60.84	858.31	61.96	866.44	54.69	57.85	57.63

表 36　2007 年冶金矿山机械行业经济类型情况

行业、企业名称	企业数（家）	占行业比重（%）	工业总产值（现价）（亿元）	占行业比重（%）	产品销售收入（亿元）	占行业比重（%）	资产合计（亿元）	占行业比重（%）	利润总额（亿元）	占行业比重（%）
冶金矿山设备行业	1 386	100.00	1 520.89	100.00	1 385.24	100.00	1 584.29	100.00	100.38	100.00
其中：国有企业	96	6.93	641.75	42.20	556.38	40.16	863.21	54.49	37.07	36.93
私营企业	711	51.30	305.27	20.07	288.80	20.85	174.11	10.99	18.63	18.56
其他内资企业	477	34.42	430.68	28.32	397.87	28.72	408.51	25.79	27.18	27.08
三资企业	102	7.36	143.19	9.41	142.20	10.27	138.46	8.74	17.49	17.43

从表 36 可以看出，国有企业仍是本行业经济发展的相对主力。

（三）物料搬运（起重运输）机械行业情况

由于国家标准《国民经济行业分类 GB/T 4754—2002》

及国家统计局行业统计中，没有将物料搬运（起重运输）机械行业中类（代码 353），细分为行业小类，故以行业代码 3530 作为行业小类统计。但为了解和分析不同行业小类的发展情况，笔者认为，国家有关部门应将物料搬运（起重运输)机械行业细分为:轻小起重设备制造业、起重机制造业、工业车辆制造业、连续搬运设备制造业、电梯自动扶梯制造业以及其他搬运设备制造业等6个行业小类进行行业统计。

1.2007年行业主要经济指标完成情况

2007年物料搬运(起重运输)机械行业主要经济指标见表37。2007年起重设备、输送机械、叉车产量见表38。2007年物料搬运(起重运输)机械主要产品进出口见表39。

表37 2007年物料搬运(起重运输)机械行业主要经济指标

行业、企业名称	企业数(家)	同比增长(%)	工业总产值(现价)(亿元)	同比增长(%)	工业销售产值(现价)(亿元)	同比增长(%)	出口交货值(亿元)	同比增长(%)	工业增加值(亿元)	同比增长(%)	主营业务收入(亿元)	同比增长(%)
物料搬运(起重运输)机械行业	1 463	9.51	2 169.43	31.11	2 120.06	30.89	443.89	33.55	536.86	31.00	2 130.35	33.20
其中:大型企业	13	-7.14	650.12	-5.24	649.08	-4.13	99.31	-51.77	136.64	-6.56	665.25	-0.98
中型企业	172	13.91	922.40	73.26	893.60	70.60	295.91	203.59	221.92	61.80	898.27	73.35
小型企业	1 278	9.14	596.91	36.85	577.38	37.84	48.67	67.77	178.30	41.02	566.83	38.48
其中:国有企业	59	-32.18	308.36	23.73	306.05	26.09	45.39	123.49	48.67	-5.02	308.24	26.95
私营企业	779	18.03	430.73	46.61	415.87	47.23	22.08	50.92	121.04	46.24	406.31	46.15
其他内资企业	390	1.83	445.24	27.39	432.80	27.49	56.53	34.59	127.28	33.21	429.23	28.41
三资企业	235	14.08	985.10	29.26	965.33	27.85	319.90	25.24	239.87	33.06	986.57	32.56
其中:国有控股企业	102	-21.54	683.03	23.10	679.23	24.12	245.10	29.80	127.25	7.81	686.00	28.83
集体控股企业	125	-11.97	160.58	19.21	155.72	19.58	12.17	49.51	52.26	39.06	152.35	20.75
私人控股企业	1 044	16.00	697.09	39.51	674.55	39.68	65.57	31.17	191.67	38.19	660.93	39.77
三资控股企业	192	17.07	628.74	35.09	610.56	32.93	121.05	41.73	165.67	43.42	631.06	34.90

行业、企业名称	主营业务利润(亿元)	同比增长(%)	利润总额(亿元)	同比增长(%)	资产合计(亿元)	同比增长(%)	全员劳动生产率(万元/人)	同比增长(%)	主营业务收入利润率(%)	同比增加(百分点)	主营业务收入(总额)率(%)	同比增加(百分点)
物料搬运(起重运输)机械行业	347.09	35.02	132.40	21.55	1 746.57	31.02	17.13	24.76	15.04	-1.03	6.22	0.59
其中:大型企业	120.56	6.91	63.16	-0.43	438.34	-19.03	23.25	18.44	17.25	0.46	9.49	0.05
中型企业	146.61	75.94	42.55	72.06	851.61	96.97	18.78	38.80	14.64	-1.44	4.74	-0.03
小型企业	79.92	31.10	26.69	28.50	456.61	27.07	13.06	26.67	13.08	-181	4.71	-0.36
其中:国有企业	41.31	40.51	16.82	93.56	219.94	15.40	10.49	8.14	12.37	0.26	5.46	1.88
私营企业	58.55	48.53	21.24	53.25	285.80	36.81	12.92	23.28	13.75	-0.43	5.23	0.24
其他内资企业	68.30	32.39	27.83	53.00	350.42	22.34	12.75	19.61	13.40	-2.03	6.48	1.04
三资企业	178.92	30.92	66.50	-2.45	890.41	37.60	32.61	39.36	17.12	-1.24	6.74	-2.42
其中:国有控股企业	103.57	29.97	34.13	-8.60	697.42	29.72	18.91	43.58	13.98	-0.99	4.98	-2.03
集体控股企业	22.71	30.44	9.56	17.44	99.02	15.59	15.43	16.81	14.91	1.11	6.28	-0.17
私人控股企业	103.82	45.16	40.15	60.02	489.01	30.80	12.63	20.98	14.94	-0.18	6.07	0.76
三资控股企业	116.98	32.26	48.56	26.59	460.91	37.29	27.39	12.86	17.35	-1.56	7.70	-0.50

注:表中原始数据来源于国家统计局2007年年报数据,由编者整理。国有企业包括国有联营企业和国有独资公司。

表38 2007年起重设备、输送机械、叉车产量

产品名称	企业数(家)	单位	产量	同比增长(%)
起重设备	322	万t	368.54	33.84
输送机械	126	万m	232.29	30.79
叉车	46	万台	15.08	41.14

注:表中数据来源国家统计局年报资料。

表39 2007年物料搬运(起重运输)机械产品进出口

海关货品名称	出口额(亿美元)	同比增长(%)	进口额(亿美元)	同比增长(%)	进出口总额(亿美元)	同比增长(%)	进出口差额(亿美元)	同比增长(%)
物料搬运设备合计	73.31	52.76	29.65	3.85	102.96	34.52	43.66	124.70
轻小型起重设备	9.09	25.21	3.63	19.80	12.72	23.62	5.46	29.15
起重机类	30.07	60.37	5.22	-3.33	35.29	46.13	24.85	86.07
工业车辆	8.16	71.43	3.39	9.71	11.55	47.13	4.77	187.35
电梯、自动扶梯及升降机	8.91	39.22	1.94	8.99	10.85	32.64	6.97	50.22

海关货品名称	出口额（亿美元）	同比增长（%）	进口额（亿美元）	同比增长（%）	进出口总额（亿美元）	同比增长（%）	进出口差额（亿美元）	同比增长（%）
连续搬运设备及其他	5.86	51.03	11.48	-4.57	17.34	8.92	-5.60	-31.17
物料搬运设备零件	11.21	61.29	3.99	24.30	15.20	49.61	7.22	93.32

注：表中原始数据来源于海关总署2007年资料，编者按国内外通行的产品分类及名称作了适当调整。

2. 2007年行业经济发展特点

（1）生产、销售继续保持快速增长态势，主要经济指标创历史新高，经济效益水平继续提高。

2007年，行业工业总产值2 169.43亿元，同比增长31.11%；主营业务收入2 130.35亿元，同比增长33.20%，主要经济指标均创历史新高。起重设备、输送机械和叉车产量比上年分别增长33.84%、30.79%和41.14%。

2007年，行业主营业务利润347.09亿元，同比增长35.02%；利润总额132.40亿元，同比增长21.55%；全员劳动生产率17.13万元/人，同比增长24.76%；主营业务收入利润（总额）率6.22%，同比增长0.59个百分点，主要经济效益指标继续提高。

工业总产值超过5亿元的重点企业有：上海振华港口机械集团股份有限公司（210.05亿元）、江苏通润机电集团有限公司（24.78亿元）、卫华集团有限公司（18.26亿元）和新乡市起重设备厂有限公司（5.98亿元）等10多家企业。

（2）产品出口额大幅度增长，进出口顺差成倍提高；起重机类出口额比重和连续搬运设备进口额比重仍居行业首位。

2007年，物料搬运设备出口的国家或地区有215个，其中出口金额超过1亿美元的有22个国家或地区。

出口额大的产品类依次是：起重机类30.07亿美元，占行业出口总额比重41.02%；物料搬运设备零件类11.21亿美元，占行业出口总额比重15.29%；轻小型起重设备类9.09亿美元，占行业出口总额比重12.40%；电梯自动扶梯类8.91亿美元，占行业出口总额比重12.15%；工业车辆类8.16亿美元，占行业出口总额比重11.13%；连续搬运设备及其他类5.86亿美元，占行业出口总额比重7.99%。

物料搬运设备进口的国家地区有69个，其中进口金额超过1亿美元的有9个国家地区。

进口额大的产品类依次是：连续搬运设备及其他类11.48亿美元，占行业进口总额比重38.72%；起重机类5.22亿美元，占行业进口总额比重17.61%；物料搬运设备零件类3.99亿美元，占行业进口总额比重13.46%；轻小型起重设备类3.63亿美元，占行业进口总额比重12.24%；工业车辆类3.39亿美元，占行业进口总额比重11.43%；电梯自动扶梯类1.94亿美元，占行业进口总额比重6.54%。

（3）行业中型企业、三资企业处于行业相对主导地位，国有企业及三资企业数比重下降，私营企业数比重增加。

2007年，行业中型企业172个，占行业企业总数比重11.76%，但占行业工业总产值的42.52%，工业销售产值的42.15%，主营业务收入的42.24%，资产总额的48.82%；三资企业235个，占行业企业总数比重为16.06%，但占行业工业总产值的45.41%，工业销售产值的45.53%，主营业务收入的46.31%，资产总额的50.98%，均处于行业相对主导地位。

2007年，国有企业占行业企业总数比重为4.03%，同比减少2.48个百分点。私营企业数占行业企业总数比重为53.25%，同比增长3.85个百分点。三资企业占行业企业总数比重，同比增加0.64个百分点。

（4）行业生产销售增长率有所回升。自2004年初国家采取宏观调控冶金、水泥行业投资过热的措施以来，行业生产销售同比增长率连续下降，2004年为31%～32%，2005年为23%～27%，2006年为26%～27%，原预测2007年生产销售同比增长率应继续较大幅度下降至18%左右，而实际上，高于2006年同比增长率，有回升的趋势。

3. 行业重大科技成果情况

2007年，物料搬运（起重运输）机械行业新产品产值为572.77亿元，同比增长27.96%；新产品产值率为26.40%，同比下降0.65个百分点。

2007年，物料搬运（起重运输）机械行业获中国机械工业科学技术奖的有10项，其中一等奖有3项：郑州大方桥梁机械有限公司与北京航空航天大学合作的重型起吊与搬运机械关键技术研究及装备开发和典型工程应用项目、徐州重型机械有限公司的全地面起重机核心技术研究与产业化项目和上海三一科技有限公司研制的SCC4000型履带起重机项目。二等奖有5项：大连重工·起重集团有限公司研制的QL6000.55型斗轮取料机、沈阳矿山机械（集团）有限责任公司研制的YGC2000/120顶堆侧取堆取料机、上海国际港务（集团）股份有限公司与北京航空航天大学合作的港口大型机械装备缺陷综合检测及安全评估项目、长沙中联重工科技发展股份有限公司研制的ZLJ5700JQZ130H汽车起重机、浙江杭叉工程机械股份有限公司研制的1.3～2t J系列三支点电动叉车等。三等奖有2项：昆明力神重工有限公司研制的C5614塔式起重机、中国华电工程（集团）有限公司的大运量、大功率、高带速、长距离曲线带式输送系统的开发研制项目等。

2006～2007年，行业新研制完成的部分重大科技成果有：上海振华港口机械（集团）股份有限公司与有关大学共同设计研制的4 000t全回转海洋起重船和ZPMC首创的全电动高效节能环保自动化智能型立体集装箱装卸系统示范线；太原重型机械集团有限公司研制的秦山核电站第1台国产化环行起重机；大连重工·起重集团为烟台来福士海洋工程有限公司设计制造的国内起重量最大的2万t桥式起重机主梁成功对接，为岭澳核电站二期工程制造的百万千瓦核电机组反应堆厂房环行起重机运行成功;卫华集团有限公司研制的GLQ40型交流变频港口轮胎起重机及440t盾构门式起重机;北京起重运输机械研究所研制的湛江港铁矿石码头改扩建工程装车楼系统建造工程。

六、重大技术装备

重大技术装备对高档机床的需求见表40。

表40　重大技术装备对高档机床的需求

行业名称	被加工设备	需要的高档机床
电力设备	火电设备加工	
	汽轮机机壳	数控龙门镗铣床、落地镗铣床
	转子	重型数控立式车床、重型数控卧式车床、外圆磨床、叶根槽专用铣床
	叶片	五轴联动数控加工中心
	电机	转子、定子加工基本与汽轮机相同
	水电设备加工	
	叶片	五轴联动加工中心
	转轮	重型立式车床、单臂立式车床
	核电核岛关键设备加工	
	压力容器	数控立式车床、落地镗床
	蒸汽发生器	落地镗床
	管板加工	深孔钻床
	堆内构件	特殊数控加工中心
	主泵泵壳	龙门镗铣床、落地镗床
	主泵叶轮	五轴联动加工中心
	主泵轴	数控卧式车床、外圆磨床
	燃气轮机加工	
	机壳	数控龙门镗铣床、落地镗铣床
	转子	重型数控立式车床、重型数控卧式车床、外圆磨床、叶根槽专用铣床
	叶片	表面喷涂设备
石化设备	离心、轴流压缩机加工	
	机壳	数控龙门镗铣床
	离心式叶轮	五轴联动加工中心
	轴流式叶片	五轴联动加工中心
	轴	卧式车床、外圆磨床
	加氢反应器加工	
	筒节	立式车床
	换热器管板	深孔钻床
	内壁堆焊不锈钢	带机堆焊
	筒节间焊接	窄间隙埋弧自动焊机
冶金设备	轧钢机(冷热连轧)加工	
	牌坊	落地镗铣床
	轧辊	数控卧式车床、外圆磨床
通用设备	高速动平衡	工业汽轮机、燃气轮机、轴流压缩机、离心压缩机
	齿轮加工检测	
	增速箱、减速箱	滚齿机
	硬齿面修型	磨齿机
	大齿圈、齿条	插齿机
	齿轮检测设备	
	低速柴油机	
	曲轴箱机体加工	落地镗铣床、龙门镗铣床
	曲轴加工	专用曲轴加工设备

七、纺织机械

(一)生产发展情况

2007年,纺织机械行业认真贯彻落实《国务院关于加快振兴装备制造业的若干意见》,加快结构调整,全力推动技术创新,在人民币升值、出口退税率下调、贷款利率提高以及原材料涨价、生产成本上升等因素的影响下,继续保持了平稳较快发展。

2007年纺织机械行业经济运行有以下特点:

1. 东部地区的纺织机械生产企业占全国的80%以上从全国纺织机械企业分布情况看,东部地区纺织机械生产企业数量占全行业的80%以上,是纺织机械的主要生产地区,其中江苏纺织机械生产企业数量占全行业的33%、浙江占20%、山东占15%。中部地区纺织机械生产企业数量占全行业的10%。

2. 各省市主要经济指标完成较好,江苏省排第1位

2007年1～11月,纺织机械行业完成主营业务收入499.81亿元,同比增长21.99%。其中江苏完成主营业务收入162.53亿元,占行业主营业务收入的32.52%,排在第1位。增幅排前5位的是新疆维吾尔自治区、甘肃、吉林、山东和河南,同比下降的是天津和湖南。纺织机械行业产品销售率为96.08%,同比下降0.92个百分点。2007年1～11月纺织机械行业主营业务收入、利润总额、工业销售产值地区分布见表41。

表41　2007年1～11月纺织机械行业主营业务收入、利润总额、工业销售产值地区分布

地　区	主营业务收入占比(%)	利润总额占比(%)	工业销售产值占比(%)
东部地区	83	89	84
其中:江苏	32	32	32
浙江	14	16	14
山东	16	18	18
广东	5	5	5
上海	5	8	5
其他省市	11	10	10
中部地区	14	10	13
西部地区	1		1
东北地区	2	1	2

(二)进出口情况

据海关统计,2007年,我国纺织机械进出口总额为64.36亿美元,同比增长20.62%,增幅同比下降3.07个百分点。其中纺织机械进口49.08亿美元,同比增长19.74%,增幅同比上升0.69个百分点;出口15.28亿美元,同比增长23.54%,增幅同比下降18.04个百分点。

1. 纺织机械产品出口总额继续增长,增幅下降

据海关统计,2007年,纺织机械出口总额为15.28亿美元,同比增长23.54%。其中针织机械出口额为4.37亿美元,同比增长10.57%,占全部出口总额的28.58%,排在第1位;辅助装置及零配件出口金额增幅最大,同比增长36.59%;非织造机械出口同比下降了10.66%;其他类别纺织机械产品都保持了一定幅度的增长。2007年纺织机械产品出口情况见表42。

表42　2007年纺织机械产品出口情况

产　品　名　称	出口额(美元)	同比增长(%)	占行业出口总额比重(%)
总　计	1 527 943 241	23.54	100
针织机械	436 696 326	10.57	28.58
印染后整理机械	345 855 598	31.88	22.64

(续)

产　品　名　称	出口额(美元)	同比增长(%)	占行业出口总额比重(%)
辅助装置及零配件	342 499 649	36.59	22.42
纺纱机械	239 681 391	35.27	15.69
化纤机械	90 245 010	6.18	5.91
织机	49 935 269	15.31	3.27
非织造机械	14 904 173	-10.66	0.98
织造准备机械	8 125 825	21.96	0.53

2007年,独资企业纺织机械的出口额排在第1位,为5.49亿美元,同比增长44.23%。

我国纺织机械出口的贸易方式,以一般贸易方式为主,出口额为11.61亿美元,占行业出口总额的75.97%,同比增长22.78%;进料加工贸易排在第2位,出口额为3.38亿美元,占行业出口总额的22.14%,同比增长24.91%;对外承包工程货物出口达847.10万美元,占行业出口总额的0.55%,同比增长11.47%;其他贸易方式出口额为2 047.57万美元,占行业出口总额的1.34%,同比增长2.72%。

2007年,有29个省市有不同数量的出口,出口额排在前5位的是浙江、江苏、广东、上海和北京,占出口总额的86.69%。2007年纺织机械各省市出口情况见表43。

表43　2007年纺织机械各省市出口情况

地　区	出口额(美元)	同比增长(%)	占行业出口总额比重(%)
浙江	338 933 704	8.11	22.18
江苏	300 847 330	24.12	19.69
广东	280 516 210	25.08	18.36
上海	219 115 999	37.50	14.34
北京	185 235 993	26.62	12.12
福建	57 440 940	26.03	3.76
山东	58 688 893	65.06	3.84
其他省市	87 164 172	24.78	5.70

2. 纺织机械进口总额不断增长,增幅小幅上升

2007年,纺织机械进口49.08亿美元,同比增长19.74%,增幅同比上涨0.69个百分点。其中针织机械进口额位居第1位,而非织造机械的涨幅最大,同比增长183.70%。2007年纺织机械产品进口分类情况见表44。

表44　2007年纺织机械产品进口分类情况

产　品　名　称	进口额(美元)	同比增长(%)	占进口总额比重(%)
总　计	4 908 008 924	19.74	
针织机械	1 299 583 973	20.96	26.48
织机	918 351 610	17.64	18.71
印染后整理机械	801 977 827	10.48	16.34
纺纱机械	784 040 823	17.13	15.97
辅助装置及零配件	526 819 332	18.72	10.73
化纤机械	378 701 662	25.84	7.72
织造准备机械	145 092 787	70.80	2.96
非织造机械	53 440 910	183.70	1.89

2007年,纺织机械进口额排前5位的是日本、德国、意大利、中国台湾和瑞士,进口额占行业进口总额的81.56%。2007年我国纺织机械产品进口的主要国家和地区见表45。

表45　2007年我国纺织机械产品进口的主要国家和地区

国家或地区	进口额（美元）	同比增长（%）	占行业进口总额比重（%）
日本	1 589 471 560	27.23	32.39
德国	1 359 598 845	25.83	27.70
意大利	527 258 504	5.23	10.74
中国台湾	290 537 451	15.11	5.92
瑞士	236 060 830	4.54	4.81
其他国家和地区	905 081 734	-10.88	18.44

2007年,纺织机械进口按企业性质划分,独资企业的进口额排在第1位,其中私营企业的进口额同比增长最大,为47.36%。2007年纺织机械按企业性质划分情况见表46。

表46　2007年纺织机械进口按企业性质划分情况

企业性质	进口额（美元）	同比增长（%）
独资企业	1 469 991 997	11.25
私营企业	1 346 494 368	47.36
国有企业	1 031 835 863	19.13
合资企业	753 692 204	22.22
集体企业	268 596 701	-7.60
合作经营企业	37 397 791	-58.57

2007年,在纺织机械进口的贸易方式中,一般贸易方式进口总额为29.58亿美元,同比增长32.65%,占进口总额的60.26%,是我国纺织机械进口的主要贸易方式。2007年纺织机械进口按贸易方式划分情况见表47。

表47　2007年纺织机械进口按贸易方式划分情况

分类名称	进口额（美元）	同比增长（%）	占行业进口总额比重（%）
一般贸易	2 957 733 420	32.65	60.26
外商投资企业作为投资进口的设备、物品	1 534 437 944	1.81	31.26
加工贸易进口设备	265 224 619	14.28	5.40
其他贸易方式	150 612 941	16.08	3.07

2007年,有30个省市有不同数量的进口。江苏、浙江、广东、山东和福建居进口额的前5名,占进口总额的86.67%。与上年相比,进口金额增长幅度排前5位的是重庆、甘肃、山西、陕西和西藏自治区。2007年纺织机械各省市进口情况见表48。

表48　2007年纺织机械各省市进口情况

地区	进口额（美元）	同比增长（%）	占行业进口总额比重（%）
江苏	1 246 202 014	4.43	25.39

（续）

地区	进口额（美元）	同比增长（%）	占行业进口总额比重（%）
浙江	1 168 499 889	45.25	23.81
广东	977 062 109	2.05	19.91
山东	518 753 749	21.36	10.57
福建	224 726 708	17.38	4.58
上海	343 404 693	95.79	7.00
天津	52 026 359	-13.73	1.06
其他省市	377 333 403	30.60	7.69

八、仪器仪表行业

2007年,在国民经济宏观形势大好和国务院及有关部门继续支持振兴装备制造业的环境下,中国仪器仪表制造行业生产继续保持稳定高速增长,经济效益同步提高,主要经济指标又创新纪录,行业技术进步加快,仪器仪表新产品不断推出,控制系统推广应用又有新的突破,关心支持仪器仪表行业发展的地区部门增多,行业发展总体形势继续看好。截至2007年年底,全行业共有企业3 954家,职工77万人,完成工业总产值3 078亿元,销售收入3 005亿元,利润总额225亿元。全行业实际完成投资221亿元。完成进出口总额260亿美元,其中进口172亿美元,出口88亿美元,逆差为84亿美元。

（一）生产快速发展,效益同步提高

2007年仪器仪表行业主要经济指标见表49。2007年仪器仪表行业主要产品产量见表50。

表49　2007年仪器仪表行业主要经济指标

指标名称	完成额（亿元）	同比增长（%）
工业总产值	3 078	28.5
销售收入	3 005	29.0
出口交货值	874	39.2
利润总额	225	35.0

表50　2007年仪器仪表行业主要产品产量

产品名称	单位	产量	同比增长（%）
自动化仪表及系统	万台（套）	5 002	14.7
电工仪器仪表	万台	5 510	19.2
光学仪器	万台	2 638	19.5
分析仪器及装置	台	151 689	5.7
试验机	台	33 268	4.7
汽车仪器仪表	万台	2 234	-4.5
环境监测仪器仪表	台	38 049	-4.2

2007年仪器仪表行业经济运行呈现以下特点:

1.生产增长快,效益状况好

全行业工业总产值和销售收入2007年超过3 000亿元,创行业新高。2004年超过1 000亿元,两年时间,2006年超过2 000亿元,2007年又超过3 000亿元,一年时间,增幅较2006年高2个百分点。

2007年每月产销保持稳定增长,除8月受季节性影响略有回落外,每月增幅一直在28%以上,为近年高位,宏观调控影响并不明显。

效益状况好于产销。全行业利润增幅高出产销增幅6个百分点,但增幅自5月的44.5%到12月的35.0%,呈逐月下降趋势。由于外资企业利润约占全行业的一半,且增幅远高于行业平均值,因此本国企业利润增幅已呈现下降趋势。

2.各分行业发展不均衡

工业自动化仪表与控制系统增幅比科学仪器、供应用仪表等常用仪器、各类专用仪器高4~5个百分点,反映了以能源和重化工业为主的需求仍然旺盛。环境监测仪器同比增幅超过40%,说明环境保护、减排等工作得到重视,对仪器的需求上升。2007年仪器仪表各分行业主要经济指标见表51。

表51 2007年仪器仪表各分行业主要经济指标

行 业 名 称	企业数(家)	工业总产值(现价)(万元)	工业总产值同比增长(%)	新产品产值(万元)	新产品同比增长(%)	工业销售产值(现价)(万元)	工业销售产值同比增长(%)	出 口交货值(万元)	出口交货值同比增长(%)
工业自动控制系统装置制造	844	7 838 448	30.3	1 403 959	26.3	7 591 646	29.8	929 563	75.1
电工仪器仪表制造	304	1 257 097	26.4	96 747	37.4	1 221 154	29.2	235 596	30.7
绘图、计算及测量仪器制造	174	730 653	12.5	107 893	65.0	716 384	14.7	260 094	-2.2
实验分析仪器制造	238	887 876	23.7	236 033	29.3	861 620	22.9	282 984	10.0
试验机制造	70	391 509	24.4	87 287	-11.2	390 296	26.6	64 580	68.6
供应用仪表及其他通用仪器制造	444	3 926 588	23.6	854 390	36.6	3 846 386	23.8	1 125 883	47.0
环境监测专用仪器仪表制造	70	414 487	40.7	36 920	11.0	410 339	42.9	87 244	44.8
汽车及其他用计数仪器制造	142	1 422 979	20.7	321 262	33.8	1 375 174	20.8	225 117	22.6
导航、气象及海洋专用仪器制造	50	435 121	21.6	124 176	17.5	422 059	22.0	46 496	34.9
农林牧渔专用仪器仪表制造	6	94 544	26.2	17 545	142.7	92 679	27.9	80 348	22.6
地质勘探和地震专用仪器制造	43	357 731	35.7	58 371	72.0	372 338	37.8	27 956	404.6
教学专用仪器制造	54	221 335	30.2	49 816	156.8	214 194	28.9	3 527	225.2
核仪及核辐射测量仪器制造	13	34 029	16.6	3 892	19.7	30 489	17.1	0	-100.0
电子测量仪器制造	155	851 893	19.5	111 000	11.4	851 369	20.4	249 071	28.9
其他专用仪器制造	112	524 299	47.0	71 798	44.7	511 714	46.0	78 033	23.1
钟表与计时仪器制造	389	2 091 137	22.2	84 627	-19.1	2 054 656	23.0	1 297 445	22.3
光学仪器制造	308	5 190 518	26.5	603 140	16.0	5 088 352	28.2	2 106 325	24.8
其他仪器仪表的制造及修理	163	1 387 804	118.9	119 371	1.0	1 349 580	119.0	682 028	463.0
衡器制造	164	630 231	29.9	36 482	42.5	605 465	26.8	137 990	11.3
医疗诊断、监护及治疗设备制造	211	2 088 325	21.8	494 882	8.8	2 047 244	23.1	821 170	28.2

3.沿海地区优势明显,地区集中度进一步提高

沿海地区依靠其地域、产业配套等优势,仪器仪表产业依然保持强势,广东、江苏、浙江、上海和山东5省市的总产值合计达2 082亿元,占行业的67.6%(2006年为63.7%)。由于国家实施振兴东北老工业基地政策,辽宁、黑龙江等地的增幅高于行业平均水平。

(二)进出口持续增长,中外合作不断深化

2007年仪器仪表产品进出口情况见表52。2007年仪器仪表主要分行业进出口情况见表53。2007年仪器仪表重点产品进出口情况见表54。

表52 2007年仪器仪表产品进出口情况

年份	进 口 金 额(亿美元)	进 口 同比增长(%)	出 口 金 额(亿美元)	出 口 同比增长(%)	逆 差(亿美元)
2006	156	13.1	68	30.8	88
2007	172	12.3	88	36.1	84

表53 2007年仪器仪表主要分行业进出口情况

行 业 名 称	进 口 金 额(亿美元)	进 口 同比增长(%)	出 口 金 额(亿美元)	出 口 同比增长(%)	逆 差(亿美元)
光学仪器	38.38	7.3	15.71	11.9	22.67
自动化仪表及系统	37.41	26.2	16.33	57.3	21.08
电子测量仪器	20.49	4.9	6.38	76.4	14.11
分析仪器	18.00	15.7	5.82	43.0	12.18

行 业 名 称	进 口		出 口		逆差
	金 额 （亿美元）	同比增长 （%）	金 额 （亿美元）	同比增长 （%）	（亿美元）
医疗仪器	15.77	19.0	10.80	56.7	4.97
试验仪器	3.78	12.9	0.73	51.6	3.05
电工仪器仪表	3.89	26.8	1.82	1.5	2.07
测绘仪器	5.59	55.4	4.65	36.2	0.94
供应用仪表	0.23	31.2	3.80	62.0	-3.57
衡器	0.55	24.6	6.32	17.8	-5.77

表54 2007年仪器仪表重点产品进出口情况

行 业 名 称	进 口		出 口		逆 差
	金 额 （亿美元）	同比增长 （%）	金 额 （亿美元）	同比增长 （%）	（亿美元）
DCS	38 419	20.4	3 559	6.8	34 860
液相色谱仪	12 034	10.7	886	13.6	11 148
金属材料试验机	8 025	6.0	1 960	50.9	6 065
光学显微镜	10 389	-1.3	8 961	9.1	1 428
气相色谱仪	9 974	28.6	10 362	77.4	-388
数字万用表	426	-8.5	8 865	12.7	-8 439
水表	176	26.4	9 622	75.4	-9 446
双筒望远镜	114	2.2	12 572	14.2	-12 458
电能表	1 769	44.8	26 254	65.5	-24 485

1. 进口

近年来，国家大力实施自主创新战略，仪器仪表等高技术行业企业竞争力逐步提高，进口增幅呈逐年下降的趋势；同时，由于原进口中量大面广、有投资价值的产品，外资均建点设厂，已无进口必要。到2007年3月，增幅由2006年底的13.1%跌至最低的4.6%，随后，受国家平衡外贸顺差鼓励进口政策的影响，增幅又缓慢回升，到2007年底回升至12.3%。

仪器仪表进口每年仍高达150亿美元，主要是品种规格复杂、单件小量、在华投资设厂可行性不高的产品以及随工程承包的成套产品。从能力和需求两方面考虑，进口增幅下降将是长期趋势。

2. 出口

在人民币升值背景下出口继续高速增长，2007年同比增长达36.1%，高出2006年近6个百分点。长期每年逆差增加的情况首次改变，逆差由上年的88亿美元降为84亿美元。

九、文化、办公用机械制造行业

（一）经济运行情况

2007年文化、办公用机械制造业主要经济指标见表55。2006～2007年文化、办公用机械制造业主要产品产量见表56。2007年文化、办公用机械制造业主要产品进出口情况见表57。

表55 2007年文化、办公用机械制造业主要经济指标

项 目 名 称	企业数 （家）	工业总产值		新产品产值		工业销售产值		出口交货值	
		金额 （亿元）	同比增长 （%）	金额 （亿元）	同比增长 （%）	金额 （亿元）	同比增长 （%）	金额 （亿元）	同比增长 （%）
文办行业	423	1 492.94	14.9	142.51	34.8	1 463.40	14.1	1218.44	12.7
按专业分类									
电影机械	15	8.02	24.6	1.35	-22.5	7.54	20.8	3.43	36.7
幻灯及投影设备	26	30.71	-11.8	0.31	29.2	30.60	-9.0	21.93	-16.0
照相机及器材	131	607.38	11.5	81.37	22.2	601.67	11.7	533.84	14.2
复印和胶印设备	100	527.06	15.1	39.26	58.0	511.94	11.3	446.55	9.9
计算器及货币专用设备	89	212.03	21.6	18.13	87.3	205.28	25.2	122.82	13.3
其他文化、办公用机械	62	107.74	32.4	2.09	-19.2	106.37	32.6	89.87	28.6
按规模分类									
大型企业	15	626.98	5.2	0.00		621.47	5.3	596.71	5.4
中型企业	101	733.59	23.4	131.18	30.7	713.25	21.5	561.67	20.9
小型企业	307	132.37	21.8	11.33	120.4	128.68	21.8	60.06	19.0
按企业性质分类									
国有控股	25	20.16	29.7	12.53	68.8	19.00	24.4	6.51	-8.5
集体控股	12	2.42	58.1	0.40	8.3	2.35	56.8	0.19	-1.7

项 目 名 称	企业数（家）	工业总产值		新产品产值		工业销售产值		出口交货值	
		金额（亿元）	同比增长（%）	金额（亿元）	同比增长（%）	金额（亿元）	同比增长（%）	金额（亿元）	同比增长（%）
私人控股	139	73.87	32.6	17.48	76.0	70.79	31.9	21.62	12.3
港澳台商控股	110	360.35	34.2	9.87	−17.4	354.00	35.4	284.03	40.3
外商控股	137	1 036.14	8.1	102.23	34.5	1 017.26	7.0	906.09	6.3

表56　2006～2007 年文化、办公用机械制造业主要产品产量

产 品 名 称	企业数（家）	2006 年产量（万台）	2007 年产量（万台）	同比增长（%）
全国照相机	45	7 369.60	8 630.46	17.1
北京	2	47.31	34.69	−26.7
天津	2	407.37	713.16	75.1
上海	2	167.38	106.09	−36.6
江苏	7	2 082.41	3 206.66	54.0
浙江	2	214.88	267.38	24.4
福建	2	143.15	221.10	54.5
江西	1	4.38	1.99	−54.6
广东	27	4 302.72	4 079.39	−5.2
其中:数码相机	33	5 905.86	7 493.47	26.9
北京	1	32.99	32.88	−0.3
天津	2	407.37	713.16	75.1
上海	1	26.37	0.00	−100.0
江苏	7	1 997.23	2 988.69	49.6
浙江	2	214.88	267.38	24.4
福建	2	105.33	200.23	90.1
广东	18	3 121.69	3 291.13	5.4
全国复印机	21	449.48	452.36	0.6
天津	1	0.02	0.02	0.0
河北	1	1.12	1.30	16.1
辽宁	4	0.09	0.10	11.1
上海	1	25.70	28.41	10.5
江苏	5	211.64	194.80	−8.0
浙江	1	0.53	0.75	41.5
山东	1		0.03	
广东	7	210.35	226.98	7.9
全国电教设备	16	13.88	12.57	−9.4
天津	5	4.09	2.92	−28.6
江苏	3	2.80	1.55	−44.6
浙江	3	0.74	0.87	17.6
江西	1	0.01	0.01	0.0
山东	1	0.13	0.15	15.4
广东	3	6.11	7.07	15.7

表57　2007 年文化、办公用机械制造业主要产品进出口情况

产 品 名 称	数量单位	进口量	进口额（亿美元）	出口量	出口额（亿美元）
消费类数码相机	万台	917.15	14.21	10 982.71	76.07
各类复印零配件	万件	15 748.80	48.44	39 121.50	58.88
多功能一体机	万台	100.51	2.54	621.15	35.16
不需外接电源的电子计算器	万台	2 890.88	0.67	37 681.88	8.63
其他照相机、投影仪、放大机及缩片机用镜头	万个	176.02	7.64	293.10	8.28
各类复印机	万台	1.97	0.05	81.86	7.21
销售点终端出纳机	万台	19.97	0.86	230.88	3.45
碎纸机	万台	2.78	0.026	2 310.24	3.27
自动柜员机	万台	1.48	1.82	3.37	2.72
其他未列名办公室用机器	万台	9.37	0.29	4 796.74	2.24

产 品 名 称	数量单位	进口量	进口额（亿美元）	出口量	出口额（亿美元）
其他照相机未列名零件	万件	408.05	1.00	1 379.02	1.59
单反数码相机	万台	37.95	2.49	58.23	1.58
传统胶片照相机	万台	1 028.87	0.41	2 115.79	0.84

（二）经济运行特点

1. 生产增长由高速转入平稳快速发展

随着数字技术和产品升级换代的逐渐成熟，国内外两个市场快速发展，在 2002～2004 年间行业生产高速增长，增长率最高达 40%，平均增长率在 25% 以上。近几年市场需求进入平稳增长时期，如数码相机国际市场由年增长率 30% 左右，降到 15% 左右，国内文办行业生产也由高速增长开始转入平稳快速发展。2007 年工业总产值、销售收入增长率降到 15% 左右，同比下降约 6 个百分点。

2. 进出口额继续增长，顺差扩大

2007 年，进出口额增幅超过 50%，达到 59.79%，顺差超过 132 亿美元，增幅 28.66%。中国的文化办公设备生产已融入世界市场，中国已成为照相机、复印机械、办公耗材的世界生产基地和出口大国。全球数码相机的 62%，复印设备的 50%，色带的 80%，喷墨盒的 30%，激光鼓的 12%，粉盒的 12%，均在中国制造。

3. 各类产品发展不平衡

复印和胶印设备增长 15%，与行业增速持平，照相机及器材增长 12%，低于行业水平，而电影机械、计算器及货币专用设备增速超过 20%，其他办公用机械设备增长率超过 30%。

其他各类文化办公设备的增长，主要是受办公信息化、网络化和文化产业快速发展的驱动，以及随着办公设备社会拥有量的不断增多，办公耗材的需求成倍增长，耗材、零配件的生产能力不断扩大，产值逐年提高。

4. 大型企业发展趋缓

文办行业大中型企业生产集中度较高，销售收入前 20 名企业，销售合计占全行业 70%，出口交货值占全行业 75%，利润总额占全行业 80%。

大型企业发展速度趋缓。2004～2006 年增长率保持在 24% 左右，2007 年只有 5.2%。

由于大型企业都是三资企业，因此产品销售中三资企业所占比例同比下降了 1.85 个百分点，而民营企业上升了 1.27 个百分点，国有及控股企业上升 0.59 个百分点。总体上仍是三资企业主导行业。

5. 效益增加，利润提高

全行业利润总额 2006 年增长率为 22.3%，2007 年继续保持较高利润增长率，达到 23.2%，高于生产增幅约 8 个百分点。效益增长的主要原因是产品结构调整，高附加值产品增加。如数码相机中全球数码单反相机出货量同比增长 35%，复印设备中多功能一体机市场销售同比增长 28%，彩色复印机也逐步进入市场，这些产品都有较高的利润率。此外，电影机械、幻灯及投影设备 2007 年扭亏为盈，计算器及货币专用设备 2007 年生产增幅较大，都有利于效益提高。

6. 新产品产值增速加快

新技术、新产品一直是文办行业竞争、发展的主要动力。2007 年全行业新产品产值高达 142.5 亿元，同比增长 34.82%，比上年提高 26.4 个百分点；新产品产值率达 9.61%，同比增加 2.28 个百分点。增速加快，反映出行业产品更新迅速，数码相机周周新品不断，复印设备月月有新产品。

7. 生产地区集中度较高

文办行业产品生产企业主要集中在广东、江苏、上海、天津、福建、浙江和北京等省市。7 省市主营业务收入占全国 96.3%，其中广东最高，占全国 54.4%，江苏占 21.2%，天津占 7.7%，上海占 6.3%。利润总额 7 省市占全国 92.5%，其中广东最高，占全国 46%，江苏占 17.1%，上海占 12%，北京占 8.1%。

数码相机生产主要集中在广东、江苏、天津三省市，产量分别占全国的 43.9%、39.9% 和 9.5%。复印设备生产主要集中在广东、江苏、上海三省市，产量分别占全国的 50.2%、43.1% 和 6.3%。幻灯与投影设备生产主要集中在广东、天津、江苏三省市，产量分别占全国的 53.3%、23.5% 和 12.3%。

（三）市场分析

1. 数码照相机

据 IDC 统计，2006 年全球数码相机产品出货量 1.06 亿台，同比增长 14.5%。2007 年数码相机出货量达 1.22 亿台，同比增长近 15%；其中数码单反相机出货量 710 万台，同比增长 35%。预计 2011 年各类数码相机出货量超过 1.5 亿台。在销量增长的同时，数码相机的平均销售价格却一路走低，由 2006 年的 352 美元下降到 2007 的年 307 美元，降幅约 13%，而到 2011 年有望达到 250 美元。可见价格下降比率与销量的增长比率基本持平，这也是未来几年将要延续的走势。

我国是数码相机生产大国，佳能、尼康、索尼、三星、松下、奥林巴斯、富士和柯达等世界著名数码相机生产企业都在国内建有生产基地，例如：索尼在无锡的生产工厂年产量超过 1 000 万台；中国台湾鸿海（原中国台湾普立华）在佛山生产的数码相机超过 1 200 万台；三星数码相机天津新工厂，已形成年产 1 200 万台的生产能力；富士数码相机的生产将全部转移中国。2007 年生产数码相机 7 493.47 万台，同比增长 26.9%，年产量占世界产量 62%。

我国也是数码相机消费大国，国内数码相机市场起步于 1997 年下半年，到 2004 年全国销量达 268 万台，2005 年销量 495.3 万台；2006 年销量 644.2 万台，销售额 137.2 亿元，销售额同比增长 32.7%；2007 年销量 855.2 万台，销售额 179.2 亿元，销售额同比增长 30.6%。2008 年销量将超过1 000万台,销售额超过200亿元。

根据市场监测数据显示,2006年便携式数码相机平均价为2 456元/台,2007年已跌至2 160元/台,跌幅为12.1%;单反式数码相机2006年平均价为7 872元/台,2007年跌至7 630元/台,跌幅为3.1%。两年中数码相机平均价降数百元,平均价格不断下跌,使数码相机市场竞争更加激烈,各厂家为了争取其市场份额,降价已成惯用的手段。

国内消费类数码相机品牌市场关注度前10名中,佳能排到榜首,索尼排第2位,二者合计市场关注度56.3%,占据国内半壁江山;三星排第3位,关注度为9.3%,其影响力还有很大的提升空间;排名第4位至第8位的分别是尼康、松下、富士、柯达和奥林巴斯,5个品牌市场关注度很接近,合计为27%;排名第9位的是理光、第10位的是爱国者,合计为4.3%,其他为3.1%。从关注度排名及比例可以看出,市场竞争主要在佳能和索尼之间展开,其他品牌在竞争中,不但要面临佳能、索尼的强势压力,还要应对其他与自己影响力相近的品牌,竞争环境相对严峻。

数码单反相机国内市场只有8个品牌参与竞争,佳能保持龙头地位,关注度达到39.5%;尼康在数码单反相机市场影响巨大,达到38.5%,形成与佳能瓜分市场之势。两者合计关注度达78%,其他品牌索尼、宾得、奥林巴斯合计19.5%,富士、三星、松下合计为2.5%。数码单反相机,特别是中、低端产品的竞争会越来越激烈。

随着技术水平迅速提高,低端消费类数码相机逐渐具备主流性能,加之价格低廉,深受中国消费者欢迎;1 500 ~ 2 000元产品市场关注度为35%;2 001 ~ 3 000元产品关注度也为35%。数码单反相机,5 000元以下的产品市场关注度最高,为42%;5 001 ~ 8 000元为27.2%;3万元以上仅为8.1%。

截至2007年,中国数码相机市场保有量已达到较高的水平,大城市居民家庭数码相机拥有率总体水平接近40%,基本与家用电脑拥有率持平,拥有两部以上数码相机的消费者占总体的11.5%,在拥有和使用数码相机的消费者中,有30%的消费者有购买第2部数码相机的意愿,分析认为:数码相机未来主要消费动力是第2次购买群体和三四类市场的开发。

2. 数码相框

2006年,随着数码相框平均价格下降,全球数码相框的销售量同比增长了393%,达到了735万台,整个市场在欧美市场的巨大贡献下起飞,2007年数码相框的全球销量超过1 000万台。未来几年,数码相框的市场将处在逐渐走向成熟期的阶段,其产销量和市场需求依然将保持大幅度的增长。预计2008年这一数据将超过3 000万台;到2010年,将超过8 000万台。

2006年以前,中国生产的数码相框绝大多数出口国外。2005年底飞利浦率先将数码相框开始在中国推广,在礼品市场上取得了一些成绩,但由于销售价格较高,约为2 050元/台,2005年中国数码相框的销售量仅有1.7万台。2006年下半年,开始有更多的国内厂商在中国市场推出数码相框产品,2006年的销售量同比增长了470.6%,达到9.7万台。2007年数码相框的销量超过30万台。预计到2008年,国内销量将超过100万台。

3. 复印设备

在中国各类复印设备的生产能力已达500万台以上,光导鼓的生产能力3 800万只左右,墨粉的生产能力近1.8万t。2007年生产各类复印设备452万台,其中90%以上出口。国内销售各类复印机超过53万台,预计2008 ~ 2011年期间将以年均13.4%的速度增长,到2011年将达到63.7万台。

十、石油和石油化工设备行业

(一)2007年我国石油和石油化工设备行业经济运行状况

2007年,整个行业继续保持在一个较高的发展速度上,其中石油钻采设备行业的工业总产值和工业销售产值的增长速度依然高居榜首,压力容器制造行业的新产品产值和出口交货值有了较大幅度的增长,明显高于其他两个行业的增长速度。

从2007年工业总产值和工业销售产值相接近的统计数据以及与市场需求相吻合的发展特点,充分显示出我国石油钻采装备行业良性运行的发展态势。2007年石油和石化设备行业主要经济指标见表58。

表58 2007年石油和石油化工设备行业主要经济指标

行 业 名 称	工业总产值		工业销售产值		新产品产值		出口交货值	
	金额(亿元)	同比增长(%)	金额(亿元)	同比增长(%)	金额(亿元)	同比增长(%)	金额(亿元)	同比增长(%)
全行业合计	1 095.73	43.5	1 058.70	42.9	137.85	28.2	137.81	29.6
石油钻采设备	576.42	49.7	554.37	49.6	91.17	22.2	97.27	25.9
炼油化工设备	273.23	40.4	265.82	44.6	30.10	31.6	11.85	33.6
压力容器制造	246.08	27.2	238.51	27.8	16.58	65.2	28.69	41.7

1. 工业总产值持续增长

2007年,全行业企业工业总产值1 095.73亿元,同比增长48.14%,其中石油钻采设备行业576.42亿元,同比增长49.67%;炼油化工设备行业273.23亿元,同比增长40.4%;压力容器制造行业246.08亿元,同比增长27.19%。

我国石油钻采装备行业的工业总产值比炼油化工设备行业和压力容器制造行业总产值之和高出了57.34亿元,表现出在国际原油价格飙升的影响下,全面开展的全球石油天然气勘探开发所需要的装备市场主要在我国,随之而来的对钻采装备的大批量采购,使得我国石油钻采设备行业的工业总产值连续 3 年屡创新高。

2. 产品销售收入再创新高

2007 年，全行业企业销售产值 1 058.70 亿元，同比增长 42.7%，其中石油钻采设备行业 554.37 亿元，同比增长 49.6%；炼油化工设备行业 265.82 亿元，同比增长 44.6%；压力容器制造行业 238.51 亿元，同比增长 27.8%。石油钻采装备行业的工业销售产值明显保持在比炼油化工设备行业和压力容器制造行业工业销售产值之和高出了 50.04 亿元的榜首，占据全行业 52.36% 的工业销售产值份额，显而易见的得益于高油价的形势影响。

3. 工业增加值稳步发展

2007 年 1～11 月，全行业工业增加值 21.75 亿元，同比增长 30.0%，其中石油钻采设备行业 10.93 亿元，同比增长 38.4%；炼油化工设备行业 6.28 亿元，同比增长 26.7%；压力容器制造行业 4.45 亿元，同比增长 17.0%。全行业延续 2006 年的增长速度，呈现稳步增长的发展趋势。

4. 利润总额实现了全行业均衡上升的目标

2007 年 1～11 月，全行业利润总额 71.57 亿元，同比增长 56.6%，其中石油钻采设备行业 47.77 亿元，同比增长 60.4%；炼油化工设备行业 15.61 亿元，同比增长 75.96%；压力容器制造行业 8.19 亿元，同比增长 16.4%。值得注意的是炼油化工设备行业利润总额的同比增长速度，首次超过了石油钻采装备行业，是近几年来最鼓舞人心的利好信息。当然 2007 年我国石油钻采设备行业的利润总额仍然占据全行业的 1/2 以上的优势，但是随着国家各项宏观调控的经济措施落实到位，全行业均衡发展的目标将很快实现。

5. 新产品产值的增长尤以压力容器制造为突出

2007 年，全行业新产品产值 138.45 亿元，同比增长 28.2%，其中石油钻采设备行业 91.77 亿元，同比增长 22.2%；炼油化工设备行业 30.1 亿元，同比增长 31.6%；压力容器制造行业 16.58 亿元，同比增长 65.2%。2007 年我国的压力容器制造行业的新产品产值增长速度最快，其原因是我国"十一五"规划中"百万吨乙烯"、"百万吨 PTA"装备国产化的各项政策措施正在逐步落实到设备制造和工程项目之中的结果。另外，我国的石油钻采装备行业的新产品产值仍然保持着高速增长的趋势，表明石油勘探开发的难度增大，对装备技术要求的相应提高，显示了行业企业以需求定发展的自主创新意识和能力的进步，石油钻采装备行业的新产品产值占全行业的 2/3 以上。

6. 出口交货值继续突飞猛进

根据国家统计局月报，对行业规模以上企业的统计汇总数据分析，2007 年全行业出口交货值 137.81 亿元，同比增长 29.6%，其中石油钻采装备行业 97.27 亿元，同比增长 25.9%；炼油化工设备行业 11.85 亿元，同比增长 33.6%；压力容器制造行业 28.69 亿元，同比增长 41.7%。压力容器制造行业和炼油化工设备制造行业出口增长速度明显加快，说明了在国家相关政策的支持和鼓励下，行业的技术进步促进了行业的快速发展。而石油钻采装备行业在国际油价的高位驱使下，延续着 2006 年的增长速度；增长幅度占据全行业的 70% 以上。

（二）高涨的原油价格，促进了石油和石油化工行业技术和装备的快速发展

随着世界经济的快速发展，全球对能源的需求连年大幅度增长。2007 年，从 1 月 23 日美国总统布什宣布美国战略石油储备将扩大 1 倍（增加到 15 亿桶）起，国际油价迅速直线上扬，不断刷新历史记录，到 7 月底，美国纽约 WTI 原油期价已达到每桶 77 美元，进入 11 月，油价急剧攀升，到 11 月下旬一度高达 99.24 美元/桶，直逼 100 美元大关。

2007 年，在国际原油价格大幅攀升的强烈刺激下，石油行业上游加快了全球油气勘探开发的步伐，世界石油勘探开发活动空前活跃，石油勘探投资持续快速增长。1999～2005 年，全球石油勘探开发投资从 675 亿美元增长到 2 070 亿美元，增长了 2 倍。2006 年继续保持快速增长势头，据花旗银行调查，2006 年石油勘探开发投资预计达到 2 530 亿美元，比 2005 年增长 22.2%，连续 6 年超过年初的投资计划。其中美国勘探开发投资达 623 亿美元，增长 26.6%。勘探投资的重点呈现出进一步向北美以外地区延伸，向海上特别是深海区延伸的特点。

伴随着投资的快速增长，油气发现也取得了重大成果。据不完全统计，2006 年 1～10 月，全球共有 220 个油气发现，其中储量大于 10 亿桶油当量的重大油气发现 7 个，包括雪佛龙德士古在墨西哥湾深水区发现的储藏量达 150 亿桶（20 亿 t）的杰克 2 号大油田，中国石化在川东北地区发现探明储量达 2 510.7 亿 m^3 的整装海相气田——普光气田，中国海洋石油总公司在南海发现的大气田等。在这些发现中，深海发现规模大，在油气储量规模大于 5 亿桶油当量的 14 个重大发现中，9 个位于海上，其中大多数为深海发现，且天然气发现数量较多，深海成为未来的重要储量接替区。由于各石油公司对石油工业未来发展前景普遍持乐观态度，2007 年投资继续保持两位数增长。

石油化工行业包括石油石化和化工两个大部分，占我国工业经济总量的 20%，对国民经济非常重要。2007 年，石油化工行业实现工业总产值 38 211 亿元，同比增长 20.2%。65 种大宗石油和化工产品中，产量较 2006 年同期增长的有 62 种，占 95.4%，其中增幅在 10% 以上的有 47 种，占 72.3%，天然气、电石、纯苯、甲醇和轮胎外胎等产品产量呈较快增长态势。

1996～1999 年世界炼油能力处于快速增长期，年均增长 2.3%；2000～2004 年则处于调整期，经过 2000 年和 2001 年连续两年的递减后，开始缓慢增加，5 年的年均增幅为 0.21%；2005 年世界炼油能力猛增接近 3.2%；2006 年和 2007 年再次趋缓。2007 年世界炼油工业继续微幅增长，炼油厂总数基本保持稳定，炼油能力略有增长，炼油利润率处于较高水平。2007 年，世界炼油总能力超过 42.65 亿 t/a，延续了从 2002 年开始的上升态势，成为连续第 6 个增长年，再次创出历史新高。

原油及加工制品平稳增长。2007 年前三季度，我国原油

生产较为平缓,天然气产量则增长较快。2007 年 1~9 月累计生产原油 13 992.6 万 t,同比增长 1.4%;天然气累计产量为 501.4 亿 m³,同比增长 19.8%。原油加工量 24 289.1 万 t,同比增长 7.0%。汽、煤、柴油产量继续保持稳定增长,累计生产汽油 4 475.9 万 t,同比增长 8.5%;生产煤油 867 万 t,同比增长 17.4%;生产柴油 9 175.1 万 t,同比增长 6.1%。

（三）我国石油钻采装备制造企业呈现产业集群化的发展趋势

2007 年,我国的石油钻采装备制造企业产业集群化有了较大的发展,从 2005 年开始随着原油价格的持续升高,石油钻采装备制造业的利润大幅增长;企业所在的各级地方政府的财政税收也水涨船高,因此扶植和扩大地方石油钻采装备制造业的发展成为各级地方政府规划的新的经济增长点。

1. 大庆油田装备制造业产业集群

大庆油田是我国最大的油田。经过了 48 年的发展建设,创造了我国 3 个第一。即原油产量第一,累计生产原油 19.21 亿 t,占陆上总产量的 40%;原油采收率第一,平均采收率 50% 以上,达到世界先进水平;为国家上缴税费第一,累计上缴税费 10 000 多亿元。创造了原油生产 5 000 万 t/a,持续稳产 27 年的世界奇迹。

2007 年,大庆油田拥有固定资产 2 644.44 亿元,净值 1 196.18 亿元;用工总量 32.92 万人,其中合同制员工 20.17 万人;原油产量 4 169.82 万 t,天然气 25 亿 m³。

大庆油田的装备制造业是在油田总机修理厂的基础上发展起来的,尤其在 20 世纪 90 年代以后,为满足油田机械采油和三采的需要,开始了油田装备系列的研发制造和规模发展阶段。2007 年共计有装备制造企业 31 家,用工总数 13 875 人,资产总额 35.26 亿元,总收入 39.49 亿元,其中外部收入 9.13 亿元(含国际市场收入 4.58 亿元)。实现利润 1.22 亿元。

主要产品共有 180 多种,包括抽油机、潜油电泵、射孔器材、真空加热炉、螺杆泵、井下工具、井口装置、油气输送管以及油井管杆等石油开采类产品;测井车和固井车等特种工程车类产品;节能电机、节能变压器、特种电缆等机电类产品。

装备制造生产能力:抽油机 5 000 台/a,特种车 1 000 台/a,电泵机组 4 000 套/a,射孔弹 250 万发/a 等。

2. 山东东营市石油机械装备制造业产业集群

东营市石油装备制造业随着胜利油田开发建设应运而生,特别在近几年有了较快发展,已经形成了集装备研发、加工制造、技术服务、内外贸为一体的较为完整的产业体系。截至 2007 年底,已有石油装备制造企业 240 多家,其中规模以上企业 100 家,总资产 141.1 亿元。石油装备业主要分布在市开发区、垦利县、东营区,其销售收入分别占全市的 28.0%、23.6% 和 21.0%;规模以上企业家数分别为 15 家、26 家和 29 家。

产业规模快速膨胀。2007 年,完成销售收入 169 亿元、利税 23.3 亿元、利润 16.6 亿元,同比分别增长 59.4%、89.5% 和 103.8%。2008 年 1~5 月,完成主营业务收入 105.6 亿元,利税 9.7 亿元,利润 6.8 亿元,同比分别增长 94.9%、91.1% 和 105.0%。成为东营市发展速度最快的产业之一。涌现出了胜利高原、孚瑞特、山东胜机等一批具有辐射带动作用的企业群体。

产业影响力日趋加大。出口快速增长。2008 年 1~5 月,石油装备在东营市报关出口 1.2 亿美元,占东营市出口总额的 19.67%,提高 2.35 个百分点;同比增长 29.6%,提高 6.8 个百分点。产品覆盖面广,涉及国内各大油田,销往美国、加拿大、俄罗斯、哈萨克斯坦等 30 多个国家和地区。

3. 江汉石油机械制造业产业集群

近年来,江汉石油机械制造企业牢牢抓住国际国内石油装备市场需求旺盛的历史机遇,按照总部确立的发展定位,着力打造中国石化石油装备制造基地,产品研发、市场开拓和生产经营各项工作捷报频传,发展势头强劲。2007 年 1~7 月,机械制造实现销售收入 19.05 亿元,同比增长 33.14%;出口交货值 7.27 亿元,同比增长 78.74%;实现利润 1.4 亿元,同比增加 3 849 万元。

4. 江苏省建湖县石油钻采工具制造业产业集群

江苏省建湖县石油机械产品以小型钻采工具类设备、零部件和配件为主,产品主要集中在液压动力钳、井口装置、防喷器和高中压阀门上,产品在全国有较高的知名度和较大的覆盖面。盐城特达钻采有限公司生产的液压动力钳系列产品已在国内市场独占鳌头,以其独特的设计,优良的质量,可靠的性能在全国 10 多家油田中得到广泛使用,产品市场占有率超过 75%。井口装置系列产品国内市场占有率达 40%。双鑫石油机械厂的 9 000m 钻井液管汇项目已通过国家级评审验收,填补了国内空白。

2007 年,建湖县从事中小型石油机械生产的企业有 300 多家,其中具有一般纳税人资格的石油机械企业 82 家,规模以上企业 37 家,平均每个重点石油机械制造企业都拥有 40 个左右的个体加工户与之配套协作,全行业拥有固定资产 8.5 亿元,从业人员达 2 万人,产品已形成油田阀门、油田井口装置和液压动力钳等三大特色系列。2007 年全行业实现应税销售收入 15.85 亿元,入库税金 9 939 万元。其中,盐城特达钻采设备有限公司、盐城特达专用管件有限公司和江苏九龙阀门制造有限公司 3 家企业税收超 1 000 万元,江苏咸中石油机械有限公司、建湖鸿达阀门管件有限公司、盐城信得石油机械有限公司和盐城三益石化机械有限公司 4 家企业税收超 500 万元,在建湖县前 10 强企业中有 4 家是石油机械企业。

5. 河北省盐山县的管道装备制造业产业集群

盐山县的管道装备制造业呈现出以下特点:

（1）集群度高。在县城周边的 3 个工业园区内聚集着 650 多家企业,占企业总数的 70%。盐山管道装备制造业已经形成了中原钢管制造有限公司、宏润管道集团、河北沧海管件集团有限公司、天泰集团和河北鲲鹏管件制造有限公司等 10 家销售收入超亿元的大型龙头企业。2006 年 10 家大型龙头企业总产值占全行业的比重达到 65% 以上。一些企业已成为国内管件装备制造业的"领军人"。其中,宏润集团成为国内同行业资质水平最高的企业之一,是全国第2家、全球第4家能生产厚壁合金钢管的企业,是全国电站配管标准的主要制造单位。中原钢管公司的螺旋管和热轧钢管生产能力达到了80万t,是国内最大螺旋管和热轧钢管生产企业。当前,全国直径2 420mm的螺旋管制管机组只有4套,中原公司占了2套。

(2)品种齐全。全县拥有生产加工管道部件的各种设备1 300多台(套)。拥有热轧、热减径无缝化钢管生产线各8条;拥有螺旋钢管生产线22条;管道装备分为弯头、三通、弯管、集合管、异径管、阀门、螺旋钢管、无缝钢管、防腐保温管道和电站设备等。管件产品达到12大类、1 400多个品种;管材产品达到5大类、170多个品种。

(3)科技含量不断提高。全行业拥有专利121项,有24个产品填补了国内空白,其中,P91三通替代了意大利进口产品,几乎垄断西气东输主管线市场。

(4)市场占有率高。截至2006年底,盐山管道装备制造业的国内市场占有率达到40%以上,高压特种管件的市场占有率达到50%。

(5)企业资质水平相对较高。全县已有325家管道装备企业通过ISO系列国际质量管理体系认证,70多家企业被中石油、中石化确定为定点供货单位。其中5家获得API证书,1家获得ASME证书,宏润集团和中原钢管公司等一批龙头企业成为各自领域资质水平最高、规模最大的企业。

按照县政府发展规划,到2010年,全县管道装备制造业总资产突破100亿元,企业总量达到1 700家;建成资产超10亿元的企业4家,超亿元的企业15家,超5 000万元的企业25家,超1 000万元的企业100家,年生产能力突破1 500万t;全行业年销售收入突破300亿元,年均递增26%;建成销售收入超10亿元的企业4家,超亿元的企业10家,超5 000万元的企业20家。实现工业增加值90亿元,年均递增26%,对GDP的贡献率达到80%以上;实现利税10.5亿元,年均递增26%;从业人员达到14.1万人,年均递增16.7%;万元增加值综合能耗降至1t(标准煤),年均下降2%;产品在国内市场的占有率达到50%以上,基本建成全国最大的管道装备制造业基地。

十一、铁路机车车辆

(一)概述

2007年,中国南方机车车辆工业集团公司(后简称中国南车)积极适应经济全球化和轨道交通快速发展的形势,加强营销策划,大力开拓市场,国内铁路市场占有率稳中有升,城轨市场和国际市场占有率快速增长,一批专有技术延伸产品成为新的经济增长点。销售收入从2000年106亿元逐年攀升,2007年达到312.14亿元,销售规模已跻身全球业内三强,提前3年实现"十一五"末300亿元战略目标。

在铁路产品需求结构剧变、成本压力和经营难度持续加大的情况下,加强预算管理,强化资金集中管理,严格控制成本费用,加大应收款项回收力度,努力开源节流、挖潜提效,主要经营指标创历史新高。2007年中国南车主要经济指标见表59。

表59 2007年中国南车主要经济指标

指 标 名 称	单位	完 成	指 标 名 称	单位	完 成
主营业务收入	万元	3 121 452	工业总产值(现价)	万元	3 282 983
利税总额	万元	286 576	工业增加值(现价)	万元	756 040
期末资产总计	万元	4 265 009	其中:主体企业工业增加值	万元	608 077
固定资产原值	万元	1 471 930	新造机车	台	346
固定资产净值	万元	946 453	其中:内燃机车	台	218
固定资产投资	万元	221 676	电力机车	台	128
期末人数	人	92 503	新造城轨、地铁和动车组等	辆、组	785、117
其中:在岗员工	人	75 712	新造客车	辆	685
非在岗员工	人	10 558	新造货车	辆	17 319
其他从业人员	人	6 233	修理机车	台	937
设备总数	台	40 067	其中:内燃机车	台	842
其中:金切及锻压设备	台	6 867	电力机车	台	95
厂所占地面积	万m²	2 079	修理客车	辆	1 961
其中:工业用地	万m²	1 407	修理货车	辆	28 959
房屋建筑面积	万m²	73	其中:K2转向架货车改造	辆	22 078

中国南车各单位在履行既有项目合同的同时,努力开拓市场。株洲电力机车有限公司获得大功率机车采购项目合同,四方机车车辆股份有限公司、BSP公司分别获得时速200~250km 16辆长编组动车组合同,株洲电力机车有限公司、四方机车车辆股份有限公司、南京浦镇车辆厂等以独立或项目总负责为投标形式,连续中标南京、上海、北京、成都、沈阳、深圳和广州等城市地铁合同共11个,南京浦镇车辆厂获得春运客车合同,BSP公司获得青藏旅游车合同。

城轨地铁国内市场占有率接近60%,全年签约总额超过440亿元。

积极开拓海外市场,先后拓展了俄罗斯、澳大利亚、马达加斯加、格鲁吉亚等市场,并设立澳大利亚和纳米比亚办事处。"中国南车"品牌全球知名度不断扩大,产品由最初出口东南亚发展到遍布五大洲30多个国家和地区,出口产品技术也逐步由传统技术向当代先进技术发展。其中出口澳大利亚40t轴重货车是世界轴重最大的货车,出口哈萨克斯坦的 KZ4A 机车被该国选定为铁路建成 100 周年纪念邮票图案,"革新号"出口内燃机车成为越南铁路牵引动力主型产品。曲轴产品取得了世界发动机行业的"通行证",占据了印度市场 70% 的份额。此外,先后与美国 GE 公司、日本伊藤忠等知名企业签订了战略框架协议,形成战略合作伙伴。

(二)技术引进与创新

积极构建开放式技术创新体系,坚持走引进技术与自主创新相结合的科技发展道路,采取先人一步的策略加快设计、制造、产品"三大技术平台"建设。认真抓好主产品技术水平与国际接轨工作,先后成立变流技术国家工程中心和 5 家国家认定技术中心、4 个博士后工作站、6 家经国家实验室认可委员会认可的检测实验中心,并在美国成立第一个海外工业电力电子研发中心,与日本企业在国内建立合资技术开发公司。为适应中国铁路高速重载发展需要,在铁道部大力支持下,先后与国际知名公司签订技术引进合同,通过技术引进、消化和吸收,增强集成创新能力。南车产品再次成为中国铁路大提速标志性新型主力装备,在第 6 次铁路提速上线运营的 48 列和谐号动车组中,有 45 列是中国南车制造。一站直达的 26 对旅客列车中,有 24 对半是由中国南车制造的韶山 9 型电力机车和东风 11G 型内燃机车担当牵引动力,并成功实现 2 000km 以上长交路运行。双层集装箱货车和 PB 型代用棚车首次以时速 120km 进行货运商业运营。全年交付时速 200km 动车组 60 列,大功率电力机车 105 台,产生良好社会反响。在六轴大功率电力机车、高速动车组、城轨车辆等领域,中国南车已具备自主研发、自主采购、自主制造、自主管控能力,实现与国际先进水平接轨。高速动车组、大功率机车、青藏高原客车、大秦线载重 80t 货车、40t 轴重货车、时速 160km 集装箱专用车、北京 1 号线地铁列车、上海 1 号线具有自主知识产权地铁列车等一批产品已处于或接近世界先进水平。国产化"和谐"1 型电力机车成功上线运营,时速 200km 长编组(16 辆)座车动车组设计完成,首列国产化时速 300km 动车组竣工下线,具有自主知识产权时速 350km 动车组研发工作全面启动。X_{6K} 型集装箱平车、轴重 25t K7 型转向架等一批货车产品通过铁道部生产质量认证或技术审查,出口澳大利亚的 40t 轴重矿石敞车投入批量生产。完成具有自主知识产权的上海地铁 1 号线 102 号车升级改造项目,地铁 A 型车研制取得历史性突破。自主研制的城轨车辆牵引变流和网络控制系统成功中标沈阳地铁 2 号线,城轨车辆核心技术产业化取得重要进展。电动汽车、曲轴、船用柴油机、风电设备、汽车增压器等专有技术延伸产品研发工作也获得良好效果。夯实技术基础,组织开展 63 项中国南车标准编制工作,完成管理类标准 6 项、工艺管理类标准 17 项。做好知识产权保护,申报专利 560 项,受理专利 536 项,获得授权专利 345 项。中国南车城轨交通装备国产化工作受到国家表彰,时速 200km 动车组获全路科学技术一等奖,青藏客车等一批产品获奖。

十二、船舶工业〔中国船舶工业集团公司〕

2007 年,中国船舶工业集团公司(以下简称中船集团公司)深入贯彻党的十六届六中全会和十七大精神,坚持科学发展观,在生产经营、改革发展和经济效益等方面都取得了显著成绩,开创了改革发展新局面,实现了又好又快发展。

(一)生产经营实现跨越发展

2007 年,中船集团公司生产经营继续保持跨越式发展态势,全年造船完工达到 655 万 t,占国际市场份额的 7.5%,再创历史新高,继续稳居世界造船集团第 2 位;承接船舶订单超过 2 300 万 t,手持船舶订单超过 5 000 万 t,分别占国际市场份额的 10% 和 10%,接单量和手持订单量均跃居世界造船集团第 2 位,骨干船厂的生产任务已排至 2012 年。根据生产计划安排和手持订单情况,未来 3 年,中船集团公司造船产量将在 2007 年的基础上以年递增 40% 左右的高速度增长,到 2010 年,造船产量将达到 1 800 万 t 以上。

(二)重大工程建设取得重大进展

我国最大、最现代化的造船基地——位于长江口的中船长兴造船基地一期工程自 2005 年 6 月 3 日开工以来,经过两年半的建设,现已基本建成并开工造船。截至 2007 年底,中船长兴造船基地一期工程已承接 30 万 t 级超大型油船(VLCC)、大型集装箱船、大型散货船和化学品船等 100 多艘 1 400 多万 t 船舶订单,造船生产任务已安排至 2012 年。同时,以液化天然气船(LNG 船)、特大型集装箱船和深水海洋工程为主要产品对象的中船长兴造船基地二期工程也开始启动。我国华南地区最大的造修船基地——位于广州龙穴岛的龙穴造船基地造、修船区建设已全面展开,2008 年 3 月正式开工造船。我国最大的船用柴油机生产基地——位于上海临港重装备产业区的临港船用柴油机生产基地主要生产车间已全面完工,首台机已于 2007 年 7 月进行总装,9 月交付使用。

(三)自主创新能力显著增强

中船集团公司通过持续加大科研开发力度,推动科技创新,促进了产品结构的优化升级,自主创新能力不断提高。在中船集团公司 2007 年完工的船舶中,产品结构从过去以散货船为主,转变为散货船、油船和集装箱船三大主流船型并驾齐驱、高新技术船舶及海洋工程装备明显增加。自主研发的 VLCC、23 万 t 超大型矿砂船(VLOC)、17 万 t 级系列绿色环保型散货船等实现了批量化生产,其中,17 万 t 级系列绿色环保型散货船已经成为世界级品牌,国际市场占有率超过 40%,中船集团公司拥有该型船价格话语权。除了散货船和油船等常规船型外,中船集团公司在高技术、高附加值产品领域取得了很大突破,相继建造完成了我国迄今为止吨位最大、造价最高、技术最新的 30 万 t 海上浮式生产储油轮(FPSO),国内自主设计的最大集装箱船 8 530 箱集装箱船,自行设计建造的自动化程度最高的 13 500m³ 大型耙吸式挖泥船,被誉为世界造船"皇冠上的明珠"的 LNG 船也即将完工交付。2007 年 10 月 18 日,中船集团公司还承接了列入国家高技术船舶研制项目的 3 000m 深水半潜式钻井平台,这是海洋工程中的"航空母舰",该项目的承接标志着中船集团公司在海洋工程领域实现了重大突破。这些高技术高附加值产品的顺利建造、承接,打破了国外的技术垄断,填补了国内空白,标志着我国船舶工业整体技术水平又上了一个新台阶。

(四)经济效益继续翻番增长

2007 年,中船集团公司实现利润超过 140 亿元,是 2006 年 52 亿元的近 3 倍,继续位居十一大军工集团之首。集团公司下属企业实现利润超亿元的单位由 2006 年的 10 家增加到 2007 年的 16 家。按 140 亿元的利润测算,2007 年集团公司销售利润率近 25%,同样排在军工集团之首,在中央企业制造业中也名列前茅。

十三、航空工业〔中国航空工业第一集团公司〕

2007 年,在党中央、国务院、中央军委的亲切关怀下,在政府、军队和社会各界的大力支持下,中国航空工业第一集团公司党组团结带领广大员工,按照《加快全面发展的决定》和 2007 年度峰会的部署,紧紧围绕战略目标,解放思想,攻坚克难,取得了显著成绩,战略转型全面推进,重大型号捷报频传,改革发展亮点纷呈,科学发展势头强劲,社会影响大幅提升,为持续发展奠定了良好基础。

(一)集团收入跃上 1 000 亿元的新台阶

经过奋力拼搏,集团公司跻身为央企 1 000 亿元俱乐部的新成员,实现总收入 1 030 亿元,同比增长 25.5%;实现利润和收益 53 亿元,同比增长 44%,完成工业增加值 227 亿元,同比增长 19%。连续 3 年综合业绩评价为"A"级,居军工行业第一。

(二)军品发展取得突破性进展

2007 年,是近几年批量生产任务最繁重的一年。集团公司牢固树立"军品是集团安身立命之本"的思想,狠抓军品任务,全年完成几十个型号的研制生产和 10 多个集团外重大型号配套任务,实现了"四机立项、五机定型、五机鉴定、两机首飞",3 项无人机的研制工作全面展开。成立了全集团的发动机产业振兴领导小组,下发《关于加快航空发动机产业发展的决定》。推进了机载产业相关专业的改革重组,成立了中航航空电子有限公司。装备保障服务得到强化,在保障"飞豹"飞机参与中俄联合军事演习中受到部队的赞扬。在技改和研保能力建设中,全面推进环保、节能降耗和减排理念,并取得明显进展。

(三)民用飞机产业发展翻开了崭新的一页

历经多年卧薪尝胆、埋头苦干,民用飞机产业发展终于翻开了崭新的一页。①新支线飞机取得具有里程碑意义的进展。首架 ARJ21—700 新支线飞机"翔凤"试飞机成功下线,引起国内外巨大反响;首批批量生产 6 架机已经进入大部件装配阶段;获国内订单 100 架,国外意向订单 2 架,订单总数累计达 173 架;美国 FAA 型号合格证申请工作获得重大突破;完成了静力试验机总装并开始全机静力试验;完成了客户服务中心建设和大厂飞机总装厂的技术改造。②"新舟"60 飞机销售取得可喜的成绩。新增国外订单 4

架,签订了 30 架租赁购买合同,国内新订 2 架,累计订单总数达 118 架;交付了 7 架,累计向 5 个国家交付了 12 架飞机;改进型 MA600 飞机的试飞机进入总装,静力试验机进入全机静力试验,维修训练模拟机完成总装调试;新涡桨支线飞机 MA700 完成立项论证。③民用飞机力量整合取得明显进展。以西飞国际为平台,整合西安、沈阳和成都的民用飞机制造力量取得重大进展,中国一航成都飞机工业(集团)公司、一航沈飞民用飞机有限责任公司挂牌成立,翻开了民用飞机专业化整合和产业化发展的新篇章。④国际合作迈出重要步伐。与庞巴迪公司签订了民用飞机领域长期战略合作关系;与空客公司就建立战略合作关系达成重要共识;与 GE 公司签订了 CF34—10A 系列发动机装配试车合作项目;与赛斯纳飞机公司签订了赛斯纳 162 轻型运动飞机项目的整机合作协议。⑤航空转包技术含量和交付额快速增长。交付额迈上 4.5 亿美元的新台阶,同比增长 25.7%,新签民用飞机转包生产合同价值 9 亿美元,参与波音和空客的新型飞机 B787、B747—8、A380、A350 等项目的转包生产;成功完成迄今为止我国承担的技术难度最大的首架 A319 机翼翼盒的研制和交付;完成了波音新研制 787 飞机全复合材料方向舵和垂尾前缘的首架交付。累计交付波音 737 平尾和垂尾各 1 000 架。与波音签订了 B747—8 襟翼、副翼、扰流板项目,其中襟翼是我国目前承担的最大的复合材料结构件。同时,积极参与大型客机项目的论证等工作。加快推进了民用飞机机载设备与系统、发动机、复合材料的发展。

(四)非航空民品和第三产业增速加快,园区建设蓬勃发展

一是非航空民品全面增长。2007 年实现销售收入为 240 亿元,同比增长 25.4%,其中压缩机增长幅度接近 80%;具有国际领先水平的 5HP 双转子压缩机开始小批量生产。4.5 代 TFT—LCD 显示屏及模块生产取得里程碑式进展。"柴油发动机电子控制燃油喷射系统"得到国家产业化立项批复。先进高温合金精密成型件高技术产业化工程、球墨铸管、兆瓦级风力发电机组、锂离子电池等项目取得新进展。云马客车批量出口巴基斯坦。二是第三产业继续高速增长。实现销售收入 214 亿元,同比增长 31%。房地产业配合新园区建设,采取退二进三、退城进郊的方式,充分利用有限的土地资源,用市场经济的方式,解决了部分航空产业发展资金不足的问题,形成了为航空产业服务配套的局面。飞行学校获得民航总局批复,航空公司组建已报批。三是航空科技创新园区蓬勃发展。上海民机产业基地、成都空天高技术产业基地、沈阳航空经济区等项目都取得重要进展。天津、合肥、深圳、贵州、南京和无锡等地园区的开发建设工作正在有序推进。四是燃气轮机产业发展势头良好。首台国产化 GT25000 燃气轮机已完成 98% 零部件制造,并投入总装和试车。QD128 机组累计稳定运行超过 3 000h。QD70A 机组成功累计运行 1 000 多 h。与山西签订了 60MW 示范性节能减排燃机发电项目。

(五)资本运作成效显著

在初步理清资本运作思路的基础上,实现了股权分置

改革、首发上市、定向增发、借壳上市、重组并购、资本市场操作等工作的全面突破。从资本市场融资总额已超过70亿元。完成了"3家首发上市"，即中航光电、成飞集成和三鑫股份实现了首发上市。完成了"6家公司定向增发"，即西飞国际、贵航股份、力源液压、中航精机、深南光和深天马的定向增发。借壳S吉生化，积极推进西航集团上市。初步搭建了集团金融平台。重组了财务和租赁公司；启动了航空证券、江南证券、江南信托和江南期货的重组。开展了境内外并购。成功并购了广东国际大厦、东方机床厂、开乐专用车辆公司和捷克维纳发动机公司。

（六）科技创新取得丰硕成果

一是预先研究硕果累累。二是自主投入大幅度增加。集团创新基金自主投入3.2亿元，同比翻了两番，带动所属单位投入17亿元。三是原始创新取得新的突破。四是专利申请和获奖数目增幅较大。专利申请数量为710件，同比增长34%，其中发明专利367件，占年度申请量的50%以上，专利数量和质量都有明显提高，累计专利申请数量达2 751件。1个项目获得2007年度国家科技进步一等奖，2个项目获二等奖。获国防科技进步奖94项，其中太行发动机获国防科技进步特等奖。

十四、航天工业〔中国航天科技集团公司〕

（一）基本概况

2007年，是中国航天科技集团公司认真学习党的十七大精神、深入推进"十一五"各项任务极为关键的一年，也是我国航天事业发展史上又一个具有里程碑意义的一年。在党中央、国务院、中央军委的亲切关怀下，在国防科工委、总装备部、国资委等上级部门的正确领导下，通过广大干部职工的顽强拼搏和无私奉献，集团公司的各项工作均取得了突出成绩。

（二）主要经济指标

2007年，中国航天科技集团公司实现总收入606.12亿元，比上年增长29%；总资产达到1 271亿元，比上年增长23.8%；同时，在整体经济规模持续扩大的基础上，经济运行质量也进一步得到了提高，经济效益有了较大幅度增长，全年实现利润52.6亿元，比上年增长82.6%；上缴税金13.2亿元，比上年增长43.6%；销售收入利润率从6.9%提高到8.4%；净资产收益率从10.31%提高到15.8%；成本费用率从94.9%下降到92.9%，全员劳动生产率从9.6万元/人提高到11.18万元/人，全面完成了国务院国有资产监督管理委员会下达的年度经济考核指标。在国资委2004年到2006年对中央企业负责人经营业绩考核中，连续3年被评为"A级"，并且获得了第一任期"业绩优秀企业"称号。

（三）重大项目

1. 型号科研生产

2007年，中国航天科技集团公司研制的长征系列运载火箭进行了10次发射，成功发射了嫦娥一号绕月探测卫星、海洋一号B星、资源一号02B星、鑫诺三号卫星、尼日利亚通信卫星、中星6B卫星、北斗一号04星、北斗二号试验星、遥感一号02星和遥感二号01星等卫星。其中，首次绕月探测飞行的圆满成功，成为继人造地球卫星、载人航天飞行取得成功后我国航天事业发展的又一座里程碑，标志着我国深空探测技术取得重大突破；长征运载火箭实现100次发射的历史跨越，取得了自1996年10月以来62次连续成功的成绩；尼日利亚卫星完成在轨交付，开始商业运营，实现了我国商业卫星整星出口零的突破。当前，中国航天科技集团公司研制的在轨卫星达到28颗，各类卫星的正常使用和业务运行，为国民经济建设和社会进步发挥了重要作用。

同时，中国航天科技集团公司承担的国家重大工程和重大科技专项任务取得了新的进展，新一代运载火箭基本型研制工作全面展开；神舟七号载人飞船和长征二号F运载火箭研制进展顺利；二代导航卫星工程按计划推进。

2. 民用产业

太阳光伏、煤化工、卫星应用、高端液压支架及电液控制系统、风力发电设备、碳纤维、航天生物、大型高效长输管线输油泵组等重大产业化项目稳步推进，航天民用产业的销售收入占据了集团公司三大主业的半壁江山；上海、西安国家航天民用产业基地建设进展顺利；与地方政府、大企业集团和金融机构的战略合作不断深化，分别与甘肃省、海南省、内蒙古自治区、天津市、深圳市、神华集团、中国石化、华能集团、北京银行、进出口银行、国家开发银行、招商银行建立了战略合作关系；成功发行了金额15亿元的第二批企业债，获得开发银行10亿元的技援贷款和进出口银行10.3亿元的股权投资，完成了火箭股份、中国卫星、香港航科、中国航天万源的再融资，净融资近17.3亿元；资源重组与结构调整工作取得了突破性进展，与中国卫通集团公司联合实施了境内卫星运营资源的重组，挂牌成立了中国直播卫星有限公司，重组收购了深圳航天科技创新研究院。注册成立了航天科技投资控股有限公司，完成了投资控股公司增资扩股方案制订，公司清理整合工作基本达到了将公司层次压缩到四级以内，公司数量减少到300家以内的目标。

（四）技术创新

全面推进了创新型企业建设，强化了技术创新的基础条件建设，启动了"钱学森空间技术国家实验室"建设，成立了3个国防先进技术研究应用中心，技术创新体系不断完善；推动了9个背景型号转入工程立项，完成了1个演示验证和2个国家重大基础研究项目的立项，21项航天核心技术取得较大突破；同时，加大了知识产权的保护力度，激励企业创造、应用和保护知识产权。截至2007年11月底，当年申请专利超过670项；2007年度获国防科学技术进步特等奖1项、一等奖10项、二等奖23项、三等奖59项。2007年年底，集团公司获得了中国工业经济联合会等12家行业协会授予的我国首届"中国工业大奖"，国资委还授予集团公司"科技创新特别奖"。

〔本部分摘自《中国机械工业年鉴2008》〕

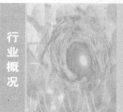

中国
机床
工具
工业
年鉴
2008

企业概况

介绍机床工具行业先进会员企业的成功经验，重点企业文化建设和发展规划

The successful experience, key enterprise culture construction and development plan of advanced member enterprises of China machine tool industry are introduced

本栏目编辑：袁士华
曹 军

综述

专文

行业概况

市场概况

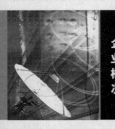

企业概况

统计资料

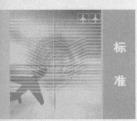

标准

大事记

附录

先进会员企业介绍

企业介绍

人物访谈

理念 风采 足迹

做时代的机床人

——访大连机床集团有限责任公司董事长陈永开

陈永开

大连机床集团有限责任公司董事长、党委书记、总裁。1999年受命于企业危难之中，带领职工深化企业内部改革，并实施走出去战略，并购世界著名机床企业，坚持以我为主，为我所用，为国家解决大量重点项目对先进装备的需求。

CHEN Yong Kai

大连机床集团曾是共和国建国初期全国机床行业十八罗汉之一。从20世纪90年代末至今，大连机床集团走出了一条具有自身特点的集成创新之路；企业规模、技术水平、制造能力取得了突飞猛进的发展，经济实现了跨越式增长，成为全国组合机床、柔性制造系统及自动化成套技术与装备的研发制造基地和中国机床行业的排头兵企业。现在的大连机床集团麾下拥有全资、合资、控股及参股子公司40多个，其中与德国、日本、韩国、美国、瑞士等国家合资公司8个，并购美国英格索尔2个子公司（全资），并购控股1个德国公司，并且已经由过去单一的机床产业发展成为今天拥有占地面积两平方公里的现代化的新厂区及"一个中心"、"两个基地"、"一个园区"，多种产业并举的、走出国门向全球发展的大型产业化集团。主要产品有：组专机及柔性制造系统、立卧式加工中心、数控车床及车铣中心、高速精密车床及机床附件、汽车动力总成及传动部件计500多个品种。50多年来，大连机床集团为汽车、军工、航天航空、农机、采矿冶金、地质勘探等行业提供了各类机床40万多台；产品遍布国内各省市自治区，远销世界100多个国家和地区。

大连机床集团从一个濒临倒闭的企业快速成长为行业排头兵企业，并站到世界机床行业第一方阵。大连机床承载着怎样的历史使命？作为企业带头人，陈永开是如何看待自己肩负的重任？未来大连机床又有何新的打算？

一、认清形势

有人认为，当前机床行业形势比较好，企业订单满，职工都在加班加点；但也有人有顾虑，担心这种形势能持续多久。在这方面，陈永开有他的客观分析：无论从国内还是国际来看，可能发展的过程中会有曲折，但机床工具行业向上的趋势是不可逆转的。

陈永开认为，从社会经济规律来看，消费品轿车已进入中国普通家庭，经济增长会稳定相当长的时期，人口众多的中国，经济水平呈阶梯型分布，这种趋势将会持续较长时间；从产业发展看，机床行业为之服务的汽车、铁路、船舶、航天、航空、发电、机械、电子、冶金、石油、工程机械等行业都在蓬勃发展，同时国家将加大对国防军工领域的投入；从世界经济角度看，中国已成为世界工厂，在华制造的零部件越来越多；从中国机床在国际发展的空间看，中国机床从总量和水平上都有明显进步，在世界机床行业的位置逐年前移。从上述4个方面来看，都会带来大量的机床需求，中国机床一定会在国际上大有作为。

当前我国装备制造业面临着严重的威胁与挑战，大连机床作为行业中的骨干企业，有责任有义务肩负起振兴民族工业的重任，有责任有义务扛起振兴装备制造业的大旗，大连机床当前的主要构想是搭建全球资本、业务结构、产品资源、人力资源、区域布局、产业价值链整合平台，形成大连机床在全球机床竞争的比较优势，打造世界知名品牌，与世界同行业巨人同行。

二、下定决心

温家宝总理到大连机床视察时曾经说过，数控机床的水平是一个国家机械化、现代化的重要标志，象征着一个国家的科学水平、创新能力和综合能力。中国要成为数控机床生产大国，中国的数控机床要下决心走到世界领先地位，这是新型工业化道路或者说现代化的重要标志。

"世界领先"的含义，在陈永开看来有4条：一是技术上领先，在核心技术、关键部件和主要性能技术指标上达到世界先进水平，原创技术在世界机床行业起引领作用；二是生产规模大，装备水平高、制造能力强，主要经济指标均排在世界前列；三是国内外市场占有率高，大部分机床用于出口，高档产品产量在世界主要生产国中名列前茅；四是中国机床中世界名牌多，中国机床在全球能赢得信赖和赞誉。中国机床从跟踪发展到走到世界领先，是历史发展的规律和必然。他认为，作为中国人，我们应该相信自己有这个能力，但关键是要下定决心。

目前，我国数控机床水平在不断提高，产量也在不断的增长，但与数控机床大国的要求还相距很远。数控机床中主要还是中低档产品，在国际市场占据的份额还不多。中国要真正成为数控机床大国，还有相当长的路要走。不付出超常规的努力，就很难做到。因此，我们一定要执着追求，一步一个脚印地做好相关工作。

三、善于学习

陈永开认为：学习是企业及每个员工生存、发展的迫切要求，也是当今社会生活的新追求、新时尚；学习是企业实现创新的必由之路，是企业实现创新的动力源泉。

为了尽快缩短与国际先进水平的差距，大连机床集团通过技术引进、合资合作、并购企业等多种途径，学习利用世界先进技术成果，消化吸收再创新，迅速提高国内机床行业的产品技术水平，大大缩短各类高精尖产品的开发周期，使产品技术尽快跨入国际先进行列。

如今的大连机床集团拥有全资、合资、合作及控股、参股子公司22个，其中与德国、日本、韩国等国家组建的合资公司8个，收购美国英格索尔全资子公司2个，大连机床集团已经成长为一个名副其实的科、工、贸一体化的大型外向型混合所有制企业集团。应该说，在这样一个巨型的集合体中，原来的各个企业存在着巨大差异，这也给企业发展提出了新的要求。针对并购企业的具体情况，大连机床集团加强了相互间的了解与沟通，学习对方先进的文化和管理经验。从产品技术和企业管理方面做到为我所用。

四、国际化发展

从2002年大连机床集团在行业中率先并购了美国英格索尔生产系统公司，实现了中国机床行业并购发达国家企业的历史性突破；而后又连续出击，于2003年并购曲轴成套加工设备处于世界领先地位的美国英格索尔曲轴加工系统公司；于2004年10月收购了在大型龙门五面加工中心技术处于领先地位的德国兹默曼公司70%的股权。几年来，大连机床集团以控股的方式，与世界一流企业成立了8家合资公司，可以为国内军工、航天航空等关键领域和重大成套项目提供先进装备，替代进口；可以参与国际机床重大项目招标和竞争，改变多年来我国机床行业被排除在外的现状。

如今的大连机床，已形成以国外制造体系和销售体系为主导，自营出口、国内外贸公司代理、国外并购企业销售机构、国外合作伙伴和国外专业机床销售公司等5方面组成的国外销售网络，构建了跨国制造销售的经营格局。

陈永开曾经说过，中国机床行业要整体走出国门，向世界发展，大连机床愿意将国外销售平台对国内同行业企业开放，愿意帮助国内机床行业产品出口，为实现机床国际化发展提供服务。

"十一五"期间，大连机床集团发展的总体目标是，以机床集团为核心，以数控机床为主导，以自主创新为动力，建设"一个中心，两个基地"积极推进数控机床、数控系统和功能部件规模化制造，努力实现大中小规格、高中低档次、国内外市场全面发展，培育数控产业集群，建设世界级公司，进入世界机床行业前5位(列)。

作为跨国经营集团的领路人，陈永开曾荣获"中国工业经济年度风云人物"、"全国机械工业优秀企业家"、"辽宁省五一劳动奖章"、"大连市特等劳动模范"等称号，如今他又荣获"第七届全国优秀创业企业家"称号。但他没有满足于目前的荣誉和成绩，而是继续带领大连机床人一步一个脚印，走在国际化发展的道路上。正像大连机床集团企业之歌中唱到的："我们是时代的机床人，机床的未来属于我们"。【本刊记者：袁士华】

挺民族脊梁　塑世界品牌

——访济南二机床集团有限公司董事长、总经理张志刚

张志刚

自2003年6月担任济南二机床集团有限公司董事长以来，带领济南二机床走自主创新道路，填补多项国内技术空白，使济南二机床成为具有国际竞争力的锻压机械行业排头兵。

ZHANG ZhiGang

济南二机床集团有限公司是由原济南第二机床厂按现代企业制度试点要求整体改制而成的国有独资公司，全国520家重点企业、山东省高新技术企业，中国锻压机械行业排头兵。公司主要生产重型数控冲压设备、大型数控金属切削机床两大类主导产品和自动化、铸造机械、环保建材、数控切割机等新门类产品。近几年，企业主要经济技术指标快速增长，企业综合实力和抗风险能力显著增强。

"十五"期间，公司先后承担完成3个国家"863"计划项目和1个国家级技术创新计划项目。近三年，共完成开发项目206项，其中承担国家、省市攻关项目58项，获省市科技进步奖24项，申请专利35项。数控冲压机床、数控金属切削机床分别荣获"中国名牌"称号，是国内机床行业同时拥有金属成形、金属切削两块"中国名牌"的企业。凭借技术开发、质量管理、制造能力等方面的优势，被美国客户誉为"世界五大数控冲压装备制造商之一"，被国务院授予"国内重大技术装备领域突出贡献企业"、"全国技能人才培养突出贡献奖"。2007年，出口美国的5 000t重型多工位压力机，荣获国家科技进步二等奖。

济南二机床集团有限公司依靠雄厚的技术研发和创新能力，在数控冲压设备、重型数控机床和自动化产品等领域，相继推出一系列填补国内空白、打破国外企业垄断的高精尖产品，走在了振兴装备制造业的发展前沿。带着对这个有着70年历史的老企业何以能取得如此成绩的好奇，本刊记者采访了济南二机床集团公司董事长张志刚。

一、创新——拉近世界的距离

济南二机床的技术发展，与很多行业企业一样，经历了解放初期仿制基础上的系列化开发及改革开放后技术引进基础上的消化吸收再创新，较好地满足了不同时期国民经济发展，特别是中国汽车工业由卡车时代向轿车时代跨越对冲压装备的需求，奠定了在国内机床行业的优势地位。随着国内市场的与国际接轨，为挑战国际顶尖企业的垄断地位，打造国际一流机床企业，济南二机床也对自己提出了增强技术创新能力的要求。

积极开展与国际著名功能部件、机器人制造商的合作，推进与高校、科研机构的产学研联合，充分利用现代技术发展成果，着力提高企业技术集成创新能力，快速进入高端市场。成功为美国用户提供了2 000t、2 500t高速级进模压力机，5 000t多工位机械压力机；为巴西福特公司、巴西通用公司实施压力机机器人自动冲压生产线、快速送料冲压线的集成工程；为长安汽车公司提供了国内第一条全自动汽车覆盖件冲压生产线，为华泰汽车公司提供了国内第一条机器人全自动冲压生产线，为上海通用汽车公司、沈阳金杯汽车公司等用户提供了快速送料冲压生产线等高技术产品，打破了国外企业在高端领域的垄断地位。

实施核心技术的自主创新，打造企业的核心优势，在加强预算管理的过程中，突出技术开发费用、工艺攻关费用的预算管理，在确保开发、攻关费用投入的同时，加强项目组织管理，实施重型数控落地镗铣床、重型数控龙

门镗铣床、机械式（大功率、重切削）五轴联动镗铣床、高速五轴联动镗铣床、高档开卷落料、数控液压垫、大型多工位送料机构等产品与技术开发、研制，填补了国内空白，在一些重要领域与世界机床最新技术同步发展。同时，围绕高新技术产品发展和提高技术性能，实施新材料应用及热处理工艺、铸造工艺、关键件机械加工工艺的研究与攻关。企业技术开发投入占销售收入的7%以上，企业每年自主开发七八十种新产品，90%达到国际或国内先进水平，技术进步产品产值占新增工业产值的70%以上。

谈到创新，张志刚最大的体会是：创新，让沟通更加顺畅；创新，使行业发展充满活力；创新，也拉近了济南二机床集团与世界的距离。锻压设备方面，济南二机床先后在机械手自动上下料冲压生产线、机器人自动上下料冲压生产线、高速冲压生产线、大型多工位机械压力机、伺服压力机等尖端技术领域取得突破，推动中国锻压设备技术发展与世界同步；数控金属切削机床方面，成功开发重型数控落地镗铣床、大型高速五轴联动镗铣床及大功率、重切削、机械式五轴联动镗铣床等填补国内空白的新技术、新产品，缩短了与世界先进水平的距离。

二、责任——勇往直前的动力

张志刚曾经说过，"工欲善其事，必先利其器"，这对设备、工具使用者来说是成功做事、做好工作的基本道理，而对机床装备制造业来说是沉甸甸的责任；济南二机床作为国内机床行业的一名主力队员，在开拓国际市场上，就代表中国队，就要带头冲锋陷阵。

装备制造业是为国民经济发展和国防建设提供技术装备的基础性、战略性产业，是实现国家工业化、现代化的必备条件，是一个国家综合竞争力的重要体现。随着经济全球化速度的加快及中国经济持续快速的发展，国外装备制造企业更加关注中国市场，更加关注中国装备制造企业。作为国内锻压机械行业的排头兵和中国汽车工业的装备部，济南二机床在机械手自动化、机器人自动化、高速冲压线、大型多工位压力机、伺服压力机、重型数控落地镗铣床和大型高速五轴联动加工中心等方面，都取得了一系列关键技术的突破，产品远销世界50个国家和地区，已成为有较强国际竞争力的企业。

2008年9月，张志刚受邀出席美国金属成型协会国际理事大会。当他用英语向与会者介绍中国锻压行业和济南二机床的发展情况后，现场响起热烈的掌声。代表们对中国、对济南二机床能够研制5000t大型多工位压力机感到吃惊。正是回报职工、发展企业、振兴装备制造业的民族责任，给了济南二机床勇往直前的动力。

三、品牌——国际化企业的追求

近年来，济南二机床明确提出了"打造国际一流机床制造企业，塑造世界知名品牌"的发展目标，立志"不仅要装备中国，还要装备世界"，展示中国装备制造业的实力，承担起振兴装备制造业的历史使命；在巩固传统市场竞争优势的同时，积极推进国际化经营战略、高端市场营销战略，广泛参与国际竞争，在与强者的竞争中学习、提升自我。张志刚说："应对全球范围竞争，追赶跨国公司，关键是要提高自己的核心竞争力，拥有自己的特点、自己的品牌，才能在全球化的市场竞争中立于不败之地"。

企业将保持和发展技术开发与制造领先优势作为企业发展的根基，将满足用户个性化、多样化需求作为市场营销的基本出发点，在行业内率先实行"量体裁衣"式的新型研发模式。集团将技术开发单元与商品公司紧密结合，使企业技术开发工作直接与市场接轨、与制造相联系。以市场为导向，不断研究用户的潜在需求，落实前瞻性技术开发，形成了具有企业特色的技术创新模式。

以强大的技术支持为依托，济南二机床先后为国内汽车、发电、船舶、航空航天等国民经济重点领域提供了大量高水平装备。大重型锻压设备的市场占有率达90%以上。此外，上海通用汽车公司、上海大众汽车公司、一汽大众公司、广州本田公司和海南马自达公司等众多合资公司，近几年也纷纷选用JIER产品。济南二机床成为国内机床行业唯一掌握和向市场推出大型多工位机械压力机、快速送料冲压生产线、机器人自动冲压生产线、机械手快速送料冲压生产线、数控气垫等国际锻压领域最新技术的机床企业。在数控领域，济南二机床先后向市场推出了350余台大重型数控机床产品，装备了军工、汽车、铁路、能源、冶金、重型机械、机床工具等国内众多重点行业、重点用户。其中仅为航空、航天、船舶、兵器等四大军工领域就提供了60余台大重型数控镗铣床，全部10个系列的数控机床均被列为首批军工采购推荐目标。目前，济南二机床已成为国内数控龙门镗铣床的龙头企业，也成为世界上少数几个能够生产高性能重型、超重型数控龙门镗铣床的企业之一。

世界品牌不仅包括企业规模、产销量，更重要的是企业内部合理的组织结构、浓厚的企业文化、优秀的员工素质，这是衡量企业能否做大、做强的重要条件。国家振兴装备制造业措施的实施，为企业品牌建设提供了良好的政策环境。在激烈的国际市场竞争中，济南二机床正努力塑造着中国机床工业应有的地位，正在培育着国际知名品牌。5 000t重型多工位机械压力机、3 200t数控冲压生产线、重型数控龙门镗铣床、重型全自动开卷落料线等高技术产品，成套出口美国、德国、巴西、泰国、印度等50多个国家和地区；在技术研发、成套工程、市场渠道建设等领域，构建国际间战略合作关系，在竞争与合作中，推进国际化经营，与世界共舞。【本刊记者：袁士华】

RESEARCH OF MACHINERY INDUSTRY NO.6 INSTITUTE OF PROJECT PLANNING
NO.6 INSTITUTE OF PROJECT PLANNING&RESEARCH OF MACHINERY INDUSTRY
NO.6 INSTITUTE OF PROJECT PLANNING
NO.6 INSTITUTE
NO.6 INSTITUTE OF PROJECT PLANNING&RESEARCH OF
NO.6 INSTITUTE

中机六院
SIPPR

以独特的企业文化
打造三新核心竞争力

——访机械工业第六设计研究院院长、党委书记　赵景孔

赵景孔

机械工业第六设计研究院院长兼党委书记，享受国务院特殊津贴的研究员级高级工程师，河南省劳动模范，国家注册咨询（投资）工程师，国家注册一级建造师。作为企业的领航人，他将中机六院引入工程咨询设计行业的强势阵营，使之成为颇具影响力的威武舰队。

ZHAO Jing kong

机械工业第六设计研究院（以下简称"中机六院"）成立于1951年，2000年改企后隶属于中国机械工业集团公司，目前已发展成为拥有7个工程所、5个分院、4个子公司、30多个专业、1500多名员工的科技型企业，业务范围涵盖工业、民用、环境与市政等领域的工程咨询、工程设计、工程监理、项目管理、项目代建和工程总承包。历经57年的发展，中机六院是如何从一个事业单位转为科技型企业，又如何经历改革的阵痛，实现一次次突破，取得一系列辉煌成就？带着这些问题，记者走访了中机六院院长、党委书记赵景孔。

一、中机六院发展过程的"三个阶段"

采访中记者了解到，作为中国机床工具行业的专业设计研究院，从20世纪50年代开始，中机六院就陆续承担了中国大中型机床工具骨干企业的新建、改建、内迁和涉外设计，如上海机床厂、北京机床厂、沈阳第一机床厂、武汉重型机床厂、第二砂轮厂、哈尔滨量具刃具厂等，为中国机床工具行业的发展做出了重大历史贡献。但中机六院取得的成绩远不只这些，其完成的工程项目遍布全国各地，除机床工具行业外，还涉及重型机器、工程机械、煤矿机械、石油机械、纺织机械、市政工程、环境工程、大型公共建筑、铸造工程和烟草工程等行业。回顾中机六院的发展，赵景孔将其总结为"三个阶段"。

创立成长阶段（1951～1983年）——这一阶段，中机六院是计划经济条件下全额拨款的事业单位，参与编制了国家机床、工具行业的五年发展规划，并按照国家五年建设和发展规划，完成了上述机床工具项目的咨询和设计。这时候的中机六院，完全代表国家履行政府行政职责，机床工具行业作为机械制造业的基础工业，为改革开放后中国装备制造业的快速发展奠定了坚实基础。她作为国家计划经济管理职能的一部分，发挥了不可磨灭的历史业绩。

改革发展阶段（1983～2000年）——这一阶段，中机六院经历了我国经济建设的逐渐复苏，开始实行事业单位企业化管理。当时的中机六院既要贯彻国家国民经济发展规划，遵守相关法律法规和技术规范，担当国家的助手和参谋，代表国家履行职责；又要自谋生路，自行解决生存和发展问题。这一阶段的中后期，也是中机六院发展过程中的困难期，改革受到许多外部和内部因素的制约，推进十分艰难，改革速度非常慢。最困难的时候，中机六院曾经退掉已经订购的员工住房，调整员工奖金分配方案，也造成个别员工的不理解。期间，中机六院完成了世界银行贷款的上海机床行业技术改造项目、沈阳机床行业技术改造项目等一大批国家重点项目，没有了行业保护伞，又处在中部欠发达地区，靠自己在市场中摸爬滚打，练就了一支能打硬仗的队伍。

快速腾飞阶段（2000年～今）——这一阶段，中机六院从事业单位完全转为科技型企业，大力推进内部机制改革，快速提升管理水平，实施人才战略，积极培育市场，提升市场形象。期间，抓住国家振兴东北、中部崛起、西部大开发等机遇，完成了大连重工集团和大连起重集团的重组搬迁改造，大连双D港数字化制造工业园项目，大连长兴岛规划，沈阳铸锻工业园项目的规划，沈阳机床集团易地搬迁改造项目的设计和管理，宁夏小巨人机床有限公司，宁夏共享铸钢有限公司，中钢集团西安重机有限公司，河南平高东芝高压开关有限公司，郑州国际会展中心，郑州客属文化中心，济南卷烟厂，北京卷

服务是立院之本
创新是兴院之道
人才是强院之基

烟厂，杭州烟厂，武汉重型机床集团等一大批颇具影响的工程，实现了跨越式发展。中机六院的业务范围、业务领域快速拓展，经济效益快速提升，进入了发展的快轨道。这一阶段也是中机六院发展过程中的辉煌期，仅2007年的合同额、收入额等经济指标与2000年相比，就翻了4番多，创造了中机六院历史上一个又一个辉煌。

二、打造中机六院核心竞争力的"三个创新"

在谈到核心竞争力的问题时，赵景孔认为，企业核心竞争力包括专有的技术、特有的管理、独有的文化；中机六院打造核心竞争力的过程也是创新的过程——创新是中机六院的兴院之道。

技术创新——是各项创新中的关键环节，就是要突破技术难点，在每一项工程开始时都确定各专业的创新点。具体到工作中就是，要求每一位员工在设计中都要有所进步，有所突破，不允许照抄、照搬设计；在设计中要积极使用新技术、新工艺、新设备、新材料、新方法。中机六院为此制定了《技术创新五年规划》，确定了8大专业领域专有技术的培育目标，设立了专业设计创纪录单项奖，对一些获奖项目、技术突破项目进行奖励。同时，加强技术交流和培训，提高全员专业技术水平，激发技术创新的积极性。

管理创新——从事业单位转为科技型企业以后，为适应激烈的市场竞争，中机六院积极改革内部运行机制，重点对劳动、人事和分配三项制度进行了改革，建立了公开、公平、公正的"三公"机制，不断提升管理水平。

从2001年开始，中机六院实行了全员劳动合同制，合同中规定了双方权利义务，规范了双方行为；实行了每年一次的竞争上岗制和岗位工资制，打破了论资排辈的思想、做法，打破了干部、工人身份，打破了职称、职务界限，实行"能者上、平者让、庸者下"。同时，中机六院加强了规范化管理，实行量化、细化考核，根据考核结果调整岗位和岗位工资。

人才是强院之基，中机六院之所以能够工程项目遍地开花，之所以能够创造出如此辉煌的业绩，除了有一位睿智严谨的带头人，还有一支能吃苦、善打硬仗、能拼搏、善于创新的高素质的人才队伍。赵景孔认为"科技型企业的发展，最重要的是技术，而技术必须依赖人才"。中机六院十分注重人才队伍建设，坚持"工作中学习、工作中提高"人才战略。工作中除了理论知识的培训、工作经验的交流以外，敢于给年轻人压担子。对于人才的使用完全与市场接轨，员工完全凭自己的能力和水平选择岗位。

2001年以来，中机六院共制订、完善各类管理制度230多项，初步形成了以规章制度约束和规范员工行为，以岗位职责、量化考核调动和激励员工积极性的自身特有的管理体系，快速提升了管理水平。

文化创新——建设优秀的企业文化，是企业深化改革、加快发展、做大做强的迫切需要；是建设高素质员工队伍、促进员工全面发展的必然选择；是企业提高管理水平、增强凝聚力和打造核心竞争力的战略举措。企业文化的建设，事关企业发展，影响企业的兴衰，成就企业的未来，决定企业的命运。

当被问到"如何以自己的人格魅力影响、带动员工工作时"，赵院长说："中机六院优秀的企业文化才是企业持续发展的精神支柱和动力源泉，才是真正影响员工、带动员工取得胜利的关键；中机六院就是一个和睦的大家庭，发展企业、回报员工、奉献社会、客户满意是我们行为的最高准则"。优秀的企业文化强化了中机六院的向心力、凝聚力，塑造了中机六院良好的企业形象，打造了中机六院的核心竞争力，更在很大程度上促进了中机六院长远目标的实现。

三、中机六院工程设计中的"三个理念"

近年来，国家把"节约能源、保护环境"作为战略决策提出来，各生产企业将"绿色环保、节能减排"意识贯穿到每个生产环节、每一位员工的头脑中。中机六院作为规划、设计者，也将"节能、环保、绿色建筑"理念融入到自己的设计中，并走在时代的前列。

在环保、节能方面，中机六院多次举办相关培训，组织员工针对绿色建筑实施过程中应注意的问题进行深入分析和探讨。在工程建设中，严格执行国家节能建筑设计标准和规程，全面实施和建设节能建筑，有效解决资源消耗、环境污染及能源供应紧张等问题，大大提高工程的科技含量和舒适度。

在建筑节能方面，中机六院从建筑布局、建筑设计、自然通风、可再生资源、电梯、地板采暖、行为节能、建筑遮阳等方面对相关技术进行了改良，并在建筑节水、中水利用、节地、节材、建筑垃圾的再利用等方面有所突破。特别值得一提的是，中机六院在烟草绿色工房实施过程中取得了突出成绩。

目前我国的绿色建筑尚处于起步阶段，需要积极的探索和总结，尤其在工业企业实施绿色建筑具有更加重要的意义。中机六院作为工业设计方面的大院，在工业绿色建筑方面已经走在全国的前列，将继续为丰富我国绿色建筑的内涵，促进我国节能减排工作的发展多做贡献。

中机六院于2006年制定的第二个五年规划，对企业近五年乃至十年的发展进行了目标和方向定位，并对具体业务范围、行业发展、区域发展和核心技术发展方向进行了详细、具体的定位，成为全院员工的纲领性文件。实践证明，五年规划有效指导了全院各项工作的推进，正指引着中机六院在良性循环的发展轨道上快速前进。

半个多世纪的风雨，见证了中机六院的成长历程，彰显了他承载历史使命和服务企业的能力，同时也昭示着企业乃至全行业辉煌灿烂的未来。相信不远的将来，呈现在我们面前的将是一个实力更强的、崭新的中机六院。

【本刊记者：袁士华、特约记者：孟钰】

人物访谈

中国机床工具行业在连续多年快速发展的基础上，2007年继续保持了高速增长。行业中涌现出一批高速发展企业的同时，也成就了一批为行业发展作出突出贡献的优秀企业家。

中国机床工具行业的发展史，也是一部行业优秀企业家的成长史。《中国机床工具工业年鉴》作为行业历史的"鉴"证者，以"人物访谈"栏目客观、真实地记录了机床行业优秀企业家的经营理念、成功经验。让我们继续关注中国机床工具行业、企业的发展，使"人物访谈"栏目展现更多优秀企业家的风采！

先进会员企业介绍

提高经济运行质量是企业发展的关键

——上海机床厂有限公司

2007年是上海机床厂有限公司(以下简称上机公司)稳步发展的一年,公司以提高企业经济运行质量为目标,提升公司盈利和可持续发展能力。面对宏观经济的各种变化和市场竞争,上机公司不断挖掘内部潜力,狠抓基础管理,提高生产效率,加大技术创新力度,充分利用和整合公司内部和社会的有效资源,为提高企业经济运行质量打下坚实的基础。

公司依靠技术进步,强化管理,不断开发新产品,注重产品质量,拓展国内、国际两大市场,企业经济运行水平创造了历史发展记录。2007年工业总产值10.8亿元,同比增长5.5%;销售收入11.28亿元,同比增长11.4%。主要产品磨床的产量4 407台,同比增长13.8%,各类大型、专用磨床经营增长态势良好。出口创汇达到2184.7万美元,同比增长27.5%。产品出口有了大幅度增长,产品挤进了美国、日本、欧洲等机床制造先进国家和地区,扩大了公司产品在国际市场上的品牌影响力。

继2006年"上机"牌磨床被国家商务部评为"中国最具市场竞争力品牌"后,2007年,"上机"牌数控磨床被国家质检总局评定为中国名牌;"上机"牌磨床被评定为上海名牌;同时,获得上海市2007年度装备制造业与高新技术产业自主创新品牌等称号。

一、目标清晰,指标关联,真正落实提高企业经济运行质量的目标

过去,对企业经营状况的考核总是重视工业总产值、重视销售收入和利税等指标,实际上这些指标难以真正体现企业的经营质量。工业总产值高了,产品库存也同比上升;销售收入大了,应收账款也随之提高。要真正体现企业经济运行质量,就要全面控制关联指标的变化。因此,上海机床厂有限公司根据上级考核要求和从提高企业经济运行质量的自身发展需要考虑,对主营业务销售收入、税后净利润、应收账款、存货、经营活动现金流等经济指标进行关联性全方位考核,以保证真实反映企业的经济运行质量。

在此基础上,对各项经济指标进行分解,采取年度指标、季度考核、月度评定的考核办法,并落实相应的责任单位和配合单位,及时跟踪措施计划的执行情况,分析偏离执行计划的原因,提出新的办法解决存在的问题,确保企业经济运行质量的提高。2007年企业主营业务销售收入、税后净利润、应收账款、存货、经营活动现金流等经济指标均得

到了健康发展。

二、夯实管理基础,一步一个脚印谋求发展

1. 夯实销售的基础管理,强化营销力度

(1)严格销售业绩管理制度。既有定量的指标考核,又有定性的指标考核。定量指标与收入挂钩,定性指标(体现能力与素质)与级别和职务的评定挂钩。建立业绩考核打分制,为每一个销售员工创造公平竞争的机会,用数据说话,做到程序公平,制度管人。同时,进行动态考核管理,实行销售经理流动制度,对地区销售经理实行末位淘汰制,形成内部竞争机制。通过努力,内外销业绩都突破了公司历史记录。

(2)建立必要的会议制度。每月利用休息日举行一次地区经理会议,地区经理必须无条件到会,汇报本月工作和下月计划,并由总经理进行点评,促使各地区经理不断思考并找出差距,同时为厂内计划、生产部门掌握市场动态提供有力支撑。另外,每两天举行一次半小时销售员晨会,让销售员始终处于积极向上的精神状态。

(3)加强专机管理。明确专机组任务,以适应客户个性化、专业化要求。同时,专机组配合销售公司各地区协调技术和商务支持,保证订单质量,提高客户满意度。对专机使用情况进行信息收集,包括行业竞争状态等进行市场分析,提供决策依据,争取更多订单。对技术含量高的产品试行专人销售,达到了非常好的效果。

(4)建立绿色通道。通用机床逐步实现集中销售,建立绿色通道。实现江苏、浙江、华南等地区业务内线来电统一专人接听,解决地区销售人员事务性的琐事,提高通用机床销售信息的集中度,改变原来由每个地区留人接听电话的现状,提高了人力资源的利用率。

(5)寻找各种渠道,积极开辟国际市场。2007年,美元对人民币汇率从年初的7.80降到年底的7.35,人民币升幅达4.5个百分点,这对出口和灵活贸易业务造成很大的负面影响。尽管如此,进出口处全体员工积极应对新的形势,克服政策变化所带来的不利影响,出口创汇再创历史新高,达到2 184.7万美元,比上年增长27.5%。

2. 把减少应收账款作为提高企业经济运行质量的一项重点工作来抓

(1)成立压缩应收账款工作小组。首先,分析公司2007年初应收账款情况,分析应收账款形成的原因及帐龄情况,

同时成立压缩应收账款工作小组并实行专人负责制。由公司主要领导负责牵头，销售部门、财务部门、公司法律顾问室、设计部门、生产制造单位领导作为工作小组成员，并明确销售部门是压缩应收账款的第一责任部门，专门配备了一位销售公司总经理助理，负责应收账款的催讨工作，并明确分工和职责。定期召开"压缩应收账款"工作会议，层层分解、组织落实。

（2）严格销售政策，控制新的应收账款产生。通用机床必须收到发货，专用、数控机床必需严格按合同约定的付款方式执行。指定专人负责应用 CRM 客户管理系统对应收账款进行监控。

通过 2007 年努力，在销售收入同比增长的情况下，公司应收账款与 2006 年同期比有所下降，应收账款帐龄结构也有所改善。提高企业经济运行质量工作取得了一定实效。

（3）强化质保金管理。公司要求生产制造单位在机床出厂后，对有质保金的机床，将取得机床终验收报告作为考核生产制造单位的重要指标，并与其单位的经济效益考核挂钩。对于专用机床，尽快做好验收和安装调试工作，保证客户定购设备准时投入生产，也为货款尽早回笼创造条件。

3. 保证计划与生产有效协调

计划与生产有效协调主要是指销售计划与生产计划的有效衔接，还应包括生产计划与调度成套的有效衔接。生产必须围着市场需求转，这是市场经济的客观要求。2007 年，上机公司在这方面加强了横向协调、沟通与控制。

由于机床制造有一定周期和工艺要求，因此，按计划生产是机床制造业多年来的传统做法。过去，公司生产计划将需要出产的商品在 3 个月内就锁定了，使生产与配套节奏容易控制，但是生产与销售容易脱节。这种习惯做法，淡化了生产围着市场转这一企业经营思想，很大程度上也不能适应市场需求的快速变化。因此，2007 年起，上机公司一方面强化销售预测，另一方面根据销售部门反馈的客户信息，在滚动计划中明确标注当月出产的重点商品，加大生产商品与销售的关联度，对加快市场反应能力、提高销售收入、降低库存等起到了显著效果。

由于滚动计划对出产商品的指向更加明确，对生产部门的计划成套、物流畅通、物料供应以及新产品准备等工作效率的要求也相应提高。这是生产和销售业绩双双创公司历史记录的一个重要原因，产销率达到了 100%。

4. 加大技术创新力度，提高产品开发技术能级

上机公司将以大型、精密、微型、数控产品为发展方向，体现产品特色和提升制造能力，并以此作为一段时期内的产品发展战略。

2007 年，上机公司围绕专机设计要求，充分调动设计人员的工作积极性，根据准备计划的进度要求，努力实现产品开发任务。全年共设计新产品 70 余种，其中数控产品 50 余种，在满足用户需求的同时，开发产品的技术能级也得到了进一步提升。2007 年，共申请专利 8 项。完成的主要产品和科研项目有：①对现有 $\phi 500 \sim 2000$mm 系列数控轧辊磨床产品改进完善的基础上，开发国内最大的 MK84250/

15000—H，使数控轧辊磨床产品系列更趋完善；②首台 MK82125/H 大型数控曲轴磨床顺利完成验收，获得 2007 年中国工业博览会银奖；③数控齿轮磨床科研试验取得实效，完成 YK7240/H 全新设计；④完成精密分度台设计与开发研究科研项目；⑤虚拟样机技术在 MK84200 数控轧辊磨床刚性分析中的应用。

同时，以"老带新"和设立"主任工程师"机制，有效配置人力资源，充分发挥老技术人员的经验和新技术人员开放、活跃的思维特点，积极配合专机生产和设计要求，集中、快速解决生产服务中系列问题，全力做好技术创新和支援工作，为公司未来的专机研发和技术沉淀做了扎实的铺垫。

5. 以标准化管理促进企业发展

2007 年，上机公司标准化管理工作获得的荣誉有：①获得"安全质量标准化管理二级企业"称号。②获得"中国名牌"和"上海市装备制造业与高新技术产业自主创新品牌"称号。③通过 M1332B 系列产品出口免验复审。

当前，标准化管理工作对企业来说，不仅要取得外部认证机构审核，更重要是企业发展的自身需要。上机公司通过外部审核，促进和提高了企业的管理水平。公司认为，要克服纸面文件和生产经营管理具体操作"两张皮"的现象，要坚持管理标准化，规范操作、持之以恒，形成长效管理机制。要通过标准化管理，促进经济运行质量的提高，促进现场管理和产品质量上台阶，促进对用户服务的优质、高效，促进企业品牌建设，为企业发展锦上添花。

6. 改善生产场地和关键设备技术能力状态

上机公司在近几年的发展过程中，生产规模不断扩张，装配场地和关键加工设备能力始终难以适应发展的需求。厂区办公环境也与现代企业的形象有明显落差。针对这一情况，公司在 2007 年总体规划的基础上，分步实施相关技术改造项目。投入相当资金，改善生产场地和关键设备技术能力状态，满足企业发展的硬件设施要求，为提高运行质量做好基础准备。实施的主要项目包括：启动土建工程项目 29 项；完成设备改造、大修和新增项目 130 项。改善生产、办公和物流条件，扩大大件生产能力，提高大型、精密磨床生产技术和工艺能力，缓解了关键设备的瓶颈问题。

7. 严把质量关，精益求精

2007 年，上机公司通过了 M1332B 系列扩延出口免验的专家审查，质量管理体系和实物质量水平不断完善。公司紧紧抓住出口免验的契机，要求装配车间操作工，首先要做好修毛倒角、机床清洁度以及液压油管整齐排放，从基础工作抓起，杜绝粗制滥造等不良现象。通过外部及内部审核，促进和提高内部管理水平。

2007 年上机公司圆满实现了各项经济和工作指标的发展，在企业基础管理、内部营运体系、生产环境、生产效率、盈利能力、产品创新和服务能力等方面都取得了长足的进步。解放思想、提高干部和员工的整体素质、加强危机意识、增强服务理念、加强产品创新和推出能力，将是上机公司未来一年的工作重点，而提高企业经济运行质量是其最重要的目标。

〔供稿单位：上海机床厂有限公司〕

十年磨一剑　科技铸辉煌

——重庆机床集团有限公司

2008 年 1 月 8 日,2007 年度国家科学技术奖励大会在人民大会堂隆重举行。由重庆机床集团有限公司(以下简称重庆机床)联合重庆大学、重庆工学院承担的"数控高效制齿机床成套技术研发及产业化应用"项目,荣获 2007 年度国家科技进步二等奖。"国家科学技术奖"是唯一以中国政府名义设立的科技界最高奖项,重庆机床牵头承担的这一项目之所以能够获奖,是因为它开创了中国数控制齿机床的新纪元,是中国机床行业推动数控机床产业化工程的样板。

这个奖项是继 20 世纪 80 年代重庆机床因"φ900mm 高精度圆柱蜗杆副及球面蜗杆副"获国家科技进步奖一等奖以来,在科技创新领域获得的最高奖项。它是重庆机床近 10 年来致力于数控机床产业化发展战略,攻克一系列技术难关,开发一大批具有自主知识产权的高档数控齿轮加工装备,不断取代同类产品进口,以科技创新推动企业快速发展的见证与缩影。十年来,以推进数控机床产业化为主线的科技创新之路,引领着重庆机床从一个濒临破产的传统企业,发展成为一个具有国际竞争力的大型企业集团,并成为重庆市辐射西部,乃至全国的一颗璀璨明珠。

一、科技创新的源动力来源于市场

20 世纪 90 年代末,国内机床市场格局悄然发生变化:一度以"傻大粗"为主的传统产品机床市场,正迅速地被从国外涌进的"高精尖"数控机床蚕食。据行业统计数据显示,70% 以上的高端市场都被国外厂商牢牢控制。作为昔日中国第一台制齿机床的诞生地,重庆机床在受到市场经济的强烈冲击后,加上自身产品结构的缺陷,很快跌入亏损的泥潭,仅 1998 年的亏损就高达 4 000 万元,累计亏损近亿元,相当于同期两年的销售收入。就在企业举步维艰的时刻,新上任的领导班子果断提出了"普通机床保饭碗、数控机床创品牌"的战略构想,理清了企业解决当前困境与长远发展的思路。

进入新世纪,随着世界制造中心向中国的梯度转移,以及新型工业化时代的到来,齿轮机床为之服务的汽车、摩托车、铁路机车、船舶、航空、航天、军工、工程机械、风力发电等行业的齿轮制造蓬勃发展,这些行业对齿轮机床装备的迫切需求,不仅体现在数量上,更主要体现在产品的先进性上。大型、高速、高效、高精度、智能化的机床成为市场热点产品。瞄准这一行情,重庆机床树立"引导市场与市场驱动相结合"的产品发展观,根据用户需求量身打造不同档次的数控产品。在改善和提升用户行业装备水平的同时,重庆机床厂自身也获得了良好的经济效益。这个过程不乏经典案例。例如 2001 年,哈尔滨东安汽车股份有限公司发动机厂扩建,急需 34 台价值 3 800 万元的高档数控齿轮机床,这是当时国内数量最多、金额最大的数控齿轮机床订单,吸引

着国际、国内同行的目光。在高手如云的竞争中,企业领导亲自挂帅,带领公司技术、营销、生产副总组成的竞标团队,以完美的技术方案赢得了用户,使其放弃了选择国外机床的初衷。又例如 2007 年初,重庆机床集团在湖北神龙汽车公司技改招标中,一举中标价值 1 800 万元的高档数控齿轮机床订单,这是重庆机床继 2000 年神龙一期、2004 年神龙二期以来,第三次与神龙牵手。神龙公司看中的就是重庆机床的高性能和柔性化加工。时至今日,一系列成功研制的高档数控齿轮加工机床成为进军国际市场的利剑。如国内首创的 YS3116CNC7 系列七轴四联动数控高速干切滚齿机,不需要切削油,加工效率是湿式切削的 2 ~ 3 倍,单个齿轮的滚齿成本降低 30% 以上;自主开发的新产品 Y8406CNC7 七轴数控滚轧机是一款打破传统切削工艺,集环保、节能、高效于一体的高端产品,上市后,迫使同类进口机床降价 50% 左右;自主开发的 YKS3140、YKS3120、YKX3132、YKX3132M、YKA31125M、YKB3180 数控滚齿机和 Y4232CNC2、YT4232CNC1、Y4232CNC2/T 数控剃齿机等多种高端数控齿轮机床成功地打入了日本、韩国、印度、法国、荷兰、意大利等市场,法国飞机发动机齿轮制造部门也安装了"重机"牌数控机床。

二、科技成果迅速转换为生产力

10 年来,"数控机床产业化"犹如一面旗帜,引领重庆机床在科技创新的道路上不断前进。这期间,重庆机床攻克了齿轮机床数字控制、切削力、刚性、振动、噪声、热变形和结构模态分析与测试等方面的难关,在"国家重大技术装备"、"国家重点新产品"、"西部开发科技行动"、"国家火炬计划"等国家重大项目的支持下,通过集成创新与原始创新相结合,大力提升技术创新能力和推进产品开发平台建设,在数控高效制齿机床系列产品模块化研制的关键技术上取得了重大突破。10 年来,重庆机床建成了试验基地 1 个、中试线 2 条、示范点 6 个;制定了 60 项国家及行业标准;拥有国家专利 15 项,其中发明专利 6 项;拥有硕士以上高级人才 36 人;已开发完成数控制齿机床新产品 70 余种,其中 40 余种已经通过新产品鉴定和验收,列入国家重点新产品 4 种,填补国内首台首套产品 20 余项空白。这些项目成果提高了齿轮加工效率 3 ~ 5 倍,提高加工精度 1 ~ 2 级,加速了我国制齿机床的升级换代。

技术的进步极大地释放了产出能力,使企业获得跨越式的发展。2004 年,基于对行业和市场的准确分析和判断,重庆机床提出了"一次倍增计划"的战略发展构想,计划用 4 年的时间实现产量翻番。这一前瞻性的部署是重庆机床发展史上的一次重大转折。几年来,围绕"产量倍增"这一核心任务,重庆机床进行产品平台建设、技术改造、整合发展、体制改革、人才工程,2007 年底,提前一年实现"一次倍

增"。10 年来,机床产销量增长了 12 倍,其中数控机床增长近 20 倍;工业总产值、销售收入以年均 40% 以上的速度递增;上缴税金由 1998 年的 270 万元上升到 2006 年的 5 600 余万元,增长 20 倍。以重庆机床集团为代表的中国齿轮机床制造业已经成为我国机床工业中的优势行业,国内市场占有率超过 70%。

三、科技创新体系逐步建立完善

2006 年 10 月,经由国家发改委、财政部、科技部、海关总署、税务总局等六部委综合审查评定,重庆机床集团技术中心被确定为"国家认定企业技术中心"。依托国家级技术中心的建设,公司逐步完成了科技创新投入机制、科技创新人才激励机制、科技创新合作机制建设,完善了创新队伍的建设、创新条件建设、创新能力建设,取得了非常显著的成效。企业培训资金优先用于工程硕士、数控技术技能人才、技术创新人才等方面人员培训,其中输送培养硕士研究生 34 人,有 300 多人次到德国、意大利、法国、美国、日本、韩国及东南亚学习考察、技术交流、参观博览会。目前,重庆机床技术开发投入与销售收入之比已提高到 5.67%。

近年来,在重庆市科委的倡导下,重庆机床坚持将产学研合作作为企业科技创新和新产品开发的重要手段。"数控高效制齿机床成套技术研发及产业化应用"就是重庆机床坚持产学研的产物。聘请重庆大学多位专家、教授担任企业的技术及管理顾问,定期为企业的技术创新与发展提供指导。重庆机床集团和重庆大学合作开发的 YKS3120/YKS3132 系列六轴四联动数控高速滚齿机被列为国家重大技术装备、YS3116CNC7 七轴四联动数控自动干切滚齿机获得中国数控机床最高奖"国产数控机床春燕奖"一等奖。绿色制造是当今制造业发展的方向。2008 年 4 月,重庆机床与重庆大学携手打造的"重庆市工业装备再造工程产学研基地"正式挂牌。机床再制造是一种基于废旧机床资源循环利用的机床制造新模式,是一个充分运用现代先进制造技术、信息技术、数控及自动化技术对废旧机床进行创新性再设计与再制造的过程,其目标是通过对废旧机床进行评估、拆卸、再设计、再加工和再装配,规模化地制造出功能和性能均得到恢复或提升且符合绿色制造要求的高可靠性新机床。机床再制造是一项集"发展循环经济"、"开拓新兴产业"和"低成本提升制造业装备能力"三大功能于一体的创新工程,意义重大。党的十七大提出了要加快建立以企业为主体、市场为导向、产学研相结合的技术创新体系,引导和支持创新要素向企业集聚,促进科技成果向现实生产力转化。这一指导思想对重庆机床集团来说,是机遇,更是鞭策。目前,企业已经与重庆大学、重庆工学院、清华大学、四川大学、湖南大学、哈尔滨工业大学、甘肃工业大学、合肥工业大学、香港蒋氏基金、重庆大学制造工程研究所、重庆市企业信息化技术支持中心、重庆制造业信息化生产力促进中心等建立了长期的合作关系。

四、科技创新意识在全体员工中树立

营造浓厚的科技创新氛围,激发全员创新意识,是推动科技创新的重要基础。2006 年 6 月,为增强全员技术创新意识,推动企业科技进步,公司出台"重庆机床(集团)有限责任公司技术创新项目管理及科技进步奖励办法"。"办法"将多年来例行的"科技及质量进步奖"评选表彰予以规范和制度化。同年 10 月,在"重机牌数控齿轮加工机床"获得"中国名牌"之际,公司隆重召开庆祝大会,重奖 10 名做出突出贡献的工程技术人员每人一辆小轿车。

2007 年 6 月,重庆机床召开了首届科技大会,表彰了一批科技创新领域的重大项目和做出成绩的员工。获得表彰的 293 个项目中有科技进步奖 29 项、专利奖 11 项、技术质量改进奖 83 项、技术革新成果奖 68 项、管理创新成果奖 97 项,另设特别奖 5 个,涉及技术、工艺、管理、技术改革的各个方面,反映出员工中所蕴藏的创造力和敬业精神。

十年磨一剑,科技铸辉煌。在党的十七大精神和科学发展观的指导下,重庆机床制订了"未来五年发展规划",即"二次倍增计划",提出了争做世界齿轮机床前 3 强的目标。展望未来,重庆机床将一如继往地扛起科技兴企的大旗,在科技创新的征程中,书写企业发展的新华章,为振兴中国装备制造业而不懈奋斗。

〔供稿单位:重庆机床集团有限公司〕

齐二机床集团有限公司

一、企业概况

齐二机床集团有限公司(由原齐齐哈尔第二机床厂改制)经过 50 多年的发展建设,已成为我国重型机床及锻压设备的著名生产基地,国家"十一五"发展数控机床产业化专项重点扶持企业,国家大型工业企业,2007 年机床行业"销售收入、数控产值十佳企业"。是闻名全国的马恒昌小组所在企业,党和国家领导人曾多次亲临和组织视察。

1. 历史沿革

历史上创造了共和国多项第一:1958 年与北京机床研究所合作研制我国第一台数控立式铣床,翻开了中国数控机床发展史的第一页;1975 年研制完成我国第一台数控龙门铣床;1993 年研制完成我国第一台重型数控落地铣镗加工中心;1994 年研制完成我国第一条重型数控多连杆压力机生产线。

2. 股本结构

齐二机床集团有限公司注册资本 18 278.4 万元,由 18 位自然人代表职工共同出资成立。齐二机床(集团)有限责任公司是 1999 年在原齐齐哈尔第二机床厂基础上,集中优良资产,分立组建的公司,属国有控股企业。注册资本 6 247.6 万元,其中:齐齐哈尔市国有资产监督管理委员会占 93.9%;黑龙江中盟集团有限公司占 5.3%;齐二机床集团有限公司占 0.8%。

2007 年末,齐二机床集团有限公司与战略投资者共同对齐

齐哈尔二机床(集团)有限责任公司进行增资扩股,目前注册资本 19 840.6 万元,其中:齐二机床集团有限公司占 45.52%;齐齐哈尔市国有资产监督管理委员会占 29.57%;黑龙江中盟集团有限公司占 1.66%;企业 5 位自然人股东占 23.25%。

3. 组织结构

齐二机床集团有限公司下设总经理办公室、人力资源部、经营规划部、投资核算部、设计研究院、经销总公司 6 个职能管理部门。控股和参股企业有:齐齐哈尔二机床(集团)有限责任公司、齐二机床集团大连瓦机数控机床有限公司、齐齐哈尔齐二通用机床制造有限公司、齐二机床集团齐齐哈尔机床维修中心有限公司。

4. 重点产品

重型数控落地铣镗床、重型数控龙门镗铣床、重型数控立式车床、数控铣床及加工中心、重型机械压力机和自动锻压机系列产品以及大型数控缠绕机、五轴联动混联机床、重型数控转子槽铣床等特种专用设备。产品突出"重"、"精"字,2007 年,重型、超重型类机床产品产值率达到 80%,重型金属切削机床产值位居国内同行业第一。

(1)数控落地铣镗床。镗轴直径 130~260mm,国内市场占有率在 80% 以上。"齐二"牌重型数控铣镗床被评为中国名牌产品,"齐二"牌产品荣获商务部全国最具市场竞争力品牌。2007 年生产落地铣镗床及龙门镗铣床 153 台,产量约占世界同类产品的 50%;2008 年计划生产 300 台,还将产成世界最大规格的镗轴直径 320mm 超重型铣镗床。

(2)数控龙门镗铣床。龙门及工作台宽 1 500~6 250mm,为新开发产品系列。该系列产品引进日本本间株式会社技术,产品水平国内领先。目前正在研发龙门宽为 8 000mm 和 10 000mm 规格的超重型龙门镗铣床。

(3)立式车床。最大加工直径 1.6~6.3m,为新开发的产品系列。2008 年计划月产百台,将研发最大加工直径规格为 8m 和 10m 的数控立车,实现该类产品产业化规模的全系列市场投放。

(4)铣床产品。包括立卧式升降台式铣床及加工中心。该企业是我国生产铣床历史最早的厂家,在产品创新工程的推动下,使这一传统产品再次提档升级,成为我国生产铣床规格、品种、门类最全的企业。

(5)重型数控压力机产品。公称力 4 000~20 000kN,该系列产品引进日本小松曲柄式机械压力机技术,以及德国埃尔福特公司数控多连杆机械压力机技术,产品水平国内领先,国内市场占有率第二。已向全国各大汽车制造厂提供各种规格机械压力机达 200 多台。目前,正在研制 24 000kN 产品。

(6)自动锻压机产品。企业是我国自动锻压机的开发、生产基地,产量及技术水平在国内一直处于领先位置,国家自动锻压机行业技术归口单位——齐齐哈尔自动锻压机研究所就设在厂内。大型自动锻压机产品国内市场占有率 80%。

5. 服务领域

企业在我国数控机床发展史上形成了重型数控产品的优势和特色,产品主要服务于国防建设、航空航天、造船、汽车、能源等国家重点行业。企业大重型数控产品已成功打入欧洲、美洲、东亚、南亚等国外市场。

二、经营指标

公司全面提升竞争力,实现经济快速增长,全员劳动生产率、经济效益指标和员工生活水平均大幅提高,综合竞争实力已位列全国百余家金属切削机床制造企业前列。

2007 年,实现工业总产值 23.4 亿元,主营业务收入 22.3 亿元,利税 2.2 亿元,同比分别增长 45%、30% 和 46%。荣获"中国工业行业排头兵企业"称号;是"2007 黑龙江企业 50 强"之一;在"中国机械 500 强"机床行业排名中位列第三,成为重型机床制造之首。

三、技术创新

公司通过自主创新、引进技术消化创新和集成创新,提升了产品档次和技术水平,现已形成数控化、大重型、多档次、多领域产品格局。

1. 自主创新

自主开发了落地铣镗加工中心、数控龙门镗铣床、数控立式车床、大吨位数控多连杆压力机以及高速精密多工位冷成形机等高档产品。目前,已成为国内重型数控机床行业生产规模和市场占有率最大、品种规格最全、产品代表国家水平的制造研发基地。2000 年以来,相继自主开发研制新产品 115 种,其中 34 种新产品接近当今国际先进水平,51 种产品填补国内空白,获得省级以上科技进步奖等 19 个奖项。新产品产值率平均达到 50% 以上,90% 以上的数控化新产品达到国际同类产品先进水平。企业设有国家级技术中心及博士后科研工作站。

2. 产学研合作

与清华大学合作研制的构型国际首创我国第一台新型大型龙门五轴联动混联机床,列入国家"863"计划;与哈尔滨工业大学合作研制了卫星对接综合测试台等高技术含量的制造装备;与上海交通大学就机械压力机基础理论支撑与应用进行合作。现成为清华大学、哈尔滨工业大学、上海交通大学、南京航空航天大学、燕山大学、哈尔滨理工大学科研制造基地。

3. 国际合作

引进瑞典 AP&T 公司重型数控液压机、日本阪村株式会社高速精密自动锻压机、美国环球公司数控卧式镗床等国际知名企业的设计制造技术,经过消化吸收和二次开发,已形成自主创新产品系列。目前,正与意大利 FMT 公司合作生产重型数控精密导轨磨床,与德国罗特乐公司就引进高端数控落地铣镗床专有技术进行合作,与美国 MAG 公司在高速精密铣镗床及加工中心、高速立式车床研发方面进行合作,与美国环球公司在数控龙门镗铣床、数控卧式车床合作。下一步将与俄罗斯等制造集团探讨合资办厂。

四、管理创新

经过多年发展,齐二机床集团有限公司建立了较为完备的技术管理、销售管理、生产管理、财务管理和人力资源管理科学组织管理体系。全面推行了以绩效和薪酬为载体的目标管理责任制考核,为生产经营任务的完成提供了有力保障。在管理手段上,全面应用信息化集成管理,形成了协调统一的信息平台,正在推进 ERP 工程建设。

五、重大项目建设

1. 已完成项目

完成了总投资 4 600 万元的"大重型数控铣镗床技术改造"、总投资 1.5 亿元的"重型新型数控铣镗床制造基地建设"重点技术改造项目。共筹措技改资金 3 亿多元,重点完成重装厂房扩建等土建工程 4.2 万 m²;增添重型数控落地铣镗床、龙门数控镗铣床等关键设备及仪器 100 余台(套)。目前,公司拥有近 3 万 m² 最大起重能力为 160t 的重型装配和机加厂房,以及由 20 余台重型数控落地铣镗床和龙门镗铣组成的铣镗群。

2. 正在建设项目

从 2007 年 11 月开始,国家发改委批复的总投资 7.96 亿元"高档重型数控机床产业化"老工业基地调整改造专项已启动实施。2008 年,该项目将重点完成空面积近 3 万 m²,轨顶高 22m,最大起重能力达 200t 的超重型装配机加厂房建设,增添国内最大的 16m 大型导轨磨床、XK2860 型龙门移动式镗铣床以及数控落地铣镗等关键设备。重型数控机床制造能力将跃居全国乃至世界同行业前列。

六、远景目标

1. 到 2010 年

企业工业总产值达 55 亿~60 亿元,主营业务收入突破 50 亿元,实现利税 10 亿~15 亿元。"十一五"期间完成技术改造总投资 16 亿元,产值年均增长速度 40% 以上,产值数控化率达 80% 以上,出口产品产值占总产值比例达 20% 以上。

2. 到 2015 年

工业总产值超过 110 亿元,主营业务收入超过 100 亿元,实现利税 25 亿元,年产各种机床 10 000 台,产值数控化率达 90%,出口产品产值占总产值比例达 30% 以上。将建成具有国际竞争力的中国重型机床龙头企业和国家振兴装备制造业保障基地,跻身世界机床 10 强企业。

七、文化理念

闻名全国的马恒昌小组成长于齐二机床,马恒昌小组是全国工人阶级的光辉典范和班组建设成长的摇篮,是"劳动竞赛、技术革新、民主管理"三大运动的倡导者和实践者。多年来,齐二机床继承发扬"喊破嗓子,不如做出样子"的马恒昌小组精神,在各个不同的历史时期,为国民经济发展做出了突出贡献。

新的历史时期,齐二机床不断升华再造企业文化理念,把企业文化建设融入生产经营管理全过程,彰显文化力推动生产力,无形价值焕发有形效益的精神动力,形成了深厚的企业文化底蕴。

〔供稿单位:齐二机床集团有限公司〕

八年创新发展　今日铸就辉煌

——齐重数控装备股份有限公司

齐重数控装备股份有限公司(以下简称齐重数控)是我国机床行业大型重点骨干企业。近年来,齐重数控在国家各项政策的扶持下,大力推行技术创新和管理创新,取得了显著成效。齐重数控已经跻身世界级机床企业行列,成为国际知名、国内一流的重大装备及国防装备保障产业化基地,在国际机床行业的知名度和美誉度大幅提升,其影响力正随着全球市场的扩张而快速上升。

一、技术创新引领行业先锋

齐重数控始终坚持自主创新,使企业真正掌握了机床设计制造的核心技术和自主发展的命运。齐重数控始终把创造市场需求作为技术创新的出发点,以提高国家综合国力和振兴民族装备制造业为目标,努力在重点领域寻求突破。

为了使技术创新成果迅速转化为产品,齐重数控利用自有资金进行了大规模的技术改造,一大批高精尖的重型把关设备陆续投入使用,一些代表国内先进水平的现代化重型生产车间相继建造完成。其中,2007 年齐重数控建造了 1 万 m² 的数字化生态机加车间,车间内大部分设备都自主生产,并全部采用现代化生产流程。这些技术改造的成功实施,不但保证了齐重数控所有重大型产品都一次性研制成功,而且各项精度指标都达到或超过了国际先进水平。目前,齐重数控正在建设 3 万 m² 的现代化车间,新车间将全部采用国际最先进的加工设备和生产制造工艺,使齐重数控的大件全部采用生产线和柔性加工单元进行加工,装配采用流水线的方式进行生产,从而带动齐重数控制造工艺水平、产品质量全面达到国际先进水平。

几年来,齐重数控依靠自主创新创下了 32 个第一,共开发研制新产品 80 多种,其中大部分是填补国内空白的产品,有 20 多种产品达到国际先进水平,并且全部拥有自主知识产权。

二、管理创新打造现代企业模式

在企业管理上,齐重数控始终坚持技术创新与管理创新并举,产品经营与市场经营并重,人才引进和人才培养同步,打造品牌与振兴装备制造业并行的发展理念,全面实行重激励、硬约束、严考核的管理机制,在现代体制没有完全转变的情况下,在管理方式、措施及理念上与国际先进水平看齐,按照建设现代企业制度的要求,不断完善现代企业管理制度,强化内部管理,使企业在短短几年的时间内焕发了勃勃生机。

1. 加强体制改革

2000 年,企业就成功组建了股份公司,实现了股权多元化,对二级经营单位实行以资产为纽带的多种资产经营责任制,对经营者和高级蓝领实行年薪制。

2. 建立战略管理体系

每年,公司董事长带领中高层管理人员和老中青技术骨干,对事关公司发展的内外环境进行调研,结合国家出台的政策、世界机床技术发展方向和装备制造业发展趋势,制订公司的发展方向、目标及措施,保证公司沿着正确的发展轨道向前迈进。

3.完善现代企业管理制度

现代企业管理制度的进一步完善,使齐重数控建立起符合现代企业管理要求的管理制度体系和各项工作标准,并通过全面实施精细化管理,以及内部市场化体系的规范运作,使公司的管理水平和经济效益得到全面提升。

4.创新人力资源管理

几年来,通过引进人才、招收大中专毕业生、建立研究生培养创新基地和博士后流动站,加强与高等院校的交流合作,有重点地开展技术业务培训等方式,使员工素质得到极大提高。如今,齐重数控已经打造了一支穿上西服能谈判、坐在电脑前能画图、身在生产现场能调试、面对用户能培训的复合型技术人才队伍,培养了一批精通机、电、液通用型技术的高级技术人才和掌握铣削、车削、镗削等多种机床使用的数控加工人才,做到每个关键技术、工种都有技术带头人、后备带头人和第三梯队的不同档次人才储备。

5.采用现代化管理手段

齐重数控是我国机床行业首家成功实施 ERP 资源管理的企业,通过全面实施企业资源管理计划 ERP,把企业资源的物流、资金流、信息流进行优化,既提高了企业市场应变能力,又使设计、工艺、生产、采购、财务、人力资源等部门形成紧密连接的系统,公司生产效率有了明显提高,极大提高了生产经营的科学性和有序性。

6.强化市场营销管理

齐重数控以"为用户提供高品位的产品和服务"为营销理念,从产品品位、质量、售后服务等方面争取用户满意,在全国各地建立了完善的营销服务网络,确立了全国重型机床行业的霸主地位,同时全面开拓了欧洲、美国、日本和韩国等国际高端市场。

三、树立"三个愿景"的战略目标

从仿制苏联的机床设计制造技术,到全部拥有自主知识产权的国际先进设计制造技术;从立卧式车床的单一产品结构,到以立卧车为主导的多元化产品系列;从偏隅东北边疆的老字号机床企业,到国际知名度和美誉度大幅度提升的现代化机床制造公司——齐重数控为中国民族机床工业树起了一面旗帜,为我国综合国力的提升和装备制造业的振兴提供了重要保障。

为肩负起民族装备制造业全面振兴的历史重任,全面打造民族机床行业的国际品牌,树立民族机床工业旗帜,企业确立了"三个愿景"的战略目标:以最大的努力和最快的速度,进行自主创新,使企业保持高速可持续发展;以最大的努力和最快的速度,提高经济运行质量,使员工经济收入达到国际同行业发达国家水平;以最大的努力和最快的速度,在三年时间内,使公司产品达到"济根"(德国)等世界顶级机床制造企业的产品水平,把企业打造成国际知名、世界一流的重大装备及国防装备保障产业化基地。

〔供稿单位:齐重数控装备股份有限公司〕

精心塑造北一品牌　努力树立高端形象

——北京第一机床厂

北京第一机床厂(以下简称北一)"十五"期间进行了企业搬迁、调整、改造,到2005年8月全面完成了搬迁建设工作,同年10月又成功全资收购了德国瓦德里希·科堡公司,这些扎实的工作为北一"十一五"期间又好又快的持续发展奠定了坚实的基础。

进入"十一五"以来,北一以"成为具有全球竞争力的机床制造与服务供应商"为愿景,以"为股东创造持久的高回报、为员工引得社会尊重、做用户的工艺师、做国家装备工业的脊梁"为企业的使命,重点发展中高端数控机床,以扩大国内市场、开拓国际市场。

2007年,为进一步贯彻落实公司"十一五"战略,北一继续开展精心创品牌活动,在企业品牌建设、产品研发、质量保证、用户服务、诚信履约等方面进行了扎实的工作,并取得了良好的经济效益。截至到2007年10月,北一产品销售收入、利润总额、净资产收益率、生产设备利润贡献率等指标已经完成或超额完成全年的预算指标,并为2008年的经营和发展奠定了良好的基础。

一、以重型机床为核心,塑造北一品牌的高端形象

近两年来,北一加快了重型机床高端产品的开发和市场开拓,充分发挥了瓦德里希·科堡公司的协同作用,共同开拓国内、国际两个市场,着力打造北一品牌的高端形象。并希望通过这些努力,肩负起北一"做装备工业脊梁"的社会责任。

北一为东方电机股份有限公司设计制造的XKAU2750×220 数控定梁桥式双龙门镗铣床,2007年交付用户。该机床售价5 000多万元,创下了当时国内单台机床售价最高的纪录。机床工作台宽5m,长22m,配有大功率内置 C 轴的滑枕铣头和纯机械传动的大转矩摆角铣头,每个龙门框架均可实现五轴联动,主要用于水轮机叶片曲面的加工及船用螺旋桨加工,在国内首次实现了大功率、大转矩五坐标联动,填补了我国在这类机床上的空白。该机床的成功制造,标志着我国机床制造业水平走入国际同类机床的先进行列,打破了这类机床一直依靠进口的局面,在水利、电力发电设备及船用螺旋桨制造等行业具有广泛的市场。

2007年上半年,北一与中国一重集团公司签订了单笔订单超亿元的合同,为其提供近10台数控重型龙门镗铣床,其中包括3台工作台面宽5m的数控桥式龙门镗铣床和1台工作台面宽4m的数控动梁桥式龙门镗铣床。之后,又

与该用户签订了 1 台超重型机床合同。

2007 年下半年,北一又与哈尔滨汽轮机厂签订了 1 台工作台宽度达 10m 的数控重型龙门铣床复合五坐标联动机床的供货合同,单台订单金额达 7 700 万元,再创国内新纪录。这是全球第一台如此大规格的超重型数控龙门镗铣床,单件铸件净重达 80t,毛重超过百吨,是北一与瓦德里希·科堡公司战略协同的丰硕成果。该机床的技术水平高,制造难度大,标志着我国超重型龙门镗铣床的制造能力的又一大进步。

北一还利用科堡公司的数控立车技术,与瓦德里希·科堡公司共同开发国外数控立车市场,已与德国利渤海尔等国外用户签订了多台供货合同。北一在消化吸收科堡技术的基础上开发的数控立车,扩大了北一型机床产品的门类,提升了数控立车的设计制造能力,与科堡公司一起,为国外用户提供了更高性价比的高端产品,提高了北一在国际市场的竞争能力,使北一在国际化的道路上又迈进了一大步。

2007 年,北一重型产品产量 107 台,其中超重型产品 25 台。与瓦德里希·科堡公司合作生产数控立车 2 台。重型产品工业总产值达到 11 亿元,产值数控化率达到 90%。随着国内市场对超重型产品需求的剧增以及北一开发能力、制造能力的提升,北一由原来 5 年生产 1 台超重型产品,发展到 2007 年年产 25 台,表明北一在高端数控重型龙门镗铣床市场上已经具有较强的竞争优势。

二、加强知识产权保护,巩固北一品牌的高端形象

在中型高端数控机床的开发方面,北一依托北一控股的中日合资设计公司,开发了多项面向国内高端用户的、具有自主知识产权的产品,如 CDHA512 型倒立式车削中心、CXHA6130 型车铣复合加工中心、XHAE7610 型大型卧式加工中心等,并申请了多项专利。2007 年,国家专利局批准了北一申报的两项专利,即"立式复合车床新型结构设计"实用新型专利、"车床新颖的外观设计"外观设计专利。2007年,北一又申报了 3 项专利,包括"转动让刀式双面车刀架"发明专利、"机械手"和"移动让刀式双面车刀架"两项实用新型专利。这些专利的申请和获得,保护了北一的自主知识产权,从技术源头保护了北一在高端产品的领先地位,巩固了北一品牌的高端形象。

同时,在这些新产品开发的过程中,北一还学习借鉴了日本先进机床制造企业的经验,严格新产品的试验评价,并在试验的基础上改进产品的设计,为用户提供了可充分发挥机床性能的工艺参数。通过试验证明,这些产品的主要性能符合设计要求,达到甚至超过国外同类产品的技术水平。

三、建立技术服务中心,赢得客户信赖

2007 年,北一重新规范了营销网络的功能,并于 2007年 9 月底在常州建立了北一第一个京外技术服务中心,其功能包括售前、售后服务、备品配件供应、用户培训、产品展示、区域营销网点管理以及产品营销等。技术服务中心的建立,使北一与用户建立了更紧密的联系,能更快速地反馈市场信息,更大限度地满足了用户的服务需求,扩大了产品销售和品牌影响。2008 年,北一将在国内的其他核心地区再建若干个技术服务中心,使综合技术服务覆盖全国。

四、提高内部运营效率,让高端品牌创造高端价值

北一搬迁到顺义林河工业开发区后,在工艺手段提高的同时,折旧的加大和成本的提高缩小了产品的利润空间。北一在加快调整产品结构、开发高端产品的同时,加强了内部管理,努力提高内部运营效率,以保证高端产品能带来高端效益。为此,北一建立了"生产设备利润贡献率"考核指标,其含义是"利润总额占生产设备原值平均值的比重"。期望通过这一个性化指标的设立,充分发挥设备能力,提高设备利用效率,加快存货周转和资金周转,缩短交货期,并带动上游产品供应商满足北一的供货要求。在具体实施过程中,一些生产设备占用量大而生产能力紧张的制造部,根据不断增长的订单要求,找出生产能力瓶颈。为解决瓶颈问题,一方面优化工艺流程,一方面积极培养高级技工,使关键设备能够充分发挥效用。同时,积极寻求社会资源配置,使部分粗加工工序外包。截止到 2007 年 10 月,北一提前 2 个月超额完成了"生产设备利润贡献率"全年的预算指标,通过市场开拓,保证了高端产品应有的利润空间。

"十一五"后 3 年,北一将进一步强化品牌建设和管理,持续开展精心创品牌活动。通过强化自主创新能力、加强营销和客户服务能力、培育价值链协同能力和提供全面解决方案的能力,来维护和巩固北一品牌。北一将继续聚焦中高端,不断推出中高端产品,并逐步为用户提供一体化服务,忠实地履行自己的使命,为国家装备工业做出北一应有的贡献。

〔供稿单位:北京第一机床厂〕

立和谐之本 走创新之路

——天水星火机床有限责任公司

天水星火机床有限责任公司(以下简称星火机床)是我国机床工具行业的重点联系企业。多年来,企业坚持"和谐立本、创新为先、行者无疆"的经营理念,通过改革和创新,连续快速增长。

2007 年,星火机床各项经济指标在行业中名列前茅,成就了行业内有名的"星火现象"。和谐和创新使星火人的潜能得到了难以想象的释放:"SPARK"牌数控机床获中国名牌产品称号;企业获中国机床工具行业精心创品牌活动十佳企业、综合经济效益十佳企业、自主创新先进会员企业、甘肃省引进国外智力示范单位、甘肃省首批 10 户制造业信息化示范企业、甘肃省"优秀企业"、"技术创新示范企业"等。

一、培育创新的企业文化，让创新成为企业的灵魂

理念是企业的灵魂，是企业的精神支柱，是企业文化的核心。没有理念的企业，在市场中只能是随波逐流。而"让创新成为习惯，赋和谐以为自然"，是星火机床"和谐立本、创新为先、行者无疆"经营理念的具体表现之一。

星火机床建立了口语化的文化体系，把创新落到了实处。来过星火机床的人，会感受到星火机床的多种"说法"。这些"说法"通俗易懂、简洁明快，这些"说法"土生土长、独具特色，涵盖了企业生产经营的方方面面，我们称之为口语化的文化体系。星火机床以"只要精神不滑坡，办法总比困难多"的说法面对困境；以"三永精神"（永不抱怨的精神、永不放弃的精神、永不言败的精神）的说法培养干部；以消除"五种说法"（过去就这么做的、不可能、没办法、没有用、没关系）和"只为成功找方法，不为失败找理由"的说法去大胆创新。星火机床的创新之路正是得益于这一创新理念，在创新灵魂的指导下，星火机床相继提出了一系列创新理念。

"进化的机床制造工艺思想"是企业践行创新理念的结晶。所谓进化的机床制造工艺思想就是机械制造总是从无到有，从低级到高级，因此技术创新对星火而言就是要从以前"万事不求人"的自我封闭中解放出来，引入一种全新的生产方式，整合内外部资源，消除了落后地区制造先进机床的思想障碍；彻底打破先进机床只能用先进装备来制造的迷信，为星火机床的产品开发奠定了思想基础，为落后地区机械工业的发展起到积极的带动作用。在创新思想的指引下，星火机床形成了独具特色的技术创新战略、技术创新指导思想、精品工程战略。

1. 技术创新战略

"高、大、精、专、非"主线产品开发战略。企业牢牢抓住两个方面：一是满足市场，二是引导市场。满足市场，就是开发适应市场需求的"大、专、非"产品（"大"——难度大、竞争偏弱的大型、超大型、重型机床，"专"——专用机床，"非"——非金属切削类机床），满足各行业用户的需求；引导市场，就是开发"高、精"产品（"高"——高技术、高附加值产品，"精"——精密机床），提高产品的科技含量和附加值，用高新技术产品拓展新的市场领域。

2. 技术创新指导思想

"高低通用、宽窄借用、轻重兼顾、数普兼容"的模块化可重构设计方针，使星火机床的设计资源、制造资源可以实现集中整合、综合利用，大大简化了产品系列化的工作量。

3. 精品工程战略

"始于设计、精于工艺、重在加工、成在装配"的全过程精品战略，使星火机床的产品知名度大大增强。

4. 副线产品开发战略

"普、特、难、套、量"副线产品开发战略，以防范机械装备制造业的低谷到来，确保公司可持续发展。

"集成制造思想"集成全球先进技术和优秀产品，引进了先进的制造理念，促进了技术水平的升级。在创新思想的指导下，星火机床坚持开展原创性创新、集成创新、引进消化创新"三位一体"的技术创新活动，掌握了核心技术，申报专利105项，其中发明专利19项。目前，已有4项发明专利获得授权，67项实用新型专利获得授权，其他均被国家专利局受理。而且这些核心技术已移植到更多的新产品中，大大提高了新产品研发能力。公司承担的国家"863"计划项目"大型数控超精密菲涅尔透镜加工设备"2007年通过国家科技部验收。

通过技术创新使企业产品结构和水平发生了质的变化，产品实现了"4个转变"，即从普通机床到数控机床、从轻型机床到重型机床、从卧式机床到立式机床、从一般机床到精密机床的转变和拓展。

二、机制创新、人才培养保证了让创新成为习惯

星火机床在实践中体会到，要让创新成为习惯，必须要有全新的机制、合理的资源、高素质的团队作保证，因此，公司在以下几个方面做出了不懈努力。

1. 机制创新为技术创新营造良好环境

管理创新和机制创新是企业可持续技术创新的保证。自1998年以来，企业内部建立了模拟市场核算运行机制，实施分厂制。公司与各分厂实行市场化结算，科技经费实行公司与分厂二级投入，除公司投入一定的科技经费，各分厂科技投入按科技产业化给分厂带来的受益情况进行承担，减轻了公司管理费用支付压力，也保证了科技投入。

星火机床技术创新体系由决策、评审管理、实施3个层次构成。按照让创新成为习惯、建立全员技术创新式企业的指导方针，实施层由技术中心的各研究所、分厂技术部门、分厂制造部门、技术管理部门以某一项目为纽带，组成矩阵组织结构科技攻关项目组。近几年来，每年开展的新技术、新材料、新工艺、新产品研究在50项以上，获得省级以上鉴定的新产品每年稳定在5～8种，新产品产值贡献率在60%以上。

2. 培养人才为技术创新提供智力保证

重视人才队伍和研究机构，是企业创新的组织保障。精彩人生、精品机床——是星火机床事业留人、感情留人的企业用人文化真实写照。培训是最大的福利——是星火机床对人员培训的理解。

技术中心先后有30多名工程技术人员到清华大学、北京大学、兰州理工大学、西安理工大学、哈尔滨工业大学脱产深造。70多人次到美国、日本、瑞典、德国、意大利、法国、英国等发达国家进行中短期深造，学习先进的机械制造技术。公司送出的是"福利"，带回的则是"强智"。这些都为公司机床设计制造提供了强大的人力资源。人才发展战略已列为公司基本战略。

3. 引智引技是技术创新助推器

近几年来，星火机床在不断提升公司研发能力的同时，通过内外部资源的整合，广泛利用社会资源，走出了一条以科技进步为导向的升级式发展之路。

20世纪90年代，公司就非常注重产学研联合，经常开展与高等院校、科研院所的技术合作与交流。与济南铸锻研究所共同开发出J455低压铸造机，并实现了成果转化。与科研院所建立了4个技术中心和分中心，并与清华大学、

兰州理工大学、西安理工大学、甘肃机械研究院等建立了紧密联盟,通过优势互补,借智、借力、借势,实现多边的共同发展。把院所的研究成果向企业转化,使公司有了一批具有市场竞争能力的高科技产品,效益十分可观。星火机床通过承担大型数控超精密镜面加工设备(国家高技术研究发展计划"863"计划)与清华大学建立了长期技术合作关系;与兰州理工大学合作先后在深孔钻床、专用镗床、车削中心、轧辊磨床、数控轧辊磨床等项目中取得了成功,并共同建立了联合技术中心;与西安理工大学合作在车铣复合加工中心上取得了成效,大大提升了星火机床产品的水平,并共同建立了联合技术中心。此外,还与华东理工大学、合肥工业大学、河海大学、湖南大学、燕山大学、甘肃省机械研究院等建立了技术合作关系,开展了多项前瞻性科研开发工作,以增加技术储备。

与此同时,星火机床把眼光放远,走出国门,寻求国际机床行业的制高点。早在20世纪80年代初期,就与法国索米亚公司合作,引进法国技术,生产了肖莱车床。90年代又先后与瑞典SMT公司、美国CUBIC公司、美国S&S公司合作,引进数控车床制造技术。21世纪又与法国SOMAB公司和德国WMH公司建立了技术合作关系。

通过合作,有效地提高了星火机床技术水平及设计开发能力,熟悉和掌握了世界发达国家机床设计理念、设计方法,实现了与世界机床市场的接轨,了解先进制造技术的今天,规划星火发展的明天。

4. 以国家认定企业技术中心为龙头,构建4层次企业技术创新体系

在企业内建立企业技术中心,夯实创新基础,是以企业为主体创新体系建立的重中之重。星火机床为了保证技术创新工作的开展,加强了企业技术创新体系的建立。

几年的创新实践充分证明,企业技术创新体系的决策层要有足够的权威,主要职能是对公司重大技术创新、技术开发、技术改造、技术引进、技术合作和技术发展规划、政策、创新体制、机制改革、技术队伍建设等进行决策。评审层是企业的专家委员会,其职能是对重大技术创新、技术开发、技术改造、技术引进、技术合作项目进行调查研究,包括可行性研究以及技术论证;同时,对在建项目或已完成的科研、技改项目进行检查、验收,对外部提供的技术成果,进行论证和评价等。专家委员会是技术创新实行民主决策、专家咨询的重要一环,是技术创新体系不可或缺的一个组成部分。管理层的职能是对企业的技术部门、技术队伍、科研机构(含外部机构)实行统一管理,并提出公司技术发展规划、技术创新课题和政策性建议,并对已投项目进行全程监督管理。实施层是企业各技术部门,其职能是把决策批准的项目,组织所属机构和技术人员进行实施。构建完整的企业技术创新体系,并使体系之间的层级关系做到规范化、程序化、制度化,可以保证企业技术创新体系的高效运作。

在产品开发中,5种新产品被列入国家重点新产品,1种新产品列入国家高技术发展计划"863"计划项目。2种产品列入国家技术创新计划,3种新产品列入国家火炬计划项目。多种新产品列入国家产业技术成果转化项目、国家技术创新计划、国家科技兴贸计划,1种产品填补亚洲空白,多种产品填补国内空白,这些产品是国民经济重点领域不可缺少的装备,特别是军工行业急需的装备。

5. 开展形式多样的创新活动,使企业自主创新立体化展开

星火机床的技术创新是多层次的组合,从研发设计到实施,需要全方位的创新配合。最高层次由核心技术人员甚至科研院所科技人员支持的科技攻关,中间层次由实施技术人员承担的工艺突破口,实现层次由企业广大员工参与的合理化建议,三者缺一不可。为了实现三者相互配合,立体化展开,星火机床建立了有效的创新利益分享机制,使参与创新工作者的风险和利益对应,投入和产出对应;建立了有效的激励机制,使企业全员热情投入到创新工作中;建立了有效的培训提高机制,为企业技术创新发展提供人才保证。

三、体制改革,管理机制创新

2002年,星火机床进行了改制,设立有限责任公司,在建立现代企业制度和管理机制改革方面进行了一系列创新。

1. 规范改制,建立和完善现代企业产权制度和法人治理结构

以实现快速反应为宗旨,建立和完善现代企业产权制度、法人治理结构,使星火机床产权更加清晰,权力职责双到位,决策、执行节奏明显加快。

2. 分配制度实行差别化

结合企业实际,星火机床提出了淡化工资概念,强化收入意识的理念。强调收入的"活"化,真正体现按劳分配和贡献挂钩。在企业内部本着"能力高低决定分工不同,分工不同决定分配方式的差别,分配方式的差别决定收入水平的高低"的原则,同时实行超过7种的分配办法。以此根据贡献的大小拉开了收入的差距。目前公司"活"收入比例超过了全部收入的80%。

3. 组织结构实行扁平化

星火机床在改制前,各类职能部门49个,总厂一级的管理人员就有600余人,中层以上干部100余人,管理人员和生产一线人员的比例是1:3。臃肿的机构,大量的冗员,使得推诿扯皮现象比比皆是,快速反应根本落不到实处。改制后,公司现有管理处室18个,管理人员精简到了200余人,中层以上干部减少到了50余人。管理层级少了,人员少了,决策、执行节奏明显加快,有效保证了企业的高效运转。

4. 用人机制实行单首长负责制

星火机床在企业内部实行单首长负责制。每年一次,从总经理开始,一级聘一级,而且只聘一把手。需要聘副手的,由一把手提出名单,报公司考评任命。出现问题,全体班子解聘。单首长制的实行,有效解决了企业内部的内耗问题,保证了步调一致,政令畅通。在实行单首长制的同时,星火机床还加大了对干部的监督考核力度,每年一次的民主评议,对群众反映大的干部坚决予以调换。在星火机

床,干部能上能下真正落到了实处。

星火机床创新的源动力来自于对"活下来"的极度渴望,对"活得好"的不懈追求和对"活得更好"的美好向往,创新的过程也是从生存、发展、走向卓越的不断奋斗过程。创新不仅是一个民族进步的灵魂,也是一个企业实现基业长青的保证。"造世界一流机床,一步之遥需八年努力"——为星火人指明创新的目标和方向。

〔供稿单位:天水星火机床有限责任公司〕

武重加快创新能力建设 向创新型企业迈进

坚持自主创新是武汉重型机床集团有限公司(以下简称武重)的一项长期发展战略。为实现企业可持续发展,创建创新型企业,公司不断加大技术创新的投入,进一步提高和改善技术创新的基础条件,增强创新能力,提高产品技术水平档次,自主创新成绩斐然。

武重作为我国重型机床行业的排头兵,将企业创新能力建设列入了企业长期发展战略规划,包括技术创新体系建设、技术创新制度建设、技术创新平台建设、技术创新环境建设以及人才队伍建设等方面;将创新能力建设与制度、管理、机制相结合。通过创新能力建设,建立健全完善的技术创新体系、严格的管理制度、有效的运行机制,走出了一条自主创新与技术引进相结合,以企业为主体产学研相结合的技术发展路线。技术创新已步入高起点、高标准、高水平发展轨道。

创新体系建设首先是转变观念,坚持以市场为导向的技术创新原则,改变不适应市场竞争的技术管理体系。在企业构建以公司董事长直接领导、公司技术委员会决策、专家委员会参与的多层次、多专业技术创新组织结构,完善企业技术中心的创新组织与管理建设。技术中心由决策层、管理层、执行层组成,形成了以专家组和各专业化研究所等组成的执行层专业应用技术研发系统,涵盖了公司主要产品相关领域,形成了完整、系统的与企业经营方针、管理模式相适应的公司技术创新体系。为完善公司内部技术管理,加强技术指导,成立了技术委员会和专家委员会,由技术中心负责公司技术管理与协调工作,技术中心下设6个专业化研究所,分别是立车研究所、镗床研究所、铣床研究所、卧车研究所、工艺研究所和锻冶研究所。

技术创新需要有严格的制度管理作保证。公司先后制定了"企业技术保密规定"、"企业知识产权保护办法"、"新产品立项管理规定"、"新产品开发可行性评估标准"、"企业技术创新激励办法"和"人才工程奖励办法"等管理制度与办法。技术创新管理制度对企业的技术、产品、创新活动等所涉及的内容作了具体规定,使技术创新步入规范化、制度化、正常化的发展轨道。为规避产品开发的技术风险,组建了专家技术评审委员会,由资深老专家和高级技术专家组成,对每一台新开发的产品技术方案进行可行性及风险分析评估,减少盲目性和避免损失。

武重技术创新路线主要源于3个方面,一是坚持自主创新,自主创新是企业发展的内在动力,通过多年的传承与积累,形成了适应市场的自主创新体系,每年都有新产品面市,在原有基型产品的基础上进行产品改进,以满足快速多变的市场需求;二是坚持技术引进、消化、吸收再创新的技术发展之路,加速重型机床国产化;三是坚持走产学研相结合,走校企联合研发创新之路,与国内外众多高校及院所合作,强强联合,共同研发,加快技术成果转化,使新产品尽快进入市场。

当前,正在实施企业搬迁改造,企业信息化建设工程同步实施,信息化建设项目投资3 311.2万元。针对重型机床产品的设计开发,建立数字化设计集成平台,保障信息资源共享和产品数据安全性,实现重型机床产品生命周期的有效管理与控制,并为SCM、ERP的实施提供有效的集成接口,为技术创新创建高标准数字化平台,为产品开发实现数字化设计,为企业技术创新再上新的台阶打下坚实的基础。

技术创新需要营造良好的创新环境,包括硬件环境和软件环境。硬件基础试验检测设备及手段是创新的前提条件,而创新机制、激励机制和人才培养是创新必备的软环境条件。因此,企业在创新能力建设中,将软环境建设作为重中之重。如何将各种创新资源和技术要素进行合理整合与有效利用,充分发挥各种技术资源优势,调动全体员工的主创性,这是技术创新的关键,是有效实现自主创新目标的根本途经。

为了加强人才队伍建设,企业招聘技术人才,加大后备人才的培养,充实创新人才队伍。强化岗前培训与在职知识更新,使技术创新保持充足的人力资源储备。注重更新创新观念,树立全员创新理念,调动公司每一位员工的积极性,让员工都来参与创新。从2002年起,公司每年拨出专款,实施"人才奖励工程",培养造就了一批高素质人才队伍,共有各类工程技术人员200多人,其中,国家及省市专家21人、正高职高级工程师14人、高级工程师55人、工程师57人,各专业化研究所都有自己的学术带头人,为企业的可持续发展提供了有力的人才保障。

通过创新能力建设,技术创新环境条件得到根本改善,极大地调动了工程技术人员的创新热情和积极性。坚持"生产一批、储备一批、研发一批、淘汰一批"的产品发展方针,技术创新和产品开发进入了快速发展期,技术创新硕果累累。所研发的产品全部为国内首台首创,产品向高速、高精、复合化加工发展,集成制造技术的研究与应用逐渐成熟,主导产品全部实现了向复合化加工升级,产品由30个系列、130多个品种发展到50多个系列、300多个品种,完成了38个系列产品的技术升级。立车类新增11个重型、超重型系列产品,重型卧式车床新增3个系列产品,镗床和铣镗床新增8个系列产品,龙门镗铣床新增14个系列产品,回转工作台新增 2 个系列产品。大部分产品达到国际 20 世纪 90 年代水平，超重型数控立车与超重型数控龙门移动镗铣床达到当代国际先进水平。在这些新产品中，绝大部分是为国家重点行业或重大工程项目开发，为装备中国制造业作出了重大贡献。

公司每年技术创新投入占产品销售收入的 5% 以上，技术投入与产品技术开发挂钩考核，技术投入与产出比为 1:4。技术创新给企业创造了巨大的经济效益，产品附加值和技术含量越来越高，各项经营指标不断创出历史新高。2007 年，数控机床产量占总产量的 64%，数控产值占总产值的 80%，利润增长率达 133%，人均劳动生产率及员工收入也大幅提高。武重已连续多年荣获机床行业数控产值"十佳企业"，2007 年荣获机床工具行业首次评选的"自主创新先进会员企业"称号。

武重坚持走发展自主知识产权的技术创新道路，技术创新起点高，目标明确，以振兴装备制造业为宗旨，以研制替代进口产品，加快国家急需重大装备的产出为目的，科学抉择，研制出一大批代表国家水平的标志性产品。由于长期的技术创新投入，技术储备日益丰厚，其中有拥有国家实用新型专利技术的双电机驱动工作台分度装置和数控摆动轴附件头，几十项重型机床自主知识产权核心技术，并相继开发研制成功一大批具有自主知识产权的中高档数控机床。

自主研制成功以我国第一台 16m 数控单柱移动立式车床为代表的超重型机床产品，实现了我国超重型机床零的突破，至今已生产了 10 台同类产品，现在又研制出 18m、20m、22m 数控立车。研制成功 5m 超重型数控龙门镗铣床，

并生产 3 台这种大规格的超级"航母"，满足了发电设备、钢铁、钢管等大型制造企业加工特大、超重零件的需要。自主研制成功国内第一台数控双龙门移动镗铣床（5.8m×38m），具有大功率、满负荷、高效率加工的特点，这种结构型式在国外也不多见。承担完成了国家"863"计划项目 CKX5680 型七轴五联动数控重型车铣复合加工机床，该机系国产化首台重型高档数控复合加工机床，为我国船舶工业加工大型船用螺旋桨，打破国外技术封锁，替代进口，提高国防战斗力做出了贡献。研制成功了 CKX5363×95/160 型专用数控单柱移动立式车铣复合机床，该机是国内首台大型核电加工机床，为核电装机国产化实现零的突破奠定了基础。

创新使武重续写了众多辉煌，探索出了一条双赢的发展之路，创新不仅提升了企业的产品技术水平，增强了核心竞争力，而且提高了企业经济效益，为企业赢得了诸多荣誉。

为世界瞩目的三峡工程建设项目提供了加工水轮机的关键设备 CKX53160 型数控单柱移动立式铣车床，其技术要求、制造难度创我国超重型机床之最。该机床仅零件就有 20 000 余件，自重近 700t，是国内机床重量之最。该产品荣获国家科技进步二等奖，中国机械工业科学技术进步奖一等奖，是当年国内机床行业获得的最高奖励。

武重取得的这些创新成果，是长期加强技术创新能力建设，不断加大技术创新投入，提高自主创新能力的结果，不但给企业创造了巨大的经济效益，也为企业可持续发展，向创新型企业转变迈出了坚实的一步。

〔撰稿人：武汉重型机床集团有限公司陈国新〕

提升自主创新能力　开创企业发展新局面

——宝鸡机床集团有限公司

宝鸡机床集团有限公司（以下简称宝鸡机床集团）是 2007 年 9 月在宝鸡机床厂原有基础上整体改制组建的。集团公司下属 2 个分厂、7 个合资公司，是具有外贸进出口自营权的国家大型工业企业。公司先后被授予"中国金属切削机床行业排头兵企业"荣誉称号，荣获"全国五一劳动奖"。1999 年通过了 ISO9001 质量体系认证，2005 年产品通过了出口欧盟国家的 CE 安全认证。2008 年国家质量监督检验检疫总局批准宝鸡机床集团有限公司"出口免检"，"忠诚"牌商标获国家工商总局"中国驰名商标"。

21 世纪以来，中国装备制造行业迎来了前所未有的发展机遇，宝机机床集团也进入了发展速度最快、整体实力全面提升的时期。企业紧跟国家振兴装备制造业步伐，以宝鸡市工业强市发展战略为指导，全力打造数控机床制造基地，主要经济指标连续实现跨越式增长。2007 年工业总产值突破 15 亿元，销售收入突破 14 亿元，出口创汇 1 600 万美元，机床产量 13 274 台，其中数控机床产量 5 159 台，增幅达 53%。这些成绩的取得，与企业一直坚持创新发展密不

可分。

我国改革开放的大环境，经济现代化的历史潮流以及我国政府倡导的科学发展观和建设创新型国家的基本国策，为企业提供了体制创新、管理创新的宏观环境。宝机集团公司在"以我为主、博采众长、提炼融合、自成一家"原则的指导下，形成了独具特色的现代化企业管理模式。

一、体制上稳步推进投资主体多元化

以全面推进企业改制改组为重点，以优化产业结构为目标，组建大企业集团，发展优势产业群。公司利用企业优势，积极开展资本合作，实施资产重组。为了精干主业，做强主导产品，我们组建了宝鸡忠诚机床股份有限公司，实行法人治理结构，按照"公司法"规范运行，使公司得到了长足的发展。根据企业的实际情况和市场需求及发展需要，我们先后合资成立了"深圳宝佳公司"、"零件公司"、"铸造公司"和"汉威设备制造公司"。这几个公司的成功组建，使企业的生产链更加密切，生产能力迅速提升，推动企业发展再次加速。2007 年 6 月对集团公司的核心子公司——宝

鸡忠诚机床股份有限公司增资扩股,增加股本8 800万股,吸引民营资金近1亿元,形成股本多元化的格局,激活了企业经营活力;9月份,对宝鸡机床厂进行整体改制,成立宝鸡机床集团有限公司,吸纳陕西秦川机床工具集团、陕西技术投资有限公司两家股东,吸引资金5 000余万元,开创了宝鸡机床集团公司制运营的新起点,搭建起宝鸡机床产业优势集中、合力发展的产业大构架。

二、强化科技研发能力

集团公司始终坚持走以自主创新为主,技术引进、合作开发为辅的技术发展政策。一是建立健全科技人才培养体系,造就有利于人才辈出的良好环境,充分发挥人才的积极性、主动性、创造性。二是建立以企业为主体、市场为导向、产学研相结合的技术创新体系。在自主开发的基础上,加强合作开发与技术引进,先后与美国、日本、韩国等国家和中国台湾地区进行技术交流与合作。三是坚持发展创新,以市场需求和高新技术为导向,加大技术项目规划和开发力度,做到每年都有新项目投产、试制、设计和研制储备。四是在技术引进的基础上,加强消化、吸收,坚持走再创新的发展之路。

以市场为导向,以用户需求为出发点,以"维持普通型、发展数控型、储备超前型"作为产品的发展方向,集团公司加大产品结构调整,使产品结构由全转优,不断拓展产品规格和适用范围,使产品在原有市场上纵深发展。同时兼顾通用机床与专用机床的同步发展,以下游大行业为开发重点,不断开发研制出针对汽车行业的轮毂车床、数控曲轴铣床、缸套加工用珩磨机、上下料机械手等设备,针对轴承行业的轴承车床、端面钻攻螺纹机床和针对石油行业的管螺纹车床等等。截至目前企业已形成以柔性加工单元、车削中心、加工中心、数控车床、数控铣床、数控专用机床等为代表的15个大类、160多个产品群,广泛应用于航空、航天、兵器、汽车、民用工业等行业。产品不仅畅销国内市场,还远销国外50多个国家和地区。出口机床由普通车床向数控车床转变的趋势日趋明朗。

三、以价值取胜和优化服务为突破口实现市场份额的扩大

在多数机床厂家以低价竞争抢占市场时,集团公司领导班子提出以"价值营销"对抗"价格战"。首先在集团内颁发由董事长签发的"质量令",提倡全员质量意识;其次提出三大质量理念,培养集体荣辱感,进一步提高零部件及整机质量;第三提高质量内控标准,加强质量监督、监控,大幅提升机床精度;第四加强售前服务;第五售后服务与销售片区挂钩,实行驻片服务;第六加强用户培训次数,保证用户会使用、会操作、会维护。以上措施的实施,在市场价格战中独辟蹊径,为企业带来了连年的大好销售业绩。在市场竞争中,宝鸡机床集团已成为继沈阳机床、大连机床之后又一熠熠生辉的机床生产厂家,已经形成具有影响力的品牌,在国内车床行业,"沈阳机床"、"大连机床"、"宝鸡机床"三个企业共占据车床近65%的市场份额,占数控车床市场份额的72%。近年来宝鸡机床集团公司数控机床产量以每年50%以上的速度递增,目前机床产值数控化率达到66%。

四、创新企业管理

企业始终坚持以人为本的原则,坚持贯彻尊重知识、尊重人才、尊重创造的方针,全面实施人才兴企战略,牢固树立人才资源是第一资源的观念,完善适合企业发展需要的人才结构,不断发展壮大企业人才队伍。营造鼓励人才干事业、支持人才干成事业、帮助人才干好事业的企业环境,形成有利于优秀人才脱颖而出的体制。通过调整工资结构,制定合理的工资体系。

五、创新企业文化

集团公司紧跟"集团化建设、规模化效益"的发展思路,大力构造"学习型企业"。一是实施"人才工程"培训平台。开展学习培训活动,员工受教育比例达100%。二是开设"技能比武、实战演练"争创平台。涌现出一大批省市"技术能手"、"党员高技能人才"、"能工巧匠"、"新长征突击手"、"杰出青年岗位能手",在广大职工中掀起了一股"崇尚知识、崇尚技能、学习技术、苦练本领"的热潮。三是工作交流与创新平台。集团公司创新学习模式,先后召开"销售人员工作交流会"、"售后服务人员座谈会"、"劳模座谈会"和"设备维修人员座谈会"等,进行工作交流与探讨。大力开展"合理化建议"、"小改小革"、"技术攻关"、"质量信得过"等活动,员工提出的合理化建议有75%以上被采用,员工自行研发的多项成果为公司创造了巨大的经济效益,一个"争先进、比贡献、夺荣誉"的良好风气已蔚然成风。

宝鸡机床集团以务实求新的态度,不断进取。企业不断发展壮大,并取得令人瞩目的成绩。集团公司将继续坚持以创新求发展,以打造数控机床生产基地为目标,积极推进集团公司发展战略,为我国机床制造业快速发展做出贡献。

〔供稿单位:宝鸡机床集团有限公司〕

战略引领　敢于创新　实现公司"十一五"跨越

——北京第二机床厂有限公司

北京第二机床厂有限公司是在始建于1953年的原北京第二机床厂基础上改制组建的机床行业骨干国有企业,是中国机床工具行业"十八罗汉厂"之一,占地面积10余万m²。公司通过ISO9001:2000质量管理体系认证,是国家二级计量单位,中国机床工具工业协会常务理事单位、中国机床工具行业"精心创品牌先进会员企业"、北京市高新技术企业、"首都文明单位"。

北京第二机床厂有限公司主要经营业务包括研制、生产、销售数控磨床及高精度外圆磨床、普通精度外圆磨床、专用磨床、超精加工机床、立卧式加工中心、成套设备、功能部件等。产品广泛应用于航空、航天、军工、汽车、船舶、纺织、电子、轴承、冶金、机床工具、工程机械等行业，在广大用户中享有盛誉。2007 年公司磨床产品销售收入 1.7 亿元。

公司技术研发中心是北京市级企业技术中心，年科技经费投入占公司销售收入的 5%。公司拥有全部产品完全知识产权的核心技术，并且在高精度外圆磨床及磨削技术、中小规格数控磨床及磨削技术、CBN 砂轮高速高效数控磨床及磨削技术、超精加工技术等领域处于国内领先地位。其中，中小规格数控磨床及磨削技术、CBN 砂轮高速高效数控磨床及磨削技术、高精度磨削技术和超精加工技术已基本达到国际先进技术水平。公司拥有国家实用新型专利 5 项，已受理待批专利 6 项（其中 3 项为发明专利）。

公司曾获国家、部、市级等各种科技奖 70 余项，是机床领域国家及行业标准的主要起草单位之一，为我国机床行业的发展做出了贡献。公司正在承担的国家和北京市科技项目（课题）5 项，其中国家"863"计划重点课题 1 项，北京市科技计划课题 4 项。

一、公司经营状况

2007 年，公司经济运营工作保持持续增长态势，全面完成了各项经营指标，取得了较好的经营业绩。磨床、超精加工机床供销两旺，数控、大型、高精、普通、专用等各类磨床和超精加工机床产品共产出 1 238 台，同比增长 5.54%；产品销售收入 16 816 万元，同比增长 30.1%；工业总产值（现价）16 129 万元，同比增长 21.6%；实现利润 492 万元，同比增长 134.9%。

二、公司发展战略

1. 使命愿景

建立一个主业突出、规模适中、技术领先的精密加工设备企业，创造价值、回报股东和员工。致力成为高精度外圆磨床、数控外圆磨床及超精加工机床的中国第一品牌制造及服务供应商。

2. 产品发展原则及方向

本着"追求效益优先，兼顾适度规模"的经营发展理念，坚持走"立足高精、发展数控、扩张大型、成线配套"的产品发展之路，从单纯的设备供应商转变为向用户提供全套磨削工艺解决方案的工艺装备制造及服务商。通过产品结构调整和技术升级，强化以高附加值和高技术含量产品为主导的公司核心竞争力。形成公司在精密、高效磨削领域以"技术领先、敏捷制造、专业服务、效益发展"为内容的竞争优势。在巩固、完善现有产品体系，保持在相关行业市场中持续领先地位的基础上，面向磨床领域拓展发展空间，成为磨削工艺专家。

3. 构建竞争优势

外圆磨床市场的需求特点及客户的个性化需求对产品专用性、多样性的要求逐渐增强，多品种、小批量、定制化、快速反应的生产方式将构建企业强有力的竞争优势。

加大对高端数控磨床及相关技术的研发力度，扩大产品种类及市场应对能力。加强对用户典型零件工艺路线、加工设备、检测手段、生产布局等方面相关知识及经验的积累，造就一支能够提供典型零件磨削加工生产线设计、开发的技术队伍。

实施"走出去、请进来"战略，通过多种形式，加强对国内外相关领域先进技术的跟踪和相关行业的技术交流。通过技术引进及合作方式，提升公司产品技术含量和公司核心竞争力。

三、公司营销渠道和服务建设

公司以打造"北二"品牌树立公司形象，依靠品牌战略提高公司知名度和信誉度，努力开拓市场，不断提高市场占有率和覆盖率。

1. 品牌策略

打造北京第二机床厂有限公司高精度外圆磨床、数控外圆磨床、超精加工机床及专用精密磨削机床系列产品品牌，积极通过网络、展会、专业报刊等多种渠道宣传企业、推广产品、形成品牌效应。认真落实客户需求，追求增强汽车、航天、军工等重点行业客户认同感和品牌忠诚度。公司荣获中国机床工具工业协会"精心创品牌活动先进会员企业"。

2. 渠道策略

在现有销售网络的基础上，拓宽并加强营销渠道、市场感知和培育能力，形成有效的营销管控模式和人员梯队。经过几年的整顿和调整，公司在营销体制、政策及销售手段和管理等方面都有所加强。在全国的几个大中城市建立了稳固的销售公司及代理商、分销商，以此辐射全国 30 多个省市自治区，形成了北京第二机床厂有限公司强大的市场营销网络。

3. 价格策略

公司主要产品以技术质量优势取胜。普通机床形成"低成本 + 知名品牌 + 适中价格"的竞争优势。数控外圆磨床和专用磨床等中高端产品，利用"技术质量优势 + 优质服务"保证较高的利润空间。

4. 服务策略

建立完善的产品服务网络，实现对客户售前、售中、售后的全方位跟踪服务。建立客户资源管理平台，认真落实客户需求。建立市场、研发、生产以及售后服务各环节，关注客户实际需求并迅速联动反应的意识和机制。加强售后服务力量，逐步推进本地化服务，加快服务反应速度，保证服务质量。

在市场网络的建设中，按产品与市场细分的原则完善营销政策和内部管理；按不同产品的市场特点树立新的营销观念；加强加快市场的网络建设，做好信息的捕捉、追踪；加大对重点项目的投入力度，提高重大项目投标的命中率；提高合同的承接质量，扩大市场占有率和影响力；建立客户服务档案，落实客户需求，加快服务反应速度，保证服务质量，创建业内一流服务，实现服务增值。积极开展业务培训和新人培养，提高业务技能，建立一支知识结构、综合素质符合产品发展需要的技术型营销团队。

四、技术研发

公司主业产品结构调整继续突出高技术和高附加值的数控、大型、高精、专用磨床及超精抛光机床产品的研发与生产，形成生产、研发、技术储备的良性循环和梯次布置。紧密配合市场，优化产品发展战略，坚持走"立足高精、发展数控、扩张大型、成线配套"的产品发展之路。

公司研发体系建设以增强企业核心竞争力为目标，以科研成果的研究开发和产业化为任务，通过建设高水平的创新与产业化基地，形成高水平的创新与产业化团队。2007年公司技术中心被认定为北京市企业技术中心。目前公司正在承担国家、北京市的科技项目（课题）5项。其中"汽车发动机曲轴高效精密加工成套装备"为国家"863"计划重点课题；"发动机曲轴主轴颈高效、精密磨削技术研究及应用"、"直驱技术在高精度复合磨削中心的应用研究"、"数控磨床测试与评价共性技术的研究与应用"、"北京数控装备创新联盟高精度、高速磨削技术研究中心建设"为北京市科技计划课题。

同时积极寻找技术引进或技术合作等快捷途径，探索机制和体制变革的新思路，通过与高校、科研院所的"产学研用"相结合，加强与国内外的技术交流与合作，大力发展具有自主知识产权的成套技术和工艺，缩短技术开发和试验应用周期，推动公司技术进步和结构调整，加快公司高技术产品的发展。

五、公司质量管理体系

公司明确提出"以质量求效率、以质量促管理、以质量争市场、以质量创效益"的方针，提出全面推行质量管理，提倡提高全员质量管理意识。从原材料进厂、零部件加工、外购和外协、产品的装配调试、质量检验一直到成品交付用户和售后服务，生产经营的一切活动都在质量管理体系的控制之下，使公司产品质量得到稳步提高，确保满足广大用户需求为目标的经营方针顺利实施。

公司在生产过程中不断完善质量管理体系，贯彻质量方针，落实质量职能，严格执行质量责任制和质量奖惩制度，实行质量否决权，从而使产品实现过程的各个环节得到控制。把好每道加工程序、每个工作程序的质量关，"质量保证从我做起"融合在企业文化中，体现在每台产品上。树立"下道工序就是上道工序的用户，要为用户提供合格满意的产品"的理念。对关键设备和关键工序建立工序质量控制点，使重点工序始终处于受控状态。在工作中不断完善工艺手段，强化工艺试验研究。

加强出厂前产品的质量把关。在产品出厂前，厂内进行预验收，及时发现问题，采取纠正措施，不把问题留给用户。公司产品一等品率98%，国家监督抽查、市级质量定期抽查合格率均达到100%，出口机床商检合格率100%，为"做精品、创品牌"奠定了坚实基础。

六、公司生产及内部管理

2007年，根据公司产品发展战略及未来公司产品结构，深化内部改革，再造业务流程，缩短生产链，实现有限资源聚焦；配置与之相适应的生产管控体系，降低生产经营风险；培育为公司服务的生产链，树立与供应商共同成长的价值理念；加强生产管理，实施工艺流程改造，加大对重要工艺装备的投入。主要产品业务模式如下：①通用机床以提高效率为核心，倡导低成本运营，利用社会资源进行生产控制，降低成本，扩大生产规模，提高市场占有率。②数控磨床以优化产品性能为核心，倡导产品领先，实现部件生产模块化，解决产能不平衡问题，提高产品生产的及时性和灵活性，以满足用户不断缩短交货期的市场要求。③到2007年底，把大量简单制造、技术含量较低的零部件扩散到企业外部生产，充分利用现有资源，调动并使用社会资源，快速构建企业"仿哑铃"型运营结构。减少企业资金占用，保证生产需要。采用科学的管理模式，提高企业生产管理水平，力求通过借鉴精益生产、准时制造方式，摸索出一条适合于本企业的科学生产管理方式，实现资源调配合理化。2007年基本搭建与主要供应商的战略合作关系，为企业建成一张完整的供应网。因势利导，逐步使供应商与企业之间的合作规范化、长期化，降低企业采购成本并保证质量与准时供应。

全面开展信息化工作，以信息化系统建设（ERP系统、以及CAD、CAPP、PDM系统等）促进企业的基础管理工作全面升级和企业信息资源的维护与共享，为建立完善、高效的制度体系奠定坚实基础，为公司规范化运作搭建操作平台。

加强公司管理信息系统、产品数据管理系统、生产管理系统、市场销售服务管理系统和财务管理系统的信息化建设和整合，借鉴国际先进管理模式和经验，实现管理信息化水平升级，为公司业务适应市场变化和进而开展国际化合作提供管理基础。

2007年公司完成了PLM的实施工作。今后将稳步开展信息化在公司运营管理中的应用，实现有效、实时地处理生产过程中各相应节点的信息集成共享，预见性地早期安排处理可能发生的相关问题，建立产品设计、制造、管理的协同工作环境，最大限度降低企业内部的信息传递损耗。

通过借鉴、学习其他企业先进管理经验及广泛吸取职工意见，不断完善公司内部的管理制度。完善和健全公司绩效工资制度和各项工作考核办法，全面实现对公司所有部门的工作实施考核，促进公司各项工作运转效率的提高。

七、企业文化建设及人才战略

2007年公司积极组织职工开展群众性经济技术创新工程；开展以质量为中心的五个一活动，发动职工提合理化建议；开展以车间为单位，有目标的劳动竞赛；开展建设学习型组织活动，特别是生产车间对年轻职工进行了岗位业务技术培训。这些都有效促进了公司生产经营工作，并涌现出一批兢兢业业、奋勇拼搏的优秀职工。

2007年，公司继续实施人才战略，注重人才培养，实现人才互动。不断调整改善公司现有人力资源状况，为公司战略规划的顺利实施提供保证。

同时，公司不断培养职业化、年轻化、高素质的技术工人、技术人员、管理人员，合理调整员工的年龄结构、知识结构和岗位结构，以适应更加激烈的竞争态势。培育并树立全体职工共同的目标感、使命感、责任感和荣誉感，使员工素质不断提高，使公司管理向良性循环的方向发展。着力把公司打造成学习型组织，注意对干部职工的培训教育，以提高队伍的整体素质。在实际工作中，采取措施吸收人才、激励人才、为人才提供成长发展的空间，充分释放人才的潜能，使人才优势得到最大程度地发挥。公司培育出一批具有创新激情和奉献精神的管理团队，一批出类拔萃的工程技术队伍，众多技术精湛的高级技工。

展望未来，北二作为我国外圆磨床、超精加工机床及各类型专用精加工机床的综合制造企业，将在不断的改革与调整中建立完善的现代企业制度，并通过不断优化产品结构，提升产品档次，确立公司在磨床行业中的优势地位，推进我国磨床及超精加工机床行业的发展与壮大。

北京第二机床厂有限公司在"务实、求精、创新、发展"的企业理念指导下，遵循"精密可靠、诚信服务、顾客满意、持续改进、争创品牌"的质量方针，不断创新，坚持"立足高精，发展数控，扩张大型，成线配套"的产品发展之路，致力成为中国高精度外圆磨床、数控外圆磨床及超精加工机床的中国第一品牌制造及服务供应商。

〔供稿单位：北京第二机床厂有限公司〕

以科学发展观统领企业发展全局

——桂林机床加快自主创新、促进装备制造业又好又快发展

为进一步贯彻党的十七大精神，以落实科学发展观统领企业发展全局，桂林机床股份有限公司不断加快自主品牌建设，增强自主创新能力，开发出了一大批具有自主知识产权的新产品，及时满足了国内外两个市场发展需求，推动和促进了装备制造业又好又快发展，受到了有关部门的好评。

桂林机床股份有限公司前身为桂林机床厂，始建于1951年，1993年7月实行股份制改造，至今已有57年机床生产经验和40多年机床出口历史。公司为全国500家最大机械工业企业、全国CAD应用示范企业、国家人事部批准建立博士后科研工作站企业、中国机床工具行业竞争力之星企业、中国机械500强——机床20强企业、中国机床工具行业"精心创品牌活动十佳企业"、全国质量消费者满意企业、全国机械工业质量效益型先进企业、2005年度最具成长性企业、广西优秀企业、广西综合实力百强企业、广西高新技术企业、广西（省级）技术中心企业、广西数控铣床及加工中心工程技术研究中心，公司还荣获了"全国科技创新质量管理先进单位"的称号。

面对激烈的市场竞争，公司坚持科学发展观，以高新技术改造传统产业和不断开展自主创新相结合，走创新——引进——消化——吸收的新路子。精心组织开发"一、二、三"工程，即"一个赶超"，赶超国内同行业领先水平和国际先进水平；"两种方法"，一是自主开发，二是引进、消化、吸收、创新延伸开发；"三种联合"，一联区内外同行业的开发力量，二联科研院所、大专院校的研发力量，三联外国专家技术力量。通过发展总体战略的制定与有效实施，为公司产品创新，培育核心能力奠定了坚实的基础。

近几年，尽管公司与全国同行业厂家一样，面临着许多发展中的困难，但仍按照既定的产品发展战略和方针狠抓落实，尽量压缩其他开支，增加新产品研发投入并调整投资结构。从1996年以来，每年用于新产品开发和技术改造的投入占总收入的比例分别为10.51%和17.1%，通过增加投入来支撑公司的新产品开发。在市场分析的基础上，公司把产品创新重点放在突出滑枕特色、数控自动万能铣头和大中型数控机床的研制和开发上。近年共开发了具有自主知识产权的4种万能铣头：用于五轴联动的A、C轴联动自动万能铣头；用于五轴控制，X、Y、Z三轴联动和A、C轴自动分度定位控制的自动万能铣头；带C轴360°旋转和45°立卧转换的数控自动万能铣头及立卧转换自动万能铣头。这些核心技术功能部件的研制成功，填补了国内空白，打破了西方的技术封锁，实现了历史性的飞跃，为研制国产五轴联动、五面体加工等高档数控机床和加工中心提供了核心技术保证。在此基础上公司先后又开发了XK2316/3—5X五轴联动数控龙门铣床、XHZ7712A/3滑枕式加工中心、XKZ2330/12大型立柱移动龙门铣床、XHZ2925/16大型龙门移动式加工中心、XH2640/8动梁动柱龙门加工中心、XKS2725/6—5X数控桥式五轴联动龙门铣床等50多种带自动万能铣头的龙门铣床、龙门加工中心，开创了公司生产大型数控机床的先河，为我国航空航天、国防军工、矿山冶金、汽车、船舶、发电、机械加工等行业提供了精良的设备。此外，公司50—II数控自动万能铣头荣获广西科技进步一等奖，XK2316/3—5X、五轴联动数控龙门铣床等产品两次荣获上海"工博会"铜奖，XHZ7712A/3滑枕式加工中心获广西科技进步二等奖，7种产品被列为国家重点新产品试产计划，并有7种产品荣获广西科技进步奖，XK2316/3—5X五轴联动数控龙门铣床被科技部列入国家"十五"攻关计划的引导计划，XHZ7712A/3床身式加工中心列入国家级火炬计划。公司核心技术竞争力大大增强。

由于公司不断提高自主创新能力，在同行业中创造了多项纪录：①在全国机床行业中，公司技术创新力度全行业闻名，每年开发与试制的新产品30余种，在全行业名列前茅；②全国产化的五轴五联动数控龙门铣床的研制和生产全国首创；③数控床身系列铣床的品种、规格、型号多、全，并具有市场竞争力；④公司为全国唯一批量生产数控自动万能铣头的厂家；⑤滑枕系列铣床为全国不多的批量生产厂家；⑥强力系列铣床规格、型号的数量，是在全国生产同类产品的企业中所占比例较多、较全，并且市场占有率较高的生产厂家，工作台宽度2.5m以上数控龙门铣床技术的先进性、结构的合理性排在全国机床厂家的前列；⑦公司开发

的全国首台首套产品,一是 XHZ2320/4 五面加工龙门铣床,二是 XHZ2316A/3(3+2)铣头,三是全国产化五轴五联动龙门铣床,四是双主轴、双刀库、双通道控制龙门式五面体加工中心,五是镶入式工作台。

在以科学发展观统领企业发展全局,为加快振兴装备制造业的发展,不断提高自主创新能力的进程中,桂林机床不失时机地抓好品牌建设,努力向中国名牌冲刺。公司把全员质量意识教育贯穿于创品牌的全过程,加大对全员质量意识培养和教育的力度。"用户在我心中,质量在我手中"的理念在公司深入人心。与此同时,公司还深入开展产学研合作,与北京航空航天大学、北京机械工业学院、吉林大学、西北工业大学、天津大学、华中科技大学、清华大学保持了长期有效的合作,进行人员培训和新产品的研发,通过企业建立的博士后工作站,进行项目攻关。并与德国、法国、意大利、西班牙、日本等国专家进行多方面合作。通过培训、教育和合作,进一步构筑了人才优势,大大提高公司员工的整体素质和质量水平。为更好地创品牌,公司开展了用户满意工程。一是搞好售前服务,通过参加国内、国际大型展览会,走访用户等途径,向用户宣传公司产品,为用户选择产品提供服务,并按用户的个性化需要进行完善设计。二是售中服务,根据用户要求,允许订购大型数控产品的客户实行预验收。在验收过程中,公司为用户提供熟悉产品性能、特点和产品质量的保障服务。对于高新技术和大型产品,公司负责派人上门安装调试、培训等,实施从设计制造到合同或技术协议要求递交"钥匙工程"。三是售后服务,为使用户放心使用产品,公司特别注重产品的售后服务工作,随时处理用户反馈的各种信息。除公司内有专业售后服务人员外,还在全国主要地区设立售后服务网点。

一份耕耘,一份收获。公司产品均达到国外 20 世纪 90 年代国际先进水平和国内领先水平,多种系列产品获得国家和区(省)、市科技进步奖和新产品创新奖,部分产品达到或接近当代世界先进水平。系列铣床先后出口到世界工业比较发达的德国、英国、意大利、西班牙、法国、比利时及东南亚、东盟等周边国家,并顺利进入了国内航空航天、国防军工等行业,如陕西、西安、沈阳航空公司及江西洪都航空工业集团等。2007 年,尽管企业面临大搬迁、大拆迁、大改造等多种困难,但工业总产值、销售收入、实现利税仍然比上年同期分别增长 19.33%、22.7% 和 71.39%。公司还获得国家 3 项实用新型专利。

〔供稿单位:桂林机床股份有限公司〕

锡机品牌助推无锡开源又好又快发展

——无锡开源机床集团有限公司

对于无锡开源机床集团有限公司(以下简称"无锡开源")来说,2007 年是收获的一年:集团实现营业收入 9.7 亿元,其中主机销售收入 4.4 亿元;主机产量 3 271 台,销售 3 325 台,各项指标再创历史新高。继 2007 年初"锡机"牌磨床获商务部 2006 年度"最具市场竞争力品牌"称号后,"锡机"牌数控磨床、"锡机"牌无心外圆磨床又先后荣获"中国名牌"和"国家免检产品"称号,标志着"锡机"牌磨床产品跨入了新的发展阶段。这不仅在"无锡开源"发展史上留下了永恒的光荣,也实现了一代又一代开源人为铸"锡机"品牌、创中国名牌曾经的梦想。

2007 年,"无锡开源"面对通用磨床增幅回落,大型、高精、数控磨床快速发展的新的市场走势,经营集团快速反应作出决策,加大产品结构调整力度,以品牌优势提升产品市场竞争力,使数控、大型磨床和项目产品产出保持高位运行,来支撑机床销售产值增长,昭示出公司机床产品在向高附加值方向发展。

在营销策略上,"无锡开源"打破以往通用磨床多,且产品以轴承行业为主的发展格局,积极实施产品结构调整,加大多品种小批量数控、大型磨床和项目产品产出。全年大规格无心磨床的销售收入同比增长 62.71%,数控无心磨床增长 68.92%,数控内圆磨床增长 66.47%,数控、高精、大型磨床的销售收入占全年销售收入的 70% 左右。一个以数控、大型磨床为主导,高中低档产品并存的新架构,正在凸现"无锡开源"在行业中的技术优势和领头羊地位。

在市场拓展上,"无锡开源"采用突出重点,以点带面的营销策略,把产品市场定位在世界 500 强在华投资企业和行业标杆企业上。通过与这些企业的强强联合和合作,一方面,在吸收国外先进技术,不断缩小与国际先进水平差距的同时,提升自主创新能力,进而增强产品市场竞争力;另一方面,充分利用国外知名企业的品牌效应和国内标杆企业的样板效应,拓展新的国内外市场。欧洲有一家公司在了解"无锡开源"与世界 500 强企业的艾默生公司、铁姆肯公司等有合作后,主动找上门来,签订一份价值 700 万元的磨加工线订货合同;济南沃德公司是一家为美国福特汽车配套的公司,"无锡开源"产品打入该公司后引起国内汽车零部件制造商的关注,纷纷要求签订供货合同;大型磨床 M1380 和 MK84 系列轧辊磨床打入宝钢常冶公司和邢台等冶金企业后,周边企业也纷纷选用"无锡开源"产品。高端用户的带动效应取得明显成效。

在产品开发上,"无锡开源"紧紧抓住与国内著名企业、特别是国外跨国公司的技术合作,促进公司产品升级和技术进步,保证行业领先地位。采用新技术、新材料、新工艺方面,在为美国伊顿公司提供的数控内圆磨床和为日本 NSK 公司提供的无心磨床上,成功应用 CBN 砂轮,提高机床磨削精度和效率;在供伊顿公司的 MK10100 无心磨床导轮进给系统上采用直线导轨,砂轮修整器采用金刚碟修整,提高机床技术性能;在 3MK2320A 运动导轨上采用双 V 型四角导轨,提高机床刚性;在 3MK2125、3MK2332、MK11150 机床上采用能稳定微量进给二轴插补的修整器结构,满足用户所需的对数曲线轮廓要求;在 M10300 基型上开发了加工特大型圆锥滚子的 MK10300 数控无心磨床;在新品 MK28100 大型数控立式内圆磨床上采用静压工作台,磨架往复、进给均采用新颖结构。高新技术在产品上的成功应用,为"锡机"牌磨床在行业中树立了示范效应,同时在与高端用户的合作中,提升了产品技术水平。

一年来,"无锡开源"在新品开发和科研试验上取得了可喜成绩:与用户签订 102 份技术协议,创年签订技术协议之最;全年完成新产品开发 201 种,其中项目产品 187 种 328 台,品种数控化率 88%;制订了"数控轴承套圈磨床"、"数控内圆磨床"、"无心外圆磨床精度检验"、"内圆磨床精度检验"等国家标准和行业标准;完成科研攻关课题 5 项,申请专利技术 5 项,获中国机械工业联合会科技进步三等奖 1 项,无锡市科技进步二等奖、三等奖各 1 项。这些成绩的取得凸现了"无锡开源"产品自主创新的能力,为磨床产品升级提供了技术支撑。

〔供稿单位:无锡开源机床集团有限公司〕

宁波海天精工机械有限公司

宁波海天精工机械有限公司(以下简称"海天精工")是宁波海天集团股份有限公司麾下一家专业生产数控机床、加工中心的制造企业。公司从 2000 年成立加工中心事业部以来,坚持独立自主的品牌发展路线,秉承集团公司 40 余年的管理理念,以"铸造精品机床,振兴民族工业"为己任,通过技术引进、吸收、不断创新,正逐渐创建成为国内知名的中高档数控机床制造基地。

海天精工作为在机床制造行业的民营企业代表,从行业特性考虑,一期投入人民币 2.5 亿元,建成一期厂区面积 7 万多 m²、厂房面积 2.5 万 m²、拥有 1 万 m² 的恒温恒湿装配和精加工车间。购买如新日本公司(SNK)、大隈公司、三菱公司五面体加工中心,住友精机公司导轨磨床,YASDA 坐标镗床等一系列高精密生产工作母机,为成功消化日本新泻公司(NIIGATA)、大日金属公司(DAINICHI)等产品技术打下坚实的基础。同时海天精工在 2005 年之前不以快速市场化为发展路线,而是以集团公司的强大需求为平台坚持品质发展路线,为海天精工的高速发展奠定良好的基础,初步形成龙门立式加工中心、卧式加工中心、数控车-车削中心三大系列产品格局。海天精工以稳健的发展步伐顺利完成第一个五年计划目标,实现三大系列产品的批量化生产,企业通过 ISO9000 认证,龙门系列产品在模具等行业得到广泛认同,打破了模具加工行业台湾品牌机床独大的格局;同时市场由原浙江省扩大到江苏、上海、山东和广东等经济活跃地区。

随着市场推广的逐步深入,为进一步扩大生产需求,2006 年海天精工成功启动二期工程,新建 23 000 m² 整体恒温恒湿车间,并增添如日本住友公司导轨磨床 KSL-30100(工作台 3m×10m),新日本工机(SNK)五面体加工中心 HF-8M(工作台 4m×12m),日本大隈五面体加工中心 MCR-BⅡ30100(工作台 3m×10m)等一系列大型加工设备,为海天精工的第二个五年计划顺利完成创造有利条件。

海天精工以"实用性技术,人性化服务"为宗旨,以年推出至少 5 种机型速度快速丰富和完善各系列产品,现已形成三大系列产品:

(1)龙门立式加工中心 HTM-*＊G 系列产品。①针对传统的 C 型立式加工中心存在的结构弱点,推出龙门立式加工中心 HTM-630G、HTM-850G、HTM-1000G 3 个规格产品,提高了机床的切削刚性和稳定性,并获得中国机床工具工业协会颁发的春燕奖,得到专家和同行的一致认同。②龙门加工中心产品在 HTM-1500G 基础上发展到 HTM-3216G、HTM-3225G、HTM-4228G 和 HTM-6228G 等多个品种,同时在传统的 Z 轴矩轨基础上成功开发出"T"型导轨和方滑枕结构产品,进一步适应不同行业需求。③海天精工通过大胆研发创新,在短短 6 个月时间内成功生产出 HTM-4228GFA 五轴龙门加工中心,向同行证明海天的技术实力和工作效率。五轴和五面体龙门加工中心作为同行公认的技术制高点产品,海天精工成功推出后就快速市场化,现已批量生产,引导客户消费需求。④高速加工中心方面,通过技术合作、共同开发,已批量生产的 HTM-630GHP 龙门立式高速加工中心,主轴转速达到 24 000r/min,三轴快速移动速度达到 40m/min,突破同行的纯粹主轴高速的技术盲点。在广东等高精密模具加工行业得到应用和认同。

(2)卧式加工中心 HTM-*＊H 系列产品。通过引进日本新泻公司(NIIGATA)的 HN-C 系列产品技术,严格按照日本新泻公司(NIIGATA)生产工艺、品质保障等要求生产,在日方的严格生产监控下,从小批量试制发展到批量化生产,从原有 HTM-63H,HTM-80H 两种单一机型,发展到 HTM-100H,HTM-125H,HTM-160H 以及 HTM-140HS 等全系列产品。该系列产品的"T"结构,X 轴、Y 轴、Z 轴 3 轴淬火硬轨,配以主轴正挂箱式设计,以其超强的切削刚性和稳定性得到市场的肯定。年生产能力可突破 100 台。

(3)数控车床/车削 HTM-TC＊＊系列产品。通过引进日本大日金属公司(DAINICHI)F 系列产品技术,严格按照日本大日金属公司 AINICHI)生产工艺、品质保障等要求生产,形成规格型号极为丰富的系列化产品。产品不仅有 HTM-C16(MC)、HTM-TC20(MC)、HTM-TC25(MC)等小规格产品,适用于汽配、摩配、五金等行业的需求;同时有 HTM-TC30(MC)、HTM-TC35MC、HTM-TC40MC×1250/2000/2750/3500 等中大型规格系列化产品,给客户以广泛的选择空间。

海天精工以其高起点、高标准的思路,经过 7 年的发展,现有员工已发展到 530 多人,各类工程技术人员 120 多人;2007 年三大系列产品年产量突破 600 台大关,其中龙门加工中心系列产品 460 多台、卧式加工中心系列产品 60 多台、数控车床/车削系列产品 120 多台,年产值超过 6 亿元。产品覆盖航空、航天、军工、船舶、冶金、汽车和五金等行业。客户覆盖长春第一汽车集团、沈阳黎明航空发动机(集团)有限责任公司、北方奔驰重型汽车有限责任公司、南昌洪都集团等国内知名企业。

海天精工现已在全国建立近 60 个销售网点,并配以售后服务团队,全面竭诚为客户提供优质服务。公司同时加强自身管理建设,严格按照 ISO9000 认证要求,规范过程管理,优化资源,继续朝着"创建国内知名中高档数控机床制造企业"的目标发展。

〔供稿单位:宁波海天精工机械有限公司〕

诚信做企业　精心创品牌

——烟台环球机床附件集团有限公司

品牌是企业具备持续发展和客户忠诚度等核心竞争力的表现。拥有自主品牌的产品可以比同类非品牌产品创造更多的价值。随着市场竞争的升级,企业之间的竞争越来越多地体现在品牌的竞争。因此,企业要做大做强,必须创建属于自己的品牌。

烟台环球机床附件集团有限公司(以下简称烟台环球集团)是一个拥有近 60 年专业化生产机床附件产品的企业,也是全国机床附件行业的排头兵企业。经过半个多世纪的发展,企业具备独立的产品研发制造能力,并占有了相当的市场份额,拥有一个省名牌产品和省著名商标。2007年,烟台环球集团全面启动品牌战略,实施创名牌工程,提出以省名牌为基础,争取用三年左右的时间,将"环球"打造成为国家级品牌,争创国家驰名商标。经过一年的努力,创名牌工程取得初步成效,公司被中国机床工具工业协会评为"精心创品牌活动先进会员企业"。

品牌建设是一个系统工程。为了将品牌战略落到实处,烟台环球集团围绕"诚信做企业,精心创品牌"的工作中心,在公司不同层面组织发动、联合发力。

一、抓产品,做好产品的研发和改进工作,强壮创品牌的根本

产品是品牌的载体,没有优质的产品,品牌也就无从谈起。品牌同时代表着先进技术和生产力,创一流品牌必须有一流的产品。为提高产品性能,满足用户需求,烟台环球集团坚持不断创新,积极做好产品研发和改进工作。一是根据用户特殊要求,对数控回转工作台内部结构进行技术改进。例如:为南京工业大学研发的 TK122000(十缸刹紧)大型数控回转工作台、为汉川机床集团配套的 THK561010X1320(蝶簧常态刹紧)数控回转工作台等产品,研发采用的新式结构均为国内首创。通过结构改进,提升了产品可靠性,同时也提升了用户对"环球"产品研发实力的信任度。二是提高产品性能,满足用户要求。改变了 AK27 系列数控立车刀架的内部结构和电动机类型,使刀架的刹紧力矩提高了 30% 以上,切削刚性得到提高;对 PK36 系列数控回转工作台随动尾座磨擦阻力的产生部位进行了分析研究,合理发挥各类轴承的优点,减小了弯板式工作台面的扭曲变形,满足了主机的配套要求;为提高大型数控中心架的动作可靠性,通过结构创新,改变原小规格数控中心架的弹性摆动机构为刚性摆动机构,从根本上保证了数控中心架的可

靠性。三是坚持科技创新,抢占市场制高点。先后开发了 ϕ315mm、ϕ400mm、ϕ500mm、ϕ1000mm、ϕ1200mm 闭环数控回转工作台,并对国外 3 家公司的编码器进行了现场实验。通过实验,增加了对各家产品特点的认识,为今后编码器的选型打下了基础。公司还对 TK13315R 闭环数控转台进行了精密加工实验,使用效果很理想。2007 年公司研发制造各类新产品 16 种,其中磨床用高精度数控中心架、数控机床用平旋盘正在对产品进行精度和性能等方面实验考核。新产品研发工作为"环球"品牌产品水平的不断提高和技术储备,发挥了重要作用。四是提高工艺水平,善事先利器。自行研发制造了"YTF—100 系列蜗杆副分度检测仪"和"数控转台分度误差统计分析检测仪器",提高了对分度蜗杆副及数控转台整机分度精度的检测及误差统计分析水平,其中"数控转台分度误差统计分析检测仪器"填补了国内空白。此外,为提高分度端齿盘的磨削精度及效率,完成了由闭环数控转台分度(误差为 2″)的端齿盘自动磨床 2 台,并已投入生产使用。该设备的使用不但提高了产品零部件的加工质量,同时还提高工效 2 倍以上。这些由企业自行设计制造的各类关键仪器和设备,提高了产品质量和制造工艺水平。五是注重产学研联合,多层次的技术合作与交流。先后与南京工业大学、烟台大学、重庆工学院、北京航空精密机械研究所等大专院校和科研院所有着较为广泛的合作关系,陆续开发了大规格数控回转工作台、光栅数显工作台等项目。

二、抓营销和服务,提高用户满意度,维护好"环球"品牌形象

为巩固和拓宽"环球"产品的市场,各营销部门在总结营销工作经验的基础上,进一步加强了市场调研和分析预测,准确把握市场环境,科学制定市场开发策略,市场占有率进一步提高。技术部门加强了售前服务工作,对有特殊要求的用户,及时派出技术人员提供技术支撑,使供需双方在较短的时间内达成共识,形成快速有效的市场反应体系,提高了用户的信任度。数控功能部件逐步形成市场优势,用户的认可度稳步提升,除传统的用户群外,得到越来越多主机厂和最终用户的信任,进一步提高了品牌的知名度。

针对老产品性能稳定,营销网点健全成熟的特点,公司加强了对销售渠道的管理,不断完善售后服务工作,不仅组织经营商进行商务交流,还加强了由公司技术人员、质量管理人员对经营商售后服务的技术培训工作。通过培训,使

部分简单问题可由经营商就地解决,加快了售后服务速度,缩短了用户等待时间,进一步提高了用户满意度和忠诚度,扩大了"环球"品牌的市场影响力。

三、抓管理,促进管理升级,夯实创品牌的工作基础

一是年初公司专题召开"明确质量目标,强化质量意识,争创驰名商标"大会,将提升产品质量作为品牌战略的核心工作。重新修订新的质量目标和方针,并分解落实到生产经营各个环节,强化对各个层次的质量考核,推进企业经营活动的规范化和标准化。二是重新调整质量管理部门,加强质检队伍建设。对质检人员加强技术理论考试和实际操作考核,淘汰不合格的检查员,提高了质量检查人员的业务素质。三是完善和加强质量信息通报制度。责任单位对存在的问题进行分析,制定整改措施,责任落实到人,有力促进了员工质量意识和实物质量改进工作的提高。各分厂及时进行质量教育和工艺纪律教育,不断强化质量意识和自觉遵守工艺纪律的意识。四是持续做好重点外购配套件的质量改进工作。在选择供应商方面,逐步形成多家竞争、择优选用的配套格局。同时,为供应商的产品质量改进提供相关技术支持,促进外购配套件的质量提高。坚持召开配套件供应商座谈会,签订质量保证协议,提出数控功能部件用电器改进质量的具体要求,使外购配套件质量逐步提高。严格执行质量管理体系的各项规范,跟踪整改"不符合项",不断加强质量管理各项工作。五是打造有序的文明生产工作环境。全面推行"6S"管理活动,提升作业现场管理水平,使产品质量和工作质量得到明显提高。

四、抓文化建设,提高员工品牌意识和技能素质,做好品牌推广

为切实可行做好品牌建设工作,提高员工的品牌意识,

公司有关部门组织了"我与环球共荣誉"演讲比赛;督促并指导各分厂围绕创品牌工作,开展有关提高质量意识的"质量就在我心中"、"细节决定成败"等系列活动。在"质量管理知识手册"的基础上,又组织编写了"员工文化手册",每人一册。员工文化"手册"的内容包括:企业文化体系,商标知识,"6S"管理,质量管理,工艺纪律,设备操作保养,劳动合同,礼仪礼节等有关"环球"团队建设的基本知识。"手册"对员工了解企业,提升规范员工行为,起到了普及教育作用。

公司还对技术人员进行了知识更新方面的培训。2007年7~8月份,聘请南京工业大学教授,组织设计、工艺等技术人员,重点进行数控技术、产品三维设计、CAPP计算机辅助工艺设计、虚拟设计、有限元分析等课程进行了70多学时的授课式培训。通过培训,拓宽了各类工程技术人员的知识面,为"环球"品牌的技术创新工作夯实了知识基础。

此外,公司在2007年陆续推行VI视觉形象识别系统应用推广工作。按VI视觉形象识别体系规范对公司厂房进行了粉刷,使厂容焕然一新;同时,在厂区正门主干道处立起"环球集团"司旗。企业形象更加清晰悦目,社会影响力逐步加大。

回顾2007年烟台环球集团所进行的"诚信做企业,精心创品牌"工作,环球人深深体会到,重视品牌建设工作,对企业技术进步、文明生产、提高产品质量、满足用户要求、拓宽市场等工作均有很大的推进作用,对提升企业形象及企业文化有着长远的意义。同时,品牌建设也是一项需要坚持不懈的持久性工作,公司将继续做好"环球"品牌建设的各项工作,为扩大"环球"品牌的知名度,提高产品的市场竞争力而努力。

〔供稿单位:烟台环球机床附件集团有限公司〕

企 业 介 绍

创新发展　做强做大

——汉川机床集团有限公司

2007年,汉川机床集团有限公司全年出产机床2 216台,完成工业总产值68 870万元,比上年度增长32.17%;完成销售收入68 284万元,比上年度增长40.65%;实现净利润9 833万元,比上年度增长69.07%;产品出口交货45台,创汇1 299.7万元,连续6年实现了产值年均增长约1亿元的跨越式快速发展。

一、谋发展,企业改制

汉川机床集团有限公司是由汉川机床厂两次改制组建

而来,位于陕西省汉中市汉台区,创建于1966年。

1999年12月,为尽快摆脱困境,加速发展,经陕西省人民政府批准,汉川机床厂改制为汉川机床有限责任公司,引入职工股份,充分调动全体职工的积极性,坚持"质量第一、诚信为本、依靠科技、创造精品、关注顾客、持续改进"的质量方针,艰苦创业,从而走上了创新型、质量效益型快速发展的快车道,取得了"十五"期间工业总产值和销售收入年均增长32%、利润年均增长200%的好业绩。

2006 年 2 月，为了谋求企业健康、持续、快速、稳定又好又快的发展，做强做大，再次引入民营资本，改制组建为多元化股份制企业——汉川机床集团有限公司。公司立足"中国最具自主创新能力的机床制造商，为全球工业提供最适合的产品和最满意的服务"的发展战略，紧密围绕"可持续发展"这一核心，以提高企业"自主创新能力"为宗旨，秉承"以顾客为关注焦点，为用户创造价值"的经营理念，以科学发展观为指导建设现代化经济体制，紧抓机遇，加快发展步伐和速度。2007 年通过增资扩股，公司注册资金由原来的 1.5 亿元，增长至 3 亿元，并高瞻远瞩地规划了汉川的宏伟蓝图，巨资购买了 399 960 m² 土地，规划在汉中市东经济技术开发区再建 1 个年产 40 亿元的"生产工艺手段先进、管理水平现代、产品水平一流"的现代化大型数控机床制造基地。同时，翔实拟定了资本运作计划，规划了企业上市日程表，大力推动和完善企业现代化经济体制建设，把一个欣欣向荣的快速发展前景展现在了锦绣汉川的面前。

二、立足创新，着力推动，加速发展

大型数控机床是汉川未来发展的落脚点，为此，落实战略规划的首要任务就是技术创新，核心和关键就是着力研发大型数控机床。2007 年，汉川机床集团有限公司依据研发计划，高水平、高质量的完成了新产品研发项目共 46 项。其中，大型数控机床研发 26 项，包括专门为大型数控机床制造基地研发项目 3 项。这些新产品，以紧跟国际先进水平、达到国内领先水平为指导思想，着眼未来，高起点、高标准、高要求，有的已经试制成功，投放市场受到用户好评，有的正在试制或等待试制。特别值得一提的是专门为大型数控机床制造基地而研发的 3 个项目——横梁升降龙门式五面体加工中心 HGMC2560TR、刨台式铣镗加工中心 HPBC1320 和刨台式数控铣镗床 HPB1320。不仅瞄准国际先进水平，替代进口，而且代表汉川最高技术水平，填补汉川产品空白领域。

不仅如此，在 2008 年的产品研发计划中，又有多项专门为大型数控机床制造基地而研发的新产品项目正在实施，根据规划，到 2009 年，随着大型数控机床制造基地首期工程的建成投产，年产 20 亿元的产品研发项目也将随着创新逐步告馨，从而为公司未来战略的快速发展铺平道路、夯实坚实的基础。

三、求真务实，建设发展基础

汉川的快速发展战略是以现有制造体系为基础的，因此，狠抓现有企业的生产制造升级显得意义非凡。2007 年，公司在持续进行技术改造的基础上，有计划、有目的的加大技术改造投入力度，高水平、高起点的致力于公司机床制造能力和水平的提高与改进，在继 2006 年技术改造投入 8 000 万元以上的基础上，2007 年又投入 8 000 万元以上用于设备更新，从而使得公司生产设备的数控化率达到了 30% 以上，生产能力也达到了一个新水平。

四、人才是战略发展的基础和保障

为了实现快速发展，汉川制定了详尽的"十一五发展战略人才规划"，将人才战略作为企业发展中的一个关键内容，从战略高度进行了筹划。把企业需要什么人才、怎样获得需要的人才，以及如何应用人才和管理人才，怎样充分发挥人才的主观能动性和聪明才智等等实实在在的客观问题，用科学的发展观，全面系统的进行了阐述，制定了详细的实施计划、措施和要求并付诸实施。2007 年，招聘各类大专院校人才近 100 名，同时，加强高级技工的培养和需求储备，实施高级工程师、技师等人才培养，采用聘用制度、激励机制，既增强了企业浓郁的学习氛围，促进了工作技能的提高，也切实推进了产品质量、工作效率等的不断提高，逐步为企业发展做好了人才储备。这项人才工程，把企业文化与管理紧密结合，把"以人为本"的理念深深地扎根于企业深厚的人文文化沃野中，凝聚了全体员工奋进的动力、信心和勇气，既切合企业实际，又催人奋进。

五、增强企业核心竞争力

企业的产品是企业核心竞争力的体现，它是集技术、质量、生产、管理等方方面面为一体的综合反映。2007 年，汉川加强企业核心竞争力建设，为扩大陕西省名牌产品覆盖面，深入开展名牌战略，至此，汉川机床集团有限公司陕西省名牌产品已扩大至卧式铣镗床系列、电火花加工机床系列和立式加工中心系列 3 大产品系列、几十种产品，几乎涵盖了汉川所有产品。同时，从执行产品标准入手，工艺、技术全面创新提高，使得立式加工中心产品系列由执行普通加工中心产品标准提高至执行精密加工中心产品标准，还制定了企业内控标准，要求所有出厂产品必须压缩 10% ~ 20% 的允许误差才能出厂，使得所有产品的质量和水平得到了明显提高。与此同时，大手笔开展 CE 认证工作，贯彻执行欧洲产品安全标准，打破欧盟产品安全性技术贸易壁垒，在切实提高产品技术水平和安全性的同时，为未来的经济增长奠定了出口基础。为了扎实推进这一系列工作的开展，公司拟定从创新工作进行突破，在有目的性、计划性开展创新工作的同时，大力号召和开展群众性技术创新和小改小革，取得了群众性技术创新项目 21 项、合理化建议和小改小革项目 71 项的良好成绩，这些创新都真真实实地应用在了技术、产品、质量、管理等方方面面，收得了显著效果，有力地促进了核心竞争力的提高。

六、加强学习，科学管理

汉川机床集团有限公司组建成立以来，引进、消化、吸收万向集团的科学管理经验和模式，不断加强领导干部的理论学习和培训，倡导管理创新、科学管理和规范管理，全面整合了原来的子公司，有效地优化了组织机构，强化组织执行力建设，推行量化管理、成本管理，充分应用资源，合理提高管理效率和效益，使企业各项管理工作更加实际化、人性化和规范化。

七、服务促营销，营销促发展

企业的生存和发展始于顾客需求、终于顾客满意。2007 年，公司以科学发展观为指导，立足于用户利益最大化原则，狠抓服务体系建设，完善服务质量体系。对外改进服务营销网络，把服务工作做为企业品牌形象的门户来管理；以服务促营销、以营销促发展，做用户的良师益友，及时、准

确、快速的解决用户的疑难问题;将信息反馈企业,做到快速响应、服务周到和准确;坚持走技术培训之路,定时定点对销售和维修人员进行技术培训;在强化其业务能力的同时,重视其企业荣誉、个人诚信、思想品德等道德文化的培养,从而建立了一支业务水平高、责任心强、荣誉感强、具有较高职业道德的销售和维修队伍,有效地促进了各项业务的开展,也更好地促进了公司品牌的建设。

对内遵循"合理计划、加强管理、主动协调、服务到位"的工作方针,向管理要效益和效率,强调"上序为下序服务、辅助为一线服务"的服务理念,严格按照市场合同的要求,不断优化生产工艺流程,主动服务一线,全力提高生产效率,使设备能力和生产能力、管理能力充分发挥,从而确保了生产目标增长率的实现。

八、深化过程质量控制

质量是企业的生命,是塑造质量效益型企业形象的坚强保证。为此,公司紧紧抓住"提升产品质量"这条主线,深化过程质量控制。

首先,从产品质量源头抓起,狠抓设计过程环节。充分利用信息化技术平台,依托严谨、科学、先进的设计方法和设计分析,充分运用设计评审这一技术手段,从设计方案到设计文件下发全过程多次反复进行评审、论证,设计、工艺、管理、生产、检验、销售全方位积极参与,在充分满足制造、检验等过程质量的前提下,力求技术先进、用户满意,从而确保了产品设计质量更加贴近市场、贴近用户,具有极高的性能价格比。

其次,从薄弱环节入手,完善产品质量制造体系,持续改进。以产品质量监督检查为手段,狠抓质量意识的培养和提高,保障质量体系的有效运行。2007 年,公司充分利用局域网等信息化工具,结合汉川机床报、汉川电视台等广泛宣传报道手段,采用质量曝光、质量征文、技术比武、技术讲座和培训等多种多样的方式方法,紧抓企业文化、员工素质和质量意识的培养、鼓励和提高,又运用产品质量监督检查为手段,严加管理,从而牢固树立了"质量第一、用户至上"的质量理念,有力地保障了质量体系的有效运行,为汉川机床的企业形象注入了更加深刻的内涵,为企业的品牌再发展提供了坚强保障。

通过一系列行之有效的得力措施和方法,汉川机床集团有限公司正阔步向中国装备制造业强大之林迈进,必将随着宏伟的战略蓝图的实施而茁壮成长。

〔供稿单位:汉川机床集团有限公司〕

创新——打造百年企业的源动力

——德州普利森机械制造有限公司

德州普利森机械制造有限公司(原德州机床厂)是一个具有 60 年以上的历史,以机床制造为主业,兼营铸造、环保、液压缸等多元化业务的企业集团。在企业完成产权制度改革,国有资产全部退出的情况下,企业大胆引进以创新为灵魂的市场竞争机制和科学的现代企业管理经验,使企业各项经济指标连创新高。从 1999 年至 2007 年 9 年间以平均每年近 1 倍的速度增长,企业实力大幅增强,公司连续4 年入选"中国机械 500 强",荣获"全国实施卓越绩效模式先进企业"、"全国用户满意服务企业"、"山东省富民兴鲁劳动奖章"等荣誉称号,企业在全国机床行业的综合实力步入先进行列。

一、机制创新——老国企焕发生机

普利森机械制造有限公司的前身德州机床厂,始建于解放战争时期的 1945 年,是德州市最早的国有企业,曾为国家的经济建设做出过突出贡献。在步入市场经济以后,受宏观形势影响和企业内部原因,德州机床厂连年亏损濒临倒闭。1998 年 11 月,德州市市委、市政府调整了厂领导班子。以陈声环为首的新一届领导班子上任后,在深入调查研究的基础上,创新经营机制,对企业进行了大刀阔斧的内部改革。

由于传统体制的长期影响,有着 50 年以上国企历史的德州机床厂的职工"铁饭碗"思想十分严重。改革初期,为实现扭亏脱困,提高市场竞争能力,企业坚持不懈的狠抓更新观念,通过召开职工代表大会、中层干部会议和各种类型的座谈会,使广大职工深刻认识到企业缺乏市场竞争能力就不能生存,职工在工作中不努力竞争就要被淘汰,从而增强了大家对改革的心理承受能力,增强了职工参与竞争的自觉性。本着公平、公正、竞争的原则,企业在各个岗位按照优胜劣汰的原则竞争上岗,精简 1 000 人以上,优化职工队伍,提高了劳动效率。在管理处室裁员 40% 的基础上,企业打破工人和干部界限,对中层岗位、管理岗位全部实行招标聘任择优上岗,部分岗位的招聘范围拓展至全省甚至全国,并实行动态管理,优胜劣汰,从而有效的提高了管理队伍的素质,增强了管理人员的事业心和责任心。

解决职工分配"大锅饭"问题是所有国有企业改革的重点和难点。德州机床厂的分配改革思路并没有采取多数亏损企业拖延或减发工资的消极措施,而是打破老的工资模式,取消级别工资,将分配和承包有机结合起来,企业下属各单位实行不同程度的承包经营独立核算,按承包办法和考核结果兑现收入,同时制定外协创收办法,促使各单位由生产型向生产经营型转变。面向市场多揽业务多创收,企业还先后制订出如果职工月均收入连续 3 个月达不到一定标准,或职工年均收入增长幅度达不到一定比例,基层单位正职自动辞职的规定,从而极大地调动了车间、分厂分配改革的积极性,保证了职工收入稳定提高。

新的竞争机制的引进和分配激励机制的实行,使得德州机床厂这个濒临倒闭的企业实现了一年保吃饭,两年扭亏,三年成为全省扭亏为盈的典型,老国企又重新焕发出勃勃生机。

2001 年 7 月德州机床厂改制组建为德州德隆（集团）机床有限责任公司，2002 年底国有资产全部退出，进一步改制为德州普利森机械制造有限公司，成为非公有制企业。

二、管理创新——提高了企业的经济运行质量

1999 年，是企业开始改革的第一年，企业采取了从严治企、以重典治企的工作措施，不断强化生产管理职能，随之建立和不断完善企业内部各项基础管理制度。企业内部各基层单位每年度都有新的承包任务、承包内容，基层主要负责人每年进行两次述职。通过完善"能者上，庸者下"的用人机制，使人人有压力感、使命感、责任感，并逐步形成了管理者警示，成为每个管理者的行为规范，大大提高了工作效率。

在普利森公司内所有管理者都会看到由 8 句话组成的"管理者警示"—— 如果你怕得罪人，请辞去自己的职务；如果你工作扯皮，请辞去自己的职务；如果你因循守旧，请辞去自己的职务；如果你怕担风险，请辞去自己的职务；如果你损害企业，请辞去自己的职务；如果你固执己见，请辞去自己的职务；如果你力不能任，请辞去自己的职务；如果你志高才疏，请辞去自己的职务。这 8 句话等于为每个管理者，包括班子成员划了工作警戒线，逐渐成为管理层的行为规范。

为深化企业内部改革，企业对 40 个以上岗位实行经济指标与业务挂钩，制定了经济承包方案。如产品销售按回款提成，物资供应采用比价采购，按降价提成等，有效地调动了广大职工群众生产工作的积极性。

为完善企业内部管理制度，降低内外部质量损失。企业制定并完善了内外部质量损失索赔办法，对生产过程及用户服务过程中发现的质量问题，查找原因，明确责任，并实施经济损失索赔制度，通过经济手段促使职工提高质量意识，增强质量责任感。

在产品销售和售后服务方面，通过实施"质量、交货期、服务"的品牌战略，不断完善销售网络体系和服务体系，对业务员进行信用等级管理。实行企业销售指标层层分解，定期考核，末位淘汰，增强了销售人员的责任感和危机感，进一步提高了业务人员的综合素质，提高了服务质量，为产品销售市场的扩大、销售收入的年年大幅度递增打下了坚实的基础。公司连续多年被中国质量协会授予"全国用户满意服务企业"荣誉称号。

财务管理方面把重点放在成本管理上。通过完善基础制度，采取内部控制和内部监督一系列措施，确保了资产的保值增值；在物资供应方面，多年来坚持实行对大宗物资进行比价采购，采取同样物资比质量，同样质量比价格，同样价格比信誉的公开采购方式，提高了公司的信誉度和诚信度。通过比价采购不但降低了采购成本，而且保证了产品质量。

为贯彻 ISO9000 系列标准，完善企业质量体系。企业自 1999 年开始贯彻 ISO9000 标准，于 1999 年 11 月通过了北京中质协质保中心的认证审核，获认证证书；2001 年按 ISO9001：2000 建全完善了公司的质量管理体系，于 2002 年 9 月通过了中国质量中心认证审核，并获证书；2005 年 8 月

通过中国质量认证中心换证复评；2006 年底，在全行业率先通过了质量、环境、职业健康安全体系认证，标志着公司质量管理体系，质量管理水平，质量保证能力有了进一步提高；2007 年公司被中国质量协会评为"全国实施卓越绩效模式先进企业"。

三、科技创新——增加了企业发展的后劲

崭新的科技大楼、现代化的生产车间、一丝不苟的现场管理，如果不亲眼所见，很难想象这便是过去的德州机床厂。9 年前濒临破产的企业，如今已呈冲天之势。2007 年完成销售收入 7.7 亿元，累计完成利税 1.3 亿元，全年实交税 7 523 万元，人均交税 3.5 万元。

企业今天的成就，除了进行成功改制、加大内部管理外，自主创新起到了关键的作用。普利森是个具有 60 年以上历史的老企业，20 世纪 60 年代曾因自主开发深孔加工机床在全国引起反响。而 20 世纪 80 年代以后，因种种主、客观原因，企业步履艰难，陷入困境。1998 年新班子成立后审时度势，在进行改制、强化内部管理的同时，加快了企业自主创新步伐。首先，进行了科研体制创新，成立了技术开发中心，分设 8 个专业设计室，把科技创新推向市场，按市场化运作，对产品开发项目实行公开招标，各设计室进行投标、竞标，最后，按市场销售成果提取收入，使技术开发人员的工作成果在产品市场价值中得到体现。此举大大激发了科研人员的积极性，每年都有 10 种以上新产品投放市场。其次，加大了对科研的投入，每年从企业销售收入中提取 5% 作为科研经费，成立了省级"深孔加工技术研究中心"，投资 8 000 万元以上进行了设备购置改造，自筹资金建立数控机床、大型机床生产基地，加快了科研成果的转化。近几年，企业把坚持"高门槛、高科技含量"的双高原则作为产品研发的指导方针，建立了科研开发快速反应机制，只要是市场需要的、国内空白的，甚或国际上稀缺的高精尖产品，就要快速研制，快速生产，快速投放。深孔加工机床加工规格直径最小的只有 1mm，最大的可达 800mm，加工件重量最大的可达 18t，产品形成了高精尖系列化。

持续不断的技术创新，使企业收获了累累硕果。2007 年，集团公司的 6 个产品同时通过省级鉴定，有 3 个产品填补了国内空白，达到国际先进水平，创造了可观的经济效益。获省科技进步奖 3 项，优秀新产品奖 3 项，国家重点新产品 2 项，山东省自主创新成果转化重大专项 1 项，获得专利授权 8 项。公司被评为"山东省自主创新先进单位"和"德州市信息化先进单位"。

深孔加工机床一直是普利森的拳头产品，近年来为适应市场需求，充分发挥长规格深孔加工机床的研发优势，企业大胆采用新工艺，解决了像紫铜等高强度、高韧性难加工材料的深孔加工问题，解决了冶炼冷却、油田管道以及各种油缸加工行业中特殊材料的深孔加工问题。

目前，公司小孔径深孔加工机床又有新突破，最小加工孔径已达到 φ1mm。近两年来，随着企业创新机制的不断完善，优化了企业内部管理，运用现代管理方法，提高企业的管理和经济运行水平，通过不断创新提高深孔加工机床科

技含量,有多种新产品填补国内空白。公司连续为国内外客户研发了多台加工长度达 12m 的深孔钻镗床,机床总长度达到 30m 以上,为国内之最;2007 年生产了全国最大的 CK43125 数控曲轴连杆颈车床,填补了国内空白,加工效率和加工精度处于国际先进水平;又研发出具有国内先进水平的五轴联动加工中心,大大提高了企业的核心竞争力。

从 2003 年下半年开始,公司加快了老厂区改造和多元化规模扩张的步伐,投资 8 000 万元以上,在老厂区进行了厂房翻建,设备购置改造等 7 项改造工程,使机床生产能力增长到月生产大型机床 30 台、中型机床 300 台。同时,在现有空间严重不足的情况下,自筹资金,力排众议,在陵县经济开发区新建德州卓尔铸造公司和数控机床、大型机床生产基地德州普利森机械制造有限公司新厂区,为迅速提高生产能力和打造百年企业提供了基础保证。在不到 3 年的时间里,建成了国内著名大型数控车床生产基地和国内唯

一深孔加工机床生产基地,把公司优势产品大型机床和数控机床的生产能力提高了 1 倍以上。产品结构不断优化,建成了华北最大的树脂砂铸造基地,同时还建成了环保设备生产、机床和特种液压缸生产基地,企业经济效益逐年翻番。目前,西安普利森项目正在加紧施工兴建,预计 2008 年可竣工投产,德州市经济开发区的重型数控机床项目也在规划之中,2008 年 6 月将开工建设。一个主业兴、副业旺的大型现代化企业集团在鲁西北大地上迅速崛起。

创新是企业改革发展成功的需要,回顾普利森的发展历程,每一点进步都得益于创新,执着不懈的创新才成就了普利森今天的辉煌,我们坚信只有不断的创新才是打造百年企业的源动力。如今普利森这艘巨轮制定了 3 ~ 5 年销售收入达到 30 亿元的目标,向着百年企业的宏伟目标开始了新的征程。

〔供稿单位:德州普利森机械制造有限公司〕

振兴装备制造业与重型机床企业的技术创新

——青海华鼎实业股份有限公司

青海华鼎实业股份有限公司是按照青海省人民政府"东西结合,优势互补,共同发展"的原则,以原青海重型机床厂为主发起人,联合广东万鼎企业集团有限公司等 5 家企业于 1998 年 8 月共同发起设立的股份有限公司。2000 年 11 月,经中国证券监督管理委员会批准,向国内外公开发行了 5 500 万股 A 股股票,成为青海省第 8 家上市公司。公司注册资本 18 685 万元,总资产 10 亿元,净资产 4.5 亿元;现有员工 3 200 人,其中技术开发人员 375 人。

公司设立了有青海华鼎重型机床有限责任公司、青海一机数控机床有限责任公司、青海华鼎齿轮箱有限责任公司、广东恒联食品机械有限公司、广东精创机械有限公司、广州宏力数控机床有限公司等 6 个产品生产制造基地和 2 个贸易公司。

公司主导产品为:数控重型卧式车床系列、轧辊车床系列、铁路专用车床系列、卧式加工中心系列、立式加工中心系列、仿形铣床系列、数控铣床系列、普通升降台铣床系列、万能工具铣床系列以及精密传动关键零部件、航空航天齿轮、家用电器、食品机械等产品。

公司以市场为导向,以提高效益为中心,调整产品结构,提高技术创新开发能力,重点发展新型特种数控重型机床、立卧式加工中心产品。近年来公司自行设计、研发了多种数控专用机床,产业结构不断向精密化、大型化、性能化、专业化的方向转化,现已形成了数控化、大重型、多档次、多领域的产品格局。其中数控重型卧式车床、轧辊车床、铁路专用机床、卧式加工中心等系列产品在国内具有领先水平,为国民经济和国防建设提供了各种精密机械加工设备和重大装备,在全国同行业内具有一定的影响力。

青海华鼎齿轮箱有限责任公司生产的高精度精密齿轮被西安飞机工业公司用在了目前国内作战飞机中最先进的

歼轰-7"飞豹"中型战斗轰炸机上,为国防建设做出了贡献。该厂生产的大马力液力变速箱及航空高精齿轮产品,占据了国内 70% 的市场份额,其生产能力和技术水平居国内同行业领先地位,是太原煤科院和上海彭浦机器厂的青海生产基地。

一、振兴装备制造业的政策环境及重型机床市场需求

国家发展和改革委员会先后在大连、西安等地召开会议,安排部署振兴装备制造业的各项工作。《国家中长期科学和技术发展规划纲要》中明确了 16 个重大专项,其中发展"大型、精密、高速数控装备和数控系统及功能部件"作为重大专项之一被提出。在《国家经济和社会发展第十一个五年规划纲要》中,将振兴装备制造业列为"十一五"规划中推进工业结构优化升级的主要内容。国务院下发的《关于加快振兴装备制造业的若干意见》,就加强国家重大工程建设和重大装备研制的领导,组织实施一批重大技术装备的自主研制,研究制定促进重大装备国产化政策、措施等提出了具体的实施意见。

当前,我国国民经济正在进行战略性结构调整,数控机床尤其是大型、重型精密数控机床具有广阔的现实和潜在市场,其需求主要建立在以下基础上:

(1)汽车的需求量将继续保持一定增长,汽车尤其是汽车零部件产业将会有新的发展,汽车工业将成为机床行业的主要用户。

(2)航空、航天等高新技术产业的发展和国防现代化对高档机床产品的需求不断增加,需要大量高效、精密、智能、复合数控机床和专用数控机床。

(3)机械、纺织、冶金、发电、石化、造船、轨道交通等传统产业为了提高竞争实力,都在进行企业的技术改造,需求大量的数控机床。

(4)东北等老工业基地改造、西部大开发等重大战略部

署的实施,将为机床行业打开新的市场。

(5)国产数控机床的国际市场将进一步得到拓展,出口产品结构将进一步改善,出口将出现平稳、持续增加。

考虑到国民经济持续稳定增长和对外开放、技术进步等因素,预计数控机床需求量将继续上升,其中普通型和高级型数控机床需求量将会更加旺盛,而普通机床总需求量将逐渐减少。

二、青海的机床工业

青海重型机床厂始建于1967年,在国民经济建设中担负着为铁路、冶金、能源、国防、科研等部门提供大型、重型、专用和通用设备的研制任务,曾被国务院生产指导委员会和国家计委确定为关系国家经济命脉的685家企业之一,被国家计委和机械电子工业部确定的振兴国家机械、基础件和配套件的220家特定振兴企业之一,曾被命名为"全国机床行业标兵",其生产的铁路专用机床遍布全国各个铁路局、段,重型卧式车床覆盖航空航天、船舶制造、发电、重型机械、冶金等各个领域,是国内重型机床的主要生产企业之一。

1998年,根据青海省委、省政府的统一部署,青海机械行业进行了重组,组建了青海华鼎实业股份有限公司及所属的各子公司,使得省内机床生产资源得到了进一步优化,产品开发、市场开发成效显著,科技创新、管理创新推动了企业的不断发展。通过近10年的发展,青海华鼎实业股份有限公司不但在行业较有名气,而且已成为青海省机械制造和机床生产的龙头企业。

公司建立了较为完善的科技技术创新体系,研制开发具有自主知识产权的高新技术产品,先后有14项数控机床产品获得国家级高新技术产品和国家重点新产品称号,有13项数控机床获省、部级科技进步奖二等奖和三等奖。高新产品相继进入了诸如中国第一重型机械集团公司、大连重工·重起集团公司、航天四院、西安飞机制造公司、沪东造船厂、首都钢铁公司、武汉钢铁公司等国内大、重型企业,不落轮对车床成功运用于北京、上海、广州地铁和大连城市轨道交通等。

三、机床行业的发展趋势及环境

1. 发展趋势

随着技术进步和产业升级,在技术上,数控机床向高速高效、精密、复合、智能和环保方向发展;在市场上,普通机床需求下降,数控机床需求上升,档次不断提高,用户不但要求提供单机,而且要求零部件制造的完全解决方案。

2. 发展环境

世界机床制造的国家和地区相对集中,以日本、德国、

中国、意大利等10个国家和地区为主,国际竞争愈加激烈,首先表现为市场竞争明显加剧,发达国家的机床制造通过产品销售、合作、合资和独资方式占领我国市场;其次西方国家继续对我国进行技术封锁,使得中高档数控机床大量进口,国产高档数控机床与国际先进水平有相当差距,振兴任务相当艰巨。

目前,我国已成为机床生产大国,但还不是机床制造强国,与世界先进水平相比差距仍然十分明显,主要差距表现在理念、基础和细节上。

目前,机床行业的发展既有有利因素,也有不利因素,有利因素是:政策环境宽松,包括各地方、行业等都有鼓励政策出台;市场氛围有利,作为机床消费大国,机床市场十分广阔;机床人以振兴装备制造业为己任责任感空前强烈。不利因素是:高端市场客户对国产机床缺少信心,低端市场竞争过度;低水平重复建设,缺少专业分工,没有形成有效的产业集群;重设计轻工艺、重生产轻服务、重主机轻功能部件,急功近利的思维惯性仍然存在;基础研究和基础管理滞后。

四、提高企业自身创新能力,促进数控机床发展

青海华鼎公司数控机床发展 以"高(高速高效)、精(高精度)、专(专业)、大(大型、重型)、复合、绿色"为方向。

(1)利用上市公司平台整合资源,适度涉足金融及资源领域,以支撑机床主体持续健康发展。

(2)积极建立青海华鼎公司国家级技术中心,提高和发挥现有青海重型和青海一机两个省级技术中心的作用;提高自主开发能力,以创新求发展,重视技术的原始创新、集成创新和引进技术消化创新,研究解决影响企业产品升级的关键技术,积极参加行业标准制定和企业专利工作。

(3)以青海为制造基地,在市场活跃地区建立市场开发、技术开发基础;充分利用与甘肃理工大学、清华大学等科研院所建立的合作关系和工程中心机构,共同开展产学研,系统地提高企业产品档次,实现产品更新换代。

(4)与清华大学、西安交通大学联合举办工程硕士、专升本教育,为提高企业自主创新能力打下坚实的人员基础。

通过企业自主创新,使企业的数控重型卧式车床、轧辊车床、立卧式加工中心、铁路机床和用于冶金行业的无心车床技术档次提高,尤其满足市场对高档、专用的需求,提高企业市场占有率,将企业办成国内自主创新一流、技术水平一流、产品生产服务一流的高档数控机床生产制造企业。

〔供稿单位:青海华鼎实业股份有限公司〕

加强售后服务创新　解决用户后顾之忧

——青海一机数控机床有限责任公司

青海一机数控机床有限责任公司是青海省高新技术企业。公司位于青海省西宁市城北区柴达木路493号,厂区占地面积12.8万 m²,建筑面积5万 m²以上,企业环境优美,有"花园式工厂"之美称。

公司现有员工651人,其中大专以上学历人员145人,占职工总数的22%;各类专业技术人员96人(高级职称16人、中级29人),占职工总数的14.40%;管理人员104人,占职工总数的15.57%。拥有固定资产5 200万元,拥有各

类机械加工设备410台(套),注册资金4 560万元。作为中国生产加工中心的基地之一,公司拥有3 500m²的恒温数控机床安装、调试生产场地。有精良的生产、检测设备和仪器,是国内能够生产高精度数控机床、加工中心机床、柔性加工单元的主要厂家之一。

企业管理体系健全,具备为顾客提供优质满意产品和服务的能力。目前已和国内26个省市的很多商家、厂家建立了长期供求关系。公司产品除满足国内市场需求外,还远销到意大利、法国、美国、巴西、日本、韩国、印度、巴基斯坦、澳大利亚和以色列等欧、美、东南亚40多个国家和地区。

青海一机数控机床有限责任公司技术中心是青海省省级技术中心,具有30多年加工中心设计经验,拥有一大批技术过硬、业务过硬的设计人员,其中90%以上是本科毕业生。自"六五"开始,"七五"、"八五"、"九五"期间先后承担了多项国家重大科技攻关项目,均通过了国家验收。2006年有3项科研成果通过国家知识产权局的专利认定,2007年度有4种产品通过青海省科技厅及青海省经济委员会组织有关专家进行的成果和新产品鉴定。由此可见,公司具有强大的开发、制造能力。

公司始终"以创新求发展"作为企业近年的一项重点工作。多次在企业内部强调:不进行创新,企业就不会发展;创新是企业工作的灵魂,事事讲创新才能取得事半功倍的效果,处处讲创新才能不断推新出新、不断进步。企业同时在内部开展"通过技术创新不断开发新产品;通过营销创新,开拓新市场;通过流程创新,满足市场需要;通过机制创新,焕葆团队活力;通过理念创新,实现自我超越"的活动。通过活动促进了企业的发展,提高了企业的竞争实力。

企业不仅具有明确的创新发展战略,还有良好的企业文化。企业主要负责人非常重视技术创新,2007年还将服务创新作为企业工作重点。

1.完善客户服务制度

面对越来越激烈的市场竞争,公司销售部门在产品销售前期由相关技术人员根据用户的加工需求,不仅为用户推荐合适机床和选择相应的工艺方案,而且还为用户选购加工过程中所需的刀具、夹具等。也就是说在售前,要做用户的总工艺师,为用户解决大量问题,使得用户放心采购。

同时为适应激烈市场竞争的需要,围绕竞争机制和科学管理方法,健全完善新型管理制度。首先制定了涵盖各部门所有岗位的岗位职责,从干部到普通员工岗位的职责和义务都作了明确规定,使每个员工都清楚本岗位的工作内容和责任,做到工作有目标、考核有依据,责、全、利相结合。对于服务人员,实施保低工资,多干、快干不封顶,大大调动了大家的工作热情,增强了工作自觉性和创造性。其次,建立激励机制、竞聘上岗、绩效考核和末位淘汰制度。制度规定,员工必须经过严格考试和考核,才能从事用户服务工作,对不符合考核要求的员工,严禁上岗。并且公司制定的《服务人员管理考核办法》、《机床安装调试有关管理办法》、《试切管理规定》、《服务人员职责》等严格的考核办

法,激励了服务人员的积极性,使他们的主观能动性得到了充分发挥。继续坚持科技兴企,人才兴企,鼓励员工在岗位上努力学习,积极进取创新。在2005年的大连会议后,青海一机数控机床有限公司和行业内的其他企业一样,召开公司领导班子和中层以上干部会议,学习会议精神,在全面审视充实和完善了企业内部产品质量管理体系和服务体系的同时,形成了售后服务的各项管理制度及每年进行一次的产品质量"回访制"制度。组织了由服务部长带队,专业技术人员和工人组成的回访组,奔赴全国各地,走访重点用户和地区,对用户使用过程中的机床问题进行全面系统的调查。对重点用户使用的数控机床实施回访制,在一定程度上不仅消除了用户对使用公司数控机床售后服务的顾虑,而且还提升了产品形象,同时也为公司收集了有效的信息。

2.健全售后服务网络,实现服务快速反应

公司全面贯彻ISO9001国家质量标准,持续改进和有效运转质量保证体系,为产品质量持续改进提供了体系保证。

致力于为客户提供持续可靠、优质的服务。成立以客户为中心的客户服务部,加强客户服务的网络建设,在北京、上海、重庆、郑州、广州、青岛等用户密集地区建立了售后服务网点,及时提供产品备件、及时维修、及时提供技术服务,做到24h到达用户现场,受到用户的好评。在强化客户服务工作的同时,进一步健全了来电来函登记、汇总、处理制度,对客户反映的质量问题严格执行《产品质量与服务承诺》和《服务管理规定》,做到:一准、二有、三快、四满意、五保证。

一准:故障原因判断准;二有:有信必复、有求必应;三快:答复快、行动快、见效快;四满意:操作者满意、使用部门满意、设备管理部门满意、销售商满意;五保证:保证满足用户需求、保证备品备件供应、保证机床维修质量、保证服务及时周到、保证遵守服务纪律。在服务过程中,要求每个服务人员实行换位工作方法,即"假如我是客户"的工作方法,事事站在客户的角度解决问题。例如,河北景县东风机械厂客户来电反映,加工中心刀库换刀有不稳定问题,服务人员及时到达现场后发现,是由于刀库刀位的配置不平衡造成的,服务人员重新编排了刀位后,使问题得到及时解决。服务部得到这一消息后,并没有埋怨用户,而是从自身找原因,认为:虽然机床说明书中有说明,但不是很清楚、醒目,客户没有按说明书操做,是由于公司工作没有做到位。为了避免其他厂家发生类似问题,针对该问题,在说明书中进行了详细说明,由于采取措施得当,避免了其他厂家类似问题的再次发生。在2007年初,天津一家用户的机床,偶尔会出现换刀故障,由于不是经常出现,公司服务部长和维修人员就连续守候在机床旁边,经过几天几夜轮流观察,终于发现了出现故障的原因,公司随即采取了相应的改进措施,使机床运行的可靠性明显提高。用户对此服务工作十分满意,成了公司的忠诚客户。

在工作中不断完善售后服务体系和服务内容,使得为客户服务质量和服务竞争力不断提高。以服务占领市场,切实履行了"为用户服务,对用户负责,让用户满意"的宗旨。

3. 开展用户培训，为用户排忧解难

公司认为，在高价值、高技术含量、复杂设备营销中实施用户培训是一种重要的有效营销方式。这也是做好服务工作的一种手段，公司扩大营销提高用户忠诚度的一种方式。公司是高技术含量设备制造企业，在多年经营实践中发现，对于潜在用户你必须让他知道用你的设备会带来哪些好处，而且他越了解你的设备选择你产品的可能性越大，而对于老用户你必须让他使用好你的设备，才会带来重复购买，并且在用户中形成好的口碑。企业不仅在公司内部开展用户培训，还针对每一台不同的设备进行个性化用户培训，包括机床的结构介绍、操作培训、维修方法、工艺编制和编程培训等不同内容的技术培训，对于有些特殊用户则到现场实施"在学中干，在干中学"的培训方式。总之，公司组织了灵活多样，非常适用的培训方式，使用户对设备会使用、会保养、会维修，真正为用户排忧解难，并培训了数控机床人才。

对于缺少数控机床专业技术人员的用户，公司专门安排安装、试切、培训人员上门服务，实施产品安装调试和技术人员培训。对于用户需要多轴控制加工的复杂零件，由公司派技术人员协助进行工艺分析和程序编制，并使操作人员掌握计算机自动编程技术，使设备能够及时投入使用，以解决用户的燃眉之急。良好的服务和信誉，加强了企业与用户之间的沟通，并巩固了企业与用户之间的关系。

4. 服务反馈和改进

为确保部门工作质量，全体售后服务部人员把质量意识融入到日常工作当中，及时组织、有效处理、随时改正用户提出的质量问题，并将有关质量信息反馈至公司技术质量管理部；技术质量管理部则根据用户反馈信息组织各有关部门制定并实施改正措施，避免类似问题的再次发生。

5. 进一步实施个性化服务，提升用户的满意度

把"个性化"服务融入到服务工作的全过程。从服务内容到服务方式，更具体、更实在、更全面地满足了不同用户的需求，得到了用户的认同。再以个性化的方式去贯彻、实施质量标准，使之有机地结合，进一步实现了公司管理者与服务人员之间的和谐统一。

2008年，公司在一用户处发现大流量冷却机床在进行深孔加工时，切削液容易进入主轴轴承内部，造成主轴的精度下降或轴承损坏。针对这一问题，公司组织技术部门有关人员进行专项研究，及时制定解决方案，并派人员及时到达现场。在解决该用户问题的同时，对其他用户也派人进行更换，并对出厂的全部存在类似问题的产品进行了统计，招回了原存在问题的部件。在服务部人员的共同努力下，创造和形成了一套完整实用的服务规范，作为为用户服务的基本准绳。在服务规范的基础上，我们还倡导主动服务、感动服务、个性化服务、增值服务。通过员工的真诚服务去感动用户，赢得用户，从而使用户的回头率增加，让更多用户介绍更多的用户来公司考察，使公司形成良好的顾客发展链。

〔供稿单位：青海一机数控机床有限责任公司〕

以跨国经营拓展自主创新平台

——杭州机床集团有限公司

杭州机床集团有限公司是中国机械工业 500 强企业，是卧轴矩台、立轴矩台、强力成形、龙门式等 4 大类磨床产品国家标准和行业标准的制定者；拥有自主知识产权新产品 30 余种，国家专利 24 项。2006 年以持有 60% 的股权与欧洲 4 大磨床公司之一的德国 aba z&b 磨床有限公司结成战略联盟，实现跨国经营，成为面向全球的综合磨床供应服务商。

一、企业合作与结盟的能力是核心竞争力之一

1. 善于合作的公司是最具有发展前景的公司，从国内合作到结成国际战略联盟

经济全球化浪潮滚滚而来，跨国经营优势日益明显，甚至涌现出一大批微型跨国公司，企业的合作与结盟能力正在成为核心竞争力之一。我国由计划经济转向社会主义市场经济，加快了生产要素的流动，杭机集团抓住机会兼并了杭州磁性材料厂、杭州工具总厂，重组杭州量具厂，合并了杭州无线电专用设备一厂，联合诸暨汽拖厂成立杭机铸造有限公司，联合长春市工业国有资产经营公司在长春第一机床厂的基础上成立杭机集团长春一机有限公司，参股宁波精密机床公司，以 OEM 方式合作制造杭机产品。我国加入 WTO 后，经济体系纳入了全球经济一体化轨道，平面磨床的市场形势发生了根本性的变化，特别是 2006 年后，我国机械工业跨越入世过渡期，国内市场向国际社会开放水平达到了加入 WTO 时承诺的终点，进一步降低了 100 多个税目的进口关税，原先入世过渡期设立的贸易壁垒已大部分被拆除，进口机床不再受到行政权力的控制，而更多地引入市场机制。先进国家的机床产品将凭借先进技术和成功经验，进入中国市场，因此，企业国际化战略不是要不要，而是新的经济形势下企业生存发展的需要。2006 年杭机集团以持有 60% 的股权与欧洲 4 大磨床公司之一的德国 aba z&b 磨床有限公司结成战略联盟，一举跃入跨国公司行列，这一系列的收购、兼并、合作、结盟迅速扩大了杭机集团的市场，销售收入从 1999 年的 7 000 多万元上升至 2007 年的 105 900 万元，总资产由 29 000 万元上升到 142 970 万元，国际合作与结盟能力，更是被摆到了重要的位置。一个企业的国际合作与结盟能力，包括国际沟通交往能力、商务谈判能力、国际法律法规、双方全面对接、文化融合程度等，成了企业新的核心竞争力。

2. 合作与结盟是企业取长补短、调整重组的有效途径

改变经济发展方式，公司大力推进 4 大结构调整，即产

品结构调整、生产结构调整、产权结构调整、产业结构调整。合作和结盟的方式可以集聚更多的社会资源，重新整合，专业分工，形成新的战略布局。公司以德国 aba z&b 磨床有限公司为桥头堡拓展欧美市场，以杭机集团长春一机有限公司为基点，为振兴东北老工业基地作贡献；以杭州本部为根据地，抓住长三角、珠三角、京津唐等地区发展机会，做精做强，争当国际知名机床企业第一方阵旗手！

结盟是双方取长补短。德国 aba z&b 磨床有限公司是欧洲 4 大磨床制造企业之一，专门研发生产高精度、成形和强力、旋转工作台、高效专用数控磨床等产品，是数控编程软件开发和砂轮修正技术方面的主导者，该技术处于世界磨床行业领先水平。产品主要在德国、欧洲及美洲销售。杭机集团为了快速提升产品技术，拓展海外市场而与之结成国际战略联盟，结盟后双方的技术融合具有内部性，更愿意将处于上升扩张阶段的优势技术共同享受，同时腾出更多的人、财、物投入到新技术的研发中去，创造新一轮的技术优势。公司已分批派出 30 多名员工赴德国 aba z&b 公司进行为期半年的工作、交流、培训，掌握产品设计、系统编程、生产制造、售后服务等环节的专业技能。2008 年，我们将大力推进 aba z&b 公司产品在杭州本土的批量生产，加强在中国和海外市场销售，扩大经营业绩。

3. 国际合作与结盟为自主创新注入了新的活力

国际合作与结盟为我公司自主创新增添了多方面的活力。表现在：①增加了新的产品系列。在原有产品基础上，增添了德国原装机床、德国机床杭州本土化制造、联合设计杭州制造的机床、带有德国先进技术元素杭州设计制造的机床，也就是消化吸收再创新的产品。②增添了品牌活力。公司已拥有多个知名品牌，如杭州牌磨床、天工牌线切割机床、杭机牌铸造件、杭工牌工量具等。aba z&b 公司在欧美市场有很高的声誉，我们拥有了 aba z&b 公司这个著名品牌。③管理团队注入了活力。德国 aba z&b 公司现有管理团队是我公司丰富的国际人才资源库，是我公司融入国际化的重要力量，在加强交流沟通的基础上，达到知人善任。德国是一个市场竞争充分、经济发达、法律健全的国家，制造业水平更是享誉全球。aba z&b 公司在同我们合资之前，曾管理过 5 个工厂。除德国本土企业外，在美国、瑞士都曾有工厂，跨国公司的管理经验值得我们学习。④提高了全体员工国际交往能力。随着国际化的深入发展，国际交往不再局限在少数几个人当中，成为每一个员工都会涉及的事务，中方和外方的企业员工互相融合，在同一办公室或同一车间工作，将会成为一种普遍现象。

二、产品开发实现四大转变

企业的生存发展，是通过产品交换和提供服务进行的。随着国际化的进程，产品开发的背景、技术手段、技术标准、用户、市场、开发速度要求等，都已与原来有很大的不同。我公司与时俱进，实现四大转变。

1. 从引进样机为主转为重点引进技术软件，强化消化吸收，拥有更多的自主知识产权

我国是机械制造大国，尚未成为制造强国。在高价位、高技术领域与先进发达国家尚存在较大的差距。因此，对世界尖端新产品及关键技术，通过引进、消化吸收后进行再创新，无疑是缩小与发达国家技术差距的一条捷径。我公司历史上曾引进国外手动平磨的样机，在消化吸收其优点的基础上，新设计了具有中国特色的 HZ—150 精密手动平磨。至今生产总量已逾 10 000 台，不仅畅销国内，还远销到美国、新加坡、土耳其和东南亚等国家和地区。但这种产品开发方法存在很大的局限性：①永远跟在他人的后面亦步亦趋，实现超越的程度不高。②这些产品都是属于低端的，真正尖端的产品是不会轻易给你的，欧美日等均采取最终用户认定审批等严格的限制政策。③这种开发方式，容易引起知识产权纠纷。因此我公司进行了重大调整，2007 年用了 2 600 多万元资金购买国际先进技术，双方在技术转让协议中约定，提供技术文件必须是完整的、清晰的、可靠的，生效之日的最新技术文件与该公司自己使用的技术文件完全一致，该技术和在技术中所涉及的加工流程和专有技术不会以任何方式损害、盗用或违反任何知识产权。为保证我公司的技术所有权，转让方保证转让技术一直处于保密状态，并与原接触技术的雇员签署了保密协议。转让企业保证转让技术从没有许可或转让给任何第三方。购买技术从机床关键零部件的选购、满足用户的特殊要求、制造过程的把关、人员的培训以及售后服务全过程都作了周密的考虑。目前引进的先进技术，已形成立轴复合磨床、精密磨床、成形磨床、宽台面磨床等 4 大系列产品。

在引进国外技术的同时，加强原始创新和集成创新的力度，重视专利技术及其成果产业化，认识到研究专利技术及其成果产业化，是企业坚持原始创新，努力创建自主品牌的必由之路。因而，企业一改以往"传统机械专利无作为"的状态，形成了上下热衷专利技术研究和开发的氛围，增强自主创新和专利保护意识，鼓励与重奖专利发明人，专利申请及专利储备纳入技术发展规划，公司专利申请量和授权数逐年增长，现拥有国家专利 24 项，这些专利技术主要用于数控直线导轨磨、数控强力成形磨、数控卧轴圆台平磨、数控车床导轨磨、数控球面磨等系列产品上。

2. 从低端产品参与市场竞争转向开发中高端产品，满足需求，引导消费

随着国际化进程的加快，原先开发新产品的理念和标准也需要予以调整，机械制造业正经历着从机械化、电气化向数控化、信息化发展的转变，公司目前开发的产品，结合现代设计理念，融合先进的控制技术，使机床朝着高效、复合、超高精度、智能化方向发展。公司开发的国内首台七轴五联动 MKL7150×16/2 型数控缓进给强力成形磨床是高端加工设备，主要用于重型燃气轮机叶片圆弧叶冠的精密成形磨削，还可用于航空发动机叶片圆弧叶冠的成形磨削。机床采用了多项专利技术，如气压密封技术区别于机械密封，其特征在于在主轴前端形成了一个气压腔，阻挡磨削区的高压冷却液、水雾和砂粒等杂物的侵入，提高了轴承的使用寿命和保证主轴的旋转精度。应用了五轴联动磨削软件，联动五轴 X、Y、Z、V、B 采用高精度光栅反馈实现全闭环

控制,达到了各联动轴的进给精度。首次应用了多砂轮连续修整技术,实现长圆弧叶冠大进刀磨削,提高了生产效率。此外,还采用了温度补偿技术,控制磨头主轴热伸长,提高成形磨削精度,这种机床目前国际上只有少数几个工业发达国家掌握该机床设计制造技术,MKL7150×16/2型数控缓进给强力成形磨床的研制成功,使公司占领了新的技术高地,目前已实现批量生产。公司已经决定将这些成熟的高端产品推向国际市场,参加2008年美国芝加哥的国际机床展。最近,公司又开发成功九轴联动的MKH450磨削加工中心,这标志着我国的成形磨削技术又上了一个新台阶。

3. 从研发人员凭个人才智设计转为邀请国际国内用户参与的开放型设计

产品不仅要满足用户提出的工艺要求,而且要抓住用户需求的实质,为用户创造价值。这就要求研发人员不能仅凭个人的聪明才智去设计产品,而要在深入市场调研的基础上,分析产品发展趋势,详尽地与用户沟通,倾听用户需求,让用户直接参与产品设计。从技术工艺的角度来说,在了解用户基础上,研发人员能够提出更先进适用的工艺方案。某技改项目需要开发数控车床导轨磨专用加工设备,而国内迄今为止还没有此类产品。研发人员深入用户企业,与用户企业相关人员进行认真沟通,请用户参与设计,成功研发性能优越、效率更高的大跨距组合式磨削的HZ—079数控车床导轨磨床,获得了用户的好评。

又如大型精密直线滚动导轨磨床长期以来一直依赖进口,公司成功研发出国内首创的HZ—077CNC、HZ—078CNC数控精密直线滚动导轨磨床,这又是用户参与设计的杰作。这两台机床床身长度分别达到12m和17m,磨削工件长度分别达到4m和6m,全长不平行度<0.015mm,工件表面粗糙度R_a0.4μm,12轴数控,各进给轴采用光栅全闭环控制。我们让用户参与了设计,特别是机床上的砂轮修正器,完全是按用户思想设计、安装,改进了原有的缺陷,用户一次性订购了4台。

4. 从开发的品种多、形成批量销售少,转为系列化开发,市场化培育

公司正从平面磨床专业制造厂向综合磨床供应商转型,每年有几十种新产品投放市场,对开发的新产品,花大力气培育,力争开发一种,成活一片,批量销售,形成市场。

公司坚持产业政策导向,市场调研做细,用户需求做好,产品系列开发,售后服务到位,不足之处改进,客户口口相传,忠诚用户增加。公司创新开发了MKC7150系列数控剪刀磨床,适用于磨削任意剪刀的各种复杂刀背曲面、斜面,性能好,应用范围广,开辟出钢铁剪板、锻压剪切、折弯市场,订单络绎不绝。

数控龙门式平面磨床是大型模具和机械基础件精密加工重要设备,主要用于大型零件水平平面的磨削终加工。目前公司已实现了模块化设计、标准化生产,成批量销售,形成了"大型数控龙门式平面磨床系列产品"。经国家科技部等权威部门鉴定认为,数控龙门式平面磨床系列产品达到了国际同类产品水平,居国内领先地位,被列为国家级重点新产品,该系列产品已为国内建材、机床、纺机、大型模具、汽车制造等行业提供了国产装备。

MKF600数控高精度立轴复合磨床,特别适用大型轴承、齿轮、夹圈、轮箍等零件的多工序复合加工。其中的关键技术有:高精度的转台、砂轮交换机构、砂轮修整和补偿、工件的夹紧、数控控制等,能一次装夹工件完成内圆、外圆以及端面的高精度磨削加工。该产品进入研发阶段就有600mm、1 600mm、2 000mm、2 600mm和3 000mm等5种规格。投入生产阶段就已有用户订单8台,实现批量销售,市场前景良好。

目前,集团已制定全球化战略框架,整合全球优质资源,以积淀百年磨削艺术精华,建立"杭州磨床,中德技术,精心制造,服务全球"的运行体系,为各行业高端客户提供整体解决方案。跨国经营大大加快了公司开拓国际市场,整合全球资源的步伐。公司要争当国际知名机床企业第一方阵旗手:就要具备世界一流的产品和研发水平,能够引领整个行业;有较大的市场占有率,广泛的影响力;有较高的技术附加值,通过服务增值,使企业具有可持续发展能力。

以前我们企业的成长,都是依靠自己内部的力量,企业内部成长是一种伟大的成长。现在企业的合作与结盟打开了企业更加广阔的前景,可以较快地扩大经营业绩,更广泛地吸收来自于世界各地的先进技术,带来新的品种、新的业务、新的用户、新的发展机遇,成功的合作可以产生1+1>2的机制。公司已具备国际合作与结盟能力,在跨国经营中,公司一定会不断走向成熟与成功!

〔供稿单位:杭州机床集团有限公司〕

打造品牌建设　赢取市场未来

——泰安华鲁机械有限公司

一、企业品牌建设

2007年,公司大力实施品牌战略。年初制定了目标责任制,并首先从组织上保障品牌建设工作的顺利开展。成立了"名牌推进委员会",总经理任主任,亲手抓公司的品牌建设工作。同时成立了品牌建设小组,确定了全质办、质检部、企管部、综合部、市场部等部门有关人员为主要成员,并进一步明确了各自职责和工作计划。

2008年,质检部、全质办重点狠抓产品实物质量,完善质量体系,每月召开一次质量分析会,对产品设计、制造、服务中存在的问题进行分析,制定措施,明确责任部门和责任人,对问题进行限期整改,确保同类型的问题不能重复发生。2008年1～10月,发出的产品故障率仅为2.3%,比去

年同期降低2%,用户满意度达到95%以上。

企管部、综合部、市场部大力加强宣传工作。根据产品特点及用户群体特点,2008年增加了广告宣传的投入,预计全年宣传投入将突破300万元。其中包括参加"中国国际机床展览会"、"上海国际工业博览会"等大型专业化展览会,在京沪、京福高速公路及泰山火车站制作了5块大型户外广告,利用市内公交车进行宣传,同时在电视台、报刊进行不同方式的宣传报道10次以上,在企业内部进行精品意识宣传教育,举办各类培训班等。这些宣传工作大大增强了企业"岱岳"品牌的知名度,在锻压机床行业树起一个行业名牌。

2007年,公司"岱岳"商标被山东省工商局授予"山东省著名商标","岱岳"牌卷板机被山东省名牌战略推进委员会、山东省质量技术监督局联合授予"山东省名牌产品",同时公司被山东省机械工业办公室授予"2006年山东省机械工业十大自主创新品牌企业"。公司的品牌建设结出了累累硕果。

二、产品研发和技术创新

公司是中国机床工具工业协会锻压机床分会理事单位,山东省高新技术企业,山东省新技术推广站理事单位,拥有省级企业技术中心,技术力量雄厚,创新能力突出。

公司聘请德国专家为技术顾问,采用世界机械制造业的先进技术,闯出了一条以原始创新、集成创新和引进消化吸收再创新并举的技术创新之路,形成了以自主知识产权为核心,以数控化、大型化、节能环保为特色的华鲁产品模式,承揽了多台国内首创的最大规格、功能齐全的特异型锻压机床,尤其在大型数控船用卷板机和高强度板矫平的设计制造方面,填补了国内空白,达到国际先进技术水平。产品用于我国2008年奥运会主体场馆鸟巢工程等,对我国锻压机床在国际地位上的提升起到了重要的作用。近几年开发新产品70种以上,获得和申报国家专利47项,仅2006年就完成新产品开发项目28项,被认定为山东省高新技术产品1项,通过山东省科技厅的新产品鉴定7项,荣获山东省优秀新产品奖7项,承担省经贸委技术创新项目计划7项,并全部通过省级新产品鉴定。公司还主持了2种行业标准的制定。

公司开发的新产品创出多项全国第一:

(1)WE11N—30×12500数控船用卷板机是全国第1台重型数控船用卷板机。

(2)WD11—32×2500对称式三辊卷板机系全国第1台机架组装式卷板机。

(3)WS11—80×3000数控水平下调三辊卷板机为全国第一台拥有发明专利的"连体油缸"的卷板机,填补国内空白。

(4)WD11—60×2500三辊卷板机为全国第1台拥有发明专利"弯、卷机升降装置"的卷板机,填补国内空白。

(5)WS67K—800/8000数控板料折弯机系世界先进水平的数控板料折弯机。

(6)WD43—80×2200七辊板料校平机系全国第1台用于2008年奥运会主体场馆鸟巢工程的校平机。

(7)WD43—25×2000板料校平机为全国第1台拥有发明专利技术"一种轴承的安装方法"校平机,填补国内空白。

三、产品质量管理

1.资源配置方面

人员方面。质量管理、检验人员的配置保持在生产人员的10%左右,人员选调时,首先考察其思想状况、质量意识、质量观念,然后才是测试技术水平,并且不断对质管、质检人员进行培训,从而培养了一支思想过硬、技术过硬的质量管理检验队伍。目前,公司30名从事质量管理、检验的人员中,具有中级质量师资格的5名,初级质量师资格的3名,中机质协质量管理小组诊断师1名,国家注册质量管理体系实习审核员1名,具备内部审核员资格的6名,质量检验员资格的6名,计量员资格的2名,化验员资格的2名,无损探伤资格的2名,完全满足了公司质量管理和质量检验的需求。

监视和测量装置方面。为不断适应监测对象和检测手段的需要,公司先后投资200万元以上,为计量室、理化室配备了标准计量器具、台式和便携式硬度计、超声波探伤仪、精密脉冲声级计、液压式万能材料试验机、色谱分析仪、电气3项实验检测设备等,从物质上保证了各项检测、试验的顺利进行,满足了各种检测的需求。

资格确认方面。通过了泰安市质量技术监督局的GB/T19022.1—1994计量合格确认。

2.质量管理体系方面

ISO9000质量管理体系。包括《质量手册》1部,《文件控制程序》、《记录控制程序》、《内部质量审核控制程序》、《不合格品控制程序》等程序文件22个,《质量记录保存期限规定》、《产品标识方法》、《计量管理制度》等169个支持性管理文件和196种质量记录表式组成的文件化质量管理体系,基本符合ISO9001:2000质量管理体系标准要求,适合公司的实际情况。

全面质量管理方面。公司格外注重质量管理方面的运作,先后建立质量管理点多处,从当时的剪板机左右立柱、工作台、滑块等关键零部件的质量,到后来的折弯机的滑块、工作台,全部处在受控状态。先后注册成立QC小组10个以上,评选出"质量信得过班组"2个,在省级、市级经贸委、机械厅、群众性质量管理活动经验交流会和成果发表会(简称"双代会")上发表成果并被评为优秀成果的10项以上,例如,"解决轴类零件车削过程的径向跳动"、"解决液压板料折弯机的力臂加工工装"、"蜗轮箱体的加工精度"、"利用斜铁的磨削加工工装提高加工精度和加工效率"、"解决产品液压系统的清洁度"、"推广新型表面漆料,提高产品外观质量"等QC成果先后获得优秀成果、二、三等奖和省级二等奖,公司也多次被评为省、市级"群众性质量管理活动先进单位",先后有18人次被评为市级先进质量管理工作者。

3.质量监控方面

建立和实施"三检"制度。实行自检、互检、专检相结合,严格把好进货检验、过程检验和整机检验3大检测关,发挥好质量检验的"把关、预防、报告"3职能,过程的检测手段也在不断提高。

借助顾客力量进行质量监管。ISO9001：2000 质量管理体系的 8 项质量管理原则中要求要"以顾客为关注焦点"。销售公司把《用户服务信息反馈单》和《顾客满意程度调查表》结合起来，使每一次的用户服务过程都成为对顾客满意程度的调查过程，既增大了公司外部质量信息的收集量，更能真实地反映出顾客的满意程度和需求信息，也为公司质量管理体系和产品实物的持续改进提供了有效数据。

四、主导产品市场占有率

公司主导产品包括"岱岳"牌卷板机、校平机、剪板机、折弯机、板料开卷校平剪切生产线等 5 大系列 200 种以上规格，国内市场占有率为 21.19%。其中大型数控卷板机、校平机占国内 60% 以上的市场份额，主导产品销售收入和利税在同行业中名列山东省首位，位居全国前两名，是全国锻压机床行业的排头兵和支柱企业。

多年来，公司始终把产品质量和创名牌工作列入企业中长期规划。尤其注重"岱岳"品牌的宣传和保护，以"岱岳"品牌为核心，塑造企业形象，扩大市场份额，增强市场竞争力。改制以来，公司步入了高速发展的快车道，产品远销到俄罗斯、越南、巴基斯坦、哈萨克斯坦等国家。

五、售前售后服务和诚信履约

公司有着严格的售前售后服务制度，包括服务承诺、质量承诺、服务人员工作规范等，要求服务部门和服务人员不折不扣地履行。为了用户更好地使用和维护设备，公司每年 5 月、10 月定期举办用户培训班，现场上机操作剖解，进行理论和实际操作培训。

在服务人员工作规范中明确规定：接到公司安排后，以服务人员所在地为基准地，本省内的 24h 内到达现场、省外的 48 小时内到达现场；如到达用户所在地时正恰休息日，应与用户通电话，告知用户已经到达，听取用户的要求，是否休息日进行服务；如遇设备自身质量问题，首先要认真分析原因，并与用户沟通。属用户使用不当造成的故障，需经用户认可形成书面材料，如需更换配件要请示公司领导如

何处理；服务时衣着整洁、干净，并一律着公司统一的工作服；工作期间中午不得饮酒，在用户厂区不得吸烟，遵守用户单位的一切规章制度，服从用户单位正当合理的管理和要求；在服务期间，不得接受用户的宴请和礼品，不得向用户借钱，做到服务周到、热情礼貌；在服务期间一律使用礼貌用语等等。

公司是"省级重合同、守信用企业"。与用户签订的任何有效合同都严格履行，决不主动违反合同约定。如质量标准、交货期、产品技术要求、价格及付款方式等合同要约，不论企业遇到多大困难，都认真履约。为了交期问题，2007 年初企业实施了两次技改，投入资金 5 000 万元以上建设了 3 000m² 重型车间、新上重型数加工设备 10 台以上，大大提高了加工能力和生产效率。受原材料（主要是钢材、有色金属、配套）价格影响，有的合同签订之初就预示着企业将要赔本，但为了企业诚信不受损失，公司依然用高标准的产品回报用户，经济损失由自身消化。严格履行合同，得到广大国内外用户的一致赞扬。

六、国家和地方质量监督抽查

积极配合上级质量监督、出口商品检验等部门的各项检验和抽查，严格执行各项标准，强化管理，练就内功，不断追求产品质量的完善和品牌影响力的提升。公司的卷板机、校平机、剪板机、折弯机等系列产品，均通过了国家铸造锻压机械质量监督检验中心和山东省、泰安市质量技术监督局质量监督检验所历年来的多次监督抽查，符合国家标准要求，监督检查结果均达标合格，并获得质量监督部门的好评。公司曾于 1999 年荣登"国家连续 10 年监督检验合格单位龙虎榜"，部分产品曾获部优、省优。

创品牌难，维护品牌更难。企业始终认为产品质量不进则退，产品质量是企业的生命线和生存基础，质量管理工作永无止境。只有心中永远装着用户，始终为用户着想，挖掘自身潜力，牢固树立精品意识，企业才能立于不败之地，"岱岳"品牌才能永远屹立于我国锻压机床行业之巅！

〔供稿单位：泰安华鲁机械有限公司〕

坚持科学发展观　促进企业大发展

——东风汽车有限公司设备制造厂

2007 年，对东风汽车有限公司设备制造厂来说，困难和挑战并存。在原材料涨价、市场竞争白热化的情况下，紧紧围绕"完善成本核算，实现目标成本；应用领先技术，完善新品结构；提高生产效率，增强抗险能力；提升团队素质，创建四好班子"的工厂方针，坚持"两条腿走路，两大产品并举"的经营理念，全厂干部员工团结拼搏，实现销售收入 3.67 亿元，完成挑战指标的 110%；实现税前利润 1 818 万元，完成挑战指标的 132%。荣获了"中国机电行业影响力企业 100 强"，"国家技能人才培育突出贡献奖"，中国机床工具行业"精心创品牌十佳企业"、"湖北省文明单位"、"湖北省优秀企业"，公司"最佳单位"等多项

荣誉称号。

一、全员参与降成本，成本控制成效明显

2007 年是设备制造厂"目标成本控制年"，掀起了全厂员工降成本热潮。在全面推进目标成本管理的基础上，坚持以预算为龙头，强化财务管理与成本管理，完善工序成本核算和成本管理的方法、管理手段，进一步促进成本管理的精益化、准确化。使内部成本控制制度进一步完善，加强了对各项成本费用的核算考核。目标分解到部门，细分到责任人，形成了做到事前成本有预测，事中成本有控制，事后成本有分析的良性运行机制。以神龙项目为例，加工中心单台采购成本比杭发项目降低 10%，为增强价格竞争力起

到积极作用；d53项目输送装置采用一次招标，供货品种分类组合的方案签订合同和招标开标后继续侃价的办法，降低采购成本65万元。在原材料价格大幅度上涨的情况下，总的铸件采购费用得到有效控制。

降成本工作从抓改善课题着手，重点突出目标成本控制、降低技术成本、降低制造成本、降低采购成本等重点关键项目。2007年QCD改善课题立项35项，实现降低成本1 463.3万元，降低材料技术成本率为4.98%，实现了公司下达的必达指标。其中《降低平衡悬架的制造成本》、《降低加工中心的实物成本》、《提高装备产品生产效率》等课题的推进实施，为降低成本，推广改善事例，加强管理起到了实效，提高了QCD改善水平。《自动线防护改善》、《提高平衡悬架轮毂生产效率改善成果》课题在2007年8月分别获得装备公司QCD成果发表二等奖和一等奖。

二、快速响应市场，以科技创新拓展新事业

2007年，针对机床类订单相对较多的情况，设备制造厂采取了"开拓一个市场，增加四种订单"的营销策略，即开拓汽车产品的外部市场，增加装配设备、焊装设备、工装辅具产品和加工中心订单市场。认真做好市场细分和产品定位，进一步完善价格体系，开发了重汽章丘发动机公司，中国重汽发动机公司机床产品和神龙汽车公司汽车零件产品及日产焊装夹具新市场。并着力与潍坊柴油机厂、神龙汽车有限公司、东风康明斯发动机公司、东风本田发动机公司、玉柴机器股份公司等国内主力用户建立合作伙伴，实现上下游产品发展双赢。与日产自动车签定了合作计划，实现了向日产南非工厂、日产俄罗斯工厂的焊装夹具出口，出口订单347万元（不含税），其中230万出口南非的X90项目已完成交付，实现焊装夹具出口销售收入290万元，开创了焊装夹具市场新领域。同时，进一步加强售后服务，既巩固了原有市场，也赢得了用户的心，为开拓新的市场打下了基础。

以市场为导向，继续加大科技创新力度，新产品开发和新事业拓展成效显著，新品贡献率达到46.29%。尤其在装备产品的集成化、柔性化和精加工等方面取得了明显成效，开发完成了DM630、DM500I系列加工中心、DM系列加工中心HSK63、HSK100和BT50刀库的国产化、卧式高速三坐标数控铣、广西玉柴4F缸体精加工线、国家863项目混合动力发动机提供的扭转减震器21E30—03108—A等一大批高附加值、高科技含量的产品，2007年完成15大类28项新品开发研制。获东风汽车公司科技进步二等奖4项，中国汽车工业科技进步三等奖2项、东风公司科技进步奖1项，完成12项专利申报、受理。

三、强化精益生产管理，确保目标实现

2007年，设备制造厂生产任务十分繁重，因此，在生产组织、管理中，该厂继续强化精益生产管理。在组合机、焊装项目管理中，项目负责人按照用户的需求结合生产能力进行分析，制定项目生产计划和车间装配计划等，并对计划跟踪，根据生产实际情况不断对生产预计划进行修正和补充，逐步建立起严密可行的项目计划体系，确保项目顺利完成。

优化生产准备计划模式，在原基础上增加"项目立项单预验收时间"栏，向相关单位传达厂经营计划信息，初步完善了项目计划模式，同时定期与生产车间、用户沟通，控制项目计划的有序推进。

制定《产品服务管理流程》，完善信息传递处理预验收遗留问题，对重点和难度高的项目进行控制。针对一些项目预验收和终验收问题进行分析，确定各项目负责人，并制定计划进行推进，取得良好效果。

四、强化质量管控能力，不断提高产品的实物质量

2007年以工厂质量目标为主线。设备制造厂完善了质量目标管理、考核体系，加强了质量过程的监控、数据收集、统计汇总、分析反馈、情况通报和讲评。针对异常情况，及时进行调查分析，对责任单位和责任人提出考核，并且要求制定纠正预防措施，确保质量目标始终处于受控状态。

该厂按照年度计划，组织了装备产品、汽车产品（ISO90001和TS16949标准）的质量管理体系内部审核和管理评审，围绕管理提升和细化完善流程制度，制定了《22QMS0704—07工艺纪律管理作业规程》、《汽车产品试验件管理作业规程》、《汽车产品新品试制质量控制作业规程》以及《质量部内部人员岗位规范工作要求》等，用制度来约束和规范各类人员的工作要求，使得流程更加清晰。通过以上方面的工作开展，设备制造厂分别于2007年9月及2007年11月顺利地通过了第三方、第二方质量体系复评审核，并得到了审核组的高度评价。

针对质量方针、质量目标实施情况，设备制造厂结合实际，在全厂积极开展QC活动。2007年全厂共注册并完成QC项目23项，有4项优秀QC成果被推荐参加公司QC成果发表，并获得成果发表一等奖1项、三等奖2项、优秀奖1项。其中，制造技术部的"提高东风猛士风扇齿轮箱寿命"QC攻关成果，参加了机械行业的成果发表，获得一等奖的好成绩，并荣获了"全国机械工业优秀质量管理小组"称号。

在质量管理中，设备制造厂坚持质量问题调查分析的"三现原则"（即现场、现实、现物）和纠正预防"三不放过"的原则，用客观的证据、公正的态度、科学的管理工具，以调查取证为根本，以分析改进为宗旨，以通报考核为警示，达到提高全员质量意识，提高产品实物质量的目的。

五、优化人力资源管理，培育学习型员工

2007年，按照公司要求和薪酬改革的需要，设备制造厂通过优化人力资源管理，完善KPI（关键业绩指标）管理考核与管理体系，促进了员工薪酬优化、员工素质提升和干部队伍建设，企业的组织机构调整及人力资源优化与动态调整配置，满足了工厂生产经营发展。

依法加强员工劳动合同管理，规范劳动用工，减少用工风险，杜绝劳务纠纷，进一步促使员工管理不断规范，人力资源优化与动态调整配置满足工厂生产经营发展需要。

设备制造厂始终本着"打造精良装备，培育新型员工"的思想理念，建立完善的员工培训体系，通过全面、系统，分层次、分重点的开展员工培训的方式，为企业发展培育了一大批技术、技能人才。

2007 年,设备制造厂采取"三四五"的员工培训模式,即3个地域(厂内、厂外、国外)、4 个层次(公司、工厂、部门、个人)、5 种形式(互帮互学、培训班、技术交流、讲座、参观调研)。共组织以技能人员为主参加的培训项目 31 项,涉及车工、钳工、磨工、铣工、电工多个工种。除在厂内开展"拜师学艺"、工种技能竞赛、一专多能等培训外,还委托公司高级技校对其中优秀员工进行系统培训,全年共完成培训项目 123 项,共 128 期,培训总人数达 2 877 人次,培训总学时为62 486h,全员人均学时 60h,大大提高了员工的技能水平,实现了员工素质、工厂核心竞争力、工厂经营指标三个提升。

2007 年 8 月,设备制造厂与日产贸易株式会社、日产自动车株式会社签署了《面向合作伙伴关系的支援计划》,成为日产的战略合作伙伴供应商之一。日产根据企业现状,提出了分三个阶段合作的计划和相应的人员培训计划,先后组织了近 100 名高管、中管、班组长、骨干技术、技能员工赴日产培训和厂内扩展培训,效果良好。

六、应用现代管理工具,进一步提升管理水平

2007 年,设备制造厂把方针管理、现场管理、QCD 改善等先进的管理方式渗透到工厂生产经营的各个环节。重点推进方针管理体系运用,围绕质量、成本、效率等方面开展工作,全年完成改善课题 45 项,开展自主改善 171 项。把 V－up(一种新的有效的解决问题的工具和管理办法)引入到工厂管理中,V－up 活动的开展为工厂管理的创新和应用发挥了重要作用。

针对大型项目多、周期短的特点,该厂在生产管理中,注重应用先进管理工具,实现了不同产品生产组织管理体系的一致,提高了管理的科学性和有效性。在强化项目负责人的基础上,加强了项目完成后的交流与反思,每月组织对生产计划进行诊断,强化了计划的科学性和对项目的管控力度,增强了对问题和风险的预见性,优化职能提高工厂运营能力,从而确保了项目周期。

设备制造厂曾经荣获"全国部门造林绿化四百佳"、"全国安全特级工厂"等荣誉称号。2007 年,该厂在安全、环境管理工作中,始终围绕提高环境、职业健康安全工作水平,积极开展车间现场小改善活动,强力推进 KYT(班组安全管理)危险预知训练,深入查找岗位的危险源,改善不安全状态,坚持日检查,周通报,月评价考核制度,对监控体系运行情况每季度诊断一次。加强"三同时"的执行和管理以及相关方的培训,劳保用品的发放本着"按标准,有的用,不浪费,人性化"的原则,满足安全、职业健康的各项需要,安全制度落到实处。7 年来,首次实现 2007 年重伤事故为零,重大火灾为零,交通事故为零,职业发病率为零,环保事故为零,轻伤事故为零,厂区绿化率达 100%,通过 SO14001:1996GB/T 24001—1996 环境管理体系认证和 GB/T 28001—2001 职业健康安全管理体系认证,企业展现了一个现代化机械制造企业的文明风貌,赢得了外来客人的一致赞扬,被东风公司评为爱国卫生工作先进单位,为创建企业品牌文化创造了有利条件。

七、以人为本,打造特色企业文化

设备制造厂坚持"以文化人、以人兴企",以人的素质的提高,实现企业的兴旺发展。并始终突出品牌文化建设这个重点,用企业文化推动品牌建设。该厂通过多种形式,深入宣传"企业文化宣言",引导员工学习和理解企业文化理念,逐步把企业愿景、企业经营理念、企业哲学、企业精神等渗透到员工的灵魂中,落实到行动上。

党政工团紧紧围绕中期事业计划和工厂各项 KPI 挑战目标。以科学发展观为指导,坚持创新求实,凝聚员工力量,提高企业形象,构建和谐企业。深入开展以经营创效、党建创新为主题的"双创工程"党内主题竞赛,深化党建"双培工程"和"员工素质工程"。积极推进企业文化建设,努力创建学习型企业,加强思想政治工作,大力开展群众性文艺体育活动,坚持 37 年全体员工参与做广播体操。保持了员工队伍稳定,培养了全国劳动模范、全国技术能手、全国十大杰出青年刘军荣、朱仕海、张延安等一大批优秀员工,发挥了党委的政治核心作用、党支部的战斗堡垒作用和党员的先锋模范作用,为工厂改革发展提供了坚实的思想基础和组织保障。

〔供稿单位:东风汽车有限公司设备制造厂〕

坚持科学发展观　促进天水锻压又好又快发展

——天水锻压机床有限公司

2007 年,天水锻压坚持科学发展观,不断加强企业管理、深入进行企业改革和技术创新,大力开展优秀企业文化创建活动,在构建和谐企业、加快企业发展等方面都取得了新的收获和历史性进展。

一、认清形势、调整思路,科学制定全年奋斗目标

2007 年是天水锻压积累经济实力,扩大大型非标剪折和制管设备加工规模,不断拉长产业链条,向着更高目标奋进的一年。针对市场竞争日趋激烈的局面,公司领导班子审时度势,根据省市振兴装备制造业工作计划和成形机床的发展方向提出了符合公司实际和时代发展的工作思路:以进一步解放思想、转变观念、加强企业文化建设为突破口,为企业不断发展提供动力;以整合内外部资源为切入点,优化配置,建立面向市场的快速反应机制;以信息化为手段,提高管理水平,实现管理模式从粗放到集约精细的转型;以完善制管设备,提高产品数控化率、提升产品技术含量为依托,努力开拓国内外两个市场,力争在"十一五"内进入行业前 5 名,实现健康快速发展。以此实现 2007 年的生产经营目标与上年同期比增长 35% 以上,显示了天锻人勇于进取的决心和企业永不满足现状精神。

二、坚持以目标为"王",为公司今后发展奠定坚实基础

2007 年,公司上下团结一心,奋力拼搏,紧紧围绕生产经营这一中心工作,坚持以目标为"王",通过层层分解各项经济技术指标,以创新式的工作方法和奋力拼搏的精神解决了企业在快速发展过程中遇到的各类问题,使年初制定的目标得以逐项落实。全年仅机床一项即实现产值 23 081 万元,同比增长 37.3%;工业增加值 8 561 万元,同比增长 84%;签订合同 34 762.6 万元,同比增长 40%;销售收入 19 626 万元,同比增长 55%;利润 1 000 万元,同比增长 506%;各种税金 1 310 万元,同比增长 35.1%;员工人均年收入 21 700 元,同比增长 23%。员工素质不断提高,企务公开、党风廉政、改革改制等工作扎实稳步推进,做到了与生产经营两不误、两促进。公司经营形势良好稳健,为今后的又好又快发展奠定了坚实基础。

三、积极调整产品结构,不断增加公司的经济增长点

随着近几年制管业的迅猛发展,公司充分依托"大口径直缝埋弧焊管生产线"这一国家高科技产业化示范工程项目,在不断开发适销对路新产品的同时,积极调整产品结构,完成制管设备成套、成线的技术升级。开发的大型折弯机和钢管成型机"数控送料自动定位装置"成功应用于胜利油田制管项目中,起到了很好的示范作用,极大地提高了公司在大型非标剪折和制管设备领域的竞争力,目前制管设备的生产量达到公司总产量的近 80%,已成为公司长线主导产品和最大利润增长点,并继续在逐步加大生产量和市场占有量。

四、以产品创新为载体,实施技术创新工程

长期以来,企业积极研发大型非标数控和有特殊要求的剪、折产品,并扬长避短,发挥优势,避开同南方民营企业的同质化低价竞争,根据用户不同要求"量体裁衣"。每年有数十种新产品投放市场,并在市场上旺销。仅"十五"以来,取得国家、省、部、厅、市级科技进步奖 37 项,5 种产品被列为国家重点新产品,3 种产品被评为省科技进步一等奖,获得各类专利 23 项。大型数控剪切中心、钢管扩径机填补了国内空白,达到国际先进水平,大型系列剪切中心被列为国家"863"引导项目计划,列入甘肃省十五期间 10 大科技成果。2007 年鉴定的 5 种新产品中,XBJ—4600 高速钢板铣边机和 BGPT—40/1422×18500 钢管平头机鉴定结论为国际先进水平,TDY44—50×1422/12200 钢管整径矫直机、Y45—1600/5000×6000 龙门移动式液压机、Y93—4000/1626 钢管水压试验机鉴定结论为国内先进水平。新产品产值率高达 50%。强大的新产品开发能力不但成为公司在激烈市场竞争中取胜的法宝,而且使企业成为全国金属加工制造行业自主创新能力 10 强和甘肃省"创新型试点企业"。

五、体现以人为本,加强企业管理

一年来,公司特别注重以人为本,将"观念创新为魂,艰苦奋斗为神;企业为我搭建平台,我与企业和谐共生;增收源于增效,财富始于创造"的企业精神渗透到企业生产经营的各个环节,使之成为每个员工的工作指南。并获得"甘肃省劳动关系和谐企业"称号。具体做法,一是以"效率优先,兼顾公平"为原则,调整收入分配政策。针对各部门人员之间收入差距不合理,影响整个生产配套和处室人员工作积极性这一现象,对原收入分配政策做了人员收入按业绩大小、拉开合理差距的调整,充分调动了各部门员工的工作积极性,生产配套进度明显加快;二是以按期交付用户为目的,提升准时化制造水平。一年来,通过科学签订技术协议,合理安排合同交货期;加强生产能力的平衡分析,细化生产作业计划;改善工作流程,如对采购周期长的零件、数控系统、液压系统、进口泵、阀、大型铸锻件和加工期长的外协件等,供应处、外协处与设计部门提前沟通,及早订货,主动为生产赢得更多时间;理顺生产管理体系,单独成立外协处,强化外协配套,将生产处、分厂、库房、供应、外协统一管理,有效解决了供应配套件和外协件与生产节拍不一致的问题;通过强化设备、工具管理,开展工艺攻关和提高设备生产能力等一系列行之有效的办法,较好地解决了制约产出的重点、难点问题,保证了用户急需产品的产出;三是以提高企业经济效益为中心,加强产品成本核算和成本管理工作。加强二级成本管理,首先把车间级成本核算、成本管理工作做好做扎实,以达到降低机物消耗和能源消耗、降低制造成本及降低产品成本,提高企业经济效益的目的。通过建立和实施对分厂机物消耗和能源消耗指标的月考核,使分厂产出大比例增长,机物消耗和能源消耗同比下降,取得了增收节支的良好效果,也为公司下一步进行内部模拟市场运行打下了基础;四是注重人员的培训提高,建立灵活、高效的用人机制。公司安排由各级人员参加的各种培训、讲座等,使培训人员了解了行情,开阔了视野,提高了技能;聘请专业咨询机构参与公司管理工作,借助"外脑"促进企业的发展;招聘大中专优秀毕业生到公司工作,带动现有职工努力学习业务技能,形成良性竞争的局面,充分发挥每位员工的潜能,做到了人尽其才,良性发展;五是不断加强员工业务技能的提高。公司组织有关职能部门加强了对员工营销知识、业务知识、法律法规等方面的学习,力求员工达到一专多能,更好的为企业服务;六是积极开展岗位练兵活动。公司采用多种形式开展技术比武、岗位练兵等活动,并在分配上向重点岗位和工人技师岗位倾斜,带动员工形成学技术、比贡献的良好风气。积极组织开展上半年"双过半"、下半年"奋进杯"劳动竞赛和"工人先锋号"创建活动,生产任务完成屡创企业历史新高;七是关注顾客,优质服务。在销售等业务部门实行承诺服务,规范了对产品安装、调试、维修人员的管理。同时进行顾客满意度调查,充分体现"以顾客为关注焦点"的经营原则,千方百计为顾客提供优质服务,另外,对内树立"下序就是用户"的理念,建立了以技术、质量等部门 24 小时服务制度,帮助解决生产现场出现的各类问题;八是继续实行企务公开,狠抓民主管理制度。制定了《天水锻压机床有限公司职工代表大会制度》、《天水锻压工会和企业平等协商制度》、《天水锻压机床有限公司集体合同监督检查制度》,对公司重大事项和涉及职工切身利益以及其他需要予以监督的事项作为公

开内容。对公司深化改革改制和职工安置等一系列文件，组织职工代表进行了认真审议，充分保证了公司事务的民主公正，提高了决策水平，有效地杜绝了决策失误。

六、以"两个杜绝、一个消灭"为目标，打造"TSD"精品工程

公司在质量管理工作中始终遵循"树立正确的理念、采用先进的方法、坚持严格的程序、培养认真的态度"，提出了"两个杜绝"，即"杜绝不合格品流入下序、杜绝产品带着问题出厂"；"一个消灭"，即"消灭返工返修"的目标。对质量事故的分析处理，不仅要提出纠正预防措施，还要严格落实质量责任。通过对《质量体系运行监视评价办法》《问题整改通知单》、改进工艺、申报"TSD"牌甘肃省著名商标和"中国驰名商标"等的实施，使公司产品质量得到稳定提高，品牌影响力和市场占有率进一步扩大。

七、进一步深化改革改制，建立"产权清晰、权责明确、政企分开、管理科学"的现代企业管理制度

经过数年的努力，于 2006 年 12 月 19 日由天水市中级人民法院宣告存续企业政策性破产，并于 2007 年 8 月 14 日宣告破产程序终结，减轻了企业历史上遗留的巨大债务，使重组企业轻装上阵。存续企业政策性破产的终结，为整体安置职工和明晰公司产权提供了机遇，公司为此专门成立了以董事长为组长的深化改革改制领导小组，全面负责改革改制方案的制定和实施工作。领导小组依据国家、省、市

有关企业深化改革的政策，在市国资委的指导下，按照深化改革的"三个原则"，通过公司党政工团的共同努力和深入细致的工作，完成了全员转换国有企业身份，明晰了公司股权，为企业的主要管理人员和技术骨干设立经营管理风险股和经营管理岗位股，明确了公司发展的风险和责权利具体承担者，初步建立了符合市场经济运行的现代企业制度。并依据《公司法》，结合本公司实际，选举产生 36 名自然人持股代表，组成股东会，选举产生了新一届董事会、监事会，重新聘任了经理层。

通过深化改革改制，合理设置股权，调整优化公司股权结构，建立起股东与各级管理人员之间利益共享、风险共担的激励与约束机制，实现责、权、利的有效统一。确保企业真正按照市场经济运行规律和现代企业制度的要求建立起新型的产权、劳动用工和管理分配机制，逐步走上又好又快的发展之路。

八、以文化建设为导引，提高企业综合竞争力

在实践中不断丰富"创新为魂、和谐立基、奋进无垠"的企业核心文化理念的内涵，通过完善制度的严谨性和连续性、客观性和合理性、可操作性，强调监督方法、有针对性的人员培训，倡导领导人以身作则的执行力文化，充分发挥企业文化的导向、约束、凝聚、激励和辐射作用，从而提高管理效率、优化资源配置、提升企业竞争力。

〔供稿单位：天水锻压机床有限公司〕

发展中的江苏齐航数控机床有限责任公司

一、概况

江苏齐航数控机床有限责任公司是由原国企镇江机床厂转制而来的中外合资企业。从 2000 年组建以来，战略投资合作伙伴加大对企业技术创新、新品开发投入。依据机床工具行业"进行战略性结构调整，发展数控、提高数控机床市场占有率"的"十五规划"指导方针，不断增强公司技术创新能力，重点研制开发数控机床新产品，使公司高新技术产品的品种、规模和比重不断上升，数控机床占有率不断提高，并取得了战略性结构调整、促进产品结构调整升级的显著成果。

2007 年，公司工业总产值 2.02 亿元，比上一年同期 1.37 亿元增长 47.45%；实现销售收入 1.66 亿元，比上年同期 1.11 亿元；增长 49.55%；实现利税 1 896 万元，比上年同期 1 191 万元增长 59.19%。连续 5 年保持 45%～50% 的增长速度，这是公司长期坚持自主创新，立足产品支持的结果。

二、高质量意识，强化质量管理

企业在贯彻推行全面质量管理工作的基础上，2007 年开始推行贯彻 GB/T19000、ISO9000 标准，先后通过了 ISO9000 质量认证，取得了质量管理体系认证证书，并且每年通过国家机床质量监督检验中心对产品的质量抽查。遵守"严格质量管理，坚持质量第一，用户至上"的原则，始终

奉行"以一流品质确保用户满意，以技术进步实现不断创新"的质量管理方针，以关注用户满意度为重点，加强质量管理的基础工作。通过内、外部审及整改项目的落实，保证了产品质量改进和质量管理体系的有效运行。为加强部装、整机质量检验把关，编制了作业指导书，坚持做到无检验凭证的零件，不准流入下道工序，产品一次交检合格率 > 90%，不合格产品不允许出厂，以保证出厂产品的整机质量，用户满意度 > 90%。以贯彻 ISO9000 标准为契机，不断加强和完善质量管理工作，建立和完善了计量检测体系，强化计量检测力度，严格对计量器具进行定期检测和鉴定，确保计量器具示值的准确性。降低产品质量问题反馈率，逐步提高用户满意度。

三、坚持发展战略，产品结构调整效果显著

近几年来，公司立足于客观实际，对全国机床行业进行技术调研和分析，在产品技术对比和技术发展趋势分析的基础上结合自身发展实际和需求，对技术发展进行了预测，对产品结构进行了战略调整，在满足市场普通机床需求的基础上，大力开发数控机床和重型大规格机床。

公司目前主要产品为 C6163 卧式车床、CK6163 数控车床和 CNCL400 异形螺杆数控铣床 3 大系列，约 70 余个品种和规格。多年来，针对产品结构调整战略，公司一直把发展数控机床、扩大出口放在首位，同时对老产品在结构上不断

完善,在规格上向长(床身长度13~15m)、向大(回转直径1 000~1 480mm)方向发展。

2002年,公司在发展数控机床的基础上,分别与清华大学和重庆大学的科研机构合作,研制开发了市场针对性强、具有国内先进水平的CNCL—400数控异形螺杆铣床和SKZ—04D印制板数控钻床2个新产品,并于当年通过了省级技术鉴定,并荣获省级高新技术产品称号。CNCL—400数控异形螺杆铣床投放市场后,产品一直畅销不滞。在此基础上,按照提高工程成套能力的思路,又陆续开发了CJKL300简易型数控螺杆铣床、CNCL 660石油摆线泵螺杆数控铣床。2006年进一步研制开发了高档CNCL400×10000大型异形螺杆数控铣床和与其配套使用的CNC230×10000强力数控车床,现在数控螺杆铣床已成为企业一大产品系列。由于产品技术含量高、附加值高,经济效益非常明显,是公司近几年来一个新的经济增长点。

在数控车床的开发创新方面,公司在原有数控车床的基础上,通过技术创新,进一步陆续研发了市场针对性强的CKP100排刀数控车床、CNC360斜床身数控车床、CNC450全功能数控车床、CKG6180管子数控车床、CNCH250活塞数控车床和CK0627仪表数控车床等。2007年,已在研制SK61148重型数控车床新产品。数控车床的品种、技术水平和规模正在快速上升,市场占有率不断提高。

在普通机床的技术开发上,向高、大、宽发展。2007年上半年依靠自己的技术力量,成功研制开发了CW61148系列重型大规格车床,并实现了销售,标志着企业又进入了可以生产重型大规格机床的行列,为企业今后走重型大规格机床、数控化机床之路奠定了坚实的基础。

公司为不断增强技术创新能力,每年自筹科技资金均已占到销售额的5%以上。目前,公司已有5个省级"高新技术产品",企业也已获得省级"高新技术企业"称号。企业高新技术产品销售额也在不断上升。产品的技术创新和关键技术攻关,也促进了公司工艺创新能力的提高,围绕产品创新实施的技术改造也促进了公司制造手段和信息化建设的创新和提高,为公司今后长远发展打下了扎实的技术基础。

四、技术改造和新厂区基本建设

多年来,围绕产品开发和结构调整,公司不断加大技改投入,提高工艺、工装和加工设备的技术水平,以适应优化产品结构和研制开发新产品的需要。公司每年投入的技改资金均在600万元以上。2006年,结合镇江市政府"退城进区"要求,公司已经在新区丁卯开发区着手新厂区建设。新厂区建设指导思想是按照公司中、长期发展规划,在"异地建厂"过程中,结合技术改造使公司在现有发展势头上,进一步增强发展后劲,打造好可持续发展的基础,为以后的长远发展扩大空间。新厂区建设实行边生产、边搬迁的策略。公司在2006年8月将数控生产搬迁到新厂区,并成立了"数控分厂"。"数控分厂"目前运行良好。2007年数控机床销售实现大的突破,达到3 238万元(2006年数控销售额仅为1 551万元)。

新厂区的发展方向和发展目标是:

发展方向—机床制造;重点:数控机床、出口机床。

发展目标—做实一个基础:机械加工基础;打造2个平台:①数控产品开发平台,专用数控机床、经济性数控车床、普及型数控车床;②出口产品平台,以ZC系列车床系列为骨架形成出口产品群。明确3个要点:①一期目标形成2 500台/a机床的制造能力,实现销售收入3亿元/a。②新厂区建成后初步形成可持续发展的骨架(为下一阶段技术改造,提升制造与开发能力与水平奠定基础),产品群基本形成。③公司异地搬迁结束,新的生产流程布局趋于优化,生产能力明显提升,实现销售收入5亿元/a。

五、建立完善快捷的销售服务机制,提高用户满意度

让客户没有后顾之忧,是齐航售后服务遵循的准则。随着售后网络配置的更加合理,使售后问题处理的更加高效。齐航的售后服务已经有口皆碑,成为维护品牌形象、推动企业发展的坚强后盾。

公司近几年不断加强售后服务工作。全面建立售前、售中、售后服务体系,使齐航的技术服务与用户零距离接触,更及时、更到位为用户提供服务。扩展营销网络覆盖面,随时掌握市场动态,为新产品开发提供前瞻信息。公司以科学发展观为指导,加紧营销和服务体系建设及售后服务人员队伍建设。从生产一线抽调一批责任心强,技术素质好的人员,建立一支业务水平高,具有较高职业道德的销售和维修队伍,有效促进了各项业务的开展。

六、"十一五"发展目标、方向和思路

国家"十一五"发展规划以科学发展观为指导,以崭新思路全面推动经济快速发展。以扩大内需的方针,为机床工具行业提供发展空间;优化产业结构,给企业转变增长方式创造条件,为高档数控机床提供市场;节约资源、保护环境,为行业实现可持续发展对装备提出了新的要求;深化改革、扩大开放,为行业发展注入新动力;增强自主创新能力,为行业实现跨越式发展提供技术支持;坚持以人为本的方针,为产业发展打下坚实人才基础。公司按照上述几个方面的要求,全面、系统、科学地对行业进行分析,认真研究行业发展的现状和问题,抓住用户产业升级给行业提供的需求和机遇,搞好自身的产业和产品结构调整,抓紧制订产业发展规划和措施,努力争取在"十一五"期间推动公司跨上新台阶。

齐航公司已确立未来3年的发展思路和目标,"以市场为龙头资金为纽带、技术为先导、产品为支撑、质量为保证、管理为手段",推动企业又好又快发展。继续推行两头在内、中间在外的外延扩展生产模式,充分利用可利用的资源,把齐航做大做强。到2010年,使齐航公司的年销售收入突破5亿元,新产品销售额占到总量的70%。

〔供稿单位:江苏齐航数控机床有限责任公司〕

凭借综合实力抢占国内螺旋锥齿轮
高效精密加工成套装备科技制高点
——天津第一机床总厂

天津第一机床总厂经过多年的自主创新、提速发展,产品结构调整得到进一步优化,综合性能指标进一步提高,生产规模与服务领域进一步扩大。在激烈的市场竞争中,持续不断地为用户开发高质量、高技术产品,将自己研发能力、核心技术、质量管理、服务水平在更高层次上达到集成,充分展现出企业的核心竞争能力。企业发展战略已经从过去单一卖设备向能够为用户提供成套的、综合的整体解决方案转换。通过将齿轮加工机床的高刚性、高稳定性、高精度的技术要求与加工中心典型结构布局、动力传动运动控制技术相结合,从而拉动产品的更新换代,使产品向多用途、专门化、成套化、高效复合方向发展。先后研制出从 $\phi150\sim2\,000mm$ 的数控插齿机、从 $\phi120\sim1\,600mm$ 的数控锥齿轮铣齿机及配套辅机,满足了市场需求,使该厂主导产品齿轮机床的研发进入了一个新的里程碑。目前,我厂承担的"汽车螺旋锥齿轮高效精密加工成套装备"项目已通过了国家科学技术部的认定,正式列入国家高技术研究发展计划(863计划)项目。此项目的实施,将拉开天一机抢占国内螺旋锥齿轮高效精密加工成套装备科技制高点的序幕。

国家"十一五"863先进制造技术领域重点项目是依据《国家中长期科学和技术发展规划纲要》和《国家高技术研究发展计划(863计划)"十一五"发展纲要》的任务要求设置的。主要针对汽车工业螺旋锥齿轮加工成套装备和国家安全的发展趋势和应用需求,研究开发全数控螺旋锥齿轮铣齿机、磨齿机、滚检机、研齿机、刀盘刃磨机等高效精密系列化成套加工装备和相关技术软件,形成先进的生产线,并将研究开发成果在用户达到成套示范应用,使我国螺旋锥齿轮制造达到国际先进水平。

项目重点产品有:YK2275、YK9255、YK2075、YK2560、YK9650、Y9060、YK2955、MK6750A、TY318 共 9 种机床组成。因此,天津第一机床总厂正在加大新品投资力度,通过实施863计划项目的平台,带出一批中高端水平数控齿轮机床产品,带出一批中高档的研发人才和管理人才队伍,全面开创锥齿轮高效、精密加工成套装备新水平,籍以构建中国锥齿轮成组、成套、成线中高端装备水平研制基地,引领中国数控弧齿锥齿轮机床的成套制造的发展方向。在项目实施过程中,坚持走"产、学、研"研发路线,联合天津大学、重庆工学院等院校共同承担,发挥各自的优势、攻破螺旋锥齿轮中、高端成套加工装备研制的难题。在产品的适应性创新中追求先进、在实用性提升中强化先进、在可塑性实践中突出先进,用名牌产品去凸显中国特色。力争到"十一五"末,主导齿轮机床产品产量和主营业务收入比2007年翻两番,其中大型、精密中高端产品占销售收入比重突破50%,利润总额指标实现跨越式的发展。

此项目的实施,不仅巩固了天一机在研制螺旋锥齿轮加工机床上不可替代的地位,还标志着产品研制水平又上了一个新台阶,大大增强了企业对齿轮加工机床市场的整体引领作用,最大限度地满足了用户不断变化需求。

〔供稿单位:天津第一机床总厂〕

装备民族工业 服务中国制造
——江西杰克机床有限公司

江西杰克机床有限公司(以下简称江西杰克)是在杰克控股集团收购国有吉安机床厂的基础上组建的,是江西一家生产数控磨床的装备制造企业,是原机械工业部定点生产曲轴磨床的中型企业,产品畅销全国并远销欧美、中东、东南亚等国家和地区,是江西省机械工业重点企业。

杰克控股集团是浙江台州的一家民营企业,成立于1995年,经过12年的发展,杰克已从家庭作坊企业,迅速成长为一家跨地域、跨产业,集工、贸、技为一体的民营制造业集团,目前,拥有浙江、上海、江西3大生产基地和工业缝纫机、机床、投资、表面处理等4大产业。先后获得中国大企业竞争力500强、中国民营企业500强、中国成长企业100强、中国企业文化建设先进单位、国家级高新技术企业、中国驰名商标、国家免检产品等荣誉称号。

江西杰克有效地嫁接了近50年机床制造的技术和经验,并积累了丰富的经验、具备了对数控机床的自行开发设计能力。公司还通过探索校企合作新模式,有效整合产学研资源,与清华大学、华中科技大学、井冈山大学等加强校企合作,引进国内数控磨床行业顶尖专家队伍,研究数控技术、高效磨削技术,尤其是通过研究开发发动机曲轴、凸轮轴数控磨床、数控内外圆磨床、数控无心磨床等工程,研发水平和研发能力已趋国内一流水准。江西杰克现拥有部级荣誉1项、省级新产品荣誉16项;MK101曲轴磨床产业化项目获江西省创新基金支持,并重点推荐参与科技部创新项目,已通过专家审核;MK11100数控无心磨床参加浙江省工博会,受到国家领导人的称赞;公司先后获得高新技术企业、全省机械创新十佳单位、江西省文明单位、江西省职工之家先进单位、江西省创新学习型等荣誉。

江西杰克作为江西一家生产数控磨床的装备制造企

业,得到了各级政府的大力支持,公司按照确立"做精通用、定位于数控磨床"的战略定位,重点推进 MK101 系列数控曲轴磨床的产业化项目,打造江西甚至国内颇具影响力的数控磨床生产和出口基地。在北京举办的中国数控机床展上,公司订了 100 多 m² 展区,并郑重推出 MK8260 数控曲轴磨床、MKS1632 数控端面外圆磨床、MK215 数控内圆磨床等中高端数控产品,展示杰克机床新形象。

一、强化基础、理顺架构、全面优化管理体系

2007 年,公司把优化重组业务流程作为内部管理重中之重的工作,全面规范财务、人事、采购、质量和生产等管理流程,达到资源最佳配置。一是根据推进均衡生产的需要,以着力改善生产流程,按照构建哑铃型管理模式的要求,对内部组织架构进行了调整,组建了新的组织架构和管理团队,整合组建了技术品质中心和制造中心,其中制造中心全力整合生产体系的优化和完善,并根据工艺特点,细化组建大件车间和轴套车件,制造管理流程得以细化和优化,生产计划的可行性和执行效率有所提高,潜能也得以有效释放。现公司产值每月同比增长 200%;二是在财务管理方面,规范了物流管控程序,有效提升了资金的利用率;三是在质量管理方面,技术品质中心根据质量管理体系的要求,全面强化品质管理,将技术与品质资源整合和互补,组建独立的管理中心,严格按照质量管理体系的要求,强抓质量管理。在源头上强化外购件检验,在过程上强化现场质量管理;四是在装配上严格按工艺把关,不仅产品的综合质量也得到有效提升,品质成本也得到有效控制。通过开展质量月等活动,ISO9000 质量管理体系得到深入执行,全员质量意识得到提升,产品质量稳中有升。

二、跟近市场、整合资源、新品开发收效明显

随着机床工具市场需求全面转型,低端产品空间越来越小,技术含量高、竞争激烈的数控机床需求攀升,机床工具企业的竞争上升到技术与实力的竞争。公司充分根据现有研发水平和技术力量,采取完善产品体系和优化产品升级两条路并举,在巩固之中提升的策略,争取在普通和数控两端都有所突破,打响产品组合战役。

首先,积极巩固提升老产品的质量,从改善设计和优化工艺入手,改进和完善新产品的工艺、图纸,并根据市场的个性化需求,进行了简易数控的升级和改造,在充分调研的基础上,开发了单轴和双轴 MK215,并得到了市场的认可;与浙江机床外圆系列磨床有机整合,完善了外圆磨床系列,形成组合营销的体系。在做精通用曲磨的基础上,着力完善曲轴磨床系列产品,先后研发了 MK101 数控曲轴磨床、MK8260A×2000 重型曲轴磨床、M8240A/H 曲轴磨床,部分产品已顺利交付客户使用,反应良好。

其次,以研发和服务为纽带,将部分重点客户和供应商纳入研发体系,达成战略研发协议,联合研发数控机床产品,突破固有的研发模式,将研发触角更加贴近市场。一方面,将重点客户的技术专家纳入数控磨床研发队伍,建立自己的试磨和试验中心。同时引进资深设计高工参与新品研发,以此提升公司技术人员研发设计综合能力。另一方面,

向市场寻找企业发展新的增长点,实现向技术、向市场要效益,争取通过数控磨床系列的研制和试验,适时向数控专机领域过渡,以个性化的产品满足客户不同层次的需要;在产品设计、开发、生产中广泛采用新技术、新工艺、新材料,提高产品的科技含量,并继续加大与高校实验室的横向交流与合作,采取技术兼并的方法间接引进国外技术进行研究,缩短研发周期,加速研发进程,提升产品的研发实力和核心竞争力。

再次,定位加工中心和数控机床,研发锁定 2008 年中国国际机床展,重点主推 MK8260 数控曲轴磨床、MKS1632 数控端面外圆磨床、MK215 数控内圆磨床、XK712 数控铣床、WNC856 数控加工中心等数控机床等项目;抓紧 MKL1100 数控曲轴连杆颈磨床试制工作,MKL1100 数控曲轴连杆颈磨床是数字控制、高速磨削、适合大批大量生产线上使用的专门磨削曲轴连杆颈的磨床。

三、加强人才队伍建设,鼓励一线成才和岗位成才

人力资源是企业第一资源,江西杰克通过以老带新、技术专家的引进、大学生的培养、老职工的帮带,逐步构筑具有江西杰克特色的人力资源管理体系。但激烈的市场竞争要求我们必须尽快建立一支科技型、知识型、复合型的人才队伍,为公司快速发展数控装备提供智力支持。首先,必须探索校企合作新模式,与国内机械力量较强的大学建立合作关系,建立合作实验室,尽快将成果转化为产品;其次,引进国内知名的磨削研究专家,通过资源整合,形成一支知识结构相对完善的研发人才队伍,争取 2~3 年内,建立自己的一支相对稳定,致力于数控磨床的研究和开发队伍;最后,重着要抓好高层管理的职业生涯规划和人才成长规划,倡导务实创新的文化氛围,年轻的大学生要立志从车间一线做专家,专岗爱岗,提升岗位的专业化素养,实现岗位成才;在员工队伍建设中,遵照十七大精神:以人为本,公司在制定一系列政策时,一切以员工的基本利益为出发点、落脚点。要以流程为导向,导入产品营销、客户经营和人才经营理念,加强纵向、横向联系,通过 BSC 的导入,带动江西杰克内部企业文化深层次的变革,推进绩效文化建设,提供充分的人力资源保障。

四、拓展网络、规范服务、市场营销节节攀升

严峻的形势为市场营销带来了巨大的压力和挑战。营销工作是企业生存和发展的根本动力,公司花大力气在产品、销售、服务等环节进行全方位地梳理,在产品政策、定价策略、渠道及促销等方面进行有效开展和最佳组合,实行差异化的营销策略,整体销售业绩明显上升。一是继续完善重点区域的营销网络,细化营销管理。继在江苏、山东、重庆等地完善二级甚至三级代理商后,整合北京与上海的营销和研发资源,相关专家和相关人员也落实到位,网络渠道和信息渠道畅通,提升了市场的反映灵敏度;二是开展产品组合和搭配营销,根据客户的加工工艺和流程,实行产品搭配捆绑销售,辅之以个性化的流程解决方案,由产品为中心转移到以客户为中心;三是加强市场信息收集,以重点客户、重点市场为中心,辐射周边的经济圈,形成一整套规范

客户信息档案,全方位地了解并随时掌握客户最新动态及设备需求,加强回访和客户服务力度,以利于达成再销;四是强化服务意识,提升客户服务水平,组合研发、制造、质量和营销人员,随时派出更加合适的服务人员,个性化地提供服务,让客户切切实实感受到杰克人的真诚和热情,消除客户的烦恼,增强客户对杰克的归属感;五是加强产品促销活动,通过阿里巴巴、机械行业资讯、展会、网站等多种形式,有效传播了杰克营销文化,在营销力度和营销业绩方面都有所突破,2007年实现销售业绩2 876.91万元,完成了预算的93%,与往年同比增长40%。

五、打造品牌、凝聚人心、搭建和谐企业氛围

围绕公司核心工作,密切加强与社会各界的联系,营造企业发展良好的内外氛围。抓组织活动,促企业文化建设,继续充分发挥党、工、团组织的先锋和模范作用,党委开展了"七一"井冈山之游,团委举办青年员工的拓展活动,全年获得了十余项省、市、区的荣誉称号,如江西省技术创新先进单位、吉安市职工职业道德建设十佳单位、吉安市优秀工会等;抓公共关系,促项目运作,5款新品通过省级鉴定;公司成为江西省首批创新型试点企业,MK101项目列入科技部创新基金资助项目行列,获市区科技进步奖2项;通过宣传报道,促企业形象的提升,中国机械工业主流媒体《中国工业报》、《机电商报》、《中国机床工具报》及省市区政府主要舆论阵地进一步积极关注杰克机床的发展,全年共完成各类报道200余篇次,接待参观客人40余批次,1 000余人。

〔供稿单位:江西杰克机床有限公司〕

坚持技术创新 制造一流产品

——保定向阳航空精密机械有限公司

保定向阳创建于1964年,隶属于中国航空工业第二集团公司,是国家大二型企业。经过40多年的艰苦奋斗,企业不断发展壮大,特别是近10年,通过技术创新、产品创新、管理创新,为国际国内市场提供大量的高精尖产品,公司已发展成为国家高新技术企业,被中国机床工具工业协会组合夹具分会选为副理事长单位,被中国航空航天工具协会选为夹具专业委员会主任委员单位,成为我国航标(HB)组合夹具的专业化设计和生产单位,公司通过了ISO9001:2000质量体系认证和武器装备科研生产许可、国家安全质量标准化二级企业和三级国防计量机构认证,拥有自营进出口权。

公司产品有组合夹具、柔性夹具系列、精密平口钳系列、金属带锯床系列、骨科医疗器械系列、模具及模具标准件系列、精密数控机床修理、改造等六大系列。

一、主要产品的发展

1. 组合夹具、柔性夹具

公司研发生产的组合夹具、柔性夹具系列产品,是普通机床、数控设备、加工中心不可缺少的配置工装,具有精度高、快速装夹、操作简单的特点。采用特殊钢制作的夹具元件可以根据不同机床和所加工零件要求进行组装,具有较高的刚性、互换性和耐磨性,能够保证工件定位与加工表面之间的位置精度,可在一次定位装夹中加工多个表面,也可在一套夹具上同时装夹多个工件进行加工,还可满足大切削量的要求,适用于产品研制、批量生产和精密检测。组合夹具曾获英国伯明翰国际机床工具博览会"当代最佳工装奖"。产品覆盖我国航空航天、信息产业、兵器、机械、纺织、铁路等行业,市场占有率达50%。

随着军工重点型号的陆续研制,公司为航空、航天及信息产业部等多家军工企业提供了大量的柔性夹具,大大提高了先进设备的生产效率,缩短了研制周期,为重点工程的实施做出了贡献。为"嫦娥一号"绕月探测工程、神州飞船的返回舱、轨道舱的制造而提供的高精度系列柔性夹具,以其先进的设计理念和快速准确的定位夹紧,满足了项目的需要。

公司还研制开发了适应有色金属材料加工的真空吸具,产品向着机、电、液、磁方向拓展。公司已成为国内领先水平的组合工艺装备、数控机床和加工中心用柔性夹具的研发生产基地,是国内最大的组合夹具、柔性夹具专业化生产厂家。

2. 精密平口钳

精密平口钳系列产品是各种普通机床、数控设备、加工中心的通用工具,属于工装夹具类的又一高精度分支产品,产品以其刚性好、精度高、操作简便、加工范围广的特点,满足不同机床和加工零件的需要,目前公司研制开发了精密组合平口钳、快换组合平口钳、多工位组合平口钳、四面夹紧平口钳、超高精度工具平口钳、液压和气动平口钳等10大系列近100个品种,成为国内最大的精密平口钳研发生产基地。

3. 金属带锯床

自主研发的系列金属带锯床,具有高效、高精度、节材节能、环保等特点,目前已形成了半自动、全自动立式和卧式、可转角度、立柱式和立柱直线导轨型系列产品,加工范围直径最大可达1.6m,以满足不同用户的需要。同时还可根据用户需求,为用户设计制造各种专用带锯床。在激烈的市场竞争中,凭借过硬的产品质量、良好的售后服务和按需定作的营销方式,在强手如林的市场竞争中脱颖而出,迅速跃至同行业前列。

4. 精密、数控机床修理、改造

精密、数控机床修理、改造业务以机床数控化改造为重点,作为中航二集团设备数控化改造唯一的技术归口和技术支持单位,充分发挥技术优势,为航空、航天、兵器等军工集团修理改造了大量精密数控设备,成功地大修改造了德国高速卧式拉床、俄罗斯 MK163 数控车床、瑞士 NZA 型蜗杆齿轮磨床和日本 MC65 卧式加工中心等大型精密设备。

二、新品研发与创新

1. 柔性夹具

公司针对目前加工中心、数控机床的广泛应用，研制开发了与之配套的液压、大型真空吸具、强力吸盘等专用夹具、气动系列夹具、大型孔系列夹具、光面系列夹具、数控回转工作台、数控机床钢导轨、电加工不锈钢夹具等柔性夹具系列新产品，满足了用户快速装夹、定位精度高的要求，可充分发挥数控机床的高效性能，其中光面系列夹具、电加工不锈钢夹具和大型真空吸具的开发满足了新兴行业与有色金属加工的需要。

公司在系列夹具研发上始终追求先进设计理念，与国内著名高校密切合作，基于 AUTO CAD、SOLIDWORKS 平台上开发的组装软件，使柔性夹具可以通过计算机模拟组装、模拟调整、模拟加工，实现夹具快速应用，并可以通过网络资源实现远程技术支持，对夹具元件实现数字化管理。

2. 数控平口钳

研制开发的快换平口钳、数控柔性钳、多工位组合平口钳等精密平口钳系列产品，满足各种型号加工中心、数控机床的配套要求，其中数控柔性钳以"自定心、单工位装夹和多工位装夹"功能于一身的特点，达到国际一流水平，属国内首创。

3. 新型金属带锯床

研发的第三代出口型 GZ4225A 全自动双立柱式带锯床，采用 PLC 控制加人机界面的人机工学设计，结构更为紧凑，操作更为简便，效率大大提高，目前公司已完成专用高速带锯床的研发和试制，新型金属带锯床已投放国际和国内市场。

三、技术改造与保障

近年来，公司自筹资金对柔性夹具、精密平口钳、金属带锯床、骨科医疗器械、模具标准件、热加工中心等 6 条生产线进行了厂房、工艺布局调整改造，购置了立式加工中心、数控车床、线切割机床、数控等离子切割机等 30 多台设备，提高了关键工序生产能力，从生产手段到检测方法都上了新台阶，为提高产品质量、提高生产效率、缩短供货周期、增强新产品生产能力提供了有力保障。

四、取得的成绩

向阳公司牢固树立"诚信经营"、"品质一流"的经营理念，以"满足市场和顾客需求是衡量一切工作的标准"为目标，严格管理，真抓实干，充分发挥在精密机械加工中面、槽、孔和平行度、垂直度的专有技术，设计、制造国标 4 级以上精度产品，满足市场和顾客的需求，经过坚持不懈的努力，经济指标年年创新高。2001 年在集团综合效益排名中位居第四；2003 年各项经济指标又大幅度上升，同时积极开展"成本工程"，被集团公司评为降成本先进单位；2005 年取得集团综合效益排名第五的好成绩；2007 年公司各项经济指标再创历史最好水平，销售收入同比增长 16%。2008 年上半年又取得实现销售收入同比增长 23% 的好成绩。

〔供稿单位：保定向阳航空精密机械有限公司〕

加强质量管理　打造优质品牌

——安徽双龙机床制造有限公司

安徽双龙机床制造有限公司是由原安徽六安机床厂整体改制重新注册成立的新公司，至今始终致力于卧式普通车床和数控车床的生产制造长达 40 多年历史。特别是 2003 年 9 月企业改制之后，双龙公司实现了快速健康的发展，企业综合实力得到增强，成为省、市装备制造业的骨干企业。双龙公司在近几年的拼搏中，以振兴装备制造业为己任，以提升核心竞争力为基石，以自主创新和品牌建设为核心，准确把握市场需求脉络，积极研发适销对路新产品，为用户提供安全可靠、质量稳定的机床产品。公司在改革中发展，在建设中壮大，走了涅槃新生到双龙腾飞的历程。双龙公司之所以有今天的成就，主要是因为公司自始至终追求"质量"，秉承"诚信"，才赢得了市场和用户。

一、建立质量管理专项制度

制度是抓好质量的前提，管理是抓好质量的保证。公司改制之后，随着企业体制和机制的转变，公司及时制定了《质量管理工作条例》、《产品质量检验条例》、《外协外购件入库检验办法》、《质量事故处理办法》等，从人员工作质量到生产加工制造质量做到有章可循。另外，公司成立了以总经理为主任委员的"全面质量管理委员会"，班组一级成立了 Q、C 小组，全公司形成了质量管理体系和网络。车间、班组不定期开展一些以员工为主体的质量管理活动，让员工自己发现问题、提出问题、解决问题。在活动的过程中，不断地增强员工的质量意识。公司定期召开专题质量分析会，对生产环节出现的质量问题以及产品售后服务反馈的质量问题，进行梳理，分析原因，制定方案，落实整改，使公司的质量管理工作和产品质量得到不断改进、完善、提高。运行有效的质量管理体系发挥了积极作用，使公司在 2004 年顺利通过了 ISO9000 质量认证。

二、加强质量检验人员队伍建设，提高检验人员素质

检验人员的技能和素质关系到产品质量。公司领导常讲，检验人员就象海关的关员，原材料及各种外购外协部件进厂、产品出厂，就靠检验人员把关，如把关不严，有一台不合格的产品出厂，就会给公司造成不良影响。所以，公司十分重视检验人员队伍的建设，选拔抽调有一定文化程度，有工作实践经验，熟习产品生产工艺的人员充实到检验队伍，加强各个环节的质量把关。从原材料进厂到零部件加工、从部件组装到产品出厂，都必须经过检查人员检验合格后，才允许进入下道工序。公司的检验原则是不合格的原材

料、外协外购件不得进厂,不合格的加工件不得流入下道工序,不合格的产品不得出厂。同时,公司还配备了专职理化、计量人员。为提高检验人员的技能素质,公司还专门举办了几期检验人员参加的培训班。安排工程技术人员为他们讲产品技术标准,讲生产工艺,讲检验人员工作守则,不断地提高检验人员岗位所需的技能水平,激发他们的敬业精神,真正发挥质检人员质量卫士的作用。

三、以工艺纪律为突破口,严肃生产工艺流程

加工过程、装配过程的质量控制要靠工艺来保证,因此,公司根据国家机床技术标准,制定了完善的产品生产加工工艺和产品装配工艺文件,制定了严密的工艺路线单,要求车间员工必须按工艺要求加工、按照工艺流程生产。违反工艺纪律就视同违反公司规章制度一样处理。在日常的生产过程中,加大对工艺纪律执行情况的监督检查,确保生产工艺纪律得到有效的贯彻执行。

四、追求完善,力求完美

向用户提供安全可靠、性能稳定、使用放心的机床产品。公司不光注重对产品的刚性和精度要求,同时注重机床产品的安全防护和使用安全,在产品研发过程中就体现出以人为本的设计理念,体现人机的和谐,对机床的电器控制实行多重防护,对旋转部位加装防护罩,增添警示标志。在操作功能上最大限度地方便操作,易于控制,减小工作强度,提高工作效率。由于公司牢牢树立"质量第一"的经营理念,多次经过省、国家的产品质量抽查,2007年公司产品荣获"省名牌产品"、"省产品质量奖"、"国家免检产品"称号并被六安市政府授予"质量管理工作先进单位"。

工欲善其事,必先利其器。为把安徽双龙机床制造有限公司做大做强,走规模效益发展之路,双龙公司已在六安经济开发区征地199 980m²,新建一个"双龙工业园",部分加工车间、装配车间已经交付,新添置的一批关键性大型加工设备安装完毕并投入使用,对原有的设备进行了技术改造,使机床制造的加工能力和手段得到极大提升。

〔供稿单位:安徽双龙机床制造有限公司〕

追求创新　实现发展

——安徽晶菱机床制造有限公司

安徽晶菱机床制造有限公司(以下简称晶菱公司)的前身是原安徽蚌埠机床厂,始建于1956年,具有50多年铣床生产的历史和较强的产品开发设计能力,下辖安徽斯达尔数控机床有限公司,安徽国瑞特重型数控机床有限公司2个子公司,主导产品为普通升降台铣床、立式数控铣床和加工中心、龙门数控铣床等。

几年来,公司锐意进取,始终保持理性经营,积极转变增长方式,强抓机遇、突出特色优势、立足自身、打造自主品牌。同时坚持"质量第一、用户至上"的方针,把顾客的关注焦点和开拓市场的方向相结合,进一步树立"大服务"意识,全面落实好"对用户负责,为用户创造价值"的理念,做到服务及时、优良,让用户满意。公司以市场为导向产品结构持续调整、以技术进步为途径改变生产方式、以强化管理为手段落实服务用户策略,认真贯彻落实ISO9000质量管理体系工作,使公司的经济效益逐年增长,职工收入不断提高。公司连续3年位列安徽省百强民营企业,被蚌埠市税务局授予"百万元以上"纳税大户称号,公司先后又被评为"安徽省纳税诚信单位"、"安徽省优秀科技民营企业"、"安徽省'十一五'发展创新工程先进集体"、"安徽省诚信企业"、"蚌埠市先进单位"等光荣称号。2007年公司的"立式升降台铣床"产品荣获安徽省名牌奖。

回顾公司50年的历程,企业的快速发展离不开各项工作的创新,公司的发展过程就是一个不断创新、不断进取、不断提高的过程。

一、技术创新,不断提高科技创新的附加值

科技发展是第一生产力,产品竞争的核心是科技含量的竞争,企业发展必须依靠科技进步。企业是技术创新的主体,近年来,公司始终坚持引进、培养高层次人才,坚持高新技术产业化,坚持自主创新,努力开发国内先进产品。产品由普通机床向高性能、高精度及数控机床方向发展,产品由单一品种向多品种系列化方向发展。

产品在技术上的不断创新是企业谋求长远发展的核心。近两年来,企业以振兴民族装备制造业为己任,围绕装备工业高新技术的发展,大力开发数控机床系列产品,并坚持以自主创新作为加快企业发展的有力支撑。完成了老产品的更新换代和新产品的定型设计,相继研制了各类新产品,如自主研发了高速数控磨床、数控立车、XH4225龙门镗铣加工中心、TK6916数控落地铣镗床等十几种产品。这些开发取得了发展数控产品上独特的技术优势,产量和数控化产值大幅提高,到"十一五"计划末,新开发的产品将实现年产100台的生产能力,可实现销售收入3.4亿元,实现利税0.76亿元。

二、管理创新,不断谋求企业发展的新突破

科技是生产力,管理更是生产力,管理是企业发展的永恒主题。"没有规矩不成方圆",一个企业没有行之有效的管理制度将失去活力和竞争力,甚至难以生存。公司在注重发展的同时,更加注重建立、健全适用自身特点的管理制度和管理机制。先后完成下发了新版的《企业管理标准》、《部门工作标准》、《现场文明生产管理规定》、《岗位经济责任制考核办法》等20多项规章制度。全面系统地规范了企业、部门、岗位的工作职责和工作标准,真正做到了在企业内部有章可循、有法可依,为促进企业的规范化管理起到了积极的推动作用。在管理结构上,严格按照当今先进企业管理模式,压缩职能机构,精减非生产人员,人员配置上坚

持一人多职、一岗多能。为了实现管理统一、高效的工作目标,在公司内设置计算机办公平台,实现财务、仓储部门、采购部门、管理部门等相关部门连网,进入统一电算化办公管理体系模式。

企业管理任重道远。坚持科学管理,落实科学发展观,大力提倡先进的管理模式,推进有效管理,是公司始终不渝的追求,通过有效管理,培育自身特色,保持企业的可持续发展,使企业成为具有市场竞争力机床制造企业。

三、机制创新,不断追求企业发展的新思路

公司改制后,大部分的职工基本上都是原蚌埠机床厂的老职工,传统的国企体制使其思想观念不能适应现代化企业体制的发展要求。晶菱公司要取得成功必须在机制上有所创新、有所突破。企业结合自身实际情况,积极深化改革,大力进行自主创新,在体制、技术、管理、人才、营销等方面形成一整套的自主创新思路:一是以推动体制创新为前提,打造现代化的经济运行机制,实现企业经济发展方式的重大转变,努力摆脱国有体制的束缚;二是以推动技术创新为核心,实现技术发展思路的重大转变,打造机床领域的民族品牌;三是以推动管理创新为主要内容,运用现代化管理手段,全面提高企业管理水平,建立精细化的生产组织方式;四是以推动人力资源管理创新为手段,打造人才成长新平台,提升人力资源价值,实现企业的高速可持续发展;五是以营销创新为支撑,全面提升企业的营销理念,建立一支高水平的营销队伍,全方位的拓展市场业务。机制的创新,极大地激发了广大干部、员工的工作积极性和工作热情,较好地完成了生产经营中的各项经济指标,公司的效益实现了跨跃式发展。

四、质量创新,不断提高企业发展的竞争力

质量是企业的生命,精品是企业竞争的核心。长期以来,公司认真贯彻执行 GB/T ISO9000－2000 质量管理体系标准,实施有效的质量管理体系措施,使公司的产品质量始终处于严格的控制和持续地改进之中。公司持续推行全面质量管理,并持之以恒的坚持下来,使公司的产品质量不断提高。同时为适应不断变化的市场需求,2007 年公司对质量方针进行修改,形成新的独具晶菱特色的质量方针——"造机床精品、创晶菱名牌"。

企业质量工作的创新点是通过整改来提高产品质量。主抓零件入库检查和加工装配工作常见多发故障两个方面,每月针对用户反馈的质量信息,从设计、工艺、外购件、装配等方面着手,落实到各部门进行整改,从质量问题的源头抓起,相关部门共同探讨,科学分析,制定合理有效的措施,进行整改、优化和提高。在产品质量上,每月随机抽样进行产品性能及可靠性试验,考核无故障运行时间,分析产生问题的原因,逐步优化设计、改善工艺,全方位地提高产品质量。另外,公司也加强对质量体系运行实施情况的内部审核,审核频次为每年 4 次,每季度都分别对各部门进行审核,在需要时向有关部门发出整改建议,以促进质量问题得到有效彻底解决。

经过不懈的努力,企业产品获得了"安徽省质量奖"和"安徽省名牌产品"称号,产品质量的提高,使企业的竞争实力得到较大的提升,赢得了良好的市场信誉。

五、人文创新,不断构建企业的和谐氛围

历经几十年的企业发展和文化沉淀,晶菱公司逐渐形成了"热爱企业、建设企业、发展企业"的企业文化。企业始终坚持以人为本的管理理念,将"重视以人为本,让员工得到最大的实惠"的信念贯彻落实到人本管理的全过程之中。

公司不断加强人力资源的引进、培训和开发,逐渐树立尊重劳动、尊重知识、尊重人才、尊重创造的理念,创新用人机制、创新激励和约束机制,不拘一格地选拔人才。公司十分注重调动员工的积极性、创造性,利用"三八"、"五一"节开展巾帼能手、十佳员工、先进工作者评选活动,授予荣誉称号。为提高员工技能、工作质量和产品质量,围绕生产经营开展了员工培训,公司和各分公司开展各类人员岗位、技能培训达 300 多次,并联系安徽理工大学进行联合办学,让职工继续接受大学深造,学习先进的设计理念和设计技术,为自主技术创新积蓄能量。通过抓好学习和培训,加强宣传教育,广泛开展活动,创建学习型企业等途径,促使广大员工在学习中完善自我,超越自我,不断提高员工素质。

公司处处为员工着想,时时以员工利益为重,公司完善了厂区办公环境建设,兴办职工食堂,组织集体旅游、各类球赛、征文比赛等活动,大大丰富了员工的业余生活。每年春节,公司还组织拔河、跳绳、套圈、踢键子、猜谜等员工喜闻乐见的活动,与员工共度新春佳节。公司"以人为本"的理念,增强企业的向心力和内动力,创造和谐的企业环境,塑造了独特的企业文化,构建了和谐的发展氛围。

展望未来,晶菱公司将在不断调整和完善中建立更加规范的现代化股份制企业制度,并通过不断技术创新、不断优化产品结构、不断进行管理创新、不断机制创新、不断文化创新,使企业更加强壮,生命力更加旺盛,为我国机床行业作出应有的贡献。

〔供稿单位:安徽晶菱机床制造有限公司〕

充满生机和活力的成量

——成都成量工具集团有限公司

成都成量工具集团有限公司是我国工量具行业的大型骨干企业。现在的成量,既是一个走过 50 年历程的老企业,同时也是一个经凤凰涅槃、浴火重生的年轻企业。尤其是自 1997 年到 2007 年的 10 年内,成量十年磨一剑,以壮士断腕的气魄和自强不息的拼搏,通过大刀阔斧的改革和创新,打造成量腾飞的平台,重塑成量的辉煌;通过推行事业部制,使各生产工厂成为面向市场、灵活生产经营、责权利有机结合的市场竞争主体,实现了从单纯生产型向生产经

营型的转变;通过组织机构调整和分配制度的改革,精简二级单位40%,分流人员50%以上,有效解决了人浮于事、"大锅饭"等问题;通过强化生产经营管理,厂风、厂纪发生根本好转,劳动生产率和盈利水平大幅度提高;通过债务重组和资产置换,不但卸掉了巨额的债务包袱,也解决了用于职工身份转变和安置补偿等资产问题,使企业重新轻装上阵,大步向前;通过企业改制,使企业的性质、职工身份、机制体制得到转变,为企业的进一步发展开辟出一条更宽广的道路;通过企业搬迁,为成量提供和构建了提升企业档次,整合资源优势,进行产品、产业、技术、组织结构的调整和创新的发展机遇和崭新平台。

总之,通过一系列强有力的改革和调整举措,成量迅速崛起,走上了持续、稳定、快速发展轨道。生产经营以每年两位数的增幅增长,劳动生产率和人均销售收入比1998年增长了10余倍,企业各项经济技术指标名列行业前列。现在的成量,已是一个体制机制全新、综合实力和整体竞争力越来越强,充满勃勃生机和旺盛生命力的企业。

特别在2007年初企业实现搬迁后的新形势下,为了使企业有更大发展,成量又开始实施新的举措。

1.加大技改投入,打造产品和技术优势

成量搬迁后,整个硬件有大幅度提高。厂房、基础设施、管线网道和水电风气供应系统是全新的,这样运行故障率低,运行成本将大幅下降。同时,成量这次搬迁,不是普通的搬迁、简单的克隆,而是一次整合资源优势,提升企业档次的搬迁;不是单纯的量的机械移动,而是质的转化和提升。成量把搬迁与技术改造有机结合,投入5 000多万元进行技术改造,把技术水平推进到一个新台阶。热处理生产线、表面处理生产线、计量、检测检验等实现全新的设备、全新的技术,全新的工艺,与老厂相比,设计布局更合理,技术含量更高、更先进。为了进一步打造成量产品优势和技术优势,培养和形成核心竞争能力,近两年,成量将再投入5 000万元进行技术改造,重点提升螺纹工具和数控硬质合金刀具等产品的技术水平和生产规模。2007年投入2 300万元,2008年投入2 700万元,成量的加工设备和工艺水平将大幅度提高,在行业中的技术优势地位将进一步夯实。通过投入,使常规产品上规模、上水平、上档次,使一部分高档产品走出国门,迈步国际市场,使成量在市场竞争中立于不败之地。

2.推行管理创新,促进生产经营更大发展

(1)全面强化基础管理。企业搬迁后,成量以新的思维和新的举措狠抓基础管理和细化管理,强调"严"字当头,从严管理,科学管理,使产、供、销、人、财、物、质量、技术等系统管理又上一个新的台阶,各项管理制度的管理力度和执行力度进一步强化,公司的整体管理水平较搬迁前又有很大提升。

(2)全面推行"6S"管理。在强化基础管理的同时,公司及时推行"6S"管理活动,取得十分明显效果。通过"6S"管理,生产现场更加规范有序,人流物流更加通畅顺达,工作环境更加整齐干净,厂区环境更加自然美化。6S管理不仅营造出良好的工作环境,提升了管理水平,而且培养了员工良好的工作习惯,提升了员工的素养,员工队伍的整体素质明显提高。

(3)全面推行计算机管理。以此为龙头,带动企业管理全面升级。通过推行计算机管理,实现企业管理模式和工作流程的再造和优化,使各种信息更加准确通畅。计算机管理到位后,从某种意义讲,是成量新的革命,无疑大大提高工作效率和企业效益。总之,企业搬迁后,通过管理创新,公司运行正常,生产经营稳步持续发展,2007年公司主要经济指标与上年同期相比有较大幅度增长,尤其是销售回款、销售收入同比增长16%。

3.抓好资本管理,扩大企业规模,提升企业效益

成量曾经是上市公司,具有资本市场运行的丰富经验,通过一手抓资本经营,一手抓产品经营,相互支持,互为支撑,有力地推动了产品经营又快又好发展。同时,由于曾经上市,对多种经营积累了一定经验,通过投资和进军其他行业和领域,寻求全方位经济增长点,用主营之外的获利支持和反哺主业的发展。企业搬迁后,成量加大资本经营力度,通过兼并、重组、收购同行业的企业和产业相近的企业,以此来迅速扩大成量的规模。同时,成量积极推进与国外企业的合作。最近已先后与国外多家知名企业进行了商谈,包括日本、瑞典、意大利、美国等国家和地区的知名企业。从2007年8月至年底,成量派人员到国外企业,寻求多元合作、战略合作,希望通过与"巨人"的携手合作,铸造成量更大辉煌,实现成量更大发展。

〔供稿单位:成都成量工具集团有限公司〕

面向市场与客户 不断提高自身服务能力

——江苏省徐州锻压机床厂集团有限公司

江苏省徐州锻压机床厂集团有限公司前身为江苏省徐州锻压机床厂,以江苏省徐州锻压机床厂集团有限公司为母公司,以江苏省徐州锻压机床厂集团有限公司及其所属的徐州机器制造厂、徐州环球锻压机床有限公司、徐州环球锻压研究有限公司、徐州环球制衣厂等4家全资子公司为核心企业,以18家参股子公司及主要配套和协作企业为紧密层企业组建而成,于2006年11月正式挂牌成立。

公司始建于1951年,1964年被原国家机械工业部确定为首批国家机械压力机定点生产企业,1984年获得全国机械压力机行业仅有的两块最高奖——国家银质奖。1988年被评为国家二级企业,1995年被确认为国家大型工业企业。2005~2007年连续3年被评为"中国机械500强",企业发展呈现出蓬勃的生机和活力。集团公司占地面积42万 m²,拥有资产3.2亿元。为适应企业快速发展的需要,2002年

在江苏省铜山经济开发区投资 1.5 亿元，征地 333 300m²，建立了集团总部和高速数控机床生产基地、重型机床生产基地、关键配套件生产基地，增添了数控落地铣镗床、五面体加工中心、卧式加工中心等大型精密关键设备。集团积累了 55 年锻压机床生产经验，形成深厚的锻压机械制造技术底蕴，产品种类从开式机械压力机拓宽至大型闭式压力机、高速数控压力机、液压机、车轮轮辋专用设备等。产品达到 26 个系列，180 多个品种，广泛应用于汽车、家电、农机、五金、电机电器、航天航空、军工等行业。产品行销全国各地，并远销至欧美、东南亚等几十个国家和地区。

经过长期的积累和不断的技术改造，集团形成了成熟的生产工艺和强大的制造能力。现有厂房面积 12 万 m²，各种机器设备 895 台，其中进口卧式加工中心 6 台、立式加工中心 6 台、大型落地镗铣床 10 台、大型数控龙门铣床 4 台，其中精、大、稀设备 198 台，并自行研制了机身龙门档磨床、机身工作台磨床、滑块组合铣床、滑块导轨专用磨床等大型专用设备，保证了机身、滑块、导轨等关键零部件的加工精度。热处理分厂拥有淮海经济区最齐全的装备和先进的工艺技术，具备正火、退火、调质、高中频淬火以及火焰淬火等完整的热处理加工工艺，曲轴、球头连杆全部进行渗碳、渗氮处理，机身全部进行回火或喷丸处理，大大延长了产品的使用寿命。新厂区建造了大型装配平台，配备了 100t 起重装备，具备批量生产大型闭式压力机、大型液压机的生产能力。

集团长期坚持"做精品机床、树一流品牌"的经营方针，高度重视产品质量，建立了完善的质量保证体系，于 2001 年顺利通过了 ISO9001 质量体系认证。具有先进、齐全的质量检测装备与手段，对生产各个环节均进行了严格的检验和控制，确保了产品制造质量。多个产品先后荣获国家银质奖和省优、部优等称号。1997 年以来，徐锻压力机连续被评为江苏省名牌产品，"环球牌"商标被评为江苏省著名商标。集团积极贯彻科学发展观，高度重视环境保护和安全生产工作，2005 年顺利通过了环境保证体系和职业健康安全管理体系认证。

集团坚持走新型工业化道路，积极运用现代信息技术。先后投资 1 000 万元以上建立了企业局域网，运行了集信息技术与先进的管理思想于一身的 ERP—企业资源计划系统和 OA 办公系统，实现了产品从设计、工艺流程、加工以及产品整个生命周期内各阶段的数据进行有效的组织和管理，有效地促进了企业信息化和数字化建设，实现了客户、企业和供应商的无缝集成，人、技术、经营目标和管理方法的集成，使企业的生产过程能及时、高质量地完成客户的订单，提高了企业的快速反应能力。

2007 年，江苏省徐州锻压机床厂集团有限公司全体员工外拓市场做用户、内强素质抓管理、制度创新图发展；根据市场需求变化及时调整营销策略、产品结构，优化企业内外部资源、加快生产组织方式的转变，生产经营工作取得良好业绩，年内被确定为首批"江苏省创新型试点企业"。

一、完善内部营销组织机构

将全国市场分成华东、北方、南方及西南等 4 大片区和20 个分公司进行管理，部分经济发达地区分公司下设办事处，机动灵活的进行区域细划，大大调动了销售人员的积极性。实行各分公司与售后服务一体化、配件部辅助的协同运作模式，增设了技术总监、市场部，完善了营销组织。

二、提高面对市场业务人员素质

日益激烈的市场竞争形势，对销售人员自身素质要求越来越高。2007 年公司利用节假日期间，继续对业务人员进行新产品结构特点与性能、机床维修、销售知识及公司制度流程等方面的培训，深化了培训内涵和结构；与中国矿业大学合办机电设计研究生班，提高技术人员素质；定期派遣技术人员拜访客户，了解客户需求，满足客户的个性化需求，协助客户提高生产效率和冲压件加工精度。这样，不仅提高了业务人员的技术知识，也使业务人员的综合素质得到了进一步的提高。

三、加强营销信息化建设，加大 CRM 客户关系管理系统的运行力度

网络推广方面，在加强公司外网网站的建设同时，继续加大了对慧聪网、阿里巴巴、搜狐/搜狗搜索引擎、Google 网、中国机电贸易网等网络信息平台上的宣传投入。自 2007 年 8 月份开始，大力推行 CRM 应用，规范 CRM 使用流程，利用国庆假日销售人员回公司期间，再次对业务员进行了培训，并编写了《CRM 操作手册》，使业务人员按照手册就能独立完成 CRM 操作。CRM 客户关系管理系统的作用逐步得到了体现。从 CRM 系统里，可以查到公司 10 000 条以上客户资料及合同明细，起到了资源共享的作用。同时，通过 CRM 的运行，较好地规范了业务员的销售行为，提高了销售人员的工作效率，塑造了一个高效、协作、系统化的营销公司团队。

四、加强市场信息的收集分析工作

2007 年初成立市场部，强化了信息收集管理分析工作。及时了解国家宏观经济发展变化情况以及对锻压机床行业、锻压机床下游行业带来的影响；深入分析主要用户所处行业发展动态，围绕主要行业、主要用户开拓市场；每季度召开销售区域市场分析会，提高了市场把握预测能力。为公司的生产计划提供了依据。

五、做好项目性业务的跟踪与管理工作

继续落实分级管理项目责任制，重大项目董事长、总经理亲自跑动，对项目信息的捕捉能力和把握能力大大增强。在目前市场竞争日益激烈的情况下，业务员积极跑动市场，了解信息、跟踪信息，采取不同销售策略及促销手段，先后成功地订立 100 万元以上项目 40 个以上，其中最大的巴基斯坦项目标的额达 971 万元，较好的拉动了销售。

六、坚持直销分销相结合，完善销售渠道

为方便快捷地服务客户，集团建立了完善的营销网络。在全国设立了 21 个分公司，40 个办事处，直接从事营销及售后服务人员 100 人以上。在完善内部营销机制基础上，加大了销售渠道建设力度。2007 年初召开经销商大会，在稳定已有经销商的基础上，对经销商进行梳理，重点培育特约经销商，在全国主要地区构建"徐锻专营"的分销网络；通过分销商渠道的重整，重新构筑了稳定的销售网络框架，形成了产品销售的良好通道。

针对不同地区与销售方式的不同,分别采用较为灵活的政策。2007年在高速机床销售的重点区域—宁波,与宁波金泰国际贸易有限公司成功合作召开了高速机床推介会,建立宁波地区高速机床销售服务中心,更好地推进了该地区高速机床的销售。通过多种形式的全方位合作,更加巩固了与经销商的关系,并逐步掌握了销售渠道的主动权。

七、坚持科技领先战略,完善产品结构

集团坚持科技领先战略。目前拥有各类专业技术人员280人以上,其中享受国家级政府津贴1人,高级工程师36人,中级以上技术人员180人。集团全面采用三维CAD设计,CAPP辅助工艺设计和PDM产品数据管理系统,研发能力在行业内居于领先地位,企业技术中心于2003年被评为省级企业技术中心,2006年被认定为省级工程技术中心。集团先后与东南大学、中国矿业大学等高等院校联合建立

了产学研基地,共同进行产品开发、锻压机械专题研究和人才培养,现已建成全国最大的高速冲床制造研发基地。

根据高速、大型、高精度、高集成、数控、自动化的机床发展趋势,大力开发新产品。2007年刚性离合器压力机所占比重大大降低,高速数控压力机和大型、重型压力机气动摩擦离合器高精度压力机大幅度提高。特别是闭式双点高速压力机,填补了国内空白,替代了进口,降低了客户的采购成本。

八、做好售后服务工作

增加了售后服务人员,并派遣到全国各大办事处,贴近客户,并由各区域销售经理统一指挥,保证了服务的快速反应,提高了用户服务质量。2007年与人力资源部协同对售后服务人员进行技术等级评定,根据等级不同给予技术补贴,提高了售后服务人员的积极性。

〔撰稿人:江苏省徐州锻压机床厂集团有限公司〕

新乡日升——中国轴承装备制造行业的一颗新星

——新乡日升数控轴承装备股份有限公司

新乡日升数控轴承装备股份有限公司隶属新机集团,为新机集团主要核心企业。河南新机股份有限公司和新乡日升数控轴承装备股份有限公司均为轴承行业装备制造企业,前身为新乡机床厂,是原机械工业部、中国机床工具行业重点骨干企业。河南新机股份有限公司生产的钢球装备驰名国内外,产品以立、卧式光、磨、研球机为主,并包括精研磨端面磨床等系列产品。新乡日升数控轴承装备股份有限公司前身为新乡机床厂科技部轴承研究所,20世纪80年代开始从事轴承磨床的研究,先后和洛阳轴承厂(现洛轴集团)轴承研究所合作开发制造较为先进的、国产步进电动机、PC控制的3MK134简易数控轴承内圈沟磨床。20世纪80年代末期,原机械工业部在哈尔滨轴承厂招标A0项目,当时新乡机床厂轴研究所参加招标,获得A0项目中的中小型球研发项目。20世纪90年代,中小型球3MK133数控轴承内圈沟磨床、3MK205数控轴承内圆磨床、3MK145数控轴承外圈磨床研制成功,获河南省火炬计划项目奖。以上3种产品组成的中小型球轴承生产线获河南省高新技术产品证书,企业获高新技术企业证书。由于国产电气元件不过关,机床存在可靠性差,稳定性差,售后服务频繁的问题,导致成本居高不下。1998年国内企业面临改制,新机集团决定把轴承研究所推入商海,同年2月成立新乡市日升轴承设备有限责任公司,后更名为新乡市日升数控设备有限公司。2007年12月,改制为新乡日升数控轴承装备股份有限公司(以下简称新乡日升)。

新乡市日升,是隶属河南新机集团的一个下属专门从事轴承设备研制与开发的公司。历经10年,日升公司已经从一个成立时产值110多万的不知名的小企业,逐步成为全国轴承设备制造行业的重要企业。

进入21世纪以来,随着轴承行业"十一五"发展规划的

逐步落实,轴承制造设备行业面临着一场新的技术革命。全新的技术、全新的工艺、全新的市场及全新的挑战深深吸引着我们每一个从事轴承设备研制与开发的人员。公司的全体员工本着全心全意服务轴承行业的宗旨,一方面加强与洛阳轴研所、河南科技大学等科研单位的密切合作,利用科研单位的技术优势,首先在管理上,建立了一套完整的新产品研制与开发的科学管理体系,充分调动每一个技术人员的积极性,特别强调技术人员深入到用户基地走访调研,与设备操作人员、技术人员及管理人员交流,掌握设备运行的第一手数据,为新产品的研制与开发做好准备。另一方面公司为了加快新产品的开发速度,引进了国内最先进的CAD模块化的设计软件,CAD的普及使用,缩短了新产品的研制与开发周期,使新产品的开发速度由过去的一年开发1~2个,发展到2007年的6~8个。并且公司还采取让技术骨干入股的办法,稳定技术队伍,在激烈的市场竞争中,争取了时间,及时地满足了用户的要求。

日升公司是从2001年开始研究与世界轴承强国接轨的数控轴承工艺装备。其中研制开发的数控中小型轴承磨削生产线由3MK133B轴承内圈沟磨床、3MK203B轴承内圆磨床、3MK147B轴承外圈沟磨床等3台主要设备组成。这3台设备是集机电一体化于一身的高精、高效设备,是P4、P5级高精度轴承产业化生产的精密装备,适用于6000~6305规格轴承磨削加工。

该项目产品的开发研制涉及机械理论、数字化控制技术、模块化设计和优化设计技术、机械噪声与振动的分析控制、耐磨材料和高速磨削技术研究,在设计制造过程中还应用了CAD/CAPP/CAM、三维测量等国内先进技术。

该项目产品均采用模块化构造,采用有限元对床身进行应力分析,床身采用树脂砂铸件,全封闭防护罩,并喷塑

处理,使整台机床更加美观、安全、实用。

3 种机床采用日本欧姆龙 C200H 控制系统,采用双伺服或三伺服驱动,代替了原机型的步进驱动,进给精度更高,性能更稳定。其中 3MK133B 内圈沟磨床砂轮轴采用了先进的动压主轴,3MK203B 内圆磨床、3MK147B 外圈沟磨床的床头拖板部分采用超精密加工的十字交叉滚子导轨,磨头采用大功率、高精度、高刚度的电主轴,线速度可达 60m/s,真正实现高速磨削。3MK147B 外圈沟磨床的圆弧修整器在国内属独创,使用效果良好。

产品编有手动、定程及带主动测量的仪表磨削等程序,以适应不同的磨削状况和要求。其中 3MK203B 配置了优质主动测量仪。

这 3 台产品还具有磨削参数预置,故障自诊断及声光报警等安全保护功能,自动化程度高,操作安全、方便。且机床定位精度大大高于行业标准要求。

该项目于 2003 年末投入生产。2004 年 12 月通过省科技厅鉴定,结论为产品处于国内先进水平,部分结构处于国内领先水平。2005 年 7 月,3MK133B 数控轴承内圈沟磨床、3MK203B 数控轴承内圆磨床、3MK147B 数控轴承外圈沟磨床均被评为河南省高新技术产品。同年,中小型球轴承磨削生产线数控设备被评为河南省科学技术成果。2005 年年底日升数控设备有限公司被评为河南省高新技术企业。

轴承是国家产业政策支持的关键机械基础件,轴承行业为了赶上世界先进水平,轴承行业"十一·五"规划提出实现轴承强国的目标,轴承产业产品的精度等级要提高 1~2 个等级,急需大批技术先进、高精、高效的轴承加工专用设备。

对圆锥轴承套圈来说,在轴承套圈滚道表面加工出一定的凸度对延长轴承寿命具有重要意义。而凸度曲线的形状对轴承寿命有很大的影响。以往在加工圆锥轴承套圈滚道时,采用步进电动机或液压机构驱动进给,进给精度差,加工工件尺寸分散度大。砂轮采用斜向修整或靠模修整方式。用斜向修整方式加工凸度曲线时,凸度曲线会随着砂轮大小的变化而变化,使用靠模修整方式加工时,凸度曲线稳定性较差,另外,此两种加工方式加工出来的曲线均为双曲线,且无法对曲线形状进行控制、调整。根据新的研究结果,相比双曲线形状,将滚道表面加工成对数曲线形状对提高圆锥轴承寿命更有利,就目前机床加工的现状,套圈滚道表面无法加工出对数曲线。随着控制系统功能的增强,采用伺服控制技术应用的成熟,开发高精度、高性能的圆锥滚子轴承套圈磨床的技术已经具备成熟。根据圆锥轴承的市场需求,在伺服控制技术的基础上,日升公司于 2004 年开始研制中小型圆锥轴承套圈磨削生产线及磨超自动线(包括 3MK2210B 圆锥轴承内圈挡边磨床、3MK2312B 圆锥轴承外圈滚道磨床、3MK2110B 圆锥轴承内圈滚道磨床)。

3MK2210B、3MK2110B、3MK2312B 中小型圆锥轴承磨加工生产线及磨超自动线的主要设备,3MK2110B 采用四套伺服系统,工件进给及修整进给均采用伺服控制,3MK2312B 采用 3 套伺服系统,两种机床修整器均采用两轴插补技术,对砂轮表面进行修整,磨削套圈滚道表面凸度,可以准确磨削出大圆弧或三圆弧或对数曲线形状等多种凸度形状,通过触摸屏进行参数设置,凸度的形状可以进行调整,凸度量大小可以任意设置。

3MK2210B 采用切入磨削方式磨削轴承内圈挡边。工件进给和修整补偿采用同一传动链,砂轮的补偿和损耗与进给量一致。交流伺服电动机直接驱动磨头往复,周边振荡,加工精度高,稳定性好。

中小型圆锥轴承套圈磨削生产线数控设备,2004 年进行市场调研,设计开发,2006 年投入生产,2007 年 7 月 17 日通过河南省科学技术厅组织的专家鉴定。结论:"中小型圆锥轴承套圈磨削生产线数控设备技术水平国内领先,应尽快投入批量生产"。

中小型圆锥轴承套圈磨削生产线数控设备(3MK2312B,3MK2110B,3MK2210B)荣获河南省科学技术成果,中小型圆锥轴承套圈磨削生产线数控设备获新乡市科学技术进步一等奖。

新乡日升几年来加大科技投入,已开发投入市场的轴承生产线和磨超自动线数控产品有:球轴承类和滚子轴承类。

新乡日升公司通过近几年的发展,敏锐地感觉到职工培训的重要性,在作好本公司员工培训的同时,公司又超前地把客户培训推到了公司决策的前沿。

衡量一种设备的优劣主要表现在:产品的内在质量和客户的最终使用情况。尤其是对轴承设备制造装备行业科技含量在不断提高的数控装备设备,客户能否很好的应用这些设备,不仅涉及到客户的利益是否能够达到最优化、最大化,同时也关系到制造公司的产品能否迅速适应市场,打开销路,实现与客户的"双赢"。

从 2002 年起,新乡日升公司专门成立了客户免费培训班,每年一次,培训对象为新乡日升的各个厂家客户的操作、维修及其他相关人员,人数每次一般为 50 人左右。时间为 1 个月。培训内容分别为:

1. 数控轴承磨床的理论讲解

为了强化对客户与本公司职工的培训,公司编写了《数控轴承磨床的结构与原理》教材,整个教材 15 万余字,350 余幅现场图片以及部件总装图,100 多个计算公式,重点介绍了新乡日升公司轴承磨床各部分组成,工作原理以及部分设计计算方案,该书 2008 年 6 月就在中国国际文化出版社出版发行。公司还采用先进的多媒体教学,在这里,客户不但可以观看到日升公司轴承磨床的各个部分的总装图、部分重要零件图,聆听公司技术人员对产品结构的详细讲解,同样可以了解到与轴承磨床有关的各种知识,如滚珠丝杠、直线导轨、十字交叉导轨、电主轴、联轴器、雾化器、液压系统、气压系统及各种阀体等等外购件的结构与工作原理,还可以观看到部分部件的动画工作原理。使客户在这里对新乡日升公司及国内外的数控轴承磨床有一个更加清晰的了解与认识。

2. 各部分零部件的装配与要求

在使客户了解到轴承磨床的结构理论的同时,公司还根据客户的需要,安排他们与本公司的员工一起在现场进行装配实践,包括:滚珠丝杠、伺服电动机、导轨、砂轮轴、工件轴、电磁无心夹具、液压系统、电主轴,13、14、20系列砂轮修整器机械手,21、23系列凸度修整器,20系列往复振荡机构与仪表等和新乡日升公司所有轴承磨床在内的各个零部件。熟悉它们的加工工艺、安装规则,技术要求,检验方法与精度要求等。同时感受新乡日升公司的全面质量管理制度,使客户对新乡日升公司设备质量有一个全面的了解与认识,为设备以后在用户中的使用打下了坚实的基础。

3.调试基础

为了满足客户对新乡日升公司设备的熟练操作,公司还可以根据客户的要求,让客户亲自操作与调试自己所需要掌握的各种轴承磨床,遇到不熟悉或不了解的地方,可以随时向公司调试人员与技术人员请教,最后做到能熟练操作与调试,真正熟悉新产品的水路、电路、液压、气路、机床辅具、偏心量的调节、砂轮的修整,磁极的修磨、仪表的调节、沟道的刮色、圆度的调节原理与方法等。

4.电气的原理与组装

在这里,客户不但可以聆听公司电气技术人员对轴承磨床有关电气方面的讲解,了解数控轴承磨床的电气组成、结构与工作原理,也可以了解PLC控制系统和供电、保护、与执行机构的组成以及轴承磨床的电气故障与排除方案等等有关电气方面的内容。同时,客户同样可以与电气人员一起组装机床电路,进一步熟悉新产品的电气控制系统。

客户在培训过程中不但可以在现场体会新乡日升的全面质量管理制度与新机"人文管理"的文化氛围,也可以把自己在操作过程中发现的问题与自己的想法直接反馈给设计人员,使产品的设计思路体现出用户的要求。

通过培训,使新乡日升的新技术、新工艺能在最短的时间内在客户中得到应用,为客户争取市场赢得了宝贵的时间,同时又使公司的新技术、新工艺时刻处在轴承设备行业发展的最前端,最大限度地减少了公司的售后服务的压力和费用,从而使新乡日升的新技术、新工艺与售后服务工作始终处在一种良性的条件下运行,真正实现公司与客户的"双赢"!

作为客户培训的补充,为满足某些客户的特殊要求,新乡日升还不定时地为客户举行短期的强化培训班。有针对性的对客户进行某些特殊技术要求方面的强化培训。

截止到目前,新乡日升已成功地为哈轴、瓦轴、洛轴、温州人本、新昌皮尔、浙江慈兴、广东江门、江苏CCVI、宁波摩士等近60多家客户培训了近400余名操作及维修人员,使新乡日升的经营理念随着产品的销售与客户的培训深入到全国各地,为公司的飞速发展打下了良好的基础。

新乡日升从成立之初的注册资金50万元,到2007年改制变更注册4 000万元,产值销售额由1998年的100余万元到2007年产销均达13 000万元,资产总值达16 900万元,员工人数从成立之初的7个人,发展到目前的300余人,产品从单一的"两沟一孔",到能研发出包括轴承行业、汽车行业和家电行业近100种规格的数控设备,成为我国数控轴承装备研发最具实力的重要生产企业。2007年新建成34 500m²的厂房及办公楼,已竣工投入使用。年产机床达到1 300～1 500台,产销销售达到28 000万元。

〔供稿单位:新乡日升数控轴承装备股份有限公司〕

稳打国内市场 开拓国际市场

——苏州铸造机械厂有限公司

苏州铸造机械厂有限公司位于风景秀丽的江南古城苏州市,紧靠京沪高速铁路和沪宁高速公路,交通便利。前身苏州铸造机械厂始建于1962年至今已有40年多年的历史,2003年完成了整体改制,成为股份制有限责任公司,更名为苏州铸造机械厂有限公司。共生产了"苏铸牌"各类射芯机8 000多台、造型机4 100多台、自动造型线100多条,用户遍及全国各地,是我国铸造机械行业的重点骨干企业和国务院批准的基础机械特定企业。公司具备专业化生产能力,拥有多项生产设备,加工实力雄厚,并拥有一支训练有素的员工队伍。因此具有对造型机、射芯机、造型线的开发、设计、制造、安装、调试等交钥匙工程的能力手段,公司按"一铸为主,一主多辅"的发展思路,开发新产品的同时,注重拓展非铸机产品。主要产品有射芯机、造型机和自动造型线共20多个品种。具有年产各种造型、制芯设备近600台套的能力。

一、稳打国内市场,做机械行业的龙头

几年来,苏州铸造机械厂有限公司面向市场的需求,以新产品开发为龙头,积极实施科技创新战略,在设计及工艺技术上取得了实质性突破。近年来,开发的铸机新品SZD0806A气动多触头微震造型机,获得了2项实用新型专利,Z84系列冷芯盒射芯机、2t浇注机、混砂机和静压造型机填补了国内空白。与国内外著名的高等院校、科研设计院所的联系和合作,已成为产品开发和技术更新的重要支柱。

公司通过对市场供求信息的分析,紧盯国际市场高新技术含量和高附加值产品的发展趋势,发挥技术及管理优势,使设计人员参与市场调研、设计制造及市场开拓,在设计完善的全过程,实现科研与生产、产品与市场的紧密结合,采办务真、修制务精,提供符合用户需要的高标准的产品和服务。

为了发展我国民族工业,学习和推广国外先进的新工艺、新技术,公司在20世纪80年代末90年代初,先后考察了德国Laempe、HWS、KW、美国B&P、日本新东等公司,引进了Laempe三乙胺气体发生器制造技术、B&P的树脂混砂机制造技术以及新东VRH法等技术。为发展国产化的冷芯制芯成套设备打下了基础,并很快研制和开发了Z84系列

水平分型、垂直分型等冷芯盒射芯机和 G1/2、G1、G11/2 三乙胺发生器,产品分别销往广西玉柴、一汽、二汽、朝阳柴油机厂、南京泰克西等厂、内蒙一机等用户。

目前,公司吸收国外的先进技术,自行研发的静压造型线,已在洛阳拖拉机厂、山东鲁达轿车配件有限公司、一汽山东汽车改装厂、山东湖西轴承有限公司、内蒙古第一机械制造有限公司、河南焦作星鹏铸造有限公司、湖北楚威车桥股份有限公司等用户正常运转。其完善的性能、优越的可靠性及良好的性价比深受客户的好评。

公司在设计制造造型自动线及其砂箱方面积累了丰富的经验并拥有良好的设备条件和管理优势。从 20 世纪 70 年代起至今已生产出高压多触头、气流冲击等型式的造型自动线 30 多条,配套制造砂箱 3 000 多副,其中为进口线配套的就有 1800 副。

二、独特的管理理念"敢为天下先"的气势和勇气,以科学严谨的作风,突破研制的难点,为企业插上腾飞的翅膀

坚持专业精神,树立品牌形象,强化社会责任,走国际化道路。这是苏州铸造机械厂有限公司一贯的作风。管理是企业永恒的主题,公司始终把管理作为其他一切工作的基础,通过管理的不断创新,最大限度的发挥管理的效能。2000 年公司通过 ISO9001 质量体系认证,于 2002 年 11 月荣获江苏省"高新技术企业"的称号。

公司成立成本管理中心,专门加强成本管理,从产品设计开发、原材料入库、生产、储存、出厂、售后服务等各环节,制订成本管理制度,切实实施寻价、比价和成本控制制度,重视设计过程和流程运行,使生产成本逐年下降。

在生产现场推行以提高"员工素养"为核心的 6S 管理,从整理、整顿、清扫、清洁、素养、安全等六方面,对公司生产及办公室现场环境进行管理。

在公司内部局域网和建立 ERP 的基础上,实现对产品开发、生产、制造、发展、销售和服务全过程的控制与管理。

公司建立了严密的知识产权开发、运用、保护体系,对内与关键岗位人员签定了保密协议和竞业限制协议,鼓励员工的发明创造,对外积极申请专利。为适应企业发展,公司不断加强人力资源的引进、培训与发展。按照企业发展的总体规划,多渠道、高质量配好人力资源;在此基础上抓好每位员工的岗前教育及继续教育。加强现有人力资源的培训及开发,对技术工人进行"中级工—高级工—技师—高级技师"培训,对技术人员进行"本科—研究生(或工程硕士)"培训,以提高全体员工的整体素质,形成合理的人才金字塔。

公司实行动态工资制度。对员工工作任务和个人行为每年进行考核,并将考绩和个人工资、奖金挂钩。在实行动态工资过程中,突出技术、销售在工资分配、股份中的含量,体现知识的价值,合理拉开脑力劳动和体力劳动、简单劳动和复杂劳动的差距,形成尊重知识、尊重人才的良好氛围,引导广大职工自觉学文化、学技术,不断提高自身的素质。建立健全人力资源绩效考评系统,形成有效的淘汰及激励制度,充分发挥现有人员的价值及潜能。

公司为员工提供了各种施展才华和实现理想抱负的机会,使每个职工都感觉到工作与生活充实而有意义。通过每年组织开展各种形式的集体活动,给大家提供相互交流和沟通的机会,达到员工之间深入了解和相互协作的目的。在工作场所,张贴标语,营造浓厚的工作氛围,激励大家积极向上,形成一个人人爱岗、个个奋进争先的合力局面。通过建设高效能的技术开发团队,使技术人才的个人能力演变成团队的综合战斗力,使产品开发团队在紧张的工作中享受到开发的成就感,并把成功的经验带给其他的产品项目。

企业领导有借鉴性地吸收国外技术,在产品结构上作出了战略性的转变。在与国外合作方面,公司不着眼于单纯的购买技术,而是通过合作开发,溶入其中,掌握核心技术,并且具有自主知识产权。正有了这些的前瞻性工作,公司 Z86 系列热芯盒射芯机产品获得国家质量银质奖,Z14 系列造型机等产品先后获得过部、省、市科技进步奖。2006 年公司的 Z8480 冷芯盒射芯机走出了国门,走进印度,从此拉开了"苏铸机"的产品走向世界的序幕。

〔供稿单位:苏州铸造机械厂有限公司〕

同心同力——振兴数控组合机床

——常州市同力机械制造有限公司

2006 年 4 月,被中国工业报等 3 家单位联合授予"中国工业经济年度百名优秀人物"荣誉称号的常州市同力机械制造有限公司董事长郭明,出席了在北京人民大会堂的授奖大会。董事长郭明站在人民大会堂获得荣誉的同时,深深感到同力由小作坊发展到今天,离不开公司同仁的艰苦奋斗和各方的支持。同时感受到同力由小变大,由大变强的迫切性。2006 年,购地面积 10 005m²,自建厂房及办公楼 6 600m² 以上。2007 年 3 月,被江苏银行常州分行评为首批"百佳中小企业"。2007 年 11 月,被江苏省科学技术厅授予"高新技术企业"。

常州市同力机械制造有限公司是生产组合机床及数控组合机床制造企业。创建于 1994 年,公司现有员工 80 人以上,具有工程技术人员 21 人,还聘有一批机床行业的顶尖人才,形成了较强的设计开发和制造能力。其中高级职称 2 人,中级职称 5 人,在生产工人中,中专生和技校生占 80%,高级技师 3 人。公司主要从事组合机床和数控组合机床的设计开发、生产、服务及部分动力部件的生产,为汽车、拖拉机、柴油机、动力机械、工程机械等行业企业提供组合机床的设计开发和制造(全部采用电脑 CAD 设计)。公司设备、计量检测手段齐全,具有年产 50~70 台组合机床的生产能力。为国内大中型企业和集体企业提供了一批优秀的组合机床以及生产线,是江苏省常州市最大的民营组合机床制造企业,是中国机床工具工业协会组合机床分会会员单位。为我国组合机床事业的发展作出了一定的贡献。

当走进公司宽敞明亮的新厂房时,同力让人感到日新月异的变化。公司于 2007 年自主研发数控精铣缸盖面精镗缸套孔组合机床,由于该机床采用了国际先进数控控制系统,能适应客户多品种加工的需要,使其具备加工中心的部分性能,为柔性生产奠定基础;该机床在设计上将原精铣组合机床和精镗组合机床工序集中,减少了被加工零件的装夹次数,提高了被加工零件的精度,同时节约了客户的场地;该机床采用了刀具动平衡和变频调速技术,选用 CBN 刀具,使其能够进行高速加工,从而提高被加工零件的形状尺寸等优点。2008 年又推出新品数控立车系列。

面对激烈的市场竞争环境,同力根据自身特点,在传统管理的基础上,狠抓内部管理,引入先进的质量管理思路、方法、手段,不断提高管理水平,实现优质高产低消耗的经济效益。公司积极组织市场调查,根据市场信息和自身营销特点,以销定产,及时掌握市场动态和了解顾客需求动向及顾客潜在期望,积极与顾客沟通,把这些需求和期望转化在产品中。以优质的产品质量、合理的价格、及时的交货期和热情的服务赢得了客户的满意和信任。2002 年 5 月,公司通过了 ISO9000: 2000 质量管理体系论证。公司的目标是要以一流的管理、一流的质量、一流的产品和一流的服务为我国组合机床事业的发展作出应有的贡献。

遵照“质量第一,客户第一”的指导思想,确保每台机床出厂达到精度要求,外协科、采购科负责产品配套件的协作与采购,建立配套管理系统,对配套单位和供应单位定期评定,建立“合格供应商”台账,保证与生产相关的零部件及时到位;生产现场设有以车间主任为核心,班组长协调负责的各级管理人员,负责各项订单的及时供货;市场部负责市场营销和新品市场开发,建立客户档案,健全营销网络。公司产品与国内几十家发动机生产厂家和汽车生产厂家建立了长期的配套关系。

公司已拥有重型及数控机械设备几十台,固定资产达到 1 200 万元以上。

根据国务院“关于加快振兴装备制造业,发展大型、精密、高速数控装备和数控系统及功能部件”的精神,自主研发数控精铣缸盖面精镗缸套孔组合机床,通过引进消化吸收,努力掌握核心和关键技术,实现了再创新和自主制造。公司研发人员通过对国内外不同的加工技术研究比较,结合多年对组合机床制造的实践经验和对进口设备的了解,经过潜心研究,采用了全新的完全不同于国外专利技术路线加工工艺开发出该项目产品。该机床主要配套对象是国内众多的汽车制造厂家,汽车制造业中核心部件的发动机制造对组合机床的使用极其广泛。

数控精铣缸盖面精镗缸套孔组合机床是对缸套孔精镗组合机床进行了若干次技术改进,在不断改进设计中应运而生。该产品在对功能部件的使用方面进行了技术上创新,简化了设计,提高了精度。采用了国际先进数控控制系统,大量选用功能部件,采用刀具动平衡等国内先进技术,并符合环保要求和机械设备人性化设计,为机床配置了合理的防护。

数控精铣缸盖面精镗缸套孔组合机床是衡量一家汽车主机厂加工质量的重要依据。该机床主要配套对象是国内众多的汽车制造厂家,汽车制造业中核心部件的发动机制造对组合机床的使用极其广泛。目前该机床配套于汽车、农用车、发动机及发动机缸体制造厂家。

组合机床 70% 的销售来自汽车制造业,汽车制造业中核心部件的发动机制造对汽车制造业尤为重要。用于发动机缸体主要精度指标加工的机床,其加工精度直接影响汽车性能。经数据分析,其加工性能指标均已提高一倍,机床性能指标部分提高 8 倍,采用国内先进技术使其发动机缸体的缸套孔各项精度得到提高,从而为发动机性能的提高奠定良好的基础,从一定程度上降低了发动机噪声,降低了发动机油耗,节约了能源,减少了排放污染,达到了环保要求。

数控组合机床和一般万能机床相比,具有设计周期短,适用于批量生产,具有加工精度稳定、生产效率高、降低劳动强度等优点。组合机床在工业发展中的作用极其重要,尤其对我国汽车工业的发展起着举足轻重的作用。

发展前景:

目前我国正在提高机械加工设备的数控化率。1999 年我国机械加工设备的数控化率为 5% ~8%;2004 年,我国机床工具行业工业总产值和销售收入双双突破 1 000 亿元;2005 年,我国数控机床产量达 3 万台,同时高中档比例上升到 40%。数控机床以成为机床消费的主流,成立我国未来巨大的数控机床市场。坚持科学发展观,保持可持续发展。公司提倡不断学习,人人创新,建立学习型企业;进一步建立和完善现代企业管理体系和制度;国务院在东三省实行固定资产进项税金抵扣政策,这样更有利于企业加快固定资产设备更新,降低更新成本,并且在近年内由西向东逐渐分步施行,此政策有利于机床设备的生产企业。新增加了通用设备生产线,扩大了数控机床生产量。

企业开拓创新思路:

(1)坚持科技兴企,企业做大做强。引进人才,加强院、校合作,加强技术力量;加大研发和试制工作,争取每年推出新品。2008 年推出新品数控立车系列;不断学习国外先进技术,进行消化吸收和转化工作;

(2)进一步加强员工培训;投资关键加工设备,检测设备,增强实力;扩大生产规模降低生产成本,提高性价比,提高市场占有率;

(3)持品牌创优观念,争取替代进口强化品牌意识,竞争意识,注重品牌宣传,利用生产经营场地和国内外展览会机会,扩大产品影响力,为数控组合机床替代进口奠定基础。

随着公司生产技术和管理水平的提高、销售渠道的畅通、产品市场影响的扩大,公司决策层将关注的重点移向加速新品开发和实施名牌战略,将企业的技术优势转化为市场优势,同心同力——振兴装备制造业。把企业做大做强,共创美好前景。

〔供稿单位:常州市同力机械制造有限公司〕

坚持开拓创新 打造开矫装备领军企业

——山东宏康机械制造有限公司

2007年,是山东宏康机械制造有限公司坚持科学发展观,在开拓创新、和谐发展道路上积极拼搏、全面提升企业核心竞争力的一年。回顾过去的一年,公司总体运营情况明显好于往年。完成产值、实现销售收入、完成出口交货值、实现利税均创历史新高,产品一次交付合格率、设备运转率也有了大幅度的提高。公司在完成年度生产计划任务的同时,积极推进企业组织架构和发展方式的转变,吸收和引进先进的经营理念和管理方式,团结奋斗,持续创新,各项工作都取得了较好成绩,企业实现了又好又快发展。2007年,公司被山东省经贸委评为"山东省企业技术中心",标志着企业创新能力和科研水平提高到一个新的档次;引进北京金蓝盟企业管理顾问,实施《宏康公司管理平台的整体升级》项目,使企业全面工作提升到一个新的水平;持续不断的人才引进、员工培训、技术比赛活动,培养了一支技术过硬、训练有素的生产队伍,为企业今后的发展奠定了坚实的基础。

一、坚持科学发展观,提高企业创新能力,强化企业的核心竞争力

2007年,公司在改革创新的道路上加快了前进的步伐,又为社会提供了83条不同类型的生产线,满足了钢铁生产加工和现代物流业的需求。公司自行研制的宽厚板开卷矫平剪切成套设备已成为国内替代进口的主导产品。已先后为宝钢公司、鞍钢公司、武钢公司、唐钢公司、济钢公司、邯钢公司、马钢公司、本钢公司、太钢公司、昆钢公司、包钢公司、梅钢公司、酒钢公司、八钢公司、柳钢公司及下属企业设计制造了多条生产线,特别是为武钢公司、南钢公司、马钢公司、鞍钢公司新轧线设计制造的宽、厚、大卷板开平线,赢得了用户的好评。为宝钢不锈钢公司、宝钢南昌公司、宝钢烟台公司、宝钢天津公司、宝钢佛山公司、宝钢合肥公司、武钢公司、邯钢公司、青岛浦项公司、张家港浦项公司、昆山大庚公司、广州本田汽车公司、哈飞汽车公司、北京现代汽车公司、西安比亚迪汽车公司、北汽福田公司、东莞三星公司、苏州星浦公司等设计制造的冷轧薄板纵、横剪切生产线在制造加工工艺、设备配置、高新技术应用等方面均达到了国内领先水平。为武钢公司、新疆八钢公司、马钢公司、柳钢公司设计、制造生产的5条矫平剪切机组更使公司在厚板剪切生产线的技术及制造水平上占据了国内领先地位。公司产品除在国内市场继续保持优势外,在国际市场上,继出口韩国、日本、西班牙、南非后,又扩大到新西兰、澳大利亚、巴西、越南等国家和地区。

公司技术中心有一支结构合理、业务素质较高的技术人才队伍,拥有优秀的技术带头人。在分配政策上加大了对科技人员的倾斜力度,确保技术中心科技人员的人均收入达到了公司人均收入的2.5倍。并对有突出贡献的科技人员实行了重奖,形成了"一流待遇吸引一流人才;一流人才带来一流创新;一流创新带来一流效益"的良性循环。

经过不懈努力,公司技术中心被山东省经贸委评定为省级企业技术中心,这是公司在评为市级技术中心后获得的巨大进步。近几年来,公司已形成以技术中心为核心的技术创新体系,形成了"研究—开发—生产—研究"的创新循环链,建立了适应市场经济的决策、研究、管理的技术创新机制。

在科研机制上,公司已建立了一整套合理可行的市场与课题调研、立项审批、实施、管理和控制、考核与激励相结合的技术创新机制。从市场调研、技术论证、立项、组织设计、试验验证、投入试生产、项目鉴定都做到有章可循。各环节责任明确,调控得力。保证了技术开发项目立项准确、研制顺利、交付用户一次成功,取得了用户的高度信任和赞扬。

在科研合作上,中心建立了对重大科技问题的决策咨询、检查和评估技术委员会和专家委员会。建立健全了管理制度和程序。并分别与清华大学机械工程学院、山东大学、济南铸造锻压机械研究所等高等院校(所)和韩国大铉株式会社、韩国S.C.E有限公司、日本本田飞剪机(青岛)有限公司建立了长期稳定的技术和人才培养合作关系,签署了合作协议。在技术交流、新产品开发、新工艺装备研究、人才培养等方面进行了广泛合作。如,利用韩国大铉、S.C.E公司引进技术,成功消化吸收,试制成功并返销韩国和日本市场。为韩资企业–唐山奥米尔公司、日本本田飞剪机(青岛)有限公司、广本公司、现代公司等合资企业提供5套,生产金属板材开卷矫平剪切生产线成套设备3套金属包装线成套设备均取得了良好的效果。通过联合和优势互补,为公司的技术创新和与赶超世界先进水平开辟了广阔的空间。

在科研队伍建设上,继续聘请清华大学、太原科技大学、西安交通大学、山东大学、山东农业大学、山东科技大学、济南铸造锻压机械研究所、国家铸造锻压机械产品质量监督检测中心、国家铸造锻压机械标准化技术委员会等单位的高级专家、学者为公司专家委员会副主任、委员。2007年,外部专家在公司工作达42人/月,其中海外专家在公司工作达26人/月。通过专家、学者的智慧,对公司的创新发展和赶超世界先进水平起到了显著的推动作用。

在科研经费投入上,把科技活动经费列入财务年度预算计划并单独记账。在使用上重点投入,按时足额到位,并保持逐年增加,为科研创新提供了资金支持。公司技术中心实验室与济南铸造、锻压机械研究所合作共建,并签署了共建协议。技术中心计量室按原国家二级计量标准建设,截至2007年底,中心拥有各类计量检测试验仪器设备、"CAD/PDM/CAPP"技术开发、管理软件、硬件设施原值达

926 万元,为中心产品研发、试制、试验奠定了坚实的物质基础。

2007 年,公司完成新产品开发 22 项,完成产品研发 19 种,申报了 4 项发明专利和 4 项实用新型专利。2007 年 7 月,公司自行研制的数显落地镗铣床的成功问世,标志着公司制造能力的提高。公司不仅能制造锻压机械加工设备,也能制造生产金属切削设备。从长期看,公司储备了 3~5 年的新产品,5~10 年的研究课题。完全可以保证科技创新的持续、健康发展。

由公司起草、国家铸造锻压机械行业标准化技术委员会组织审定、国家标准化委员会批准通过的《开卷矫平剪切生产线》国家标准,经国家发展改革委员会颁布公告,于 2007 年 7 月 1 日正式实施,标准号 JB/T 10678—2006。此标准,是国内锻压行业第一部对整条生产线进行规范的国家标准,技术水平达到了目前国际现行水平,受到了锻压行业的好评和认可。鉴于公司在锻压行业的重要地位,2007 年年底,国家锻压行业标准委员会在下达 2008 年锻压行业标准制订、修订计划时,又将《数控矫平剪切生产线》和《数控矫平剪切生产线安全要求》2 项国家标准委托公司负责起草制订。

公司的基本建设也有了新进展。在石膏工业园征地 185 314.8m²,建设钢材加工配送项目;公司的主导产品数控金属板卷开卷矫平剪切生产线成套设备由于效益好、技术水平高、潜力大、发展前景广阔,其扩产项目得到山东省政府的重视,列入"双百工程"重点产品结构调整项目,并给予专项资金扶持。另外,公司投资修建了厂区西院河道桥;建成启用了 8 000m² 钢结构厂房;增加了新型数控机床和重型机床等高档设备;对 3 号、4 号车间以及技术中心水泥地面全部实施了绿色环氧树脂地坪漆改造;对取暖设施进行了节能环保改造,扩大了冬季集中供热区域,改善了职工工作环境和公司的整体形象。

公司加大了对科技领先潮流、行业信息的关注。出席了全国第三届锻压装备与制造技术论坛—特种加工技术及产品信息交流会,并专题介绍公司情况。参加了"2007(山东)国际装备制造业博览会",展示了企业产品,树立了企业形象,扩大了企业影响,扩大了产品市场。

2007 年,公司顺利通过了国家科技部的"国家级重点高新技术企业"复审;通过了 ISO9001:2000 质量体系认证外审;还获得了山东省"质量竞争力百强企业"、"山东省机械工业自主创新先进单位"、"泰安市创新型企业"、"泰安市技术创新先进集体"等许多光荣称号;

二、提高企业管理水平,规范企业经营管理,促进企业的健康发展

宏康公司经过 20 多年的发展,形成了自身的优势和核心竞争力,但是在企业的全面管理上,还远没有与时俱进,跟上时代的步伐,一直是企业的弱项。随着社会的发展和形势的需要,董事长康凤明越来越感觉到宏康公司和同类企业的差距,迫切需要提高企业的整体管理水平和职工素质,为了企业的长远发展,他决心对企业进行体制改革和规范管理。

为从根本上扭转企业管理中存在的诸多问题,根除痼疾,建立现代企业制度,促进企业又好又快发展,公司领导层解放思想,转变观念,决定对公司的全面管理实施改革。即在对生产体制改革的基础上,对企业的整体素质谋求全面的提升。为此,公司与北京金蓝盟企业管理顾问集团合作,在全公司实施《宏康公司管理平台的整体升级》项目,这是公司领导审时度势,进一步落实科学发展观,确保公司持续、健康、快速发展的明智抉择和正确决策。

2007 年 7 月双方签定协议后,公司成立了项目组,指定专人配合工作。2007 年 8 月北京金蓝盟企业管理顾问集团专家到公司进行了为期 6 天的现场调研。调研期间,专家组为全面系统掌握公司的基本情况,在公司有关人员的紧密配合下,对公司的各项管理工作进行了认真细致的综合调查。与 177 名工段长以上管理人员和一线职工进行了问卷调查和交谈,对各生产车间进行了实地考察,调阅了公司的各项管理制度文件,在与公司项目组交流认可,达成共识的基础上,提出了《企业诊断暨管理规划报告》。

《企业诊断暨管理规划报告》全面深刻的反映了企业现状,充分肯定了公司 20 多年来的发展,经营稳定有序,发展基础稳固,领导作风朴实,但也梳理出了企业在生产管理中存在的诸多问题。指出其核心问题是基础管理工作薄弱,对公司存在的缺陷,项目组进行了深层次的剖析,找出了问题存在的根本原因,提出了整改措施和指导性意见。公司领导认真研究分析后予以了认可,认为对公司的定性基本是正确的,对公司存在的问题及其原因的分析是客观的,实事求是的,提出的指导性意见也是中肯的,措施也是切实可行的,只要公司面对现实,达成共识,通力合作,一定会提高公司的管理水平。

在这个基础上,双方进行了认真研究。确定以组织改造为平台,以管理模式为基础,以企业文化为推力,建立适合宏康的管理平台,为宏康公司进行现代管理模式导入。以全面改造为核心,以重塑观念及提升素质为起动点,以整体升级为导向,以组织整合和团队整合为平台,建立并运行适合宏康的人力资源管理、生产管理、营销管理 3 大模式,推动宏康实现管理流程化与标准化,从而为宏康形成一套现代企业管理模式。通过改善宏康公司管理与模式建设,从而牵动宏康公司整体运营步入标准化、流程化、规范化、高效化的经营管理轨道的各种目标。这个项目具体分为梳理流程、完善组织、打造模式、微调固化 4 个工作阶段,工作内容交叉进行。2007 年底,《宏康公司管理平台的整体升级》咨询项目第一阶段已全面起动,公司对中、高层管理人员进行了重新调整,举办了 5 次对公司中、高层管理骨干培训讲座,重新划定相关职能管理部门的职责,对职能管理部门各个岗位进行了职责、权限、工作标准和任职资格的规范。并通过经理岗位公开竞聘答辩上岗活动,初步构建起管理参与竞争机制,通过建立经理办公会议制度和运营调度例会会议制度管理平台,搭建起基本的管理正规化机制。为公司下一步全面推进各项变革措施的实施,全面进入生产管理规范化的重要环节,打下了良好基础。

三、坚持"以人为本",提高员工操作技能和技术水平,建立一支过硬的生产队伍

经过20多年的努力,公司形成了一个能团结广大工程技术人员不断开拓创新的企业领导团队。公司董事长、总经理、技术中心主任康凤明是省级"技术创新带头人"和"市级技术拔尖人才",拥有实用新型专利12项;技术中心常务副主任、技术质量副总朱洪臣长期从事产品的设计开发,积累了丰富的产品开发和技术管理经验。公司领导团队全部具备大专以上学历和中级以上技术职称,始终以锐意进取的团队精神,带领广大技术人员为企业技术水平的不断创新和提高做出了突出贡献。使企业走上了快速、持续、稳定发展的轨道。

公司一如既往地重视员工教育培训。通过"走出去,引进来",内部培训、外部进修、积极参加各种技能竞赛等多种方式对员工进行培训和继续教育,建立起一支结构合理、业务素质较高的技术人才队伍。公司现有员工585人,其中工程技术人员89人,在上年新增10名技师的基础上,2007年又新评审上报了20名技师,培养了大批高素质技能型人才。目前,公司已拥有中级工37人,高级工57人,技师50人,高级技师4人,为公司发展奠定了良好的人力资源基础。技术中心人员68人,研究与试验人员60人,其中,拥有享受国务院政府特殊津贴1人,省级科技创新带头人1人,泰安市技术拔尖人才3人,机械工程专业硕士2人,具有高、中级工程技术职称的职工26人,以上技术带头人对公司新产品研发起到了积极的推进作用。

公司建立了吸引人才、培养人才、用足用活人才的激励机制,公司内部"尊重知识、尊重人才、尊重科学"已形成良好氛围。在公司内形成了"用一流的待遇吸引一流的人才,一流的人才带来一流的创新,一流的创新带来一流的效益,一流的效益支付一流的科技经费"的良性循环。对中心科技人员的管理按照"尊重、支持、关怀"和"激励与约束、信任与培训、过程与成果相结合"的原则,实现了责、权、利对称,放手使用,不怕失败,只记成果的激励机制。坚持唯才是举,只要有工作成绩,在任职、住房、福利、配车等方面均有所体现。并对有突出贡献的科技人员实行了重奖。2007年,对有突出贡献的技术中心有关人员奖励轿车2部、单元楼住房14套。其中有产权证的住房12套。

"金蓝领"培训计划是山东省及各级政府为解决企业高级技工人才短缺而采取的一项重要举措。为了落实"以人为本、人才强企"的发展战略,公司主动承担起这一任务,对当地企业青年技师、高级技工进行重点培训,被当地政府确定为"金蓝领"培训基地。2007年9月,第二期"金蓝领"培训班在公司开学,40多名学员参加了培训和学习。经过培训,学员提高了技能,增长了才干培训,受到了广大员工的热烈欢迎。

公司特别注重技术队伍的建设和职工技术水平的提高,除外出培训、参加竞赛外,在公司内部也经常开展各项比赛活动。2007年2月,张兵获市级技术能手称号,郝德峰获市级有突出贡献技师称号,王纪东、赵景宝获区级技术能手称号。2007年5月,公司工会结合"石横特钢杯"第二批泰安市首席技师选拔赛暨全市技能人才职业大赛,组织开展了公司内部技术比武活动,为公司职工搭建岗位成材练兵、体现自身价值的平台。这次活动,有42名车工、钳工、电焊工、维修电工选手参加,通过比赛,4人获得一等奖,6人获得二等奖,6人获得三等奖,并荣获"技术能手"称号,15人为优秀选手。在"石横特钢杯"第二批泰安市首席技师选拔赛暨全市技能人才职业大赛上他们屡创佳绩,陈殿宝、王复宁荣获一等奖,魏超、肖兴波、张育涛、王复涛、李修明、崔建国荣获二等奖,朱学慧、郝军荣获三等奖。

鉴于公司在培训工作方面的突出业绩,2007年,公司被评为"全市技能人才培训工作先进单位"。根据技术水平和有利条件,公司被确定为泰安市大中专毕业生就业见习基地。

2008年,是公司提高企业管理水平,实现"强企业、富职工、新跨越"目标的关键年。公司将以党的十七大精神为指导,继续解放思想,推进科学发展,努力提高管理水平,秉承"持续创新,和谐发展"的经营路线,遵循"修炼内功、强化计划、落实考核、整体提升"的经营方针,努力完成两项国家标准的制定任务;认真、细致地抓好企业管理整体升级咨询项目,推动管理升级各项工作的有效实施;加快数控机床产品的开发与应用;拓宽服务领域,拉长产业链,培植新的经济增长点,向钢铁物流加工配送、工程机械、特种车辆及矿业进军,在搞好产品结构调整、拉长产业链的基础上,加大自主开发力度;开发金属板材飞剪成套设备技术,赶超先进工业国家同行业水平;争创中国名牌;继续走"科技兴企"的道路,打造开矫装备领军企业。

〔供稿单位:山东宏康机械制造有限公司〕

综述

专文

行业概况

市场概况

企业概况

统计资料

标准

大事记

附录

中国
机床
工具
工业
年鉴
2008

统计资料

2007年主要统计数据，准确、系统、全面地反映机床工具行业、地区主要经济指标，公布机床工具分类产品进出口数据

Main statistical data in 2007 accurately, systematically and all-roundly reflect the main economic indicators of machine tool industry by region, announcement of import & export data of products in the machine tool category

本栏目编辑：袁士华

综述

专文

行业概况

市场概况

企业概况

统计资料

标准

大事记

附录

中国机床工具工业年鉴 2008

统计资料

2007 年机床工具行业主要经济指标完成情况

行业类别	代码	企业数		工业总产值（现价）			工业产品销售产值			工业产品销售率	
		数量 （个）	占比 （%）	实际完成 （万元）	占比 （%）	比上年 增长 （%）	实际完成 （万元）	占比 （%）	比上年 增长 （%）	实际完成 （%）	比上年 增长 百分点
金属切削机床	3521	586		7 687 164		28.0	7 478 021		28.8	97.3	0.6
国有控股		106	18.1	3 107 668	40.4	27.3	3 024 916	40.5	29.5	97.3	1.6
集体控股		35	6.0	1 451 820	18.9	21.2	1 422 782	19.0	19.6	98.0	−1.3
私人控股		346	59.0	2 225 928	29.0	34.0	2 150 534	28.8	35.4	96.6	1.0
港澳台商控股		43	7.3	306 022	4.0	25.0	301 609	4.0	27.7	98.6	2.2
外商控股		56	9.6	595 726	7.7	29.2	578 180	7.7	26.7	97.1	−2.0
金属成形机床	3522	444		2 687 100		32.4	2 613 096		32.7	97.2	0.2
国有控股		25	5.6	238 384	8.9	26.7	232 595	8.9	31.2	97.6	3.4
集体控股		33	7.4	247 125	9.2	32.3	239 284	9.2	29.5	96.8	−2.1
私人控股		333	75.0	1 792 375	66.7	30.4	1 742 800	66.7	32.1	97.2	1.3
港澳台商控股		20	4.5	168 182	6.3	42.8	166 805	6.4	34.1	99.2	−6.4
外商控股		33	7.4	241 034	9.0	48.5	231 612	8.9	41.7	96.1	−4.6
铸造机械	3523	415		2 162 617		46.6	2 080 383		46.2	96.2	−0.3
国有控股		12	2.9	75 695	3.5	46.9	75 992	3.7	45.2	100.4	−1.2
集体控股		36	8.7	168 567	7.8	51.0	165 658	8.0	54.2	98.3	2.0
私人控股		322	77.6	1 536 437	71.0	49.0	1 488 420	71.5	49.2	96.9	0.1
港澳台商控股		22	5.3	187 800	8.7	41.9	172 147	8.3	38.1	91.7	−2.5
外商控股		23	5.5	194 118	9.0	30.6	178 166	8.6	25.9	91.8	−3.4
木工机械	3624	150		925 863		30.7	897 368		29.8	96.9	−0.7
国有控股		7	4.7	45 985	5.0	154.9	43 478	4.8	140.7	94.5	−5.6
集体控股		9	6.0	69 420	7.5	19.1	64 328	7.2	18.2	92.7	−0.7
私人控股		105	70.0	647 186	69.9	28.8	632 441	70.5	28.3	97.7	−0.4
港澳台商控股		17	11.3	93 082	10.1	34.3	87 159	9.7	35.2	93.6	0.7
外商控股		12	8.0	70 190	7.6	16.3	69 962	7.8	13.8	99.7	−2.2
机床附件	3525	276		1 139 369		51.4	1 129 273		54.3	99.1	1.8
国有控股		26	9.4	117 152	10.3	17.6	113 710	10.1	14.3	97.1	−2.8
集体控股		29	10.5	129 257	11.3	39.9	122 963	10.9	45.8	95.1	3.9
私人控股		194	70.3	776 306	68.1	62.0	778 664	69.0	66.6	100.3	2.8
港澳台商控股		13	4.7	67 819	6.0	52.9	64 433	5.7	49.3	95.0	−2.3
外商控股		14	5.1	48 835	4.3	31.9	49 503	4.4	31.5	101.4	−0.4
工具及量具量仪	3421 4113	718		4 291 789		31.1	4 183 222		32.9	97.5	1.3
国有控股		44	6.1	479 472	11.2	22.9	477 444	11.4	26.4	99.6	2.7
集体控股		53	7.4	634 423	14.8	29.6	624 578	14.9	32.6	98.4	2.3
私人控股		481	67.0	2 274 029	53.0	38.3	2 180 250	52.1	39.5	95.9	0.8
港澳台商控股		57	7.9	400 262	9.3	11.6	390 387	9.3	11.9	97.5	0.2
外商控股		83	11.6	503 603	11.7	28.4	510 563	12.2	31.5	101.4	2.4
磨料磨具	3199	1 211		6 145 037		40.3	6 048 092		40.2	98.4	−0.1
国有控股		64	5.3	573 549	9.3	18.5	558 843	9.2	17.4	97.4	−0.9
集体控股		101	8.3	404 689	6.6	47.3	396 767	6.6	42.3	98.0	−3.4
私人控股		908	75.0	4 516 381	73.5	45.3	4 427 718	73.2	45.6	98.0	0.2
港澳台商控股		52	4.3	149 372	2.4	26.8	151 081	2.5	25.5	101.1	−1.1
外商控股		86	7.1	501 046	8.2	27.0	513 683	8.5	28.7	102.5	1.4
其他金属加工机械	3529	491		2 438 277		47.9	2 380 600		48.8	97.6	0.5
国有控股		29	5.9	182 099	7.5	38.7	174 756	7.3	38.0	96.0	−0.5

行业类别	代码	企业数		工业总产值（现价）			工业产品销售产值			工业产品销售率	
		数量（个）	占比（%）	实际完成（万元）	占比（%）	比上年增长（%）	实际完成（万元）	占比（%）	比上年增长（%）	实际完成（%）	比上年增长百分点
集体控股		40	8.1	215 933	8.9	34.1	205 866	8.6	32.2	95.3	-1.4
私人控股		370	75.4	1 692 257	69.4	50.2	1 665 028	69.9	52.8	98.4	1.7
港澳台商控股		27	5.5	147 195	6.0	38.9	146 931	6.2	26.5	99.8	-9.8
外商控股		25	5.1	200 793	8.2	63.2	188 019	7.9	67.6	93.6	2.4
行业合计		4 291		27 477 216		35.5	26 810 055		36.2	97.6	0.5
国有控股		313	7.3	4 820 004	17.5	26.7	4 701 734	17.5	28.3	97.5	1.2
集体控股		336	7.8	3 321 234	12.1	29.1	3 242 226	12.1	28.4	97.6	-0.6
私人控股		3 059	71.3	15 460 899	56.3	41.5	15 065 855	56.2	42.7	97.4	0.8
港澳台商控股		251	5.8	1 519 734	5.5	27.6	1 480 552	5.5	25.7	97.4	-1.5
外商控股		332	7.7	2 355 345	8.6	32.4	2 319 688	8.7	31.8	98.5	-0.4

〔供稿人：中国机床工具工业协会周秀茹、黑杉〕

2007 年机床工具行业主要经济指标分行业按地区完成情况

行业及地区名称	企业数（个）	工业总产值（现价）			工业产品销售产值		工业产品销售率	
		实际完成（万元）	比上年增长（%）	在全国占比（%）	实际完成（万元）	比上年增长（%）	实际完成（%）	比上年增长百分点
金属切削机床行业	586	7 687 164	28.0	100.0	7 478 021	28.8	97.3	0.6
辽宁	41	2 385 652	26.9	31.0	2 345 181	25.3	98.3	-1.3
江苏	111	667 290	18.5	8.7	662 003	18.3	99.2	-0.2
山东	60	628 168	13.4	8.2	622 395	22.3	99.1	7.2
浙江	102	602 712	26.5	7.8	575 483	25.4	95.5	-0.8
陕西	11	519 648	28.8	6.8	513 514	31.0	98.8	1.7
黑龙江	6	470 896	36.3	6.1	462 381	48.4	98.2	8.0
上海	64	401 697	18.3	5.2	397 113	20.2	98.9	1.6
云南	12	283 250	60.0	3.7	260 604	50.6	92.0	-5.8
北京	12	260 359	32.0	3.4	243 244	33.6	93.4	1.1
湖北	13	176 344	41.1	2.3	165 337	44.7	93.8	2.4
四川	12	164 524	54.2	2.1	156 427	43.1	95.1	-7.4
河南	10	156 866	33.0	2.0	155 265	32.1	99.0	-0.7
安徽	24	124 212	30.3	1.6	117 187	37.0	94.3	4.7
宁夏	4	110 392	41.3	1.4	101 384	35.2	91.8	-4.1
重庆	6	101 148	36.0	1.3	101 707	27.9	100.6	-6.3
广东	23	98 484	19.5	1.3	97 640	25.3	99.1	4.6
青海	3	97 015	21.5	1.3	91 238	21.5	94.0	0.0
甘肃	4	92 846	33.7	1.2	83 071	42.8	89.5	5.7
湖南	11	53 048	86.2	0.7	49 231	75.9	92.8	-5.4
河北	15	51 980	54.4	0.7	50 101	65.9	96.4	6.7
广西	4	50 949	16.7	0.7	49 055	17.4	96.3	0.6
天津	8	50 213	28.2	0.7	46 956	27.5	93.5	-0.5
贵州	4	39 291	22.5	0.5	37 519	22.2	95.5	-0.2
福建	10	33 045	63.4	0.4	32 290	61.9	97.7	-0.9
江西	10	31 868	49.2	0.4	29 900	55.6	93.8	3.8
山西	3	21 264	55.3	0.3	18 820	56.5	88.5	0.7
吉林	3	14 003	53.9	0.2	12 975	59.2	92.7	3.1
金属成形机床行业	444	2 687 100	32.4	100.0	2 613 096	32.7	97.2	0.2

行业及地区名称	企业数（个）	工业总产值(现价)			工业产品销售产值		工业产品销售率	
		实际完成（万元）	比上年增长（%）	在全国占比（%）	实际完成（万元）	比上年增长（%）	实际完成（%）	比上年增长百分点
江苏	115	1 106 809	27.3	41.2	1 076 786	27.6	97.3	0.2
山东	52	355 481	38.8	13.2	347 171	40.1	97.7	0.9
浙江	72	246 282	35.5	9.2	236 933	30.1	96.2	-4.0
广东	29	168 347	22.8	6.3	167 629	21.8	99.6	-0.8
安徽	36	145 453	44.1	5.4	134 221	38.0	92.3	-4.1
上海	28	133 326	-0.8	5.0	130 256	-1.3	97.7	-0.5
河南	14	83 887	49.1	3.1	82 896	49.5	98.8	0.3
天津	9	68 174	50.1	2.5	63 873	58.7	93.7	5.0
湖北	13	55 738	38.6	2.1	62 354	56.4	111.9	12.7
辽宁	22	49 736	36.7	1.9	48 291	50.7	97.1	9.0
北京	5	44 005	71.8	1.6	43 835	72.5	99.6	0.4
河北	11	42 771	48.7	1.6	42 528	50.8	99.4	1.4
四川	6	41 014	88.0	1.5	39 835	129.7	97.1	17.6
重庆	3	35 343	98.7	1.3	32 583	100.2	92.2	0.7
内蒙古	1	29 855	44.2	1.1	26 115	37.0	87.5	-4.6
福建	7	26 170	76.7	1.0	24 948	68.9	95.3	-4.4
湖南	7	20 718	50.8	0.8	20 061	46.4	96.8	-2.9
广西	2	11 012	16.8	0.4	11 053	21.6	100.4	4.0
吉林	2	7 978	227.8	0.3	7 809	359.8	97.9	28.1
陕西	3	6 798	5.4	0.3	6 953	18.3	102.3	11.2
山西	3	5 434	54.4	0.2	4 390	60.9	80.8	3.3
黑龙江	1	1 018	2.2	0.0	940	3.5	92.3	1.2
云南	1	891	-3.2	0.0	891	-3.2	100.0	0.0
宁夏	1	860	2.1	0.0	745	1.8	86.6	-0.2
贵州	1	0	-100.0	0.0	0	-100.0		
铸造机械行业	415	2 162 617	46.6	100.0	2 080 383	46.2	96.2	-0.3
江苏	97	570 710	39.4	26.4	550 947	39.2	96.5	-0.1
山东	77	521 258	48.6	24.1	496 073	46.5	95.2	-1.4
河南	32	219 382	56.2	10.1	213 935	58.1	97.5	1.2
广东	21	153 229	40.9	7.1	143 095	41.2	93.4	0.2
浙江	30	134 918	81.2	6.2	118 919	64.8	88.1	-8.7
河北	12	79 832	30.5	3.7	79 173	29.2	99.2	-1.0
上海	12	79 520	16.7	3.7	82 666	20.0	104.0	2.8
辽宁	27	67 184	35.0	3.1	65 666	36.6	97.7	1.1
湖北	19	55 857	89.9	2.6	53 854	94.1	96.4	2.1
四川	19	48 844	157.7	2.3	47 800	138.9	97.9	-7.7
湖南	14	47 026	49.4	2.2	46 564	49.5	99.0	0.1
天津	9	36 502	16.9	1.7	35 439	14.8	97.1	-1.7
福建	10	30 078	62.8	1.4	29 359	60.7	97.6	-1.2
广西	2	24 456	4.0	1.1	14 819	-16.7	60.6	-15.1
山西	7	24 065	35.7	1.1	23 099	45.3	96.0	6.4
陕西	3	15 633	360.9	0.7	15 317	351.6	98.0	-2.0
江西	5	11 549	23.0	0.5	11 371	23.6	98.5	0.5
云南	2	8 626	74.0	0.4	10 494	45.4	121.6	-24.0
贵州	4	8 424	6.4	0.4	6 947	-3.4	82.5	-8.4
吉林	4	7 673	103.3	0.4	8 048	120.9	104.9	8.3
新疆	2	5 536	-12.9	0.3	15 305	235.3	276.4	204.6
安徽	2	3 274	116.5	0.2	3 274	116.5	100.0	0.0
重庆	2	3 094	560.1	0.1	2 941	580.2	95.1	2.8
北京	1	2 837	16.6	0.1	2 837	16.6	100.0	0.0
甘肃	1	2 275	87.5	0.1	1 606	110.8	70.6	7.8
青海	1	835		0.0	835		100.0	
木工机械行业	150	925 863	30.7	100.0	897 368	29.8	96.9	-0.7
山东	26	325 391	19.1	35.1	318 431	18.5	97.9	-0.5

行业及地区名称	企业数（个）	工业总产值（现价）			工业产品销售产值		工业产品销售率	
		实际完成（万元）	比上年增长（%）	在全国占比（%）	实际完成（万元）	比上年增长（%）	实际完成（%）	比上年增长百分点
江苏	26	127 576	47.7	13.8	122 749	42.8	96.2	-3.3
上海	8	108 773	50.7	11.7	101 469	53.4	93.3	1.7
河南	7	76 713	31.5	8.3	73 490	30.0	95.8	-1.1
广东	20	75 676	26.3	8.2	77 485	29.0	102.4	2.1
浙江	17	45 710	11.3	4.9	45 741	7.4	100.1	-3.6
湖北	7	28 641	-11.9	3.1	27 853	-12.9	97.2	-1.1
湖南	4	24 763	255.4	2.7	24 578	252.8	99.3	-0.7
四川	5	23 663	10.4	2.6	22 169	12.1	93.7	1.4
辽宁	11	23 646	24.8	2.6	23 194	24.9	98.1	0.1
河北	3	22 907	64.0	2.5	21 140	60.3	92.3	-2.1
黑龙江	3	14 938	51.2	1.6	12 148	58.6	81.3	3.8
福建	5	9 995	57.0	1.1	9 876	55.8	98.8	-0.8
云南	2	6 860	195.7	0.7	6 768	177.0	98.7	-6.6
吉林	1	5 279	1 420.9	0.6	5 279	1 418.3	100.0	-0.2
广西	1	2 000	67.6	0.2	1 710	67.6	85.5	0.0
江西	1	1 591	84.4	0.2	1 567	93.3	98.5	4.5
天津	1	1 199	-4.9	0.1	1 199	-4.9	100.0	0.0
安徽	1	542		0.1	522		96.3	
陕西	1	0	-100.0	0.0	0	-100		
机床附件行业	276	1 139 370	51.4	100.0	1 129 273	54.3	99.1	1.8
山东	43	293 893	49.5	25.8	283 921	53.2	96.6	2.4
辽宁	51	237 489	113.8	20.8	245 444	124.6	103.3	5.0
江苏	37	142 190	26.7	12.5	137 585	22.9	96.8	-3.0
浙江	47	134 338	29.4	11.8	129 587	26.8	96.5	-1.9
福建	5	47 034	114.1	4.1	46 754	163.6	99.4	18.7
内蒙古	1	45 129	27.0	4.0	44 136	26.7	97.8	-0.2
北京	12	39 218	35.6	3.4	37 687	24.2	96.1	-8.8
河南	5	36 465	34.1	3.2	32 802	24.9	90.0	-6.6
广东	6	24 639	20.3	2.2	23 095	22.8	93.7	1.9
上海	17	24 130	-1.2	2.1	24 418	-2.2	101.2	-1.0
陕西	4	18 911	25.1	1.7	16 028	5.6	84.8	-15.6
河北	7	18 230	41.2	1.6	18 066	46.1	99.1	3.3
湖北	7	15 914	73.6	1.4	15 236	78.5	95.7	2.6
四川	7	14 146	66.0	1.2	28 748	228.8	203.2	100.6
黑龙江	3	10 131	166.6	0.9	8 900	95.7	87.8	-31.8
安徽	3	8 908	478.9	0.8	8 804	539.5	98.8	9.4
天津	9	8 783	21.0	0.8	9 072	20.4	103.3	-0.5
重庆	2	7 533	69.9	0.7	7 282	70.5	96.7	0.3
甘肃	3	2 957	20.0	0.3	3 001	3.3	101.5	-16.4
广西	2	2 466	97.2	0.2	1 740	57.5	70.6	-17.8
宁夏	2	2 392		0.2	2 332		97.5	
山西	1	1 901	25.6	0.2	1 671	9.2	87.9	-13.3
云南	1	1 343	2.5	0.1	1 734	25.9	129.2	23.9
江西	1	1 230	16.7	0.1	1 230	24.5	100.0	6.2
工具及量具量仪行业	174	730 653	12.5	100.0	716 384	14.7	98.0	1.9
浙江	50	227 165	1.1	31.1	220 001	2.8	96.8	1.6
上海	18	66 396	34.6	9.1	66 866	36.0	100.7	1.0
山东	15	65 599	52.7	9.0	62 252	63.7	94.9	6.4
黑龙江	1	56 212	11.7	7.7	62 000	25.7	110.3	12.3
江苏	19	50 692	12.4	6.9	49 038	9.5	96.7	-2.5
河南	15	45 364	-7.0	6.2	38 644	-11.1	85.2	-3.9
广东	8	41 661	-11.7	5.7	44 655	-7.4	107.2	4.9
广西	4	33 346	32.1	4.6	31 645	29.0	94.9	-2.2
湖南	8	25 788	147.5	3.5	25 635	146.9	99.4	-0.2

行业及地区名称	企业数（个）	工业总产值（现价）			工业产品销售产值		工业产品销售率	
		实际完成（万元）	比上年增长（%）	在全国占比（%）	实际完成（万元）	比上年增长（%）	实际完成（%）	比上年增长百分点
河北	7	19 368	48.7	2.7	19 318	46.4	99.7	-1.6
四川	4	19 022	33.1	2.6	18 834	32.7	99.0	-0.2
青海	1	12 900	49.1	1.8	12 350	43.3	95.7	-3.9
重庆	2	11 896	14.4	1.6	11 838	15.0	99.5	0.5
贵州	1	9 609	-1.1	1.3	8 932	5.5	93.0	5.8
江西	3	9 381	17.4	1.3	9 233	17.4	98.4	0.0
辽宁	5	8 742	7.8	1.2	8 738	8.9	100.0	1.0
陕西	2	8 723	39.0	1.2	8 811	43.5	101.0	3.1
北京	3	6 732	-57.1	0.9	6 320	-59.4	93.9	-5.4
天津	3	6 673	24.7	0.9	6 545	19.1	98.1	-4.6
安徽	3	3 883	-12.8	0.5	3 249	-2.4	83.7	8.9
福建	1	1 185	-17.5	0.2	1 158	-13.7	97.7	4.3
甘肃	1	316	31.1	0.0	322	35.4	102.1	3.3
切削工具行业	544	3 561 136	35.7	100.0	3 466 839	37.3	97.4	-1.3
江苏	127	1 568 080	35.3	44.0	1 523 148	36.5	97.1	0.9
山东	46	386 981	68.1	10.9	365 634	66.1	94.5	-1.1
浙江	110	308 809	40.1	8.7	295 072	41.3	95.6	0.8
广东	34	216 672	25.6	6.1	219 814	30.1	101.5	3.5
河北	23	200 498	40.8	5.6	195 607	48.2	97.6	4.9
上海	33	151 378	12.7	4.3	157 330	15.7	103.9	2.7
四川	16	126 095	55.1	3.5	127 768	63.2	101.3	5.0
湖南	12	125 735	26.3	3.5	123 987	26.6	98.6	0.2
湖北	31	100 565	42.2	2.8	91 893	42.1	91.4	-0.1
福建	11	73 680	35.2	2.1	71 716	37.2	97.3	1.4
辽宁	18	54 559	3.7	1.5	52 553	5.8	96.3	1.8
安徽	21	52 837	-4.8	1.5	49 760	-8.7	94.2	-4.0
贵州	6	44 375	37.8	1.2	44 131	43.2	99.4	3.8
陕西	6	37 991	17.7	1.1	39 295	26.7	103.4	7.3
黑龙江	6	25 008	123.8	0.7	24 905	132.0	99.6	3.6
河南	3	20 476	30.0	0.6	19 019	28.0	92.9	-1.5
天津	10	13 793	33.2	0.4	13 328	21.3	96.6	-9.5
吉林	5	12 438	32.1	0.3	12 090	28.6	97.2	-2.6
广西	4	10 590	44.0	0.3	10 291	79.0	97.2	19.0
江西	5	8 359	-27.3	0.2	7 942	-26.5	95.0	1.0
山西	4	7 526	-8.9	0.2	7 364	-5.1	97.8	3.9
北京	7	6 546	-11.4	0.2	6 641	-8.3	101.5	3.4
重庆	4	6 452	88.0	0.2	6 292	85.4	97.5	-1.3
甘肃	2	1 694	-13.5	0.0	1 259	-35.0	74.3	-24.6
磨料磨具行业	1 211	6 145 037	40.3	100.0	6 048 092	40.2	98.4	-0.1
河南	200	1 846 772	45.2	30.1	1 827 303	45.9	98.9	0.5
山东	124	773 310	43.7	12.6	757 029	42.3	97.9	-1.0
江苏	135	450 210	30.4	7.3	438 147	32.4	97.3	1.5
辽宁	75	415 535	71.6	6.8	406 749	70.0	97.9	-0.9
湖南	50	306 741	63.4	5.0	293 827	62.1	95.8	-0.7
广东	91	296 479	41.2	4.8	299 693	43.4	101.1	1.5
北京	35	226 674	7.5	3.7	226 251	8.7	99.8	1.1
河北	32	224 260	37.9	3.6	223 759	37.2	99.8	-0.6
四川	58	196 782	80.8	3.2	182 936	70.8	93.0	-5.4
上海	26	160 934	2.9	2.6	182 227	11.9	113.2	9.1
湖北	34	148 403	22.9	2.4	144 553	24.8	97.4	1.5
浙江	57	123 408	33.5	2.0	117 057	29.5	94.9	-2.9
吉林	17	114 588	4.7	1.9	109 290	2.9	95.4	-1.7
内蒙古	9	111 256	11.1	1.8	110 918	10.9	99.7	-0.2
福建	45	97 973	34.1	1.6	95 500	34.9	97.5	0.6
安徽	51	97 911	124.1	1.6	93 810	127.6	95.8	1.5
江西	31	76 914	24.3	1.3	76 191	25.6	99.1	1.0
宁夏	19	67 549	21.5	1.1	62 666	9.6	92.8	-10.1
青海	10	59 286	86.8	1.0	58 460	90.3	98.6	1.8

行业及地区名称	企业数（个）	工业总产值（现价）			工业产品销售产值		工业产品销售率	
		实际完成（万元）	比上年增长（%）	在全国占比（%）	实际完成（万元）	比上年增长（%）	实际完成（%）	比上年增长百分点
甘肃	10	53 067	59.6	0.9	52 328	42.1	98.6	-12.2
广西	20	52 477	74.6	0.9	51 150	80.4	97.5	3.2
贵州	20	52 197	25.5	0.8	52 186	29.3	100.0	2.9
黑龙江	8	44 768	48.9	0.7	42 136	33.8	94.1	-10.6
山西	15	43 526	2.5	0.7	44 694	9.2	102.7	6.3
云南	5	33 777	19.0	0.5	33 502	15.6	99.2	-2.9
天津	8	29 620	22.6	0.5	27 073	14.8	91.4	-6.3
新疆	6	18 902	127.5	0.3	17 945	128.7	94.9	0.5
陕西	15	11 980	-2.2	0.2	11 086	-2.1	92.5	0.1
重庆	3	7 544	57.3	0.1	7 569	58.1	100.3	0.5
海南	2	2 194	4.7	0.0	2 057	4.6	93.8	0.0
其他金属加工机械行业	491	2 438 277	47.9	100.0	2 380 600	48.8	97.6	0.5
江苏	83	593 574	61.1	24.3	588 247	62.7	99.1	1.0
山东	54	399 616	34.0	16.4	394 214	33.3	98.6	-0.5
四川	58	230 219	68.2	9.4	223 035	69.6	96.9	0.8
辽宁	53	224 120	85.0	9.2	219 542	92.8	98.0	4.0
浙江	35	205 254	28.4	8.4	200 889	29.8	97.9	1.1
上海	52	178 889	24.5	7.3	174 453	22.6	97.5	-1.4
广东	38	143 952	16.2	5.9	140 618	25.7	97.7	7.3
河南	8	88 920	65.0	3.6	82 288	73.5	92.5	4.5
吉林	2	84 391	42.8	3.5	79 825	38.7	94.6	-2.8
天津	16	77 610	80.6	3.2	73 340	53.5	94.5	-16.7
湖南	12	29 869	49.0	1.2	29 610	47.7	99.1	-0.9
安徽	4	28 756	49.5	1.2	25 814	58.1	89.8	4.9
北京	14	28 411	21.3	1.2	27 565	19.8	97.0	-1.3
湖北	14	26 827	80.6	1.1	25 615	77.2	95.5	-1.8
福建	11	18 291	39.7	0.8	18 416	41.3	100.7	1.1
河北	7	15 299	88.4	0.6	14 998	92.4	98.0	2.0
陕西	6	12 634	332.4	0.5	12 094	338.0	95.7	1.2
重庆	5	10 655	-0.7	0.4	11 805	0.0	110.8	0.8
黑龙江	3	9 499	70.4	0.4	9 499	70.4	100.0	0.0
甘肃	4	7 988	20.8	0.3	7 441	21.1	93.1	0.2
广西	5	6 611	184.3	0.3	6 029	166.5	91.2	-6.1
江西	2	5 992	18.8	0.2	6 303	24.9	105.2	5.1
贵州	1	4 984	45.1	0.2	3 544	9.7	71.1	-23.0
内蒙古	2	3 295	21.5	0.1	3 295	21.9	100.0	0.3
山西	1	1 800	38.5	0.1	1 300	18.2	72.2	-12.4
云南	1	821	33.4	0.0	821	33.4	100.0	0.0

〔供稿人：中国机床工具工业协会周秀茹、黑杉〕

2007 年中国机床工具出口统计

Export Statistics of China Machine Tools in 2007

税号 Tariff item	项目名称 Name of item	出口量 Export volume			出口额 Export value		
		2007	2006	比上年增长 Change（%）	2007（万美元 USD10000）	2006（万美元 USD10000）	比上年增长 Change（%）
	机床工具总计 Grand total of machine tools				520 057.5	381 817.7	36.21
	金属加工机床合计 Total of metalworking machines	8 315 938	7 911 997	5.11	165 104.8	118 608.8	39.20
	其中：数控 In which：NC	21 634	13 483	60.45	49 521.4	33 406.0	48.24

税号 Tariff item	项目名称 Name of item	出口量 Export volume			出口额 Export value		
		2007	2006	比上年 增长 Change(%)	2007（万美元 USD10000）	2006（万美元 USD10000）	比上年增长 Change(%)
8456~8461	金属切削机床小计 Sub-total of metal-cutting machines	7 977 173	7 668 933	4.02	121 909.6	92 659.3	31.57
	其中:数控 In which :NC	19 798	11 967	65.44	41 221.3	27 594.4	49.38
8456.00	特种加工机床 Non-traditional machines	192 559	79 159	143.26	24 235.8	18 917.4	28.11
	其中:数控 In which :NC	10 674	5 919	80.33	16 391.6	12 236.3	33.96
8456.10	用激光、其他光或光子束处理材料的加工机床 Laser or other light or photon beam processing machines	7 525	3 362	123.83	6 919.0	3 762.8	83.88
8456.20	用超声波处理材料的加工机床 Ultrasonic machines	97	51	90.20	49.2	26.1	88.37
8456.30	用放电处理各种材料的加工机床 Electro-discharge processing machines	3 427	2 849	20.29	9 673.3	9 638.8	0.36
	其中:数控 In which :NC	3 149	2 557	23.15	9 472.6	8 473.5	11.79
8456.9010	等离子切割机 cutting machines of plasma arc	168 915	59 606	183.39	5 529.5	2 751.3	100.98
8456.9090	其他化学、电子、离子束或等离子弧加工机床 Other electro-chemical, electron beam, ionic-beam or plasma arc processing machines	12 595	13 291	-5.24	2 064.8	2 738.4	-24.60
8457.10	加工中心 Machining centers	744	854	-12.88	5 237.2	3 111.0	68.34
	立式加工中心 Vertical	558	439	27.11	2 551.4	1 875.3	36.05
	卧式加工中心 Horizontal	70	46	52.17	1 179.5	656.7	79.60
	龙门式加工中心 Plano	86	27	218.52	1 114.6	495.2	125.07
	其他加工中心 Others	30	342	-91.23	391.8	83.7	367.84
8457.20	单工位组合加工机床 Unit construction machines	1 256	607	106.92	524.9	402.4	30.43
8457.30	多工位组合加工机床 Multi-station transfer machines	1 134	323	251.08	356.4	199.7	78.49
8458.00	车床 Lathes	106 380	86 126	23.52	34 532.9	23 182.8	48.96
	其中:数控 In which :NC	7 121	4 443	60.27	15 539.9	9 181.7	69.25
	卧式车床 Horizontal lathes	45 833	35 763	28.16	28 788.8	19 211.7	49.85
	其中:数控 In which :NC	6 988	4 284	63.12	14 654.3	8 682.4	68.78
	其他车床 Other lathes	60 547	50 363	20.22	5 744.1	3 971.1	44.65
	其中:数控 In which :NC	133	159	-16.35	885.6	499.3	77.35
8459.10~20	钻床 Drilling machines	1 349 054	1 355 166	-0.45	14 542.9	11 561.1	25.79

税号 Tariff item	项目名称 Name of item	出口量 Export volume			出口额 Export value		
		2007	2006	比上年 增长 Change(%)	2007（万美元 USD10000）	2006（万美元 USD10000）	比上年增长 Change(%)
	其中:数控 In which :NC	139	61	127.87	1 321.5	394.9	234.65
	其他钻床 Other drilling machines	1 348 592	1 355 014	-0.47	13 151.7	11 134.9	18.11
8459.30 ~ 40	镗床 Boring machines	2 412	1 970	22.44	2 065.6	1 487.7	38.84
	其中:数控 In which :NC	62	32	93.75	783.9	483.3	62.19
	镗铣床 Boring – milling machines	173	95	82.11	939.9	542.4	73.30
	其中:数控 In which :NC	41	29	41.38	690.5	467.0	47.86
	其他镗床 Other boring machines	2 239	1 875	19.41	1 125.6	945.3	19.07
	其中:数控 In which :NC	21	3	600.00	93.3	16.3	472.70
8459.50 ~ 60	铣床 Milling machines	41 806	34 250	22.06	6 760.2	4 623.7	46.21
	其中:数控 In which :NC	716	364	96.70	585.0	505.0	15.83
	升降台铣床 Milling machines, knee – type	22 588	15 783	43.12	4 337.7	3 032.0	43.06
	其中:数控 In which :NC	47	46	2.17	65.4	40.9	60.02
	龙门铣床 Planomilling machines	117	24	387.50	83.6	225.6	-62.94
	其中:数控 In which :NC	111	22	404.55	37.0	202.7	-81.73
	其他铣床 Other milling machines	19 101	18 443	3.57	2 338.9	1 366.1	71.21
	其中:数控 In which :NC	558	296	88.51	482.5	261.4	84.59
8459.70	其他攻螺纹机床 Other thread producing machines	25 842	20 309	27.24	628.2	436.2	44.01
8460.00	磨床 Grinding machines	3 644 374	3 377 027	7.92	14 087.7	11 582.3	21.63
	其中:数控 In which :NC	123	204	-39.71	676.9	1 412.1	-52.07
	平面磨床 Surface grinding machines	2 277	1 670	36.35	1 340.8	1 057.5	26.79
	其中:数控 In which :NC	25	28	-10.71	96.4	59.3	62.37
	外圆磨床 Cylindrical grinding machines	368	251	46.61	885.2	545.8	62.17
	其中:数控 In which :NC	31	23	34.78	202.9	60.5	235.14
	内圆磨床 Internal grinding machines	19	11	72.73	50.4	25.3	99.16
	其中:数控 In which :NC	4	2	100.00	20.2	9.4	115.17
	其他磨床 Other grinding machines	483	587	-17.72	638.1	1 382.7	-53.85
	其中:数控 In which :NC	32	137	-76.64	351.5	1 181.6	-70.26

税号 Tariff item	项目名称 Name of item	出口量 Export volume			出口额 Export value		
		2007	2006	比上年 增长 Change（%）	2007（万美元 USD10000）	2006（万美元 USD10000）	比上年增长 Change（%）
	轧辊磨床 Grinding machines of roll	74	41	80.49	67.5	40.5	66.75
	工具磨床 Tool grinding machines	81 176	16 234	400.04	306.6	277.8	10.36
	其中:数控 In which :NC	31	14	121.43	5.9	101.2	−94.12
	珩磨机 Honing machines	187	149	25.50	138.8	44.6	211.31
	研磨机 Lapping machines	347	329	5.47	354.6	426.8	−16.93
	砂轮机 Grinding wheel machines	2 940 858	2 812 231	4.57	4 917.1	4 211.9	16.74
	抛光机 Polishing machines	618 585	545 524	13.39	5 388.7	3 569.4	50.97
8461. 2010 8461.90	刨床 Planing machines	287	285	0.70	148.9	140.3	6.11
8461.2020	插床 Slotting machines	97	102	−4.90	69.9	70.2	−0.49
8461.30	拉床 Broaching machines	12	417	−97.12	57.1	3.9	1367.90
8461.40	齿轮加工机床 Gear cutting machines	30 439	7 022	333.48	1 555.4	707.5	119.84
	其中:数控 In which :NC	219	90	143.33	685.4	270.1	153.77
8461.50	锯床 Sawing machines	2 572 127	2 691 268	−4.43	16 737.3	15 856.3	5.56
8461.90	其他金属切削机床 Other machine tools	8 650	14 048	−38.43	369.3	376.7	−1.97
8462 ~ 8463	金属成形机床小计 Subtotal of metal forming machines	338 765	243 064	39.37	43 195.2	25 949.5	66.46
8462.00	主要金属成形机床 Main metal forming machines	317 565	221 181	43.58	36 864.2	22 404.9	64.54
	其中:数控 In which :NC	1 836	1 516	21.11	8 300.0	5 811.6	42.82
8462.10	锻造或冲压机床 Forging or die – stamping machines	2 757	2 201	25.26	3 968.0	2 553.4	55.4
	其中:数控 In which :NC	227	188	20.74	1 583.5	977.8	61.94
8462.20	成形折弯机 Forming and bending machines	191 886	147 996	29.66	11 724.8	6 965.3	68.33
	其中:数控 In which :NC	1 021	798	27.94	4 048.4	2 136.4	89.5
	矫直机 Straightening machines	460	364	26.37	797.6	687.3	16.05
	其中:数控 In which :NC	23	65	−64.62	224.5	249.1	−9.85
	其他成形折弯机 Other forming, bending machines	191 426	147 632	29.66	10 927.3	6 278.1	74.05
	其中:数控 In which :NC	998	733	36.15	3 823.9	1 887.3	102.61
8462.30	剪切机床 Shearing machines	39 458	26 680	47.89	7 045.9	5 030.3	40.07
	其中:数控 In which :NC	393	251	56.57	1 393.8	896.7	55.44

税号 Tariff item	项目名称 Name of item	出口量 Export volume			出口额 Export value		
		2007	2006	比上年 增长 Change(%)	2007（万美元 USD10000）	2006（万美元 USD10000）	比上年增长 Change(%)
	板带纵剪机 Shearing lengthwise machines	112	91	23.08	565.9	623.5	−9.23
	其中:数控 In which :NC	20	25	−20.00	238.5	195.0	22.28
	板带横剪机 Shearing transverse machines	1 400	1 246	12.36	2 685.3	1 969.8	36.32
	其中:数控 In which :NC	203	137	48.18	867.8	447.8	93.80
	其他剪板机 Other plate shearing machines	37 946	25 343	49.73	3 794.8	2 437.0	55.72
	其中:数控 In which :NC	170	89	91.01	287.5	253.8	13.25
8462.40	冲床 Punching machines	1 402	1 536	−8.72	2 185.7	1 040.8	110.01
	其中:数控 In which :NC	195	95	105.26	1 274.4	700.4	81.96
8462.91	液压压力机 Hydraulic presses	63 454	24 112	163.16	6 865.7	3 048.0	125.25
8462.99	机械压力机 Mechanical presses	18 608	18 656	−0.26	5 074.0	3 767.1	34.69
8463.00	金属或金属陶瓷的其他非切削机床 Other machine – tools for working metal or cermets, without removing material	21 200	21 883	−3.12	6 331.0	3 544.6	78.61
8454.30	铸造机 Foundry machines	1 453	784	85.33	4 367.0	3 873.7	12.73
	其中:数控 In which :NC	394	252	56.35	1 563.7	1 346.8	16.11
8465.00	木工机床 Woodworking machines	5 740 213	3 618 955	58.62	58 595.4	40 959.5	43.06
	组合加工机床 Modular machines	347 103	78 420	342.62	7 123.7	1 904.6	274.03
	锯切加工机床 Sawing machines	3 660 598	2 585 612	41.58	30 028.9	19 900.1	50.90
	刨铣加工机床 Planing and milling machines	424 432	484 664	−12.43	9 997.5	9 689.5	3.18
	磨削抛光机床 Grinding and polishing machines	978 622	132 700	637.47	3 360.3	1 805.6	86.11
	弯曲装配机床 Bending and assembling machines	587	448	31.03	690.8	394.3	75.21
	钻孔凿榫机床 Drilling and mortising machines	24 517	25 151	−2.52	1 207.3	1 754.0	−31.17
	剖劈切削机床 Cleaving and cutting machines	230 556	218 192	5.67	2 915.3	3 246.3	−10.20
	其他加工机床 Other machines	73 798	93 768	−21.30	3 271.5	2 265.2	44.42
8466.10 ~ 30	机床夹具,附件 Machine jigs, accessories	32 947 002	24 184 134	36.23	11 310.7	8 046.0	40.58
	工具夹具刀具 Cutter tool clamps	23 000 188	18 771 867	22.52	8 973.1	6 381.3	40.62
	工件夹具 Workpiece clamps	8 817 870	4 482 834	96.70	1 994.9	1 413.1	41.18

税号 Tariff item	项目名称 Name of item	出口量 Export volume			出口额 Export value		
		2007	2006	比上年 增长 Change(%)	2007（万美元 USD10000）	2006（万美元 USD10000）	比上年增长 Change(%)
	分度头及其他专用附件 Indexing clamps and other accessories	1 128 944	929 433	21.47	342.6	251.7	36.12
8466.90	机床零件,部件 Machine parts, components	258 880 597	196 858 757	31.51	50 027.0	35 303.7	41.70
8466.93	税号 8456 至 8461 所列机器用的 零件、附件 Machine parts and accessories of tariff numbers 8456 to 8461	228 660 477	174 904 652	30.73	39 943.5	28 042.7	42.44
8466.94	税号 8462 或 8463 所列机器用的 零件、附件 Machine parts and accessories of tariff numbers 8462 or 8463	30 220 120	21 954 105	37.65	10 083.5	7 260.9	38.87
8537.10	数控装置 Numeric control devices	12 819 424	6 665 477	92.33	40 152.3	26 902.9	49.25
	量具刃具合计 Total of measuring tools and cutting tools				98 960.4	76 177.5	29.91
8202~8207	切削刀具,工具 Cutting tools, tools	133 930 441	107 582 526	24.49	90 719.9	68 442.3	32.55
8202.00	带锯片、圆锯片 Band saw blades, circular saw blades	61 768 524	47 829 041	29.14	28 411.7	20 844.7	36.30
8207.00	锻压或冲压工具 Forging or die – stamping tools	7 742 825	6 049 076	28.00	5 360.4	3 866.3	38.64
	攻丝工具 Thread producing tools	5 975 936	5 347 895	11.74	5 340.8	4 215.5	26.70
	硬质合金钻头 Carbide – tipped bits	354 753	206 187	72.05	957.2	951.6	0.59
	普通钻头 Ordinary bits	55 019 183	45 467 108	21.01	42 839.3	32 109.1	33.42
	硬质合金镗刀 Carbide boring cutters	350 379	173 845	101.55	384.6	136.6	181.56
	普通镗刀 Ordinary boring cutters	616 136	446 003	38.15	1 418.5	1 231.7	15.16
	铣刀 Milling cutters	946 097	875 269	8.09	4 949.6	4 078.5	21.36
	车刀 Turning tools	1 156 608	1 188 102	-2.65	1 057.8	1 008.4	4.90
9017.30	量具 Measuring tools	23 632 173	26 154 719	-9.64	8 240.5	7 735.2	6.53
	磨料磨具合计 Total of abrasives and abrasive tools				91 540.0	71 945.6	27.24
2513.20	天然刚玉 Natural corundum	24 160 171	24 192 831	-0.13	378.1	501.6	-24.61
2818.10	人造刚玉 Artificial corundum	843 854 182	694 510 468	21.50	31 976.6	22 495.7	42.15
2849.20	碳化硅 Silicon carbide	242 868 276	234 919 500	3.38	21 457.5	18 135.8	18.32
2849.90	碳化硼 Boron carbide	3 508 396	3 753 217	-6.52	3 601.3	4 159.1	-13.41
6804.10	碾磨或磨浆用石磨、石碾 Stone grinders and stone rolls used for milling	2 283 381	3 869 449	-40.99	67.7	112.6	-39.87

税号 Tariff item	项目名称 Name of item	出口量 Export volume			出口额 Export value		
		2007	2006	比上年增长 Change(%)	2007（万美元 USD10000）	2006（万美元 USD10000）	比上年增长 Change(%)
6804.21	合成或天然金刚石制石磨、石碾 Stone grinders and stone rolls made of synthetic diamond and natural diamond	8 137 722	4 478 981	81.69	1 818.7	1 067.6	70.35
6804.22	其他粘聚磨料制砂轮、石磨、石碾 Emery wheels, millstones and grind-stones made of other bonded abrasives	112 369 950	92 071 459	22.05	13 531.6	10 664.9	26.88
6804.23	天然石料制砂轮、石磨、石碾 Emery wheels, millstones and grind-stones made of natural stones	19 174 891	13 038 575	47.06	2 237.9	1 783.6	25.47
6804.30	手工油石、磨石 Hand oilstones, sharpening stones	9 312 867	9 268 687	0.48	778.8	662.3	17.60
6805.10	砂布 Emery cloth	16 453 525	14 430 912	14.02	4 626.5	3 756.3	23.17
6805.20	砂纸 Sand paper	15 767 815	15 421 537	2.25	3 355.1	3 010.6	11.44
6805.30	以其他材料为底的研磨料 And abrasives based on other material	964 078	828 592	16.35	997.0	926.1	7.65
7102.21	未加工的工业钻石 Unworked industrial diamonds	0	999	-100.00	0	1.2	-100.00
7102.29	其他工业钻石 Other industrial diamonds	126 170	6 560	1 823.32	10.1	0.5	2 040.46
7105.10	天然、人工合成的钻石粉末 Natural or Synthetic diamond powder	847 226 588	613 694 929	38.05	6 703.0	4 667.6	43.61

注：1. 磨料磨具中税号为7102和7105的商品计量单位是克拉，其他商品计量单位是千克。
   In the abrasives and grinding tools, the unit of measurement for commodities of tariff numbers 7102 and 7105 is carat, and that for other commodities is kilogram.
   2. 税号为8202、8207和8466的商品计量单位是千克。
   The unit of measurement for commodities of tariff numbers 8202, 8207 and 8466 is kilogram.
   3. 税号为8537和9017的商品计量单位是个。
   The unit of measurement for commodities of tariff numbers 8537 and 9017 is piece.

〔供稿人：中国机床工具工业协会李卫青〕

2007 年中国机床工具进口统计

Import Statistics of China Machine Tools in 2007

税号 Tariff item	项目名称 Name of item	进口量 Import volume			进口额 Import value		
		2007	2006	比上年增长 Change（%）	2007（万美元 USD10000）	2006（万美元 USD10000）	比上年增长 Change(%)
	机床工具总计 Grand total of machine tools				1 177 265.9	1 113 613.5	5.72
	金属加工机床合计 Total of metalworking machines	107 672	108 634	-0.89	707 219.6	724 345.4	-2.36
	其中：数控 In which :NC	44 782	39 887	12.27	536 411.8	531 627.0	0.90
8456～8461	金属切削机床小计 Sub - total of metal - cutting machines	77 076	73 883	4.32	523 982.7	547 612.8	-4.32
	其中：数控 In which :NC	38 262	33 693	13.56	443 132.1	447 162.8	-0.90

税号 Tariff item	项目名称 Name of item	进口量 Import volume			进口额 Import value		
		2007	2006	比上年增长 Change（%）	2007（万美元 USD10000）	2006（万美元 USD10000）	比上年增长 Change（%）
8456.00	特种加工机床 Non－traditional machines	9 915	9 405	5.42	74 161.8	122 115.9	−39.27
	其中：数控 In which：NC	8 850	7 986	10.82	72 281.5	117 971.1	−38.73
8456.10	用激光、其他光或光子束处理材料 的加工机床 Laser or other light or photon beam processing machines	3 381	2 566	31.76	39 352.5	33 427.3	17.73
8456.20	用超声波处理材料的加工机床 Ultrasonic machines	652	725	−10.07	939.3	1 981.2	−52.59
8456.30	用放电处理各种材料的加工机床 Electro－discharge processing ma- chines	3 749	4 115	−8.89	27 559.1	31 170.1	−11.58
	其中：数控 In which：NC	3 336	3 421	−2.48	26 618.1	29 006.5	−8.23
8456.9010	等离子切割机 cutting machines of plasma arc	1 890	1 507	25.41	3 202.2	46 053.9	−93.05
8456.9090	其他化学、电子、离子束或等离子 弧加工机床 Other electro－chemical, electron beam, ionic－beam or plasma arc processing machines	243	492	−50.61	3 108.6	9 483.5	−67.22
8457.10	加工中心 Machining centers	13 849	12 412	11.58	172 518.9	158 133.6	9.10
	立式加工中心 Vertical	11 172	9 978	11.97	85 791.1	81 429.3	5.36
	卧式加工中心 Horizontal	1 622	1 479	9.67	55 731.3	52 943.3	5.27
	龙门式加工中心 Plano	569	446	27.58	19 388.0	13 037.6	48.71
	其他加工中心 Others	486	509	−4.52	11 608.3	10 723.3	8.25
8457.20	单工位组合加工机床 Unit construction machines	159	209	−23.92	2 010.7	3 409.4	−41.02
8457.30	多工位组合加工机床 Multi－station transfer machines	532	514	3.50	7 958.0	10 480.0	−24.07
8458.00	车床 Lathes	14 391	15 350	−6.25	71 771.5	63 432.4	13.15
	其中：数控 In which：NC	7 214	6 997	3.10	65 550.8	55 709.2	17.67
	卧式车床 Horizontal lathes	8 152	8 165	−0.16	44 874.6	36 388.9	23.32
	其中：数控 In which：NC	5 043	4 598	9.68	41 800.9	32 670.3	27.95
	其他车床 Other lathes	6 239	7 185	−13.17	26 896.9	27 043.5	−0.54
	其中：数控 In which：NC	2 171	2 399	−9.50	23 749.9	23 038.8	3.09
8459.10 ~ 20	钻床 Drilling machines	5 427	5 102	6.37	17 975.3	21 195.1	−15.19
	其中：数控 In which：NC	1 124	1 369	−17.90	15 147.5	18 216.8	−16.85
	其他钻床 Other drilling machines	3 998	3 429	16.59	1 714.9	2 200.1	−22.05

税号 Tariff item	项目名称 Name of item	进口量 Import volume			进口额 Import value		
		2007	2006	比上年增长 Change（%）	2007（万美元 USD10000）	2006（万美元 USD10000）	比上年增长 Change（%）
8459.30～ 40	镗床 Boring machines	652	764	-14.66	12 013.8	12 955.6	-7.27
	其中：数控 In which：NC	231	260	-11.15	10 323.6	11 184.4	-7.70
	镗铣床 Boring - milling machines	295	342	-13.74	7 689.7	7 910.8	-2.80
	其中：数控 In whtch：NC	130	162	-19.75	6 848.5	6 936.4	-1.27
	其他镗床 Other boring machines	357	422	-15.40	4 324.2	5 044.8	-14.28
	其中：数控 In which：NC	101	98	3.06	3 475.0	4 248.0	-18.20
8459.50～ 60	铣床 Milling machines	6 840	4 782	43.04	36 461.5	25 676.1	42.01
	其中：数控 In which：NC	4 119	1 839	123.98	31 907.7	21 254.3	50.12
	升降台铣床 Milling machines，knee - type	964	1 167	-17.40	1 941.3	3 209.9	-39.52
	其中：数控 In which：NC	179	298	-39.93	1 003.9	1 899.9	-47.16
	龙门铣床 Planomilling machines	397	332	19.58	8 490.7	6 693.9	26.84
	其中：数控 In which：NC	239	196	21.94	7 631.7	6 096.9	25.17
	其他铣床 Other milling machines	5 479	3 283	66.89	26 029.5	15 772.2	65.03
	其中：数控 In which：NC	3 701	1 345	175.17	23 272.1	13 257.5	75.54
8459.70	其他攻丝机床 Other thread producing machines	2 016	2 135	-5.57	6 287.2	4 027.0	56.13
8460.00	磨床 Grinding machines	14 485	15 406	-5.98	91 875.5	94 290.7	-2.56
	其中：数控 In which：NC	2 609	2 559	1.95	62 047.8	53 873.2	15.17
	平面磨床 Surface grinding machines	3 252	3 441	-5.49	9 619.3	10 701.2	-10.11
	其中：数控 In which：NC	526	648	-18.83	5 600.0	7 304.2	-23.33
	外圆磨床 Cylindrical grinding machines	1 079	1 010	6.83	24 664.9	24 102.2	2.33
	其中：数控 In which：NC	720	502	43.43	22 870.3	18 226.8	25.48
	内圆磨床 Internal grinding machines	267	334	-20.06	5 068.1	5 205.3	-2.64
	其中：数控 In which：NC	190	248	-23.39	4 638.1	4 877.3	-4.90
	其他磨床 Other grinding machines	1 001	1 281	-21.86	19 182.0	18 993.6	0.99
	其中：数控 In which：NC	501	593	-15.51	18 018.6	17 025.5	5.83
	轧辊磨床 Grinding machines of roll	39	39	0.00	98.3	1 577.2	-93.76
	工具磨床 Tool grinding machines	1276	1 345	-5.13	11 792.1	7 584.5	55.48

税号 Tariff item	项目名称 Name of item	进口量 Import volume			进口额 Import value		
		2007	2006	比上年增长 Change（%）	2007（万美元 USD10000）	2006（万美元 USD10000）	比上年增长 Change（%）
	其中:数控 In which :NC	672	568	18.31	10 920.8	6 439.4	69.59
	珩磨机 Honing machines	205	195	5.13	2 489.4	4 353.2	−42.81
	研磨机 Lapping machines	2 723	3 069	−11.27	10 731.7	11 975.0	−10.38
	砂轮机 Grinding wheel machines	2 623	2 053	27.76	570.8	592.0	−3.59
	抛光机 Polishing machines	2 020	2 639	−23.46	7 658.9	9 206.4	−16.81
8461.2010 8461.90	刨床 Planing machines	138	125	10.40	689.4	833.3	−17.28
8461.2020	插床 Slotting machines	26	41	−36.59	64.5	116.7	−44.68
8461.30	拉床 Broaching machines	150	154	−2.60	1 298.9	2 682.7	−51.58
8461.40	齿轮加工机床 Gear cutting machines	958	1 033	−7.26	14 965.4	13 031.1	14.84
	其中:数控 In which :NC	266	271	−1.85	13 354.4	10 820.2	23.42
8461.50	锯床 Sawing machines	5 972	4 581	30.36	10 213.0	10 732.5	−4.84
8461.90	其他金属切削机床 Other machine tools	1 566	1 870	−16.26	3 717.4	4 500.6	−17.40
8462 ~ 8463	金属成形机床小计 Subtotal of metal forming machines	30 596	34 751	−11.96	183 236.9	176 732.5	3.68
8462.00	主要金属成形机床 Main metal forming machines	25 260	28 647	−11.82	164 117.0	156 670.7	4.75
	其中:数控 In which :NC	6 520	6 194	5.26	93 279.7	84 464.2	10.44
8462.10	锻造或冲压机床 Forging or die – stamping machines	6 604	8 613	−23.33	47 052.8	51 308.2	−8.29
	其中:数控 In which :NC	1 933	1 862	3.81	29 229.0	27 529.3	6.17
8462.20	成形折弯机 Forming and bending machines	3 658	3 856	−5.13	24 253.5	23 741.6	2.16
	其中:数控 In which :NC	1 227	1 237	−0.81	18 225.1	15 686.6	16.18
	矫直机 Straightening machines	762	1 057	−27.91	8 534.6	8 842.8	−3.49
	其中:数控 In which :NC	156	266	−41.35	5 911.2	5 582.2	5.89
	其他成形折弯机 Other forming, bending machines	2 896	2 799	3.47	15 718.9	14 898.8	5.50
	其中:数控 In which :NC	1 071	971	10.30	12 314.0	10 104.4	21.87
8462.30	剪切机床 Shearing machines	1 252	1 266	−1.11	17 105.1	13 070.2	30.87
	其中:数控 In which :NC	434	365	18.90	12 269.0	8 285.3	48.08
	板带纵剪机 Shearing lengthwise machines	166	164	1.22	6 185.1	5 377.8	15.01
	其中:数控 In which :NC	84	66	27.27	4 462.8	3 927.4	13.63

税号 Tariff item	项目名称 Name of item	进口量 Import volume			进口额 Import value		
		2007	2006	比上年增长 Change（%）	2007（万美元 USD10000）	2006（万美元 USD10000）	比上年增长 Change（%）
	板带横剪机 Shearing transverse machines	178	169	5.33	5 946.3	3 777.0	57.43
	其中：数控 In which：NC	115	84	36.90	5 193.3	1 972.8	163.25
	其他剪板机 Other plate shearing machines	908	933	-2.68	4 973.7	3 915.4	27.03
	其中：数控 In which：NC	235	215	9.30	2 612.9	2 385.1	9.55
8462.40	冲床 Punching machines	5 282	4 596	14.93	39 956.3	32 095.5	24.49
	其中：数控 In which：NC	2 926	2 261	29.41	33 556.5	26 363.0	27.29
8462.91	液压压力机 Hydraulic presses	2 158	2 588	-16.62	18 392.7	20 183.9	-8.87
8462.99	机械压力机 Mechanical presses	6 306	7 728	-18.40	17 356.5	16 271.3	6.67
8463.00	金属或金属陶瓷的其他非切削机床 Other machine - tools for working metal or cermets, without removing material	5 336	6 104	-12.58	19 119.9	20 061.8	-4.70
8454.30	铸造机 Foundry machines	1 123	1 528	-26.51	25 017.9	32 150.5	-22.19
	其中：数控 In which：NC	296	352	-15.91	9 834.6	10 726.1	-8.31
8465.00	木工机床 Woodworking machines	28 689	21 831	31.41	80 039.1	65 761.4	21.71
	组合加工机床 Modular machines	189	156	21.15	773.6	851.9	-9.19
	锯切加工机床 Sawing machines	6 664	2 988	123.03	3 586.5	2 429.9	47.60
	刨铣加工机床 Planing and milling machines	4 382	3 944	11.11	9 315.6	9 283.4	0.35
	磨削抛光机床 Grinding and polishing machines	4 204	3 002	40.04	6 104.1	6 251.1	-2.35
	弯曲装配机床 Bending and assembling machines	952	750	26.93	1 839.8	1 362.3	35.05
	钻孔凿榫机床 Drilling and mortising machines	4 610	4 045	13.97	37 673.9	24 725.2	52.37
	剖劈切削机床 Cleaving and cutting machines	4 036	3 419	18.05	9 912.7	10 146.7	-2.31
	其他加工机床 Other machines	3 652	3 527	3.54	10 832.9	10 710.8	1.14
8466.10~ 30	机床夹具,附件 Machine jigs, accessories	9 843 897	5 342 177	84.27	36 807.1	24 465.1	50.45
	工具夹具刀具 Cutter tool clamps	2 008 255	1 710 466	17.41	8 427.5	6 192.3	36.10
	工件夹具 Workpiece clamps	5 260 607	2 975 584	76.79	22 630.1	16 095.2	40.60
	分度头及其他专用附件 Indexing clamps and other accessories	2 575 035	656 127	292.46	5 749.5	2 177.6	164.03
8466.90	机床零件,部件 Machine parts, components	54 707 109	42 963 434	27.33	66 446.3	59 037.5	12.55

税号 Tariff item	项目名称 Name of item	进口量 Import volume			进口额 Import value		
		2007	2006	比上年增长 Change（%）	2007（万美元 USD10000）	2006（万美元 USD10000）	比上年增长 Change（%）
8466.93	税号 8456 至 8461 所列机器用的零件、附件 Machine parts and accessories of tariff numbers 8456 to 8461	38 648 877	25 137 843	53.75	45 677.4	40 733.9	12.14
8466.94	税号 8462 或 8463 所列机器用的零件、附件 Machine parts and accessories of tariff numbers 8462 or 8463	16 058 232	17 825 591	−9.91	20 768.9	18 303.5	13.47
8537.10	数控装置 Numeric control devices	3 578 992	2 202 941	62.46	119 968.8	85 261.7	40.71
	量具刃具合计 Total of measuring tools and cutting tools				101 620.5	85 776.2	18.47
8202 ~ 8207	切削刀具，工具 Cutting tools, tools	52 707 494	54 283 365	−2.90	98 432.2	82 563.1	19.22
8202.00	带锯片、圆锯片 Band saw blades, circular saw blades	3 339 920	2 807 948	18.95	5 542.2	4 409.4	25.69
8207.00	锻压或冲压工具 Forging or die – stamping tools	45 490 138	48 072 987	−5.37	66 390.9	57 738.3	14.99
	攻丝工具 Thread producing tools	202 368	207 328	−2.39	3 556.8	2 808.8	26.63
	硬质合金钻头 Carbide – tipped bits	17 283	30 199	−42.77	451.8	380.7	18.68
	普通钻头 Ordinary bits	3 154 079	2 799 731	12.66	11 472.5	9 994.8	14.78
	硬质合金镗刀 Carbide boring cutters	1 834	1 770	3.62	114.8	54.5	110.66
	普通镗刀 Ordinary boring cutters	63 413	32 011	98.10	1 648.4	746.2	120.92
	铣刀 Milling cutters	368 165	243 161	51.41	8 238.6	5 600.6	47.10
	车刀 Turning tools	70 294	88 230	−20.33	1 016.3	829.9	22.47
9017.30	量具 Measuring tools	963 265	782 320	23.13	3 188.3	3 213.1	−0.77
	磨料磨具合计 Total of abrasives and abrasive tools				40 146.6	36 815.7	9.05
2513.20	天然刚玉 Natural corundum	7 393 356	5 074 205	45.70	483.6	406.9	18.83
2818.10	人造刚玉 Artificial corundum	81 597 834	109 158 788	−25.25	5 792.9	7 069.5	−18.06
2849.20	碳化硅 Silicon carbide	1 223 253	1 809 184	−32.39	478.9	699.2	−31.51
2849.90	碳化硼 Boron carbide	1 246	2 187	−43.03	10.4	3.7	178.47
6804.10	碾磨或磨浆用石磨、石碾 Stone grinders and stone rolls used for milling	30 868	13 190	134.03	53.6	36.6	46.37
6804.21	合成或天然金刚石制石磨、石碾 Stone grinders and stone rolls made of synthetic diamond and natural diamond	1 187 932	1 214 735	−2.21	5 997.2	5 087.1	17.89
6804.22	其他粘聚磨料制砂轮、石磨、石碾 Emery wheels, millstones and grindstones made of other bonded abrasives	8 024 237	6 335 928	26.65	10 004.8	7 838.9	27.63

税号 Tariff item	项目名称 Name of item	进口量 Import volume			进口额 Import value		
		2007	2006	比上年增长 Change（%）	2007（万美元 USD10000）	2006（万美元 USD10000）	比上年增长 Change（%）
6804.23	天然石料制砂轮、石磨、石碾 Emery wheels, millstones and grind-stones made of natural stones	473 449	516 946	-8.41	1 120.5	783.6	42.99
6804.30	手工油石、磨石 Hand oilstones, sharpening stones	299 916	342 545	-12.44	471.0	533.5	-11.71
6805.10	砂布 Emery cloth	7 308 818	7 326 606	-0.24	5 672.9	5 406.8	4.92
6805.20	砂纸 Sand paper	6 580 785	7 461 710	-11.81	5 086.2	5 187.0	-1.94
6805.30	以其他材料为底的研磨料 And abrasives based on other material	1 641 721	1 508 284	8.85	3 092.7	2 700.8	14.51
7102.21	未加工的工业钻石 Unworked industrial diamonds	430 656	374 354	15.04	104.4	122.1	-14.53
7102.29	其他工业钻石 Other industrial diamonds	167 182	41 680	301.11	119.3	50.7	135.35
7105.10	天然、人工合成的钻石粉末 Natural or Synthetic diamond powder	54 154 858	42 911 471	26.20	1 658.4	889.3	86.48

注:1. 磨料磨具中税号为 7102 和 7105 的商品计量单位是克拉,其他商品计量单位是千克。
In the abrasives and grinding tools, the unit of measurement for commodities of tariff numbers 7102 and 7105 is carat, and that for other commodities is kilogram.

2. 税号为 8202、8207 和 8466 的商品计量单位是千克。
The unit of measurement for commodities of tariff numbers 8202, 8207 and 8466 is kilogram.

3. 税号为 8537 和 9017 的商品计量单位是个。
The unit of measurement for commodities of tariff numbers 8537 and 9017 is piece.

〔供稿人:中国机床工具工业协会李卫青〕

中国
机床
工具
工业
年鉴
2008

标准

论述标准化工作与数控机床产业发展的关系，
阐明如何做好行业标准化工作

Discussing the relationship between the
standardization work and the development of
NC machine industry, clarifying how to do
well the industrial standardization work

综述

专文

行业概况

市场概况

企业概况

统计资料

标准

大事记

附录

本栏目编辑：曹　军

标准化工作与数控机床产业化
开拓创新　做好行业标准化工作

标准化工作与数控机床产业化

数控机床是机电一体化的高科技产品,是制造各种机械装备的工作母机,也是装备制造业的基础装备。一个国家数控机床技术水平的高低和拥有量的多少,是衡量这个国家综合实力的重要标志之一。凡世界强国必是机床制造强国,因此,数控机床产业在我国国民经济发展和国防建设中具有极其重要的战略地位。

当前,数控机床产业的振兴已经列入国家各项规划的发展重点。《国家中长期科学和技术发展规划纲要》(2006~2010年)把"高档数控机床和基础制造装备"列为16个重大专项之一。《国民经济和社会发展第十一个五年规划纲要》中,数控机床(提高大型、精密、高速数控装备和数控系统及功能部件水平)成为装备制造业振兴的重点之一。国务院国发(2006)8号文件《国务院关于加快振兴装备制造业的若干意见》第12个重点突破的关键领域是"发展大型、精密、高速数控装备和数控系统及功能部件,改变大型、高精度数控机床大部分依靠进口的现状,满足机械、航空航天等工业发展的需要"。

一、快速发展的数控机床产业

近年来我国机床行业持续快速发展,2007年全国机床工具行业8个小行业规模以上的企业共4 291个,实现销售产值2 681亿元,同比增长36.2%;金属切削机床产量606 835台,其中数控机床产量123 257台,同比增长32.6%;金属加工机床出口额16.5亿美元,同比增长39.2%;金属加工机床消费额166.1亿美元,国产机床市场占有率57.4%,我国已连续6年成为世界机床第一消费、进口大国,产值保持在第3位。在我国的机床行业中,数控机床主机就有1 500多个品种,按门类横向、按品种规格纵向交织在一起形成了一个多品种、小批量的高技术产业,服务于国民经济建设和国防工业的各个领域。

在全行业的努力下,技术进步成果显著,通过采用新技术、新工艺、新材料,一批具有国际先进技术水平的新产品脱颖而出,一批高精度、高速度、高效率的数控机床,一批复合化、柔性化、多轴联动数控机床,一批大尺寸、大规格、大吨位数控机床推向市场,满足了用户的发展需要,为国民经济的快速发展和国防军工作出了贡献。

二、标准化工作落后制约数控机床产业的发展

众所周知,一流企业买标准、二流企业买技术、三流企业买产品的道理,这充分说明标准水平的高低代表一个企业乃至一个国家科学技术水平的高低,同时也说明了标准化工作的重要性。当前数控机床产业快速发展,但是行业的标准化工作与形势的要求还有很大差距,主要表现在以下几方面:

1.标准化工作滞后于产品开发和市场需求

当前数控机床在高速、复合、精密、智能、绿色的技术平台上向着深度和广度不断发展,我国数控机床产业经过全行业的努力,取得了长足的进步,但是机床标准,特别是数控机床标准的基础性研究非常薄弱,标准化工作滞后于产品技术的快速发展和市场需求。根据金属切削机床、锻压机床、特种加工机床标准统计资料显示,数控机床相关标准占有率不足10%,远远满足不了产业发展和市场的需求。

2.标准水平不高,国际对应性差

随着科技、经济竞争的日益激烈,工业化国家更加重视机械工业发展,机械工业是标准化发展的重点领域。国际机床标准工作中产品的安全卫生、可靠性、机床环保评定方法等基础通用标准越来越受到重视,已成为国际机床行业标准化工作研究的重点。

世界各国的数控机床产品标准,主要出自企业或集团公司的企业标准,谁的标准技术水平高,谁就是国际上公认的先进技术标准,它的产品在市场上也最有竞争力。例如:知名的德国德马吉公司、海德汉公司、美国英格索尔公司、日本马扎克公司等,这些公司的企业标准都是被业内人士公认为有水平、有代表性的产品标准。

随着我国数控机床产业的快速发展,目前无论在产品的开发、市场营销、技术服务,还是在技术交流中已经反映出数控机床标准水平不高、与国际标准不接轨、配套性差、空白多、跟不上形势发展等情况。例如:相关名词、术语混乱,位置精度标准使用不统一,功能部件与主机的接口标准相关性差,数控系统缺少统一的总线标准,一些通用基础标准亟待补充和完善。因此,为了提高数控机床产品的竞争力,相关标准化工作一定要提升和加速发展,以适应数控机床技术不断发展的需求。

3.没有建立适应市场经济的数控机床标准体系

机床工业经过50多年的奋斗历程,标准化工作已经形成比较完整的技术和工作体系,但随着数控机床的诞生和发展,原有的标准体系很多地方不适应,标准化工作滞后产业的发展。长期以来,由于各种原因,我国一直未形成完整的数控机床标准体系,现有标准散、不配套、不协调、缺位严重,满足不了市场需求。行业现有标准的实效性差,标准结构不合理,表现在产品标准多,基础标准少;在产品标准中普通机床标准多,数控机床标准少;在数控产品中企业标准多,国家标准与行业标准少等问题。

面对国际机床制造技术的不断进步和发展,特别是我国加入WTO后,如何提高机床工具行业的核心竞争力,如何使行业标准化工作与国际接轨,如何使我国的机床产品

特别是数控机床产品成功打入国际市场,已成为机床行业标准化工作的首要任务。

三、建立数控机床标准体系的必要性

1. 适应数控机床产业快速发展的需求

振兴装备制造业首先振兴机床工业,大力发展国产数控机床,这是国家的战略部署。我国数控机床的发展已有几十年的历史,尤其在 2000 年以后发展速度非常快。因此,研究和建立完善的数控机床标准体系,制定相关基础技术标准和产品技术标准已成为当务之急,深化标准化工作对产业发展有着重要的作用。

2. 发挥标准化工作促进自主创新的技术前导和协调作用

树立科学发展观,加快自主创新,不断提高开发能力、开发水平、开发速度和开发成功率,实现从机床大国到机床强国的目标,是机床行业的重要任务。因此建立完善的标准体系,有计划的开展标准化工作,加大采标力度,引进先进的技术标准,就能促进产品水平和质量的提高,使标准起到技术前导作用。

标准化工作对新技术的发展有不断完善、不断提高,使其更加系统化、实用化的作用,可以形成更加规范的技术指标体系。它能为科技进步与发展产业化搭建桥梁,是科技成果产业化的基础,是促进科技创新发展的先导。

3. 发挥标准化工作规范市场、促进数控机床产业化的作用

完善的标准体系可对产品开发、制造、销售和使用等环节进行规范;标准化工作的实施为生产制造过程的合理化、程序化、经济化提供数据,用以进行量化研究,对提高产品质量、降低成本、规范市场和制造工艺技术水平的提高有重要意义,为企业提高经济效益、快速反应市场提供依据,同时也加速了数控机床产业化进程。

4. 加速国际接轨,消除国际贸易壁垒,促进贸易发展

我国入世后,数控机床的国际贸易迅速增长,数控机床出口增速加快,2007 年数控金属加工机床出口同比增长 48.2%。但是在大好形势下要随时注意国外某些技术法规所造成的贸易壁垒。

由此可见,若没有一个统一和高水平的数控机床产业标准体系来指导产品的开发、协调主机和相关上下游产品的技术规范,就会制约数控机床产业的发展。为开拓国际市场创造条件,标准化工作就要加速与国际接轨,消除贸易壁垒,促进贸易发展,同时也要逐步形成保护我国数控机床产业发展的技术壁垒。

5. 促进数控机床产业向绿色制造发展

机床产业产品的环保问题,到了亟待重视、解决的时刻。

中央在十七大文件中提出了经济建设要树立科学发展观,落实到机床工具行业,就是要在产品设计制造以及为用户服务中体现科学的、可持续的、以人为本的发展理论。这不仅仅要求产品在设计和制造过程中节能环保,在用户使用过程中,甚至在产品全周期内都要体现高效和环保,并且还要保证机床工具产品的宜人性,可再循环性,这些都需要

完善的标准体系做后盾来实现。

欧盟在几年前已经开始着手研究机床的环保问题,正在制定能耗标准,这将有可能对国际贸易产生影响。不符合能耗或者环保标准要求的机床将难以进入国际市场或者需要征收高额关税,甚至在用户使用过程中,也要不断支付各种额外费用。国内机床行业应从标准这个角度重视这个问题,在机床设计、制造和使用的各个阶段要制定相关的标准,提高能源利用率和环保意识,坚持绿色制造。这不仅是应对未来贸易壁垒的需要,也是我国机床行业科学发展的必经之路。

四、建立数控机床标准体系的目标和原则

1. 建立数控机床标准体系的目标

要以科学发展观为指导,建立和完善联系紧密、相互协调、层次分明、结构合理、相互支持、满足需求的数控机床标准体系。增强标准的适用性、有效性、可操作性和前瞻性,突出重点和急需,为推动高速、精密、复合、智能、绿色数控机床的技术发展以及促进数控机床产业快速发展,提供强有力的技术支撑。

2. 建立数控机床标准体系应该遵守的原则

(1)市场导向原则:按照市场经济运行规则,从数控机床标准体系建立的总体需求出发,紧密围绕数控机床产业政策和发展规划,着力提高数控机床标准与其市场的关联性,根据市场需要及时制定相应级别的标准,完善标准的配套性,增强标准的适用性和有效性。

(2)技术进步原则:采用科研开发新成果,提高数控机床标准的技术含量和前瞻性,继承和发展标准化的优良传统,把现状和发展目标有机结合,促进数控机床技术进步和产业升级。

(3)国际标准接轨原则:加快采用国际标准和国外先进标准的步伐,加大对国际标准分析研究的力度,将能够把我国还没有转化的国际先进标准落实在标准体系中。

(4)企业为主体原则:要以重点企业或企业集团作为标准工作的主要依托单位,广泛吸收各方面人才,请他们参与行业标准化的制(修)订工作,所取各方的意见,使行业标准化工作更有代表性和权威性。

五、抓住机遇加快数控机床标准体系的建设

1. 转变观念,提高认识

要充分认识标准来源于实践、高于实践、指导实践的重要性。它是市场经济有序发展的重要技术基础,是贸易技术合作的重要技术依据,是提高产品质量和效益的重要保证。目前国际市场上的竞争在很大程度上都演变成标准的竞争,谁掌握标准的制订权,谁就掌握竞争的主动权,谁就能获得最大的利益。因此我们要提高认识,重视标准化队伍的建设,加强标准化工作的力度,为数控机床产业化的发展打下良好的技术基础。

2. 国家重视和支持重点领域的标准化工作

国务院国发(2006)8 号文件明确指出:"要充分发挥标准化在振兴装备制造业中的作用,提高国家标准、行业标准和企业标准的等级,完善我国装备制造业标准体系,为我国

装备产品参与国际竞争创造条件"。

发改委制订的"高档数控机床与基础制造装备"重大专项中,标准和技术规范已被列入共性技术中。国标委在全国采标大会上明确提出要贯彻两个100%、一个95%的采标方针政策,机床是采标的重点领域,国标委在标准化工作中给予了机床行业大力支持。因此,在今后的行业标准化工作中,要用好政策了,注意标准化工作与先导性技术相结合,与国外技术发展趋势相结合、与用户使用相结合。使行业的标准化工作融入在行业发展的各个环节,形成不可缺少的组成部分。

3.建立完善数控机床标准体系的主要工作

建立完善数控机床标准体系,首先要在掌握国内外标准现状的基础上,根据机床产业链的关系制订数控机床标准体系框架图。在框架图的总体规划下,在现有数控机床标准的基础上按小行业编制标准制修订计划,填平补齐分期、分批完成相关标准制修订任务。

在标准体系中,建议标准制(修)订工作突出重点。例如修订金属加工机床通用技术标准,加快数控机床相关通用基础标准制订、提升数控机床重点产品标准水平、强化功能部件标准的制订,形成科学、完整、配套、协调发展的标准体系,使企业标准要有竞争力,行业标准要有先进性,国家标准要体现产业发展特点,为数控机床产业化打好技术基础。

总之,标准化工作要与时俱进,随着技术进步,不断更新观念,全面落实科学发展观,抓住机遇共同努力,建立和完善数控机床标准体系,不断修订现有的各项标准,不断制订新技术标准,推动产业技术快速发展,让标准化工作为社会经济繁荣和人类进步作出贡献。

〔撰稿人:中国机床工具工业协会孙　涓〕

开拓创新　做好行业标准化工作

随着时代的前进,在中央领导的关怀与政策的支持下,机床工具行业迎来了空前的大好形势。首先,国家对发展机床工具行业非常重视。近年来,胡锦涛、温家宝、李长春等党和国家领导人多次到机床厂参观考察、参观展览会,并作出重要指示。国家重要媒体掀起宣传国产数控机床一次又一次的高潮。"国家中长期科学和技术发展规划纲要"和"国务院关于加快振兴装备制造业若干意见"两个文件颁布执行,其中高档数控机床是文件中16个重点发展的领域之一。其次,"十一五"规划的实施,国民经济的快速发展,以及16个重大专项的启动,为机床行业提供了很大的市场机遇。其三,中国机床工具行业连续6年高速发展,积累了经验,奠定了一定基础,迎来了前所未有的发展机遇,同时也面临着严峻的挑战。这主要来自激烈的国际竞争、来自用户对机床性能越来越高的要求、来自国际机床技术的快速发展。

抓住机遇,迎接挑战,学习贯彻科学发展观,务实创新,开发具有自主知识产权的新产品,满足国内外用户对机床工具产品的需求,这些都离不开有关标准的制定和贯彻,因为标准是前导,它的制(修)定必需跟上产品发展的速度。

因此,标准工作在国民经济和社会发展中的作用是不可替代的,随着国民经济的快速发展,标准的作用和地位在不断提高。近年来,在国家标准委员会和国家发改委工业司的领导下,在各企业的努力下,机床工具行业标准化工作取得了进步和发展。2007年行业标准化工作情况如下:

2007年,在国标委、发改委工业司、联合会标准部的领导和关怀下,行业标准工作委员会克服了人员、时间、资金等方面的困难,做了大量工作,取得了显著成绩,为加速数控机床产业化进程、为行业发展做出了贡献。

1.创新发展、积极调整行业标准体系结构

树立科学发展观,以市场为导向不断创新发展,加速行业标准制(修)定工作,调整标准体系结构,是不断追求的目标。通过各标委会的努力工作,目前机床工具行业(8个小行业)共有标准1 979项,其中国标506项(强制性标准24项)、行标1 473项,在国标委和联合会的领导和关怀下,全行业行标制(修)定任务完成146项,完成率98.6%;国标制(修)定任务完成144项,完成率95.8%。各标委会制(修)定国标、行标完成情况见表1。

表1　各标委会制(修)定国标、行标完成情况

序号	标委会名称	国标制修订		行标制修订		备注
		数目	完成率(%)	数目	完成率(%)	
1	全国金属切削机床标准化技术委员会	30	95	100	97	
2	特种加工机床标准化技术委员会	7	100	2	100	
3	全国木工机床与刀具标准化技术委员会	17	94	6	70	完成3项强制性国家标准、2项推荐性国家标准及3项行业标准起草工作
4	全国铸造机械标准化技术委员会	4	100	15	100	

序号	标委会名称	国标制修订		行标制修订		备注
		数目	完成率(%)	数目	完成率(%)	
5	全国锻压机械标准化技术委员会	17		11		
6	全国刀具标准化技术委员会	30	100	1	100	
7	全国量具量仪标准化技术委员会	16	100	5	100	超计划完成12项
8	全国磨料磨具标准化技术委员会	21	100	3	100	
9	全国工业机械电气系统标准化技术委员会	2	100	3	100	4项推荐性国家标准预研

2. 走出国门积极参与国际标准化活动

（1）国际标准跟踪及投票情况。各标委会对国际标准归口及日常工作都非常重视，积极、主动参与国际标准化工作，及时跟踪正在进行的国际标准项目和存档、分析国际标准。2007年国际标准投票数目34项，投票率100%。各标委会参与国标标准的投票汇总情况见表2。

表2 各标委会参与国际标准的投票汇总情况

序号	标委会名称	国际标准投票情况	
		数目	投票率(%)
1	全国金属切削机床标准化技术委员会	7	100
2	特种加工机床标准化技术委员会		
3	全国木工机床与刀具标准化技术委员会		
4	全国铸造机械标准化技术委员会		
5	全国锻压机械标准化技术委员会		
6	全国刀具标准化技术委员会	18	100
7	全国量具量仪标准化技术委员会		
8	全国磨料磨具标准化技术委员会	1	100
9	全国工业机械电气系统标准化技术委员会	8	100

各标委会跟踪和搜集国际先进标准，如铸造标委会收集到工业发达国家，如欧盟、德国等有关铸造机械方面标准组织有关人员翻译了4项国外标准，为本专业的标准制定、采用国外先进标准、提高产品质量和技术水平提供了丰富的参考依据。

电气系统标委会重视国际标准化人才队伍的建设，组建"国际标准化专家组"，积极做好国际标准化工作。

（2）参加国际标准会议和国际标准制定。金属切削机床标委会、工业机械电气系统标委会积极组织本标委会、分标委会业务人员参与国际标准化活动和会议，加强了对国际标准化工作的了解，增长了见识和经验，对行业标准化工作起到了良好的推动作用，为行业制定相关标准起到参考借鉴作用。

2007年，金属切削机床标委会参与了国际标准的制定工作，访问了ISO/TC39秘书处。ISO/TC39主席接见了代表团，进行了工作沟通。金属切削机床标委会提出承担ISO/TC39其分会秘书国的愿望，提出希望将我国GB 15760标准作为国际标准草案提出的建议。

2007年10月21～26日，金属切削标委会组织参加了ISO/TC39/SC2及其第三工作组在日本召开的第66次国际会议，并且积极参与了国际标准的讨论工作。

特种机床标委会积极地参与国际标准化工作。全力推动、积极争取《机床 电火花高速小孔加工机床 术语和精度检验》这项国际标准的制定工作。

欧洲标准化委员会有关机构已向ISO提出了制定《电火花加工机床》安全方面国际标准的建议，ISO/TC39主席希望特种机床标委会以P成员国的身份加入TC39/SC10"机床安全"委员会，并派专家参加电火花机床安全标准的制定工作，同时还希望欧盟能参与GB15760国家标准的下次修定工作。我们将积极参与，并力争相关国际标准能更多地反映我国的要求。

3. 积极开展标准信息和咨询服务工作

（1）各标委会利用网站和网刊，积极向行业提供标准化工作信息，宣传国家标准化工作的方针政策，传递标准信息。例如刀具标委和量标委共同编辑出版了3期《刀具量具量仪标准和质量信息》、金属切削标委会编辑出版了4期《标准与信息》、铸造锻造标委会编辑出版了6期《铸锻机械标准与质量信息》，大量的信息资料指导了企业标准化工作的开展。

（2）积极开展了标准的宣贯、培训和咨询工作。电气标委会编写并出版了《GB5226.1－2002标准使用指南》和《机械电气设备安全标准使用手册》2本宣贯教材，这2本宣贯教材的出版对企业贯彻好这项标准起到了很好的指导作用。电气标委会还组织了两次GB5226.1标准宣贯会，近100多人次参加了该标准的宣贯培训。

磨料磨具标委会为企业提供标准咨询和标准文本，在2007年共为企业进行了200多次标准咨询，并为企业提供近2 000余项本行业和相关行业的标准。

锻压标委会在2007年共为企业提供300多次技术咨询，并为企业提供近1 000余项本行业和相关行业的标准。

4. 标准走向市场、走向贸易

商务部与金属切削标委会一起组织编写了"数控机床出口技术指南"，该指南将为我国数控机床企业进出口经营提供指导性意见，促进了贸易发展。

随着近年来国家对产品的质量和安全的重视，特种加工标委会与特种加工机床分会一起共同开展了"贯标示范产品"活动，配合国家质量监督抽查，进行了标准咨询和测量方法完善工作，对标准的贯彻和实施起到了促进作用，受到企业的好评。

5. 标准化工作存在的主要问题

当前标准化工作存在的主要问题：一是标准的的制（修）定速度落后于产品发展速度；二是现行标准组成结构要加速调整；三是通用基础标准重点突破修定力度不够。

三、2008 年行业标准化工作意见

1. 行业标准化工作要做好 3 个结合

（1）行业标准化工作要和"高档数控机床与基础制造装备"重大专项相结合，该重大专项经过一年多的起草论证即将出台，重点发展的高档数控机床是精密高速加工中心、精密高速车削中心、重型数控金属切削机床、大型数控成形机床、高精度数控磨床、高精度特种加工机床、数控精密齿轮机床；重点发展的功能部件是数控系统及驱动装置、数控机床关键功能部件、工具系统及数字化量仪。

专项中也包括共性技术的研究，如可靠性与性能试验技术、动态特性及动态和热误差补偿技术等。每个项目完成均包含技术标准的完成。

（2）行业标准化工作要和技术发展相结合。当前高速、复合、精密、智能、绿色等先进技术不断深入发展，数控机床产品不断创新，机床的柔性化、自动化程度更高，数控机床产品更加向实用化、市场化、个性化方向发展，全方位的服务已经成为机床工具企业市场竞争的重要手段。

经过近几年的努力，我们已经完成一部份数控机床的相关标准，但与快速发展的数控机床产业相比差距还很大，完整的数控机床标准体系还未建成，标准组成的结构调整任务还很重。因此今后的标准科研，标准的制（修）定工作要紧跟技术的发展，尤其是通用基础标准的制（修）定工作，要赋予新的内涵，我们一定要加速标准结构调整，用先进实用的标准，促进数控机床产业化引导行业健康快速发展。

（3）行业标准化工作要和市场及用户的要求相结合。数控机床是当前市场的主流产品，标准要在先进的基础上做到与市场结合、与贸易结合。充分发挥标准化工作的引领和规范作用。

2. 认真贯彻落实"十一五"机床工具行业标准化发展规化

2008 年是"十一五"的第 3 年，也是关健的一年，规划中指导思想、工作目标、重点任务提的都很明确。

（1）规划的指导思想是：以数控机床产业化发展为契机，以数控机床标准研究与制定为重点，横向扩展，纵向延伸，加大采标力度，形成行业发展数控机床标准化体系，为我国机床工具工业全面提升、赶超世界水平提供坚实的技术基础。

（2）具体目标：加大国际标准和国外先进标准，特别是安全、卫生和节能节材标准的采标力度，

紧紧围绕数控机床的产业化，逐步建立行业数控机床技术标准体系，达到企业标准要有国际竞争力、行业标准要有先进性、国家标准体现产业发展特点，达到三类标准的统一性、协调性和对产业发展的带动性。加大对行业内现行标准，特别是重要产品和安全、卫生标准的宣贯力度，提高行业的贯彻率。规划虽然是指导性文件，但希望各标委会根据规划精神结合目前的情况，调整修订后三年的标准制修订任务。

3. 完善行业标准化体系的建设

抓紧行业标准化体系建设，要完善标准化机构、人员配备、人员培训，形成标准化工作的基本条件。标委会是行业标准化工作的基础，要具备一定工作条件。

标委会的组织建设工作一定要公平、公正、公开，充分听取各方面的意见；要严格执行国标委规定的标委会主任委员、秘书处由 2 个法人单位代表担任的原则；标委会的委员一定要考虑各方面的人选，如企业、研究所、高校、用户、质检机构、中介机构等部门热爱、熟悉标准化工作的专家参与工作。使行业的标准化工作充满活力，创新发展。为了做好标委会换届和组建工作，要求大家提前 2 个月将换届方案、工作总结及有关资料上报机床协会，经审查协调后上报联合会，以便保证换届质量和换届时间。

4. 加强协调沟通，促进标准化工作与产业共同发展

机床工具行业由 8 个小行业组成，4 大主机和 4 大附机覆盖了 9 个全国标委会，标准化工作是行业工作的重要组成部分。行业的规划、统计信息与市场分析、国际交流与合作、标准机构的支撑与管理、行业宣传与传媒等工作均在机床协会。这为标准化工作与产业共同发展创造了有利条件。

加强标准化工作与产业发展的信息勾通，加强行业全国标委会之间、总会与分标委会之间的勾通，为此在协会的网站上开设了标准化工作网页，目前还是初级阶段，希望它能成为大家信息交流的基础平台。

5. 充分利用国家现有政策加速标准制（修）定工作

（1）"高档数控机床与基础制造装备"重大专项。

（2）科委科技攻关项目。

（3）国标委标准科研项目（国家重点支持的领域、项目执行时间 1 年左右、项目一定是标准的研究、项目完成后一定能形成标准草案、项目审请书一定研究内容明确、非本专业专家能看懂）。

（4）国标制（修）订项目。

（5）商务部扩大出口技术开发、技术改进项目。

高档数控机床重大专项，提出了行业重点发展产品、关键技术和基础共性技术攻关的要求，标准工作要参与，科委攻关项目中的标准工作要参与，标准科研和国标行标的制（修）定任务等，以上各领域均有标准研究和制（修）定工作。

2007 年全国标准化技术委员会先进集体见表 3。2007 年分标准化技术委员会先进集体见表 4。2007 年机床工具行业标准化工作先进工作者见表 5。

表 3　2007 年全国标准化技术委员会先进集体

先进集体	挂靠单位	秘书长
全国金属切削机床标准化技术委员会	北京机床研究所	李祥文
全国特种加工机床标准化技术委员会	苏州电加工机床研究所	于志三
全国磨料磨具标准化技术委员会	郑州磨料磨具磨削研究所	张长伍
全国刀具标准化技术委员会	成都工具研究所	查国兵
全国量具量仪标准化技术委员会	成都工具研究所	邓　宁

表4　2007年分标准化技术委员会先进集体

先进集体	挂靠单位	秘书长
全国金属切削机床标准化技术委员会磨床分标准化技术委员会	上海机床厂有限公司	黄明亮
全国金属切削机床标准化技术委员会铣床分标准化技术委员会	北京第一机床厂	胡瑞琳
全国金属切削机床标准化技术委员会机床附件分标准化技术委员会	烟台机床附件研究所	时述庆
全国金属切削机床标准化技术委员会功能部件分标准化技术委员会	北京机床研究所	张　维

表5　2007年机床工具行业标准化工作先进工作者

姓名	在标委会中的职务	所在单位
李祥文	全国金属切削机床标准化技术委员会秘书长	北京机床研究所
王兴海	全国金属切削机床标准化技术委员会车床分标准化技术委员会秘书长	沈阳机床股份有限公司技术中心
胡瑞琳	全国金属切削机床标准化技术委员会铣床分标准化技术委员会秘书长	北京第一机床厂
许立亭	全国金属切削机床标准化技术委员会钻镗床分标准化技术委员会秘书长	沈阳机床股份有限公司技术中心
张家贵	全国金属切削机床标准化技术委员会磨床分标准化技术委员会副秘书长	上海机床厂有限公司
张秀兰	全国金属切削机床标准化技术委员会磨床分标准化技术委员会副秘书长	北京第二机床厂有限公司
付承云	全国金属切削机床标准化技术委员会组合机床分标准化技术委员会秘书长	大连机床集团有限责任公司
时述庆	全国金属切削机床标准化技术委员会机床附件分会标准化技术委员会秘书长	烟台机床附件研究所
张　维	全国金属切削机床标准化技术委员会功能部件分标准化技术委员会秘书长	北京机床研究所
陈恬生	全国金属切削机床标准化技术委员会	广州机械科学研究院
马立强	全国锻压机械标准化技术委员会秘书长	济南铸造锻压机械研究所
于志三	全国特种加工机床标准化技术委员会秘书长	苏州电加工机床研究所
王　应	全国特种加工机床标准化技术委员会秘书	苏州电加工机床研究所
卢　军	全国铸造机械标准化技术委员会秘书长	济南铸造锻压机械研究所
郑　莉	全国木工机床与刀具标准化技术委员会秘书长	福州木工机床研究所
查国兵	全国刀具标准化技术委员会秘书长	成都工具研究所
沈士昌	全国刀具标准化技术委员会副秘书长	成都工具研究所
励政伟	全国刀具标准化技术委员会通用刀具分标准化技术委员会秘书长	上海工具厂有限公司
邓　宁	全国量具量仪标准化技术委员会秘书长	成都工具研究所
姜志刚	全国量具量仪标准化技术委员会副秘书长	成都工具研究所
张长伍	全国磨料磨具标准化技术委员会秘书长	郑州磨料磨具磨削研究所
郭志邦	全国磨料磨具标准化技术委员会涂附磨具分标准化技术委员会副秘书长	白鸽(集团)股份有限公司广州分公司
李　宁	全国磨料磨具标准化技术委员会超硬材料及制品分标准化技术委员会副秘书长	郑州磨料磨具磨削研究所
刘慧珠	全国磨料磨具标准化技术委员会普通磨具及碳化硅特种制品分标准化技术委员会副秘书长	郑州磨料磨具磨削研究所
黄祖广	全国工业机械电气系统标准化技术委员会秘书长	北京机床研究所

〔撰稿人：中国机床工具工业协会徐尚文、孙　涓〕

记载机床工具行业2007年发生的重大事件

Record of important events of machine tool industry occurring in 2007

本栏目编辑：袁士华

2007年机床工具行业大事记

2007 年机床工具行业大事记

1 月

15 日 由齐二机床（集团）有限责任公司与大连瓦房店机床集团联手打造的齐二机床集团大连瓦机数控机床有限公司正式揭牌，实现了跨地区企业重组。重组后齐二机床（集团）有限责任公司占 70% 股份，大连瓦房店机床集团占 30% 股份，新的股份公司实现双方实力互补。

2 月

3 日 吴邦国委员长在国家发展与改革委员会副主任张国宝、辽宁省省委书记及大连市有关领导的陪同下，来到大连机床集团视察并参观了大连机床加工中心总装现场。正在装配的各种数控机床中，大约有 1/3 数控机床采用的是华中数控系统，体现了国产数控系统的进步。

24 日和 28 日 重庆机床集团重庆工具厂有限责任公司、重庆第二机床厂有限责任公司分别举行了成立挂牌仪式。

27 日 中央政治局委员、湖北省委书记俞正声到武汉重型机床集团有限公司（以下简称武重）视察工作。俞正声书记对武重合同任务饱满、搬迁改造进展顺利等成绩表示了肯定。武重干部职工深受鼓舞。

3 月

1 日 财政部公布的《国内投资项目不予免税的进口商品目录（2006年修订）》开始执行，其中机床工具行业新目录规定包括 141 种商品，比原目录增加 37 种。一批国内能够提供的数控机床进入目录，非数控机床做了较大调整。

月内 浙江省玉环县机床协会成立，有近 40 家企业加入。该协会秘书长张辉祥同时在政府部门任职。玉环县有机床企业 60 多家，总体以生产中小经济型数控车床为主，年总产值可达到 20 多亿元。

4 月

8 日 中国机床工具工业协会在北京举行现代装备制造业高层论坛。来自中国、美国、德国、意大利、日本和韩国等国家的相关领导和专家学者发表了精彩演讲，题目涉及机床行业发展状况、趋势、技术、管理和营销等方面。

9 ~ 15 日 中国机床工具工业协会在北京国家国际展览中心成功举办了第十届中国国际机床展览会。

10 日 由国家发改委动员办公室与国防科工委在京联合召开国防军工等重点用户与机床行业企业第三次互动会，国家发展与改革委员会张国宝副主任出席会议并作重要讲话。会上对 14 项国产数控机床优秀合作项目进行了表彰。

11 日 全国人大常委会副主任顾秀莲在南通市委书记及市长的陪同下，参观了第十届中国国际机床展，并听取了南通科技投资集团股份有限公司展品的介绍。

12 日 中共中央政治局常委李长春、中共中央政治局委员、国务院副总理曾培炎，全国政协副主席、中国工程院院长徐匡迪，在有关部委领导的陪同下，莅临第十届中国国际机床展览会。中国机床工具工业协会总干事长吴柏林、常务副理事长于成廷等协会领导陪同参观并作讲解。

15 ~ 21 日 在中央领导的关心下，人民日报、经济日报、中央电视台一台和二台、中央人民广播电台对机床行业的发展和技术创新作了连续报道。

16 日 齐二机床集团有限责任公司董事长、总经理曲波荣获"全国五一劳动奖"。

★ 国家发展与改革委员会重大技术装备协调办公室在北京召开数控系统产业发展座谈会，邀请部分系统厂、主机厂、用户厂和专家、机床协会的代表共商加快国产数控系统发展的计划。会议提出《关于加快数控系统自主化的若干意见（草案）》，国家发展与改革委员会副主任、高档数控机床与基础制造装备重大装备专项领导小组副组长张国宝到会听取意见，并对下一步如何加快发展我国数控系统产业作出了重要指示。

22 日 天津市委书记张高丽在天津市政府领导陪同下，到天津市精诚机床制造有限公司视察指导工作。在听取了公司最近几年来科技创新、产品开发、市场开拓和企业发展等方面的情况汇报后，视察了公司产品装配现场，对公司近几年在科技创新方面所做的大量工作表示肯定，并希望企业开发出更多更好的新产品，满足国家和广大用户的要求。

24 日 安徽省委书记、省人大常委会主任郭金龙在省市有关领导陪同下到芜湖恒升重型机床股份有限公司视察指导工作。郭金龙在参观了机床总装生产线，正在进行新设备安装的铸造、大件车间后，对恒升公司为安徽崛起所做的工作表示感谢，同时希望恒升公司继续为振兴安徽装备制造业做出更大贡献。

30 日 在北京市科委和市国资委的支持下，正式成立"北京数控装备创新联盟"。该联盟由北京第一机床厂、北京第二机床厂、北京机床研究所等 11 个单位组成。联盟的主要工作是行业共性技术的创新及推广。

月内至 6 月 沈阳市政府启动实施"国产数控机床应用国产数控机床

示范工程",圆满完成示范工程一期30台(套)国产数控机床的配套调试、机床检测和样件试切加工等任务。此次示范工程在国内首次实现了在国产中高档数控机床上批量应用国产数控系统。

5月

19日 中共中央政治局常委李长春,在广东省委书记张德江、广州市委书记朱小丹、广州市市长张广宁等的陪同下,视察了广州数控设备有限公司。总经理何敏嘉向李长春汇报了公司发展历程、现状及未来发展规划。李长春强调国内企业应大胆使用国产数控系统。

月内 第三届中国经济年度人物光荣榜揭晓。机床工具行业中,大连机床集团有限责任公司陈永开董事长、齐重数控装备有限责任公司刘建荣董事长获"十大风云人物";齐二机床集团有限责任公司曲波董事长、武汉重型机床集团公司陈国新董事长获"中国工业行业领军人物"称号。

6月

9日 国家发展与改革委员会、国务院振兴东北办在刚刚落成的沈阳机床集团科研大楼大厅,隆重举行了"铁西老工业基地调整改造暨装备制造业发展示范区"揭牌仪式。沈阳市市长李英杰主持仪式,国务院振兴东北办有关领导出席揭牌仪式。

19日 财政部、国家税务总局、国家发展与改革委员会、商务部、海关总署,以财税〔2007〕90号文,发布了《关于调低部分商品出口退税率的通知》,自2007年7月1日起实行。

通知规定,机床工具行业36个税号降税的产品为:一是高耗能、高污染的资源性产品;二是技术含量和附加值较低的产品。降税幅度较大的是:①砂轮、砂布、砂纸、石磨、石碾、工业用钻石等磨料磨具及相关制品17种,出口退税率由13%降到5%;②金属加工用工具包括铣削、车削、锻压、冲压、镗孔、铰孔和攻螺纹等工具和可互

换性工具及带锯片,出口退税率由13%降到5%;③刨床(牛头刨床、龙门刨床)、插床、拉床、锯床和切断机等共8种,出口退税率由17%降到11%。

20日 浙江省杭州市市长蔡奇在杭州市委常委、萧山区党委书记洪航勇等的陪同下,专程走访了中国机床工具工业协会。协会常务副理事长于成廷、副总干事长耿良志等热情接待了来访,双方在愉快的气氛中进行了信息交流。

7月

4日 黑龙江省省长张左己在齐齐哈尔市委书记杨信、市长林秀山等领导陪同下到齐重数控装备股份有限公司视察。在公司领导刘建荣等陪同下参观了新建万米数字化生态重型加工车间、技术信息中心、亚洲最大的超重型机加装配车间和餐饮中心。在了解了公司改革重组和发展规划等情况后,张左己表示,看到了黑龙江、齐齐哈尔市作为重要装备工业基地的实力,更加坚定了建设装备工业基地的信心,并鼓励齐重数控装备股份有限公司要敢于打造超百亿元的企业。

5日 由国家发展与改革委员会重大技术装备办公室主办,中国机床工具工业协会和武汉华中数控股份有限公司协办的"国产数控系统推广应用座谈会"在武汉举行。国家发改委重大办李冶司长、翟东升副处长、中国机床工具工业协会吴柏林总干事长、于成廷常务副理事长等领导出席了会议,部分数控系统制造企业和数控机床生产企业代表参加了会议。会议的主题是加速促进国产中高档数控系统的推广应用,促进我国数控机床产业快速、健康发展。

13日 山东省委常委、副省长王军民到山东鲁南机床有限公司视察工作,并参观了公司立卧式加工中心、龙门加工中心、数控车床等产品生产线。在听取了公司董事长徐龙泉对中高档数控机床开发和公司发展计划的汇报后,王军民对鲁南机床近几年坚持自主创新、推进数控机床产业化取得的成绩给予充分肯定。

14日 中共中央书记处书记、中央纪委副书记何勇视察大连机床集团。大连机床集团党委书记、董事长、总裁陈永开向何勇介绍了近年来企业走自主创新之路、与国际接轨及在产品开发等方面取得的成果。何勇对大连机床集团的发展给予了高度评价。

21日 中共中央总书记、国家主席、中央军委主席胡锦涛在中央政治局候补委员、中央书记处书记王刚,重庆市委书记汪洋、市长王鸿举、常务副市长黄奇帆等领导陪同下来到重庆机床集团视察。胡锦涛对重庆机床集团在自主研发、发展数控机床产业化方面取得的成就以及企业创新经营思路等给予充分肯定。

24日 马恒昌同志诞辰100周年纪念大会在北京人民大会堂举行,原全国人大副委员长、原中华全国总工会主席倪志福出席会议,并会见了齐二机床(集团)有限责任公司董事长曲波。

8月

8日 以安阳鑫盛机床有限公司为龙头组建的安阳鑫盛机械装备集团正式挂牌成立。安阳市委书记靳绥东、中国机床工具工业协会副总干事长耿良志、安阳市政府相关领导及成员单位代表共200多人出席了揭牌仪式。新成立的集团公司是按照企业自愿、市场运作、互惠互利原则对中小装备制造企业进行整合重组,能够合理有效配置资源,各自发挥企业的专业化优势,提高市场占有率。

28~29日 沈阳市经委组织召开了鉴定验收会,国家发展与改革委员会重大技术装备协调办公室(高档数控机床与基础制造装备重大专项领导小组办公室)、中国科学院、中国机床工具工业协会等单位的专家,对以示范工程推动国产数控系统应用的形式、合作各方的协调配合和快速响应能力给予了充分肯定。一致认为通过政府的组织和支持,数控系统企业、机床企业、最终用户三方密切合作,必将加快国产中高档数控系统推广和应用,实现国产高档数控机床的自主化

发展。

30 日 劳动和社会保障部、中华全国总工会、中国企业联合会、中国企业家协会在北京人民大会堂召开表彰大会,对评选出的 298 家"全国模范劳动关系和谐企业"进行了隆重表彰。汉川机床集团有限公司喜获此项光荣称号。此前,汉川机床集团有限公司还被评为"陕西省劳动关系和谐企业"。

★应大连机床集团的邀请,由中国科学院院士徐性初、中国机床工具工业协会总干事长吴柏林及大连市政府有关部门、国内部分机床制造企业、数控系统生产企业和高等院校等单位的专家组成的专家组,对大连机床集团与武汉华中数控股份有限公司提出的"关于在大连建设国家数控技术培训基地实施方案"进行了论证。大连机床集团副总裁张於路、姜怀胜等参加了论证会。

各位专家对"实施方案"给予了肯定,并提出了很好的意见和建议,同时在办学宗旨、课程设置、管理模式等方面给予了指导。最后,专家组签署了"关于在大连建设国家数控技术培训基地的论证意见"。

9 月

5 日 中共中央政治局常委李长春,在中央政治局委员、湖北省委书记俞正声及有关部委领导和院士的陪同下,视察了武汉华中数控股份有限公司,并听取了华中数控陈吉红董事长的工作汇报。李长春对华中数控自主科技创新,打破国外技术封锁取得的成绩给予称赞,并鼓励大家要继续做大做强,引领中国数控产业之风骚。

7 日 中共中央政治局常委、国务院总理温家宝在辽宁省省长李克强、大连市领导张文岳、王承敏等陪同下视察了大连机床集团。温总理听取了大连机床集团陈永开董事长关于企业产品技术水平、研发水平、制造能力、新厂建设等情况的介绍,并参观了厂区和生产制造现场。温家宝强调,数控机床水平是一个国家机械化、现代化的重要标志,代表着一个国家的科学水平、创新能力和综合能力,中国要

成为生产数控机床的大国。

17～22 日 EMO 国际机床展上,中国机床工具行业企业积极参展亮相,参展商数量达 89 家,居参展国第 3 位,其中大连机床集团参展面积 1 000 m²、沈阳机床集团 700 多 m²。展品水平有很大变化。

19 日 根据《国家火炬计划重点高新技术企业认定条件和管理办法》的有关规定,经专家评审,青海华鼎实业股份有限公司被国家科学技术部火炬高技术产业开发中心认定为"2007 年国家火炬计划重点高新技术企业"。这是目前青海省被列入该计划的首家企业,也是唯一一家企业。

月内 山东省委书记李建国在枣庄市委书记刘玉祥、市长陈伟的陪同下,到山东威达重工股份有限公司考察指导工作。李建国深入车间现场,对加工中心产品的性能及销售状况进行了详细的了解,对公司的高速发展给予了充分肯定;同时希望威达重工做大做强,积极发挥地区行业企业的龙头作用,创建行业一流企业。

10 月

11～12 日 中国机床工具行业出口、预警、统计信息工作会议在宁波召开,商务部机电和科技产业司支陆逊处长、产业损害调查局张勇处长到会作了重要讲话,协会副总干事长王黎明作了 2007 年度行业出口、预警、统计 3 项工作总结报告。

月内 江苏省委书记李源潮和省委常委、秘书长李云峰在扬州市领导的陪同下,视察了拥有 50 年锻压机床制造历史的江苏亚威机床有限公司,详细考察了生产现场,了解企业技术创新、经济效益以及占领国际高端市场的情况。李源潮勉励企业因势利导,进一步提高技术创新能力,加大数控机床研发力度,加快市场国际化发展步伐,为民族工业争光。

11 月

5 日 中共中央政治局常委、全国政协主席贾庆林在陕西省委书记赵乐

际、省政协主席张宝庆、汉中市委书记田杰等领导的陪同下视察了汉川机床集团有限公司。

9～10 日 中国机床工具工业协会第五届五次常务理事扩大会议在京召开。会议主要内容是传达温家宝总理关于数控机床发展的最新指示,通报行业经济运行形势、16 个重大专项重点用户调查情况和 EMO2007 国际机床展国际考察情况,并进行行业交流。国家发改委工业司陈斌司长、重大办李冶司长,商务部机电和科技产业司王琴华司长,国家发改委工业司陈竹生处长和中国机械工业联合会蔡惟慈副会长等领导出席会议并作了重要讲话。

15 日 云南省委书记白恩培在云南省委、昆明市委及相关部门领导的陪同下,就如何振兴云南装备制造业到沈机集团昆明机床股份有限公司调研。

白恩培一行参观了公司合资公司、装配车间、大件加工车间以及进口的意大利导轨磨床等设备,详细了解了公司发展情况、生产机床的精度及后续发展中的难点问题,鼓励公司走专业化生产路子。

21 日 四川省委常委、副省长魏宏一行,在自贡市委书记刘捷、市长王海林等领导的陪同下参观考察了四川长征机床集团有限公司。仝捷董事长详细介绍了长征集团的生产经营和发展近况。

考察中重点了解到公司自行开发研制、拥有自主知识产权的 DMC1000 铣车复合加工中心的情况。该产品填补了国内空白,满足了我国大型船舶、飞机制造、重型卡车、火车及军工制造业关键设备的需求,打破了国外制造厂商在国内市场上的垄断局面。

29 日 武汉重型机床集团有限公司隆重举行了新厂区奠基仪式,标志着公司浩大的搬迁工程正式启动。湖北省委、省政府,武汉市委等省市领导,中国机械工业联合会、中国机床工具工业协会等行业协会领导参加了开工典礼。武汉重型机床集团有限公司新厂区预计两年内建成投产。

30 日 由中国机械工业联合会党委组织在宁波召开的"全国机械行业

文明单位"评比表彰会上,机床工具行业中,北京京仪世纪自动化设备有限公司、哈尔滨量具刃具集团有限责任公司、齐二机床集团有限公司、江苏亚威机床有限公司、广州数控设备有限公司、广州机床厂有限公司、陕西秦川机床工具集团有限公司等 8 家单位获"全国机械行业文明单位"。济南二机床集团有限公司、上海工具厂有限公司获"企业文化建设先进单位";济南二机床集团有限公司党委书记张志刚获"优秀思想政治工作者"称号。

12 月

6 日 中国工业大奖表彰大会在北京隆重举行,沈阳机床集团以在高档数控机床做出突出贡献而获得中国工业大奖表彰奖。

11 日 中国机床工具工业协会在北京召开了"2007 年度用户联络网年会"。会议介绍了世界与国内数控机床的发展,听取了用户需求及对机床行业的意见,探讨如何进一步做好2008 年用户联络网工作;部分机床企业介绍了最新科技创新成果;《中国机床工具工业年鉴》举行了首发仪式。

21 日 中国机床工具工业协会在京召开了全行业标准化工作会议,国标委工业二部郭辉副主任、中国机械工业联合会标准工作部王金弟主任参加会议并讲话,要求机床工具行业在大好形势下,认真贯彻。

26 日 浙江省台州机床工具行业协会成立。首批会员单位 123 家,包括机床、机床附件、工量具及流通类企业。

27 日 中共中央政治局委员张德江在黑龙江省、哈尔滨市等领导陪同下,来到哈量集团公司视察。张德江一行参观了哈量集团数控刀具公司、数控机床公司、精密量仪公司等生产现场,对哈量集团近年来在新产品研发、海外并购及企业改革改制等项工作中取得的成绩给予了充分肯定。

年内 机床工具行业中,陕西秦川机床工具集团有限公司董事长、党委书记龙兴元,沈阳机床(集团)有限责任公司总经理关锡友,重庆机床(集团)有限责任公司董事长廖绍华入选中国共产党第十七次全国代表大会代表。

★重庆机床集团"数控高效制齿机床成套技术研发及产业化应用"项目荣获 2007 年度国家科学技术进步奖二等奖。这是该年度机械工业获得的最高奖。

★桂林广陆数字测控股份有限公司"新型电涡流式位移传感器及新一代防水型数显卡尺的研制与开发"项目获中国仪器仪表学会 2007 年度科技成果奖。该项目由"广陆测控——上海交通大学"联合研发中心共同开发的 IP67 防水型电子数显卡尺,采用自行开发的、拥有自主知识产权和产权专利的新型电涡流传感技术。该项技术和产品目前全球只有 4 家公司拥有。

★中国一航旗下主要企业之一的中国贵州航空工业(集团)有限责任公司,已将贵州东方机床厂收购。收购后,贵航集团享有新组建公司 100% 的股权,并将在未来 5 年内投入不少于 1亿元进行技术改造,形成预计 5 年内产值达 10 亿元的生产规模。

贵航集团主要从事飞机和汽车零部件制造。据了解,贵航集团一直希望能够通过进入装备制造业领域来加强集团的机床制造能力,借此为即将开始的大飞机研制积聚实力。

有关专家认为,贵航集团收购东方机床厂实际上也是一个信号,说明随着我国大飞机项目的推进,其对装备制造业的带动作用已经开始显露。

〔供稿人:中国机床工具工业协会 徐尚文、周秀茹〕

发布2007年世界机床生产、进出口及市场概况，中国机床工具工业协会国内、国外展会考查报告；总结国际机床工具发展动态与趋势

Release of a survey of world machine tool production, import & export and markets, investigation report of domestic and overseas exhibitions by China Machine Tool & Tool Builders' Association

综述

专文

行业概况

市场概况

企业概况

统计资料

标准

大事记

附录

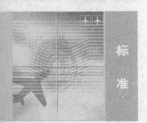

综述

专文

行业概况

市场概况

企业概况

统计资料

标准

大事记

附录

中国
机床
工具
工业
年鉴
2008

附录

国际机床工具发展动态与趋势

中国机床工具工业协会根据近两年美国芝加哥、德国汉诺威、日本东京和中国北京四大国际机床展览会搜集的资料，以及在世界各国（地区）机床协会信息交流会上提供的经济运行资料，经过整理，编写了这份材料，供业界同仁参考。

一、2007 年世界机床行业产销形势和特点

进入 21 世纪以来，科学技术发展迅速，经济全球化进程加快，世界经济继续处于周期性扩张高点。

1. 世界机床产值

随着世界经济复苏，从 2003 年起世界机床生产一直以较高速度增长。

2007 年，29 个主要机床生产国家（地区）共计机床产值为 708.6 亿美元，同比增长 19%。产值前 6 名依次为：日本、德国、中国、意大利、韩国、中国台湾。前 6 名产值之和占世界产值的 76.4%，前 10 名产值之和占世界产值的 90%。2001～2007 年世界机床产值见表 1。

表 1　2001～2007 年世界机床产值

年　份	产值（亿美元）	同比增长（%）
2001	362	-3.2
2002	322	-11.1
2003	363	12.7
2004	453	24.8
2005	519	14.3
2006	595	14.6
2007	709	19

产值的高增长，市场需求旺盛是重要原因，而世界机床需求与投资增长率密切相关，固定资产投资的高速增长必然带动机床工具市场需求的飙升。航天航空、船舶、汽车、发电设备、交通运输、通用石化和农业机械等制造业是机床的主要用户，这些行业的发展直接推动了机床工业的技术进步和产业发展。而美元对人民币和欧元贬值也使得用美元表示的世界机床产值更趋高增长。2007 年产值按美元计算增幅超过 20% 的除中国外还有德国（26%）、意大利（27%）、奥地利（40%）、土耳其（25%）、捷克（45%）、墨西哥（36%）、印度（30%）和巴西（21%）等。亚洲各国家（地区）机床产值快速增长：中国、韩国、中国台湾和印度均保持了两位数增长，以上 4 家加上日本产值之和为 350 亿美元，占世界产值的 49.5%，继续超过西欧集团（CECIMO 成员 15 国）。CECIMO 成员之和为 304.3 亿美元，占世界 42.9%，值得注意的是：日本以 144.4 亿美元产值居世界第一，同比增长 7%，比居第二的德国多了 17.2 亿美元，占世界机床产值的 20.4%；中国 107.5 亿美元，增速是 29 家中最高的，产值虽然仍为世界第三，但与占第二名德国的差距大大缩小；韩国 45.5 亿美元，同比增长 11%，居世界第五；中国台湾 43.8 亿美元，同比增长 14%，居世界第六；印度 4.8 亿美元，同比增长 30%。2007 年世界机床产值前 10 名国家（地区）见表 2。2007 年世界 29 个主要机床生产国家（地区）金属加工机床产值见表 3。

表 2　2007 年世界机床产值前 10 名国家（地区）

序号	国家或地区	产值（百万美元）	世界产值占比（%）
1	日本	14 443.5	20.4
2	德国	12 725.4	18.0
3	中国	11 190.0	15.8
4	意大利	7 272.7	10.3
5	韩国	4 550.0	6.4
6	中国台湾	4 378.0	6.2
7	美国	3 578.0	5.0
8	瑞士	3 323.8	4.7
9	西班牙	1 436.8	2.0
10	巴西	1 157.8	1.6
	小计	64 056.0	90.4
	世界总产值	70 857.5	100.0

表 3　2007 年世界 29 个主要机床生产国家（地区）金属加工机床产值

序号	国家或地区	2007 年			2006 年（修正值）	比上年增长（%）
		产值（百万美元）	金属切削机床占比（%）	成形机床占比（%）	产值（百万美元）	
1	日本	14 443.5	88	12	13 557.6	7
2	德国	12 725.4	76	24	10 120.3	26
3	中国	10 750.0	73	27	7 060.0	52
4	意大利	7 272.7	49	51	5 707.5	27
5	韩国	4 550.0	68	32	4 112.0	11
6	中国台湾	4 378.0	80	20	3 841.0	14
7	美国	3 578.0	79	21	3 688.9	-3
8	瑞士	3 323.8	85	15	2 964.2	12
9	西班牙	1 436.8	67	33	1 226.8	17

| 序号 | 国家或地区 | 2007 年 | | | 2006 年(修正值) | 比上年增长 |
		产值 （百万美元）	金属切削机床 占比(%)	成形机床占比 (%)	产值 （百万美元）	(%)
10	巴西	1 157.8	81	19	956.9	21
11	法国	1 087.8	64	36	1 010.2	8
12	奥地利	1 023.5	60	40	728.5	40
13	英国	682.2	76	24	774.2	−12
14	捷克	677.1	93	7	468.0	45
15	土耳其	532.7	30	70	426.2	25
16	荷兰	511.5	20	80	425.9	20
17	印度	483.6	88	12	370.6	30
18	比利时	422.5	10	90	356.0	19
19	加拿大	357.4	60	40	470.5	−24
20	芬兰	329.8	10	90	275.7	20
21	瑞典	232.6	51	49	199.9	16
22	俄罗斯	202.2	75	25	182.0	11
23	墨西哥	166.4	45	55	122.4	36
24	澳大利亚	160.0	66	34	147.8	8
25	丹麦	105.4	40	60	91.5	15
26	克罗地亚	98.0	43	57	98.0	0
27	罗马尼亚	69.4	53	47	63.6	9
28	葡萄牙	67.6	6	94	58.9	15
29	阿根廷	31.8	45	55	28.8	10
	世界总产值	70 857.5			59 533.9	19

注：表中 2007 年罗马尼亚金属加工机床产值为未确认，用上一年数据；2006 年、2007 年墨西哥和加拿大金属加工机床产值为估算值，按零星数据汇总得出。

2. 世界机床消费

中国继续保持世界第一大机床市场地位：2007 年中国机床消费金额为 161.7 亿美元，占世界机床产值的 23%。中国机床消费值超过居世界机床消费第二、第三的日本、德国之和。市场促进生产，中国继续保持着拉动世界机床工业的发动机地位。世界机床主要消费国家（地区）前 10 名依次是：中国、日本、德国、美国、意大利、韩国、中国台湾、巴西、印度和墨西哥。以上 10 家消费了世界机床生产的 79%，其中亚洲 5 家消费世界机床产值近 48%。

前 10 名消费占比：中国 23.9%、日本 11.3%、德国 10.7%、美国 9.1%、意大利 7.5%、韩国 6.1%、中国台湾 5.6%、巴西 2.7%、印度 2.6%、墨西哥 2.5%

巴西、印度和墨西哥机床市场发展很快：2007 年巴西机床消费 18.2 亿美元，同比增长 28%，居世界第八；印度机床消费 17.8 亿美元，同比增加 49%，消费值居世界第九。而 2003 年印度机床消费仅 2.8 亿美元，2004 年增至 5.6 亿美元，2005 年更达到 10 亿美元，增幅接近每年翻 1 番。巴西和印度应该是我们需积极开拓的市场。经济发展都会带动对机床的需求，当今世界关注发展中国家中，经济发展较快的所谓"金砖四国"（"BRIC"即巴西、俄罗斯、印度和中国）机床也都有较快发展。墨西哥因其经济发展较快，2007 年机床消费 16.7 亿美元，已进入世界前 10 名。墨西哥也是我们机床出口开拓的目的国之一。2007 年世界机床消费值前 10 名国家（地区）见表 4。2007 年世界 29 个主要机床生产国家（地区）金属加工机床消费值见表 5。

表 4　2007 年世界机床消费值前 10 名国家（地区）

序号	国家或地区	消费值 （百万美元）	世界消费值 占比(%)
1	中国	16 170.7	23.9
2	日本	7 619.4	11.3
3	德国	7 252.1	10.7
4	美国	6 171.8	9.1
5	意大利	5 056.0	7.5
6	韩国	4 150.0	6.1
7	中国台湾	3 785.0	5.6
8	巴西	1 822.2	2.7
9	印度	1 774.8	2.6
10	墨西哥	1 669.6	2.5
	小计	55 471.6	82.0
	世界总消费值	67 671.0	100.0

注：表中墨西哥机床消费值为估算值，按零星数据汇总得出。

表 5　2007 年世界 29 个主要机床生产国家（地区）金属加工机床消费值

序号	国家或地区	2007 年 （百万美元）	2006 年 （百万美元）	比上年增长 （%）
1	中国	16 170.7	13 100.0	23.4
2	日本	7 619.4	7 858.6	−3.0
3	德国	7 252.1	5 139.7	41.1
4	美国	6 171.8	6 361.2	−3.0
5	意大利	5 056.0	3 786.2	33.5
6	韩国	4 150.0	4 020.0	3.2
7	中国台湾	3 785.0	2 887.0	31.1
8	巴西	1 822.2	1 423.2	28.0
9	印度	1 774.8	1 191.0	49.0
10	墨西哥	1 669.6	1 245.9	34.0

（续）

序号	国家或地区	2007 年 （百万美元）	2006 年 （百万美元）	比上年增长 （%）
11	法国	1 621.5	1 441.3	12.5
12	瑞士	1 282.9	1 081.7	18.6
13	西班牙	1 280.9	1 105.1	15.9
14	土耳其	1 161.4	1 067.1	8.8
15	加拿大	967.7	1 063.8	-9.0
16	英国	938.2	816.7	14.9
17	奥地利	795.0	636.7	24.9
18	捷克	652.4	450.9	44.7
19	俄罗斯	601.7	604.0	-0.4
20	比利时	561.5	435.7	28.9
21	荷兰	498.2	414.8	20.1
22	澳大利亚	370.0	370.8	-0.2
23	瑞典	338.0	317.3	6.5
24	罗马尼亚	313.4	255.9	22.5
25	芬兰	223.0	188.0	18.6
26	阿根廷	163.8	145.4	12.7
27	克罗地亚	159.0	159.0	0.0
28	丹麦	146.4	139.1	5.2
29	葡萄牙	124.4	108.5	14.7
	世界总消费值	67 671.0	57 814.8	17.0

注：表中 2007 年墨西哥和 2006 年、2007 年加拿大金属加工机床消费值为估算值，按零星数据汇总得出。

中国人均机床消费增长较快，人均机床消费金额也是能从一定角度看到其机床工业的发展情况。一般人口多的国家都处末位。如中国和印度。经过这几年的努力，目前中国是 12.45 美元/人，居第 24 位（2002 年只有 4.41 美元/人）；巴西 9.90 美元/人，居第 26 位；俄罗斯 4.18 美元/人，居第 27 位；印度 1.67 美元/人，居第 29 位。中国不但在"金砖四国"中处领先地位，还超过葡萄牙和阿根廷。2007 年世界 29 个国家（地区）机床人均消费情况见表 6。

表 6　2007 年世界 29 个国家（地区）机床人均消费情况

国家或地区	人均消费额 （美元/人）	国家或地区	人均消费额 （美元/人）
中国	12.45	英国	15.57
日本	59.84	奥地利	97.25
德国	87.98	捷克	63.68
美国	21.06	俄罗斯	4.18
意大利	87.09	比利时	54.26
韩国	85.39	荷兰	30.53

（续）

国家或地区	人均消费额 （美元/人）	国家或地区	人均消费额 （美元/人）
中国台湾	166.37	澳大利亚	18.58
巴西	9.9	瑞典	37.61
印度	1.67	芬兰	42.77
墨西哥	15.91	罗马尼亚	14.02
法国	26.83	阿根廷	4.18
瑞士	172.18	克罗地亚	35.36
西班牙	31.3	丹麦	27.05
土耳其	16.86	葡萄牙	11.82
加拿大	29.77		

3. 世界机床进出口贸易

2007 年，29 个主要机床生产国家（地区）共计进口机床 360.5 亿美元，同比增长 14.6%，共计出口 392.5 亿美元，同比增长 18.4%。

中国进口 70.7 亿美元，还是世界最大机床进口国，以下依次是：美国、德国、中国台湾和意大利，进口前 5 名进口值之和为世界机床进口额的 55%。中国机床进口增幅同比略有下降。2006 年中国机床进口额在世界的占比是 23.1%，2007 年降为 19.6%，进口占消费的 43%；中国台湾进口排第 4 位，同比增长 40%，进口占消费的 74%。2007 年世界机床进口额前 10 名国家（地区）见表 7。2007 年世界 29 个主要机床生产国家（地区）金属加工机床进口额情况见表 8。

表 7　2007 年世界机床进口额前 10 名国家（地区）

序号	国家或地区	2007 年 （百万美元）	世界进口额 占比（%）
1	中国	7 072.0	19.6
2	美国	4 253.6	11.8
3	德国	3 694.5	10.2
4	中国台湾	2 815.0	7.8
5	意大利	1 990.9	5.5
6	墨西哥	1 544.8	4.3
7	韩国	1 400.0	3.9
8	印度	1 317.8	3.7
9	法国	1 252.0	3.5
10	英国	1 178.3	3.3
	小计	26 518.9	73.6
	世界总进口额	36 045.8	100.0

注：表中 2007 年墨西哥机床进口额为估算值，按零星数据汇总得出。

表 8　2007 年世界 29 个主要机床生产国家（地区）金属加工机床进口额情况

序号	国家或地区	2007 年 （百万美元）	2006 年 （百万美元）	比上年增长 （%）	进口/消费 （%）
1	中国	7 072.0	7 243.0	-2	43
2	美国	4 253.6	4 474.6	-5	69
3	德国	3 694.5	2 535.4	46	51
4	中国台湾	2 815.0	2 010.0	40	74
5	意大利	1 990.9	1 397.4	42	39
6	墨西哥	1 544.8	1 154.1	34	93
7	韩国	1 400.0	1 358.0	3	34
8	印度	1 317.8	837.1	57	74

（续）

序号	国家或地区	2007 年 （百万美元）	2006 年 （百万美元）	比上年增长 （%）	进口/消费 （%）
9	法国	1 252.0	1 071.6	17	77
10	英国	1 178.3	921.6	28	126
11	土耳其	1 062.4	948.8	12	91
12	比利时	1 012.3	801.1	26	180
13	加拿大	903.7	916.5	-1	93
14	巴西	813.6	619.4	31	45
15	日本	786.0	814.1	-3	10
16	捷克	682.9	472.0	45	105
17	西班牙	666.3	577.5	15	53
18	俄罗斯	528.6	539.4	-2	88
19	奥地利	505.3	448.3	13	64
20	瑞士	416.5	354.2	18	32
21	荷兰	400.9	333.9	20	80
22	瑞典	383.1	349.0	10	113
23	澳大利亚	320.0	318.0	1	86
24	罗马尼亚	314.8	286.0	10	100
25	芬兰	171.0	137.9	24	77
26	丹麦	161.5	156.7	3	110
27	克罗地亚	150.0	150.0	0	94
28	阿根廷	143.0	128.3	11	87
29	葡萄牙	105.0	91.6	15	84
	世界总进口额	36 045.8	31 445.5		

注：表中 2006 年、2007 年墨西哥金属加工机床进口额为估算值，按零星数据汇总得出。

2007 年，德国超过日本成为世界最大机床出口国，出口机床91.68 亿美元，以下依次是：日本、意大利、中国台湾和瑞士，前 5 名出口额之和为世界机床出口额的 68.4%，他们的出口额/产值率都在 50% 以上，中国台湾更是达到 78%，出口同比增长 15%，位居第 4 位。中国机床出口 16.5 亿美元，同比增长 39%，继续保持世界第八，尽管和居第七的美国已经很接近了，但出口额占产值仅为 15.4%。2007 年世界机床出口额前 10 名国家（地区）见表 9。2007 年世界 29 个主要机床生产国家（地区）金属加工机床出口额情况见表 10。

表 9　2007 年世界机床出口额前 10 名国家（地区）

序号	国家或地区	2007 年 （百万美元）	世界出口额 占比（%）
1	德国	9 167.8	23.4
2	日本	7 610.1	19.4

（续）

序号	国家或地区	2007 年 （百万美元）	世界出口额 占比（%）
3	意大利	4 207.6	10.7
4	中国台湾	3 408.0	8.7
5	瑞士	2 457.5	6.3
6	韩国	1 800.0	4.6
7	美国	1 659.8	4.2
8	中国	1 651.3	4.2
9	英国	922.2	2.3
10	比利时	873.2	2.2
	小计	33 757.5	86.0
	世界总出口额	39 252.4	100.0

表 10　2007 年世界 29 个主要机床生产国家（地区）金属加工机床出口额情况

序号	国家或地区	2007 年（百万美元）	2006 年（百万美元）	比上年增长（%）	出口/生产（%）
1	德国	9 167.8	7 516.0	22	72
2	日本	7 610.1	6 513.0	17	53
3	意大利	4 207.6	3 318.7	27	58
4	中国台湾	3 408.0	2 964.0	15	78
5	瑞士	2 457.5	2 236.7	10	74
6	韩国	1 800.0	1 450.0	24	40
7	美国	1 659.8	1 802.3	-8	46

序号	国家或地区	2007 年（百万美元）	2006 年（百万美元）	比上年增长（%）	出口/生产（%）
8	中国	1 651.3	1 190.0	39	15
9	英国	922.2	879.2	5	135
10	比利时	873.2	721.3	21	207
11	西班牙	842.2	699.3	20	59
12	奥地利	733.8	540.0	36	72
13	法国	718.4	640.4	12	66
14	捷克	707.6	489.0	45	104
15	土耳其	433.8	308.0	41	81
16	荷兰	414.2	344.9	20	81
17	加拿大	293.4	323.2	-9	82
18	芬兰	277.8	225.6	23	84
19	瑞典	277.8	231.6	20	119
20	巴西	149.2	153.1	-3	13
21	俄罗斯	129.1	117.4	10	64
22	丹麦	120.4	109.0	10	114
23	澳大利亚	110.0	95.0	16	69
24	克罗地亚	89.0	89.0	0	91
25	罗马尼亚	70.8	93.6	-24	102
26	葡萄牙	48.2	42.0	15	71
27	墨西哥	41.6	30.6	36	25
28	印度	26.6	16.5	61	6
29	阿根廷	11.0	11.7	-6	35
	世界总出口额	39 252.4	33 151.1		

注：表中 2006 年、2007 年墨西哥金属加工机床出口额为估算值，按零星数据汇总得出。

二、世界机床工业的竞争格局

1. 欧盟地区继续保持领先地位

欧盟地区德国的重型机床、瑞士的精密机床、意大利的通用机床在世界享有声望，西班牙、法国、英国、奥地利、瑞典等的机床工业也具有一定地位。欧盟地区科研力量雄厚，基础工业先进，欧盟地区机床工业发达，在世界机床行业竞争中继续保持领先地位。2007 年欧盟（15 个国家）机床工业产值占世界机床生产的 42.9%；出口占世界出口总值 54.6%。世界机床出口前 5 名中欧盟占 3 位，分别是德国（第 1 位）、意大利（第 3 位）、瑞士（第 5 位）。

2. 创新和出口成为日本机床发展的双动力

日本机床工业在技术创新和产品出口带动下，生产发展很快。2007 年机床产值继续保持世界第 1 位，出口居世界第 2 位。日本机床企业重视技术创新，电子信息技术在数控机床应用上取得多项领先的科研成果，使日本一批著名机床制造商的数控机床在高速、复合、智能、环保等领域保持先进水平，在世界机床业界占有重要地位。日本连续 3 年成为中国第一大机床出口目的国。

3. 美国机床工业在恢复中发展

20 世纪 80 年代，美国机床工业从霸主地位下滑，逐渐被日本和德国超过。美国政府痛定思痛以后，开始重振机床工业，使得美国机床工业开始在恢复中发展。美国机床工业的恢复主要走发展高端的道路，如美国提出向纳米级

加工、智能化技术、无接触测量 3 大领域进军。2007 年美国机床生产产值占世界第 7 位；机床进口占世界第 2 位；机床出口占世界第 7 位；机床消费占世界第 4 位。近年来，以美国机床企业为主体重组的跨国公司——MAG 公司崛起，在世界机床界引人注目。

4. 亚洲新兴力量迅速崛起

中国：随着经济的腾飞，中国机床工业得到快速发展。连续几年保持机床生产世界排序第 3 位，进口额世界第 1 位，机床消费额世界第 1 位。中国机床工业的崛起，有力冲击世界机床业欧盟、日本、美国 3 强鼎立的格局，被世界业界视为具有极大发展潜力的新兴力量。

韩国：近年来，在汽车、造船等装备制造业需求带动下，机床生产、进口、出口、消费增长很快。2007 年机床产值居世界第 5 位；机床出口居世界第 6 位；机床消费世界第 6 位。

中国台湾：中国台湾机床工业的快速崛起得益于技术引进消化吸收和专业化生产体系，机床企业主要集中在台中地区，生产机床的 80% 供出口；2007 年机床产值居世界第 6 名；机床出口高居世界第 4 位；机床进口居世界第 4 位；机床消费居世界第 7 位。

5. 企业并购与重组此起彼伏

近几年来，随着世界经济的复苏，机床市场控制权的争夺日趋激烈，机床产业的并购与重组此起彼伏，中国 7 家机床企业并购世界 10 家知名机床企业；美国投资公司成功收

购组建 MAG 工业自动化系统集团公司,新近又收购 BOE-HRINGER 公司;日本"JTEKT"集团麾下由三井精机、丰田工机和光洋等企业组成,瑞士 GF 阿奇夏米尔集团合并其原有的品牌阿奇·夏米尔和米克朗,形成单一的新品牌。美国哈挺集团(Hardinge)收购克林伯格(Kellenberger)公司和一些磨床厂,此类并购、重组实例不胜枚举。

6.世界机床巨头的竞争日趋剧烈

国际上科学技术发展日新月异,世界装备制造业的新一轮技术竞争异常激烈,主要表现在:一是新的制造领域如微纳制造、光电制造、精确制造等不断涌现,新技术产业化步伐加快;二是新一代控制理论、新材料和新能源的发展,交叉学科和技术的融合与带动作用明显;三是跨国公司投巨资加强技术创新研究,企图控制技术制高点,巩固其产业垄断地位;四是随着全球贸易的发展,世界机床巨头在技术、市场和产业等方面的竞争日趋剧烈。同时,知识产权在国际机床贸易中作用越来越大,标准和专利将成为技术和贸易控制权之争。

三、机床工具技术发展成果与趋势

1.机床复合技术进一步扩展

随着技术进步,五轴联动加工技术日趋成熟。芝加哥、汉诺威、东京、北京四大国际机床展览会上,每届都展出四五十台,甚至上百台五轴联动机床。五轴联动不限于 X、Y、Z、A、B(或 C)轴联动,而是包括 U、V、W 轴不同组合的多轴控制五轴联动,同时,立卧转换铣头已经广泛应用于五轴立式加工中心。

各类复合机床纷纷亮相。复合机床包括铣车复合、车铣复合、车-镗-钻-齿轮加工等复合、车磨复合、成形复合加工、特种复合加工等,并出现多主轴、多刀塔的复合机床,加工效率大大提高。"一台机床就是一个加工厂"、"一次装卡,完全加工"等理念正在被人接受。

2.智能化技术有新突破

智能化提升了机床的功能和品质,在数控系统上得到了较多体现。在智能化方面具有更强的功能:断电保护功能、加工零件检测和自动补偿学习功能、高精度加工零件智能化参数选用功能。

防振动功能(AVC);热补偿功能(ITC);防碰撞功能(ISS);语音提示功能(MVA);智能主轴(IPS);智能平衡分析器(IMS);设备维护智能支持系统(IBA)。

三维仿真、智能化刀具管理软件,高精度在线测量系统、刀具磨损补偿、温度补偿等等。

3.机器人使柔性化组合效率更高

机器人与主机的柔性化组合得到广泛应用,机器人与加工中心、车铣复合机床、磨床、齿轮加工机床、工具磨床、电加工机床、锯床、冲压机床、激光加工机床、水切割机床等组成多种形式的柔性单元和柔性生产线。

4.精密加工技术有了新进展

发达国家通过机床结构设计优化、机床零部件的超加工和精密装配、采用高精度的全闭环控制及温度、振动等动态误差补偿技术,提高机床加工的几何精度,降低形位误差、表面粗糙度等,从而进入亚微米、纳米级超精加工时代。

5.功能部件性能不断提高

功能部件不断向高速度、高精度、大功率和智能化方向发展,并取得成熟的应用。如电主轴、全数字交流伺服电动机及驱动装置、力矩电动机、直线电动机、滚珠丝杠、直线导轨等功能部件的性能指标不断提高。

6.新技术提高了机床的性能

日本大隈公司推出机床防碰撞系统和热补偿系统,目前已经有多家公司在机床上应用;日本森精机公司的高刚度、箱中箱的机床主体结构,以及重心驱动技术已开始流行。森精机公司推出的高档数控机床四项新技术,全面提高了机床的性能,四项新技术是:重心驱动(DCG)、电动机直接驱动(DDM)、内装电动机刀塔(BMT)、八角形滑块(ORC)。

日本马扎克公司推出拥有 7 项智能技术的 i-系列机床,德国 DMG 集团推出以复合和智能技术创新的第 5 代机床等表明,新技术的应用使数控机床的技术进步已经到了一个崭新的阶段。

7.数控刀具和测量仪器有了新的发展

高速、高效、复合、高精度、高可靠性及环保是数控刀具的发展方向。发达国家数控刀具制造技术在刀具材料、刀具涂层技术、刀具结构设计、刀具连接件和工具系统、以及切削数据库等方面,都取得了突出成就,使得数控刀具提高到一个崭新的水平。

数字化、高精度、智能化、非接触测量仪器和在线测量技术取得新的进展,新的测量仪器和测量系统不断出现,以三坐标测量机为代表的精密测量仪器应用扩大;带 CCD 数字摄像头、激光测头及触发测头的多传感测头光学坐标测量仪得到快速发展;激光干涉测量系统和球杆仪在数控机床几何精度和运动精度的监测和监控中,得到了广泛应用。

通过计算机技术、通信技术将数控机床、数控刀具、数控测量系统和加工工件以及相应的信息集成融合在一起,构成数字化闭环切削加工系统,成为计算机集成制造系统的基本单元。

8.绿色制造技术开始起步

现代数控机床既要高性能、高效率,又要节约资源、低能耗、低污染,加工过程对人友好和宜人化。要从机床的设计开始,材料选用、制造、使用过程直至机床报废回收,形成"绿色"的全过程。欧盟已经启动"绿色机床"研究项目,提出机床绿色和能耗标准设想,说明绿色制造技术开始起步。

宜人化改进,如流线型外罩,宽敞的航空玻璃视窗;可调角度的控制面板和 482.6mm(19in)显示屏;可调节座椅;通过传输技术授权的开关钥匙;显示机床工作状态的可视光带等,外观造型简洁、明快,富于现代感。

注:本文数据资料来自美国卡德纳公司,中国数据按中国机床工具工业协会公布数据修正。

〔撰稿人:中国机床工具工业协会徐树滋〕

EMO Hannover 2007 考察报告

2007 年,欧洲国际机床展览会(EMO Hannover 2007)于 2007 年 9 月 17~22 日在德国汉诺威市举办。为了解世界机床发展的最新动态,中国机床工具工业协会组织了由吴柏林总干事长为首的协会参访团参加了 EMO Hannover 2007 和一个以廖绍华副理事长为团长的由 30 多位企业领导和用户代表组成的企业团参观了 EMO Hannover 2007,并都按计划参观考察了一些国外企业。

展会期间,协会参访团除参观展览会展品,了解世界机床技术的发展动态外,还召开了 CIMT2009 和 CCMT2008 的新闻发布会,介绍中国经济持续平衡发展的态势,以及需求旺盛的中国机床市场;介绍了中国机床工业快速发展取得的进步等。展会期间还开展了一系列外事社交活动,与多个国家和地区的机床协会以及一些大企业进行了交流,通过交流,增进相互了解和友谊,取得了预期效果。

一、EMO Hannover 2007 展览会综述

1. 展览会概况

EMO Hannover 2007 是世界著名的四大国际机床展之一,也是世界最主要的机床工具贸易展览会。本届 EMO 展的展览总面积为 180 000m²,来自 42 个国家(地区)的 2 118 家企业参展,并展出了他们最近的创新技术和产品。这期间,汉诺威成为世界金属加工领域所有顶级的机床制造商最重要的汇聚场所和交流平台。本届 EMO 展会的规模是四大国际机床名展之首,与上届 EMO Hannover 2005 相比,展商数量增加了 5%,展览总面积增加了 12%。据日本 FANUC 统计,这次共展出数控机床 1 746 台,配 FANUC 系统 584 台,西门子 479 台,其他 683 台。配 FANUC 系统的超过配西门子系统 6%。

EMO Hannover 2007 展会的开幕式于 2007 年 9 月 17 日上午 10:00 时(当地时间),在汉诺威展览中心的会议中心 2 号厅举行,德国总统 Horst Köhler 出席了开幕式并致辞。致辞的题目是"技术培训是我们未来经济的命脉(Skills training is vital for our economic Future)"。他在致辞中说,德国现在缺 5 万工程技术人员,号召企业要重视对职工进行技术和技能培训,这也关系到企业自身的竞争力;现在德国政府很重视技术培训问题,并已出台了相关鼓励政策;重视制造技术要从孩子教育抓起,要让老师和学生们明白,技术职业具有多么大的魅力,世界上要是没有机床制造业,也就没有汽车和飞机了,我们的生活也很难想象;企业要重视职工的技术和技能培训,特别是老职工的培训,老职工参加培训的比例,在北欧各国(地区)达 33% 左右,可在德国只有 10%;而且,德国老工程师的失业问题也很突出,这与缺乏技术力量是个矛盾;要知道,我们老职工的知识和经验是将来的巨大资源;培训和再教育是很费力的,成本也很高,但是,这是非常值得的。德国总统的这一席话,对同样缺乏技术力量的中国机床制造业而言,也很有现实意义。

德国总统出席 EMO Hannover 2007 展会开幕式还是有史以来第一次,作为展会的组织者 VDW 把这看作是一个强有力的信号,说明德国政府很重视这届 EMO 展。

EMO Hannover 2007 展出的制造技术和产品很多来自参展的中、小企业。说明在世界绝大多数国家里,制造技术也大都出自中、小企业,他们是推动行业进步的重要动力,不可忽视。

在全球经济发展中,德国机床工业的经济效益快速增长,这从本届 EMO 展会上可得到有力的印证。德国有 875 家企业参展,展出面积 75 834m²,阵容最大。VDW 的执行董事长 Monschaw 预计,2007 年德国机床工业生产将增长 15%,产值将达到 124 亿欧元,再次打破纪录。2007 年 1~6 月,德国机床出口上升 16%。在德国 16 个重要出口市场中,中国是德国机床工业最重要的市场,2007 年上半年贸易增长了 30%,而美国市场则爆跌 15%,失去了领先位置。在德国重要的国外市场中,俄罗斯是一颗耀眼的新星,仅 7 年时间,就从市场对照表的第 23 位上升到第 5 位。德国国内用户仍保持着强势需求,世界经济的景气,促使很多企业满负荷工作,他们期待寻找新的理念、产品和工艺,强力要求更新设备,提高产能。再加上德国有利的投资条件,都刺激工业界的投资活动,所以整个市场形势较好,这对 EMO Hannover 2007 展览会的成功举办起了重要作用。在本届 EMO 6 天展期中,有 166 000 观众到展会参观、订货和寻找最新技术和产品,观众数量比上届 EMO 2005 增长了 4%。本届 EMO 展会成交金额 40 亿欧元,取得了成功。

2. 机床技术的发展趋势以及 EMO Hannover 2007 的创新主旋律

技术创新使生产持续增长,创新保证了人们生活水平的提高和社会的繁荣。总之,无论是产品结构的创新还是生产工艺流程的创新,都是国际竞争力的优势所在。本届 EMO 展品的主要特点是工艺集成和多用途的复合加工机床很多,新产品比比皆是,高速切削、高效驱动、柔性自动化、智能化、刀具新材料(如纳米镀层)、机床的轻型结构、环保要求更严、出现绿色机床的称谓等。虽然机床技术发展高速、高精、高效、复合、智能、环保等 6 大发展趋势没有改变,但是各自技术内涵和整体水平都提高了,都有不同程度的创新,尤其是提高加工效率,缩短辅助时间,降低成本等方面的新成果很多。如 DMG 展出的 70 台机床中,有 14 台是全新的,首次展出;哈量的 KALiMATa 自动刀具测量仪也是

世界首推。展会上创新产品很多,不过,由于国际竞争日趋激烈,展会上的技术资料很少,都很注意技术保密。

围绕"提高生产效率,降低制造成本"这个永恒目标,值得关注的发展趋势有以下7个方面:

(1)各种复合加工机床成批展出,复合机床是数控机床的主流展品,且复合化程度越来越高。最普遍的车铣复合或铣车复合的加工中心,再加上多主轴、多刀塔,使加工效率成倍提高。各种新技术的应用,使机床的性能大幅提高了。例如DMG展出的DMC 340FD大型立、卧转换,龙门移动的通用铣车中心,主轴转速10 000r/min;首次展出的DMC 60U duoBLOCK是新设计的,结构紧凑,工作区进入方便,可视性好,可以不受限制的进行100%的五轴和五面的完全加工,双托盘可快速交换,交换时间与加工时间重合,它是卧式和通用加工中心的集成;又如新推出的SPRINT50 linear,用直线电动机驱动,工作时间减少30%,有3个刀塔,每个刀塔都有12把动力刀具,多达3把动力刀具可以同时加工,且是分别控制的,有主轴和相对的副主轴,气动夹紧装置使循环时间最短,反应时间最快,有2个15kW的整体电主轴;还有最新推出CIX系列数控车床增加了铣削功能的第5代CTX alpha,性能提高了25%,采用模块化刀匣,扩展了加工范围,配备了车削和铣削主轴以及1个刀库,成为完全的车铣中心,可对工件进行完全加工。机床稳定性好,寿命长,更坚固的Y轴,使金属切除量增加45%,采用直线电动机驱动,玻璃光栅测量反馈和主动冷却装置,加工精度好,重复精度 < 1μm;新展出的DMC 55V linear,以加速度>2g(19.6m/s²)而重新定义高速加工(HSC),主轴转速28 000r/min。Z轴用气动平稳重量,X、Y、Z轴全部为直线电动机驱动,且Y轴为龙门式直线电机驱动。

日本大隈公司新的智能多功能复合机床MULTUS B200－W,有两个相对安置工作能力相同的主轴,消除了热变形影响的机床结构。床身刚性好,转速为12 000r/min的铣削主轴也可装车刀,应用了最新的机床技术,加工质量和效率大大提高。

斯来福临集团studer公司的S242数控磨床是具有硬车削和磨削功能的磨车复合机床,对中、小尺寸的零件,可进行磨、车和铣削加工,加工精度好,效率高。

Mögerle公司的MFP—050型机床是磨削中心和加工中心合一的高度复合化的机床,可对复杂零件一次装卡完成车、铣、磨等全部加工。有一个砂轮库和刀库合一的工具库装有砂轮、切削刀具和测量装置。大功率的主轴通过集成的刀具交换机构装上加工所需的刀具,装上测头就可以进行在机测量,测量结果可反馈给控制系统。为最佳冷却外部加工时的刀具,冷却液喷嘴可以用2个坐标控制摆动。内部加工刀具的冷却,则通过集成于主轴支座上的喷嘴解决。附加的高频主轴转速高达100 000r/min,用CBN细杆可磨很小的孔和进行展成磨削。这台机床的技术含量很高,水平很高。

日本村田公司(MURATA)的MD系列车铣中心为双主轴、双刀塔,特殊的立柱结构,主轴和刀塔平行布置,分别安装在完全分开的床身上,以消除谐振影响。卡盘和切削刀具之间为封闭的短C形结构,增强了切削刚性,适合重切削,1台MD120实际由2个加工单元构成,集成了车、钻、攻螺纹、铣削等加工功能,操作简单,安装容易。用1台高架机械手上、下料,可实现无人化生产。而另一种车铣复合的车铣中心MT20、MT25,1个主轴配2个转塔刀架和1个高架式上、下料装置,具有当今最先进的自动化专有技术,可以进行完全无人化生产,不仅效率高,而且节省人力。

德国STAMA公司展品是最适于中、大批量生产的铣车中心,有2个安置在公共床身上分别运动的立柱,每个立柱都带有1个大功率铣削主轴,可同时对2个工件进行铣、钻、车削加工,最多经2个装卡位置即可完成全部六面加工。加工时间省50%。展出的MC726/MT－2C是由2个工作动立柱构成的铣、车中心,在2个分开的工作区内可同时铣、车加工。在第1个加工区内,一次装卡完成五面加工,然后把工件交给2个加工区的相对置的主轴,完成第6面加工。双主轴,双刀塔,加工效率高,质量好。在展会上首次亮相的4个主轴的MC 526/Twin² 铣车加工中心是目前多主轴机床中的顶级产品,一次加工4个工件,生产率又翻了一倍。

Miyano公司的ABX 51 TH3是独特的三刀塔结构,由精密元件组成,稳定可靠,加工精度高,生产率高。

日本森精机公司在本届EMO展会上展出了用4项技术装备机床的产品,分别是:重心驱动(DCG),直接驱动电动机(DDM),内装电动机的刀塔(BMT)以及八角形滑块设计(ORC)。例如NZ2000 T3Y3机床为双主轴3刀塔的铣车复合加工中心,就用应用了BMT和ORC技术,每个刀塔有16把动力刀具,总计48把刀,3个刀塔分别控制,可同时加工,其生产效率极大提高。

森精机公司提供紧凑型机床,可灵活地组成紧凑的生产线,由3台机床(1台立车、1台立加和1台卧加)组成的生产线,再配1个托盘物流系统或高架式机械手就可实现无人化生产了。此外,还有NT4200 DCG和4300DCG也都是高精、高效的铣车加工中心。

瑞士BUMOTEC公司的S－189CNC车铣中心,双主轴、双刀塔,分别控制,可同时加工,特别适合复杂盘类零件加工。

最普通的型钢锯床和钻床也发展了高效、复合的加工中心,如KALTENBACH公司的KD/KDS系列加工型钢的机床,它可切断,然后再进行钻、扩、攻螺纹、铣削等加工,且在龙门的两侧和上面,用排刀方式安排了各种动力刀具,可同时加工;VERNET公司加工大型工字钢的机床,也是两侧和上面布置刀具,三面可同时进行钻、扩、铣和攻螺纹加工,加工效率成倍增加。总之,这种复合加工机床的展品非常普遍,各种复合机床都有,再加上多主轴、多刀塔,使加工效率大幅提高。可见,各种复合加工机床和多刀塔、多主轴结构是提高加工效率和加工质量的有效方法。

(2)机床柔性自动化程度更高,工业机器人使用增多,生产线进一步缩短。由于复合机床的发展,1台机床的功能更强大,工序集成度高,1台或2～3台机床,就可以完成1个工件的全部加工。因此,过去需要多台不同数控机床组成的柔性生产线（FMS），现在只要1台或2～3台数控机床就行了，生产线大大缩短了，工件的上、下和机床间的运送都用机器人完成，基本实现了无人化生产。例如，DMG公司的DMC 60H linear配1台机器人，可以代替6个人的工作，这样2台机床用很短的传送带联在一起组成加工单元，可替代12人工作，本届EMO展会就展出了这样相组合的机床2台。DMC835V配1台机器人上、下工件，清洗、去毛刺、测量、打标等，DMC350V也配1台FANUC的带CCD视觉系统的机器人。FANUC公司展出了2台机器人和钻削加工中心组成的无人化工作单元及用1台六条腿结构的机器人检测汽车后桥杠的加工精度的演示，机器人均装有CCD视觉传感器，测量也是非接触的，估计是激光摄像机把检测点图像对准测量镜中有"十"字分画线实现的。

很多机床展品都内装1台关节式机器人，完成上、下料，翻转工件给另一个加工主轴，顺带进行清洗、去毛刺或抛光等工作，如DMG的DMC 835V就是这样。所以，机床工作的自动化程度更高，一个工人可以管理多台机床已比较普遍。LJANKE公司展示了一个由1台关节式机器人和2台六条腿结构的机器人组成的加工单元。由此，他们又创新了机器人加工的方案，即可以加工从小到大的各种铸铁、钢和铝件。相信机器人组成的加工单元是很有前途的，在现有控制技术的基础上一定会有更快的发展，并会找到最合适的应用领域。

（3）数控机床的智能化程度更高，使用更安全、舒适、可靠，人性化考虑也多起来了。2004年，日本大隈公司在美国芝加哥展会上推出了机床的防碰撞系统作为卖点，声称为世界首创，可是经过短短3年，防碰撞功能已经很普遍了。森精机的机床都装有防碰撞功能，FANUC和西门子、海德汉等公司的数控系统也装有相应的软件，DMG、MAG等知名公司的数控机床都作为基本功能而配备了防撞安全功能。MAZAK在2006年的JIMTOF2006展会上推出具有消振、防碰撞、温度补偿和语音导航等4项智能化功能的机床，在EMO Hannover 2007展上又推出新增的全面监控主轴的智能主轴、能感知和分析处理不平衡量的智能平衡分析器，以及智能的维护保养支持系统等3项智能功能。MAZAK以其机床具有7项智能功能而打出i制造的旗号。FANUC的工业机器人都配有视觉、触觉和力觉等传感器。而且在内装式同步伺服电动机中配备了交互补偿功能（interactive compensation Function），智能程度比较高。现在，机床操作更舒适、简便，这些人性化考虑引人注目。如，DMG公司新展出的14台机床，颜色都是白色加上黑边框，大窗门，新玻璃材料，观察加工区很清楚，新材料玻璃耐高温切屑打击，DMU80P机床操作人性化，控制板旁设有可供操作者坐着工作的装置，面板上设有软件键，使用很方便。海德汉公司为加工中心配的TS444触发式测头，用红外发信号，不用电池而装了一个空气透平发电机，通气充电几秒钟即可，保证工作可靠。阿享大学的机床实验室（WZL RWTH Aachen）正在研究自主式机床（The Autonomous Machine Tool），分成智能元部件、工艺过程和控制3个组在研究，也已取得了不少进

展。相信智能机床和更智能、更可靠的生产系统一定会发展很快。

（4）机床产品讲究实用，产品向着市场化、实用化和个性化方向发展。六条腿（并行轴）的虚拟轴机床在EMO Hannover 2007展会上不见了。

机床是生产工具，讲究实用。展会主题强调创新主要体现在用已有的基础技术和成熟的单元技术来提高机床的性能，开拓新的应用领域。同一规格的产品，面对不同地区、不同用户的要求，产品的功能设置不同，如WFL公司推出的大型卧式车铣复合加工中心，同一规格细分很多不同功能、不同配置的品种，个性化要求很强。又如FANUC的机器人应用于测量汽车后桥梁。海德汉公司的TS444测头装了充电用的空气涡轮发电机等都很讲究实用。俗称六条腿的并联轴虚拟机床，在EMO2007展会上不见了。这也不足为怪，在数控技术快速发展的今天，出现六条腿的虚拟轴机床是人们创新、探索的结果，是可以实现的。但机床是生产工具，必须讲究实用和经济效益。而六条腿的虚拟轴机床恰恰是因其经济实用性敌不过传统结构的数控机床，把本来简单的运动复杂化了，就目前看，成本高，多轴运动构成一个轨迹，误差源多，编程复杂，精度又难以保证。所以，综合考虑，竞争不过传统结构的机床，暂时退出市场是必然的。

（5）机床的环保要求更为严格，出现了绿色机床的提法。今天的机床设备，既要高性能、高效率，又要节省资源、低能耗、低污染，加工过程要环境友好。机床从设计开始就要通盘考虑用材、制造、使用和报废回收成本等问题。欧盟开设了一个"绿色机床"的研究跟踪项目，提出机床要高性能可持续制造。从研究生产工艺入手，要衡量不同生产方法对经济的影响；哪种生产工艺更生态些，寻找更有前途的工艺技术；哪种工艺参数更经济有效，改进这些技术并优化机床；研究生产率如何影响生态状况的，以找到更高生产率、更低生态影响的工艺等，即尽可能选用无污染的工艺，机床要采用对环境影响力小的材料和再利用的问题，还要建立机床示范点。足见他们是多么重视机床的环保问题。环保是全人类的事，对机床的环保要求必定会越来越严格，有人甚至提出要建立能耗标准等，也许会成为另一种技术壁垒。所以，我们应高度关注这些动态，也应早作打算，未雨绸缪，以免被动。

（6）从展览会获取技术资料更加困难，技术保密更严格。由于国际竞争日趋激烈，导致技术保密备受关注。展会上除了提供少量样本资料外，其他一概没有。样本和展位上的产品说明以及新闻发布资料也很少有技术内容，一般都是宣传产品的性能，技术参数和局部的使用案例等。所以，参观时，要靠自己利用有限时间仔细观看机床实际加工运动情况，靠自己去思考才能有所领悟，走马观花式的参观不行，应有懂技术的人员参观展览会，才能有所收获。

技术保密越来越严是大势所趋，我国企业也要加强保密，尤其是对发达国家的企业，更应注意技术保密。注意信息收集，我们倒应向FANUC公司学习，每次大展，他们都要派人1台1台机床调查，看用了谁的系统，这次也是这样。

(7)高质量的服务已经成为市场竞争的焦点。随着数控技术的发展和复合机床的出现,产品的功能和性能逐渐雷同,你能生产的机床,别人也能生产,仅靠提供产品已难以维系。现在国际竞争的焦点已转向了服务,谁提供产品及时,谁和用户贴得近,服务质量好,服务周到,谁就有信誉,就能赢得市场。高质量的服务包括售前、售中和售后服务,尤其是售后服务周到最关键,要帮助用户用好机床,使用户获利。高质量的服务还包括为用户提供整套生产方案(Solutian)和满足用户个性化产品需求,现在用户的需求千差万别,过去单一的产品和工艺流程已经不适应了,不确定因素很多,市场变化多端,要生存,要发展,就要去适应这种多变的环境,就要学习和掌握新技艺,就要改进生产方法和工艺流程。一句话,服务主导生产商。

3. 本届 EMO Hannover 2007 展会的突出亮点

(1)中国的机床企业以较大阵容和较多数控产品亮相展会。中国参展企业数量猛增至 86 家,展出面积 3 332m²,参展商数量位于德国、意大利、中国台湾、瑞士之后,名列第5位,这引起世界机床业界的高度关注。本届 EMO 展会的第1期展报上还特别提到中国有 86 家企业参展,参展企业数量首次超过日本(79 家厂商参展)。

几年来,我国机床工业的确取得了长足的进步,大连机床集团展出 25 台数控机床,展位面积 1 000m²,也很有气派;沈阳集团以希斯名义参展,机床是沈阳生产的,面积也比较大;哈量展出的凯狮 KALiMATa 刀具自动测量仪是世界一流水平的;新瑞、鲁南等机床企业都以较大面积展出数控机床,且很多机床已售出,展出效果不错。但整体而言,我们展出的机床多数都是中、低档产品,机床的性能与世界水平相比,还有明显的差距。日本虽然只有 79 家厂商参展,可参展面积达 17 523m²,展商中有森精机、大隈、马扎克、FANUC、牧野、AMADA 等知名企业,展品大都为中、高档产品。因此,我们既要看到我国机床工业的进步和发展,更要认识到差距所在。毕竟我们有这么多企业敢于走向世界,参与国际竞争,敢于亮相国际机床大展,同台博奕,这是非常可喜可贺的现象。为此,中国机床工具工业协会吴柏林总干事长和王黎明副总干事长等都专门拜访了我国的主要参展商,了解他们的展出效果,鼓励他们的参展行动。我

们相信,在以后的国际机床大展上必将会有更多国内企业参展,展品水平会更高。EMO Hannover 2007 参展国家(地区)前 10 位情况见下表。

表 EMO Hannover 2007 参展国家(地区)前 10 位情况

国家或地区	参展商数量(个)	参展面积(m²)
德 国	875	75 834
意大利	273	21 765
中国台湾	156	9 581
瑞 士	144	12 068
中 国	86	3 332
日 本	79	17 523
西班牙	73	7 081
美 国	64	5 038
土耳其	44	2 840
英 国	42	2 173

(2)世界机床企业的兼并重组和强强联合的势头仍在继续,重组后以强大的整体阵容纷纷亮相 EMO Hannover 2007 展会,成为抢眼的风景。DMG 集团以 4 000m² 的展位,70 台展品,其中有 14 台新品首次亮相,并演示培训和教学内容和设备,高水平的展品吸引了众多观众,气势很大,展品水平也代表了当前机床技术的前沿;新组建的美国 MAG 集团,也以集团名义展出,以几千平米的展位,一片 MAG 的旗帜十分抢眼,几十台展品也代表了当前世界水平;德国 Körper Schleifering 集团又增加了新成员,以集团名义,大面积展位亮相 EMO Hannover 2007,各类磨床展品代表了当前磨削技术的最高水平;瑞士 GF 集团兼并重组阿奇夏米尔和米克朗公司后,以 GF 阿奇夏米集团展出,取消了 MIKRON 的商标,这个集团在中、小型高速精密加工机床和电加工机床方面,技术水平也名列世界前矛;美国 hardinge 公司收购 Kringberg 公司和一些磨床厂后,增加了磨床和制齿机床,以门类比较齐全的产品亮相 EMO Hannover 2007,声称可与斯米福临媲美;中国大连机床集团也首次与德国兹默曼和英国六百集团合作,大面积展位亮相 EMO Hannover 2007。这些都表明,在国际竞争日趋激烈的今天,组成大集团的优势明显,这种联合重组的趋势还会继续。

〔撰摘人:中国机床工具工业协会沈福金〕

伴随机床工具行业发展与进步的中国国际机床展览会

中国国际机床展览会(CIMT)自 1989 年创办,至今已走过了 18 个春秋。CIMT 一直伴随着中国机床工具行业的发展与进步而逐步发展、壮大。回顾 CIMT 的发展过程,大致可以分为 3 个阶段。

第一阶段(1989~1993 年),即第一届展会到第三届展会

这阶段既是 CIMT 的初创期,也是 CIMT 发展过程中重要的成长阶段。CIMT 的成功创办并站稳脚跟,为立足于专业展会之首奠定了坚实的基础。CIMT 以其"集结世界机械制造技术与装备之精华,展示机械制造领域技术的新高度,

推动我国机械制造和机床工具行业的技术进步和生产力的发展"为办展宗旨,展会的定位、目标、主题、宗旨都极其鲜明,通过展会学到了许多新的先进制造技术,对我国机床工具行业的发展起到了积极的促进作用,被称之为"不出国的国际先进制造技术考察,不花费用的技术交流与'引进'"。

在这期间,我国机床制造企业的产品中,数控机床还处于初始发展阶段,数控金切机床的年产量不足万台。从1990~2000年,数控金属切削机床的年均增长率仅为16.44%,国内市场数控金属切削机床的年均消费增长率也仅有23.05%。在不足1万台的数控机床中,经济型占多数,从技术上看,基本上是在原有通用机床上加数控系统的简易数控机床。

国外展品中的全功能数控车床、数控铣床、数控磨床、数控电加工机床以及立、卧式加工中心等产品,使行业企业的领导和广大工程技术人员开阔了眼界、启发了思路,特别是对发展数控机床的重要性的认识有了较大的提高,为我国发展数控机床做出了贡献。

第二阶段(1995~1999年),**第四届展会到第六届展会**

这一阶段正是我国机床工具行业的低谷期。国内经济处于调整期,机床工具行业从1993年的过热,转而进入了连续5年的滑坡,企业生产经营十分困难。但是,CIMT展会仍得到行业企业的积极支持,不少企业展出了在产品结构调整中开发的数控机床新产品,而且有些得到了市场的认同,如宁夏长城机床厂的斜床身数控车床,在上海大众汽车变速箱厂使用的就有80台以上。这期间,机床制造企业也注重国外先进技术的引进、消化吸收和二次开发,如北京机电研究院引进了美国辛辛那提马刀系列加工中心制造技术,并在此基础上开发形成了自主品牌的加工中心系列产品。

这段时间里我国数控金属切削机床产量在7 000~9 000台,但国内对数控机床的需求确有较快增长,1993年国内数控金属切削机床的消费量为10 807台,到1999年增加到15 532台,增长了43.7%。国内机床制造企业在进一步提高对数控机床重要性的认识,利用这时期加速产品结构的调整,在引进技术、产学研结合和自主开发的多渠道发掘技术来源的情况下,使国产数控机床的产品品种有了较快增长。

第三阶段(2001~2005年),**CIMT展会的第七届到第九届**

这段时间是我国经济建设与社会发展的"十五"期间,我国经济的快速发展,大量的新开工项目和重点建设项目的启动实施,以及缓解电力交通运输的紧张情况,强大的市场需求,有力地拉动了机床工具行业的快速发展。旺盛火爆的机床市场,数控机床成为市场消费的主流是这一阶段的显著特点。

在第七届展会上,江苏多棱数控机床股份有限公司和桂林机床股份有限公司展出了国内首创的五轴联动龙门加工中心和五轴联动数控龙门铣床,引起了极大轰动。这是我国机床制造企业打破国外技术封锁,首次将五轴联动数控机床拿到展会上展出,标志着国产数控机床冲上一个新高度。随后的2003年、2005年的CIMT展会上,一大批自主研发的五轴联动数控机床的展出,以及在一些重点用户关键加工领域的应用,机床工具行业的整体水平有了较大提高。国产数控金属切削机床的产量也有了较快发展,从2000年的14 051台增加到2005年的59 639台,产量增加了4.24倍,年均增长率高达33.5%。

中国国际机床展览会(CIMT)伴随着中国机床工具行业的发展、变化,展示了行业企业在机制体制改革、企业并购重组和跨国并购、产业和产品结构调整、开发新产品和重点发展数控机床、开展品牌建设等诸多方面所取得的成果,反映了世界机床技术的发展趋势,促进了对外交流活动。CIMT的不断发展与壮大,构筑了国内外机床工具生产企业同台比武的大舞台,境内外采购商、团组选购装备的大市场,广大专业观众参与学习交流、借鉴先进技术的大课堂。

第十届CIMT将全新的面貌展现给广大观众。来自28个国家(地区)的1 100家以上参展企业,世界众多的知名机床制造商悉数到场;展出反映世界机床技术发展趋势的近1 000台高水平产品,包括大量的五轴联动数控机床、多坐标数控机床、多功能复合加工机床等;展示国产数控机床进步和中国机床工具行业企业的新面貌、新风采,自主开发、拥有自主知识产权和发明专利的产品增多、主轴头带 A、B 轴摆角的国产加工中心首次亮相、一大批国产五轴联动机床、复合加工机床等高档数控机床为展会添彩。

第一至第十届中国国际机床展览会(CIMT)成交情况见下表。

表 第一至第十届中国国际机床展览会(IMT)成交情况

展览会名称	展出日期	地点	占用展馆面积(m²)	参展单位(个) 国内	国外	合计	展出主机(台) 国内	国外	合计	交易总金额	观众数量(人次)	技术交流 场次	人次	国家或地区(个)
第一届中国国际机床展览会CIMT'89	1989年5月9~16日	上海市	20 000	215	231	446	139	127	266	内销3 500万元 意向贸易1 300万美元 出口600万美元	15万	34	1 900	19
第二届中国国际机床展览会CIMT'91	1991年9月17~23日	北京市	30 000	594	249	843	146	309	455	内销3.55亿元 出口3 742万美元 进口439万美元	18万	50	3 000	24
第三届中国国际机床展览会CIMT'93	1993年5月5~11日	北京市	46 500	469	446	915			829	内销5.56亿元 出口1 794万美元 进口4 700万美元	20.88万	80	4 000	26
第四届中国国际机床展览会CIMT'95	1995年9月6~12日	北京市	60 000	509	534	1 043	499	438	937	内贸4亿元 外贸1亿元 进口6亿元	20.45万	54	4 000	27

展览会名称	展出日期	地点	占用展馆面积（m²）	参展单位（个）			展出主机（台）			交易总金额	观众数量（人次）	技术交流		国家或地区（个）
				国内	国外	合计	国内	国外	合计			场次	人次	
第五届中国国际机床展览会 CIMT'97	1997年4月22~28日	北京市	61 400	525	509	1 034	570	367	937	内贸4.5亿元 外贸1.2亿元 进口4亿元	20万 外宾6 000	56	4 400	28
第六届中国国际机床展览会 CIMT'99	1999年10月22-26日	北京市	61 000	570	465	1 035	556	316	827	内贸6.565亿元 出口1亿元 进口5 400万美元	18万 外宾4 850	67	4 100	25
第七届中国国际机床展览会 CIMT'2001	2001年4月19~25日	北京市	68 000	648	430	1 078	708	262	970	内贸7.6亿元 出口900万美元 进口5 400万美元	13.63万 外宾4 637	51	3 964	25
第八届中国国际机床展览会 CIMT'2003	2003年4月16~22日	北京市	72 000	606	536	1 142	690	350	1 040	内贸8.35亿元 外贸（进出口）6 200万美元	10.4万 （前4天）	65	4 500	27
第九届中国国际机床展览会 CIMT'2005	2005年4月11~17日	北京市	72 000	495	607	1 102	479	427	906	内贸9.5亿元 出口1.5亿元	24.57万	69	4 400	26
第十届中国国际机床展览会 CIMT'2007	2007年4月9~15日	北京市	72 000	515	551	1 066	544	450	994	内贸14.4亿元 出口2.3亿元	24.4万	76	6 000	28

〔撰稿人：中国机床工具工业协会佟璞玮〕

第十届中国国际机床展览会（CIMT2007）重点展品介绍

第十届中国国际机床展览会（CIMT2007）于2007年4月9～15日在北京中国国际展览中心举行。

本届展览会是在"十一五"期间举办的首次中国国际机床展，也是在《国务院关于加快振兴装备制造业的若干意见》发布和即将出台的《数控机床发展专项规划》时举办的，必将为我国机床工具行业的进一步发展提供良好的商机。

本届展会的主题是创新发展、和谐共赢。以创新求发展，创新是我国的基本国策，振兴数控机床制造业必须依靠创新。以和谐求共赢，为国内外机床制造商、采购商营造一个交流技术、寻求合作、沟通供需、扩大贸易的舞台，达到国内外机床厂商之间，制造商、供应商和用户之间共赢的目的。

本届展会全球各知名跨国机床集团（公司）都来华参展，展出其最新的、最热门的高技术产品。如美国的MAG工业自动化系统、格里森（Gleason）、哈挺（Hardinge）、哈斯（Haas）；德国的DMG、科尔柏斯来福临（Korber Schleifring）、埃马克（Emag）、科普（Kopp）；日本的山崎马扎克（Yamazaki Mazak）公司、森精机（Mori Seiki）公司、大隈（Okuma）公司、JTEKT公司、天田（Amada）公司；瑞士的阿奇夏米尔（Agie Charmilles）公司、威力铭马科黛尔（Willemin Macodel）公司、斯达拉格海科特（StarragHeckert）公司；意大利的柯马（Comau）公司、菲迪亚（Fidia）公司、萨克曼兰苞蒂（Sachman Rambaudi）公司、萨瓦尼尼（Salvagnini）公司；奥地利WFL车铣技术、埃默科（Emco）；西班牙达诺巴特（Danobat）、尼古拉斯克雷亚（Nicolas Correa）、阿特拉（Atera）机器制造商集团等。

展品水平历届最高，有最新的复合加工机床、五轴加工机床、纳米加工机床、新型并联加工机床等。展品突出反映数控机床重点向多功能复合化、精密化和专用高效、柔性自动化方向发展的趋势。

一、五轴加工机床展品量和质的新突破

本届展会共展出五轴加工机床近70台（包括五轴联动车铣复合中心），其中国内展品近40台，参展的制造商和产品数量都比上届高出1倍。反映了五轴加工机床市场需求正在迅速增加和国内的五轴加工机床趋向成熟。

沈阳机床（集团）有限责任公司的适合于航空工业钛合金和铝合金机框加工用的主轴A、B轴摆动的VMC25100u五轴立式加工中心和GMC1230u五轴高速龙门加工中心各1台，这类机床长期依赖于进口，是受国外限制进口的高技术产品，这类产品开发的成功是我国机床工业在高档数控机床开发方面的又一新突破。

四川长征机床集团有限公司的GMC1600H/2×50和GMC2500H/2×50五坐标横梁移动式龙门加工中心各1台。

济南二机床集团有限责任公司的XHSV2525×6 000五轴龙门移动式高速镗铣加工中心，工作台尺寸6 000mm×2 500mm，X、Y、Z轴行程6 000mm、2 500mm、1 250mm，进给速度0～20 000mm/min，快速进给速度40m/min，摆动回转铣主轴转速0～24 000r/min，功率40kW，刀库容量20把。

其他展品，桂林机床股份有限公司的 XK2312WT/5X 数控五轴联动龙门铣床、XK2320/4 - 5X 五轴联动数控龙门铣床、XK715G/3 - 5X 五轴联动数控床身铣床(叶片铣床)和 XK716/2 - 5X 五轴联动数控床身铣床;南京四开电子企业有限公司的 SK12160 五轴联动龙门铣床;北京第一机床厂的 XKAV2420 五轴定梁龙门铣床;北京机床所精密机电有限公司的 μ1000 - 5V 五轴立式加工中心等。

国外五轴加工机床展品回转轴多采用力矩电动机驱动，有德国 DMG 公司的 DMU 70 五轴立式加工中心，X、Y、Z 轴行程 750mm、600mm、520mm，快速移动速度 24m/min，主轴转速 10 000r/min，功率 19 kW、14kW，回转工作台尺寸 ϕ800mm×620mm，刀库容量 16(24)把;德国 Chiron 公司的 FZ15S - 5axis 五轴立式加工中心，工作台摆动角度 ±110°，工作台直径 280mm，X、Y、Z 轴行程 550mm、400mm、425mm，主轴转速 10 500r/min，功率 14kW，快速移动速度 40m/min，刀库容量 20 把;瑞士 Mikron 公司的 HPM1150U 五轴铣削中心，X、Y、Z 轴行程 1 000mm、1 150mm、700(895)mm，主轴转速 0~15 000r/min，功率 38kW，进给速度 15m/min，快速移动速度 30m/min，工作台直径 1 000 mm，刀库容量 30 把、46 把、92 把，数控系统 Heidenhain iTNC530;瑞士威力铭 - 马科黛尔公司的 W - 518TB 五轴叶片加工中心，W - 528S 五轴加工中心;德国哈默公司的 C30U 和 C40U 五轴立式加工中心;日本山崎马扎克公司的 VARIAXIS - 630 II 五轴立式加工中心;日本森精机的 NMV500DCG 五轴立式加工中心;五轴数控刀具磨床，有德国孚尔默机械有限公司的 QWD760 PCD 数控刀具磨床，瑞士 Schneerberger 机床公司的 NORMA CFG 数控刀具磨床，美国 Star 刀具公司的 PTG - 4 数控刀具磨床，澳大利亚昂科(ANCA)机床公司的 RX7 和 TX7 数控刀具磨床和德国 Saacke 公司、Walter 公司的五轴数控刀具磨床等。

二、多功能复合化是产品发展的主流

车削中心展品功能更全。沈阳机床(集团)有限责任公司云南机床厂的带有 Y 轴，具有铣削功能的 CY - K40DSY 双主轴车削中心，可实现 X、Y、Z、C 轴四轴联动，床身上最大回转直径 400mm，正主轴转速 0~4 000r/min，功率 15 kW、18.5kW，副主轴转速 0~4 500r/min，功率 5.5 kW、7.5kW;南京劲马科技有限公司展出 TL - 30LM 双主轴车削中心，床身上最大回转直径 600mm，主轴转速 4 200r/min，具有 Y 轴功能，可实现 X、Y、Z、C 四轴联动;北京第一机床厂展出 CHA564 双主轴，具有铣削功能的立式车削中心。

国外展品产品有美国 Hardinge 公司的 SR51 MSY 带 Y 轴双主轴精密车削中心;韩国 PUMA 公司的 TT1800SY 带 Y 轴双主轴双刀塔车削中心;日本大限公司的 MULTUS - B300 多功能车削中心和 2SP - V60 双主轴数控立式车床等。

三、五至九轴控制各种形式的五轴联动车铣复合中心

沈阳机床(集团)有限责任公司展出系列五轴联动的车铣复合中心，共计 6 台。其中 HTM125600 五轴卧式车铣复合中心，最大加工直径 1 250mm，最大加工长度 6 000mm，是历次展会中展出规格最大的车铣复合中心。九轴五联动 HTM63150iy 双主轴卧式车铣复合中心，最大加工直径 630mm，最大加工长度 1 500mm，主轴转速 3 000 r/min，副主轴转速 3 200r/min，上刀架有铣主轴和 ATC，主轴转速 12 000r/min，刀库容量 40 把，下刀架为 12 工位转塔刀架。

南京数控机床有限公司的 N - 094 车磨复合加工机床，机床主轴采用正面布置，主轴左右二侧各布置 1 个车削刀架和磨削砂轮架，适合于汽车刹车盘零件加工。

国外展品有德国 DMG 公司的 GMX 250 linear 五轴车铣复合中心，Z 轴采用直线电动机驱动，快速移动速度 70 m/min，最大加工直径 640mm，最大加工长度 1 185mm(带尾架)，铣削主轴转速 12 000r/min，功率 28kW，转矩 120N·m，铣削主轴摆动角度 240°，ATC 换刀，刀库容量 46~180 把，下部有带动力刀具的 12 刀位转塔刀架;日本森精机制作所的最新 NT4200DCG/700C 车铣复合中心，是动柱式加工中心与车床的组合，加工中心的 X 和 Y 轴采用双丝杠重心驱动，Z 轴由滑枕移动实现，铣头可以在滑枕上进行 B 轴摆动 ±120°，车头固定不动，仅进行回转 C 轴运动，根据需要，机床还可配置带内置铣削电动机 12 工位的第二刀塔和第二主轴;韩国 Doosan 公司的 PUMA MX2500ST 九轴控制五轴车铣复合中心，最大加工直径 540mm，最大加工长度 1 520 mm，X_1、X_2 轴行程 555mm、185mm，Z_1、Z_2 轴行程 1 595mm、1 640mm，Y 轴行程 ±80mm，A 轴行程 1 565mm，铣主轴转速 10 000r/min，功率 15kW(30min)，B 轴摆动 ±120°，工件主轴转速 3 500r/min，功率 26kW，X、Y、Z、A 轴快速移动速度 24 m/min、24m/min、16m/min、24m/min，刀库容量 24 把、40 把、80 把，换刀时间 1.5s(刀 - 刀)，数控系统 Fanuc 18i - TB;德国 DMG 公司的 DMU80P/FD 五轴铣车复合中心 X、Y、Z 轴行程 800mm、800mm、800mm，主轴功率 28kW、19kW，转矩 121 N·m、82N·m，最大转速 12 000(8 000、10 000、18 000)r/min，X、Y、Z 轴快速移动速度 60m/min，刀柄 SK40/HSK - A63，刀库容量 40 把，托盘尺寸 900mm×700mm(ϕ800mm)，工作台转速 800r/min，电动机功率 29kW、19kW，数控系统 Siemens 840D powerline;瑞士威力铭 - 马科黛尔公司的 W - 508MT 8 轴控制铣车复合加工中心，可以加工棒料或单个零件，配备自动背面加工装置，在一个循环内可完成全部零件加工。刀库容量 48 把，换刀时间约 3s(切削 - 切削)，数控系统 Fanuc31i;瑞士宝美技术公司的 S192FT 和 S191FTL - R 五轴铣车复合中心;S192FT 五轴铣车复合中心，刀库容量 30 把，换刀时间 1.25s(刀 - 刀)。

四、不同加工方法组合的复合机床

德国 DMG 公司的 ULTRASONIC 50 超声波铣削复合机床，将超声振动超硬加工和铣削加工集成，复合到一台机床上，超声波发生器最大高频功率 300W，超声波频率 17.5~30kHz，最大进给速度 5 000mm/min，X、Y、Z 轴快速移动速度 24m/min，数控系统 Siemens 840D。Lasertec 40 S(Diode) 激光铣削复合机床，将激光加工和铣削加工集成，复合到一台机床上，采用新型二极管激光器，超长寿命(寿命将近 10 000h)，控制轴数 3/3(机械/光学)，X、Y、Z 轴 400mm、

300mm、500mm,激光样态(单样态),深度控制(光学传感器),最小倾角 0°,激光光斑直径 0.04～0.1mm,激光功率 12～100W(Q-Switch-YAG 激光)。

五、专用高效、柔性自动化展品

为适应汽车等大批量生产的需要,专用高效、柔性自动化产品反映了一个国家机床工业的综合水平。本届展会此类产品多、新。

沈阳机床(集团)有限责任公司的 SPC6380P 数控轮毂车床;SSKL-8118 数控曲轴连杆颈车-车-拉机床,曲轴最大回转直径 300mm,最大加工长度 800mm;SUC8114 曲轴两端面孔加工专用数控机床,采用两个有 8 工位转塔刀架的三坐标单元,可以对两端面上的孔进行同时加工,包括钻、扩、铰、镗、倒角和攻螺纹等,一次卡装可以完成两端面孔的全部加工;SUC8127a 数控石油管螺纹加工专用机床和有 6 个 800mm×800mm 工作台托盘的 FMC80 柔性加工单元。

青海第二机床制造有限责任公司的 QH2-039A 数控曲轴车-车-拉机床,床身上最大回转直径 700mm,溜板最大回转直径 500mm,最大工件长度 1 200mm。

宁江机床集团股份有限公司的 CKN1112Ⅱ 数控纵切自动机床,机床具有 C 轴、副主轴和背刀架,棒料在主轴上完成所有加工工序,零件切断后,由副主轴抓取零件,并由背刀架完成零件切断面上的背钻孔、背镗孔等工序。

湖南宇环同心数控机床有限公司的 TKM120CNC/CBN 数控凸轮轴磨床,加工表面粗糙度 R_a≤0.4μm,最大提升量 20mm,基圆跳动 ±0.01mm,凸轮全升程误差 ±0.03mm,凸轮升程误差 ±0.05mm,凸轮相位角误差 ±15'。

六、数控齿轮加工机床

齿轮加工机床总的技术趋势是向高速高效、干切削、精密、自动化方向发展。数控弧齿锥齿轮铣齿机,是一种技术含量较高的产品,以前仅美国 Gleason 公司和德国 Klingelnberg 公司有此类产品。

天津第一机床总厂的 YKW2280 数控弧齿锥齿轮铣齿机,机床为三轴控制,即摇台运动(X 轴)、工件主轴转动(Y 轴)、床鞍进给运动(Z 轴)可实现三轴联动。

天津市精诚机床制造有限公司的 YH6012 数控弧齿锥齿轮铣齿机,最大加工节圆直径 1 250mm,最大加工模数 20mm,售价仅为国外同类产品的 1/5,受到国内造船、冶金、矿山、石化、建筑和水泥机械等行业的欢迎。

重庆机床(集团)有限公司的 Y3118CNC5 五轴四联动数控高速滚齿机。

国外展品有德国 KAPP NILES 公司的 KX300P 全自动磨齿机;Liebheer 齿轮技术公司的 LSC300 磨齿机;瑞士 REISHAUER AG 公司的 RZ 150 蜗杆砂轮磨齿机;美国格里森公司的 Phoenix Ⅱ275HC 数控锥齿轮铣齿机,机床为六轴控制,最大齿轮节圆直径 275mm,最大齿宽 58mm,最大齿深 20mm,齿数 5～200;日本三菱重工业公司的 GE20A 干切削高速滚齿机,最大齿轮直径 200mm。

七、电加工机床

精密、高效电加工机床,是世界电加工技术发展的主流。目前,高效线切割机最高切割速度可超过 500mm²/min,精密线切割机最佳表面粗糙度可达 R_a 0.05μm,形状误差可达 0.003mm。

北京市电加工研究所(北京迪蒙特佳工模具技术有限公司)的 B35-A3 精密数控电火花成形机床;苏州三光科技有限公司的 DK7625P 慢走丝电火花线切割机;北京阿奇夏米尔技术服务有限责任公司的 CA20 低速走丝线切割机和 SA20 数控精密电火花成形机。

国外展品有瑞士阿奇夏米尔集团阿奇公司的 Agiecut Progress V2 高效慢走丝线切割机 Agietron Hyperspark Exact 2HS 数控精密电火花成形机和 ROBOFIL 2050TW 精密慢走丝线切割机;日本三菱电机公司的 EA8M 数控电火花成形机和 BA8M 线切割机床;日本天田公司的 FOL3015NT 数控激光切割机;德国通快公司的 TRULASER2525 数控激光切割机;芬兰 FINN POWER C5 高速伺服控制数控液压冲床;瑞士百超精密机床公司的 BYSPEED 3015 高速激光切割机;美国福禄展出超高压水射流技术公司的 IFB 2012 整合式加砂水刀切割系统;瑞典 Water Jet 公司的 NC3515D/5axis 五轴水切割机。意大利普瑞玛工业公司的 SYNCRONO 自动托盘交换激光切割机;日本山崎马扎克公司的 Super Tuturbo-X 48 Champ 激光切割机。

八、较高技术水平的新产品

大连亿达日平机床有限公司的 NTG-CKP 超高速随动式曲轴连杆颈磨床,最大加工长度 800mm,最大磨削直径 70mm,机床主轴采用独特的高刚性动静压轴承,配备有连续额定功率为 37kW 的高功率主轴电动机,可实现砂轮圆周速度高达 160m/s,砂轮架采用六面静压滑台,直线电动机驱动的滑动面非接触形式,实现了高速反应的随动性。该公司还有展品 ZH5000 加工中心。

南京劲马科技有限公司的 DM0530 龙门移动式复合材料高速铣削加工中心,工作台尺寸 1 600mm×3 200mm,主轴转速 30 000r/min。

北京市电加工研究所(北京迪蒙特佳工模具技术有限公司)的 BD2MM6012 电火花精密刀具磨床,磨头行程 490mm,磨头主轴转速 1 000～8 000r/min(无级可调),磨头往复频率 0～60 次/min(无级可调),磨头往复摆程 0～60mm,最大加工电流 10A。

杭州机床集团公司 MKH450 平面成形磨削加工中心,工作台尺寸 450mm×1 000mm,拖板纵向行程 1 000mm,立柱横向行程 400mm,磨头垂直行程 500mm,各轴进给分辨率 0.001mm,砂轮库容量 6 片。

九、创新技术展品和纳米技术展品

新一代并联机床。哈尔滨量具刃具集团有限责任公司展出 LINKS-EXE700 新一代并联机床,是按"与瑞典 Exechen 公司签署的技术许可协议"生产的新一代并联机床,与前一代知名 Tricept 技术并联机床相比,机床动态性能、刚度、定位精度和用户编程操作简易性有了新的突破。

纳米加工机床。上海机床厂有限公司展出纳米加工磨床,主轴最大功率 0.125kW,纵向(横向)行程 50mm,纵向

（横向）最大速度300mm/s，纵向（横向）分辨率1nm，垂直升降行程25mm，垂直升降最大速度100mm/s，垂直升降分辨率9nm。

精细数控等离子切割机。济南二机床集团有限责任公司展出的JRC204高速高精细数控等离子切割机，具有切割速度快、切割面垂直度好和表面质量好，无挂渣等优点，是等离子切割技术发展的最新成就。

重心驱动加工中心。按重力中心原理，采用双丝杠驱动的加工中心，极大地提高了机床三轴的抗振性，振动可减少近10倍，改进了机床动态性能，各轴加速度可达1.1g。

由于采用双丝杠重力中心驱动，主轴等移动件在高速移动时重心与驱动力的中心一致，提高了驱动稳定性，减少了移动时歪斜，提高了轮廓加工精度，表面粗糙度可减少一半。另外，机床轴的加速度也可以提高20%。采用双丝杠驱动的展品有日本森精机制作所的NT4200DCG车铣中心和NMV500DCG五轴立式加工中心、Huller Hille公司的BLUE-STAR 5卧式加工中心、Cincinnati机床有限公司的HCP-800HP卧式加工中心、日本安田公司的YBM-640V数控立式坐标镗床等。

〔撰稿人：中国机床工具工业协会丁雪生〕

促进创新发展　见证和谐共赢

——CIMT2007回眸

中国机床工具工业协会主办的第10届中国国际机床展览会（CIMT2007）于2007年4月15日圆满结束。本届展会展览总面积72 000m²，共有来自28个国家和地区的1 100多家企业参展，其中国内展商和海外展商数量及其展出面积约各占50%。海内外知名的机床、工具、数控系统和功能部件企业悉数参展，共展出1 200多台各种类型的机床和大型量仪器，以及数万件量具刃具、数控系统、功能部件、机床附件等产品，吸引了来自海内外的观众24万多人次。展会成交额及意向成交额40多亿元。

中国国际机床展览会从1989年创办，走过了18个春秋，到2007年举办的第10届CIMT展，经历了一个不断提高和攀升的发展过程，从关注展会面积的大小到展示品牌提升品位，从提供产品选择到提供整体技术解决方案；从展示产品到组织技术论坛、技术交流。第10届中国国际机床展览会（CIMT2007）吸取和浓缩了前面9届成功经验和精华，更加突出地展现了本届展览会广泛的国际性和权威性，展品技术水平高、用户团组质量高和配套活动精彩丰富，CIMT2007已经成为了一个立体化的高品位、高水平展览会，受到了海内外机床工具业界的重视和欢迎，也得到了政府相关部门的重视。

丰富多彩的配套活动一直是CIMT展览会的显著特色。本届展览会开幕前夕举行的由中国机床工具工业协会主办，美国AMT、意大利UCIMU、德国VDW、韩国KOMMA等10个国家和地区机床协会协办的"现代装备制造业国际高层论坛"拉开了展会丰富多彩的配套活动的序幕。中国机床工具工业协会总干事长吴柏林致欢迎辞并主持上午的演讲，中国机床工具工业协会轮值理事长许郁生、美国AMT会长John B. Byrd III、意大利UCIMU会长Dante Speroni、韩国机床协会会长郑宗铉先生、中国工程院院士郭重庆教授、中国机床工具工业协会副理事长廖绍华、德国DMG公司董事会董事亚洲区总裁Thorsten Schmidt、德国巨浪公司总裁Ing. Hans-Henning Winkler、日本森精机株式会社常务董事Okura Koji在论坛上发表精彩演讲。演讲嘉宾们从不同的角度出发，从宏观和微观两个层面深入探讨了世界机床工业的发展与未来。

本次论坛演讲嘉宾们推出的新观点、传递的新信息在听众中引起了热烈反响。不少听众反映这次高层论坛"有真东西，听完后受益匪浅，很有启发"。

本届展会配套活动的另外一个重头戏是有18个国家和地区机床协会秘书长参加的联谊活动"Networking Party"。国家商务部机电产业司王琴华司长出席了联谊会，并发表了主题演讲，回顾2006年并展望2007年的中国的经济发展情况。这次Networking Party以"沟通信息，增进友谊，扩大合作，实现共赢"为主旨，为各国家和地区机床协会领导人之间的交流提供了一个和谐发展的平台，为中国机床工具行业企业了解世界、走向世界、融入世界大市场创造了新的契机。

中国国际机床展览会（CIMT）既是海内外机床制造商展现自己先进技术的舞台，也是广大用户参观选购设备的良机。作为CIMT展览会的主办方，中国机床工具工业协会在每届展会期间都要组织为数众多的用户采购团组参观展览会。本届展览会期间，组织了40多个由重点用户代表组成参观采购团组参观CIMT2007。展会期间，国家发改委和国防科工委组织召开了"重点用户行业国产数控机床应用座谈会"，来自重点用户、机床制造企业的近200名代表出席座谈会。这是继大连会议、上海会议之后，重点领域用户与机床制造企业建立长效机制后的又一次大聚会。

国家发改委副主任张国宝出席会议并作重要讲话，中国机床工具工业协会总干事长吴柏林在会上介绍了2006年中国机床工具行业的运行情况以及取得的新进展，介绍了贯彻

"国务院关于加快振兴装备制造业的若干意见"，及受国家发改委托编制的"高档数控机床与重大专项"的基本思路。

来自重点领域的用户和机床工具行业具有较强开发能力的重点骨干企业的代表进行了深入的沟通与交流，为进一步合作，以推动我国数控机床产业的发展，加速高档数控机床的研发，满足重点领域用户的需求奠定了更加深厚的基础，对于提高国产数控机床的市场占有率必将起到积极的促进作用。会议期间，还贯彻落实了国家有关部门的采购指南，剖析和总结了已留购项目的经验教训，并表彰奖励了14项供需双方的优秀合作项目。

展会期间还组织了70多场专题技术讲座以及其他一些活动，为展商和观众进行深入的交流创造了良好的条件。

展会期间，中国机床工具工业协会领导先后会见了美国、日本、韩国、巴西及台湾地区等国家和地区机床协会、贸促会的领导，双边交换了信息，增进了了解，加深了友谊，为进一步合作提供了新的机遇。意大利对外经济贸易委员会，美国、日本、瑞士等国家的机床协会，DMG、Doosan、Mazak、森精机、南通科技、杭州机床集团等公司在展会期间分别举行了馆日活动、产品介绍和新闻发布会。

国产数控机床，引领展会风骚。本届展览会上，一批国产高档数控机床的亮相和一大批国产高档数控机床进入重点用户的关键制造领域，标志着中国机床制造业开始了新的征途，以发展高档数控机床提升企业自主创新能力，建设创新型企业的高潮正在兴起，我们可以深信在不久的将来，中国的数控机床必将以中国的特色，自立于世界民族之林。

〔撰稿人：中国机床工具工业协会沈福金〕

优化金属加工机床进出口贸易结构
实现贸易逆差逐步缩小

2007年，金属加工机床进出口贸易形势较好。进出口在优化产品结构上取得了明显的进步，高技术产品和高附加值产品进出口比重增加，低值、耗能、高污染产品出口减少；进口出现多年未见的负增长，出口继续保持较高增长；进出口贸易逆差首次出现下降，比上年同期减少10.50%。2007年金属加工机床进出口贸易总额为87.23亿美元，同比增长3.49%。进出口贸易逆差为54.21亿美元，比上年减少6.36亿美元。

一、金属加工机床进口情况

2007年，金属加工机床进口107 672台、金额70.72亿美元，同比下降0.89%和2.36%。其中数控金属加工机床进口44 782台、金额53.64亿美元，同比增长12.27%和0.90%。数控金属加工机床进口数量占金属加工机床进口数量的41.59%，比上年提高近5个百分点；数控金属加工机床进口金额占金属加工机床进口金额75.85%，比上年提高2.45个百分点。

1.金属切削机床进口

2007年，金属切削机床进口77 076台（其中包括台钻、砂轮机、抛光机、锯床等4类小型机床14 613台）、金额52.40亿美元，同比增长4.32%和下降4.32%，金属切削机床进口金额出现多年来首次负增长。其中数控金属切削机床进口38 262台、金额44.31亿美元，同比增长13.56%和下降0.90%。数控金属切削机床进口数量占金属切削机床进口数量的49.64%，比上年提高4.04个百分点、数控金属切削机床进口金额占金属切削机床进口金额84.57%，比上年提高2.91个百分点。各类主要金属切削机床进口情况见表1。各类数控金属切削机床进口情况见表2。

表1　各类主要金属切削机床进口情况

类　别	数量(台)	占金属切削进口总数比(%)	同比增长(%)	其中数控占比(%)	金额(亿美元)	占金属切削进口总额比(%)	同比增长(%)	其中数控占比(%)
车床	14 391	18.67	−6.25	50.13	7.18	13.70	13.15	91.33
铣床	6 840	8.87	43.04	60.22	3.65	6.96	42.01	87.51
钻床	5 427	7.04	6.37	20.71	1.80	3.43	−15.19	84.27
镗床	652	0.85	−14.66	35.43	1.20	2.29	−7.27	85.93
磨床	14 485	18.79	−5.98	18.01	9.19	17.53	−2.56	67.53
齿轮加工机床	958	1.24	−7.26	27.77	1.50	2.86	14.84	89.23
特种加工机床	9 915	12.86	5.42	89.26	7.42	14.15	−39.27	97.46
加工中心	13 849	17.97	11.58	100.00	17.25	32.92	9.10	100.00

表 2　各类数控金属切削机床进口情况

类　别	数量（台）	占数控进口总数比（%）	同比增长（%）	金额（亿美元）	占数控进口总额比（%）	同比增长（%）
数控车床	7 214	18.85	3.10	6.56	14.80	17.67
数控铣床	4 119	10.77	124.00	3.19	7.20	50.10
数控钻床	1 124	2.94	-17.90	1.51	3.41	-16.90
数控镗床	231	0.60	11.10	1.03	2.32	-7.70
数控磨床	2 609	6.81	1.95	6.20	13.99	15.17
数控齿轮加工机床	266	0.70	-1.85	1.34	3.02	23.42
数控特种加工机床	8 850	23.13	10.82	7.23	16.32	-38.73
加工中心	13 849	36.2	11.58	17.25	38.93	9.10

2007 年,我国进口的金属切削机床水平和档次进一步上升,进口的金属切削机床中,台数的数控化率接近 50%,比上年提高 4.04 个百分点,金额的数控化率接近 85%,比上年提高近 3 个百分点。

2007 年,我国金属切削机床进口金额从 2000 年以来首次出现下降。在我国金属切削机床总需求量继续保持较快增长的前提下,表明国产金属切削机床,特别是数控金属切削机床的质量和水平不断上升,逐步取得国内用户信任,市场占有率不断提高。

特种加工机床进口金额有较大幅度的下降,是影响2007 年金属切削机床进口金额出现负增长的主要因素。国产特种加工机床水平的提高和国外知名特种加工机床企业纷纷在中国建立独资企业,如瑞士阿奇夏米尔集团公司、日本沙迪克和三菱公司、意大利普瑞玛公司、德国的伊萨公司等,使国内制造的特种加工机床的自给能力和市场占有率不断提高。

在金属切削机床进口金额总体下降的情况下,铣床、齿轮加工机床、车床、加工中心进口金额继续保持增长。

加工中心、数控特种加工机床、数控车床、数控磨床、数控铣床是我国进口金额较多的五类主要产品,占进口数控金属切削机床总额 91.24%,特别是加工中心占进口数控金属切削机床总额 38.93%。

(1)加工中心。我国对加工中心需求在继续扩大,国产加工中心在产业化步伐上、品种上、精度上尚不能适应市场需求,造成进口不断增加,是我国进口的各类数控金属切削机床中最主要产品,进口的数量和金额都超过数控金属切削机床进口的 1/3。2007 年从日本、韩国、中国台湾地区、西班牙进口的加工中心增长较快。进口金额前 5 位的国家和地区是,日本(占 46.89%)、中国台湾(占 20.65%)、德国(占 14.61%)、韩国(占 8.34%)、美国(占 2.83%)。其中,立式加工中心进口 11 172 台、金额 8.58 亿美元,同比增长 11.97% 和 5.36%,平均进口单台价格为 76 791 美元,同比下降 5.90%。立式加工中心进口数量占加工中心进口数量 80.67%,进口金额占加工中心进口金额 49.73%,是加工中心进口的主要品种。由于国产立式加工中心在产业化规模、质量稳定性上与国外同类产品相比尚有差距,竞争优势不明显,促使从国外进口增加,主要来自日本、中国台湾、韩国和德国。卧式加工中心进口 1 622 台、金额 5.57 亿美元,同比增长 9.67% 和 5.27%,平均进口单台价格为 343 569

美元,同比下降 4.01%。卧式加工中心进口数量占加工中心进口数量 11.71%,进口金额占加工中心进口金额 32.30%,进口的主要是高速和精密卧式加工中心。龙门加工中心进口 569 台、金额 1.94 亿美元,同比增长 27.58% 和 48.71%。平均进口单台价格为 340 738 美元,同比上升 16.56%。龙门加工中心进口数量占加工中心进口数量 4.11%,进口金额占加工中心进口金额 11.24%。龙门加工中心进口增长较快,主要是由于航空工业的飞机制造对五轴龙门加工中心需求的增加,以及船舶工业的柴油机制造对大、重型龙门加工中心需求的增加。

(2)数控车床。我国对多功能数控车床需求,多年来一直保持增长走势。国产多功能数控车床在产业化规模上尚不能适应市场需要,促使进口增长。2007 年数控车床进口7 214 台、金额 6.56 亿美元,同比增长 3.10% 和 17.67%。数控车床进口数量占数控金属切削机床进口数量 18.85%,进口金额占数控金属切削机床进口金额 14.80%。

(3)数控特种加工机床。2007 年数控特种加工机床进口8 850 台、金额 7.23 亿美元,同比增长 10.82% 和下降38.73%。数控特种加工机床进口数量占数控金属切削机床进口数量 23.13%,进口金额占数控金属切削机床进口金额16.32%。其中,等离子切割机和等离子弧加工机床进口金额大幅度减少是造成数控特种加工机床进口金额下降的主要因素。另外,数控电加工机床进口也下降,数量同比下降2.48%,金额同比下降 8.23%,但是,用激光等光束加工数控机床进口增加,数量同比增长 31.76%,金额同比增长17.73%。

(4)数控磨床。2007 年数控磨床进口 2 609 台、金额6.20 亿美元,同比增长 1.95% 和 15.17%。数控磨床进口数量占数控机床 6.81%,进口金额占数控机床 13.99%。由于数控磨床中,数控外圆磨床(精密和大型)和数控工具磨床(五轴)进口增长较快,进口数量增长 43.43% 和 18.31%,进口金额增长 25.48% 和 69.59%,造成数控磨床进口金额较上年有较大增长。

(5)数控铣床。2007 年数控铣床进口 4 119 台、金额3.19 亿美元,同比增长 123.98% 和 50.12%。数控铣床进口数量占数控金属切削机床进口数量 10.77%,进口金额占数控金属切削机床进口金额 7.20%。数控铣床中,数控升降台铣床进口数量和金额下降 39.93% 和 47.16%、数控龙门铣床进口数量和金额上升 21.94% 和 25.17%、其他类型数控铣床进口增长迅速，进口数量和金额分别占进口数控铣床进口数量和金额的 89.85% 和 72.94%，同比上升 175.17% 和 75.54%，造成数控铣床进口数量和金额快速增长。

2. 金属成形机床进口

2007 年，金属成形机床进口 30 596 台，金额 18.32 亿美元，同比减少 11.96% 和增长 3.68%。其中数控金属成形机床进口 6 520 台，金额 9.33 亿美元，同比增长 5.26% 和 10.44%。数控金属成形机床进口数量占金属成形机床进口数量 21.31%，进口金额占进口金属成形机床进口金额 50.91%，比上年提高 3.49 个百分点和 3.11 个百分点。各类主要金属成形机床进口情况见表 3。

表 3　各类主要金属成形机床进口情况

类　别	数量（台）	其中数控占比（%）	占成形总数比（%）	同比增长（%）	金额（亿美元）	其中数控占比（%）	占成形总额比（%）	同比增长（%）
模锻或冲压机床	6 604	29.27	21.58	−23.33	4.71	62.12	25.68	−8.29
成形折弯机	3 658	33.54	11.96	−5.13	2.43	75.14	13.24	2.16
剪切机床	1 252	34.66	4.09	−1.11	1.71	71.73	9.33	30.87
冲床	5 282	55.40	17.26	14.93	4.00	83.98	21.81	24.49
液压压力机	2 158	7.05	7.05	−16.62	1.84		10.04	−8.87
机械压力机	6 306	20.61	20.61	−18.40	1.74		9.50	6.67
其他	5 336	17.44	17.44	−12.58	1.91		10.41	−4.70

2007 年，金属成形机床进口数量以两位数下降，进口金额略有增长，平均进口机床单价比上年提高 17.76%。另外，进口金属成形机床的数量和金额的数控化率比上年也有提高，表明进口金属成形机床的水平和档次进一步提高。

模锻或冲压机床和液压压力机，由于国产机床有较强的竞争力，进口金额呈现下降。剪切机床和冲床进口金额增长较快，成为拉动金属成形机床进口增长的重要因素。

数控金属成形机床中，数控剪切机床和数控冲床进口金额增长较快，分别增长 48.08% 和 27.29%。

3. 小结

（1）2007 年，金属加工机床进口数量和金额出现多年来首次负增长，是机床工具行业多年来一直盼望的，说明机床工具行业在提高行业创新能力、加大国内急需的高档数控机床新产品开发和国产数控机床产业化程度所取得的明显进展，也表明国产数控机床的市场竞争力在逐步提高。

（2）2007 年，进口的数控金属加工机床的数量和金额占金属加工机床的数量和金额的比重进一步提升，比重分别超过了 4 成和 3/4，说明我国金属加工机床的进口品种进一步优化和提高。

（3）2007 年，我国金属加工机床进口主要来自日本（占 34.73%）、中国台湾（占 19.52%）、德国（占 16.16%）、韩国（占 7.53%）、意大利（占 5.08%）、瑞士（占 4.37%）、美国（占 3.79%）、新加坡（占 0.96%）、比利时（占 0.91%）、西班牙（占 0.85%）。从比利时、澳大利亚、捷克和芬兰进口的机床金额增长很快，从意大利、美国、新加坡等国家和地区进口的金属加工机床金额出现负增长。

二、金属加工机床出口情况

2007 年，金属加工机床出口 835 776 台（其中不包括台钻、砂轮机、抛光机、锯床等四类小型机床）、金额 16.51 亿美元，同比增长 64.54% 和 39.20%。其中数控金属加工机床出口 21 634 台，金额 4.95 亿美元，同比增长 60.45% 和 48.24%。数控金属加工机床出口金额占金属加工机床出口金额 29.99%，比上年提高 1.83 个百分点。

1. 金属切削机床出口

2007 年，金属切削机床出口 497 011 台（其中不包括台钻、砂轮机、抛光机、锯床等四类小型机床）、金额 12.19 亿美元，同比增长 87.62% 和 31.57%。其中数控金属切削机床出口 19 798 台、金额 4.12 亿美元，同比增长 65.44% 和 49.38%。数控金属加工机床出口金额占金属切削机床出口金额 33.81%，比上年提高 4.03 个百分点。各类主要金属切削机床出口情况见表 4。各类数控金属切削机床出口情况见表 5。

表 4　各类主要金属切削机床出口情况

类　别	数量（台）	同比增长（%）	金额（亿美元）	占金属切削出口总额比（%）	同比增长（%）	其中数控占比（%）
车床	106 380	23.52	3.45	28.33	48.96	45.00
铣床	41 806	22.06	0.68	5.55	46.21	8.65
钻床	462	203.95	0.14	1.14	226.42	94.99
镗床	2 412	22.44	0.21	1.69	38.84	37.95
磨床	84 931	340.70	0.38	3.10	−0.50	17.9
齿轮加工机床	30 439	333.48	0.16	1.28	119.84	44.06
特种加工机床	192 559	143.26	2.42	19.88	28.11	67.63
加工中心	744	−12.88	0.52	4.30	68.34	100.00
四类小型机床	7 480 162	1.03	4.02	32.96	15.59	

由表 4 可见,从各类主要金属切削机床出口金额看,台钻、砂轮机、抛光机、锯床等四类小型机床合计出口金额占主要金属切削机床出口总额接近 1/3,对金属切削机床出口总额起着重要的作用,其次是车床、特种加工机床,三者合计出口金额占金属切削机床出口总额 81.18%。

2007 年,由于特种加工机床中等离子切割机、磨床中工具磨床(主要是刃磨机)出口数量大幅度增长,分别出口 168 915 台和 81 176 台,同比增长 183.39% 和 400.04%,造成金属切削机床出口数量的大幅度增长。

表 5　各类数控金属切削机床出口情况

类别	数量 (台)	占数控出口总数比 (%)	同比增长 (%)	金额 (百万美元)	占数控出口总额比 (%)	同比增长 (%)
数控车床	7 121	35.97	60.27	155.40	37.70	69.25
数控铣床	716	3.62	96.70	5.85	1.42	15.83
数控钻床	139	0.70	127.87	13.21	3.21	234.65
数控镗床	62	0.31	93.85	7.84	1.90	62.19
数控磨床	123	0.62	-39.71	6.77	1.64	-52.07
数控齿轮加工机床	219	1.11	143.33	6.85	1.66	153.77
数控特种加工机床	10 674	53.91	80.33	163.92	39.76	33.96
加工中心	744	3.76	-12.88	52.37	12.71	68.34

由表 5 可见,2007 年除数控磨床外,各类数控金属切削机床出口金额都有较大幅度增长,增长最快的是数控钻床和数控齿轮加工机床,出口数量和金额成倍增长。对数控金属切削机床出口金额影响起重要作用的前三类机床是数控特种加工机床、数控车床和加工中心。

数控特种加工机床出口金额中,数控电加工机床出口金额占数控特种加工机床出口金额 57.79%、出口金额同比增长 11.79%、用激光等光束数控加工机床出口金额占数控特种加工机床出口金额 42.21%,出口金额大幅度增长,同比增长 83.88%,是造成 2007 年数控特种加工机床出口金额增长较快的主要因素。

数控车床出口中,卧式数控车床出口数量和金额分别占数控车床出口数量和金额的 98.13% 和 94.30%,平均出口单台价格为 20 970 美元,出口以经济型卧式数控车床为主。

加工中心出口数量减少,出口金额增长迅速,出口档次提高。立式加工中心、卧式加工中心、龙门加工中心和其他

加工中心出口金额分别占加工中心出口金额的 48.72%、22.52%、21.28%、7.48%。其中,卧式加工中心、龙门加工中心出口数量和金额增长较快,分别增长 52.17% 和 79.60%、218.52% 和 125.07%。

数控钻床、数控齿轮加工机床和数控镗床出口金额增长很快,出口前景良好。概括来说,2007 年数控金属切削机床、非数控金属切削机床、低值小型机床出口金额分别占金属切削机床出口总额的 1/3。

2.金属成形机床

2007 年,金属成形机床出口 338 765 台,金额 4.32 亿美元,同比增长 39.37% 和 66.46%。其中数控金属成形机床出口 1 836 台,金额 0.83 亿美元,同比增长 21.11% 和 42.82%。数控金属成形机床数量和金额占金属成形机床出口数量和金额 0.54% 和 19.22%,比上年下降约 0.1 个百分点和 3.18 个百分点。各类主要金属成形机床出口情况见表 6。

表 6　各类主要金属成形机床出口情况

类　别	数量 (台)	其中数控 (台)	占成形总数比 (%)	同比增长 (%)	金额 (百万美元)	其中数控 (百万美元)	占成形总额比 (%)	同比增长 (%)
模锻和冲压机床	2 757	227	0.81	25.26	39.68	15.84	9.19	55.40
成形折弯机	191 886	1 021	56.64	29.66	117.25	40.48	27.14	68.33
剪切机床	39 458	393	11.65	47.89	70.46	13.94	16.31	40.07
冲床	1 402	195	0.41	-8.72	21.86	12.74	5.06	110.01
液压压力机	63 454		18.73	163.16	68.66	15.89	15.89	125.25
机械压力机	18 608		5.49	-0.26	50.74		11.75	34.69
其他	21 200		6.26	-3.12	63.31		14.66	78.61

成形折弯机、剪切机床、液压压力机是金属成形机床出口的主要品种。液压压力机和冲床出口金额增长较快,前者是依靠出口数量的增长,后者则是依靠出口机床性能的提高。

3.小结

2007 年金属加工机床出口走势是:

(1)机床出口仍保持较快的增长,出口金额同比增长 39.22%,其中金属切削机床出口金额增幅超过三成,成形机床出口金额增幅超过六成。

(2)金属加工机床出口在产品结构调整上取得了进展,

出口产品进一步优化。表现在:数控金属加工机床出口金额占比达到 29.99%,比上年又提高 1.83 个百分点。金额增长高的有数控钻床、数控齿轮机床、数控成形折弯机、数控冲床,其中数控金属切削机床出口金额快速增长,数控金属切削机床出口金额增幅高于金属切削机床出口增幅近 18 个百分点,数控金属切削机床出口金额占金属切削机床出口总额的比重为 33.81%,比上年提高了 4.03 个百分点,低值小型机床(台钻、砂轮机、抛光机、锯床)占金属切削机床出口金额的比重为 32.96%,比上年下降 4.57 个百分点,数

控成形机床出口平均单价比上年提高17.93%。

(3)我国生产的性价比具有较大优势的金属加工机床产品出口增长较快,如数控齿轮加工机床、大型数控机床、数控模锻或冲压机床以及数控冲床等。

(4)我国金属加工机床出口去向前10名是美国(占11.43%)、日本(占7.02%)、德国(占5.86%)、中国香港(占5.53%)、印度(占4.51%)、巴西(占3.69%)、韩国(占3.48%)、俄罗斯(占2.97%)、澳大利亚(占3.78%)、土耳其(占2.57%)。俄罗斯、墨西哥、印度、伊朗、韩国出口金属加工机床金额增长很快,分别增长122.79%、96.78%、87.90%、84.16%、81.39%。金属加工机床出口市场向多元化方向发展,新的出口重要市场成为金属加工机床出口金额不断快速增长的主要因素。

〔撰稿人:中国机床工具工业协会丁雪生〕

出口退税率又遇调整
机床工具哪些产品名列其中

近年来,我国外贸出口快速增长,带动外贸顺差不断加大,在国际上产生了突出的矛盾。另一方面,大量高耗能、高污染、资源性产品的出口,也不利于我国经济的可持续发展。为减少贸易摩擦,促进进出口贸易的平衡和外贸增长方式的转变,经国务院批准,2007年6月19日,财政部和国家税务总局联合发布了《关于调低部分商品出口退税率的通知》(财税〔2007〕90号),规定自2007年7月1日起执行。

此次出口退税率调整主要包括3个方面:一是在2006年降低和取消高耗能、高污染、资源性产品出口退税率的基础上,又进一步取消了553项"两高一资"产品的出口退税,涉及机床工具行业有1项,碳化硼(税号:28499010)。二是降低了2 268项容易引起贸易摩擦的商品的出口退税率,涉及机床工具行业有35项,包括磨料磨具、工具和插拉刨床等。三是将10项商品的出口退税改为出口免税,此项未涉及机床工具产品。2007年7月1日机床工具行业出口退税税率变化情况见下表。

2006年,机床工具产品进出口贸易总额149.54亿美元,同比增长15.4%。其中,机床工具产品进口金额111.36亿美元,同比增长11.75%;出口金额38.18亿美元,同比增长27.5%。机床工具行业进出口逆差很大,但是在出口产品中,量大价低的产品仍占一定的比例。从2006年进出口产品结构来看,进口金属加工机床占进口总额的65.0%,刀具占7.4%,磨料磨具占3.3%;出口金属加工机床占出口总额的31.1%(涉及到本次出口退税率调整的金属加工机床占4.3%),刀具占17.9%,磨料磨具占18.9%(涉及到本次出口退税率调整的磨料磨具占8.1%)。由此可见,在整个机床工具行业产品中,此次出口退税率被调整的产品共占出口总额的30.3%,主要涉及磨料磨具、工具和插拉刨床等小行业。在出口退税下调和人民币持续升值的双重压力下,将面临前所未有的考验。

出口退税作为国家调控宏观经济手段,近年来不断进行调整,退税率的调低和调高,体现了国家的经济政策,是企业发展的风向标。纵观机床工具行业整体情况,此次受到调整的主要是高耗能、高污染和资源性的产品或低附加值、低技术含量的产品,而国家鼓励发展高附加值、高技术含量的产品,如数控机床等主流机床产品并未受到影响。

一、企业采取相应措施,积极应对退税调整

自2006年9月15日出口退税调整后,磨料磨具行业加快了对"两高一资"企业的清理整顿,加大了环保和节能降耗措施的投入力度。对企业按地区整合,以形成集团化、规模化生产,提高产品质量和市场竞争力;严格执行环保标准,不达标者坚决关闭;同时关闭一批产能低的企业。以确保企业生存和进步,促进行业发展。

碳化硼是继棕刚玉、人造刚玉和碳化硅之后,又一项被取消出口退税的磨料磨具产品。中国机床工具工业协会磨料磨具分会行业企业采取相应的整改措施,积极应对出口退税调整带来的影响。

二、限制"两高一资"产品出口,税则号列制定应更科学

在国家进出口税率政策中,往往是以产品税则号列(简称:税号)为依据制定的,因此税号制定得是否科学合理,直接影响政策执行的效果。如工具行业,目前出口量大且属于"两高一资"的低价产品(如普通钻头),与有着良好发展前景、高附加值的复杂刀具,由于税号相同,将两者作为同一类产品,一同被降低税率,严重影响了新型、高效产品的发展。

产品税号过于笼统的情况在其他产品中也存在,高附加值产品与低附加值产品在税号上不能区分开,税率变化后,势必限制了应鼓励发展的产品。在统计上,一个税号的产品只能归为一类,因此从统计数据上很难辨别各种产品所占份额,给行业企业分析市场、制定发展方向增加了难度。为此,企业迫切希望税号细化工作应加快进程,以适应当前机床工具行业的快速发展。

《关于调低部分商品出口退税率的通知》发布后,企业同仁十分关心,为此中国机床工具工业协会认真整理核实,此次机床工具行业出口退税调整共涉及36种税号,其中10位码税号商品有2种,若以海关发布的8位码常用税号统计应为35种。

表　2007年7月1日机床工具行业出口退税税率变化情况

序号	税则号列	商品名称	原退税率（%）	现退税率（%）
1	28499010	碳化硼	5	0
2	68041000	碾磨或磨浆用石磨、石碾	13	5
3	68042100	粘聚合成或天然金刚石制石磨、石碾、砂轮等及类似品	13	5
4	68042210	其他粘聚磨料制或陶瓷制砂轮	13	5
5	68042290	其他粘聚磨料制或陶瓷制石磨、石碾及类似品	13	5
6	68042310	天然石料制砂轮	13	5
7	68042390	天然石料制石磨、石碾及类似品	13	5
8	68043010	手用琢磨油石	13	5
9	68043090	其他手用磨石及抛光石	13	5
10	68051000	砂布	13	5
11	68052000	砂纸	13	5
12	68053000	以其他材料为底的类似品	13	5
13	71022100	未加工或经简单锯开、劈开或粗磨的工业用钻石	11	5
		按13%征税的工业用钻石	11	5
		按17%征税的工业用钻石	13	5
14	71022900	其他工业用钻石	11	5
		按13%征税的工业金刚石	11	5
		按17%征税的工业金刚石	13	5
15	71051010	天然的钻石粉末	13	5
16	71051020	人工合成的钻石粉末	13	5
17	82022000	带锯片	13	5
18	82023900	其他圆锯片,包括部件	13	5
19	82073000	锻压或冲压工具	13	5
20	82074000	攻丝工具	13	5
21	82075010	带有天然或合成金刚石、立方氮化硼制工作部件的钻孔工具	13	5
22	82075090	其他材料制工作部件的钻孔工具	13	5
23	82076010	带有天然或合成金刚石、立方氮化硼制工作部件的镗孔或铰孔工具	13	5
24	82076090	其他材料制工作部件的镗孔或铰孔工具	13	5
25	82077000	铣削工具	13	5
26	82078000	车削工具	13	5
27	82079010	带有天然或合成金刚石、立方氮化硼制工作部件的未列名可互换工具	13	5
28	82079090	其他材料制工作部件的未列名可互换工具	13	5
29	84612010	牛头刨床	17	11
30	84612020	插床	17	11
31	84613000	拉床	17	11
32	8461500010	辐照元件刀具切割机〔切割燃料包壳以使辐照核材料能溶解（含遥控设备）〕	17	11
33	8461500090	其他锯床或切断机	17	11
34	84619011	龙门刨床	17	11
35	84619019	其他刨床	17	11
36	84619090	其他未列名的切削机床	17	11

〔撰稿人：中国机床工具工业协会李卫青〕

关注国产数控机床产业发展系列报道

报道之一：国产数控机床步入快速发展期

一、整体实力明显上升

第十届中国国际机床展览会（CIMT2007）集中展示了当代机床工具技术的发展，同时也全面展示了我国数控机床产业6年来高速发展的新产品和新技术。

展会上，由齐重数控装备股份有限公司最新研制成功的"数控重型曲轴旋风切削机床"引起中外商家和业内专家的高度关注。这台由我国自主创新研制的首台大型船用曲

轴加工设备，可加工重达260t、长14.5m的大型曲轴。它的诞生，结束了大型船用曲轴加工依赖进口机床的历史，填补了国内空白，使我国成为世界上少数几个可以自主生产曲轴加工设备的国家之一。齐重数控副总经理沈立新告诉记者，目前这台机床已落户中国船舶重工集团公司。

大重型机床受人关注，微型机床也同样倍受青睐。由上海机床厂有限公司研发的具有自主知识产权的"纳米数控磨床"，是展会中最小的数控机床，外形尺寸仅为425mm

×260mm×410mm,如同期刊一般大小。但它具有极其精确的定位精度和运动精度,最小进给单位达到 1nm,重复定位精度 50nm,适用于仪表、航空等高端科技行业。

五轴联动数控机床是代表当今数控机床的高水平产品。此次展会上,国内外参展商共展出 70 多台五轴联动数控机床,其中我国产品占了 2/3。

济南二机床集团公司、大连机床集团有限责任公司展出了双摆动铣头五轴联动高架龙门高速镗铣床和镗铣加工中心;沈阳机床集团有限责任公司自主开发了主轴头带 A、B 轴摆角的五轴联动立式加工中心和五轴联动龙门加工中心,将国产数控机床提升到一个新的水平。

五轴联动数控机床的大量展出,特别是大重型五轴联动数控机床的新突破,表明国产数控机床进入一个新的发展阶段。

二、发展机遇前所未有

我国机床产业连续 6 年以 20% 以上的增速发展,代表装备制造业先进水平的数控机床更是乘势而上。2005 年开始,国产机床在国内市场占有率逐步回升;2006 年,国产机床国内市场占有率达到 44.8%,比上年同期上升 5.1 个百分点。

与此同时,国产机床的出口增幅也开始超过进口增幅,2006 年进口增长超过 11%,出口增长超过 44%。出口的激增,显示了中国机床业在世界地位的提升。

国产数控机床的不俗表现,得益于前所未有的战略机遇。近几年,我国机床消费连创纪录,成为令全球瞩目的机床消费大国。强劲的市场需求拉动,促使我国机床工具行业出现了产销畅旺的局面。这为机床产业发展提供了难得的市场机遇。

更大的机遇则是来自国家对国产数控机床产业发展的高度重视和支持。在"十一五"规划纲要中,国家将振兴装备制造业作为推进工业结构优化升级的主要内容,数控机床是振兴装备制造业的重点之一。2006 年,国务院相继发布的《国家中长期科学和技术发展规划纲要》和《国务院关于加快振兴装备制造业的若干意见》确定的 16 个重大专项中,都将"发展大型、精密、高速数控装备和数控系统及功能部件"列为重点支持发展领域之一。

国家发展改革委提出的数控机床发展专项规划,明确了"十一五"期间发展数控机床的奋斗目标:到 2010 年,国产数控机床占国内市场需求的比重要达到 50% 以上;关键功能部件配套齐全,自给率达 60%;有自主版权的数控系统要占数控机床总产量的 75%。

三、创新发展前景广阔

"十一五"期间,随着振兴装备制造业 16 个关键领域的高水平新产品的发展,每个领域都对数控机床提出了更高的要求。如发展大型火力发电和核电机组、制造大型化工设备、开发大型海洋运输船舶、研制大型薄板冷热连轧成套设备、发展高速列车、新型地铁和轨道交通车辆等,都需要大批高速、精密、高效和专用数控机床来加工制造。新一代舰艇、飞机、卫星的发展,对数控机床同样提出了更高的要

求。

目前我国中、高档数控机床仍需大量进口,国产高档数控机床在性能、品种和产量等方面与国际先进水平尚存在相当的差距。

我国数控机床行业面临千载难逢的大好发展机遇,同样也面临着严峻的挑战。我们要认识到我们的后发优势,坚持自主创新,以技术创新为先导,加强对核心技术的研究和掌握。

专家们认为,在产品发展上要把重点放在三个方面:实现关键功能部件和数控系统产业化,为数控机床产品升级奠定基础;发展高精度数字化测量仪器和数控刀具,为中高档数控机床配套;加快发展高档数控机床,满足振兴装备制造业和国家重点工程需要。

〔本部分撰稿人:经济日报社许红洲〕

报道之二:我国数控技术自主创新成果显著

一、数控系统打破封锁独辟蹊径

如果把机械制造业的"工业母机"中的数控机床比做一个人,数控系统就好比人的大脑。国家数控系统工程技术研究中心主任、武汉华中数控股份有限公司董事长陈吉红说,"数控系统是核心战略技术,是花钱买不来的。我国数控产业的唯一出路,就是走自主创新之路,用我们自己的核心技术振兴民族数控产业。"

基于此,华中数控摒弃了一些国家普遍采用的"基于专用计算机"的思路,走"以通用工业微机为硬件平台,以 Dos、Windows 为开放式软件平台"的技术路线。这一独辟蹊径的创新技术路线,避开了长期制约我国数控系统发展的硬件制造"可靠性"瓶颈。

在此基础上,华中数控通过软件技术的创新,自主开发出打破国外封锁的 4 通道、九轴联动"华中 I 型"高性能数控系统。独创的曲面直接插补技术,达到国际先进水平。

五轴联动数控技术是我国急需的关键技术,但国外至今仍将其列入技术封锁和控制出口范围。华中数控在开发出具有自主知识产权的五轴联动数控技术后,与桂林机床股份有限公司、大连机床集团等合作,将国产数控系统应用到国产数控机床上,在自主创新方面迈出了大步,引起了国外同行的高度关注。

二、高档数控机床品种开发有突破

随着国产高档数控系统的推广应用、配套功能部件产品水平的提高,以及企业自主创新能力的提升,我国高档数控机床的新品开发大大提速,一批国家急需的、长期依赖进口、受制于国外的高档数控机床相继研发成功。

"十五"期间,我国自主开发了六轴四联动高速滚齿机、七轴五联动数控弧齿锥齿轮磨齿机、数控冲剪复合柔性生产线等具有国际水平的高档数控机床新产品。2006 年,上海机床厂有限公司与上海临港重型制造基地合作,制造世界最大的数控轧辊磨床;齐二机集团有限公司与哈尔滨工业大学合作开发了数控龙门纤维缠绕机,填补了国内空白;武汉重型机床集团有限公司与中国第二重型机械集团公司

签订合作研发世界最大的 DL250 型 5m 超重型数控卧式车床;北京机电院高技术股份有限公司生产的 10 多台五轴叶片加工机床,已在东方汽轮机厂投入使用,替代了原进口产品。

目前,我国数控齿轮加工机床、数控重型金属切削机床和数控金属成形机床,在品种、技术、性价比和市场覆盖率方面,已经形成一定的优势和特色。国产高档数控机床正在进入大型电站设备、石化和冶金设备、汽车制造等制造领域,使用效果初步得到了用户的认可。

三、数控技术开发新体系初步形成

在近几年的快速发展中,我国机床行业坚持自主创新,不断探索创新,初步建立起适应发展的技术开发新体系。在国家有关部门的支持下,机床企业开始了国内外的重组与并购、集团化的联合以及产学研的紧密结合,国产高档数控机床的技术来源呈现出多渠道的趋势。

与此同时,一批具有雄厚科技研发实力的研究中心相继成立。国家超精密机床工程技术研究中心、国家数控系统工程技术研究中心、国家高档数控工程研究中心等,在国产数控产业技术发展中发挥着越来越重要的带动作用。

在技术开发新体系的形成建立中,机床行业重点骨干企业的技术改造也同时进行。研发投入的不断加大、自身装备制造条件的改善、机床行业企业整体实力的提升,为高档数控机床的自主开发创造了有利的条件。

统计数字显示,"十五"期末,我国数控机床产业的集中度有了大幅度提高。2006 年,数控机床年产量超过 1 000 台的企业达到 21 家,前 10 名企业数控机床产量之和占全国比重达到 46%;其中沈阳机床集团年生产数控机床 15 000 台,成为全球数控机床年产量最大的制造商。

〔本部分撰稿人:经济日报社许红洲〕

报道之三:国产数控机床加快服务装备制造业

一、数控机床服务装备制造业步伐加快

近几年来,我国数控机床产业取得了长足进步,其中两方面数字的变化格外引人注意。

2005 年开始,我国国产机床在国内市场占有率逐步回升,2006 年达到 44.8%,比上年同期上升 5.1 个百分点。与此相反,我国对中高档数控机床的进口增速由 20%～40% 下降到 10% 左右。

我国数控机床产业坚持自主创新,近年来数控技术不断取得突破,一批国家急需、长期依靠进口受制于国外的中高档数控机床相继自主研发问世,并逐步进入造船、飞机、汽车等重要制造业领域,开始替代原有进口设备。

在大型电站设备、石化和冶金设备、汽车制造等领域,我国自主开发的一批重型、超重型数控机床已经投入使用,如 16m 超重型数控立式车铣复合机床、超重型数控龙门移动式车铣复合机床、超重型数控卧式车床等。同时国产数控机床已成功为汽车工业提供多条自动板材冲压生产线,并取得较好的使用效果。

在航天航空领域,更不乏机床行业佼佼者的进入。如

沈阳机床(集团)股份有限公司正在为航天制造业提供 GMC4060 桥式五轴高速数控龙门铣床;济南二机床集团有限公司也将为航天制造业提供 XKV2735×40 五轴高速数控龙门铣床;大连机床集团有限责任公司将为飞机制造业提供 CHD—25 型 九轴五联动车铣中心;齐齐哈尔第二机床厂每年向重点用户提供 100 多台高档重型数控落地铣镗床,为国民经济发展做出了重要贡献。

二、为用户带来更大效益

国产数控机床进入制造业,其优越的性价比为用户大大降低了生产成本,带来了更大的效益。

2002 年初,无锡神龙洛林精密机械有限公司向桂林机床股份有限公司订购了配备华中数控系统的 2 台五轴联动 XK716—5 数控铣床和 1 台四轴联动 XK715—4 数控铣床,用于大型叶轮和各种增压器涡轮的制造。与国外同类产品相比,这两款机床价格仅为其 1/2 和 1/3。

经过两年的运行,国产数控机床的可靠性和稳定性经受住了考验,为企业带来了 1 300 万元的经济效益。由于比国外设备服务及时,备件成本低廉,用户对使用情况非常满意。2005 年,该用户又向桂林机床股份有限公司订购了 1 台配华中数控系统的 XK2314WJ/5X 五轴联动龙门铣床。该用户表示:国产数控机床系统性能不比国外产品差,特别是高档数控机床具有更优的性价比。

华中数控为东方电机股份有限公司数控化改造重大关键设备 14 台,共计节约大型设备购置费用 2 620 万元,这批改造的设备投产后,为三峡电站机组、100MW 核电机组制造、提高出口机组质量提供了良好加工手段。华中数控还为武汉长江动力集团成功改造了 8 台用于加工汽轮机叶片、汽缸、转子和水轮机转体的大型设备,每年可节约外协加工费近 1 000 万元。

不断提高系统的可靠性和稳定性,同时坚持发挥我们的价格优势,是国产数控机床应该坚持的方向。

三、进一步提高综合服务能力

开拓高档数控机床市场,让我国数控机床能为振兴装备制造业做出更大贡献,数控机床产业重任在肩。

要让更多的用户选用并认可国产数控机床,我们就必须坚持技术创新,坚持主机厂、系统厂和用户紧密结合。同时要在提高服务水平上下功夫,要不断更新用户服务理念,建立完善的用户服务体系。

产品质量是国产数控机床与国外同类产品的主要差距之一,但有些时候用户反映的质量问题,是企业本能做到却没做好而出现的问题。国产高档数控机床的开发,需要主机厂、系统厂、用户的有机结合,联合攻关。三方只有在研发、生产、验证、使用等各个环节中不断交流、加强沟通,才能及时发现和解决出现的各种问题,才能满足用户的实际需要。

目前,中国机床工具工业协会提出的"依托工程和示范工程",正在积极组织实施,旨在促进数控系统生产企业、机床制造企业与振兴装备制造业重点突破领域,如汽车、船舶、冶金等重要装备制造用户的密切配合,鼓励用户在同等

条件下优先采用国产高档数控机床。

国产高档数控机床只有在用户使用中不断改进和完善,才能逐步进入市场。这就要求机床行业企业必须高度重视用户的使用意见,进一步提高综合服务能力,以帮助用户成功使用好国产数控机床。只有这样,国产数控系统的应用才能取得突破性发展,才能改变高档数控机床大量进口的局面。

〔本部分撰稿人:经济日报社许红洲〕

报道之四:坚持自主创新 发展数控产业

数控机床是装备制造业的"工作母机"。当今世界,数控机床的水平和拥有量,已经成为衡量一个国家制造业水平、工业现代化程度和国家综合竞争力的重要指标。因此,全面落实科学发展观,加快发展我国数控机床产业,具有基础性、前瞻性、全局性的战略意义。

为推进行业自主创新,实现我国数控机床产业的跨越式发展,国家发展改革委在数控机床发展专项规划中,明确提出了"十一五"期间我国数控机床产业发展的指导思想:以科学发展观为指导,以调整结构为主线,巩固经济性数控机床、提升普及型数控机床、发展高级型数控机床,全面提升我国数控机床的国际竞争力;采取开放式自主发展模式,借鉴国际先进制造技术,培育企业高水平数控机床的自主开发和创新能力。

经过"六五"时期以来的发展,我国已经成为世界机床制造大国,机床工具总产值居世界第3位,已连续5年成为世界机床消费、进口第一大国,但并非是机床制造强国。与世界先进水平相比,我国机床工业差距仍然十分明显:国产高档数控机床在品种、水平和数量上还远远不能满足国内发展需求,仍然需要大量进口;作为数控机床核心技术的高档数控系统、关键功能部件发展滞后,仍然受到发达国家的封锁和限制。

历史和现实证明,核心技术和关键设备是买不来的。我国数控产业的唯一出路就是走自主创新之路,用我们自己的核心技术振兴民族数控产业。当前,我国数控技术正处于由引进、消化、吸收,进入技术创新的阶段,在这一关键时期,坚持自主创新尤为重要。

走自主创新之路,就要坚持以企业为主体、市场为导向、产学研相结合,加快数控技术开发新体系的建立。要积极支持和鼓励一批重点骨干企业加强技术改造,提高技术研发和管理水平;要积极组织产学研联合攻关,共同提高数控技术工程研究、关键技术自主开发、重大数控新产品研制的能力;鼓励企业建立相适应的人才培训基地,提高核心竞争力。

走自主创新之路,就要坚持"主机厂、系统厂、用户紧密结合",努力培育国产数控系统应用市场,提高国产数控机床市场占有率。主机厂、系统厂、用户应该有机结合,在开发、生产、验证、使用等各个环节加强沟通。鼓励主机厂和用户在同等条件下优先采用国产数控系统;数控企业要高度重视用户的意见,做好服务工作,帮助用户成功使用系

统。只有这样,国产数控系统的应用才能取得突破性发展,才能改变高档数控机床大量进口的局面。

走自主创新之路,还要坚持开放式自主发展模式,国内外技术紧密结合。要重视技术的原始创新、集成创新和引进消化吸收再创新,要引进来和走出去并举,拓宽数控机床发展空间;重点引进境外设计制造技术、经营管理技术和专业人才,积极参与国际市场竞争。

〔本部分供稿单位:经济日报社〕

报道之五:加快发展国产数控机床产业

在北京举办的第十届中国国际机床展览会,全面展示了我国数控机床近年来突破国外技术封锁取得的新成就,集中体现了国产中高档数控机床技术开发取得的新进展。这对于推进我国数控机床自主创新、进一步加快发展数控机床产业具有重大意义。

机床是装备制造业的工作母机,是制造机器的机器。数控机床是技术密集型产品,承担着为高新技术产业和尖端工业发展提供装备的重任。21世纪机械制造业的竞争,实质上是数控技术的竞争。随着数控化机床成为当今机械制造的主流,机床数控化程度决定着机床业发展水平,数控机床拥有量及其技术水平成了衡量一个国家综合实力的重要标志。

近年来,我国数控机床产业步入快速发展时期。"十五"时期,国产数控机床产量以40%左右的速率递增,2006年数控金属切削机床产量已达85 756台,国产化率和国内市场占有率都有大幅提高。特别是近年来,我国数控机床行业立足自主创新,打破国外长期垄断和封锁,在高速加工技术、精密加工技术、复合化加工技术、智能化技术等方面取得重大突破,大大缩小了与国外先进水平的差距;在加快产业化的进程中,一批自主研发、具有自主知识产权的新技术、新产品进入了国民经济的重要领域甚至国外市场,并取得消费者的认可,市场认知度越来越高。

"工欲善其事,必先利其器"。随着我国经济现代化、市场化、国际化进程的加快,消费结构和产业结构不断升级,特别是高新技术产业和国防建设的发展,使人们对数控机床技术的要求越来越高。同时,大力振兴我国装备制造业,也迫切需要尽快提升国产数控机床发展水平。中央高度重视国产数控机床发展,"十一五"规划和国家中长期科技发展规划纲要,都将数控机床作为加快装备制造业发展的重点,《国务院关于加快振兴装备制造业的若干意见》,也明确把发展大型、精密、高速数控设备和数控系统及功能部件列为国家重要的振兴目标之一。在新的形势下,我们一定要认真落实中央的各项部署,大力促进包括数控机床在内的装备制造业的振兴。

我国数控机床技术迅速发展的实践表明,数控机床产业要突破国外技术封锁,全面提升产业素质和国际竞争力,就必须坚持对外开放和自主创新相结合,在消化吸收国外先进技术的基础上,依托重点工程加快推进一批重大技术装备自主化;必须坚持生产与应用相结合,完善以企业为主

体、市场为导向、产学研相结合的技术创新体系,切实增强自主创新的合力;必须坚持产业结构调整和深化企业改革相结合,不断提高产业层次和企业竞争能力;必须坚持市场调节与宏观调控相结合,进一步加强政策引导,积极推动国产技术和设备的产业化进程。与此同时,还要努力营造鼓励国内客户使用国产数控机床的氛围,继续提高对国产技术和设备的市场认知度。

我国机床工业尤其是数控机床产业面临着难得的发展机遇。要努力开拓国产中高档数控机床的市场,加强自主创新的能力建设,不断推进运行机制的改革,加快数控高级人才的培养,提高国产数控设备和数控系统及功能部件产业化水平,用自己的数控系统装备我国的数控机床产业。

总之,我们要坚持以科学发展观为指导,充分认识发展国产中高档数控机床对促进产业结构优化升级的重大意义,进一步确立数控机床产业的战略地位和基础作用,加快推进国内企业开拓高档数控机床市场,努力把我国的数控机床产业做强做大。

〔本部分撰稿人:经济日报社许红洲〕

报道之六:形成促进数控机床产业发展的长效机制

我国机床业在中高档数控技术上取得重大突破的实践表明,政策的有力支持,是国产数控机床产业快速健康发展的重要保证。

我国数控机床产业近年来发展很快,国内市场占有率不断提高,但与国外数控机床先进水平相比,还存在着较大差距,产业发展依然任重道远。"十一五"时期是我国装备制造业发展的关键时期,我们要进一步落实中央关于振兴包括数控机床业在内的装备制造业的一系列方针政策,并继续加大政策支持力度,把快速增长的好势头引向更高的水平,努力实现国产数控机床产业发展的战略突破。

首先,大力强化科技扶持政策。

要积极支持建立国家数控机床工程研究中心,完善企业技术开发体系,利用国家科技经费,支持能提升行业技术水平和产业化水平的机床功能部件及数控系统,抓紧实施数控产业关键技术及基础共性技术的研究开发项目,支持机床行业和骨干企业提高技术创新能力,促进数控新产品开发。要大力提升企业制造专业化水平,增强行业配套能力,鼓励采取产学研相结合等多种形式,依托重点工程,多方面筹集研发资金,发展具有自主知识产权的高档数控机床、功能部件及数控系统。

其次,进一步实施产业扶持政策。

需要尽快实施数控机床产业化发展专项,设立数控机床发展专项基金,重点支持数控机床、功能部件及数控系统产业的发展,促进其产业化进程,并通过专项实施,带动整个机床行业快速发展。要提高重点企业技术开发能力、装备数控化率和管理信息化水平,引导和鼓励整个行业加大结构调整和重组力度,培育一批有国际竞争力的大型数控机床制造企业和企业集团。

第三,切实完善财政信贷等政策,进一步调整数控机床

设备进出口政策。对机床业重点企业,要在技术改造和流动资金贷款方面给予政策倾斜。要扩大政府采购规模,鼓励订购和使用国产首台首套数控机床。

与此同时,要进一步加强对高档数控机床与基础制造装备重大专项的组织领导。有关部门要加强协调、统一政策、突出重点,本着集中资源办大事的原则搞好专项资金的使用。政府管理部门、行业协会、重点企业要加强协作,沟通信息,形成政府领导、协会组织、专家参与的促进数控机床产业发展的长效机制。

〔本部分供稿单位:经济日报社〕

报道之七:加快功能部件产业化 强健数控机床业软肋

重主机,轻部件——机械行业这一"通病"在数控机床制造业也未能幸免,其"症状"表现为:国产功能部件与国际水平的差距,明显大于国产数控机床与国际水平的差距。

数控系统、电主轴、刀架刀库、滚珠丝杠、直线导轨等,1台数控机床2/3的利润来自这些功能部件,其中仅数控系统的利润就占到整个机床利润的30%。

对于功能部件产业化的滞后对机床产业的制约,大连机床集团有限责任公司副总裁姜怀胜深有体会。他说,买不到"能用的"功能部件是集团长期以来最头疼的问题之一。国产的质量和性能跟不上;进口的不仅价格高,而且功能和性能远远超出了实际需要,造成极大浪费,增加了整机成本。

2006年,国产低档数控系统产量达6万多套,主导了国内市场;国产中档数控系统开始小批量生产,已在国内销售7 000多套;国产高档数控系统技术上有了突破,还有待进入市场。同年,我国数控金属切削机床产量达8.6万台,其中中高档机床所用数控系统主要依赖进口。

目前国产数控机床所用电主轴80%以上依赖进口;滚珠丝杠、直线导轨等功能部件国内都有生产,但都未成规模。

为了扭转被动局面,大连机床集团已与瑞士一家企业合资组建了一家电主轴生产企业,已生产出首批产品。不过,产品主要还是应用外方的技术,合资企业还有待在吸收外方技术的基础上开发出更适合国内机床的产品。

〔本部分撰稿人:经济日报社任 芳、王 宇〕

报道之八:我们对国产数控机床充满信心

我国汽车发动机缸体缸盖等核心部件加工设备过去一直从国外进口,如今奇瑞汽车集团用上了沈阳机床集团自主研发的成套生产线。奇瑞汽车集团发动机车间负责人说:"我们欣喜地看到我国机床企业自主创新能力不断提升,自主研发的新产品突破了国外技术封锁,承接和开发了一批国内急需的重大新产品,国产高档数控机床基本能够满足国家重点领域的需求。以汽车发动机缸体缸盖加工生产线为例,它使我国汽车零件加工技术水平同国外比至少缩短10年以上。从奇瑞和沈阳机床的合作来看,重大装备产品的自主创新,需要一批国产装备制造业企业和用户企

业携手同行。"

大连大森数控技术发展中心有限公司生产的各类数控系统因性能接近 Fanuc(法那科)系统水平，且价格优势明显，仅占 Fanuc 同类产品的 40% ~ 60%。因此，自 1994 年至今，法那科公司累计使用大森品牌数控系统 16 000 多套，得到了广大用户的认可，近十几年的合作使双方实现共赢。

使用大森品牌系统数控机床的国内最大客户天津荣亨集团股份有限公司介绍说，公司自 1999 年使用配有大森品牌数控系统的各类数控机床，和国外产品相比，功能相同，且质量好、价格便宜，目前已累计使用 310 台。经 8 年多的生产实践证明，该品牌数控系统性能稳定、运行良好、操作方便、故障率低，完全满足荣亨公司生产需要。由于使用该系统投资小、见效快，对公司的发展起到了极大的推动作用。

上海通用汽车有限公司动力总成厂专门制造通用最新式的发动机，这里云集了欧、美、日等国家和地区最先进的机床。2005 年，大连机床集团生产的加工中心是在竞争中唯一被选用的国产装备。上海通用专门为加拿大凯米汽车公司新款雪佛兰制造的 V6/3.4 升发动机缸体，就是由大连机床的 3 台双主轴高速加工中心生产的，年产达 30 余万台。这是国内第一次向发达国家出口大排量的发动机，自出口到加拿大以来，从未出现一起质量问题，充分证明大连机床设备质量的可靠性。

大连机床的加工中心在上海通用 DOD 最新产品技改中也大显身手。这是上海通用首次选用国产的加工中心实现复杂的缸体件加工，成功地完成了产品技术改造。

大连机床集团为上海大众提供的桑塔纳轿车缸体自动生产线，产品不仅达到国际先进水平，而且价格低，并能提供良好的售后服务，完全可以满足我国汽车行业的需要。

在新建成的广州本田依据质量、成本、交货期、管理水平、安全及环境等方面的综合考虑，增城工厂最终选用的国产设备占全部设备采购额的 50%。通过供需双方从选择、设计、制造、安装、调试全方位合作，国产数控设备完全能够满足汽车生产对设备在质量、可靠性和精密度等方面的严格要求。增城工厂的设备采购采取的是国际竞标，在这一过程中有意识邀请国内的一批著名厂家参与，加上自己的调查，从中发现了很多有潜质的设备供应商。例如，焊装车间汽车覆盖件柔性生产系统，竞标各方一共提出了 5 种解决方案，广州本田结合本身的专用技术也提出了自己的方案，最后采用的是由北京首钢莫托曼提供的自动化控制机器人和接焊机、由天津锻压集团提供的包边压力机共同组成的工作站，这个技术在世界上是没有的，通过增城工厂近一年的使用，完全能够达到同类产品的功能和生产效率，这个项目比采用国外同样功能设备节省投资 50%。

在广州本田增城工厂的建设中，济南二机床集团有限

公司、天津锻压机床、首钢莫托曼、宁波海天等一批国产数控设备生产企业成为供应商。现在国家高度重视数控机床产业的发展，除了政策的有力支持，数控机床企业的自身提升外，设备使用企业通过主动采用国产设备以促进行业发展绝对是必要的。

桂林机床股份有限公司与武汉华中数控股份有限公司共同研制出的五轴联动数控龙门铣床，打破了国外数控巨头对五轴数控系统的技术封锁。江西洪都航空股份有限公司是在 2005 年的国际机床展上"偶遇"华中数控自主生产的五轴联动数控系统的，价钱只是国外的 1/3，华中数控系统的质量一点也不比国外的产品逊色。

中船重工集团公司有一个"曲轴梦"，那就是盼望国内某一家机床企业能够研制出具有自主创新知识产权的重型曲轴车床，替代进口机床设备。这个梦想让齐重数控装备股份有限公司实现了，研制成功数控重型曲轴旋风切削加工机床，具有重要意义。我们原来只能买德国的同类产品，现在使用齐重数控装备股份有限公司的产品比德国顶级机床价格便宜一半还多，而且质量、性能、精度很多技术指标都超过了国外产品。

16m 数控龙门移动式车铣机床是世界最大的全功能数控龙门移动式车铣复合机床，开创了中国机床行业的里程碑。是国内首次采用龙门架移动技术和大型立车工作台 C 轴技术的全功能车铣复合机床，产品最大车削直径 16.2m，最大加工高度 5.5m，最大承重 250t，具有车、铣、钻、镗、磨等复合功能。该机床具有切削力大、抗振能力强、承载重、精度高、使用寿命长、工作可靠等特点，世界上只有少数几个国家能够生产。齐重数控装备股份有限公司是我国唯一能生产这种产品的企业，不但填补了国内空白，也标志着齐重数控装备股份有限公司研制大型车铣技术水平已经达到国际当代水平。我们为齐重数控装备股份有限公司能制造出这么高端数控机床而骄傲！

1999 年，广州数控的数字式交流伺服和普及型数控系统开始批量配套济南第一机床集团有限公司的各类数控机床，自 2000 年起，济南一机床使用广州数控系统的数量每年均以 25% 的速度递增，至 2005 ~ 2006 年，每年使用系统的数量已超过 2 000 台(套)。多年来，广州数控的产品质量得到了济南一机床及行业的广泛认可。良好的性能价格比、可靠的质量，加上优质的售后服务，使得"广州数控"逐步成为国产数控的著名品牌。广州数控首创了国产数控机床连锁营销模式，卓有成效地在广东省开展了国产数控机床销售业务，而且承担了数控机床的售后服务工作，让用户建立起了对国产数控机床的信心。

〔本部分撰稿人：经济日报社郑明桥、邓海平、单超哲、孙潜彤、李天斌、倪伟龄、周 巍〕

中国机床工具行业抗震救灾情况

2008年5月12日,一场突如其来的地震灾难,震动了世界,牵动着亿万人民的心,也牵动着中国机床工具工业协会、机床行业企业职工的心。灾难发生后,大家通过电话联系,及时了解灾情,向灾区人民送去问候,并同时伸出援助之手,开展了一场灾区企业自救和同行业企业之间的互救活动。

在了解到灾区救援工具不足,大家心情万分焦急时,中国机床工具工业协会接到了工业和信息化部副部长苗圩的指示,紧急搜寻抗震救灾急需的工具,如液压剪、混凝土切割机及铁钎等。这些物品虽不属于机床行业,但中国机床工具工业协会在接到指示后,立即行动,连夜和企业联系,千方百计组织货源。行业企业在接到机床协会转达的指示后,也是连夜行动起来,尤其是身处地震灾区的企业以及灾区周边的机床行业企业,紧急搜寻和制作抗震救灾用工具,随时等候调遣,同时组织抗震救灾小分队奔赴灾区,参加抗震救灾。

重庆机床集团有限公司连夜制作出1 160根铁钎,并组织力量搜寻购买20多个千斤顶、150把铁锹和730多根撬棍,由国家发改委调运到相关抗震救灾部队。

宁江机床集团公司身处地震重灾区都江堰,自身受到了非常严重的毁损。身在病中的总经理陈江,一边组织企业自救,一边让企业准备救灾工具,尽最大力量支援救灾工作。

济南二机床集团采取多种形式多渠道支援灾区建设,除向受灾严重的企业定向捐款外,又捐资购置灾区急需物资和药品,还承担了1 000个帐篷支架的紧急制作任务。

震灾发生时,秦川机床集团身处震感强烈的宝鸡地区。公司在对抗震救灾、生产自救工作进行了部署之后,积极开展向重灾区募捐活动。

齐重数控股份有限公司在灾情发生后,第一时间与东方汽轮机有限公司取得联系,表示慰问,并与浙江天马集团一起捐款850万元。一方面帮助东方汽轮机有限公司抗震救灾,一方面密切关注灾后重建。同时派出技术专家小组赶赴灾区,了解设备受损情况,制定维修技术方案。

德州德隆集团全体员工先后通过各种渠道捐慈善款、特殊党费、特殊会费和特殊团费等26万多元,在得知德州地区对口支援的绵阳地区急需活动板房时,又为四川绵阳地区捐赠活动板房20套。

汉川机床公司灾后紧急调运纯净水、方便面和钢丝床等救灾物资,分3批送往受灾严重的东方汽轮机有限公司和东方电机厂有限公司等兄弟单位。公司在组织献爱心捐款和缴纳特殊党费的同时,又在汉中市举行的抗震救灾大型捐赠晚会上,以公司名义捐赠200万元,用于重建希望中学。

成都成量工具(集团)有限公司组织职工前往抗震救灾前线运送食品和饮用水,并承诺因地震毁损的职工住房由公司负责修补。

成都广泰数控股份有限公司将职工捐赠款全部购买食品、饮料和药品等灾区急需物品,组织救助队前往灾区进行直接救助。

青海华鼎实业股份有限公司开展"伸援手、献爱心"活动。公司领导表示,宁可少吃一顿饭、少买一件衣,也要向灾区群众伸出救援之手,奉献一份爱心。其下属企业青海华鼎广东恒联公司向灾区提供184台价值50.70万元的食品机械。

众环集团党员干部职工发扬中华民族"一方有难、八方支援"的传统美德,急灾区人民之所急,向灾区人民伸出友爱和援助之手,为战胜这场严重的自然灾害贡献力量。

上海重型机床厂有限公司广大职工在向最佳用户单位东方汽轮机有限公司捐款之后,又承诺随时听从东方汽轮机有限公司的召唤,对东方汽轮机有限公司购买的上重设备提供无偿维修服务。同时号召公司职工向灾区捐赠全新生活用品。

上海电气机床集团职工以特殊党费、团费及献血等形式向受灾同胞献爱心。

震灾同样牵动着我国剪折机床之乡江苏海安李堡镇干部职工的心,在海安县锻压机床协会的组织下,江苏江海机床集团公司、南通东海机床制造有限公司、南通新益机床有限公司、南通东泽数控机床有限公司、南通中威机床有限公司、南通达威机床有限公司和南通超力卷板机制造有限公司等80多家锻压机械企业都向灾区捐了款。

地处自贡的四川长征机床集团有限公司虽然震感很强烈,但在得知对口单位东方汽轮机有限公司受灾严重的情况后,很快制定出具体措施,紧急组织抗震救灾物资,成立救灾抢险应急分队,急赴灾区,同时动员职工捐款捐物,支援救灾工作。

哈尔滨量具刃具集团有限责任公司在组织职工向灾区捐款后,在缴纳特殊党费活动中,还有57名非党干部和员工踊跃参加。哈尔滨量具刃具集团有限责任公司还收到了其重要合作伙伴、瑞典爱克斯康公司总裁卡勒·纽曼先生分两次捐的善款。

天水星火机床有限责任公司受到地震波及后,一方面采取措施抗震自救,一方面捐款支援灾区。在接到东方电气集团东方汽轮机有限公司的请求援助函后,立即派人赶赴东方汽轮机有限公司,尽快修复受损机床,帮助东方汽轮机有限公司恢复生产。

作为东方汽轮机有限公司的长期合作伙伴,北京机电研究院及时派工作人员以最快的速度赶赴现场,查看设备受损情况,帮助检修设备,恢复生产。随后,以比市场价低数百万元的特殊优惠价,向东方汽轮机有限公司提供39台五轴联动叶片加工机床,并表示这是一个老国企应尽的社会责任。

成都工具研究所等地处灾区的单位也都纷纷组织寻找救灾工具,积极支援抗震救灾工作。

由于版面有限,还有许多行业企业和职工以实际行动支援抗震救灾工作的行动不能一一列举,在此向他们表示感谢。

灾情同样牵动着中国机床工具工业年鉴编辑部每一位成员的心。灾难发生后,他们第一时间与身处灾区的作者、特约编辑取得了联系并积极捐款,并缴纳了特殊党费。在得到大家平安的消息后,一颗颗悬着的心才放下来。

中国机床工具行业抗震救灾的实际行动,得到了国家发改委、国家工业和信息化部等领导的赞扬和肯定。国家发改委在给中国机床工具工业协会的感谢信中,称赞机床行业在抗震救灾工作中,为减少灾区人民的生命财产损失作出了重要贡献。这是对中国机床工具全行业的感谢,更是对全行业的鼓励。

注:本篇文章由本刊记者袁士华根据《中国机床工具》报整理。

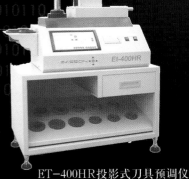

恒力机床
HENGLI Hengli MachineTool

TKZ6160卧式双面数控镗铣床

TKZ6130卧式双面数控镗铣床

该类机床是针对工程机械车架、动臂，中大型箱体类零件开发的卧式双面数控镗铣床，最主要特点是采用对称设计的思路，立柱采用箱中箱框架结构，主轴及滑板总成安装在立柱的中部，刚性较高，避免了因侧挂或切削负荷所带来的附加力矩，有利于机床精度的保持。机床一次装夹可完成被加工零件单面或双面阶梯孔及凹凸台面等的铣平面、钻孔、镗孔等切削加工，降低了工人劳动强度，能大幅度提高生产效率及加工精度。机床X轴、Y轴、Z轴定位精度0.01mm/1 000mm，重复定位精度0.01mm，双面精镗孔时保证两孔同轴度达0.025mm。该机床已在内蒙古第一机械制造（集团）有限公司、徐州工程机械集团有限公司、山东临沂工程机械股份有限公司、三一重工股份有限公司、长沙中联重工科技发展股份有限公司等军工、工程机械行业广泛应用。

江苏恒力组合机床有限公司

地　　址：江苏省盐城市盐都区新区盐渎路678号
邮　　编：224055
销售热线：0515-88593940、88177066、88177088
服务热线：0515-88177088
传　　真：0515-88599862
http://www.jshljc.com.cn
E-mail: hljc@jshljc.com.cn